新中国 70 年 70 部
长篇小说典藏

黎汝清

(1928—2015)

当代作家，山东博兴人。

新中国70年70部
长篇小说典藏

万山红遍

上

黎汝清————著

学习出版社
人民文学出版社

图书在版编目（CIP）数据

万山红遍：全2册/黎汝清著. —北京：人民文学出版社：学习出版社，2019

（新中国70年70部长篇小说典藏）

ISBN 978-7-02-015481-4

Ⅰ.①万… Ⅱ.①黎… Ⅲ.①长篇小说—中国—当代 Ⅳ.①I247.5

中国版本图书馆CIP数据核字（2019）第157870号

责任编辑　付如初
装帧设计　刘　静
责任印制　王重艺

出版发行　人民文学出版社　学习出版社
社　　址　北京市朝内大街166号
邮政编码　100705
网　　址　http：//www.rw-cn.com

印　　刷　河北鹏润印刷有限公司
经　　销　全国新华书店等

字　　数　823千字
开　　本　680毫米×960毫米　1/16
印　　张　69.5　插页4
印　　数　1—5000
版　　次　2019年9月北京第1版
印　　次　2019年9月第1次印刷

书　　号　978-7-02-015481-4
定　　价　198.00元（上下册）

出 版 说 明

　　为庆祝中华人民共和国成立70周年,全面展现中华民族的文化创造能力和文学发展水平,深入揭示新中国70年来的伟大历程、辉煌成就和宝贵经验,激励人们为实现"两个一百年"奋斗目标、中华民族伟大复兴的中国梦而不懈奋斗,我们策划出版了这套"新中国70年70部长篇小说典藏"丛书。为将该丛书打造成思想精深、艺术精湛、制作精良的精品丛书,我们成立了丛书评审专家委员会,成员均为密切关注和深刻了解我国长篇小说创作动态的资深评论家。委员会从历史评价、专家意见和读者喜好等方面对新中国成立70年来众多优秀长篇小说进行综合评定,从中选出70部描写我国人民生活图景、展现我国社会全方位变革、反映社会现实和人民主体地位、弘扬社会主义核心价值观和讴歌中华民族伟大复兴中国梦的精品力作。这些作品,大多为曾获中宣部"五个一工程"奖、"茅盾文学奖"等重大国家级奖项的长篇小说,政治性、思想性和艺术性高度统一,代表了中国文坛70年间长篇小说创作发展的最高成就。

　　我们致力于"把提高作品的精神高度、文化内涵、艺术价值作为追求"的使命任务,通过这套丛书的出版,在讲好中国故事、传播中国声音、阐释中国精神、展现中国风貌的同时,倡导精品阅读,引领和推动未来的中国文学原创出版。

"新中国70年70部长篇小说典藏"
评审专家委员会名单

评审专家委员会主任：李敬泽

评审专家委员会委员（按姓氏笔画排序）：

丁　帆　　白　烨　　朱向前　　吴义勤　　何向阳

应　红　　张　柠　　张清华　　陆文虎　　陈思和

孟繁华　　胡　平　　南　帆　　贺绍俊　　梁鸿鹰

董保生　　董俊山　　谢有顺　　臧永清　　潘凯雄

项目统筹：吴保平　　宋　强

目 录

《万山红遍》题记

一

一九一四年。

清明节这一天,豹子山的虎头崖上,山花烂漫,彩色缤纷。映山红正在盛开怒放,像一片片彩霞把巉岩峭壁轻轻偎抱,又像一团团烈火在林莽荆丛间熊熊燃烧。鲜红艳丽的花朵,在柔和的晨风里轻摇曼舞,向着从山路上走来的老人和孩子点头微笑。

山路上走着的一老一小,从脸型上一看,便知是父子二人,都是猎人打扮:草鞋布袜,青色的粗布裤子,打着灰色的绑腿;蓝色的对襟小褂上,紧扎着宽宽的腰带,这是便于钻深山穿密林的装束。他们的衣衫都很破旧,上面缀满了粗针大线的歪歪斜斜的补丁,这既是穷苦的象征,也是攀峭壁、钻荆棘的结果。

老人看上去有五十来岁,骨架虽大,却有些瘦弱,脸上带着几分病容。手里拎着一个圆形的竹篮子,上面覆盖着一块土制的花条手巾。在这户户上坟家家扫墓的节日里,不难猜出竹篮里盛的是上坟的供品。老人在前面走着,由于老寒腿的拖累,脚步显得笨重而又艰难。

跟在老人身后的孩子,大约十三四岁,乍看上去并不粗壮,却长得十分结实。他那浓密蓬松的头发,遮盖着广阔的前额,在两道指向鬓角的浓眉下,一双活泼的大眼睛,机灵地滚动着,闪射着强悍的灼灼逼人的光芒;黧黑色的面孔有些粗

1

糙,使人联想到他整天出没山林,经受风吹、日晒、霜打、雨淋的童年。

孩子一边走一边蹦跳着,他那充沛旺盛的精力,就像一股喷涌的山泉,在石缝里没处奔流,被憋得激浪翻腾;又像一株苗壮的灌满了生命浆液的树苗,矗立在高山之上,怀着战斗的喜悦和向往,去追求阳光雨露的滋润和抚育,去抗击暴风雪的摧残,去经受酷暑严寒的锻炼。

老人扭头看了一眼活蹦乱跳的孩子,用手指着一处陡峭的山崖说:"大成子,你看,崖上面那丛映山红开得多红,快去刨来,好栽到你爷爷的坟上。"

"嗯,我去刨。"大成子应了一声,把镢头一提,扯拉着杂树棵子,脚蹬石棱一纵身,轻轻巧巧地攀上了峭崖。

老人微笑着向他看了一眼,也不等他,径自向前走着。但是一眨眼,大成子已经怀抱着一簇映山红,追了上来,欣喜地喘吁吁地说:"爸爸,今年这花开得比往年都盛,真好看,好香哇!"然后他几步抢到爸爸身边,稚气地问:"人家上坟,是在坟上培土,咱家上坟,为什么要在坟上栽花呢? 爷爷活着的时候,很喜欢映山红吧?"

"对。你爷爷很喜欢映山红,它是咱们穷人的花!"老人沉思地说,"看,虎头崖到了。等给你爷爷上过了坟,我讲个映山红的故事给你听!"

"好! 好!"大成子高兴地跳了跳,然后催促道:"爸爸,咱们快些走啊!"他说着,心急地先跑上了虎头崖。

其实,虎头崖上并没有坟堆,只有隆起的一条土岗,上面长满着苍松翠柏。大成子还是像往年一样,把映山红栽在两棵最茂盛的青松下。他又跑下去,接过爸爸手中的竹篮子,一齐回到土岗上。老人摆好供品——一碗糍粑、一碗山鸡肉、一碗大板栗,然后和大成子一齐跪下,向着土岗子虔诚地磕了三个头,便完成了既郑重而又简单的祭仪。老人和孩子一齐坐在松树下，老人在往下蹲时，忍不住地用拳头捶了捶酸疼的膝盖。大成子紧紧地偎依在爸爸身边，老人用粗糙得像老树皮般的大手抚摸着孩子的蓬松的乱发。

"爸爸，你这风寒腿很痛吧？为什么不请董二先生给你看看？"大成子看到爸爸那行动迟缓，向下蹲坐时疼得直皱眉头的样子，关切的心情抑制了他那急于要听故事的好奇心。

大成子七岁丧母，他在爸爸的抚养下长大。当他刚满十岁的时候，爸爸便带他进山打猎。大成子整日里以荒山野林为家，以豺狼虎豹为邻，养成了他刚毅、果敢而又强悍的性格。但是他在爸爸的温存的抚慰中，却又流露出了他性格的另一面——沉静、柔和。他已经懂得体贴爸爸的困难处境了。

"请人看也没有用，人老了就像树枯了一样，光靠浇水也旺不起来。再说，我这两条老寒腿，不就是坏在董老二这伙坏蛋身上吗？"说到这里，老人不由得愤慨起来，紧握拳头狠劲地捶着酸疼的膝盖，显然心头积压着极大的仇恨和怒火。

"是他给你治坏的？"

"不，说起来把人活活气死！"老人激动地注视着远方，仿佛他又看到了那苦难的过去。看样子，他并不打算继续讲下去，但开的这个不平凡的头，却像一颗火种，把大成子听故事的强烈欲望点燃起来。

"爸爸，你讲给我听听吧，还有那个映山红的故事。"

"大成子，你今年十四岁了吧？"老人疼爱地看了孩子一眼，他忽然发现大成子长大了，便郑重其事地说，"好，你该懂事了，我就讲讲映山红的故事给你听！"

3

二

"从前,咱们这山区里是没有这样的花的,"老人深情地望着摇曳在坟上的那一簇映山红,开始了他的故事,"什么时候才有的呢?不是人种的,也不是天生的,是英雄好汉们的鲜血化成的!"

"啊!"大成子惊异地轻轻地叫了一声,他的两眼紧盯着爸爸的脸,急待着一个新奇的故事,心想:世上竟然有鲜血化成的花?!

"在很早很早以前,咱们这山区里,发生了一次大起义。饥民们造反,烧了官府,杀了老财,抢了粮仓,穷苦人都过上了不纳粮、不缴税、不挨饿、不受冻的好日子。那些王公贵族豪绅地主一个个急红了眼,气炸了肺,向这山区发来了成千上万的官兵,他们见屋就烧,见人就砍;起义的饥民同官兵进行了英勇的拼杀,一直杀了七天七夜,最后还是叫官兵打败了。……"

"败了?"大成子紧握着小拳头,不相信似的问了一声。

"是败了!自从义民一败,那滚滚的乌云就遮盖了山区,到处天昏地暗,又黑又冷,死气沉沉,一点儿生气也没有。人们的心上像压上了石头,越积越厚,越压越重,天天望着阴沉沉的山林,思念着被杀害的亲人。眼前没有一点光亮,四周没有一点暖气,真是人人忧愁,个个伤心。……就在这时候,一天的夜里,人们眼前忽然一亮,那乌沉沉黑压压的山林里升起了一丛丛的火苗,那火苗跳动着,越烧越大,像千万支火把,照亮了大地,照亮了长天,照亮了人们的心!把整个山区照得一片光明。淡淡的香味,随着阵阵清风,飘过来,飘啊,飘啊,一直飘到人们的心里。……

"当时人们那股欢乐劲就不用说了,男女老少全都从家里跑出来,嬉笑着,吵嚷着,蹦跳着,向山林里跑。……走到山林里仔细一看,好奇怪啊,那放光的并不是火,是一丛丛火红的鲜花。这花开得又红、又旺、又多、又香，人人喜，个个爱。这花是怎么长的？叫什么名字？谁也说不上来。

"这时，从人群里走出一个白发苍苍的老人来。他的三个儿子在起义的时候，全都叫官兵杀害了。可是，他并不灰心，不丧气，不低头，决心和狗财主们拼到底。他大步流星地走到一丛红花前边，双手捧起了一把鲜花，满脸笑容地对大伙说：'乡亲们哪，这花开得可不同寻常，它是咱们亲人的血化成的啊！你们看，它开得多么红多么美！它是生长在咱山区的土地上，开放在咱穷苦山民的心田上的啊！'

"人们听了之后，就欢呼起来，都说，'老爷爷，你说得真好！你就给这珍贵的花起个名字吧！'

"老人说，'我看到这花，就想起了那些为了叫穷苦人过好日子，不怕流血，不怕杀头的英雄好汉们。他们虽然死了，可是，他们的精神却没有死！就像这鲜花一样，开得又红又美又香。……'

"老人说到这里，那一丛丛鲜花就像有了知觉似的，全都放出了耀眼的红光，把山野映得一片火红。老人接着又说：'这一次起义是失败了！可是起义的精神没有灭，就像这鲜花一样，越开越旺盛。他们失败了还有我们；我们失败了，还有儿子；儿子失败了，还有孙子。我们要子子孙孙同那些杀人的官府、吃人的财主斗，斗他个千年百载，将来总有一天，我们会把那些害人的妖魔鬼怪、虎豹豺狼全都赶尽杀绝。到那时候，咱穷苦人的日子就会过得像这鲜花一样红火兴旺……我说，这鲜花的名字，就叫作映山红吧！'……"

老人说到这里，把话停住了，他陷入深沉的回忆中。

大成子一对发光的大眼睛惊奇地注视着山崖上那一丛丛在山风中摇曳的映山红，轻声地说道："真好！"大成子由衷地赞叹着。这个古老的富有寓意的传说，引起了大成子对于义民们的无限崇

5

敬,对于斗争的无限向往。"再说啊!"他催促爸爸,总觉得这个故事还没有完。

"好,我就接着往下说,这个故事是你爷爷讲给我听的,算起来,已经整整二十年了。那是光绪二十年,咱这一带山区接连大旱三年,田里庄稼颗粒无收,穷人饿得啃树皮、嚼草根、吃观音土。财主们却是花天酒地,吃香的、喝辣的,仓房里的粮食堆成山,发了霉。这些狼心狗肺的东西,不管穷人死活,整天提着鞭子,到处催租逼债、讨税要捐。逼得穷人卖儿卖女、上吊跳崖……真是一条活路也没有了。……那时,我也是天天愁眉苦脸、唉声叹气。

"有一天你爷爷指着这虎头崖上的映山红对我说,'咱山区里有句俗话:悲伤忧愁,不如握紧拳头。我讲个映山红的故事给你听吧!'你爷爷把这个故事一讲完,我就知道你爷爷的心思了。我说,'那些起义的饥民真是英雄好汉,宁可被砍头也不愿等着饿死。咱们就学着那些饥民的样子,和财主们刀对刀、枪对枪地拼了!'你爷爷这时候正到处串联起事。一听我这样说,就高兴地大笑起来。他说:'就应该这样,咱们不能让狗财主们踩在脚底下,骑在脖子上,宁愿站着死,不能跪着生。你就参加红绫会吧!'……"

"红绫会是做什么的?"两手托腮、凝神静听的大成子忍不住地插了一句。

"红绫会嘛,就是穷人串联起来,向官府造反,向大户借粮的义民,你爷爷就是红绫会的大首领。在起义的那一天,饥民们头上都裹上了红布包头,腰里都扎上了红布腰带,刀把子上都系着红绫子,长矛尖上都挂着红缨子……火起为号,人们操起了锄头、冲担、大刀、长矛、柴斧,从村里拥了出来。漫山遍野都是人,你爷爷手里就提着你扛的这一把镢头,带领着人们,像暴发的山洪一样,涌向谷家寨……"老人回想起那时的情景,仍按捺不住兴奋和激动。

大成子也被爸爸的情绪感染了,穷苦人所受的深重的苦难,引起了他深深的悲愤和同情。那饥民起义的波澜壮阔的情景使他振奋和激动。他好像也成了红绫会的一员，恨不能一脚把官府踩扁，一拳把财主们砸烂。他紧握着小拳头说："干吗向大户借粮？应该抢他们的！"

"是啊，别说财主们不借，就是借了也没法还！你爷爷一镢头就砸开了谷敬文家的粮仓，把大户的粮仓给抢了。……"

"为什么到谷家寨去抢谷敬文家的粮仓？"

"谷敬文是咱九里十八坪顶大的土豪！他家里有一马跑不到头的土地，有一眼望不到边的山林。所以他老子谷孟余的外号叫谷半县。在起义的那些日子里，咱穷苦人有多么高兴，踢倒了谷半县的太师椅子，掀翻了他的八仙桌子，砸烂了他那吃人的斗，折断了他那杀人的秤，分了他的粮食、布匹和牛羊。家家户户就像过节一样……就是现在想起来，心里也觉得痛快！可是……"老人的心情忽而变得沉重起来，"在起义后的第五天上，谷孟余就从官府上搬来了带着洋枪洋炮的清兵。……就在那里，"老人用粗糙有力的大手指着豹子山下，"红绫会同清兵摆开了战场，杀了个尸骨堆山，血流成河！"

大成子眺望着豹子山下，仿佛看到了当年红绫会同清兵厮杀的壮烈情景。

"狠狠地揍那些狗东西！"大成子咬牙切齿地喊着，紧握着的小拳头在颤抖着，好像在为当时的战斗助威、出力！

"可是红绫会叫清兵打散了。你爷爷带着四百多人冲开了清兵的重围，到处转战，从万松山区转到白马山区，又从白马山区转回豹子山来，因为哪儿也立不住脚跟，人越战越少，后来就打得只剩下七个人了，你爷爷身受重伤，落在谷孟余的手里……"

大成子屏住了呼吸，小拳头握得咯咯发响，全身在悲愤的激动中颤抖着。

老人的声音忽而由低沉变得高昂起来:"你爷爷是刀压着脖子脸不变色,在刑场上指着谷孟余骂道,'你杀吧!穷人是杀不完的!'……就这样,你爷爷的头在谷家寨的寨门上悬挂了七天。"

大成子的胸脯在急剧地起伏着,激愤、仇恨的烈火同时在他的幼小的心灵中燃烧,燃烧!他像个大人一样压低了嗓子,关切地问:"后来呢?人们就把爷爷埋到虎头崖来了吗?"

"对,这虎头崖上,一个坑就埋了七十多个!"

大成子站起身来,手把青松,崇敬地望着那一道隆起的土岗,在他看来,他每年栽的那一丛丛映山红,变得格外地鲜艳了,他为爷爷死得英勇而自豪。

"尽管那时官府杀了成千上万的人,谷孟余还是不放心,他办起了团练,到处清查红绫会的余党。当时我和你史太昌大叔,还有田世杰大叔,我们三个人一齐跑到外地给人家当长工。第三年,清查余党的风头过去了,我们才又回到了豹子山。结果董老二那个满口仁义道德的老浑蛋,为了三十块大洋,向谷孟余告了密。我和你太昌叔被抓去坐了三年牢。"

"田大叔呢?"大成子急急地问。

"在我们被捕的那天夜里,你田大叔已经睡了。忽然听见扑通一声,有人从垣墙上跳进了院子,接着就开了大门。他连忙披衣起来,从窗口里向外一看,只见灯笼火把一片通明,很多团丁一齐拥了进来,把他的房子包围了好几层。你田大叔把房门猛然打开,顺手摸了一条板凳,向堵在门口的团丁砸了过去,有两个团丁被打倒了,别的团丁连忙向两旁躲闪,你田大叔随着飞出的板凳乘势纵身跳了出去,在墙角上,顺手摸起了一根冲担,喊里咔嚓地在院子里同团丁们拼了起来。他见团丁越聚越多,知道寡不敌众,就冲到墙边,把冲担往地上一撑,翻过墙头,奔上了后山。……"

"田大叔真行!"大成子由衷地赞叹着。

"是啊，你田大叔是个有胆量有心劲的人哪！他是红绫会的小头领，他要是被抓住哇，那就非杀头不可。"

"以后呢?"大成子关切地问。

"以后吗? 我就再没有见到他的面,有人说他被打死在山里,有人说他逃到了外地。唉,十七年了,就像石头沉到大海里一样,一直没有音讯。"

"田大叔准还活着!"大成子信心百倍地说着。他对这个红绫会的小头领,充满着钦敬,他多么希望将来有一天会遇到他。

"那可真是条英雄好汉啊!"老人怀念着生死不明的战友,不由得叹了一声。

大成子从映山红的传说,联想到红绫会的起义和爷爷的被害;联想到爸爸的坐牢;联想到田大叔的逃亡。他提出了一个老人难以解答的问题:"爸爸,穷人的起义为什么老失败呢?"

"嗯,是啊。"老人思索着说,"我也一直琢磨着这个事儿,九九归一,是没有找到一条成功的路。"

"那就去找啊!"大成子忽然充满信心地说,"爸爸,我们一定要找到那条路!"

老人被孩子的热情感染了,他站起来,仿佛向着起伏的群山在庄严地大声宣誓说:"对! 这条路总有一天会找到的!"

"我们应该把那些害人的地主老财统统打倒!"

"那可不是一件容易的事,他们有兵,有官府啊!"老人喃喃地说。

十四岁的大成子还弄不明白官府是怎么一回事,是天生的还是人为的。他苦思了一阵子,又提出了一个老人更难回答的问题:"官府为什么向着地主老财呢? 为什么不向着穷人呢?"

"哎呀,自古以来就是这样啊!"老人苦恼地说,"只有富人的官府,没有穷人的官府!"

"唔，"大成子当然很不满意这样的回答，但他却提不出问题来了。他迷惑地瞪视着前方的远山，渴望着得到一个明确的答案，急切地去寻找一条起义能够取得成功的道路。

"大成子，天不早了，我们回家吧。"老人从往事的回忆和沉思中挣脱出来，叹了口气说，"明天一早，就进山打猎去，我们还欠黄保正一张豹皮呢。"

"为什么欠他的？"

"因为欠了官府的捐税，要用兽皮去顶！"老人耐心地解释着。

"向着富人的官府，为什么跟我们穷人要捐税呢？"

"官府就是官府，捐税就是捐税。你问的都是些孩子话，蚊子要吸血，虎狼要吃人，自古以来就是这样，还问为什么？"老人也很难回答这个听来十分幼稚，想来却十分深奥的提问，他略微思索了一下说，"没有捐税，他们吃的山珍海味，穿的绫罗绸缎，住的高楼大厦，从哪里来啊，哼！"说到这里，老人愤慨起来，"还不都是穷人的血汗养肥了那些狗东西！"

"我们为什么养活那些坏蛋呢？养活他们帮着财主杀穷人吗？哼！我们不给他们！"

"那么，他们就会派兵来抓你去坐牢。"

"那就跟他们打！"大成子挺挺胸脯不服气地说。

"打不过他们啊！他们有枪有炮，刀把子攥在他们手里，穷人还有什么理好讲呢？"

"打不过他们，就逃走！逃到别处去！"

"别处也是一样啊！哪里没有官府，没有财主呢？听你爷爷说，咱们也是叫那些狗财主们逼得走投无路，才逃到这山里来的。……"

大成子不知怎么说好了。他那简短的经历，使他还不能有更深的思考。这个题目,对于十四岁的孩子来说,的确是太深了,太大了。他闷闷不乐地站了起来,心事重重地跟着爸爸向山下走着。映山红的传说;红绫会的起事和失败;官府的捐税;欠黄鼠狼子的豹皮:这一切,都在他那幼小的心灵里翻腾着。

三

老人的名字叫郝永兴,住在豹子山脚下一间孤零零的茅屋里,这间茅屋归九里十八坪的黄家湾管辖,离村有五里山路,人们都叫它郝家屋子。

郝永兴的祖辈,都是勇敢勤劳的山民。为人憨厚耿直,不管他们穷到什么地步,不管生活给他们多重的压力,不管命运给他们多大的打击,他们不低头,不叹气,不屈服。若遇到穷兄弟们有什么难处,只要是他们能办得到的,无不竭力相助。这些高尚的品德就像传家宝一样辈辈相传,直到郝永兴,这些传统的品性,不仅完整地被保留下来,而且得到了发扬光大。

红绫会起义失败后,郝永兴、史太昌被董老二出卖坐了三年牢。在阴暗潮湿的牢房里,史太昌得了重病,黄梅雨季,牢房的墙壁上滴水如雨,铺草浸在水里。郝永兴为了不使史太昌受潮,便把他抱在胸前用自己的身体垫在他的身下,就这样足足有半个月的时间,史太昌的病好了,而他自己却得了严重的风湿病。由于他的体格强壮,精力充沛,恶疾并没有把他压倒。但是疾病却像敌人一般,暂时潜伏起来,随时伺机向他进攻。

牢房虽然摧残了郝永兴的肉体,却没有挫折他的意志。他虽不是一个自觉的无神论者,也不懂得阶级斗争的理论,但他并不把自己的命运,交给鬼神而听天由命;也不把自己的命运交给地主豪绅而任其宰割。而是把命运紧紧地握在自己手里,去同万恶的世道进行抗争!

当时,家中为了赎他出狱,把少得可怜的家具衣物全都当净卖光,连黄家湾的房基也押给了地主黄道儒,这才搬到荒山沟里来,用石头木材搭了个冬不避风、夏不遮雨的茅屋。他出狱后,发誓不给地主干活,既不租佃,也不借债,提起猎枪,到深山密林里打猎为生。

他在三十六岁时,老伴生了一个男孩,这就是郝大成。郝大成十四岁这一年,郝永兴正好五十岁。这年冬天,风湿病像猛兽般乘着严寒的威势,在他愈来愈衰老的身体上日益猖狂起来,最后终于把他撂倒在病床上。

十四岁的郝大成只好单独进山狩猎。虽说他脚步轻捷,膂力过人,攀悬崖,走峭壁,不畏艰难,不怕危险,是一个不折不扣的小猎人。但是,他毕竟还是太小了,郝永兴很不放心,在风雪交加的冬季,不允许他进入深山。

随着春天的降临,山野透出了新的生机,万物蓬发。郝永兴的身体也像解冻的大地一般,慢慢地恢复了起来。郝大成更像一株强壮的橡树,迅速地茁壮成长。但是,在豺狼横行的恶世道里,灾难往往突然降临在穷人头上。

郝永兴整个冬天是在病床上度过的,不打猎就没有收入,生活日益窘困起来,在史太昌的帮助下,虽然没有忍饥挨饿,但还是欠下了官府的户口税、灶头税、打猎税,还有保里的团练费和护堤捐……

郝永兴虽然发誓不给地主干活,不借高利贷,但是他还是逃不脱地主豪绅设下的罗网。那还是上个月的事,因为他的风湿病急性发作,他不得不躺在病床上。黄家湾的保正黄道儒(人们当面称他黄四爷,背后叫他黄鼠狼子),钻进了郝家茅屋,假惺惺地对郝永兴说:"郝老头啊,官府的五元捐税,你已经欠了两个月啦。我知道你今冬没有进山打猎,成子又小,看在老乡亲的面上,我就先给你垫上,过些日子,你还我张豹皮就算了! 你是耿直人,说话就像铁板上揳钉子,我信得过你。"郝永兴就这样欠下了黄老四的阎王债。

到虎头崖上坟回来的第二天,郝永兴父子便进山打猎,为了打到獐狍虎豹,他们进了深山老林。在老林里转磨了大半天,结果是叫人失望的,只打了些山鸡野兔。郝永兴拖着疲倦的老寒腿在前边走着,大成子用一根冲担挑着猎物,在后面跟着。

太阳落到了西山尖上,山林渐渐阴暗下来,病体尚未复原的郝永兴,已经觉得很疲倦了,他想早一些赶回家去,便急匆匆地向山下走着。猛然间,他们听见"吼——吼——"的两声啸叫,一阵腥风卷过,吹得树叶簌簌作响。

"不好!"经验丰富的郝永兴,听到这山区里少有的猛虎的吼声,立即警惕起来。他把枪端在手里,作出射击的准备。就在这瞬间,"哗啦啦"一阵声响,从树丛中跳出一只白额虎来。不管猛虎出现得多么突然,勇敢沉着的老猎人,还是清醒镇静地想出了对付的办法——他立即跳近了一棵三人合抱的大橡树,以粗大的树身作为隐蔽和屏障。

"成子! 快躲到树后去!"郝永兴想到了身后的孩子,关切而焦急地喊着。这时大成子已经摔掉了冲担上的猎物,对猛虎作好了冲击的准备。

猛虎同时也看清了它的危险的敌手,一个纵跳穿过树丛,从半空里向郝永兴扑了下来……

这时,猛虎的整个咽喉和胸脯全都暴露在老猎人的面前,这是一个绝妙的射击时机。但是郝永兴在这最关键的时刻,由于关照孩子的安全,而没有来得及瞄准。枪声响了……随着震撼山林的枪声,几撮虎毛纷飞起来,霰弹虽中了虎身,却没有打中要害。同

13

时猛虎也扑了个空。

猎人的射击激怒了猛虎,使它变得更加凶狠。郝永兴凭借大橡树的掩护,同猛虎周旋起来。虎从右面扑来,他就转到树左,猛虎从左面扑来,他就转到树右。

猛虎几次扑空,暴躁地围树乱窜,咆哮如雷。郝永兴毕竟有些年老力衰,又加病腿拖累,有一次躲得稍微慢了一些,一双利爪从他的肩上扑了过来。他把身子急忙一侧,虽躲过了利爪,却被钢鞭似的虎尾重重地扫了一下。他的半个身子被打得麻木了,一个踉跄跌倒在树下。

正在这万分危急的时候,大成子从树后跳了出来,握着冲担,两只大眼睛闪射出愤怒的火光,一个箭步向猛虎冲了过去。这冲担虽然是担东西用的,但和扁担不同,两头是锋利的铁尖,一来,在挑柴时,容易插入柴捆,同时又是抵御猛兽的武器。

猛虎看到了新的危险,放弃了郝永兴,转身向大成子扑来。郝大成丝毫也没有想到自己的危险,只是集中了所有力气,把冲担握紧,两眼怒视着向他扑来的猛虎。当猛虎泰山压顶似的扑下来时,他没有躲闪,而是把冲担对准了猛虎的下颏,借着猛虎扑击的力量,冲担一下从虎的咽喉穿进了胸腔。

就是再勇敢再机智的猎人,也不可能有更好的办法了。而大成子,这个十四岁的孩子,却凭着他的临危不惧的品格和敢打敢拼的勇敢精神,完成了看来绝不可能完成的决斗!

但是,他毕竟还是太幼嫩了。在猛虎冲击的千钧压力下,他仰天倒了下去。垂危的猛虎,发出了一声凄厉的长啸,把整个躯体的重量全都扑到他的身上。猛虎死前的挣扎和痉挛的利爪,抓烂了他的衣衫,在他身上留下了深深的伤痕,他昏了过去。

这一场博斗,几分钟就结束了。郝永兴在采药老人孟老头的帮助下,背着大成子,拖着死老虎下了豹子山。

郝大成的伤势很重，采药老人孟老伯陪伴着他，给他在伤口上敷上了止血、消炎的药草，并告诉他半个月后才能下床。

第三天，谷家寨逢集，郝永兴便背上虎皮去卖。

"爸爸，这虎皮能卖很多钱吧?"郝大成躺在床上问。

"是啊，少说也值一二百元。卖了它，我们可以重新翻盖一下房子，给你买一支新猎枪，欠的捐税也都能还清了……"

"爸爸，还要帮孟老伯盖一间房子，他那个棚子快塌了，不能住了。"

"对。我们一定帮你孟老伯盖，还要帮他买一把新镐头……"郝永兴爱抚地看了大成子一眼，心里高兴地想："这孩子已经知道关照别人了。这很好，很好！"

四

郝永兴得虎的消息，第二天就由黄鼠狼子的嘴，传到谷敬文的耳朵里。这时谷敬文刚满三十一岁，他已经接管了谷家的全部权力。他比他的老子谷孟余野心更大，想在他祖上盘剥来的"半县"的产业之上，再翻上几番。封王封侯虽已不合时宜，但他决心称雄一世，独霸一方，做一个威震整个山区的土皇帝。什么南屏山区的汤三磙子，什么四岭山区的周武，什么西屏山区的任中元……这些地方势力在他谷敬文眼里全都是无能之辈，都只不过是他这条大鱼嘴边上的小虾米，早晚他要把他们一一吞掉。"人不为己，天诛地灭""弱肉强食"，这就是他为人处世的哲学。他追求的是金钱财产和权势，他崇拜的是老奸巨猾的镇压人民的刽子手曾国藩，他决心大干一番，以实现他出人头地、作威作福、光宗耀祖的宿愿。当他听到郝永兴要卖虎皮的消息时，他正踌躇满志地在大厅里踱步，不由得向红木雕花的太师椅上扫了一眼，心想：如果加上一张虎皮,那是何等威风!

逢集的这天早晨,谷敬文和他的大管家谷中一,在谷家寨的寨门上把身背虎皮的郝老头拦住了。尽管他特意装得十分和气,但仍然掩不住他那极端藐视穷人的神情。他假笑着,用吩咐用人的口吻说:"郝老头,你发财了,把虎皮背到我家去吧,价钱不会亏待你!"

郝永兴听到谷敬文这横行霸道的口吻,看到谷敬文这趾高气扬傲慢无礼的神态,他立即想起了年轻时代的谷孟余——屠杀红绫会的那个刽子手。这血口似的寨门也使郝永兴想起了父亲那高傲的头颅。一股仇恨的怒火在他心头升腾起来,但他还是克制着,冷冷地说:"我要卖给哪个就卖给哪个,为什么要送到你家里去?"

谷敬文从郝永兴的声调里,听出了他蕴藏在心底的深仇大恨,便用充满威胁的声调说:"郝老头,给你面子你不要,我可把话给你说在前头,到时候不要怪我姓谷的翻脸无情!"

"我姓郝的站得正,立得直,不怕你们!"

郝永兴怒视了他的仇人一眼,掂了掂背上的虎皮,气呼呼地进了谷家寨。

谷中一看着郝永兴的背影怒骂道:"不识抬举的东西,这个红绫会的余孽,应该给他点苦头尝尝。"

谷敬文阴险地说:"告诉张彪跟上他,看哪个敢买他的!哼,这张虎皮非披到我的太师椅上不可!"

郝永兴到了市集上,人人都说虎皮好,但看看他身后跟着谷敬文的家丁,谁也不敢买,只是啧啧地称赞一番就散开了。临近正午,仍然没有一个买主,郝永兴已经猜出没人敢买的原因了,真是气炸了肺腑,正想收起虎皮到别处去卖,谷敬文带着两个家丁迈着方步走到老猎人面前,阴阳怪气地说:"郝老头,你的虎皮可有买主?"

郝永兴本来已是怒火烧胸,谷敬文的话就像一把刀子在他胸口上戳了一下,他猛然暴跳起来:"哼!你谷敬文真要骑在穷人头上屙屎啊,我宁愿一把火烧了,也不卖给你!大白天,你还敢抢了不成?"

"抢你奶奶的又怎么样?"张彪气势汹汹地逼到郝永兴面前,几个家丁趁机把虎皮一拖,拔腿就跑。

郝永兴并没有去追虎皮,因为在他面前有三支枪挡住了他的去路。人愤恨到极度的时候,往往反而平静下来,正像暴风雨之前的沉寂一般,它孕育着猝然暴发的更大的风暴。"强——盗!"郝老头从嘶哑的喉咙里吐出了仇恨凝成的两个字。

谷敬文强词夺理地说:"你知道,抗交捐税该当何罪?"

谷敬文卑鄙无耻无中生有地给他加上了这个罪名,正是地主豪绅巧取豪夺惯用的伎俩。

郝永兴的心似乎已经爆裂了!他两眼瞪得很大,充满了火红的血丝,极端的仇恨和痛苦使他的脸变了形。他一时忘记了胸前的黑黢黢的枪口,也忘记了躺在病床上等他早归的孩子。腮帮下面的牙床骨抖动着,好像有什么东西要咽下去,又像有什么东西从他心底翻上来。他怒吼了一声,向谷敬文猛扑过去,以聚集了千百年农民对地主的仇恨的铁拳,对准谷敬文的太阳穴打去!这一拳的分量是难以估量的,本来可致谷敬文以死命,但打得稍偏了一点,正中在谷敬文的左眼上;被打烂了的眼球滋了出来,谷敬文惨叫一声,向后踉跄了几步,两手捂着血脸,扭曲着身子,一头拱在地上。

就在谷敬文惨叫的同时,枪声响了,三颗子弹同时打中了郝永兴的胸膛,他摇晃了一下,带着隐约的一丝微笑看了看翻滚在地上的谷敬文,身子一歪,扑倒在血泊中。

当赶集的史太昌和孟老伯赶来的时候,郝永兴已经奄奄一息了。

"太昌兄弟,别难过,"郝永兴声音微弱地说,"我这一生没有什么抱憾的事了! 只是我这一拳,打得不准,没把谷孟余的狼崽子打死!"

"可是你把他那只狗眼打瞎了。"史太昌宽慰着他的战友,"总有一天,我们会报仇的!"

"我没有别的挂心的事了,我把大成子托付给你,我和你大嫂在黄泉下也就瞑目了。……我的死,先不要告诉大成子,这孩子性子烈……"

"不,先别说死啊死的,你的伤并不重! 我把你背回家去!"太昌痛苦地说着,想把他的患难战友抱起来。但是,郝永兴用手势制止了他。

"孟大哥!"郝永兴又把目光转向蹲在一旁悲苦万分、束手无策的采药老人,"……我没有留下什么财产,只有一间破茅屋,比你那间好些,你就搬进去住吧……本想卖了虎皮,给你重盖……"

采药老人,以纵横的老泪代替了他的满腹悲伤的话语。

郝永兴昏迷着,在人们的呼唤中,在他那穷苦的充满灾难和斗争的一生即将结束的时刻,他又苏醒过来,集中起生命的全部精力说出了他最后的愿望:

"……你们要把我葬到虎头崖上,那里是红绫会英雄好汉们的坟地。红绫会是没有了,可是……我从来没有忘记……我是……红绫会员……"

五

郝永兴的死,使世上失去了一个正直勇敢的好汉,使穷苦的山民失去了一个刚强不屈的兄弟。土豪劣绅们却为剔除了这根眼中钉肉中刺而欢喜得发狂。

穷人出殡是简单的，一张竹制的矮床，一领苇编的旧席，根本谈不上什么葬仪，但这一天，虎头崖上却站满了送葬的人群。那滚滚松涛仿佛为这勇敢的猎人的死，发出了不平的呼号，那饱含露水的映山红，仿佛也为这勇敢的猎人的死，而滴落着悲愤的泪珠。

躺在床上养伤的郝大成，还不知道发生的不幸，他正等待着爸爸带着他盼望已久的新猎枪归来。

乡亲们为了郝大成的安全，生怕郝家这根刚烈性子的独苗苗，去找冤家报仇而惹来杀身大祸。人们对他爸爸死去的真情，都严守着秘密，只是告诉他：他爸爸卖了虎皮回家晚了，路上碰见了土匪，抢走了他的钱，害了他的命。

在安葬了郝永兴的那一天，孟老人就遵从挚友生前的嘱托，搬到郝家屋子里来住了。太昌叔和太昌婶都来探望大成子，想把大成子立即搬到史家坪去，采药老人却坚决不答应。

"你们就放心吧！"孟老人对太昌夫妇说，"我保准大成子半个月就好！我采了一辈子药，我知道什么药好，我把好药全用到他身上，你们就放心吧！"

史太昌同意了。他知道大成子在采药老人的照顾下，会很快好起来的。他们约好：一旦大成子痊愈，就搬到史家坪去住。

郝永兴的死，通过赶集人们的传扬，在几天的时间内就传遍了整个豹子山区，在人们的心灵上引起了极大的震动。史太昌想到，要把郝永兴死的真相瞒住大成子是不可能的，同时也是不必要的。他认为应该告诉大成子，要他记住这血海深仇，并把穷苦山民的不畏强暴、勇于反抗的品性继承下来。这一天史太昌又来看大成子的伤情，便把郝永兴死去的真情告诉了他。

没等史太昌说完，满是伤痕的大成子就从床上跳了起来，他一

19

句话也不说，从门边拎起了猎枪，像一头暴怒的小豹子似的冲了出去。

史太昌急急地从屋里追了出来。

郝大成并没有冲向谷家寨，而是沿着陡峭的山路奔上了虎头崖，他忘记了全身的伤疼，只觉得全身就像一团烈火在燃烧。他跑得很快，史太昌一时追不上他。史太昌见他不是到谷家寨去，放心了，就没有拼力追赶，只是在后面紧跟着他。

大成子跑了一阵，很快就看见埋葬红绫会员的那道土岗子，在他前几天栽的那一丛映山红旁边，有一堆新土——那就是他爸爸的新坟。他把猎枪往旁边一放，一头扑到爸爸的坟上，两手深深地抠进了还很松软的泥土，哽咽地喊了一声"爸爸！"随着几滴热泪，重重地吐出了四个字："我要报仇！"接着他又站起来，摸起了猎枪，猛一回头，正好和史太昌撞了个满怀。

"好孩子，"史太昌一把抱住了满脸泪痕的大成子，"你要到哪里去？"

"我要到谷家寨，找谷敬文报仇！"大成子哽咽着说。

"就这样一个人去？"史太昌不赞成地说，"谷敬文看家护院的人多着哩！"

"我不怕！"

"光不怕不行，就你这样单枪匹马能报得了仇？"

"死我也不怕！我要报仇！"大成子执拗地喊着，想从史太昌的怀里挣脱出来，并且继续任性而执拗地喊着，"我要和他们拼！……拼！……"

"拼了命又怎么样？仇还报不报？"

"那怎么办？难道仇就不报了？！"

"仇，当然要报，"史太昌沉思地说，"咱们要想个好办法才行……"

"……"郝大成两眼盯着史太昌那饱经风霜的脸，无言地等待着他的老前辈——他爸爸的忠实的兄弟，把这个报仇的好办法说出来。

"眼下正是他们得势的时候，咱们就得先把仇恨记在心里，要像当年红绫会那样，把大伙抱成团，来一个大报仇。红绫会起事的时候，走露了风声，叫谷孟余那个老狼逃跑了，又回过头来反咬了咱们一口。这一回，咱要来他个一锅端，把谷敬文的狼窝子给他砸个稀巴烂，连个狼崽子也叫他跑不了。"

郝大成一面听一面想，然后信服地说："大叔，我听你的。"

史太昌又继续叮咛着说："要把仇恨埋在心底，我们定要来一个大报仇啊！"

大成子默默地点着头，望着豹子山下红绫会同清兵拼杀的战场，那遍山的映山红，仿佛又化成了熊熊的烈焰，他盼望着大报仇的日子早一天到来。

六

在爸爸死去的第十天上，尚未痊愈的郝大成提上爸爸留给他的猎枪，走出茅屋，想到附近山林里打几只山鸡野兔。刚刚出门，就碰上了保正黄道儒。

"你到哪里去啊，小家伙？"黄鼠狼子的轻蔑神情和鬼鬼祟祟的样子，引起郝大成的极大的反感。

"你管我到哪去干什么？大家伙！"

"哟，你人不大，火气倒不小，我是讨债来了。我问你，你老子欠我一张豹皮，你可知道？"

"知道！"郝大成记得给爷爷上坟时爸爸说过这件事。

"你认账就好，父债子还，天经地义，从古到今，留下的这个规矩你懂不懂?"黄老四好像是和一个成年人在打交道。

"我没有钱还你!"

"豹皮呢?"

"也没有!"

"怎么? 一无豹皮二无钱,好小子,你想赖账吗? 国有国法,王有王法,"这些词黄老四也知道郝大成还听不懂,但这是他当保正的法宝,这国法、王法,就是他当保正的权势,他已经说成口头禅了,"茅屋我要查封,把猎枪给我! 以物顶债!"说着,伸手就去拿枪。

郝大成把黄鼠狼子的爪子拨到一边,说:"茅屋已经给孟老伯住了。这枪是爸爸留给我的,谁也拿不去!"

黄道儒的黄色眼珠子转了几下,他想出了一个原来没有想到的主意:"你去给我放牛吧,我不会亏待你。放牛顶债,合情合理,两不吃亏!"

十四岁的孩子毕竟还是幼稚的,他还不能判断这样做是不是合理,但他的性格一向是敢说敢为敢当,便毫不犹豫地说:"好! 我到史家坪去和太昌叔说一说!"

"那就算说定啦! 你不会变卦吧? 你若是逃跑了呢?"黄老四狡猾地说。

郝大成被这种侮辱人格的话激怒了,愤愤地说:"我说话是算数的!"

郝大成来到史家坪,把答应给黄老四家放牛的事一说,史大婶立即焦急起来:

"大成子,说什么我也不让你去给地主放牛。等你大叔回来,叫他去和黄老四说说。"史大婶说得恳切而又坚决,并急急忙忙给郝大成做饭吃。

"我已经答应他了。"郝大成坐在木墩子上，无可奈何地垂着头说。他后悔这件事做得太孩子气，事先没有和大人商量，可是他的正直倔强的品性又不允许他反悔。

"答应了就不能更改吗？谁会拿这些话当真呢？你还是个孩子呢。你可要知道，"大婶心疼地说，"给财主家放牛可不和在家里一样啊，风里来雨里去，受苦受累不说，这些没有心肝的狗财主，他们拿你不当人待，抬手就打，开口就骂。你爸爸在世的时候，不就是为了不给地主干活，才去打猎的吗？"

郝大成犹豫了一会儿，终于坚决地说："不，我既然答应了，我就应当去。大婶，你放心，财主们不敢欺负我的。"

史大婶没有办法说服这个倔犟的孩子，只好把希望寄托在太昌身上。她知道，大成子对太昌的话，总是听从的，因为太昌十五岁就参加了红绫会，郝大成敬佩他信任他，在郝大成心里，太昌是享有很高的威望的。谁又想到史太昌听说以后，竟然同意郝大成去放牛。这使得大婶不但急躁而且恼火起来了。

"你真是个硬心肠！"大婶背着郝大成数落史太昌说，"你怎么下狠心叫个没爹没娘的孩子给财主去放牛？"

史太昌吸了几口旱烟，微笑着说："大成子怎么是个没爹没娘的孩子？你我不就是他的爹娘吗？"

"你说这话也不脸红，孩子进门还没有吃上几顿饭，你就叫他给地主去放牛。不，我不让他去！"

"为什么？放牛也不是丢脸的事，"太昌在草鞋底上磕了磕烟袋锅，瞅了大婶一眼，"是怕人家说闲话吧？"

大婶坦然地承认道："也有这么一点。"

"看，就在这一点上你就不像亲妈了。我们史家向来是以诚实为人，不是以世故为人，只要我们诚心对待孩子，外人的闲话可以不管。"

23

"倒也不单单是怕外人说闲话,这是小事,我们应该比郝大哥在世时更加疼爱这个孩子。"

"这不能说你的心不好,也不能说你的想法不对。可是爱孩子也有各种各样的爱法:若是生孩子为了养老,怕他生病长灾,怕他吃苦受累,也许这种爱法是对的;可是要把孩子抚养成一个敢作敢为的能替咱穷人办大事的人,这种爱法就不对了!小笼子里只能养画眉鸟,是养不出山鹰来的!"史太昌看看被说动了的老伴,继续说,"让大成子给地主家当当长工,吃点苦头……也好。他就是块铁,不把他放在火里也是炼不成钢的!"

郝大成的放牛生涯,在压迫和反抗的斗争中,度过了第一年。

一年来,他吃糠菜,穿破衣,住草棚,顶风雨,披寒霜。这些郝大成都可以忍受,只是黄老四全家对他的轻蔑,他不能容忍。

开头,不论是黄四婆子还是黄家的大少爷黄小富,都喊他"放牛的""小野种",或者干脆什么也不叫,只喊一声"喂!"

这种轻蔑的呼喝使郝大成非常恼怒:"难道我没有名字吗?"以后,他们不喊他的名字,他就坚决不应声。

黄家人全家上下拗不过一个小牧童,只好让了步——黄四婆子又气又恨又无可奈何地喊了一声"小成子"。

"我叫郝大成,不叫小成子!"郝大成激烈地抗议道。

黄四婆子气得直跺脚,恨得直咬牙,真想一棒子打死他。穷人生来低三辈,谁的名字上敢冠个"大"字!更何况黄家的大少爷还叫小富呢。石头可以压碎,铁棍子可以扭弯,难道就制不服这个野孩子吗?黄四婆子曾经试图把这个牧童拗过来,但她终于承认了自己的失败,恨恨地叹了口气对黄道儒说:"老四啊,我算服他了。你雇的哪里是放牛娃,你是请了个老爷来了。"

黄道儒一听,真是怒火中烧,他走到正在喂牛的牧童面前,顺手摸起一根拌草料的棍子,气势汹汹地指着郝大成的鼻子吼叫道: "小杂种! 你要翻天啊! 我倒要看看你的骨头硬还是我的棍子硬!"

黄道儒把棍子举了起来,正要打下去,但他的手忽然像抽掉了筋骨似的放了下去。

大成子看到黄道儒要打他,便一弓腰从草筐边操起了一把闪光的柴刀,紧闭着嘴唇,一声也不吭。这时黄道儒从牧童面部愤怒的表情看出了他的决心,好像在说:"来吧,狗东西! 你敢用棍子打我,我就用柴刀劈你!"

黄鼠狼子在瞬间权衡了利弊得失和后果,只好气哼哼地把棍子丢在地上,无可奈何地回到屋里去,劝他的太太说:"算啦,你和他争的哪口气,这小子是一匹没驯服的马,你越用鞭子抽它,它就越尥蹶子,应该给它搔搔痒,顺顺它的脾气,那才能给它戴上笼头,骑上它的背。"

"哼,这就是你跟谷敬文学来的那一套,我可没有这么大的耐性。"此后,这个没有耐性的母老虎也只好捺着性子叫"郝大成"了。

郝大成的斗争意味着什么呢? 难道这仅仅是一种天真幼稚、毫无意义的儿戏吗? 不,这是斗争,他给穷人争了个"大"字来。一个人,不管他的年龄大小,力量强弱,只要有这种宁折不弯,宁碎不扁的斗争精神,他就可以和这个不平的世界决斗一番了。……

七

两年后,郝大成折断了黄老四的放牛鞭子,两手攥空拳,回到了史家坪,他成了史太昌家的人。农忙时他和史太昌一道种地,农闲时他上山砍柴打猎。

这一天谷家寨逢集,他挑柴去卖,谷敬文的账房看好了柴讲好了价,叫他挑到谷家后院去过秤领钱。郝大成随着十几担柴挑子进了谷家的后院。

在给郝大成过秤的时候,正巧谷敬文走了出来。谷中一为了表示对主子的忠心,就对郝大成说:"你的柴没有干透,按七折算钱。"

郝大成看出管家有意欺负他年轻,便从柴捆里抽出一根木柴,手执两端,在屈起的膝盖上轻轻一磕,干燥的木柴发出了清脆的响声,断成了两截。他往谷中一面前一丢,气呼呼地说:"你没有长眼?"

谷中一在众人面前失了面子,便恼羞成怒,冷笑道:"不想卖,你就挑回去!"

"挑回去?"郝大成怒火冲天地说,"不是你叫我挑来的吗? 你明明是欺负人嘛!"

"欺负你又怎么样?"谷中一气势汹汹地说着,并蛮横地扫了其他卖柴的一眼。

"不是什么人都可以欺负的!"郝大成愤怒地攥紧了拳头,威风凛凛地向谷中一跨了一步。

"来人哪! 给这小子点味道尝尝。不然,他还不知道姜是辣的!"谷中一喊叫着。可是他在这个孩子的威逼下,向后退了几步。

随着喊声,从前院里跳进一个大汉来。他那生满横肉的脸上,从前额的右角通向左腮帮子,斜着一条深深的刀疤。这是他当土匪时,因为分赃不平留下的印记。他就是抢郝永兴那张虎皮的张彪——谷敬文豢养的一条看家狗。

他上下打量着郝大成,好像估量着对手的分量。他什么也不说,对准郝大成的胸口就是一拳。郝大成摔出了十步之外,一直跌在权丫的柴堆上。

谷中一立即爆发出一阵笑声:"打得好! 保他一辈子也忘

不了。"

张彪得意扬扬地抄着两只手,悠然地站在那里,丑恶的脸上露出了一丝笑容,欣赏着他那一拳在这个少年身上产生的效果。

就在这时,郝大成却摇晃着从地上挣扎起来。虽然他还牢记着史太昌叮嘱他"把仇恨记在心里"的那句话,但他此时再也忍耐不住了。他积聚起埋藏在心底的所有仇恨,闪电般地猛扑过去,对准张彪的丑脸就是一拳。这是一下致命的打击,张彪惨叫着向后跟跄了几步,"噗通"一声跌在地上,仿佛连门旁的石狮子也被惊骇得跳动了一下。这个杀人成性的打手在地上翻滚着,从鼻孔、嘴里淌出了一摊污血。由于他体格强壮,虽没有送命,但是他的鼻梁却被打塌了,躺在地上爬也爬不起来。

卖柴的人们立即叫起了喝彩声:

"打得好!打得好!"

"郝大成!快上去揍他!"

"打死这个恶棍!"

就在人们兴高采烈的时候,从前院的角门里,跑来了七八个家丁。谷中一发布命令般地向他们喊着:"快!给我打死这个想造反的小孽种!"

接着就有两个家丁,向郝大成扑过去,把他架了起来,猛力地向柴堆抛去。这次比上次重得多,郝大成被摔昏了,头上嘴里都流出了血!

卖柴的人们忍不住了,他们抽出了冲担、柴刀,发出了一片怒吼声:

"你们谷家也太欺负穷人了!"

"打死人应该偿命!"

家丁们也都拔出枪来,在双方的相持中,人们抬走了昏迷的郝大成。

谷敬文一直坐在账房的柜台里,他眯着狡诈阴险的眼睛,一边品味着细瓷杯里的香茶,一边思量着眼前的这场斗争。当郝大成被摔昏在柴堆上的时候,他不禁微微地笑了。你要反抗吗?这就是你的下场!但是,在他的胜利的快感之后,又隐约地感到一种沮丧和恐惧的情绪袭上心头。他从这个卖柴孩子身上看到了山民桀骜不驯的性格,这种充满仇恨的反抗是猛烈的可怕的!

怎样才能使这些桀骜的山民低头而甘心做他的奴隶呢?他思索着,深深地思索着。他自信是有办法的。他握有政权、族权、神权,再加上金钱和手段,还不能降服那些除了一身有力的筋骨之外而一无所有的黑泥脚杆子们吗?能!

谷敬文又悠然自得地喝了一口浓茶,咂着嘴唇,想起了一句谚语:"斧快不怕木柴硬。"对,为了劈开那些硬木柴,我要把斧子磨得更快!

这时,人们正抬着受伤的郝大成回史家坪,有人规劝他说:"孩子,硬和他们斗可不行,羊是斗不过狼的啊。"

"不!我不是羊!"躺在门板上的郝大成大声地抗议着,"我是打狼的!"

八

史大婶为大成的伤痛,心疼得直掉眼泪,她絮絮叨叨地埋怨太昌说:"今后大成这孩子归我管了。都是你宠着他去惹事,可是到头来吃苦头的还是他自己!"

"是他去惹别人呢,还是别人惹他?"史太昌争辩着。

"不管是谁先惹谁,惹不起总要躲着点,我们惹不起人家,难道还躲不起吗?"

"怎么躲法呢?难道你把大成子像只鸟一样关在笼子里,那样

28

老鹰也许抓不到他。"太昌有些激动起来。

大婶叹了口气，沉默不语。

史太昌继续说："在眼下这不平的世道里，有这么两种人：有一种人，让人家骑在脖颈子上屙屎，他还替人家搔痒；另一种人，却干脆把那些骑在脖颈子上的坏蛋，从头上掀下来，把他踢到臭水沟里去。你说哪一种人有出息？哪一种人有骨气？你说我不应该宠着孩子去惹事，难道我叫大成子故意去招惹谁来吗？谷中一有意欺负他，叫他把柴挑去又要他把柴挑回来，你说孩子应该怎么办呢？乖乖地把柴挑回来？若是这样，我们才真正对不起郝大哥呢。他一定会在黄泉之下骂我，'太昌啊太昌，你把我的孩子养成了一个废物！'……"

史太昌越说越愤慨，他仿佛不仅仅是对着大婶一个人说的，而是对着整个受苦受难的穷兄弟们说的。他向所有受压迫受剥削的人们提出了这样严峻的问题："人们啊，在被压得直不起腰喘不出气来的生活面前，你选择哪一条道路呢？是屈服，还是反抗？是顺从，还是斗争？"他也好像在郝大成的行为中得到了响亮的回答："决不屈服！坚决斗争！"他从这个孩子的不畏强暴、敢于斗争的精神中得到鼓舞和激发，往昔的战斗热情重又沸腾奔放起来。"大成这孩子有出息，有骨气，是我们穷人的好后代！"他连连发出由衷的赞叹声。

不管史太昌如何夸赞大成，大婶还是期望郝大成在吃过这次苦头以后，暴烈的性情会有所改变。正像俗话说的："初生犊儿不怕虎，长出犄角反怕狼。"是的，你看多少粗粝多棱的岩石，在浪涛的冲激下，失去了棱角，变得光滑圆润了。

然而，郝大成却不是一块顽石，而是一把纯钢的宝剑。顽石越磨越光滑，可是宝剑却越磨炼越锋利！

"大叔，天下的财主都是这样欺负穷人吗？"躺在病床上的郝大成问。

"可不,全是一样,天下哪有不吃人的狼!"

"我想到别处看看去!"郝大成挣扎着坐起来说,"我想到远处去看看有没有穷人不受欺负的地方。"

"这样的地方是没有的。"

"我要去找一条穷人不受欺负的路!"

"你的志向很好,"史太昌赞许着,然后又沉思地说,"你出去怎么生活呢?"

"我躺在这里想过了:只要我能干活,就有饭吃;只要我有两个拳头,别人就不敢欺负我。……"

"嗯,你让我好好想一想。"

一向处事果断的史太昌,在决定这个少年所走的道路之前,变得犹豫不决起来。因为这不仅仅是决定郝大成个人的命运,而且也是决定他史太昌今后斗争的道路。

郝大成是史太昌最称心如意的孩子:他不畏强暴,敢于斗争,他正直无私,肯舍己为人。但是他应该走什么样的道路呢?将来会有什么结果呢?如果处在红绫会的时代,毫无疑问,他是一个拥护者和参加者,甚至是发动者和组织者。但是到后来还不是以失败而告终吗?即便是胜利了,又将如何呢?分了大户的粮,用鲜血换得一个饱肚子……但这样总不是个根本办法啊!朝代不断地更换,世事不断地变迁,但是,穷富之分什么时候才能变呢?何处是穷人的出路呢?……这就是史太昌犹豫的缘故,这就是他在斗争的道路上徘徊不决的原因。

史太昌思来想去,最后还是决定叫郝大成出去见见世面,让他去摸索出一条前进的道路。

"好,过些日子等身子硬朗了,你就出去闯一闯吧,去开开眼界,长长见识,去找出一条咱们穷人不受欺压的路来!"

过了不久，只有十八岁的郝大成便离开了史太昌的家，开始了独立的生活。他就像豹子山主峰上的一株苍劲挺拔的橡树幼苗，去承受人世间暴风雨的袭击，同时又在暴风雨的袭击下迅速地成长起来。……

九

郝大成抱着要找一条使穷人不受欺负的道路的决心，走南闯北，他打猎、打柴、当长工、学打铁，样样都干。经历了人间的艰难困苦，饱尝了世上的甜酸苦辣，这使他"救世济民"的宏愿更加坚定。但是，他和史太昌一样，虽有"救世济民"之心，却无"救世济民"之道。他不断地带着迷惑的情绪回到九里十八坪来，又不断地带着新的希望走出去。这样来来去去五六载，却没有找出一条使穷人不受欺负的路来。

但是，郝大成却百折不挠，具有不找到这条道路死不瞑目的决心，史太昌一方面热情地鼓励他，坚定地支持他，一方面又从郝大成的决心中受到鼓舞和激励，他们坚信能找到这条路。他和郝大成不断地计议，认为打铁这个行业比较合适，并且让他的独生儿子史少平和郝大成一道去打铁。他们准备仿效古代英雄豪杰的作为，借打铁的机会广交天下"豪杰"，以实现他那纯朴而原始的"救世济民"的宏愿，走历代农民起义没有走通的道路。

郝大成的不畏强暴、见义勇为，路遇不平、拔刀相助的品格，获得了穷苦兄弟们的赞誉，但是，这些赞誉并不能给他带来什么欣慰，反而更加重了他内心的痛苦。他觉得愧于人们的信任，愧于人们的称道。寻找革命道路的心情越急切，精神上的压力也就越沉。

他迷茫、犹豫、徘徊，他将沿着什么样的道路向前走呢？

千百条江河汹涌澎湃,有的来自高山,有的来自峡谷,有的来自平原,千回百转流向大海。每个革命战士也都像江河归海一样,是通过各自不同的道路走向革命的。

郝大成走向革命的道路是曲折的、艰难的,也是波澜壮阔的。

那是一九二五年的初夏,郝大成和史少平风尘仆仆地从外乡打铁回来。他们挑着沉重的担子,行走在故乡的崇山峻岭之间。曲折蜿蜒、峰峦起伏的豹子山横断了天际和田野,像一条巨龙僵卧在那里。

郝大成大步走在前面,他挑着打铁用的风箱、火炉、铁砧和盛满铁钳铁锤的工具箱。从扁担的弯度和吱吱的响声,可以知道担子异常沉重。郝大成的脸上挂满了油光光的汗水,红红的脸膛由于风吹日晒变得黧黑。他的魁梧的体魄和一个铁匠特有的肌肉隆起的臂膀,使他坚毅的表情更增加了几分庄严,使人突出地感到他的粗犷和威猛。但是,有一种温和、坦率、真挚的神情,从他这种令人望而生畏的表情中隐约地流露出来,从而缓和了威严的气氛,使他的整个面容和风貌显得可敬可亲。

他穿着深蓝色的单裤和白粗布单褂,袒露着宽阔的汗涔涔的胸膛,跨着坚定的步伐向前走着,快穿洞的草鞋,踏起了团团尘土。

郝大成身后是十八岁的史少平,他是一个身材适中面目清秀的青年,聪明的脸上还带有几分孩子气的顽皮的表情。他的担子轻得多,一头是他们两人换下来的棉衣,外面包裹着两张当褥子用的灰狼皮;一头是锅碗瓢勺和米袋子。他穿着白底蓝条的花褂子,又累又热,使他的脸憋得红彤彤的,他紧赶了几步,追上了郝大成,喘着粗气说:

"大成哥,到前面岔路口上,我们歇口气吧,这一气少说也赶了十多里。"

"应该趁早晨多走一会儿,等会儿太阳升起来天就更热了。"郝大成换了换肩说。

"前面就是三岔口了，咱们是一直往史家坪走呢，还是先到谷家寨转转？我计算着，谷家寨今天正逢集哩。"

"咱们还是先到谷家寨吧，也顺便给大叔大婶买点东西。"郝大成望着谷家寨说。

他们在豹子山西麓的三岔口歇了下来。这里一条路向西，通谷家寨，约有五里；一条路向南，通史家坪，约有八里；还有一条路向西南方向，是通黄家湾的。

郝大成伫立在三岔路口，用垫肩的披巾擦着脸上的汗水。他踏上故乡的土地，怀着一种亲切而又难过的心情。他望着被旱火烧焦了的山野，望着这满目疮痍的土地，心中袭来一阵阵难以抑制的痛苦。他不由得向被挖掘得坑坑洼洼的山坡走去，然后发出了一声悲愤的长叹："唉！又是一个旱年，人们都把野菜和葛根挖光了！"

眼前的情景，好像把他带到了久远的可怕的梦里一般。他仿佛看到了爸爸向他讲述过的赤地千里、遍地饿殍的情景。而那满山的鲜血一般殷红的映山红好像在向他昭示：红绫会点燃的起义烽火，又在他面前熊熊燃烧；那揭竿而起的饥民，洪水般地冲向谷家寨；那反抗压迫的怒吼声，好像又在他耳畔震响起来了！

十

谷家寨是一个五百多户人家的大寨子，坐落在豹子山下的一个平畈上，用石条、砖土垒成的围墙三丈多高，方齿形的雉堞，拱形的寨门，俨然是一座雄峙在山间的城堡。寨门上油漆已经剥落，但仍然看得出嵌在门上的八个青铜大字："坚如磐石，固若金汤"。站在围墙上可以俯瞰四周的山林和田野，还可以看到九里十八坪的其他十七个村寨的炊烟和灯火。

在兵荒马乱的岁月里,有钱的人家便带上家眷,抬上细软,躲到寨子里来,就像进了保险柜、钻了安乐窝一样,生命财产就有了保障。

寨子里面的房子,不太规则地毗连并列,因此组成的大街小巷也弯弯曲曲,有三条东西街和四条南北街,小巷子总有几十条,街南面是一个做集市的大坪场,兼做全寨的打谷场,在寨中心就是九里十八坪最大的土豪、县谘议局长谷敬文的灰色宅院。

街上有谷敬文的三家米店,两家当铺,此外还有大大小小的酒馆、茶局、大烟馆,有肉铺、洋货铺、杂货铺、铁器铺,还有绸缎庄、裁缝店、洗染坊,在打谷场和小广场上有木材市、药材市、牲口市。有说鼓书的、唱小戏的、玩杂耍的……每当逢集的日子,叫卖声、吵闹声就像千百个蜂房,汇成一片嗡嗡的喧嚣。

今年这闹市却大大不同了,它不仅变得萧条冷落,而且也显得破烂不堪了。

街上摆满了地摊。为了糊口,人们把破旧的冬衣、被絮、桌椅、首饰……连准备给姑娘出嫁的嫁妆,预备给老人送终的寿衣寿材,也都拿到市集上来卖了。

往年的粮食市上,现在只有葛根、蕨根、榆树皮、毛栗子、干苦菜和橡子面……

在谷敬文的粮店门前挤满了穿着破衣烂衫的人,粮店的门框上,挂着一块木板,上面标的米价已经多次更改。由八串钱一斗涨到一元,由一元五又涨到二元。听说马上就要涨到三元了。

茶楼、酒肆、面铺、饭馆里,依然座无虚席。灾荒不仅对这些脑满肠肥、大腹便便的有钱人毫无影响,反而使他们趁火打劫发了横财。吆五喝六的划拳声,得意下流的嬉笑声,从店铺的窗口传到大街上,和外面饥饿者的乞讨声、叹息声混合在一起。

两个铁匠刚来到南小街，便看见十字路口起了纷争，人们闹嚷嚷地拥向那里围成一团。郝大成随着人群走了过去。

"谷二少爷，你不能不讲理哪，我老娘还病在床上啊！"一个面黄肌瘦骨骼粗大的壮年人，同一个头戴黑缎瓜皮帽身穿青色绸长衫，不满二十岁的横眉竖眼的家伙，愤慨地说着。他挨了谷福生的拳头，鼻子里滴着血。郝大成认出这人就是谷家寨的黄四楞。

"拿钱来，老子赌输了钱，你家死绝了我也不管！"谷福生恶狠狠地抓住了黄四楞的领口，由于衣服太破烂了，结果一直扯到前襟。

"我还要给老娘买药哩。你的钱，我过些日子还，做工顶账也行，再说还没有到期哩！"黄四楞双手护着口袋。

谷福生硬掰开黄四楞的手，连衣袋一齐扯了下来。黄四楞抗拒地死死地抓住谷福生不放，谷福生朝他的小肚子上狠狠地踢了一脚。黄四楞大叫一声，把手松开了。

谷福生悠然地吹着口哨，把黄四楞的破布袋一扔，掂着两块洋钱，向激怒的人群扫了一眼，转身扬长而去。

"站住！"

这声震耳的怒吼，很容易使人联想到猛虎的咆哮。谷福生打了个寒战，他不由得站住了。

郝大成两眼怒视着谷福生说："打伤了人治伤，打死了人偿命，你休想走！"

谷福生认出是郝大成，他从张彪那被打塌的鼻梁上知道郝大成拳头的分量，心里十分胆怯，在众人面前他却不愿示弱，故作镇静地说：

"这事，你姓郝的管不着。"

"哼，姓郝的偏要管管！"

郝大成的声音还没落地，就给了他一脚。谷福生就像木桩子

35

似的轱轱辘辘地滚到街旁污水沟里去了。郝大成连看也没看他一眼，走到黄四楞的身边，摸出一块大洋，交给他，然后同情地说："你买药去吧！看见你那软样子，我真替你难过。木头墩子踢一脚还要翻翻身哩，嘿，你呀！你没有拳头吗？"

黄四楞接过钱，看着郝大成给他的那块银圆，揩了把泪水，羞愧地说："大成兄弟，你回来啦，这就好了。龙无头不走，鹰无头不飞。只要你带头，我黄四楞不是软骨头，也敢跟他们拼！"

"对！"郝大成兴奋地说，"要有穷人的骨气嘛！"

谷福生被打的消息，很快就传到了谷府，张彪立即跳起来，把枪一提就要去抓人。但是谷敬文沉思再三而后说："现在正是饥馑之年，穷小子们正要聚众滋事，在这人心浮动的时候，很容易为一件小事激成大变。安排软索套猛虎，设下香饵钓鳌鱼，对穷小子们要软硬兼施，恩威并用才行，圣人云：'小不忍则乱大谋'啊……"于是，这件事就暂时平复下来了。

十一

郝大成和史少平挑着担子出了寨门，想尽快赶到史家坪去吃午饭。

这时，路上有一个二十二三岁的青年，从后边追上了他们。这个青年中上身材，体格匀称，肌骨健壮，清癯的面颊由于操劳而显得瘦削。他那含蓄明澈的眼睛和那宽广的前额，给人以质朴、聪慧而又深沉的印象，唇边有两条细纹，显露出果决刚毅的神情。

"你们是到史家坪去吧？"青年人和悦地问。

郝大成闻声回头看了一下，见是一个教书先生打扮的青年人。

"嗯。"郝大成冷冷地说了一个字。

"正好，我们可以同路。"青年人欢快地说着走得更靠近些，"你的担子好像很重啊。"

"……"郝大成嘴动了动，却没有答话，心想："这是个什么人？他想在我身上打什么主意吧？"

"这次回来要多住些日子吧？"这个青年似乎对郝大成的行踪既了解又关切。

郝大成猜疑地看了他一眼："还说不定呢，这种荒年到哪里也没有多少活路干！"郝大成不耐烦地回答着，对这个来路不明的青年人产生了戒备心。

"可是，越是荒年大家越需要镢头和菜刀啊，也许还需要红缨枪哩。"

"我不明白你的意思。"

"你离开这里一年多了，你还不清楚，人们在吃葛根树皮啊，没有镢头挖不动，没有好刀剁不碎啊！"

"可是红缨枪呢？"郝大成以攻为守地怒冲冲地说。心里不住地嘀咕着："这是个什么人呢？该不是地主豪绅的奸细吧？"

"打富济贫！"

"我不懂。"郝大成猜疑地斜了青年一眼。

"也许你这次回来，是想组织什么红绫会吧？"青年微笑着说。

郝大成不由得愣怔了一下，说："这和你有什么关系？"

"当然有关系。我看你该歇一会儿啦，咱们仔细谈一谈。"青年建议道。

"好吧。"郝大成满怀狐疑地看了看微笑的青年，心里盘算着如何对付这个猜透他内心秘密的人。

郝大成叫史少平看着担子，他们走到路边，找了个树荫坐了下来。

郝大成接着青年的话头说："我是有组织红绫会的意思，你打

37

算告密吗?"

青年笑了笑,没有直接回答,而是问道:"你认为会有人跟你走吗?"

"当然有。"郝大成充满信心地说,"你刚刚没有听见黄四楞的话吗? 只要有人带头,他也敢跟谷敬文拼!"

"可是时代不同啦。你那条'救世济民'的道路也和历代农民起义一样,注定不会成功。"

青年人一语道着了郝大成的苦衷。不错,郝大成在外打铁,结交了不少朋友,当他和朋友们谈起他的主张时,人们总是摇头,虽有反抗的热情,却无成功的信心。这使他百思不解,苦闷异常,他想不出通向成功的道路。但他仍坚定不移地说:"不管成功不成功,总得跟土豪劣绅们干!"

青年人从郝大成的斩钉截铁的坚定回答里,看出了这个青年铁匠强烈的阶级仇恨和为穷人不受压迫而敢于赴汤蹈火的献身精神,不由得深深地感动着。

"名称叫什么呢? 还叫红绫会吗?"

"这不关紧要。"

"这很关紧要,可见你还没有找到一条为穷人打天下的路!"

"还没有找到一条为穷人打天下的路?"郝大成被青年人这句话震撼了。他气咻咻地问:"谁叫你来管穷人的事? 你是什么人?"

"你看呢?"青年仍旧微笑着说。

"我看,"郝大成重又打量了对方一番,率直地说,"你是地主豪绅的奸细!"

青年闪动着温和、深邃的眼睛玩笑地说:"那你的秘密可全暴露了。"

"那你就别想从这里走开!"郝大成跳了起来,虎视眈眈地看着青年人,他的拳头攥得咯嘣嘣地响。

"算啦,我实话告诉你吧! 我是史家坪民校的教员。"青年人从容地微笑着,示意郝大成坐下。

"我不认识你。"

"你是去年春天走的,我是今年春天来的,当然不认识了。我叫吴可征。"

"你认识史太昌吗?"郝大成仍然不十分相信,但语气开始缓和了。

"当然认识! 我们正盼你回来呢。咱们还是回到正题上来吧,你相信红绫会能成功吗?"

"干吗想得那么远呢? 反正'不是鱼死就是网破'。要举事哪能不冒三分险?"郝大成沉思地说,渐渐消失了对吴可征的反感。

"为什么不想得远些呢? 一个种地的庄稼人,哪有只管播种不问收获的呢? 这是关联着千万人性命的大事,没有深谋远虑是不行的。就说你吧,这些年来,干了多少见义勇为的好事啊,可是你并没有真正救了谁。"

"这我就不懂了。"郝大成有些愕然地说。

"就拿刚才黄四楞来说吧,你以为把他救了吗? 没有。他仍然背着一身还不清的债。也许就是现在,你给他的那块银圆又被债主夺去了。你的这种'帮助'甚至使他的处境更糟糕。谷福生会把对你的仇恨一齐发泄在他身上。你总不能整天跟在他身边保护他啊,退后一步说,就算你救了一个黄四楞,可是还有千万个张四楞李四楞在受难,你怎救得了呢? 今天就算你打倒了一个谷福生,可是还有王福生、刘福生……在横行霸道啊!"

"难道就叫这些坏蛋横行不成? 我不是胆小怕事的人,我看不惯不平的事!"郝大成愤愤地说。他碰到了第一个指责他行为的人。但他又不能不承认,这个青年的指责恰恰击中了他的要害。

"不错,你是个好汉,在中国历史上也有过千千万万的农民英雄,可是他们并没有把不平的世界推翻,也没有把穷人从贫困中拯救出来,红绫会就是一个例子。你走南闯北,到过不少地方,你看有多少人在水深火热之中啊! 你能救得了吗? 就说你要去的史家坪吧,穷人就有几百家,你有多大力量去救他们呢?"

"我能救几个是几个!"郝大成感情冲动地说,流露出他内心的激动不安而又坚定不移的决心。

"不仅你救不了谁,而且你也救不了你自己!"

"为什么?"郝大成像被激怒了的猛虎,又跳了起来,"哪个敢来欺负我?!"

这样的结论是他绝对想不到的,而且也是不能容忍的,当然更谈不上接受了。

郝大成的隐秘的痛处,被这个素不相识的青年人,一层一层冷静地揭开了,他感到惊异而又痛苦。同时一股无名的怒火升上了他的心头,这火气并不是冲着吴可征而发的,也不是对着自己而发的,就像一个急于赶路而又在暗夜里摸不着路的人,所产生的那种焦躁烦恼的心情一样。这些使他百思不解,从十四岁起就为之苦恼、徘徊、追求、探索的问题,今天是这样详细、清晰地摆在他的面前,催迫他作出一个正确的回答,然而,正确的回答又在哪儿呢?

吴可征十分同情地看着这个刚毅、坦率、正直的铁匠,完全了解他那复杂焦虑的心情。但他知道,只有强烈的阳光,才能穿透迷雾,使他看清前进的道路。所以他仍然采取猛下针砭的做法,毫不"留情"地穷追到底。

"你以为你就摆脱了地主豪绅的压迫和剥削了吗?"吴可征仍然平静地提出很可能使郝大成更加激怒的问题。

"我没有给地主当牛,也没有给豪绅做马!"

"你那以打猎为生的父亲,也和你一样,认为不给地主干活就算不受压迫和剥削了。可是到头来,还不是欠下了官府的捐税?

你也不得不去给黄老四家放牛抵债。这且不说,你和你父亲都打过猎,可是那些兽皮在哪里呢? 都变成了皮袄、皮袍、皮褥子、皮帽……都穿在地主豪绅的身上,戴在地主豪绅的头上,铺在地主豪绅的床上! 连你们父子豁出性命打的那张老虎皮,还不是披在谷敬文的太师椅子上吗?!"

"啊! 啊!"这些无情的事实和论证,像一把锋利的剑刺疼了郝大成的心! 他愤怒,他痛苦,但他找不出理由反驳。只是紧握着拳头坐下来,悲愤地向着吴可征喊道,"你说! 你说!"

"就说你打铁吧,你为那些雇工、佃户们打了千百把锄头镰刀。可是有几个人拿着你打的锄头镰刀,在自己的田地上耕种和收割? ……"

"那你说怎么办?"郝大成像一头被逼得走投无路的猛虎,重又激怒起来。

"这万恶的旧社会,就像一座黑暗的地狱,不管你干什么,也不管你躲在什么地方,总是逃不脱,天下老鸹一般黑,到处都有人吃人。你要不受压迫不受剥削吗? 你要拨开黑暗见光明吗? 那你就得把旧社会这个地狱彻底掀翻,把它砸个粉碎! ……"吴可征也激动起来,坚毅的声音里充满着撼人肺腑、震人心灵的力量。

郝大成茫然无措地等待吴可征继续讲下去。

"你见过烧荒的吧?"吴可征看着茫然无措的郝大成,继续说,"有人凭自己的力气,用手去劈折树丛荆棘。力气用完了,手也磨破了,可是,并没把荒开出来。因为他折断了一枝又长出了十枝,折去了旧枝又冒出了新枝……可是有人却用另外的办法,他点起一把野火,把树枝荆棘统统烧光,把土地翻了过来,把那些杂树连根铲除掉! ……"

"这和我的事有什么关系?"郝大成一时还不明白其中的含意。

吴可征亲切地望着有些茫然的郝大成,更加热情地说:"我们

41

对付旧社会就要用烧荒的办法,不是靠几个人的拳头硬,而是靠整个阶级的力量,靠所有的劳苦大众的力量,大伙一起来干!只要劳苦大众醒悟过来,就会有翻天覆地的力量!大山也能推倒,大海也能填平。"

这些道理是很有说服力的,它像一股劲风,吹散了郝大成心头的密匝匝的云雾,使他感到眼前一片光亮,他还是第一次听到这些新鲜的道理。但是,只靠这半个小时的激烈对话,就要郝大成想通弄懂,并且完全接受下来,也是不可能的。

"可是我觉得胆小怕事的人太多了……对,我想起来了,九年前我到谷家寨来卖柴,被人打了,有人就说过'羊是斗不过狼的'……"

"你不相信劳苦大众有力量来救自己吗?"

"英雄好汉太少了!"

"你错了。"吴可征毫不客气地说,"劳苦大众自己有力量来解救自己,并不需要英雄好汉们来保护。"

"那好,咱们走着瞧吧!我去联络我的英雄好汉,你去依靠你的劳苦大众,各走各的路吧。"郝大成冷冷地说,"人家说'秀才造反,三年不成',这话到底不假,你们这些秀才只会纸上谈兵,锄头柄都没摸过,还来管老百姓的事!"

"你把我看错了,我虽然是个教书的,可并不是秀才,我没摸过锄头柄,却也是个抢大锤干粗活的人。……"吴可征说到这里不由得放声大笑起来,"好,今天咱们谈得不顺当。可是你的主张,史太昌也不会赞成的。"

"你怎么知道他不赞成?他和你有什么关系?"

"我们是朋友,我们在一起共事!"

"哦?朋友?你听他的,还是他听你的?"郝大成质朴而又天真地问。

"这……他懂得比我多,也比我老练,是我听他的。"吴可征微笑着回答了这个有趣的问题。

"那我们算是白争了,你得听我的!"

"为什么?"吴可征感到莫名其妙。

"因为太昌叔和我的想法是一样的,你既然听他的,当然也得听我的了。"郝大成在吴可征的肩头上拍了拍,哈哈大笑起来。

吴可征也陪着郝大成大笑了一阵,然后站起身,拍拍衣服上的尘土说:"我还要到黄家湾去,天不早了,晚上咱们在史家坪见。到底谁听谁的,也还不一定哩。"他向郝大成伸出手来,但郝大成却没有握手的习惯,向吴可征拱拱手,便向铁匠担子走去。

郝大成对这个青年最初产生的猜疑,无形中逐渐地消失了,并且一路上琢磨着那些简单而又深奥的道理。他的脚步变得轻松有力,肩上的担子也仿佛变得不那么沉重了。

十二

吴可征站在岔路口上,怀着激动和敬佩的心情,看着郝大成挑着沉重的担子,迈着坚定有力的步伐,大步向前走着。他仿佛觉得有一股无形的力量传到他的身上,有一股革命热情的湍流在他的心头汹涌。他久久地伫立在那里,望着郝大成在林间小路上渐渐远去的高大身影,他沉浸在遐思冥想之中。从郝大成的气质中,他看到了山区人民的典型,他想得很多很多,也想得很远很远。

勤劳勇敢的山民,他们也和灾难深重的全国人民一样,几千年来,为了取得起码的生存权利,进行了前仆后继可歌可泣的斗争。在兵荒马乱的岁月,在灾荒饥馑之年,这里曾多次卷起过饥民起义的风暴,燃起过反抗暴政、抗捐抗税、抗租抗债的烈火。

但是,结果都失败了。在"一人造反,全家当诛"的残酷镇压下，起义者轻则家破人亡，重则祸灭九族。在这只有强权没有公理的社会里，穷苦人民真是悲苦无告，呼天天不应，叫地地不言啊。刀把子攥在地主豪绅手里，命运也攥在他们手里，他们握着生杀予夺的大权，穷人哪有生存的权利？有冤向谁申？有屈向谁诉？"衙门八字向南开，有理无钱莫进来"，这就是无情的回答！

于是，劳动人民又不得不忍辱含愤像牛马一样，任地主豪绅们驱使、鞭打、宰割，把眼泪咽到肚里，把仇恨埋在心底。地主豪绅们利用政权、族权、神权、夫权等等一切封建的宗法思想和制度统治他们，用"孔孟之道"这把杀人不见血的软刀子，欺骗他们，麻痹他们，束缚他们，屠杀他们。

自从民国以后，军阀更是连年混战。地主、资产阶级残酷的阶级剥削，帝国主义贪得无厌的掠夺，他们用屠刀把人民推进水深火热之中。但是物极必反：在人民遭受苦难的同时，在人民心中也就燃起了无比仇恨的火焰！

哪里有压迫，哪里就有反抗；压迫愈重，反抗愈烈！当人们被逼得走投无路时，当人们被压得忍无可忍时，反抗的力量是巨大的，猛烈的，像洪水冲决堤坝一般，突破一切障碍向前奔流。

宁愿站着死，不愿跪着生！于是人们又像祖先那样，不顾过去失败的教训，一次又一次揭竿而起，作殊死的斗争。残酷的阶级压榨的铁锤，并没有把钢铁般的人民砸碎，却在仇恨的烈火里，把人民锻造成一把反抗黑暗统治的利剑！

斗争，失败，失败了再斗争……

啊，受苦受难的人民啊，斗争的目标是什么呢？斗争的方向是什么呢？斗争的纲领是什么呢？斗争的对象、任务、动力、性质、前途是什么呢？难道斗争仅仅是为了向大户夺一口饭吃吗？难道斗争仅仅是为了报仇雪恨吗？难道斗争是为了改朝换代、出现一个什么"贤君明主"吗？过去历次斗争都没有回答这些问题，都没有解决这些问题,都是走着祖先们没有走通的农民暴动的道路。

多么英勇的斗争,多么原始的反抗! 这些斗争由于没有先进的无产阶级的领导,就像一只没有舵手的航船,四周是茫茫无际的海水,在惊涛骇浪中,虽然勇敢的水手们无所畏惧,挥舞着双桨向前猛冲,但哪里隐伏着危险的暗礁? 沿着什么样的航线才能到达光明胜利的彼岸? 却一无所知! 到头来不是中途触礁沉没,就是被统治阶级所骗取利用,篡夺了斗争的果实,成了实现他们的野心,登上统治宝座的工具!

然而,谁是劳苦大众的救星? 哪里是劳苦大众的出路呢?

经过几千年的漫漫长夜,在二十世纪的二十年代初,多灾多难的中国的地平线上,终于射出了灿烂耀眼的黎明的曙光,中国革命的伟大舵手——中国共产党诞生了! 中国共产党是真理的化身,是胜利的象征,是中国的希望,是人民的救星! 从此,苦难的人民将在党的红旗引导下,进行不屈不挠、波澜壮阔、惊心动魄的斗争! 从此,中国人民在自己英雄的革命斗争史上,揭开了崭新的光辉篇章。

斗争的目标是远大的! 斗争的任务是艰巨的! 斗争的道路是曲折的! ……

但是,不管革命的征途上有多少艰难险阻,胜利一定属于伟大的中国共产党,一定属于在党领导下的为革命而献身的勤劳勇敢的中国人民! ……

吴可征一直看到郝大成的身影消失在山林之中,才从遐想中挣脱出来,怀着振奋的心情,向黄家湾走去!

十三

郝大成同吴可征第二次见面的时候,已经完全是另外一种感情了。他从史太昌嘴里知道了吴可征的身份和经历。他第一次听到使他心灵震撼、亲切而又陌生的名字——"共产党"！

在一盏明亮的桐油灯下，郝大成和吴可征亲切而激动地交谈着。吴可征望着郝大成那双探索真理的目光和渴求革命知识的专注的神情，深深感觉到郝大成不把一切弄得明明白白，他是不肯罢休的。

"像红绫会这样的农民暴动，"吴可征亲切的声音里充满着令人信服的力量，"在咱们中国的历史上数也数不清，就拿最大的几次来说吧，在二千多年前的秦朝，就有陈胜、吴广起义，汉朝的黄巾起义，唐代的黄巢造反，明末的李闯王……全都失败了。就拿近的来说吧，从一八四〇年的鸦片战争，到一九一九年的五四运动，灾难深重的中国人民，为了反抗帝国主义的侵略和封建主义的压迫，进行了七八十年的英勇斗争，可是这些斗争，都失败了。……"

"这是为什么？"

"因为没有正确的领导啊。"吴可征说，"这些起义不是中途遭到统治阶级的镇压而失败，就是在革命后期被贵族和地主利用了，当作他们改朝换代的工具。就拿明朝的朱元璋来说吧，在一三五二年，他参加了农民起义，在'红巾军'领袖郭子兴的部下当亲兵，后来他成了农民起义军的领袖，推翻了元朝，建立了明朝，当了皇帝，他自己又骑到人民的头上。虽然在每一次大规模的农民起义后，社会多少有些进步，但是，封建的经济关系和政治制度没有变，真是换汤不换药啊，穷苦人照样还是受压迫受剥削！"

"那正确的领导在哪里呢？"郝大成有些焦躁起来，"难道革命就是这么难吗？"

"当然很难，革命嘛，是翻天覆地的大事。历史上的农民起义不能成功，就是因为当时没有无产阶级，没有马克思列宁主义，没有中国共产党。……"

"有了共产党的领导，就能取胜吗？"

"能！伟大的列宁就领导了俄国的十月革命，在一九一七年取得了成功！推翻了剥削阶级的反动统治，建立了世界上第一个社会主义国家。"

"共产党的本领为什么就这样大？"

"因为中国共产党是无产阶级的政党啊，是按照马克思列宁主义建立起来的政党啊。中国无产阶级身受帝国主义、资产阶级和封建势力三种压迫，所以他们革命最坚决、最无私、最有远见、最有觉悟。无产阶级是最先进的阶级，共产党就是最先进的政党。中国农民阶级也是受压迫的阶级，它是革命的动力，但是它有很多弱点，只有在无产阶级领导下才能取得革命胜利！"

"啊，这些道理真深啊！"郝大成感慨地说，"那么你开头是怎么懂得这些道理的？你又是怎么参加共产党的呢？"

"我祖父和我父亲，都是铁路工人。"吴可征沉思地说，"我痛切地体会到中国工人阶级所受的苦难的深重！自从我们中国土地上铺上第一根钢轨那天起，中国的铁路工人就受尽帝国主义、军阀和土豪劣绅们的压迫和剥削。那铁路线就像帝国主义伸进中国的一根根吸血管，首先吞吃的就是铁路工人的血汗！大成同志，你是在山村长大的，知道穷苦农民的苦处，可是工人阶级受到的苦处你就不大清楚了。穷苦农民有的还有一点小小的财产，一间小茅屋，几分山坡地。可是工人呢，除了一双劳动的手外，就什么也没有了！所以说，工人阶级就是无产阶级。

"我祖父年老多病，在一个风雪天里，累死在路基上，正像那时铁路工人的歌谣里所唱的：

> 铁路劳工生活坏，
>
> 无衣无房无被盖；
>
> 终生劳苦难饱腹，

47

死在路边无人埋。

"那铁轨压着的不是枕木,那是无数中国铁路工人的尸骨啊!那火车头里一锹锹填进去的不是煤炭,那是铁路工人的血汗啊!祖父死了,我父亲还是继续走着祖父的路。如果不是有了中国共产党领导人民闹革命,父亲的命运还是和祖父一样,到头来,还得冻死饿死在路基上。

"一九二一年,我还在铁路中学念书,父亲的工资养不活一家,我没有读到中学毕业,就到铁路上当检修工,在整整三年里,我受尽了饥寒和凌辱。那时候,我才更加感受到中国工人阶级受帝国主义、军阀和狗财主们压迫剥削的痛苦。今年年初,我参加了中国共产党,不久,党就派我到山村来,创办平民夜校,传播马列主义,发展党的组织。……"

"革命道理这么深,我怎么才能懂得呢?我能参加中国共产党吗?"郝大成在兴奋之中又含着几分迷茫地说,"革命的路我是找到了,可是这条路怎么走呢?"

吴可征深情地看着郝大成那真诚的面容说:"你想得很深很远,也很实在,要走好这条路是不容易的,要走好这条路,那就要学习,要斗争,……你识字吧?"

"前几年,太昌叔教我念过《庄稼杂字》,说来也好笑,连他自己也念不全。……"郝大成孩子般地憨笑着。

"你还记得吧,会写吗?"

"大概还能写几段'人生天地间,庄农最为先,要记日用账,先把杂字观'。那时心想,我又不当账房先生,打铁也不用记账,学这个有什么用?它又不能打那些狗财主们,所以学得也不带劲。"

"要干好革命工作,不懂得革命道理可不行。从明天起,你就到夜校里来上学吧。"

吴可征讲的这一切,郝大成特别容易理解,特别容易接受,并且理解得特别深刻和生动,接受得特别真挚和坚决。因为这跟他的特殊经历联系到一块了,跟他急切地想为穷人翻身寻找出路的心愿联系到一块了,跟他强烈的斗争愿望联系到一块了。正是这样,在他十四岁的时候,在虎头崖上,他就向爸爸提出了找路的愿望,于是他找啊找啊,走南闯北十数载,走了多少路? 经过了多少曲折迷惘和徘徊? 今天,他终于找到了那条路,他终于找到了引路人!

十四

自从这一天起,郝大成就好像一个在黑夜里探寻道路的人,突然见到了光明,辨清了方向一般。他的振奋、激动和喜悦的心情是难以形容的。他对吴可征的尊敬、热爱和感激也是极深的。郝大成的这种炽烈的感情,更确切地说,不是对吴可征一个人的,而是对共产党的,只不过是通过吴可征的具体形象表现出来就是了。

郝大成的心境正是这样:在那无边无际的充满凄风苦雨的暗夜里,如果不是一盏明灯出现在他的面前,他的一生的生活道路将是怎么样的呢? 他的命运前程又是怎么样的呢? 也许他也和他爷爷爸爸一样,肩负着苦难的生活重担,在一次次的反抗中,经受着失败的折磨和痛苦,到头来落得一个被杀、坐牢、逃亡的下场……就在这茫茫无际的黑暗里,他眼前豁然开朗了,他看见了黎明前的晨星和曙光! 他的心情是何等的激动和振奋啊!

在夜校里,郝大成如饥似渴地学习。他认识了秘密农会的妇女委员宋少英,她是县委副书记宋洁泉的女儿,中学毕业之后,就跟随爸爸到山区来搞农运工作。吴可征请她帮助郝大成突击学习政治和文化。

在学习方面,郝大成是个勤奋的学生,宋少英是个严格的教师,郝大成的刻苦学习精神很使宋少英感动。她夸赞地说:"大成同志,你不是在学,而是在吞哪!"

郝大成笑笑说:"我真想一口吃下十年的饭,肠子空,肚子饿,不吞哪能行!"

郝大成除了听讲马列主义外,还要吴可征给他讲中国的历代农民革命史。他那刻苦钻研的坚强毅力,他那善于理论联系实际的革命精神……都使吴可征不胜惊讶。

有一天吴可征感慨地说:"老郝,我教别人是先生督促学生,可是教你啊,却是学生逼迫老师。……"

"逼迫?"郝大成迷惑不解地看着吴可征,不明白这句话的真实含意。

"岂止是逼迫,你简直是拿着鞭子催我赶我啊。"吴可征笑着说,"为了满足你的求知欲望,为了回答你提出的问题,我得日夜不断地学习,不然,你早就把我挖空了。你那寻根追底的劲头,把我逼得好苦!"

"我走了这么长的弯弯路;今天才算走上正道道,我恨不能十步并成一步走,光顾自己向前赶,"郝大成歉意地笑笑说,"没想到把你累苦了。"

"不,你把意思说反了,不是你劳累了我,"吴可征恳挚地说,"是你督促了我,是你帮助了我,我应当感谢你才对!"

"看,你才把意思说反了呢,哪有先生感谢学生的!"

"不,在你面前我是老师,可是在我面前你是老师,大成同志,你不要以为光是我在教你,我在你身上也学到了很多书本上学不到的东西。"

吴可征看到郝大成正要反驳,连忙制止他说:"你不要以为我是说客气话恭维你。不!我们革命队伍里的每一个人,都应该互相帮助,互相学习,都应该具有高尚的革命品质和丰富的革命经验。不然,我们怎么能完成革命这个翻天覆地的大业呢?"

吴可征热情而又诚恳的话语,使郝大成深深感动着。他说:
"对! 为了完成翻天覆地的革命大业,我要按照列宁同志的教导去
做:学习,学习,再学习! ……"

十五

晴朗的秋夜,暗蓝色的夜空,显得特别明净高远。一轮皎洁的
明月从豹子山的峰巅上升了起来,照耀着静谧的山村。那迷迷蒙
蒙的银河横跨天际,山村窗口的松明和林间猎人的篝火一同闪烁、
明灭。

就在这样一个美好的秋夜里,郝大成、史少平和宋少英,他们
都穿着崭新的衣服,怀着万分激动的心情,来到史太昌的茅屋里。

茅屋虽小,今天却显得广阔敞亮。几排印着金色"禧"字的大
红蜡烛闪耀着欢快的火光。正面墙壁上高挂着马克思的画像,他
正以亲切慈祥的目光注视着走进来的人;绣着镰刀锤头的红旗,在
红彤彤的烛光里,更显得鲜艳耀眼。整个茅屋笼罩着一派庄严肃
穆和欢乐欣喜的气氛。

史太昌首先庄重地宣布说:"同志们,今天是个大喜的日子,我
们的党又增加了三个新的党员。入党仪式现在就开始,首先向我
们党的红旗,向全世界无产阶级革命的导师马克思致敬礼。"

大家肃立,向党旗和马克思像鞠躬致敬。

史太昌又接着说:"现在就请我们的党代表,支部书记吴可征
同志讲话。"

吴可征满脸幸福地微笑着,他的话语里充满着激动和深沉的
感情。他说:"同志们,今天三位新同志入党,是我们党迅速壮大,
我们革命事业日益兴旺的表现。我代表党支部的全体党员表示热

烈的祝贺。同志们,从现在起,你们已经不是普通的群众了,而是无产阶级先锋队中的战士——中国共产党党员了。从此,我们的一切,都是属于党的。为了党的伟大的革命事业,我们要奋斗终生。改造旧世界是我们的光荣责任,实现共产主义是我们的远大目标。在现阶段,要打倒帝国主义!打倒封建地主土豪劣绅!打倒帝国主义的走狗军阀!……"吴可征越说越激昂慷慨,"革命的任务是艰巨的,革命的道路是曲折的,在漫长的征途上,将有着无数艰苦困难,将有着无数激烈的战斗,将有着无数严重的考验!希望同志们在党的培养教育下,密切地联系工农大众,紧紧地依靠工农大众,努力地为革命学习,积极地为党工作,勇敢地去和阶级敌人作殊死的斗争。在阶级斗争的烈火里,在冲锋陷阵枪林弹雨的战斗中,锻炼成一个优秀的共产党员。要用我们这双有力的劳动的手,打翻旧的世界,推倒压在我们头上的大山,斩棘披荆开辟我们新的生活道路,创造光辉灿烂的明天!现在,我们向党宣誓。"……

于是,郝大成、史少平、宋少英面对着党旗,举起拳头,庄严地倾吐出为共产主义奋斗到底的誓言。他们每个人的眼里闪动着幸福的泪花。在雄壮有力的《国际歌》声中结束了入党仪式。

郝大成从茅屋里走出来,他按捺不住心情的激动。清凉的月光照耀着他那容光焕发的脸,他那炯炯的目光显得特别明亮。

吴可征问他说:"大成同志,你在想什么?"

郝大成说:"我心里就像翻腾的江河一样,一下子也说不清楚,只是觉得浑身都是力气,就是大山我也能掀得翻,就是千斤担子,我也能挑得起!……"

吴可征掩不住内心的喜悦,低声地说:"你想得对,党就是我们力量的源泉。"

他们再也没有讲一句话,只是在皎洁的月光中,站了很久

52

很久。……

然后，郝大成送吴可征回夜校休息。回来的路上他独自来到了虎头崖上，望着东方初升的太阳。

旭日从东山头上升起来了，放射着耀眼的金光，这金光照在郝大成的身上，照在他的心头。

郝大成怀着静谧无言的喜悦，半张着嘴微笑了，脸上放射出激奋的光彩，心情变得更加开朗，胸怀变得更加宽阔。天边那壮丽的云霞，仿佛在郝大成面前铺开了革命的远景！

十六

一九二六年，一个令人欢欣鼓舞的喜讯降临到郝大成面前。党组织派他和吴可征到广州毛泽东同志举办的农民运动讲习所去学习，这是他们终生难忘的最大的幸福！像禾苗承受阳光雨露一样，他们受到了毛泽东同志的亲切的教诲，在毛泽东同志亲自培育下，迅速地成长起来，为担负革命的重担，打下了深厚的根基。他们怀着为革命而献身的渴望，怀着不可遏止的战斗的激情，牢记着毛泽东同志的谆谆教导……回来后，到了九里十八坪，开展了波澜壮阔的农民运动。

九里十八坪一带的穷苦山民，世世代代积压在心中的仇恨和愤怒，火山一样，猝然爆发了，成千上万的农会会员们，高喊着："打倒土豪劣绅！""一切权力归农会！"的口号，包围了谷家寨。

吴可征、郝大成带领着农民自卫队，把大土豪谷敬文抓了起来，土豪劣绅们的特权被打垮了，往日的威风一扫而光。那飞扬跋扈不可一世的"独眼龙"，在农民自卫队的押解下，头戴纸糊的高帽到四乡游街，串遍了九里十八坪各个村寨的大街小巷，他手执铜锣，走几步敲几下说一句："我是大土豪谷敬文，横行乡里，鱼肉乡民,罪该万死!"经过公审,把他送县治罪。

郝大成和吴可征带领农民自卫队,跋涉数百里,赶到火线,去迎接北伐军,当时北洋军阀的队伍被打得人仰马翻!可是,正当人们欢庆北伐胜利的时候,国民党蒋介石叛变了革命。谷敬文被释放了。一九二七年四月十二日,这个充满腥风血雨的日子,蒋介石向共产党人和革命的群众举起了屠刀;轰轰烈烈的大革命被陈独秀的右倾机会主义葬送了!

谷敬文的大儿子谷福春带着国民党部队,来到了谷家寨。谷敬文成立了保安团,他们叫喊着"宁可错杀三千,也不放走一个"的口号,对革命群众进行了残酷的镇压,九里十八坪一带,处在严重的白色恐怖中。

郝大成、吴可征和史太昌迅速地转入了地下,继续组织群众,和敌人作殊死的斗争。

一九二七年八月,党中央在汉口召开了紧急会议,纠正了陈独秀的投降主义路线。这年秋天,毛委员亲自领导了秋收起义。九里十八坪的党组织,也以秋收起义为榜样,举行了冬季暴动。几万人的队伍,从敌人残酷镇压的血泊中站了起来,手执大刀、长矛、冲担、柴斧……高喊着:"打倒帝国主义!""打倒国民党反动派!""打倒土豪劣绅!"这些使群山震撼的口号,打开了谷家寨的寨门,谷敬文的保安团被打垮了。谷敬文带着家眷和保安团的残兵败将,逃进了省城。郝大成用他祖父留下的那把镢头,砸开了谷敬文的粮仓。起义的群众在党的领导下,分了谷敬文的土地,建立了工农自己的政权。

郝大成和吴可征带领着农民自卫队,日夜进行政治教育和军事训练,宋少英东奔西跑,进行革命宣传,教群众唱革命歌曲,九里十八坪一带,到处是欢欣鼓舞的动人景象,到处是轰轰烈烈的振奋人心的革命气氛。……

但是，江河的奔腾，经过千回百转，才能流向大海，革命的道路，也要经过曲折，历尽险阻，才能走向胜利。

狡猾狠毒的谷敬文带着他的保安团，在国民党反动派任洪元三十二旅的配合下，在一个风雪怒号的夜晚，向九里十八坪一带反扑过来，狂喊着"茅草要过火！石头要过刀！"的反动口号，用烧、杀、抢的残酷手段，使九里十八坪一带重又陷入严重的白色恐怖中。由于叛徒的出卖，党组织受到了严重的破坏，史太昌带着一部分自卫队上了豹子山，坚持原地斗争。

郝大成和吴可征带着二百多名由自卫队组成的红军大队突围出来。他们和上级党以及兄弟部队失去了联系，在县委特派员黄国信的执意坚持下，到处流动。在万松山区，在大岩山丘陵地带，在铁路沿线的城市集镇，和成团成旅的敌人转战了两个多月。在极端困难的情况下，他们日夜顽强地战斗着，以大无畏的革命精神，坚持着武装斗争。

但是，由于到处流动，没有立足之地，吃尽了站不稳脚跟的苦头：伤员无处安插，兵员难以补充，军粮无处筹措，……尽管郝大成和吴可征斗争的决心无比坚定，革命的意志无比坚强，就像鱼困浅水，树无深根一般，要持久坚持斗争是非常困难的。

大队长郝大成、党代表吴可征，曾多次和特派员黄国信研究如何坚持斗争的问题，并多次派人去找上级党，由于当时各地都处在严重的白色恐怖中，党组织受到严重的破坏，县委到底是被破坏还是在流动中，也很难判定，所以一时很难取得联系。由于到处流窜，人越打越少，仗越打越难，他们不得不离开铁路沿线，又进入比较荒凉的白马山区。

南方春早，时令还不到惊蛰，映山红已经绽开蓓蕾，含苞待放。花蕾就像点点星火，闪动在远近的山崖。

郝大成独坐在一块巉岩上,沉思地望着远方。

吴可征从山路上兴冲冲地向他走来,显然得到了什么振奋人心的喜讯,但他看见郝大成沉浸在遐思冥想中,便按捺住心头的激动,在他身边坐下来,轻声地问:"老郝,你在想什么?"

郝大成向他的战友微笑了一下,仍然沉浸在遐想之中,只是轻声地说:"山头上这些映山红使我想起了广州农民运动讲习所门前那高大的英雄树! 那木棉花足有杯子口那么大,火一样地红!"

"是想念毛委员了吧?"

"是啊!"郝大成深情地说,"我们在农民运动讲习所里,虽说只有几个月,可是这几个月,是一生中最宝贵的时间啊,一辈子也忘不了。我一想起接受毛委员教导的那些日子,心里就热乎乎的。……可是毛委员现在在哪里呢? 真想见见他啊!"

"我正是为这个事来找你呢!"吴可征兴奋地说,"宋少英同志回来了,她正在吃饭,我就忍不住找你来了。……"

"找到县委了?"郝大成性急地打断吴可征的话头问。

"没有找到县委,可是她带回了一首山歌来。"吴可征满脸喜悦地说。

"山歌,什么山歌?"

"这可不是平常的山歌,这山歌带来了毛委员的消息!"

"毛委员的消息!"郝大成的精神极为振奋,一把拉住吴可征的手,"快说,毛委员他现在在哪里!"他紧紧地抓住吴可征的手,好像生怕这消息会从吴可征手里飞了似的。

吴可征抽回了被郝大成攥得生疼的手,微笑着说:"好,我就唱给你听:

> 一轮红日照山川,
> 毛委员来到了湘赣边;
> 打土豪,分田地,

武装割据建政权；

工农挥戈打天下，

红了一山又一山。

红旗燃起革命火，

驱散了黑夜照亮了天；

沿着井冈山道路走，

千山万山都红遍；

沿着井冈山道路走，

千山万山都红遍。"

"这么说，毛委员是上井冈山了!"郝大成激动得声音都发颤了。接着，他兴奋而又坚定地说："我们得上井冈山找毛委员去！请他给我们指指路！"

"你说的和我想的一个样，"吴可征说，"我想到井冈山去一趟！"

"我赞成，要去就得快些动身！"郝大成默念着山歌，信心百倍地说，"这首山歌好啊，'工农挥戈打天下，红了一山又一山。'是啊！我们的革命一定会兴旺起来，让千山万山都红遍！"

吴可征也深有同感地说："千山万山一定会都红遍！我们一定会找到路的，一定会胜利的。什么时候动身，还得和黄国信同志商量一下。"

郝大成忍不住皱了一下眉头："我总是觉得他的想法不对头，不管他同意不同意，我看一定要去！"

"我不同意。"黄国信突然从郝大成和吴可征身后走了过来。

"为什么?"郝大成问。

"我认为没有必要。"黄国信坐到郝大成、吴可征的对面。

"可我认为非常必要！"郝大成激动起来。

"这不是抬杠的时候！"

"你就说说理由吧!"

"我认为像井冈山那样,钻进山沟里并不是根本办法,城市才是政治、经济、文化的中心,俄国十月革命就是首先攻打冬宫的!……"

郝大成激动地打断他说:"可是事实证明,我们攻打大城市都遭到了失败。"

"那是时机不成熟,我们的力量还很不够。"黄国信十分自信地说,"所以现在我坚持流动游击。只有流动游击才能逃避强大的敌人,才能到处筹粮筹款,才能发动广大的群众,才能扩大政治影响。"

"可是,按照你这种办法,是既不能发动群众,也不能扩大政治影响!"吴可征激烈地反驳说,"你这种流动游击,实质上就是过去的到处流窜!"

"事实就是很好的证明,"郝大成补充说,"我们从九里十八坪突围出来,有二百多人,可是现在呢,连伤员在内只有七十多人了!"

"我们力量削弱的原因很多,"黄国信争辩说,"绝不是流动游击的结果。"

"恰恰是流动游击的结果。"吴可征激动地说,"此外还有什么原因呢?是我们的战士不勇敢吗?不是!我们和优势的敌人打了近两个月的仗,敌人死伤在五百人以上,可是我们为什么老甩不掉敌人?……"

"这个问题应该由大成同志来回答。"黄国信强词夺理地说,"他是军事指挥员!"

"我可以回答!"郝大成说,"我们本来可以把敌人远远地甩在后边,可是我们的伤病员怎么办呢?没有个立脚的地方,就只好带着伤员走,这能快得了?我们脚都站不住,怎么发动群众?怎么扩大武装？可征同志以前说过，'火车离开轨道要翻车'，我觉得咱们走的路不对！"

"我不懂你的意思，"黄国信说，"你指的轨道是什么？"

"就是要沿着正确道路往前走！"郝大成说，"所以我赞成可征同志到井冈山去！"

"你们应该尊重我的意见，我是县委的特派员！"黄国信愤愤地说。

"不错，"吴可征说，"你是县委的特派员，可是我们都是共产党员，我觉得到井冈山去，这是关系到我们这支部队前途的大事，去不去不能由哪一个人来决定，应该由党来决定。我提议召开支部会议来研究这个问题。"

第二天凌晨，吴可征在大队全体同志的欢送下，踏着朝露，迎着曙光，带着党支部的重托和全大队指战员们的殷切希望，日夜兼程，翻过峻岭崇山，跨过溪流河川，冲过敌人的层层封锁，向着全国瞩目的第一块红色革命根据地——井冈山进发！

上　卷

第一章　峡谷突围

一

一九二八年的暮春。

深山的夜晚，显得格外幽静。一轮明月从东山上升起来，照耀着白马山的群峰。满天星斗闪动着好奇的眼睛，窥视着白马山的巍峨险要的峡谷。不知名的山花，在徐徐的夜风里散发着芬芳的气息。那潺潺的溪水，在山石间流淌着。树林在晚风的轻摇中飒飒地窃语着，仿佛预感到，在这峡谷中，将有一场惊天动地的事件发生。

深山夜静，一切都显得神秘而又庄严。

这一天，是夏历三月十五，天气这样的剧变，很是少见。突然间，徐徐的晚风变成了凶猛的狂飙，愤怒地从峡谷中刮过。高大的树木都在这风暴的狂袭下，弯下了腰，枝断叶飞，发出恐怖的吼声。那滚滚不尽的乌云，因为饱含着雨水，显得特别浓重，铺天盖地地翻卷过来，仿佛要把世界埋进黑色的深渊里一般，一忽儿便吞没了所有的山峰。

随着几阵闪电，一连串霹雳打落在山谷之中，发出骇人的轰响，群山间回荡着此起彼伏的山崩地裂般的回声。子弹般的雨点，"叭！叭！"地从浓云中穿射下来，接着就变成了倾盆大雨。

闪电不断地掣击，雷声不断地轰鸣，在劈裂浓云的电光里，不断地显露出巍峨的山影。

风仗雨势,雨借风威,就这样翻江倒海地下了将近一个小时。暴风雨像一个狂奔乱蹦的猛兽,在怒吼咆哮一阵之后,终于疲累了,突然静止下来,收敛了它的威势。月亮,像行驶在云海中的孤舟,不时地透过云隙,向山谷间洒下淡淡的银辉。

这时,一支不大的红军队伍正在峡谷里聚集。他们再向东走出不远,就是准备抢渡的流沙河了。这条河流,切断了山谷,向东南方向奔流。暴雨形成的山洪使流沙河加大了水量,加强了流速,急湍异常,势如万马奔腾,在这谷地里激起很大的喧响,和远方的雷声搅混在一起,合成一片喧闹的声浪。

大队长郝大成命令部队原地休息,并派一中队队长罗雄带领侦察人员去侦察敌情。

听到原地休息的命令,战士们都立即蹲在泥泞里,由于过分疲劳,他们连一块能垫屁股的石块也不愿去找。

雨后,变得更加明净清凉的月光,照耀着威震敌胆的红军大队长郝大成。他体格高大魁梧。因为疲劳和饥饿,两颊微陷,脸色变得更加黧黑;圆大而充血的眼睛闪射着炯炯的光芒,像两点永不熄灭的火焰;两道又粗又直斜指鬓角的剑眉,在此时此地此情此景中,使他那宽大的面容显得更加威严勇猛!他头戴一顶灰青色的八角军帽,红色的五角星经雨一淋,更显出灿烂夺目的红光。他的驳壳枪斜插在宽皮带里,左手抔在腰上,右脚蹬着一块岩石,沉静地眺望着黑沉沉的远方。他的神情,他的姿态……一切都表现出军人特有的气质。

部队穿得很不整齐,他们穿的有大有小,有肥有瘦,很不合身。只有一半人穿着破旧的军装,其他都是穿着老百姓的裤褂。他们背着简单的背囊或挎包。一把鬼头刀斜插在背后,肩上扛着杂色的步枪。有人肩上斜背着油布雨伞,有人背着竹编的斗笠。在这顶风冒雨、露宿荒野的战争生活中,斗笠、雨伞就是房屋,就是帐篷,它成了部队的重要装备之一。只有一样是共同的,那就是每人头上都戴着一顶青灰色的八角军帽,五角星闪耀着红色的光芒。

党代表吴可征,为了把井冈山的经验早一天带回部队,不顾一切困难险阻,带着重病,风餐露宿,日夜兼程,赶回白马山区。立即向部队讲述了井冈山革命根据地的兴旺景象,使战士们受到了莫大的鼓舞。

最后,他用铿锵有力的声音说:"同志们!毛委员在井冈山创立了第一个农村革命根据地,给中国革命指出了方向,我们一定按着毛委员指示的方向走!革命有了方向,就有了奔头!我们的革命事业一定会大大地兴旺起来!我们一定会取得胜利!"

大会之后,他们立即召开了支部会议。在会议上,他们分析了白马山区离大城市和铁路干线较近,加上山荒人稀不利于扎根的情况,决定开出白马山,以井冈山为榜样,找一块适合于扎根的地方,去建立农村革命根据地。

有的同志提出再打回九里十八坪去。经过分析研究,认为那里的群众条件虽然很好,但是村寨很集中,村寨周围多为丘陵平畈,无险可守,敌人重兵一驻,就很难立足;附近的豹子山,山形是一条龙,既不利于守,也不利于攻,又很荒凉,作为游击区坚持斗争是可以的,在目前要取得很大的发展则很困难。

于是他们又在当地群众和战士中做了大量的调查,认为开出白马山区北上,进入大山区较为合适,那里群众条件较好,有大革命的影响,物产也很丰富,地势险要,有很大的回旋余地,进则可攻,退则可守,那里虽有一些反动的地方势力,但战斗力不强。经过支部会议几番讨论,决定立即开出白马山区。为了摆脱敌人的追踪,选择了出山的唯一捷径——白马山峡谷。但是由于出现了意外情况——安插伤员的分队和敌人遭遇,部队去接应他们,晚出发了半天。致使这支仅有五十七人的部队,在这峡谷中,陷入了敌人的重围,面临着最危险的关头!

二

"老郝,怎么在这里停下了? 我们应该赶快抢渡流沙河啊!"

说话的是县委特派员黄国信。

"渡河?"郝大成带有几分气愤地说,"那正好落进谷敬文的圈套里去!"

"为什么?"黄国信刚从后面赶上来还不了解部队的处境。

"罗雄同志刚刚侦察回来,河对岸已经被敌人封锁了。"

"我们来晚了一步。"黄国信懊恼地说,"严重! 严重! 你谈谈敌情吧。"

"这是谷敬文和任洪元给我们挖的陷阱!"郝大成同黄国信一齐在岩石上坐下来,继续说:"现在我们的处境是这样:北面山上是谷敬文的保安团一营加一个特务连,南面山上是任洪元的一个营,前面,流沙河对面是任洪元的两个营,背后谷敬文带着一个营紧跟着我们。现在我们是四面受敌,再说,我们是在峡谷里,这些白狗子们却可以居高临下……"

黄国信听到这样严重的局势,心烦意乱地说:"这真是糟糕透了。"他已经预感到笼罩在这支部队头上的不幸,沉思了一会儿说,"老郝,我看还是分散突围吧,也许能突出十个八个的,处境实在是太危险了!"

"不,分散突围不是办法,那等于不战自垮!"

"那只有强渡流沙河了!"黄国信焦躁不安地说。

"那更不行,谷敬文的如意算盘就是逼我们下水。在山林里,也许还能躲藏,可是在河水里呢? 那就只有被全部消灭! 更何况加上这场大雷雨,山洪一暴发,河就更难渡了。"

"这可怎么办呢?"黄国信带有几分埋怨地嘟囔着说,"压根就不应该出峡谷!"

郝大成没有听清黄国信的话,而是想着突围的办法。他望着隐现在朦胧的月光中的山岭,望着山顶上敌人作为联络信号的几丛篝火,轻轻地微笑了一下:"老黄啊,谷敬文想在这里吃掉我们,他是吃不下的! 不等他张嘴,我们就先砸掉他的牙齿!"

郝大成把握紧的拳头当空劈了一下。这时他的全部感情就像是一把出鞘的利剑,准备向敌人头上劈去! 越是在危急的关头,越是沉着镇定;越是面临着险恶的战斗,越是豪情满腔,锐不可当——这就是郝大成在战斗的烈火中锤炼出来的性格特征。

坐在一旁一直闷声不响的一个黑脸大汉,突然冒了几句:"还突什么围? 谷敬文不是在后面追我们吗? 他娘的,我们回过头去,杀他个回马枪! 谷敬文是豁出老本来和我们干,我们也豁上老本和他拼!"

说话的是一中队长罗雄,他那火辣辣的语言里,燃烧着躁动和不安。

郝大成听了之后,脸色变得更加严峻了,像青铜铸的一般。他说:"罗雄同志,你啊就知道拼,拼,拼! 杀,杀,杀! 要动脑筋,革命是不能凭着自己的性子蛮干的!"

"这股子闷气我受不了!"罗雄气呼呼地说。他对于部队目前的处境并没有认真加以考虑,而只是想同谷敬文拼个痛快!

"要敢打敢拼,还要会打会拼!"郝大成说,"打仗是为了夺取革命胜利,可不是为了消气啊! ……"

郝大成没有继续讲下去。这时身患重病的党代表吴可征,在彭医生的照应下,从后面赶上来了。这场暴风雨使他发着高烧的身体行动更加艰难。虽然他的脸色苍白憔悴,可是仍然透露出英毅的气概和坚定乐观的神情。郝大成扶他坐在自己身边一块比较平坦的岩石上,向他介绍了侦察人员报告的新的敌情。吴可征马上了解了部队的险恶处境。

"老郝,老黄,我们一定要设法突出去!"吴可征坚定地信心百倍地说,"这杆革命的红旗是绝对不能叫敌人砍倒的!"

郝大成深情而激动地望了吴可征一眼。他那镇定自若的姿态,他那充满胜利信念的神情,给了郝大成一种无形的力量。在这种严峻的时刻,在这紧要关头,这种力量是万分需要的。

"我们和谷敬文打交道不是一天啦,他那一套我们还能不摸底?"吴可征继续说,"咱们趁他正在得意忘形的时候,突然给他一拳,打他个晕头转向!"

郝大成从吴可征的提示中受到了启发,一个出奇制胜的作战方案在他的脑海里逐渐形成了。

"狗娘养的谷敬文,是想啃我们几口啊!"十七岁的通信员王尚青气愤地说。

"想啃我们?"殿后的二中队长史少平刚赶上来,接着王尚青的话茬说,"我们可不是肉团子,我们是把尖刀子,看他谷敬文能啃得下哟!"

"是啊,"吴可征笑笑说,"我们要把这把尖刀子亮一亮,在谷敬文张口吞吃我们的这个节骨眼上,戳破他的肚皮,崩掉他的牙齿,杀出更大的威风来!"

"对啊,砍他个头破血流!"罗雄振奋地说。

郝大成沉思着,凭他和敌人数十次的作战经验,经过深思熟虑之后,他作出了英明而果断的决定。他斩钉截铁地说:"同志们,这'尖刀'二字说得好,我们就是要从谷敬文想不到的地方捅出去!"

"从哪里?"黄国信连忙问。

"从北山上!谷敬文一心想逼我们渡河,可我们偏不!"

黄国信知道，除了这个办法外，别无更好的办法。但是，他仍然说出了他的担心："用我们五十多个人的队伍，去攻凭险扼守的一个营加一个连，这是很危险的，敌人比我们多十几倍。"

"应该用另一种计算法，敌人比我们多十几倍不假，可是，他们都分散在山顶上，我们并不是和他的全营开战，而是像尖刀一样，撕开一个裂口突出去。在这个裂口上敌人不过是一个班或是一个排，所以我们要迅猛，要突然，绝不能叫敌人裹上来，把我们缠住！"

吴可征深知郝大成这一大胆的决定，是深思熟虑的结果。他接着郝大成的话说："正因为北山最难攻，所以敌人想不到我们这一招。现在敌人虽然四面陈兵，注意力却都集中在流沙河，我们突然攻山，正是出其不意，攻其不备，敌人认为最难攻的地方，也就成了我们最容易突破的地方了。"

郝大成召集几个中队长和分队长说："这次突围，一要隐蔽，二要快猛，一拳头先把敌人打昏，不等敌人还手，我们就突出去了。谷敬文就是有八只爪子也叫他用不上！"

三

在部队生死存亡的危急关头，郝大成决定亲自去开辟突围的道路。他把部队交给党代表吴可征和三中队长姚光明去带领，他带着通信员王尚青和两个既勇敢又灵活的中队长——罗雄和史少平，上了北山。

吴可征用简洁明了生动有力的语言，使部队立刻明白了严重处境和战斗任务。全体战士都从饥饿疲劳的重压下重新振作起来，紧张肃静地紧跟在郝大成后面，准备随时投入激烈的搏斗。

郝大成和两个中队长，在乱石丛棘中向山上攀援。

谷敬文的一个营都散布在半山腰的山村中，他们奉了谷敬文的严格命令,在岩石旁,在大树后,在隘路口,在草丛中,都要设置明哨暗岗,封锁住一切通向山顶的道路。谷敬文并命令他的部下不准睡觉,监视着流沙河的方向,时刻准备出击!

郝大成他们极其小心地前进,在时明时暗的月光中,他们认出了通向山顶的小径。为了谨慎起见,他们不走山路,而是在难以行走的乱石丛棘中攀登、奔走或是爬行。郝大成的高大的身躯,此时显得比豹子还要轻捷灵敏。

"谁?口令!"接着就是拉动枪栓的咔啦声。

这个突如其来的喊声,使郝大成怔了一下,喊声是这样近,几乎就在耳边。这位沉着镇静的大队长立即俯伏在一块岩石下不动了。这时四周十分静寂,只有树叶上的水珠,被轻风吹落时发出沙沙的响声。

郝大成机敏地发现敌人的岗哨就隐藏在岩石后边的一丛灌木里。敌兵叽叽咕咕的谈话声,使郝大成判断出那儿最少有两个人。当他想好如何对付这两个哨兵的时候,却听见近处响起了扑哒扑哒的脚步声。

"有动静吗?"刚走来的几个敌兵中有一个瓮声瓮气地问。

"报告张连长,刚才听到了一下响动,可是现在又不响了。"

郝大成把枪提在手里,防备着敌人的搜查。

只听得那个连长说道:"你别他妈的大惊小怪的瞎咋呼,郝大成就是生着老虎胆,也不敢往这刀口上碰啊!要注意,流沙河边枪声一响,就是老虎落进陷坑里了。"

沉默了一会儿,那个张连长又说:"弟兄们,就是辛苦这一晚上了。这些日子,郝大成整天跟咱们兜圈子,真他妈的把咱们拖苦了。这一回,郝大成就是插翅也飞不出这道峡谷去。要记住:活捉一个提升一级,打死一个赏大洋十元,要是抓住郝大成和吴可征,嗬,就是三千块!"

郝大成听到他的身价,不禁微微冷笑了一下。

敌连长带着他的卫士走向另一个哨位去了。这时,郝大成又听到哨兵们的嘟囔声:

"三千块现大洋,想得倒好,只要不碰到郝大成手下,就算烧了八辈子高香了。"

另一个尖嗓门的家伙却鄙夷地说:"你这胆子还没有米粒儿大,一听到郝大成的名字就吓得发抖,怕什么? 郝大成没有几个人了!"

郝大成仔细观察分析了敌人的岗哨布置和戒备情况以后,便命令罗雄和史少平绕到两个哨兵的背后去,用鬼头刀对付他们,又命令通信员王尚青去与吴可征取得联系,把部队带到最近处,以便在最短的时间内,以最快的速度冲上山顶,占领制高点。

这一切可以说进行得十分顺利。当罗雄和史少平悄悄地绕到那两个奉命"不要大惊小怪"的哨兵背后时,他们什么也没有听到,仍然叽叽咕咕地讲话,等待流沙河畔传来"老虎落进陷坑"之后的枪声。

罗雄和史少平的两把鬼头刀,几乎是同时劈了下去。两个哨兵连喊叫一声都没有来得及,就扑倒在岩石下边。然而事情是这样的不巧,哨兵的一支顶着子弹的步枪,在石头上碰撞了一下,震响了。尖厉的枪声,在这静寂的山谷中,显得格外的响。

如果不是这声枪响,战斗的方式可能是另外一个样子。现在,因为这声枪响,秘密的袭击却变成了公开的战斗!

意外的枪声,使吃惊的郝大成从岩石上跳了起来——他的整个计划很可能完全毁坏在这一下恼人的枪声里。他的疑虑马上被证实了——附近敌人的哨兵警觉地骚动起来了,并且有一队巡逻哨立即向响枪的哨位跑过来。

在这千钧一发的关键时刻,如果有半分钟的迟疑,就可能造成不可挽回的损失,但是,经过数月艰苦转战的郝大成,已经具备了一个优秀军事指挥员应有的特质。这就是临危不乱,沉着镇定,能迅速地分析判断情况,当机立断,迅速地改变原来的行动计划,并使它立刻变成实际行动。很显然,悄悄地越过敌人的封锁线已不可能,唯一的方法是迅速猛烈的突然袭击。郝大成一面向跑过来的巡逻队开火,一面命令部队不顾一切困难和危险向山上冲击!

四个巡逻哨全都在郝大成的枪声中扑倒了,就近扑过来的几个敌人也都死在罗雄和史少平的刀枪下。

敌人虽然都处在戒备中,这一突然袭击却大出他们意料之外,敌人立即陷入恐慌和混乱之中,他们狂乱地毫无目标地射击着。呐喊声、怒骂声、密集的枪声和手榴弹的爆炸声,连成一片,在峡谷中回荡,重又掀起了一场人为的大雷雨。

在这场战斗中,红军指战员们的旺盛的战斗意志,对敌人的刻骨仇恨,平时养成迅速、果敢、勇猛的战斗作风,以及几个月来的战斗锻炼,都显示了巨大的威力!

当谷敬文的特务连长张彪和他的部下,从慌乱中清醒过来的时候,郝大成和吴可征已经带领部队冲上了山顶。

部队进行了短促的整顿,在高低不平的山石间,站成了不太整齐的队形。月亮从云隙里钻出来,照耀着每个战士严肃而喜悦的脸庞。郝大成站在队前,以兴奋得发颤的声音问道:"姚光明,部队的人数清查了吗?"

姚光明欢悦地回答说:"大队长,人员一个也不少!"

"连一个受伤的也没有!"有人补充说。

"我们还得了两支枪呢,呱呱叫的汉阳造!"

"这一回,谷敬文可要气瞎了他那一只狗眼啦!"

战斗胜利的欢乐,在每一个战士的心坎里洋溢着。在战场上产生的强烈的爱和恨,迸发的极度的愤怒和欢欣,没有亲身经历过战斗的人，是很难体验得到的。从战士们兴奋激动的短短几句交谈中，就可以听出他们对吴可征和郝大成的热爱和尊敬，因为大家都明白，由于指挥员的英明果断，不仅使这支部队从极其困难的险境中摆脱出来，转危为安，而且可以以这次突围为转折点，从此走上胜利的道路！

<h2 style="text-align:center">四</h2>

郝大成并没有马上命令部队向后山撤，这会造成敌人尾追的局面。他毫不丧失时机地把部队埋伏在山顶，准备给追击的敌人以迎头痛击。

郝大成预计，敌人为了弥补麻痹大意的错误，为了减轻失职的罪责，一定会在气急败坏、沮丧慌乱的情况下组织追击。郝大成也非常清楚，敌人这种仓促组织起来的攻击，尤其在夜间，是很容易打退的，在出敌不意给以猛烈的打击后，可以造成敌人一个错觉——认为红军要固守山头。当敌人从错觉中清醒过来的时候，我军就早已把敌人远远地抛在后边了。他低声地向卧伏在岩石后面的战士们传达了他的命令：

"同志们，没有我的命令不准开枪，等敌人近了，用大刀劈，用梭镖戳，用石头砸，用手榴弹轰。在敌人溃退的时候听我的命令出击，可是不准远追，要夺取武器弹药，然后立即返回阵地。"

一切按照郝大成的预见发生了。当谷敬文的一营营长杜松和特务连连长张彪，知道郝大成的部队通过他们的防线冲上山顶的时候，便惊慌失措，乱做一团。他们不敢想象谷敬文会怎样处罚他们。现在只有一个办法可以补偿罪愆——在追击中消灭郝大成。杜松和张彪都认为，郝大成只不过是"惊弓之鸟、漏网之鱼"，只能拔腿逃跑，根本谈不上抵抗。他们焦虑地张望着云影中的山顶，山头上寂静无声,这一切似乎更证实了他们的看法。于是杜松急忙纠集了部队,并例外地向纷乱的拥作一团的部队作一次战前训话,他用走了调的嗓子喊道:

"弟兄们!郝大成从我们这里逃跑了!要加紧追!郝大成已经弹尽粮绝了!"喊到这里,他忽然想起"重赏之下必有勇夫"这句格言,于是他又喊道,"追上一个,赏大洋一百!"急切里,他又把赏格翻了十番。

这支没有队形没有组织的队伍,野蛮地呐喊着向山上冲击。虽然他们也相信杜营长的见解——郝大成已经毫无抵抗力,并且已经向后山撤退了。但是谁也没有胆量离群而冲到前头。冲在前面的匪兵和跟在后面的匪兵由于处境不同,想的也不一样,他们看着隐现在月光中的树丛、岩石,害怕红军就埋伏在那里,胆战心惊。可是后面的匪兵,因为有人在前边,并不感到什么危险,却为不用费劲就可以得到一百元大洋的赏钱的念头所引诱,而不甘落后。前面的想的是"危险",后面的想的是"金钱",这样就使部队前拥后挤地聚成一团。直到快要接近山顶,他们仍没有遭到任何打击,于是,这些白匪们的惊恐情绪和戒备心理一齐消失了,只有一个念头——追击"一百块现大洋"!

"同志们,打啊!"当白匪们喘吁吁地刚刚爬到山顶时,郝大成的喊声像霹雷一般地炸响了,接着就是手榴弹的爆炸声、喊杀声、大刀的砍击声……一阵山崩地裂,战士们像一群猛虎般地扑向敌人!

皓月升到中天,照耀着激战的山头,仿佛有意观赏着这战火纷飞的奇景。

白匪们被这突然爆发的喊杀声吓呆了,失魂落魄地呆愣在那里,既忘了隐蔽,也忘了开枪,直到石头砸在头上,砍刀剁进他们的脖子,刺刀戳进他们的胸膛,神志还没有清醒过来。

当白匪们从噩梦般的处境中清醒过来的时候，就像滚滚的洪水一般向山下溃退。张彪在队伍后面嘶声赖气地督战，一连打死了四五个后退的匪兵，却丝毫不能挽救混乱的局面，最后，连他本人也被溃退的人流卷到山下去了。

"冲啊！"

"杀啊！"

郝大成大声命令着，呐喊着，第一个跳进敌群，一刀劈进一个匪兵的后背。这时他发现通信员王尚青跟在他的身边。就是在这种紧张厮杀的时候，他还牵挂着生病的战友。他一边向敌人冲杀，一边向王尚青喊道："小王！快到党代表那里去！快！"

接着他又对着第二个白匪拦腰一刀，这个满心想着赏钱的家伙，像一根折断的木桩，扦在石缝里去了。当他挥刀劈向第三个匪兵的时候，砍刀碰到了枪杆上，发出铿锵的声响，迸发出一阵火花。这个白匪虽然由于枪杆的掩护而没有被砍成两截，却在这巨大力量的撞击下，凄厉地尖叫着，滚下了山崖。

罗雄、史少平和战士赵铁牛、陈大雷，都学着他们大队长的样子，用大刀砍杀。在这一场规模不大，但却紧张万分的惊心动魄的战斗中，有一个女战士宋少英——红军大队的宣传员，她也和男同志一样，冲进敌群，挥舞着战刀。当她刚劈倒一个敌人时，另一个匪兵平端着刺刀，斜刺里向她猛扑过来。她猛一转身，躲过了刺刀，匪兵扑了个空，立脚不稳，向前踉跄了几步，宋少英奋臂一刀，把他砍翻在地。接着她又冲向战斗更加激烈的地方。在这短兵相接的战场上，这个秀丽的姑娘变成了另外一个人，她目光炯炯，燃烧着怒火，激怒的脸色涨得红里透紫。她挥舞战刀的手臂是那样有力，竟接连劈开了三个敌人的头颅！对敌人的仇恨，对革命事业的忠诚，给她带来了连自己也想象不到的力量！

在战斗最激烈的时候，一个危险的情况发生了，有一小股敌人绕到了我军的侧后,严重地威胁着我军的顺利突围。党代表吴可征立即发现了这一危险。他那被重病折磨得十分虚弱的身上,陡然增加了无限力量,他向身边的几个战士大声喊道:"同志们!跟我来!坚决把这股敌人打下去!"他首先冲进了敌群。他的手枪子弹打光了,立即捡起匪兵尸体旁边的枪支,和敌人展开了肉搏。经过激烈的拼杀,这股敌人终于败退下去了。吴可征正要举枪向溃退的敌人射击,一颗手榴弹在他身边爆炸了。他那刚要举枪的手臂无力地垂了下来,一块弹片嵌进了他的肩胛骨中。

这时王尚青向他跑来,一边跑一边急切地喊:"党代表!"

"小王!谁让你来的?你不能离开大队长!快到……"由于疲劳、疾病和重伤,吴可征昏厥过去了!

王尚青抱起了吴可征,失声地喊道:"党代表!党代表!……"

五

激烈的战斗,很快就结束了。由于敌人的慌乱和密集,红军战士们的石头、弹片,几乎全都击中了目标。

当乱得一团糟的白匪们,在山林里找好掩护物,进行还击的时候,郝大成已经把所有战士和大批战利品带上了山顶。在这场短兵相接的战斗中,除了党代表受了重伤外,只有两个战士受了轻伤。

吴可征的负伤,对郝大成和部队来说,是一个严重的打击。郝大成沉痛地守护在吴可征身边,焦急万分地看着彭医生给党代表包扎,他头上冒着汗,关切地问:"怎么样?"

"伤得很重!"彭医生轻声地说。

由于裹伤时的翻动,疼痛使吴可征从昏迷中苏醒过来。

"老吴,疼吗?"郝大成轻声地问道。

吴可征挣扎着想坐起来，但疼痛使他不能转动。他看到郝大成在他身边，便焦急地说："老郝，部队要紧，你应该去照顾部队，这时候一分一秒都不能耽误，要不顾一切疲劳摆脱敌……人……"说完，又昏过去了。

郝大成不由自主地猛然抓起了吴可征的臂肘，把他抱在怀里，恨不能立刻把他摇醒。他用了很大的毅力，才从极度沉痛的心情中挣脱出来，把吴可征轻轻地放下，轻声地坚定地命令道："彭医生，赶快准备担架！罗雄！全队集合！"

本来已经疲劳万分的部队，为这次战斗胜利所鼓舞，仍然精神抖擞地站在那里，听到集合哨声，立即站成了队形。那已经西斜的月光，欢欣地照耀着红军战士的行列，在山峰上投下了战士们高大的身影。

郝大成深深地理解吴可征那几句话的重要性，他用低沉有力的声音对战士们说道："同志们，我们马上就要出发，在这里多耽搁一分钟，就多一分危险，不管有多么疲劳，我们必须用强行军的速度摆脱敌人的追击。现在离天亮还有两个小时，如果我们不在天亮之前赶快撤离，就会被山下的敌人拖住腿，就有受敌人第二次包围的危险。那么，这一次突围的胜利也就变得毫无意义了！……"

郝大成的简短的动员，说明了军事上"兵贵神速"的道理，给极端疲劳的部队注入了一股神奇的力量。

郝大成继续说："为了争取更多的时间让我们摆脱敌人，拖延敌人对我们的追击，二中队长史少平和战士周枫林、杨继五，你们三个人要留在这里阻击，每个中队各抽五个手榴弹给你们。"

郝大成让一中队长罗雄带领部队立即出发了。他留在三个执行阻击任务的同志面前。

郝大成并没有宣布这三个战士应该阻击多久，到什么时候才能撤离阵地，甚至连部队到达的目的地也没法准确地告诉他们。

这并不是大队长的疏忽。按战斗任务的需要，这三个战士至少要坚持到明天上午七点钟，这样才有可能使部队远离敌人三十里之外，从而摆脱敌人的追击。但是，面对成营成团的敌人，这三个战士是很难坚持这样久的，同时，这支连伤病员在内共有五十七人的队伍，也不可能抽出更多的战士来加强阻击的力量。至于部队的目的地在哪里，哪一天到达目的地，以及行军路线如何划定，这不只取决于自己的计划，而且还要取决于敌人的行动。如果敌人不再尾追，那就可以直接到达，如果敌人跟踪上来，为了使敌人摸不清部队的去向，还不知要在深山密林中绕多少圈子。

部队已经在罗雄的带领下从后山撤下去了。郝大成还在给三个战士详细地交代阻击的任务和方法：

"要记住，绝不能采取一般的阻击方法，不然，你们三个人无论如何是经受不住敌人的一次冲击的。要想尽一切办法造成敌人的混乱，在夜里，做到这一点并不是十分困难的。比如说，两个人在这里坚守阵地，而另一个人，"郝大成用手指着山下的一个地方说，"就隐藏到左前方或右前方去，等敌人冲上来时，就从侧背后用手榴弹袭击他们……当然，这要看当时的具体情况而定，一定要机动灵活。"郝大成的声调突然变得严肃沉重起来，"同志们，你们多坚守一分钟，部队的安全就多一分保证！你们完成任务后，就想尽一切办法找部队。至于部队驻在哪里，现在不能肯定，只能告诉你们一个大体方向——北上进入大山区。到时候要靠你们去打听。如果一时找不到部队，就是一个人也要坚持斗争！当我们轰轰烈烈地大干起来的时候，你们就会很容易地找到我们了。你们三个都是九里十八坪出来的战士，九里十八坪虽说现在白色恐怖很严重，但是你们对那里的情况熟悉，个人活动也容易隐蔽。史太昌同志还在那里坚持斗争，你们也可以先到那里去找党，然后再设法和我们联系。……"说到这里，他的声音变得更加昂扬和坚决了，像钢铁撞击似的铿锵作响："一个革命战士，只要还有一口气，就要坚持战斗！就要坚决把敌人拖住！"

郝大成满怀热爱、关切和惜别的心情，同三个抱着必胜决心的战士一一握手告别。当他握着史少平年轻有力的手时，感到这只手是坚强的镇定的。史少平激动地说："请党和同志们放心，只要我们有一口气，我们绝不能让敌人下山！"

史少平的这句话，充分表达了他们三个人的共同决心。

当郝大成紧握起杨继五那粗壮的大手时，他感到杨继五的心情是平静的，他们沉静地默默地握着手没有讲话。此时却是无声胜有声，郝大成对战士的信任、鼓励、嘱托、期望和惜别的心情，同杨继五对党的忠诚、对执行任务的决心、自豪……全在这握手的短短的一瞬间交流了。

当郝大成握起周枫林这只曾经受过伤的手时，周枫林的手在颤抖着。

"怎么？周枫林同志，你有什么困难吗？你有什么话要说吗?"郝大成关切地问。

"是的，大队长，"周枫林用激动得发颤的声音说，"我是拿着给地主放牛的鞭子，拖着逃荒要饭的棍子长大的。……在我们三个人中，只有我还不是共产党员，本想革命的路还很长，总有一天我会成为共产党员的。可是，这次，我也许要为革命而牺牲了。我心里很安静，只有一桩大事我不能憋在心里……"

"你说吧!"

"如果我牺牲了，我请求组织上追认我为中国共产党党员。咱们部队若是到四岭山区去，我有个弟弟在那里，他叫周枫森，千万要把他带到革命的路上来。一个人活，应该是为革命而活;死，也应该是为革命而死才对。要不，人活着还有什么意思呢?"

周枫林平时沉默寡言，是一个只会做不会讲，极不善于表达内心活动的人,但他这一句话说出了多么深刻的关于人生的真理!这个战士朴实真诚的心愿,使郝大成深深地激动着。他紧紧地握着周枫林的手说:"党将永远记住你们!"

第二章　崎岖征程

一

从白马山峡谷中突围出来的红军部队,共有五十四个人。他们沿着流沙河西岸向北挺进,现在已经翻过了两座荒山,峡谷里的枪声已经远远地落在了后面。

朝阳透过开裂的云层,把金色的光辉洒向连绵不断的群山。葱郁的林木被昨夜的暴雨冲刷一新,树叶上还闪烁着晶莹的水珠,山雀在林间飞腾跳跃,唱着美妙的晨歌,而淙淙流泉,为这壮丽的大自然,配上婉转动人的乐曲。郝大成带领着部队就在这美丽的大自然中行进,那面久经战火和风雨的红旗迎风招展,在万绿丛中像一团火焰在熊熊燃烧,把这无比诱人的天然景色,点缀成一幅生动壮丽的图画!

部队以强行军的速度,从深夜一直走到正午时分。流沙河向西拐了个急转弯,突然拦阻在队伍面前,河水清澈透明,潺潺地流着。郝大成派人探了水深,只有三尺左右,便决定不找渡口,涉水过河,然后在对岸山林里休息。

战士们鼓足了最后的力气,互相搀扶着,在齐腰深的河水里涉向对岸。争先上岸的战士,首先看见了在大约三里远的山坡上,缭绕着几缕淡淡的炊烟。

"村庄!"宋少英轻声地喊了一声。

这时郝大成正满心焦灼地扶着吴可征的担架涉过河来,听到有山村,心头不由得一动:"党代表不能再跟着队伍走了,下一段路程更艰苦了,他是经受不住的!"但是,一想到要和亲密的战友分别,他的心里就有一股难言的沉痛。可是,没有别的办法了。吴可征由于伤势太重,经受不住山路的颠簸,时常处在昏迷状态。

上岸之后,郝大成就和黄国信、彭医生商量。他们都同意把党代表先"埋伏"在山村里养伤,等身体稍稍恢复之后,再来接他。郝大成立即派人去侦察山村的情况,而后大家都来到了吴可征的担架旁边。

"老吴,你觉得怎么样?"郝大成目不转睛地盯着战友的苍白的脸,深情地问。

"没有关系,"吴可征看出了郝大成的心事,安慰地说,"这算叫谷敬文咬了一口,可是总有一天,我们要把他的脑袋给揪下来。"他为了缓和一下沉闷的气氛,微笑着,抖擞起精神,由于他的坚强意志,一股力量重新回到他虚弱的身体上来。

"你不该和战士们一齐冲啊,全怪我没有照顾到。"

"老郝,你怎么这样说?在敌人面前,大家都是战士,不用说有一点小病,就是还剩一口气,也应该向敌人冲啊!"

郝大成不知道如何讲才好,他用水壶,给呼吸越来越急促的战友喝了几口水。在这一瞬间,他们两人并肩战斗的情景,全都涌现在郝大成的眼前,他们经历了大大小小几十次的战斗,哪一次吴可征不是和他一起冲杀啊!在这次突围的关键时刻,身患重病的党代表,仍然以自己的模范行动,给战士们做出了榜样。

"老吴,我们商量过了,"郝大成抑制住惜别的感情,把大家的意见告诉了吴可征,"等你好些了,我们安定下来以后,就马上来接你!"

"我同意你们的意见,"吴可征激动着,"在这种时候,我离开同志们,心里很不好受,觉得很对不起党。老郝啊,"他亲切深情地望着郝大成消瘦下去的坚毅的脸说，"这副担子，可是很重啊，全落在你的肩头上了！"庄重的话语里寄托着无穷的期望和信任！

"老吴，你放心！我们有党，有群众，有同志们，就是天大的困难也压不塌我们的肩膀，压不弯我们的腰啊！"

"一定是这样的！"吴可征振奋起来，他完全相信多年并肩战斗的战友，一定不会辜负党的重托和期望的，"要告诉同志们，这次从峡谷突围出来，是个很大的胜利啊！谷敬文和任洪元本想吃掉我们，想不到反而挨了我们一刀。……"说到这里，他连连咳嗽起来。

"更重要的是我们有了方向。"郝大成接着补充说。

"对，这是顶顶重要的，"吴可征缓了口气，接过郝大成的话头说，"方向明了，路子对了，我们就可以越战越强，越打越大。……这个方向是什么呢？就是要找一个适合扎根的地方去建立农村革命根据地。"

吴可征说到这里，把目光转向蹲在一旁显得十分疲倦的黄国信："老黄同志啊，在这一点上我们有分歧，我希望我们能够在坚持革命利益的原则上统一起来。建立农村革命根据地，这个方向不是我们凭空想出来的，它来自井冈山的革命实践！……同时，通过我们自己的实践，通过我们自己的经验教训，我们就更深刻地感觉到，只有毛委员开辟的井冈山的道路！才是唯一正确的道路！我们坚信，只有走毛委员开辟的井冈山的道路，才能把革命引向胜利。……"

"老吴，你放心！"郝大成唯恐吴可征过分地激动，连忙说，"井冈山的道路我们是走定了！"

"老吴，"黄国信有几分厌烦地说，"我们的争论，很大程度上是个理论问题。我相信上级党和今后的斗争结果，会给我们做出结论来的，现在来说谁是谁非，未免为时尚早。你就安心去养伤吧！"

"国信同志，我们都是共产党员，"吴可征激动而恳切地说，"都应该把党的利益和革命事业放在前头。我离开部队后,希望你协助郝大成同志,把部队工作搞好。……"

"你放心吧,这是我义不容辞的责任,我一定用我的党性来保证,对革命负责,对同志负责,对党负责,把我们的革命力量保住!"黄国信并没有讲他如何保住这支力量,但听上去却说得坚决而又诚恳。

"我们不仅要把这支革命力量保住,而且还应该不断地发展壮大。"吴可征激烈地咳嗽起来,豆大的汗珠子从额头上往下滚,他是忍受着多大的剧疼啊!

郝大成急忙把吴可征扶了起来,让他斜倚在自己的臂弯里,以减轻他的疼痛。此时此地,他是多么愿意代替他的战友来承受这巨大的伤痛啊!然后他把吴可征的枕头垫高些,尽量让他躺得舒服些。

"老郝,咱们开个支委会吧。"吴可征的精神又振作起来。

"可你的身体……"郝大成为难地说。

"没有关系,我只说几句话。"

"那好。"郝大成立即把支委们召集到吴可征身边。

吴可征抖擞起精神,眼里闪射出热情的光芒,他以坚定的声音说:"同志们,对井冈山道路的正确,我们要坚信不疑;走井冈山的道路,我们要坚定不移。战士们大都是从九里十八坪出来的,离开家乡,思想上一定会有波动。要反复和同志们说清楚,我们为什么不回九里十八坪。……要用无产阶级思想来武装农民出身的同志,这是我们支部的责任。……"

吴可征又剧烈地咳嗽起来,他沉静了一会儿又说:"老郝,毛委员写的《中国社会各阶级的分析》和《湖南农民运动考察报告》,是指导中国革命的重要文献,它可以使我们心明眼亮,使我们看得清前进的方向,要用它来指导我们的工作和战斗!我们应该好好地学习！我的挎包里有这两份文件,给你留下吧。"

郝大成把文件取出来,郑重地捧在手里,深情地看着这印得虽很粗糙但却万分珍贵的文献。在广州农民运动讲习所时,毛委员对他的谆谆教导又震响在耳边,郝大成觉得心头陡然豁亮,身上骤然间注满了无穷的力量:"老吴,我们有五十多个钢打铁铸的战士,天是塌不下来的！山挡路,我们把山推倒,海挡路,我们把海填平！这杆革命的红旗是永远不会让敌人砍倒的！你放心去养伤吧！"郝大成郑重地,信心百倍地,对着党代表,对着同志们说出了庄重的誓言。

郝大成这坚定的胜利信念和豪迈的革命气魄,使吴可征很是宽慰。他无声地微笑着,看着围在身边的同志们。他完全相信,在郝大成这铁硬的腰杆和有力的双肩上,压上两座大山,他也是能够挑得起来的！

侦察人员回来了。小山村的名字叫茅山冈,只有九户人家,全都是依靠打猎、樵柴、采药、伐木和租种山田为生的穷苦山民。

郝大成让彭医生和另外两个战士留下,特别交代他们,要等到天黑之后再进山村,切实做好群众工作,保证党代表的安全。然后让炊事员老姜把一袋子米给他们留下。部队吃了一顿野菜稀饭之后,立即又踏上了崎岖的征程。

郝大成告别了吴可征,转身踏上山路时,背后传来了吴可征深沉有力的声音:"老郝啊！既然已经看清了方向,那就大踏步地向前奔吧！"

二

吴可征骤然离开部队,使郝大成的心情备感沉重,觉得肩上突然增加了千斤重担。可是他又仿佛觉得,吴可征并没有离开部队,党代表的革命意志和力量,全都注入了他的身心,使他感到精神抖擞,斗志昂扬,精力充沛,好像身上有用不完的力气,产生了一种强烈的战斗的渴望!

郝大成对吴可征有着特殊深厚的感情,不是偶然的。这不仅仅是在共同生活、共同战斗中建立起来的同志式的战斗友谊,而更主要的是,吴可征代表党,给他指明了前进的道路,为他开拓了无限广阔的生活前景。从他们认识的第一天起,他们就一直工作、生活、战斗在一起。他们互相信赖,互相尊重,互相学习,并肩携手,共同前进。他们的生活经历和性格特征虽然各不相同,但是,他们对党的无限忠诚,对革命胜利的坚定信念,对人民的无限热爱,对敌人的刻骨仇恨,对于激烈的战斗生活的向往,对于共产主义事业——人类无限美好的壮丽事业的憧憬,却都是共同的,这一切使他们亲密无间。

郝大成不断地回头望着吴可征所在的那片树林,思潮像汹涌的波涛,在他的脑海里翻滚。在共同战斗过的道路上,吴可征那坚实有力的步伐,十分清晰地展现在他的面前。……在对往事的深沉的缅怀中,郝大成站了很久,然后转身赶上了部队。

连续行军打仗,部队得不到休整,饥饿、疲劳像两块石头,重重地压在每个战士的肩头。

山径泥泞崎岖,他们跌倒了又爬起来,前进! 他们见到可吃的野菜,就顺手捋一把塞到嘴里,前进! 他们碰到山泉,就蹲下去,掬饮几口,前进! 林老山荒,无路可寻,他们就挥动战刀,斩荆劈棘,前进!

郝大成望着这支和他共同战斗、共同成长、共同前进的队伍,心头涌现出一股幸福、自豪的感情。在频繁而又艰苦的战斗中,部队的政治和军事素质,迅速地成长了。这支部队的成长,是跟吴可征强有力的政治思想工作分不开的！这支队伍的人数虽然是大大减少了，但这些同志却都是革命的精华、优秀的战士。他们把自己的青春和生命都毫无保留地交给了党，交给了革命。他们随时准备着为了劳动人民的解放事业，为了人类的美好前程，为了伟大壮丽的共产主义事业去战斗，去流血，直到献出自己的生命。……

山岭，就像大海里起伏的波涛，走过了一山又一山，接连攀过几个山头后，郝大成命令部队原地休息。战士们立即蹲在草丛里，疲劳压倒了一切，部队沉默无声。十分钟后，郝大成又命令部队继续行进！

十分钟的休息，对于战士们来说是太少了。大家都在半睡眠的状态中踉踉跄跄地走着，没有说笑，更没有歌声。各人脚上的血泡像蜂窝一样，沙石、蒺藜、草梗，毫不客气地透过破烂的草鞋，吸吮他们的鲜血，啃咬他们的皮肉。饥饿翻搅着肚肠，全身的骨头，就像被木棒子敲过似的酸疼无力。……

特派员黄国信也在行进的行列中，他中等身材，穿着深蓝色的便装，斜背着短枪。看上去有二十六七岁，有一身健壮的筋骨。他那张圆胖的白净净的脸，因为鼻梁太低，显得有些扁平，淡淡的眉毛下，两只眯缝着的细小的眼睛，闪动着，表现出一种犹疑、颓丧、低沉的神情。他赶到郝大成面前说："老郝啊，部队已经疲劳到极点了。人的力气是有极限的，如果不停地这样硬走下去，部队是会拖垮的！"当他看到郝大成不以为然的表情时，便又补充说，"越是在困难的时候，越要爱护部队！"

黄国信竟把艰苦的行军当成是不爱护部队，郝大成听了，心中很不满意，只是由于他对上级代表的尊重，才没有表示出来。他压抑着心头的火气，冷冷地说："老黄同志，按当前部队疲劳的情况，立即休息三天也不为多，可是谷敬文和任洪元不叫我们休息。能不能摆脱敌人的追踪，将由行军的速度来决定。如果现在休息下来,这不是爱护部队,而是葬送部队。"

黄国信不能不承认郝大成是有道理的,但他似乎仍有自己的想法,苦笑了一下,想说什么,不知为什么竟没有说出来,只是在嗓门里咕噜了几下,就咽下去了。

<h2 style="text-align:center">三</h2>

快要到达山顶了,前进的路程更加艰难,在爬坡的时候,一个战士跌倒了,他再没有力气爬起来了。郝大成抢上前去,背上他的枪支,把他搀起来,用手臂挎着他向前走。这时,又有一个战士仆倒了。罗雄也抢过去,把他扶起来。他的背上已经背着三支枪了。

郝大成感觉到政治鼓动工作的重要,帮助战士背枪,搀扶着战士前进,只能帮助几个人,可是,强有力的政治工作却能鼓舞所有的人。他从自己的亲身体验中有一种深切的感受,那就是当一个战士充分明了为什么而战斗,为什么去做某件事情的重大意义的时候,就会产生一种完成任务的强烈的愿望,就会产生克服困难的巨大力量。

于是,他放开搀扶的战士,站上一块突出的岩石。命令部队坐在他的周围,然后大声地说道:"同志们!大家累不累啊?"他那因为疲劳而布满血丝的眼睛,向环坐在他身边的人群扫视着,不等战士们回答,就接着说,"我说很累!苦不苦啊?我说很苦!可是为什么我们要不顾一切艰难困苦来强行军呢?"

"为了摆脱敌人!"宋少英高亢地说道。

"对啊,如果不把敌人远远地甩掉,我们就没有喘息的机会了!那就有重新陷入敌人包围的危险。我们把敌人甩得越远,我们的主动权就越大。大家想想,是不是这么个道理!"

"对啊!"不少战士齐声回答着。

"谷敬文不是想追我们吗？我们就给他个来无踪去无影，叫他连个屁也摸不着！"王尚青幽默地说。

一阵笑声，部队开始活跃起来。

一个叫肖应良的战士却说出了自己不同的想法："我们干吗要摆脱敌人？这种跑法，还不如和敌人拼了痛快！"

"是啊，若是追赶敌人嘛，那就是另一回事了，即使断了腿，爬也能爬上百儿八十的！可现在……"陈大雷闷声闷气地附和着。

"同志，"罗雄焦躁地打断了陈大雷的话，气冲冲地说，"你们就知道拼！拼！拼！杀！杀！杀！我也很想和谷敬文面对面地拼一拼，可是，光靠拼就能拼出个天下来？那革命可就太容易了！"

郝大成接着罗雄的话头说："现在我们摆脱敌人，和过去那种流窜不一样。那时候，我们是四处乱窜瞎撞，没有一个明确的目标。自从党代表从井冈山回来，就大大不同了，我们有了正确的方向，有了明确的目标，就是找一块适合扎根的地方去建立农村革命根据地。同志们想打仗，这很好，这要看什么时候，铁烧红了再抡锤嘛。咱们现在避开敌人，就是为了将来更多地消灭敌人！"

郝大成一边说，一边观察着部队的情绪，他发现许多战士仍没有摆脱疲劳的重压，处在半睡眠的状态，显得疲惫不堪，于是他用更加昂扬的声调继续说："同志们！在战场上需要勇气，可是和疲劳作斗争的时候，也需要勇气，甚至需要更大的勇气！同志们，我们和疲劳作斗争，这也是战斗啊！这是比在敌人炮火下更加艰苦的战斗！我们每一个共产党员和红军战士，在任何情况下，都应该不叫苦，不怕难，不灰心，不丧气，要永远保持旺盛的战斗热情和革命的乐观精神！……"

经过长期的战争生活，郝大成有一个深刻的体验，那就是对待艰苦困难要有正确的态度。革命是推翻旧世界的大事，要翻天覆地，要打败凶恶的敌人，没有艰苦的斗争是不可能达到目的的。巨大的困难艰险和坚强的革命意志,仿佛是两个势均力敌的对手在角力。如果在困难艰险面前,革命意志稍一松劲,那么困难艰险就会立刻把你压倒。如果你咬紧牙关,坚持,坚持,再坚持,你就会克服困难艰险,成为胜利者!

生活正是这样:一个革命者,在前进的道路上,不论是战斗、工作和学习……进步的快慢,成就的大小,是有所建树还是碌碌无为,是英雄还是懦夫,并不是天生的才能,在某种意义上说,是取决于是否有革命的坚强意志和进取精神。有人在困难险阻面前畏缩不前,知难而退,往往是功败垂成;而有人却面对着困难险阻冲锋陷阵,勇往直前,取得成功。

郝大成面对着开始振奋起来的战士,他找到了更加生动的方式,他问:"咱们这里谁打过老虎啊?"

没有回答,但战士们却十分兴趣地听着。

"我给大家说一个打老虎的故事吧!"郝大成简单地讲述了他十四岁那一年,在豹子山和他爸爸遇虎的情形后,继续说,"关于打虎,我有一个体会,你要是叫老虎吓住,慌了神,那就非叫老虎嚼了不可! 可是你不怕它,豁出命来跟它拼,老虎也没有什么了不起! ……"

战士们更加活跃了,脸上现出了笑容。

郝大成接着说:"咱们克服饥饿疲劳也和打虎一样。你要是怕它,它就会扑过来把你咬死,你要是豁出命来跟它拼,再大的困难我们也能战胜它! 这就是一个革命者对待艰苦困难的态度,像打老虎一样,绝不能畏惧退缩,要向它进攻,战胜它! 打死它!"

郝大成的声音像铁锤似的有力敲打着战士们的心灵,像一股股热流,传遍了战士们的全身。

郝大成继续说:"现在大家起立! 宋少英同志,你来指挥,唱《国际歌》!"

宋少英精神抖擞地跳上岩石。在她的指挥下,五十多个粗犷的喉咙高唱起雄壮的《国际歌》:

> 起来,饥寒交迫的奴隶,
> 起来,全世界受苦的人!
> 满腔的热血已经沸腾,
> 要为真理而斗争!

歌声像山呼海啸,像江河奔腾,像催阵的战鼓,像冲锋的号声。歌声在继续:

> 旧世界打个落花流水,
> 奴隶们,起来,起来!
> 不要说我们一无所有,
> 我们要做天下的主人!

每个战士都在这震撼心灵的歌声里获得了无敌的力量,一切饥饿、疲劳,全都在这歌声的烈焰中熔化了。部队在这歌声的鼓舞下继续前进。郝大成似乎看到了战士们热血的沸腾和红心的跳动! 前面纵有刀山火海,战士们也会毫无畏惧地冲过去!

> 这是最后的斗争,
> 团结起来,到明天,
> 英特纳雄耐尔
> 就一定要实现。……

当队伍被茫茫林海吞没时,那昂扬激越的歌声还在山林间回荡!

第三章　荒山篝火

一

傍晚时分。霞云如火，夕阳嫣红，给翠绿的山林染上一层绚丽夺目的光彩。

为了使部队在天黑前能挖到野菜和刨到葛根，郝大成决定提早宿营。他们离开白马山峡谷已经有九十多里山路了。

在荒山野谷中，部队立即展开了忙而不乱，井然有序的野营生活——有的去剜野菜、刨葛根，有的去汲水、砍柴，有的设置营地……当暮色笼罩了山林，山影变得模糊不清的时候，这一切工作都已经迅速地完成了。

三堆熊熊的篝火，在林间燃烧起来。烧着了的树枝，噼噼啪啪地爆响着，火苗一闪一闪地跳动着，照耀着战士们的脸。他们有的借着火光缝补被荆棘撕破的军衣，有的在细心地擦拭手中的武器，有的在修补透了底的草鞋，有的用树枝在地上写着列宁小学课本上的生字。

战士们用树干撑起三脚架，把行军锅吊在篝火上面。水开了，很快就散发出野菜的香味。这香味把大家的饥虫逗引上来了，不等葛根烧透，就从灰火里扒拉出来，半生不熟，张口就啃。

这时"瞌睡大王"黄四楞，已经扬起了如雷的鼾声。

宋少英忍不住笑笑说："人家黄四楞睡觉的功夫，可真算到家啦，一边行军一边睡觉，连个跟斗也不摔。休息十分钟，他能睡九

92

分五十八秒……"

"那两秒呢?"

"一秒躺下,一秒起来呀!"

"他睡熟了啊,你就是在他耳朵眼里打锣敲鼓放鞭炮,他也不会醒啊!"陈大雷夸张地说。

"人家的功夫就在这里,睡得再死,只要一听见战斗号令,立刻就醒!"王尚青说。

"我不信。"宋少英说。

"不信? 咱们就试给你看。"王尚青说着,就在黄四楞的耳边用压低的嗓门喊道:"同志们,紧急集合!"

果然,黄四楞立即蹦了起来,操枪在手,愣头愣脑地问:"有战斗任务?"

引起大家一阵哄笑。

野菜汤沸出来了,浇在篝火上,弄得烟灰四溅。大伙盛到小瓷碗里,等不及凉凉,就狼吞虎咽地吃着,谈话也由轻松戏谑,慢慢变得严肃起来:

"黄特派员,"王永祥放下饭碗,心思重重地问,"你说,咱们走到哪里,才能找到那块革命根据地呢? 以后还能回到白马山去吗?"

王永祥是白马山区入伍不久的农民,他不愿意离开自己的家乡。

黄国信疲倦地打着呵欠说:"走到哪里,能不能找到根据地,这都很难说。"

"怎么很难说?"正在帮助黄四楞缝补军装的宋少英停下针线,说,"我们一定能找到一块适合扎根的地方去建立农村革命根据地!"

"我是有不同的看法的!"黄国信苦笑着说,"你们总是说扎根

93

扎根,谈何容易哟!"

"那应该怎么办呢?"王永祥苦恼地问。黄国信的话,就像一片乌云,在他心头投下了一团暗影。

"这是很高深的革命理论问题。现在怎么样干才能对革命有利? 现在敌人太强大了,我们老按着一条直道走到黑是不行的,斗争方式应该根据形势发展改变。我老在想,部队分散活动,目标小,容易隐蔽,这也可能是保存革命力量的最好办法!"

"怎么分散法?"宋少英紧钉了一句。

"以大化小嘛,大队可以分为中队,中队可以分为分队。"黄国信吞吞吐吐地说。

"那不是把部队解散了吗?"

"分散并不是解散。"

"部队越分散,力量就越小,"宋少英说,"那武装斗争还怎么坚持?"

"当然要坚持。采用流动游击的方法,就可以坚持斗争!"

"这我可不同意,"黄四楞说话就像扔半截砖一般向黄国信砸过来,"我黄四楞自从郝大队长一脚把谷福生踢到臭水沟里去的那天起,就决心跟财主们干到底。那些土豪劣绅狗崽子们,不统统把他们打倒在臭水沟里,我黄四楞是死不瞑目的! 依我说,干革命嘛,就得轰轰烈烈地大干一场,越红火越好,我压根就不同意你这个分散隐蔽! 说到你那个流动游击,咱们到处转了这三四个月,也没见转出个好结果来。"

"革命不是蛮干,要有理论根据才行。"黄国信轻蔑地说,"我看,你连什么叫'革命'都说不清楚。"

"我怎么说不清楚?'革命'就是打土豪杀劣绅,革那些狗财主们的命,打出个穷人的天下来。也不知你那个'革命'怎么个说法,也不知你那个'理论'是真是假。"黄四楞不服气地说。

黄国信做梦也没有想到在一个愣头愣脑的战士身上，弄了个倒憋气。他张口理论闭口理论，一时却找不到适当的"理论"给这个愣家伙来一个反击。虽然冲到嘴边几句驳斥的话，自己又觉得软弱无力，只好转个弯子说：

"革命道路是曲折的，革命形势是发展的，革命方法是复杂的。要分析这些问题是要写几本很厚很厚的书，几句话是难以解释清楚的。这些大事只有上级来把握，战士嘛，只管冲冲打打就行了。……明天还要行军，今夜就早些休息吧。"

黄国信在篝火边，把军毯往地上一铺，身子一歪，躺下去了。

赵铁牛听着他们的辩论，一直没有讲话，他对着篝火沉思了一阵子，从鼓鼓囊囊的子弹袋里，倒出了一把比火柴杆稍粗些的干柴棒来，然后又一、二、三、四……默默地数着，数完之后，又折了一根加进去，轻声地叹了口气，自言自语地说："唉，已经快三个月啦。"

这一切都落在黄国信的眼里，但他坦然地把眼闭了起来，并没有说什么。

二

郝大成刚从哨位上回来，走到篝火旁边。

"大队长，快来坐。"战士们看见了他，互相挤了挤。郝大成在空出的地方坐了下来，王尚青急忙盛一碗野菜递给他。郝大成津津有味地吃起来，看着这一粒米也没有的野菜饭，引起他很深的感触。

"人家说'巧媳妇难做无米饭'，看，咱们无米也能做出饭来，可真不简单啊！"郝大成快活地赞叹着，"革命者嘛，就是能创造奇迹。别人办不到的事，可是革命者就能办到。大家琢磨琢磨'革命者'这个称号，可不是什么人都能担当得起的啊！"

郝大成这几句随感，粗听起来是很普通很浅显的，但它却十分发人深思。其中包含着多么丰富而又朴素的哲理啊，它能唤起人们的自豪的感情，它能增添人们的雄心壮志。

宋少英感慨地说："大队长说得好，新的社会，全靠我们革命的劳苦大众来创造啊！依我说，世上再没有比'革命'这两个字更光荣、更伟大的了。"

"'革命'的光荣，就光荣在不怕流血牺牲上；'革命'的伟大，就伟大在不怕艰苦困难上。"郝大成一边啃着葛根一边说，"怕苦，怕难，怕流血，怕牺牲，那根本就谈不上革命，革命和艰难困苦是分不开的啊！"郝大成吃下了最后一口葛根，又向篝火上丢了几根柴，继续着他的思路说：

"就拿打铁做比方吧，艰苦困难就像是铁锤铁砧和炉火，革命者呢就是钢铁，锻打得越多，就越纯净越坚硬；如果你不是钢铁，而是块炉渣，经不住铁锤几下子敲打，就变成碎末了。……"

大家在篝火上又添了些柴，火焰更炽烈地燃烧着。战士们都挤坐在郝大成的周围，深情地看着他们敬爱的大队长那被篝火映红的刚毅的脸。

郝大成说："大伙还记得吧？去年冬天，我们坚守在白马山上。那一夜正下着大雪，风像锥子一样向骨头里钻。那时大家还是穿着现在的夹衣，我查岗回来，冷得上牙打下牙，嘴唇抖动着，连话都说不出来，只发出'嗒嗒'的声音，舌头冻直了，转不过弯来。有多么艰苦啊！吴可征同志说：'坚持！坚持！坚持到底就是胜利！'果然我们坚持过来了。我还记得吴可征同志一边给篝火加柴，一边对我们说，'一个革命者，就应该像一团火焰，像一团永不熄灭的烈火，有一分热发一分光，驱散旧社会的黑暗，给人们带来温暖和光明。……'那时候他不是还给同志们编了个《篝火歌》吗？少英，你还记得吧？"

"记得，那支歌，我这辈子也忘不了。"宋少英已经被郝大成的追述，完全带到当时那极端艰苦的情况下坚持斗争的情景之中了。

"那你就给大家唱唱吧！有些新同志还没有听过呢。"

于是宋少英用高亢激越的声调唱起来：

> 篝火旺哟篝火红，
> 战歌唱给战友们听：
> 风推大山山不倒，
> 雪压松柏叶更青。

> 满腔仇恨化怒火，
> 擦枪磨刀夜有声；
> 白马山上风雪夜，
> 熊熊篝火照天红！

> 胸怀革命翻天志，
> 笑对敌人刀斧丛；
> 枪杆子打烂旧世界，
> 长夜尽头是黎明。
> ……

这《篝火歌》豪迈雄壮，充满着革命的雄心壮志、乐观主义和战斗激情。这歌使大家激动振奋，那熊熊篝火也好像被这歌声所激动，火苗喷射飘舞，燃烧得更旺了。大家兴致勃勃地纷纷交谈着、回忆着当时的情景。

郝大成说："我们不光回过头去想过去，更要抬起头来看未来。就像《篝火歌》里唱的'枪杆子打烂旧世界，长夜尽头是黎明'。咱们在这最困难最艰苦的时候，想想打烂旧世界之后的新生活，那该是多么有意思啊！"

听了郝大成这段话,战士们一个个都微笑着,心里就像灌满了蜜水一般,甜滋滋的,理想的火,希望的火,把战士们的心烘得暖洋洋。

黄国信虽然疲倦,却没有睡着,他听见郝大成在这种时候让大家谈未来,谈理想,总觉得有点滑稽,觉得很不耐烦,胸口里好像有团什么东西堵得难受,忍不住在嘴角挤出了一个冷笑。他翻转了一下身子,想啊想啊,思路又拐到另一条道上去了——他对黄四楞劈头砸了他那几下子,一直耿耿于怀。这未免对他太不尊重了,一种委屈和愤怒的感情在心头升起来:"这个愣头愣脑的家伙,对郝大成佩服得五体投地,为什么不把我这个上级派来的代表放在眼里?郝大成说什么他听什么,郝大成叫他干什么他干什么,他对郝大成就像一团火,对我就像一块冰。"想到这里,他气得直哼哼。为什么?他立刻悟出了一个道理:"第一,吴可征和郝大成不但没有树立我的威信,甚至还有意贬低我的作用;第二,县官不如现管,我虽然是上级的代表,却不是他们的顶头上司。他们是拿我当外人待啊。"顿时一种客居他乡的孤独之感又袭上心头:"这支部队将走向何方?前途怎样?很难预料。整天东跑西颠的确不是办法,找个地方扎根也是行不通的。吴可征和郝大成固执己见,抗拒我的指示,不听我的规劝,我在这里干什么?我不能跟着他们蛮干,不能跟着他们犯错误,这里不是我久留之地,我应该回县委去。……可是县委在哪里?我这样丢下部队回去好不好?"黄国信思前想后地难以入眠,他忽而转念一想:"我是上级派到这里来的,你们轻视也罢,抵制也罢,排挤、打击也罢,我不在乎,把这支部队带到正路上去,既是我的责任,也是我的权力。我要尽到我的责任,我要行使我的权力,我不能眼看着你们硬往错路上走,我要把你们拦住,把你们挡住!"黄国信想到这里,才静下心来,听着篝火旁边的议论。

　　开头，大家沉默了一阵。在这样的环境里，谈未来，谈理想，真是别具风味，但是这么大的题目，从哪里说起呢？

　　一向不大开口的赵铁牛，倒是例外地先说了："自打九里十八坪突围出来以后，我就老是想：干吗我们不打回九里十八坪去呢？咱们把谷敬文打倒，把黄道儒也打倒，给乡亲们报了仇，有饭吃，有衣裳穿，有房子住。我想，革命就是为了这个嘛！"

　　"对啊！"陈大雷闷声闷气地说，"那时我们就不再钻山林蹲山洞了。打倒土豪劣绅，报了仇，分了田地享享福，我看就算革命成功了！"

　　黄四楞说："革命成功了，放我三天假，我要狠狠地睡一觉，别的嘛，睡起觉来再想……"

　　"瞌睡大王的外号真没有给你白起，净想着睡觉，我啊，"王尚青半开玩笑半认真地说，"我革命胜利以后，先吃上一顿不掺野菜的净米饭，然后到城市里转一转，买个笛子吹一吹，多美气啊。"他推了推躺在他身边的黄国信，问他说，"黄特派员，你是在大城市里上过学的，听说城市里拉车不用牛，点灯不用油，对吧？"

　　黄国信半坐起来说："小王啊，那城市里，你没有见过的新奇事物多着呢。别看你现在怪机灵，到了城市里，你非看傻了眼不可！"

　　宋少英忍不住笑着说："小王啊，你这叫什么理想啊，一是馋，二是玩，再加黄四楞的懒，真叫没出息！"

　　王尚青不相让地说："你把你那有出息的理想说一说，叫咱也开开眼界。"

　　"我啊，不是吹，准比你想的有出息。"宋少英说，"革命胜利了，咱们就建立一个新中国，那时候把一切吃人的坏蛋全打倒，穷苦人当家做了主。我就当一个小学教员，把旧社会穷人怎样受压迫，怎样在中国共产党的领导下闹革命，怎样艰苦奋斗，怎样流血牺牲……全都讲给孩子们听，好叫咱们的后代知道革命胜利来得实在不容易……"

没等少英说完,王尚青就兴高采烈地说:"好,你想的真有意思,我赞成。你有文化,顶好写成唱本,我就到处去说,到处去唱,因为我有亲身体验,保证说得精彩,唱得动听。怎么样?我这理想也不比你差吧?"

"那你不成了自我表扬啦?我还没有说完呢,"宋少英打断王尚青说,"我想,建设新中国也是革命,也不比现在革命更容易。我是想叫咱们的后代,也要拿出今天不怕苦、不怕累、不怕流血牺牲的劲头来干革命。可没有叫你去'老王卖瓜,自卖自夸'啊!"

王尚青正想辩解,一直在埋头擦枪的罗雄用沉雷般的声调说:"嘿,你们啊,听我的,什么吃苦啊,享福啊,教书啊,唱戏啊,我全没想过。我就想为革命打一辈子仗,跟那些土豪劣绅国民党拼杀一辈子。为革命当兵嘛,打仗就是幸福,比吃八个碗的酒席还痛快!"

罗雄说得虽然很简单,却很有气势,使人感到一个纯朴的革命战士忠于革命事业的坚定的信念和力量。

郝大成怀着激动和自豪的心情,深情地看着这个革命的战斗集体。这时他记起了自己在入党时,吴可征同志和他谈的一次话。那时吴可征同志说:"一个革命者,光有朴素的阶级感情还不行,要把这种感情提高到无产阶级思想的高度才行。可是,一个普通的农民,要成为一个有高度政治觉悟的无产阶级革命战士,就要爬很多陡坡,走很长的路啊!……"

这些话,郝大成一直记在心里,作为一个共产党员、一个红军指挥员的他,深知应该随时随地用无产阶级思想去武装每一个战士,于是他说:"同志们讲的有的对,有的不对。依我说,有的同志想得太小了,看得太近了。我们革命的目的,当然是为了不再受压迫受剥削,叫穷苦人有饭吃,有衣穿,有屋住。可是,这并不是革命就到头了。吴可征同志不是常给大家说吗?'山有顶,路有头,就是革命没有顶,没有头!'有的同志只看到自己的仇人,自己的家,这叫看得小;有些同志只想到打了土豪分田地,不再挨饿受冻了,这叫想得近。

"同志们!我们不只要打倒九里十八坪的谷敬文,我们还要打倒天下的谷敬文。我们不能只想到自己的家乡,自己的亲人,我们要想到全山区,全中国,全世界的受苦受难的阶级兄弟,我们还要建设共产主义啊!"

王尚青说:"大队长,你说我们看得小,想得近,我承认,可是你想的也许太大,看的也许太远了吧?"

又有的同志说:"也许我们干到老,也到不了那个时候!"

"我们干不到那个时候,可是我们还有孩子呢,还有孙子呢!他们一定会干到那个时候的。开头我也和大家想的差不多,可是自从我站在党旗下向党宣誓那一天起,从到广州农民运动讲习所接受毛委员的教导那一天起,我的心就想得宽了,我的眼就看得远了。一个革命者,就应当看得大,想得远。大要看到全世界,远要想到共产主义,这才叫远大理想嘛!这就是革命的雄心。有了这个雄心,浑身就有使不完的劲,什么困难也挡不住,什么艰险也吓不倒!国信同志,"郝大成看了看一直在闭目沉思的黄国信说,"你给大家说说吧!"

那熊熊的篝火驱散了春夜的寒冷,郝大成的这些话暖热了战士们的心。

黄国信坐了起来,眼睛望着黑沉沉的夜空,用缓慢的声调说:"我完全同意郝大队长说的这些话,这种革命的豪情壮志是最宝贵的,是值得赞扬的!"

黄国信的这段开场白是用半真半假的心情说出来的,那一半真就是:黄国信总认为郝大成这个放牛、狩猎、打铁出身的庄稼汉,只会冲冲打打,作为一个军事指挥员是可以的,要是谈政治,说理论,那就谈不上。他没有想到在吴可征负伤之后,郝大成竟能抓起政治思想工作来。这一天的行军,郝大成的所作所为,以及他本人的无比的革命坚定性和乐观精神,黄国信不能不暗暗佩服。所以说,上面他说的那段话,并非全是虚假的恭维,他从内心里承认郝大成说的有道理,有气势。

但他话中的那一半是假的。因为他认为,郝大成说的这一切,目前来说全是空中楼阁,根本谈不上实现。他认为革命按照目前这种状况干下去,早晚是非失败不可!但是,他这种想法并没有说出来。

"刚才郝大队长谈的是远大理想,谈的是未来,这很重要,非常非常重要。但是,我们也要想一想当前,想一想现实。我们现在只有五十几个人,比从九里十八坪突围出来时,已经削弱了很多。我不反对找一块比较适合发展革命力量的地方扎根,但是,即使能扎下根,甚至使革命力量暂时发展起来,敌人一来围攻,是不是会再来一次九里十八坪式的突围呢?"

郝大成等着黄国信的结论,但黄国信说到这里却没有了下文。

郝大成忍不住说:"你的意思是不同意找个合适的地方扎根了?"

"我并没有说反对啊!"黄国信强词夺理地诡辩说。

"可是你怀疑!"

"不是怀疑,而是担心。"

"这种担心没有必要,毛委员在井冈山已经走出了一条路。我坚信井冈山的道路是最正确的道路,我们应当坚决走井冈山建立农村革命根据地的道路。这是我们党支部的决定!"

"是否正确,这要用事实来证明才行。不能只凭一股子热情,更不能只凭主观愿望。……好了,天不早了,"黄国信打个呵欠,有些厌倦地说,"这些事一时也难以解释清楚,还是休息吧!"

"我们有党,有群众,有井冈山的道路,我们应该有百倍的信心!"

"有信心当然是好,干革命没有信心当然不行,但是敌人是太强大了,在这种情况下,我们应该采取什么方法进行斗争呢?"

"当然应该走井冈山的道路! 走建立农村革命根据地的道路! 你以前说过,要以城市为中心,那样才能速胜。很显然,那条道路事实已经证明在中国是行不通的,以后你又坚决主张到处游击,事实证明也是行不通的!"

黄国信没有回答,把军毯往脸上一拉,蒙头睡去。

三

部队休息了。郝大成从篝火边走向山口的岗哨。这时夜色已浓,群峰如墨,那黑色的剪影,像一根根擎天巨柱,架起暗蓝色的苍穹。那浩浩荡荡的星海,接连着起伏的山岭,使人联想到:祖国山河的雄伟壮丽,祖国土地的广袤无边,祖国历史的古老悠远。

"口令!"机警的哨兵听到背后有脚步声。

"坚持!"郝大成回答着,他听出哨兵是王光磊。

"你回去休息吧!"

"不! 大队长! 我不累!"哨兵坚决地说,"大队长! 同志们对你可有意见啦!"

"什么意见啊?"

"全队顶数你累啦,可是你老是替我们站岗! 大队长! 你快去睡吧!"

哨兵的话饱含着革命同志间的深情厚谊和对大队长的无限关切,他说出了战士们共同的心声。郝大成的豪放粗犷的性格,使他

不习惯于过分细腻的感情,在这个战士的要求下,他不能不改变了命令的口吻,诚挚而亲切地对哨兵说:

"小王,回去休息吧,明天的行军更艰苦!"

哨兵知道不能再执拗下去,关切而感激地望了望郝大成高大的身影,提起步枪,回到了篝火边。

郝大成仰望着晴朗的夜空。松涛的飒飒,流泉的淙淙,好像更衬托出深夜的静寂。郝大成的思绪,又飞向了白马山的峡谷:敌人没有追上来,说明三个战士圆满地完成了阻击任务。他们是活着,还是全都英勇壮烈地牺牲了?在告别时,那三个战士沉着镇静、视死如归的音容笑貌,重又真切地出现在他面前。

这支部队从成立的第一天起,就是在共产党的领导和教育下成长着。伟大的党啊!你教育出多少钢铁一般坚强的战士啊!这些战士在刚拿起武器的时候还是一个普通的农民,在党的培育下,他们成了为党,为阶级,为劳苦大众,为共产主义事业而勇敢奋斗的无畏的战士。一想到党,一想到人民群众,一想到战士,郝大成似乎感到自己更加有力,但是也觉得肩上的担子似乎更重了。

他们三个同志是多么好的同志啊!郝大成想到了史少平,清晰地记起了他在史太昌家里和少平一起长大,跋涉千里到四方去打铁;他们一同在夜校里学习,在党旗下同声宣誓;他们一同在枪林里钻,在弹雨里滚,阶级的友爱、战斗的情谊是极其深厚的。

他又想到了杨继五,清楚地记起突围那天和这个在地主牛背上长大的孩子握手告别的时候,他那平静沉着的神情和那视死如归的决心。想到这次告别也许成了永诀,心中不由得一阵绞痛。

在临别时,周枫林那几句出自肺腑的请求和他的志愿的表白,忽而又猛烈地震动着郝大成的心弦:"如果我牺牲了,我请求组织上追认我为中国共产党党员……一个人活是为革命而活;死是为革命而死才对,不然,人活着有什么意思呢?"

是的，一个人活着是为什么呢？怎么样活着才算最有意义呢？人生的伟大和渺小、高尚和卑下、光荣和耻辱的分界线是怎样的呢？这个问题看来好像很简单，回答起来却很复杂，这是每一个人都要回答的问题。人们啊，在你的一生中将沿着什么样的道路前进呢？什么是人生的真谛，什么样的人生才是最伟大最光荣最有意义的人生呢？

郝大成傲然地站在哨兵的岗位上，凝视着巍峨的群山，仰望着布满繁星的夜空，仔细地回味着周枫林的那些话，这些话里包含着极其简单却又极其深刻的真理。

人活着，为了什么？对这个问题的回答是多么的不同啊。"人不为己，天诛地灭"，这就是剥削阶级的极端自私的人生观。谷敬文不正是这样吗？他们的所作所为，一切的一切全都是为了自己，他们吃人肉喝人血，把自己花天酒地的生活建立在劳苦大众的饥寒交迫、灾难和痛苦之上，把他们的高楼大厦建筑在劳苦人民的累累白骨之上。他们是一些只顾自己享福不管别人死活的吸血鬼！正像山歌里唱的："灾年穷人苦哀哀，地主豪绅打劫来，敲诈勒索逼人命，死人堆里发大财！"他们能算人吗？不能！他们是披着人皮的豺狼，是人间的蛆虫。他们即使活上百岁，只不过是没有心肝的行尸走肉，除了为害人民之外，还有什么意义呢？

像周枫林说的那样，人活着，就应该为革命，就应该为广大的劳动人民不受压迫不受剥削去斗争！活着，就要为社会创造财富，为大多数人造福，使人类生活得更加美好！活着，就要敢于向旧社会旧事物宣战，就要勇于推翻旧的，敢于建立新的，就要永远革命，把人类社会推向前进！永不休止！这才是人生真正的意义。这样的人，不管他的生命是多么短暂，那也是最伟大的一生，最光荣的一生，最有意义的一生！只有这样的人，才能配受"革命战士"这样光荣的称号！这就是郝大成所理解的人生，这就是郝大成所走的人生道路。

如果说,郝大成在他最初寻求探索革命道路的时候,对这一人生的真谛的认识还是比较模糊的,理解也许是比较狭隘的,那么,当他站在党旗下宣誓为共产主义而奋斗的时候,当他在农民运动讲习所接受了毛委员的亲切教诲的时候,他对人生的伟大意义,就理解得更加深刻更加广阔了!他现在就是一步一个脚印地按着这种革命的人生观的大道向前迈进着!勇敢坚定地向前迈进着!

正是这样:每个人在自己的生活道路上,总是留下自己的各种各样的脚印。可是,只有每一步都能踏出为革命战斗的铿锵作响的音符的人,他的一生才能谱写成一曲英雄的乐章。

郝大成深情地凝望着白马山峡谷的方向,庄严地说出他的心声:"枫林同志,你说得对!人生就应该这样,你虽然还没有加入党的组织,但是你已经是一个为共产主义事业而奋斗的革命战士了!如果你真的光荣牺牲了,党一定会追认你为共产党员的!……"

郝大成回转身又看着部队的临时营地,那熊熊的篝火透过密匝匝的树林,放射出红光。这红光引起他无限遐想:就在这样的夜晚,在这山区的密林里,在祖国的大地上,有多少这样的篝火在燃烧啊!这是多么令人鼓舞的壮丽的情景啊!点燃这些革命篝火的火种是哪里来的?这火种正是来自井冈山啊!

郝大成想到这里,心头突然一热,自豪和幸福的感情在胸中激荡着。他举目南天,仿佛看到了井冈山上的篝火,看到了毛委员那高大的身影。井冈山的篝火照亮着祖国大地,给各地革命者指出了革命的宽阔的前程。

"吴可征同志,你就放心吧!我们一定坚定不移地走井冈山的道路,建立农村革命根据地!"郝大成在这深山密林的静夜里,向着革命的战友,向着祖国和人民,向着党,向着毛委员,无声地说出了庄严的誓言!

第四章　阻　击

一

当郝大成带领部队向后山撤去的时候，三个视死如归的战士，按着郝大成交代的阻击方法，进入了阵地，做好了抗击敌人的准备，等待着敌人大规模的反扑。

月亮已经落在了西山顶上，峡谷变得幽暗起来。

史少平和周枫林伏卧在几块岩石中间，同志们凑集起来的手榴弹，就摆在他们伸手可及的地方。四只火红的眼睛直瞪着黑黝黝的山下，虽然他们看不见山下的情景，却从山下纷乱嘈杂的喊叫中，判断出敌人正在集中。他们的思想凝聚在一个共同的信念上——绝不能让敌人攻上山头，并暗暗计算着突围部队已经走出了多远的路程。

杨继五独自埋伏在半山腰，准备在敌人向山上反扑的时候，从敌人的侧后袭击敌人。

他们三个人都十分清楚，他们所负担的阻击任务意义的重大，同时也感到担子的沉重。生和死早已置之度外，他们胸中燃烧着仇恨的烈火，浑身充满着意想不到的力量。……

"少平，你看，那块石头后面好像有人在爬！"周枫林用臂肘碰了碰少平，并把手移到手榴弹上。

"看见了！"史少平轻声地说。

"轰下他去！"周枫林把手榴弹抓在手里。

"不！手榴弹留着对付成群的敌人，我来用枪对付他！"

史少平说完，开了一枪，正在往上爬的一个匪兵尖叫了一声，在岩石旁翻滚了一下，就不动了。

另外几个匪兵慌忙开了几枪，连滚带爬地躲到安全的地方。过了一会儿，他们又继续向上爬，又被周枫林打中了一个，他们又不敢动了。

这样零打碎敲的战斗持续了将近一个钟头。史少平很高兴和敌人这样磨蹭时间，这对突围出去的大队摆脱敌人大为有利。

周枫林却有点不耐烦了："这些白狗子比他娘的老鼠还胆小，我们出击一下吧！"

"不！我们和敌人磨得时间越长越好。"

"也不知他们打的什么主意，净吊你的胃口！"周枫林在思考着。

"我看，敌人是叫咱的上次反击打怕了，也想和咱们磨时间，用少数人拖着咱们，等到天亮以后再跟咱们大干。敌人以为我们的大队还在山顶上呢。"

"真是一伙蠢猪！"

"也不能麻痹，"史少平沉思了一下说，"若是谷敬文醒悟过来，那他就不会这样干了！"

果然，他的话音刚落，就响起了密集的枪声，子弹像冰雹似的打落在山顶上。山下的敌人，摆开疏散的队形，呐喊着向山上进攻了。……

事情正像史少平判断的那样：

当杜松和张彪被郝大成一个反冲击赶下山去，又在想尽一切办法整顿混乱不堪的队伍时，谷敬文的随从副官蔡九给他们带来了口头命令：要他们加强封锁，严守通往山顶的一切道路，不准一个红军从北山突出去，并询问了战斗的情况。

蔡九知道郝大成的部队已经突破封锁冲上山顶了，便火冒三丈地破口大骂道："你们这伙笨蛋！你们要我拿什么去报告团长？拿你们的脑袋吗？"

杜松对于这位副官的傲慢无理的态度，是难以忍受的，但是他自知失职的罪过不轻，首先气馁了几分，只好赔小心道："兄弟自知有疏忽大意之罪，但是郝大成也太大胆太狡猾了，谁能想到他敢从北山突围呢？再说，谷团长命令我们要作向流沙河出击的准备……"

张彪却不买这位副官的账，气咻咻地哼着塌鼻子瓮声瓮气地说："蔡九，你不要出口伤人，老子不怕你。今晚上我特务连死了三十多个兄弟，你要有胆量，带着部队去冲冲试试，郝大成就在山上等着你！"

蔡九对张彪报以恶毒的冷笑，然后转向杜松问："你们打算怎么办？"

杜松说："等天亮以后，我们就对山顶发动攻击，希望谷团长再派一个营来支援。"

"老兄，我看你们叫郝大成给吓昏啦！"蔡九不无讽刺地说，"郝大成还有多少人？"

"少说也有一百多！"

蔡九嘿嘿地冷笑道："我看你是草木皆兵了，据团部侦察，最多不过五十人，而且我们整整追了他两天两夜，已经到了弹尽粮绝、精疲力竭的地步。告诉你，必须马上向山顶进攻，就是不能把他们消灭，也要把他们拖住！我想谷团长知道这一情况后，会派部队绕到山后去卡断郝大成的退路的！你如果等到天亮，郝大成早就跑得无影无踪了！"

杜松、张彪虽不满意蔡九的傲慢，却不能不承认他讲得有理。所以当蔡九策马向谷敬文临时团部驰去的时候，他们决定立即组织第二次攻击。

这次攻击，白匪们小心多了，他们分成许多小股，利用地形地物，跳跃着爬行着向山顶逼近。

这时风已静止下来，云隙里偶尔透出清冷的月光，阴暗的夜色已经慢慢地晴朗起来。

原来杜松和张彪打算，先用少数部队把山顶上的郝大成拖住，等天明以后再发动攻击，那时谷敬文早已派部队绕到郝大成背后去了，这样就会收到事半功倍的效果。

但是，谷敬文得到蔡九的报告后，气得暴跳如雷。他一面派第二营绕向山后，一面报告任洪元，建议他派一个团沿流沙河往北进发，准备对可能逃脱的郝大成进行截击；并给第一营营长杜松和特务连连长张彪下了死命令，在天亮之前一定要攻下山头！否则，提头来见！

神情沮丧、心神慌乱的杜松，为了保住自己的脑袋，便集聚起全营的力量，重新发动了猛烈的攻击。

三个红军战士，坚持着这一场实力悬殊的战斗，他们愤怒地向黑压压的敌群射击，但是这零星的枪声被敌人密集的枪声淹没了，丝毫不能阻止敌人的冲击。在敌人快要冲到山顶上的时候，他们接连投下了五颗手榴弹，正面敌人的进攻被暂时阻止住了。但敌人并没有像第一次一样往后溃退，而是伏在附近的岩石下，树丛后，等待着再一次的攻击。张彪就在这群攻击的匪兵后面，嘶声赖气地号叫着："快冲啊！谁要后退，我统统枪毙你们！不拿下山头，我把你们全宰掉！"

为了把趴在岩石后的匪兵赶起来，张彪向匪兵们的头顶上打了一梭子子弹。他的督战立即见了效，这一次冲击更加猛烈了。直到史少平和周枫林把所剩手榴弹全部投了下去，才稍减了一下敌人的气焰！

在这次对敌人的反击中,周枫林的帽子被打飞了,腰部负了伤。史少平知道,手榴弹已经扔光了,只凭石头和刺刀是打不退敌人再一次冲击的。但是,突围的部队才走出多远呢?如果因为他们不能较长时间地拖住敌人,而使部队重新陷进敌人的包围呢?……想到这里,他们的心情是极端痛苦的。与这种巨大的痛苦、焦虑相比较,死,根本算不了什么!

"小周,"史少平说,"我们只有用刺刀和石头同敌人拼了! 就是死也要把敌人拖住!"

"你放心好了,狗崽子们过不去!"周枫林声音嘶哑了,他的决心却是十分坚定的。

"小杨怎么还没有动静呢?"史少平和周枫林都这样想着。他们期待着杨继五的配合,但杨继五却一直没有动静。

一阵急骤的枪声,敌人又开始了攻击。

敌人从正面,从左右两侧攻上来了。枪声呼啸,弹片飞旋,弥漫的硝烟笼罩住山顶,遮蔽了月光。

史少平和周枫林跳入敌群竭尽全力拼杀。仇恨的怒火烧哑了他们的喉咙,烧红了他们的眼睛,全身的热血沸腾起来。史少平丢掉了步枪,从背后抽出了鬼头刀,在敌群中狂砍猛剁,劈开匪兵的脑袋,削去他们的臂膀,或是把他们拦腰斩断!

周枫林的刺刀折断了,他把步枪倒抡起来,像挥动着一条木棒,在敌群中左冲右打。

"投降吧,你们完蛋啦!"

"你们跑不了啦,快投降吧!"

"你们四面受包围啦! 快投降吧!"

疯狂的敌人不停地乱嚷着。

就在这拼杀的关键的时刻,在敌人的侧后,杨继五的手榴弹炸响了。他接着跳入敌群中,用鬼头刀从背后劈倒了两个敌人,第三刀砍伤了正在指挥冲锋的一营营长杜松。同时,杨继五也被杜松两个护兵的短枪击中,他带着伤同敌人拼杀着,最后壮烈地牺牲在敌群之中了。

敌人侧背遭到了突然袭击,杜松受伤,造成了匪兵极大的混乱,这一次冲击又狼狈不堪地被打退了。

当粗野鲁莽的张彪接替杜松组织另一次进攻的时候,天色已近黎明,这次攻击更加猛烈了。由于失去了杨继五在侧后的配合,敌人冲上了山顶。

枪声很快就稀疏下来,漫山都是白狗子们疯狂的喊叫声。

大群的敌人向周枫林和史少平围拢上来,两把刺刀同时刺中了周枫林的胸膛,他一声没响地倒下去了。只有史少平砍杀的地方,战斗还在沸腾。六七个敌人围绕着他,他的砍钝了的战刀挥舞着,每一次砍击,几乎都能击中敌人,而纷乱的敌人射出的子弹却往往打在他们自己人身上。

这样险恶的时刻并没有持续很久。史少平正对准一个敌人挥刀猛劈时,他的背上挨了重重的一击。他从一块岩石上倒撞下去,又在草丛里翻滚了几下昏过去了。他的鬼头刀被甩出了很远,在山石间跳荡了几下,发出当当嘭嘭的声响。……

月亮早已沉落下去了,黎明前的黑暗笼罩着山峰,覆盖着峡谷。

这时,山背后骤然响起了一阵猛烈的枪声,子弹像急雨般地打落在山顶上。

攻上山顶的匪兵,被这阵枪声惊呆了。一个匪兵在暗中慌乱地喊道:"郝大成撤到山后去了!"

张彪在这喊声中才猛然醒悟过来,这才觉得山顶上并没有几个人抵抗。这阵从山后传来的枪声,无疑是郝大成的大部队所为了。

"追啊！"张彪把枪一抡，狂喊着。他仗着居高临下和人数众多的优势，指挥部队向山下掩杀下去。他不由得产生一种兴奋的心情，庆幸地想："郝大成啊郝大成，你终于没有跑掉，你还是被我拖住了！"

二

黎明终于在激烈的枪声中降临了，明亮的东方慢慢变成嫣红色，好像一片燃烧着的火光。只有激战后的北山坡还笼罩在浓重的硝烟里。

谷敬文的一营加上特务连，和奉命绕到北山坡拦截郝大成的二营，发生了误会。他们互相对射着，一直到互相认清是自己人为止。

敌二营营长大骂张彪混蛋，而张彪就骂二营营长该杀。其实这场误会的发生并不奇怪，占领了山顶的敌一营和特务连，因为没有遇到大的抵抗，认为郝大成没有坚守山头，而是把部队撤下北坡去了。他们便开始了凶猛的追击；而奉命从背后赶来拦截郝大成的二营，却把一营当成从山上撤下来、拼命突围的郝大成。又加两个营在夜间都不敢近战，只是互相射击，所以他们在天亮前未能发现这是一场误会。

现在他们所剩下的任务，就是在懊恼沮丧的情绪中，互相埋怨着、怒骂着打扫战场了，与其说是打扫战场，倒不如说给八十多个匪兵收尸更确切些。

太阳已经从东山顶上露出来，照亮了青青的群山。流沙河水急湍地向东南方向奔流，发出哗哗的欢快的响声。

在峡谷里，谷敬文从四人抬的轿子里钻出来。他今年已经四十五岁了。他保养得很好，人参汤、燕窝粥、银耳羹，使他那张肥胖的面孔油滑光亮,身体肥壮得像一条野牛;嘴唇上又黑又浓的八字胡,微微向两腮翘着,不时地颤动;戴着一副深褐色的墨晶眼镜,遮盖着被郝永兴打瞎的那只左眼。他提着一根闪光的镶金紫檀手杖,随着他的步履,叩着岩石,发出咔啦咔啦的响声。他趾高气扬地在山坡上来回踱着步,流露着自以为是、目空一切的"得意"神情。他悠然自得地迈着方步,脸上挂着可掬的笑容,等待着蔡副官向他报告预料中的胜利消息。因为他已经确定地认为,郝大成和他的部队一定会完全毁灭在整夜的激战之中了!

当诚惶诚恐的蔡九把实际战斗情况,还没有报告到一半的时候,谷敬文的笑容突然消失了,脸色变得阴沉而又凶恶。蔡九望着这张气得发青的脸,不敢再讲下去了。

"都是一群混蛋!饭桶!"谷敬文恶狠狠地骂着,紫檀木手杖在地上捣了一个深洞。

"抓到了多少红军!"谷敬文怒视着他的副官。

"找……找到了两个红军的尸体……"

"给我把杜松、张彪叫来!"

"杜营长,他受伤了!"

"该死!"谷敬文又把手杖狠命地捣了一下,激怒地说。

蔡九像得了赦旨,拔腿而去。

谷敬文在昨天的傍晚,得到郝大成进入峡谷的消息以后,满心狂喜地预先起草了给上峰的战报:"……从九里十八坪一带,流窜白马山的共军残部,经过数月的追剿,已在流沙河畔全部被歼。匪首郝大成、吴可征均被活捉……"但他马上又把"活捉"二字涂掉,改成"击毙"。因为他非常明白,要生擒郝大成和吴可征是不可能的。但他相信,流沙河畔一战,会使他完成剿共大业。

在这几个月中,他和任洪元的三十二旅的两个团,共计三千余人(号称一万人),对郝大成二百余人的部队,进行了清剿、追击、堵截和围攻。在深山密林中用步兵搜索，在比较平坦的丘陵地带则用骑兵追击。但是，这支红军部队却仍然神出鬼没地活动着，英勇顽强地战斗着，这使他既恼火又沮丧。

老奸巨猾的谷敬文、任洪元猜出了吴可征和郝大成东渡流沙河开出白马山，以摆脱他们追剿的意图。谷敬文同时也知道通过峡谷是到达河边的唯一捷径，如果不从峡谷中渡河，就要绕过峡谷两边的大山，这就会丧失一天一夜的时间。谷敬文看到了这一点后惊喜若狂，就根据这一设想和任洪元共同拟订了一个围剿计划——首先占领峡谷两边的南山和北山，待郝大成进入峡谷时，在峡谷中消灭他。但是他们认为郝大成行动果断、迅速，这一计划未必可靠。老奸巨猾的谷敬文，便建议任洪元把刘玉龙团的一个营，连夜派往流沙河东岸，等待郝大成渡河时消灭他。

应该说这个计划是制定得很狡猾的。谷敬文认为，郝大成、吴可征为了摆脱他的追剿，已经到了慌不择路的地步，同时他认为吴可征不懂军事，而郝大成也只不过是一个勇猛鲁莽的人，既没有读过兵书战策，也没有受过军事教育，不可能识破他们的计划。而且，第一步红军大队是按照他们的计划走了——进了峡谷；况且，就是识破了他的计划，那也晚了，就像老虎已经落进陷阱一样，纵有天大的本领，也无法施展了，最多也只能在绝境中，作一次毁灭前的挣扎。

但是，事与愿违，现在，他的一切如意算盘都落空了！在这场战斗中的损失，谷敬文并不在意，而使他感到不能忍受的是：在这场战斗中，郝大成又是胜利者。这是对他无情的嘲笑和侮辱，这一记耳光简直把他打昏了。他从黑色闪光缎的长袍里，掏出战报的草稿，团成一团，狠狠地摔在乱草丛中。

奉命来见的张彪，一股黑风似的卷到谷敬文面前，木桩一样地立正着，凶恶、狼狈、惶恐的脸上滚动着汗珠，喘吁吁地叫道："团长,有什么吩咐?"

谷敬文怒视着他,太阳穴上的血管鼓胀着,抖动的双唇,飞溅着唾沫,用手杖指着张彪的鼻尖大声骂道:"混蛋!是你把郝大成放走啦!"

"这,这全怪杜营长,"张彪知道杜松已经让担架抬走,不会来和他分辩了,便索性撒了个大谎,"他说郝大成绝不会向北山这个刀刃上来碰,只叫我们注意流沙河一边的动静!……可是谁想到……"

"你应该想到……你是特务连长,并不受杜松的指挥!"

"可是,谷团长也说只要注意流……"但他看看谷敬文阴沉激怒的脸色,没有敢继续说下去,只是悔罪地说,"我该死,该死……"

"回去,把队伍整理好,搜山!快!"

"是!搜山!"

张彪,这个屠杀、抢掠成性的家伙,高兴地回答着,转身跑去。一场残害劳苦人民的大抢劫又要开始了。

三

谷敬文在张彪离开以后,用手杖愤恨地敲击着岩石,咬牙切齿地发誓说:"郝大成啊郝大成,你脱过了今天脱不过明天,哪怕你逃到天涯海角!……"

这时一匹汗津津的白马,从激流汹涌的流沙河里涉水过来,疾驰到谷敬文面前。骑马人勒住缰绳翻身下马,他是谷敬文的侄子谷福余。

"什么事?看你慌慌张张的样子!"谷敬文愕然地看着他的狼狈不堪的侄子,预感到给他带来了什么不幸的消息。

"团长,不好了!谷家寨的粮库叫红军游击队给烧了,好些保长也叫他们给杀了！参谋长请团长火速回九里十八坪去。"谷福余嘴唇打着哆嗦，还惊魂未定。

谷福余的声音虽然不大，谷敬文听来，却像一颗颗炸弹在耳边轰响。

"你说什么？"他抖动着手杖，仿佛要向谷福余的脑袋横劈下去。

"粮库叫共产党游击队杀了！"谷福余战战兢兢地重复着，把"烧"字说成了"杀"字。

"什么杀了？"

"不，是烧了！"

"啊，这绝不可能，不可能！"谷敬文气急败坏地嘟噜着，"这就是说，被我打昏在地的史太昌，又缓过气来，在我背后动起手来啦。啊！我的老家啊！"他像落在热锅里的蚂蚁，急急地在原地转了几圈，然后对躲在他背后的蔡九喊道："你快命令各营，停止搜山，在峡谷中集合，开回九里十八坪！"……

谷敬文带着他的一、二营和特务连，渡过流沙河，在东岸碰上了三十二旅旅长任洪元。他是一个干瘪瘪的老头子，看上去不下六十岁了，光秃的额顶，尖尖的下巴，脸色阴沉而又傲慢，挂着一派故意做作出来的威严。他在谷敬文面前跳下马来，用雪白的手绢，擦着汗气腾腾的额顶。

"任旅长，辛苦了。"谷敬文抢先寒暄道。

"听说谷老弟要赶回谷家寨去，可有当局的指令？"任洪元微笑着说。

"我们保安团的行动，当局向来是不干涉的！"

"就是不干涉吧，郝大成尚未捕获，现在放弃追剿，未免落个'为山九仞，功亏一篑'啊！"

"我不明白旅长的意思。"谷敬文冷冷地说。

"笑话,"任洪元冷笑了一下说,"谷老弟自然明白,半途收兵,不仅有负当局重望,而且有损剿共大局!"

"任旅长,我这就更不懂了。我谷某倾全力追剿郝大成近半年,只峡谷一战,我就死伤一百多人,现在九里十八坪一带,只靠民团维持,实力虚弱,连我的谷家寨都受到了史太昌游击队的袭击。各地穷小子们又在骚动,如果九里十八坪一带,旧患复萌,那才真是有负当局的重望呢!"

"郝大成这股残余共军不灭,"任洪元故作忧虑地说,"就等于放虎归山噢!"

"任旅长,此言差矣,共军并非郝大成一股,我返九里十八坪一带,正是为了剿灭共军。兄弟远离家乡日久,进剿白马山的任务已经完成,理应赶回谷家寨。至于郝大成这股残敌,已流窜荒山野林,犹如惊弓之鸟、漏网之鱼,任旅长雄才大略,兵多将广,谅此区区小敌,旅长不费吹灰之力即可扑灭,兄弟就不夺旅长这份功劳了!"

谷敬文连讽刺带挖苦,把个任洪元弄得哑口无言,盖在干黄胡髭下的苍白的嘴唇,愤愤地歙动了几下,又合上了,心中却烧起愤怒的火苗。本来像保安团这样的地方势力是归国民党正规部队节制和管辖的,但是这个有后台的谷敬文却是个例外。

谷敬文作出谦恭的姿态告别说:"小弟今日事急,恕不奉陪。我在谷家寨,恭候任旅长的凯旋!"

"既然如此,我只好将这一情况,向当局如实以报了!"任洪元用不满而带威胁的口吻说。

"悉听尊便!"谷敬文冷笑一声,吩咐卫兵道:"看轿!"

谷敬文的冷笑,深深地刺伤了任洪元的自尊心。这位颇具野心的旅长用饿狼般的目光盯着谷敬文钻进轿子里去,一股强烈的憎恨在心头升腾起来。他发狠地想道："我要搞掉这个狂妄的家伙！"但是，就在这发狠的同时，一股无可奈何的情绪又笼罩着他的心境："这个狂妄的家伙依仗他大儿子谷福春在总司令部里供职，加上他反共坚决，深得上司的赏识，我要搞掉他并非易事，只有取得当局的最大信任才有可能！"

于是，他怀着愤懑和希望两种情绪，吩咐他的冯副官，命令部队继续跟踪追击。

第五章　阻击后的阻击

一

史少平被敌人恶狠狠地捣了一枪托子，从岩石上翻下去之后，就昏迷过去了。这不仅仅是由于沉重的打击和跌撞，主要是他在砍杀中把所有力气都用尽了。

北山坡上越来越激烈的枪声，使他慢慢恢复了知觉，记忆起刚才那场恶战的情景，但他不明白现在的枪声为什么这样激烈。他记起杨继五和周枫林，心想：难道他们还在继续战斗着？这枪声是打他们的吗？不像。那么到底出了什么事？难道郝大队长又带着队伍回来了？不可能。……他思索着，听着激烈的枪声。

史少平用力握了握拳头，觉得还有力气，便试着翻转身体，用双手撑着身子，居然坐了起来，只觉得全身疼得像火烧刀割一般。他想摸摸背后的伤处，但僵直酸疼的胳臂弯不到背后去。他分辨不清是热还是冷，只觉得焦渴得难以忍受。

史少平坐了一会儿，头脑渐渐清醒。后山的枪声还是那样的激烈，虽然他还搞不清真正的原因，但他相信绝不是自己的队伍。因为他曾经计算过，当他们和敌人进行最后的决斗时，部队至少也走到十五里之外了。他也渐渐搞清了自己的处境——他躺在匪兵的尸体之中，看着敌人已转到后山去了。这时晨曦的微光投射在他沾满血迹的身上，他看见自己的军装已成了血洗过的碎片，忽然想出了一个主意，就从匪兵的尸体上脱下了一件稍微干净一点的军装，穿在自己身上，又在不远处拾起一支半新的汉阳兵工厂造的步枪。

这时山后的枪声停止了。匪兵们纷纷拥上山顶。他从敌人的吵嚷和怒骂中，知道了枪响的原因，心中暗自高兴。他知道，敌人就要打扫战场了，便不顾全身的疼痛，拖着步枪钻进茂密的丛林中去了。

史少平嚼了几口带着水珠的野菜，权且填一填饥饿的肠胃，又在石洼里掬饮了几口雨水，润一润焦渴的喉咙，洗净了满是泥土和血迹的脸。他四下搜索着，想找一个可以藏身的山洞，但是，他找了几块地方都不合意，只好倚在一块石崖上，喘息一会儿。这时他听到传来搜山的喊声。

"快出来吧，我看到你啦！"

"不出来我就开枪啦！"

喊声越来越近。史少平已经看见几把闪光的刺刀和几个晃动的脑袋了。

史少平屏住呼吸，紧贴在崖壁上一动不动。但只有几丛茅草遮掩着他，是很容易被发现的。他正要推上子弹，作好和敌人拼杀的准备。这时一个提匣枪的军官带着四五个匪兵径直地向他走了过来。史少平自知已被发现了，便索性举起枪来，准备对准白匪军官射击。

但这时白匪军官却向他喊道："他娘的，你还不快搜，在那里磨蹭什么？"

少平感到茫然了，但他立即醒悟到白匪军官认错了人，这才想起自己已经穿上了白匪的军装。他把举了一半的枪重又放下来，顺口答道："我，我在解手！"

"赶快搜山！"

于是史少平便提起步枪跟在白匪后边，学着匪兵们的腔调，边搜边喊:"快出来吧! 再不出来我就开枪啦!"

他一边喊,一边机警地观察着,寻找一切机会脱逃。

白匪们的搜山,给峡谷中的几个山村带来了巨大的灾难,到处是鸡飞、狗跳、抢劫、打骂和啼哭的声音。

在山村边的一所孤零零的茅屋里,住着母女两个人。她们从小小的窗口,看见几个匪兵向她们的茅屋走来。

母亲大约有四十五岁左右,她慌乱地对女儿说:"景妮,快到灶膛里抓把灰抹到脸上,这些野兽们没有心肝!"

女儿果然用战栗的手从灶膛里抓出两把灰,揾到脸上,又把头发扯了几把,搞得乱蓬蓬的,就胆战心惊地偎依在母亲身边,等待着即将来临的灾祸。

母亲担心地看看女儿涂黑的脸,忧愁地叹了口气说:"在这兵荒马乱的年月,该把你早嫁出去,那就省心了。"

"不要说了!"女儿紧张地谛听着外面的动静。

"幸亏景元不在家,说不定又要抓丁呢!"母亲还是絮絮叨叨地讲着,仿佛这样会减少一些恐惧,"唉,老百姓可怎么过啊! 这些死不完的国民党啊,老天爷为什么不打个霹雳把他们全都轰死啊!"

景妮却一句也没有听进去,只是提心吊胆地倾听着门外渐渐迫近的吆喝声。

单薄的柴门,"吱嘎"地叫了一声就噗通倒下了。两个白匪踏过脚下的柴门,闯进屋里来,对着母女两个喊道:"藏着共产党没有? 交出来!"刺刀在景妮眼前晃动了一下。

她们母女二人,紧紧地偎依在一起,愤怒地瞪着两个恶棍,谁也没有说话。

"跑到你们家里来的红军呢? 藏到哪里了?"其中一个匪兵,大概是个班长吧,他命令另一个腮上长着鸡蛋大肉瘤的匪兵说,"瘤子,给我搜!"

两个匪兵,瞪着饿狼似的眼睛向四周搜索了一遍,用刺刀向床下戳了几下。叫"瘤子"的匪兵一刺刀撬开了床头上的木箱:"班长! 你看里边……"

然而班长贪婪的目光却落在景妮身上,忽然像发现了奇迹似的,跑过去抹了抹景妮的脸,淫邪地嘿嘿地笑着说:"好个漂亮的姑娘,你当脸上抹上灰我就看不出来? 你那脖子还雪白呢! 哈……哈……哈。"

的确,景妮在慌乱中没有把脖子抹黑,在黑脸的反衬下反而显得更白更嫩了。当匪兵一步步向她逼近,并把手伸到她脸上去的时候,她鼓起勇气,奋力把匪兵推了一把,然后就扑到母亲的怀里去了。

愤恨使母亲增添了勇气和力量,她猛然站起来,把女儿挡在自己背后。她全身在怒火的燃烧中颤抖着,随时准备扑过去和匪兵拼命!

"老总,你们不要造孽吧!"

"瘤子! 别翻他妈的箱子啦,把这个老东西给我拖开!"

"是,班长!"于是瘤子向怀里掖了几件衣服,就跳下床来,抓住母亲的一条胳膊往门外拖。

母女俩知道悲惨的横祸就要发生了,她们一面拼命地反抗着,一面高声喊叫着:

"救命啊! 救命啊!"

"天啊! 杀人了!"

二

史少平提着步枪跟在几个白匪后面,假装跌了一个跟斗,把脚脖子扭了,一瘸一拐地走着。到了村头,几个白匪只顾跑进村去抢劫,就远远地把他丢在后边。他向四下看了一眼,便决定先走进茅屋去躲一躲。

当他走近茅屋时,听到了女人的呼救声。不难想象,匪兵们正在残害老百姓,史少平不由得怒火中烧,想躲藏的念头突然消失了,他一阵旋风似的扑进茅屋里。

他一眼就看出将要发生的事情,便用枪指着两个匪兵愤怒地吼道:"住手!你们这两个混蛋!"

两个白匪正把母女两个拉开。被这突如其来的喊声怔住了,他们猛然跳起来摸起自己的武器,以抵御这意外的袭击。他们见史少平只有一个人,便狞笑道:"你真他妈的狗咬耗子多管闲事,老子寻开心,哪个管得着?!"

"瘤子"也凶狠起来:"就是你的姐姐妹妹,老子也不管!"

"这就是我的家!"连史少平自己也不知为什么这样说,"看哪个再敢动我妈妈和妹妹一指头?!"他为了表明自己的决心,"咔啦"一声推上了子弹,怒视着两个匪兵。

匪兵一听这真是他的家,先自软了三分,但是还嘴硬地说:"好小子,你真要动武啊!"

史少平一声不响地怒视着他们,这更使两个匪兵看出他要拼命的决心。母女俩也从惊愕中醒悟过来,顺手摸过了柴刀和铁锹,准备投入拼杀。

两个匪兵惶恐地踌躇着,不知是留还是走好。

这时外面响起了集合军号,不一会儿,就听到外面匪兵们奔跑的脚步声,并有人喊着:

"快集合!谷团长命令停止搜山!"

"快,我们要回谷家寨去了!"

两个匪兵听到集合号声,便互相丢了个眼色跑出去了!

母女俩望着素不相识的史少平，又惊诧又奇怪。母亲终于定了定神，深深感激地说："老总，你可是我们的救命恩人啊，想不到国民党兵里还有你这样的好人！"

史少平认为已经脱出险境，便不再隐瞒自己身份了。他说："我不是白匪，我是红军啊！"

"红军？"母女俩疑惑地重又打量着史少平，"你怎么和他们一起搜山呢？还穿着……"当然，她们一下是很难弄清楚史少平的来历的。

当史少平简单地告诉她们自己战斗、脱险的经过后，老妈妈眼里充满泪水，把史少平拉到面前，亲切地说："孩子啊，你真的是红军吗？"

"是的！我是红军。老妈妈，你听说过红军吗？"

"咳呀，那可真是一家人啦！"老妈妈深情地说，"我娘家的弟弟就是红军啊！听你的口音，好像是九里十八坪人，对吗？"母女俩全都笑吟吟的，好像见到了久别的亲人，老妈妈又说，"我娘家就是九里十八坪的黄家湾啊，我弟弟叫赵铁牛，听说他跟着郝大成……"

"哎呀！"史少平忍不住打断老妈妈的话，激动地说，"真是越说越近啦，我叫史少平啊，我年纪小你也许不认识，你认识史太昌吧？"

"认识，认识。"

"我就是他的儿子啊！"

"你可认识我兄弟？"

"怎么不认识？铁牛同志昨天晚上和大部队一齐冲出去啦！"

"谢天谢地，只要红军灭不了，咱穷人就有救啊！"

景妮听他们说着，心被幸福的暖流灌满了，可是她终于想起来了，以责备的口吻对她妈妈说："妈，看你一高兴就说起来没个完。史同志一准还没有吃饭呢，还不快烧火！"

125

"对，你快把床底下的鸡蛋拿出来。史同志，你快洗洗脸，先坐下歇一歇。"

母女两个手忙脚乱地做起饭来。

史少平洗了洗脸，为今天的奇遇激动着。他看见墙上挂着一件蓝色的对襟上衣，不由得问道："大妈，你家里还有什么人吗？"

景妮抢在她妈妈前面回答说："我还有个哥哥，叫林景元，他上山挖药材去啦。妈还说呢，若是红军到这边来，也要叫他当红军去！"

三

景妮母女俩，把仅有的一斤半面全都烙成了饼，把仅有的八个鸡蛋全都煮上，让史少平吃完后，把剩下的全都让他带着好在路上吃。不管史少平费多少唇舌推托，还是未能拗过满腔真情的母女俩。史少平最后还是带上了吃剩下的面饼、鸡蛋，脱掉了匪兵军装，换上了林景元的衣服，依依不舍地告别了景妮母女，沿着流沙河，向着北方去寻找自己的部队。

史少平的精力还没有恢复，被枪托子捣伤的腰部还在疼痛。他走得很慢，第二天拂晓，来到了一个荒山脚下，流沙河在这里绕过山角向南奔流。这座山形状十分奇特，像一个尖尖的馒头。山上古木参天，山下低矮的树丛茂密异常。山路虽然相当陡峭，因为杂树丛生，却很容易攀登。正是满山春浓的时节，青松、绿竹、嫩草、红花散发着扑鼻的清香。

史少平因为带着一支步枪，白天不敢走大路，昨夜走了半宿，有些累了，想找个树丛，钻进去瞌睡一会儿再走。刚刚躺下就听见一个小伙子唱着山歌向山上走来。

……

> 牛角山哟藏珍宝，
>
> 五倍子哟龙胆草，
>
> 土茯苓哟金鸡爪，
>
> 还有那，起死回生的灵芝草嗳。
>
> ……

史少平坐起来，看见一个十七八岁的小伙子，向他躺着的地方走过来，手里提着一把残缺而又明亮的铁镐，腰里还别着一把柴刀，背着一个竹篓子，东瞧瞧西看看地走上山来。他没有看见史少平，仍然欢乐自得地唱着自己编的山歌：

> 高山大岭我敢爬哟，
>
> 密林深谷我到处找哟。
>
> 药材店老板真蹊跷哟，
>
> 说我的药材是杂草哟。
>
> 我骂他眼瞎，
>
> 他气得胡子翘嗳。
>
> ……

史少平听了他的山歌，觉得这个小伙子很有趣，便站起来向他招招手说："来，过来，我们谈谈！"

小伙子猛然看见一个拿枪的人喊他，吃惊地站住了。他一下子拿不定主意是走过去还是拔腿逃跑。

"不要怕，我不是坏人！"

"你问路吗？"小伙子怯生生地问，仍然站得远远的，并仔细地打量着史少平身上穿的衣服，虽说同样颜色的衣服是有的，但袖子上那块补丁却使他断定这个人穿的衣服确实是他的。这就更增加了他的疑虑，心想："我的衣服怎么穿在他的身上？哼，还不是抢的！准不是个好人。"

"来，坐下谈谈！"史少平拍拍身旁的一块石头，亲切地邀请着对方。

"不,我还要挖药材呢!"小伙子找了个借口想溜走。

"你不要怕嘛,坐下好说话!"

史少平的和蔼友好的态度使小伙子减少了疑惧,同时他也感觉到硬走也是走不掉的,便怀着好奇和戒备的心情,坐到史少平指给他的石头上,手里紧握着铁镐,随时防备着对方。心里一直在嘀咕着:"他为什么穿着我的衣服? 该不是抢的吧?"

史少平见到小伙子的表情,心想:"这是个挺机灵的青年人。"待小伙子坐定之后,他问小伙子说:"你家住在哪里?"

"不很远,就在白马山的峡谷里!"

好像什么东西把史少平触动了一下,他想起了茅屋里的景妮母女。仔细看看小伙子,脸相也和景妮很像,便贸然问道:"你叫林景元吧?"

小伙子全身震动了一下,诧异地问:"你怎么知道的?"由于好奇,他又向少平身边凑了凑。

"我还知道你的外公叫赵星海,你的舅舅叫赵铁牛呢!"

林景元更加惊愕地看着史少平说:"我不认识你啊?"

"我们这不就认识了吗!"

当史少平把峡谷中发生的一切,简单而明了地告诉他以后,林景元紧紧地拉住史少平的手说:"你就是我日里想夜里盼的红军啊! 开头,我还把你当成坏人了,你不这样说明白,我还以为你抢了我的衣服呢。"

史少平这才想起身上穿的是小伙子的衣服,抱歉地笑笑说:"这真不知道以后怎么还给你。"

"一家人不说两家话,还说什么还不还呢。"

史少平也不再和他说客气话了,问道:"你可听说红军部队到哪里去了?"

林景元摇摇头说:"不知道。"然后他又问道,"你不想回九里十八坪吗? 听说那里也有红军呢!"

"你知道九里十八坪的情况吗? 快和我说一说。"史少平这时重又燃起了对于家乡的思念。

"这里传言可多呢。"林景元说,"谷敬文这个大坏蛋真是个杀人不眨眼的活阎王啊。他说,'九里十八坪人要换人种,谷要换谷种,茅屋架火烧,石头也要砍三刀!'杀的人数也数不清啊。……"

"老百姓不会伸着脖子净等谷敬文杀的!"史少平恨恨地说,"总有一天,我们会报仇的!"

"对! 谷敬文杀的人越多,老百姓的心里就越恨,好多匪保长和保安团的匪兵也都叫老百姓偷偷杀死了。到处都有红军的传单,上面写着:'乡亲们! 我们绝不能让敌人的疯狂屠杀吓倒! 要坚持斗争! 红军就要回来啦! 革命的红旗是砍不倒的! 对敌人要以牙还牙! 以血还血! ……'听说这都是史太昌领导的游击队干的!"

史少平听到爸爸的名字,心头强烈地震动了一下。他多么想见到他的爸爸、妈妈和九里十八坪的乡亲们啊!

突然山下传来了几声枪响。

史少平习惯地摸起身边的步枪,林景元却吃惊地跳起来,不知出了什么事情,更不知如何办好。

"快伏下,不要暴露目标。"

史少平把林景元拉到自己身边,从树丛中向山下观察。开头他们看见有几个人头从山边上露出来,越来越多,接着就像山洞里爬出来的一条灰黄色的大蟒蛇,越拖越长。

"白匪!"林景元以药农特有的尖锐的眼睛首先认了出来,并脱口叫了一声。但他看见史少平十分镇静地观察着,心里也沉静些了,觉得打仗并不是十分可怕的事情。

"景元,你快去找个山洞躲一躲!"史少平关照林景元说。

"你呢?"

"我? 说不定要和他们干一下!"史少平把枪紧握在手里,考虑着应该怎么行动。

"你一个人和他们干?"林景元疑惑地问。

"你知道吗? 这些白匪也许是去追踪我们的大部队呢! 我要拖住他们的腿!"

史少平向林景元解释着,像对自己的战友解释一样。

"能拖得住?"林景元十分敬佩地看着这个年纪和自己相仿的红军,虽然嘴里这样问,可是心里却想:"他说能拖住,准能拖得住!"

"就是拖他们一分钟也是好的! 绝不能叫这些白狗子顺顺当当地去追踪咱们的部队!"

史少平决心已下,沉静地打开枪机,数着枪膛里的子弹,一共三颗,"三颗,可以了!"他自言自语地说着,咔啦一声顶上了子弹。把枪架在一块石头上,直瞪着山下蠕动着的漫长的灰黄色的白匪队伍。

一匹青色的花马,在山口里出现了,马在崎岖不平的山路上颠颠着向前跑。骑马的人挥动着马鞭子,向匪兵们威吓着,大概嫌他们走得太慢。

史少平的枪口,随着青马移动着。

"叭!"一声枪响,在山野里扩散开来。

骑马人摇晃了一下,马吃惊地蹦跳起来。骑马的白匪军官先是把手中的马鞭摔了出去,而后又四脚朝天地从马上倒撞下来。

行进的队形立刻纷乱了,就像被捣了一竿子的马蜂窝,闹哄哄地乱撞乱飞一阵。接着步枪响了,子弹呼啸着向山上飞来。先头部队也都停了下来,卧到路边上胡乱地射击着,他们以为遇到了埋伏。乱了一会儿，白匪们慢慢镇静下来，经过一番整顿，就像一条灰黄色的带子向牛角山缠绕起来，一阵阵弹雨洒落在树林里，敌人开始搜山了。

四

山下的匪军是三十二旅刘玉龙团的一个先头营——第一营。一营营长见团参谋长被打下马来，吓得冷汗直冒。如果团参谋长不是在他营里被打死的，就是死上十个八个他也不会动心。可是现在，团长怪罪下来，那真是嗓子眼里塞把胡椒面——够呛的。他在心里暗暗骂道："他娘的，你在哪里不好死啊，单单死在我营里，给我找麻烦！"

一营长在一阵混乱之后，慢慢冷静下来，恐慌变成了疯狂，命令三个连停止前进，立即搜山。他指着三个连长说："今天抓不住红军游击队，你们三个人都给参谋长抵命！"

一连连长宋三，撇了撇嘴，冷笑道："我们死了谁给抵命？"

一营长向他的部下瞪了瞪眼，却没敢发作，他不敢触怒这个别有来历的连长。

一营长压住满腔怒火，对宋三赔笑脸道："宋连长，话不能这么说，参谋长的死，我们大家都有责任。……为了抓住游击队，我们应当协力搜山。"

三个连队，对不太大的牛角山张开了罗网。虽然他们没有听到任何还击的枪声，但是仍然是心惊胆战，甚至觉得这种奇怪的沉寂比密集的枪声更可怕，他们的教训是太多了。几乎所有军官和匪兵都怀有这种看法："红军是早不打，晚不打，等你靠近了，迎头给你一顿手榴弹。……"

刘玉龙给一营长下了死命令："如果抓不到打死参谋长的红军

游击队,提头来见。"一营长为了保住自己的脑袋,他爬上一块高大的岩石,挥动着手枪督战,怒骂着像蜗牛在爬一样的部队:"一连,二连!给我快冲!"

这位营长挺着胸膛,俨然是一个无畏的勇士,他仿佛要让全营都能看到他们的营长,好以他作为勇敢的榜样。但是他的部队并没有因为他的行动而受到什么鼓舞。这使他更加恼怒:"抓到红军游击队有赏,抓不到,我要杀你们的……"他还没有把第二句话骂完,就随着一声枪响,翻滚下岩石,比他的参谋长翻身落马,表演得更为出色。

刘玉龙又增加了兵力,亲自指挥搜山。……

史少平打掉了匪营长,又把最后一颗子弹推上枪膛,对准了挥舞着短枪的宋三。一扣扳机,是一粒瞎火。

"没有子弹了?"林景元在他的身后问。

史少平好像才发现林景元还在他身边,有些着急地说:"你怎么还在这里?快找个地方躲一躲。"

"你呢?"

"我?"史少平并没有想到自己,林景元的提醒才使他考虑一下自己的处境,"我和他们拼了!"但他立即又改变了主意,便问林景元道,"近处有山洞吗?"

"有,就是太浅了。"

"先藏进去再说,快!"

史少平和林景元在树丛的掩护下,向山洞跑去。史少平把枪插进一条石缝里,便和景元钻进了山洞。这山洞果然很浅,勉强能挤进两个人,林景元的竹篓子都挤瘪了。他们顺手把洞口外的几棵蓬蒿棵子拉过来,勉强遮住洞口,等待着严重时刻的到来。

对于史少平来说,这一切并没有什么可怕,甚至他是用一种激动和兴奋的心情，来迎接即将发生的一切。他十分清楚，只要把敌人拖住，这就是他的最大胜利，就可以给突围的部队争取更长的时间。他可以心安理得地去牺牲。死，并不可怕。在峡谷中的阻击，他已经经受过死的考验，但是，他不愿意作无谓的牺牲。对于战斗的渴望，对于敌人的刻骨仇恨，对于革命必然胜利的坚强信念，对于未来的美好的憧憬，从来没有像现在这样强烈地激动着他的心。但是，他觉得林景元有些紧张。

"景元，你害怕吗？"

"有点害怕。"没有经过战斗锻炼的林景元有些不好意思地承认着。

"不要紧，多打两次仗就好了！"

"你开头也怕过？"

"开头总是有些紧张。"

林景元稍微有些安心了，又担心地问："若是叫他们搜着怎么办？"

"我们就和他们拼！不能让他们抓活的！"仿佛表示自己的决心，史少平低声说，"你用铁镐，把柴刀给我！"

五

密集的枪声，使牛角山变得草木皆兵了。四面搜山的敌人，零乱地射击着，他们甚至把自己人的枪声也当成了"抵抗者"的枪声了。

史少平和林景元很快就听到了狂乱的喊叫声，这千篇一律的喊叫，史少平已经听过很多次了：

"我看见你啦！"

"再不出来我就开枪啦！"……

这时,一个提着短枪的白匪军官走近了洞口,他站得离洞口是那样的近,在洞里的史少平只要一探身子,就可以用柴刀劈到他。他们两个人的心就像拉紧了的弓弦,再有几秒钟就要绷断了。史少平用一只手捺着林景元,示意他:沉着。

但是这位白匪军官好似没有看见这个山洞,其实只要一扭头,他就会发现掩盖得不很严密的洞口,但他又好像故意同他们为难似的,老站在洞口不走。

"王排长! 这里没有!"

"马贵! 向山上搜! 快,这里也没有!"站在洞口的排长向他的士兵们喊着,但他仍站在洞口不动。

"王排长,你的后边好像有个洞。"叫马贵的提醒说。

但是这位王排长好像没有听见,只是向士兵们喊着:"快,磨蹭什么? 向山上搜!"

这可把洞里的林景元急坏了,心里恨恨地骂道:"这个该死的白匪,为什么看中了这块地方?"

"王排长! 你站在那里干什么? 还不赶快搜?"远处一个白匪军官粗暴地喊着。

"宋连长,我排的弟兄们掉了队,我在督促他们向山上冲呢!"王排长回答着,但他仍然不动。这时,从他身边走过了别排的一些士兵。

当搜山的匪兵从洞口走过之后,喧嚷声也慢慢沉寂下来,这时王排长才离开洞口,并意味深长地喊了一声:"不管你们躲得多么严密,我王求正早晚总会找到你们的!"说完便飞也似的向前边搜山的部队追去。

史少平和林景元都长长地舒了口气,紧缩的心立刻松弛下来。

"好险啊!"林景元舒了一口气说。

"我倒觉得有点奇怪。"史少平思考着自言自语地说。

"奇怪?"林景元不懂他的意思。

"这个军官好像有意站在这里,挡住我们的洞口。"

"有意?"林景元更觉奇怪了。

"是的,我觉得他是发现我们了,可是他有意地把搜山的匪兵们都支走了。你还记得他临走时说的什么话吗?"

"记得。"林景元说,"他说,'不管你们躲得多么严密,我王求正早晚总会找到你们的!'……不知道这是什么意思。这么说这个军官是个好人?"

"对! 即使不是我们的人,他也是同情红军的。"史少平思忖着说,"在国共合作北伐的时候,北伐军里就有很多共产党员。国民党一叛变,抓的抓,杀的杀,死了多少革命者啊!"史少平慨叹着,"可是,革命者是杀不完的!"

"现在我们怎么办呢?"林景元问。

"我要找部队去! 见到你舅舅的时候,我对他说什么呢?"

"我早就想找舅舅去了,就怕家里没人照顾。你见到我舅舅的时候,就说我一定会当红军的。"

"那你现在怎么办呢?"

"我先到药材店老板那里,把他欠我的钱要出来,回家跟妈妈妹妹商量商量,安排安排。可是,我以后向哪里去找你们呢?"

"我现在到哪里还不一定。"史少平还不清楚部队的去向,只是说,"将来我们大干起来的时候,你就会知道的,那时你就来找我们吧。那支藏在石缝里的枪我不带了,没有子弹,还不如根木棒好使,你把它藏好,将来会有用处的。"

他们像亲密的战友一样,依依难舍地分别了。这时搜山的匪兵正在山下集合。他们抓了五个樵夫,三个采药的老头子,算作搜山的战果。

第六章　神秘的四岭山

一

部队又经过了一夜的艰苦行军,从白马山峡谷突围出来的第三天早晨,来到了一座耸入云霄的大山下面。这座山叫南屏山,悬崖陡壁,老林深草,形势很是险要。这座山的北面就是著名的四岭山区。因为郝大成听说四岭山区,有民团等反革命武装,政治军事情况复杂,不便贸然开进,便决定在反动势力薄弱的南屏山,暂且驻扎,争取一个较长的休整时间,进行调查研究,与上级党组织取得联系,然后再确定去向。

部队的到来,给沉静的荒山增添了生气。

郝大成让部队在临时的营地里埋锅造饭,他带着通信员王尚青去查看周围的地形。他们沿着荒凉的山坡向上面走着,越往上,景色就越加荒凉。

到了山顶,郝大成向四周纵目望去,只见四处岗峦起伏,无边无际。几只山鹰扇动着博大有力的翅膀,在蓝天白云下盘旋翱翔,随时准备俯冲下来,向它的捕获物发出致命的攻击!远处的密林中,有几缕炊烟缭绕升起。几个小山村,就掩映在墨绿色的松林里边。从南屏山向北望去,四岭山的峰峦更是巍峨雄伟。

在南屏山的西坡上,他们意外地看见一块平坦宽阔的林间空地,并有很多倒塌的房屋。他们走到近处一看,原是两座相连的庙宇:一处,从庙的规模来看,当年很是宏伟的,现在除了庙基之外,都已成了断壁残垣；而另一处，规模稍小一些，却还留存着一些建筑物。没有倒塌的大半边山门上，还能看出几个大字——静林庵。

郝大成和王尚青踏着丛草、瓦砾，走进正殿。大殿还算完好，只是神像都已经掉了脑袋，缺胳膊少腿，破烂不堪。在佛台两旁的漆柱上，还隐约地看出一副在寺庙里常见的对联："金炉不断千年火，银盏长明万岁灯。"面对着这火断灯灭的残破景象，这副对联，却成了一个十分尖刻的讽刺。

郝大成经过一番考虑之后，便决定把营地设在这里。按照他的命令，部队吃过饭后，就进驻了静林庵。

当部队挥锹抡镐伐木刈草，为设营而忙碌的时候，郝大成召开了支部会议。在战斗的环境里，一切会议都采取了简单的方式。

郝大成的工作作风，像军事行动一样，一向是明确干脆，从不拖泥带水。在支部会议上，郝大成首先说明了南屏山的情况和在南屏山驻扎的原因，他说："根据上山前后的初步了解和查看地形的情况，我们决定在这里暂时驻扎。南屏山地形虽然险要，却是一座荒山，而不是由很多山连接成的大山区。打个比方说，它是一面墙而不是一座院，暂时驻扎可以，长期扎根困难。本想继续向北开进，进入四岭山区，但那里政治军事情况复杂，我们情况不明，力量不足，没有充分准备是难以进去的！这里的优点是反动势力薄弱，我们可以在这里落脚，争取一个较长的休整时间。……"为了节省时间，他提出了部队亟待解决的问题，并首先提出了自己的想法，他说："我们应该立刻办好这样几件事：

"第一，派黄希才同志去和上级党取得联系，这次可以到豹子山一带去找。即使找不到县委，也要和史太昌同志领导的游击队取得联系。

"第二，派黄四楞同志到茅山冈去看望吴可征同志，如果伤势好转，就可以转移到南屏山来。

"第三，派陈大雷同志到白马山峡谷，去探听史少平他们三个同志的消息。

"第四，眼下部队当然很需要休整，可是最需要的还是深入山村，发动群众，筹粮筹款，扩大我们的影响，壮大我们的力量。更重要的是，要进行调查研究，选择适合于建立革命根据地的地方。

"第五，因为二中队长史少平同志不在，我建议一、二中队合并，由罗雄同志负责，搞好部队的训练；部队的学习，宋少英同志也要抓紧；山上的全面工作，请黄国信同志负责。

"第六，我带第三中队下山，明天凌晨就走。……看大家有什么意见？"

黄国信对建立农村革命根据地缺乏信心，对郝大成的意见并没有认真思考。他只是按着自己的思路去考虑另外一种方案。但由于思想紊乱，一时又理不出个头绪来，同时对郝大成的意见又找不出反驳的理由，所以他在会议上，完全采取了一种消极应付的态度。

几个月来，由于夜以继日的战斗和操劳，郝大成的变化不小：从外形来看，他那丰满的方形大脸消瘦了很多，颧骨突出，风尘仆仆的脸上，又增加了一些皱纹，显得比实际年龄老些，猛然看上去，总在三十岁开外。他本来就很健壮的体格，现在锻炼得更加坚强耐劳了。但是，变化最大的还是他的性格和思想。险恶的环境，艰巨的斗争，使他性格变得更加深沉、稳重、刚毅、果断和坚韧不拔。吴可征离开部队，一方面给他肩头增加了沉重的压力；而另一方面，却使他那高尚的革命品质，在困难艰险的锤炼中，闪射出更加灿烂的光辉！

郝大成，获得了战士们最大的信任、爱戴和敬重，只有黄国信对他的评价与众不同。他看着郝大成那张威风凛凛、生气勃勃、豪情横溢的脸，心想："这个人啊，革命热情有余，革命理论不足，只知蛮干,就是碰得粉身碎骨,他也不知道回头！……"

"我同意这样的安排,"宋少英的发言打断了黄国信的沉思,"我希望黄国信同志把部队的思想工作抓紧。部队安定下来,思想问题可能增多,有的同志家乡观念有所抬头,有的同志对建立农村革命根据地缺乏信心……这些问题不解决好,就会影响部队的战斗力。"

黄国信也颇有感触地说:"我同意老郝的意见。少英同志谈的部队思想情况是很重要的,虽然是个别同志的反映,却很有代表性,我也正在思考这些问题。我们一定要把部队思想引导到正确的道路上去！"……

郝大成等待着黄国信的下文,但黄国信却又像往常一样,不明不白地结束了他的发言,并没有进一步解释他要把部队思想引导到什么样的正确道路上去。

郝大成很清楚,黄国信对于建立革命根据地是持消极和怀疑态度的,这种思想情绪必然给部队带来不良影响,吴可征又不在部队,这使他倍加不安。在下山之前,他又找到宋少英和罗雄,仔细交代了一些工作,提醒他们切实掌握好部队。

二

经半天一夜的休息,郝大成带领着恢复了精力的三中队十二名战士,下了南屏山。他们都换了山民的服装,扮成猎人、樵夫、药农、农民,分成小组到各山村活动,然后按规定的时间和联络方法,到崖头沟集中搜集活动情况。

郝大成和王尚青扮成打短工的山民,向南屏山下最大的山村——崖头沟走去。他们虽然知道这里受到过大革命的影响,但不了解目前的情况。郝大成边走边思考着进村的方法。中午时分,他们到了南屏山脚下。

在去崖头沟的路口上,他们看见了一个十三四岁的孩子,站在路旁的一棵板栗树下,身子半倚着树身。当他看见郝大成和王尚青向他走来,他就蹲下来唱起了讨饭歌。这歌声既不快活也不悲伤,好像纯粹是唱着玩的,一边唱一边用灵活的眼睛,打量着来人:

> 家中无米粮,
> 身上缺衣裳;
> 穷人家家饿断肠,
> 到处去逃荒。
>
> 东村到西村,
> 处处无人问;
> 财主恶狗比狼狠,
> 专门咬穷人。
> ……

进村之前,先接近个别群众摸清村里的情况,这是最好的办法。郝大成走近了这个孩子,孩子的歌声停止了。他们互相打量着对方。这孩子穿着一条长裤撕去半截改成的裤衩,头发蓬乱,小脸又黑又瘦,但是十分灵活。脚边放着一条齿痕斑斑的木棍,棍边放着一只破碗,这是一个讨饭的孩子。他看看郝大成和王尚青,虽然他们穿着老百姓的衣裳,行动神态却不像老百姓,便把头扭向一边,旁若无人地继续唱着他的歌:

> 头晕腰又酸,
> 肚饥腿打战;
> 日落西山转回家,
> 走到二更天。

> 推开破柴门，
>
> 无米又无柴；
>
> 天寒地冻无被盖，
>
> 和衣靠墙歪。
>
> ……

"唱得不错，"孩子的歌声被郝大成亲昵的语音打断了，"你是哪个村的啊？"郝大成和王尚青也在树下坐下来。

小孩子怀着戒备的心理，以不信任的目光重又打量着他们，反问道："你们是哪里来的？"

"我们是打短工的！"郝大成笑笑说。

小孩子怀疑地摇摇头。

王尚青说："你不信吗？我小时候也讨过饭呢，你唱的歌我也会唱。"

小孩子活跃起来，最初的敌意似乎消失了，好奇地说："你唱给我听听。"

王尚青本来就是山歌能手，这种讨饭歌从小就是唱熟了的，便按照小孩子的曲调唱道：

> 穷人好伤心，
>
> 苦处说不尽；
>
> 世道黑暗不平等，
>
> 哪天得翻身？

这一节本来是歌词的终了，但王尚青却临时编了新词继续唱下去：

> 红军救穷人，
>
> 来把土地分；
>
> 打倒土豪和劣绅，

消灭白匪军。

天下受苦人,
齐心闹革命;
坚决跟着共产党,
革命定成功!

这段新词使小孩子大感兴趣,听到入迷处,忽然歌声停止了,他有些不满足地说:"你再向下唱啊!"

王尚青笑笑说:"唱到革命成功了嘛,还往哪儿唱啊?"

小孩子忽然眼睛一亮,似有所悟地说:"叔叔,你们是南屏山上下来的红军吧?"

"你怎么知道南屏山上有红军的?"郝大成很为他们来到南屏山的消息传得这样快感到惊异。

"我爷爷和纪松田叔叔……不,是我猜的。"小孩子感到说漏了嘴,涨红着脸急忙掩饰着。

郝大成亲切地说:"小家伙,还保密呢?你是崖头沟的吧?你家里还有什么人啊!"

"就我爷爷……"

"噢,你爸爸妈妈呢?"

"叫大土豪周武逼死啦!"小孩子恨恨地说着,黑黑的小脸上呈现出成年人脸上才有的那种愤怒。

"你说的是哪个周武啊?"

"除了四岭山,哪里还有第二个周武!"

"四岭山"三个字引起了郝大成的注意:"那你是四岭山人了?怎么又到南屏山来了呢?"

"我爸爸造反,叫周武害死了。爷爷怕周武'斩草除根不留苗',就抱着我逃出了四岭山,在崖头沟落了户。"这些断断续续的话,显然是小孩子从大人嘴里听来的。

"抱着?"王尚青好奇地问。

"那时候我才一岁呢。"

"噢,以后呢?"郝大成问得很亲切,给好说话的孩子以很大的鼓励,小孩子就滔滔不绝地讲起来:"我爷爷说,'要记着这个冤仇,长大了向周武讨还血债!'还说,'饿死也不给地主干活,上山打柴也能活命。'可是爷爷老了,我又小,打柴挣不出吃来,我就要了饭。"

"你知道红军是干什么的吗?"

"知道!"小孩子用成人那种自信的神气说道,"是打土豪的吧?爷爷和纪松田叔叔早就跟我说过了。"

"很对!"郝大成称赞地说,"红军一定把害死你爸爸妈妈的那个周武打倒,替你报仇。呃,你叫什么名字呢?"他喜爱地抚摸着小孩子的乱发。

"我叫铁柱!"

"好! 这个名字好,铁柱子有多硬气啊!"

"原来我叫小丑子,可是爷爷说'咱人穷志不穷,穷人骨头比铁硬',就改成铁柱了。"

"我们找你爷爷去好吗?"郝大成微笑着说。

"我爷爷也正要找你们呢。今天我出来讨饭,爷爷就嘱咐我说,南屏山上来了红军了。你若是碰上红军啊,就领到咱家里来。刚才我看到你们,就猜到了八九分。……"

"那你为什么只顾唱讨饭歌,不理我们?"王尚青有意逗他说。

"这是爷爷教我的,他说红军都是受苦人,我唱个讨饭歌试试你们的心啊! 要是土豪劣绅狗财主,他们才不会唱讨饭歌呢!"

"铁柱子真机灵,长大了到红军里来当个侦察员吧!"郝大成拍拍铁柱子的头,由衷地大笑起来。

铁柱子受到夸奖，觉得不好意思起来，脸涨得红彤彤的，催促道："咱们快走吧，嘿，爷爷见了你们准高兴！"

三

崖头沟大约有上百户人家，在大山区，这就算是比较大的村寨了。村寨周围有一道残缺不全的围墙，在兵荒马乱的年代里，虽然对防止散兵、游勇、土匪、强盗的抢劫，并不起什么作用，但它却给人们心理上带来一种安慰——住在围子里总比围子外安全些。

铁柱家和许多穷佃户一样，住在围子外边。这样却给郝大成以很大方便，他可以在大白天走进铁柱的家，而不被别人注意。住在围子外的人家，几乎全都是"家无隔夜粮"的穷苦人家。当地有这样一段民歌：

> 没铺没盖，
>
> 缺穿无戴，
>
> 住在围子外。
>
> 白匪来抢劫，
>
> 日出翻到日头歪，
>
> 只找到半篮苦野菜，
>
> 还有一双破草鞋！

铁柱家住的草棚子，已经东倒西歪，棚顶上的稻草数年没换，久经风吹雨淋，早已变成黑色。怕山风把它整个掀掉，用横三竖四的草绳拢着，用破砖碎石压着。

棚子里没有几件家具。破烂冰冷的锅灶，看来已经有好几天没动烟火了。一张用砖块垫着断腿的木床上，散堆着碎棉絮和破布片似的衣服。整个棚子里散发着浑浊的腐草气味。

铁柱爷爷郑万春坐在门口的阳光里编着草鞋。他刚满六十岁,却显得异常苍老,脸仿佛全是皱纹堆成的,在这数不清的皱纹里,深刻着数不清的苦难和仇恨。当看到铁柱带着郝大成和王尚青走近他的草棚的时候,他惊愕地站了起来,马上跑进屋里,用锅盖、破席、柴捆,迅速地掩盖好床下的东西。当郝大成走进屋里时,他已经完全镇静下来。

“老伯伯,你好!”郝大成向老人点点头和蔼可亲地说。

“你们是从哪里来? 先生。”老人疑惑地看着郝大成,猜测着他们的身份和来意。

铁柱急忙攀住老人的膀子,凑到他的耳边兴奋地说:“爷爷,他们就是南屏山上来的红军!”

“真的?”老人愕然地看着满脸红光的小铁柱。

“是真的!”铁柱仍扳着爷爷的膀子,悄悄地说:“他们还会唱讨饭歌呢。”

“那就请坐吧!”老人不冷不热地说着四下里去找座位,可是找了半天也不知让他们坐在哪里好。他给郝大成找了个木墩子,王尚青就坐在木床上,木床似乎承受不了过大的重量,吱吱嘎嘎地响起来。

这时老人猛然打了个踉跄,一脚把个猪食盆子踩翻了。发着酸味的猪食溅满了一地,溅到了老人腿上,也溅到了郝大成的身上。

郝大成急忙抢过去,扶住了将要跌倒的老人,关切地说:“老伯伯,你这是怎么了?”

“没有什么,人老了,腿脚就不利落,你看,”老人表示抱歉地说,“我把你的衣裳弄脏了!”

郝大成诚挚地笑笑说:“这哪里能叫脏,我在地主的牛栏里睡了两年哩!”

这时候,王尚青已经把地打扫干净了,并抽下包头的手巾去擦老人腿上的猪食。……

郝大成和王尚青很快就使老人相信他们的确是工农红军。深广的阅历，使老人具有识别好人坏人的眼力，刚才有意做出来的行动，便是一次巧妙的试探。他深信郝大成的每一个行动，每一句话语，每一种表情都是真诚的。这一切不管多么狡猾、多么善于伪装的人都是做不出来的。他们的心一下就贴得很紧了。

老人先在铁柱耳边喊喳了几句，铁柱欢快地跑出去了。然后老人向郝大成抱歉地笑笑说："开头我还把你们当成外人了呢。不瞒你们说，刚才我向床下是藏了一袋子米和半碗盐，这都是穷兄弟们凑合起来的，正打算上南屏山给你们送呢！前天晚上，上山打柴的人就回来说，山上来了队伍，一讲穿戴的样子，纪松田就说：'这准是红军。他们正在难处呢，我们不能让红军挨饿。'可是……"老人感情十分真挚地说，"现在正是青黄不接的时候，家家都缺米下锅，就凑了那么一点点，真是对不住你们啊！……"

郝大成被老人对红军的真挚感情所深深感动，他忍不住过去紧握住老人瘦骨嶙峋的双手，激动地说："谢谢山区的穷苦乡亲们！粮食不必送上山了。在这青黄不接的时候，乡亲们更难。我们就是为了给山区穷苦老百姓解决困难才下山的。……你刚才说的这个纪松田是什么人啊？"

郑万春说："说起来话长啦。一九二六年，咱们这里就有了共产党。在九里十八坪打土豪闹得正红火的时候，咱们这里也兴过秘密农会。咱们也想干，只是比九里十八坪晚了几个月，没等起事，国民党就叛变啦。这时我们党里出了叛徒，党组织叫敌人给破坏了。因为没有公开起事，很多党员和秘密农会的骨干都保存下来了。我和纪松田，就是隐藏下来的共产党员。今天见到红军，真是见到亲人了。这里的组织是散了，可是人心没有散。现在正是青黄不接的时候，揭不开锅的人家可多啦。我们听说南屏山上来了红军,又高兴又着急,心里就像着了火。大伙说,快上山给红军送粮食,请红军下山来帮助咱们打土豪! ……"

这时铁柱满头大汗地跑进来,带着没有完成任务的遗憾神情向爷爷说:"纪松田叔叔不在家,听说到汤家楼去了,说不定到晚上才能回来呢。"说完就扑到郝大成怀里去了。

"噢,"郑万春继续着刚才的话头说:"他是为打土豪的事到那里去了。"

"汤家楼在哪里? 离这里远吗? 那里有土豪?"王尚青心急地问道。

王尚青问的也正是郑万春要讲的。他说:"汤家楼离这里有十五里山路,就在白云山的西端。这汤家楼有个大土豪,名叫汤万田,这家伙长得像个肉墩子,走路摇摇晃晃,就像鸭子凫水。有一次他的帽子被风吹到地上,他胖得没法弯腰,只好先把两腿弓着蹲下身子,才算把帽子拾到手里,结果没有站稳,在地上像滚西瓜一样翻了三个滚。……"

小铁柱听到这里先咯咯地笑起来。

郝大成和王尚青想象着汤万田在地上翻滚的样子,也都忍不住笑了起来。老人似乎发现说走了题,就赶忙回到正题上来:"这家伙真是头顶上长疮脚底下流脓——坏透了。凭着他大哥在北洋军阀里当团长,手下又有二十多条枪,真是无恶不作,横行乡里,催租逼债,如狼似虎。他和九里十八坪的谷敬文也是常来常往。从谷敬文那里学来一肚子鬼主意,对穷人可狠毒啦,一提起他,老百姓个个恨得咬牙。他排行第三,背后人们都叫他汤三磙子。死在他手下的穷人不下二三十。有一段民谣这样唱道:

　　　提起汤家楼,
　　　穷人愁上愁;
　　　租税交不上,

坐牢加砍头。

"这家伙,有三座谷仓,五家粮店,布匹咸盐也很多。若是打了他,真够汤家乡穷苦人家过几个荒年!"

"大队长,快把这个土豪打掉,给老百姓除去这个祸害!"王尚青摩拳擦掌地说。

在郑万春介绍时,郝大成已经下定了打掉汤三磙子的决心。真可以说找到了一个很好的打击对象。经过周密准备,汤三磙子的二十几条枪是不难解决的。这里的群众有大革命的影响,通过打汤三磙子,可以更加快速地发动群众,在政治上扩大红军的影响,在人力物力上壮大红军的力量。如果没有相当的力量,要建立根据地是困难的,即使建立了,也不容易站住脚。所以打掉汤三磙子,对于发动群众,壮大红军力量,为建立根据地作好人力物力的准备,有着重大的作用。于是郝大成肯定地说:

"对!我们应该打掉他!"接着他又对王尚青说,"待会儿,你到各村,通知各个小组,夜里到这里来集中。"

四

郑万春和小铁柱像招待最亲的亲人似的把所有存粮都拿出来,给郝大成和王尚青做了一餐净米饭。当郝大成竭力阻拦老人这样做的时候,老人生气了。他说:"你们来,这是山区穷苦人的大喜事,人们指望的就是你们啊。这顿白米饭虽说是我做给你们吃的,这可是全山区穷苦人的心意啊!你就让我们高兴高兴,就算庆祝打土豪,过一个新年吧!别担心我们就这一点粮食,穷人日子是苦惯了的,就是光靠葛根野菜也能活。再说,打了汤三磙子,穷兄弟们的日子就都好过了。……"

郝大成深知郑大伯的情谊,怕过分坚持反而违拗了老人的心意,只好随老人去安排了。

"这南屏山可是个荒山啊,你们长住在山上能行吗?"郑万春一边做饭一边说出了自己的担心和殷切的期望,"要找块好地方扎下根啊。我听人说毛委员在井冈山建立了根据地,是真的吧?"

"是真的!"郝大成肯定地说。

"这太好啦!"郑万春说,"两个人打架,站不稳脚跟就会叫人摔倒,干革命是翻天覆地的大事,没有站脚的地方可不行啊。"

"郑大伯,你说得很好。我们正是要找个合适的地方扎下根,听铁柱说,你原来是四岭山人,你就说说四岭山吧。"

提到四岭山区,郑万春精神就振奋起来。他说:"这四岭山啊,可真是个藏龙卧虎的好地方,说来话长啦,等吃了饭,我慢慢地跟你说。"

吃过午饭,王尚青带着小铁柱到各山村去,向各小组传达郝大成的通知。郝大成就静听郑万春介绍四岭山。老人是非常健谈的,而且四岭山区又具有神秘的传说色彩,以致郝大成赞叹不已。

"我们祖祖辈辈住在四岭山区的白云山下,我们家住的那个寨子叫兰田岗。嗨,"老人觉得开头讲得不顺,稍稍沉思了一下,说道,"我还是先从四岭山说起吧。为什么叫四岭山呢?这个山区,南面是白云山,北面是黑蛇岭,东面是青龙山,西面是伏虎岭,加起来就叫四岭山区。这个山区的地势可真怪,周围的大山就像方圆几百里的寨墙把这个地区围着,中间都是低矮的山丘平畈,稻、麦、茶、麻全有,是个很富的地方。"老人停了一下,问道,"这样说行吗?"

"很好。"聚精会神地听老人讲述的郝大成连忙说,"就这样讲吧。"随着老人的讲述,通过自己的想象,在他面前展现了一幅群峰起伏的雄伟的图景。

"就说白云山吧,从东到西就有五十里长,中间有个大山谷,是进四岭山的南大门,就叫南山口。开头,你觉得这个山谷很宽敞,可是越往里走就越窄,慢慢就变成羊肠小道了,一边是陡崖,一边是深涧,投下石子去,半天听不到响声。这里若是守上几个人,那就别想进山,真像古书上说的,'一夫当关,万夫莫开'啊。"

老人缓了一口气又继续说:"西面的伏虎岭就更险要了。登山一望,真像一条猛虎卧伏在那里。这条岭上也有一条通向山外的大山沟,暴雨一过,山洪暴发,这条山谷就像一条大河,流水又猛又急,磨盘大的石头冲得辘辘辘辘往下滚。山谷越冲越深,水声像打闷雷一样轰轰隆隆日夜不住。人们把这个山谷叫作洪雷谷。东面的青龙山,活像一条青龙横卧在那里,头接白云山东段,尾接黑蛇岭的蛇头。这座山是一座荒山,人口不多,杂树丛生,进去连条路也找不见。……

"这四岭山区周围地势也很不寻常,西面有西屏山,南面有南屏山,北面有北荒山。为什么叫南屏山西屏山呢?这两座大山就是四岭山区的两面屏风嘛。向北,北荒山重重叠叠百多里,深山老林不见人烟。向东南方再远一些,就是豹子山和九里十八坪了。我把这四岭山区好有一比,周围的南屏山、西屏山和豹子山,就像绿叶,这四岭山区就是绿叶丛里的一朵花!红军若到四岭山区去扎根,真像是庄稼种在肥土上,准会旺盛起来。"郑万春讲到这里不由得喜笑颜开,他仿佛看到了他那久别的故乡已经成了劳苦人民的天下,以及穷苦的乡亲们庆祝翻身解放的欢腾景象。

郝大成聚精会神地听着,郑老头就像念一本读熟了的书一样,滔滔不绝地讲着。郝大成本来想劝老人休息一下,但他被这神秘的四岭山区迷住了,便不去打断老人的思路,很有兴致地听着,只是不时地发出"嗯,嗯"的声音,以此鼓励老人倾谈的热情。

"四岭山中间,虽然没有高山,可也是丘陵连着丘陵,平畈接着平畈，大小村寨好几十个。"老人停下来，思忖着如何说下去。

"这四岭山区有哪些势力啊？听说周武的民团很坏很凶呢。"郝大成提示着，"还听说周威有一个齐心会，他们是一样还是不一样啊？"

"不，民团和齐心会可是大不一样。我先说说齐心会吧，这得从根上说起。"老人的思路从四岭山的地势转向了四岭山的历史，"早年间，伏虎岭上有很多庙宇寺院，香火很盛。每逢二月初二大庙会，周围几十里以外也有很多人来进香，拜佛，看大戏。从那时候起，就年年添盖一些商号，饭店，酒馆，客寓，还有很多官宦人家盖了小洋楼，修了个寨子叫太平寨。……

"可是好景不长，大概在民国元年吧，这里来了一伙强盗，外号叫'黑马'，强盗头子叫任炳元，把太平寨一占，就当起山大王来。到了民国六年，四岭山来了一个好汉，叫周威。他原来也是四岭山人，是个苦出身，为人耿直，好打抱不平，重感情，讲义气，当过义和团的小头目。他见太平寨的土匪害得老百姓日夜不安，就聚合了一些山民，成立了齐心会，跟土匪血战了半个月，把土匪打败了。他就领着齐心会住在太平寨。老百姓尊敬他，信服他。

"'黑马'头子任炳元逃到了四岭山西面的西屏山，找到了他的堂兄任中元，这个任中元是西屏山的大土豪，他是任洪元的亲兄弟，有四百多人的民团。他们又纠集了一些土匪、流氓、逃兵，在一个伸手不见五指的夜里，从洪雷谷口摸进了四岭山，见人就杀，见好东西就抢，见房子就烧，口口声声要活捉周威报仇。

"当时，周威没有防备，叫任中元砍了一刀，幸亏正在太平寨打短工的田世杰把他救了！"

"什么？田世杰？"郝大成听到这个使他心灵感到震撼的名字，不胜惊愕，他清楚地记起，在十四岁那一年，爸爸在虎头崖上，曾对他说过那个多年失去音讯的田大叔。但他又恐怕不是，天下同名同姓的人多着呢。他便忍不住打断郑万春的话头,急急地追问道, "他是四岭山人吗?"

"不,他是外乡人!"

"他是哪一年到四岭山的?"郝大成急切地盯视着郑万春,等待他的回答。

"噢,他来的那一年,"老人不理解郝大成为什么对田世杰这样关切,他回忆道,"对,那一年,铁柱他爸爸才两岁。算起来整整三十一年啦。"

"那一定是他!"郝大成自言自语地肯定着,按捺不住内心的激动和兴奋,两眼闪出热情和喜悦的光芒。

"是谁?"老人惊奇地看着兴奋异常的郝大成,"你认识他?"

"不,不,"郝大成为了不打断老人的讲述,抱歉地笑笑,"你还是先讲齐心会吧! 等会儿,你再仔细地讲讲田世杰这个人。"

"好,"老人又回到他的原来的思路上,"从那以后,周威就和任中元结下了不共戴天的深仇大恨,发誓不报那一刀之仇,死不瞑目。……周威还发誓,一定要报田世杰救命的大恩。周威的齐心会越办越大,打的旗号是:防匪保家。伏虎岭和黑蛇岭全是他的地盘。……

"我再说说周武吧。"老人脸上表现出一种愤恨的表情,"他是四岭山大土豪周祖鸣的儿子,有一个三百多人的民团,真是无恶不作。周祖鸣死了之后,他继承了周家的产业,霸占着白云山和青龙山。我那儿子和儿媳就是死在这个坏蛋手里的。怎么死的呢? 这我得从田世杰到四岭山落户说起。

"三十一年前,那时田世杰才二十四岁,从外地逃荒来到四岭山,就住在我那个破草棚子里。开头给财主家打短工、当雇工,开荒山、烧木炭、砍柴、打猎他全都干。不管谁有什么难处,他就是再苦再难也去帮助。他自己生活再苦再难,也不低头,不叹气,不皱眉,可是一看到穷人的苦难,他就受不了。你冷了,他能把身上的衣裳脱给你;你饿了,他能把自己嘴里的口粮掏给你,就是自己饿肚子,他心里也觉得痛快。他敢作敢为,是白云山穷兄弟们的主心骨,虽说在山区里,人们总是讲宗论祖,按家谱排辈分,可是人们都不把他当做外乡人。

"在民国三年,四岭山五个月不下雨,麦子没吐穗就全干在地里了,稻田都干得裂了纹。周祖鸣那个老不死的一个劲地催租逼债,把老百姓逼反了。田世杰和我那孩子领头向周祖鸣借粮,硬是把周家的粮仓打开了。周祖鸣又疼、又恨、又气、又急,一头从门台上撞下来,就翘了小辫子。这个'祸害'死了,周武比他老子还坏。他跑到九里十八坪的谷家寨,找到了他的大舅子谷敬文。谷敬文帮他出面勾来了军阀,又给他出主意成立了民团,立即抓了上千的老百姓,追查造反的领头人,若是不把领头人说出来,就要统统活埋。……

"田世杰正要站出去,我那孩子郑大年,却把他推到后面去了。他说:'田大叔,留得青山在,不怕没柴烧,咱不能连根叫周武给刨了。'接着他就站了出去,拍拍胸脯说,'好汉做事好汉当,领头造反的就是我!'

"带头造反,祸灭九族,当场就把我那孩子和儿媳妇杀害了。接着又要杀害刚满周岁的小铁柱,他们向铡刀底下一放,正要开铡,这时从人群里猛虎般地扑出一个二十多岁的妇女来,她就是我们兰田岗黄小六的老婆——黄六嫂。她骂那些团丁们说:'你们这些遭雷打的,挨刀杀的,你们把孩子抱错啦,这孩子是我的!'她一把从铡刀口里抢出了小铁柱,冲出人群跑到了山里。以后她找到我说:'大伯,快走吧,逃出四岭山这个虎狼窝,保住郑家这根独苗苗吧!'唉!"老人赞叹了一声继续说,"黄六嫂虽说是个女人,男子汉也比不上她,真是个女中豪杰啊。……就在当天夜里,我抱着小铁柱,逃出了四岭山,到这崖头沟来安了家。"

郝大成和老人全都沉浸在当时悲壮的情景里去了。他们没有叹息,没有眼泪,也没有悲伤,只有愤怒的烈火在心中燃烧!

"可惜啊,那个时候还没有共产党!"老人沉重地说。

"后来呢?"

"后来,我就不清楚了。在南屏山兴共产党的时候,我也听说四岭山有了共产党了。田世杰在党不在党我不知道,可是听说他叫周武抓起来,要杀害他……"

"啊!"郝大成的心像被铁钩子抓了一下,一下子提到喉咙里,"他被周武杀害了?"

"没有。周威把他救出去了!"

"啊,是这样!"郝大成舒了一口气,心算落了地。

但是,周威怎么救的田世杰,田世杰后来又怎么样,郑万春就不清楚了。

"周威和周武是什么关系呢? 你不说周威是石匠出身吗? 听说他们是兄弟呢,对吗?"郝大成急切地问道。

"外人是这么说,其实他们并不是一家。周威的爸爸周祖坤和周武的爸爸周祖鸣,还有周祖荫都是叔伯兄弟。据说在他们上一辈的时候,财产都是差不多的,可是不知为什么,周祖鸣暴发起来了,周祖坤破落了,周祖荫虽说没有破落,却也是靠着周祖鸣过日子。到了周威周武这一辈,就更不一样了,周威当了石匠,周武却成了大土豪的继承人。周祖坤早年就死了,周威十八岁就背着一把锤头一把錾子走南闯北,后来当了义和团。……"

"周祖坤是怎么破落的?"

"这是周家的一个秘密,也许周家的一个老雇农王心诚知道一点,可是他哪里敢向外说啊!"

郑万春这样一说,使郝大成陷入了沉思。社会现象是复杂的,揭开它的秘密是需要时间、机会和一定的过程的。

"王心诚是个什么样的人？"

"是个苦大仇深的人。"老人又不满地说，"这王心诚为人太老实，胆子又小，当了一辈子雇工佃户，可是心里还是糊里糊涂，信鬼信神……听说他儿子王大发还在周武的民团里呢。"

因为王心诚知道周家家族的秘密，所以郝大成深深地记下了"王心诚"这个名字，然后又问道："这个地区没有驻过军阀和国民党吗？"

"没有。齐心会占着两岭，民团霸着两山，他们都不让外人进去。"

"不让外人进去？"郝大成对这个地区民团和齐心会的力量感到奇怪了。

郑万春却按照自己的想法做出了解释："那里是个三不管的地方，地势又险，国民党要打也不好打。再说，国民党何必去打呢，周武和国民党还不都是一个窝子里的狼？听说民国八年，有一个军阀要从四岭山路过，齐心会卡住洪雷谷口不让进，打了一天，还是打不进去，后来只好讲了和。军阀拿出二十条枪，齐心会总算给他让了一条路。……"

"这么说，齐心会不光打土匪，连军阀也打了？"郝大成一时摸不透齐心会的性质。

"他们什么人都打。另外，还有一件事，就在四年前，不，快五年了，"郑万春用手指掐算着，"有一伙从两广过来的惯匪，他们身上带满了金银财宝，人人身上都有两件家伙。他们路过四岭山，在南山口，叫周武民团拦住了。这伙惯匪很厉害，人人能爬山越岭，个个有飞檐走壁的本领，不怕死，枪打得又准，在南山口打了半天，民团就死了好几十。……

"这时，周武的大舅子谷敬文正在周武家里做客。这个老狐狸看看硬拼不行,替他想了一条计策——送信给惯匪的头目说,不让他们过路,是手下人干的,周武并不知情,是一场误会。周武本人还要和惯匪头目拜把子兄弟。

"惯匪头目信以为真,带着同伙进了沙河镇。周武大摆宴席热情招待。惯匪不知有诈,开怀畅饮,一个个醉得东倒西歪,然后被送到了住处,加上连日来跑路打仗,累得精疲力尽,一会儿就睡得人事不省了。

"当他们醒过来的时候,连不知害怕的惯匪们也惊呆了。他们的武器全都落在民团手里。惯匪头目大喊一声'上当了,快跑!'可是,房门早已反锁了,窗口里伸进来无数枪口、长矛和大刀,这些赤手空拳的惯匪,有的拼死了,有的投了降!"

"这伙惯匪有多少人?"

"说法不一样,有的说三十,有的说二十。自打那个时候,周武的民团枪多了,人也多了,比以前更凶狠了!"

"啊,是这样的地方啊!"郝大成被这个复杂而又神秘的四岭山区吸引了,不由得发出感叹声。

"是个好地方啊!"郑万春兴致勃勃地说,"是个进能攻,退能守的用兵之地啊!"

夜已经深了。各村的工作组已经陆续到来,纪松田也从汤家楼回来了。他和郝大成热烈地相见之后,便连夜研究打汤三磙子的方案。

一声鸡鸣,惊破了山区黎明前的暗夜,接着一抹曙光从南屏山放射出来。黎明降临到南屏山下的大小山村!

第七章　汤家楼的怒火

一

这是郝大成下南屏山后的第三个早晨。完全笼罩在浓重晨雾里的山路上,十八名民夫打扮的人向汤家楼迅速地走着。有一个老人和一个小孩,夹在这伙年轻力壮的青年人中间,显得很不协调。这一老一小不是别人,正是郑万春和小铁柱。

走在最前面四十岁刚冒头的壮年人,是纪松田。他是木匠出身,是原来党支部的组织委员。在党的组织被破坏以后,他和上级党失去了联系,但他凭着党性一天也没有停止工作。他又把没有暴露的党员串联起来,组成了支部,形成了一个有力的战斗集体,一面积极寻找党的组织,一面认真开展群众工作。他听说红军到了南屏山,立即发动群众,凑了粮食和盐,准备送上南屏山。在上南屏山前,他亲自到汤家楼去了解汤三碴子修寨墙的情况,想请红军协助打掉汤三碴子,解决群众的生活困难,并且把工作开展起来,打出一个轰轰烈烈的革命局面。

当他前天晚上和郝大成见面的时候,这位纯朴的木匠,竟一头扑在红军大队长的怀里,像见到渴念已久的亲人一般啜泣起来。

郝大成紧紧握住木匠的粗糙有力的大手,这使他想起了那些火热的斗争,想起了新建的红军部队和革命群众情同骨肉、亲如鱼水的关系,想起了和战友们在火热斗争中建立起来的战斗友情。他深切地感到,在这偏僻的小小的山村里,在灾难深重的人们心里,蕴藏着无比巨大的革命热情。他又不禁联想起,那些散布在全国各地的共产党员们,不管敌人多么残暴凶狠,不管环境多么艰险困难,他们以奋不顾身的革命精神,永不停止地工作,永不停止地斗争。他们像红色的革命的种子,到处生根发芽开花结果。他们像熊熊的火炬,撕裂夜的黑暗,引导着群众奋勇向前!……

当天夜里,他们就在郑万春的草棚里举行了一次会议。商讨了铲除汤三磕子的作战方案,研究了打掉汤三磕子后建立工农政权,分粮分田,扩大红军,组织赤卫队的各项工作。心急的战士们包括姚光明在内,都提议第二天拂晓就去袭击汤家楼。认为汤三磕子那二十条破枪,根本用不着认真对付。用姚光明的话说是"坛子里捉鳖——手到擒来",容易得很。

郝大成却主张推迟一天,他说:"打仗慢了不行,会失掉战机,在白马山峡谷突围的时候,就是迟缓一分钟也不行。可是有些情况,操之过急也有害,锤头不打没烧红的铁,打仗也得看火候。哪怕是一次最小的战斗,我们也要认真对付,准备得越充分,胜利的把握就越大,就能以最小的代价换取最大的胜利。……"

郝大成这种对革命工作认真负责,一丝不苟和胆大心细,不骄不躁的战斗作风,使战士们深深感动。

在做了一天紧张而又充分的准备工作之后,便开始了战斗行动。

郝大成一行十八人,迅速而机警地向汤家楼走着。他们都不讲话,怀着激动振奋的心情,去迎接即将到来的战斗。

朝雾渐渐散开,山路两旁显露出密匝匝的树林。

山路随着山势,转了个陡弯。向汤家楼急行的"民夫"们,突然看见两匹白马迎面颠蹾而来,并且隐约地看出骑马者是两个军人。

"注意!"郝大成对行进着的队伍低声命令着,"看我的动作行事,不许开枪!"

马渐渐地近了,已经能听到"嘚嘚"的马蹄声。骑马者穿着保安团的军装,每人挎着一支驳壳枪。看来,路上行人引起了他们的注意,他们把驳壳枪的木壳打开,随时可以操枪在手。

"抓活的!"郝大成判断着敌我双方的力量和处境,向部队暗示了自己的决心,并把手里的铁锹一提,走到队伍前边去。

队伍依然在山路上不急不慢大摇大摆地走着,但每个人的心情都像拉满了弦的弓。

"你们是干什么的?"

骑马的匪兵,一手拉着缰绳,一手提着马鞭子,气势汹汹地叫着,对这些不早给他们让路的民夫很是恼火。

"我们是到汤家楼修围墙的!"郝大成回答着,然后向队伍使了一个眼色,"快给老总们让路!"

战士们做出躲路的样子,闪到了两匹马的两边。郝大成却仍然拦在马前。

"躲开!"匪兵对着郝大成吼叫着。

"老总,我看你们还是下马的好!"郝大成平静地说着,语调里显然含有一种威慑的力量。

"你说什么?"带头的匪兵掂了掂手里的鞭子,似乎就要对着郝大成劈下去。

"在前面,我们碰见了红军!"

"在哪里?"匪兵立即紧张起来。

"就在那里!"郝大成向旁边山林里一指。

趁匪兵伸长脖子向山林里张望时,王尚青在郝大成的暗示下,猛然扑上去抓住了马嚼子,战马大吃一惊,"咴——"一声长嘶,扬起了前蹄。

郝大成一个箭步跨到马边,扯着匪兵的皮带猛力一拽,由于力量过大，匪兵惨叫一声从马上倒栽下来，几个战士立即扑上去，像拖死狗般地把他拖进了路边的密林。

另一个匪兵正要抽枪，却被姚光明一铁锹捣下马来，战士们也用同样的方法，把他拖进了山林。

经过短促的审问，弄清了匪兵的来历：原来谷敬文回到九里十八坪后，就提升为三县"剿共"司令。这是送请帖给汤三磙子，请他去赴祝贺荣升的喜筵，已经完成使命，向回赶的两个信差。

郝大成留下两个战士在山林里看守俘虏和马匹，等候他们回来。他们一行十六人又踏上了去汤家楼的山路。

二

汤家楼是一个三百户人家的大山村，因为房屋全都散落在高低不平的山坡上，所以没有围墙，汤三磙子的宅院就坐落在村子中间。围着他的院子有一圈垣墙，上面拦着铁蒺藜。不知为什么，汤万田总觉得还不够安全，便拆掉重修——增高加宽。来修垣墙的近一百五十个民夫，大都是汤家的佃户，被逼迫来以工顶租，都对汤三磙子有着深仇大恨。只要有带头的干起来，这些民夫手里都有工具，汤三磙子的二十几个"看家狗"是不够敲打的。这就是纪松田所说的"铲除汤三磙子的最好时机！"

当十六名假扮的民夫来到汤家楼的前一天，红军到达南屏山的消息，很快就在汤家楼传开了。汤三磙子刚刚起床，洗过脸后，正半躺在竹榻上吸大烟。他的账房慌乱地跑进来，极端神秘地压低声音说："三爷，真他妈的糟糕，红军又到了南屏山啦！"

"红军？"汤三磙子吃了一惊，把大烟枪一丢，条件反射地滚了起来，"听谁说的？"

"人们都在交头接耳地议论，讲得有根有梢，有鼻子有眼，可是我一追问,他妈的一个个装聋作哑装傻卖呆,一句真话也掏不出来。"

"是哪里来的?"

"听说是九里十八坪一带的口音,我想就是前些日子报上登的那些流窜到白马山一带的散匪!"

汤三磕子一听,立即镇定下来,哈哈一笑说:"不必大惊小怪,这一定是当地那些没有抓净的共产党有意散布的谣言! 你把刚到的《民国日报》拿过来看看。……"说完又躺下来,继续抽他的大烟。

账房从茶几上拿过报纸展开一看,报上有这样两条消息,一条是这样写的:"九里十八坪一带,共患已基本肃清,少数流窜白马山的共军残部,现已被追剿扑灭。……"

另一条是这样写的:"九里十八坪,原保安团团长谷敬文,剿共有方,功勋卓著,荣升三县剿共司令之职。……"

账房把报上所载消息默念了两遍,仍然忧心忡忡地说:"未可全信,也不可不信,还是小心为妙!"

汤三磕子很赞许账房的忠心,特意装出称赞的口气说:"你说得也是,应该是有备无患。"大概是大烟的作用,忽然他的心情一转,变得兴致勃勃起来。

"你看,他娘的谷敬文倒抖起来啦! 上了报,当了司令,真是乱世出英雄。我看红军来也没有什么可怕,咱也趁机扩大扩大势力,也弄个剿共司令当当! ……"说完,用两只胖手摸弄着西瓜一般滚圆的肚皮,悠然自得,真像已经当了司令一般。品味了一番当司令的味道之后,尽管他并不把红军放在眼里,可是"有备无患"这句格言,使他认为还是小心为妙。于是他对侍立在身旁的账房说:"你去把孙瞎子叫来,我有话问他!"

他说的孙瞎子并不全瞎,只是瞎了一只眼,是他那二十名保安队的队长。在账房的呼唤下,这位队长从刚摊开牌局的厢房里跑了出来,他毕恭毕敬地站在汤三磙子面前轻声问道:"三爷,有什么吩咐?"

"垣墙什么时候能修好啊?"

"大概还得十天!"

"十天?!"汤三磙子流露出明显的不满,"太慢了!"

"这些穷小子们净磨洋工,说是吃不饱没有劲干活。"孙瞎子哭丧着脸,好像有诉不完的苦衷一般,"来的民工净他妈的老弱残疾。我看这些穷小子们是有意和三爷捣蛋!"

"你们手里的鞭子是吃素的?穷鬼都是贱骨头,不用鞭子赶,别想叫他们给你卖力干活。要催得紧一些,限五天修完,弄不好砍他几个,也叫他们知道姓汤的厉害!"

"是,三爷!……"孙瞎子顾不上打牌,先跑到工地上去了。

就在这一天,汤三磙子接到了谷敬文派信差送来的请他赴宴的请帖。谷敬文并附短函一封。内容是说他在庆功宴后,即率兵西下,进剿流窜到南屏山一带的共军残部,并望汤万田加以配合,以竟全功。

汤三磙子把信看完,气哼哼地把信向茶几上一摔,骂道:"他娘的谷敬文还没有上任,就对我下起命令来了!……"

骂过之后,他又无可奈何地叫账房给谷敬文复信,说是一切照办。并嘱咐账房招待信差安歇,第二天一早登程。

这一早登程的信差,却被郝大成带领的红军半路拦住了。

郝大成一行十六人,在八点钟左右,就来到了汤家楼。

孙瞎子看着这一伙身强力壮的民工,较为满意。他用皮鞭子指着他们说:"汤三爷发火了!你们要好好干。若是哪一个有意磨洋工,老子对你们不客气!快干活去!"

纪松田迎上去笑笑说:"孙队长,你放心好了,我们保证慢不了!"

孙瞎子把眼一斜,哼了一声,用皮鞭向民工们做了个威胁的动作,就走了。

郝大成迅速地观察了工地,了解了保安队的分布情况和活动规律以后,他认为必须立即动手,并作了如下部署:袭击四个监工的保安队员,由纪松田负责,采取三人盯一的办法,每组配上一个红军战士,听到信号一齐动手;汤三磙子由姚光明带两个战士负责,争取活捉;保安队的队部,由郝大成亲自负责。行动信号由他发出,要求动作快、准、狠,一个也不叫跑掉,来个一锅端。

孙瞎子急匆匆地来到工地,向四个监工的保安队员宣布了汤三磙子的命令:"三爷要在五天之内完工。哪个民夫不下力干活,打死勿论!"

接着四个监工的便挥舞着鞭子奔向各个工段的民夫。工地上扬起一片"快干快干"的吆喝声。孙瞎子哼着下流的小调,又回到他的牌桌上去了。

纪松田对监工的说:"老总,天太热了,若是能有水喝,大伙干得就有劲了。"

"要水,自己到厨房里抬去!"监工的说。

郝大成和王尚青抬起水桶,穿过院子到了厨房,接着王尚青从厨房里伸出头来向工地上喊道:"伙房里没有木柴啦!来几个劈木柴的!"

姚光明按照预先约定的办法,立即带着两个战士到伙房里去了。

这时郝大成和王尚青抬着一桶开水从伙房里走了出来,但是他们并没有把水抬往工地,而是抬到东厢房,孙瞎子的大队部去了。

厢房的两边是两排通铺,十几个保安队员围在牌桌子四周,吆五喝六地正喊得起劲。另外几个则懒洋洋地躺在通铺上,枪支全挂在墙上。

郝大成把水桶一放,从腰里抽出驳壳枪,大喝一声:"举起手来! 谁动打死谁!"

这一声霹雳似的喊声,把匪徒们都吓呆了。躺在通铺上的两个保安队员吓慌了神,晕头转向地蹦了起来。郝大成正好借此发出袭击的信号,"叭叭"两枪,这两个倒霉鬼从铺上翻跌下来。三个红军战士立即从后窗里跳进厢房,有的向墙上摘枪,有的就给吓得像母猪筛糠般簌簌发抖的保安队员们加绑。战斗就这样干净、利落地结束了。

工地上听到枪响,立即沸腾起来,几个人几乎同时向监工的保安队员扑去。只有一点没有按照原计划进行,那就是四个监工的并没有抓到活的,而是在上百的民夫们仇恨的喊声中,被铁锹、镢头、杠棒砸烂了!

姚光明和另外两个战士听到枪声,便从伙房里跳出来。这时账房先生从大厅里跑出来,正要对着迎面跑来的姚光明开枪,但是郝大成从东厢里向他开了一枪,他立即扑倒在台阶上。

枪声打断了汤三磙子当司令的好梦。他不知从哪里来的那股力气,不用人搀扶,竟然从太师椅上跳起来,没头没脑地向外奔逃。身子冲出门外,腿却没有跟上,一脚绊在门槛上,从台阶上轱辘轱辘地滚下来,一直滚到当院。姚光明扑上去把他按在地上,战士们像捆猪一样,用绳子绑他的时候,这个杀人不眨眼的家伙,不知是求饶还是呼救,由于喘得太厉害,只是在喉咙里咕噜了几声。

三

整个汤家楼都沸腾起来了,男女老幼都从家里拥出来,奔跑着、呼喊着:

"红军来啦!"

"把汤三碌子抓住啦!"

"快到粮仓去啊,红军要分粮啦!"

……

周密的计划和严密的组织工作,充分显示了它的良好效果——守护粮仓米店的红军战士和纪松田指定的民夫,对奔来的群众喊着:"快到汤家大院前的场子上开会,公审汤三碌子以后再分粮!"

"地分不分啊!"群众兴奋地提问着。

"去看布告吧,布告上有!"

群众纷纷向汤家大院拥来,拥挤着看那两张并排贴着的布告:

布　告(一)

　　查大土豪汤万田,欺压群众,横行乡里,敲诈勒索,作恶多端,杀害革命群众多人,血债累累,恶贯满盈。中国工农红军为民除害,就地予以正法,以伸正义,以平民愤。凡土豪劣绅,应引以为戒。

　　切切此布

中国工农红军大队长　郝大成

党代表　吴可征

×月×日

布　告(二)

　　查大土豪汤万田,所有财产,均系劳苦大众的血汗,理应全部分给劳苦大众。目前正值青黄不接之际,决定立即开仓分粮。各村农会,代行村政权之职,经过自报公议,将困难户分为三等,一等户一百斤,二等户七十斤,三等户五十斤,以救燃眉之急。其余则待彻底清理后，合理分配。关于土地分配，目前先采取权宜办法：谁种谁收，待麦收以后，再行分配。仰全体民众，一律遵守！

切切此布

汤家楼乡工农民主政府代主席　纪松田

代副主席　郑万春

×月×日

郝大成、纪松田、郑万春坐在临时搭成的主席台上。

汤三碌子面对台下，站在地上，光秃的脑袋垂到胸前。汤家楼的群众，四乡的民夫和闻讯赶来的群众，人山人海，小场地挤不下了，就散坐在四面的山坡上，连大树枝丫上也都坐满了小孩子。

纪松田宣布了大会开始，然后宣布乡工农民主政府成立。现在乡工农民主政府正副主席由他和郑万春临时代理，等各村工农政权成立后，再正式选举。

接着他热情洋溢地说："乡亲们，静一静！红军同志们帮助我们把大土豪汤三碌子打倒了。今天我们有仇的报仇，有冤的申冤，咱们穷人当家做主的日子到了。你们说，我们拿汤三碌子怎么办？"

"打死他！"

"枪毙他！"

"对，枪毙！"

千百个声音同时怒吼起来，这震撼大地的呐喊声，海潮般地滚过山野，吐出了祖祖辈辈积压在心中的仇恨。这是正义的呼声，是推翻不平社会的战斗的呼声。

这时一个披着满头白发的老太太，跑上了讲台，从怀里摸出一把剪刀，向汤三碌子扎去。两个红军战士拉住了她，说："老妈妈，有话对大伙说，有苦向大伙诉！"

"我不亲口咬汤三磋子几块肉，难解我的心头恨啊！"老太太颤巍巍地挣扎着，用脚向汤三磋子身上乱踢。

郝大成走到老太太面前说："老妈妈，你有什么冤仇就对着大伙诉说诉说吧。汤三磋子由我们来处置！"

老妈妈一把鼻涕一把眼泪地向大会哭诉着：

"……在南山坡上，我家有一块小山地，这是我那孩子一滴血一滴汗开荒山开出来的啊。……可就这么巴掌大的一块山地，还叫汤三磋子夺去了。就在去年除夕那一天，汤三磋子装得像个善人似的，派账房到我家来，叫我儿子到他家里吃饭，说是我儿子在他家帮了一年工，受了一年劳累，请他吃一顿饭表表财主的心意。我儿子去了，叫他们灌了一碗酒，就醉倒了。临回家时，汤三磋子给我儿子一个包袱，说：'这是几件破衣服，拿回去可以改改穿。'我那老实孩子信以为真，就带着这个包袱回了家。回到家已是过半夜了，他把包袱往床上一丢，就昏昏沉沉地睡了。谁知过了一会儿，就响起了咚咚的砸门声，我们全家人都惊醒了。

"孙瞎子带着一伙保安队，拿着长枪短棍闯进了屋里，口口声声说汤三磋子家里失了盗，丢掉很多绫罗绸缎金银财宝，要到我们家里来查赃。那还用费劲吗，一下就看见了床上的包袱。我儿子连忙说这是汤三磋子送他的几件破衣服。可是打开一看，哪里是破衣服啊，都是绸子缎子，还有一副银手镯。这可把我们全家都吓呆了。这伙强盗把我家里抢了个精光，砸了个稀烂，硬说我儿子通土匪，还有很多金银财宝没找到，把我儿子打了个皮开肉绽。……

"真是惨啊……"老人泣不成声了，"我的儿子叫他们活活打死了！我那山地也叫他们夺去了！……乡亲们啊，你们看汤三磋子有多狠毒啊！抄了你的家，抢了你的地，杀了你的人，末了，还在你身上泼上一盆脏水——叫我们背上个通土匪的罪名啊……"

"枪毙汤三磋子！"

"替老妈妈报仇申冤!"

会场上掀起暴风雨般的愤怒的吼声。

红军战士把老妈妈扶了下去。纪松田宣布说:"乡亲们,现在请红军大队长郝大成同志讲话!"

会场立即安静下来了,大家还不习惯以鼓掌来表示欢迎,只是聚精会神地注视着精神焕发、威风凛凛的红军大队长。

郝大成站起来,激动地说:"乡亲们,今天我们把大土豪汤三磙子打倒了。这个家伙,他祖祖辈辈都骑在咱们穷人头上,为什么今天能把他打倒了呢?"郝大成等待着会场上的回答。

"是因为有了红军!"有人说。

"对,这全靠红军啊!"有不少人附和着说。

会场活跃起来了,到处是喊喊喳喳的议论声。

"红军是哪里来的呢?"郝大成说,"红军不是从天上掉下来的。红军就是在中国共产党领导下,拿起枪杆子的穷苦老百姓。乡亲们想一想,过去,我们为什么受土豪劣绅的欺压?那是我们手里没有枪杆子;今天,为什么汤三磙子跪在大家面前?这是因为我们手里有了枪杆子。……枪杆子就是咱们穷人的脊梁骨,有了枪杆子我们就能挺起腰来,把土豪劣绅打翻在地,就像汤三磙子这个样。……"郝大成有意停顿了一下,好让大家仔细思考一番这个革命的真理。

"红军走了我们怎么办?"会场上有人问。

"这个问题提得很要紧。"郝大成正好借着这个题目阐述他要讲的问题,"红军就是穿上军装拿起枪来的老百姓。乡亲们,你们拿起枪来,跟着共产党闹革命,不也就是红军了吗?这一批红军走了,你们就是红军!在共产党的领导下,建立起工农民主政权,建立起自己的革命武装,拿起武器来跟敌人干!我们劳苦大众,有枪杆子才能当家做主,有枪杆子才能打江山啊!我说得对不对啊!"

"对啊！"

"对啊！"

"我想当红军，行不行啊？"

"没有枪怎么办？"

会场上掀起一片吵嚷声。

许多青年人纷纷站了起来，以热烈的目光望着郝大成，殷切地等待他说出办法来。

"乡亲们！静一静！"纪松田摇着手，请兴奋的人群安静下来。

郝大成看着兴奋的人群，他的心激动得颤抖了。他仿佛看到了一股奔腾咆哮的革命洪流。他决定抓紧这个时机，发动群众，扩大红军，为进入四岭山建立根据地创造条件，准备力量。等群众稍稍安静之后，他继续说："乡亲们要当红军，我们热烈欢迎。乡亲们哪，参加到自己的队伍里来吧！过去咱们穷苦人因为没有自己的队伍，才祖祖辈辈受土豪劣绅的欺压和残害。今天，开天辟地第一回，咱们穷苦人有了自己的队伍啦！咱们不参加谁参加啊！穷苦人的天下靠穷苦人自己打，穷苦人的天下靠穷苦人自己保啊！年轻力壮的可以参加红军，不能参加红军的也可以参加赤卫队！说到武器，只要我们有了人，我们就有办法！大刀、长矛、猎枪、冲担，全都是武器。我们还可以向敌人手里去夺。你们看，今天我们就从保安队手里夺来了二十多支枪！各村那些财主家里，也有一些用来欺压群众的枪支，我们一定要他们交出来……"

"他们若是不交呢？"会场上有人问。

"那就强迫他们交出来！让那些财主老爷们，也尝尝咱们穷苦人的厉害吧！"

"对啊，得给他们点厉害看看！"

郝大成以更昂扬的声音说："你们听听毛委员是怎么讲的吧：'革命不是请客吃饭，不是做文章，不是绘画绣花，不能那样雅致，那样从容不迫,文质彬彬,那样温良恭俭让。**革命是暴动,是一个阶级推翻一个阶级的暴烈的行动。**'咱们红军在战场上打仗就是这样:你不投降吗? 我就消灭你! 对于阶级敌人,我们不能手软,不能客气!"

会场上的群众,在郝大成热情洋溢的烈火般的语言的鼓动下,全身的热血都在沸腾着,深深感到了自己的力量。郝大成也从群众的革命热情中更加深刻地感到了这一点,如果把他激动的心情用语言表达出来,那就是:"群众的力量是无穷的,是舀不干的大海,是推不倒的大山,是扑不灭的火焰!"

行动迅速果决的郝大成,深知打铁必须趁热。他在群众情绪热烈沸腾的时刻,当机立断地说:"要参加红军的,现在就可以报名!"

"我!"

"还有我!"

……

会场上纷纷举着拳头。

"那就都站到前边来吧! 要参加红军的,都站到前边来吧!"郝大成带头鼓起掌来。

当场就有四十多个年青力壮的庄稼人站了起来,迈着坚定的步伐,走到主席台前,排成了长长的一队。在一分钟之前,他们还是肩挑贫穷的重担,背负苦难的大山的奴隶,现在却成了革命的战士。他们肩靠肩膀靠膀地站在那里。

郝大成心里充满着胜利的欢乐。他看到的似乎不是一排挂满汗珠的黧黑的脸,不是一排坚强有力的青铜色的臂膀,不是一排高挺着的宽阔的胸膛,而是一排劈向敌人的钢刀,这钢刀无坚不摧,永不卷刃;他看到的是一堵钢铁凝成的墙,这道铁墙什么力量也不能把它摧毁。他的声音变得更加昂扬有力了。他代表红军大队向乡亲们的支援表示感谢,对这四十名新参军的战士表示热烈欢迎。……

纪松田代表乡工农民主政府宣布:判决汤三礅子死刑,立即执行!

"枪毙汤三礅子!"

"为穷苦人申冤报仇!"

会场上掀起海潮般的怒吼声。

"拉下去!"纪松田高声宣布着。

几个红军战士和群众把已经瘫软了的汤三礅子,像拖死猪一样拉了下去。人群也跟着行刑队向山沟里拥去。

一声枪响,宣告了汤家楼乡的解放! 群众爆发出热烈的欢呼声,这热烈的欢呼声在山野里久久地回荡……

第八章　毒　害

南屏山的营地之夜。

部队在极端的紧张、战斗、不安、忙碌以后,突然安定、沉静下来,人们的思绪就像活跃的山泉,沿着各自的方向奔流,有的回想过去,有的展望未来。这是几个月来第一次这样安静的休息,没有追击的枪声,没有拼杀的怒吼。在柔和温暖散发着清香味的茅草铺上,体力很快恢复了。然而,有个别同志由于对家乡的思念,由于对革命前途感觉渺茫,心情却变得沉重起来。这些祖祖辈辈从来没有远离过家乡的农民出身的战士,思乡心切。他们总是把沿途所闻所见的国民党残害人民的罪行,和自己家庭的命运联系起来,并通过自己的想象,构出了许多比实际更加悲惨的情景,然后就确认自己的亲人遭了残害,越想就越思念家乡,就越想找自己的仇人复仇!

本来这些思想问题,通过不断的教育,是会得到解决的。但是由于黄国信自身的悲观情绪和错误主张,不仅不能有效地解决这些思想,反而使这些思想得到了诱发和加深。俗话说"毛毛雨可以湿人衣",黄国信的那些错误论调,潜移默化地毒害着一些战士们的思想。

根据井冈山的经验,找一块适合扎根的地方去建立农村革命根据地,这在郝大成、吴可征和大多数同志来说,是十分明确的。

但是,这毕竟是新鲜事物,在部队中,认识并不完全一致。要使大家都清楚,还需要经过较长期的教育,甚至还要经过激烈的斗争。一条正确路线的贯彻,绝不是一帆风顺的。黄国信身为特派员,他的怀疑和反对,更增加了某些同志的疑惑:"这条路到底能不能走得通呢?"

夜深人静,万籁俱寂,铺垫着干茅草的睡铺上已经扬起了战士们如雷的鼾声,但有的人却还没有入眠,默默地想着自己的心事。

王光磊是个没家没业的孤儿,他有着无忧无虑的性格,大家都叫他"不知愁"。他无牵无挂,部队好,他就好,部队就是他唯一的家。他耐不住这种沉闷,便对另一个战士搭讪道:"老姜,你若是不把二胡丢掉,现在拉一拉多好!"

"是啊,在峡谷里那一仗,不带它也够累的了,真是不用的时候嫌多,到用的时候嫌少啊!"老姜十分惋惜地说。

"可惜是可惜,可是别心痛,到革命成功以后,我到大城市里给你买个好的。那弦轴上啊说不定还镶着闪闪发光的红宝石哩!"王光磊的滑稽腔调把几个人引笑了。

"干吗等那么久,土豪家里有的是,说不定郝大队长回来就能给带一把来。"

罗雄粗声粗气地插进来说:"你们对二胡怎么那么上紧?二胡能吃啊还是能打敌人?还是多动点脑筋,多搞点枪支才是正经事!闹革命嘛……"

于是话题又转到革命这个题目上来。一直沉默不语的赵铁牛心事重重地说:"革命嘛,看怎么革法。黄特派员比咱们知道得多,他说:'咱不能这么干下去了。在九里十八坪干了没有?干了。在白马山干了没有?干了。可是到头来还是跑。现在来到这南屏山,可是家里的人呢,却丢给谷敬文去残害!……'"

赵铁牛的话刚完,王永祥就附和说:"黄特派员说,照咱们这样再拖下去非垮台不可,我看也不是没有道理。部队刚从九里十八坪出来的时候有多少人啊,足足二百多,可现在……"

罗雄生气了,他大声说:"你们胡说什么?革命不怕死,怕死不革命,咱们跟土豪劣绅就是争着一条命,是你死我活的斗争。黄特派员的话呀……"罗雄琢磨了一下措辞,气愤地说,"少听一点!"

"你们争论得好热闹啊,"这时黄国信从大殿外面走进来,显然,战士们的争论他已经听到了一部分。他感到自己的主张已经得到一些战士的支持,本来郁闷烦乱的心情顿觉舒畅了好多。

赵铁牛嘟囔着说:"也不知听哪个的才是。"

黄国信就在大殿门里边的草铺边上坐下来,带着挑衅的口吻说:"罗雄同志,你说不要听我的,我倒要听听你的!"

"哼!"罗雄哼了一声没有讲话。

黄国信做出心平气和的样子催促道:"你可讲啊!"

"对,你讲啊!"几个战士也催促着。他们想在这个问题上通过争论,会变得明确些。

"我坚决不同意你那些分散隐蔽、流动游击的主张。"罗雄火辣辣地说,"我看你的分散就是散伙思想!你的隐蔽就是悲观失望!按你这种'爹死娘嫁人,各人顾各人'的办法,哪里像革命噢!"

黄国信微微地冷笑了一声说:"发脾气,耍态度,不是讨论问题。哼,我看你也讲不出多少道理来,我可以摆出事实给你看。就说我们九里十八坪吧,开头力量有多大啊,谁想到落到今天这个地步,跑到这个兔子不屙屎,山鸡不垒窠的荒山来安营扎寨。敌人太强大了,不分散隐蔽,连革命的老本都保不住! ……"他长吁了一口气说,"这是血的教训啊,真叫人痛心!"

"那你说怎么办呢?"

"现在敌人力量太强,我们整个大队在一起活动目标太大,这就是我们没法摆脱敌人'追剿'的原因。现在不是大张旗鼓的时候,应该分散活动,缩小目标,保存力量,等待革命高潮的到来。……"

黄国信的话没有讲完,罗雄就毫不客气地把他的话头打断了:"想要我们放下枪杆子吗? 万万办不到!"他气愤已极,连嗓音也都变了。

黄国信嘿嘿地冷笑了一阵说:"我并没有说放下枪杆子,你不要曲解我的意思。"

"我不知道曲解还是直解,你那个'分散隐蔽'啊,也和放下枪杆子差不多。"

"你知道俄国十月革命是怎么成功的吗?"黄国信轻蔑地问。

"这……"罗雄一时答不出来了。

"这你就不懂了吧?"

"你那一套我是不懂!"罗雄气哼哼地说,"我就是懂得不能放下枪杆子! 我就是懂得跟地主豪绅斗! 我就是懂得要按照毛委员指引的路走,要建立农村革命根据地! 郝大队长说,这杆革命红旗绝不能叫敌人砍倒! 你可好,这红旗敌人砍不倒,你倒想拔了!"

"你啊,罗雄同志。"黄国信也激动起来了,"你是个又固执又倔犟的人,碰到南墙也是不回头的。我倒要看看,照这样干下去,还能坚持多久! ……"

罗雄见黄国信还要继续呱呱下去,就大发脾气地说:"黄特派员同志,有话请等郝大队长回来再说,现在,我命令睡觉!"自己先咕咚一声倒了下去!

"真是牛脾气!"黄国信无可奈何地说,"同志们好好睡吧。等郝大队长回来,我们就开大会,彻底解决解决,这是革命的大问题啊!"他开始舒畅的心情,忽而又变得沉重起来。他感到,在这支部队里推行自己的主张,并不是轻而易举的事。

黄国信走后,战士们开始沉静下来,有的在思考,有的却扬起了鼾声。

二

黄国信从战士们的宿营地走出来,在静林庵前面的草坪上独自徘徊。现在他的心境乱得厉害,脑子里就像塞进了一团乱麻,理不出一点头绪。

残月把树林的影子投印到他的脚下,这些支离破碎、乱七八糟、摇曳不定的阴影,也恰像他此时此地的心境。他张目远望,前面是一片渺渺茫茫,阴暗模糊,黑影憧憧,也恰像他在展望着自己的前程。黄国信在残月下徘徊着,在他看不清前程时,又回头细数着走过来的脚印:

黄国信是黄汉臣的独生儿子,在中学毕业后,黄汉臣就叫他在家学习管理家业。在他父亲同谷敬文竞选谘议局长的时候,他把希望寄托在老子身上,抱有和谷敬文一决雌雄的野心。但他老子在竞选和贩烟土上接连栽了两个跟斗,落了个倾家荡产、断送了性命的下场,黄国信的希望也幻灭了。他从自己祖居的深宅大院里搬了出来(他的宅院已经变成谷敬文的产业了),借了亲戚家半间草屋住着,七十二行选了个遍,最后他摸起扁担,当了私盐贩子。

黄国信毕竟跟他的老子不同,他有文化,有胆量,有谋略,"小算盘"打得比他老子更精明。他深知靠贩私盐发家致富以同谷敬文争雄,是不可能的,但他并不死心,他把贩私盐当成是"卧薪尝胆",时刻窥视着东山再起的时机。

那时谷敬文到处设着缉捕私盐贩子的盐卡。黄国信被这些盐卡抓到不止一次,丢了盐担子,挨了皮鞭子,黄国信对谷敬文恨入骨髓!

在一九二五年,一个风雪弥漫的冬夜,黄国信又被盐卡卡住了。吃一堑长一智，这一次黄国信接受了以往的教训，他对盐卡说："你把我的盐没收了，你能得到多少好处呢？我们一无仇二无恨，你不如把我放了，我给你三块大洋，岂不两便？"盐卡听他讲得也有道理，同意在接受贿赂后放行。

黄国信从怀里向外掏着叮叮当当响的大洋钱时，就像割他的肉一般心疼——这是他的血汗钱啊！于是他灵机一动，故意把银圆撒落在地上，趁盐卡把头拱到地上去摸银圆的时候，他把牙一咬，抢起挑盐的扁担打死了盐卡。他把盐卡的尸首丢进了山沟，把盐卡的步枪藏进了山洞。谷敬文得知此事以后，就派团丁搜捕他，要斩草除根，以绝后患。黄国信只好东藏西躲，亡命在外。在这期间，革命形势迅猛发展，各地农民运动正风起云涌，北伐在即。他对自己前程的利弊得失，前后左右仔仔细细做了多次的权衡，他认为再走他父亲的老路，发家致富，已经不可能了。对无家无业的他来说，参加革命才是他飞黄腾达的良好时机。他怀着一个赌徒押宝的心情，到了处在北伐前夕的广州。

在革命大发展的洪流中，泥沙俱下，鱼龙混杂，他投机参加了共产党，梦想在北伐成功之后，做一个开国的功臣。

一九二七年四月十二日，国民党叛变了革命，对共产党人举起了屠刀！黄国信脱去军装，回到了九里十八坪，在豹子山上找到了县委，同时也认识了吴可征和郝大成。由于他对谷敬文有着旧恨新仇，在一九二七年九里十八坪的冬季暴动中，他斗争非常积极、宣传非常卖力。在追捕谷敬文的时候，他一枪打中了谷中一的脚踝骨；在暴动成功，打下谷家寨的那些日子里，他整天东奔西跑，到处指手画脚、夸夸其谈。再加上他那较多的社会阅历，贩私盐时学会的那套善于伪装，长于钻营，见风使舵的本领，他当上了县委的宣传委员。在起义胜利初期，他是"城市中心速胜论"的热烈的拥护者和积极的宣传者。大革命失败后，低沉下来的"革命"热情，又一度有了回升。他认为革命有可能很快取得胜利,那他仍然还是一个"开国的功臣"。凭他的聪明才智,比起那些黑泥脚杆子来不知强上多少倍。他仍然相信"劳心者治人,劳力者治于人"是万古不破的"真理"。有时他暗自庆幸地想:"在人生道路上,真是'塞翁失马,焉知非福'。如果父亲不是因为贩卖烟土倾家荡产,现在不是像谷敬文一样变成革命的对象了吗?"暴动成功,报了私仇,又当了县委委员。学习刻苦,工作卖力,斗争猛烈……全都成了他向着个人目标攀登的阶梯。然而,谁又能想到,革命道路却是这样的曲折艰难,变得成败难料了!

在九里十八坪突围时,他以县委特派员的身份,被派到部队里来。他自恃是上级党的代表,又参加过北伐战争,自以为很懂军事,便坚持部队四处流窜,他以为这样,既可以躲避敌人,壮大自己,又可以走州过府,大吃大喝。没有想到事与愿违,人越打越少,处境越来越难。

自打吴可征从井冈山回来以后,郝大成和绝大多数的红军战士,便认准了井冈山的这条路,信心百倍地要找一块适合扎根的地方去建立农村革命根据地。可是黄国信却认为这是一种空想,根本不可能成功。他有些悲观失望了,对革命前途丧失了信心,对革命能否胜利产生了怀疑。可是自己既然已经成了共产党了,除了革命外,又有什么别的前途呢? 如果他再落在谷敬文手里,谷敬文不把他剁成八块才怪哩。有时候他这样想道:"这真是,骑上猛虎难下地,不是虎死是人亡;也只好,深山沟里放木排,难以回头顺水淌了!"在他看来,革命也罢,不革命也罢,反革命也罢,全都是为了个人的前途。穷人为什么革命呢? 还不是为了不受剥削不受压迫? 谷敬文为什么反革命呢? 还不是为了保住他的权势财产? 全都是为了自己,这就是他的人生哲学,这就是他的"真理"。

黄国信按照自己的处世哲学,在革命的严重关头,最艰难的时刻,打着这样的算盘:是革命好? 还是脱离革命好? 如果脱离了革命,万一革命成功了呢? 那自己不仅得不到革命的利益,而且变成了革命的罪人! 可是又一转念,如果不脱离革命,革命果真失败了呢? 那自己不就成了革命的殉葬品了吗? 我既不能同谷敬文一样,他除了反革命之外,没有第二条路好走。我也不能像郝大成一样,他除了革命到底之外,也没有第二条路好走。第三条道路有没有呢? 应该是有的,如果是脚踏两条船,那不是可以左右逢源了吗?

黄国信在草坪上徘徊着,清理着自己的思绪,考虑着当前的处境,想找出一条道路来。"城市中心速胜论"早已经被事实粉碎了,他也不可能设想带着几十个人去攻打什么大城市。到处流窜看来也真不行。吴可征和郝大成要走井冈山的道路,建立农村革命根据地,那是空想,绝不会取得成功。黄国信对农民有着根深蒂固的看法,他认为农民自私、落后、散漫、愚昧,农村经济文化落后,怎么能战胜城市呢? 他轻视农民,鄙视农村。他绝不会跟着吴可征和郝大成傻干。

于是黄国信除了攻占城市、到处流窜之外,又找到了一条路,那就是分散隐蔽、流动游击。他认为这是保存革命力量,等待革命高潮到来的最好方法。这样既不是取消革命,又不遭受被歼灭的危险,是一笔不蚀本的买卖,是一个万全之计。可是多么奇怪啊,吴可征和郝大成却偏偏不同意这样干。他想一跺脚自己离开部队一走了之,让你吴、郝带着部队去闯吧。失败了和我黄国信有什么关系? 即使上级追查下来,也没有我黄国信的责任,谁让你们一意孤行不听我的话呢? 想到这里,似乎又觉得不妥,如果这支部队被消灭了,我是有责任的,我是特派员啊! 如果只有我一人回到县委,他们问我:"部队在哪里?"那不成了临阵脱逃了吗? 我应当把这支部队带到正确的道路上去! 于是,他又坚定了同郝大成斗争的决心。并且他预计到这场斗争可能出现两种结果：一种结果是说服了郝大成，自己变成了胜利者，这当然很好；一种结果是和郝大成闹僵了，那也没有关系，自己可以离开部队，不是我要走，是你们逼我走的，自己既脱离了艰苦危险的斗争，又是一个受委屈遭迫害的人，这也不坏。不管出现什么结果自己都不吃亏，都立于不败之地。当他找到这个左右逢源稳操胜券的前途之后，就像吃了一颗定心丸一样，怀着一种奇异的情绪，回到大队部，安然地躺下了。

在他睡熟之前，他脑海里忽然产生了一个巧妙的比喻：他把郝大成比成了执拗无比的指北针，不管时局如何演变，不管形势如何发展，它只认准一个方向，坚定不移；而他自己好比是一个风向计，以个人得失作为轴心，哪个方向对他有利他就转向哪里。接着，"生意要兴隆，学会看行情"这些投机商人的生意经，在他脑海里接连不断地蹦了出来，心境变得恬然舒畅。他不知不觉地安安然然地睡熟了。……

三

罗雄在战士们睡熟之后，去查了一圈岗哨，回来坐在大殿门口吸烟，烟火一明一灭地闪动着。已经是过半夜了，月亮落到了西山头，山林渐渐暗淡起来。黄国信的那些似是而非的言论，烦恼着他的心。

罗雄，二十四年前，降生在白马山区一个贫穷的佃户家里。当他睁开眼睛看着这个不平的社会时，他的母亲却闭上两眼离开了这个世界。他在父亲的抚养下长大，给地主放过牛，也给财主喂过马。他体格魁梧，性烈如火，力壮如牛，胆大如虎，是个吃软不吃硬的人。在他二十岁的那一年，他父亲串联山民抗租抗税，当地大土豪魏天宝给他加上"聚众滋事，图谋造反"的罪名，送进了监牢。

这魏天宝有钱有势,独霸一方,无恶不作。他常拍着胸脯子在人前大叫大嚷:"县府里没有杀我的刀,州府里没有斩我的剑,我是铁脖子魏爷!"虎视眈眈地看着你,以不容你怀疑的声调说:"魏爷叫你三更死,阎王不敢留你到五更。"

罗雄为了救父亲,纠合了几个伙伴准备进城去劫狱,结果收回来的是父亲的尸体。罗雄没有落泪,没有叹息,只是血红的眼睛里喷射着令人生畏的怒火,牙齿咬破的嘴唇滴着鲜血。在埋葬了父亲以后,半个多月,他一句话也没有和人说。有人说他气疯了,有人说他急傻了,那铁脖子魏天宝却认为他是屈服了,高枕无忧地睡着安稳觉。也有人猜测着,在这极度的沉默里,会有一声惊天动地的霹雷爆发。

在一个狂风怒吼的深夜里,魏天宝看见他的马棚里突然起了大火,连忙披上衣裳从卧室里闯出来。一道闪电——罗雄的柴刀劈断了他的"铁脖子",魏天宝连哼一声也没有来得及,就翻滚到台阶下。就在这一夜,罗雄进了深山。……

郝大成的大队开进白马山的时候,他参加了红军。在经历了几次战斗之后,他跨进了中国无产阶级先锋队的行列,成为中国共产党的党员。

罗雄爱憎分明,疾恶如仇。他有着突出的长处,又有着他的弱点:他正直无私,忠心耿耿,但又直来直去,脑子不易转弯;打起仗来,硬杀死拼,奋不顾身,却又不大讲究战术,只会猛冲猛打,不善于巧干;他思想通了,服从得最坚决,思想不通时,倔犟得厉害;他对你热情起来犹如烈火,他对你严格起来毫不讲情面,不大讲求方式;他心地纯正,不存半点杂念,但又过分天真简单;他勇敢里含着鲁莽,他果断里含着轻率,……在他的优点后面往往又伴随着一个缺点,这就是罗雄的性格特征,要改变这种状况,绝非一日之功。

罗雄对黄国信有一种本能的反感,对他的行动看起来不顺眼,对他的言论听起来不对味。到底为什么,他一时也很难说得清楚。……

赵铁牛惊叫了一声,从一场噩梦中醒过来,看见大殿门口坐着个黑影,便轻声问道:"谁在那儿!"

"我!"罗雄简单地回答着,然后又问道:"你怎么还不睡呢?今夜没有你的岗!"

"我做了一个梦,一个很噩的梦!"赵铁牛仿佛心有余悸地说,并用手去抹额头上的冷汗。

"做个梦有什么大惊小怪的!我从来就不做梦,每天让你跑上百儿八十的,看你还做梦不做梦!"

赵铁牛闷声不响了,但他深深地叹了口气。

罗雄猛然回头不高兴地对他说:"郝大队长说过,叹气的人骨头软,我也不喜欢叹气的人,红军战士嘛!"

"中队长,你别瞧不起人!"赵铁牛被罗雄的话激怒了,反驳了一句。

"哟,耍什么牛脾气啊,"罗雄见赵铁牛生了气,他的火头倒没了,"好,说说你的梦吧!"

赵铁牛从草铺上爬起来,蹲到罗雄旁边,一边回想一边讲述着他的梦境。他说:"我梦见我那年老的爸爸和女儿小芬,还有小芬她娘,全都叫谷敬文五花大绑地抓了去啦!谷敬文对他们说:'你还指望铁牛回来救你们吗?赵铁牛早叫我打死在白马山的峡谷里啦!'一枪就把我爸爸打倒了!小芬一下子扑到爷爷身上哭号着说:'爸爸,快回来替我们报仇啊!'我正想向谷敬文猛扑过去,可是眼前有一条河隔着。我扑得太猛,一下跌到河水里,觉得全身都湿透了。我醒来一摸,原来是出了一身冷汗!……"

"你别胡思乱想了,"罗雄本想找几句话安慰他,但想来想去想不出，只是说，"梦这个玩意嘛，哪里能当真呢？快睡觉吧，我也要睡了，明天郝大队长回来就好啦，我们不但能得到好武器，而且也有粮食了。"

"大队长能让我们回九里十八坪吗？"赵铁牛胆怯地试探着问，自知不可能，但是，他还是把自己的想法说出来了。

"你说什么疯话？回九里十八坪？你也不想想这是什么时候！难道你忘了吗？我们要找合适的地方建立革命根据地啊！"罗雄斥责道。

"可是黄特派员说，要建立根据地谈何容易！"

"我不是和你说了吗？他的话你少听一点为妙。"

在白马山峡谷突围之前，黄国信在赵铁牛的心目中，只不过是个上级派来的人，并不享有什么威信。但是，他提出的分散隐蔽、流动游击却符合了赵铁牛的愿望。赵铁牛一直盼望能打回自己的家乡，活和自己亲人一起活，死和自己亲人一起死，革命也要和自己亲人一起革。现在听黄国信这么一讲，反正革命根据地也很难建立起来，那么，回到家乡和自己的仇敌拼杀一场，拼死一个够本，拼死两个赚一个，这也就算革命到底了！至于这样，能不能取得革命胜利，他并没有去考虑，他想得没有那么深，看得也没有那么远。

赵铁牛闷头蹲在那里，一言不发。险恶的梦境紧揪着他的心。

"我看你是中毒了，你这些话若是叫大队长知道啊，哼，有你好看的，你好好想想吧！"罗雄说完就钻进大殿里睡觉去了。

赵铁牛这个离家还不到半年的农民，要成为一个坚强的具有无产阶级觉悟的战士，还需要走一段漫长的道路。对于赵铁牛来说，刚才的那场梦真是太可怕了。他一直呆呆地坐在那里，瞅着满天繁星，想念着生在那里，长在那里的家乡。

他想："郝大队长回来后，是准不会同意分散隐蔽、流动游击的，我应该趁他没有回来的时候就走。回到九里十八坪，我就先找史太昌游击队,如果家里人真的被谷敬文害死了,我要替他们报仇。就是谷敬文逃到天涯海角,我也要找到他!"他想到这里,把心一横,站起来往山下走了几步,但他又犹豫了。这时他才体验到,要离开部队——自己生活过的战斗集体是多么使他心疼不安啊。他处在极度矛盾中。他来回地慢慢踱着,这时他耳边又响起小芬的呼声,他又开始为自己的行为辩护:"我回家乡去替亲人报仇有什么错吗?没有。在南屏山算革命,回到九里十八坪,不也是一样革命吗?那里离谷敬文更近!离仇人更近,那才叫革命哩!对,我得回到家乡去,亲人们在等着我呢!"

赵铁牛犹豫了几次,最后还是回九里十八坪的想法占了上风,于是他慢吞吞地向山下走去。但他的脚步是沉重的,那路边的树枝也好像在阻拦他,不让他去干这种丢脸的事。他走着,好像走得理由挺充分,走得很正大光明似的,但是,他回头看看,离开营地越来越远的时候,他的心情就越发沉重起来,不由得沉痛地嘟念着:"难道就这样走了吗?如果人人都像我一样,这支部队不就散了吗?若是郝大队长和党代表知道了,心里该有多么难过啊!"他拖着沉重的腿又走了几步。他的心疼得像刀绞一般,"不,我不能走,我不能离开同志们,不能离开郝大队长和党代表,我不能离开部队这个家啊!"他噗通一声,坐在路边,抽抽搭搭地啜泣起来。

四

高山苦寒,破晓的凉风吹进缺门少窗千疮百孔的大殿,罗雄被冻醒了。他在朦胧中向身边一摸,草铺是空的,他坐了一会儿,头脑清醒了些,心想:"赵铁牛上岗去了?为什么枪还在?"赵铁牛和他关于噩梦的谈话使他突然产生了一个念头:"莫不是中了黄国信的毒,真的走了?"

这时天已经透亮了。罗雄对谁也没说一声，就怒气冲冲地向山下奔去。他满怀愤怒向山下一望，见前面不远的路边坐着一个人。他跑到跟前一看，正是赵铁牛垂头丧气地坐在那里。罗雄走到他的跟前，赵铁牛连头也没有抬，他的心正沉浸在痛苦之中。

罗雄怒火中烧，一把抓住赵铁牛的前襟，把他拉了起来，大声地质问道："你这个没出息的，你想开小差啊！"

但是赵铁牛并不分辩，也不言语，他的心在痛苦折磨中变得有些麻木了。

罗雄把铁牛这种表现当成了抗拒，变得更加气恼了。他猛力把赵铁牛一推，赵铁牛没有防备，向后踉跄了几步，绊在一块树根上，差一点跌下去！

赵铁牛的牛性子也上来了，握起拳头凑到罗雄面前，怒冲冲地说："你为什么推我？"

"走，到队部去！"罗雄命令道。

"我偏不走，看你有多厉害！"

罗雄见赵铁牛不动，就去拉他，赵铁牛猛力把他摔开，于是两个人虎视眈眈地怒视着，眼看一场殴斗就要发生了。

这时王光磊几个战士从山上跑下来，惊异地喊道："你们这是干什么？"

"你问问他！"罗雄生气地说。

"我根本就没有走！"赵铁牛也怒气冲冲地分辩着。

"你没走？你跑到这里来干什么！"罗雄向王光磊和其他几个战士命令说："把他拉回大队部去！"

"不用你们拉，我自己会走！"赵铁牛推了王光磊一把，头也不回地向驻地走去。

赵铁牛回到驻地，战士们议论纷纷。宋少英知道了这件事，焦急万分。她知道这件事情如果不及时处理是不行的，它将会对部队产生很不好的影响。她首先找到了黄国信,激动地说:"黄特派员,郝大队长不在山上,把管理教育部队的重担托付给你。部队出了事,你到底负的什么责任呢? 这支部队从成立那一天起,还是第一次发生这种叫人痛心的事呢。"

黄国信却沉静地说:"不要急躁嘛,你先不要追查责任,应该先找找发生这种事情的原因!"

"那你说是什么原因呢?"宋少英紧盯着黄国信问。

"很简单,大家感到这样干下去没有前途!"

"我不同意,首先不是大家,而是个别的同志。个别的同志是一时的糊涂,看不清、想不开,这是可以理解的。你有责任教育他们,用正确思想引导他们。老实说,如果党代表或是郝大队长在山上,就不会发生这样的事情! ……"宋少英越说越激动起来,她忘记了、并且也不愿意克制自己激愤的情绪。

"你的意思是这次离队事件的责任,应该由我黄国信来负了?!"黄国信也火起来。

"就是这个意思!"

"照现在这样干法,不用说离队,就是逃亡也可能发生。我负不了这个责!"

"照你看,应该怎么干法呢?"

"还是那句话,只有一个办法,改变斗争方式!"黄国信怕更加触怒宋少英,而没有明确说出来,只是转弯抹角闪烁其词地说,"如果硬要这样干下去,只能把部队引上绝路。这些日子我想了很多很久,鉴于已往血的教训,我们应该暂时把红旗收一收,分散隐蔽、流动游击,像种子一样埋在地下,等待时机……"

"够了!"宋少英忍不住打断了黄国信滔滔不绝的话头,一针见血地说,"黄国信同志,对革命前途失去信心的不是别人,首先是你。这次事故,不只是你应负责,更确切地说,是你这种思想毒害了战士,事故就是你造成的! ……"

"不要血口喷人!"黄国信几乎暴跳起来,但他忍住了,做出宽仁大度的样子,"宋少英同志,我理解你的冲动,我原谅你的幼稚。同志,你还年轻,又是女同志。革命嘛,不能单凭热情,不能盲目乱干,要等时机,要讲方法。要……"

"不要不着边际地说些空洞的名词了。"宋少英不耐烦地说,"我问你,你打算怎么样把种子埋在地下,又怎么样生根发芽呢?"

"应当这样,在强大的敌人面前,只有分散隐蔽才能缩小目标,只有缩小目标,才能保存力量;在一块地方扎根是根本不可能的,因此必须流动游击,这样才能扩大和积蓄力量,等到敌人力量削弱的时候,再实行起义。"黄国信滔滔不绝地说着,"宋少英同志,关于革命的理论,你还懂得太少呢。"

"你那一套理论我确实不懂,我不理解,你把革命武装分散了,怎么能壮大自己力量,又怎么能削弱敌人呢? 那不正好叫敌人个个击破吗? 你是把部队向错误的道路上领!"

"宋少英同志!"黄国信暴跳起来,"我现在还是县委的特派员,你应该对我有起码的尊重!"

"我是个共产党员!"宋少英毫不退缩地说,"我应该尊重党!应该尊重党支部的决议! 应该尊重革命的利益!"

正当宋少英和黄国信激烈争辩的时候,罗雄怒冲冲地走来,拉了宋少英一把说:"别和他争了,你看赵铁牛的事应该怎么办? 大家都在议论纷纷,不及时处理是不行的!"

"特派员在这里,"宋少英说,"我们研究一下吧!"

"你是中队长!"黄国信对罗雄说,"你认为怎么处理好?"

"开大会!"罗雄余怒未息,不假思索地说,"要严格处理!"

"开大会?"宋少英愣了一下,"是不是急了些?"

"急? 房子失了火还能迈方步吗?"罗雄焦躁地跺了跺脚,"要马上开!"

黄国信扫了罗雄和宋少英一眼,心里暗自想道:吴可征、郝大成不在,罗雄鲁莽,宋少英简单,会议是开不好的,到头来,还不是由我来引导吗?我应当抓住这个机会来阐明我的主张,要部队跟着我走。于是他做出深思熟虑的样子说:"我看开个大会也好嘛,听听大家的意见,看看大家的想法,像铁牛这样的事情,应该开个大会来解决!"

五

大会是在静林庵前面一块平坦的草坪上进行的。中队的全体战士排成方块坐在草地上。主席台既没有桌子也没有凳子,只是有几磴原来铺设的进入山门的台阶。宋少英、罗雄和黄国信都坐在台阶上。

会场的空气是沉闷的,各人有各人的心事,对赵铁牛行为的看法也不一致。

赵铁牛坐在队伍中间,把头垂向草地。他的内心是极端痛苦的。

黄国信也心事重重地吸着烟,仔细地观察着战士们的表情,听着战士们喊喊喳喳地议论。

罗雄向会场巡视了一会儿,突然用粗犷的声调说:"我们部队出了丢脸的事,赵铁牛离开我们的部队,他要走!悲观了,动摇了,真可耻!我们的党代表和郝大队长,带着我们吃了多少辛苦,受了多少艰难啊。风里雨里,东战西杀,忍饥挨饿,出生入死,为了保住这支部队,党代表受了重伤,郝大队长日夜操劳,同志们英勇战斗,总算把这支革命力量保存下来了。郝大队长连口气都没有来得及喘,就带着三中队下了山。现在赵铁牛趁郝大队长不在的时候,倒要离开部队……"罗雄声音呜咽了，没有讲下去。

王光磊带头喊起了口号：

"谁要离开部队就是脱离革命！"

"坚决革命到底！"

"坚持武装斗争！绝不放下革命武器！"

战士们忍不住喊起口号来。他们一边喊着口号，一边气愤地看着赵铁牛。他在人们的盯视下，羞愧地低垂着头。

罗雄待大家稍稍安静一些的时候继续说："赵铁牛，你向大家坦白坦白你的可耻的思想，检讨检讨你的错误行为吧！"

赵铁牛满眼噙着泪花，抬头看了一下会场，痛苦地说："我没有什么好讲的，处罚我吧！"说完又把头低了下去。

罗雄说："你不检讨，好吧，大家说说看，应该怎么处理他！"

"我提议开除他！"一个战士猛然站起来，"他丢了我们革命部队的脸！"说完又猛然蹲了下去！

"开除，正合他的心意！应当重重地处罚他！"一个战士激烈地说。

这时宋少英站了起来，她心平气和地说："同志们，一个革命同志一时想不开，犯了错误，走错了路，比方说，他走到了悬崖边上，我们到底是拉他一把好呢？还是推他一把好呢？"宋少英故意把话停下来，给大家一个思考的时间，并思忖着下面的话应该怎么说。

"应该拉他一把！"

"他是我们的阶级兄弟！"王光磊说。

宋少英提的问题，和她的倾向性，获得大多数同志的赞成。她接着王光磊的话说："对！他是我们的阶级兄弟，我们应当团结他，帮助他。他是有错误，但我们有责任帮助他认识错误，改正错误。赵铁牛同志，你谈谈你对自己错误的看法吧！"

赵铁牛摇晃了一下站稳了，他感激地看着宋少英，然后断断续续地说:"我知道我错了,我不该……只想到自己亲人自己的家,忘了革命。……可是后来我又不想走了……"

"不要光讲好听的了!"有的战士叫了一声。

罗雄说:"不要乱插,让铁牛同志讲完。"他觉得宋少英的意见是很对的。他的态度也有了转变,变得不那么冲动了。

"我夜里做了个噩梦,梦见谷敬文那些狗杂种们在折磨亲人,我觉得心里闷,可是谁来和我讲讲道理呢?我和罗中队长说了,他让我睡觉去!若是党代表在这里,他开导开导我,我心里就会亮堂些。黄特派员说:'革命不能照这个样子干下去了,要分散隐蔽、流动游击了。'我想:既然这样干法不行,还不如回家看看亲人,把仇人杀他几个!就是和土豪劣绅拼死,也算革命到底了!"

赵铁牛这些出自心坎的话,引起了一些战士的同情。

"我再说几句,"王光磊站了起来,脸涨得红红的,反映出他心情的激动,"今天开这个会,是为了帮助同志,赵铁牛是有家乡观念和单纯的复仇思想,这是不对的,正像郝大队长说的,是看得近,想得浅。可是他为什么早不想走晚不想走,偏偏在这个时候想走?依我看,这个根还是在黄特派员身上,我们要从这根上刨一刨!"

"对!王光磊说得对!"

"我也有这样看法!"

接着战士们都交头接耳地议论起来。

会场顿时沉默下来。

宋少英看到会议气氛有了好转,便又站起来发言,她说:"铁牛同志有错没有?有!王光磊同志的意见很好,我们是要从两下的根上刨一刨。赵铁牛同志自己身上有弱点,就像一个身子虚弱的人一样,抵抗力差了,病菌就容易侵入,他就容易生病,我看赵铁牛的病根就在这里。铁牛同志刚才说的全是心里话,因为他有些糊涂观念——思念家乡,单纯的复仇思想,才上了错误主张的当,中了错误言论的毒！要想不生病，只有两个办法：一个是锻炼好自己的身体，加强自身的抵抗力——这就是提高自己的政治思想水平；一个是消灭病菌，防止毒害——这就是批判错误言论。"说到这里，宋少英感情激动起来，"……什么分散隐蔽，什么流动游击，全都是鬼话。我们一定要走井冈山建立农村革命根据地的道路！"

黄国信坐不住了，真想给宋少英一个迎头痛击，但又觉得还不到火候，一忍再忍，只是扭动了几下身子，却没有跳起来。这时黄国信的心情是复杂的：当罗雄要立即开会时，他马上就同意了。他估计这个会议，对贯彻他的主张是有利的，在"乱打一锅粥"的情况下，只有由他来收拾，他就可以把战士引到自己这边来。在会场上出现骚动和纷乱的情况时，他内心里隐隐地有一种快感，他倒不是出于幸灾乐祸，而是感到部队思想越乱，越能说明他的主张正确。对于他的主张能否在这支部队里顺利推行，他并不盲目乐观。他深知郝大成、宋少英、罗雄这些"死硬派"会拼命抵制。但是，他只要把战士们抓到手里，就是你郝大成比钢还硬，又有什么咒念？他预计到，今后要走什么道路的问题，会有一场大辩论。吴可征短期是回不来的，郝大成孤军作战，那就更好对付。郝大成能打仗，黄国信从内心里佩服，可是讲到动脑筋搬理论，就是三个郝大成捆在一块儿也不行。我黄国信这十几年的寒窗之苦，绝不会是白费的！赵铁牛的检讨，把他挂了一下子，这并没有引起他多大震动；王光磊提出来刨根，使他有点吃惊，他没有想到，一个放下锄头把子不到几个月、连个大字也不识的泥脚杆子，会提出这样的看法，但他并不在乎。刨根就刨吧，他相信自己的主张并没有错。只是宋少英的发言，才真正刺疼了他。他已经做好了回击的准备，只是考虑着回击的方式和时机。他装出漫不经心的样子听着宋少英的继续发言。

"我完全相信赵铁牛同志，他一定会认清错误，也一定能改正错误。我们热烈欢迎铁牛同志走到正确的革命道路上来,铁牛同志仍然是我们的好同志!"

会议的气氛改变了,战士们的脸上出现了轻松的笑容。赵铁牛感动地望着宋少英那热情、严肃的脸,觉得全身轻松。这并不是因为少英帮他开脱了什么,而是从她的亲切的话语里,得到了鼓舞,得到了同志式的友谊和信任。

罗雄等少英坐下以后,他站起来说:"本来我是要狠狠处罚赵铁牛的,可是我现在不这样想了,咱得来个说服教育,只要赵铁牛认真检讨,知错改错,这就好嘛……"会场上响起了掌声,可是罗雄摆了摆手让大家把掌声停下来,他继续说,"要处罚的应该是我,赵铁牛同志把他的噩梦都和我讲了,可是我没有对他做思想工作,我叫他'睡觉去'。我是个中队长,我有责任。……"罗雄亲切地看了赵铁牛一眼说,"铁牛哇,没有什么值得垂头丧气耷拉脑袋的! 你这个错误,顶少也得掰一半给我!"

罗雄的声音是激动的,感情是诚挚的。战士们亲切地望着他,等待他继续讲下去。

罗雄向黄国信望了一眼,愤愤地说:"照我说,黄国信同志应该检讨! 毒根在他身上!"

宋少英首先带头为他鼓起掌来,她觉得罗雄说得很实在。尤其使她痛快的是他在大会上点了黄国信的名,这对罗雄来说,是一个了不起的成长。从战士们的情绪和会场上的气氛来看,会议的效果显然是很不错的。战士们的糊涂想法和认识上的偏向,虽然谈不上彻底解决,却基本上被扭转了。她认为黄国信有可能在会上做一点皮毛的检查,等郝大队长回来,那时对歪风邪气和糊涂思想要来一个大清扫。

黄国信本来是要讲话的,但他听到罗雄指名要他在大会上检讨,就觉得是受了极大的侮辱。他的脸由白转红,又由红转白,觉得胸口里窝着一股气，憋得难受。如果让他检讨的话是出自宋少英之口，她是女同志，尚且可以原谅。可是，一个什么也不懂的既粗鲁又莽撞的中队长，竟敢当众点他这个特派员的名，他真有些受不了。但他还是硬把怒火压在心里，做出宽宏大量的样子，从容地站了起来。他认为有必要采取手段以争取更多的群众，所以他的发言颇费了一番心机，他拖着长腔慢吞吞地说："今天的大会，开得很好。不过我要纠正一个错误的观念，那就是把今天发生的事情说成是'离队'。我说啊，这不叫离队！……"

黄国信发现会场上全都以惊异的目光瞪着他，感到他的妙论产生了可喜的效果："什么叫离队？那就是开小差！那就是脱离革命，那就是背叛我们的伟大的事业！可是我知道赵铁牛同志是个好战士，他苦大仇深，是自觉自愿参加革命的，他在战斗中也是勇敢顽强的。如果说他是想脱离革命，那就是天大的冤枉！他今天的行动绝不是什么'离队'，而是改变斗争方式！……"

宋少英听出了黄国信发言的不良用意，便站起来针锋相对地反驳说："今天发生的离队事件，如果不叫离队，可以叫作'中毒'！就是中了你的毒！"

黄国信气哼哼地瞪了宋少英一眼，愤愤地说："请不要打断别人的话，有你说话的时候！"接着他又对着会场继续发言："铁牛同志这次行动有错误没有呢？有！他不应该自由行动，这是无组织无纪律的表现。部队要分散，分散到什么地方，同志们当然可以提意见，领导上是会考虑大家的意见的，民主嘛！但是，最后还是要由领导上来决定！有的同志想回到家乡去，因为家乡人地两熟，既便于隐蔽，也便于斗争……"黄国信说到这里，他感到需要利用战士们的思乡情绪，达到推行自己主张的目的，便索性讲得更明确些，"同志们的这些想法，是值得重视的。我们是可以把部队按地区分小些，也可以回到当地去坚持斗争！同志们，是应该好好想一想的时候了,我们干革命,就要认准方向,绝不能碰到南墙不回头啊。碰上暗礁要转舵,遇上暴风要收篷。蛮干瞎闯是不行的!……现在,先不要武断地下结论,大家可以平心静气地想一想。我提几个问题供大家思考:一种认为我们应该随着革命形势的变化,必须改变斗争方式,那就是分散隐蔽、流动游击;一种是在这荒山沟里打转转,空想什么建立根据地。哪一种有前途?革命方法是不是只能集中不能分散?分散部队,缩小目标,在敌人十分强大的情况下,是不是保存革命力量的最好方法?回到自己家乡同压迫我们,剥削我们,残杀我们的阶级敌人战斗,是不是就算离队?流动游击,是打击敌人的最好办法还是悲观失望?……"

黄国信想用这一连串似是而非的问题,把战士们完全推到云雾山中,就像无数根柴棒,在刚要澄清的河水里,猛搅乱捣一阵,把水搅混。混水里面好摸鱼。

黄国信果然把一些战士的思想搅乱了,会议的情绪又出现了逆转。那些一时糊涂而开始清醒的战士,又被卷入这阵黑旋风里去了。

王永祥猛然站起来说:"黄特派员说的是个办法,我同意!"说完又猛然蹲了下去。

"我也同意!"肖应良接着喊了一声,但他并没有站起来。

"我不同意!"王光磊跳了起来。

"我也不同意!"

"坚决不同意!"

几十个喉咙同时喊着,会场纷乱起来。

罗雄面对着这个局面,感到又惊讶,又意外,又气愤。眼前发生的这一切,完全不是他原先想象的那个样子。他知道黄国信讲的这些全是歪理。他想反驳,可是一时又得不到要领,抓不住要害,就像一个砍柴的人面对着一丛枝丫交错的荆棘棵子,不知从何处下手好了。他扭头看看黄国信的得意扬扬的脸,心头不由得升腾起一股子怒火,他暴跳起来,把插在腰里的枪一拍,指着黄国信大声喊道:"黄国信! 你放毒!"

黄国信也跳了起来,气势凌人地对着罗雄说:"罗雄! 你的组织纪律观念哪里去啦?! 你就是这样对待上级吗? 同志,扣帽子要野蛮是不能解决问题的。我是特派员,阐明我的主张,这是我的责任,也是我的权利! ……"

宋少英对这场斗争也是缺少经验的,但是她的思路却很明确。在吴可征离队养伤之前,召开的那次支部会议武装了她的头脑,吴可征提出的"走井冈山道路坚定不移"的思想,在她心中扎了根。她感到黄国信的言论,是有欺骗性的,给部队带来的毒害也将是很严重的! 她一边听,一边思考着从什么地方入手,才能抓住问题的实质,才能击中黄国信的要害。宋少英也预感到郝大队长回来后,将要有一场尖锐复杂的斗争! 但她想到党支部,想到广大的指战员,想到党代表和郝大队长,她增强了斗争的胜利信心和力量。

黄国信的话越说越快,宋少英根本没有插嘴的机会,同时宋少英也不想马上插嘴。她在这场斗争中,变得比较沉着了,她的激动的心情慢慢平静下来,镇定地静听着黄国信的发言。

黄国信对罗雄耍了一顿威风之后,又对着会场继续发言:"同志们,改变斗争方法的时候到了! 一个崭新的局面就要出现在我们面前! 分散隐蔽、流动游击,这是正确而完善的斗争方法! ……"黄国信还要继续讲下去,就在这时候,会场上有人喊了声:

"快看啊! 郝大队长回来啦!"

这喊声就像一声不可抗拒的命令一般,战士们呼啦一声全都

站了起来:

　　"大队长回来啦!"

　　"来了这么多人啊!"

　　"快迎接他们去!"

　　"散会!"罗雄喊了一声。他像没娘孩子望到了亲人一样,和战士们一道向山下拥去!

第九章　南屏山之夜

一

史少平完成白马山峡谷和牛角山的两次阻击,同林景元告别以后,就急速北上,按照郝大成指给他的大致方向,去追赶红军大队。林景妮母女给他的面饼,加上沿途清澈的山泉,保证了他一路的饮食。这一天的傍晚,他来到了南屏山下的崖头沟附近,天快黑了,他不打算上山,想在山村里先打听一下红军的消息。

这时,他看见山路上来了一队人马,就机警地躲在路旁的密林里,观察着这一队奇怪的行人。他首先看到的是两匹白马,但马上并没有坐人,而是驮着东西。几十个人不成队列地前呼后拥地走在山路上,不像是军队,可是,他看见了枪支、刺刀在夕阳的照耀下,闪着幽光。他认真地观察着。这支队伍渐渐近了,他看见有人在指手画脚地大声谈笑。……忽然,他的眼睛一亮,全身一震,他认出来了,在队伍中间,走着郝大成,接着又认出了姚光明和王尚青。

"郝大队长!"

史少平失声地大叫一声,从树丛中猛扑出来,向着路上的队伍狂奔。

郝大成从动作从声音,一下就认出迎面跑来的史少平,也抢到队伍前面,急急地向史少平迎去。

史少平的突然出现,是出乎所有人的意料的。三中队的同志们在一阵惊奇之后,大家怀着狂喜的心情,互相探询着,欢笑着,把奇迹般出现的史少平团团围住,好像不认识似的上上下下打量着他。无数的问题,连珠炮似的向他倾泻着。

郝大成这个从小就历尽艰辛的人,多少撕心扯肠的痛苦都没有流过眼泪,这桩意外的喜事却使他的眼睛有些湿润了。他是不大流露太细腻的感情的,这一次却紧紧地拉着少平的手说:"哎呀呀!你快给我站好,叫我好好地看看!你是怎么回来的啊?"

王尚青、姚光明,他们都撞进人群,拖过史少平,连拉带抱,连蹦带跳,连说带笑,简直把史少平给抖搂散了,他们不知高兴得怎么办好。这种意外重逢的喜悦感情的爆发,简直闹腾得连山林泉水都哗哗大笑了。

队伍沿着山路向崖头沟继续前进着。史少平一边走,一边向郝大成断断续续地讲述着阻击的情况。……然后他说:"周枫林同志首先负了伤,这我是知道的,后来,都是各自为战分散抵抗敌人,到底怎么样我就不清楚了。"

"从一切情况判断,"郝大成心情沉重地说,"枫林和继五同志很可能是牺牲了!他们战斗得勇敢,牺牲得光荣啊!"他默默地走了一段路,从对同志的悼念中挣脱出来,"我已经派陈大雷同志去找了,他会带来确实的消息的。……你从峡谷出来以后呢?"

"以后又在牛角山上打了一仗。"史少平又把如何遇到林景元,如何在山洞里躲避讲了一番。

一个白匪军官对他们的掩护引起了郝大成的注意,他问史少平:"你听清楚了?他是刘玉龙团一连的吗?叫王求正?"

"听清楚了!士兵们喊他二排长!"史少平肯定地说。

"这个人对我们很重要,我估计这个人是北伐军里隐蔽下来的共产党员。蒋介石在清党的时候,虽然发狠宁可错杀三千,也不漏过一人,可是共产党人是杀不光的!……"

部队进了崖头沟。全村的贫苦山民簇拥在队伍周围，小铁柱及战士们都极其生动地向群众讲述打汤三磕子的情形。整个山村都沉浸在欢乐和振奋中。

郝大成和纪松田、郑万春，研究了当前的工作，准备等参加红军的新战士安排好家务，来崖头沟集中以后，就回南屏山。

夜已深了，郝大成把一切安排就绪，在摇颤的灯光下，和史少平进行着一次详细的谈话。他说："少平，现在有一个紧急的重要的任务要交给你！"

"大队长说吧！"史少平兴奋地回答。

"因为时间紧迫，虽然你很累，"郝大成盯视着史少平的疲劳而憔悴的脸说，"想来想去还是你去合适！"

史少平坚定地说："再困难的任务，我也要坚决完成。"

"你先看看这个！"郝大成从挎包里拿出了一个一尺长五寸宽的大信封来，"这是从汤三磕子那里得到的。"

史少平把信纸抽出来一看，原来是谷敬文给汤三磕子的一个请柬，并附有短信一封。

请柬是印好的，只有"汤万田先生台照"是笔添的。

敬启者：兹定于夏历×月×日吉日良辰，宣誓就任，聊备薄酒恭候

大驾

光临

汤万田先生台照

愚弟　谷敬文　顿首

其中附有短函一封：

万田兄大鉴：

据侦悉，郝、吴残余共军已潜至南屏山一带活动，望兄倍加提防。谷某庆功宴后，当即率师西向，消灭此残余共军，以

绝后患。兄亦应早日秣马厉兵，全力配合，以竟全功。进剿计划，宴席间面商。

谷敬文

×月×日

"这是怎么回事？"史少平还不完全清楚。

"谷敬文升了三县剿共司令，"郝大成哂笑道，"也不知谷敬文功从何来。他还想大大庆贺一番呢。"

"不能安安生生地叫他庆贺！"史少平用拳头擂了一下膝盖说。

"对！我们不能叫他安安生生地庆贺，"郝大成说，"更重要的是谷敬文在'庆功'宴后想来进攻我们，这是一个大的麻烦，因为我们很需要一个较长的休整时间。所以必须打掉'庆功'宴，拖住谷敬文！九里十八坪的红军游击队肯定是会知道谷敬文的'庆功'宴的，但对谷敬文进攻南屏山的计划是不是清楚呢？所以你要尽快赶到那里，和游击队取得联系。你想想还有什么困难吗？"

"给我一支枪吧！"史少平在接受任务的时候，是不怕任何困难的。

"不行，你不能带枪。"郝大成叮嘱说，"现在九里十八坪白色恐怖非常严重，谷敬文回去之后，恐怕就更严重了。那里到处都设着明哨暗卡，沿路随时都可能受到盘查。现在穿着单衣，枪带在身上是很显眼的，还是带一把柴刀好些。……必要的时候可以夺取武器。"

"对！我可以去夺！"史少平想起了暴动之前，郝大成带着他，在谷家寨的闹市上去夺保安队的枪。那次准备得很好，一个暗号，几十个人猛扑上去，就缴了巡逻队的十二支枪，因此他很有信心。

"应该首先和游击队取得联系。"郝大成计算了一下说，"现在离'庆功'宴还有五天的时间，最好在三四天之内能找到游击队，再大闹'庆功'宴。万一时间不允许，在不得已的情况下，也可以先闹后找。夺枪我们是有经验的,要紧的是沉着、冷静、胆大、心细。"

"我什么时候动身呢?"

"今夜你要好好休息一下,衣裳、柴刀、吃的,请纪松田同志帮你准备。明天一早,我们从这里回南屏山,你就从这里去九里十八坪! ……还有,我已经派黄希才同志去找县委取得联系了,能不能找到县委还很难说。如果你找到了游击队,也要通过游击队和上级党去取得联系,这样两个人找会比一个人找更有把握些。"接着郝大成详细地交代了向县委汇报和请示的内容。

"我一定完成任务!"史少平坚定地说。

等史少平睡下之后,郝大成又走了出去。几个月的战斗生活,使他养成了一种习惯——临睡前,不去看看睡眠的战士、不去查查岗哨,他是难以入睡的。

史少平虽然十分疲劳,但是,新的任务使他极度的兴奋,久久地难以入梦。他想到了九里十八坪的历次斗争,想到了爸爸妈妈和乡亲们,想到了不共戴天的仇人谷敬文,也想到了这次任务的艰巨和困难。

提到"困难",史少平总是忍不住一种渴求和激动! 对于那些害怕艰难,畏惧危险的人来说,是很难理解这种心情的。史少平并不是没有想到他可能遇到的困难和危险,但他却不在乎这些。他在设想克服困难战胜危险的办法。

生活中正是这样:有人喜欢在平坦的道路上漫步,这里没有峭壁悬崖,没有崎岖坎坷的险路,走来不费力气,没有危险,却是平淡无奇;有人却喜欢攀登陡峭的山峰,不怕苦不怕累,不怕难不怕险,只有这样的人才能尝到登上奇峰的快乐,享受到绚丽无比的风光;有人喜欢在风平浪静的湖面上轻舟荡漾,喜欢那平静的庭院中的鸟语花香;有人却喜欢暴风雨的怒号,喜欢波澜壮阔的海洋,让那惊涛骇浪激起他战斗的豪情壮志。

那些为革命而奔赴前线的人,不知道炮火连天的战场是危险的吗?是知道的,但他们不怕流血和牺牲。只有革命战士才能体验到战斗的欢乐,只有为革命而战斗过的人才能享受到胜利的幸福!

艰巨的任务,出生入死的斗争,更激起了史少平革命的壮志豪情,他不能入睡,直到郝大成查哨回来,他们又交谈了一些事情之后,史少平才慢慢地睡去。

二

打掉汤三礅子之后的第二天早晨,郝大成对奔赴九里十八坪的史少平又叮嘱了一番,然后带着三中队和四十多名刚报名参军的新战士,抬着大批的粮食、布匹以及其他可供军用的物资,怀着胜利的喜悦,兴高采烈地向南屏山进发。傍午时分,到达了营地附近,正在开会的战士们,欢呼着向他们迎来。郝大成还不知道部队发生的事情,更没有想到一场严重的斗争在等待着他。

上山的战士们和下山来迎接的战士们汇集到一起了。他们打闹着,问讯着,为了扛东西而争夺着。……在一阵欢乐的纷乱中,人们似乎忘记了因为离队事件而产生的不愉快的心情。

郝大成的心情本来是欢乐而振奋的,但他发现宋少英和罗雄笑得很勉强。他从他们带有苦涩味道的笑脸上,仿佛看到了罩在他们心头上沉痛的暗影,心头不由得一沉,预感到发生了什么事情,急急地问道:"怎么?山上出了什么事吗?"

"没有什么大事,"宋少英不愿意甚至不忍心破坏大队长欢愉的心情,故意轻描淡写地说,"回头慢慢地说吧。"

可是罗雄沉不住气,在这阵欢乐的气氛中,内心的痛苦反而加重了几分。

"大队长！部队出事了！我没有完成任务，"他痛心地说，"赵铁牛要离队，给红军脸上抹了黑。"罗雄这个铁打钢铸的黑脸大汉说到这里，心里就像刀剜。他惭愧，他伤心，又似乎有些委屈，他的声音有些发颤了。

"不要激动，你慢慢说。"郝大成冷静地听着，感到部队发生了严重的事情。

"更气人的是黄特派员要分散部队！"罗雄根本不注意宋少英制止他的眼神，把发生的事情一股脑儿全倒给了郝大成，引起了郝大成的不安。

"黄特派员呢？"郝大成问。

"喏，来啦。"宋少英说着。

黄国信已经来到了郝大成面前，因为他没有和其他人一样奔跑，所以落在后边。他热切地和郝大成握手："老郝，辛苦，辛苦！"

"老黄，听同志们说，部队发生了一些严重的问题？"

"算不了什么严重，"黄国信轻松地说，"部队情绪正常，至于有些人想走，这不能算是坏事，也不是什么乱子。我认为这是向我们提出了问题。"

"你说什么？"郝大成惊奇地看着黄国信平静坦然的脸，"向我们提出什么问题？"他觉得黄国信的神情里有一种难以捉摸的东西。

"老郝，先休息吧，这些我们以后再谈吧！"

"也好！我们先把部队安顿好了再谈。"

在他们交谈的时候，部队已经在姚光明的带领下上了山。

打汤三磕子的胜利和郝大成的回山，像一阵温暖的春风，吹淡了因为离队事件而罩在战士们心头上的暗影。史少平完成阻击任务归来，又带着艰巨任务奔赴九里十八坪的消息，更丰富了战士们交谈的内容。新老战友们在一起，一边忙着扩展营地，安排食宿，一边亲切地断断续续忽东忽西地交谈着。谈论着打汤三磙子的经过,谈论着山区人民高度的革命热情,谈论着亲如鱼水的军民关系……整个营地又呈现出一片忙碌欢腾的景象。

郝大成命令部队在食宿方面大体安排就绪之后,下山的三中队全部休息,其他工作如战利品的分配储存等由一中队负责完成。吃过午饭,郝大成对如何进一步安排营地和其他工作向罗雄、姚光明、宋少英作了交代,才回到大队部里。

大队部是在离大殿不远,一个稍稍完整的厢房里。在靠里面的半间,铺着半尺厚的山茅草,散发出清徐徐的香味,这就是战士们最理想的床铺。在靠墙的另一面,是锯开的圆木片,固定在埋进土中的木桩上,这就是不能移动但极稳固的桌子。水桶般的圆木墩子,散布在床头桌边,一只风雨灯放在粗糙的桌面上,墙上整齐地挂着挎包和武器。这就是大队部全部的简陋的摆设。

王尚青一头扑到草铺上,不到十秒钟就已经睡着了,蜷着腿,弯着腰,连鞋子也没有脱,这几天可真是把他累"熊"了。他鼻子里齁齁地响着,红扑扑的孩子气的脸上挂着甜蜜蜜的微笑,无忧无虑无牵无挂,睡得十分香甜。

郝大成把驳壳枪挂在墙壁上,回头看了王尚青一眼,见他睡得那样熟那样香,不由得露出一个爱怜的微笑。他过去给他脱下草鞋,又把他睡觉的姿势摆正,把压在身下的挎包抽出来,给他垫在头下,然后又把军毯给他盖好,就像一个细心的母亲照看孩子一般。郝大成一点也不担心把他弄醒,他知道,如果现在悄悄地把他抬下山去,他也是不会醒的。王尚青哼哼着,任凭郝大成搬动,郝大成自言自语地说:"看你睡得多死!"

郝大成把王尚青安置好了以后,便背靠着卷起来的铺盖卷,半躺在草铺上,双手垫在脑后,闭目沉思。他很需要休息了,但他却不能入睡,脑子就像在风暴中的江海,波浪翻腾。

在吃饭前,他听了宋少英和罗雄的汇报,感到事情的严重性,事情虽然发生在个别人的身上,但是俗话说"落一叶而知秋",他深知这不是个别战士的事情,赵铁牛想离队的行为,王永祥和肖应良同意黄国信的错误主张,说明在部队中有一种错误思想在发展着、散布着。黄国信在大会上提出的分散隐蔽、流动游击的错误主张和那一连串似是而非的歪理,把水搅浑了,把战士的思想弄乱了。病菌最容易侵入不健康的肌体,在某些战士身上残存的农民意识、家乡观念、复仇思想,再加上对革命前途看不清楚,最容易接受错误思想的影响。

郝大成估量着形势发展趋势,一场严重的政治思想斗争不可避免地降临到他面前:因为这场斗争不仅仅是解决个别同志的糊涂思想,也不是解决一般思想作风上的缺点,更不是个性上的矛盾冲突和个人之间的恩怨,这将是一场大是大非的斗争,是一场革命将沿着什么路走下去的斗争,是关系到这支部队前途和成败的斗争,是一场关系到革命红旗能不能打下去的斗争。这场斗争将是很艰巨的,这不仅是因为黄国信所处的地位重要,而是他的错误思想所带来危害的严重性。这种错误思想是不能用强制来纠正的,不是用行政命令就可以消除的,更不是像消灭敌人那样一阵枪炮,一阵拼杀就可以解决的。病菌必须消灭,毒素必须清除。必须用无产阶级思想来战胜非无产阶级思想。吴可征同志不在,如何打好这一仗呢? 白马山峡谷的重围,都没有使他这样不安。

打仗,需要知己知彼,需要调兵遣将,需要选准进攻方向,需要充分的准备,需要周密的部署。郝大成一动不动地半躺在草铺上,微闭着眼睛,像一个大战前夕的指挥员一样深深地思索着,思索着。……

这时候,黄国信那种令人难以捉摸的神情重又出现在郝大成的面前。打掉汤三磙子,红军得到了扩大,物资得到了补充,这是一个令人振奋鼓舞的胜利,但黄国信却对此非常冷漠,缺少起码的热情。部队发生了事故,他又表现得特别安闲冷静,甚至还流露出几分兴奋的神态。这是什么情绪呢?似乎这一些问题不仅不是他的责任,而且成了证明他正确的根据。这是什么道理呢?"有些人想走,这不能算是坏事,也不是什么乱子,……这是向我们提出了问题。"黄国信这些奇谈怪论,是什么意思?这只葫芦里到底装的是什么药呢?他向部队公开提出了他的主张——分散隐蔽、流动游击,这个主张显然是错误的!它却迎合了某些战士浓厚的家乡观念和单纯的复仇思想!它有很大的欺骗性。黄国信错误主张的实质是什么呢?

郝大成前前后后地想了想,他明白了:黄国信不相信井冈山的道路会取得胜利,不相信武装斗争还能够继续坚持。悲观失望,逃避斗争,这就是他的思想实质。郝大成看准了对方的要害,也看出了这场斗争的艰巨性。

郝大成又想了想王永祥、肖应良和赵铁牛,他熟悉他们,了解他们,也相信他们!这些苦大仇深的战士离开革命,还能有什么出路呢?一时看不清方向,这是可以理解的,通过这场斗争,一定要把他们拉回到正路上来,他们是一定会回到正路上来的!郝大成仿佛看到那些高大的战士在擦亮眼睛之后,更加精神百倍、斗志昂扬地站在他的面前。他想:在同黄国信决战之前,我要和赵铁牛同志深切地谈谈。

这时候,西斜的阳光从门窗里照进了厢房。郝大成像完成了一次战斗部署后的指挥员一样,怀着战斗的豪情,怀着胜利的信心,进入了美好的梦境。

三

时令虽然已经接近谷雨,但是山区的夜晚仍颇有凉意。空气是那样清新,随着阵阵夜风,飘散着沁人肺腑的野花香味,那树叶的飒飒和流泉的潺潺,更衬托出山野的寂静。举目仰望,幽蓝色的缀满繁星的天空,覆盖着起伏的山岭。远山重叠,迷迷蒙蒙,像无数顶天立地的巨人在凝神沉思。

郝大成和赵铁牛坐在白天开大会的那块草坪上,在倾心地低谈。

看不见赵铁牛的面容,只听见他的愧悔交加的声音:"……当时,我就是这样想的,真是对不住革命,对不住党代表,也对不住你啊! 都怪我一时思想糊涂。……"

郝大成亲切的声音:"铁牛同志,你说的这些思想情况,我是很理解的。但是有一点我要向你说清楚,这不是一时的思想糊涂,这是一个阶级觉悟问题。从一个普通的贫苦农民,要成为一个有觉悟的无产阶级的先锋战士,这中间要走很长的一段路。……"郝大成边说边沉思着,好像也在回想着他自己走过的路程。

他继续说:"革命思想,高贵品质,勇敢精神,这些都不是天生的,更不是随着军装和枪支一齐发给的。有些人以为一穿上军装一扛上枪杆,就是一个不折不扣的红军战士了,不,世上没有那么容易的事情,铁不锤炼难成钢,何况是人啊。一个战士的成长要靠党的教育培养,要靠在艰苦斗争中磨炼,要好好学习! 要努力改造自己的人生观。……"郝大成不胜感慨地讲着,他好像不是向赵铁牛一个人讲,而是向所有的战士们讲,这中间也包括他自己。

"……说到改造自己的人生观,党代表有一段话,说得很好,我一直记在心间。党代表说:'一个革命者,一个共产党员,面临着两条战线作战。一条是对敌人,一条是对自己。'是啊,对敌人作战要勇敢无畏,当然很不容易,可是对自己思想上的缺点作战要勇敢无畏有时就更难。因为对敌人作战是在战场上,战线非常分明,你对敌人有不共戴天的深仇大恨,你不杀他,他就杀你,是你死我活的斗争,你对敌人会毫不留情。

"可是对自己的缺点呢,就不同了。我们都是从旧社会里过来的人,身上总沾染着很多脏东西。对这些东西已经习惯了,一碰到就会怕痒怕疼。要改造自己,需要有比在战场上更大的勇气!

"铁牛同志,你以为回家去找敌人报仇,也是革命,不,这不是一个革命者的行动,这是单纯的复仇思想。难道我们只是报了个人的仇就算革命到底了吗? 我也为别人打过抱不平。我也为了报那一拳之仇,把张彪打得鼻青脸肿,当时我也认为这很革命。不,从我站在党旗下宣誓的那时候起,从我在广州农民运动讲习所接受毛委员教诲的时候起,我改变了我的看法和做法。我们应该把个人的仇恨上升到整个阶级的仇恨。我们报仇,不是靠一个人,要靠整个阶级的力量;我们也不是为个人报仇,而是为整个阶级报仇! 一个革命者眼要看得远,心要想得宽。我们求解放,谋幸福也不是为个人,是为全中国全世界所有受苦的人!

"你还记得吧,铁牛同志? 那一天,你把小芬卖给了人贩子,可就是在那一天,那黄家湾,那九里十八坪,整个山区,整个中国,又有多少人家被逼得投井上吊跳崖,又有多少人家像你一样卖儿卖女? ……"

郝大成这些话,使赵铁牛深深感动着,他低声说:"大队长,我记得!"

夜深了。他们两人,全都沉浸在往日的回忆之中。

赵铁牛的家是九里十八坪的黄家湾。全村七十多户人家,在九里十八坪,除了谷家寨和史家坪外,算是比较大的村子了。赵铁牛家的茅屋,坐落在村南头一段陡坡下,除了夏天早晚,长年不见阳光。坐南朝北两间茅屋,住着他全家五口人——他爸爸赵星海,住在外间,铁牛夫妇和两个女儿——小芬、小蕙住在里间。

这一天，铁牛嫂正在择一堆刚刚挖来的野菜、葛根。三岁的小蕙坐在床上哭叫着："妈，我肚子饿！"

铁牛嫂顺手洗了一块葛根丢给小蕙。尽管葛根有浓重的土腥味道，小蕙两只小手抢起葛根就放在嘴里啃着，好像吃着脆甜的山梨一般。

傍晚时分，第一餐饭——野菜煮葛根，算是做出来了。铁牛给本村保正黄老四帮工回来，肚子饿得咕咕叫，便向蹲在门口劈柴的赵星海喊了一声："爸爸，快吃饭吧！"

"等等小芬吧，她也该回来了。"

"不要等啦，她回来再热一热就行了！"铁牛嫂说。

于是赵星海、铁牛夫妇围着三条腿的矮桌子坐下来。铁牛嫂给他们每人盛了一碗，自己把小蕙抱在怀里，给她挑拣好吃的菜叶子吃。他们一家人，都低着头，默默地吃着，除还不懂事的小蕙外，各人想着各人的心事。

突然，小芬背着竹筐慌慌张张地跑进门喊道："村东头的七爷爷和七奶奶全都吊死啦！"

"啊，我的天！"铁牛嫂不禁喊了一声。全家人的筷子全都一动不动地凝定在手里，脸上都罩上一层恐怖的惨白色。

在这荒年里吊死人，并算不了什么意外，可是它给这一家人却带来特有的恐怖。他们仿佛从吊死者的身上，看到了自己悲惨的前景。

夜里，孩子们只要填饱了肚子就忘了忧愁，很快就睡熟了，这一家的三个大人却在床上辗转不能入睡。

赵星海回想起自己的青年时代，饥饿逼得他铤而走险，参加了红缨会，握起钢刀去同地主抗争。但是结果怎样呢？人们成百成千地被杀了，他总算从死亡里逃出来。看来这条路走不通，但除此之外还有什么路呢？他似乎站在漆黑的深渊边上，既看不到一条出路,也看不到一线光明。

赵铁牛夫妇想了一夜,仍旧是满腹忧愁。第二天东方还没有透亮,铁牛就背起竹筐,拎着镢头,到山上去挖葛根——这是他想了一夜,唯一自救的办法。

因为满山都是挖野菜、葛根的人,几乎把整个山野都翻了个个儿。挖到中午,铁牛才挖了半筐。有人就饿死在回家的路上。铁牛本想多挖一点,但他觉得肚里无食,头脑有些晕眩。他怕跌个跟斗昏倒在路上,若是他有个三长两短,这五口之家,就像抽了梁柱的房屋一样,立刻就会倒塌下来。所以他背起竹筐赶早往家走,并且想把一个重要的打算去同爸爸商量。

半筐葛根又够全家吃两天的了,除了小蕙照旧喊饿外,老少四口一齐挤在筐边择葛根。铁牛嫂已经有了对付小蕙的经验,急忙洗了一块山芋般的葛根丢到床上:"蕙蕙,给你甜梨梨。"

于是蕙蕙就扑捉还在床上蹦跳翻滚的"梨梨",抓着就使劲地啃起来。

"爸爸,眼下葛根也不好挖啦,"铁牛择着葛根说,"人们见到葛根都没命地抢。我看除了出门逃荒,没有别的办法了!"

铁牛像做文章一样慢慢地说出了自己的打算,并以询问的目光瞪着赵星海。

"逃荒?"赵星海用不赞成的目光扫了几下儿子和媳妇,"你们打算把我这把老骨头丢到外边去啊!"

"爸爸,在家里挨饿,也不是办法啊!"铁牛嫂说。

"你们要往哪里逃呢?像这样荒年真是赤地千里啊。"这个问题确实打中了小两口的要害。他们实在不知道往哪里去好。赵星海见自己的理由产生了效果,便又进一步说,"出去老老小小,举目无亲,死了也无处埋啊!再说,你出去把地交给谁侍弄?地里不打粮食,租还缴不缴?"

"可是,有的人家已经走了。我看,除了逃荒,别无办法。"铁牛不服气地回了一句。

赵星海正要提高嗓音,这时门外一个声音代替了他:"好啊,你们这些混账东西,有的上了吊,有的要逃荒,我的债向谁去讨啊?"

一听到这杀气腾腾的声音,全家都连忙站了起来。

"啊,是谷局长。快请坐,请坐!"

赵星海说着从屋里走了出来,忐忑不安地打量着这个吃人不吐骨头的独眼老狼。

跟着一起来的大账房谷中一,腋下夹着灰色的账本和光亮的楠木算盘,耳朵翅上夹着一支笔。他阴冷狡猾的脸上有一个尖尖的鹰钩鼻,看上去在他的狡猾之中又加上凶狠。当他对你笑的时候,你也觉得他是在对你龇牙,不禁毛骨悚然。

他们两个身后,是背着驳壳枪的保镖——张彪。

赵星海吩咐铁牛给谷敬文拿座儿。

"就在外边坐一会儿吧!"谷敬文说。

铁牛搬了个木墩子,在手里掂量了一下觉得不合适,又去拿了个小杌儿,结果又放下了,最后才选中了一把有靠背的、吱嘎吱嘎叫的竹椅子。

与此同时,赵星海也给谷中一搬了个小杌儿。

全家人小心翼翼地站在谷敬文面前,脸上挂着惨淡的苦笑。

谷敬文看了看满是灰尘的竹椅,厌恶地无可奈何地坐下去。

竹椅"吱嘎"地大叫了一声,被养得脑满肠肥、五大三粗的谷敬文压了个粉身碎骨。谷局长哼了一声,四脚朝天地倒下去。

"咯……咯……咯,咯……咯……"从屋里扬起一串银铃般的清脆的笑声。原来小芬和小蕙看到谷敬文跌下去的样子,真是好玩极了,她们忍不住纵声大笑起来。

星海和铁牛忙跑过去把谷敬文架起来。嘴里嘟噜着谁也听不清楚的道歉的话。

小芬和小蕙依旧咯咯地笑着,直到赵星海对她们狠狠地瞪了一眼,她们才住了笑声,知道这是万万笑不得的。

一阵不愉快的忙乱之后,谷敬文重又坐到一个木墩子上,用他特有的充满杀气的声调说道:"赵老头,把前些日子的债了一了吧,拖了不少时候啦!"并示意谷中一算一算。

"局长,这荒年……"赵星海说得非常吃力,声音小得几乎听不出来,——因为有一股怒气梗塞在他的喉头。

"荒年,我这当谘议局长的日子也不好过啊!我当初借钱给你们这些穷光蛋,算我瞎了眼。东沟寨的二光棍,昨天把门一关逃荒去了。他娘的,叫我向哪里去跟他要账去啊!这些黑心肠的!就说你们黄家湾吧,黄七子两口子上了吊,这是存心和我谷敬文作对,拿死来赖我的账啊!这鬼东西,房无一间,地无一垄,只丢下两条上吊的麻绳给我!"

"局长……我赵星海不是赖账的人,等到好年景……"

"你当我没有听到吗?你们想逃荒,要是账清不了,哼!你们逃不了也死不成!"

"局长,账算好了,连本带利,一共二十七元零三串五十文。"谷中一故意把算盘拨得乒乒响,其实他早就算好了。

"啊,哪有这样多?"铁牛不由得惊呼道。他的头立即涨大起来,耳朵里嗡嗡作响。

"你娘死了几年了?"谷中一瞪着眼问铁牛道。

"七年了。"

"这钱是你娘的棺材钱,十三元,加上油漆费十二串,利加利,累起来,你算算给我看!"谷中一把账本和算盘一齐伸向铁牛。

赵星海不由得向后退了几步。谷中一恶意地吐了口唾沫,挑

212

茬似的说："呸！姓谷的当了二十年账房还没错过一文钱哩，你想赖账是不是?!"

"谷师爷，这孩子不懂事，请你包涵吧。"

赵星海压抑着满肚子的怒气，向谷中一道着歉意。可是铁牛不能忍受了，他暴叫道："爸爸！不要求他们了。他们这是追命来了，要钱没有，要命大小整五条！"

"好小子，你要造反吗?"谷敬文也暴怒起来，"张彪，把他带上，不让他尝尝镣铐的味道，他还不知道镣铐是铁打的！"

张彪从腰里抽出一根麻绳，和铁牛扭成一团。饥饿疲劳的赵铁牛挣扎了一会儿，架不住张彪和谷中一两人的围攻，终于被绑起来了。

赵星海猛然醒悟过来，想起应该去请救兵，便对儿媳妇说："小芬娘，快去请董二先生和黄保正去！"

铁牛嫂站起来，一阵风似的向村里跑去。

当铁牛嫂跑远的时候，赵星海才猛然想起他还欠黄保正三石六斗租子，若是去找他来说情，不正巧多请来一个催命鬼吗？便连忙跑出去追上几步，喊道："只请二先生，只请二先生！"在赵星海的记忆里，他从来不曾欠过董老二的债啊！

铁牛嫂在半路上碰到了董老二，像请救命菩萨一般请了来。董老二首先向谷敬文鞠躬致敬，然后凑在谷敬文耳朵上喊喳了一阵，谷敬文微笑着点了点头，说是看二先生的情面，叫张彪给铁牛解了绑。一场风波，就算是暂时平息了下去。

日头已经从南山头上向西斜去，星海全家还没来得及吃一口东西。过大的不幸会使人把小的不幸忘掉，面对着重重难关，他们忘记了饥饿。

董老二以中人的身份，决定这天夜里，让赵星海父子和谷中一到他的书斋去议事。临了，他装着安慰赵星海说："老赵啊，别着急哇,'车到山前终有路,船到桥头自然直'嘛,只要你听董某的话,保险没有渡不过的难关。放心吃饭去吧,晚上到我家里来吧,我给你出个好主意。"

然后二古董便和谷敬文离开了赵星海的家。在路上二古董又附在谷敬文耳朵上喊喳了一阵,谷敬文满意地眨了眨狡猾的眼睛,不禁嘿嘿嘿地大笑起来。

<h1 style="text-align:center">四</h1>

日头刚刚落下西山,赵星海父子便抱着希望和不安的心情,急不可耐地来到了二古董的书斋。

这书斋,实际上是一个客厅,和二古董的卧室紧紧相连,中间隔着一个雕花的隔扇。正面有一幅中堂,是一幅粗俗的山水画。两边的对联是:"谈笑有鸿儒;往来无白丁。"

尽管这副对联是从《陋室铭》上抄来的,他却视为自己的佳作,并经常给人解释其中深奥的含义。

赵星海父子进来的时候,屋里除了谷中一、二古董之外,还有一个镶金牙的胖子。这人身穿藏青色的长袍,四十岁左右的年纪,胖胖的脸上总是挂着微笑,很像铺子里的掌柜的。他们正在喝酒。

经二古董介绍,知道这是从省城来招收女工的陈先生,他却是个本地口音的人。

"星海,铁牛,你们的难处我清楚,"二古董等他们局促地坐定之后,拉长声调一字一吟地扳着手指头说:"第一件就是你欠了谷局长七年的债……的确是该清理一下咧。"

谷中一和那位陈先生都点点头,表示赞同。二古董继续说下去:"就是谷局长讲情面……长久拖下去也不是个办法啊,这'大加一'的利息……"

二古董故意把充满同情的话打住,向赵星海父子看了一眼。赵星海的脸像死人一样惨白,而赵铁牛却好像无动于衷,木然地冷漠地坐在那里,毫无表情。

"第二,是黄四爷的三石六斗租子,"二古董把第二个指头扳倒,用同样的声调说,"四爷碍着本村本院的情面没有当面向你提,可是他对我说过多少遍了,欠租可以等到秋后还,利息当然要照借一还二算。他还准备明年把地抽回去自己种……"

"啊,地可不能抽啊!"赵星海像给宣判了死刑一般,不由得高叫了一声。

"……是啊,我知道地一抽,你一家五口就没法活啦。"二古董故作怜悯地叹了口气,"唉,可这是没有办法的事,我费了半天口舌,才把这一头给挡回去了。"

"二先生,你真是大好人啊!"

"庄里乡亲嘛,哪能不互相照看咧。你的第三个难处就是你家这五张嘴。就算老天马上降下雨来,地里长粮食还要一个多月哩,今天我看到你家在吃葛根……"

赵星海愁苦地说:"二先生,我家已经四天没见粮食粒了。"

"噢,日子长着哩,可不能光靠葛根过日子。"

"往后挖葛根,比挖人参还难啦。"

赵星海的心已被奇重的困难压碎了。可是二古董又扳倒了第四个手指头。

"第四个难处就是捐税,让我给你数数看:灶头税、人口税、壮丁税、团练费……像你这样人家,就得出三元多。听说,你家替黄四爷养的两头小猪也死了?"

"是的。"赵星海无精打采地说。

"原来你们是怎么议定劈份子的呢?"

"四六分。"

"这样,每头猪就按一百五十斤算吧,两头是三百斤。嗯,三六一十八,你们该给黄四爷家一百八十斤猪肉。……"

"可是猪并没有养活!"星海争辩说。

"这就不关四爷的事了。"

"天啊!"星海绝望地叫道。

但二古董又扳倒了第五个指头。

"第五个难处,比起前面几个来,是一个小难处,这个嘛……说来也有些难开口,可是人情归人情,公道归公道,看来我不提,你们好像忘了这么回事似的。你们还欠我七元零两串钱。虽说没有借据,我相信你们不会赖账。"

二古董提出的这个小难处,比前面四个大难处加起来,还要使赵家父子震惊。

"二先生,你大概记错了吧?我从来不曾向二先生借过钱呀!"

赵星海两眼直勾勾地瞪着二古董。

但是,二古董不慌不忙从盖满灰尘的《论语》下面,抽出了一个账本。他边翻账本边用辛辣的口吻说:"怪不得人说,虱子多了不痒,债多了不愁哇,难道你们就没有想起来吗?民国七年,腊月十二,你们租黄四爷的地时,是请谁写的契约啊!"

"当然是二先生啊。"星海不明白二古董的意思。

"这就对了,请承耕字、写契约,是需要五串钱的吧?"二古董提醒道。

"啊呀,天哪!"赵星海想起来了。

那时铁牛的娘还没有去世。当星海把五串钱提在手里要给二古董送的时候,铁牛娘说:"铁牛他爹,这么几串钱,咱们穷人拿着当钱,可是二先生哪能放在眼里?专为这点钱给二先生送去,显得多么小气。人家二先生是读书知礼的人,反而弄得怪难为情的。弄不好,二先生也许会因此说咱看不起他。依我说,不如到谷家寨割上二斤肉,打上两瓶酒,当礼物给二先生送去,谢谢他的操劳,就算了结这份人情吧。"

星海当时一想也对,最后按五串钱买来的礼物似乎少了一点,就顺手把家里的一只老母鸡提上,这样差不多合六串多钱了。给二古董送去后,二古董推让了几句就心安理得地收下了。赵星海总以为这件事就这么体面而完满地了结了。……

"二先生……可是那礼物……"赵星海由于气愤,嘴唇抖动得很厉害,没有把话说清楚。甚至连不太了解真情的赵铁牛也没有听明白。可是,二古董是非常明白的。

"礼物是不能顶账的呀,若是能顶账的话,我何必用你去买?我自己不会买我要买的东西吗?再说,当时你也应该说明一下咧。"二古董把脸挂了下来。就像晴朗的天空骤然遮满了乌云,这满口仁义道德的孔家门徒,把伪善的面罩一摘,露出了一副吃人的凶神恶煞的面孔。

"那时年成好,二先生要是提一提,五串钱我会及早还的。可是谁想到拖到今天,驴打滚,滚成了这么多。又是荒年,……唉!叫我怎么还法?"

"哟,欠了账,自己不想还,还怪别人不提醒你,真是岂有此理。我看在乡亲面上,没有像别人一样催逼你,倒成了我的错了。真是'人心不古,世风日下!'小人哉,小人哉……"

"你叫我怎么办呢?二先生,你不是答应帮我们想法度过……这些难处吗?"

赵星海从来没有想到眼前还有这么多不可逾越的难关。他仿佛觉得这个世界像一个奇大无比的怪物,向他全家张开了血盆大口。二古董历数的五大难处,就像这血盆大口中五颗巨大尖利的牙齿,足以把他咬得粉碎。

"你不要着急嘛,我早替你打好谱了,你听我说,不要插嘴。"二古董呷了一口酒说。

"你说吧,我听着!"一直在沉默着的赵铁牛恶狠狠地说。他已经开始看透了二古董的真正嘴脸了。他眼睛里冒着火光,愤怒和痛苦燃烧着他的心,这时候就是天塌下来他也不怕了。

"刚才我讲的这五个难处,想你们是听明白了。你们进来之前,我跟这位陈先生商量了很久,这事总算有些眉目了。"二古董又喝了一口酒,琢磨着如何说下去,"我董某的为人你们也知道,不会让你们吃亏的。陈先生是省城缝纫厂的二掌柜的,他们想招几个女工。你家小芬今年九岁了吧? 虽说年纪小了些,可是看着你家正在难处,陈先生也就迁就了。这样你家里就少一张吃饭的嘴,多一个赚钱的人,难关也就渡过去了。"

"当女工,一个月能挣几个钱?"铁牛问道。

"是这样的,"陈胖子接过来说,"是我家大掌柜的想要个女儿。这样小芬去了,一半是女工,一半是小姐,福是有得享了。再说价钱也是顶了天的,这全是看在董先生的分上,而且你们也实在可怜。"

"啊,这是让我卖孩子啊! 不,我不能。"赵星海从椅子上跳了起来,又跌下去,昏过去了。

铁牛急忙把他扶起来,给他灌了一杯冷茶,他才慢慢苏醒过来。

"爸爸,……我看没有别的办法了,卖一口救全家,比全家都死了强。"铁牛忽然铁了心肠,"二先生,你说吧,这事我做主了!"

"不,让全家饿死也不能卖亲骨肉啊!"赵星海挣扎着说。

"酒,酒!"陈胖子向二古董递了个狡猾的眼色。

二古董马上倒了一碗烈酒,给了赵星海,使这位老人立刻昏沉沉地醉倒了。他们把他放在竹躺椅上,便又进行他们的交易。

二古董把他们早已计议好了的主意,宣布了出来:

"铁牛，你是明白人，今年小芬九岁，每岁就算六元钱，这是顶高的价码咧。六九五十四元。谷局长的钱就算二十七元吧，黄四爷的租子也可以折成现款，还他十五元，以明天的粮价作准。剩下的再偿还我那一小笔账，就算八元吧。其他的以后再说。自己爷们的事总好办。这样二十七加十五再加八，一共是五十元，你手里还剩四元。明天到谷家寨集上你可以买几升糙米。你看，这真是个万全之策咧。人人满意，皆大欢喜。哈哈哈……"

"你写契约吧！"

赵铁牛知道争执是没用的，况且他也不想争执，因为一提到钱就扯着心般地疼痛。

"契约早已写好了。"二古董把《论语》翻开，抽出一张毛边纸。他瞥了赵铁牛一眼，扯起长腔念道：

"立——卖——契——人——赵——铁——牛——，因——无——钱——使——用——，将——自——己——亲——生——女……"

"不要念啦！我画押吧！"赵铁牛悲痛地说。

"好，在这里打手模！"

铁牛的手颤抖起来，慢慢捺了下去，两点泪珠滴落在契约上。

"明天一早，就把小芬领来！"

赵铁牛似乎没有听到二古董说的话。他两眼死死地盯在红色的手模上。这红色的手模慢慢幻化开了，变成了一摊红色的血。这时他仿佛听到了女儿的惨叫声："爸爸，你好狠心啊！"

铁牛猛地扑在桌子上，像小孩子似的呜呜放声大哭起来。与此同时，谷中一、二古董、陈胖子却在坐地分赃，白花花的银圆在他们手里发出敲击的叮当声。

五

夜已经深了,铁牛扶着醉沉沉的父亲,回到了漆黑的小茅屋。

赵铁牛虽然没有喝一口酒,却仿佛醉得很厉害。他的头脑有些麻木了,像石头般地沉重而又空虚。他什么也不能想,什么话也讲不出,甚至连走路也是下意识的,本能地跟跄着前进。心里不知是什么滋味——忧愁、悲哀、愤怒、仇恨全都搅混在一起。他直觉得心口闷塞绞痛,好像又觉得根本没有心似的。他就这样昏昏沉沉,跌跌撞撞,穿过死寂不平的街道,搀扶着醉醺醺的父亲回到了家。

铁牛嫂听到脚步声慌忙从屋里跑出来。

赵铁牛定了定神,才发觉回到了家。他打起精神来和妻子一同把爸爸安顿好,才双双回到了西间里。

"孩子们都睡了吧?"赵铁牛的声音是微弱颤抖而温柔的,充满着深情和激动。

"嗯,那债……"铁牛嫂欲问又止。她希望知道有什么结果,但又害怕知道。

赵铁牛在这瞬间,决定了他的对策,至于他怎么想出来的,连他自己也不知道。他不由得和妻子并肩坐在床沿上,仿佛这样,便可以减轻内心的痛苦,增加抵抗不幸的力量。他极力克制着内心的痛苦,平静地说:"全凭二先生的说合,债算是清了。"

"什么?"铁牛嫂被这种神话般的奇迹吓了一跳,"是不是把地给抽走了?"

"不,"铁牛觉得刚才说走了嘴,便改口道,"我刚才是说快了,债嘛,等到好年景的时候再清。"

"真的?"铁牛嫂不相信世上有这般好事。

"可不真的！他们还借给我四元钱去买粮食呢。"铁牛从衣袋里掏出叮当响的四元钱。但他的泪水再也受不住意志的约束，从眼眶里涌了出来，滴在妻子颤抖的手上。

"你这是怎么啦？"妻子吃惊地瞪着丈夫，但她立即明白了，突然一把揪住铁牛的胳膊，颤声地问："你，……你是把小芬卖了吧？你……你好狠心啊！"接着就泣不成声了。

铁牛只是长长地叹了一口气，什么也没有说。他又能说什么呢？在这人吃人的社会里，他有冤向谁申，有苦向谁诉呢？

惨淡的月光从小窗口和墙壁的裂隙中照射进小屋，落在小芬和小蕙的脸上。

她们脸上挂着天真无邪的笑容，她们也许正做着美梦吧？在梦里，也许她们又看到了谷敬文坐碎了竹椅，四脚朝天地跌倒在地上的那种可笑的样子了吧？

这天真烂漫的笑容，使赵铁牛想起了小芬九年来所走过的短短的路程。

小芬这可怜的孩子，自从降生那一天起，可说是没有过过一天的好日子。她是在苦水里长起来的一棵苦苗苗。小芬自从七岁懂事以来，就非常体谅大人的处境。别人家孩子有好东西吃，她整天吃糠咽菜，和大人一同受苦受累；逢年过节，别人家孩子有新衣裳穿，而她却穿着大人的破衣改成的补丁摞补丁的旧衣衫，她也心满意足；她从没有浪费一粒米，也没有花过半文钱；自从八岁起，就跟在大人身后，割草、挖野菜、砍柴、放牛；在家时，帮妈妈烧火做饭，帮爷爷倒水拿烟；用她那天真欢乐的笑声逗引小妹妹；她还给黄老四家放鸭，直到眼前灾荒重了，黄老四把鸭卖了，才把她赶回了家。她又拖着艰难的脚步，摇晃着幼小的身躯到山上去刨葛根挖野菜……

铁牛想到这里，两手紧扯着胸口，仿佛要把痛苦的心抓了出来。

他仿佛听到小芬在质问他:"爸爸,我到底哪一点不好? 你为什么把我卖了? 爸爸,要是我哪一点不好,你就狠狠地打我一顿吧。爸爸,千万别把女儿卖了啊! 爸爸,你好狠心啊!"

铁牛叹了口气,他为自己辩护道:"小芬,难道爸爸愿意卖你吗? 爸爸有什么罪? 爸爸这是叫狗财主们逼的啊! ……"在这一瞬间,他心里的一切痛苦内疚顿时化作了一团怒火,使他每根毛发都倒竖起来:

"是谁逼我卖儿卖女的呢? 是谷敬文,是黄老四,是二古董——这些个满口仁义道德的家伙! 对了,原来是他们和人贩子串通一气,来趁火打劫坐地分赃啊。小芬,不要责怪爸爸吧,罪人应当是他们!"

铁牛想到这里,便狠狠地骂自己道:"我为什么这么无能呢? 我真是个废物,若是郝大成碰到这样的事会怎样呢?"铁牛想起了郝大成打张彪的事,"对,他一定不会像我一样去哀求他们,一定会把谷敬文的大肚子踢破,一定会把谷中一的算盘摔碎……他真是一个顶天立地的好汉子……我要学他!"

但是,这个念头并没有存留多久。他又想:"我和大成不同啊。他是一人做事一人当,我是一家五口有老有小的人,我一人有事要拖累全家啊!"

铁牛的思想混乱了,千思万虑,愁肠百折,……千万条主意不知道哪一条对。他的思绪就像一个乱麻团,费了一夜工夫,还没有理出一个头绪来。最后他又回到了董老二给他指出的老路上。

六

从黄家湾通往谷家寨的大路上走着两个人。他们一边走一边讲话：

"舅舅，你怎么从来没到我家来过？"小芬天真地问道。

"你爸爸没和你讲吗？我外出七八年了，我见你的时候，你还不会讲话哩！"陈胖子骗女孩子说。

"妈怎么一回也没有说起过你呢？"

"嗯……"陈胖子一时回答不出来。好在小芬又提出了新的问题：

"缝衣裳是用针呢还是用洋机呢？"

"当然用洋机啰。"

"洋机才好玩哩，我在谷家寨集上见过。老高老高的，我要是够不着洋机怎么办？"孩子为她的美好的职业抱着多大的好奇和兴趣啊。

"难道你不会长高吗？……唉，你看，前面来人了，你认识他们吗？"

小芬看了一眼，忽然高兴地叫起来："认识，认识，是郝叔叔和史少平叔叔呢，他们打铁回来了。"

陈胖子听说郝铁匠，就像偷吃的狗看见举起的棍棒一般，慌忙把小芬拉到了路边的树丛里，把她掩在背后，自己假装点烟。

郝大成和吴可征分手后，吴可征的那些话一直震撼着他。他深思着，并没有注意他们，挑着担子走了过去。转过一个山坡却碰上了垂头丧气的赵铁牛。

"啊，大成，少平，你们回来啦，从谷家寨来吧？"铁牛首先认出了他们。

郝大成猛然放下了担子："嗳，是铁牛哥，你病了还是怎么的？脸色这么难看。我竟没有立刻把你认出来。"

史少平也放下了担子。他们便亲热地搭讪起来。"乡亲们都还好吧？"大成热切地问。

赵铁牛本想漫应几句搪塞过去,但他实在忍不住了,眼泪簌簌地落下来,悲叹道:"一言难尽啊!"

　　"出了什么事了?"郝大成急急地追问道。

　　"不瞒兄弟,我……我把小芬卖啦……"赵铁牛哽咽着说。

　　"孩子呢? 卖到哪里了?"

　　"就在前边哩。"

　　"刚才我们碰到的那两个人就是了,"史少平猛然醒悟道,"怪不得他们躲到路边上呢。"

　　"你们在这里……"郝大成说了半句话,便车转身子追去。赵铁牛也随后跟着跑起来。

　　"先生,这孩子你不能领走!"郝大成拦住了陈胖子和小芬的路,声音尽量放得平和些。

　　"郝叔叔,他是我舅舅。"小芬不知发生了什么事,吃惊地瞪着两只大眼睛。

　　"他不是你舅舅,他是人贩子!"

　　小芬立刻明白受了骗,便挣脱了陈胖子的手,扑到郝大成的怀中哀求地喊道:"郝叔叔,我要回家!"

　　这个陈胖子并不是什么省城来的二掌柜的,他是河西会的大流氓,名叫陈三元,平时以聚赌为业,荒年便贩卖人口。他虽然不认识郝大成,却也听说过他的名声。

　　"先生,我不懂你这是什么意思!"陈三元故作镇静地说。其实他并不是真不懂郝大成的意思,而是想争取一个时间来考虑他的策略——是硬的还是软的。最后他决定采取软的,便假惺惺地笑着说,"你大概弄错了吧,我并不是拐带,也不是人贩子,是想雇一个女工,是……是学徒。"

　　"我不管你是干什么的,孩子不能领走!"郝大成坚决地说。

　　"可是已经立了契约了!"

"可以毁掉!"郝大成斩钉截铁地说。

"我是花钱买的,又不是抢的偷的! 你讲不讲理?"陈三元也变得生硬起来。

"钱,可以还你!"

"哼,就怕赵铁牛还不出来!"陈三元冷笑道。

这时赵铁牛正巧从后面赶上来。

郝大成说:"铁牛哥,把钱还给他!"

铁牛结结巴巴地说:

"我身上只有四块钱,别的都还了谷敬文、黄老四和二古董的债了。"

"把四块钱给我!"郝大成接过铁牛手里的钱,交给了陈胖子。"把契约拿出来!"

"可是这只有四元,"这个流氓比谷福生滑头得多,好汉不吃眼前亏。他懂得郝大成这样的人是天不怕地不怕的。既知道郝大成拳头的分量,也知道郝大成的脾性。便继续说道,"郝师傅,我很佩服你的为人,不过,我只是二掌柜的,也是端人碗受人管的人,你该不会让我赔上老本替赵铁牛还债吧? 还足足差着五十元哩!"

"你要怎么办?"郝大成摸了一下自己的口袋,他打铁打了一年,现在还剩下三元钱了。他拿了出来,却又突然改变了主意,把钱交给了赵铁牛:

"铁牛哥,你把这钱拿去,快到集上籴粮去,粮食一眨眼一个价。小芬的事交给我办好了。"

"大成兄弟,这可万万使不得啊……"赵铁牛眼泪汪汪地看着这三元钱。

"铁牛哥,"郝大成向他瞪起了眼睛,"你还不知道我的脾气吗? 快走吧!"

赵铁牛感激涕零地拿着钱走了。虽然他还不懂得什么叫阶级友爱,但他心中却注进了一种新的东西。这新的东西把他的心灵溢满了,他感到了温暖,感到了幸福,感到了力量。

陈胖子盘算了一下,找到了一条出路。他说:"谷敬文的账房先生还在黄家湾催债,我的钱就落在他的腰包里,你给我讨回来,我甘愿跟你再跑一趟。"

"那也好。"郝大成点点头,拉着小芬的手,便和陈胖子向黄家湾走去。

傍午时分,上集的人早已过去,下集的人还没有回来,路上是静悄悄的。再说这是荒年,也不像往常一样了。穷人虽然急需上集籴些糊口的粮食,却又没有钱,更没有可卖的东西。大成他们走了一段路并没有碰到什么人。快到黄家湾的时候,便碰上催完债回谷家寨的谷中一。他肩上的钱褡子沉甸甸的,不知装满了多少贫苦人家的血泪和性命!

"这真是巧上加巧啦。"郝大成辛辣地向谷中一笑笑,"好久没见啦,谷师爷,你可是财运亨通啊!"

"嘻,嘻,嘻……托福,托福。你……打铁生意好哇?嘻……嘻。"狡猾的谷中一向小芬、陈胖子看了一眼,明白了发生的事情。

"别客气。"郝大成放下了担子,带有几分讽刺地说,"我正有事'求'师爷呢。"

"唉,还讲什么求不求呢,有什么事就只管说吧,只要我这个小管账的办得到,无不从命,嘻嘻……"谷中一向郝大成躬了躬腰。

"借五十元钱给我!"

"这……这我可做不了主啊。"谷中一畏缩地说,"你是知道谷局长的脾气的。"

"你是怕我还不起?"郝大成声调里带着几分威胁。

"不是,绝没有那个意思。"

"凭什么不借给我?我知道谷敬文的债务是由你一手包办

的。"郝大成的火气慢慢升起来了。

"这利息可怎么说?"谷中一害怕自己吃苦头,便改口说,"要是低了我回去没法向局长交代!"

"利息随你定!"

"别人是三分,就算你二分半吧!"谷中一讨好地说。

"干吗对我讲情面? 给我也是三分吧! 要不四分也行。利息越高越知道借债的味道。"

谈判成功了,谷中一记了账,郝大成画了押,把借来的钱转交给陈胖子,然后把小芬的卖身契讨了过来,几把撕得粉碎。一阵燥风把纸片旋卷起来,吹散在路边荒草里去了。

郝大成和陈胖子等人分道扬镳时,他听见背后传来恶狠狠的怒骂声:"哼! 看你逞强到几时!"

郝大成冷笑了一下:"那咱们就走着瞧吧,看到底谁能强过谁!"

七

这样一段过长的往事,在郝大成和赵铁牛的记忆中,很快就闪过去了。

"铁牛同志,"郝大成说,"我们革命绝不只是为了报个人的仇,也不是为了一家人过好日子。那样,个人的仇是报不了的,自己一辈子也不会过上好日子,就算个人的仇报了,自己也过上好日子吧,我们能只顾个人吗? 我们能丢下穷苦兄弟们不管吗? 不能!绝对不能! 那样自私的人算不上是真正的革命战士。……"

郝大成这些晓之以理,动之以情,既有严格批评,又有关怀体贴的话,使赵铁牛深深地感动了。

"大队长! 你把我从梦中唤醒了。"赵铁牛悔恨地绞着两手说,

"自从九里十八坪突围出来,我就天天计算着日子,老是想着自己的家。大队长,你说得对,革命不能只想到自己的家,也不能按日子算,革命要想着大家伙,革命就要革一辈子啊!从今以后你看吧,革命要我在哪里我就在哪里,革命要我做什么,我就做什么!我赵铁牛是说话算话的人啊!"

赵铁牛说着,从子弹袋里掏出了那把日夜数着的干柴棒来,狠狠地掼到荒草丛里去了。

郝大成紧紧地握着赵铁牛的手,深情地说:"铁牛同志,我相信你!"

郝大成有力的手和深情的话,使赵铁牛感到一股力量流遍了全身。使他感到了满腔热血在奔流,激动的心在狂跳!沉痛、苦恼、惭愧的情绪没有了,振奋、幸福和渴望战斗的激情在冲击着他的心!

"大队长!你去睡吧,你太累了!"赵铁牛用颤抖的声音说,这声音里包含着关切和恳求。

"你先去睡吧,我不困,我到哨上去看看。……"

郝大成和赵铁牛从草坪上站起来。郝大成向哨位走去。赵铁牛看着郝大成在月色里显得更加高大的身影,听着他那坚定有力震动着山野的脚步声,深深地叹了一口气:"唉,大队长,你的担子有多重啊!"他的鼻子忽然一酸,两眼涌满了泪水。

在哨位上,郝大成碰见了查哨的罗雄。

"大队长,你放心地睡去吧,你太累了。"罗雄不善于表达细腻的感情,用平淡的话说出他对大队长的深沉敬爱和关切,"本来我想去找你,怕你累……"

"有什么事你就说吧。"

"唉!"罗雄叹了一口气,这在性子比铁石还硬的黑汉子来说是少有的，"我不会做工作，叫大队长多操多少心啊。"

郝大成笑笑说："什么时候学得这么婆婆妈妈的啊，有话你就直说嘛。"

"铁牛的错误我有责任！"罗雄直直地说。

"哟？"郝大成不由一阵欣喜。他感觉到这个不太善于动脑筋的中队长，在这次事件中成长了。"来，找个地方，我们好好谈谈。"

他们俩坐在离岗哨三十步远的地方。月光透过树林的枝叶，像银花一般洒落在他们的身上，随着树枝的晃动，这些花般的亮光跳动着。那淙淙的流泉，沙沙的松涛，仿佛是给这和谐的倾谈配上的音乐。

"你说，你的责任在哪里？"

"我又犯了粗暴简单的毛病啦。唉，我这个鬼脾气，明知不对，可就是改不掉。如果它是个疮，我能一刀把它挖了，是个瘤，我能一刀把它割了，可这脾气……"罗雄自责地用拳头捶着膝盖。

"看，你又要犯简单急躁的病了，用刀挖用刀割的。"郝大成笑笑说，"铁牛嘛来得个慢，你呢来得个急，套在一辆车上哪有不抵角的？听说你们差点干起来。"

"可不，"罗雄忍不住笑笑，心情变得轻松些了，"差一点抢了皮槌，全怪我不会做思想工作。铁牛说他做了个噩梦，可我命令他睡觉去！他的错就出在我这个简单粗暴上。"

"你应该好好地和他谈谈，讲讲道理给他听。他要离队，你我都有责任，铁牛也有错误，这可要分清楚。他有家乡观念，有单纯的复仇思想，对革命的前途看不清楚，还没有完全搞清个人和阶级的关系，所以他很容易受黄国信的错误主张毒害。你不是一个普通的战士，是一个党员，是一个指挥员，你应该帮助他解释清楚。"

"我苦恼就苦恼在这里，叫我抢枪杆子行，叫我讲革命道理可就难了。"罗雄说，"这回叫我看守营地，嗑瘪子可不轻，对黄国信那一套,我是很气愤的,可就是不知道怎么才能驳倒他! 对那些受了黄国信毒害的战士,只是发脾气动肝火,不会做细致的思想工作,这一下我可领教了,思想工作是不能松啊。"

"你说是嘬瘪子吗? 我说这是个大好事。我看你开始学会动脑筋了,这是个锻炼,是个大进步啊! 让人背着走,一辈子也学不会走路啊。"

"这回可好,你大撒手了,若不是少英扶着我,非跌个大跟斗不可!"

"吃一堑长一智,跌个跟斗也没有什么了不起,"郝大成宽慰地说,"爬起来再走,那就走得更扎实了。"

"我觉得学习挺难的,比抡枪杆子难多了。"罗雄很想和大队长谈心。

"学习理论,学习文化,当然很难,学会抡枪杆子也不容易。不管政治、军事、文化都要好好学习,要文武双全嘛。干革命死都不怕,还怕难吗? 罗雄同志,你当我就不难吗? 我也难啊! 我们都很年轻,我们经验少,能力差,挑这重的革命担子,哪有不吃力的呢。可是,党和革命需要我们挑重担,就是担子再重,我们也要挑啊,而且一定要挑好。……"郝大成本来想找肖应良和王永祥谈一谈的,说到这里,他忽然想到,应该叫罗雄去和他们谈谈,是应该给他肩上加载的时候了。于是他说:"罗雄同志,你应该找肖应良和王永祥谈谈。"

"行,就怕谈不好。"

"我说能谈好,总不至于再抡了皮槌吧?"

罗雄嘿嘿地笑了,在这寂静的夜里,这笑声显得格外欢快,格外爽朗。

郝大成这些语重心长的话,罗雄听了心里觉得分外亲切温暖,仿佛骤然增长了几岁,他说:"大队长,你就拿出打铁的劲来,狠狠地敲打我吧！越狠越痛快啊！"

"罗雄同志，你说的'敲打'很有意思，我们不光善于敲打别人，也要敢于敲打自己。我们不能等别人来敲打，还要经常自己敲打！一个革命者，是不怕敲打的！让一切艰苦困难来敲打我们吧，只会把我们敲打得更坚强！"

第十章　这也是战斗

一

　　吴可征睡在一张带有蚊帐支架的木床上。他感到唇干舌燥、浑身酸痛无力,呼吸窒闷,好像有熊熊烈火在他身边烧烤。他除了感到难忍的闷热之外,一切都是恍恍惚惚。过去发生的事情,时断时续地在他头脑中闪现着。他想到白马山峡谷,想到突围后的部队,想到郝大成……他还没有把这些片片断断的回忆连贯起来,虚弱、疲乏和连日高烧又把他拖进昏昏沉沉的梦境里去了。

　　模模糊糊的梦境:他仿佛又回到了炮火连天、烟雾弥漫的战场,他和郝大成带领着战士们冲杀。山草树林全都着了火,……

　　突然间,那些熊熊的烈火,化成了漫山遍野的红旗……红旗飘舞着,像红色海洋的万顷波涛。在这万千红旗之上,他看到一座高入云霄的山峰。在那山峰之上,有一面分外鲜艳的红旗,这红旗奇大无比,放射着红色的光辉,像明丽的朝霞映红了碧蓝的天空。……吴可征感到全身突然间充满了神奇的力量。他的心在猛烈跳动,他的血在胸中沸腾,眼望着那面红旗,向那座高山跑去。……不禁大喊了一声:"啊! 井冈山!"

　　"吴同志醒了,快端过来。"

　　吴可征的耳畔响起了欢悦的声音,这是一个陌生的妇女的声音。他用力地睁开沉重的眼睛,强烈的阳光,使他眼睛受到刺激,重又闭了起来。当他再次慢慢睁开蒙眬的眼睛时,他看见几个模糊的身影,围拢在他的床前。接着又慢慢地清晰起来,首先看清楚的是一头白发的布满皱纹的老妈妈的脸。这脸面是那样的慈祥,神态是那样的亲切。吴可征忽而感到这张脸并不陌生,这就是他妈妈的脸。这时,老妈妈正从一个青年手里接过一碗散发着浓香味的金黄色鸡汤。

"孩子,你快喝吧,一直煨在火里,还不凉。"

"大妈！谢谢你老人家！"吴可征想坐起来,用力挣扎了一下,一股钻心的疼痛,使他重又躺下了,脸上滚下了豆粒般的汗珠。

"别动,别动！"老妈妈着急地说,"彭医生嘱咐了,叫你别动,我喂你！"

老妈妈用粗瓷羹匙在碗里舀了一匙漂着一层黄油的鸡汤,送到吴可征枯涩干裂的唇边。……

吴可征一匙一匙地吃着鲜美喷香的鸡汤,他没有推辞,他知道在这种情况下,任何感激的话都是多余的。一碗汤很快就吃完了。老妈妈脸上露出难以抑制的欢乐笑容,她对吴可征的胃口感到很满意。

吴可征望着大妈那亲切的脸,心头翻起一阵热浪,一句饱含着无限感激的话不由得冲口而出:"大妈,真是麻烦你老人家了。"

"哎呀,孩子啊,"老人还不习惯用同志这个词,"一家人不说两家话,我就是盼咱们红军兴旺起来,……打土豪,分田地,那咱们穷人可就有好日子过了。"

"红军一定会兴旺起来的！"吴可征说,"我怎么没见彭医生呢？"

"他给二虎看病去了。这孩子为了向财东家讨工钱,叫那些狼心狗肺的东西打伤了,打得皮开肉绽的,看了真叫人心疼哟。"老人眼圈有些红了！

"我们一定给乡亲们报仇。"吴可征说,话语里充满着力量。

"哎呀！你可醒过来了！"彭志超匆匆忙忙地一步跨进来，听见吴可征在说话，他高兴得想在地上跳上几跳。

"老彭，咱们什么时候回部队啊，"吴可征说，"我觉得精神很好了！"

"什么？"彭医生把眼珠子瞪得圆圆的，"你开什么玩笑？半个月以后再说吧。"

"半个月？"老妈妈插进来说，"没有一个月别想出我们这个穷山村。"老人玩笑地说，"你不帮我们打几担柴挑几担水，我可不放你走啊！"

吴可征感激地向老人笑笑说："好啊，我听大妈的话，不走了，在这里安家啦！"

老妈妈满意地笑笑："我巴不得把你们留下。你不好利落就走，那你可要伤我老婆子的心了。你好好歇着，我去看看二虎去，这孩子好了，准得跟你们当红军去。"

"那真是感谢乡亲们，我们一定带他一起走！"

吴可征等老妈妈走出去之后，严肃地对彭医生说：

"老彭，我觉得好多了，伤口也不太疼了，我们得赶快回部队去！"

"你当我不急吗？"彭志超带有几分委屈地说，"你那伤口里，有指甲那么大的一块弹片，要开刀取出来，不然伤口难以愈合。光急就能把弹片急出来了吗？"

"那就快开刀吧！"

"开？开刀可不是挑根刺，就那么容易吗？不具备三个条件我不能给你开！"彭志超坚决地说。

"三个条件？"

"第一要把身体养好，第二要完全退烧，第三要把麻药买来。"

"什么？还要买麻药？"吴可征真是急起来了，"在药品极端困难的情况下,不用麻药开刀,又不是稀奇的事,为什么别人无麻药能开,我就不行?"

"你连伤带病,又发高烧,身体太虚弱了。"彭医生坚决地说,"非用麻药不可!"

吴可征问:"到哪里去买?"

"夜里我已经托人去了,进省城去买。在药店里学徒时,我有个师兄在药房里做事,他也许能买到。"

"省城? 我的天! 来回就得十几天!"

"正好,那时你的烧就会退了,身子骨也会硬了。……"

"不行!"吴可征看着彭志超那从容不迫的样子,真是急得心里直冒火星子:"难道不用麻药,你就不能把那块弹片剜出来吗?"

"看你说得多么轻巧,"彭医生不满意地说,"你那身子不是肉长的? 刀子进去搅半天,你能受得了?"

"老彭同志,我不是任性的孩子。部队急需我们回去,这种时候,在床上多躺一分钟,我都难以忍受。你不要忘了,我们都是共产党员,我受得住,这是革命的需要,你给我开!"

"不,这是科学,我要对革命同志负责! 我不能开!"

"彭医生,我们都是在战场上拼杀过的人,就是敌人的刺刀戳进胸膛,我们都不会叫一声。你那把小小的手术刀扎到身上,还不是像蚊子叮一口?"

"不,你受不住!"

"现在弹片就是最凶恶的敌人,你要帮我把这个敌人打倒才对。志超同志,大敌当前,你要拿出勇气来,这也是战斗啊!"

"不,你受不住的! 你忘了,你现在是发着高烧啊,三十九度九,可不是开玩笑的事。"

彭医生举了举体温登记表,好像要用它来证明一下开刀的严重性。

吴可征苦口婆心地说不动医生。他对这位固执的医生已经失去了忍耐性:"志超同志,我是党代表吧?"

"是啊!"彭志超奇怪地看着吴可征那火红的脸,不知这是什么意思。

"我以党代表的名义命令你……"

"可征同志,"彭志超感到了难以承受的压力,从凳子上跳起来,"你是伤病员! 我以医生的名义……"一阵难言的委屈,涌上心头。

其实双方的心情互相都是了解的。对于吴可征来说,他十分理解彭志超的慎重,在没有麻药,没有其他应有设备的最简陋的条件下,给一个身体虚弱,发着高烧的病人开刀,这是可以轻易下决心的吗? 不到万不得已,他是不能下这个决心的!

对于彭志超来说,他又何尝不理解党代表的焦急? 部队处在极端艰苦困难的情况下,处在何去何从的紧要关头,这种时刻他离开了部队,这将使他何等难以忍受,就像一个战士在激战方酣的时候,他突然离开了战场,看着战友们在和凶恶的敌人搏斗,那将是何等焦急? 不! 就是他身负重伤,他也不会走下火线,只要有一口气,他就要拼杀,就要冲锋,就不会放下武器退出战斗。一个战士,在革命最需要他战斗的时候,他就是死也决不会离开战场。

想到这里,委屈的情绪消失了,而变成一种激动而又崇敬的感情:"党代表!"彭志超长叹了一声,"这很危险,在你身上,我,我不能冒险啊。"

"不,这不叫冒险,一个战士,面对着敌人的炮火向前冲锋的时候,谁能说他是冒险呢? 这是勇敢! 在党需要我们冲锋的时候,敌人的炮火再猛也要冲锋啊,更何况你的麻药不一定能买到。……弹片不取出来,伤口不能愈合,烧也许退不了……"

吴可征这些郑重而恳切的话,是具有不可抗拒的力量的。彭志超站在床前，盯视着吴可征那因高烧而红晕的脸，愣怔了好一阵子，党代表那沉静刚毅的神情，那充满自信热情的目光，使他产生了信心和力量。开还是不开呢？他的思想在经历着一场复杂而剧烈的斗争。

在他这种徘徊莫决，犹豫不定的时刻，吴可征又进一步给他鼓舞和力量："志超同志，你应该相信一个共产党员的精神力量。你还记得咱们转战在白马山的时候，在暴风雪的夜晚，大家又饿又冷，郝大成同志说的那句话吗？他说，'就是再困难我们也能坚持住！共产党员，革命战士的身体是肉的，可是精神却是钢的！'……"

彭志超为难地说："党代表，你讲的是革命的需要，是精神的力量，可是，这里面还有个科学问题啊。"

"好吧，"吴可征说，"你既然这样重视科学，我就拿科学来考考你吧，你说一个战士，他的脚被子弹打穿了，应该怎么办？"

"那就应该立即包扎，上担架。"

"如果在激烈的战斗中，既不允许他包扎，更没有担架，而且还需要他跑路呢？"

"那是不可能的。救护人员应该救护他！"

"恰恰相反，不是别人救护他，而是需要他去救护别人，同时还要战斗，还要翻山越岭。……"

"这是不可能的！"

"用你的科学观点看来，似乎是不可能，但这却是事实，我可以给你找出证人来。"

"我不相信有这样的人，除非他是铁打的钢铸的！"

"这个人离你并不远。"

"谁？！"

"郝大队长！"

彭志超不能不相信了："我怎么第一次听说？"

"因为你到部队里来得晚。"吴可征兴奋地说，"那是一九二七年的夏天，在一个乌云翻滚的夜晚，县委正在开区乡党的负责人联席会议。国民党的一个连突然包围了县委住的大院。县委立即组织抵抗，因为这个大院是一家土豪的房子，有比较牢固的院墙，敌人一时冲不进来。可惜我们的武装人员太少，只有十几个农民自卫队在警卫，其余的人员，都是短枪，一直抵抗到拂晓。就在这一夜，各村寨都在响枪，国民党预谋的大搜捕大屠杀全面展开了，各区乡党的机关都遭到了敌人的袭击。我们的子弹都快打光了，同志们已经伤亡过半，县委书记也负了重伤。可想而知，如果在县委开会的干部全部牺牲，那给党的工作带来的损失是难以估量的！

"正在万分危急的时候，敌人忽然乱了阵脚，惊慌得纷纷向两旁闪开。郝大成同志带着一支五十多人的自卫队，沿路打退敌人的数次拦截，从五十多里外赶来救援县委，他们把敌人的包围圈撕开了一道口子，把被围人员接了出去。郝大成同志在冲进大院的时候，他的左脚被子弹打穿了。但他命令自卫队员抢救伤员，而自己背上县委书记，和被围的人员一道，又在重新围拢来的敌群中杀开一条血路，冲了出去。敌人在后面尾追着，郝大成同志背负着伤员，边打边撤，终于摆脱了敌人，到了豹子山上。由于失血过多，他昏倒在一棵大橡树下。……

"在深山老林里，根本谈不上医疗条件，不用说麻药，就是连一把手术刀也没有。他的伤口化了脓，只能用布条蘸着盐水洗，可是伤口里面的烂肉刮不出来，伤口难以愈合。战斗和工作等待着他，于是他建议用布条拧成捻子，穿进伤口，把烂肉拉出来。看护的同志把用盐水泡过的捻子穿进了伤口，可是她怕郝大成同志受不了，不敢拉。

"郝大成同志急了，猛然坐起来说，'怕什么？脚是肉的，可精神是钢的！'便自己揪住捻子的两头，在伤口里拉锯般地拉了三个来回，然后猛力一拉，把捻子拽了出来，鲜血随着拉出来的烂肉向外涌，……半个月，伤口就愈合了！……"

"天啊！"彭志超惊叹道，"这得需要多么大的毅力啊！"

吴可征继续说："志超同志，部队急需要我回去，也急需要你回去。同志们在等着我们！战斗在等着我们啊！"

"好吧，"彭志超把牙一咬，下了决心："五天之后我给你开！"

"不，最迟也不能超过明天！"

黄四楞的到来，暂时打断了医生和病人的争执。吴可征没有让黄四楞喘口气，就急切地询问着部队的情况。由于黄四楞不善于描述细节，吴可征不得不一句一句地追问：

"四楞，你说大队长带着三中队，第二天就下了山？"

"是的，我和他一块下山的，到了山下，我们就分开了，他们向西到崖头沟去，我就向南到这里来了。"

"史少平他们有消息吗？"

"大队长派陈大雷找他们去了。"

"摆脱了敌人，大家情绪怎么样？建立农村革命根据地的事有些什么进展？"

"大家情绪很高！"黄四楞忽然神态一变，他想起了荒山野营之夜，他和黄国信的争辩，琢磨着说，"有的也不高，赵铁牛就想回九里十八坪去。"

"黄特派员怎么说？"

"他呀，"黄四楞愤愤地说，"我看他的情绪就不高，他现在又主张什么分散隐蔽，流动游击啦。"

"什么？分散隐蔽？"吴可征忘记了伤口的疼痛，焦急地猛然坐了起来，"你再想想，他到底是怎么说的！"

"他说，部队分散目标小，容易隐蔽，是保存力量的好办法。"黄四楞极力思索着当时的情景，"宋少英、罗中队长都不听他那一套，可是有人听，还说他讲得有道理呢。"

"大队长呢？"

"他指挥部队设营、吃饭，又安排岗哨、检查武器，又给我们做思想工作。……什么事都得他管，忙得连口气也来不及喘。"黄四楞脸色一沉，难过地说，"大队长难啊，他瘦了！"

"瘦了！"这两个字锥子般地刺进了吴可征的心里，眼前升起一阵潮雾，忽而用不可反抗的口吻说："彭医生，不是明天，今天你就得给我开！"

二

木板床因为有支架妨碍不能做手术，吴可征躺在门板搭成的"手术台"上。他仍然发烧，但两天来的休息、滋养和细心的照料，使他的体力恢复了不少。此时，他的心情就像一个即将奔赴战场的战士，怀着战斗的豪情，抱着必胜的决心，抖擞起全部精神，准备迎接即将来临的战斗。

可以想象得出，肉体的痛苦将会怎样地折磨着他，但他此刻却没有想到这些。黄四楞的到来，完全把他的心引到南屏山去了。他十分担心黄国信的错误思想，加上他所处的特殊地位，将会给部队带来严重的后果。

在这样严重的关头，他恨不能立刻飞回部队去。他想到了郝大成、宋少英、罗雄那些亲密的战友；想到了和他一起出生入死的那些战士们；想到了坚强的党支部。他相信一定能够排除各种阻挠和干扰，沿着井冈山的道路前进。

吴可征通过自己的想象：他仿佛看到了那紧张、艰苦而又充满欢乐的战斗生活；他仿佛看到了同志们那亲切、振奋、乐观的面影；他想象着自己不久就可以回到这个战斗集体中去了，内心里充满着战斗的渴求和喜悦。

山村的茅屋里，弥漫着碘酒的气味。彭医生已经做好了一切准备。气氛严肃而又紧张，很像是激战前的沉寂。

黄四楞扶着党代表的身躯。由于心情过分紧张，手术还没有开始，他的额上已经滚动着明晃晃的汗珠子了，好像开刀的不是党代表，而是他自己。

彭医生握起在沸水里煮过的手术刀和镊子。他说："党代表，我教你个减少疼痛的办法，你若是受不住了，就把毛巾咬在嘴里，……"

对于一个医生来说，在没有麻药的情况下，想出各种办法减少病员痛苦的心情，是可以理解的；但是，对于吴可征来说，那是绝对不需要的。

吴可征不由得微微笑道："你就放心吧。"

"扶好！"彭医生用眼睛对黄四楞说。

一阵剧烈的疼痛，随着尖刀的刺入，从创口传到了肺腑，扩散到全身！吴可征咬紧牙关，握紧双拳，全身一阵颤抖、痉挛，不知是冰冷还是火热，他收紧了全身。

彭医生向吴可征的脸看了一眼："疼吗？"

"……"吴可征紧咬着牙关没有回答，那挂满汗珠子的脸上，露出一个微笑，意思是说："你就放心大胆地干吧！"

"多么坚强的人啊！"彭医生心头涌起一股钦佩的热浪，但他立即制止了这种冲动的感情。

黄四楞的汗珠子向下滚动着，这个粗壮的黑大汉，有些受不住了，他的扶着党代表的手在颤抖着。

"嗯，四楞……你可要沉住气啊……"吴可征断断续续地安慰着他。

又一阵剧烈的疼痛……

吴可征全身一震，眼前一阵昏黑，飞溅出无数金星般的火花。

"好了！"

吴可征在昏晕中听到彭医生如释重负地舒了一口气说，"这真是一场战斗啊！"这声音仿佛是从遥远的地方传来的，微弱而又模糊。

"老彭，我们把敌人打败啦！"吴可征的声音只是在喉咙里喃喃了一下，脸上挂着胜利的微笑。在这场同"疼痛"这个敌人的恶战中，他耗尽了全部精力，安然地睡了。

黄四楞提在喉咙里的心，才算落了地，用胳膊肘子抹了抹脸上的汗。……

彭医生用镊子夹着黑色的弹片，举在手里看了看这个被征服了的"仇敌"。他觉得一阵晕眩，便赶紧靠在床上，衣服已经被汗水浸透了。在这场激烈的搏斗中，他也耗尽了全部的力气。他活了四十年，今天才彻底地认识了一个共产党员的精神力量。有些事情初看起来，是不可能做到的，可是，只要有坚定的决心，有坚强的意志，有坚忍的毅力，就会产生出惊人的力量，就会创造出人间奇迹！

三

山村的夜晚，寂静而又神秘，群山沐浴在银灰色的月光里。

粗糙的自制的方桌上，亮着一盏桐油灯，红豆般的火舌在跳动着。整个小屋里散射着微弱的光亮。彭医生、黄四楞坐在方桌边，吴可征背后垫着被卷，半躺着，弹片取出来之后，他已经能转动了。

"老彭啊，我们后天就可以走了吧？四楞可以等我们两天，咱

242

们一道回南屏山。"

"不行！"彭志超做出毫不让步的架势说，"这不能像开刀那样，那是越快越好，你无论如何得疗养一段时间，伤不合口，我们不能走！这是我当医生的权力。"

吴可征看看彭医生是那样的坚决，也觉得他讲得有些道理，不想再跟他争下去，便无可奈何地说："那咱们什么时候才能走呢？"

"党代表，你就安心养伤吧。"不善于表达感情的黄四楞说，"我回去向大队长报告一下，叫大家放心，过十天半个月我们再来接你。"

"不要派人接了。"彭医生说，"你回去对大队长说，这里乡亲们很好，有好几个青年小伙子提出来，要送党代表回部队，二虎就是头一名，然后他们就留下当红军。大队长工作忙，担子重，这里都很好，不用叫大队长挂心。就是……"

"就是什么？"吴可征笑笑说，"你是不是想告我一状啊？"

"对，"彭志超故作严肃地绷着脸说，"我就是这个意思，就是你不安心休养。"

"那好吧，我认错了。"吴可征说，"那你把灯端过来，我给支部写封信，明天一早，就叫四楞同志回去。"

"不，你不能转动！"彭志超关怀地说，但他看了看吴可征为难的神色，然后说，"你说吧，我给你代笔！"

"这不好，大队长和同志们以为我连信都不能写，会不放心的！"

"四楞同志回去还说不清楚吗？"彭志超打开了药包，从里面抽出了几页毛边纸，仔细地铺在灯下，又从口袋里摸出了一截铅笔，"你说吧。"

吴可征口述着：

党支部并大成、国信同志：

　　我的病情已经明显好转，弹片已于昨天取出，身体已能转动自如。由于彭医生的坚持，只好请他代笔。……

　　写到这里，彭医生把笔停下说："你可真会争取主动，倒先告了我一状。"

　　吴可征也笑笑说："这叫'木匠戴枷，自作自受'，赶快接着写吧。"

　　……很想念大家，不久就可以归队和你们并肩战斗了。

　　这几天，彭医生借给群众治病的机会，做了很多社会调查……

　　"还写这个做什么？"彭医生又停下了笔。

　　"为什么不写？这叫赏罚分明嘛。"吴可征又继续口授。

　　……我也想了很多很多。我们按照井冈山的道路，找一个有利于革命力量发展的地方扎根，我们这个决心是对的。

　　……根据我们在这里了解，四岭山区是个扎根的理想的地区，那里有受大革命影响的群众，有党的活动，这就是我们扎根的基础。同时，新的军阀混战，使敌人无暇顾及这样的地区。但那里情况还是比较复杂的。一定要作好调查研究，作好充分准备，创造进入这个地区的有利条件。

　　井冈山根据地的发展和兴旺，充分证明了井冈山道路是中国革命唯一正确的道路。我们应该坚定不移地走井冈山的道路……

　　"党代表，你说到这里，我对黄特派员还有个意见。"四楞愤愤地说。

　　"有什么意见，你说说。"吴可征很喜爱地看着这个憨厚耿直敢于向领导提意见的同志。

　　"那天行军的夜里，围着火堆，大队长叫我们大家谈革命理想，

244

说得我们可开窍啦。可是黄特派员总是对建立根据地抱怀疑态度,还说我们别说扎不下根,扎下根也脱不了叫敌人连根拔!……"

"哦? 还说些什么?"吴可征深感事态的严重。

"别的我记不清了。一句话,我看他是看不起穷山沟,看不起我们这些黑泥脚杆子。……"

"四楞同志,你说得很好,以后要学会动脑筋,是对是错都要好好想一想。这种怀疑态度不只是看不起穷山沟,更主要的是对革命前途的悲观失望。……"吴可征同志分析着这些情况,心里很是不安,伤口在隐隐作痛。忽然他脑子里蹦出一个念头:"黄国信啊,你可不要成为嵌在这支部队身上的弹片啊!"吴可征对执笔待书的彭志超说,"你继续往下写吧。"于是他那斗争的决心,必胜的信念,全都顺着彭志超的笔尖闪耀在纸上:

　　不愿意过艰难困苦的生活,不愿意做深入细致的群众工作,那就不是坚定的无产阶级革命者。那些"左"倾盲动主义者,在事实面前遭到惨败后,又产生了悲观失望情绪,看不见新的革命高潮即将到来。我们一定要同悲观失望情绪展开斗争;一定要同各种错误思想展开斗争。同志们啊,我们在革命最困难的关头,要坚信胜利一定属于我们。透过浓密的硝烟,我们将看到革命胜利的壮丽远景!

　　祝同志们工作顺利!

吴可征把信重复地看了几遍后,签了名。

第十一章　较　量

一

黄四楞带着吴可征的信回到南屏山时，支委会议正在激烈地进行。

宋少英列举着黄国信的错误言行，还没有说完，黄国信就从木墩子上跳了起来。他认为打头阵的是宋少英，指挥作战的却是郝大成，火气不由得增加了三分。他把桌子一拍愤愤地说：

"我觉得这不是研究问题，这是借题发挥，借故整人！少英同志，你说分散隐蔽、流动游击是错误的，你凭什么得出这样的结论？我认为只有这样才能保存革命力量。集中，集中有什么好？如果白马山峡谷突围不成功，还不是让敌人全部消灭掉？……"

"我不同意！"宋少英也激动地站起来，但郝大成用手势制止了她：

"都坐下，先让黄国信同志把话说完。"

黄国信怒冲冲地坐下来，扫视了在座的支部委员一眼："你说我错，我就错啦？我是县委派来的，我是坚决执行上级的指示的！"

"你这些主张，都是上级的指示？"郝大成平静地说，"自从九里十八坪突围出来，我们就和县委失去了联系。你怎么能以个人的意见代替上级的指示？"

"即使是我个人的意见，也不能武断地说成是错误的！你们说我悲观失望，这更是无中生有，这是污蔑！我参加革命并不比你们

246

晚,论贡献也不比你们少! 在北伐时,我出生入死冲锋陷阵;在九里十八坪暴动时,我四乡奔走,发动群众,把喉咙都喊哑了;在追捕谷敬文的时候,我把谷中一打成了拐子腿;在开仓分粮的时候,我三天三夜上眼皮没沾下眼皮;自从九里十八坪突围出来,在万松山区、铁路沿线和白马山区的转战中,苦,我没有少吃一口,罪,我没有少受一天,我并不是贪生怕死的人。我的主张,全都是为了保存这支部队,为革命利益着想的! ……"

黄国信的这段话是很讲策略的:他在申诉自己的委屈中,历数了自己以往的功劳;把自己的错误主张说成是坚持斗争保存力量的方法。即使万一错了,也是个方法问题,动机还是好的,只是方法不对。他估计上级党会支持他的主张,所以他表面上虽然激动委屈,内心里却非常自信。

"黄国信同志," 姚光明反驳说,"你那些主张的动机是好是坏,可以先不追究,咱们单从实际来说,效果是很不好的,你把部队的思想弄乱了。"

黄国信不耐烦地听着,做出不值得一驳的神气。他并不认为这是他的责任,更不认为这是不好的现象,他觉得自己的主张有人赞同,有人拥护,是人心所向,是大势所趋。他以为持有这种主张的人一定不少,于是他变得更加理直气壮起来:

"姚光明同志说我的主张产生了很坏的影响,我认为恰恰相反。部队思想的波动;正是说明了一个问题,那就是必须改变斗争方式;正是说明他们不愿意再这样傻干下去,是战士们用实际行动来抗议我们了!" 黄国信讲到这里,想起在军人大会上,王永祥和肖应良公开地同意他的主张,而没有讲出来的也许还有不少。他说,"我提议,不要只是我们少数人争来争去,我们应该多听听战士的意见,了解了解他们的想法,要讲民主嘛。"

宋少英听了,觉得很不是味,正要讲话,罗雄忍不住了,气呼呼地说："开大会就开大会，我倒要看看有几个人同意你的主张！"

"罗雄同志的意见很好，"黄国信立即赞成说，"这些问题应该放在大会上解决，真理越辩越明嘛！"他不由得向郝大成扫了一眼，他估计喜欢快刀斩乱麻的郝大成一定会同意。他预计到这样一个大会对他是很有利的。凭着他的能言善辩，即使不能把战士全都拉到自己一边，最低限度也会把思想搅乱，形成一场互相拼杀对射的混战，争论得一塌糊涂。就像一个撕扯乱了的烂麻团，扯不开，理不清，看你喜欢快刀斩乱麻的郝大成，这一刀你怎么砍。在越砍越乱的情况下，必然搞得不可收拾，那时候可以由我黄国信按着自己的意愿来收场。那时你郝大成就是急疯了，恨病了，气炸了，也没有咒念……他想到这里，便听到了郝大成平静而坚定的声音：

"全队的大会可以开，也应该开。……"

黄国信听到这里心中一乐。可是他又听到了郝大成的下文：

"但是现在不能开。黄国信同志的错误主张和某些战士的非无产阶级思想不能混在一起去解决，我们应该在支部会上理出个头绪来。……"

听到这里，黄国信的心不由得又往下一沉。

这时郝大成也正像黄国信一样，对召开大会的后果思考了一番。他觉得政治斗争也和在战场上一样，不光需要冷静沉着，而且也需要智勇。他对黄国信的心理做出了应有的判断，心想："不能让他把问题弄乱，不能让他把水搅混，政治斗争也像打仗一样，要选择主攻方向，要打中要害。什么时候强攻，什么时候迂回，什么时候投入全部兵力，都是需要慎重思考的。"郝大成看了看宋少英和姚光明，他们好像已经领会了他的意思，又看了看黄国信那张由高兴到扫兴、由希望到失望的脸，他认为自己的想法是正确的。

"黄国信同志，我想我们应该从根子上来清理清理我们的根本分歧在哪里。第一，你怀疑建立农村革命根据地，你认为井冈山的道路走不通；……"

"对了。"黄国信激动地说，"我认为那是空想，……可是我问，在没有上级党指示的情况下，谁来证明我们的是非呢？……"

"报告！"满脸大汗的黄四楞闯进了大队部，会议中断了，同志们都关切地问起吴可征的伤情。黄四楞三言两语就说完了。

宋少英着急地说："四楞，你不会说详细一点吗？"

"怎么个详细法？"四楞感到为难，但他想到了一个脱身的办法，就说，"那里的情况，全都写在信上啦！"

郝大成把信打开，先浏览了一遍，认为没有什么急事需要问了，就对黄四楞说："你的任务完成得很好。你先到伙房里吃饭去吧，回头我再找你。"

四楞走后，郝大成接着说："吴可征同志这封信来得很及时，对咱们的争论很有帮助。大家先看一看吧。不，少英你念一念吧，这样节省时间。"

宋少英用饱含激情的声音，把吴可征的信接连念了两遍。待大家仔细思考了一番之后，郝大成感慨地说："吴可征同志的信说得很好，进一步坚定了我们走井冈山道路的决心。……"

"对这一点我有不同的看法：第一，我认为根据地不一定建立得起来；第二，我认为照那样干法，红军也保存不住，到头来，落个竹篮子打水一场空。"

"我认为吴可征同志的信里已经说得很清楚了。"宋少英激动地说。

"我认为并不清楚。"黄国信激烈地坚持说，"我那些主张正是根据目前部队处在危急的关头提出来的。你说建立农村革命根据地能使革命力量发展，我说不能；你说分散隐蔽、流动游击不行，我说这正是保存革命力量的最好方法。这就叫公说公有理婆说婆有理啊！"

"不，真理只有一个，正确的道路也只有一条。"郝大成激动地说，"正像吴可征同志说的，我们按照井冈山的道路，找一个有利于革命力量发展的地方扎根，我们这个决心是对的。我们一定要同悲观失望情绪展开斗争，一定要同各种错误思想展开斗争。"

"我坚决不同意这样做。"黄国信愤怒地抗议着，并轻蔑地说，"这是些很高深的革命理论问题，我跟你争论不清楚。"

"不！你所说的革命理论我可能懂得很少，可是，一定可以争论得清楚的。"

"好吧，"黄国信无可奈何地说，"我来听听你这个讲得清楚的！"

"我们的根本分歧在哪里呢？"郝大成整理着因为激动而零乱了的思绪，"在万松山区、铁路沿线和白马山一带，我们转战了三四个月，力量削弱了，这是事实。但是，在这个事实面前，我们得出了两种不同的结论。支部和大多数同志的结论是什么呢？坚持武装斗争，肯定是正确的。但是，如何坚持武装斗争呢？你那时主张到处流窜，说什么只有流窜才能摆脱敌人，才能发动群众，才能筹粮筹款。事实证明你的主张错了。到底怎么才对呢？这个问题，开头我们没有解决。

"为这个问题，我们苦恼，我们摸索，我们付出血的代价，我们取得了一些经验和教训。我们受到挫折，不灰心不丧气；我们碰到困难，不低头不弯腰。我们去学习，我们去创造，我们坚持着斗争。吴可征同志说得对，哪有天生下来就会革命的？哪有不跌跤就学会走路的？毛委员上了井冈山，给我们指出了斗争的道路。就像我参加革命之前一样，东碰西撞，摸索不到正确的道路，是党和毛委员给我指明了方向。为了寻找正确的道路，吴可征同志上井冈山去请教毛委员，给我们带来了井冈山的经验。……因此，我们得出的结论是：走井冈山建立农村革命根据地的道路，就是革命的方向。有了根据地才能根深叶茂，本固枝荣，才能建立工农民主政权，才能实行土地革命，才能扩大红军力量，才能坚持武装斗争！……"

"这不过是幻想……"

"不对！这绝不是幻想！你是怎么样想的呢？你认为敌人太强大了，除了分散隐蔽缩小目标之外，就没法坚持斗争了，就没法保存红军力量了，所以……"

"是这样，"黄国信打断郝大成的话激动地说，"留得青山在，不怕无柴烧嘛。"

"那么，咱们就把你的主张一层一层地剥开来看吧，"郝大成按照自己的思路说下去，"你在到处流窜失败之后，并没有真正认识到自己的错误，只是变得更加悲观了，因此你在到处流窜的主张之上，又加了个分散隐蔽。你把部队分散了，力量就更小了，就更容易被敌人个个击破。你强调说为了不被敌人消灭，就只能隐蔽起来，所以你的'分散隐蔽'的实质，就是悲观失望、逃避斗争。你的那个'流动游击'只不过是一个空洞的口号而已。"

黄国信听到这里受不住了，郝大成的分析，像一把犀利的尖刀戳到了他的要害处。他猛然跳起来，气急败坏地喊道："你说我悲观失望，你说我逃避斗争，这简直是粗暴的污辱，我实在受不了！让上级党来证明谁是谁非吧，让历史来证明谁对谁错吧。我相信，将来总有一天会证明我是正确的！我相信战士们的眼睛是亮的，谁对谁错也能分得出来。"黄国信说到这里，未免有些心虚。

"罗雄，"郝大成吩咐说，"黄国信同志不是要我们听听战士们的意见吗？你去把赵铁牛、王永祥和肖应良找来。咱们听听他们的想法。"

这一天战士们没有出去操练，全都分散在大殿周围学习，他们三个人很快都到了。郝大成让他们谈一谈思想,谈一谈对建立根据地还是分散隐蔽、流动游击的看法。

黄国信看到几个战士一时还不知从哪里说好,就鼓励他们说:"有什么就说什么,放开胆子说嘛。那天开大会,大队长没有参加,我觉得你们说的都在理。"

肖应良说:"提起要求分散的事,我心里有些难过。开头是有些糊涂,后来宋少英同志一说,好像有些明白了,可是黄国信同志提出了那么多问题,我的思想又迷糊了。昨天夜里少英同志和罗雄同志又和我们谈了好多道理,我现在有些通了。若是我们分散了,可怎么个斗争法啊?就像孩子离开娘,瓜儿离开了秧,能活得了吗?就说罗中队长吧,他也把地主房子烧了,把地主砍了,到头来还得藏到深山里。革命嘛,翻天覆地的大事,还是大队长说的,要想得远一点,看得大一点。"

黄国信听着听着有些不对头,怎么越讲离自己的想法越远了?这是怎么回事?他觉得自己脚下踩的那块地面在往下陷,他认为这不是肖应良的真实思想。啊!黄国信忽然明白了:"原来你们是背后做了工作,是有意挖我的墙脚,拆我的台啊。好一个不打乱仗!郝大成啊,你这是按你计划好了的一步一步地和我摊牌啊。好吧,我倒要看看你有多少招数。"他仍然把希望寄托在赵铁牛身上。

王永祥说:"我没有什么说的了,我想的和小肖说的是一样。"

黄国信反感地看了王永祥一眼:"我早就知道你们想的是一样啦,布置好的嘛。"

赵铁牛这时是一肚子的话,只是不知道从什么地方说起。他说:"这几天我就像做了一个梦,一会儿迷糊一会儿清醒。昨天夜里大队长和我讲了半宿,我才真正从梦里醒了过来,才琢磨透了这个道理:革命嘛,就不能只想着个人,要想着天下受苦受难的人,要不受苦不受难，就得推翻旧社会；要推翻旧社会，就得靠天下受苦受难的人团结斗争。我那个想回家乡的思想，就是自私，是想报个人的仇，是眼光短浅，只看到自己家里人在受苦受难，把整个革命给忘了。正是因为我眼光短浅，我才上了当，中了毒！"

赵铁牛是个不急不躁慢吞吞的脾性的人，说到这里竟然冲动起来了。他用拳头擂着膝盖愤愤地说："学习井冈山，建立农村革命根据地，就是好。谁想拉我铁牛走歪路，哼！"他在膝盖上狠狠捶了一下，"我不顶他几个滚儿才怪呢！"

黄国信已经看清了形势，他对那个全体大会已经完全失去了信心，感到从未有过的孤独，心头不由得升起一股强烈的愤怒：我黄国信也是个有地位，有威望，有能力，有雄心的顶天立地的汉子，今天竟然叫这个挑铁匠担子的家伙逼得走投无路。嫉恨、委屈、羞惭、痛苦、懊恼一齐咬噬着他的心。此时，黄国信的心境是十分复杂的。打退堂鼓吧，实在不甘心失败；继续进攻吧，又感到没有后盾。他隐隐地觉得坐在对面的这个人，不是一个简单的人物，他的错处，是轻视了这个人，所以才造成了今天这个被动的局面。他怎么改变这个局面呢？忽然一个念头出现在脑际：我这是何苦呢？建立根据地那条路你走通也罢，走不通也罢，和我有什么关系呢？在这里对我有利我就待，对我不利我就走，哪个树林不歇鸟？哪个池塘不养鱼？你们要向死胡同里拱，要向牛角尖里钻，随你们拱去钻去。于是他表现出十分厌倦地说："我们还是不要争论了吧，将来事实会证明我们谁是谁非，历史会做出公正的结论。我在这里得不到起码的尊重和信任，这说明你们对待上级特派员的态度是不正确的！"

"不对，这不是事实！"郝大成寸步不让地说，"你的意见我和老吴一向都是认真考虑的。不错，我们有争论，你不能要求我们对你的什么意见都听。对的，我们听；错的，我们就不能听。尊重领导和盲目服从是两码事。一个指挥员在战场上指挥战士们冲锋陷阵,战士应当服从;如果这个指挥员命令战士们放下武器向敌人投降,战士们不仅不应该服从,而且应该打死他! ……"

黄国信气呼呼地坐在木墩子上,摆出无动于衷的样子,好像不屑于和郝大成辩论。

"至于信任,"郝大成继续说,"你说的更不是事实,吴可征同志在的时候,我们把你当成上级党的特派员,吴可征同志受伤以后,我们还是把你当成上级党的特派员,我带三中队下山,部队的工作全托付给你,这是大家不信任你呢,还是你辜负了大家的信任呢?"

黄国信不能不承认郝大成说的都是事实,具有不可反驳的力量。他被郝大成驳得哑口无言,狼狈不堪,只有招架之功,没有还手之力,便虚晃一枪,说:"难道我对部队情况的估计不对吗? 我们的力量是比以前削弱了,连吴可征的信里也说明了这一点!"

郝大成说:"不错,你看到了部队的困难处境,吴可征同志看到了,大家也都看到了。问题不在看到部队严重困难这个事实,而是在对这个事实所作出的结论上。一座高山,崖陡路险,这个事实谁都看得很清楚,但对于能否攀登的结论却大大不同:有人不怕困难向上攀登,艰险的道路更鼓起了他攀登的勇气和战斗的豪情壮志,他终于登上了顶峰。可是也有人望而生畏,想找个平坦的路走,平坦的路是登不上高山的,到终了,他还是放弃了登山的目标。

"不错,我们工作中也有不少缺点错误,如果你正确地指出来,我们是非常欢迎的。但你的意见却往往不是建设性的,而是破坏性的。你看到农民的庄稼长得不旺,如果你提醒他赶快浇水,赶快施肥或是赶快除虫,他会感谢你,听你的意见。如果你对他说:'把苗拔掉。'这个农民还会听你的吗? ……"

黄国信并没有认真听取和思考郝大成的话,他也在寻找郝大成为什么不同意分散隐蔽的原因。他在按着他的为人处世的哲学在分析这一场斗争。郝大成为什么这样坚决反对分散隐蔽，坚持走井冈山的道路？难道真是一心一意为革命吗？难道就没有一点私心吗？有！这是明摆着的事：如果队伍一分散，他这大队长不成了光杆司令了吗？所以他坚决反对。如果建立农村革命根据地得到成功，那他的地位也就水涨船高，……对，为什么早没有想到这一点呢？郝大成啊，这就是你的实质。所以把我黄国信当成了妨碍你实现野心的绊脚石。你要把我搬走，这就是我们之间的恩怨。好吧，我暂且把路给你让开，让你去碰个头破血流吧！于是他心里好像开了一条缝，顿觉轻松了不少。他插断郝大成的话说：

"郝大成同志，你不要说了。你们对我尊重信任也罢，轻视排挤也罢，我不计较。从老吴的信上看，他很快就要回来了，我应该回到县委去，我会如实地汇报我们之间的分歧。在走之前，我要奉劝你一句，古诗云：'一将功成万骨枯'，你可不要为了个人成名，坚持错误到底啊！"

恶毒的诽谤像一声霹雷打在会场上，震动了所有到会的人，除了黄国信以外，几乎全都吃惊地跳了起来。

即使是一把刺刀戳进郝大成的胸膛，他也不会感到这么惊骇和疼痛。一腔怒火烧沸了全身热血，他的脸一下变得火红，全身像发高烧一般簌簌地颤抖着，他那宽阔的胸膛仿佛盛不下这样巨大的愤怒，一起一伏地鼓胀着。他真想扑上去，挥起铁拳，砸扁这个恶毒地污辱他的人。他爸爸一拳，打瞎了谷敬文的眼睛；他一拳打塌了张彪的鼻梁。而这一拳打下去，也许分量比那两拳加起来还要重！

会场上沉默着，沉默得有些怕人。

其实黄国信说出这样的话并不奇怪，因为他是从极端自私的个人主义来对待一切的，是从"人不为己，天诛地灭"这种人生观来分析和观察人与人的关系的！同时这种人身攻击正是他打击同志,转移斗争方向,防卫自己的一种伎俩。

"黄国信!"宋少英怒不可遏地一步跨到黄国信的面前,"你为什么血口喷人!"

黄国信也站了起来。他首先看见了罗雄那对血红的眼睛和威风逼人的气势。

"姓黄的!"罗雄大声喊叫着,"你把这句话给我收回去!"

这时许多战士也都拥在门外,不知大队部发生了什么事情。整个营地笼罩着一片紧张的气氛。

那种愤怒、冲动……在郝大成的心中足足地搅动了一分钟。他以坚强的毅力,才把胸中的怒火压了下去,强制着自己冷静下来。他首先坐了下来,心平气和地说:"坐!坐!大家都坐下。"他的声音颤抖得厉害,可以想象出他是用了多么大的抑制力才压下了这不可遏止的怒火,"这是党的会议,什么话都可以说。黄国信同志,你有什么话继续说吧!"

郝大成竟然容忍了这样恶毒的污蔑,到会的人都替大队长抱屈。全大队的人没有一个不尊重、爱戴和敬佩他们的大队长的。在人们的心目中,大队长是一个闪闪发光的英雄,是大家学习的榜样。今天竟有人这样污辱他。哪一个不义愤填膺?

宋少英更是感到内心的剧痛,污辱大队长的是什么人啊!是黄国信这样一个上级派下来的人,所以她的痛苦、恼怒、愤恨更增加了几倍。

"我的话讲完了!"黄国信像泄了气的皮球一般,松软无力地喃喃地说着。他似乎又隐约地觉得这一刀砍过去,碰在过硬的岩石上,反跳回来伤害了自己。

"不!你完了,我没有完。"宋少英冲动地说,"我提议现在就开全体大会,请你在大会上讲讲清楚!"

"对,开大会,我赞成。"罗雄的眼里仍然冒着火。

"你的意见呢?"郝大成有意地问黄国信。

如果处在半个小时之前,黄国信还是赞成的,现在,一种悲观、胆怯、孤独、懊丧相混杂的情绪,占据了他的心。他似乎发现了自己的软弱无力,发现了自己的可怜渺小,虽然整个营地里是阳光灿烂,可是他觉得眼前是天昏地暗。他像一个虚脱了的病人一样,不仅失去了进攻的能力,而且连防卫能力也没有了。他的脸像蜡一般枯黄,他烦躁,他头晕,像喝了过多的酒一样,又干渴又恶心,肚子像填满了乱七八糟的东西,觉得胀疼。又好像被挖了五脏一样,满肚子空虚。这种气氛再延续半个小时,他就会真的病倒了。

"要开你们就开吧! 我头疼得厉害,我不参加了。"黄国信强打起精神说,"你们说我错也罢,说我对也罢,这是大家的自由,反正我的话已经说完了,我的责任已经尽到了。听从也罢,反对也罢,这也是你们的自由。"

郝大成紧盯着黄国信那由枯黄变得苍白的脸,不由得从内心深处泛滥起一股愤懑的感情。他的言辞变得激烈起来:"黄国信同志,我们的争论,不是为了个人的意气,也不是非原则的斗争。'一将功成万骨枯',这支箭虽然狠毒,可是他射不中为革命而献身的人。希望你能认识错误,回到正确道路上来。"

黄国信承认第一个回合是失败了,但他并不服输,他认为将来的事实会证明他是正确的,于是,他的精神又振作起来,想出了一条退兵之策:"我可以服从多数。但我保留我的意见! 你们一定要往错路上走,我有什么办法? 好吧,让我们等待着历史的结论吧!"

"结论一定会有,"郝大成充满胜利信心地说,"历史将证明你是错误的!"

二

会议结束之后,郝大成独自坐在大队部里,沉思了很久很久。

他的心情好像沉重,又好像轻松;好像难过,又好像振奋。发生的这一场斗争好像出乎他的意料之外,又好像都在他的意料之中。正像波浪翻滚的激流,渐渐沉静下来,又慢慢澄清了一般,郝大成得出了明确的结论:这场斗争是不可避免的,是必须进行的,它关系到革命的前途,关系到革命的成败;在这场斗争中取得了胜利,他的心情变得轻松而又舒畅。他又把吴可征的信展开,仔细地看了一遍。

王尚青走来告诉郝大成,全体战士已经在草坪上集合好了。郝大成把信珍重地折叠起来,向王尚青说:"走吧,我们开大会去!"

部队的活动一切照常,紧张热烈而有秩序地进行着。

宋少英正在全体大会上教唱她自己编的歌:

> 红旗飘飘好威风,
> 工农红军最英雄;
> 打土豪,分田地,
> 浴血苦战为工农。
>
> 吃野菜,住山洞,
> 顶暴雨,披狂风;
> 越是困难越向前,
> 越是艰苦越光荣!
> ……

郝大成来到草坪后,立即宣布开会,会议是简短的,情绪是热烈的,气氛是欢乐的。部队扩大到九十多人,在草坪上坐了一大片,欢闹声,嬉笑声……反映出部队生气蓬勃的兴旺景象。

环绕着营地周围的景色是十分壮观的:奇峰峥嵘,犹如乱石崩天;林涛呼啸,恰似海潮澎湃。张目远望,更是峰峦起伏,无边无际。山泉轻流,瀑布猛泻。看不尽的花草,数不尽的禽兽。这山这水,它美得豪放,美得粗犷。它有着荒山野岭所特有的磅礴气势和壮丽的色彩,比那人工雕琢的小桥、流水、亭台、楼榭、曲栏、花苑要美上千百倍。那营地的茅草棚掩映在绿树红花之间,那营地的炊烟和白云,一齐在山林间缭绕。红军战士们胸怀革命的豪情壮志,头顶万里蓝天,脚踏千丈峰峦,休息时那雄壮的歌声,操练时那闪电般的刀光剑影,和这山林美景交织在一起,这岂不是一首最美妙的诗? 这岂不是一幅最壮丽的画?

大会首先由老战士的代表讲话,对新参加红军的战士表示热烈欢迎。接着是新战士的代表表示革命的决心,他们虽然讲得很短,但是一句句都是从心窝子里掏出来的,言辞炽烈,感情真挚。接着就是郝大成讲话。

他满脸焕发着刚毅、明朗和振奋的光彩,精神抖擞地站在山门前面的石磴上,热情亲切的目光环视着坐在草坪上的部队。左手叉腰,右手整了整军帽,用他那洪钟般的声音说:"同志们,从白马山峡谷突围出来之后,我们又打了三个胜仗!"郝大成的声音像沉雷般,滚过队伍的上空,"第一,在当地革命群众的配合下,我们打了汤三矬子,人力物力都得到了补充,这个仗是跟敌人打的;第二,我们的党代表吴可征同志很快就要回来了,伤口里的弹片取出来了,这个仗是跟疾病和伤疼打的;第三个仗那就是和错误路线打的,是和某些同志头脑里那些糊涂观念打的! 这是个政治仗,是个思想仗。这三个仗我们都打胜了。"会场上响起热烈的掌声。

"另外,我还要说一说有些同志已经知道了的消息。史少平、周枫林、杨继五三个同志,胜利地完成了阻击任务,史少平同志已经回来了,和下山的三中队的同志们见了面。现在他到九里十八坪执行新的任务去了。周枫林、杨继五他们现在下落不明,等陈大雷同志回来就清楚了。……

"我们抓了谷敬文两个信差,掌握了谷敬文的一些活动情况。

同志们,你们说,任洪元为什么没有跟着我们追上来啊?他的两个团被调走了。新军阀混战,是咱们大大发展革命力量的好时机啊!谷敬文为什么也没有追上来呢?是九里十八坪的红军游击队拖住了他的腿,这就说明,九里十八坪的乡亲们没有被谷敬文的屠刀所吓倒,他们还在积极地坚持斗争!他们的斗争支援了我们,我们也要积极开展斗争,迅速扩大力量,这对九里十八坪的斗争也是很大的支援啊!谷敬文现在升了三县'剿共'司令,给汤三碴子发来了请帖,他太得意忘形了。我相信他那'庆功'宴是不会安生的!同志们!早晚总有一天,我们要把谷敬文的老窝给他掏掉!……总有一天,像那首山歌里所唱的:沿着井冈山的道路走,千山万山都红遍。我们一定要打出一个红色的江山来!"

"我们相信有这一天!"

"胜利一定属于我们!"

战士们高呼着,又响起了热烈的掌声。

等掌声平息以后,郝大成继续说:"吴可征同志给支部来了一封信,现在我念给大家听。"在热烈的掌声中,郝大成念完了吴可征的信。

他接着说:"黄国信同志提出的分散隐蔽、流动游击为什么是错误的呢?他不相信井冈山的道路会取得胜利,不相信革命武装斗争能够坚持!是悲观失望、逃避斗争的表现!那样做,只有敌人高兴,只有谷敬文高兴,可是我们绝对不办让敌人高兴的事。我们的同志在这场斗争中,经受了考验,得到了锻炼。革命的道路还很长很长,我们的担子很重,但我们有必胜的信心,有战胜一切困难的勇气!……"

会场上响起暴风雨般的掌声。

郝大成的火焰般炽烈的革命热情,传达给了每一个战士;而从战士们的心头涌流出来的壮志豪情,又强烈地冲激着郝大成的火热的心,大队长和战士们的感情交融在一起了。郝大成又踏上了更高的一层石磴,以震撼山岳的气势,以更加昂扬的声音,庄严地说道:"同志们,让我用吴可征同志信上的几句话,结束这个大会吧:在革命最困难的关头,要坚信胜利一定属于我们,透过浓密的硝烟,我们将看到革命胜利的壮丽远景!"

"坚决走井冈山的道路!"

"建立农村革命根据地!"

"反对悲观失望!"

"胜利一定属于我们!"

会场上的口号声,彼伏此起,在千山万壑中回荡。

三

宋少英给战士们上完课,唱着自己编的歌,端了一盆衣服向山泉走去。她穿着一身青色裤褂,腰里扎着一条二指宽的皮带。山风吹动着她那齐肩的黑发,几天的休息,使她的两颊恢复了原有的红晕。微瘦的椭圆形的脸,因为下巴稍尖,她的前额显得特别宽阔。在她那细长微挑的眉毛下,闪动着两只深邃严峻的大眼,闪射着沉思和热情的光芒。她走路,总是大步地向前跨着,显得顽强而又坚定。她乐观、豪放、聪敏。在艰苦战斗的环境里,她有着一种男子汉的气质,但是在另一种比较平静的环境里,她又不免流露出少女的特征。

她端着一个跌扁了的搪瓷盆,这是在白马山打土豪的胜利品。在征途上,烧水、煮饭、洗衣、洗脸全用它。盆被摔得斑斑点点、坑坑洼洼,记载着这位女战士的艰苦行程。

宋少英走在鲜花嫩草之中,远远听见山泉淙淙的声响。不知名的美丽的山雀,在枝叶间唧唧喳喳地叫着。在这深山密林里,大概连猎人的枪声也很少惊扰它们吧!

宋少英走下生满苔藓的斜坡,泉水喷射着珍珠般的水花。她把衣服放在一块青石板上,先撩起清流洗了洗脸。她身边的一丛鲜艳的映山红,香气四溢,柔韧的枝条在山风里婆婆起舞。她想起了自己的童年。那时,她时常到山溪边洗脸,把溪水当成镜子,采几朵映山红插到鬓边。那时,她曾经稚气地幻想过:将来有一种花,永不枯萎,遍地都是,不用钱买,叫所有爱花的姑娘都有花戴。

她从小生长在山村里,父亲出外教书去了,她和母亲在家里劳动。九岁时,她母亲因操劳过度,病故了,她才跟着爸爸住在学校里,一边帮爸爸做些家务,一边勤奋地学习。一九二五年宋少英跟着爸爸来到了九里十八坪。她清楚地记得,一九二七年国民党叛变革命,大肆屠杀共产党人和革命群众的时候,爸爸望着洒满烈士血迹的山野,义愤填膺,吟出了悲壮的诗句:

> 工农暴动起雷霆,
> 岂怕屠刀溅血腥!
> 青山永在旗不倒,
> 前仆后继如潮涌。
>
> 千万英烈洒碧血,
> 化作鲜花万山红;
> 革命就要革到底,
> 高唱战歌猛冲锋!

在突围的时候,宋少英随部队走了。她爸爸仍在原地坚持斗争,在敌人的白色恐怖中,斗争是十分艰苦的。宋少英手在慢慢揉洗着衣服,心却飞到九里十八坪去了。那待她比亲妈妈还要亲的史大妈、黄大妈,那待她比亲姐妹还要亲的铁牛嫂和朱惠芳,还有那又活泼又伶俐整天在她身边转,缠着让她教歌的赵小芬,……她们怎么样了？她们在坚持斗争中有没有碰上不幸？她还清楚地记得，九里十八坪的妇女们，冲向谷家寨时的勇猛的样子；控诉谷敬文罪行时跺脚捶胸的悲愤的样子；第一次登台讲话那害羞的样子；大声唱歌的激动、振奋的样子；到黑板上学字的为难的样子；在灯下做军鞋的认真的样子；学演"文明"戏时那欢乐的样子；打菩萨时那天不怕地不怕的泼辣的样子；……她们的一切音容笑貌全都呈现在宋少英面前。在这一切音容笑貌之中，最清晰的是朱惠芳。她们是同年生的姐妹，宋少英比朱惠芳大三个月，真是形影不离的两个战友。

她还清楚地记得，一九二六年，她和朱惠芳到各山村去组织秘密农会，她们歇息在虎头崖下。正值深秋，西风劲吹，落叶纷飞，满山枫林如火，桐叶金黄，经霜的松柏更加苍郁，绿得有些发黑。天高气爽，白云团团。重阳时节，映山红重开，在这斑驳陆离五彩缤纷的山色里，显得更加娇艳。蜜蜂嘤嘤，彩蝶翩翩。……她们谈到了人生，当时她半开玩笑地对朱惠芳说：

"惠芳，你看，那蝴蝶多好看啊！你听，那蜜蜂叫得多好听啊！可是你喜欢蝴蝶还是喜欢蜜蜂？"

"我喜欢蜜蜂！"朱惠芳说，"你看那蝴蝶穿得花花绿绿，游手好闲，像地主家里的小姐；你看那蜜蜂，一天到晚忙来忙去，采花粉做蜂蜜，对人有好处，这才有意思呢。……"

"蜜蜂可是会螫人啊！"

"你不惹它，它会螫你吗？不会。若是谁侵犯它，它就是宁愿自己死了，也要螫你一针！这才叫志气呢。"朱惠芳认真地赞美着那小小的昆虫，并且联想到人生。她严肃地说："少英姐，前几年，你要是问我人活着是为了什么，我准会说：'人生在世，吃穿二字'，还不是为了吃好穿好吗？你问我最大的理想是什么，我也会说，是吃好穿好。革命了，才知道这是不对的，是没出息，应该是：'人生

在世,革命二字',一个人活着,光顾自己不管别人,那还真不如个
小小的蜜蜂呢。……"

"惠芳,你说得对。人活着,就应该革命,就应该做对劳苦人民
有好处的事情。对那些反革命的坏蛋们,就是不要命也要砍他们
一刀!……"

"少英!少英!"山坡上传来陈大雷的呼声,打断了宋少英的
遐思。

四

宋少英看见陈大雷从白马山峡谷回来了,急忙丢下手里的衣
服,跑了几步迎上前去,怀着喜悦的和惊恐的极端矛盾的心情,急
切而胆怯地问道:"快告诉我,周枫林和杨继五有消息吗?"

就是连最不会察言观色的陈大雷,也从她的眼神里看出了期
望和疑惧的两种神情。

"你为什么单问他们两个?"陈大雷奇怪地瞪着宋少英,不知她
为什么不问史少平。

"少平已经回来了!"

"在哪里? 真的吗?"陈大雷惊喜地说。

"大队长派他到九里十八坪执行新任务去了。你快说说他们
两个吧!"

"史少平没有说他们两个的情况吗?"

"当时史少平只知道周枫林负了伤。以后他们就被敌人冲散
了,他和杨继五压根就不在一起,他怎么会知道呢? 又是在夜里!"

"这啊,可是个军事秘密。"陈大雷装得轻松而又顽皮地说,"向
大队长报告了以后,我再告诉你。"

不管陈大雷装得多像,他那沉重的心情,是瞒不过宋少英的。

一片悲惨的阴云立即罩在宋少英的脸上，她喃喃地说：“难道他们两个回不来了吗？”

“看你想的，谁也没有这么讲啊！”陈大雷急忙地否认着，“老实说，我没有打听到他们的真实消息。”

“那你是没有完成任务了？”

“可不是嘛！”陈大雷不否认也不承认。忽然大声地说：“少英，快，你的衣服冲跑啦！”

趁少英去抓被泉水冲走的衣服，陈大雷便向山上跑了。

陈大雷的态度使宋少英非常失望，她再也无心洗衣服了，便端着未洗净的衣服走回大队部来。这时陈大雷正向郝大成报告他了解的情况：

“……老百姓说，咱们离开峡谷以后，枪声一直响了一夜，到第二天早晨才慢慢地停了下来。”

郝大成说：“这些史少平也都说过了，你还是说一说周枫林和杨继五同志的情况吧！”

陈大雷接着说：“第二天早晨，白狗子们逼着老百姓上山给他们埋尸首，埋了八十多个。听说有两个像是红军的，偷偷地抬到另外一个地方埋了。……”

郝大成沉默着，然后又问：“你没有找到他们遗留下的什么东西？”

“有，”陈大雷从怀里掏出一个纸包，打开纸包，是一顶带血的军帽，“这是我在草棵子里找到的！”

这时宋少英急忙走过去说：“我看看这是谁的？”

宋少英把军帽拿在手里，眼里闪动着泪花说：“大队长，这帽子是周枫林的。这帽檐还是我给他缝的呢！”为了不让别人看见她的泪水，她立即扭过脸去。

在史少平回来的时候，郝大成对周枫林和杨继五同志的牺牲是有思想准备的,但那时毕竟没有最后证实,现在看来,已经完全可以肯定了,郝大成的悲痛是可以想象的。他们一同浴血苦战,出生入死,阶级的友爱,战斗的友谊,革命的情感是极其深厚的。

郝大成让陈大雷去吃饭休息,而自己木然地坐在那里,目光定定地平视着,室外是一片翠绿的山林和灿烂的阳光。此时他看到的想到的是什么呢?是周枫林和杨继五他们所走过的坚实的脚印!是他们冲锋陷阵时的英姿!"难道就再也见不到他们了吗?"想到这里,郝大成的心不由得一阵绞痛。那白马山峡谷的风雷,那战火的硝烟;杨继五临别时的有力的握手;周枫林临别时那郑重的誓言,又一一涌现在他的眼前。他们虽然牺牲了,但是给了敌人多么大的打击啊!他们圆满地完成了阻击任务,为革命做出了很大的贡献。他们牺牲得光荣,他们是红军的骄傲!

"少英!你去通知同志们,晚饭后,开个支部会议,我们应该追认周枫林同志为中国共产党党员!"

"好吧!"宋少英克制住悲痛的感情,把周枫林同志带血的帽子放在挎包里,走出去了。

郝大成怀着豪壮和沉痛两种思绪,默默地踱出室外。满山高大苍劲的林木在阳光下,更显得葱翠欲滴。山风劲吹,松涛呼啸。郝大成敞开衣襟,在峭崖边站立了很久,很久。他好像在注视着未来,注视着那些革命战士们用热血和生命,创造出来的伟大的永垂不朽的英雄业绩!

第十二章　在白色恐怖中

一

史少平带着郝大成的指示，怀着兴奋的心情，扮作樵夫的模样，从南屏山下崖头沟出发，向着东南方向，走了一天一夜，便到了九里十八坪附近。

这里的一切都使他感到熟悉：亲切的乡音，亲切的穿着，亲切的泥土气息，甚至那起伏的麦浪、碧绿的秧苗……都给他带来一种亲切的感情。他真想把这一切抱在怀里亲一亲。虽然只离开了几个月，他却觉得像分离了十年那样久远。

但是，他越走，就越觉得生疏，这种生疏使他忍不住心头的战栗——这里到处是经过残酷"清剿"的痕迹。树木虽然又顽强地重新长出嫩绿的枝条，但仍然掩盖不住被大火烧过的创伤。

村庄变得不敢相认了，到处是断壁残垣，被烟火熏黑的墙壁和窗口，好像是向人们控诉着敌人的暴行。几乎所有村头都安上了碉堡、岗楼。

艳丽的红旗看不到了，充满革命激情的歌声听不到了，人们枯黄和浮肿的脸上，忧愁和愤恨代替了往日欢乐的笑容。这是多么巨大的变化啊！

"老伯伯，你知道哪里有红军吗？"

史少平和气而又亲切地问一个正在麦田里锄草的老头。老头身边还跟着个骨瘦如柴的孩子，大概有十一二岁。

老头子用仇视和阴冷的目光,斜睨了他一眼,没有回答,仍旧低下头去干活。

史少平以为老人耳朵背,又用更大的声音问:"老伯伯,你知道哪里有红军吗?"

老头连头也没有抬,只是厌恶地说:"不知道,老百姓什么也不知道!"

史少平感到非常失望。他又轻轻地去问那个小孩子:"你不要害怕,我不是坏人,你知道红军……"

可是没等少平说完,孩子就畏惧地躲到老人背后去了。

史少平这样问了三次,都遭到了同样的回答。他一时还弄不明白这是什么缘故。他痛苦地在山野里蹒跚着,不知往哪里走好。他不禁回想起几个月以前的情景。

那时,九里十八坪是一派多么振奋人心的革命情景啊!到处是飘扬的革命红旗,到处是充满战斗激情的欢乐的歌声,到处是喧天的锣鼓,到处是自卫队挥动大刀梭镖练武的杀声!如果你要找红军或者找工农民主政府,老百姓就像亲人一样接待你,把你当成客人,拿出自己舍不得吃的陈年老酒招待你;你饿了,他们捧出糯米糍粑给你吃;你冷了,他们就把自己身上的棉袍脱给你;你要睡,他们把最整洁的房子腾出来,拿出准备办喜事用的花被给你盖。然后就亲亲热热地帮你提着东西,拉起你的手,送你到你要去的地方。……

可是现在,情况却大不一样了。

一天的所见所闻,使史少平谨慎起来,他知道,如果不找到地下联络点,要想打听到红军游击队是很困难的。他又得知谷家寨和史家坪都有国民党重兵驻守,不便贸然进去。他想来想去,决定到朱家畈去找朱惠松,这朱家畈是九里十八坪中最小的村子,只有三十几户人家,就是这样小的山村,也修上了岗楼。史少平在太阳落山的时候，来到了村外的小树林中。

村里村外冷落萧索，几缕炊烟，几声狗吠，更加衬托出山村的凄凉沉寂。天黑定了，繁星满天，史少平从树林里走出来，摸进村里。家家户户都紧闭着门窗，没有一点灯光，显得特别阴沉。

史少平还记得当时的联络信号，但这有什么用呢？当他走近朱惠松的房子时，不禁吃了一惊，房子没有了，只剩下一堆废墟。他仍不死心，摸进一间还没有完全倒塌的房子里，里面散发着焦臭和腐草气味。他已经不希望在这里找到什么，但他还是下意识地向屋里摸去。到底要进去干什么，他是不明确的。他想起了朱惠松欢乐的一家：他那性格果断坚强的妻子朱大嫂，他那活泼、开朗的妹妹朱惠芳，他那年老慈祥的母亲，都在哪里？他们是活着还是死了？史少平又想起他到这里来做客的那些欢乐的日子，到了这里就像到了自己的家。但是现在这些废墟埋葬了多少欢乐的日月，同时又埋藏着多少血泪和仇恨啊！

史少平刚迈进门槛，一只正在屋角里扒东西吃的黑狗呜——呜——地叫了几声向他猛扑过来，他急忙闪到一边，向扑过来的恶狗踢了一脚。恶狗并不怕人，狂吠了几声又向少平扑了过来，少平伸手摸到一根木棒，猛然给了它一下，这只恶狗嗷嗷地哀嚎着逃走了。

这时巡夜打更的民团听到了动静，发出了警号，木梆子和报警锣阴惨惨地响了起来，不久就响起了脚步声和喊叫声。

史少平手里提着那条打狗棒子，迅速地从破屋里跳出来，想从废墟上跑到后山去。但这时已经来不及了，两个黑影正踏着废墟向他走来。他赶紧把身子贴在墙上，一动不动地立在那里。他听见巡夜民团的对话声：

"你没有听错吧？狗是在这里叫的吗？"

"错不了！"

"你先到破屋里看看,也许是游击队的人来找朱惠松。"

"还是到岗楼上叫人去吧。"

"那谁在这里看着呢?等把人叫来,游击队不早就跑啦!"

他们既不敢走进屋里,又不愿离开(因为抓到一个游击队员,赏五十元大洋),只是一个劲地更紧更急地敲着木梆子和报警锣,并大声喊着:"快来人啊!红军游击队进了村啦!"

史少平知道不能待下去了,多待一分钟就多一分危险,便猛然从墙角里跳出来,一棒子把敲木梆子的打倒了。敲报警锣的惊叫一声,把铜锣一丢,撒腿就跑。

史少平也不追他,翻过断墙向后山跑去。

"嘭!嘭!"岗楼上响了两枪,子弹呼啸着飞过他的头顶。……

二

史少平又在深山里转了一个昼夜,幸好,蚕豆和早熟的大麦都可以充饥了。麦粒刚刚长成,含着一包甜滋滋的浆水,这比野菜好多了。他又设法去找了几个联络地点,都被敌人破坏了,并且被敌人的便衣特务严密地监视着。但是,他还是不断地找下去。今天晚上,史少平来到了东沟寨,他要找黄希才的母亲黄大妈,因为他家住在村头,史少平看看没人,就闪进了大门洞。

他轻轻地推了推门,门没有关闭,这使他更加警惕。仔细听了听,里边没有动静,便从门缝里侧身进去,轻手轻脚地走到窗下,但屋里很黑,什么也看不清楚。他轻轻地敲了敲房门。

"谁?"

少平听出这是黄大妈的声音,心里一阵高兴,但他还没有答话,就听屋里送来一连串充满仇恨和反抗的怒骂声:"你们白天搜,晚上查,干脆把我这老婆子一绳子勒死算啦!把这房子放一把火烧了不更利索!"

"黄大妈,是我!"史少平轻声地说。

黄大妈没有听出他的声音,她认为这种时候红军游击队是不会来敲她的门的,仍然气愤地说:"你们就发发'善心',叫我老婆子睡一夜安稳觉吧!"

史少平听出黄大妈躺在床上没有动,便又凑到窗口上说:"大妈,我是史少平啊!"

"是谁?"语气温和了。

"是史少平啊!"

"哎呀,我的天!"房门开了,一个年老的佝偻着背的身影出现在少平面前。老人用粗糙的手摸了摸少平的脸,当她认出确是少平时,便扑到他的肩上泣不成声了:

"孩子,这不是在梦里吧? 我当这辈子见不到你们了呢。"老人死死地拉住少平的手,生怕他像梦一样忽然消逝了似的。

"大妈,你们受苦了!"少平哽咽着说。

"差一点没叫那些狗杂种们折磨死! 可是,我不想死,我是等你们回来报仇啊! 我不亲眼看见谷敬文咽气,我是死不甘心啊!"

"大妈,白狗子们常到这里来搜查吗?"史少平和大妈摸黑坐在床头上,记起大妈刚才的怒骂。

"你来时,刚搜过了一会儿,你没看见,大门都敞着吗? 幸好你没有碰上,有时白天也来查。这些该死的民团,老天为什么不打个霹雷轰死他们!"

"大妈,你怎么一个人在家? 希才嫂呢?"

"跟着你爸爸上山打游击去啦!"说到这里,老妈妈显得兴奋而又骄傲,"民团本想把我这房子烧掉,把我老婆子抓去坐牢。……"

"他们为什么没有这样做呢?"

"这啊,这又是谷敬文的一计,说是'设下软索套猛虎,抛下香饵钓鳌鱼'。他们整天盯着我,整天围着我的房子打转,想抓住到我家来的游击队!"说到这里,大妈忽然拉住少平的手说,"孩子,你这是从哪里来啊?"

史少平简单地告诉了他寻找部队的经过。

"真的?"黄大妈激动得声音都发颤了,"真的,郝大成和吴可征都在?"

"都在!"史少平肯定地说,"我们在汤家楼打了个大胜仗,把汤三磙子的保安队全都消灭了。人员多了,武器也好了。"

"这就好了。前些日子谷敬文从白马山回来,升了三县'剿共'司令,这里就出了一股谣言,说,'郝大成和吴可征的队伍没有了,全叫谷敬文消灭在白马山的峡谷里了。'听了这些传言,九里十八坪的穷苦人没有一个不掉泪的,接连三天都断了烟火,你想,谁还有心绪吃饭啊!这就好了,大成还在,咱们的红军还在!终究有一天会回来报仇的!"黄大妈轻松地舒了一口气,眼里闪射出希望的光芒。

"人们见了我都是冷眼相看,变得和从前大不一样了,这是怎么回事?"史少平苦恼而又疑惑地问。

"孩子,人心没有变,人们的心变得和红军更贴近了。你刚来几天,还没有摸透九里十八坪的底细。谷敬文的法子是又狠又毒啊。你们一走,这里就编了保甲,那些地主豪绅地痞流氓全都变成了保甲长和民团。家家户户都登记了人口。半夜三更的,民团就像一群恶狗一样,到处伸着鼻子找红军游击队,不管是谁家的大门,一脚踢开,若是找出一个生人,全家都跟着送命。

"有的法子就更毒了,那些民团打扮成红军游击队的样子,见了人,也学着红军的样子,一口一个老伯伯老大妈地叫,跟你装得亲亲热热的,向你要吃的,要到你家里来借宿,向你打听红军游击队的消息。……起初,老百姓有的就把他们当成了自己人,给他们吃,给他们住,向他们诉说心里的话,告诉他们红军游击队在哪里。可是,第二天就来把你全家捉了去,轻的坐牢,重的吊死。在吊死的人的胸脯上,挂个木牌子,写着'这就是通共产党的下场'！……

"孩子啊,人们就这样叫白狗子们逼得连'红军'两个字也不敢说出口啊。人们只有在梦里才见见红军的面,才喊喊亲人的名字啊。"大妈说着,泪水扑簌簌地落下来。

"大妈,我再问你一件事,郝大队长派希才哥来和上级党取联系,他没有到家里来吗?"

"没有啊,"黄大妈不由得担心起来,"不会出什么事吧?"

"不会的!"史少平安慰着大妈,自己心里也在嘀咕,"他到哪里去了呢?"

黄大妈忽然想起少平大概饿了很久了,连忙站起来说:"看我老糊涂了,你还没有吃东西吧?"她把盛饭的盆子端了过来。

史少平把掺菜的黑面饼子接到手里,大口大口地吃着。他实在饿狠了,觉得菜饼子从来没有这样香甜。

"大妈,你说我去找谁联系才好呢? 我得马上找到游击队才行。"

"我也不知道啊!"黄大妈遗憾地说,"自打下谷家寨以后,一阵高兴,大部分联络站都公开了。自你们一走,就都叫白狗子给破坏啦,剩下一个半个的,也都断了线。谷家寨和史家坪不能去,全都驻满了国民党、保安团啦。你还是到黄家湾去找一找赵星海,他也许知道一点,……呃,"大妈忽然想起一件事来,"前两天,这里来了一个老头子,也是来打听红军的。后来听说谷敬文出告示捉拿他。……谷敬文大后天要庆他娘的功,这几天村里的保甲长和民团都像疯狗一样查防游击队呢,你可千万要小心啊。"

这个找红军的老人,并没有引起史少平很大的注意,只是当做一般的情况听听而已。

"大妈,那我就去找找赵大伯。我要走了。"史少平留恋地说,"以后我再来看你。"

"孩子!"大妈焦急不安地说,"我实在舍不得你走啊。可是,你得快些走,说不定过一会儿,民团还要来查的。"大妈猛然俯在少平的肩上说:"孩子啊,见到游击队的时候,嘱咐他们好好地干,狠狠地打那些白狗子,给受苦受难的老百姓报仇啊!"

三

史少平到达黄家湾的时候,天已经蒙蒙亮了。他不敢贸然进村,便绕路向豹子山上走去,准备在山林里隐蔽一天,等到晚上再去找赵星海。

山坡上有一座小小的山神庙,在庙的山墙上贴着一张布告,他走近仔细一看:

布　告

查共产党分子田世杰,原系早年红绫会之漏网余党,史家坪人,逃亡在外三十余年,今又潜回九里十八坪一带。现年五十五岁,身高六尺,方脸长须,头发斑白,着破旧青布夹袄、黑裤、草鞋,背一獾皮包裹,形同乞丐。希各村民众,一体周知。凡藏匿此人者,以通共论罪,严惩不贷,凡逮捕扭送者,立赏大洋千元。

切切此布

三县剿共司令　谷敬文

×月×日

史少平看完布告,不禁惊喜交集。关于田世杰,他早已从父亲那里,从郝大成那里听过许多次了,这次突然出现在九里十八坪,他是何等的高兴啊！可是，在这白色恐怖中，老人安全吗？不由得又担心起来。他在哪里呢？如果他能和相别三十多年的老战友——自己的父亲相见，那该是多么令人欢欣鼓舞的大喜事啊！

史少平怀着见到田世杰的期望，信步走向离黄家湾五里山路的郝家屋子。孟老伯在三年前已经去世了，屋子无人居住，受尽了风雨的摧残，房顶已经有一半坍塌了。那荆条编织的柴门，扑倒在地上，屋里屋外，全都长满了山茅、蒿草、野艾。从被踏倒的荒草判断，显然有人来过，但他无意去追究来的是什么人，然后信步向虎头崖走去。这山路，这树林，这满山红花都引起他无限怀想。

不管敌人的白色恐怖多么严重，那红绫会员们的坟墓上，映山红还是照旧开放，在娇艳之中更增添了一种庄重骄矜的色彩。史少平沿着郝大成给他爷爷上坟的那条山路，向虎头崖走着，突然他怔住了：在那映山红的花团中，在红绫会烈士们的坟墓前，坐着一个须发斑白的老人。同时老人也正在用戒备的目光打量着他。在这瞬间的互相张望中，史少平立即判断出他就是布告上通缉的田世杰。他不由得加快了脚步。

老人那双饱经世故的眼睛警惕地瞪着来人，手已经摸着放在身边七尺长的杯口粗的栎木棒，准备着对付意外的袭击。

"老伯伯，你为什么坐在这里？"史少平急切而深情地问。

"我喜欢这里！"老人虽然由于奔波辛劳，显得更加苍老，但他的眼睛却仍然尖锐而明亮。他看到史少平的言行举止不像是坏人，但他仍然保持着足够的警惕，反问道："你是什么人？你到这里来做什么？"

"我也喜欢这里，"史少平从容不迫而又意味深长地说，"我喜欢这里的映山红，因为这些花是我们给红绫会烈士们上坟时亲手栽的！"

老人的眼睛里像闪电般闪出一道喜悦的光芒，但这道喜悦的光芒瞬息间就熄灭了。他没有放松警惕,便进一步试探小伙子说这段话的用意:"红绫会和我有什么关系?"

"有什么关系? 你是红绫会的小首领啊!"

"就算是吧!"老人猛然站了起来,把木棒拎在手里,"你想到谷敬文那里领赏吗?"

"田大伯!"史少平激动地喊了一声,就不顾一切地扑到田世杰怀里了,"我是史太昌的儿子啊!"

当史少平喊出"田大伯"的时候,老人愣怔了一下,就在这时,史少平扑到他的怀里,他还没有弄明白到底是怎么回事时,就听到了史太昌的名字。他把木棒一丢,把少平紧紧地搂在胸前。一阵狂喜过后,两人眼里都闪动着欢乐的泪花,多少往事在这两代人的心中翻腾啊!

"快说,你是做什么来的? 是来找我的吗?"田世杰急切地问。

"不,我是从南屏山来,到这里来找游击队的!"

"南屏山? 你也是来找游击队?"

"是的,是郝大队长派我来的。"

"郝大队长是哪个?"

"是郝永兴的儿子郝大成啊!"

"啊,郝永兴!"老人听到战友的名字,不禁感叹了一声,"他现在在哪里?"

"为了一张虎皮,叫谷敬文害死了。谷敬文那只狗眼,就是被永兴大伯打瞎的啊!"史少平指着映山红的深处说,"他的坟就在那里。"

老人望着那摇曳的红花中,那块微微隆起的高地,深深地悼念着他的战友。那映山红含着骄矜的笑容,也仿佛在向他传达战友的问候。往昔的充满火与血的斗争岁月又回到了他的眼前。

"郝大成现在在南屏山吗?"

"是的,大队长常说起你来,他多么想见到你啊!"接着史少平就从九里十八坪暴动起,直到郝大成派他到这里来执行任务止,前前后后简单明了地讲了一遍。

"好!好!"老人一边听一边点着头充满信心地说,"只要我们沿着井冈山的道路走,革命是一定会兴旺起来的!你是说,你们要找块适合扎根的地方建立根据地吗?"

"是的!党代表吴可征同志从井冈山回来之后就确定了。"

"最好到四岭山区去,我就是从四岭山来的!也是为了建立革命根据地的事来找红军的啊!"

"田大伯,你这三十多年,是在哪里啊?是在四岭山吗?怎么现在才回到九里十八坪来?"

"自从红绫会失败,我从这里逃出去之后,就在四岭山里落了户。以前是因为谷敬文当权,回不来。在大革命中间知道谷敬文被打倒了,可是不是一个县,又加隔山隔水,来去很不方便,所以就一直没有回来过。"老人简要地介绍了他这三十多年的经历,而后说:"四岭山也和九里十八坪一样,在党的领导下,开展了农民运动。就在九里十八坪举行起义之后,四岭山也组织了起义,可是由于准备不足,又没有掌握武装力量,周武的民团把送信人抓到了,党组织受到了破坏,起义失败了,党的领导同志也牺牲了。我听说毛委员在井冈山建立了农村革命根据地,想了很久,觉得四岭山区也是个建立根据地的好地方啊。我这才到九里十八坪来找党,找红军,建议红军开到四岭山区去建立农村革命根据地。那里就像铺满干柴的大山,只要有一把火,就可以呼呼啦啦地烧起来。刚才听你说,郝大成带着部队找适合扎根的地方,这个四岭山区可是个合适的地方啊!……"

"我们若是能快些找到上级党,那就好办了!"史少平不由得急躁起来,不安地说,"田大伯,谷敬文出布告捉拿你,你可要小心啊!"

"这也有好处,"田世杰泰然自若地说,"谷敬文出布告,正好告诉了我们党,我在活动,我来取联系了。我想,我们党一定会派人找我的!"

"那些坏蛋是怎么认出你来的?"

"说来也巧,我以为我出去的时候,和你一般大,现在回来,已经满头白发了,还有谁能认识我呢?谁想到那个老不死的二古董认出了我。他向黄鼠狼子报告了,黄鼠狼子又报告了谷敬文,我这才躲到这虎头崖上来。……"

"你千万不要在村子里露面了,"史少平担心地说,"谷敬文在布告上把你的模样说得清清楚楚,所以我一眼就认出你来了!"

"我自然会小心的,"老人泰然地微笑着说,"狗杂种们要抓我,狗爪子还嫌短了点。革命嘛,就得不怕风险。我们来商量一下,怎么找游击队吧!"

"村子里的联络点,全叫敌人给破坏了,"史少平说,"我们还是到深山里去找吧!"

"这么大的荒山,找起来那是大海里捞针啊,"田世杰说,"谷敬文向山里派了很多探子,游击队防得就更严了。若是不知道联络暗号,就是对面过去也不认识啊。"

"那我们怎么办?"

"依我想,村里的游击队员不会很少,他们不会长期躲在山里的。"

"谷敬文为了保障'庆功'宴的安全,给各村保甲长下了死命令,要严防游击队的活动,这些日子村里的民团查得特别严,找游击队不是很容易的,再说,后天谷敬文的'庆功'宴就开始了,那时我们还找不到游击队可怎么办?那只好单独行动了。"

"办法有两个,"老人胸有成竹地说,"一个是先找后闹,一个是先闹后找。反正我们要打烂他的'庆功'宴！谷敬文不是下令叫各村男女老少全去给他'庆功'吗？这可是个好机会啊，游击队是不会让谷敬文安生的！"

"对啊！我们来他一个边闹边找！"史少平兴奋起来，跃跃欲试地说，"非狠狠地闹他一下不可！把谷家寨闹个天翻地覆！"

"得想办法搞到武器才行！"

"这一点郝大队长已经和我详细交代过了，夺武器我还是有经验的！"史少平信心十足地说。

"是的，那一天寨门一定查得很严，有武器也不容易带进去！夺武器是个好办法，……"老人抚弄着胡须感慨地说，"三十多年没有进谷家寨啦，我倒要看看变成什么样子啦！"

"田大伯！你可千万不能去啊！"史少平关切地说。

"为什么？"老人哈哈地笑着说，"谷敬文祖祖辈辈和咱们是老对头了。他要'庆功'，我不到场还行？"老人变得严肃起来，并举起了青筋毕露的大拳头，"我们要打他个灵魂出窍，叫他流着血泪'庆功'！你到赵星海那里去时给我带一身衣裳和一把剃头刀来。"

四

史少平和田世杰计议着进谷家寨大闹谷敬文的"庆功"宴，以及如何找党找红军游击队的方法，直到傍晚才分手。田世杰仍回郝家屋子，史少平去找赵星海。

天色黑定之后，史少平进了黄家湾，在村南头的陡坡下面，他找到了赵星海的茅屋。他从透出灯光的破墙缝中向屋里望去，只见背着灯光坐着两个人。从背影看，一个是老人——这无疑是赵星海，还有一个是青年人。他们正在喊喊喳喳地讲话，只听见老人以埋怨的口吻说：

"唉,你这个不懂事的孩子啊,这种兵荒马乱的年头,还到处乱闯,说不定要闯出祸来,把你妈妈妹妹丢在家里,谁照看她们啊!"

"是妈叫我来的嘛,"青年人辩白着,"我在家里没法待了,不出来也得去坐牢!"

"为什么? 你闯下什么祸了?"

"这我以后再和你说,我听到我舅舅的消息啦!"

"真的?"老人激动地凑了过去,"快说,他们现在在哪里? 你见到他了吗?"

"我没有见到,是一个红军告诉我的,他叫史少平,你认识他吗?"

"史少平?"老人回忆着这个熟悉的名字,他记起来了,"认识,他不是史太昌的儿子吗?"

"对,就是他。"

"他到哪里去了呢?"老人急切地问。

这时响起了轻轻的敲门声。

"谁啊?"赵星海一边问,一边把一根木棒抓在手里。

"我是史少平啊!"

"对,就是他。"林景元兴奋地开了门。

三个人不胜惊诧地对看着,互相询问着,回答着一些不连贯的话。史少平说明了自己的来意,并在急促的询问中,知道铁牛嫂跟着游击队上了山,只有小芬和爷爷在家,小蕙在起义之前,就让饥饿夺去了她那小小的生命。现在赵星海也和游击队没有联系了。

沉静下来之后,赵星海又问史少平说:"这么说,你来之前没有见到铁牛了!"

"没有,他们是在南屏山上,我没有上山就到这里来了。"

"铁牛这孩子我知道,吃苦受累他不怕,我就是担心他挂家。"

"现在我们还顾不上,等力量壮大了,我们会打回来的!"史少平安慰着老人,转而又问林景元,"你怎么来得这么快啊? 你妈和你妹妹都好吗?"

"说起来真是话长啦!"林景元兴奋地说,"自从和你分开后,我就去找药材店老板要药材钱,可是药材店老板硬是不给,我就跟他吵起来。他当着满屋子的人骂我野种,打了我两个耳光,把我打得鼻子嘴里都是血!"林景元由于气愤而高声地说起来。

"轻些!"少平提醒他说。

"我当时想回敬他几下,可是我一想不行,他店里伙计那么多,我不是自找苦头吃吗? 我就忍着这口气躲出来,瞅着没人,藏到院子里的一堆药材后面。等到夜里,我拿着柴刀,从窗口跳进了老板的房子。老板正醉得像摊泥一样呼噜呼噜地睡在那里。我点上灯,就把老板叫醒了。

"我说:'我是明人不做暗事,我讨药材钱来了!'老板一见我拿着柴刀的那个架势,吓得冷汗直流,像老母猪筛糠一样,全身抖索着打开了抽屉,银圆铜板随我拿。原来我只想拿足我的药材钱就算了,可是一想,这个老板平时太可恶了,仗着土豪劣绅的势力,可把药农坑苦了。他的钱全都是药农的血汗啊。我们村有个挖药材的李老伯,爬崖跌伤了腿,没钱治,向老板去讨药材钱。老板说,'到了该死的岁数啦,治好了有什么用?'我想:应该把李老伯治腿的钱也拿着。

"我拿足了钱,正要走,扭头看见老板凶狠地瞪着我,牙齿咬得咯嘣嘣地响。我的怒火也升起来了,我说:'老板,你不要发狠,咱们的账还没有算完呢!'他已经不那么害怕了,恶狠狠地说:'你还要什么?'我说:'那两个耳光你不能白打!'

"老板一看我要揍他,就嘶声赖气地喊起来,'快来人啊! 救命啊!'这时住在隔壁的伙计们都醒来了,只听到咚咚咚咚地起床声……

"我也有些慌了，来不及多想，就用柴刀背在老板的秃脑壳上狠狠地敲了一下。他闷声不响地倒了下去，腿、手乱蹬乱抓了一阵，也不知是死还是活。我跳出窗口就跑。他们灯笼火把地追了我半夜，没有追上我。我一口气跑到李老伯家里，才想起我的柴刀还丢在老板身边。

"我给了李老伯一些钱，连夜跑回家去，可把妈妈妹妹吓慌了，不知怎么办好。我说：'反正我在家里不能待了，我到九里十八坪找红军去。'我把钱往床上一丢，怀里揣上几块菜饼子，就跑到这里来了！"林景元越说越兴奋。

"你妈和景妮她们怎么办呢？"史少平关切地问。

"当时没有顾上细想，到了这里才想到……"林景元自宽自慰地说，"没有事便罢，若是有事她们也会往这里跑的。……真没有想到刚到这里就找到你了！"

"这可真是巧遇啊！"

两个人不由得嘿嘿地笑了起来。这时史少平才想起最要紧但又一时没有空提的事，他说："大伯，你有多余的衣裳吗？"

"要衣裳做什么？我那些破衣裳你们哪里能穿？"

"不是我穿。"史少平把碰见田世杰的事向赵星海和林景元说了一遍。

"我也听说他回来了。你怎么不和他一起来呢？"老人关切地问。

"他出村进村都不方便啊，谷敬文的告示贴在那里，哪个不认识他？还要找一把剃头刀子，他得把那长胡子刮掉。"

"我这就找。"老人立即掀开床头上那用了几辈子的破木箱子，把他过年过节穿的半新半旧的衣裳拿出来。然后又找了一把生了锈的剃刀，在灯光下看了看，说："我给他磨一磨，还能将就着用。"

"这么说，你们俩真要去闹谷敬文的'庆功'宴了？"

"本想先找到游击队再干的，可是来不及了。大伯你就放心吧，不会光是我们俩。"史少平说，"游击队饶不了谷敬文的！"

"能带我去吗？"林景元热切地问。

"那得先问你怕不怕！"

"我不怕！"林景元又想起了牛角山战斗的情景，他又补充说，"只要和你在一起，我就不怕！"

"那好，咱们就一起去！"

"可惜藏在牛角山的那支枪没有带来！"

"带来也没法用，没有子弹，又是大枪，行动很不方便。我们要到谷家寨去搞枪，最好搞到短枪和手榴弹。"

"好搞吗？"林景元觉得有点悬。

"只要有老虎口里敢拔牙的勇气，总有办法的。大伯，你说说这里的情况吧，我们要跟谷敬文干一家伙！"

赵星海也被青年人的战斗热情鼓舞起来，他说："红军游击队都在豹子山上，还有很多红军家属也都上了山，只留下一些老人小孩在家里。他们经常下山来撒传单，筹粮筹盐，把顶坏的伪保长和民团也杀了不少，还把谷家寨的粮库给烧了。可是谷敬文带着保安团从白马山回来以后，像疯狗一样乱扑乱咬了一阵子，游击队又不大露面了。"

几个人同时沉默着，似乎在考虑造成这种局面的原因和对付这种局面的方法。

"谷敬文这狗娘养的，手段就是毒啊，"赵星海打破沉默继续说，"现在麦子还没有变黄，谷敬文就派保安团匪兵整天替他逼捐逼税逼租，交不上的就拿青苗顶。唉，麦子还没有上场，就都变成谷敬文的了。"

"这个老百姓的死对头，非除掉这个祸害不可！"史少平愤愤地说。

"是啊,这样一来,就把人们逼到死路上去了。其实谷敬文是另有毒计,他对人们说,你们不愿意交青苗吗?交红苗也行!"

"什么是红苗?"林景元问。

"就是共产党员和红军啊。他们还标出了价码,交一个共产党员顶三十担谷,交一个红军游击队员顶二十担谷,交一个赤卫队员顶十担谷。……"老人叹了口气说,"这是逼着人们拿刀子剜自己的心啊!闹得可凶啦,近几天又松一些了,可是为了'庆功'宴的事,这又紧起来啦。"

"是啊,对敌人就是要以牙还牙,以血还血!"史少平这时满腔热血都沸腾起来,恨不能化作一团烈火把谷家寨烧光,恨不能化作一把利剑刺向谷敬文的心脏!

五

"轰隆隆隆隆……"

一声霹雳般的爆炸,打断了他们的倾谈。茅屋被气浪震得跳动了一下,他们三个人不禁同时站了起来。睡在隔间里的小芬也被震醒了。她睡眼蒙眬地看着屋里的两个陌生人,待了一会儿,马上就认出了史少平,叫了一声叔叔,就扑到少平怀里了。

她还不认识她的表哥林景元呢,但是,大家没有顾上和小芬多讲,就一齐跑到屋外张望。这时离天亮已经不远了,他们看见西北方向的史家坪,升腾起一团团火光。

"什么爆炸了?!"林景元问赵星海。

"这是史家坪,准是三十二旅的弹药仓库。炸得好!炸死这些强盗们!"老人高兴地捋着胡须,不断地欢呼似的说,"炸得好,炸得好!"

小芬高兴地跳跳脚,拍着小巴掌欢乐地叫着:"太好了,太好了！"

"这就是送给谷敬文'庆功'宴上的第一件礼物！游击队的同志们干得真好！"史少平微笑着说，并暗自下着决心——要给谷敬文的"庆功"宴再送一份"重礼"！

随着"轰轰隆隆"和"噼噼啪啪"的持续的爆炸声，火苗升起来了，映红了黎明前的夜空。

"是怎么炸的？"他们四个连小芬在内，几乎同时在猜测着这个谜。

黎明已经徐徐降临了，他们仍然站在山坡上向史家坪张望着，想看出个究竟，多享受一会儿胜利的欢乐。

山村的人们都出来了，谈论着拥向村头。史少平他们不便公开露面，四个人便沿着山坡上了山，躲进了树林里，但仍然注意着史家坪方向的动静。

约过了一顿饭的工夫，忽然传来"砰！砰！"的枪声。随着枪声，他们看见史家坪东南方向的山头上，拥出几十个灰黄色的人影。枪声不断地响着，显然，这是保安团在追捕爆炸弹药库的人。

越来越近，就越加看得真切了。敌人约有两个排的兵力把一个山头布满了，却看不见被追赶的人。史少平正在纳闷，忽然从树丛里跳出一个人来，他穿着青色的裤子，浅蓝色的上衣，是当地农民通常穿的服装。高高的个子，在朦胧的晨雾中，看不清他的相貌和年龄。他一出现，枪声反而稀了。匪兵们都纷纷地向他围拢上去，但听不清他们喊叫些什么。

"要捉活的！"少平想着，并紧张地看着事态的发展。

他们都心焦火燎地注视着。史少平在想着如何援助这个处在危险中的游击队员。

"轰！"一颗手榴弹在敌群里爆炸了，一团蓝色的烟雾罩住了敌人。

被追赶的人矫健极了,他像一只又凶猛又敏捷的豹子,在敌人群中窜来窜去,忽而躲进树丛里不见了,忽而又从岩石后面跳出来。但是,六十多个敌人却在收缩着包围圈,越聚越紧,越聚越密。从当前的情景来看,他想脱出包围已是万难了。同时也可以判断出,这位游击队员手上已经没有任何武器了,刚才爆炸的很可能是他最后的一颗手榴弹。现在他的唯一武器就是他的机智和勇敢了。

"坏了,他就要被俘了!"林景元痛苦地说。

"若是有支枪,就可以把敌人吸引过来。"史少平焦急地绞着双手。

他们都屏住呼吸,眼睛眨也不眨地注视着,心脏似乎就要停止跳动。

这时,只见那个游击队员拐了一个弯,直对着他们这个方向跑来,快得都没有看清他是怎样从敌人包围中冲出来的!

赵星海急了,猛然向前跑了几步,似乎要向前把突围的人挡住。他痛苦地喊道:"坏了,跑到悬崖上去了,这是条绝路!"

就在这瞬间被追赶的人站上悬崖,腾地纵身一跃而下,像山鹰展翅,消失在崖下的杂树丛里。他们四个同时惊呼道:"啊,跳崖了!"

匪兵们一齐拥到悬崖上,乱糟糟地闹哄了一阵,没有办法下去,便向崖下乱打了一阵枪,然后回史家坪去了。

当天下午,史少平和林景元,怀着沉痛和崇敬的心情,绕道来到了悬崖下。他们想找到那个跳崖的游击队员,但他们几乎找遍了整个山谷,也没有找到这位英雄。这位神秘的游击队员确实是从这里跳崖的,但这里只有被踏倒的山草,被子弹打断的树枝和被手榴弹炸开的新土,却没有一滴血迹。

"这位游击队员还活着。"史少平首先得出了这样的结论，"从一切情况判断，他地形很熟，很顺利地离开了山谷。"

这位英雄的游击队员是谁呢？他现在又在哪里呢？这真是一个谜。

"我们将来能见到他吗？"林景元说。

"我们会见到他的！"史少平充满信心地说。

史少平这几天来，不仅看到了敌人对人民群众的残酷镇压，更看到了人民群众在极端困难的情况下，仍然手持武器坚持斗争。

第十三章　"庆功"宴上的丧钟

一

谷敬文从白马山峡谷赶回他的老巢之后，就接到了升任三县"剿共"司令的消息。并且得知特派专员陈鲁夫将亲自带着委任令来为他祝贺。

谷敬文要大大地庆祝一番，立即向四岭山区的周武、南屏山区的汤三磕子等发了请柬。他一面疯狂地对游击队进行"清剿"，一面加紧庆功的准备。

经过一番修整的谷家寨已和过去大不相同。高墙重垒，碉堡林立，壕沟纵横，铁丝网一圈圈地围绕着，阴森狰狞。在四个用铁皮包裹着的寨门上，八个青铜大字："坚如磐石，固若金汤"擦拭得闪闪发亮。

谷敬文的府第，经过几天的忙碌之后，粉刷一新。这个灰色大院，一共分为三进。第一进正面是个穿厅，东西两排厢房，住着用人和家丁。沿着石铺甬道，通过穿厅，便走入第二进，这第二进是谷府的核心，正面就是谷敬文的议事大厅，大厅两边的耳房是谷敬文的卧室和书房。左右两排厢房是家人和客人的住房。正厅前的甬道两边，有两座奇形怪状的假山，假山四周是小小的花苑。此时，紫丁香、夹竹桃、月季、蔷薇、玫瑰……正在开放，给即将举行的"庆功"宴增加了色彩。第三进是后院，另有后门出入，库房、马厩、厨房和长工的住所都在那里。每逢一进，都有影壁一面，四角有四只蝙蝠作为装饰,中写一个比方桌面还要大的"福"字,以取"福、禄、寿、康、宁"五福之吉兆。

这时的谷敬文已经不是过去的谷敬文了。他脱去了绸缎长衫、马褂,穿上了米黄色的斜纹哔叽军装;他脱去了绣着云朵的缎鞋,换上了发着幽光的黑色皮靴。此时此地的谷敬文完全陶醉在沾沾自喜、称心如意之中了。他不由得倒背起带着雪白手套的手,昂着头一步一耸地在他的议事大厅里来回踱步。不知是由于自鸣得意还是由于刚穿上皮靴不习惯,走路活像一只大公鸡,脚下的方砖咯噔咯噔地响着。他环视着挂满喜幛贺联的墙壁,欣赏着上面的书法和颂辞。他尤其喜爱"盛名扬四海,威力震群山"那一副贺幛,足足地品味了半个小时,然后才恋恋不舍地把傲视一切的目光,投向大厅正中的一幅猛虎中堂。

这幅中堂是当局特派专员陈鲁夫送的,上画一只猛虎穿林而出,虎视眈眈,贪婪地望着前面,露出要吞噬一切的神情。这种精神状态,正和当前的谷敬文相似。更有意思的是那副隶书的对联:

叱咤风云三尺剑
运筹帷幄五车书

这副对联也正是他那野心勃勃,自命不凡,不可一世的狂妄心情的写照!

满面含笑的谷敬文又向紫檀木的雕花茶几上投了一瞥。上面放着一张十天之前的《民国日报》。报上刊有"共患基本肃清"和他"荣升三县剿共司令"的消息。此时谷敬文的心情,恰像是灌了一肚子老酒,深深地陶醉在甜蜜之中,有些昏昏然、飘飘然了。

谷敬文的"荣升"并非偶然,这位"司令"确非一般地主豪绅可比,他名曰"敬文",其实"尚武"。他平时自诩谙熟兵法,满腹韬略,有运筹帷幄之中而决胜千里之外的军事才能;他为人虚伪奸诈,处事惯使阴谋权术,他把集反动之大成的刽子手曾国藩当作祖师爷,并把曾国藩的文集奉为圣典。他目空一切,像任洪元之流,根本不放在眼里。

谷敬文踌躇满志地在大厅里来回踱着方步,展望着飞黄腾达的未来,间或也回想着他那引以自豪的过去。

九里十八坪一带的政权机构,从前清以来就是因袭旧制,从未更动过。尽管经过多次改朝换代和辛亥革命前后的动乱,县以下的机构都依然如故。因为不管是哪一个朝代、派别和集团,都需要这些机构来横征暴敛。这些地方政权机构也绝不反对当局,不管是前清的道台、制台,也不管是民国的省长、主席,他们是谁当家孝敬谁。只要上司不妨碍他们鱼肉乡民就心满意足了。

政权的系统是县—区—会—保—甲。但当时虽有区的划分,却无区级政权机构的设置,县和会(比乡大,比区小)直接发生关系。自从民国以来,挂上"革命"的招牌,稍有变动,这就是增设了一个所谓的民意机关——谘议局。

谘议局局长,名义上是民主选举,实际上是省里钦定。本县谘议局长不是别人,正是大土豪谷敬文。各会会长以至保正、村正也都是地主豪绅。他们专门从事征粮敛税,包揽诉讼,从中勒索。在他们内部也都是明争暗斗,尔虞我诈,互相倾轧。当时有不得势的文人送他们这样一副对联:

> 一伙假名公:猪公、狗公、阉鸡公;公不言公,公道何存? 公心何在? 如此借公图势利。
> 四门成立局:茶局、酒局、谘议局;局中斗局,局内者生,局外者死,何时了局待清平?

这副对联算不上高明,更算不上革命,却道出了地主豪绅们的卑鄙行径和谘议局的虚伪面目。

九里十八坪,分为东西两会。一九二五年秋,县谘议局大选,能同谷敬文竞争的就是史家坪的大地主黄汉臣。

黄汉臣，是个暴发户，是九里十八坪的最大的高利贷者。他虽然土地不多，却是银满箱，金满柜。黄汉臣深信，"有钱能使鬼推磨"，只要有钱，可以把局长的位子买到手。他一心做着"半年清知府，十万雪花银"的好梦，却忽视了他的对手。

在选举之前，谷敬文瞒着黄汉臣和他的亲信，召开了一个极其秘密的地主豪绅会。他在会上说："我能否当选谘议局长，就我本人来说，不过是区区小事。但是，我想让诸位在选举中发一笔大财。"谷敬文用阴险诡诈的目光扫视了与会者一眼，继续说，"我知道黄汉臣要贿赂各位。……"

"谷局长，我们绝不会受黄汉臣的贿赂，我们拥护你连选连任。"几个乡绅急忙阿谀奉承地表白着，他们并没有猜透谷敬文的真意。

谷敬文生怕他的狐群狗党摸不透他的心计，所以说得特别露骨。他故作谦和地说："我衷心地感谢诸位对我的信任，但是我绝不愿意为了我当选局长，而使诸位失去一个发财的机会。所以我再次提醒各位，为了让黄汉臣出更大的价钱，你们必须积极为我宣传，表示坚决拥护我当选。我必须说明：这绝不是为了我，因为我已经向诸位申明过，谷某当不当谘议局长，是无所谓的。所有这些为我宣传的做法，只不过是为了抬高黄汉臣竞选活动经费的价码。这个吝啬鬼，平时虽然一毛不拔，为了当谘议局长，他是不惜血本的！"

"啊，谷局长真是舍己为人，公正无私。"乡绅们称颂着，"我们终生忘不了局长的大德。"

"这点小事，何足挂齿，不是谷某夸口，对于黄汉臣的家底，我比诸位清楚得多。若是诸位信得过我，请你们把他活动经费的数目如实告诉我，我可以向诸位提出建议——是点头接受呢，还是让他继续加码。"

在大选揭晓的前一分钟，黄汉臣还做着走马上任的黄粱美梦，但一声霹雳，把他从梦中的咨议局长的宝座上震跌下来。谷敬文突然当众公布了他贿赂的丑行，受贿人的姓名、数目，桩桩俱在，铁证如山，这使贿赂者和受贿者都惊得目瞪口呆。

受贿人为了开脱自己，都纷纷揭发黄汉臣的恶劣手段，甚至发起了连名控告，把一切丑恶肮脏，像污水一般全都泼到黄汉臣身上。为了保住自己的名誉地位，他们都纷纷倒向谷敬文，拿黄汉臣作了牺牲品。

这位高利贷者，偷鸡不着蚀把米，花了几千元大洋，弄了个声名狼藉，一败涂地。他气得一病在床，三月不起，差一点断了气。谷敬文却得到了成功，不仅在本县，而且在省里也大大地扬了名。

黄汉臣从病床上挣扎起来，灰心丧气之余，凭着所剩资产，仍图东山再起。奸诈的谷敬文果然"雪中送炭"，派谷中一给他送来了发家致富的锦囊妙计。谷中一对黄汉臣说："为了竞选谘议局长，让黄先生蒙受过多损失，谷局长是不得已而为之，故心甚不安，特命中一代为深深致歉。……"

"哼，"黄汉臣满怀愤懑地说，"多谢谷局长的好心，当我这个穷光蛋提着打狗棍子登门讨饭的时候，请谷局长赐给一碗饭吃！"

"黄先生大概误会了我的来意。"谷中一装出一脸委屈而又诚恳的表情说："谷局长是让我来向黄先生献发家之策的。常言说，'马无夜草不肥，人无横财不富'，发家致富是有捷径的。"

俗话说："人见利而不见害，鱼见食而不见钩。"黄汉臣果然发生了兴趣，伸长了脖子问："你说这捷径是什么意思？"

"眼前贩卖烟土是一本万利，谷局长可以帮忙，保你三年之内，重振家业。"

"这我也知道,犯法的事我可不敢。"

谷中一鄙视地说:"要想吃鱼就不能怕腥嘛,要发家不冒三分险是不行的! 谷局长答应竭力相助,定然化险为夷啊!"

黄汉臣听了谷中一登门献策之后,陷入了沉思。按一般常理推论,黄汉臣上过谷敬文一次大当,深知谷敬文手段的毒辣,这次该不再上当了吧? 不! 社会上的事情可不那么简单。在地主阶级内部,充满着尔虞我诈,钩心斗角。有时他们可以互相联合,互相利用;有时他们又可以互相排挤,互相倾轧。所谓一打一拉就是他们互相之间惯用的手段。黄汉臣手段虽然没有谷敬文"高超",但他却十分明白,他们之间的交往完全是建立在利害关系上的。"谷敬文为什么打击我?"黄汉臣这样想,"那是因为我和他竞选谘议局长,是对手;可是在贩烟土这样事上我发了财,对谷敬文并没有害处,所以他拉拢我。但是谷敬文一生专干损人利己的事,没有好处他是不干的。"于是他问谷中一道:

"谷局长的美意我心领了,可是我不明白,他身为谘议局长,为什么怂恿我干这犯法的事?"

谷中一哑然而笑,说:"什么叫犯法? 抓赌的人就是聚赌的人,官场里的事哪一件不是睁一眼闭一眼啊?! 谷局长为什么请你干呢? 就是因为他有公职在身,有碍声望,所以想和你合股经营,按股分利。……"

黄汉臣感到有了可靠的后盾,便接受了谷敬文的"劝告",贩起烟土来。

但是,狡猾透顶、毒辣无情的谷敬文,这次却施展了一打再打的手段。等黄汉臣第一批烟土刚刚到手,谷敬文就告发了他(谷敬文和任洪元事先串通好了,一个要浮财,一个要地产)。当天夜里,任洪元就派兵抄了黄汉臣的家,烟土充了公,黄汉臣坐了牢,浮财归任洪元所有,地产宅基为谷敬文所占。那时黄汉臣的儿子黄国信正在省城里读书,由地主少爷一下子降到了一无所有的破落户了,他只好自寻生路,当了私盐贩子。

当黄汉臣在监牢里死去的时候,谷敬文不禁拊掌大笑:"哈,哈,哈,黄汉臣啊黄汉臣,在我谷敬文面前你还是三岁的小孩子哪。竟敢同我斗法哩。我这手只是翻了两番……哼,莫怪我谷敬文手下无情,常言说,'无毒不丈夫'啊!哈,哈,哈……"

二

九里十八坪起义的时候,谷敬文的保安团被打垮了,他逃到了省城。半个月后,他就跟着任洪元的三十二旅杀了回来,重又整顿和扩大了保安团。

当谷敬文接到他受任洪元节制的指令时,他就确定了他和任洪元关系的性质——狼与狼的关系。不是你吃掉我,就是我吃掉你!他很清楚,当局对他这样重视,一是因为他大儿子谷福春在总司令部供职,后台硬,根子粗。二是因为他剿共坚决,而且有一个同共产党作战的保安团。这个队伍的扩大和缩小,他的身价也随之提高或降低,因此,实现他野心的第一步是扩大队伍,队伍就是势力。实现他野心的第二步就是占领四岭山区,割据一方,以作为他建立霸业的根基。

他已经不止一次地盘算过:一定要把任洪元搞掉,把他的三个团拿到自己的手里。一般地方势力,只要保住自己不被国民党正规部队吃掉,就算不错了,谷敬文却要倒过来,想吃掉正规部队,这就是谷敬文不同一般之处。为了实现他的野心,他是敢于铤而走险的。他和参谋长谷中一日夜策划,要火并他的对手,由于力量的悬殊还无法做到,但他终于找到了一条达到目的的稳妥道路——取得当局的最大信任,而中伤任洪元就是取得信任的主要手段。

谷敬文可真是心满意足、得意扬扬啊！新的升任，对实现他的野心提供了有利的条件，他可以和任洪元分庭抗礼了。他一直馋涎欲滴的四岭山区正在他的"三县"范围之内，霸占四岭山区是可以名正言顺了！眼看霸业将成，焉能不喜？

谷敬文想到这里，喊人请参谋长来，问一下"庆功"宴的准备是否已经就绪。参谋长谷中一奉命来到。他的左腿微跛，像一只被打伤的瘦猴子，手里提着手杖，披了一身黄皮，两只毒蛇般的眼睛闪着冷光。

"司令，奉你的命令，两个大戏班子都已请到；后天用的二十桌酒席也已经置办齐备；本寨的防务重新作了调整，又调了一营加强本寨的防卫力量。"谷中一像往日报他的流水账似的向谷敬文报告了一通。谷敬文满意地听着，停止了踱步，扬扬得意地坐在披着虎皮的太师椅里，继续听取谷中一的报告。

"我从各保抽了二百名民团，特务连也都换了便衣，准备在祝贺的那一天，都混到老百姓里去。共产党不来便罢，如果来，哼……"谷中一恶狠狠地用力一攥拳头，代替了他那没有说出来的意思。

"好，好，我想共产党总是要借机来捣乱的，那就不用我们漫山遍野地去找他们了，很好，这叫自投罗网。把他们一网打尽，叫他们有来无回。"他赞许地看了参谋长一眼，"其他事我就不必讲了，你看着怎么好就怎么办吧，你是从来不叫我失望的！"

谷中一怀着受宠若惊的心情，小心翼翼地向外走去。刚刚跨出门槛，谷敬文又喊住了他。

"近来，郝大成和史太昌的活动，有什么新情况吗？"谷敬文的脸上浮上了一片乌云，并示意转回来的谷中一坐在他的对面，显然是要和他细谈。

"郝大成现在驻扎在南屏山，是惊弓之鸟漏网之鱼，虽说袭击了汤家楼,占了点小便宜,但不会有多大作为了,顶多是个占山为王的草寇。史太昌在豹子山被我们击溃之后,下落不明。……"

"不不不,"谷敬文连连摇头,不同意参谋长的判断,"要知道,郝大成并不是惊弓之鸟漏网之鱼,而是一只被我们打伤了的猛虎。他一旦把伤养好,就会向你扑过来,这是我们的心腹大患。他们在汤家楼暴动,打死了汤三碰子,这对我们进剿南屏山的计划有很大不利。……至于史太昌也不可轻视,史家坪凌晨的爆炸说明他并不是下落不明,而是行动更加诡秘。"谷敬文说到这里情绪忽而一转,幸灾乐祸地说,"哼,多炸他几下也好,教训教训任洪元这个老鬼!"

谷中一没有讲话,他猜度着谷敬文此时此地的心境。

得意忘形,气焰嚣张,趾高气扬,正是谷敬文新官上任时的特征。他仿佛感到有些疲倦,为了提神,"嚓"的一声划着了火柴,又点上了一支烟,深深地吸了一口,感慨地说:"中一,后天的'庆功'宴上,没有郝大成、史太昌的头颅来助酒兴,真是莫大的憾事。"

"司令放心,这不过是早一天晚一天的事!"

"也对,"谷敬文有点无可奈何地自我安慰道,"大丈夫报仇,十年不晚。我相信总有这么一天。"谷敬文一转念,又变得兴致勃勃起来。他"嚓"的一声,又划着了火柴,但没有点烟,"中一,要知道,要有更高的地位,要有更大的权势,就要用穷小子们的尸骨堆成台阶!"火柴烧尽了,烧疼了他的手,他把火柴棒甩到地上,摇晃着烧疼的指头。

电话铃急急地响起来。

电话就在谷敬文的手边。但他没有立即去接,他脸上露出微微的笑容。这是谷敬文的私人电话机,这个电话从来不给他传来不愉快的消息。

纵然有许多不愉快的事件发生,他的部下谁也不会直接和谷敬文讲的,而是经过各级斟酌修改后才向谷敬文报告。可是,如果真捉到了红军游击队员,哪怕是一个伤员,或是得到一把大刀,就可以直接给谷敬文打电话了。他曾经命令他的卫兵,即使是在半夜三更也要叫他起来。

这次电话铃声,又给他送来什么"胜利"消息呢？是谁在这"庆功"宴的前夕,给他送来一份"厚礼"让他夸耀一番呢？他怀着愉快的心情拿起听筒,习惯地问道:"喂,哪里?"

但他的笑容立即消失了:"是任旅长吗？有何见教?"

"你知道史家坪发生了什么事情吗?"电话里传来任洪元嘶哑的声音。

"旅长,"谷敬文厌恶而带讽刺地回答对方,"爆炸我是听到了,不知是什么原因?"

"也没有什么大不了的事,弹药库叫红军游击队给炸了,炸死炸伤两个排!"

谷敬文脸上露出幸灾乐祸的笑容,但他故作关切地问:"游击队抓到了没有?"

"没有抓到活的,跳了崖,摔得粉身碎骨啦!"

谷敬文刚要放下电话,听筒里却又传来嘶哑的声音:"我要到豹子山进行一次清剿,请你派一个营配合我的行动!"

"要多少人?"谷敬文恼怒地说,虽然他已经听清了对方要的数目。

"一个营,最少一个营。"

"遵命!"谷敬文把听筒一摔骂道:"这只老狗!"然后他对谷中一说,"给他派一个连去,这只老狗到底打的什么主意?"

谷中一胸有成竹地说:"正像司令说的,'你想高飞吗？我先拔掉你的翎毛'。"

谷敬文激动地摘下眼镜,用手绢擦了擦他的血红的眼睛,显得更加凶狠疯狂:"哼,看谁拔掉谁的翎毛,看谁折断谁的翅膀!"

"司令,你该休息了吧?"谷中一殷勤地说。

"不用,"谷敬文越加精神抖擞起来,"我还要坐一会儿。中一,后天的集市要搞得热闹一些,把街道打扫干净,家家户户要张灯结彩。下令各保、甲长,把各村的老百姓,都给我赶来。让陈特派员看看,让那些名声显赫的将军们看看,在他们所谓的'共产党最猖獗的地区',在他们听起来就毛发倒竖的地区,我谷敬文是怎样建立起秩序来的!"

他说到兴奋处,自己倒了一杯酒,一仰头直灌下去。谷中一出神地看着他的司令,他还是第一次见到谷敬文这样得意忘形。

"司令,人参汤都凉啦,还不进去喝?"随着娇滴滴的声音,走进一个二十六七岁的妖艳的女人来。

谷中一向这个女人瞥了一眼说:"三姨太,把司令扶进去吧,该休息啦!"

当三姨太把肥胖白嫩的手,搭在谷敬文的膀子上时,谷敬文才从太师椅上站起来。他的思想仍集中在飞黄腾达的欲望上。

他在三姨太的搀扶下,一步步走下台阶时,扭头对三姨太说:"你懂吗?乱世出君王啊!"

三姨太吃了一惊,似懂非懂地笑笑说:"我可不懂你整天想些什么,我只盼着享个平安福。"

"你啊!真是妇孺之辈!"谷敬文昂首向天,哈哈大笑起来。

三

一向死气沉沉、阴风惨惨的谷家寨,今天突然人为地沸腾起来。九里十八坪的居民,按照各保、甲长的命令,络绎不绝地向谷家寨走去。

人们的心上虽然积压着仇恨和悲痛，但是，在通往谷家寨的路上，还是间或有说笑声和山歌声。当然人们并不是来给谷敬文庆功的，有的人是在迫不得已的情况下，只好到谷家寨来应付应付；有的人却怀着好奇心，想亲眼看一看谷家寨到底是什么样子，因为在传说中，谷家寨比魔鬼的窟穴还要可怖。

史少平、林景元、赵星海和小芬，也都杂在赶往谷家寨的人群中。

小芬看看前后没有外人，便忍不住唱起了山歌：

> 地主狠似狼呀，
>
> 豪绅毒似蛇呀，
>
> 勾结那白匪和军阀，
>
> 杀我亲人烧我的家。
>
> 烧了我的家
>
> ……

"不要唱啦小姑娘，听了叫人怪伤心的。"一个和他们同行的老妈妈抽抽搭搭地哭起来，"我那孩子就是让白狗子们丢到火里烧死的！"

"让她唱吧，苦水吐出来总比闷在肚子里好！"另外几个同路的乡亲们说。

小芬继续唱着：

> 不怕他们烧呀，
>
> 不怕他们杀呀，
>
> 起来跟他们拼到底，
>
> 革命要开出幸福花。
>
> 开出幸福花
>
> ……

"小芬,你看,"赵星海指着高耸的谷家寨的围墙说,"我们快到谷家寨啦!"

"这回,还不知谷敬文安的什么心呢?"刚才那个啼哭的老妈妈看着围墙,忧虑地说。

"咱们都是黄土埋到脖颈儿的人啦,怕什么?"另外一个老头说。

"就算是来给谷敬文吊丧吧,唉,我这两条腿都跑酸啦!"

"我本想不来,可是有什么办法?我哪来的一斗粮食啊!"

人们纷纷议论着。

"天下竟有这样的怪事,不来给他庆功,就罚一斗粮,他妈的,天下还有说理处没有?"一个中年人愤愤地说,"我又不是你谷敬文的佃户!"

"嘿,管你是他的什么?谷敬文可抖起来啦!当了三县司令,哪有老百姓的好果子吃!"

"你别看他娘的谷敬文得意,我看他也过不安生,"谈话的人突然放低声音说,"今天'庆功'宴准得出点事。"

"你怎么知道?"

"郝大成派人回来啦!"

"真的?郝大成在哪里?"

"听说在南屏山!"

"为什么不到九里十八坪来?"

"那是不到时候啊!……田世杰也回来了,我看,九里十八坪非要大闹一场不可!"

人们悄悄议论着,大声吵嚷着,经过寨门岗哨的严格检查,然后进了谷家寨。

今天的谷家寨可不比往常,在皮鞭的威逼下,人们把街道打扫得干干净净,在刺刀的恫吓下,各家门口挂上了过节的灯笼。空场子上两座戏台的飞檐老远就能看见。花花绿绿的标语贴满了大街。谷敬文决心用他的权势制造出一个节日的气氛，来陪衬他的隆重盛宴。

刚吃过早饭不久，戏台上的锣鼓已经"铿铿锵锵"地敲打起来。饭馆子、小商贩的叫卖声和人们的吵闹声混杂在一起。谷敬文的保安团的匪兵一队接一队地、荷枪实弹耀武扬威地穿过人群，在大街上巡逻。……

史少平、林景元进了谷家寨，就和赵星海分手了，他们装做逛大街看热闹的样子，四处走动，并时常和巡逻队擦肩而过，准备寻找一切机会夺取武器。至于要冒多大的危险，他们并没有认真考虑过。他们考虑的是寻找游击队，夺取武器，打烂谷敬文的"庆功"宴！

四

在举行"庆功"宴的这一天上午，客人还没有到达的时候，谷敬文在他的厢房里同提前到达的妹夫周武密谈：

"……愚兄有一言相告，吴可征、郝大成非一般军人可比，千万不可轻视。汤万田落此可悲下场，皆因大意所致。你来之前，四岭山可有安排？"

"大哥，你放心好了，我周武不是汤三磕子，四岭山区也不是汤家楼，不用说郝大成进不去，就是进去，也是自投罗网。再说，家有二叔（他指的是周祖荫）照料，可保万无一失。"

"郝大成是四岭山的外患；你所说的共产党不是被消灭了，而是潜伏起来了，这是四岭山的内忧。还有，齐心会也是个麻烦，四岭山两分天下有其一，不把齐心会搞掉，你是难以统一四岭山的。……"

"我那位族兄(他指的是周威)和我不对头,可是他也不敢反对我。按照你的主意,二叔时常到太平寨去开导他。这是个高招,他还是听老头子的话的。"

"这要看什么事,"谷敬文不以为然地说,"你不是把田世杰抓到了吗?为什么让周威把他要走了?"

"真没有办法,"周武无可奈何地说,"田世杰是他的救命恩人嘛!"

"可见他并不完全听祖荫老头子的话。现在田世杰跑到九里十八坪来了。董二先生和黄老四向我报告了,这两只老狗,眼看着让他走了也不敢动手,真是脓包。"

"由此可见四岭山的共产党已无立锥之地了!"周武得意地说。

"你想错了。"谷敬文像老师教训学生似的说,"你以为田世杰是逃到九里十八坪来的吗?不,若是逃,荒山野岭到处有,他绝不会逃到这刀斧丛里来。我估计他是来找史太昌的,他不会在这里待很久。共产党的脾气我知道,四岭山他们有根基,他们不会放弃这块地盘。九里十八坪就是证明,即使重兵压境,史太昌的游击队不是还在猖狂活动吗?你回去告诉民团和各村保正保丁,田世杰不回四岭山便罢,若是回去,一定要把他抓住。要舍得花赏钱,这回抓住,不要叫周威知道,立即杀掉,以除后患!"

周武听谷敬文一说,倒觉得四岭山并不像他想的那样安全平静了。不禁低头默然而思。谷敬文看透了周武的心境,便进一步说:"愚兄早给你想好了个万全之策,等陈特派专员一到,我给你请个委任,把你的民团改编成我的保安第二团,那时你可就是国军了,有饷有枪有子弹,力量一大,先把齐心会吃掉,四岭山的太上皇就是你了。"

周武听了之后不知是喜还是忧,狐疑地问:"不会把我的队伍拉走吧?"

"不会！保安团是地方部队。此外,还可以再成立民团,那你的势力就会更加扩大……"

谷敬文看看时间不早,给他的妹夫一颗定心丸之后,便连忙来到布置得辉煌异常的大厅里接待客人。

最先来到的是特派专员陈鲁夫。他是一个干瘦的中年人,嘴上留着一撮小胡子,头上戴一顶盔式凉帽,身穿银灰色哔叽西装,脚下牛皮鞋闪着幽光,坐在宽大的太师椅里,更显得身材矮小。

"陈特派专员大驾光临,使寒舍蓬荜生辉,谷某真是三生有幸啊！"

"岂敢,岂敢,都是自己人,不必客气。"

谷敬文和陈鲁夫寒暄了一番,各自嘻笑了一阵。这时丫头献上茶来,陈鲁夫接杯在手,呷了一口茶,把茶杯放在彩色的盘碟里,斯斯文文,感慨地说:"现在九里十八坪一带,总算太平无事,老百姓得以歌舞升平,全赖谷司令之鼎力啊！"

"哪里,哪里,这全凭陈特派专员的指教,更托蒋总司令的洪福。"谷敬文客气地笑笑,"谷某无德无能,承蒙陈特派专员大力提携,得任三县剿共司令之职,某当终生难忘,但所辖地区,所统兵力均和原保安团无异,空有其名,并无其实。"

"谷司令,有什么你就直说吧！"陈鲁夫猜度着谷敬文的心思说。

"请上峰明令将四岭山区、南屏山区……"

陈鲁夫打断谷敬文的话说:"这很清楚,你既是三县司令,这些地区自然全归你管辖。"

"可是卑职力量有限,除九里十八坪外,其他地区鞭长莫及,尚请陈特派专员呈报上峰,将四岭山周武之民团改编为保安第二团,把西屏山任中元的保安团改编为第三团。……"

陈鲁夫深感谷敬文胃口太大,摇摇头说:"任中元另有上属,又加是任旅长的兄弟,恐不好办。你可以把周威搞掉,把齐心会改编成第三团。"

"齐心会绝非民团可比,都是些黑泥脚杆子,一来不服改编,二来改编之后,恐怕也不可靠。"

"这就看你的手段了。"陈鲁夫忽然把话题一转说,"现在蒋总司令正在联合桂、冯、阎,对张作霖作战,不久即可攻占北平、天津,无暇顾及南方各地,共产党一定会乘机大肆活动。你对四岭山区应当特别注意,必要时你要亲自出马,确保四岭山区的安全。……至于各保安团的委任令,那很好办,不久即可下达。……"

这时谷中一进来,先向陈鲁夫行了礼,然后向谷敬文报告:各会长保长都已到齐。

"先请他们西厢房用茶,"谷敬文吩咐说,"我和陈特派专员还有要事相商。"他用手绢擦擦汗,然后叫丫头拿两把扇子来。

陈鲁夫接过绢扇,在手里玩弄着,由于太瘦的缘故,他并不觉热。他瞅着绢扇上的喜鹊登枝的画面,试探地说:"任旅长今天亲临前线,进兵豹子山,这次恐不能来为谷司令祝贺了。"

谷敬文两颊一阵红晕。他很清楚,任洪元今天的行为是一箭双雕:一、有意借口不来祝贺;二、做出积极剿共的样子给当局看。但谷敬文不摸陈鲁夫派系的底细,不敢说出对任洪元的不满,也试探地说:"旅长重任在身,军务繁忙,谷某何德何能,敢劳他旅长大驾亲贺!"

谷敬文很不自然地苦笑了一下。陈鲁夫正狡猾地窥伺着谷敬文的面部表情,猜测着他的心事。

"哪里,哪里,"陈鲁夫故作不平地说,"谷司令智勇兼备,可谓一世之将才。想从前,谷司令带一团之众,东征西战,所到之处,共军望风披靡,现在却受这个老朽节制,弟实为兄惋惜。"

陈鲁夫这些挑逗怂恿的话,就像烈性烧酒一样,使谷敬文因受刺激而变得急躁、疯狂。他想把他对任洪元的怨恨发泄出来，他想把他的野心披露出来，但他忽而一转念，又克制了自己的感情，他想："也许他是故意来试探我呢！"老奸巨猾的谷敬文对谁都存着戒心。他很清楚，在国民党的官场中，派系斗争非常激烈，都是尔虞我诈，钩心斗角，互相倾轧。在他没有摸准这个特务的真实态度之前，他决定把自己的野心和不满，深深埋藏起来。他说："陈特派专员，谷某为国为民，生命亦在所不惜，哪里会计较这些权势名位呢！"

陈鲁夫对谷敬文的回答甚感意外。他没想到这个素怀野心的家伙竟说出这种冠冕堂皇的话来。他便装出追悔的样子说："小弟量小，为司令之处境深感不平，想不到竟是以小人之心度君子之腹了。不当之处，请司令海涵。"

陈鲁夫这一讲，倒真把谷敬文弄糊涂了。心想："他到底是站在哪一边呢？如果他是反对任洪元的，这将是一个取得帮助和支持的好机会！假如他是任洪元的后台，是用圈套来骗我的呢？那将是十分危险的。"他真是左右为难了。只好仍旧继续他的试探："不知当局对任旅长如何看法？……"

陈鲁夫对这个问题也不知如何回答才好，正好谷中一进来了，他报告说："刘玉龙团长到了，还带来了任旅长的贺信。"

"先请到东厢房里坐。"谷敬文说完以后，便以目探询当局的代表，到底是谈下去，还是以后再说。

陈鲁夫熄灭了吸了半截的烟，说："贵客均已到齐，我们还是酒后再谈吧，不要怠慢了客人。"

谷敬文从大厅里走出来，先到东厢房接见了刘玉龙，他知道刘玉龙是任洪元的亲信，有意拉拢。

"谷某何德何能，敢劳刘团长亲临庆贺。"谷敬文装出一副诚恳谦恭的样子。

"谷司令真是太客气了。久仰司令英才,指挥精明,领导有方,战果赫赫,众口皆碑。"刘玉龙说完,把任洪元的贺信呈上。

这时客人都已到齐。爆竹声突然噼噼啪啪地响起,吹鼓手也嘀嘀哒哒地吹打起来。人群熙来攘往,整个谷府一片喧嚣,散发着酒味、菜味和爆竹的火药味。

谷敬文、谷中一和三姨太忙得团团乱转,不可开交。他们和客人们施礼、问候、寒暄……吃过茶点之后,酒菜已经备齐,盛宴随即开始。

在宴席上,陈鲁夫正式宣读了对谷敬文的委任令。刘玉龙高声朗读了任洪元的贺信。

宴席上响起噼里啪啦的掌声和叫好声。各会、保长也都相继离席祝贺,无非是大大恭维一番。接着,哈哈哈的狂笑声,叮叮当当的碰杯声,吆五喝六的划拳行令声,响成一片。

谷敬文的脸,被酒灌成了猪肝色。他已经有七分醉意了。他摇晃着站起来,斟满的酒,从杯子里往外洒。谷中一宣布司令要讲话,宴席间好久才安静下来。谷敬文用低哑的嗓门说:"谷某才疏学浅,无德无能,有负众望,承蒙诸位过奖,实感惭愧。"他停顿了一下,音调陡然提高起来,"某当不遗余力,誓灭共军,为国为民,赴汤蹈火亦在所不辞。郝大成、吴可征、史太昌,至今仍逍遥法外,谷某誓当剿灭他们以报党国。为了我们的剿共大业,大家放量干杯!"

由于过分激动,谷敬文的酒杯举得太高太猛,碰落了自己的眼镜。他慌忙去接,恰好同几个扑过来接眼镜的人碰了头,引起了一阵骚乱和窃笑声。

就在这时,外面突然响起了尖厉的枪声,子弹呼啸着从谷府的上空掠过。

"出了什么事?"

宴席上的人都吃惊地互相瞪着眼睛,就像一锅翻滚着的沸汤突然浇进了一瓢冷水，立即静止下来了。

这枪声使谷敬文心头一震，但他立即镇静下来，沉着地戴好眼镜，端起酒杯："诸位莫慌，今天是大喜大庆之日，也是红军游击队自投罗网之时，今天本来有捕捉游击队的布置，怪我事先没有关照，致使各位受惊。我想不一会儿，就可以抓几个游击队员来，以助各位的酒兴，各位请酒！……"

谷敬文的声音未落，枪声却突然变得密集起来。他那举杯的手不由得在半空里僵了一瞬，他迅速地向席上扫了一眼，发现贵宾脸上都流露着张皇的神色，他感到自己也是惴惴不安的。红军游击队来捣乱他的"庆功"宴，谷敬文本来是有预料的，但他很不愿意这种事情发生，因为它会破坏"庆功"宴的气氛。即使能抓到一两个游击队员，也弥补不了这个损失。……枪声仍在街上响着，嘈杂的人声也隐隐传到宴席上来。客人们虽然也随着谷司令举起了酒杯，但举得十分犹豫，十分勉强，脸上那强做出来的微笑，很是难看。

"谷司令说得是，今天应该抓几个共党以助酒兴。"陈鲁夫为谷敬文帮腔说，"我久居城市，没见过红军游击队是什么样子，今天我也开开眼界。哈……哈……"

这时院子里却跑进几个慌慌张张的人来。谷中一预感到发生了什么事情，怕影响贵宾们的雅兴，赶忙离席，走出大厅，迎了上去，低声问道："什么事？"

"谷二少爷，他……"

"他……他什么？"

"死了……"

这声音虽然微如细丝，谷中一听来，却是一声沉雷。他失去了应有的镇定，心慌意乱，失神地叫了一声："这不可能！不可能！"

大厅里变得死一般沉寂。客人们各怀鬼胎，眼睛一直望着院子里那几个带来噩耗的人，虽不知道具体内容，却知道发生了十分严重的事情。

谷敬文极力克制住内心的惶恐，从大厅里走出来。他不断地警告着自己："镇定，镇定。"但他觉得有点天旋地转，全身血液都涌到头上，好像在梦里一般："中一，出了什么事？"

"司令，真是不幸！"谷中一脸色蜡黄，怯生生地喃喃说，"二少爷……"

"啊！"谷敬文失魂落魄地呆了片刻，摇晃了一下，谷中一赶快扶住了他。接着，张彪和几个卫士跑了过来，架住了司令的摇摇欲倒的身体。

"司令，……"

谷敬文突然从别人的搀扶下挣扎出来，嘶哑地吼叫着："你们这些酒囊饭桶！"谷敬文毕竟是谷敬文，他似乎又恢复了他的镇静，"还围在这里干什么？快，快关寨门。一定给我把凶手抓到，把游击队一网打尽！"

就在这时候，在谷家寨的上空，升起了两股浓烟。

"火！"

"好几处呢！天啊！"

客人们惊叫着拥到院子里。

枪声阵阵，烟火腾腾。

谷府里笼罩着惊慌、沮丧的气氛。有一个人却例外，他默默地观察着谷府出现的混乱，心头有一种快感，这个人就是刘玉龙。

第十四章　谷家寨的枪声

一

史少平和林景元在谷家寨的大街小巷里走来串去。他们东张张西望望,时间已近正午时分,还找不到可以夺取武器的机会,他们真是有些焦急了。

林景元看着一队接一队在大街上来回巡逻的保安团匪兵,恨恨地嘟噜着说:"这怎么下手啊?"

"别发急,集会还有三天呢,这才是头一天。"史少平安慰着林景元,其实他心里也同样焦急。

他们在戏台前后转了一圈,仍然找不到下手的机会,又挤过熙熙攘攘的人群,来到十字街口上,看见街口旁边的小空地上围着一伙人,凑过去一看,原来是说道情唱小戏的。一个是二十二三岁的青年男子,一个是十八九岁的女孩子,都简单地化了装,脸上抹着淡淡的油彩,穿着简单的演出服装,看模样很像是兄妹二人。男的坐在一只很旧的木制的箱子上,弹着桐木三弦琴。女的打着竹板用清脆悦耳的声音唱着。等唱完一段后,男的就手托茶盘,向围成圆圈的听众要钱,大小铜板就叮叮当当地落在茶盘里。

史少平和林景元一听是唱颠倒歌的。所谓颠倒歌,大都是一些荒诞不经的比较粗俗的小唱,在山区却很流行。他们一心想着武器,无心听这种小唱,正要离去。史少平突然看见换上了赵星海的衣裳刮去了胡须的田世杰站在人群里,在向他招手,同时还指了指卖唱的人。史少平猜出了田世杰招手的用意——不是让他们听唱,而是要他们注意弹唱的人。

史少平开始觉得弹唱的人有些面熟,因为化了装,一时没有认出是谁来。但他定睛一看,认出来了,原来是朱惠松兄妹。史少平回忆起那天晚上去找朱惠松的情景。他肯定朱惠松和游击队有联系。真是踏破铁鞋无觅处,得来全不费工夫,没想到在这里找到了游击队,心中一阵惊喜。他要等着一个机会,好和他们打招呼。这时节目又重新开始了,朱惠芳手打竹板,在桐木琴的伴奏下唱道:

> 如今社会古怪多,
> 听我唱个颠倒歌。
> 腊月里热得直淌汗,
> 三伏天冻得打哆嗦。

人群里发出了一阵笑声。

林景元扯了少平一把说:"不听这个,实在没有意思。"

史少平低声说:"他们就是我们要找的人!"

朱惠芳继续唱着:

> 东西大街南北走,
> 村头碰见人咬狗;
> 拾起狗来打砖头,
> 砖头咬了狗的手。
> 菩萨手执杀人刀,
> 马儿骑着官儿走。

人们开始越聚越多。说唱的人,边唱边观察着四周。

> 人吃糠秕狗吃肉,
> 人住荒山狼住楼;
> 不种田的谷满仓,

不织布的穿丝绸。

……

史少平掏出几个铜板，准备在朱惠松收钱时和他联系，没想到这时候却发生了意外的事情。

一个歪戴着白色凉帽，身挎张开大机头的驳壳枪的家伙闯进了人群。史少平一眼就认出了他是谷敬文的二儿子谷福生。这家伙喝得快醉了，走路已经站立不稳，他身后像尾巴一样跟着一个大个子护兵。

史少平看准了这个绝妙的机会，把林景元的手用力一拉，低声说："准备！"

谷福生两眼直勾勾地看着朱惠芳，然后一拧脖子，对跟在身后的护兵说："黄狗！"——这是他的护兵的绰号，"把这个姑娘给我拉走！"

这个"黄狗"，听到主人的命令，真像一只狗一样向朱惠芳扑过去。

朱惠松猛然从木箱子上跳了起来，倒提着桐木琴准备抵抗。人群纷纷四散，但又不愿远去，都想看看事情的发展。形势是千钧一发，紧张万分。

就在这瞬间，史少平对林景元说了一声："快！"立即一个箭步向谷福生扑了过去，一只手卡住他的脖颈儿，一只手从木壳里抽出了张开大机头的驳壳枪。

林景元从背后把"黄狗"扑倒在地上，带刺刀的大枪在朱惠松的木箱上划了一下，就和它的主人一齐倒下去了。"黄狗"死死地抱住枪不放，林景元用脚跺他的胸膛，但枪仍夺不过来。"黄狗"像被捅了一刀的猪，嚎叫着，翻滚着。

在这混乱紧急的时候，从街口的拐弯处，突然冒出了一队巡逻兵。谷福生像见了救星一样，拼命从史少平手里挣脱，狂呼着"救命啊!"向巡逻队跑去。少平一见事急,便对准谷福生打了两枪,谷福生像被木橛子绊了一跤似的扑到地上。

林景元还和"黄狗"在地上扭打着。这个力大如牛的护兵,虽然受到了突然打击,却没有伤到要害。史少平又向他开了一枪,对林景元说:"快跑!"

朱惠松兄妹在这使人眼花缭乱的突然袭击中,竟没有认出史少平来。他们趁着混乱,机智地向惊恐的人们喊道:"快跑啊,保安团抓人了!"

被这景象吓愣了的人们,从震惊中猛醒过来,纷纷四逃,恨不能插上翅膀,立即飞离这块是非地。人们像洪水一般,撞倒了小摊的案板,踢翻了筐篓货担。蔬菜、水果、杂货……满街乱滚,混乱的人们像洪水决堤,越流越大,越冲越远。

"出了什么事?"有人惊慌地问。

"保安团抓人了!"有人惊慌地回答。

保安团的巡逻队还没有弄清发生了什么事情,就向人们头上开了一排枪,这使本来已经混乱的集市,陷入了更大的混乱,各处都掀起了惊呼的浪潮。

朱惠松和朱惠芳趁混乱的时候,打开箱子,取出了两捆红红绿绿的传单,在人群中边跑边撒,边撒边喊:"谷敬文抓人了,快跑啊!"

"拿起冲担和白狗子们拼啊!"

一把把彩色的传单在人群头上飞舞着。

奔跑的人们像雨后山洪,在乱石间东冲西撞,然后汇成几股洪流,沿着狭窄的街道,向四个寨门翻滚。

就在这时,谷敬文的新粮仓起火了;保安团骑兵连的马厩也起火了。几十匹马挣断缰绳从烟火里钻出来,满街乱跑,大街上一片混乱,闹得"人仰马翻"!

枪声不断地响着，谁也没法分清是保安团打的，还是游击队打的。

朱惠松散发着传单，向北门奔跑着。他突然被一只有力的手抓住了，扭头一看，是一个须发斑白的老人，竟忍不住惊喜地叫道："田大伯！"

"好不容易才找到你们啊！"老人心中充满了喜悦。

"快，跟我走！史队长派我们来找你！"朱惠松立即紧紧地抓住老人的手，生怕他们再被人群冲散，就像儿子拉着父亲一般，随着人流向寨门卷去。

守门的哨兵，刚刚关起一扇寨门，就被恐惧和激怒的人流冲倒在地。人流踏着匪兵的身体向寨门外倾泻。

史少平和林景元早被冲散，他在人群里找了一会儿，找不见林景元，也见不到田大伯，身不由己地被人流卷到北门外，焦急地等待着田大伯和林景元冲出来。过了一会儿，出寨的人越来越少了，仍不见他们俩的影子。

已经到手的游击队的线索又断了，但史少平并不懊丧，既然游击队的行动十分活跃，他相信很快就会找到游击队的！大闹"庆功"宴的任务完成了，这使他感到欣慰。

谷敬文的保安团终于把寨门把守起来了，史少平怕田大伯被人认出来，又怕林景元没有战斗经验会出危险，但又不得不赶快离去。这时他才发现自己手里有一张已经握皱了的传单，展开一看，上面写道：

亲爱的工友们，农友们：

团结起来，万众一心，拿起武器，运用各种手段，坚决打击敌人。开展抗租、抗债、抗捐、抗税、抗丁的五抗斗争！积极参加中国工农红军游击队，壮大革命力量！革命的红旗永远

313

飘扬!

中国共产党万岁!

红军游击队宣

史少平把传单折叠起来,沉思了一会儿,向黄家湾走去。他认为田大伯和林景元出寨后,会到黄家湾去找他的。

二

谷敬文的心情恶劣到了极点,他变得暴怒异常,谷府的上下人等,连谷中一在内,个个脸上都笼罩着阴沉沉的愁云。这并不是因为谷家寨接二连三发生的事件而悲痛,而是对谷敬文震怒的恐惧,他们都诚惶诚恐、小心翼翼地行事,生怕有什么错处触怒了谷敬文,连平时最受宠爱的三姨太也因为一件小事而挨了耳光。

谷福生的被打死,粮仓和马厩的被烧,巡逻队的被袭击……这一记接一记的耳光,简直把谷敬文打昏了。他气急败坏地想:"当局会对我产生什么样的印象呢? 正当我庆祝赫赫战功的时候,正当我宣布九里十八坪共患已基本肃清的时候,正当我要兴师西指,荡平南屏山郝、吴残余的时候,正当我雄心勃勃、信心百倍地奔赴霸业目标的时候,我自己却变得自身难保了!"他紧皱眉头向茶几上的一张红色传单看了一眼,心想:"现在穷小子们就更不安分守己了!"

"叫张彪来!"谷敬文坐在太师椅里吼叫了一声。

"听司令吩咐!"早已等候在门外的张彪像从地里蹦出来一般,应声而出,木桩一样竖立在谷敬文面前。

"抓到了没有?"

"抓了,一共抓了三十多个!"张彪胆怯地回答。

"哼!"谷敬文只是哼了一声。他很明白,他的爪牙们抓了些什么人来。

"我问你,打死福生的那几个游击队抓到了没有?是谁烧的粮仓和马厩?那些散发传单的抓到了没有?"谷敬文把传单猛然攥在手里揉成一团,暴怒地失态地向张彪打过去!

"唔……"张彪一动不动地站着,不敢回答。

连坐在一旁的谷中一都不敢上来为张彪说情,上上下下都大眼瞪小眼地互相看着,听天由命地任凭事态发展。

"若是不给我查出来,我就枪毙……"

没想到在这后果难料的时刻,任洪元到了。他清剿豹子山刚回到他的旅部,就听到了谷家寨发生的一切。他捻着稀疏的山羊胡子,幸灾乐祸地笑笑,心想:"好啊,这几盆冷水可以消消这位司令的气焰了!"

谷敬文哭丧着脸,站起来迎接这位不速之客。

"听说发生了不幸,二公子……唉,以后多加防范才是。"任洪元装出十分同情的样子,叹了口气。

谷敬文不愿意在任洪元面前表露自己的懊丧悲哀的心情。他知道任洪元表面上表示同情,内心里感到高兴。他不能用自己的创伤,去满足任洪元那幸灾乐祸的心。

"多谢旅长的慰问。这虽然是家庭之不幸,但对剿共大业来说,并无多大损害。想旅长这次进剿,定是战果辉煌。"

"哪里,哪里,由于任某剿共无方,效果甚微。……"任洪元吸着烟,欣赏着谷敬文的神态,猜度着他的心思。他想在谷敬文的伤口上再撒一点盐,给他的痛处再戳上一刀,便慢条斯理地说:"我回到旅部,就收到上峰来电,指令我们派兵进剿南屏山。这也正合谷司令的心意。"

"我现在没有兵派!"不等任洪元说完,谷敬文就烦躁地打断了他,"原来我也是想进兵南屏山的,可是现在看来时机不到,我不能顾此失彼。"

"那怎么回复当局?"

"事情很明显,"谷敬文停止了踱步,"史家坪弹药库被炸,谷家寨的被袭,都说明共患在九里十八坪,而不是在南屏山!"

"汤家楼一带又闹起来了,汤三磕子被打死,当局自然重视那里。我们向当局报告说:九里十八坪一带共患已经肃清。现在又说共患仍在九里十八坪,出尔反尔,怎么好向上峰回禀?……"任洪元冷嘲热讽地讲了这些话,又为难地用手指头敲着桌子说,"总不能叫上峰收回成命吧?"

"我谷敬文自身尚且难保,进剿南屏山之事还是请旅长独担重任吧!"谷敬文无可奈何地说,然后又用手做了个坚决的表示,"我不能丢掉九里十八坪!"

"那么谷司令是不想派兵了?那上峰的交道还是请谷司令去打好了!"

"旅长,这个交道我不能打,指令是给你的,我并没有收到什么指令。"

"这是什么话?!"任洪元猛然站了起来。他被谷敬文的傲慢无理激怒了,愤愤地说:"我必须提醒司令阁下,你是归我节制的!"

谷敬文也停止了踱步,这个僵局是他没有料到的。他和任洪元都横眉竖目,相对而视了好几秒钟。谷敬文拿不定主意下一着棋怎么落法。决裂?他还不敢。屈服?他更不愿。

这时谷中一从门外从容地走进了大厅,他笑嘻嘻地打圆场说:"旅长,请坐!"接着殷勤地划着火柴给任洪元点上了烟。"司令这几天,心情不大好,有什么不周,我想旅长也不会计较,老交情嘛!"他又看了看谷敬文,而后狡猾地说,"关于进剿南屏山之事,我倒有个愚见。"

谷敬文和任洪元都开始平静下来,他们对谷中一打破这一僵局感到满意。

"坐下讲，坐下讲，"任洪元指着椅子客气地说，"我知道参谋长是满腹韬略的人。"

谷中一坐在任洪元的斜对面，又用眼睛探询了一下谷敬文，看是不是讲下去。

"你讲吧！"谷敬文仍然踱起方步来。

"进剿南屏山之事，原来谷司令就有此意的，南屏山既然在三县所辖之内，谷司令自然万分重视。无奈九里十八坪接连发生不幸，谷司令出兵确有困难。依我之见，南屏山只要派一个营去张张声势就够了。郝大成充其量也不过五十多个人，他们的党代表受了重伤，一个营守在山下，足以使郝大成不敢轻举妄动。……"

谷敬文突然从中插进来说："中一这个虚张声势说得好。郝大成是决不敢南犯的，但他绝不甘于久困荒山，势必北上，向四岭山区扩展。四岭山的南大门是白云山，地势险要，易守难攻。这白云山是兄弟的妹夫周武的辖区，我可以函请他竭力协助。郝大成南下不能，北上不得，困守荒山，岂能久乎？"他顿了一下，观察着任洪元的反应。

任洪元说："计策倒是好计策，不知派哪一营去？"

"当然是请任旅长拨出一个营了，其实刘玉龙团就离南屏山不远。"

谷中一看出任洪元快快不乐，便打帮腔说："和周武打交道的事，就包在司令身上。这样当局的指令是不折不扣地执行了，又不致消耗过多的兵力。"

"对，这是条万全之策。"谷敬文和谷中一一唱一和地说，"这样既可以避免顾此失彼，又可以借助周武之力对郝大成进行夹攻。……"

任洪元猛吸了几口烟，两条淡淡的眉毛耸动了几下，慢吞吞地说:"我再提醒谷司令一句,我们剿共不仅限于九里十八坪,谷司令也非一县之司令。"

"旅长说得对,"谷敬文反唇相讥道,"谷某进剿万松山、大岩山和白马山,转战数月,已经大大超出了谷某所辖范围。如果旅长嫌去一营太少,刘玉龙全团开去亦未尝不可。既为反共大业,何必计较你我得失。"

任洪元苦笑道:"我出精兵一营,你出书信一封,也未免太不公平了吧?"

"哈哈哈!"谷敬文哂笑道:"任旅长和我比较起来了。倘若我有旅长的三团之众,莫说出兵一营,就是出三个营五个营我也毫不犹豫。现在是有钱出钱,有力出力的时候,我的一封书信的效用,并不下于一营人马,况且周武的人马也就是我的人马。他的民团将要改编为我的保安第二团,委令颁布在即。……"谷敬文说到这里赶忙收住了口,他发现自己说得有些过头了。

任洪元感到他让谷敬文耍弄了,脸色红一阵白一阵,充分反映出内心的极端愤懑和嫉恨:"谷司令,我的两个团已经北调你是知道的!我现在手边只有一个团了!"

谷敬文为了补救自己的失言,便换了一副推心置腹的样子说:"南屏山之事,我敢说,我比旅长还要焦急得多。如果让郝大成在那里逍遥自在,是一个极大的危险,尤其使我焦虑的是郝大成很可能进入四岭山区,这就等于虎进深山,龙入沧海。……"

任洪元静听着,仍不置可否地等待他的下文。

谷敬文继续沿着他的思路说下去:"现在郝大成正是休养生息之时,创伤未愈,羽毛未丰,还不会有大的作为。吴可征受了重伤,气息奄奄,旦不保夕,更加内部分歧,久必生变。只要不让郝大成进入四岭山,他的面前摆着的就只有一条路——土崩瓦解。我们一定要促使郝大成走这一条路。"

任洪元说："不知谷司令的判断，根据何来？"

"因为共军一向是注重政治领导的，吴可征受伤后，这个政治领导的大权必然落在县委特派员黄国信手里。"

"黄国信？就是贩大烟土的黄汉臣的儿子吗？"任洪元记起来了，他从黄汉臣那件案子里，得到了七千块大洋的外快。

"正是他。黄国信这个人，别看他对我们有仇有恨，可是和那些黑泥脚杆子是两码事。我们可以利用他从内部来瓦解郝大成的部队。……"

任洪元不禁点头赞许地说："这倒也是个好办法。"

"所以旅长派部队去南屏山越快越好，这可以加速郝大成部队的瓦解。我明天即派人送信给周武，提醒他百倍小心，并相机配合，绝不能让郝大成窜进四岭山区。……"

谷敬文自以为得计，并等待任洪元表示他的看法。

任洪元被一个突然袭来的念头所触动，他不露声色地问道："谷司令再三提到四岭山区的重要，我倒要请教它重要在哪里？"

"四岭山区向为龙盘虎踞之地。在兵荒马乱动荡不安的年代，其他地区都很容易易手，今天是北军的，明天就是南军的，今天这个地区姓王，明天说不定又要姓李。可是四岭山区是个例外，它山高谷深，交通不便，地势险要，物产丰富。"谷敬文说到这里忽然变得十分愤慨起来，"周威算个什么东西？是个碌碌无为而又冥顽不化的家伙，可是他那齐心会竟独占半个四岭山区十几年！……"

谷敬文从得意忘形中清醒过来，就连忙收住了口。他后悔说出了心里话，便装出嘲笑自己的口吻说："当然，我是有些夸大其词了。"

欲盖弥彰，谷敬文的掩饰，反而更加暴露了他的野心。任洪元只是微笑了一下，无动于衷地淡漠地说："这种地方，大概就是常说的那种三不管的穷乡僻壤吧！我并不喜欢这种闭塞的地方。……

好吧,对付郝大成的办法就算说定了。"

任洪元站起来告辞,把手伸给谷敬文,并对他报以善意的微笑。这个善意当然是假的,而谷敬文也并没有把它当成真的。

三

送走任洪元后,谷敬文回到他的大厅,习惯地踱起方步,心中一直惴惴不安地想道:"这个老贼猜透我的心思了吧?"

"司令,你该休息了!"谷中一说。

"是啊,我的精神不太好,"谷敬文颓然地坐进太师椅里,点上了一支烟,"中一,南屏山的事情,现在可以放一下,先由任洪元和周武去对付。我们九里十八坪的事情得采取断然措施,不能这样继续下去了!"

"司令,刚才特务连向我报告,已经初步有些眉目了,找到了一条线索。"

"找到线索了?"谷敬文精神为之一振,又从太师椅里站起来。

"这些事和南小街的刘老婆子有关,她那个侄女很可疑。撒传单、打死二少爷全和她有关。……她叫朱惠芳。"

"你们把她逮捕了?"

"没有,只是监视她!"

"对,先不要惊动她,以免打草惊蛇,要派得力的人监视……"谷敬文吸了一口烟,把烟狠狠地在烟灰缸里摁了摁,"我想她不久就会和外面的游击队联系的,也许山上游击队会下山来找她,这样我们就会发现第二条线、第三条线……你知道,线索多了,是可以结成网的,"谷敬文得意地把拳头一握,作了一个坚决的表示,"到那时,我们就来个一网打尽!"

"司令说得是!"

"还有烧粮仓、马厩的呢?"谷敬文又追问道。

"这还没有查清楚,我估计是游击队化装成送粮草的人干的!"谷中一嗫嚅地说。

"也要从内部查一查,当心孙猴子钻到牛魔王肚子里来,"谷敬文忧虑地说,"我们的人也不都是可靠的!"

谷中一答应了一声"是",刚要退出去,张彪一脚闯了进来,报告说,派到豹子山的侦缉队,抓到了一个找游击队的人。

"他是哪里人? 叫什么? 是不是共产党?"谷敬文一听兴奋起来。

"他娘的,硬得像块石头,不管怎么揍,他什么也不说,"张彪说,"可是特务连里有人认识他,他是东沟寨人,叫黄希才!"

"黄希才?"谷中一半追问半回想地说,"是不是跟着郝大成走了的那个村自卫队长?"

"是他!"张彪也想起来了,"就是我要去抓的那个黄老太婆的儿子,司令没叫抓,说是放长线钓大鱼!"

谷敬文自得地说:"鱼果然上钩了,"可是接着他又疑惑了,"他为什么不回家? 上豹子山找游击队做什么? 是郝大成派他来的吧?"

"很可能是郝大成派他来和史太昌取联系的!"谷中一判断说。

"这个人对我们很重要,"谷敬文气势汹汹地说,"要好好审问他,一定要他把知道的一切供出来!"

"是!"张彪答应了一声就退出去了。

任洪元骑上他的白马,率领着他的副官和卫队,出南门离开了谷家寨,向史家坪徐徐走去,大路上扬起一片烟尘。任洪元坐在马背上,好像处在半睡眠的状态中,其实他并不想睡,而是聚精会神地思索着和谷敬文会见的情景,揣摸着谷敬文的言行。当他自己认为确实看透了谷敬文的野心时,他脸上显出了阴冷的微笑。他勒住马,等后面的冯副官走到他的身边,然后神秘地说:"明天你到西屏山去一趟!"

"西屏山?"冯副官真是丈二和尚摸不着头脑了,"到西屏山做什么?"

"去找保安团任团长,要说服他进占四岭山!"

"这有什么意义?"冯副官更是莫名其妙了。

"你听我告诉你,谷敬文这只野心勃勃的老狼,对四岭山区已经馋涎欲滴了,他想做整个山区的土皇帝。"

"这家伙胃口真不小。"冯副官附和着,作出愤愤不平的样子。

"自信!"任洪元以表示亲切的口气叫着他那副官的名字说,"我们不能叫他达到目的!"

"旅座的意思是叫任团长来一个捷足先登?"

"对!这正是一个好时机,我旅派一营去南屏山,一是不让郝大成南犯,二是牵制白云山周武的民团。……"

"我们在南屏山怎么能牵制住白云山?"冯副官一时没搞清这个错综复杂的关系。

"走路不能只看一步路,下棋不能只看一步棋。"任洪元狡猾地一笑,"我们把郝大成南犯的路堵住,郝大成必然北上,让周武和郝大成去厮拼……"

"高!高!"冯副官把这个关系弄明白了,"如果我们进攻郝大成,不仅自己损耗兵力,而且还给周武解了围……"

"所以我们不能干这种为别人火中取栗的傻事。"任洪元接过来说,"我们这个营到那里去,只许驻守,不准进攻,虚张一下声势就行了。"

"这叫借刀杀人。"冯副官顺口打了个比较露骨的比喻。

"不,这叫'鹬蚌相争,渔翁得利'。……"

"旅座，争夺四岭山有什么意义呢？像现在这样，今天你打我，明天我打你，一会儿联合，一会儿分裂，说不定哪一天就像我们那两个团一样，突然来个命令，调到千里以外去。……"

"自信，人无远虑，必有近忧啊！成语云：'狡兔三窟'，在这新军混战之时，宦海沉浮不定之日，不留后路是不行的！"

任洪元的内心秘密，说到这里算是说到家了。老于世故的任洪元，是个老奸巨猾的家伙，他感到自己面前摆着两条路：一条是进，一条是退。进，就是用一切手段向高处爬，向深处钻，豁出老本不怕危险地干。这样也许能爬上去，但也有可能摔下来，有可能成为暴发户，也有可能输光了老本。这个"进"在他看来很难。退，就是保住老本，必要的时候，急流勇退，抛弃戎马生涯，解甲归田，回到家乡，用掠夺来的民脂民膏，克扣来的军饷兵血，过一个花天酒地纸醉金迷的晚年。他本来并不看重四岭山的，经谷敬文一说，倒引起了他的浓烈的兴趣，他也需要有一块地盘，作为将来退守的最后阵地。但他是国民党的正规军，并不像保安团一样久居一地。却像水上浮萍，随浪漂荡，随风东西，行动全按上峰的命令，自己没有多大自由。就说进兵南屏山吧，有了命令不能不去，没有命令，要去也不行，真是"为人不当差，当差不自在"啊！对于四岭山这块地盘的开辟，他把希望寄托在弟弟任中元身上。

"什么时候出发？"

"事不宜迟，明天就去。到那里你和中元团长讲，就说郝大成驻兵南屏山，周武民团无暇北顾，只有周威的齐心会，势孤力单，正是进兵四岭山消灭齐心会的大好时机。一来可以报仇雪恨，二来可以重占四岭山区。自信，你跟随我久历疆场，屡经战阵，颇有军事经验，你可以在那里多多协助中元，舍弟虽身为保安团长，对军事却是外行……"

冯副官见旅长如此夸奖，并付予如此之重任，受宠若惊，连忙说:"旅座只管放心吧,我一定尽心竭力,绝不辜负旅座的重托!"

"自信,"任洪元对他的亲信的忠忧深表赞赏,"我相信你一定会办得很好,"然后又推心置腹地说,"要知道,你还年轻,往后为人处世要学得乖巧些。我们对共产党,固然要消灭他们,这是我们的敌人。但是,对谷敬文、周武这种地方势力,我们也要一齐吃掉。'大鱼吃小鱼,小鱼吃虾米',这是天经地义的,否则,你是胖不起来的!"

说到这里,任洪元在马屁股上抽了一鞭,向史家坪疾驰而去。

第十五章　在游击队的营地里

一

当史少平离开谷家寨回到黄家湾的时候,赵星海、林景元、小芬已经回来了,正在焦急不安地打听他和田世杰的消息。史少平的安全回来,使他们高兴异常。他们简单地讲述了分手后的经过,虽然还在为田世杰的安全而担心,但斗争的胜利仍使他们欢欣鼓舞。

史少平估计到,谷敬文在九里十八坪,必然要进行疯狂的反扑,以图报复。游击队员们很可能进入深山,在村寨里和游击队取联络就会更加困难了,原来没进豹子山去找,一个主要原因是"庆功"宴时间紧迫,又不知游击队联络暗号,怕进山一时找不到游击队,反而耽误了袭击谷家寨。现在完成了大闹"庆功"宴的任务,就可以有比较充裕的时间进山去找游击队了。于是他和林景元决定立即进山。

赵星海也赞成,只是反复叮嘱他们说:"谷敬文在山上设了很多明岗暗哨,还有化装成游击队的侦缉队,你们又不知道游击队的联络暗号,千万要小心啊!"

史少平说:"大伯放心吧,我们小心就是了。"

第二天拂晓,史少平和林景元便带着新缴的武器和干粮,背上采药用的竹篓,上了豹子山。

豹子山是:林老山荒茅草密,上山下山三十里。史少平和林景

325

元不走山路,穿林进山。当太阳染红了林梢的时候,他们已经翻过了两座小山梁。这时寂静的山林,突然传来叮叮的响声,仔细一看,原来是一个三十多岁的樵夫正在挥斧砍柴。

史少平仔细地打量着对方,并判断着他的身份。显然这个樵夫不是真正的打柴人,因为附近没有山村,樵柴不是打猎采药,不需要进入深山,荒山到处可以打柴,为了打一担柴翻两道山梁这不是傻瓜吗? 那么这是个什么人呢? 是游击队员呢,还是保安团的暗卡呢? 想到这里,史少平便加倍警惕起来,并且立即想好了对策。因为对方身份不明,不便直接向他打听游击队的消息,便随口问道:"老乡,你是哪个寨子的啊?"

樵柴人直起身来。显然,他早已发现了史少平和林景元。他上上下下打量了史少平和林景元一番,反问道:"你们是哪里来的?"

史少平正思忖着如何回答,不料樵柴人忽然变得十分热情起来,带着一种诡秘的神气说:"你们是找游击队的吧?"

"对啊,"林景元心想,我以为游击队多么难找呢,看,这有多便当啊,一下子就碰上了,便急切地问,"你知道游击队在哪里吗? 你能带我们去找吗?"

樵柴人似乎发现了他们两人身上带着武器,犹豫了一会儿说:"我不能带你们去。"

"为什么?"史少平仔细观察着对方问。

"因为这是游击队的规矩,说不定你们是保安团的密探呢!"

"那怎么办?"林景元问。

"你们在这里等我,我回去报告,游击队就会派人来接你们!"樵夫又反复叮咛说:"你们就等在这里别动,省得找不到你们。再说,保安团的暗卡很多,你们到处乱闯也很危险。"

打柴人把柴刀往腰里一插,转身要走。史少平一想:"不对!

如果他是保安团的暗卡，去报告侦缉队呢？"于是他猛然抽出枪来，把脸一沉，声色俱厉地说："你站住！举起手来，跟我们走！"

樵柴人脸色陡然变了，惊讶地问："向哪里去？"但他并没有把手举起来。

"举起手来！"史少平更严厉地命令着，然后向林景元使了个眼色说："看他身上有没有枪！"

林景元领会了史少平的用意，从樵夫腰里果然摸出一支短枪来。

"你们是什么人？"樵柴人茫然不知所措地说，"你们不是要找游击队吗？"

"老子找的就是你！"史少平命令说，"跟我们走！"然后又向林景元说："咱哥儿俩今天算是有运气，发财了！"

"弟兄们，别误会。"樵夫似乎明白过来了，变得坦然起来。

"什么误会？"史少平看到樵夫神情的变化，更进一步威胁说："快跟我们走！"

"走？ 向哪里走？"打柴人惶惑地问。

"史家坪！"史少平把崭新的二十响驳壳枪向山下一摆，"告诉你，老子是三十二旅侦察连的！"

"那真是个大误会啊！"樵柴人居然把举着的手放了下来，"真是大水冲了龙王庙，一家人不认识一家人啦！ 我是保安团侦缉队的！"说着咧开嘴向史少平笑了起来。

"哦？ 你真是侦缉队的吗？"史少平装出半信半疑的样子和一种因为误会而遗憾的神情，"那你为什么要把我们往游击队手里送？"

"我把你们当成找游击队的人了！ 怕一人抓你们两个，不好对付，正想去报告侦缉队！ 嘿嘿嘿，没想到是一场误会。"

"你们侦缉队住在哪里？"

"就住在山洼的竹棚子里。"

"你不会骗我们吧？你有什么证据？"

樵柴人解开衣服扣子，在对襟里面露出保安团侦缉队的符号。

"那你真的是谷司令的人了？"

"那还有错？"这个扮作樵夫的侦缉队员表现出友好而热情的样子，邀请说，"到我们侦缉队去喝茶吧！不远！"

"你们这样能抓到游击队吗？"

"怎么不能？昨天我们还抓到一个找游击队的人呢！"

"吹牛！不会是假的吧？"

"我们侦缉队有人认识他！他叫黄希才！"

史少平一听，十分震惊，不由得怒火中烧，一把揪住这个侦缉队员的领口，枪口紧抵在他的胸口上开了一枪，由于距离太近，只是沉闷地"扑"地响了一声，侦缉队员一声号叫就跌在茅草丛里了！

"好险啊！"林景元说，"差点上了他的当！"

"以后我们得多加小心才行！"

二

史少平和林景元更加警惕地向山里走着，一直爬到日头偏西，才到达豹子山的主峰茅草尖。据他们分析，任洪元刚刚进行了"清剿"，只有在这深山里，才比较容易找到红军游击队。

他们在齐腰深的茅草丛中仔细地搜寻着红军的痕迹——脚踪、营地、篝火的灰烬……但都没有结果。

林景元在失望之余，忽然指着不远的山腰惊喜地叫了起来："看！那里有人家！"

史少平顺着他手指的地方望去，除了浓密的树林以外，并没有看到什么房屋，也没有炊烟，便疑惑地说："你是看花了眼吧，我怎么没有看见?"

"看,向着我指的地方看,那发黄色的不是屋顶吗?"林景元仍然指着远处,更加肯定地说。

这一次,史少平看清楚了。在树丛的浓荫里,微微露出一点黄色的东西,如果不仔细看,是很难认出这是房屋的。他称赞说:"你的眼力真不错!"

林景元说:"这是采药练出来的功夫。俗话说,'猎狗的鼻子药农的眼'。不是夸口,相隔半里地,我就能认出什么花什么草。没有这点本事,你就别想采到好药材!"

史少平笑笑说:"你真是三句话不离本行啊! 走,我们到那里看看去!"

他们沿着荒山的斜坡,扯着藤萝和小树,来到了小屋附近。这时他们才看出在密林深处,还有一些小茅屋。他们没有贸然进屋,而是躲在树后,仔细地打量着茅屋周围的情景。

屋前有一片小菜地,一个六十多岁的老人在那里劈柴。他劈一会儿就停下来向四周望望,然后又低下头去劈柴。

当史少平和林景元从树后突然走出来的时候,老人发现了他们,便立即抱一抱柴,猛力地抛到小屋的窗下。木柴发出哗哗啦啦的响声,他警告屋里的人:"有人来了!"然后,老人又回到原地拾起柴刀,一心一意地劈起柴来。

史少平走到老人身边,和蔼地说:"老伯伯,请给我们一碗水喝。"

林景元也热情地说:"我帮你劈柴!"

老人疑惑地端详了他们一会儿,便指指几个木墩子说:"你们坐吧!"

他自己回到茅屋里,端出一瓢清水来,抱歉地说:"对不起,没有热水。"

史少平接过水瓢,先让给林景元喝。林景元咕咚咕咚地喝了几口,便帮助老人劈起柴来。

"就是你一个人住在这里吗?"史少平端着水瓢问。

"唔!"老人支吾了一声,露出不耐烦的神情。

"你们这里常有人来吗?"史少平又问。

"没有!"老人简短的回答,使史少平感到老人不想回答他任何问题。

"这里有红军游击队吗?"林景元贸然地大声问道。

老人更加警觉起来了,摇摇手说:"我老了,耳聋眼花的,什么也不知道!"

"举起手来!"

史少平和林景元被这突然的严厉的声音吓了一跳,像压缩的弹簧一样,突然从木墩子上蹦了起来,转身一看,一支驳壳枪正对准着他们。他们已经没有时间掏枪了。

史少平马上镇静下来了。在他面前站着一个二十五岁左右的小伙子,紫黑色的脸膛,瘦高的个子。他两只炯炯发光的眼睛直瞪着他们两人,对老人说:

"爸爸,拿条绳子来!"

史少平和这个小伙子互相对视着,估量着对方的身份。这两双眼睛里都没有丝毫的恐惧。

在这瞬间,林景元顺手操起了一条木柴棒,直向小伙子劈下去。他并没有想到对准他们的枪口会给以致命的一击。

但是,黑脸小伙子并没有开枪,他很敏捷地向旁边一跳,林景元的木柴棒打空了。他立即蹿上一步,一脚踢到林景元的胯骨上,林景元像被抛出去的粮食袋似的跌到一丈开外去。

史少平就在这瞬间,不失时机地从腰里抽出枪来。他虽然知道在这豹子山的主峰上,这个黑脸汉子很可能是游击队员,但也可能是保安团的侦缉队呀,他不能不防万一,也对准黑脸小伙子大声喊道:"把枪放下!"

小伙子并没有把枪放下,他仍然用枪对准史少平。他镇定自若,好像没有看见少平手里的枪似的。他们互相对峙着,如果谁先开枪,并不能取得先发制人的优势。因为他们离得那样近,如果有一方开枪,对方也会开枪,在这同一瞬间,两个人会一同倒下,他们眼睛对着眼睛,枪口对着枪口,这是精神和意志力的决斗。显然,他们都等待着对方在精神上解除武装而屈服,同时,在他们尚未弄清对方的真实身份时,并不想鲁莽地乱干。

林景元已经从地下爬起来,抽出了自己的枪。

老人也提着绳子从屋里跑出来。

在这千钧一发的紧张时刻,都不知转瞬间会出现什么危险的局面。这时屋后的山路上传来了喊声:"大家都住手,是自己人!"

朱惠松从山路上跑下来。

史少平认出了他,首先把枪放下来,也不顾黑脸汉子,就向朱惠松跑过去:"哎呀! 可叫我们找得好苦!"

"我们也在找你啊!"朱惠松紧紧地拉住史少平兴奋地说,"当时那个乱腾劲,我还没有认清你是谁,就叫人们冲散了! 可是真巧,快出北门的时候我碰见了田大伯。"

"田世杰?"

"是他!"朱惠松说,"就是他告诉我你到了谷家寨的。"

"他来了?"史少平急急地问。

"到县委去了。他还说,'在赵星海那里可以打听你们',刚要派人去找你们,你们倒先找来了。"

"田大伯是怎样找到你们的啊?"

"田大伯真是个有办法的人啊。"朱惠松赞叹着,"他听了我们一段颠倒歌,是新词,就想到我们不是真正唱颠倒歌的人。在唱完第一遍,我托着茶盘子向他要钱的时候,他向我递了一个眼色说,'我没有带钱,等我找到老熟人的时候再给你。'我一听他要找老熟人,就猜出了他这个暗语里的意思。他的相貌,队长对我说得很仔细,他左眼角上有一道伤疤,这是谷敬文的告示上没有的,虽然他的胡须刮掉了,可是我一眼就认出他来了。我就说,'大伯,谁还要你老人家的钱! 咱们是老熟人了,等会儿我和你一块喝茶去。……'过了一会儿,谷福生就来了,好家伙,你们干得可真干脆!"

"这可好了!"史少平轻松地舒了一口气,一颗提到喉头的心总算放下了。

黑脸小伙子,瞅了个空子问朱惠松道:"他们是谁? 为什么不懂联络暗号? 差一点把他们当成谷敬文的探子……真悬乎……"

"什么暗号?"林景元好奇地问。

朱惠松笑笑说:"游击队活动没有暗号还行? 你若是知道暗号啊,找我们就好找啦,到处有我们的耳朵和眼睛。"

黑脸小伙子接着说:"像你们那个问法啊,'这里有红军游击队吗?'嘿,不光没人告诉你,弄不好,还把你当成保安团的探子干掉。"

史少平接着把上午碰上保安团暗卡的事情简单地讲了一下,大家又议论了一番。

朱惠松兴高采烈地拉着史少平的手说:"快,到屋里坐下慢慢谈! 史队长离这里不远,过一会儿我带你们见他去!"

"爸爸!"史少平忍不住深情地叫了起来,他就在近处吗? 他万没有想到这样快就见到爸爸了! 他的心被喜悦的浪涛冲激着。……

"对,他就在游击队的营地里!"

三

经过互相介绍,他们很快就成了熟人,亲密无间地坐在火塘边,促膝倾谈着。黑脸小伙子名叫高飞,他自幼生活在这荒山野林里,当他还在摇篮里的时候,就听惯了豺狼的嚎叫和虎豹的吼声,在十二岁的时候,就能单独狩猎。严峻的高山,锻炼了他矫健的体魄,陶冶了他顽强勇敢的性格。他枪法极准,登山如飞。他和朱惠松一样,是一个经常出没在九里十八坪一带,给敌人带来巨大威胁的红军游击队员。

他们几乎每人都有一段战斗的历程,一天半日是难以谈完的。吊壶里的水开了,老伯伯拿出了自己种的高山茶招待他们,并且高兴地说:"今天我这个小茅屋,成了群英聚会的地方了!"

老人的警惕性是很高的,他虽然很想和这些小伙子们在一起说个痛快,但是,他一刻也没有忘记他的责任——到屋子外面去放哨。确切地说,这个茅屋就是游击队的隐蔽得很好的哨所。老伯伯就是一个永远坚守岗位的哨兵。

人们的谈话,开头来不及谈细节,只是急不可耐地三言两语介绍一个大的轮廓,而后又返回来片片断断地谈细节,再由听话的人从这些不连贯的片断中,自己联结起来,得出一个完整的印象。茅屋里的人们的谈话就是这样进行着的。

大闹谷敬文的"庆功"宴,游击队是做了充分准备的:烧粮仓,烧马厩,夺武器,散传单,取联络,把谷家寨捣个乱七八糟,都做了仔细的布置,并且都顺利地完成了任务。打死谷福生是一个意外的收获,对谷敬文的打击最重,真是使谷敬文以办喜事开始,而以办丧事告终了。

大家说一阵笑一阵,全都沉浸在胜利的欢乐之中。

"我们什么时候到营地去？"史少平问。

朱惠松说："我们吃完这碗茶就走！早点让史队长和同志们高兴高兴。"

"走？我这里刚把老母鸡杀了，那我烧给谁吃啊！"老人提着一只煺光了毛的鸡走进屋里来，"飞儿，你去帮我放放哨，我把鸡炖上再换你！"

一阵暖流从少平心上流过，他激动地站起来说："你这是怎么了？老伯伯，我们又不是客人……"

"今天我老头子心里高兴，"老人哈哈笑着说，"为大家相见庆贺庆贺。"然后用特意做出来的严肃声调说，"哪个不吃十成饱，就别想从我这小屋里走出去！"

朱惠松说："老伯伯，你就放心好啦，我们拿出打谷敬文的劲头来，保证吃得连根骨头也不剩。"

他那逗趣的话引得大家放声笑起来。老人把鸡炖上，把饭煮上。

不一会儿，整个茅屋里就弥漫着老母鸡的诱人的香味。……

当史少平、朱惠松、高飞、林景元到达红军游击队营地的时候，已是上灯时分了。在深山里，灯油是缺乏的，但油松却到处皆是，松明摇颤的火光把茅屋照得通亮。

史少平的到来，不难想象在游击队里引起了多大的轰动和喜悦。他的不平凡的经历，通过朱惠松、高飞的传播和大家的奔走相告，像轻风般迅速地传遍了整个营地。人们团团地把他和林景元围住，向他们提出成串的问题，弄得他们不知回答哪一个是好。

史太昌在县委开会时见到了田世杰，并从田世杰嘴里知道少平来到九里十八坪的消息。但他还不知道一件大喜事在等待着他：史少平，他那半年没有见面的儿子已经到游击队的营地来了。

在回营地的路上，才有人告诉了他这个意外的喜讯。他快步走来，看见少平正在和大家兴奋地倾谈着，史太昌没有立即叫他，而是激动和幸福地站在门边仔细地端详着他的久别的儿子。

"史队长回来了！"一个游击队员先看见了史太昌。

"爸爸！"少平看见了变得苍老了的爸爸的亲切的脸，激动地向史太昌扑过去。他向前跨了几步，本想扑到爸爸的怀里去，但他立刻觉得这未免太孩子气了，当即止住了脚步，站在爸爸面前。

"少平，快说说你是怎么来的！"史太昌爱抚地让少平坐在他的面前说，"党代表和大成他们都好吗？"

史少平不知先从哪里说起才好，便自九里十八坪分别起，直到吴可征同志上井冈山、白马山峡谷突围、南屏山接受任务、袭击谷敬文的"庆功"宴、找到游击队为止，前前后后，系统简略地讲了一遍。

"黄希才同志可能是被捕了，"史太昌听完史少平的叙述后心情沉重地说，"他比你早来了好几天，可是他并没有到县委来。"

史少平在证实了战友确实被捕之后，也心情沉重地默然坐着。

"这样吧，"史太昌说，"我们马上就到县委去！县委急需要和你们联系。"

"我们几次找县委都没有找到。"史少平说。

"县委被敌人破坏得很厉害，刚组建不久。咱们一边走一边说吧！"

于是史少平又跟着爸爸踏上了去县委的路程。……

四

史少平按照郝大成的指示，向县委做了详细的汇报，县委进行了研究，写了一封给吴可征、郝大成和黄国信的指示信。史少平和史太昌带着县委的指示信回到游击队营地时,已经是第二天的傍晚了。

"爸爸,你们在这里坚持斗争很困难吧?"

"困难当然很多,可是斗争一定要坚持。"史太昌以老年人教育青年人的口吻说,"干革命,心里头可要有个全局啊。县委讨论了郝大成同志的意见,根据你田大伯提供的情况,同意你们到四岭山区去开辟革命根据地。那里的条件比这里有利。这里虽说群众的条件很好,可就是村寨太集中,敌人驻上重兵,我们就只得到这山里来。可是豹子山是一长条,既不好守,也不易攻,又很荒凉,不容易发展。不过,话又说回来,这里斗争也很重要,可以搞游击队,把谷敬文的后腿拖住,大成同志看得远,只要我们这里斗争加强了,谷敬文是不敢远离他的老窝的。这对你们进入四岭山去建立根据地也是个支援。……"

史少平点点头,表示完全领悟了史太昌的意思。

史太昌又继续说:"等你们把四岭山根据地建立起来,对这里的斗争也是个支援啊!你们还可以支援南屏山区和西屏山区,革命嘛,不管哪个地区,都是互相支援的,根据地有大块小块,也有中心和边缘嘛。就像下棋一样,车虽说很厉害,没有马炮的配合不行,只有马炮的配合,没有小卒、士相也不行。大成同志在南屏山能想到打烂谷敬文的'庆功'宴,看得远啊!谷敬文不是想在'庆功'宴后进剿南屏山吗?去不成的!我们一定要拖住他的后腿!少平,你还年轻,光冲冲打打还不行,要好好地学习啊!"

史少平不断地点着头,听着爸爸的叮咛,觉得分外亲切。然后他问道:"妈妈离这里不太远吧?我能去看看她吗?"

"离这里有十几里路呢。她很壮实,和游击队家属住在一起。你不要挂念她,县委的信很急,你也要好好休息一下,这一回就不去看她了吧。"

"林景元呢？是把他留下还是和我一起走？"

"他可以留在这里，路上人越多越不好走！……"

"什么时候走呢？"

"当然是越快越好。大成他们一定很需要县委的指示，也很需要知道九里十八坪的斗争情况。"史太昌没有忍心说出让他明天就走。分别了将近半年，而且是什么样的半年啊，天天是枪林弹雨、出生入死的半年。来营地还不到半天，连妈妈的面也没有见，就让他的独生儿子，重又踏上危险四伏的征途。他思忖着该怎么说。

在短短的沉默中，史少平竟想了很多。他日想夜盼的爸爸刚刚见面就要分手了。和红军家属在一起的母亲还没有见到，就要马上离开了。他还有多少话要向亲人说啊！他心上曾冒出一个想多留一天的念头，脸上出现了踌躇的神色，但这种踌躇神色只在脸上停留了一瞬，马上就被坚毅刚强的神色掩盖了。强烈的革命责任感，压倒了一切感情。他深深懂得：他这次南屏山之行的紧急和重要。同时，他是多么急于回到郝大成和吴可征以及战友们身边啊！于是他毅然地说："爸爸，天一亮我就走！"

"好！"史太昌脸上焕发出幸福的光彩。从少平的神态和坚定的回答里，他看出了儿子的成长。他本想继续对少平嘱咐几句，但很多史少平熟悉的游击队员们相继来到了营地。父子二人的谈话被打断了。游击队员们怀着惊喜和钦敬的心情听完了少平来历的简要介绍后，便向史太昌报告了谷敬文在九里十八坪大规模逮捕群众的消息，已经有五十多名群众被关进了谷家寨。

史太昌立即吩咐把各游击小组的组长找来。

各小组长很快就到齐了，史太昌严肃地说："大家都坐下，我们好好研究研究。谷敬文这一手很歹毒，我们得认真对付才行。大家说说吧，看怎么办好！"

"还有什么好说的？打进谷家寨，把人救出来！"高飞紧握起拳头，仿佛就要动手似的。

史太昌皱了皱眉头，没有讲话。

"对，我们得想法把人救出来。这次我们要多去些人，不怕救不出来！"黄昌友也表示赞成。

"惠松，你说呢?"史太昌问。

"我看得另想别的办法，进谷家寨是冒险！"朱惠松慢吞吞地说。

"别的还有什么办法?"高飞性急起来，他万没有想到单身深入虎穴，炸掉敌人弹药库的朱惠松，竟然害怕冒险，"我们不能瞪着眼看着群众受折磨，他们盼着我们去救他们，可是我们却在这里说'这是冒险'……少平，你来说说，你该不怕冒险吧?"

"少平，你快说!"黄昌友催促着，他相信史少平会赞成他的主张。

"我认为现在进谷家寨不合适。"史少平深思熟虑地说，"现在和惠松进史家坪炸弹药库不同，现在，我们刚刚打了他的'庆功'宴，再进去是很危险的。谷敬文抓这么多人，是因为被我们打疼了，所以他想进行报复，除此之外，很可能还别有阴谋。"

"对，我看这是谷敬文的诡计，"朱惠松赞成说，"他正引咱们上钩呢!"

高飞对这种冷静的态度觉得不能容忍。他认为这是对群众的冷漠，他仿佛看到群众正在忍受谷敬文的鞭打，他仿佛听到群众向他呼救。甚至在他的想象中，他已经带头冲进了谷家寨，打开了谷敬文的牢门。……他的黧黑的脸，变成灰青色，气愤而又焦躁地说："你们躲在深山里好了，我自己去!"

"高飞同志!"史太昌见高飞发起脾气来，便十分严肃地说："你这是什么样子？别人不是胆小鬼，对群众更不是漠不关心。"

"那就应该赶快行动!"高飞仍然气咻咻地说。

"你急于要救群众,这不能说不好,"史太昌见高飞仍然不服气,就变得更加严厉了,"可是你这种态度是很错误的! 按照你这种办法就能把群众救出来吗? 在战场上不知道隐蔽自己,光知道挺着胸膛向前冲的人,不能算是勇敢,只能叫莽撞! ……"

史太昌看看游击队员们,认为还需要进一步说明他的意思:"我们不能忘了,我们为什么住在深山里,那就是因为敌强我弱。任洪元刚对我们进行了'清剿',谷敬文缓过气来,也会对我们进行'清剿'的。在这种情况下,要防止两种情绪:一种是叫敌人疯狂的'清剿'和暂时的困难吓倒,不敢坚持斗争,对革命前途悲观失望,看不到群众的力量,看不到革命的光明前途。这种右倾情绪我们坚决要防止;但是,另一种是,不管敌我力量的对比,同敌人死打硬拼,这样不但得不到胜利,反而把老本都拼光,这种轻敌冒险一拼了之的急躁情绪,也是很有害的。……"

高飞被说服了,他茫然地看着史太昌说:"我们该怎么办呢?"

史太昌说:"我们必须弄清谷敬文逮捕群众的目的。我想不外这么几种,一是被我们打疼了,对我们进行报复;二是打击群众的斗争情绪;三是引我们上钩,趁我们搭救群众的机会,把我们连根拔掉。我们呢? 也应该和他来个针锋相对。"史太昌边说边思索着慢慢形成的行动计划:

"同志们,我们一定要时刻牢记党的指示,一刻也不能忘记群众,一刻也不能脱离群众。今天我们的任务,第一,是加强对群众的宣传,谷敬文的逮捕只能说明他的日子很不安稳。第二,要开展积极的武装斗争。目前首要的是除奸,想法把谷敬文的狗爪狗牙打掉,狠狠打击敌人的气焰,给群众撑腰。第三,要积极组织群众进行'五抗'斗争,要软抗硬顶,及时总结斗争经验。第四,要破坏敌人的交通,夺取敌人的武器、弹药和军事物资。敌人抓得越凶,我们闹得越狠。我们同敌人是誓不两立的你死我活的斗争,我们绝不能指望敌人发善心。第五,更要紧的是培育斗争骨干,扩大我们的游击队,加强斗争,把谷敬文拖住,支援红军大队进入四岭山,支援其他地区的革命斗争!……"

史太昌短短的讲话,给游击队员们展现了一幅波澜壮阔的斗争图景,大家听了十分振奋。

"史队长,你快些分配任务吧,我们保证完成任务!"高飞已经耐不住地要行动起来!

"对,快些分配任务吧,心里明确了,干起来劲头就更大了,信心也更足了!"朱惠松热烈地说。

"详细的行动计划,各组先回去开个会,研究出个方案来,然后经过县委批准,就开始行动。关于搭救被捕群众的事,是当务之急,必须立即采取措施。高飞、朱惠松你们两个组,首先把朱家畈和黄家湾的两个保长除掉,这是两个最坏的家伙,特别是黄家湾的黄老四和二古董,我们已经有三个革命同志葬送在他们手里了。除掉最坏的,别的保长就会老实些。然后以红军游击队的名义给各保甲长送一封信,叫他们对被捕群众的后果负责,否则,朱家畈、黄家湾两个保长的下场,就是他们的下场!……"

散会后,已是深夜时分,屋子里只剩下史太昌和少平二人。松明的火光闪动着,在墙上映出了父子二人高大的身影,史太昌说:"这次回南屏山的任务很重,路上要千万小心,不要看到敌人手就发痒。眼前把信送到,比杀几个敌人重要得多。革命是长期的艰苦复杂的斗争,绝不是一冲一拼就行的!"

"这我知道。"

"天不早了,"史太昌深情地看着儿子说,"你明天还要走路,早些歇着吧!就在我的床上睡吧。"史太昌把少平带到茅棚的里面去。

少平看见两块木板架起的床，根本睡不开两个人，便疑惑地问道："爸爸，你呢？"

"我还要到另外的几个游击组里去看看。"

"这么晚你还要走吗？"史少平亲切地看着父亲的苍老了的脸，激动而温存地说，"爸爸，你要注意身体啊。这半年你可是老多了！"

"没关系，"史太昌哈哈地笑了，"革命者不怕脸上皱纹多，只要心不老就行。这半年我倒觉得比过去变年轻了！等革命胜利了，那我就变得更年轻了！你睡吧！"

少平睡到床上，他听着爸爸那坚强有力的脚步声穿过营地，渐渐消逝在山风呼啸的深山之中。

第十六章　决　策

一

当史少平带着县委的信件,十分谨慎地向南屏山进发的时候,吴可征在彭医生和当地群众的护送下,到达了南屏山。他的伤口虽然还没有愈合,但是,他那旺盛的革命斗志却使他容光焕发、精力充沛。他的回队,使整个部队欢欣鼓舞。许多新战士虽没有和他见过面,但从郝大成的介绍中,从老同志们的议论中,他们已经熟悉自己的党代表了。

郝大成得知吴可征回来了,奔跑着向吴可征迎了过去。

这两个战友虽然只有十几天没有见面,却像分离了许多年的亲人一般,一见面,就不顾通常的习惯,毫不约束奔放的感情,紧紧地拥抱在一起了。

"老吴!"

"老郝!"

他们同时叫了对方一声,再也说不出什么更能够表达深厚感情的字眼了。他们的血在欣喜、振奋中沸腾,他们的心在激动、幸福中狂跳。他们需要一段时间的沉静,他们需要在沉静中仔细地体验一下相见的甜蜜滋味。他们拥抱着,全身在激动中微微地颤抖着,不知用什么方式更能表示他们的喜悦。

他们同时打了招呼,虽只有两个字,但这两个字包含着多么亲切的深情啊;包含着多少久别后的思念、牵挂、体贴啊;包含着多少重逢后的喜悦和幸福啊！

　　在缓了一口气之后，他们松开了对方，互相打量着。

　　"老吴，你的伤口还疼吧？"

　　可是吴可征没有回答郝大成的提问，他看着郝大成那瘦削的脸，心里一阵难受。他的嘴唇张了许久才说："老郝，你瘦多了！把你累成这样……"

　　"哪里能说到累？没有你在，我心里总是不踏实，总怕这副担子挑不好，总觉得肩膀还不大硬！……快，到大队部去休息一会儿，咱们再谈。……"

　　他们向大队部走着，吴可征还不能走过远的路。郝大成要搀扶着他，但吴可征却拒绝了："老郝，我能走，你扶着我，叫同志们看了不好。黄国信同志怎么样？怎么没见他呢？"

　　"他这几天身体不好，也许他还不知道你回来呢。"郝大成说，"我们狠狠地斗了一场！"

　　少英、四楞和战士们全都跑来迎接党代表，吴可征和郝大成的谈话被打断了！彭医生对迎面奔跑来的人群嬉笑着说："你们这些横冲直撞的莽家伙，不要和党代表握手了，党代表的伤口还没有愈合，碰坏了我找你们算账！"

　　但是欢腾的人们，谁也没有听他的。

　　吴可征看到部队的扩大和朝气蓬勃的景象，激动而又振奋地说："噢，噢，这么多不认识的新同志啊！"

　　王尚青已经把党代表的住处和饭菜安排好了。他冲进人群，大声地嚷着："大家有话以后再说，现在我要把党代表抢走了。"接着他拉着吴可征说："党代表，快去吃饭吧，然后好好地睡一觉，我给你站着岗。"

　　"你是要关我的禁闭啊！"吴可征笑笑说，"我怎么没见罗雄他们呢？"

"他带着一个分队下山搞枪去啦!"王尚青扶着他拨开人群,想让党代表早一点去享受一下他安排的"舒适的环境"……

这时黄国信披着衣服向吴可征走来,远远地说:"老吴!回来了?没有想到你回来得这么快!"

他和吴可征握着手,问了几句伤情,然后说:"你伤好了,我倒又病了。"

"你好好休息吧!"吴可征关切地说。

"你回来就好了,"黄国信带有几分伤感地说,"部队工作我可以不管了!"

"不能这么说,"吴可征真挚地说,"争论归争论,我们都是党员,我们都应当服从真理,服从革命的利益,不怕犯错误,有错误改了就好,心情要舒畅。"

"思想不通,心情怎么会舒畅呢?我也是一心一意为部队为革命着想嘛,唉!"黄国信委屈地叹了口气说,"你先歇着吧,我们以后再谈。"

"好吧!你也好好休息一下。看到部队有了发展,情绪这么高涨,我很高兴!"吴可征说着,和迎接他的人群向大队部走去。

吃过饭后,吴可征全神贯注地听郝大成介绍打汤三碌子,扩大红军的经过;部队发生的问题,同黄国信的斗争;派黄希才去找县委,派史少平去九里十八坪执行任务;周枫林、杨继五同志的牺牲;追认周枫林同志为中共党员的决定;以及了解到的四岭山的各种情况。他两眼一直盯着郝大成那质朴、坚毅的脸。他突然有一种十分鲜明的感觉:郝大成的形象和他们最初相见时是一样的,但又有多大的不同啊!就像是一棵树,枝还是那样的枝,干还是那样的干,叶还是那样的叶,但它却不断地增长着年轮,变得又粗又壮又高又大了!郝大成的这张脸,他是非常熟悉的,却又感到有些陌生,他似乎在这张脸上发现了新的内容!他那高贵的革命品质,在艰苦困难的磨炼中闪出了更加夺目的光彩！

"你们做得很对,很好,很有成绩。"吴可征听完郝大成的简略的介绍后说,"特别是对黄国信的斗争,这是党内的原则的斗争,是关系到革命前途的大事,丝毫也含糊不得。没有什么奇怪的,要取得革命胜利,就得同敌人斗,同错误主张斗,同各种非无产阶级思想斗！没有斗争就没有胜利,就不可能前进！"

"可是我觉得做得还不够。"郝大成深思地说,"我想今后革命力量越发展壮大,我们的担子就越重,我们碰到的困难就越多,遇到的问题也越复杂,我们还得加倍地学习才行。我生怕哪一点做错了,给革命带来不应有的损失。……既然党给我们这副担子,我们就应该把它挑好！"

吴可征几乎是以惊奇的目光,看着郝大成那刚毅、智慧、深沉、热情的脸。他的胸膛激烈地跳动起来,心想:他的心胸是多么开阔啊,为革命用尽了力气,呕尽了心血,毫无一点私心杂念,整个身心全扑在革命上面。他看得多么远又想得多么深啊！吴可征为有这样的战友而感到自豪,心中充满着敬佩、欣慰和信任,不由得带有几分冲动地说:"老郝,你为党做了多少工作啊。"

"老吴,你这是说的哪儿的话?"郝大成激动地摇着手,"你可不能这么说。作为一个党员,作为一个指挥员,我做得太少了。我总觉得,革命给我们的是大海,可是我们给革命的呢?只不过是大海里的一滴水啊！……"

"老郝,'革命给我们的是大海,我们给革命的是大海里的一滴水',这句话说得好！……"吴可征由衷地赞叹着,"作为一个共产党人,应该把自己的一切完全献给我们伟大的革命事业啊！"

郝大成思路一转,问道:"老吴,我派黄希才同志去找上级党取联系,已经去了十来天,至今不见回来,该不会碰到什么意外吧?少平同志也应该回来了。"

"现在敌人白色恐怖很严重,很多线索都断了,不知道联络的方法和暗号,找党是很困难的。我看再过几天不回来,就继续派人去找!一定要取得党的指示。但是,我们不能等待,我们一定要积极地开展工作。我们要努力学习马克思列宁主义的基本理论,来指导我们的革命实践。要正确地执行党的政策,争取少犯错误和不犯错误。只要我们一心为了革命,就是犯点错误也不要紧。'失败是成功之母'嘛,凡事物总有个认识过程。就拿科学实验来说吧,有的经过上千次的实验才取得成功,何况社会现象比自然现象更是复杂,不犯错误的人是没有的。……"

郝大成又向吴可征仔细地介绍了部队的思想情况和训练情况,谈到了他进四岭山的设想。吴可征想立即召开支部委员会研究这个重大问题。但在郝大成的竭力坚持下,会议推迟到第二天召开,好使吴可征得到充分的休息。两个战友争执了半天,吴可征到底没有拗过郝大成。

二

吴可征在草铺上躺下来,他摸了摸里表三新的被褥,问在旁边照应他的王尚青说:"小王,这被褥是打汤三磙子得来的吧?"

"是啊,这是大队长特意给你预备的。他说,'小王啊,党代表很快就要回来了,他的伤不会就好利索的,应该想法叫他休息得好一些啊。'我啊就灵机一动……"王尚青顽皮地嘿嘿笑了起来。他觉得党代表睡在他铺设的绵软的草铺上,打心眼里高兴,比自己睡在上面还舒坦。他看看吴可征脱下的破旧的便衣,准备拿了去洗。

吴可征说:"小王,别忙。我躺下也睡不着,好久没见面了,咱们好好地谈一谈。"

小王高兴地在草铺边上坐下来,他很喜欢同吴可征谈天。他觉得党代表说话又亲切又热情，浅显的话语能说出深刻的道理，容易懂，容易记，又发人深思。

"小王，你看，你的军衣都破得露了肉啦，为什么不补一补？"

王尚青不好意思地看看臂肘和膝盖上的三角窟窿说："郝大队长批评我懒，宋少英硬要帮我缝，可是我另有打算。"王尚青就像和亲人拉家常一样，说起来就没个完。

"你有什么打算啊？"

王尚青神秘地笑笑说："快发新军装啦！"

"哪来的新军装？"

"大队长没来得及和你说，打汤三磙子，得了很多布。大队长已经和纪松田说好啦，用草木灰加上'驴驹子嘴'（一种能染色的野草）一染，请老乡们帮忙，一做就是三百套……"

"哟，做那么多？ 什么时候能做出来？"

"大队长的打算我知道，咱们不是要进四岭山吗？ 队伍不扩大还行？ 开头纪松田叔叔找来了两个裁缝。大队长说，'做什么事都要依靠群众，叫裁缝做个样子，然后发动妇女们做。'依我看，用不了多少天，就能做好。"

"发了新军装，旧的就不补啦？"

王尚青听出党代表的语意，惭愧地笑笑说："看我，一心盼着新军装，就把艰苦朴素给忘啦！ 给你洗完衣服我就补。"

吴可征在草铺上翻动了一下，伤疼仍在折磨着他。他用商量的口吻说："小王，这些被子应当给彭医生送去，留给伤病员同志们盖。我已经好了，你不能拿我当伤病员照顾啊。今天就不换了，明天你就……"

"不不！"王尚青噘起嘴来抗议道，"郝大队长不同意，伤病员们也不会同意！"

吴可征笑笑说："我看；首先是你不同意！"

"对，"王尚青承认说，"我不同意。你不知道，你受了重伤以后，大队长有多着急，有多难受啊！……"

吴可征说："这我知道，可是，我们革命的路还很长很长，还需要经历很多很多的艰难困苦。养好身体是对的，把思想养娇了可是很危险！"

王尚青机灵地说："好，等你的伤好了，我就给你换！"

"这事咱们以后再说，"吴可征不愿意过分勉强王尚青接受自己的意见，便陡转话题，亲切地问道："小王，这些日子学习怎么样？"

一谈到学习，王尚青劲头就来了。他兴致勃勃地说："学习，少英抓得可紧啦。她规定我们每天都要挤时间学习，把学习的内容学通弄懂。我天天都超额完成任务。"然后他忍不住自豪地说，"少英说给我加上点载，叫我当了小先生啦！"

"你的劲头不算小啊！"吴可征看着这生气勃勃，天真烂漫的小战士，由衷地感到高兴。

"这劲头啊，我是从大队长那里学来的。郝大队长多忙啊，可是他那个刻苦劲真叫人佩服。他对我说，'小王啊，干革命没有革命理论不行啊。学习革命理论也是战斗，要拿出冲锋陷阵的劲头来，学一个文武全才！'……"

"大队长说得很对。学习嘛，没有向敌人冲锋的劲头是学不好的！"吴可征忍不住夸赞这个天真纯正、积极上进的战士说，"你这股学习的劲头很好。"

"可是学习成绩，"王尚青不好意思地说，"大概不太好！"

"怎么不好法？"

"有一天，宋少英和我说，人是猴子变的。"王尚青忍不住笑笑说，"我不同意，这谁也没有见过。我争不过她，本想等你回来给我们评评理。可是郝大队长说，'小王啊，你傻争个啥？宋少英说得对,你得好好学习。'……"

吴可征也忍不住哈哈大笑起来:"还有哪些地方不够呢?"

"大队长叫我写个入党申请书,可是我写了四五遍了,就是写不好,真急死个人!"

"急什么呢?"吴可征觉得这个小战士很有意思,他有意让这个年轻人敞开他明净、纯洁、火热的内心。

"怎么不急呢? 我一生下来,脖子上就挂着个苦水瓢,从七岁起就拖着打狗棍子到处讨饭,流着眼泪到处唱,可就是不懂得天下穷人为什么这样苦。参加革命了才知道一点,这叫阶级压迫,阶级剥削,本想把这些想法写到申请书里去,就是写不清楚。还有,我们要打倒土豪劣绅,打倒国民党,打倒帝国主义。土豪劣绅我见过,国民党白狗子我见过,他们都是一个山窝子里的狼,可是那帝国主义我没有见过,不知道这些狼心狗肺的东西,为什么和土豪劣绅国民党合起伙来祸害我们!"

"小王,你提的这个问题很好,可见你学习还是很动脑筋的。我打个比方说吧,咱们这个多灾多难的中国就像是一条破旧的大海船,那些帝国主义就像大大小小的江洋大盗,他们扑上船来,杀我们的人,抢我们的东西。自从一八四〇年鸦片战争以来,帝国主义就不断地来欺负我们,强迫中国订立很多不平等条约,逼我们赔款,割我们的地盘,他们取得很多政治、经济、军事上的特权,在我们中国横行霸道。

"为了压制中国人民的反抗,帝国主义就和中国的反动势力勾结起来,他们互相依靠,狼狈为奸。那些土豪劣绅、国民党,就是帝国主义的狗奴才,帝国主义就是他们的洋财东。

"可是中国人民并没有屈服。自从帝国主义侵略中国那一天起,中国人民就拿起刀枪来和他们斗争! 过去那些斗争都失败了,为什么? 是因为没有中国共产党的正确领导。小王啊,今天我们有了马列主义,有了中国共产党,有了毛委员给我们指出的井冈山道路,我们反帝反封建的斗争就一定能够取得胜利,并且一定能够把我们这个多灾多难的旧中国,改造、建设成独立、自由、富强的新中国!……"

吴可征这样认真恳切的谈话,使王尚青很受感动。他深深感到党代表并没有拿他当不懂事的小孩子看待,也没有居高临下地教训他,使他感到分外亲切。他的心一下和党代表贴得那样近,但他找不到确切的语言说出他的感觉,只是说:"党代表,你看,我真不好,光顾和你讲话,就忘了你累了。党代表,你睡吧,我走了!"

吴可征和王尚青倾谈着,丝毫没有睡意。常言说"人逢喜事精神爽",此时吴可征的心境正是这样,看到部队的发展壮大,想着未来的光明前景,他的精神处在极度的兴奋中,他那消瘦的脸上,泛着喜气洋洋的红光。王尚青的天真烂漫的想望,使他感到:不仅队伍在发展壮大,而且战士也在成长,就像那鲜嫩的幼苗,伸展着枝干,眼看着就要长成大树!为了适应革命发展的需要,他又感到部队还需要大大发展,战士的政治军事素质还需要大大提高,党的组织需要不断扩大,战斗力需要大大加强。这需要做很多细致的思想工作才行,他早已忘记了自己的伤疼和疲倦,从草铺上爬了起来,一边披衣服一边说:"小王啊,我要到分队里去,看看同志们,跟他们谈谈心!"

三

吴可征到达南屏山的第二天,就召开了支部委员会。

支委会,除史少平外,还有罗雄没有参加——他在大前天奉郝大成的命令,带着一个分队到几十里以外的一些寨子上,去缴地主豪绅家里的枪,因为新来参加红军的几十个同志,急需武器来装备。

支委会开得活跃而且热烈。根据多方面的调查研究,大家认为到四岭山区去建立农村革命根据地是合适的,于是会议的主要议题是研究四岭山的情况,进四岭山的策略和准备工作。吴可征说明了会议要讨论的问题之后,首先请黄国信发言,看他有什么不同的意见。

黄国信说:"派去和上级党取联系的同志还没有回来,不知上级是怎么看法。如果上级指示精神和我们会议的决定有出入怎么办? 为什么不可以稍等几天?"

郝大成说:"我们是很需要上级的指示,但是,我们不能等待。我们应该主动提出建议,错的,我们改正;对的,我们就要坚持。革命的组织原则,是为革命利益服务的。我们一方面要积极和上级联系,请示工作;一方面也要从实际出发,大胆地开展工作。……"

"这可是个组织原则问题哟。"黄国信轻声地说。他估计他的意见不会得到会议的支持,也就不再坚持自己的意见。

"你那个分散隐蔽、流动游击,也没有得到上级的指示,"宋少英寸步不让地说,"你就要我们执行,难道那就不是组织原则问题了?"

"我不和你辩论!"黄国信反感地说,"还是按可征同志提的问题研究吧!"

"那么,我们准备什么时候进四岭山呢?"有人心急地问。

"这要看我们的准备工作,准备得越快越好,越充分越好。"吴可征说,"我看我们一个一个问题来吧,先谈谈四岭山的情况,知己知彼才能百战百胜嘛。"

宋少英说:"到南屏山来之后,我们做了很多调查工作,是不是请大成同志先讲一讲,然后大家再讨论补充。"

吴可征说:"这个意见很好。"然后他对郝大成说,"老郝,是不是你先讲一讲啊?"

　　"也好,我先说说,有不对的地方大家还可以补充修正。昨天晚上,我想了大半夜。四岭山区的政治军事情况很复杂,我们虽说做了很多调查,可是四岭山我们并没有进去过。我也只能说个大概的情况。毛委员在《中国社会各阶级的分析》中说:'**谁是我们的敌人? 谁是我们的朋友? 这个问题是革命的首要问题。中国过去一切革命斗争成效甚少,其基本原因就是因为不能团结真正的朋友,以攻击真正的敌人。**'我们进四岭山,首先就碰到这些问题。我们进去以后应该依靠谁,团结谁,争取谁? 应该孤立谁,打击谁? ……"

　　接着郝大成分析了四岭山的三股力量:

　　第一种力量,就是受过大革命影响的,并且起来和土豪劣绅作过斗争的革命群众,情况和汤家楼乡差不多,党组织虽然被破坏了,可是党员还在积极地活动,力量比汤家楼乡还要强大些。这是我们扎根的土壤,这是我们依靠的力量,是我们建立农村革命根据地的根基。在敌人残酷的镇压和摧残下,这股力量目前还很弱,处于潜在的状态,有待我们去发动去发展。一旦我们进去,积极地展开群众工作,就像干柴上撒上火种,很快就会猛烈地燃烧起来;

　　第二种势力,就是周威的齐心会,这是以"防匪保家"为名成立起来的一股农民武装。周威和豪绅有矛盾,但宗族观念很重。齐心会的成员,绝大多数是劳苦群众,这是一股我们应该争取的力量。当然敌人也要和我们争夺这股力量,只要我们的政策正确,加紧对他们进行政治思想工作,提高他们的阶级觉悟,这股力量是一定可以争取过来的,是会转变成革命力量的;

　　第三种势力,就是周武的民团和当地的封建势力。周武的民团中搜罗了一些地痞流氓惯匪，是极其反动的。它不仅和谷敬文勾结，和任中元串通，它还会得到国民党新军阀的支持……在这样的敌人面前，就决定了我们工作的艰苦性，斗争的复杂性和尖锐性，要有许多回合的较量。对敌斗争的胜利绝不会轻易取得，要经过艰苦卓绝的战斗，要有相当长的过程。……

郝大成分析了四岭山区这三股力量后，提出了当前迫切要完成的两项任务，一是壮大自己，二是了解敌人。他说：“就我们本身来说，我们的力量虽然比突围时加强了，但还是薄弱的，新战士增多，政治素质和军事素质都有待提高。只有在政治、军事素质提高之后，才能担负发动群众和对敌斗争的任务。同时，还要和四岭山的党组织和革命群众取得联系，这样，我们进四岭山就能得到他们的配合和支援。如果在这方面准备得不充分，不用说进不去，就是进去了也站不住脚，弄不好还要被挤出来，这是一；再就是要了解敌人，我们必须派人进四岭山去，把四岭山的地形、民团的力量和部署了解清楚；齐心会对红军进四岭山是什么态度也要了解清楚，……”

“这很必要，”吴可征补充说，“我们应当积极准备，加强红军力量，创造进入四岭山的条件，进一步做好联络工作和调查研究、侦察工作。这次进四岭山政策和策略性是很强的。”

“我很同意大成同志和可征同志的意见。”宋少英说，“我们应该把四岭山的政治军事和三种势力的情况了解清楚，这样才能更好地确定我们的对策。”

黄国信抢着说：“我坦白地说，目前我们是进不了四岭山的！即使进去了也是站不住脚的。退后一步说，即使站住了脚，国民党肯定会派大部队来围攻的，那就不是一个团一个旅，很可能是几个师！”黄国信振振有词地继续说，“那我们怎么办？又得走九里十八坪突围的老路，敌人肯定会跟踪追击，我们又得到处流动。由于目标太大,就没法摆脱敌人,就有被消灭的危险,再来一次白马山峡谷式的突围就不那么容易了!因此分散隐蔽,缩小目标,就成了保存革命力量的唯一正确的办法。可能有的同志说我的估计太悲观,可是事实如此。"

宋少英尖锐地反驳说:"说来说去,你就是对走井冈山的道路,对建立农村革命根据地没有信心。"

"是的,到今天我还认为建立根据地只不过是幻想!"黄国信继续坚持着自己的意见。

"不!绝不是幻想!"吴可征斩钉截铁地说,"井冈山根据地的开辟和兴旺,雄辩地证明了建立农村革命根据地,是发展革命力量和取得革命胜利的唯一正确的道路!"

郝大成深思熟虑地说:"我认为这次争论是上次支部会议的继续,这是必要的。我想用这样的事实来回答黄国信同志提出的问题,首先分析一下敌情:就四岭山内部来看,只有周武一个民团,虽说也有一定的力量,但是,他们没法和红军的战斗力相比。再说四岭山周围地区,东南面是九里十八坪,谷敬文的保安团力量是强一点,但他被太昌同志领导的游击队拖住了腿。任洪元旅有两个团北调参加军阀混战,只有一个团留在史家坪,即使能抽,也抽不出很多力量来。我们现在的南屏山地区,原来敌人统治就很薄弱,我们把汤三磙子打掉之后,反动势力更大大削弱了。四岭山西面的西屏山区,虽有任中元的一个保安团,他也可能进攻四岭山,但是他是齐心会的死对头,这两股力量可以抵消,同时,西屏山区也有党的活动,也受过大革命的影响,任中元也有后顾之忧。四岭山北面是连绵数百里的北荒山,敌人来围攻时,我们就有很大的回旋余地。

"再看看我们的力量:我们的队伍现在已经有一百多人,在较短时间内,我们完全可以扩大到二百人,汤家楼乡的党组织和革命群众就是我们的后盾；在四岭山内部，因为有党的组织和广大的革命群众，发动起来不会很慢，如果我们有二百人的红军力量，再加上广大群众的支持，即使我们不能马上把周武的民团打垮，但是要站住脚是毫无问题的；九里十八坪的红军游击队也有发展，九里十八坪人民的斗争也会加强；西屏山区的党组织和革命群众也绝不会等待，他们也会把任中元拖住，如果我们进了四岭山站稳了脚，我们可以和西屏山区革命力量一起夹击任中元。

"目前的新军阀混战，正是我们进入四岭山的好时机。全中国，在井冈山道路的影响和指引下，大大小小的农村革命根据地是都会建立起来的。敌人顾了东就顾不了西，给敌人个五马分尸！我还是那句话：我们一定会红了一山又一山，千山万山都红遍！……"

"对！我们是充满信心的！"宋少英兴奋地说。

"有信心当然很好！"黄国信苦笑一下说，"现在争论也无用，全是空话，还是走着看吧！"

吴可征说："大成同志讲得很好，我们的眼睛不能只看见敌人！我们更要看到革命的力量！看到革命的群众！关于四岭山能不能建立农村革命根据地的问题已经很明确了。不同意的当然可以保留意见。看同志们还有其他问题没有？"

姚光明说："齐心会能不能争取，我觉得很要紧。听说周威和周武是同族兄弟，虽说经历不大一样，但他们毕竟是一家人，要争取他倾向革命，怕很困难。"

宋少英说："我认为姚光明同志的意见有对的一面，可是不够全面。我们应当看到周威和周武的家族关系，充分估计到困难的一面；同时也要看到另一方面，周威的出身和经历完全和周武不同，他没有家产，不是土豪。他参加过义和团运动，他和周武完全是两种人，只要我们工作做得好，我对争取周威还是有信心的。"

"这一点我倒同意宋少英同志的意见,"黄国信说,"进去进不去,站住脚还是站不住脚,姑且不论。对于进四岭山依靠谁这一点上,我倒认为争取周威应该是工作的重点。为什么?因为我们要打击四岭山内外的敌人!要打击敌人靠什么?靠武装力量!谁有武装力量?周威!如果我们把周威争取过来,我们从南屏山向北打,周威从黑蛇岭和伏虎岭向南攻,用内外夹攻里应外合的方法,必然置周武于腹背受敌的境地,进四岭山是比较容易的!"黄国信说完,用得意的目光扫视着会场。

"我的意见可不是这个意思,"宋少英立即回答说,"我是说,就争取周威这一件事来说,是应该有信心的。绝不是说争取周威就比发动群众重要。这是两码事!不能说一就忘了二,更不能说二就忘了一。"

"是的!"郝大成接着说,"争取周威绝不是依靠周威。依靠群众和争取周威的关系是主次关系,绝不能颠倒,这是原则问题,路线问题。当然我们不能因为依靠群众,就忽略争取周威,更不能认为争取周威,就忘了依靠群众。既要严格分清主次,又不能只要主不要次!对于争取周威的问题,我们应该这样看:首先我们依靠群众,只有把群众发动起来了,我们的力量壮大了,才更有利于争取周威,如果不依靠群众,不发动群众,只把注意力放在争取周威上,周威反而不容易争取过来。

"单就争取周威这件事来说,也还有个群众观点问题,我们争取周威,并不是争取周威本人,而是着眼于齐心会的群众,去做齐心会群众的工作。齐心会会员大都是穷苦的山民,只要我们政治思想工作做得好,提高他们的阶级觉悟,他们是一定会站到革命这一边的。至于周威本人,能争取过来当然更好,就是不能争取过来,也是无关大局的。……"

吴可征说："大成同志的意见是很对的，我们的主要精力和工作，应当放在发动群众上，一切工作着眼于群众，这个观念要非常明确才行！当然，我们进四岭山之前，人还没有进去，大量的发动群众工作还是要依靠当地的党组织。派几个人进去做做联络工作，侦察一下敌情，先做一些周威的工作，以争取他暂守中立，给我们进四岭山创造便利条件，这是必须的。但是，我们进到四岭山以后，主要力量应当放在发动群众上，只有充分发动了群众，才能有效地打击敌人，才能更好地争取周威！总之，进四岭山区要切实注意政策和策略。是敌人我们就坚决打击，是朋友我们就努力争取。我们不怕做艰苦细致的工作，我们不能孤军奋斗，不加区别一概打击是不对的，……就是对敌人也还要分清主次，利用他们的矛盾，进行分化、瓦解、孤立和打击。……"

郝大成接着说："我们对齐心会的争取，应该充满信心，毛委员在《中国社会各阶级的分析》一文里分析游民无产者时说得很清楚：'……如闽粤的"三合会"，湘鄂黔蜀的"哥老会"，皖豫鲁等省的"大刀会"，直隶及东三省的"在理会"，上海等处的"青帮"，都曾经是他们的政治和经济斗争的互助团体。处置这一批人，是中国的困难的问题之一。这一批人很能勇敢奋斗，但有破坏性，如引导得法，可以变成一种革命力量。'问题的关键就在引导得法上。根据目前我们了解，齐心会的成员大多数是贫苦山民，有一部分骨干是游民无产者，比起'三合会''哥老会'和'大刀会'来，要好一些。我们应当不怕困难地去做大量的细致的工作，去争取他们，引导他们，把他们变成一种革命的力量。……"

罗雄带领着下山的分队，回到了南屏山，正在紧张热烈地进行的会议被打断了。

罗雄满脸挂着汗珠，负伤的胳膊用布条吊在胸前，身挎五支缴获的短枪，风尘仆仆地站在参加支部委员会的同志们面前。

第十七章　南山口的战斗

一

　　罗雄带着一个分队,化装成猎人樵夫,到离南屏山几十里外的一些大山村里,去起一些地主豪绅家的枪。他们事前做好调查了解,哪家地主家里有枪,有多少,然后用夜间突袭的办法,潜进地主家里,强迫地主把武器交出来。这一任务,他们完成得可以说十分出色。三天之内,他们竟缴到了五支短枪两支长枪,还有将近三百发子弹。他们连夜往回赶,在拂晓时分,到了白云山下。

　　部队进驻南屏山后,罗雄这是第一次下山执行任务,就像出笼的鸟儿,恨不能展翅飞上天去。一向喜欢打硬仗打恶仗的罗雄,捞不到仗打,真是把他憋坏了,急疯了。这次下山,打几个地主,缴几支枪,对他来说简直是饿汉嗑几个瓜子吃——太不过瘾了。又像喝惯了浓茶的人吃白开水一样,真是淡而无味。

　　那高入云霄的白云山,在晨光中显露出来,峥嵘巍峨,雄伟异常。

　　罗雄指着白云山兴高采烈地说:"有朝一日我们进四岭山的时候,要好好地干他一家伙!"

　　"听说周武的民团怪厉害的。"王永祥说。

　　"我就是怕他们不厉害,"罗雄豪放地说,"和那些一碰就垮的敌人干有什么味道? 我就担心他们不禁敲打。小王,就拿下棋来说吧,棋逢敌手,那才有劲头!"

他们边说边走，来到了南山口附近。赵铁牛说："中队长，前面就是南山口了，我们照直走还是绕道走？"

"为什么绕道走？"罗雄粗声粗气地说，"南山口有老虎还是怎么的？"

肖应良说："人们把四岭山吹得挺玄的，我们到南山口见识见识也好。"

"同意，同意！"陈大雷兴致很浓地赞成着。

罗雄的心早被说动了，可是他却故意绷着脸说："你高兴什么？又不是叫你去打仗。大家不要嚷嚷，都给我注意一点！"罗雄把手一挥说，"跟我走！"

于是他们向北一转，就踏上通白云山的大道，走了二里路的光景，就到了一条十分宽阔的山谷口上。这时谷中的淡青色的晨雾还没有散尽，白云山的陡壁深壑、奇松怪石，在薄薄的晨雾中，更显得虚无缥缈，使罗雄这个生长在山区的人，也惊叹不止。四岭山果然是名不虚传！

罗雄等人，走走停停，边走边看。忽听肖应良说："后面有人！"

罗雄回头看去，果然发现身后有一伙人尾随着他们，也跟进山谷中来。罗雄低声命令道："准备战斗！"

分队的战士们全都持枪在手。晨雾已经快要散尽，只剩几团淡淡的轻烟在山林间浮动着。尾随的人已经来到了身后，共有五个人，他们既不像猎人，也不像樵夫。罗雄想道："他们是什么人？莫非就是周武的民团？"他正要发问，后边的人却先向他们问道："弟兄们，劳驾，进四岭山怎么走？"

他们显然不是四岭山的民团了，罗雄更是警惕起来，便反问道："你们从哪里来？进四岭山干什么？"

"我们有要事找周团总！"

这一伙人把罗雄一行，当成四岭山的民团了。

赵铁牛低声向罗雄说:"他们是九里十八坪一带的口音,说不定是谷敬文派来的呢!"

"准备!"罗雄低声地命令着,然后对那五个身份不明的人说:"不把来龙去脉说明白,你们别想进四岭山!你们没有听说吗?四岭山是可以随便进的吗?"罗雄把手里的二十响掂了一掂。他看见战士们都已经持枪在手了。

"弟兄们,别误会,我们是给周团总送信来的!"

罗雄故意把语气放得缓和些,关切地问:"是谁给周团总的信啊?"

"是谷敬文谷司令的信!放我们进……"

"打!"罗雄不等信差说完,首先向他们打了一梭子弹,接着一阵弹雨洒落在五个人的头上。五个信差还没有弄清对方是谁,就一齐倒了下去。

"搜信!"

罗雄简短地命令着,冲到五个信差躺着的地方。信,搜到了,是谷敬文给周武的亲启信。每人身上还带着一支短枪。

"今天运道真好!送上门来的便宜货!"

"多干几场才痛快哩!"

二

战士们正在为意外的胜利而欢欣庆幸的时候,从白云山上打来了一枪,揭掉了一个战士的斗笠,子弹在石头上碰了一下,铮的一声飞到远处。

罗雄向山上一看,见山崖上露出几个人头来,他们向罗雄大声喊道:"你们这伙强盗,敢来白云山拦路抢劫,把枪放下饶你们活命!"

"砰!"又打来一枪,子弹从罗雄耳边飞过去!

罗雄勃然大怒,对着山上骂道:"你们是干什么的? 有种的站出来!"

"砰!"又一枪打过来,算是回答。

罗雄抡起枪对准山崖缝中几个钻动的脑袋打了一个连发。一个被打中的团丁沿着山崖滚了下去。罗雄把枪往后一摆,对分队的战士们喊道:"跟我冲!"

这场小小的遭遇战,是罗雄所没有想到的。南山口上民团向他们打枪,向南山口冲锋,结果将如何? 会引起什么后果? 更是他没法预料的。

战士们好久没有打仗了,这时就像饿虎扑食一样向山上冲去。

冲了一阵,连一个人影也看不见了。只是零落的冷枪不断地打来,有的战士被打伤了。罗雄像被激怒的猛虎,一个劲地向山上冲。山谷越来越窄,山路也越来越小。两边壁立的巉岩,把宽阔的青天切成了一条蓝湛湛的天河。奇形怪状的岩石缝中,杂树横生。有些岩石像巨大的磨盘石碨,悬在头上,好像立刻就要倾倒下来。溪涧的湍流在空谷中发出隆隆的轰响。战士们都瞪着惊讶的眼睛,望着这些景象,暗自赞叹着:"好个险要的地方啊!"

再向前走了一段路,就不能前进了,丛林荆棘布满了山崖。罗雄怕迷了路,又从原路折回,好容易在峭壁上找到了一条向上攀登的蛇行小径。这条山径,不经仔细辨认,就很难看得出来。

罗雄命令战士们选好地形,在原地等他。他带着陈大雷、赵铁牛和王永祥三个战士上山侦察。他知道,如果十二个人全挤到小山径上是很危险的,只要上面掀下几块大石头,他们就会被砸到山沟里去! 在这种地方,纵有老虎的胆量、狮子的力气,也是毫无办法的!

"仔细向四下里看着点!"罗雄对身后的战士嘟囔着说,"他娘的,这种鬼地方真少见!"

他们攀爬了一段路,上面又开始平坦些了。

"站住!举起手来!"

从岩缝里传来叫喊声,但看不见人,只见浓密的树丛中有几杆长矛晃动了一下,又隐没了。

罗雄见这些团丁没有枪,便对赵铁牛和陈大雷说:"快跟我上,活捉他几个兔崽子带回去。"

"叭!叭!"枪声又响了,两枪都打在他们身边的岩石上。这两枪证明了,民团的步枪很少,而且缺少基本的射击训练。

牛角号突然呜嘟嘟,呜嘟嘟地响起来了。丛林中,岩石后,晃动的影子又增多了。

罗雄估量着,少说也有十五个人。他们停止了前进,伏在岩石后等待着第一个露头的人,心想:"只要你一露头,我就给你一个大揭盖!"

就在这时,他们前面和左、右两面同时响起了喊声:"交枪吧,你们跑不了啦!"

陈大雷说:"中队长,他们在包围我们!"

"快,你们三个向后撤,我来掩护!"罗雄已经感到处境的危险。如果民团稍懂一些战术,那他们非要吃大亏不可。

"中队长!你先走!我掩护!"赵铁牛说。

"快!这种时候还啰嗦!"罗雄一面发着脾气,一面向爬到最前面的团丁开了一枪。那个团丁向旁边滚动了一下,但仍然继续向前爬。

"没有打中!"罗雄懊恼地想。

爬近的团丁猛然蹦起,向罗雄扑来。罗雄一枪把他打翻了。这时一杆长矛向罗雄的胸部直刺过来,罗雄急忙把身子一偏,矛头从他的腋下,透过衣服贴着肋骨穿了过去。这个团丁由于用力过猛，两脚失去平衡，正撞到罗雄怀里。罗雄被撞得倒退了一步，想不到被身后的石头绊了一跤。当他跌下去的时候，一颗子弹正从他的头上飞了过去。

罗雄和团丁抱在一起翻滚在地上，他的驳壳枪意外地嵌在石缝中。他用一只手和团丁搏斗，空出一只手去拿枪，却没有想到团丁趁他一只手的时候，死死地卡住了他的脖子。罗雄只好放弃了摸枪的打算，用足力气把团丁翻了下去，然后抱起他的脑袋向石头上一碰。团丁当即就死了。这时一杆长矛正刺向他的后心。罗雄并没有发现这一致命的危险。但是当矛头刚刚触到他的脊梁时，却又无力地缩回去了。原来赵铁牛看到这一暗算，立即向偷袭罗雄的团丁打了一枪。

陈大雷和王永祥也没有按照罗雄的命令撤下去，他们和几个团丁在搏斗，因为他们背后就是那条陡峭的山径，团丁没有办法绕到他们身后形成包围。

罗雄顺手摸起一杆长矛，刺倒了一个团丁。他已经看出，再拼下去不但毫无意义，而且非常危险，说不定团丁的援兵很快就会到了！

"快退！快！"罗雄一面用长矛抵抗着，一面喊。

在埋伏在山路口的八个同志的掩护和接应下，罗雄、陈大雷、赵铁牛、王永祥带着满身血迹撤了下去。

罗雄的腋下渗出血来，赵铁牛几次想给他包扎，都被他粗暴地拒绝了。

"走开！我没有受伤！叫他娘的癞皮狗咬了一口！"

久经战阵的罗雄，在不利的地形下，竟被民团戳了一下，这大大地伤了他的自尊心。他浓黑的双眉结成一个疙瘩，好像只有用这肉体上的伤疼，才能减轻他精神上的痛苦。他用从胸膛里喷出来的声音向着白云山发誓般地说："我要踏烂这个南山口！"

三

支部委员会暂停下来,听取罗雄关于白云山南山口战斗情况的报告。

"我们截住了五个给周武送信的人,"罗雄叙述了同谷敬文信差遭遇的经过,"我们正在搜信,民团就向我们开枪。……"

"信呢?"吴可征急忙问道。

"在这里!"罗雄用左手从布袋里掏出一封揉皱了的信。

吴可征和郝大成立即把信打开,全体到会人员全部注意力都集中到信上:

武弟大鉴:

别来无恙乎?近闻郝、吴残部在南屏山一带正积极活动扩大力量,此乃祸患之根苗也!

现任洪元之一营,已进驻南屏山下崖头沟一带,弟可派人与其联系,相机进剿南屏山。此举有关四岭山区之安危,望弟竭力辅助,务把共军残部消灭在南屏山中。

周威心豪气傲,刚愎自用,冥顽不化,持有政治偏见,使共军有可乘之隙,恐终为共党所用,务嘱荫叔,多予诱导,设法将齐心会改编。如周威执迷不悟,即应除之!

弟之委令谅不日即可下达。

专致

勋安

愚兄　敬文

×月×日

"这封信给我们提供了重要的情况,"吴可征看完信后,对郝大成说,"证实了我们的判断。"他看见罗雄还站在旁边,便说,"你先回去叫彭医生给你敷上药,休息休息。这封信很重要!"

"回去休息吧,你这猛张飞,还是粗中有细啊!"郝大成说,"不过你还得动动脑筋,攻南山口有莽撞的地方,给我们进四岭山造成了一定的困难——增加了民团和红军的对抗情绪,周武必然要借此造谣中伤欺骗群众,无疑地民团会警觉起来,同时也还会增加周威对红军的疑虑。……"

郝大成稍稍沉思了一会儿,又说:"但是也有好处,等于对南山口进行了一次武装侦察,了解了民团的战斗力和南山口的地形!"

接着郝大成的注意力就又集中在谷敬文的信上,他说:"好啊,任洪元、谷敬文、周武这些狗崽子们,要合起来跟咱们干啦! ……"

罗雄并没有去找彭医生,他好像还有什么话要讲,一听说干,劲头陡然倍增:"大队长! 连他娘的蒋介石一齐来才好呢,咱们跟他大干一场,那才痛快!"

罗雄忘记了伤,他把胳膊猛力一抡,疼得他咬了咬牙,嘴里嗞啦了几声。

"你啊,就是想干个痛快,"郝大成微嗔地说,但嗔怒中又含着鼓励、爱护和赞扬,"该拼命干的时候拼命干,比如打了谷敬文的信差,既消灭了敌人,缴获了武器,又得了谷敬文的信件,这,干得对。可是不该拼命干的时候拼命干,就是莽干,捅娄子,比如硬往南山口上冲,在政治上军事上都不利。你这个脑袋里啊,就是缺少点策略!"

"大队长! 我认错还不行?"罗雄憨直而又顽皮地笑笑。

"你还不知道错在哪里就瞎认错,"吴可征无声地笑笑说,"也不是真心认错,下次你碰上南山口这样的事,你还是会干的!"

吴可征完全看透了罗雄的心思,此时罗雄就是这样想的:"打一仗,缴获五支枪,还有一封重要的信,吃点批评受点伤,值得啊!"

"进不进四岭山?"罗雄急睐着眼问。

"进！当然进！"吴可征说。

"进就好！别忘了叫我打头阵！"

"那倒不必,我们还不准备拼命!"吴可征说,"老罗啊,要学会从全局看问题,要懂得政策和策略。你想的只是打仗缴枪抓俘虏,可是,我们要的是整个四岭山区!"

"踏平南山口,砸烂狗民团,这就是我的政策和策略!"罗雄抚摸着受伤的胳膊,火气又上来了。

"你那不是政策和策略,是蛮干!"郝大成把谷敬文的信折叠起来,严肃地说,"罗雄同志,你想一想,我们现在连新同志在内,才一百多个人,假使让你带着这支部队进四岭山,你怎么进法?"

"打进去!"

"敢打敢拼的精神不错。但你不想周武有三百人的民团,在南山口上居高临下地跟你干起来,你能打进去?"

"哦……"罗雄想起了南山口的地形和刚才那一仗。

"我看,再给你加上一百多个人,你也攻不进去!即使你攻进去了,那要遭受多大的伤亡啊,要花多大的代价啊!只剩下十个八个的人又有什么用?"

"我有点明白了。"罗雄稍有领悟地说,"南山口那个鬼地方,有力气也没处使!"

"不,你没有明白,"郝大成更进一步地说,"四岭山区还有周威的三百多名齐心会。如果他和周武的民团联合起来一起跟我们干,你有多少力量才能打进去?你又要多少力量才能站住脚?"

"他们能联合?"

"看,政策的重要性就在这里。我们的政策对头,就会制止他们联合;不讲政策,或政策上犯了错误,就会促成他们联合。……"

"这下子我可彻底明白了!"

"我看你是多少有点明白了,离彻底还差得远呢!"郝大成像剥卷心菜一样，一层一层地剥到问题的核心，"我们进去要依靠谁？要争取谁？要打击谁？这不是说几句话就懂了的，这里有个群众观点问题，也有个策略问题。即使懂了，能不能做好又是一回事。你说你彻底明白了，我问你，你准备怎么进四岭山？……"

"既然硬打不行，那我就没有办法了。"罗雄苦笑着说。

"那么四岭山我们还进不进？"

"进啊！"

"怎么进？"郝大成猛追不舍地问，"反正硬打是不行。"

"怎么进？"罗雄腼腆地笑了笑说，"这就是你说的要讲政策策略啊！"

"讲政策策略，这不是我说的，是毛委员说的。他说：'**革命党是群众的向导，在革命中未有革命党领错了路而革命不失败的。我们的革命要有不领错路和一定成功的把握，不可不注意团结我们的真正的朋友，以攻击我们的真正的敌人。**'这些教导，我们都学过，可是你没有学进去！……"

"……"罗雄直直地站在那里，不知说什么好了。他只是觉得大队长批评得好，批评得对，就像一杯醇酒，在又累又冷的时候吃下肚去，虽然火辣辣的有些猛烈，却觉得热力慢慢在全身扩散开来，有说不出的温暖和痛快。

"要进四岭山，我们要做多少工作啊！"郝大成似乎是对所有同志说的，"我们要扩大力量，我们要了解敌情，我们要取得四岭山革命群众的支持，我们要争取齐心会，我们要在政治上军事上打击敌人，……可是这一切都需要有正确的政策策略，都需要做很多很多艰苦细致的工作。如果不讲政策策略，要取得革命群众支持也得不到，要扩大力量也扩大不了，要争取齐心会也争取不了，要打击敌人也打击不了，要进四岭山也进不了，……愿望是一回事，能不能实现你的愿望又是一回事。比方说我们要爬一座高山吧！想爬上去是一回事,可是你四肢没有力气,又不带干粮不带水,不带柴刀不带绳索,又找不到登山的路,净在树棵子里乱钻瞎摸,碰见几十丈深的山沟你能往下跳?碰见几十丈高的峭壁你能往上爬?到头来,山没有爬上去,弄不好还要摔死在山沟里!总的一句话,进四岭山要作充分的准备。"

"大队长,我可真的明白了!"罗雄口服心服地说。

"明白了就好。"郝大成由衷地笑笑,"可不要听起来明白,做起来又糊涂了!"

这时彭医生进来硬把罗雄拉走。支委会继续进行。

宋少英仔细地琢磨着谷敬文那封信上的内容。她说:"谷敬文信上提的那个不日即可下达的委令是什么意思?是不是要把周武的民团改编成他的保安团啊?"

郝大成说:"很可能,谷敬文把他妹妹嫁给周武,就是伸进四岭山的一只脚。现在他当了三县司令了,他还不借机把四岭山一口吞掉?"

吴可征说:"谷敬文不只要改编周武,他还要改编齐心会,胃口真不小,他这封信对我们争取齐心会很有用处。"

郝大成说:"对,我们应该激化他们之间的矛盾。现在我们是和谷敬文在争夺四岭山,我们一定要跑在敌人前头,让谷敬文这只老狼去嚎吧!"

第十八章　初探四岭山

一

开完支委会后的第二天,史少平带着县委的信件来到了南屏山。

虽然大家早已知道了史少平完成阻击任务之后,又去九里十八坪的详细情况,但是他的到来,仍然引起了很大的轰动——因为人们通过想象,给他的行动增加了传奇的色彩。

战士们,不管新的老的,全都奔跑着拥到大队部里,把史少平团团围住。

谁不想听一听九里十八坪的消息?谁不想听一听大闹谷敬文"庆功"宴的经过?七嘴八舌地弄得要问的没有办法提问,要答的也没有办法回答,只是闹嚷嚷地响成一片。

宋少英没法挤进水泄不通的人群,只是站在旁边,眼角上滚动着幸福的泪珠,看着这欢乐、动人的景象。

赵铁牛则站在一边憨厚地笑着,以他特有的方式,表达着对战友归来的喜悦。

郝大成虽然用命令的口吻,叫大家安静下来,回到各自的岗位上去,但是,他的话却例外地不起作用了。

还是吴可征想出了解围的方法,他说:"大家先回去,让少平休息休息。吃过饭后,我们开一个全体大会,让少平同志把他经过的一切,都仔细地给大家报告一番!……"

这样，人们才在喧嚷声中，恋恋不舍地慢慢散去。

史少平第一次回来并没有上山，所以这次归来，仍然引起很大的轰动。之所以如此，不只是因为他有着传奇般的经历，主要的是他带来了一连串的振奋人心的好消息：九里十八坪一带的人民并没有在谷敬文的屠刀下屈服，而是在英勇顽强地斗争着；更加主要的是和上级党取得了联系，带来了党的指示信，进一步证实了黄国信的错误；他的到来，还给郝大成和吴可征带来了额外的喜悦：这就是史太昌的情况和田世杰的出现；此外，他还报告了黄希才并未到达县委，以及听到他被捕的传言，这又引起了同志们的担心。

安排好少平的休息、吃饭之后，吴可征、郝大成和黄国信在研究县委的指示信：

大成、可征并国信同志：

得悉你们到达南屏山一带，并积极开展斗争，甚感欣慰。

秋收起义之后，毛委员率领起义部队向井冈山的进军，具有极其伟大的历史意义。

…………

向井冈山进军，开辟了中国革命唯一正确的新的发展道路。这就是把革命重心由城市转移到农村。依靠农村建立革命根据地，积聚和发展革命力量。

可征同志到井冈山去找毛委员，革命有了前进的方向，这是一件振奋人心的大喜事。

我们必须学习井冈山的经验，走井冈山的道路。田世杰同志来县委，详细地介绍了四岭山的情况。县委也同时认真地考虑了你们的意见，认为你们的意见是正确的。四岭山区是很适于建立农村革命根据地的，你们应尽力开辟。关于进入四岭山的时机和进入的方式方法，请你们根据实际情况自定。

在走井冈山道路，建立农村革命根据地的问题上，县委也是有斗争的！一条正确路线的推行，必然受到各种错误路线和错误思想的干扰，你们要切实抓紧部队的政治思想教育。

现在蒋、桂、冯、阎四派正暂时联合，对张作霖作战，无暇他顾。新军阀的新的混战，正是我们武装割据的有利时机。

革命的烈焰正在各地燃起，革命的力量正在迅猛发展。我们山区各地的革命活动，将逐渐联结成一体，互相配合，互相支援，将来许多块小的根据地，必将联结成大的红色区域。

田世杰同志将从县委直接返回四岭山，发动群众以配合你们进山，希你们派人和他取得联系。

……

黄国信同志，可按照送信人的路线和联络办法，速来县委汇报工作。

……

吴可征说："县委的指示，充分阐明了井冈山道路的伟大意义，进一步坚定了我们走井冈山道路的决心。这封信来得很及时。"

黄国信坐在木墩子上，低头不语。这次县委来信，对他是一个很大的打击。怎么办呢？他在苦苦地思索着自己应该采取的对策。要放弃自己的主张吗？他不愿意。并且从县委来信中，看出县委委员之间的意见也不完全一致。他认为他的意见还是有人支持的！但是，现在，在县委已经明确指示的情况下，仍然保留自己的意见吗？显然更不合适。怎么办好呢？他在思考着，"见风转舵""大丈夫能屈能伸，能进能退"的处世哲学，使他认为服从县委指示为好，他需要一条退兵之计。他说："这次县委来信，对我是个很大的教育。我是县委的特派员，应当无条件地服从县委的指示。这次回县委，我不文过，不饰非，如实地向县委汇报部队的情况和我们争论的经过,请求县委给我帮助、教育和处分。"

吴可征说:"国信同志表示的态度,我认为是值得欢迎的,至于请求县委处分,我认为这是次要的,主要的还是好好学习,从革命的斗争意志上,从无产阶级的立场上,从革命的路线上来深刻地检查自己,这不仅仅是思想问题,更不是方法问题,而是世界观问题。我希望国信同志这次回县委,能深刻地认识错误,坚决地改正错误,回到正确路线上来。"

郝大成说:"我的希望和可征同志是一样的,希望国信同志从根子上挖一挖,要干好革命,就得脱胎换骨改造自己才行。……

"我们应该给县委写个报告,把咱们的工作和今后的打算汇报一下,好使县委了解全面的情况。这个报告可以请黄国信同志带去。"

吴可征赞成说:"这很好,回头我起个草,支部研究之后就请黄国信同志带去。我认为我们支委会的意见和县委的指示精神是吻合的。……现在我们还是研究一下去四岭山进行侦察和联络工作的人选吧。你们以为谁去好呢?"

"这事我反复想过了,"郝大成说,"你的伤口还没有愈合,是绝对不能去的。国信同志要回县委,也是不能去的,还是我去吧!"

"你去?"吴可征一愣,沉思了一阵说,"不,这次去,事关重大,支委会要好好研究研究才行。"……

二

接到县委指示后的第四天凌晨,淡灰色的晨雾里渐渐露出了起伏的群山。吴可征和宋少英站在南屏山通往山下的路口上的老橡树下,久久地站在那里,目送着郝大成和王尚青挑着铁匠担子向远处走去。曙光照耀着郝大成高大壮实的身影,他挑着沉重的担子,迈着坚定稳重的步伐,向着沐浴在朝阳下的高山,越去越远。直到郝大成和王尚青的身影消失在茫茫林海之中,吴可征和宋少英才转身慢慢地走回营地。

郝大成亲自进四岭山,是不同寻常的,经过支委会的多次研究和郝大成的力争,才定下来。

这次进四岭山负有三项任务:首先和田世杰取得联系,依靠党组织在群众中做好宣传工作,取得革命群众的配合和支援,这是能够立即稳住阵脚迅速扎根的根本办法,是首要而且艰巨的工作。

其次,进行军事侦察。周武民团的实力到底如何? 部署怎样?地形如何? 文进四岭山是不可能的,只能立足于武进。可是在险恶的地形面前,强攻是不可想象的,除此之外,应该采取什么办法?

再次,要把齐心会的性质和政治态度摸准,同时还要和周威谈判,一方面利用谷敬文给周武的密信,揭露他们互相勾结,妄图铲除周威吃掉齐心会的阴谋,阻止周武对他的拉拢;一方面要做争取工作,即使争取不到他的支持,也要争取他暂守中立,以便我们有时间站稳脚跟。严防周武周威联合起来抵制我们。周威和周武虽有本质的不同,在某些方面也有矛盾,但在宗法、族权森严的山区,周武、周威同宗同祖,这种宗族观念在没有打破之前,周威有被他拉拢的可能。更何况在防止外来势力进入四岭山区这一点上,他们是一致的。……

很显然,这次初探四岭山不是一次简单的侦察,而是一次各方面工作相综合的艰巨任务,是为红军进四岭山建立革命根据地铺平道路。这次任务完成得好坏,对进四岭山是否顺利和成功,起着关键性的作用。这次任务吴可征力争自己担任,但他的伤口没有愈合,支部坚决不同意。在郝大成的力争下,支部只好同意让大队长亲赴四岭山。

郝大成原想带斗争经验较多的史少平同往,但是,史少平正在向全队报告他的经历的时候,突然觉得天旋地转,眼前一黑,就晕倒了。彭医生给他量了体温,三十九度五。史少平并不是突然生病的,他在夜宿荒山时着了凉,在回南屏山的路上就已经发烧了。由于他深知赶回南屏山的使命重要,就像一个冲锋的战士,负了伤不觉得疼痛一样,强烈的政治责任感使他战胜了极度的疲倦和病痛。但是,在一阵极端的兴奋过后,终于支持不住了。这样郝大成就带着斗争经验虽少些,但却十分机灵的王尚青同行。

郝大成和王尚青走得很快,大约在十点钟的时候,他们进了南山口。在阳光下闪亮的弹壳和那岩石上斑驳的血迹,使郝大成联想起罗雄和民团战斗的情景。他们警惕而坦然地向上走着,一边走一边观察着四周的地形。

铁匠担子是纪松田送来的,王尚青为了跟郝大成进四岭山,整整学了三天三夜铁匠活,虽然抢大锤把胳膊都抢肿了,可仍然算不上一个真正的铁匠。用郝大成的话说:"只能应付应付。"

郝大成进四岭山是经过了周密思考和充分准备的。但一向临危不惧的郝大成仍然高度地警惕着,以防出现预想不到的情况。

"小王,离敌人的哨卡不远了,要紧的是沉着。"郝大成嘱咐道。

"大队长,只要和你在一块,我就什么也不怕!"王尚青充满信心地回答。

"看,你这个'大队长',又露了馅了吧?"

"我是说顺嘴了。"王尚青有点不在乎地说。

"这可不行,"郝大成说,"除了大胆沉着以外,还要细心、机警,出错往往是出在粗心大意上。"

郝大成假借休息,不时地停下铁匠担子,仔细地观察着地形。他们右边是一些不规则的悬崖峭壁,间或有一些平坡,但都生满着杂树荆棘,那峭壁有的光滑有的多棱,有的挂满了柔韧弯曲的葛藤。他们的左边，是一道山涧，俯瞰下去，在杂树缝里，偶尔还看见涧底流水的闪光，因为太深，听不见湍流的声响。就在这一边峭壁一边深涧中间，有一条沿着山势曲折蜿蜒、时断时连、时宽时窄的山径直通山口。在这里，郝大成又看到了弹壳和血迹，这里就是罗雄受伤的地方。

"举起手来！你们是什么人？"

郝大成正要拾起挑子的时候，两个团丁，身穿黑色对襟短褂，手持步枪，从树丛里钻了出来，拦住了去路。自从南山口战斗以后，民团的哨兵都换上了步枪，哨棚子里增加了一倍兵力。

郝大成并没有举起手来，泰然自若地指指铁匠担子说："你们没见过打铁的？"

"你也不打听一下，四岭山是可以随便进出的吗？"两个团丁把两个铁匠上上下下打量了一番，并摸了摸他们的身上有没有带枪。

"怎么？你们民团辖区，连打铁的也不让进吗？连四岭山的人也不让进吗？"郝大成故作鄙夷地说，"老兄！不要认错了人啊！"

"老马，我看让他们过去吧。"一个瘦高个子团丁对另一个横眉竖眼的团丁说。

"你他妈的少啰嗦，这两个也许是红军的探子。"姓马的团丁也感到这个打铁的可能有些来历，便白了瘦高个子一眼，然后对郝大成和王尚青说："走！到哨棚里去！"

他们到了南山口的顶部，在那像是马鞍的凹部的山脊上，地势稍现平坦。隘口两边挖有堑壕和简单的掩体。沿堑壕向东走百多公尺，有一间石壁小屋，这就是团丁所说的哨棚了。这里面原来住着团丁一个班，现在又增加了一个班。从哨棚向北望去，山势渐低，岗峦起伏，云雾茫茫，似乎有多少奥秘隐藏在其中。

"王大发！来的什么人？"山口上的哨兵问那个瘦高个子团丁。

王大发并不直接回答,而是问道:"中队长在吗?"

"在打牌。"哨兵简单地回答。

"周中队长!有人要进山!"王大发向哨棚子喊道。

过了一会儿,从小屋里走出三个人来。为首的一个是个拐子腿,他穿一身黑色短打,一排又长又密的布扣子,从领口一直排到下摆,就像开了膛后缝合的针脚。一绺头发斜披在前额上,嘴里叼着香烟,手里提着驳壳枪,向郝大成和王尚青走过来。他一跛一拐地走到郝大成面前,瞅了一眼铁匠担子,恶声恶气地问道:"你们从什么地方来?"

郝大成一看这个拐子中队长,就知道是个欺软怕硬的家伙。他捕捉着拐子腿那狡诈凶狠而又怯懦的目光,揣摸着这个家伙的心理。

"从南屏山来。"

"南屏山?!"团丁们听到这三个字,几乎同时惊叫了一声。

南屏山这三个字非同小可,经南山口一仗,南屏山已变成"红军"的同义语了。

"红军的探子!"拐子腿吃惊地失口喊了一声,条件反射地把驳壳枪举了起来。他在这个威风凛凛的铁匠面前有些胆怯了。

"哈哈哈哈,"郝大成看到拐子腿惊慌的样子,大笑起来说,"不错,我是探子,不过,我是去侦察红军的情况的!"

郝大成根本不看拐子腿那伸到他面前的枪口,从容地往堑壕边的碎石堆上一坐,对王尚青说:"肚子饿了,咱们在这里升火做饭。"

周拐子一听又蒙了,大声喝道:"快说,你们是什么人!"

郝大成以沉静的口吻说:"我说老兄,你还是把枪收起来好,要是周总指挥知道你这样对待他的人,你就吃不了兜着走!"声调虽然沉静,却充满着威慑的力量。

周拐子是深知周威的脾气的。为了田世杰的事差一点和周武闹翻。眼前这个铁匠万一真是周威的人，周拐子是不敢负这个责任的。他的枪不由得从郝大成的胸前收了回去，但仍提在手里，继续追问道：

"这么说，你是齐心会的人了？为什么没见你从这里出去？"

"侦察的路线是周总指挥亲自指定的。这次回来才从你这南山口走一走。"

这时很多团丁已经围了上来，七嘴八舌地问道：

"你真见过红军吗？他们是不是红头发绿眼睛？"

郝大成摆出谈天说地讲古论今的架势说："那是瞎说，他们一个个背插大刀，腰挎短枪，身强力壮……都是些红脸大汉。当然也有小个，"他指指正在升火的王尚青说，"有的就像他一般高！"

王尚青对大队长采取的对付团丁的方针已经心领神会，他笑嘻嘻地接着郝大成的话说："可不是嘛，红军大队部里那个通信员，正好和我同岁哩。"

"这个小家伙在瞎吹牛！"几个团丁不相信地冷笑着说。

"他们是杀人放火，共产共妻的吧？"拐子腿也怀着十分好奇的心情探问着。郝大成那泰然自若的神态，使他把提在手里的枪插进腰里。

哨棚子里的牌局已经散了，都乱哄哄地拥到山口上来，谁不想听听红军的消息啊！

"那是传言，"郝大成向越聚越多的团丁们扫了一眼，以令人不能不信服的口吻说，"放火我没看见，可是杀人，我见过！"

"啊！杀人？"那个叫王大发的团丁骇然地说了一声。

"杀！"郝大成肯定地说，"红军打汤三碇子的时候，我正在汤家楼，那汤三碇子就是叫红军枪毙的！共产共妻那是没有的事，可是分田地、分粮食、分衣裳我见过，那老百姓啊欢天喜地比过节都高兴。……"

"怎么分法?"王大发发生了兴趣。

"谁穷谁苦分给谁。先分给那些挨饿受冻的穷苦人。"

"你是替共产党宣传!"拐子腿忽然醒悟地大声叫道,"你是红军的探子!"

"哼!我要是红军探子啊,就不从这南山口走了。"郝大成从容而又平静地说,"我还正想问你呢,你们白云山的情况早叫红军探了去啦!"

"啊?你怎么知道的?"

"不知道那还算什么探子?"郝大成做出自夸的神气说,"我不是在汤家楼打铁吗?要侦察情况就得和红军接近才行。他们的大队长一看我打铁的手艺不错,就和我商量说,'你跟我们上南屏山吧,去给我们打些大刀红缨枪,价钱不会亏待你'!我一听,正是侦察的好机会,就说,'生意人哪里有活干,就到哪里去'。接着就跟他们上了南屏山!我一边给他们打战刀,一边听他们议论。"

"你说说,他们议论些什么?"

郝大成摆出不愿再说下去的样子说:"我们还要吃饭呢,你们这一问耽误我们做饭了。"

王尚青立即会意,他端起铁锅子对团丁们说:"借点水吧!"

"好,给他点水!"周拐子向团丁们吩咐着,然后对郝大成说:"你说!红军都议论些什么?"

"我听到的可不多,那真正的军事秘密,红军也不在我面前说。可是红军对白云山的情况摸得那个细,可真叫摸到家啦,就是你们团丁,哪一个人好,哪一个人坏,哪一个人是什么脾气,连你们的祖宗三代都清清楚楚。……"郝大成想起了郑万春关于民团和王心诚的那段介绍。

"哟!"许多团丁都惊讶得张开大嘴忘了合拢。

"可惜我听得不全，"郝大成做出回想的样子说，"你们这里面有个叫王大发的吧？"

"有啊！"许多团丁都瞪着眼转向瘦高个子的团丁，王大发更是紧张起来。

"他们怎么知道我？"

"不只知道你，还讲到你爸爸呢，你爸爸叫王心诚吧？ 人很老实，信神信得可诚心啦！"

"哎呀！"所有团丁都不胜惊诧，"连信神都知道？"

"可不！"王尚青一边烧炉子一边打帮腔说，"人家红军对白云山可熟啦，连谁家的锅灶门朝南还是朝北都清清楚楚。"

"说我什么来？"王大发惴惴不安地说。

"这我可没听全。"郝大成遗憾地说，"红军还说到一个人，是个中队长，叫周拐子！"

"啊，那是我！"周拐子惊叫起来，"他们说我什么？"

"是你？"郝大成看着他那惊慌的样子，故意为难地说，"这叫我怎么说呢？ 好像他们说你做了很多坏事。"

"这……"周拐子的嘴唇有点发抖。

"那你还是小心为妙！"

"我的老天！"周拐子喏喏地说，然后试探地问："你看红军真的要到四岭山来？"

"我看八成是要来的！ 给他们打了三天刀枪之后，我说要走，他们问我到哪里去，我说要回四岭山来。他们说：'那好，咱们在四岭山见。'我说：'四岭山的民团很厉害。'可是红军说：'那些民团嘛，都是些一捏就烂的豆腐渣。'还说，'你碰见民团的时候就和他们说，老老实实的就宽待，若是和红军为敌啊，那就问他的脖子是不是肉长的。……'说完了把刀往下一劈，好家伙，杯口粗的杉树一下子就劈倒了。"

"听说大队长姓郝,能钻天能入地,是个三头六臂的人。谷敬文、任洪元和他打了半年,好几千人把他围在白马山峡谷里,可是他忽然又到南屏山来了。"有的团丁神乎其神地说。

"听说他的枪打得可准啦,"又有团丁补充说,"要打鼻子不会打到眼上!"……

饭做好了,王尚青给郝大成盛了一碗。郝大成一边吃饭一边哈哈地笑着说:"传言传言,不可全信。说到红军嘛,那个个都是好汉子,可是那个大队长嘛,看起来倒也稀松平常,个头和我一样高,力气也不比我大,没有什么了不起。说到枪法,那倒是真的,听说,他从十岁就打猎,枪法还能差得了?"

"你认识他?"团丁们惊奇地问。

"怎么不认识? 打好的刀枪,全都是他一把把地验收的,是个内行,我一打听,果然,他也是个打铁的出身啊!"

饭吃好了,王尚青收拾着铁匠担子。

"红军进不了四岭山!"周拐子抖起精神,强自镇定地说,"我们民团可不是好惹的!"

"我说周中队长!"郝大成说,"我本想绕弯到你们沙河镇,见见周团总,现在时间来不及了,有件事就拜托你了。"

"什么事?"

"请你转告周团总,南山口要加强防守! 你们白云山的情况叫红军全侦察去了! 再不小心,出什么乱子都很难说。"

"好说,好说,我一定转达! 一定转达!"周拐子想到自己守南山口的责任,不禁额头上冒出了汗珠,他很怕这个铁匠会把这些情况告诉周武,便催促他们上路,"你们就不必劳神了。"

"好吧!"郝大成笑笑说,"咱们后会有期!"说完,他就和王尚青挑起铁匠担子下了山。

"胆小如鼠,狡猾如狐。"这句话,大致可以概括周拐子的性格特征了。郝大成的铁匠担子刚下了后山坡,周拐子忽而转念一想:"不对！这两个铁匠要是红军的探子呢?"想到这里,他急忙喊了一声马义山。

那个姓马的团丁应了一声"有!"向他跑了过来,"中队长有什么吩咐?"

周拐子咬牙切齿地说:"你去把那两个铁匠担子给我抓来!"

"是!"马义山答应了一声,把枪一提,就往山下跑,但是他又被周拐子喊住了:"慢一点,我再想一想！"

周拐子就像老鼠出洞一样,计算好了再放爪,这时他又犹豫起来了:"万一真是周总指挥的人呢? 如果因为我抓了他,挑起民团和齐心会的纠纷,那不闹出大乱子来吗?"

周拐子瘸着腿像老鼠觅食似的在山口上转了几圈,终于想出了一个万全之策。他对马义山说:"先不要抓他们！ 你去跟上他们,看他们往哪里走！ 如果是向西走,那就是回伏虎岭,可以不去管他;若是往北走,那就是到兰田岗去,就立即把他们抓起来！"

跟了一段路,马义山转回来了,他说铁匠担子往西去了。周拐子点点头说:"看来真是齐心会的人了。"

三

郝大成是大胆而又谨慎的,他和王尚青沿着山后小路向下走着,不久就到了三岔路口,一条路向东北,是到沙河镇去的,一条向正北,是到兰田岗去的,另一条向西北,是到太平寨去的。在岔路口上,他们借歇息的机会,回头仔细观察,看是不是有人跟踪,结果他们发现了盯梢的马义山。接着他们挑着担子向西北,直奔伏虎岭的太平寨。等他们摆脱了马义山之后,立即拐弯向东。到达兰田岗的时候,已经是傍晚时分。

节令已近立夏,天气渐渐炎热起来,山区的蚊虫已经碰头打脸地叮人了。

经过一阵短促的忙碌,一切都安顿好了,炉火在打谷场一角的板栗树下生起来。郝大成将一把未成形的镢头锻件杵在炉火里,王尚青就猛力地拉起风箱,红中透蓝的火苗子随着风箱的节奏,一起一落地呼呼地燃烧着,锻件一会儿就发红了。郝大成手持铁钳把火红的锻件夹出来,扁下手锤,把锻件上的锈屑刮掉。王尚青就离开风箱,操起大锤,郝大成的手锤点在哪里,王尚青的大锤就落在哪里。于是大锤小锤就像一曲和谐的音乐,叮叮当当地响起来,随着锤声,火星四溅,一亮一亮地闪着红光。锻件不断地在翻动着,铁锤不断地敲打着,镢头的雏形刚显出来,锻件却已经变冷了。于是郝大成又把它杵进炉火里,王尚青又放下大锤,加煤块,拉风箱。锻件很快又变红了……又是一阵叮叮当当的敲打,镢头成形了。又一次杵进炉火里,郝大成看准火候,夹出锻件向水桶里一淬,水咻咻地响着,冒出一阵水雾。当啷一声,发着暗蓝色的锻件被丢在地上,一把开山镢头就这样顺利地完成了。两个人不用说话,就配合得非常和谐。郝大成用赞许的目光看看才学了三天铁匠的王尚青,意思是说:"不错,小伙子,你会成为一个很好的铁匠的!"

王尚青敬佩地看看大队长,意思是说:"跟着你这样的师傅,我什么都能学会,我什么都能干好!天大的困难我也不在乎!"

铁匠炉边首先是围满了小孩子们,而后就是拿锄头、镢头、镰刀、柴刀来加钢淬火的农民。他们蹲在炉火旁边,等着锻件,互相交谈着天气、年景……然后就询问铁匠从哪里来以及外地的各种情形。郝大成就借介绍各地见闻的形式,向他们介绍红军打土豪分田地的情景;介绍红军的主张;批驳那些诬蔑红军的谣言。

"唉，往年总是在这稻秧成长的时候天旱。"一个五十多岁的农民瞅着蓝天叹了口气说，"今年看样子又是缺雨，再来个歉收年，不知又有多少人家卖儿卖女，上吊跳崖了！"

"书耕叔，"一个小伙子对那个叹气的农民说，"光叹气叹不出好年景来。若是红军一来，像铁匠老客说的那样，把土豪一打，把土地一分，就是再旱，也有好日子过！"

"红军的主张是好，"书耕叔又感叹地说，"可是自古以来的章程能改得了吗？"

"怎么不能改？"铁匠说，"那有红军的地方就改了嘛！"

"就怕改不长远，"书耕叔说，"这四岭山也不是没有人想改过。可是还没有闹上半个月，就被抓的抓、杀的杀，唉，至今还有人逃到外边没有回来呢。"

"是啊，"郝大成一边打着铁一边说，"那是因为没有武装啊！我可看见过红军打汤三礤子。……那就不是土豪劣绅抓农民、杀农民了，那就是倒过来，农民起来打土豪抓劣绅了。"

"听说红军也要来，可是，这四岭山是不好进的啊！"他把话打住了，有个保丁从远处走来。铁匠炉边的谈话，就转到张家长李家短、沙河镇的粮价又上涨和谁家的牲口生了病上面去了。

在铁匠炉旁边，有一个七十来岁的干瘦干瘦的老头子，他一边吸着旱烟，一边仔细地听着铁匠关于红军的介绍，他就是郑万春讲的周武的老佃户王心诚。

王心诚的老伴生了三个儿女都没有养活，在三十岁上又生了王大发。王大发在周岁的时候又得了病，这下可把这对夫妇吓慌了，急得他们整天祈求上天，祷告神明，烧香许愿……整整折腾了半年多。而这时候王大发的病好了。这明明是个偶然的巧合，可是王心诚却坚信这是神灵保佑的结果，从此他笃信鬼神，虔诚不二，"诚则灵"三个字，就像刀刻一样深印在他的心上。如果谁怀疑神的灵验，他就面红耳赤地和你争辩："不信鬼神这是罪过啊！神是灵的，就看你心诚不心诚了，'诚则灵'嘛，我家大发的命就是诚心敬神求下来的啊。"他的名字本来是王辛成三个字，后来也改成王心诚了。

等保丁走开之后，他叹了口气说："听你这么说，红军好倒是很好，就是不敬菩萨不信神，这一桩不好。你们忙吧，我走了！"他把烟袋往腰里一插就走开了。

"真是个老迷信。"王尚青不满意地说。

"这不能怪他，"郝大成说，"这只能怪旧社会啊。所以说我们革命者担子重嘛。农民不光在政治上、经济上要解放，就是在精神上也要解放！那些迷信思想和宗族观念就像手铐脚镣一样，捆绑着他们的手脚，毒害着他们的思想。小王啊，我们绝不能嫌群众落后，就像不能嫌群众穷苦一样，因为穷苦是旧社会给他们的，那迷信落后思想也是旧社会给他们的啊！"

不一会儿，王心诚又回来了，他手里提着两条杯口般粗七八尺长的艾蒿绳来，慢吞吞地说："夜里蚊子多，用它熏熏吧！"不等郝大成说声感谢，他就走了。

黄昏时分，郝大成和王尚青正在吃晚饭。又来了一些小孩子，都围在铁匠炉边玩。他们听说铁匠是从南屏山来的，都感到新奇，因为南屏山在人们的传说中，挺神秘。

稍大一点的孩子试探地问王尚青说："红军真的要来四岭山吗？"

"听说要来。"王尚青郑重地说，"这可是红军亲自和我说的。"

"红军什么样？听说红头发绿眼睛，那多么吓人啊。"

"不，那是瞎说。红军都是些受苦的人，拿起枪来打土豪，对待穷人可好啦。"王尚青机灵地问，"你们四岭山人会唱山歌吧？"

小孩子们齐声说："会啊。会得可多呢。"

"唱个给我听听。"

几个大胆的小孩就轻声地唱起来：

> 四岭山上山歌多哎，
>
> 哥哥唱歌妹来和。
>
> 歌声好比清泉水，
>
> 流在心头起旋涡。
>
> ……

"嘿，"王尚青有意轻蔑地说，"你们这些山歌都老掉牙了。"

"我们也会唱新的呢。"

"啊！你快唱给我听听，快唱吧。"王尚青逗引着孩子们说，"我想学学呢。"

"你能学会吗？"

"能！能！"

"妈妈说啦，不能唱给坏人听。"一个扎着两条短辫的女孩子脸红红地说。

"哟，什么歌啊不能唱给坏人听？我可不是坏人啊！"

"这个歌叫《盼红军》，我们刚刚学会。"女孩子稍带忸怩地说。

"那可是个好山歌啊！"王尚青有意鼓励她说，"你唱得准好听！你叫什么名字啊！"

"我叫小金铃。"

"小金铃？"王尚青欢快地说，"好！为什么叫小金铃？是不是唱起山歌来像金铃一样叮叮当当响啊？"

"你说对啦！"小金铃的小伙伴们嘻嘻哈哈地笑着说，"就数她唱得好听呢！"

小金铃受到了鼓励，她低着头微笑了一下，然后又仰起头来，用她那带着金铃般的童音轻声地唱起来，嗓子又清亮又圆润。

南屏山来哎高又高，
革命红旗迎风飘；
自从红军进了山，
翻身的日月千般好。

分粮分房分田地，
穷苦人民乐陶陶；
日思夜想盼红军，
快来镇上打土豪。
……

"哟，真好听。"

王尚青夸赞着。他看看向打谷场上渐渐聚拢来的人群，就对孩子们说："这个歌真好，可不要当着坏人的面唱啊，坏人可要打人的。"

女孩子点点头，和她的小伙伴们欢跳着跑开去。大人们一时并没有在意他们唱些什么。

天黑下来了，人们慢慢散去，郝大成和王尚青收拾着铁匠担子准备安歇。

郝大成说："四岭山的党组织已经活动起来了，敌人也不会睡大觉，今晚上要特别小心。"

王尚青说："我怎么没有看见党组织的活动呢？"

"还要怎么活动？你不是听了小姑娘唱的那新山歌吗？可见，活动得还挺深入呢。"

四

铁匠炉给四岭山带来了南屏山红军的政策、主张和各种各样

386

的消息，像在严寒的冬天，吹来一股强劲的东风，它的暖流迅速地在山区扩散开来，温暖了四岭山受苦人的心。

郝大成的这种做法目的有二：一是借亲眼见过红军的铁匠的身份，向群众进行宣传，容易收到良好的效果，容易使人信服；二是通过宣传的影响，让地下党组织主动来和他这个南屏山来的人取得联系。但是事物总是两方面的，这样做也会引起敌人的注意，给自己带来危险。

郝大成来到四岭山的第一个夜晚降临了。

古老山村的初夏之夜，总是充满着神奇虚幻的色彩。无论是七八十岁的老人，还是六七岁的孩童，总是在这夏夜里，坐在门前，围在一起，望着高远、明净的星空，产生出许多奇妙的遐想。多少离奇古怪的故事，多少优美动人的传说，就在这样的夜晚编织着补充着，一代一代地向下流传。……但是今天，两个铁匠的到来，给这山村之夜带来了新的内容，增添了新的光彩。人们不再对那些神话传说发生兴趣了，而是谈论着南屏山、红军、打土豪分田地……人们听来，这些新传说比那些旧传说更动人，更新奇。这天夜里，孩子们不是在听老奶奶讲那些老掉了牙的故事，而是老奶奶在侧起耳朵，听她孙女唱新的山歌。……

郝大成和王尚青住在打谷场边上的一间空屋子里，睡在用木板临时搭成的床铺上，床头上的杯口一般粗的艾绳吐着火舌，像蟒蛇口中含着颗红色宝珠。一股含着野艾的清香和辣味的浓烟在小屋里弥漫着，屋外的蚊虫嗡嗡地叫着，却不敢攻入这个烟火阵。小小的窗口里投进淡淡的星光，栗树茂密的枝叶在夜风里飒啦飒啦地响着，夜莺唱着动听的歌，山村的夜是以动来表现它的寂静的。

"明天一早，我们就到梅林镇去，不能久待在这里。"郝大成轻声地说。

"我看是得早走。今天傍晚，几个保丁瞪着贼溜溜狗眼老在我们身边转磨。"说到这里,王尚青不由得摸了摸枕边的铁钳是否顺手。他早已下了决心,万一遭到团丁们的袭击,他要豁出命来保卫大队长的安全。

这时传来轻轻的敲门声。

"谁?"郝大成轻轻地问了一声,立即翻身起来,摸起枕边二尺长的大锉刀,站在门边。

王尚青也学着大队长的动作,跳了起来,站在门的另一边,手里紧握着铁钳,嘴唇咬紧,准备着对付破门而入的敌人。

"开门!"来人轻声地说。

"你要找什么人?"郝大成问。

"你们不是南屏山来找亲戚的吗?"

"对,我们在这里是有个亲戚!"

"你那亲戚托我带信给你们!"

"你说的是哪个亲戚?"

"田大叔!"

"是田世杰派人来了,"郝大成这样想着,示意王尚青把门打开。

在门口出现一个身材高大的人。这人把冲担向门外墙上一杵,走进屋里来,艾绳的火光微弱,看不清来人的脸形,只看到一个健壮的身影,穿着一般山民的服装,只是头上打着山民中不常见的包头。

"田世杰在哪里?"

"在太平寨。"

"在太平寨?为什么在那里?"

"说来话长啦,周武从谷家寨回来,接着就暗暗地下了死命令给各村保丁团丁:'一见田世杰,立即抓住,就地正法。'田世杰人人认识他,他不能在这里露面。……"

郝大成这才听出，来人说话的声音是个妇女。

"怎么联络？"

"到太平寨去。铁匠炉一安，就有人来找你们。"

"万一铁匠炉带不去呢？"细心的郝大成问。

"找太平寨小茶馆的宋师傅。我走了。"

"你姓什么？"

"我是黄六嫂。"

"再见。"郝大成目视着这个男子汉般的妇女，突然想起郑万春讲的，她从敌人铡刀下抢救小铁柱的情景。

黄六嫂操起门旁的冲担，头也不回地迈着男子汉的大步走上打谷场旁边的山路。她那高大的身影立即溶化在深沉的夜幕中。

五

拂晓时分，传来几声隐隐的枪声。

郝大成和王尚青已经起身，对这几声枪响并没有在意。他们趁着天气凉爽，在太阳还没有出山的时候，就吃了饭，挑起担子向太平寨走去。

他们翻上了一个山头，把担子放下来，用垫肩的披巾擦着汗，向周围观察着。在比较低矮的山丘上，有很多茶园，向东北方向望去，有一座高山，犹如一只猛虎蹲伏在那里，那就是伏虎岭了。再往北远望，有一座墨青色的更高更大的山，隐现在云雾之中，那就是四岭山的北部屏障——黑蛇岭了。

郝大成俯首下望，不禁吃了一惊，通往西北方向的山路上走来了一伙人，远看虽不太真切，却不像是一般走路的人。越来越近，慢慢地变得清楚了，有人背着步枪，再近些，就看见在四个人的中间，有一个被绑的人。

郝大成一时很难判断被绑的是个什么人,交不起租的佃户?不像,现在还不是催租的时候。背枪的显然是保正保丁或是民团,他们还能抓什么人?是地下党员吧?这个念头在郝大成的脑子里一闪,接着就是紧张的闪电般的思索:救不救?救得了救不了?不救或救了,对这次来四岭山的任务有什么影响?

一定想法救援!郝大成毅然下定了决心,并思索着对付四个押送者的办法。两个人对付四个手持武器的押送者,绝不是轻而易举的事!

"是个女人!"王尚青两只机灵的眼睛骨碌碌地转动着,看着山路上的来人轻声地说,并且观察着郝大成神色的变化。只要郝大成一个动作,一个暗示,他就会准确无误地按着郝大成的心意去做。

被捕者和押送者离得更近了。郝大成已经看清楚两人背着步枪,两人提着短枪。从押送者的架势和人数来看,可以判断出被捕者的身份很不一般。已经到了一百公尺以内了,被绑者的面目已经看得比较清楚。她是个三十四五岁的妇女,浓密的黑发蓬松着,身上却穿着男人的衣服。两道粗眉,一双大眼,长方形的脸,高高的鼻梁,紧闭着嘴唇,显露出刚强不屈的神情。她气昂昂地向前走着,神态平静而又镇定,有一派凛然不可侵犯的气势。她的臂上和另外两个团丁的脸上都有着血迹,使人联想到有过一场剧烈的搏斗。

这是什么人?——"黄六嫂!"这三个字在郝大成脑子里猛然一亮,是她!昨天夜里,郝大成没有看清她的面孔。但是年龄、神态、拂晓时的枪声、不寻常的押送,……这一切联想的综合,使郝大成在一瞬间,形成了这样一个明确的概念。

见到迎面来了铁匠担子,黄六嫂甚感突然,她不由得一怔,脚步下意识地停了一下,就在这瞬间,她和郝大成目光碰在一起。在这目光的短促的交流中,双方都没有误解对方的心思。

郝大成用目光说:"你放心,我们准备救你!"

黄六嫂的目光说:"不,不,这太危险。你们不要管我,找田世杰要紧。"

"快走!"押送者从背后推了黄六嫂一把。黄六嫂踉跄了一下,又向前走着。

"救人!"这已是郝大成毫不动摇的决心。但他不能不感到力量的悬殊,他自己赤手空拳对付两个带武器的敌人已经很不容易,王尚青再对付那两个就更不容易。指望被绑的人有很大的帮助,更是靠不住的,这都是不利方面。但也有有利条件,这就是勇气和出敌不意。他暗示王尚青挑起铁匠担子迎着押送者走去,并在路上拦住他们。

押送者来得越近,郝大成的激动的心境反而越平静了。

在离敌人二十多步远的地方,王尚青故作惊慌的样子,绊了一跤,铁匠担子翻倒了,横放在路上。郝大成赶上来装做收拾跌散了的担子,顺手拾起了一把铁钳交给王尚青,低声说:"先对付拿短枪的!"自己顺手摸起了一把二尺长的锉刀。

这时押解者已经来到跟前,并且怒骂着。

"老总! 这孩子见你们绑着人,吓慌了神……"郝大成拎着锉刀站起来,向团丁们抱歉地笑笑,并且和黄六嫂又交流了一下眼神。笑容还没有从脸上消失的郝大成,便以迅雷不及掩耳的动作,挥起锉刀向为首的持短枪的人劈去。在第一个被击中的人还没有扑倒在地的时候,锉刀又闪电似的在空中划了个弧形,翻转来击中了第二个人的肩膀。击中的部位虽然不是要害,但锉刀的力量却是十分巨大的,只听"咔嚓"一声,敌人的肩胛骨被劈碎了,惨叫一声倒了下去。

在这同时,王尚青抢起铁钳向第三个人勇猛地劈了下去。因为山路狭窄,转动不便,王尚青的铁钳没有击中敌人的要害。这个团丁竟然抽出枪来,但他还没有举起来,黄六嫂从旁边飞起一脚,短枪被踢飞了,落进路旁的草丛中。

"周二游!快啊!"这个匪徒拼命地向后面喊叫着,但他被第二次抢起铁钳的王尚青打倒了!

跟在后面的背长枪的周二游,被这突然袭击吓蒙了。他像大白天做了一场噩梦,听到同伙的呼叫声,反而更加惊慌,转身向山下奔跑。为了跑得更快些,他把步枪向路边一丢,像兔子般往前蹿去。

郝大成和王尚青结果了三个团丁,当王尚青给黄六嫂解绑,郝大成拾起步枪,向逃跑的周二游射击的时候,这个吓破胆的团丁已经转过山拐子逃脱了。……

一场短促的激烈的搏斗,在几分钟之内就结束了。他们把敌人的尸体拖到路旁,带上敌人的武器,丢掉了已经无用的铁匠担子,三个人一齐钻进了山林。……

第十九章　风波骤起

一

当史少平带着县委的指示信,向南屏山进发的时候,田世杰也带着县委的指示,回到了四岭山区的东大门——青龙山。本来青龙山的几个山口上,虽也有民团的哨卡,但并不严密。一般的猎人、樵夫、老人、妇女,出山进山,检查并不严格,只是问一两句就放行了。田世杰这次进青龙山却非常小心。因为在九里十八坪,谷敬文画影图形捉拿他,而且他也知道周武出席了"庆功"宴,谷敬文必然指示周武对他采取新的手段,所以他提高了警惕,盘算着通过哨卡的办法。他边走边想,在傍晚时分,到了青龙山下。他左思右想,认为过哨卡是危险的,因此准备不走哨卡,而是在夜里翻越荒山进去,但山荒林密,无路可寻,在夜间更是难走。正在踌躇时,从树林里走出一个粗壮的樵夫来,手提柴刀,肩荷冲担,大步向他走来。他仔细一看,认出这是黄六嫂。田世杰连忙迎上前去,吃惊地问道:"你怎么也出山了?"

"我来等你啊! 我生怕碰不见你!"黄六嫂像卸下了满身重担似的,轻松地舒了口气,"整整地等了一天一夜,这可好了。"

"怎么? 出了什么事吗?"

"是这样,"黄六嫂说,"周武从九里十八坪回来以后,立即密令各村保长保丁和他的民团,严格进行明察暗访,说是你从九里十八坪回来的时候,立即把你抓起来,为了不叫周威知道,抓到以后,就地正法。我们几个党员得到了这个消息，都很着急，怕你不知道这个情况，一进山就碰上危险，开了个会才想了这个办法，我就出山来迎你！又一直担心走两岔了。……你可和县委接上头了？"

"接上了！"田世杰在路旁的石头上坐下来说。

黄六嫂也在他近旁坐了下来。成群的归鸟聒噪着，在傍晚的山林上空飞翔而过。晚风卷起沙沙的松涛声。

"县委怎么说？听说南屏山来红军了！"

"是的，县委也知道了，并且指示我们积极发动群众，迎接南屏山的红军进四岭山！"

"是来建立革命根据地?！"黄六嫂兴奋地说。

"对！我们要学习井冈山，走井冈山建立农村革命根据地的道路。"田世杰说，"这些等我们召开党员会议再研究吧，你说我们怎么进山好？"

"有两个办法，"黄六嫂说，"一是打掉哨卡，一是躲开哨卡，不走山口，从山林里钻过去！反正公开从哨卡走是不行了。"

"那我们就钻山林吧！打哨卡不是办法。"田世杰说。

当夜，他们攀悬崖，钻荆棘，翻过了青龙山，第二天下午，到达了兰田岗附近的山上。夜里，在山林里召开了党员会议。田世杰传达了县委指示，研究了发动群众的方法：一、进行秘密串联，首先把党组织恢复起来，组成党支部；并把原来秘密农会的骨干串联起来，重新建立秘密农会，一旦红军进了四岭山，便可以公开活动；二、积极进行革命宣传，广大群众虽然受过大革命的影响，但是，那时还没有红军，要使群众了解红军是什么样的队伍；三、作好迎接红军的准备工作；四、和红军联络人员接头。

会议最后确定：由于周武的疯狂搜捕，田世杰不宜在白云山露面，把联络地点设在齐心会辖区太平寨的小茶馆里。黄六嫂留在兰田岗附近的小山村里，和红军联络人员接头。接头之后，便立即和红军联络人员进入齐心会辖区，以保证红军联络人员的安全。

会后，四岭山的党员们立即展开了活动，做了大量的宣传工作。小姑娘唱的《盼红军》的山歌，就是宣传工作的一种表现。

在郝大成和王尚青到达兰田岗的当天下午，黄六嫂就得到了南屏山来了两个铁匠的消息。因为她是兰田岗人，白天不能在兰田岗露面，所以她只好等到深夜。在和郝大成联络之后，她准备立即赶回太平寨，没想到在半路上碰上了夜里出来查访的民团。这时天已拂晓，周二游马上认出了她。黄六嫂虽然猛烈抵抗，但是终于寡不敌众而被捕，团丁准备把她送到沙河镇请功领赏，正好碰上了郝大成。

郝大成、黄六嫂、王尚青，为了早些进入齐心会辖区，他们穿山越岭快步疾行，在上灯时分，就赶到了太平寨。当他们在宋师傅的小房间里见到田世杰时，他们的惊喜、欢欣、振奋、亲切的复杂的感情，是难以用笔墨来形容的。

郝大成和田世杰虽然初次相见，但他觉得在十四岁时就已经认识这位可敬的老人了。那一年，在映山红盛开的清明节，在豹子山的虎头崖上，父亲给他讲的映山红的传说，红绫会的起义和田世杰的逃亡，全都深深地印在他的心中。十几年来，他始终在寻找打听这个红绫会的小首领——他父亲的老战友。如今，这个永远不能忘怀的人物，须发半白，红光满面地站在他的面前。他激动，他振奋，他又想起了自己刚直不阿的父亲，想起了红绫会的英雄好汉们。现在这两代人一起在中国共产党的领导下，为了一个共同的任务，向着一个共同的目标，携手并进，他们内心的激动是可以想见的。他们的相见既面对着当前的斗争，又勾引起深沉的遥远的回忆。

　　田世杰自从红绫会失败,谷孟余第二次搜查余党,他手持冲担闯出团丁的重围,逃到四岭山区以来,已经整整三十一年了。这三十一年来,无论生活给他多大的压力,命运给他多大的打击,他不低头,不叹气。他那反抗强暴的性格,就像一把钢刀,在困难艰险的岩石上,不但没有磨损,反而更加锋利了;他那救世济民的宏愿,不但没有丧失,反而更加坚定了;同恶势力斗争的锐气,不但没有挫折,反而更加刚强了;斗争的经验教训使他变得更加沉着老练了。……

　　他最初逃到四岭山来的时候,只有二十四岁,在兰田岗定居之后,他做了一家老雇农的招赘女婿,老夫妇在苦难中离开了人世,年轻的夫妇便成了周武的老子周祖鸣的佃户。

　　一九一四年,四岭山区遇上百年不遇的大旱年,田世杰和郑万春的儿子郑大年,仍旧像红绫会一样,带领成千上万的饥民向周武借粮。当时周武向他的大舅子谷敬文告急,谷敬文派人飞马给他送来一信,劝周武退让,答应开仓分粮。他的信中说:"圣人云:'尺蠖之屈,以求伸也。龙蛇之蛰,以存身也。'饥民势众,猛不可拒,当后图之。……"果然周武没有立刻动武,任凭饥民打开了粮仓。饥民分到粮食以后,就算达到了目的,怀着胜利的欣喜,各自分散回家了。半个月后,谷敬文派谷中一带着团练取道青龙山开进了四岭山区,和周武的少数武装纠集在一起,四处捕捉起义的饥民。郑大年壮烈牺牲,饥民们受到残酷镇压,陷入更大的灾难之中。田世杰深深地苦恼着,他虽然痛切地感到红绫会的道路是走不通的,可是他找不到另外的道路。

　　一九二六年,四岭山有了党组织,他首先入了党,找到了真正的革命的道路。在一九二七年冬季,九里十八坪暴动的时候,县委本来也给四岭山指示,和九里十八坪一齐举行暴动。但是,由于送信人被周武民团捉住,起义的秘密暴露了,结果党的负责人被杀,田世杰以"有共党重大嫌疑"的罪名被捕。

那时田大妈到太平寨去见周威。因为田世杰曾救过周威的命——那还是在一九一三年，任中元杀进四岭山来的时候，周威没有准备，他刚从他的大厅里跑出来，就被任中元一刀砍伤，跌倒在大街上。当时田世杰正在太平寨打短工，当任中元对准周威砍第二刀的时候，田世杰一锄头打飞了任中元的鬼头刀，把周威往身上一背逃出了太平寨。周威苏醒过来，一把抱住田世杰，热泪纵横地说："田大哥，你是我的救命恩人，今后有用兄弟之处，我周威就是赴汤蹈火也在所不辞！"

周威一听田世杰被周武抓起来了，心中又急又怒，飞身上马，连连加鞭，一口气跑到了沙河镇，向周武要人。

"大哥，"周武说，"这人有共产党嫌疑。"

"我不管他是什么党！"周威坚决地说，"我只知道他是我的救命恩人！"

"大哥，"周武苦笑着，"这个人可是咱们周家的仇人啊！"

"我不懂为什么他是周家的仇人，只有任中元才是仇人，这个人从任中元的鬼头刀下把我救出来，我发誓要报这个大恩！"

"可是，他主张打土豪分田地……同时我也查清了，民国三年饥民抢我那粮仓的时候，真正领头的就是他，不是郑大年。"

"这不关我的事，"周威冒火了，以不容反驳的口吻说，"我不是土豪，他也没有抢我的粮仓，他救过我的命，你快把他交给我！"

"若是不交呢？"周武也有些火了。

"那我就带我的齐心会来和你说话！"周威把桌子一拍，跳了起来。

僵了。……

这时周祖荫捧着水烟袋从里间屋里走出来。周武和周威见到这位堂叔都站了起来。他让他们坐下，自己也坐下，呼噜呼噜地吸了几口水烟说:"圣人云:'礼之用,和为贵。'为了一个造反的泥脚杆子不要伤了兄弟的和气。你们两人是四岭山的两根支柱,自己闹起纠纷来,四岭山的天也就塌了!"为了避免周威和周武闹翻,他还是劝周武把田世杰放了。……

郝大成和田世杰见面后的激动心情稍稍平静下来,互相交流了情况。

郝大成听了田世杰介绍四岭山区的整个情况和迎接红军的准备工作,然后说:"我这次到四岭山来,主要任务有三个:第一个是和四岭山的党取得联系,这一个任务已经完成了。四岭山的党员们在白色恐怖下,积极展开了活动,对红军进入四岭山是一个很大的支援。第二个任务,是侦察敌情。现在已经了解了一部分,各山村、各哨卡的敌人兵力和活动规律,大叔已经谈得很详细了。我们这一路,对四岭山的地形也有了大体的了解。只是还需要到沙河镇去,侦察一下周武民团的实力和部署。"

"这个任务交给我们吧,"黄六嫂干脆地说,"你们已经暴露了身份。去沙河镇是不行的!"

"大队长是万万不能去的!可是我能去!"王尚青接着向郝大成要求说,"大队长,让我去吧,保险叫敌人认不出来!"

田世杰说:"这样也好,六嫂和小王去吧,一个地理熟,一个懂军事。"

"就是嘛,"王尚青高兴地说,"黄六嫂,我和你去,保证能完成任务!"

"人家盘问起来你可怎么说?"黄六嫂笑笑说。

"我就说,我是你的亲戚,你是我姥姥家的六妗子!"

"好个小滑头啊!沙河镇你去不成了。"黄六嫂纵声大笑起来。

"为什么?"王尚青眨着眼睛弄不明白是怎么回事。

"你得叫舅舅才行。"田世杰笑眯眯地说，"她不女扮男装进不了沙河镇。"

"噢！"连郝大成也哈哈大笑起来，接着说，"那就这么定吧，小王跟你舅舅去沙河镇！"

大家又笑了一阵，郝大成继续说："第三项任务是摸清周威对红军的态度，我想亲自和他见见面，争取在红军进四岭山的时候，他能保持中立。"

"和他见面是可以的，"田世杰思忖着说，"要争取他中立，还是需要做很多工作的。这个人重义气，有正义感，容易感恩，也容易记仇，对你好起来，割头都行，对你恨起来，兵戎相见。他秉性耿直，吃过亏上过当，所以疑心很重。我明天一早就和他接头。你用什么名义和他谈判呢？"

"用红军代表的身份吧！"

二

齐心会会员成分，主要分为两部分：一部分是它的基干队伍，由失去了土地的农民，失去了工作的手工业工人等游民无产者组成，武器较好，战斗力较强，有一百五十余人，他们驻扎在太平寨上，这是齐心会的常备力量；另一部分是普通的齐心会会员，都是穷苦的山民，分散在各村寨中，武器各自保存，无事时从事生产，有事则集中待命。齐心会的基本口号是"防匪保家"，主要任务是维护各村寨的安全。他们的仇敌主要是经常来烧杀袭扰的西屏山任中元的保安团。

周威的齐心会的指挥部，设在太平寨的一座富丽堂皇的大庙里。这座大庙中的大雄宝殿，早已没有了神像，原来是惯匪任炳元住的地方。周威打走了任炳元以后，经过重新修缮，便成了一个宏伟的大厅。

这个大厅的摆设是极其简单的:正面是一幅山水中堂,靠墙是一张一丈长,二尺宽的红木雕花条几,上面放着书籍、花瓶和香炉……条几前面是一张八仙桌,四把太师椅子分列在桌子两边。这大厅中最引人注目的是中堂右边,挂在墙上的那把龙泉宝剑,黑色剑鞘上镶嵌着一条金龙,龙口吞吐着剑柄,剑柄上垂挂着黄丝穗头。这是周威干义和团时的战利品。这宝剑既是他的武器,也是他的荣誉。每天早晨起来,周威总是舞半个时辰的剑,而后才吃早饭。

周威身材魁梧,穿着农民式的服装,坐在太师椅里。

坐在他对面的是一个身材矮小、肌肉干瘪的人,这家伙尖头尖脑,满脸奸诈,两只滚动着的小眼睛闪射着饿狼般的贪婪的凶光,这就是在谷敬文庆功宴上露过面的四岭山民团团总周武。他从九里十八坪回来之后,接着就发生了南山口的战斗,他和他的高级谋士周祖荫商量了一番,便立即赶来太平寨会见周威。

周威听周武说完南山口战斗的经过,问:"你查清了吗?"

"查清了,完全可以断定,那是南屏山上下来的红军!"

"民团伤亡大吗?"

"连死带伤八个人!"

"红军呢?"

"少说也伤了三四个!"

"啊!凭着这么险要的地势,怎么打出这样的结果?"周威有点上火了,"丢尽了四岭山的脸啦!"

"红军可是能打呀!你没听说吗,在白马山峡谷里,上千人围着他们几十个人,还叫他们突围出来了。那汤三碴子,就更惨了,一下子就让红军连窝给端了。"

"以后,南山口把得严一些就行了!"周威淡淡地说,"我看,没有什么了不起，这次战斗好像是一场误会。"

"大哥，南山口的战斗你别看轻了，这是共党进攻四岭山的信号！"

"有什么证据？"

"谷司令警告我们，共产党进四岭山已成必然之势，"周武看到周威面有不悦之色，便知失口。他知道周威和谷敬文是不对头的，就连忙改口说，"他这也是一番好意，是为我们四岭山的安全着想嘛。"

"哪个谷司令给我们警告？"周威脸色阴沉沉地问。

"是谷敬文，"周武畏畏缩缩吞吞吐吐地说，"他现在已经是三县剿共司令了。"

"噢！怪不得他对我们这么关心！"周威快快不快地看了周武一眼，似乎猜透了他和谷敬文的勾结，猛然从椅子上站起来，愤愤地说，"是不是这个混蛋，把我们四岭山当成他的辖区啦？他的爪子伸得倒不短！"

谷敬文当了谘议局长之后，曾以探望妹妹的名义来到四岭山，又以观光的名义，到了齐心会的辖区。对伏虎岭和黑蛇岭的地势、风光和物产称赞不绝，馋涎欲滴。他立即策划齐心会和民团合并，好让周武一统四岭山的天下，而后，他谷敬文再取而代之。但是，他的提议被周威断然拒绝了。谷敬文的虚伪奸诈、傲慢无礼和贪得无厌的野心，使周威非常反感。

周武并没有直接回答周威的质问，只是说："谷司令是关心我们四岭山区的安全，免遭共产党的毒手。"然后恶毒地污蔑说，"共产党杀人放火，无恶不作，比任炳元还坏！"

周武的夸大其词，本想借以激起周威对共产党的愤恨，却没有想到在甜菜汤里错放了盐，恰恰引起了相反的效果。

周威冷冷地瞪了周武一眼说："比任炳元坏的人是没有的！"

"对,世上再没有比任炳元更坏的了。"周武不得不附和着说这么一句。而后又回到他的本题:"可是,只有共产党比任炳元更坏!"

"不,要说有比任炳元更坏的人嘛,那不是别人,正是他的堂兄任中元! 这个强盗,进我们四岭山来,烧了多少房子,杀了多少人哪!"周威说到这里,不由得摸了一下左臂上的刀痕。

"他现在不是民团团总了,是国民党的保安团团长了。"周武替任中元辩解着,似乎说保安团和民团已经大大不同。

"所以我很奇怪,任中元既然比惯匪任炳元还坏,国民党为什么还把他当成亲信?"周威暂时抛开了和周武的争论,按照自己的思想进行推理,"任中元是保安团,谷敬文也是保安团,他们都'剿共',现在你也要'剿共'。我不明白,你为什么在'剿共'这件事上和任中元、谷敬文走到一条道上去了? 任中元整天瞪着狼眼盯着四岭山区,说不定什么时候就扑进来。你说的这位谷司令,"周威是用讽刺的口吻讲出"司令"这两个字的,"为什么不提醒我们要防备任中元呢?"

周威这一套简单的推理,虽然还没有推到深处,更没有推到实质上,但是已经把周武说了个哑口无言。周武苦思之后,想起谷敬文在庆功宴上和他说的一段话来,他说:"大哥,你的政治偏见太深了,你一向痛恨杀人放火的人,为什么就不恨共产党呢?"

"我没有和共产党打过交道,非亲非仇,无恩无怨。我和他们是井水不犯河水。要我和红军打仗,我不干! 可是红军要到我伏虎岭和黑蛇岭来,我也不干! 还有一点我不明白,你们一面说共产党青脸红发,巨齿獠牙,比恶鬼还凶;可是又把田世杰那样正直的好人说成是共产党。我不知道,哪一种说法是真的! 既然共产党是青脸红发,那田世杰就不是共产党;既然田世杰是共产党,那就不是青脸红发,更不会杀人放火。……"

周武原是个野心有余,才智不足,平庸无能的家伙,他自己也知道说不服周威,便想激起这位齐心会首领的虚荣心和仇恨心。他激动地说:"大哥,你一向是个硬汉子,为什么就怕共产党?南山口一仗,四岭山的人死伤七八个,这个仇还报不报?原来我们是怎样在周家祠堂对着祖先的灵位发誓的?四岭山受到侵犯,我们就要联合出兵,共灭仇敌!若是大哥不敢得罪共产党,我愿意带着民团杀向南屏山。不然,我们四岭山的脸面可丢尽了!我们怎么有脸见四岭山父老?"

但是,出乎周武意料之外,周威不仅没有被他的激将法激动起来,反而显得异常冷静。

"南山口一仗,互有伤亡。冤家宜解不宜结,既然他们没有进来,我们何必再去找他?"周威平静地说。

"这么说,大哥是不想出兵南屏山了?"

"不只是我不想去,我也不赞成你去。在打任中元的时候,你这么起劲就好了!"

周武的脸红一阵白一阵,又气又恨,心中暗自骂道:"谷敬文说得对,果然是冥顽不化。"不投机的谈话进行不下去了,他们都不愉快地沉默着。

最后,周武无可奈何地说:"大哥,四岭山是我们周家的四岭山,绝不能让外人进来啊!"

"这我同意。"周威淡淡地说。

周威的这句话,总算是周武这次来太平寨的最大成果。他悻悻地离开了周威的大厅。

三

在周武和周威会见后的第三天,郝大成通过田世杰的引见,以南屏山红军代表的身份踏进了周威的大厅。

周威在会见郝大成之前,是经过一番慎重考虑的。如果还在周武来和他谈到共产党要进四岭山之前,他也许根本就拒绝会见。但是,自从他和周武那场不甚投机的谈话之后,他倒很想摸一摸红军的底细,从而搞清谷敬文、任洪元、任中元、周武和红军之间的关系。他们之间有什么不同? 同时也要摸一摸红军的来意,然后好采取对策。

周威在大厅门前迎接着郝大成,他一面仔细打量着这个威武英俊的青年,一面很有礼貌地拱拱双拳说:"我是周威。"

郝大成也向周威拱拱手说:"能见到总指挥我很高兴。"然后在周威的对面从容地坐了下来。

周威的卫士,一个十八岁的很机敏的青年,给他们端上茶来。周威等卫士退出去之后,说:"田大哥已经和我讲了,郝先生是受红军所托,来到敝寨,不知有何见教?"

"我说说我的来意吧!"郝大成不拘俗礼地直率地说,"红军听说总指挥参加过义和团运动,又组织了齐心会打走了惯匪任炳元和西屏山民团团总任中元,很是敬佩。但是,不知道齐心会的宗旨,再就是齐心会和周武的民团是什么关系?"

"齐心会的宗旨,就是'防匪保家',这是尽人皆知的! 齐心会和民团的关系,是'井水不犯河水',这也是尽人皆知的!"周威一边说一边审视着郝大成,猜测着他的真实来意。然后先发制人地问道:"听说红军对南山口有一次大举进犯,不知出自何意。"

郝大成微微笑道:"可见总指挥是听别人传言,并不明真相:这既不是大举,我们只不过十二个战士;更不是进犯,因为是民团首先向我们开枪的。"

"那是因为你们在南山口抢劫!"

"可见总指挥听的只是谣言,只知其一不知其二。红军绝对不会抢劫;你说的所谓'抢劫',其实只是一次很偶然的遭遇!"

"遭遇?"周威不明白这是什么意思,"和什么人遭遇?"

"遭遇的是谷敬文的便衣信差,他们是给周武来送信的!"

"有证据吗?"

"有信为证。"

郝大成把一封揉皱了的信放在周威面前。

周威十分诧异地看着眼前的信,信封上的"周武贤弟亲启"六个字跳进他的眼帘,他的眉头不由得皱了起来。但他并没有想到要看信的内容。他和郝大成都没有料到谈判是沿着这样一条线向下发展的。

周威把信往旁边一推,紧盯着郝大成那张聪明、坦率、真诚的脸问道:"你的来意到底是什么? 难道就是叫我来看这封信吗?"

"不!"郝大成说,"这是话赶话赶到了这一步,现在咱们回到正题上来吧,总指挥说齐心会的宗旨是'防匪保家',可是,四岭山有两种匪,不知总指挥防的是哪一种匪;四岭山有两种家,不知总指挥保的是哪一种家!"

"我不懂你的意思!"周威听到这样新鲜的问法感到莫名其妙。

"有一种匪,是明火执仗,打家劫舍,公开抢夺,过去的任炳元和任中元就是这种土匪! ……"

"过去的任炳元和任中元,这是什么意思?"周威又听到一个新鲜的提法,不禁插断郝大成的话题,惊奇地问道。

"因为他们现在已经成了国民党的保安团,他们变成了另一种匪,也可以叫作官匪!"

"另一种?"

"对! 有一种匪,他们剥削人民,压迫人民,吃人民的肉,喝人民的血。他们横征暴敛,巧取豪夺,用屠刀把人民推在水深火热之中,这种匪比那种明火执仗的强盗在残害老百姓上,并没有什么多大差别,……"

"这种匪在四岭山是没有的!"

"不对!你们四岭山的土豪劣绅就是这种匪。在九里十八坪是谷敬文,在南屏山是汤三礤子,在西屏山是任中元,在这四岭山就是周武!"

谈话是这样直率,这样尖锐,这样一针见血地马上接触了实质。

这些话对周威来说是太新奇了,太深奥了,使他受到了极大的震动。他本能地敬佩地看着郝大成庄严而聪明的脸,又问道:"有哪两种家?"

郝大成说:"一种家是,祖祖辈辈给地主豪绅当牛做马,起五更,睡半夜,劳累终生,种了万担粮,自己饿肚肠,织了万匹布,自己无衣裳,盖了万间房,自己住草棚,开了万亩荒田,自己无一垄葬身之地的穷苦老百姓,他们是一种家;还有一种家,就是手不提篮,肩不挑担,整天花天酒地,吃喝嫖赌,粮食满仓,金银满柜,榨干了穷人的血汗,吸尽了穷人的骨髓,只管自己享福,不管穷人死活的土豪劣绅,他们是另一种家!……"

"唔……唔……"

"不知总指挥仔细想过没有?"

"唔……"周威像咀嚼着从未吃过的东西,一时还品不出它真正的味道,只是觉得新鲜,他向郝大成真挚地点点头说,"我得好好想一想!"

郝大成呷了一口茶,观察着周威的面部表情。他知道,要让周威在一个早上就学会用阶级观点去认识问题,是不可能的。但是,郝大成也知道,他提的这些问题,就像一根根撬棒,插进了周威的脑海深处,掀动了他那带有浓厚封建色彩的思想根基。

"你以为'防匪保家'就是为民除害吧?"郝大成又进一步说,

"可是,在四岭山你并没有救了谁!"

"什么?"周威惊异地喊了一声,不由得从椅子上站了起来,有生以来还是第一个人这样指责他!"你是什么人? 你是来教训我周威吗?"周威变得更加激动起来,"我周威地无一垄,房无一间。我周威为了四岭山的老百姓安安生生过日子,才和任中元结下了不共戴天的冤仇,我的身上还留着任中元的刀疤。你说,我周威不是为民除害是为什么?"

郝大成以无声的微笑等待着周威把话讲完,然后以十分平静的声调问:"你四岭山有卖儿卖女的没有? 有上吊跳崖的没有?"

"有啊!"

"有吃不饱穿不暖的没有?"

"有啊!"

"在荒年的时候,就是郑大年死的那一年,有饿死的人没有?"

"有,饿死了上千的人呢!"

"看,这些卖儿卖女,上吊跳崖和饿死的人,你并没有救了他们! 甚至连谁害了他们你也不清楚。"

"这是荒年,谁有办法!"

"不,这是叫土豪劣绅催租要债逼的! 共产党就有办法,只有打倒帝国主义,打倒国民党,打倒土豪劣绅,才能真正解救人民!"

"种地交租,借债生息,这是自古以来的规矩,谁能改得了?"

"这是地主豪绅的规矩! 打土豪分田地,这就是共产党的规矩! 就是穷苦老百姓的规矩! 规矩不是天生就有的,是人订出来的!"

"别人订什么规矩我不管,我周威有自己的主见,有自己的规矩!"周威看了郝大成一眼说,"咱们打开窗子说亮话吧,你的来意我知道,是要我答应红军开进四岭山!"

周威这样直率地开门见山,一下子捅到了实质问题,这是出乎郝大成的意料的。

"四岭山是四岭山人民的四岭山,红军要到哪里去,也不用经过什么人的允许!"

郝大成这样毫不隐讳地表明了自己的看法和决心,也是出乎周威的意料的。

"不!四岭山是周家的四岭山!绝不许外人进来!"周威忍不住用拳头擂了一下桌子。

"不对!你和周武虽然都是姓周,可不是一家!从周氏家谱上看,不错,都是一个祖宗。可是四岭山有一句话说得好:'周家佃户种的周家地主的地;周家地主剥的周家佃户的皮!'……可见同是姓周,并不是一家人,田世杰不姓周,他却舍了性命来救你!"

不等郝大成说完,周威就暴跳起来,大声喊道:"我和周武是兄弟!你是在挑拨!"为了礼貌起见,他才没有请郝大成出去。

周威的卫士们都站在大厅外面的廊檐下,通过雕花的窗棂向里观望着,他们很担心两个人会打起来。

郝大成故意不看激动万分的周威,若无其事地瞅着茶杯上的精美的映山红图案,仿佛周威的激愤和他毫无关系。周威看着稳坐在椅子上的郝大成,心想这个人好沉着啊,如果我现在把龙泉宝剑举在他的头上,他也不会动一动声色的,在激怒之余,不由得暗中敬佩。

"这不是挑拨,这是真情。"郝大成等周威稍稍冷静了之后说,"你把周武当兄弟,可是周武却把你当仇敌。你以为四岭山还在你手里,其实它早成了谷敬文的一部分啦!你还是看一看谷敬文给周武的信吧。"

郝大成又把桌子上的信推到周威面前。

周威把信纸从信封内抽出,低下头去仔细地看信,随着信的内容的逐渐披示,周威的脸上升起越来越浓的烦恼愤怒的阴云。……

四

正当周威看信的时候,周武满头大汗,在大厅外跳下汗津津的灰青马来,闯进了周威的大厅。三方首领在这种情况下,这样突兀地相遇,出乎所有人的意料。

昨天晚上周武听到了黄六嫂被捕又被两个铁匠劫走的消息,并得知这些人来到了齐心会的辖区。天不亮他就骑马跑到太平寨来,要建议周威和他的民团一起搜捕。为了说服周威,他请周祖荫和他一道赶来。由于他心躁性急,催马疾驰,把他的高级谋士远远地丢在了后边。

周武一进大厅,向大厅扫了一眼,他看见端坐在那里的郝大成,立即猜透了七分——他就是南屏山来的人。同时郝大成也从这位不速之客的外形气质和走进大厅的方式上,判断出他就是周武。

"大哥!他是什么人?"周武喘吁吁地用马鞭子指着郝大成问周威说。

"南屏山来的红军代表!"郝大成不等周威说话,就声色俱厉地说。他的两眼喷射出咄咄逼人的火光,使周武感到战栗。

"啊!你就是劫走黄六嫂的铁匠啊!"周武吼叫一声,把马鞭子一丢,立即从腰里抽出手枪,顶上子弹,对准了郝大成。

郝大成仍然镇静地坐在那里,以轻蔑和警惕的目光盯着周武那张凶狠的脸,平缓镇定地说:"我是个赤手空拳的客人,并不想和你动武。我劝你也不要在总指挥的大厅里逞英雄!"

可是,不等郝大成说完,周武就像一头暴怒的野兽向郝大成面前跨了两步。他右手执枪,伸出左手就要去抓郝大成的领口。但郝大成猛然站起来,抓住了周武执枪的右手,只轻轻一扭,就把枪缴了下来。郝大成真想一拳把周武的尖脑壳砸烂,但他还是克制住了满腔的怒火,把枪放在八仙桌上,然后凛然不可侵犯地坐了下来。

"周团总!不要无礼!"周威怒斥着周武,他感到在他的大厅里侮辱他的客人,就像侮辱他本人一般。

周武无力地把被郝大成扭疼了的胳膊垂下去,仍不甘示弱地气咻咻地说:"大哥,不要放走他!他是来和田世杰取联系的红军,我们要抓的正是他们!"

"用不着你来教训我!"周威愤愤地瞪了周武一眼,表示出内心的不满和愤慨。

周威对周武不满的原因有四:第一,周武在他的指挥部里对他的客人竟这样粗暴无礼,是对他极不尊重,是没有把他放在眼里的狂妄行为。第二,他见到了谷敬文给周武的信,虽然还不知周武的态度,但肯定他已经和谷敬文勾结,这在三天前那一场不愉快的谈话中已经得到了印证。第三,他觉得红军代表的拜访,并无恶意,虽然有激烈的争论,却正说明对方的坦率正直。同时,他感到红军代表所说的道理非常新鲜。他对这些道理当然还谈不上完全理解,也就更谈不到完全接受,但他觉得这些道理具有强烈的吸引力和说服力。他觉得这位红军代表是一个有学问有胆略的值得敬佩的人。他清楚地看到周武用枪口对准他的胸口时,他是那样的镇静沉着,表现出临危不惧的英雄气概。在这位英姿勃发,彬彬有礼的红军代表面前,那些"共产党是青脸红发、巨齿獠牙"的无耻谣言,不攻自破。周威喜欢这种人,尊重这种人。相形之下,周武显得卑鄙无耻,虚伪奸诈,粗俗低下,浅薄渺小。周威讨厌这种人,卑视这种人。第四,就是周武又背着他,逮捕了黄六嫂,搜查田世杰,这又是对他不诚实不尊重的行为。……

周威眼下的思想状况是这样的：对待周武，他既讨厌，又原谅。不管红军代表多么受到他的敬重，在他眼里仍然是外人；不管周武多么使他厌恶，在他眼里，毕竟是同宗同祖一家人。谷敬文的信使他震惊而又恼恨，但他又认为这可能是谷敬文的一厢情愿，周武还不至于坏到暗算齐心会出卖四岭山的程度。

周威也感到，他对周武的斥责虽然是对的，但也太使周武难堪了，他毕竟是同族的兄弟，周威不愿当着外人的面太让周武为难。他想在没有外人的参与下，解决他们四岭山内部或是家族内部的纠纷。于是他向大厅外面喊道："枫森！客人辛苦了，请客人到厢房里去休息！"然后他向郝大成歉意地说："郝代表，对不起……"

郝大成站起来诚恳地说："总指挥，我等你的回音。我相信总指挥是不会使红军失望的！"

然后郝大成跟着卫士向外走去。在出大厅之前，他一直没有理睬周武，但是他将要跨出门槛时，却回过头来说："周团总，今天你的火气太大，你想动武那很容易，红军一定奉陪到底！"

郝大成这几句充满威慑力量的话，更加深了周威对他的印象。

第二十章　脱　险

一

大厅旁边的厢房是周威吃茶、看书和睡觉的地方,几乎没有什么摆设,一张木床上挂着半旧的蚊帐。在窗下有两张竹制的躺椅,中间有一个茶几。在床头上有一个笨重的橡木箱子。墙壁上还挂着周威当石匠用的锤头和錾子。郝大成来到厢房之后,仍在思索着大厅里发生的事情。当卫士把热茶放到他面前的时候,他才想起这个卫士的名字叫枫森。当他第一次听到周威喊这个名字的时候,他就愣怔了一下:"好熟悉的名字啊!"但是,当时他没有时间去细想,现在他完全回忆起来了,在白马山峡谷突围的时候,周枫林说他有个弟弟叫周枫森,住在四岭山区,"世上竟有这样的巧事?"郝大成问道:"小兄弟,你贵姓啊?"

"我姓周,"卫士和气地说,"叫周枫森!"

"你认识一个叫周枫林的吗?"

"周枫林?"周枫森吃惊地直盯着郝大成说,"我有个哥哥叫周枫林,我们有好多年没有见面了!"周枫森回想起任中元杀进四岭山时父母惨死在土匪们的屠刀下,他兄弟二人在兵荒马乱中失散的情景。

在周枫森父母死去,哥哥下落不明的情况下,周威收养了这个孤儿。名义上虽然是卫士,实际上周威拿他当亲生儿子看待。他们之间有着亲密的关系和真诚的感情,所以周枫森在周威面前是很随便的。

郝大成的到来,引起周枫森很大惊奇,因为他是红军的代表。周枫森很注意地观察他的一言一行,在最初的接触中,他就对郝大成有了极大的好感。这种好感是哪里来的? 连他自己也说不清楚,也许是由于传说的谣言,把红军诬蔑成杀人放火的强盗和凶神恶煞,而实际证明恰恰是相反的一种反映吧? 当他从雕花的窗棂中,看到这位代表和总指挥激烈争论的时候,他的同情是在陌生人这一边。他觉得这个人理直气壮,说得很有道理;当他看到周武持枪对准这位客人的胸口时,他冒了一身冷汗,不由得也把枪举起来对准周武,他准备在必要的情况下,保卫这位客人;当他看见这位客人毫不畏惧、镇定自若的神态时,他从内心里深深地感到敬佩,当他看到周武的枪被有力的手下掉时,他感到无比痛快,暗暗地叫好,他把郝大成看成了真正的英雄。当他奉周威命令把郝大成带到厢房来休息时,他似乎被一种幸福的甜蜜感情所陶醉了。他给郝大成泡上了白云山的秋露白茶。即使为了这过分热情的招待挨一顿责骂,他也是心甘情愿的。

现在他从这位客人嘴里听到了哥哥的消息,对郝大成的亲密感情又增进了一层。但他似乎不敢相信有这样巧的事情,便又说道:"天下重名的人多着呢,也不知是不是!"

"你哥哥的左额角上是不是有一块伤疤?"郝大成也认为应当核实。

"对啊!"周枫森惊喜地说,"那就是了,那块疤是他给地主放牛时,被地主打的! 他现在怎么样? 他在哪里? ……"

"自从任中元杀进四岭山,你哥哥就逃到了九里十八坪,他在那里参加了革命,后来当了红军!"

"我哥哥也是红军?"周枫森惊诧地说。

"是的,红军才真正是穷人的队伍!"

"他现在在哪里？在南屏山吗？为什么他不回来呢？"周枫森急切地问。

"你哥哥可是好样的！他现在不在南屏山，在白马山打了一仗，你哥哥留下打阻击，和部队失去了联系。"郝大成看到周枫森脸色有些变了，他不愿意使这个孩子悲伤，就转了个话题："我和你哥哥分手的时候，他说，我有个弟弟叫周枫森，流落在四岭山里，不知是死是活？若是红军开到四岭山去的话，千万要找到他，告诉他要跟共产党走，要帮助红军，要走革命的路啊！"

"啊，我的哥哥！"周枫森怀念地叹了口气。这个无父无母的孩子，多么想见到他的哥哥啊！现在他对郝大成除了敬佩亲切之外，又增加了一种感激的心情。他的心一下就和郝大成靠近了，把郝大成当成了亲哥哥。他殷切地问道，"红军为什么不开进四岭山来？"

"我就是为这件事来的！我还不知道总指挥愿意不愿意红军开进来？"

"为什么不愿意？别的红军我没有见过，可是见到你，知道我哥哥也是红军，我就认定红军是个好队伍。你们开进来吧，帮助齐心会打任中元！"周枫森说得又天真又诚恳，而后他又估摸着说，"总指挥也许会愿意的，他是个好人！"

二

在郝大成和周枫森开怀畅谈的时候，周威和周武正在大厅里进行着不愉快的争执。

周威把谷敬文的信，摔到周武的面前，激怒地质问道："这到底是怎么回事？"

周武莫名其妙地看了看满脸怒气的周威，低下头来展开被揉皱了的信纸。当他看到最后几行的时候,屁股上就像被狠狠地戳了一锥子,惊慌地蹦了起来,脸上立即滚下了汗珠。他抬头看见周威那愤恨的目光,拿信的手不由得发起抖来。他像落在深水里的人挣扎着向岸上爬似的说:"大哥,这不是真的,这是共产党的挑拨离间!"

"但愿是这样,"周威仍旧愤愤地说,"我问你,你是不是和谷敬文早有勾结了? 先不管这信是真是假,谷敬文给你送信是不是真有这么回事?"

"……"周武血红的两眼急愣愣地沉默着。

"你刚从九里十八坪回来,他又派人给你送信,什么事这么急? 我们四岭山和他谷敬文有什么关系?"

周武仍然沉默着,他仿佛觉得快要淹死在水中了。但他不能不挣扎着:"大哥,这是谷敬文的一厢情愿,并不是我的心意。……"这话说出来,连他自己也觉得没有力量,就像落水的人,虽然揪着了岸边的一撮枯草,却不能支撑他上岸。

这时周祖荫赶来了,总算救了周武的驾,挽救了这一即将破裂的危局。

天气虽已炎热,周祖荫却仍然穿着长衫马褂,枯黄色的干瘪多皱的长脸,头上扣一顶黑缎红疙瘩的瓜皮帽,据说这是大清皇朝红顶子的变种;有一条又干又细的猪尾巴似的辫子翘在脑后,这也是他"信而好古"的佐证。从他整个形体来看,很像是一具刚从古墓里爬出来的活僵尸。此人是秀才出身,一肚子四书五经,满嘴的仁义道德。周祖鸣死后,他就是周家的族长,是四岭山区封建礼教的卫道者,是周武的高级谋士。他经常以族长的身份,到太平寨来拉拢周威。他本是和周武一同从沙河镇出发的,但是这个年老力衰的糟家伙,不敢快马驰骋,所以姗姗来迟了。

周祖荫把谷敬文的信仔仔细细地看了三遍,其实他并不全是

在看信,而是在思谋着对策。然后,他把信折叠起来,放在自己手边,又捻了捻山羊胡子说:

"谷敬文和我们是亲戚嘛!这谷敬文素重权势我也是知道的,出此下策太不应该,太不应该!……"他捻着胡须考虑着在这几句铺垫之后,如何转弯子,"我的意思是说,在自家人中间,就是有些不是处,也不能多计较,肉烂也是在锅里嘛,都不是外人嘛。"

"他们竟要吞并我的齐心会,还想害我!"周威咬牙切齿地说,"谷敬文算什么东西?是个张着血口的狼,……"然后他激愤地站起来指着周武,"你和他勾搭,不是引狼入室吗?"

"威侄,你先听我说,"周祖荫示意周威坐下来,"现在四岭山正是内忧外患之时,兄弟二人应当同心协力,共御外侮,方能对得起祖宗在天之灵,绝不能为外人伤了兄弟之间的和气。"然后又对周武小骂大帮忙地说:"武侄也有不是处,有事应当多和你大哥商量,免得产生误解,使外人钻了空子。"

"荫叔的责备很对,"周武便顺水推舟地说,"今后我有事,多和大哥商量就是了。"

"当然,武侄也有自己的难处,"周祖荫说,"南屏山红军正要进攻四岭山,不和谷敬文、任洪元联合起来,是很难消灭这伙红军的。……"

"就是啊,我全都是为了四岭山的安全着想。"周武又赶忙顺着周祖荫给他竖的杆儿往上爬。

"谷敬文升了三县司令,这可是国民政府的皇封啊,名正言顺,报上都登了嘛。如果武侄成了保安团长,那和民团可大大不同了,一个是官团,一个是民团,这官、民之间有天壤之别,这也是我们周家的荣耀,祖上的福荫嘛。"

"把民团改编成保安团,这不是和任中元变成一家子了吗?"周威仍然余怒未息地说,"好,咱们井水不犯河水,不管你编成什么团,我无权过问,可是,别在我齐心会身上打主意! ……"

周武由于有了高级谋士助战,胆子也壮了。他反击说:"谷敬文给我写封信,你就说我这么多的错处,可是你背着我和祖荫叔私下和红军代表谈判,这到底算什么?"

"难道说,我在我的大厅里,没有权利接待我的客人吗?"由于周武的无理干涉,周威开始消减的火气又慢慢升起来了。

周祖荫不愿让事态再发展下去,他知道这种互相揭短的办法,只能把裂痕越扯越大。于是他和稀泥抹缝子,各打五十大板,伪装公正地说:"兄弟之间,以和为贵,不用说没有什么大错,就是有什么大错,也是应该忍让的。家丑不可外扬,兄弟间更不能互相揭短。唉……"周祖荫长叹一声,为刚才的争执表示遗憾。而后摆出家长的姿态告诫说:"兄弟阋于墙内,必为外人所乘。岂不悲乎?焉能不慎?"

周威和周武都没有讲话,他们各自生着闷气。

周祖荫又忧虑重重地说:"这两个红军甘冒万险,到我们四岭山来,真可谓'善者不来,来者不善'哪。我看他带来的这封信,未必是真,其中定有诡诈,威侄切勿中了红军的离间之计啊。"

"这一点荫叔可以放心,我周威不是傻瓜! 是真是假我还是看得清的!"

"这样就好,凡事必须三思而行。"周祖荫以长者关怀晚辈的姿态,又对周威叮咛了一番,就告辞了。

决裂的局面在周祖荫的调解下虽然缓和了,但还是弄了个不欢而散。

周武和周祖荫怀着愤懑懊丧的心情,在周威大厅外面上了马。他们信马由缰,缓缓地行走在回沙河镇的路上。种种毒计在他们卑鄙的头脑里起伏。这次太平寨之行,在他们来说是很失败的,真是偷鸡不着蚀把米啊。他们本来是想在周威面前，挑起对红军的仇恨的，结果反而被红军代表揭了他和谷敬文勾结的老底；本来是想要齐心会配合他们搜捕共产党和红军的，却没有想到红军代表成了齐心会的座上宾。是可忍孰不可忍啊！

他们一边并辔而行，一边挖空心思搜尽枯肠地计议，如何把两个红军杀死。周武已经判断出那个红军代表不是一般人物，他想："只要我把这两个红军捉住，我就要百般地折磨他，我要把他们打得皮开肉绽，割去他们的鼻子耳朵，然后写一封信，叫他们带回南屏山。……"

周祖荫听了周武的设想之后，摇摇头说："不，不能只图消仇解恨误了大事。我看要处死他们，想法把赃栽到齐心会头上，让南屏山的红军和齐心会结下不共戴天的冤仇。……"

主意倒是好主意，至于如何把红军抓住，又如何给齐心会栽赃，他们还一时想不出办法，只是坐在马上苦思冥想。他们琢磨着这两个南屏山来的铁匠到四岭山的真正意图，猜测着今后他们的活动方法——他们是来四岭山侦察？联络地下共产党？和齐心会谈判？……这一切周武和周祖荫全想到了，只是不知道：他们完成使命后是回南屏山呢，还是在四岭山长期潜伏？如果回南屏山，是在什么时候？是取道青龙山，还是南山口？……

他们又经过几番计议，终于想了个万全之策——三管齐下：封锁青龙山，严守南山口，在四岭山内大搜查。这中间包括化装进入齐心会辖区，尽量把红军杀死在齐心会辖区之内，这样给齐心会栽赃的计策也就可以实现了。

三

周威的心境，原似一潭静水，现在突然全被搅浑了。在周祖荫和周武走后，他稍稍沉静了一会儿，但仍理不出头绪来。他想再见一见红军的代表，也许能从这位代表那里得到澄清。于是他迈着沉重的脚步，怀着复杂的心情，踱到了厢房里来。他和郝大成各自躺在一张躺椅上，因此谈话也采取了随便的方式。

"刚才武弟多有冒昧，望郝代表海涵。"周威抱歉地说。

"总指挥不必介意，这是小事一件，我不会计较的！"

"听代表所言，红军敢同帝国主义、国民党、土豪劣绅为敌，并且有救国救民的宏愿，但不知贵军有多大实力？"

"总指挥，我们的力量全在民众之中，"郝大成机敏地回答了这一难题，"所以国民党虽派兵上万，连续'追剿'，想把我们消灭，但他们是永远办不到的，人心都向着红军！"

"不知贵军用什么办法取得民心？"

"凡是对穷苦人民有利的事我们就做，凡是对老百姓有害的事我们就反对！"

"这也是齐心会的主张！"周威说。

"主张看来好像一样，其实有着本质的不同。齐心会认为防匪保家就是为民除害，其实并不能救穷人脱出苦难。因为什么对穷苦人民是害，什么对穷苦人民是利，齐心会并没有辨别清楚。现在又回到刚才我们的争论上去了。齐心会主张的本意也许不错，可是由于不是站在革命的立场上看问题，对谁有利对谁有害分不清，所以他防的并不是真正的匪，保的也不是真正的家。若要真正为穷苦人做好事，那就应该执行共产党的主张，打倒帝国主义，打倒国民党，打倒土豪劣绅！只有这样，才能把旧社会彻底打烂，才能建设一个新的社会！……"

"你说的这些道理太深奥了，对于打倒帝国主义，我是万分赞成的。"周威回忆说，"算起来已经二十七八年了，那时我才十八九岁，在义和团起事的时候，我就亲自和洋鬼子干过，别看他们洋枪洋炮,我们用大刀长矛就把他们打败了。挂在大厅墙上的龙泉宝剑,就是我从一个洋鬼子军官手里得的!是清朝那些卖国贼送给他们的洋大人的!"

"这是你的光荣!"郝大成说,"帝国主义,就是和土豪劣绅、国民党穿着一条裤子,一个鼻孔里喘气啊!他们勾结起来,一起来屠杀中国人民,剥削中国的穷苦老百姓啊!"

"帝国主义是可恨。"周威说,"你是怎么知道这些道理的呢?这些道理是哪里来的呢?"

"是啊,开头我也是不懂这些道理的。我给地主放过牛,我打过猎,当过铁匠,我挨过地主的皮鞭子,我受过豪绅的窝囊气……后来我是怎么样走到革命道路上来的呢?……"

郝大成扼要而生动地讲述了自己的经历。他的经历引起了周威的敬佩和同情。

周威最后说:"我周威久居荒山,孤陋寡闻,听郝代表开导,茅塞顿开。只是耳听为虚,眼见是实,我周威喜欢正直,厌恶奸诈。如此明言,请郝代表见谅。……"

"理应如此!"郝大成说,"红军只有做的比我说的好,绝对不会比我说的坏!但不知周总指挥对红军进四岭山有什么意见。"

"偌大的天下,红军为什么非要进四岭山不可?"

"红军志在解放全中国,解救劳苦大众出苦海,"郝大成豪情满怀地说,"革命的红旗将来一定会在全中国的土地上飘扬,四岭山也绝不会例外。"

"口气也未免太大了吧?"周威微笑着摇摇头说,"你说的那个将来是不是会有呢?我不敢说。红军的雄心壮志我倒很是佩服。那个将来未免太远了,我们还是说当前的吧。不知红军进四岭山,会给四岭山带来什么好处?"

"不能笼统地说四岭山的好处,四岭山是分阶级的,四岭山里有两种人：一种是受压迫受剥削的劳苦大众；一种是压迫人剥削人的土豪劣绅。这是水火不相容的，俗话说，‘豪门不打倒，穷人难翻身’。我们进四岭山，只能对劳苦大众有好处，所以他们热烈欢迎；对土豪劣绅很不利，所以他们极力反对！……”

“何以见得？”

“土豪劣绅国民党反对红军自然不必多说了。谷敬文和任洪元‘追剿’我们，周武也主张出兵南屏山和国民党一起夹击我们，这些你都是知道的。就说群众对我们的欢迎吧，我们到了南屏山的第二天，当地的农友们就把自己过荒年的口粮和盐，一把一把凑起来，送给红军吃。我们打汤三磙子的时候只去了十三个人，为什么全部消灭了汤三磙子的保安队，我们没有一个伤亡？这不只是红军能打仗会打仗，更主要的是劳苦大众有力的配合；我们还没有进四岭山来，可是四岭山的人民却已经盼望我们了。……”

“是这样吗？”周威不以为然地说。

“我们一进来，就听了《盼红军》的山歌！”接着郝大成就把小金铃唱的那首山歌念了一遍。

“这不过是哪一个人教的！”

“对！教的可能是一个人，可是唱的却是千百人。这就说明这个歌，唱出了劳苦大众心里的话，不然，就不会那么快地流传开了。”

“这倒也是。”

周威在沉思着，他虽然还不能够用阶级的观点去分析问题，但他又觉得红军代表说得很有道理。

郝大成循循善诱地说：“我是打过猎的人，我打死过很多豺狼虎豹。你说这做得对不对！”

“打豺狼虎豹，为民除害，有什么不对？”

“对！这没有错。因为豺狼虎豹是野兽，容易看得清楚。人要活命,狼要饱腹,当人和狼争着一条命的时候,你是赞成狼把人吃掉呢,还是赞成人把狼打死呢?……"

周威笑笑说:"这还用问吗?"

"可是披着人皮的豺狼,就不是所有的人都能看得清楚了。"

"人总和豺狼不一样啊!"

"不一样? 你说西屏山的任中元怎么样?"

"他比豺狼还凶狠!"一提到任中元,周威就忍不住激愤起来。

郝大成笑起来了:"看看,你还说人总和豺狼不一样呢。"

周威也发现自己讲的有了矛盾,不由得微笑了一下,问道:"如果红军进了四岭山,能不能帮助齐心会去打任中元呢?"

"当然能,这一点我可以答应。"郝大成诚恳地说,"我们一定会消灭任中元的!"

"如果红军真像郝先生说的如此之好,进四岭山我不反对。"周威不无疑虑地说,"但是只能在白云山和青龙山活动,不能进入齐心会的防区。齐心会的防区是黑蛇岭和伏虎岭,这你是知道的!"

"我懂得总指挥的意思,"郝大成微笑着说,"总指挥对红军还不放心!"

"你说对了!"周威直率地说,"我是个讲求实际的人,我不只听红军的主张,我还要看红军的行为!"

"到时候我们看吧,"郝大成说,"也许我们不来,你们还要去请。"

"到时候看吧!"周威半敷衍半搪塞地说。

"好! 我们一言为定!"郝大成斩钉截铁地说。

"只恐怕四岭山不容易进来!"周威笑笑说。

"哈,哈,"郝大成充满信心地说,"我相信不久咱们就会见面的!"

四

郝大成谢绝了周威的挽留，告辞了周威，当晚在小茶馆里和田世杰、黄六嫂、王尚青会齐了。黄六嫂和王尚青完成了对沙河镇的侦察。至此，郝大成进四岭山的任务，已在几经危险的情况下圆满地完成了，所剩下的问题是他们如何出四岭山，和四岭山党组织及革命群众如何迎接红军进山的问题了。

"从今天周武那个凶恶的样子来看，他是不会善罢甘休的。"郝大成说，"他在周威的大厅里虽然还不敢行凶，可是他已经敢动手了。他一定会想办法对付我们的。"

"我们暴露了身份，又有很多团丁认识我们，这对我们出山很不利。"王尚青说。

"你们准备什么时候出山？"田世杰问。

"当然越快越好。"

"是不是绕道青龙山出去？"黄六嫂思忖着说，她有些焦急。

"我也想了，"郝大成说，"南屏山在白云山南面，我们东出青龙山要绕上很大的一个圈子，不只时间太长，而且也不一定安全，青龙山也是周武的辖区。……"

"从南山口出去，当然是最近了，"田世杰忧虑地说，"可是，再走南山口是不行的了。"

"还有别的路没有？"郝大成沉思地问。

黄六嫂说："白云山有句俗话：'出山进山一条路，不走山口无路行。'要出白云山，不走南山口是出不去的。"

"我们从南山口上打出去！"王尚青看着郝大成和田世杰为难的样子，冲动地说，"反正我们有武器了，大队长，豁出命来我也要掩护你出去！"

"有武器当然比没有武器好,可是,拼命不是个好办法。"郝大成说,"这两支短枪给田大叔和黄六嫂留下,这是坚持斗争所必需的。"

"不!不!"田世杰和黄六嫂同声说道,"你们不带武器出山不行,我们可不放心。"

田世杰又说:"我看还是找周威说说,请他派人护送你们。"

"周威不一定愿意这样做,即使周威同意这样作,结果也不一定好。"郝大成沉思着,他突然产生了一个新的念头,便用坚决的口吻说:"我们一定要在白云山找出一条新的路来,我们不只是为了出去,更主要的是为了进来。"

"不只是为了出去,更主要的是为了进来。"这个念头看来似乎是郝大成临时想出来的,其实是郝大成深思熟虑的结果,只不过是由于出山这个难题把它触发出来就是了。在进山的时候,郝大成便十分注意四岭山的地形,为打进四岭山作好准备。当时他看了南山口的地势后,感到用巧妙的方法进行奇袭,或是化装成谷敬文的信差,用智取的办法都是可以把南山口拿下来的,只是花的代价大小的问题。总之,在掌握了白云山的地形和民团的兵力部署及活动规律后,郝大成是有充分的信心根据具体情况,想出进四岭山的办法的。到底如何进法,当时他准备放在以后去考虑。但现在,如果就能找到另外一条出山的路,在进四岭山时加以利用,在神不知鬼不觉的情况下,部队突然出现在南山口的背后,那该是多么美妙啊!

"这可得好好想一想。"田世杰有些焦灼地说。

"大叔,俗话说:'要知山中路,须问采樵人。'你有熟识的药农、猎人和樵夫吗?要问问他们,不过一定要问可靠的人。"

"能不能从劈云峰上攀过去?"黄六嫂说,"听说有个老药农上去采过药草!"

黄六嫂虽然这么说，但她也觉得可能性不大，只是提一提，开开思路而已。

"劈云峰在哪里？"王尚青忍不住问道。

"就是白云山的主峰啊！"黄六嫂回答说。

"是整天罩在云雾里的那个山峰吗？"郝大成问。

"就是！"

"还是另想别的办法吧，"田世杰摇摇头说，"那个老药农上是上去过，可是没有到顶上！难哪！……"

"难道活人能叫尿憋死？"王尚青性急地说，"上天入地都不行吗？"

"入地？"田世杰猛一拍腿，兴奋地说，"对啊！你这一说，我想起一个故事来。……"

"这么说是有办法了？"王尚青高兴得从凳子上跳了起来。

"你先不要高兴，还不知能行不能行呢。"田世杰仰了仰头，像是遥望一件久远的往事，"那是我来四岭山不久，我认识了一个猎人。有一天他在白云山下打伤了一只狍子，正追着追着，眨眼就不见了。循着血迹他找到了一个洞口，他拨开树丛钻了进去，沿着这个山洞，他走到了南山口下的洞底，他又过了一道两丈多宽的石缝，沿着狍子的血迹，又钻进了第二个山洞。那第二个比第一个更长更窄更潮湿了。……走到洞口，就听见洞底的流水声，这个时候已经看不见血迹了。老猎人被这个狡猾的狍子引到这上不着天、下不着地、长不见头的山沟里来，又懊恼又生气，本想向回走，觉得很冤枉，窝着一肚子火，咬了咬牙下狠心追到底。他爬过了一个山洞又一个山洞，蹚过了一条小溪又一条小溪。在洞和洞不连接的地方，长着很多杂树棵子。也不知走了多少时辰，他钻出了一丛顶密的杂树棵，忽然前面开亮了。一看，已经钻到南山口外面了。那时郑大年的爷爷还在世，他捻着雪白的胡须说：'你钻到泥鳅沟里

425

去了!'我们才知道白云山下还有一条泥鳅沟。这条沟几乎没有人走过,知道的人也很少。……"

"你进去过吗?"郝大成问。

"我没有进去过,出于好奇,我到洞口那里看过一回。"

"可好找?"

"不好找。那洞口不大,是在南山口下的山沟里,全叫杂树棵子盖着。是了,我记得离洞口不远有一棵老橡树。"

"这就好,"郝大成说,"我们从泥鳅沟里钻出去!"

"我带你们去找!"黄六嫂说。

"只要那棵老橡树还在,我们会找到的!"郝大成说,"人多了反而更不方便。"

"现在研究一下,如何配合你们进山吧,"田世杰说,"需要我们做什么,我们好抓紧准备!"

"首先要保持山里山外的联系,山里有什么情况要及时告诉我们。"郝大成说,"我们也把进山的时间通知你们,好及时配合。"

"联络人员由我们派出,"田世杰对郝大成说,"我不懂军事,怎么配合,还是你说说吧!"

"军事上配合,你们是有困难的,也不很需要,主要是政治上准备,向广大群众宣传红军的主张,把群众先发动起来。这些工作你们都已经做了,并且很有成效,这就是最好的配合了。至于军事上,我想,部队刚进山,道路不熟,要给我们派几个向导;再就是要把泥鳅沟保护好。我们出山以后,敌人有可能追查出泥鳅沟来,然后把它封锁和堵塞起来,我们进山就困难了。"

经过研究,认为应该迷惑敌人。要有人到青龙山一带袭击哨卡,使周武误认为红军代表东出青龙山,以掩护泥鳅沟这条秘密通道,这需要田世杰或黄六嫂帮助完成。郝大成本想把两支短枪全给田世杰留下,在田世杰的坚持下,只留下了一支,另一支由郝大成带在身边,以防不测。

经过再三思考,郝大成认为这个计划虽然是可行的,但并不十分完善。造成东出青龙山的假象,只不过瞒哄敌人一时,一旦敌人清醒过来,这条通道仍然难以保住。于是他们又重新研究保护泥鳅沟的方法。

"想法叫敌人找不到泥鳅沟就好了。"王尚青说。

"对啊!"黄六嫂接着说,"砍些杂树棵子把洞口挡起来行不行?"

"挡洞口是个好办法。"郝大成受到了启发,"就是用树棵子不行,砍下来的树棵子叶子一落,反而把洞口露出来了。……"

"那就用石头挡!"田世杰说。

"对,用石头挡起来好,可是要堵得和石壁一样,让敌人认不出来才行。"

"这不难办到,反正洞口又不大。"

"那我们怎么进来?"王尚青又产生了顾虑。

郝大成笑笑说:"挡洞口是为了叫敌人从外面找不着。我们是从里面出来,用劲一推,不就打开了吗?"

"我们一定把泥鳅沟保护好!"黄六嫂说。

"在你们进山的那一天,我们一定到泥鳅沟口等你们!"田世杰说。

大家心情轻松地笑了一阵,计议已定,当天夜里就分手了。

分别时,郝大成和老人紧紧地握着手,深情地说:"田大叔,你可要小心啊! 我们一定争取早一天打进四岭山来!"

"我盼着这一天,我们在四岭山等着你们!"

郝大成和田世杰久久地握着手,他们之间,互相寄托着多么殷切的期望和巨大的信赖啊!

五

郝大成和王尚青走了一夜,在第二天的凌晨,他们到了白云山下,隐蔽在树丛中间。只见沙河镇到南山口的路上,团丁持枪在手,来来往往,如临大敌。有人吵吵嚷嚷地从山上走下来,又有人议论纷纷地向山上走去。从这些片断的议论中,可以听出大致的内容:周武已经给民团下了死命令,严密封锁南山口,不分男女老幼一概不准通行;给各村保正和保丁也下了通令,见到两个铁匠能抓活的就抓活的,不能抓活的,就立地打死,并有重赏;已经派人去青龙山,把山口卡死;此外还派了带短枪的团丁到齐心会辖区暗害红军。……因此,团丁们认为在这样周密的搜索下,那两个红军是非落网不可了!

郝大成和王尚青在团丁们交接班的纷乱情景过去之后,他们极其小心地进入了白云山下的一条山沟。他们首先找到了那棵老橡树,在橡树两旁找了很久,终于找到了掩蔽在杂树丛中的洞口;洞口里边,阴湿而又泥泞。

王尚青争先钻进了山洞探了探路,郝大成随后跟了进去。他们爬一阵,躬着腰走一阵,又扯着青藤踩着石棱攀一阵,有时他们要像四脚蛇一样穿过低矮狭窄的裂缝,有时又涉过急湍的暗流。……实际上,比田世杰说的还要艰险难行。从涧底向上一望,青天就像一条弯曲的淡蓝色的河流。郝大成看着这样险要的地方,暗自佩服当年猎人的胆量和爬山的功夫。通过那些张牙裂嘴的怪石的缝隙,可以隐隐约约地看见南山口的似断似连的小路,又影影绰绰地看见团丁们在南山口上来往走动。郝大成不禁微微地笑道:“你们就在那里守着吧!”

直到太阳偏西,他们终于走出了泥鳅沟。这时他们的行动更加小心,走一段,观察一会儿,认为确实没有危险,他们才向前走去。穿出了最后一丛树林,前面已经是南山口的山谷了,再向前面不远,就是宽阔的山路了。

这时他们看见从路旁树林子里钻出几个樵夫来,郝大成警惕地握枪在手。但他立刻把枪放下了,脸上露出胜利的欢欣和轻松的微笑。他认出为首的樵夫就是史少平。

"大队长!"史少平和另外三个战士欢呼着向他们奔跑过来!他们都紧紧地抱在一起,就像分别了几十年后又重逢一般。史少平说:"全队的人都在掐算着你们应该回来的日子,党代表让我们提前到这里来等你们!"

"你们等了很久了吧?"

"我们已经等了两天了!"

他们一行六人披着嫣红色的晚霞,向南屏山进发,吴可征和全体同志们都正怀着焦急的心情等待着他们!

第二十一章　初夏的晚上

一

郝大成和王尚青从四岭山回来,在全队引起的轰动和喜悦是可以想见的。大家都怀着兴奋急切的心情,谈论着四岭山。大家都把王尚青拖来拉去,"逼"他提供更详细的材料,以供那些"小参谋"们研究参考。一个个信心百倍,摩拳擦掌,跃跃欲试! 那些"小参谋"们在议论纷纷。

"你说怎么进呢?"

"当然是强攻南山口啦!"

"去你的! 那是傻瓜干的事! 我看绕道青龙山,从敌人想不到的地方打进去!"这个意见似乎得到了多数人的赞同。

"依我看,我们有更好的方法。"

"你说什么好方法?"

"根据以往作战的经验,大队长总是喜欢智取,反对力敌!"

"怎么智取法?"

"那我怎么知道? 智取的方法呀,在咱大队长那脑子里装着啦!"

"嘿,你这个参谋行,净说些'吃饱了准不饿'的大实话!"

大家说一阵笑一阵。

"那你说什么时候进呢?"

"我说快啦!"

这个"快"字是很有学问的,它的巨大的伸缩性可以使那些"小参谋"们立于不败之地。不管是三天之内进也好,五天之内进也好,或者是十天半月之内进也好,他们都可以说:"看,我估计得不错吧? 我早就说'快'了嘛!"……

这样的议论是写不完的,它充分反映了部队的热烈的情绪。在部队纷纷议论的同时,郝大成和吴可征在大队部里也正在热烈地谈论着。

"根据你谈的这些情况,"吴可征说,"我认为四岭山的党组织和革命群众都是很好的,他们都已经积极地动起来了。但是,由于党组织被破坏得太严重,要完全恢复还需要一段时间,又加周武在谷敬文的授意下,对群众的镇压迫害越来越紧了,也给他们工作带来很大的困难。周武民团的实力和我们原想的差不多。即使周威保持中立态度,照现在的情况来看,马上进四岭山恐怕有困难,我们的力量还不够。不管山里山外,都必须作进一步的准备。……"

郝大成说:"在进四岭山之前,我们的队伍一定要扩大到二百人以上才行,要站稳脚跟,没有足够的力量是不行的。"

"要快!"吴可征说,"我们一定要争取时间,抢在谷敬文之前,如果谷敬文提前进去,就会给我们造成更大的困难!"

"很对!"郝大成赞成说,"现在谷敬文是和我们争夺四岭山,就像两军对阵,从山两边争夺制高点一样,谁先抢占了山头,谁就有了主动权。"

"二百多人的队伍,只要我们和纪松田同志协力做好扩红工作,是不难达到的。就是武器不好解决。"

"这,我倒有一个想法。"郝大成胸有成竹地说。

"你快说说看。"

"刘玉龙团第一营,前几天不是开到山下了吗? 根据这几天的迹象,他们不像进剿南屏山,只不过是摆摆样子,虚张声势。这也符合任洪元的心理,这个旧军阀出身的家伙,很懂得保存实力。他和谷敬文不一样,他在这里一无家业,二无地产,不知什么时候来个调令,撅起屁股就得滚。队伍就是他的本钱,他的两个团已经北调,只有一个团守家。如果不是刀压脖子逼着他,他是舍不得花血本的!"

"他不来找我们,我们倒要去找他!"吴可征看出了郝大成的心思。

"对,我就是这个主意,根据纪松田同志送来的情报,崖头沟驻的是一连,连长宋三是个狂妄自大没有头脑的家伙,是比较好对付的。这些白狗子麻痹得很,以为我们只能躲着他们走,根本不敢碰他们。我们正好乘其不备,奇袭他们一下。一口虽然吃不下他一个连,吃掉他一个排还是有把握的,这样就可以补充我们的武器弹药。……"

"你看什么时候行动?"吴可征兴奋地问。

"今天晚上就干吧。"

二

刘玉龙团的一营营部和二连、三连连部驻在一个较大的寨子里。一连驻在崖头沟。崖头沟的围墙已经作了草草的修补,只是寨门没有办法在短期内做好,夜间只好派上双岗。太阳下山不久,寨内就宣布戒严了,街道上除了白匪的巡逻小组外,空无人迹,老百姓都躲在家里。

北门上两个哨兵,懒洋洋地站在那里,用军帽不断地扇着,抵挡着蚊子的进攻。

"老杨头,你水壶里还有水吗?"一个大个子哨兵,用沙哑的声音问另一个年纪较大的哨兵说。

432

"还有一点,你都喝了吧!"老杨头摘下挂在身上的军用水壶,摇晃了一下,递给了他的同伴。

大个子仰起头来,咕咚咕咚地灌下去,直到一滴不剩,才把水壶还给了老杨头,舒了一口气说:"唉,真痛快!"

"马贵,听说你家就在四岭山,想家了吧?"老杨头一边向身上挂水壶,一边搭讪着问。

"还提家干什么?"马贵伤心地说,"我现在没有家了!"

"为什么?"老杨头表示着关切和同情。

"说来话长呢,"马贵迟疑了一下,决定还是把肚里的苦水吐一吐,"我爸爸原来是老茶农,种茶有办法,手艺很好。凡是经他管理的茶园,茶树长得特别旺,出的茶也特别香。周武看中了我爸爸的手艺,想霸占我们的茶园,逼爸爸去给他当长工,爸爸和我一样,都是脾气倔,性子傲,不吃周武这一套。可是不到半个月,祸事就来了。我爸爸卖茶回来,天黑了,正在路上走着,就从山上滚下了一块大石头,把我爸爸砸死了。大家都知道是周武干的,可是一时又找不到证据,妈妈连气带急生了病。有一天,周武派人来,说我们的茶园是他的,并且拿出了字据。我妈听了,又气又恨又急,一口气没上来就闭上了眼。我把心一横,就跑出来当了兵,盼望有一天回四岭山找周武去报仇,谁知道,国民党和他妈的狗财主都是一个窝里的狼。完了! 我爸爸、妈妈在黄泉下也不能瞑目了! 唉,仇也报不成了!"马贵又绝望地长叹了一声。

"家里还有别人吗?"

"有一个叔伯哥哥,叫马义山。他从小就不务正业,专干些偷鸡摸狗的勾当,听说他在周武民团里很吃香。开始,我听了气得直咬牙,后来一想,也就算了。你看我们两个吧,都是穷光蛋,可是都跌在臭水坑里,仔细想想,咱拿着枪杆子为谁卖命呢?"

"这是命不济啊!"老杨头无可奈何地说。

"从前我也相信'听天由命'这些话,可是慢慢地不相信了。我敢说我家祖祖辈辈都是老实人,谁也没有做过伤天害理的事,为什么祖祖辈辈受欺负?像周武这伙财主们,他妈的什么坏事都干,老天爷为什么不惩罚他们?如果真有神明的话,他不是瞎了眼,就是和财主们穿一条裤子!……"

"轻一点,你干吗像吵架一样呢?"老杨头制止着激愤中的马贵。

"说说心里痛快!"马贵放低了声音,"你说说,咱们三个多月没有发一个铜板儿了,可是宋连长给他姘头买一副手镯子就化十八块大洋。难道说,他发饷就是咱命好,他不发饷就是咱命不好吗?那么说,咱的命好命坏不是在天老爷手里,而是在宋三这个酒鬼手里啦?"

怕事的老杨头连忙提醒他说:"马贵,你这话可不能随便乱说,叫宋三听到了,脑袋也保不住。不过,你讲的好像还有点道理呢。"

"这个道理,靠我自己是想不出来的,是二排的王排长帮我想通了。"马贵忽然悄悄地把嘴凑到老杨头耳边说,"我看王排长准是个共产党。"

老杨头仿佛被雷声震了一下,惊慌地说:"瞎说,瞎说,这可不是闹着玩的事。"他以长辈的口吻教训地说,"马贵,你年纪轻,现在这种世道,说话可要当心,一句话说不好就要掉脑袋!"

马贵"唔"了一声,闷声不响了。他噼噼啪啪地在脸上拍了几下蚊虫,把一股闷气发泄在巴掌上,自己的两腮被打得直发麻。

当马贵闷声不响的时候,老杨头却又产生了一种强烈的好奇心,于是他又把话头提起来:"你怎么知道王排长是共产党呢?"

"我说了,你可不要和第二个人讲啊!"马贵郑重地警告道。

"你还不知道我老杨头吗?我什么时候乱说乱道过呢?"

"咱们在白马山峡谷里跟红军打了一仗后,不是向北开吗?"马贵说，"那一天到了牛角山下……"

"记得，就是团参谋长和营长叫人家打死的那座山！"老杨头表示自己的记忆力是很好的。

"对，就是那座山，在搜山的时候，我被石头绊倒了，鞋子也甩脱了。我蹲下身穿鞋子的时候，看见了一个山洞，里面好像有人，我正要推上子弹喊，王排长几步抢到洞口前面，向我摆着匣子枪说：'快，向上搜！快！'……"

"你为什么不告诉王排长？也许他不知道身后有个洞呢。"老杨头提出了自己的看法。

"我当时说啦，我说：'王排长，你后面有个洞。'可是王排长还是一个劲地向我喊，'快，向上搜！'我转念一想，管他洞里有没有人，服从命令要紧。我爬上山坡回头一看，王排长还站在那里，直等到后边没人了，他才追上了我们！"

"洞里也不一定是红军游击队啊！"老杨头仍不愿意承认马贵这个新奇的发现。

"错不了，"马贵见老杨头不甘心承认他的发现，他就越发肯定地来证实它，"搜完了山，只抓了几个老百姓，那团参谋长和营长该不是他们打死的吧？你说，红军到哪里去了？还能飞到天上去？过后我仔细一琢磨，准在那个洞里。"

"这可说不定，红军就是会神出鬼没，不会展翅飞也会地遁法。就说峡谷里那一仗吧，四面围了个风雨不透，到头来红军跑了不说，还落了个自己人打自己人。这不，忽然又到了南屏山来啦。"老杨头仿佛被他自己的猜测吓住了。他的声音很低，像蚊虫哼哼一样，"我看，咱们老驻在这里就有点不保险……"

"别说话，有人来了！"马贵首先提起了枪，站好了自己的岗位。

老杨头也紧张地把枪提起来。

三

果然,就像有意来证实老杨头的猜测一般,在惨淡的星光下,有两个人慢吞吞地向寨门走来,好像经过长途跋涉累得精疲力尽的样子。

"站住!你们是干什么的?"

老杨头先喊了一声,他和马贵同时把枪端起来,作出随时准备射击的姿势。

"老总,干吗吓唬老百姓呢?"来人不慌不忙地说,"这里驻的不是一连吗?我们是来找自己亲人的!"

"你找哪一个?站得远些,不要往前靠!"马贵命令着。

"举起手来!"老杨头也大声命令着,因为两个小伙子已经凑到他们面前了。大概是跑热了吧,他们每人手里提着一件衣服。

其中一个忽然对马贵说:"你,你不就是我二表哥吗?把我找得好苦啊!"他惊喜而亲密地又向前靠了一步。

几乎在同时,另一个也对老杨头说:"你不是我舅舅吗?碰得可真巧啊!"也十分亲热地扑向前去。

老杨头和马贵都被这个亲热的称呼弄迷糊了。"我哪里有这么个表弟呢?"马贵想。可是脑子还没有转过弯来,小伙子就把手里的衣服向他头上猛力一捂,把他按到地上了。

"你……啊……不得了……"

这就是两个哨兵被他的"亲戚"用衣服把头蒙起来,撂到地上去的时候,发出来的惊慌的嘟噜声。

"不要吵!"两位"亲戚"突然改变了腔调,严厉地命令着,"要活命就不要动,我们是红军!"

这时从黑影里又钻出两个人来,其中一个轻声地问道:

"绑好了吗?"

"绑好啦,你去帮助小王!"

"我也绑好啦!"

"把嘴给他塞起来!"

"发信号吗?"

"发吧!"

"嚓!"一根火柴划着了,又划了一根。

随着火光的熄灭,从郑万春和纪松田家的草屋里迅速地走出十几个黑影来,他们背插砍刀,手提短枪,一眨眼就来到了北寨门。为首的是郝大成,他迅速地吩咐道:

"少平,你和铁牛在这里守住寨门。千万不能放过查哨的人,不到万不得已的时候不准开枪。"他又回头对站在队伍里的人吩咐道:

"罗雄,你带三个人把一、二排住的巷口堵住,碰上巡逻组和游动哨,要用刀砍。……"

郝大成吩咐完毕,向背后的战士招了一下手,便立即消失在黑沉沉的巷子中。……

史少平和赵铁牛戴上老杨头和马贵的军帽,持着他们的大枪,在寨门站岗。

"铁牛,你把刺刀装上,好对付查哨的老总们啊!"史少平说。

"这支枪上没有刺刀!"

"你用这支带刺刀的!"

"若是查哨的认出我们来怎么办?"铁牛顾虑着,"动了枪就麻烦了。"

"来一个查哨的好办,如果来两个,我们就得动动计谋才行。"

"怎么动法?"

"我们把帽檐拉下来遮住脸,假装打瞌睡,这样,一来,他们认不出我们的模样;二来,他们准凑到我们面前来,我们就猛然向他……"史少平作了个扑击的动作。

赵铁牛点了点头,勉强忍住了笑声,虽然这是严酷的战斗,却也觉得很有趣味。

他们两个全神贯注地谛听着围子里的动静,计算着这次不响枪的战斗的进程,他们觉得时间慢得难以忍受。夜风徐来,天气变得凉爽起来,万籁俱寂,在这沉静安谧的深夜,谁会想到一场紧张的战斗正在进行? 时间像一头疲惫的老牛,任你多么急躁地鞭打它,它还是拖着不紧不慢的步子,死也不肯加快一点。岗哨上的时间,是一秒钟一秒钟地度过的。

大约有十五分钟过去了,围墙下传来沙沙沙的脚步声。"来了!"史少平轻声地说,他们从单调的脚步声里判断出最多不超过两个人,因此绝不是自己的队伍,而是查哨的敌人从东门转过来了。

铁牛立即按照事先计议的那样蹲在寨门边,把带刺刀的步枪抱在怀里,把帽檐向下一拉,响起了呼噜呼噜的鼾声。

史少平这时也作好了准备,挂着没有刺刀的枪,倚在围墙上,装作打瞌睡,并思考着应付各种意外情况的办法。

查哨的匪兵走到寨门里边就停下来了,显然他们听见了岗上的鼾声。查哨的是三排的副排长,后面跟着的是一个匪兵尤四鼠。他们本想按照惯例给这两个失职的哨兵几个耳光,但敌三排副忽然觉得这样太简单了,没有意思。他忽发奇想地要借惩罚哨兵来寻寻开心。

"老尤,不要惊醒他们,我们把这两个昏头昏脑的瞌睡虫玩弄一下。"

"逗引他们说梦话一定很有意思,说不定这两个家伙正在做着好梦呢。"尤四鼠不怀好意地怂恿着他的副排长。这些话在沉静的夜里,全让两位"哨兵"听到了。

于是他们蹑手蹑脚地来到哨兵前,敌副排长看了史少平一眼,但史少平用帽檐遮住了半边脸,而另一半又在黑影里,他没有认出是谁。敌副排长又来到了赵铁牛面前,他认为这个哨兵睡得最死,正要伸手去拉他的帽子,看看是谁。这时,史少平轻轻咳嗽了一声——这是动手的信号。

赵铁牛按照早已商量好的办法,像一条压缩的弹簧突然被松开一样,从地上蹦了起来,刺刀在对方的胸前闪动了一下……

"啊!你昏……"敌副排长只说出了两个字,就"噗通"一声横跌在寨门边了。

站在背后的尤四鼠惊骇地叫了一声,猛然向后倒退,正好退到史少平的怀里,史少平把枪一丢,双手紧紧地扼住他的脖子,把他捧到地上。

"这个家伙要不是一步退到我怀里来,我的枪托早把他的脑袋砸碎了。"少平一边捆绑尤四鼠,一边兴奋地说。

赵铁牛又在敌副排长的身上补了一刺刀,把他拖到寨墙沟里去了。

四

郝大成带着部队悄悄地进入了敌三排住的大院。根据他们侦察和纪松田提供的情况,只有三排住得集中,其他都是以班为单位,分住在老百姓家里。

三排住的是一家地主的大院。排长排副住在宽大的北屋里。由于天热,匪兵们大都睡在院子里。他们没有帐子,全都把被单或军毯拉到头上抵挡蚊虫的叮咬,但是,有的人仍被咬醒了,迷迷糊糊地拍打着,咒骂着。他们的枪都放在身边。

郝大成进入大院,是出乎意料的顺利。虽然郝大成已经准备好对付门岗的办法,门口却连个岗哨也没有。只有一点郝大成没有估计到,这就是敌三排长并没有睡觉,他刚刚赌博回来,正躺在雪白的纱帐里吸烟,等着查哨的排副回来。这位三排长姓胡,是宋三的亲信,是一个十分骄横的家伙。本来连部规定驻扎部队的院子门口要设置岗哨,但这位胡排长却认为是多余,这不是出自对匪兵精力的爱惜,而是有他自己的狂妄见解。

"为什么不设门岗?"有一次宋三质问他的这个亲信说。

"连长,要是设门岗,就太抬举这些共产党了。"胡排长摆出不可一世的架势说,"难道他们配和我们正规军作战吗?这些造反的泥脚杆子们,都是乌合之众,对他们只有穷赶穷追。连长,你不能叫老狼在洞口放上哨,防备兔子的袭击啊!"

"哈哈哈,随你的便吧,不过共军可不是兔子,……"宋三虽然这么说,但他还是承认他的排长说得很有气魄。

现在这位排长虽然听到了院子里有轻微的但又异乎寻常的响动,却没有认真去理会这些。当然他更想不到行动谨慎、计划周密的郝大成,已经派有两个战士在门口等着他。

战士们按照他们大队长的方法,把匪兵的枪慢慢从他们身边抽出来。

"抬抬腿,睡得这个死样子,不要把胳膊乱放。"战士们装出睡得迷迷糊糊的样子,嘟嘟囔囔地说着,把压在匪兵身下的枪抽在手里。

"哎呀,他妈的,你怎么照我的肚子上乱踩啊!"一个粗心的战士不小心踏在匪兵的身上。

"谁?怎么到处乱闯?"一个匪兵睁开了惺忪的睡眼,看见院子里来往晃动的人影,懵懵懂懂地说。

"乱咋呼什么?你不想睡就滚出去。"战士们装做被吵醒的人,不耐烦地呵斥着。

"哟,谁把我的枪拿去了呢?"终于有的匪兵觉察到自己的枪没有了,于是慌乱地坐起来摸枪。

接着又是第二个起来找枪。越来越大的嘈杂声使匪军胡排长听得不耐烦了,他叼着香烟从帐子里走出来,站在门台上问:"你们乱吵什么?"

"没有什么可以大惊小怪的!"郝大成十分平静地说。

"啊……啊……!"

这个匪排长正要喊叫,躲在门旁的战士就在这瞬间挥起了砍刀。"哐咚"一声他跌到屋角里,翻滚了一下就不动了。

"把灯点起来,该叫弟兄们起床了!"郝大成吩咐道。

除了站岗和查哨的之外,三排的二十四个人全都战战兢兢地挤在院子里,好像站在冰天雪地里冻得浑身发抖。

"小王,你去通知罗雄,跟在我们后面向北门撤。老姚,你把俘虏带走!"

第二十二章　枪口应该对准谁

一

俘虏们都挤坐在一块相距营地还有一段山路的林间空地上，在临时搭的席棚下休息。战士们给他们送来了米饭和开水，他们怀着奇异和疑惧的心情，接受着红军战士们给他们的热情款待，各自想着自己的心事：

"听当官的说，红军捉了俘虏不是砍头就是活埋，看来不像啊！"有的俘虏喊嚓着说。

"老兄，砍头活埋这话靠不住。"另一个俘虏摆出权威的架势说，"可是战场上叫俘虏打头阵这是把准的。你不想，咱和人家枪对枪刀对刀地干过，能没有仇？人家能拿咱当自己人待？"

这段话得到了俘虏绝大多数的赞同，接着有人附和说："别看现在对我们笑嘻嘻，又是饭又是水又是烟的，可是往后，不会有好果子给我们吃的！"

结果提来的三桶白米饭，俘虏们只吃了一桶。就是这一桶，也还是在战士们的劝说下吃的。他们虽然很饿，可是心里塞满了忧虑和疑团，吃不下去，一个个愁眉苦脸地耷拉着脑袋。

"弟兄们，我知道你们心里害怕。"史少平看着满脸愁容的俘虏们说，"你们当官的吓唬你们，说我们杀俘虏。这全是骗人的鬼话啊，你们不要信那些狗叫唤，我们红军是宽待俘虏的。"

说到这里，史少平看到俘虏们那冷漠的神情，就知道俘虏并不相信他的话。这些俘虏在国民党里受了那么多反动教育，想用几句话就消除他们的顾虑是不可能的。但从他们那专注的神情来看，他们却很注意听他的话。

"你们这一连的弟兄们，"史少平又换了个话题，"我们虽说不认识，可是我们过去见过面！"

"过去见过面？"俘虏们惊奇地打量着史少平那英俊和善、笑容可掬的脸。僵局开始打开了！

"在牛角山，搜山的不就是你们一连吗？"

"牛角山？"俘虏们回想着。

"就是你们团参谋长和一营长被打死的那座山。"史少平提醒说。

"对，我们是搜过那座山。"

"搜的就是我！"史少平笑笑说，"我看到你们宋连长那个猖狂劲，本想给他一枪，可惜没有子弹了，所以他才能活到今天。"

"就你一支枪？"俘虏们惊奇地问。

"对，一支枪三颗子弹，其中有一颗是瞎火。"

"我们怎么没有搜到你呢？"俘虏们感到有点神奇。

"我有隐身术啊，"史少平玩笑地说，"我能看见你们，可是你们看不见我！"

史少平讲起这一段经历，并不是炫耀自己的勇敢和机智，也不是为了改变一下俘虏们那过分紧张的气氛，而是有一个更重要的目的——当他从九里十八坪回到南屏山来，向吴可征和郝大成汇报他的经历的时候，谈到了牛角山的阻击，他们都很重视王求正这条线索。这次他们准备对这些俘虏进行教育之后，把他们很快放回去。把这些俘虏作为一种宣传力量，以促成一连的哗变。因此，想通过俘虏中可靠的人，和王求正取得联系。史少平为了不把王求正暴露在所有俘虏面前，以免给王求正带来危险，所以他讲得很慎重。

这时吴可征来了。

"党代表来看大家了!"史少平看见吴可征从营地那边走来,就对俘虏们说了一声。

俘虏们虽然不知道党代表是什么官职,可是从史少平的尊敬的口吻里,知道不是一般人物。他们一见吴可征走到面前,就呼啦一声,全都惶恐地站了起来,像一根根树桩子般地竖立在那里。

吴可征边向少平打招呼,边说:"弟兄们都吃好饭了吧?"

"吃了,"史少平意味深长地笑笑说,"可是吃得不多。"

吴可征笑眯眯地叫俘虏们全都坐下,他也和俘虏们一起蹲到草地上,看了看桶里剩下的米饭,幽默地说:"大家吃得怎么这样少? 可不要不舍得吃啊,这是汤三磕子粮仓里的,我们都掺上野菜吃。为了优待你们,才给你们做的净米饭啊!"

"啊……啊……"俘虏们漫应着,不知道该表示什么态度好。

"我来和大伙儿认识认识,"吴可征和蔼而又诚恳地说,"我叫吴可征,是红军大队的党代表,念过几年书,当过铁路工人,以后就参加了革命。咱们的红军大队长,有事不能来看你们,我也代表他问候大家。"

"大队长!"有的俘虏震惊地说,"就是他把我们抓来的!"

说得声音很低,但由于场地上太静,还是不少人听到了,吴可征也听到了,他说:"大队长姓郝,叫郝大成……"

"我们听官长说了,很厉害……"俘虏有些谈虎色变地嘟嚷着说。这样的人物,向他们这些被抓来的俘虏,表示问候,他们有点不敢相信,也不知心里是什么滋味。

"大队长打仗很厉害,可是平时却很和气,他小的时候打过猎,给地主放过牛,还打过铁……"吴可征说到这里,就听见俘虏们喊喊嚓嚓地议论起来。一个威震敌胆的红军大队长,竟是个放牛出身。他们很不理解。有人低声说："我也给地主放过牛。"

吴可征继续说："他和大伙一样，是个苦出身。你们都是国民党的士兵，可是我知道你们里面没有一个地主老财，他们的公子少爷是不会当兵的！"

"这话对！"有几个俘虏看看吴可征亲切的笑容，无形中，他们的心就向他靠近了几分，原来和这个陌生人好像相隔十万八千里，现在似乎近得多了。

"我们红军战士都是穷苦人，有的讨过饭，有的当过长工！有的叫土豪劣绅逼得家破人亡，所以才走上了革命的路。"吴可征指着一个士兵说："你是怎么当兵的！"

"我？"被问的士兵有些慌乱地站起来，"回长官的话，我是叫抓兵的抓来的！"

吴可征叫这个士兵坐下，并说明红军和国民党不一样："现在大家就像拉家常一样说话，不要站起来了。"那个士兵脸红红地不好意思地说，"我不懂红军的规矩！"

空气慢慢缓和了，俘虏们的心情变得轻松起来。

吴可征又问一个士兵说："你是怎么当兵的呢？"

"我也是绳捆索绑给抓来的！"

"你是被抓来的，还有谁是自愿来的呢？"不知谁粗声地叹了口气！

"我是顶租卖壮丁出来的！"

"我是自己当兵的，"有一个士兵说，"可是家里穷，没办法……当了这个倒霉的兵，还不是为了一张嘴！"

吴可征体谅地说："你也是叫穷日子逼的啊。"

"我也是自己当兵的！"说话的是马贵，"若是为了嘴啊，我就不当这个兵了，我当兵原来是为了报仇，……"他没有说下去，只是悔恨地把头低垂在两手里，仿佛有一肚子痛苦，不知如何诉说。

"报仇？报谁的仇啊!"吴可征诧异地问,"你叫什么名字?"

马贵仰起头来说:"我叫马贵,是四岭山人。他娘的周武把我逼得家破人亡,本想当兵报仇,可是谁知道,国民党和周武原来是一个鼻孔里出气。"马贵悔恨地说,"我真是走错了门,摸错了路了!"

吴可征向马贵赞许地点点头说:"马贵说得有道理,你们大家都是穷苦人出身,可是走错了门摸错了路了。我出个题目问问你们,这个题目就是:'枪口应该对准谁?'……"

这是一个粗听起来简单而又简单,细想起来深刻而又深刻的问题。俘虏们几乎没有想过,有的顺口说道:

"还不是当官的叫打谁就打谁。这还用问吗?"

"叫你打过地主豪绅没有?"吴可征问。

"没有。"

"打过红军没有?"

"打过!"

"为什么打红军?"吴可征又问。

"因为红军和国民党为敌啊!"

"因为红军主张打土豪分田地啊!"马贵说。

"看,马贵说到点子上了。国民党为什么不打土豪劣绅专打红军? 就是因为红军为穷苦人办事,打土豪分田地。"吴可征看见大家把脑子开动起来了,就接着说,"谁是我们的仇人? 是土豪劣绅。是他们剥削我们穷人,压迫我们穷人,逼得我们家破人亡;谁是我们的恩人? 是中国共产党。它主张打倒帝国主义,打倒国民党,打倒土豪劣绅,叫穷人不受剥削,不受欺负,过好日子。……国民党的队伍就是土豪劣绅的队伍,红军就是受苦受压迫的工人农民的队伍。你们想一想,当国民党的兵,是不是帮助仇人打自己人啊!"

"哎呀! 这么一说,我们不是上当受骗忘了本了吗?"有的士兵猛然醒悟地说。

"我们这是忘了本啊!"马贵愧悔地扭着双手,仿佛要把内心的痛苦扭碎。他大声问道:"党代表,红军打不打周武啊?"

"打! 周武既是土豪劣绅,又是民团团总,现在谷敬文要把他改编成国民党的保安团了,我们不打他打谁?"吴可征说。

"啊! 这就好!"马贵忍不住大声地呼喊道:"我要去找周武算账,为我那屈死的爹娘报仇!"

史少平坐在一旁,用专注的目光,洞察着俘虏们的内心深处。马贵的一切言行,给他留下了深刻的印象。

"你们今天累了,在这里要吃好睡好,还要好好想一想。明天上午请大家看看红军演的戏,接着就放你们回去!"

"放我们回去?!"俘虏们同声发出疑问,这是谁也没有料想到的结果,听说要放回去,也不知是喜还是忧。大多数俘虏,只好抱着听天由命的态度,听任安排了。

"大家回去以后,"吴可征说,"把红军的主张向弟兄们说一说,可不要错把仇人当恩人,也不要错把恩人当仇人啊! 要大家想一想,枪口应该对准谁。摸错了门走错了路不要紧,可以弃暗投明嘛。"

当吴可征将要离开俘虏时,马贵向吴可征面前迈了一步,好像有什么话要说,但是,不知为什么又没有说出来,收住了脚也收住了口。史少平注意到了这一切。在吴可征离开之后,史少平走到马贵面前亲切地说:"马贵,你是四岭山人?"

"是的。"马贵疑惑不解地盯着史少平那张亲切英俊的脸说。

"我们这里也有四岭山人,等会儿,我带你去认识认识好吗?"

"好啊,"马贵高兴地说,"什么时候我能见见他们啊?"

"现在就走吧,"史少平痛快地说,"见见面,拉拉家常,一会儿就回来。"

　　马贵跟在史少平后边,离开了俘虏群,走到了营地附近。史少平选了一块树荫坐了下来,然后让马贵也坐在自己对面。马贵不懂得他的用意,疑惑地看着史少平,仿佛在问,"你不是带我去见老乡吗?"

　　"马贵,我想个别和你谈谈,刚才你好像有话要说,为什么没有说出来?"史少平问。

　　"我是想问一问党代表,不回去行不行。我想留下当红军,刚才想说,一怕党代表不答应,二怕回去以后,宋三听说我要当红军,杀我的头,我也就没敢说出口来。"

　　"你想得很周到,"史少平说,"我问你,你们连里有个叫王求正的排长吗?"

　　"有啊!"马贵一怔,心想:"他怎么知道有个王求正排长呢? 莫不是他们早有联系?"

　　"他这个人怎么样? 对弟兄们好吗?"

　　"好,"马贵似乎没有什么顾虑了。他说了王求正平时对待士兵们的态度。后来,他竟把牛角山上搜查时,王求正的表现和自己的猜想全说了。最后他下结论似的说:"我看王排长准是个共产党。"

　　"马贵,"史少平恳切地说,"你苦大仇深,知道自己走错了路,我们信任你! 红军才是你真正的家。"

　　"把我留下吧!"

　　"可是现在不能,我们想托你带一封信给王排长。你们连里还有很多像你这样的人,刚才党代表不是说啦,要带他们一起弃暗投明……"

　　"我明白了!"马贵点点头,他从史少平热切的目光里,看出了对他的信任和期望,一种强烈的自豪感在心头浮起来,由于过分激动,声音有些颤抖,他发誓一般地说:"不用说捎封信,就是上刀山下火海,我马贵也没有二话!"

二

在吴可征和俘虏们交谈的时候,宋少英在大队部前面的一棵大树下找到了王尚青,奇怪地问道:"你躲在这里干什么?"

王尚青站起来,有些不好意思地说:"我在学习啊。"

"学习干吗要躲在这里? 你向口袋里塞什么?"

"我写了一段山歌,"王尚青被逼得没有办法,脸红红地承认道:"是想唱给俘虏们听的,可就是写不好。"

"搞宣传你倒挺主动啊,"宋少英称赞着把手向王尚青面前一伸:"给我看看!"

"你不笑话我吗?"

"傻小子!"宋少英嬉笑着斥责道,"看你这个忸怩劲!"

"我还没有写完呢。"王尚青仍然不情愿地把团皱的纸头从口袋里掏出来。

"快给我!"宋少英一把把纸团夺在手里,"哪里学来的这一套扭扭捏捏。"她展开纸团,上面歪歪斜斜地写了几行:

> 映山红开朵朵红哎,
> 唱一只山歌给俘虏们听:
> 白匪军是反革命哎,
> 联合土豪和劣绅,
> 欺侮受苦的老百姓。
> 哎嗨哟,哎嗨哟,
> 欺侮受苦的老百姓。
> ……

"写得不错嘛。"宋少英半开玩笑半认真地说,"这说明你学习有成绩,可是,这歌词还有点毛病。"

"我说你会笑话的嘛!"王尚青顽皮地说,"你快说说毛病在哪里吧!"

"我一说,就把你说灰心啦?"

"看你说的,咱小王可不是那种没出息的人,骨头硬着呢,你说吧!"王尚青摆出倾听的架势。

"唱山歌要看对象,还要有目的性,"宋少英半玩笑半认真地说,"首先是人称不对。你是唱给俘虏们听的,当面叫俘虏,不是等于指着鼻子骂人家吗? 人家放下武器了嘛。把'唱给俘虏们听'改成'唱给你们听'不更好吗? 在战场上是刀枪相见;现在已经放下武器,就得饭茶优待。所以嘛,山歌也不是随便唱的,里边还有个俘虏政策问题。"

"我的老天爷啊!"王尚青故意挠挠头皮说,"照你这么一批,我就该挨板子了。还有呢?"

"还有修辞上也要推敲推敲。'联合'不如改成'勾结','欺侮'不如改成'残害'。你看呢?"

王尚青把要改的地方默念了一遍,高兴地说:"对! 到底是老师。"

"没有空跟你磨牙了,党代表给我们一个战斗任务。"宋少英把纸头还给王尚青说。

"战斗任务? 开什么玩笑?"王尚青不信。

"玩笑? 今天我们要编个节目,明天就要登台演出。你说不是战斗任务?"

"什么题目?"

"还没有编词儿呢,可是我已经想了个题目,叫《寨上卖柴劝白军》。"

"我知道你叫我扮什么角色了!"王尚青故做不满地说。

"扮什么？"

"还不是那个白匪军？"

"你不高兴吗？"

"不高兴也得干啊，是战斗任务嘛。"王尚青扮了个鬼脸，嘿嘿地笑了。

"我知道你会高兴的，洋相鬼！"宋少英哈哈地大笑起来。

王尚青眼珠子转了几转忽然问："你刚才批评我不讲俘虏政策，你要我演个白匪军，指着我的鼻子骂，难道就不违反政策了？"

宋少英笑笑说："那不一样。台下的是放下武器的俘虏，台上的是没有放下武器的'匪兵'，你唱山歌是红军的身份，我劝白军，是老百姓的身份。再说，我也并不想骂你啊，题目就是叫《寨上卖柴劝白军》，这劝和骂可是大不一样啊！宣传工作不讲政策不看对象还行吗？"

王尚青忽而又问道：

"为什么那么急？ 词还没有写，明天就登台，我怕背不下词来。"

"明天就把俘虏放回去了，不能等。"

"都放回去？ 有些人出身也很苦，为什么不教育教育留下他们呢？"

"这事支部研究过了，敌人正造谣我们杀俘虏呢，可是我们把他们放了，敌人的谣言就揭穿了。还有：你看见炊事班里做馒头发面没有？那里面得放上老面（酵母）才行。我们把这些俘虏放回去……"

"我懂了，那就像在国民党队伍里放上了老面……"王尚青一本正经地说。

宋少英忍住笑说："所以这次演唱很重要，咱们要让那'老面'效用更大一些。"

"是！保证完成任务！"王尚青高兴了，又顽皮地给宋少英敬了个礼，"请宣传员同志快些把词儿编出来吧！"

三

联欢会就在大队部门前的草坪上举行。杂乱的树棵子早已铲除，坑坑洼洼已经填平，并且在草坪北头筑起了一个十米见方半米高的土台。

在原来静林庵的山门上，今天增加了一副新的对联：

镰刀劈开新天地

锤头砸烂旧乾坤

门楣上的横批是：

共产党万岁

新老红军战士和俘虏们坐在一起，他们已经熟悉了。有的在倾谈，有的在说笑。会场的气氛热烈而又活跃。从打土豪中缴获来的锣鼓咚咚锵锵地响起来了。纵然还有些人有着自己的心事，尤其是俘虏们有的还惴惴不安，但这些心情不久就被欢乐的气氛冲散了。

开会的时间到了，吴可征和郝大成都讲了话。他们从阶级压迫讲到阶级革命，从军队的性质讲到为谁当兵为谁打仗。他们的讲话产生了强烈的效果，会场上不断响起"对啊""是啊"的呼喊声。

老杨头忍不住对马贵说："我这大半辈子不知听了多少邪门歪道，今天才第一回听到了真言！"

"不是叫真言，"马贵想起了刚学会的新名词，纠正说，"叫真——理！"

"噢，是真理，神仙叫真言，凡人叫真理。"老杨头领悟似的嘟噜着。但马贵没有理他，只是张着口探着脖子贪婪地听着，仿佛要把每一个字都仔细咀嚼一番，咽到肚里。

吴可征和郝大成讲完话后，大家紧张的心情才舒松了一下，立即响起热烈的掌声。

掌声一落，一个白匪士兵出现在台上。他歪戴着破旧的军帽，拖着一双破布鞋，两肩耸到耳根上，缩着脖子，抄着手，把步枪夹在腋下，像没有睡醒的醉汉似的，拖拖拉拉跟跟跄跄，在台上走了一圈，好像全身冷得发颤，站在台角上，彷徨怅惘地看着台下。

"这是谁啊？"一个红军战士问。

"认不出来吗？是王尚青这个小鬼头！"另一个战士说。

"装得还真像哩！"问话的战士赞赏地说。

"这个家伙，就像咱连里的小朱。"马贵说。

"他也被俘虏了吗？"老杨头猜疑地说。

"不，这是人家红军装扮的！"另一个俘虏纠正说。

大家正在喊喊嘁嘁的时候，台上的白匪士兵开始了道白：

"当官的养得白胖，当兵的饿得打晃；当官的床上一躺，当兵的寨门站岗。在下姓张名叫张自发，自从被国民党抓了壮丁，落进火坑里，日愁夜闷，苦不堪言……"

这时一个农妇挑着一担柴出现在台上。她身上穿着蓝色的大襟褂子，青色的裤子，头上用白色毛巾打着包头。她把柴担放在台子中央，揪下包头毛巾擦汗。

"这不是给咱们讲故事的那个姑娘吗？"

"对，是她！"俘虏们喊喊嘁嘁地说。

"别说话了。"有人表示不满。

这时农妇从容地开始了她的道白：

"今天我上集卖柴，听说新开来了一连白军，我那兄弟不幸叫国民党抓了壮丁，不知是不是在这个连里。看，那里，"她指着哨兵说,"有一个士兵在站岗,黄黄的脸,乱莲蓬的头发,身穿破军装,肩扛破大枪,就像从地狱里爬出来的罪犯,我要去问问他。"

在农妇道白的时候,"匪兵"做着相应的动作。由于王尚青的过分夸张,引得台下不断发出哄然的笑声。

农妇走到"匪兵"面前问道:"请问老总,你们连里可有叫李小三的吗?"

"没有听说。""匪兵"说,"你找他有什么事?"

农妇说:"他是我弟弟,是上个月才被抓了丁的。"

"噢,可怜,和我一样!是个苦命人啊!""匪兵"哀叹地说。

"你也是被抓丁的?"

"不抓丁我会来干这个鬼差事?"

"匪兵"唱:

> 叫声大嫂你站拢来,
> 听我细细说开怀,
> 当白军,唉!
> 还不如上那断头台!

农妇白:

"你被抓了丁,家里人怎么样?"

"匪兵"唱:

> 老娘哭得泪双流,
> 妻子扯衣不放手,
> 真伤心啊,唉,
> 孩子急得直撞头!

农妇白:

"当了兵,一个月关多少饷啊?"

"匪兵"唱:

一年关了两回饷，

一共发了两块洋；

真可怜哟，唉，

买双鞋子还得赊账。

农妇白：

"你在兵营里这么苦，家里又怎么样呢？收到过家里的信吗？"

"匪兵"唱：（他发出了啜泣声，用手抹了把眼泪）

今年春天得家信，

老娘饿死妻生病；

没法活啊，唉，

八岁的孩子去当长工！

这时台下许多人落下了眼泪，响起了一片唏嘘声。

马贵抹了一把泪水，死死地抓住老杨头的手说："老杨头，这就是唱的咱们哪！"

"嗯！"老杨头也在抹着眼泪，"唱的都是实话啊！"

"嘻嘻，这才叫看戏流眼泪——替古人担忧哩。"在马贵背后传来嗤笑声，这嗤笑声和当时的气氛是那样的不调和。

马贵扭头一看，狂怒地骂道："尤四鼠！你他妈的还有心肝没有？"他伸手给了尤四鼠一个耳光，"我叫你笑！叫你笑！"

"怎么打起来了？"

"安静些！"

"谁不愿意听，滚！"

观众们一齐发出愤怒的呵斥声。在这种场合，他们没法分清谁是谁非。台上的演出停顿了一下。

马贵愤恨地对尤四鼠说："我以后跟你算老账！"

尤四鼠虽然左腮被马贵打得发烧发麻，可是他还是庆幸地苦笑了一下，为破坏了演出的效果而得意。

在会场稍稍安静后，又继续演出了。

农妇白：

"当官的把军饷克扣下来，又做什么用呢？"

"匪兵"唱：

> 当官的个个没心肝，
>
> 榨干了当兵的血和汗；
>
> 真可恶啊，唉，
>
> 吃喝嫖赌吸大烟。

"咱们宋连长就是这样，净他妈的喝兵血！"一个俘虏忍不住叫起来。

"他唱的就像是咱连的事啊。他们怎么全知道呢？"一个俘虏奇怪地问。

"嘘，好好听，看下面怎么说！"

农妇白：

"当官的打骂士兵，克扣军饷，你们不会反抗吗？"

"匪兵"唱：

> 若是说话不当心，
>
> 就说你是通红军；
>
> 用绳捆啊，唉，
>
> 杀头、坐牢、挨军棍！

农妇白：

"那怎么办呢？逆来顺受可总不是个长法啊！"

"匪兵"唱：

> 家乡有人捎来信，
>
> 说是红军为人民；
>
> 劝我说，

打死官长投红军！

农妇白：

"你打算怎么办呢？"

"匪兵"白：

"听说红军是我们受苦人的队伍，官兵平等，老百姓拥护，不知是真是假。我还拿不定主意呢。"

现在会场上已经没有哭泣声。观众们都在关心着这个"匪兵"的命运。当看到"匪兵"那种犹疑彷徨的样子时，马贵愤慨了，他生气地说："这个家伙，还三心二意干什么？要投红军，就投红军不就得了？"

马贵的嘟噜声没有引起观众的干涉，相反地，他的愤慨情绪感染了观众，也像刚才的悲叹一样，在会场上很快蔓延开去，以致农妇给"匪兵"解释红军是什么样的队伍那段道白都没有听清。

只听"匪兵"唱：

> 听你言，我下决心，
> 决心革命投红军；
> 真惭愧啊，唉，
> 当白军我真是忘了本。

农妇白：

"你明白了就好！"

"匪兵"白：

"我要去当红军，眼下要怎么办呢？"

农妇唱：

> 回到军营去宣传，
> 劝说弟兄们齐哗变；
> 弃暗投明是正理，

　　穷人的血肉紧相连！

　　"匪兵"白：

　　"对,我回到军营以后,就把穷兄弟们联成一气,有的弟兄还比我苦得多哩。别看我穿的是白军的黄狗皮,可我还是一颗穷人的心啊!"

　　农妇白：

　　"对,要倒转枪口,打倒国民党,打倒土豪劣绅,为人民报仇雪恨!"

　　台下,史少平带头喊起口号来：

　　"打倒国民党反动派!"

　　"打倒帝国主义!"

　　"打倒土豪劣绅!"……

　　整个会场在口号声中沸腾起来。

第二十三章　山雨欲来

一

一连连长宋三还没有起床,一排长就上气不接下气地跑来,向他报告了夜里发生的事情。宋三一听吃惊地呆了一阵,接着把军衣一披,把军靴一蹬,跑到了三排。他怀着极端恐怖的心情,吩咐把三排长的尸首抬走。

几个匪兵跑上来把匪排长的死尸拖走了。

"排副呢? 还有气吗?"宋三问一排长。

"早晨发现的时候,就断气了。"

"你说,昨天晚上发生了什么事情? 怎么一点动静也没有啊! 是谁带他们拖枪逃跑的呢?"宋三迷惑地猜测着事情的真相和性质。

"对,准是逃跑了,杀死了排长和排副,要是抓回来,非宰了他们不可!"一排长附和着,内心里却十分明白,昨天夜里红军来"拜访"过,并且暗暗吃惊地想道:"这红军可真厉害!"他不由得又联想起白马山峡谷之战和牛角山的阻击,不禁有些毛骨悚然了。

"向营部报告吧!"宋三懊丧地说,"就说,呃,听说三排里有不少四岭山区的人,是吧?"宋三忽然有了一个新发现。

"是的,听说不少。"一排长随口附和着,其实,就是本排的人,谁是哪里的,他也搞不清楚。

"那就说,他们串通好了,一道开小差看家去了。"宋三好像抓到了救命稻草似的,他觉得这样向上级报告,自己的责任总是小一些。

"二排长,你怎么不说话?"宋三问一直在沉思中的王求正。

王求正正在内心里赞叹着红军干得漂亮,并且思考着下一步怎么办。他是北伐时入党的共产党员。在国民党大肆屠杀共产党人的时候,他隐藏下来了。在严重的白色恐怖中,他在国民党部队里,根本无法找到党的组织。在白马山峡谷时,他就想离开白匪军去投红军了,但他不愿意一个人走,觉得这样作用太小,对不住党。他想组织一次哗变,最少要把自己的第二排拉走。于是,他在谨慎地秘密地进行哗变的准备工作——了解每个士兵的想法;启发他们的阶级觉悟;组织可靠的骨干力量;寻找哗变的有利时机。……这次三排被全部解决的事件,他认为在部队中一定会造成混乱,是组织哗变的有利时机。他想争取两三天的时间来完成这一组织工作。因此他唯恐营部知道后,会采取预防措施,便对宋三提出了一个建议,他说:"宋连长,何必急于向营部报告呢?拖上三五天营部也不会知道,连一枪也没有响,再说,新调来的营长从来也没有检查过咱连的人数……"

王求正在仓促中,想出了这个主意,并没有把理由想得很充分很合理。

这个建议如果处在别的时候,不管宋三的头脑如何简单,也会被看作是荒唐可笑的。可是现在,却迎合了宋三想要开脱和掩盖自己罪责的心理。接着宋三就发动他的谋士们来补充这一建议。

于是,这个建议很快就完善起来了。首先封锁消息,国民党在某些事情上,向来是瞒上不瞒下的,只要连里人不说出去,营里就不会知道真相。再说,三排并没有全部完蛋,还有当夜在东、西、南三个寨门站岗的哨兵(这一点,宋三暗暗在感谢神灵,那一夜正是三排上岗)。这样再从一、二排各抽十名士兵,新的三排就编成了。

真是个天衣无缝的计划啊。

宋三、一排长、姜黑子，反复谈论和欣赏着他们的杰作，而后，甚至连他们自己也当成真是这么回事了。王求正当然暗自高兴。

为了不暴露南屏山的营地，郝大成命令罗雄带着半个分队连夜绕道把俘虏送下了山。第三天的拂晓，俘虏们就回到了崖头沟。

一切真相全都大白了。宋三好像陡然增加了本领和胆量，神气活现地站在归俘的面前，大骂他们无耻、孬种、混蛋……并宣布要严厉地惩罚他们，统统关他们五天禁闭。

"宋连长，我想和你讲几句话！"王求正对正在盛怒中的宋三说。

"好，好，你讲。"宋三并没有忘记二排长曾提过很好的建议。

"你若惩罚弟兄们，万一营部知道了，事情可就闹大啦！"

"唔，你说该怎么办？"

"现在各排不是少十来个人吗？不如把他们悄悄地补到各个排里去，这样就大事化小，小事化了啦。再说，弟兄们被俘是因为红军神出鬼没，并不怪弟兄们无能……"

"唔，有些道理，"宋三表示赞成，但他碍于面子，不愿收回成命，就补充说，"王排长给你们讲情，现在把你们分到三个排里去，五天的禁闭免了。他妈的，可也不能惯坏了你们，都给我饿一天肚子，扣你们半个月的饷！"

宋三走后，各排把归俘带走，以补足新三排成立时抽调的人数。士兵们感激王求正的说情，痛恨宋三的凶暴自不必说。上上下下谈论的全都是红军营地的见闻。红军接待俘虏的每一个细节，红军和他们谈的每一句话，全都在一连里迅速地散播着。……

马贵经过自己的争取，补到二排来了。他把红军托他带交的信，悄悄地送给了王求正。

王求正根据信中的建议,改变了原来只组织二排哗变的计划,准备以三个排中的归俘,作为哗变的骨干力量,组织全连哗变。第一步的工作,就是秘密串联。归俘们以自己的亲身经历,把士兵们对红军的疑虑打消了,有些受骗中毒较深的士兵也慢慢醒悟过来。只有一天一夜的时间,弃暗投明的愿望,就像火一样在一连士兵的内心深处燃烧起来。第二步,王求正先把自己排的士兵紧紧抓在手里,一旦宣布起义,四班负责控制一排,五班控制三排,如有抗拒,立即枪决。王求正自带六班,解决连部;袭击连部的枪声,就是起义的信号。

王求正的准备工作,部署得很周密,进行得也很顺利,只是有一双恶毒的眼睛在注视着他,这就是尤四鼠。

二

连部住在南门里一个虽不宽大,但很漂亮的院落里。宋三住的是明亮的三间上房,一张藤床靠在窗下,上面挂着雪白的纱帐,墙上挂着一幅军用地图,旁边挂着一把马刀。

一连连长宋三坐在冲门的八仙桌旁独斟独饮。宋三为三排被歼之事,刚刚平静下去的心情,忽然又不安起来,烧酒不但不能浇愁,反而使他变得更加焦躁和烦恼。原来认为天衣无缝的安排,现在忽而发现还有一个大漏洞没法弥补,那就是人数虽然不少,却少了将近三十条枪。现在和营部分住,尚能隐瞒一时,可是只要一集中,那就准会露马脚。手端酒杯想来想去,想不出万全之计。

姜黑子给他端来了午饭——白米饭、辣子鸡,还有一碗牛肉汤。但他只吃了几口就不想吃了,只觉得胸口堵得慌。他想:万一被发现了,人被俘枪被缴这且不说,"欺君罔上"的罪名也够呛的,搞不好就得上法庭坐监牢,从轻处说,连长这顶乌纱帽十有八九是保不住了。

宋三正在烦恼，特务长来了，给他在烦恼之上又增添了恐惧，他提醒宋三说："连长！你得当心啊，我总觉得就要出事。"

"出什么事？"宋三以为他说的是三十条枪的事，"营部知道了？"

"不，自从那些被俘的弟兄们回来后，连里就不稳了，到处喊喊嚓嚓，议论纷纷。我看这也是共产党的一计哟。"

"真有这事？"

"这是尤四鼠亲口和我说的。"

"弟兄们议论些什么？"宋三瞪着眼珠子问。

"什么弃暗投明啦，枪口应该对准谁啦，全都是共产党宣传的那些话。"

"可有领头的？"

"我看二排长就像，这个人平时给士兵们小恩小惠，全是为了笼络人心。说不定他就是清党时漏网的赤色分子。"

"应该把他抓起来，"宋三突然醒悟地说，"对，把被俘的士兵分到各排去，正是他的主意。黑子，把枪给我拿来！"

宋三接过姜黑子递给他的枪，向特务长和姜黑子说了一声："走！"

"啪！"突然从大门外打来一枪，姜黑子翻身跌倒在房门口，王求正和六班的士兵冲了进来，起义的行动开始了，他们对准房里连打了几枪，特务长也被打倒了。宋三躲在窗口下，抵抗着。王求正投进了两颗手榴弹。宋三惨叫着躺在浓烟中了！

王求正留下马贵和另外两个士兵搜索连部，命令他们把武器、军饷全带上，然后到指定地点集合。

连部枪声一响，四班、五班，分别向一排、三排跑去，宣布宋三已被打死了，全连起义。

一排长正要集合一排准备应变,老杨头用枪指着他说:"你要干什么? 你被捕了!"

"这是为什么?"一排长惊愕地说,"不要误会啊!"

"我们要投红军去!"老杨头说。

这时四班的人已经把一排集中起来,收缴了武器,全带走了,没有一个人反抗。

一排长见大势已去,就假装老实地对老杨头说:"要投红军我不反对啊! 我也是要投红军的啊!"

这时尤四鼠过来对老杨头说:"你快去问问王排长,要不要把一排长绑起来带走! 我在这里看着他,保险跑不了!"

老杨头迟疑了一下,去找王求正了。尤四鼠向一排长丢了个眼色说:"听说你过去发了不少财!"

一排长马上就会意了,从腰里掏出一个金戒指来说:"老尤,你拿着,小意思,抬抬贵手放了我吧。"

"你这条命也太便宜啦。"尤四鼠把金戒指接在手里,掂着分量,意思是还要加码。

"天杀的! 你想要多少? 强盗!"一排长不得不又从腰里掏出了三块大洋。

"快走吧,向西,老天保佑你。"尤四鼠向腰里藏他的财宝。一排长一转身,一溜烟地沿着空荡荡的街筒子向西跑去。

尤四鼠装好了赃物,忽然想道:"他跑了,我怎么向姓王的交差呢? 常言说,'无毒不丈夫'哇,不能让他逃命我倒霉。"于是他急忙举起枪来,对准一排长的后背打了两枪。一排长一个跟头栽到地上,躺在自己的血泊里。"……啊,这个狼心狗肺的……"他一句话没有骂完就咽了气。

尤四鼠摸着叮当作响的口袋,得意地咧了咧嘴,吐了一下舌头,向集合地点跑去。……

这时王求正正给起义的全连士兵讲话：

"弟兄们！从现在起，我们已经不是祸国殃民的白匪军了！我们不再替帝国主义、国民党和土豪劣绅卖命了！大家把领章帽徽全都撕掉吧！"

于是，士兵们纷纷把领章帽徽撕了下来。他们好像挖去了身上的毒疮，扯去了脖子上的枷锁，撕去了心上的耻辱一般，撕下来，狠狠地摔到地上。

"弟兄们！今天是我们弃暗投明的日子，是我们倒转枪口的日子。弟兄们，我们上南屏山投红军去啊！……"王求正用警觉而又严肃的目光扫视着一连的士兵们，看见有人脸上挂着兴奋的笑意，有人脸上流露着茫然不知所措的神情。他用坚定的口气说："这次起义，关系到每个弟兄的前程！谁赞成就是光明，谁反对就是黑暗，谁捣乱我就敲掉他。现在我命令向南屏山出发！"

三

王求正带着起义的一连，到达南屏山下时，遭到了一营营部骑兵班的追击，但他们很快就把追击者打退了。史少平带着一个分队在山下策应他们。傍晚时分，他们就到达了红军的营地。

王求正和史少平相见是别具一格的。当马贵像老熟人一样介绍他们两个相见的时候，他们冲动地拥抱在一起了。

"可找到你们了！"王求正用颤抖的手，拍拍少平的肩膀说，语音里包含着在灾难中和家人失散了的孩子，又回到娘怀里的那种喜悦和激动。

"在牛角山的时候，你不是说吗，早晚要找到我们的！"史少平热切地说，"看，这不，我们要在一个草铺上睡觉，在一个饭锅里摸勺了。"

"我早就盼望这一天了!"

"这次你们来了多少人啊?"史少平望着拥挤在山脚的士兵问。

"一共九十四个人,六十支步枪,五支短枪。"

"太好啦!"史少平兴奋地说,"我们把武器集中一下,上山吧!"

红军战士热烈地鼓着掌,在半山腰上迎接着起义的战士们。当起义的战士走近的时候,他们呼啦一声全拥上去,把他们团团围住,问长问短,然后又簇拥着来到了营地。在营地前面的草坪上举行了一个简单而又热烈的欢迎会。

当郝大成站在队伍面前的时候,起义的士兵们全都震动了一下,在一阵惊愕的沉静之后,接着就是喊喊嚓嚓的议论声,像一阵风似的卷过草坪。他们都瞪着惊奇的眼睛敬重地凝视着郝大成那威风凛凛而又可亲可敬的面容。几乎所有起义的士兵脑海里都这样翻腾着:这就是使他们闻风丧胆威名赫赫的红军大队长吗?这就是在白马山区同他们转战数月,把他们拖得精疲力尽,打得他们蒙头转向狼狈不堪的红军大队长吗?这就是在峡谷中冲破重围并把他们打得人仰马翻的红军大队长吗?这就是不费吹灰之力打掉汤三碰子,又神不知鬼不觉把他们三排摸掉的红军大队长吗?

不像! 在他们的想象中,郝大成不是这个样子。各种各样神奇的传说,丰富着他们的想象,各种各样无稽的猜测,补充着他们的想象。现在郝大成站在大家面前了。他那高大精干的体魄,他那威严庄重的神态,他那和蔼可亲的笑颜,他那炯炯有神的目光……使他们产生一种敬畏钦佩的感情。这感情又订正着原来的想象,又似乎觉得郝大成应该是这样。他们在传说中知道郝大成打过猎,放过牛,打过铁,是个苦出身,是个好打抱不平的好汉子。是的,这才是真正的郝大成! 郝大成就应该像站在面前的这个红军大队长一样。

欢迎会上,吴可征先讲了话,他代表中国共产党红军大队党支部欢迎起义的战士，祝贺红军又增添了新生力量。接着就是郝大成讲话，在一阵暴风雨般的掌声中，郝大成用他那洪钟般的声音，铿锵有力地说：

"同志们！昨天你们还是红军的敌人，今天却变成同志了！因为你们从反革命的泥坑里跳出来，走到革命的光明大道上来了。这可是个可庆可贺的大喜事啊！在红军大队来说，增添了新的力量；在你们个人来说，得到了新生！从今天起，你们就在中国共产党领导下，用手里的枪杆子去为穷苦人民打天下了。这使你们洗掉了过去的耻辱，争取了最大的光荣。

"从这一天起，你们就要立下革命的志愿——为劳苦人民打天下，不怕赴汤蹈火；为劳苦人民打天下，不惜流血牺牲！要爱护'红军'这个光荣的称号，绝不能给'红军'这个光荣称号抹黑！……"

郝大成的简短有力的讲话，耐人寻味，发人深思。起义的战士们细细咀嚼着这些落地有声的话语。这些话语仿佛化成了一股无形的力量，慢慢地倾注在心田里，又渐渐地扩散到全身！他们觉得心境宽阔了，舒畅了，眼前豁亮了。他们好像看到了一条新的生活道路铺在他们面前。这条路就像眼前连绵起伏的群山一样，又巍峨又壮丽。他们产生了一种追求新生活的渴望，他们产生了一种向前奔跑的向往，前面纵然有陡崖深涧，也不能把他们阻挡。……

进四岭山的一切准备工作，都在加速进行。欢迎大会之后，吴可征和郝大成立即召开了支部会议，研究了起义人员的处理和整编工作。会议决定，对起义士兵进行一次甄别，把一部分兵痞、老兵油子或品质很坏的士兵，给资遣散，其他士兵均和红军战士一起混编。把部队扩编为四个中队，由罗雄任一中队长，史少平任二中队长，姚光明任三中队长，王求正任四中队长。

整编后立即进行政治和军事训练，迅速提高部队的政治军事素质。一旦时机成熟,便立即进入四岭山区。

在进行甄别的时候,王求正曾经动员尤四鼠离队,这个老兵油子却出乎意料地要求留下来。他说:"我以前是做了一些对不住弟兄们和老百姓的坏事,可是从起义那天起,我就要改过,就要立功赎罪,所以我才把一排长打死了。……"

在起义的士兵中,谁也搞不清楚尤四鼠为什么打死白军一排长。

"红军生活是很艰苦的,你受得了吗?"王求正问他。

"在国民党里当这个穷兵,我什么苦没吃过?再说,我到哪里去呢?我没有家,我打死了一排长,叫国民党抓住我,还有我的小命吗?"这一点,尤四鼠倒说的是心里话。他看见王求正犹豫着,就进一步表示决心说:"我尤四鼠也是个有心有肝的人,愿意改邪归正。二排长……你就把我留下吧。"

尤四鼠被留下了。这个老兵油子是有自己的想法的,"有奶便是娘",他想在红军里暂时找一个安身之地,临时躲躲风,避避雨,看看气候,好就留,不好就溜。他的性格倒真像他的名字,像狡猾的贼老鼠一样,躲在洞里,看准了机会就捞一把,咬一口。看,在一排长身上,既得了金钱,又立了一功,真是名利双收!用假象把真相伪装起来,就像狼披上了羊皮。事物发展总是有个过程的,要识破它,那是需要时间的。

四

郝大成在政治、军事和文化学习方面,给全队同志做出了榜样。自从在九里十八坪参加农民夜校那一天起,他就给自己规定了严格的制度:不管工作多忙,身体多累,他总是毫不懈怠地坚持着。**"没有革命的理论,就不会有革命的运动"**,伟大的革命导师列宁的这一教导，他从第一天学习起，就牢牢地记在心里，当成督促自己的力量，使之变成自己的实际行动。他深深地懂得，要革命，没有革命的理论，没有革命的知识是不行的。他在九里十八坪的农民运动工作中；他在白马山区的转战中；他在对部队的教育中；他在同黄国信的斗争中；他在同周威的谈判中……深切地体验到学习的重要，同时又深感到自己学习的不足。所以不管学习中有多少困难，他总是以最坚韧不拔的革命精神去克服。在他严格要求自己的同时，也严格要求部队。

在学习中，郝大成发现有这种现象，有的同志宁愿去砍柴，去担水，去打仗，干起这些事来又痛快又起劲；一坐下来学习，就像屁股底下有根钉子——坐不住。学习是要绞脑汁的，有的同志总觉得这是个苦差事，在学习上的懒惰，表现了对学习重要性认识不足："咱是拿枪杆子的，战场上才见真功夫，学习能够打敌人？"

郝大成在大队全体会议上说："同志们啊，不要以为打仗才是战斗任务，学习也是战斗任务啊！不要以为只有战场上才能出英雄好汉，在学习上也能出英雄好汉哪！大家以为完不成战斗任务是耻辱，完不成学习任务就无所谓，这是不行的！同志们，为了干好革命工作，一切政治、军事、文化学习，全都是战斗任务，都必须努力完成。这是革命的需要，在战场上我们不当胆小鬼，在学习上我们也不要当懒汉。同志们，在战场上我们不怕流血牺牲，难道在学习上还怕苦怕累怕掉几斤肉吗？……"

郝大成的这段话是很有说服力的，他那为革命刻苦学习的精神是感人至深的。多少个站岗放哨的战士，在夜深人静时，总是看到在茅屋里、在草棚下、在山洞中，大队长那盏亮着的风雨灯。战士们在谈起大队长的学习时，无不啧啧称赞："看，人家大队长也是放牛出身，也是个没有进过学堂门的人。开头和咱们一样，斗大的字识不了一布袋，可是现在，要政治，政治有一套，要军事，军事有一套,要文化,文化也有一套。为了干好革命,那真是下苦功下死劲钻出来的。"

部队的政治学习和军事训练,就是在这种气氛下,同时紧张地进行着。

郝大成吃过午饭,走到营地前的草坪上来,草坪上已经聚集了很多战士。

这几天整个军营是一派热火朝天、蓬蓬勃勃的景象。新战士们开始踏上新的生活道路,内心里充满着喜悦。他们第一次自由地呼吸到新鲜空气,第一次感受到革命大家庭的温暖。当他们第一次怯生生地叫出"同志"这两个字的时候,他们深深地感到平等的幸福。当他们第一次生疏地喊着"打倒土豪劣绅"的口号时,他们深深感到参加革命后的自豪。当他们换上红军的军装,戴上闪着红星的军帽时,他们激动得流下了热泪。

老战士们也是欢天喜地,他们不仅为增加了新的力量而高兴,而且还为有了良好的武器和充足的弹药而欢欣。在政治学习和军事训练的间歇里,他们各自谈论着喜爱的话题。

"这下子可阔起来了,"黄四楞拍着鼓鼓囊囊的子弹袋说,"这回大队长不会再下命令说……"

陈大雷接过话头,装出郝大成的声调说:"同志们,这次战斗,每人只准打三发!"

接着两个人都互相拍着肩膀哈哈地笑了。

赵铁牛也兴高采烈地插进来说:"是啊,那时候大队长就下命令说:'冲啊,同志们,狠狠揍谷敬文这个狗东西,不要舍不得子弹!'你们说对吗?"

"我说不对!"郝大成正好来到他们面前,接着话头说。

赵铁牛、陈大雷、黄四楞都嘿嘿地笑着。赵铁牛腼腆而兴冲冲地说，"我们说得不对吗？"

"不全对，当然子弹多了，武器好了，打仗不再限制你们只打三发了。可是打胜仗不能只靠子弹多……"

"当然，主要靠革命精神。"赵铁牛说。

"对！但只有革命精神还不够，还要有本领。"郝大成望着这几个战士，亲切地笑着。他指着三百米开外的一个山峰说："就在那个山峰上有一个敌人的瞭望哨，或是一挺机关枪，我们要通过山下，就会被敌人发现，敌人就会用机枪封锁我们。如果我们强攻山头，那就要花很长的时间，花很大的代价。如果我们要消灭山峰上的敌人哨兵，那就最好一枪打掉他！……"

"一枪打不掉，可以再打嘛。"陈大雷说。

"那不仅浪费子弹，你一枪打不中，敌人发觉了，隐蔽起来，你打一百枪也是白搭！在战场上你和敌人对射，你打不中他，他就会打中你！"郝大成知道陈大雷平时很喜欢练刀，不大注意练射击，为了提高他练习射击的自觉性就有意考一考他。

郝大成边说边拿过陈大雷的步枪，这支枪擦得很好，他满意地拉开枪栓，看看弹膛，真是纤尘不染。陈大雷笑眯眯地看着大队长满意的脸色，好像在问："我的枪擦得不错吧？"

郝大成看出他的心思，表扬他说："你的枪保管得很好。"这时他抬头一看，见那个山峰顶的巨岩上蹲着一只山鹰。他指着那山峰说，"大雷，你看见那只山鹰了吗？试试你的枪法。"

陈大雷轻轻地吁了一口气，心噗噗地跳起来："大队长，恐怕……"

"没关系，"郝大成鼓励他说，"你试试看。"

陈大雷实在没有把握，他求救似的看看周围的同志们，大家都笑眯眯地瞅着他的窘态。

陈大雷鼓了鼓勇气，推上了子弹，全身紧张地抖动着，他一下

471

狠心,钩了扳机。"啪——"子弹呼啸着从山峰上飞掠过去,山间响起了回声。

山鹰在巨岩上迟疑了几秒钟,好像猜测着出了什么事情,然后,很不情愿地扇动了几下翅膀,飞离了岩石。但它并不马上飞走,而是在山头上盘旋着,仿佛在嘲笑射击人的枪法。

听到枪声,许多操练后正在休息的战士们都聚拢过来,有的大声问着:

"谁打枪啊?"

"啊,原来是陈大雷啊!"

"怎么把山鹰打飞了?"

大雷的脸红一阵白一阵地站在那里,好像马上就要哭出来了。

"莫要说别人,有本领你也打打试试!"有的战士听到有人说风凉话,为陈大雷打抱不平,"我看谁也打不着。"

"现在鹰飞了怎么打?"

没有一个人敢试。

"我来试试吧!"郝大成从陈大雷手里拿过枪来,推上子弹,对准在云端里盘旋着的山鹰打了一枪。

山鹰鼓动着巨大的翅膀在空中挣扎了一下,翻了个筋斗,然后像断了线的风筝,飘落在树丛中间。

"打中了!打中了!"

"好枪法,好枪法!"

战士们热烈鼓掌,草坪上扬起一片喝彩声。

"大队长,你这枪法是怎么练的?"很多战士都围在郝大成身边发问着。

"说来话长啦,这枪法,还是我十岁打猎时开始练的。练枪法要狠下苦功才行,那时候,我年纪小,力气弱,端起猎枪来两臂直打抖,胳膊都练肿了。打猎,没有好枪法是不行的。如果枪法不好,第一，浪费弹药，那时家里穷，哪有那么多钱买弹药呢？第二，打不到猎，碰上山鸡你打飞了，碰上兔子你打跑了，你还吃不吃饭？第三，有性命危险，如果你碰上豹子、老虎、野猪这些猛兽，一枪打不中要害，那你就有被吃掉的危险！就凭这三条不苦练枪法就不行。……"

"要不就说嘛，猎人都是好枪法。"战士们表示有同感。

"可是一个革命军人呢？"郝大成循循善诱地说，"那就更应当有好枪法，打猎练枪法是为活命，我们练枪法是为革命啊！同志们，在战场上敌人不就是虎豹豺狼吗！为了消灭这些吃人的野兽，我们可要把枪法练好啊！"

"大队长，我一定练好枪法，"陈大雷脸红红地说，"练得能打下山鹰来。"

"这个决心很好，"郝大成鼓励身边的战士们说，"大家练吧，都要练得能打下山鹰来。陈大雷同志虽说枪法差点火候，可是刀法练得很勤，这可是个大优点啊。革命战士嘛，应该'十八般武艺'样样精通才好，我们为革命应该多练几手本领，大雷，耍耍刀法给大家看！"

"还不是叫大家笑话。"陈大雷想到刚才那一枪，仍然很不好意思。

"大雷，拿出来吧，让我们学学嘛。"战士们吵嚷着。

"我真的耍不好。"陈大雷脸红红地推辞着。但郝大成热切的鼓励的目光给了他勇气和力量。他"嚓——"的一声从背后抽出鬼头刀来，在右手心里吐了口唾沫，把刀挥了个半圆，人们立即向四面躲闪，空出了场地。

陈大雷好像立即变成了另一个人，倒竖浓眉，圆睁双眼，紧闭嘴唇，气息深沉，刚才那种腼腼腆腆的神态全不见了。只见他把鬼头刀上下左右前后舞成一团，刀光闪闪烁烁，风声嗖嗖呼啸，虽然

天气闷热,却觉得寒气逼人。大家看得眼花缭乱,不禁齐声喝彩:

"好刀法! 真是好刀法!"

"三五个人近不得身!"

新战士忍不住赞赏着。

"厉害的还在后头哪!"肖应良怀着自豪的感情对新战士介绍说,"我们白马山有很多人会这样的刀法。"

果然,陈大雷像裹着一团刀光似的杀向一处低矮的树丛,只听得一阵噼噼啪啪的乱响,小树丛就像大麻秆一样被砍得精光。新战士都目瞪口呆地看着纷纷落地的树枝,连喝彩都忘记了。

骤然,陈大雷把刀收住,面不更色地昂立在那里,俨然是一个威风凛凛的英雄。接着,爆发出掌声和喝彩声。

郝大成问战士们:"大雷的刀法怎么样?"

"好! 好!"战士们由衷地发出了赞美声。

"要练好枪法、刀法,说难也难,说不难也不难!"郝大成说,"问题在于是不是为革命勤学苦练。俗话说,'只要功夫下得深,铁杵也能磨成绣花针'。我们的训练要很好搭配,刀法好的教刀法,枪法好的教枪法,互相帮助。你们人人都是小老虎,再把杀敌本领练好啊,就是老虎添上翅膀啦!"

部队的练兵热情更加沸腾了,山林间,震响着惊心动魄的刺杀声。

五

正在南屏山的红军大队为了进入四岭山区,在政治、军事、人力、物力各方面作充分准备的时候,九里十八坪的谷敬文,也正在为阻止红军进入四岭山区和自己进一步控制四岭山区积极策划。

谷敬文仍然像往常一样,吸着烟,在他的大厅里踱着方步。他的拐子腿参谋长就坐在他对面的太师椅里。

谷敬文自从庆功宴后，似乎老了不少，肥嘟嘟的两腮，肉皮松垂，使他的鼻翼两边，出现了两道八字形的深沟，更加重了他的凶恶的神情。他显得有些疲倦而且心神不定。自从当了三县剿共司令以来，他似乎事事都不顺心，处处都不如意，那些不愉快的事情一件接一件，排着队来困扰他，打击他。

在"庆功"宴被闹得人仰马翻之后，他又恼又恨。他的特务连抓了大批群众以图报复。可是史太昌的游击队，却又从另一边下了手，那些亲信爪牙保甲长，一连死了四五个，那黄老四和二古董全都送了命。那些没有死的保甲长，为了保住自己的脑袋，不得不联名上书向谷敬文求救。谷敬文不得不把抓到的群众放了。连日来他还亲自审问了黄希才，本想在他身上得到一些有价值的情报，可是却想不到这个红军战士比石头还坚硬，比钢铁还刚强。尽管谷敬文使尽一切软硬手段，除了挨一顿臭骂之外，连一点口供也逼不出来。前几天派到四岭山的五个信差，石沉大海似的没有音讯，今天才从周武的来信中得知——他的信差被打死了，信件不仅落到红军手中，而且成了红军揭露他阴谋的一个证据，送到了周威那里。使他更震惊的是：红军已派人进入了四岭山，和田世杰取得了联系，劫走了黄六嫂，和周威举行了谈判。……这一桩桩，一件件，都是谷敬文心烦意乱的原因。

谷敬文一边踱着方步，一边听着参谋长的高谈阔论："……南屏山红军这一系列紧锣密鼓的活动，都说明郝大成最近就要进入四岭山。"

"哼！挑着石磙爬泰山，没有那么容易。"谷敬文把半截烟狠狠地吸了一口，就用力摁在精致的烟灰缸里，"现在郝大成有多少实力？"

"充其量也不过百八十人，他们现下正在到处搞武器。"

"百八十人!"谷敬文微微地冷笑了一下,轻蔑地说,"就是三个百八十人也不行。他不花上几百人的本钱,连南山口的石头也别想摸到一块。进去了又怎么样?周武虽然无能,民团还是有战斗力的,那就把他们当肉团子吃了!"

"是啊,是啊,"谷中一附和着司令的意见,"这正是郝大成迟迟不进四岭山的原因。……实力不够嘛。"

"实力"——这是个不可忽视的字眼。谷敬文认为没有实力是什么事情也干不成的。他又眯起眼来,重新点上一支烟,想到实力,他心情立即轻松起来。他猛吸了一口烟说:"郝大成现在是红着眼地扩大实力,可是想几天就肥胖起来,没有那么便当。增加几个人也许好办,没有武器,想攻南山口,那还不是以卵击石?我看现在还不必过分担心。"

这时,他的副官蔡九给他送来了刘玉龙团一营一连哗变的消息。这对谷敬文无疑又是当头一棒。

"倒戈!"谷中一惊叫了一声。

谷敬文被这消息震动了一下。他怔了一瞬,停止了踱步,脸上罩上了浓重的乌云,恨恨地骂道:"任洪元这个老鬼,净干这种窝囊事。真他妈的,这不是'拿肉喂虎'吗?"

"这回,郝大成可要……"

"也无须大惊小怪,"谷敬文看看神情慌乱的谷中一,然后让蔡九向他报告一下哗变的详情。然而蔡九只知道哗变的人打死了连长、特务长,然后上了南屏山,其它的他就不知道了。

谷敬文虽然不叫参谋长大惊小怪,自己也想尽量镇静些,但心头总是忐忑不安,总是有点牵挂。他和郝大成打了半年仗,深深感到"神出鬼没,出奇制胜"这八个字的厉害。不是吗?从实力的观点来看,郝大成早就应该被消灭了。白马山峡谷之战他记忆犹新,可见光靠实力还不行,还要有别的因素。谷敬文想到这里不禁暗自吃了一惊,他有些毛骨悚然。自以为料敌如神的谷敬文现在有些不敢过分相信自己了。

谷敬文虽然是一个妄自尊大、目空一切的家伙,但他并不是一个平庸无能的糊涂虫。他感到了他的对手很不好对付,不能等闲视之。他认识到四岭山区的重要,四岭山对周围地区来说,就像一个制高点,又像一个核心阵地,九里十八坪也好,南屏山也好,西屏山也好,全都在这个制高点的控制之下。如果四岭山落在红军手里,他不仅不能实现他独霸山区的野心,而且九里十八坪的老巢,也像失去了制高点的山包、丢掉了主阵地的碉堡一样,很快也就完了!

他绝对不能放弃四岭山,绝不能让四岭山落进红军手里,他要捷足先登,他要掌握主动。想到这里,他对他的参谋长说:“中一,四岭山的地位可不同寻常,对我们来说,是生死攸关的大事,我们可不能大意失荆州啊!”

“司令从前,可并没有把四岭山看得这么重要啊!”谷中一认为对四岭山的估价未免过甚其词了。

“以前只是把四岭山当成一份财产来看,得到它当然很好,得不到并不对我们产生威胁。比方说四岭山就像我们身边的一把刀,拿过来当然好,不拿过来放在周武手里,关系也不大,因此并不显得重要!可是这把刀要落在红军手里,那就不是丢失一把刀的小事了,这把刀就会向我们砍过来,威胁我们的生存了!”

“我明白了! 司令看得远哪!”

“我看你要亲自到四岭山去一趟,光周武是对付不了共产党的。”

谷敬文皱着眉头,又踱起方步,继续说:“现在要认真对敌,到那里先要周武加强南山口的防务,最少要加一倍力量,并且要防止郝大成的突然袭击,他是很善于来这一手的。……还有,要懂得

'兵不厌诈'这句话,下次不要说什么铁匠担子,就是连个放牛的牧童也不能放过!……"

"司令所见甚是,"谷中一深感司令对他的器重,同时又想到此去四岭山,正是英雄有了用武之地,他不仅没有推诿这次重任,反而提出了更进一步的建议。他说,"周武的民团兼顾白云山和青龙山,力量有些分散。我看不如派特务连去,先控制青龙山,让周武的民团一齐集中到白云山去。……"

"好!好!"谷敬文没等谷中一说完,就发现这个提议的重要,"这是个好主意!正当郝大成要进四岭山的时候,周武会同意我们占领青龙山的!青龙山是四岭山的东大门,控制了它,就可以进退裕如,攻可以出奇制胜,退可以以逸待劳。这样既防止了红军进入,又促成了我们对青龙山的占领,真是一箭双雕!……"

"那好,我明天就可以启程,等我去和周武谈妥,司令就可向青龙山进兵。"

谷中一刚要离开大厅的时候,谷敬文忽一转念,又喊住了他:"中一,你等一等,我想此次去四岭山,非同小可。我们再也不能叫吴可征、郝大成占上风了。我想,还是我亲自去一趟为好,一来阻止红军进入四岭山区,二来设法把周威搞掉。哼,我们统治四岭山的时候到了!"

"如果司令能亲自出马,那真是再好也没有了,四岭山局势可保万无一失。"

"这边的史太昌也要严加防范,"谷敬文狡诈地说,"帅旗仍然虚插在这里。我走后,你要加紧对豹子山的清剿,给史太昌造成一个错觉。"

"我一定遵照司令的吩咐去做。"

谷中一退出了大厅。……

谷敬文又恢复了他的镇定和自信。他把这个自以为万无一失、一箭双雕的计划安排好了以后,回到卧室里去休息,不觉悠悠然地睡过去了。这是他自从庆功宴以来,第一次睡得这么安稳,这么轻松,他竟然做了一个山区太上皇加冕的美梦。

第二十四章　奇袭白云山

一

南屏山的红军大队，在紧张的政治、军事训练中，又度过了五天。在积极准备进入四岭山的非常时期，在极度的紧张和精密计划的情况下，真是一天等于十天或二十天！部队在进行着阶级教育；纪律教育，学习政策，学习做群众工作；进行着军事训练。在这期间，又发展了一批新党员，赵铁牛、王尚青、黄四楞、陈大雷等全都入了党。部队的政治、军事素质得到了大大的加强，部队面貌发生了巨大的变化。

在这期间，县委又派人送来了信件。信中指出：

任洪元旅两个团奉急令北调，去参加蒋、桂、冯、阎四派暂时联合的对张作霖作战，这是进入四岭山区的有利时机。希望红军大队加紧准备，争取早日进入四岭山区。……

信中还谈到：黄国信已经回到了县委，汇报了他和郝大成、吴可征的分歧和争论。在县委对他进行了严厉的批评后，他承认犯了严重错误，作了沉痛的检查，并表示坚决改正错误，现正在县委学习。是否再派他回部队去，这要根据他对错误的认识是否深刻，改正错误的态度是否坚决而定。……

这一天又接到田世杰送来的紧急情报——西屏山任中元的保安团在任洪元的策动下，已经开始向伏虎岭的洪雷谷口发动了进攻。周威已带齐心会前去抵抗。在去之前，曾要求周武和他共同

480

出兵,但周武借口防守白云山更为重要,拒绝了。周威十分愤慨,虽有周祖荫从中调停,周威仍很不满。同时谷敬文已经来到沙河镇。南山口正在增修哨棚,加强工事。周武驻守青龙山的民团已向沙河镇集中。……

这四面八方来的消息,就像阴云翻卷的天空,酝酿着一场疾风暴雨。形势在急剧地变化着,仿佛在告诉有关的各方:快！快！快！谁赶在前边,主动权就在谁的手里！

大队支委会传达了县委信件,研究了四岭山的情况,检查了部队各方面的准备工作,认为进入四岭山区的条件已经具备,时机已经成熟。郝大成建议最后再审议一下袭击白云山的作战方案,确定以后立即行动。

奇袭白云山的作战方案是郝大成提出来的。当他们从泥鳅沟穿出南山口的时候,郝大成已经完成了作战方案的雏形。

他回来后,在谈到进四岭山的初步设想时,罗雄不禁兴奋地跳起来,连声说:"好主意！好主意!"接着又叹口气说,"唉,我怎么想不到呢?"

郝大成笑笑说:"这叫'猎人进山只见禽兽,药农进山只见药草'。你当时一心只想着强攻南山口,和敌人杀个痛快。同志啊,打仗可要有勇有谋,在我们力量还薄弱的时候,应该多用智取、少用强攻才行。"

"我跟你打了几十次的仗,可就是没有学会……"罗雄焦躁地说。

"学习要用脑子,打仗也要用脑子,要善于动脑筋。有人学习像'坛'子,学一点存一点,收获就大;有人学习像'篮'子,学一点漏一点,那还行?"吴可征说。

"学打仗啊,"郝大成说,"当然要学军事,可是更主要的要学马列主义,要学点辩证法,没有马列主义,你那军事也学不好。"

说到这里,郝大成回想起这几个月来的战斗历程。在每次战斗的间隙里,吴可征一方面和他学习党的各种文件和指示,一方面和他一起指挥战斗,研究战争问题。吴可征不仅抓部队的政治工作和思想教育,而且很注意和他研究战斗总结,从中吸取经验教训。此外,吴可征还通过古今中外那些有名的战争和战役,来丰富他的军事知识。

在审议作战方案的支委会上,郝大成具体解释说:"根据侦察,周武民团在南山口加强了力量,又在山口上修了两个哨棚,可以住二三十个人。从一切迹象判断,敌人注意力全部集中在南山口。我们的对策是:用一个半中队佯攻南山口。这正符合敌人的判断,所以我们要促使敌人犯错误。我们其余部队全都从泥鳅沟里开进去,用半个中队从南山口背后袭击敌人,这样,完全有把握把南山口拿下来并且固守住。这对周武是一个很大的打击。另外两个中队则埋伏在从沙河镇到南山口的路上,打击周武向南山口的援兵。……"

"这里有两个可能,"吴可征补充说,"周武可能向南山口增援,也可能不增援。不增援的原因有两个:一是他认为南山口的力量足以防守,不须增援;二是一旦得到南山口失守的消息,并且知道我们是从背后袭击他们的时候,如果他稍有军事知识,就知道我们已经开进了四岭山,不但救南山口无望,而且很可能中埋伏,他的最大可能是固守沙河镇。谷敬文比周武要狡猾得多,我们要多做几手准备。宁可把困难想得多一些。"

"正出于这样的判断,我们打伏击的兵力才不多。"郝大成说,"我们整个作战方案,可以用这么一句话概括:'明攻南山口,暗走泥鳅沟。'"

"我有一个疑问,"罗雄说,"南山口既然是佯攻,为什么要用一个半中队?我看只要半个中队就够了!"

"是的，"郝大成说，"佯攻是用不了一个半中队。刚才党代表不是说了吗？我们要多做几手准备。万一泥鳅沟被敌人发觉了怎么办？当然，我们要相信四岭山地下党的配合，也相信沟口掩蔽得很好，但是，我们也要考虑到他们的困难。如果谷敬文把泥鳅沟找了出来，把我们部队卡在沟里，南山口上的敌人冲下山来，再把我们的退路一堵，这样两头受敌，我们在沟里，纵有天大的本事也没法施展了。"

"我们绝不能让这种局面出现！"吴可征说。

"所以，我们在南山口虽然是佯攻，也要加强力量。万一泥鳅沟进不去，佯攻南山口的部队就立即改为强攻，把南山口硬拿下来！即使拿不下来，也可以阻止敌人抄我们的后路。"郝大成稍停了一下，又补充说，"当然，这是防备万一，凡事要准备两手，甚至要准备三手，这样才能应付一切可能产生的意外情况。"

"我懂了，"罗雄心悦诚服地说，"这样就万无一失了。"

"就是最周密的计划，也不可能完全符合实际情况，"吴可征说，"在实施的过程中还要灵活，还要临机应变才行。"

"我们准备什么时候打响呢？"史少平问。

郝大成说："深夜开进接敌，等到天亮以后打响。四岭山的战斗，我们得放在白天打！"

"放在白天？"有的同志感到奇怪。因为我军一向多在夜间战斗，这次为什么要例外呢？

"因为白天打，对我们更有利一些。"郝大成肯定地说，"总的来说，在敌强我弱的情况下，夜战对我们是有利的。"郝大成解释着，并且有意地引申说，"就说白马山峡谷突围吧，如果不是在夜间，那我们是很难突出来的。可是，并不是所有的情况都是这样。我们进四岭山和民团打仗，就跟国民党正规部队打仗不一样，在新区打仗，就跟在老区打仗不一样。大家想一想，在四岭山区我们人地两生,敌人却非常熟悉,夜里一打,变成敌明我暗。民团都是本地人,地形熟,夜里登山就像走平地一样,哪里有洞,哪里有沟,哪里有树丛,都一清二楚,只要往里边一蹲,我们就看不见摸不着他们了;可是民团呢,可以在暗中对付我们。这样的战斗稍一延长,就形成了混战的局面,既不能全歼敌人,又增加了我们的伤亡。我们是绝对不能和敌人拼消耗的啊!"

"太正确啦!"有人不由得赞叹着。

"不能说是太正确,这还没有经过实际战斗的考验呢。"郝大成诚恳的神情,使人感到这是由衷之言,并不是什么过谦之词,他继续说:

"制订作战计划,要根据不同的情况采取不同的方法。因为作战的地区和作战的对象变了嘛,作战方法也得变。刚才已经说了,在那里黑夜作战对我们不利,可是,如果我们在四岭山区扎了根:群众全都拥护我们,地形也熟了,消灭了周武的民团,改造了周威的齐心会,四岭山的根据地建设好了,假如国民党再派大部队进攻我们,我们就利用有利的地形和敌人斗争,那夜战就变得对我们有利了,因为条件变了嘛。……"

在一个简单的作战方案中,在一个什么时候打响的具体问题上,郝大成竟讲出了一套深刻的大道理来,大家不由得深深地敬佩。

郝大成接着给各中队布置了战斗任务:

罗雄一中队,抽出一半兵力归王求正指挥,配合四中队佯攻南山口,一旦泥鳅沟发生了意外,就要变成强攻;

罗雄自带半个中队和二、三中队一齐进泥鳅沟,在佯攻南山口的部队打响之后,罗雄带那半个中队从后山袭击南山口;

史少平和姚光明的二、三中队在进泥鳅沟之后,埋伏在沙河镇通南山口的路上,准备打援!

……

二

谷敬文以四岭山区太上皇的身份,到达了沙河镇。他自以为亲自出马,就可以旗开得胜,马到功成,但事情并不像他想的那么顺利。他首先向周武说明了全面形势的发展,指出了郝大成即将进入四岭山的趋势,准备趁周武心惊肉跳之际,同意把民团撤出青龙山,他好派自己的特务连去接管。却没有想到周武并不同意。

"司令放心!"周武婉转地说,"南山口乃是天险,我看不需要过多调动青龙山的兵力。"

谷敬文立即看出周武对他存着戒心,便悻悻地说:"我这个提议也是为四岭山的安全着想,怕民团兵力不足,捉襟见肘,顾此失彼,既然团总认为不须过多调动,也不妨看看今后的形势再说。"

周祖荫在一旁咕咕噜噜地吸着水烟,装出一种老成持重的样子,慢条斯理地说:"武侄说的也是,对于防止红军进山,既不能等闲视之,也不必过虑。我们除了民团以外,各村寨的保长保丁也是不可小看的力量。到了紧要的时候,可以抽调。我看,不必烦司令出人了,只是请司令多多供给些枪支弹药就行了!"

周祖荫的意见使谷敬文大为生气。"老奸巨猾的家伙,反而计算到我的头上来了!"谷敬文心里暗暗骂了一句,皱着眉头看了周祖荫一眼,又想:"不让我来人倒还罢了,反而跟我要枪!不能叫他们太得意忘形,要给他们点分量掂一掂!"于是他不软不硬地说:"四岭山乃是我的辖区!它的安全我自然要关心。在四岭山面临危难之际,不管人力物力,我是要用全力来支援的,这是我三县司令的责任!"

本来谷敬文还想说得更硬一些,却想到上峰给周武的委令尚没有下达,名不正则言不顺,所以也不便过分相强,心想:"四岭山反正是我的,什么时候下手都可以。现在是一致对外的时候,不必急于求成,把关系弄僵。"便又把声调缓和下来,问道:"周威现在怎样?"

"正像司令说的,冥顽不化!"周武说,"自从你给我的信落到他的手里,他对我们的戒心就更重了。他的眼睛只死盯着个任中元。我怕他叫红军给迷惑住了!"

"想办法把他干掉!"谷敬文咬牙切齿地说。

"干掉他本人容易,"周武顾虑重重地说,"就怕他手下那些人难办!"

"现在四岭山的共产党怎么样?"谷敬文又换了话题。

"不出司令所料,田世杰果然从九里十八坪回来了。不过我控制得很严,他不敢在白云山露面,只是潜藏在伏虎岭一带。共产党有什么活动,表面上看不出来。"

"可是,咳……"周祖荫叫烟呛住,接连咳嗽了几声说,"可是也不能大意,那个《盼红军》的山歌,都唱到沙河镇来了。"

"对啊!他们就是善于秘密活动!"谷敬文说,"这一手比什么都厉害!如果发现了什么人替红军宣传,一定要严厉镇压,杀一儆百嘛!……"

"现在正在严密查访搜捕!"

"你说说红军来和周威接头的是个什么人?"

"是挑着铁匠担子进来的!"

"我是问他的长相!"

周武把在周威大厅里见到的红军代表的样子大体上说了一番。

"是他!"谷敬文听了周武的介绍,断然地说,"他竟然亲自到四岭山来了。"

郝大成的形象对于谷敬文来说,印象是太深刻了,感触是太强烈了。从郝大成十六岁卖柴，打塌张彪的鼻梁骨起，到九里十八坪起义，打下谷家寨止，把他追得屁滚尿流。……郝大成那健壮的身形，那喷火的目光，历历如在眼前。

从谷敬文的神态和语气中，周武感到这个人来到四岭山非同小可，说明事态的严重性。他疑惑不安地问道："你说的是谁啊？"

"是谁？"谷敬文忽然愤慨地吼道，"是郝大成！你不该让他走掉！"

"啊！啊！"周武绝望而凶狠地叫道，"他竟敢单枪匹马来闯我的四岭山了！"

"他到底从哪里出去的？"

"从青龙山。"周武说，"打伤了两个哨卡，是夜里出去的！"

"不！绝不会从青龙山！"谷敬文想了一会儿，深信不疑地说，"袭击哨卡，那是假象，你叫他迷惑了。"

"那能从哪儿呢？"周武惊异地说，"南山口连只兔子也没有出去呀！"

"只有傻子才再从南山口出去，一定另外还有出山的路！"谷敬文肯定地说。

周武不能不承认他说的的确有道理。

"他既然能秘密地出去，也就能秘密地进来！"谷敬文说到这里，突然被自己的想法吓住了，脊背上立即渗出一层冷汗，"团总，一定要把这条路找出来，不然，四岭山就完蛋啦！"这一句话，谷敬文说得很凄惨。

周武和周祖荫也都吓慌了。

"从山上走的？"

他们想来想去想不出来。

"从山下走的？"

周祖荫绞了半天脑汁，想出来了。他曾听人说过：白云山下有条沟,又想了半天,想出了这条沟叫泥鳅沟。洞口在哪里,他就完全不知道了。

"要快,要快找到这条泥鳅沟。"谷敬文几乎是喊叫着说,"这条沟是四岭山的生死沟啊!"

周武当即抓来了许多药农、樵夫、猎人,立逼他们说出这条沟在哪里。但他们都说不知道。周武用尽了种种威胁利诱的手段,仍然得不到结果。后来,实在没法,便派了一个中队的民团到白云山下寻找洞口。五十多名团丁,整整搜了半天,他们爬遍了山沟,钻遍了树丛,都没有找到。周武直急得跺脚骂娘,毫无办法。谷敬文为了谨慎起见,当天夜里,向山沟里派上岗哨,命令他们一旦发现动静,立即鸣枪报警,并准备第二天,再组织更彻底的搜查。

三

夕阳西下,彩霞满天,郝大成带领着红军大队下了南屏山,预计初更时分到达南山口。

就在这时,白云山腰,白云寺的钟声"当!当!当!"地响了。洪亮的钟声激荡在山间,像往日一样悠扬。

这钟声震动着一个人的心弦。她腰挎一把柴刀,坐在一棵老橡树下——这就是黄六嫂。在离她不远的树丛中,有一个年老的猎人,他手持猎枪,目光炯炯地扫视着四周——这就是田世杰。他和黄六嫂得知今天夜里,红军大队就要进入四岭山。他们在这里防卫着泥鳅沟口,等待着红军。他们从群众口里得知,今天下午,周武亲自带领民团搜查了山沟,但什么也没有搜查出来,可见泥鳅沟掩盖得十分严密。他们两个的心情几乎是共同的,喜气洋溢的脸上都带着几分紧张和焦急:"红军能顺利进山吗?战斗会顺利吗?现在周武的民团在干什么?谷敬文这只老狼到来后,他将给周武出些什么鬼主意？……但是，红军就要进来了，亲人就要进山了，四岭山的天很快就要亮了。眼望穿了，心盼碎了，盼望的这一天终于来到了，那穷苦人当家做主的日子就要来到了，那将是多么美好的情景啊！……"他们激动振奋，他们欢欣鼓舞。

今天的四岭山好像也和往日不同，火红的晚霞把它打扮得分外壮丽。莫不是这青山有意，绿水怀情，同他们两人一起在等待着红军的到来，向往着美如彩霞般的火红的日月？！

"当！当！当！"白云寺的钟声，扰乱着黄六嫂的心境。她那土地的被霸占，她那丈夫的惨死，都和这白云寺的钟声有关。她愤恨地望了望白云寺那掩映在树林中的金碧辉煌的塔顶，心想："红军就要来了，穷苦人就要站起来了。既要搬倒周武这个活阎王，也要掀掉白云寺这个虎狼窝，你们这些身披袈裟，口念阿弥陀佛，心似虎狼蛇蝎的狗东西，你们就等着吧！"……

黄六嫂久久盼望的这一天终于到来了。在这种时候，她仿佛觉得有些突然，又觉得有些担心："不会发生什么意外吧？万一谷敬文找到泥鳅沟，把沟口堵了起来，那将怎么办？他还会派人来搜的！晚上总不会派人来搜吧？"想到这里，她又放心了。时间好像过得太慢了，她心急火燎地等待着红军的到来。

突然间，黄六嫂瞪大了眼睛，警惕地望着山沟的进口处，脸色渐渐变了，嘴里不禁发出一声"咦？！"接着吃惊地想道："民团到这里来干什么呢？"

黄六嫂没有看错，有两个全副武装的团丁向着大橡树走过来了。

黄六嫂立即钻进了树丛，田世杰也已经察觉了。他们两人都感到吃惊。好在这时已经暮色苍茫，山沟里已经升起淡淡的雾气，当两个团丁来到大橡树下的时候，夜色已经朦胧了。田世杰和黄六嫂机警地躲在树丛里。

"唉！真他妈的倒血霉！"团丁气喘吁吁地在大橡树边坐下来，一把揪下瓜皮帽子，扇着凤，扑打着蚊子。另一个也在一旁坐下来。

"当官的一动嘴，当兵的跑断腿。"另一个说，"这不，那个独眼龙司令一句话，咱们就得受半夜的洋罪。"接着点起一支烟，吸了起来。

"看这个吃紧的样子，好像红军真的要来了！"

"十有八九哇。"抽烟的团丁说，"你别说啊，谷敬文还真是厉害，他这一来，咱们四岭山的防务可就大变样了：原来南山口只守着一个分队，现在一中队全开上去了；从青龙山抽调的那个中队也来到了沙河镇；明天如果能把泥鳅沟搜查出来，然后一堵，嗨，咱四岭山就像铁桶一般，万无一失了。"

"不见得，"呼扇着帽子的团丁不以为然地说，"红军里面有能人啊！善者不来，来者不善，俗话说：'你有你的关门计，我有我的跳墙法。'红军要来，总有他们的办法。"

"办法？就是有，我看也不多，上天飞不过南山口，入地钻不过泥鳅沟。我不相信红军能把山推倒。"抽烟的团丁说得很有信心。

"这泥鳅沟真能找得到？"

"既然有，就一准能找到。"

两个团丁闷头吸起烟来。……

四

没有月亮的夜晚，布满蓝天的繁星显得特别明亮，像无数眨动着的好奇的眼睛，观察着这山野的秘密。夜风吹拂着山林。发出不休止的沙沙的声响。就在这平静的夜晚，就在这沉睡的山野，一场战斗的暴风雨正在孕育形成。

在茂密的树丛中,田世杰和黄六嫂屏住气息,一字不漏地听着两个哨兵的谈话,吃惊和焦虑中又有欣慰和庆幸。

吃惊和焦虑的是,敌人还要继续搜查泥鳅沟,这给红军秘密进入四岭山带来很大威胁。如果今夜红军不能按原计划进入四岭山,万一明天敌人找到泥鳅沟,把它堵塞起来,那就很严重了。

欣慰和庆幸的是,红军定于今夜进入四岭山,比敌人抢先了一步。只要红军今夜能进来,就是被哨兵发现了,秘密行动变成了公开的战斗,即使增加很多困难,那也毕竟是无伤大局了。

"最好是把这两个丧门星除掉!"黄六嫂摸了摸挂在腰间的柴刀,轻轻地说。

"我也这样想,"田世杰轻声地说,"敌人还要来换岗的,就怕响了枪不好办!"

接着他们又计算着红军进入的时间:为了保守机密,红军在天黑定了之后才能到达南山口外,三个中队,带着武器和装备,穿过泥鳅沟是很不容易的,再快也得到下半夜才能全部开进来。

"临近半夜时,再对付他们也不迟。"

"要紧的是不要响枪。"田世杰说。

夜渐渐深了。

两个哨兵蹲在老橡树下,背靠在树身上,一会儿响起齁齁的鼾声。田世杰摸起一块石头向草丛里丢去,响起一阵唰唰声。

"哪个?"一个哨兵条件反射地叫了一声,立即端起枪来。

另一个也惊醒了,嘟嘟囔囔地说:"你大惊小怪地咋呼啥?还不是些野兔子、小松鼠!"

过了一会儿,田世杰又丢了一块石子儿,哨兵不再大惊小怪了。田世杰和黄六嫂一个手提猎枪,一个手握柴刀,蹑手蹑脚地来到大橡树下。两个哨兵怀里搂着步枪,斜着身子,歪着脑袋打瞌睡。田世杰向黄六嫂做了个夺枪的手势。虽然他们一个是老人,一个是妇女,但体力却不弱于壮年。两人同时把哨兵的枪身抓住,猛力一拉,枪立刻夺在手中了。黄六嫂由于用力过大过猛,那个瞌睡中的哨兵,竟被拉了个嘴啃地,在地上翻了几个滚儿。

两个缴了械的哨兵,被捆柴绳子牢牢地绑在橡树上。

"可绑结实了?"田世杰问。

"松不了。"黄六嫂说着,把绳子猛力一拽。团丁被勒得号叫了一声。

"饶命吧,"哨兵凄凄惨惨地哀求道,"把我的肋骨勒断了。"

"得把嘴给他们堵起来。"田世杰说着捋了几把树叶子,揉成一团,塞到哨兵嘴里。哨兵只是摇头晃脑地表示着痛苦,却无法叫出声来。

"换哨的也快来了吧?"黄六嫂抬头看看星星,已是半夜时分。

"绳子还有吧?"田世杰知道两条绳子只用了一条,他这样问,完全是因为在作着另外的思考。

"还有一条。"

"走,我们到前面小路口等他们去!"田世杰没有和黄六嫂商量,显然他已经考虑好了。

到了路口,他们把绳子抖开,拦路扯了一条绊马索,离地大约有半尺高。然后就在路边树丛中蹲下来,怀着猎人等待猎物的心情,准备着捕捉那两条腿的"野兽"。

地转星移,夜露渐重。田世杰和黄六嫂感到有些冷。他们耐心地等待着,终于,隐约地听到了脚步声,声音越来越近,小石子儿在沉重的脚下沙沙地响着,已经看清了,两个团丁一前一后地走着。

"啊呀!"前面的团丁脚绊在绳子上,惊叫一声扑倒在地。

田世杰和黄六嫂原想等待着后面那个团丁走上来,去拉倒在地上的同伙时,再突然猛袭他们,把他们两人一齐生擒。却没有想到后面的团丁并没有上前去拉跌倒的同伙,他吓蒙了,一见前面的扑倒了,不问缘由,扭头就跑。

就在这时,老橡树附近,响起了石头滚动的声响,挡住泥鳅沟口的石头被推开了,红军进入了四岭山。

田世杰和黄六嫂并没有十分注意这些响动,他们的注意力全部集中在那两个团丁上。田世杰去擒获倒在地上的团丁,黄六嫂手脚快些,她去对付向回跑的那个团丁。那个团丁向回跑了大约半里路,猛然收住了慌乱的脚步,惊骇地张大了嘴巴,因为在面前出现了几个穿军装的人。他又急忙扭头向回跑,刚一转身,看见了黄六嫂的明晃晃的柴刀。

"把枪给我!"黄六嫂命令着。

走投无路的团丁把枪交给了黄六嫂。这时几个穿军装的人奔跑过来,其中一个急切而惊喜地喊了一声:"黄六嫂!"

黄六嫂没有见过红军,她看见面前站着一群穿军装的人,开始惊愕地愣怔了一下,而后才悟出这是红军,——他们已经从泥鳅沟进来了。突然和狂喜的冲击,使她仍然呆愣着,她并不认识那个喊她的人。

但是,那个精干的小战士,走到她的面前,亲切地说:"黄六嫂,你不认识我了? 我是王尚青啊!"并滑稽地加了一句,"小铁匠!"

"啊! 你们进来了?"黄六嫂惊喜地喊了一声,"我和田大叔就是来等你们的! 老郝呢?"

"在后边!"王尚青说,"田大伯呢?"

"我们正在这里抓团丁呢,还有两个在大橡树上绑着哪!"

五

四更时分,郝大成带领两个半中队,全部从泥锹沟中开进了四岭山,隐蔽在沙河镇通往南山口中间丘陵地带的丛林中。一中队的半个中队准备在佯攻南山口的一个半中队打响后,从后面袭击南山口。二、三中队则埋伏在山路两边的树丛中,准备阻击从沙河镇出来增援南山口的民团。

在焦急的等待中,星星渐渐地淡了,稀了,而后终于在越来越亮的天空中消失了。东方的山峰上升起了乳白色的淡淡的晨曦。朦胧的山影逐渐清晰起来,眼前慢慢展开了一片广阔的景物——白云山的峰峦和蓝天溶成一体,树林、茶园、秧田、麦地……都已经清楚可辨了。鸟雀唧唧喳喳地唱起了晨歌,隐伏在树林草丛中的刀枪,并没有引起它们的震惊。

就在这时候,南山口传来了第一阵枪声,这枪声很远,并没有打破这初夏之晨的寂静。接着又一阵枪声响了,这一阵枪声比较近,可以判断出这是南山口民团在向山下射击。

罗雄带着半个中队在黄六嫂的引导下,从后山向南山口攀登着,快速而又肃静,准备从背后给防守的民团以突然的猛袭。

这时,南山口的战斗正在激烈地进行着。

"看清了吗? 有多少人?"周拐子听到第一阵枪声,他慌里慌张地从哨棚里跑出来,问哨口上的团丁。

"枪在山腰上响,这里哪能看得清楚。"

"走,跟我看看去。"周拐子对着从哨棚里拥出来的第一批团丁喊了一声,然后仔细一想,不便贸然下山,接着又换了命令:"给我向山下开枪!"

一阵零乱的枪声响了,这就是白云山后听到的第二阵枪声。

"冲啊! 冲啊!"随着山下的冲杀声,又传来一阵枪响。子弹带着呼啸的声音掠过南山口的上空。

周拐子壮了壮胆,又向下走了几步,问前面的哨兵说:"看清了吗? 有多少人?"

"他们都躲在石头后面,哪能看见?"一个团丁说。

"好像不多,顶多也不过十几个人。"另一个猜测着说。

"十几个人也敢来碰南山口?"周拐子胆子好像壮了一些,"给我顶住打!"

接着双方互相对射了一阵。

周拐子唯恐南山口有失,他又退回哨棚,把全中队拉进了南山口的工事里,等待着山下红军发动进攻。可是也怪,红军只是呐喊打枪,并不急于向山上攻击。周拐子认为这是胆怯的表现,心想:"说红军厉害,我看这是虚传。他娘的,今天我抓几个活的,给周团总看看!"想到这里,他直着嗓子喊道:"弟兄们! 向山下冲啊! 抓活的,有重赏!"

整个中队都从工事里跳了出来,散成许多小股,列成扇面似的队形向山下冲去!

冲下去的团丁,立即受到了猛烈的阻击,冲在前面的几个团丁被打死了,扑倒在山岩上、树丛中。有的被打伤了,号叫着、挣扎着。后面的团丁见势不妙,就各自找了个隐身处,只是叫喊、打枪,再也不敢向山下冲了。

周拐子还站在山口的工事里,他看见团丁停止了冲锋,很是生气,又直着嗓子吼叫道:"为什么不冲啦? 怕死鬼,冲啊! 不冲,我他妈的敲了你们!"他举起驳壳枪向下面的团丁们威胁着。

但背后一只有力的手,猛然把他的枪夺过去了。

"瞎咋呼啥?! 你被俘虏了!"罗雄说。

"什么?"周拐子还以为是谁和他开玩笑,扭头一看,立即吓蒙了。他见一个彪形大汉就站在他的身后,许多红军战士正纷纷地跳进他们的掩体和战壕。他好像要讲什么,可是舌头发直,不听使唤了,只是目瞪口呆地看着这些突然出现在他们背后的"天兵天将"。

"你……你们是从天上掉下来的？"周拐子昏头昏脑地说。

"哪里,我们是从地下钻出来的!"罗雄戏弄着这个发呆的拐子腿,"你是干什么的?"

"我……我叫周拐子!"周拐子答非所问地结巴着说。

"问你是干吗的!"罗雄暴躁地问。

"是,……是中队长!"

"下命令缴械投降!"罗雄命令着。

这时工事和堑壕里的红军战士们,已经在团丁背后开始射击了。

"好,好,缴……缴枪! 不……不要打了!"周拐子嘴里像含着炭火一般,舌头在嘴里痉挛着,谁也听不清他喊的是什么。

罗雄生气地用胳膊肘拨弄了他一下,骂了一声:"熊包,滚到一边去!"接着就向着团丁喊起来,"喂! 弟兄们! 快放下武器! 缴枪投降吧,红军优待俘虏!"

战士们一边开枪也一边喊着。这时山腰部也响起王求正的喊声:"喂! 弟兄们,你们被包围啦! 放下武器! 不要替周武卖命啦!"

蒙头转向的团丁们不知怎么办好了,只见几个人回头向山上跑,接着就有很多人跟着往上跑,慌乱之中竟忘了南山口的哨棚和工事已经不在他们手里了。

"站住! 缴枪不杀!"罗雄大喝一声,一排子弹紧贴着团丁的头皮扫过去。

团丁们更加混乱了,又扭头向山下跑。山下又传来喊声和枪声。这些吓糊涂了的团丁们已经完全没有战斗力了,上上下下乱跑了一阵,后来干脆把武器一丢,蹲在地上不动了,完全听任红军战士们的处置。……

周拐子被解除了武装之后，让罗雄一甩胳膊拨拉了个趔趄，向后踉跄了几步，一屁股蹲到地上。这时候红军战士正在解决没有放下武器的民团，他便趁机爬滚了几步，然后钻进了树丛。他不敢走大路，而是穿过密林，翻过岩石，沿荒僻小径，向着沙河镇方向猛跑。惊慌使他变得有点疯狂，他好像忘记了自己是个拐子腿，他的衣服被树丛扯烂了，他的皮肉被石棱划破了，脑袋也碰破了好几处，满脸挂着血迹。为了早一点赶到沙河镇，他连滚带爬，连跑带蹦，把老命都拼出来了，不顾一切地向他的老巢奔逃！

六

平时，在日上三竿之前，周武是不起床的。南山口的枪声却惊醒了他早晨的清梦。在惊骇之下，他猛然从床上坐了起来，头脑开始清醒了。这枪声越响越激烈，他的心神似乎越来越镇定。他想："红军并没有秘密地开进四岭山来，而是对南山口发动了进攻。好啊，姓郝的到底找上门来了。你姓郝的不在南山口碰得头破血流，还不知道钉子是铁打的！"想到这里，长满黄胡髭的嘴唇边，出现了一个得意的微笑。

"枪声响得很急呢。"谷月仙眨动着惺忪的眼睛，紧张地嘟囔着。

"越急越好！"周武不满意老婆的那种过分担心的样子，"南山口是铁打的钢铸的，让他们猛攻吧，那还不是'小草鱼赶鸭子——找死'啊！安心睡你的回笼觉吧。"

周武虽说镇定，但睡意早就没有了。他打了个呵欠，伸了伸懒腰，下了床，洗洗涮涮之后，扬扬得意地进了厅堂。

"拿酒来！"周武对着门外喊了一声，心想：手举酒杯，耳听捷报，那将是何等趣味！

　　酒拿来了,周武提起酒瓶子,看看商标——"杏花村"。这是他喜欢喝的名酒,周武自幼并没有读多少书,却从周祖荫那里学了点诗云子曰,知道"牧童遥指杏花村"这一名句。今天,在捷报将至的时刻,饮着名酒,品着诗意,却也颇有风味。他随意吩咐说:"请司令来,一起喝!"

　　去请谷敬文的人回来报告说,谷司令在枪响之后到南寨门去了。

　　周祖荫是从来不睡懒觉的,他严格遵守着"黎明即起"的朱子家训。提着画眉笼子,在周府前面的场坪上溜达着,听到枪响后,他心惊肉跳地走进来,看见周武已经在大厅里坐着,就把鸟笼子向门旁的钩子上一挂,神情紧张地说:"武侄,这枪声响得好紧!"

　　但周武没有回答,他听见画眉鸟唧唧喳喳地叫着,这美妙的歌声和他的心情是和谐的,好像是在为他听取捷报先唱的一段前奏曲。

　　周祖荫以长者的身份,哼哼唧唧地在周武对面落了座。

　　周武立即给他斟了一杯酒,推到他的面前,这才说:"你放心吧,红军是攻不下南山口的!"

　　周祖荫端着酒杯,谛听着外面紧一阵慢一阵的枪声,觉得他的侄儿说得有理。五年前,从两广过来的那股惯匪强攻南山口的情景,他虽然没有亲眼见到,却也听了不少。他相信南山口确是"一夫当关,万夫莫开"的要冲,红军亦非天兵天将……想到这里,他放心了。只是为了谨慎,他才漫不经心地说:"派个人去探探也好哇。"

　　"不必了,南山口会派人来报告的。"周武口里这么说着,心里这么想着,十分关切地听着外面的动静。枪声渐渐稀疏下来了,随后也就停止了。

　　"哼,姓郝的大概吃够了苦头学了乖,"周武判断说,"撤退了。"

沉寂，反而使周祖荫担心起来，忧心忡忡地说："红军难道是傻子？郝大成进四岭山不会不知道南山口难攻，他能硬往南山口这个钉子上碰？武侄，我们可不能'拉到老虎当马骑'哟，小心无过错，我看还是派人……"

周祖荫的声音还没有落，满脸血迹的周拐子一头撞进来，上气不接下气地绝望地叫了一声："南山口失守了！"接着就像断了气一样扑倒在八仙桌前，吓得那画眉鸟在笼子里乱飞乱撞乱扑腾。

周武像挨了一刀子似的从椅子上弹跳起来。他脸色变得苍白，石头般地僵立在桌子旁，酒杯从发抖的手里掉在桌面上，歪倒了，滚落在方砖铺的地面上，当啷啷跌得粉碎。他仿佛觉得他的希望，他的家业，他的心，也和这酒杯一齐跌得粉碎了。

南山口失守，这个震动真是非同小可，以致使周祖荫瘫在椅子上。谷月仙也披头散发地跑出来，失魂落魄地惨叫着："我的老天爷啊！"

"人呢？你的中队呢？"周武好一阵子才从昏晕中还过魂来，一伸手把周拐子从地上抓起来，揪住他的领口绝望地吼叫着，"我的南山口在哪里？"

"人？还在打哩！"周拐子喃喃地说。

"你为什么临阵脱逃了?!"周武没容他的部下分辩，就左右开弓地给了他一顿耳光，"这就是说还没有失守，还有希望。来人哪，快把警钟敲起来，全体民团紧急集合！"

周武气急败坏地把周拐子猛力一推，周拐子又血流满面地跌倒在地上。

"团……团总，……红军……是从背后攻占南山口的……"被打得满脸淌血的周拐子，扶着椅子，艰难地从地上挣扎起来。

但是周武并没有听他的，他正在往身上披挂武器，他的手抖得太厉害了，不听使唤，在卫士的帮助下，才束好了带枪的皮带。外面的钟声响了,响得焦躁、狂乱而又惊慌。

"武伍,拐子说红军是从后面打他们的。"周祖荫虽然有点魂不附体,可也听清了周拐子的话,认为很有必要提醒周武注意。

"昏话!"周武已经披挂完毕,气冲冲地跑到院子里去了。

民团的五个中队已经在周武门前的场坪上集中起来,周武摆出一副威严的军事专家的架势说:"红军侵犯我们南山口了! 若是南山口失守了,我们就要拼上老命夺回来。二中队留在镇上守围子,三、四、五、六中队跟我出发!"

"慢着!"从南寨门上赶回来的谷敬文拦住了周武,"团总,民团不能拉出去!"

"为什么?"周武气急败坏、心焦火燎地问。

"因为红军是从背后攻占南山口的!"谷敬文说,"红军已经从泥鳅沟里进了山,我们民团一出去,准得中埋伏!"

"这……这……是从哪里说起?"周武口吃起来,并且这才想起周拐子说的并不是"昏话"。

"早晨枪一响,我就到中队里去问,他们说昨天夜里去大橡树放哨的团丁没有回来。我静听了南山口的枪声,可以判断,红军先是佯攻,把我们的注意力吸引住,然后在我们毫无准备的情况下,从背后袭击了我们。毫无疑问,郝大成是从泥鳅沟里进来的,唉!他到底还是比我们抢先了一步!"谷敬文不由得长叹一声,心有余悸地想道:"好厉害的对手啊!"

"不! 你这只是判断,你这只是猜想,"周武已经有些失去理智了。他忘记了对谷司令的尊重,气咻咻地嚷着,"我非要把南山口夺回来不可!"

"这是很危险的!"

"危险也要去夺!"周武变得疯狂起来,他不是在说,而是在喊,"我不能没有南山口!"

"这样吧，派一个中队出去探探虚实。"谷敬文让步了。

"好吧，二中队去吧！"周武也觉得慎重为妙，便改了口。他指示二中队长立即出发，一边探听，一边前进。

"团总，你去不去？"二中队长看着全副武装的周武畏怯地问。他本想说一个中队人数太少，但没有说出来。

周武想了一下，认为还是不去逞英雄为好，就说："不，我在镇上等你的好消息。"

这时狡猾的谷敬文想出了挽救这个中队的办法。他对二中队长说："这次出去，要多加小心。为了避免被红军埋伏包围，你要把各分队和小队的行军距离拉长。郝大成现在人力不多，就是中了他们的埋伏，也只能损失一小部分，其他人可以利用地形进行战斗，把郝大成拖住。那时我们再全力出击，即使不能把郝大成消灭，也能把他打散。他们人地两生，我们再把各村保长保丁调动起来，趁他立足未稳，把他赶尽杀绝。"

连不懂军事的周武，也认为这是一个高招。他举目向天，真要感谢上天给他送了个足智多谋的好司令来。

"我们还要立即派人到伏虎岭去见周威，"谷敬文眼睛骨碌碌地转着，"妙计"不断地从他狡猾的头脑里产生出来，"就说红军攻进四岭山来了，到处杀人放火，比任中元凶残得多，请他挥师南下，配合我们夹击红军。"

"他能来吗？"周武缺乏信心地说，"他的眼睛就是盯着任中元不放。"

"当然不能完全靠他，但我们可以争取。"

"派谁去好呢？"周武六神无主地问。

"要祖荫叔和拐子腿一起去。"谷敬文又补充说，"要骑马，越快越好！这一回我们不能再叫郝大成抢在前头了！"

"好吧。"周武正要按照司令的意旨去办，谷敬文又喊住了他。

"还有,立即派骑兵,火速通知各村寨的保甲长们,要他们严格禁止村民和红军接近,并要他们拿起枪来,抵抗红军!"

谷敬文交代完毕,用饿狼似的血红的眼睛瞪着起伏的山岭,咬牙切齿地说:"好啊,吴可征、郝大成!这一步棋总算让你占了先。可是,咱们走着瞧吧,四岭山绝不是你们生根立足的地方,四岭山一定要姓谷!……"在他发完他的"誓言"之后,不知为什么心头上掠过一阵凄凉之感,沮丧地长叹了一声。

七

郝大成、史少平和田世杰埋伏在披满杂树丛的岩石后面。看着稀稀拉拉的民团队伍进入了伏击圈。原来设想:在占领南山口的同时,为了保证南山口战斗的胜利,在这里给可能出来增援的民团一个迎头痛击,然后撤离。因为红军刚进四岭山立足未稳,就和三百名民团展开决战,那是很不高明的。但是郝大成听到侦察人员报告,民团只出来了五十来人,就下决心把他们全歼。一百多人的伏击部队,要全歼五十个没有战斗经验的民团,本不是很难的事。由于这支民团队伍拉得过长,不管打头、打尾还是打中间,只能伏击其中的一段,这样不但不能达到全歼的目的,而且一打会形成一场混战,战斗时间一延长,就会被他们拖住,如果周武再倾巢而出,那对红军是很不利的。然而,郝大成却想出了一个大胆而又特殊的战斗方法。

"少平,"郝大成说,"你能出去把民团拦住吗?纠缠住他们,要他们聚成一团,便于我们围歼。"

"能!"富有战斗经验的史少平马上领会了大队长的意图。

"不,还是我去好,少平穿着军装不合适!"田世杰说。这位沉着老练的革命老人,对郝大成的意图理解得更为深刻。

"好吧,大叔,你可要小心。"郝大成同意了。

田世杰拨开树丛,威风凛凛地站在大路中间,拦住了走在前面的民团的尖兵。

事情发生得这样突然和奇特,是民团没有遇到过的。一个须发半白的人,突然拦住他们的去路,并且态度十分严厉地说:"你们的周团总来了没有? 我有要紧的事要见他!"

"你是干什么的?"民团的尖兵立即用枪指着老人。

但老人对于逼在胸口的枪刺却毫不在意,他从容地说:"你们周团总不是出一千块大洋买田世杰的头吗,我——就——是!"

"啊!"两个尖兵同时吃了一惊,"你要自己来投案?"

"我是来告诉你们,你们再往前走,就死在眼前了!"老人巍然不动地站在那里,语气里充满着威胁的气味。

民团队伍,前面的自然地停下来了,后面的还继续往前走,队形密集起来了。

"什么事? 什么事?"走在队伍中间的二中队长不知前面发生了什么情况,就穿过队伍,跑到前面来。

民团,这支没有经过作战训练的队伍,已经乱了队形,慢慢地收缩拥挤到一起来了。后面的人不知前面发生了什么事情,都争先恐后地向前拥挤,想看个明白,听个究竟。埋伏在路旁的红军,离他们只有十几步或几十步,只要有一双警惕的有战斗经验的眼睛,就可以看出隐伏着的危险,但是,他们想都没有想到这些,他们的眼睛都只注视着队前的纷扰。

"是个什么人?"

"田世杰!"

"不是我们要抓的那个人吗?"

"怎么自己找上门来了?"

"谁知道呢?"

"他从哪里来?"

"从南山口吧!?"

"咦?!南山口为什么连一点动静也没有了呢?"

团丁们就这样喊喊嚓嚓,吵吵嚷嚷地议论着,各自提出自己的疑问、见解和猜测,并注视着前面事态的发展。

民团二中队长来到田世杰面前,气势汹汹地问:"你找周团总有什么事?"心里在盘算着:这个到处找都找不到的共产党,今天为什么反而找上门来了? 他那一千块大洋的脑袋是不是已经失去了原有的价值?

"我是来告诉你,南山口已经被红军占领了,我劝你们也放下武器!"田世杰声色俱厉地说。

二中队长冷笑说:"你是来吓唬小孩子吧?"

田世杰看到原来拖了一里半路长的队伍,现在已经拥挤在一起了,全部进入了伏击圈。于是也冷笑一声说:"你不相信吗? 你看,"田世杰挥臂向左右山上一指,"山上全都是红军,你们被包围了!"

趁二中队长和他的团丁们向左右张望的时候,田世杰一个箭步跳到岩石后面去了。

"叭! 叭!"郝大成挥手两枪,二中队长和他身旁的一个团丁跌倒在路中间了。民团立即纷乱起来。

"同志们! 打!"郝大成呼喊着。他的喊声掀起了一阵暴风雨般的枪声。

骤雨般的子弹从民团们的头顶上呼啸而过。他们当中还没有一个人经受过这样的阵势,吓得手足无措,六神无主,团团乱转。如果有人说他们被几千名红军包围了,他们也是深信不疑的。

一阵急骤的枪声过后,红军并没有冲锋,以免短兵相接的厮杀。

团丁们几次突围逃跑的企图,全被打回去了。他们卧倒在路边胡乱地开着枪,都不敢抬头。红军不再射击了,响起了一阵阵喊声:

"团丁们,放下武器吧!"

"放下武器就是生路,顽固抵抗死路一条!"

"不要替周武卖命了,红军是劳苦大众的队伍!"

突围无望的团丁们,纷纷把武器丢在路上。红军战士们从树丛中、岩石后跳出来收缴武器。

战斗就这样结束了。

战士们把武器和俘虏们都集中起来,然后向南山口上望去。只见吴可征、罗雄、宋少英、黄六嫂和红军战士们押着俘虏从山上走下来了。王求正带领四中队留在山上,守卫着南山口。

"党代表他们来了!"

"我们胜利了!"

战士们狂喜地欢呼着、跳跃着。

郝大成抬头向白云山望去,果然,吴可征、罗雄、宋少英、黄六嫂从山上走了下来,他们在互相招手。

这时,从白云山的几处山路上,跑来了一些山民。他们手里提着盛饭的篮子,拎着盛菜的水桶,来欢迎盼望已久的红军。在人群里有几个孩子欢呼雀跃地向着郝大成和王尚青跑过来。郝大成和王尚青都认出来了,她们中间就有唱《盼红军》山歌的那个小金铃。

这时,朝阳已经从东山顶上升起来了,照耀着翠绿的群山,照耀着欢呼的红军战士,照耀着南山口上那一面鲜艳的红旗。

高扬的战旗在晨风中飘扬,高扬的战旗上流泻着灿烂的阳光,高扬的战旗展示出革命的广阔前景,高扬的战旗指引着坎坷崎岖的漫漫征程!

在这面高扬的战旗下,这支红军部队和四岭山区人民一道在党的领导下,沿着毛委员开辟的井冈山道路,为了在四岭山区建立巩固的农村革命根据地,将展开更加波澜壮阔的斗争!

一九六〇年草稿于上海
一九七四年初稿于北京
一九七五年定稿于北京

新中国 70 年 70 部
长篇小说典藏

新中国70年70部
长篇小说典藏

万山红遍

下

黎汝清———著

学习出版社

人民文学出版社

目　录

下　卷

下

卷

第二十五章　风起云涌

一

奇袭白云山的战斗结束了。

郝大成望着眼前欢腾的群众,欢腾的山野;望着正在打扫战场的部队;望着正在对俘虏进行阶级教育的吴可征,他按捺不住心头的兴奋和激动。

还在几个小时以前,这四岭山区还沉浸在苦难中,充满着静寂、冷漠和痛苦的呻吟。现在,出现这样惊天动地的沸腾欢乐的景象,全都是由于红军进入了四岭山。

郝大成眼望着这目前的景象,预想着未来即将展开的错综复杂的斗争,他的思绪就像在风暴中激荡着的海洋,波浪翻涌。

这时,从不远处传来吴可征铿锵有力的声音:"……你们这些当团丁的,大都是些受苦受累的穷苦人,你们仔细想一想,为什么要替周武卖命?俗话说,'同宗同族不同根,地主雇农两样人',你们的仇人是土豪劣绅啊!你们各自回家去吧,不要给周武卖命了……要记住,中国共产党是中国人民的救星,红军是老百姓的队伍,是为穷人打天下的!……"

在吴可征遣散俘虏的同时,郝大成命令罗雄集合部队,带着缴获的武器弹药以及其他军用物资,准备向梅林镇开进。

红军进入四岭山区,像平地一声春雷,震撼了四岭山的各个角落,引起各方面形势的急剧变化,本来四岭山区的斗争就是十分错综复杂的,现在就变得更复杂更剧烈了。

即将展开的这场斗争,真像是一盘刚开局的象棋。在决战之前,各方都开始了紧张的布局。敌我双方都按照各自的情况,调动各种力量,采用各种手段,准备着展开一场短兵相接的拼杀。

遣散俘虏之后,田世杰留在沙河镇附近,配合红军侦察人员侦察谷敬文和周武的动静。郝大成和吴可征率领着部队开进了梅林镇。

梅林镇是四岭山区的大村寨,它和沙河镇、太平寨并称为四岭山区三大镇之一,成为三足鼎立之势。这个村寨有近五百户人家。镇上有几家土豪,在红军围歼周武民团二中队的时候,他们已经带着细软和家眷逃进了沙河镇。

红军大队部设在一家土豪的两进的大院子里。半个小时后,大队部和各中队的住房便已安排就绪,很快地展开了各方面的工作。

吴可征、宋少英和黄六嫂负责发动群众工作。镇上的土豪向沙河镇逃跑时,没有来得及把粮食带去。吴可征、宋少英和黄六嫂带领群众,把土豪的粮仓打开,除留下一部分作为军粮外,其余全部分发给缺粮的贫苦群众。通过开仓分粮,向群众宣传共产党的纲领、红军的宗旨,宣传打土豪分田地的革命道理,力求迅速在群众中站住脚,然后深深扎根。

郝大成完成了如下军事部署:第一,罗雄的一中队驻守梅林镇,保持高度的戒备状态,以应付敌人可能对南山口或梅林镇发动的突然袭击。

第二,王求正的四中队驻扎在南山口,对外可以保持和南屏山的联系,扼守通往南屏山和九里十八坪的通道,对内可以和梅林镇成为掎角之势。如果谷敬文、周武从后山进攻南山口,梅林镇的一中队就可以从后面夹击他;如果他们进攻梅林镇,南山口的四中队也可以下山支援，抄敌人的侧背。

郝大成命令史少平的二中队和姚光明的三中队，马上吃饭睡觉，明天即分成战斗小组，在黄六嫂等地下党员的配合下，散布到各山村去，一面到田间帮助群众抗旱，一面打开各村土豪的粮仓，分给青黄不接的群众。……

吴可征对这些即将分散的战士们说："同志们，发动群众，这是我们的根本，没有群众我们就像没有水的鱼一样。我们要时时刻刻不忘群众，我们一刻也不能离开群众，可是发动群众，也不是很容易的事。周武这个地头蛇，在四岭山区经营了几辈子，他就像一棵蒺藜草，根在沙河镇，藤蔓却伸向四岭山的各个山村。在白云山地区，更是根盘节错，各山村都有周武的爪牙，在我们立脚未稳，还来不及普遍深入地发动群众的时候，他们会先发制人的，会利用种种手段，制造各种谣言，欺骗威胁群众。在争夺群众上，我们一定会和他们有一场严重的斗争！……"

"所以大家要注意，要想扎根，就得除草！"郝大成接过吴可征的话头说，"周武民团是集中在沙河镇，他那些爪牙遍布在各山村里，有的可能公开活动，有的可能潜藏起来，必然会和我们明争暗斗，所以我们在发动群众的时候，要和铲除敌人的爪牙结合起来，只有发动了群众，才能够除掉敌人的爪牙，只有除掉了敌人的爪牙，才能更好地发动群众，所以这两项工作要同时进行。……"

吴可征继续说："在帮助群众抗旱的时候，要注意多向群众宣传，批驳敌人的谣言，打破群众的顾虑。如果敌人大股出击，各小组可以互相配合，在山林里和敌人打游击。如果碰上小股敌人，就把他吃掉！"

吴可征和郝大成讲完话，史少平和姚光明带着各自的中队，划分成若干小组，指派了小组长，然后安排大家吃饭休息。

郝大成和吴可征离开场坪,向大队部走着,这时黄六嫂走到郝大成身边热切地要求道:

"老郝!你给我们一部分枪吧,在发动群众的时候,我们得瞅空子敲打他们几个!"

"你要多少?"郝大成问道。

"十支吧!"黄六嫂笑笑,她暗自想道:一张口就是十支,是不是胃口太大了呢?随即又改口说,"七八支也行!"

吴可征看出了黄六嫂的心理,笑笑说:"你要得不是多了,而是太少了!大成同志和我研究过了,不是给你十支,也不是给你二十支,而是把缴获民团的枪支全给你,五十支!"

"那真是太好啦!"黄六嫂兴奋地说,"我们得快些把农民自卫队组织起来!"

"是要快啊,"郝大成说,"我们要和敌人抢时间!"

"我们一定很快组织起来!田大叔负责组织农会,我组织农民自卫队。"黄六嫂充满信心地说,"乡亲们都等着呢!"

"你说得对,"吴可征说,"在发动群众的基础上,我们应该尽快把农会组织起来,把自卫队组织起来,这些枪,一定要发到可靠的人手里!"

"只要有红军撑腰,我们腰杆子就硬,农会和自卫队一定会很快就成立起来的!"……

繁忙纷纭的工作初步就绪,然而处在战前的指挥员却没有休息。

吴可征的伤口在隐隐作疼,但他却兴奋异常,毫无倦意。

郝大成用布满血丝的眼睛,看着两颊深陷的战友说:"老吴,如果没有要紧的事情,你也应该歇一会儿了。"

"我们都应该休息一下,"吴可征恳切地说,"你比我更需要休息,可是,我总觉得还有些事情没有办完。如果有一点考虑不周或是忽略过去，就会给工作带来不应有的困难和损失。……"

"是啊，"郝大成说，"我正在想，谷敬文和周武现在在干什么呢？周威听到我们进了四岭山后，会怎么想呢？又会怎样行动呢？"

郝大成一边说一边走到水缸边，在缸里舀了一瓢水，倒在脸盆里，然后把头浸在冷水里，以驱散不断袭来的睡意。

"田大叔和侦察人员该回来了，他们会带回一些情况来的。"吴可征说。

郝大成说："我们很需要知道谷敬文的行动。"

吴可征说："我估计谷敬文和周武很可能派人到伏虎岭去见周威，挑拨我们和齐心会的关系。"

"我完全同意你的估计，"郝大成马上赞成说，"我也是这样担心的，就怕周威一时不明真相，上了他们的当！"

"我们应派人向他说明真相！"吴可征说，"应该立刻就去。"

"这个任务可很重，派谁去呢？"

吴可征说："最好是田大叔和史少平去。"

"我看就这么办吧，只是田大叔还没有回来。"

仿佛证实郝大成、吴可征的判断似的，田世杰和侦察人员回来了，带来了谷敬文已经派人到伏虎岭去的消息。

"果然不出所料！"吴可征说，"他们派谁去的呢？"

"去了四匹马，是周祖萌和周拐子！"田世杰说，"我们也要快去人才行。周威的脾气耿直、急躁，很容易上谷敬文的圈套。"

郝大成向田世杰说："田大叔，敌人骑马，又是凌晨走的，现在早就到了伏虎岭的洪雷谷口了。如果我们派人去，眼下又找不到马，步行能来得及吗？"

"恐怕来不及了，步行走到伏虎岭的洪雷谷口，少说也得明天早晨才能到。"田世杰焦虑地说，"我担心周威中了他们的奸计，听说红军进了四岭山,一怒之下,把齐心会拉回来对付我们!他和周武有'共同防守四岭山'的誓言,很可能听信周祖荫的那一套谎话。"

"这是很严重的情况,"郝大成说,"周威如果一回兵,任中元必然乘虚而入,那就会使四岭山变成混乱的局面。"

"我们一定要防止这种情况发生。"吴可征说,"刚才你们分析得都对,不过,周威回兵也不那么容易,一、他不放心任中元;二、即使回兵,也不会很快。我们虽然赶不到周祖荫的前头,可是我们能赶到周威回兵的前头;即使赶不到他回兵的前头,也一定能在半路上截住他!"

"对!"郝大成说,"我们争取先把周威稳住,稳住周威就是我们的胜利。而后便可从长计议。"

"这事还是我去吧,可是光我去还不行,红军也得去一个代表才行。"田世杰说。

郝大成说:"刚才已经和可征同志研究过了,让史少平同你一起去。目前任中元正在洪雷谷口,要阻止周威回兵是完全有可能的,只是你这一趟太劳累了。"

"我这把老骨头还撑得住!"田世杰说,"要走就得快。"

"你先去吃饭,"郝大成说,"一会儿我就派人去叫史少平。"然后又同吴可征商量说,"是不是还要写封信呢?"

"是要写封信,我起草。"吴可征说,"我们对周威应该有个明确的表示才行。"

"我们先把他稳住,一切争议可以通过谈判解决,只要我们争取了时间,站稳了脚跟,主动权就在我们手里了。"郝大成说完,又问田世杰说,"大叔,还有什么情况吗? 各山村里可有什么动静?"

"有!"田世杰说,"红军一进四岭山,敌人就慌了手脚乱了营啦! 各山村里的土豪劣绅都逃到沙河镇去了,可是那些保长保丁没有进沙河镇，谷敬文命令他们带上武器进山，要和我们斗呢！兰田岗的保长黄老八，已经带着人进山了。”

“是啊！”郝大成说，“他们是绝对不会甘心的！我们一定要快些把群众发动起来，把周武的这些爪牙铲除掉！”……

在郝大成和田世杰兴奋交谈的时候，吴可征已经把信写好了。

田世杰和史少平带上信件立即出发了。

二

在战斗结束红军进驻梅林镇的同时，沙河镇正乱作一团。

谷敬文急得在周武的大厅里转圈，周武则缩在太师椅里一言不发。

谷月仙急得不断地喊叫着。

周家像往日一样，丰盛的早餐端上来了。可是今天这些酒肉之徒却倒了胃口，没有一个人想吃。只有周祖荫挂在门外笼子里的画眉，似乎保持着镇静，竟然放开喉咙唱起了美妙的晨歌。

周武气急败坏地从椅子上跳起来，一伸手把笼子扯下来，狠劲摔到地上，一脚踏了上去，画眉鸟尖叫一声，和鸟笼子一齐被踩得稀烂。

“你这是何必呢？”谷月仙虽然急得要命，怕得要死，但她却不满意丈夫的失态做法，然后转向谷敬文说：“大哥，你现在是四岭山的主心骨，你快想个办法吧。那个郝大成不会打进沙河镇来吧？”

“莫慌！”谷敬文看了他妹妹一眼，说，“这一个回合，算是叫他姓郝的占了上风。可是‘塞翁失马，安知非福’！郝大成想在四岭山安营扎寨占地盘，这是妄想。你想想，在九里十八坪，他们不也是闹哄了一阵子吗？到头来，还不是叫咱们把他赶出去了！”

“他们不会打沙河镇吧？”谷月仙一心想问明白沙河镇是不是

安全,至于以后,那还远着呢,现在是火烧眉毛顾眼前啊。

"不会!"谷敬文说,"他得留下人守南山口,剩下的就没有多少人了。攻寨子和打埋伏是两回事。咱们寨子里兵多粮足,不怕他来攻!"

"再说,"周武听了谷敬文的分析,似乎又有了点信心,"各山村还是我们的。"

"对!"谷敬文说,"我们一定要把各山村的保甲长们联合起来,和共产党较量较量。"

"就怕那些泥脚杆子不听话,都信服共产党那一套。"周武忧虑地说。

"他们要把老百姓煽动起来,这是必然的,可是这需要时间。"谷敬文停止了转圈,在饭桌上端起一杯酒来,一仰脖子倒了下去,他想借用烧酒刺激一下他的情绪和精神,然后冷笑一声说,"可是,我们不给他这个时间!"

谷敬文把"时间"两个字说得特别重。

"也不知祖荫叔能不能把周威拉回来。"周武说。

"能拉回来,当然更好。"谷敬文说,"就是拉不回来,也没有多大关系,我们不能依仗周威。我估计红军不敢分散,很可能住到梅林镇去,总要休息两天,这两天我们可以干很多事情。"

"你快说怎么干吧!"谷月仙急躁地说。她觉得谷敬文说得有点玄乎,怀中像揣着个兔崽子,总觉得心惊肉跳,惴惴不安,她希望谷敬文能给她一颗定心丸。

"立即派骑兵到各村去通知各保甲长!"谷敬文悻悻地说,"以我三县剿共司令的名义,颁布'十杀令',向所有团丁家属和老百姓宣读!……"

"应该给穷小子们点厉害看看!"周武恶狠狠地说。

"是要给他们点厉害看看,枪打出头鸟,拣那些'积极'分子多杀他几个!"谷敬文把烟屁股狠劲向地上一摔,"这些泥脚杆子不闻点血腥味是不会服输的!特别要注意那个兰田岗,要多杀他几个才行,不然镇不住他们!"

"我打算派马义山去找黄老八,"周武说,"这家伙还有两下子!"

"好!"谷敬文赞成地说,"那就先从兰田岗开刀!"

"若是这一手再不灵呢?"谷月仙觉得这颗定心丸仍然不能定心。

"那我们还有第二手、第三手、第四手!"谷敬文说。

周武夫妇都瞪着眼睛直勾勾地等着他们的"主心骨"把那几手全说出来。

"现在不是天旱吗?我们把白云寺的法慧和尚请出来。这张王牌非同小可,老百姓信菩萨敬鬼神,这是几千年来的老传统老习惯。我不相信,红军能用几天的时间就把几千年的传统打破!"

"阿弥陀佛!上天保佑!"谷月仙眼睛一闭,虔诚地祷告着。

"上天会保佑的!"谷敬文坚定着他妹妹的信心,"我们要发动一场大祈雨!"

"红军会阻拦的!"周武说。

"就是要红军阻拦,文章也就是要从这儿做起。"谷敬文险恶地说,"如果红军一阻拦,我们从中一挑动,老百姓就会和红军发生冲突,我们就可以把老百姓鼓动起来,抓在手里;万一他们不阻拦,那我们就利用祈雨把老百姓拉到我们这一边。只要一祈雨,红军阻拦也罢,不阻拦也罢,全对我们有好处!"

"唉!真是天无绝人之路啊!"谷月仙总算放心了,她也看出这是很毒辣的一手,"这个法宝准灵!哼,我倒要看看姓郝的还有什么咒念!"

谷敬文还想把他的第三手说出来,那就是要把他的特务连调进四岭山来。但他感到对争取周威不利，同时又顾虑到九里十八坪老巢的安危，既然谷月仙已经定了心，也就没有说出来。

这时有人进来报告说："被红军打散了的二中队的人零零散散地又回来了！"

"回来了？"周武一听不知是喜还是忧，他从椅子里猛地站了起来。

"是当了俘虏以后，叫红军放回来了！"

"俘虏！"周武不由得尖叫了一声，"给我打！他娘的，每人打五十军棍！"这时他才想起他的民团里并没有军棍，就又改口说，"不，不是军棍，是皮鞭子！"

"不！"谷敬文不同意地说，"共产党放他们，你却打他们，这不正好中了共产党的计吗？不能意气用事！任洪元一连的哗变就是这样造成的！"

"那怎么办？"周武仍然气哼哼地说，"难道还要犒劳他们不成？"

"为什么不能？这叫收买人心。通知厨房，做饭给他们吃，然后我去给他们讲话。"谷敬文向布满饭菜的桌子望了一眼，觉得有点饿了，便坐下来。

谷月仙也坐了下来。

他们草草地吃了早餐。谷敬文在草拟"十杀令"，周武便到寨门上去检查防务去了。

三

田世杰和史少平带着郝大成和吴可征的信件，急匆匆地向伏虎岭走着。他们要在天黑之前赶到太平寨，然后从太平寨再赶到洪雷谷，那就须要走夜路了。

　　天气还不十分炎热,由于他们两人走得很急,一会儿就汗流浃背了。田世杰虽说脚步矫健有力,但毕竟是上了年纪。就是这样的速度,也还是需要赶到深夜才能到达洪雷谷口。

　　"田大伯! 村里有没有马?"史少平问。他看出田世杰的脚步有些沉重。

　　"有些土豪家里是有,可是红军一进山,他们骑着马都跑到沙河镇去了。"田世杰说。

　　史少平没有讲话。他思索着,在没有马匹的情况下,用什么办法才能圆满地完成任务。他深深感到,早到伏虎岭一分钟,就多一分胜利的把握,于是脚步更加快了。

　　他们又走了一段路,来到一座茶山下面。天气虽干旱,茶山还是葱绿一片。他们隐隐约约地看到山上一群采茶的妇女们,好像围在一起争论着什么,还能隐约听到她们的声音。

　　史少平看着看着,眼睛忽然一亮,不禁惊喜地喊了一声:"马!"

　　"马?"田世杰不由得站了下来,"在哪里?"

　　虽然他还在问,可是他已经看见了,在山脚下的杂树林里有三匹马拴在那里,就在这时,那马焦躁地踏着蹄子,发出咴咴的叫声。

　　"这是民团的马!"田世杰判断着情况说,因为他看见了一个背枪的团丁在看守着。

　　"他们来干什么呢?"史少平猜测着。

　　"夺!"田世杰下定决心说。

　　"好!"史少平轻声地回答着。

　　他们迅速地钻进树林,悄悄地向马靠近。

　　这三匹马正是谷敬文派出来的三个团丁的。他们认为红军绝对不会在当天就到各山村来,他们想抢在红军前面,把谷敬文的"十杀令"传达到家家户户,并通知各村保甲长,立即行动起来,准备对付和红军接近的群众,先搞几个领头的,杀一儆百。两个团丁上了山，留了一个在山下看马。

为首的这个团丁不是别人，就是郝大成挑着铁匠担子，在山路上抢救黄六嫂时，没被打死却被吓破了胆的周二游。他和另一个团丁腰插短枪，气势汹汹地对采茶的妇女们说：

"三县剿共司令谷敬文和民团团总周武说，……嗯，对……我顺便告诉你们，我们的民团就要变成谷司令的第二保安团啦！谷司令和周团总有令，共产党是外乡人，绝对不会和咱们四岭山的人一条心，共产党共产共妻，还有那个……"周二游颠三倒四地往下说着，终于想起谷敬文教他说的话来了，"还有那个先甜后苦！告诉你们，红军在这里是待不长久的！哪个敢和红军往来，民团就对他不客气，给他个满门抄斩灭九族……这里，这里，……"

周二游一边喊着"这里"，一边掏着口袋，从口袋里摸出一张纸来，"这里有谷司令亲自签字画押的'十杀令'，我给你们念一念，……"

周二游把纸展开，吐了口痰，吭哧吭哧地捏了两把鼻涕，装模作样地念道：

"'十杀令'第一条，和红军讲话者，杀！第二条，给红军带路者，杀！第三条，给红军粮食者，杀！第四条，给红军通风报信者，杀！第五条，分粮分田者，杀！……"

周二游就这样六、七、八、九……杀！杀！杀！杀地念完了"十杀令"。然后他抬起头来，环视带着各种表情的妇女们，厉声地问道：

"你们听明白了没有！"

没有一个答腔的。

周二游恼火了，把枪猛力向外一拔，威胁地说："我周二游的话你们听到了没有？不要以为我是好惹的！再不说话，我就按着谷司令的'十杀令'给你们点颜色看看。"

"二游先生,要是红军硬向我们说话怎么办?"

说话的是一个十七八岁的姑娘。她生得健壮,面孔黑红,两道眉毛又长又直,两只眼睛又大又亮。她就是王心诚的孙女儿王淑贞。她一家三代人,却是三种不同的类型:王心诚迷信、固执,王大发软弱、犹豫,王淑贞却大胆泼辣,有主见,有骨气,敢说敢为。人们都说淑贞不像是王家的人,生错了家门,改变了家风,是棉花棵上结出的一颗大板栗——王心诚全家就数她硬,外带一个长满尖刺的壳。

"要是红军硬和你们讲话,你们就给他个一问三不知,要不就跑掉,躲藏起来,把门关上……"周二游以为自己的主张是个好办法。

"天哪,南山口,你们有枪有刀都挡不住,我们关门哪能行?"王淑贞又跟上一句,把周二游问了个张口结舌。

周二游感到王淑贞在逗他,就把脸沉下来说:"告诉你们! 我没有工夫和你们磨牙,谷司令有令在先,谁违犯谁倒霉!"

周二游虽然样子凶狠,但妇女们中有的是团丁家属,她们的父叔兄弟和丈夫也在民团里面,所以并不很怕。其中又一个姑娘慢吞吞地说:

"我知道民团挺厉害的,谷司令这'十杀令'也挺吓人的,你们怎么不想办法到红军那里去念一念呢? 就说……"这个姑娘用周二游宣读"十杀令"的腔调说,"谁进四岭山者,杀! 谁找老百姓讲话者,杀! 这红军一听谷司令这么多杀杀杀,准得退出四岭山去! 你们这些当民团的,为什么只对着老百姓耍威风!"

这个姑娘叫黄秋菊,是黄书耕的女儿。她的话儿听起来绵软,细琢磨起来却很硬。

周二游料知斗嘴斗不过她们,就跺了跺脚,耍无赖地说:

"好狗不和鸡斗,好男不和女斗。我不和你们斗嘴,我还要到别的地方去念呢!"

"你们还要到哪里去?"王淑贞故作关切地问。

"呐!"周二游指着南面的一个山头说,"就到那里去!"

王淑贞用牙齿咬着嘴唇,眼珠子滴溜溜地转了几下,说:"告诉你们,你们去晚了!"

"为什么?"和周二游一道的那个团丁诧异地问。

"红军早到那里去了! 你看,"王淑贞指着山坡说,"他们还在那里说话呢。"

王淑贞讲得像亲眼看见一般,就连和她一起采茶的妇女们也都信以为真了。

"你骗人!"周二游半信半疑地说。

"好吧,不信你就去吧,我才不管你们的闲事哩。"王淑贞做出了受委屈的样子。

周二游想起自己和红军那副铁匠担子狭路相逢的情形,不禁打了个寒战,悄声地问:"王淑贞,你怎么知道的?"

"我上山的时候,正好碰上他们。红军向我问路。"王淑贞为了证明她亲眼看见过红军,就把道听途说加上自己的想象,十分认真地描绘着红军的样子说,"他们一个个都是红脸大汉,腰挎短枪,背插明晃晃的大刀,好威风啊! ……呃,好像救黄六嫂的那两个铁匠也在里边!"

"铁匠?"周二游有些谈虎色变,"是铁匠问你? 还说什么了?"

"问倒没有问别的,只是他们一边走一边在议论。好像说什么那次救黄六嫂,跑了一个没有打死的团丁,见了面不会轻饶他。……"王淑贞瞅着周二游那变得蜡黄的脸,淡淡地说,"不信,你就自己去问问。"

周二游已经没有心思再听下去了,就对他的伙伴说:"小三,咱们走吧!"他们俩慌慌张张地向西山坡走下去。

"二游,你走错路啦!"王淑贞忍住笑说,"去南山坡你为什么往西走!"

"不,不去啦,有红军的地方我就不乐意去!"周二游回头又低声对团丁小三说,"我们快回沙河镇去,以后出来要多长点眼色,别他妈的碰上……"

这时,周二游身后山坡上响着一连串叽叽咯咯的笑声。

"淑贞,早晨上山不是咱们一起来的吗?你在哪里碰见红军了?"几个妇女奇怪地问。

"我是吓吓这两个家伙,好玩。你看,这一吓,他们连'十杀令'都不敢去念了。你们看,他们下山连滚带爬地跑得多么快啊!"

王淑贞前仰后合地大笑着,其他妇女们连团丁的家属在内,也都跟着大笑起来。

红军进入四岭山,团丁家属们本来是很有顾虑的。可是,当她们听说红军对俘虏的团丁不但不打不骂,而且全都释放了,她们也就放心些了。在欣慰之中,她们对红军反而产生了一种感激之情,所以也就跟着笑了起来。

"淑贞,这种人就像一条恶狗,还是躲着他们一点好,俗话说,'好鞋不踏臭狗屎'嘛。"几个上了年纪的妇女向王淑贞劝说着。

"我才不怕哩,他们就像一条狗,你越躲着它走,它就越追着咬你;你若是对它扬起棍棒啊,它就会夹起尾巴溜。……"王淑贞倔强地说。

"淑贞说得对,"黄秋菊说,"这些狗东西你越怕他,他就越欺负你,他们总是拣软的地方起土!"

忽然山下传来了枪声。

70

四

史少平和田世杰在杂树丛的掩护下,悄悄地接近了拴马的山洼。他们看见守马的团丁平端着步枪四下里张望着。这是由于红军进入四岭山,在这个团丁身上引起的惊惧的表现,却也给夺马带来了困难。

史少平带的是短枪,需要靠近,才能在有效射程之内开枪,远了不仅不易射中目标,而且很容易误伤马匹。如果一枪不能击中敌人要害,敌人就会卧倒隐伏起来,并且用步枪还击;若是山上的团丁再冲下来,居高临下地参加战斗,必然会给夺马带来更大的困难,反而耽误了奔赴伏虎岭的重要任务。

"我们还是分开吧。"史少平悄悄地说。

"好,"田世杰赞成说,"我从正面吸引着敌人,你就从背后去袭击他!"

史少平默默地点了点头,迅速钻进树丛里去了。

这时,正是周二游在山上,向采茶的妇女们宣读谷敬文的"十杀令"的时候。

史少平的行动极其隐蔽,田世杰的行动反而变得公开起来,他钻出树丛,有意迟缓地向守马的团丁走去。

团丁立即注意到了他,看到田世杰径直地向他走来,便把枪一端,大声吼道:

"站住! 你是干什么的?"

"我是找马的!"田世杰故意慢慢吞吞地说。

"找马?"

"是啊! 我的马跑了,我不找谁找?"

"这里没有你的马!"

"我的马恋群，"田世杰说，"说不定跑到你的马群里来了！"

"滚开！"团丁把枪栓一拉，"你不走开就打死你！快滚！"

可是这个找马的人并不害怕，反而越走越近，并且不满意地嘟囔着说：

"我说你们这些当团丁的，干吗吓唬我这个放马的老头子？再说，马是我们东家的，马跑了，找不回去，我哪能赔得起？"

"走开！这里全都是民团的马！"

"你们民团的马是白的，我那马也是白的。"田世杰做出老年人特有的絮絮叨叨、黏黏糊糊的样子说，"你也让我到跟前去认认嘛，我那马的耳朵上有个豁口子！"

"这里没有豁耳朵的马！"团丁显然感到这个找马的老头子对他的安全并没有威胁，声调也放缓和了些。

这时史少平已经绕到了守马团丁后面。但这后面有一个一丈多高的小陡崖。如果从陡崖上跃下来从后面袭击团丁，那是一定会弄出响声的，看来是非开枪不可了，他抽出了驳壳枪。

"这就是我的马！"田世杰有意把团丁激怒，好给史少平造成一个袭击的机会，便指着一匹白马说，"我认识这匹马！"

"你他妈的找死啊！……"团丁把枪一举。正巧史少平的枪响了。

随着一声清脆的枪声，团丁扑倒在白马旁边。

田世杰跑上前去，史少平跟着从陡崖上跳了下来。每人牵了一匹马，再把多余的一匹马放掉。他们走到山路上，双双翻身上马，向着伏虎岭的洪雷谷口飞奔而去。

正向山下走着的周二游和周小三，听到枪声先是吃了一惊，后又看见他们的马被人牵出树林。

"马，我们的马！"周二游慌张地叫着。他全身簌簌颤抖，手里虽然提着枪,在惊慌失措中竟忘记了开枪。

　　两匹马在两个勇猛的骑手的驱策下,雷电一般地消失在远处的密林之中。这时,周二游才举起枪来,对着……很难说是对着什么,开了三枪,好像是给他们的两匹马送行似的。

第二十六章　茶山盘歌

一

红军的二、三中队,在进入四岭山的第二天凌晨,便按照划分的小组,分头出发了。

吴可征送走了工作组,特意把宋少英和王尚青留下,说:

"今天,你们就不要到工作组去了。有一个特殊任务要交给你们。"

"特殊任务? 什么特殊任务?"王尚青瞪着惊奇的眼睛,心急地问。

"你们带上短枪,"吴可征说,"换上便衣,到山上去帮助老乡采茶,因为采茶的大多数是妇女,里面有不少是民团团丁家属。做好她们的宣传工作,是争取群众、瓦解敌军的一项重要的工作。开头,她们对红军的政策还不了解,心怀疑惧,不好接近。……"

"是这样。"宋少英有同感地说,"她们听信了周武的谣言和恫吓,对我们有很大的隔阂,工作可能比较难做。"

"所以要用一种特殊的方法去接近她们。"吴可征接着说,"你们两个都是山歌能手,可以用山歌去宣传,这样接近她们比较容易。只要能和她们接近,工作就好做了。"

"用山歌去接近群众?"王尚青对这种方法表示怀疑,"这倒是件新鲜事,能行吗?"

"我看能行!"宋少英说,"山上山下一唱,那就成了一家人了,是接近群众的一个好办法。"

"这可是大姑娘出嫁——第一遭啊!"王尚青仍然信心不足。

"是啊!"吴可征说,"无论什么事情,都有个第一回,开头难嘛。可是,我们做革命工作,不能老一套,要创造出各种各样接近群众的办法。……"

"那我们就试试吧。"王尚青说。

"不是试试,"吴可征纠正说,"而是充满信心认真地去做,一定要创造出新的经验来。"

吴可征又对宣传方法和内容作了一些指示。宋少英和王尚青迅速地做好了准备,就出发了。

……

宋少英和王尚青走出梅林镇沿着山路向西北,来到了兰田岗附近的一座茶山。就是在这条山路上,郝大成和王尚青曾挑着铁匠担子救过黄六嫂。王尚青一边走,一边向宋少英介绍当时战斗的情形,很快就走到了史少平和田世杰夺马的地方。

像昨天一样,山上有一群妇女在采茶。

"怎么开头好呢?"宋少英思忖着,然后对王尚青说,"小王,我们和她们盘歌吧!"

"行!"王尚青听说盘歌,变得信心十足地说,"盘歌咱小王还是有两把刷子,就是不知道她们会不会。……"

"嘿,在党代表面前没有信心,现在倒骄傲起来了。"宋少英故意警告他似的说,"今天盘歌不同往常,要把你看家的本领全拿出来,这第一炮可要打响。"

"有你给我当参谋,保证输不了!"

"我们也不能大意。盘歌不只靠歌才,还要靠机智,我们不能小看她们。"

"你放心,对山歌,咱小王是不会怯阵的!"王尚青信心百倍地说。

"好，你就先开头吧！"

在这大山区里，有一种不成文的规矩，凡是对歌，必须你唱我和，不然就是失礼；对不上就要认输，就是对方奚落耻笑，也要忍受。你盘我，我盘你，互相争取主动，双方都想压倒对方，都想难倒对方。

对歌对歌，你唱我和，口气总是很大的，因为这样可以激起对方的情绪来。对山歌的开头都有"哎哟唻"三个字，以唤起对方的注意，好听清下面的歌词。

王尚青清了清嗓子，把脸一仰，就纵情地唱了起来，嘹亮悠扬的歌声漫过茶山，在晴空里激荡：

> 哎哟唻……
> 云在天上游哎，
> 水在山下流；
> 姑娘们采茶不唱歌，
> 为什么低着头？

"小王，这个头开得还可以。"宋少英不褒不贬地说了一句，仔细地观看着山上的动静。

果然，采茶的姑娘们直起了腰，用手在眉毛上打着遮檐，向山下看着，然后交头接耳地喊喳了一阵，清脆的歌声像泉水一般流下山来，歌声里带着挑战、戏谑和轻蔑的味道：

> 哎哟唻……
> 小小鱼儿漾清波，
> 小小山雀离了窝，
> 野兔子蹦出茅草坡，
> 小伙子要听什么歌？

"快，向她们进攻。"宋少英说，"先来容易的，不要一下子把她们难倒。"

王尚青略微沉思了一下，唱道：

> 哎哟唻……
> 半山腰飞来巧八哥，
> 我来跟你们对山歌：
> 咱们住的是什么山？
> 咱们脚下是什么河？
> 山上什么出产得多？

"这个又太容易了。"宋少英说。

"我想先和她们认认亲，故意'咱们的山咱们的河'的，她们准把咱们当成白云山人了。"王尚青辩解着。

"嗬，你还真有两下子，"宋少英同意王尚青的解释，笑笑说，"真是巴掌心里长胡须——老手了。"

这时山上传来回答的歌声：

> 哎哟唻……
> 山上的黄莺对八哥，
> 我们跟你来盘歌：
> 咱们住的是白云山，
> 咱们脚下是流沙河，
> 山上香茶出产得多。
> 你有好歌多多唱，
> 没有好歌少啰嗦！

"看，她们嫌太容易了，再问，一定要胜过她们！"宋少英激励着王尚青，"激一激她们，先在气势上把她们压倒。"

王尚青又唱：

哎哟唻……

采茶的姑娘别逞能，

答不上来会脸红；

幼苗成树要寸寸长，

人上高山要步步登！

什么鸟爱的是梧桐树？

什么人爱的是茶树林？

什么花爱在山崖上长？

姑娘们爱的是什么人？

山上立即传来了回答。显然，姑娘们慢慢地对上劲来了：

哎哟唻……

小伙子开腔别逗人，

听我的金钟对银铃：

凤凰爱的是梧桐树，

茶农爱的是茶树林，

映山红开在山崖畔，

姑娘爱的是劳动人！

王尚青接着唱：

哎哟唻……

什么开花又开花？

什么开花在枝丫？

什么开花不结果？

什么结果不开花？

山上姑娘们答：

哎哟唻……

棉花开花又开花，

茄子开花在枝丫，

桂花开花不结果，

无花果结果不开花。

……

就这样，你来我往地对了十几个，老是难不倒采茶的姑娘们，王尚青有些着慌了。

"少英，你看怎么办？老难不倒她们，如果不赶快问，她们就会反过来问我们，那可就被动了。"

"可见她们也是山歌能手。"宋少英说，"可是她们只会旧的不会新的，我们要问她新词，她们就答不上来了。"

"新词儿我一时编不出来，"王尚青畏难地说，"还是你和她们对吧！"

"傻瓜，哪有女的和女的对山歌的？好，我给你编词你来唱。"

宋少英顺口编了一段。王尚青接着唱道：

哎哟唻……

什么草生来根连根？

什么花开满山林？

什么人是咱的死对头？

什么人和穷人是骨肉亲？

过了一会儿，山上传来了歌声：

哎哟唻……

芭茅草生来根连根，

映山红开花满山林，

……

……

歌声停住了，采茶的姑娘们回答不出来了。

王尚青立即兴高采烈起来："少英，你看，你的办法真灵。"

宋少英说："我来替她们回答，她们准会感谢我们！"

于是宋少英站上一块突出的岩石，向采茶的妇女们唱道：

哎哟唻……

对不上山歌不要紧，

唱个山歌来认亲。

山上的翠竹根连根，

穷人生来心连心；

映山红开放春光好，

革命花开幸福临；

土豪劣绅是咱死对头，

穷人和红军是骨肉亲。

宋少英的歌喉不仅圆润婉转，而且高昂激越，其中有清泉的淙淙，也有江河的浩荡。

王尚青禁不住称好。

宋少英说："光你说好还不成，要听听山上姑娘们唱什么。我替她们做了回答，就是不好，她们也该谢谢我！"

果然，山上传来了姑娘们答谢的歌声：

哎哟唻……

高山翠竹节节青，

代答山歌情意深；

字字新韵声调好，

句句新词道理明；

山歌好比清泉水，

高山深谷流不停。

采茶姑娘爱山歌，

今日幸会歌先生；

请把好歌教给我,

四岭山上传名声!

王尚青听罢,高兴地说:"少英,我们胜利了,我们胜利了! 咱们快去见见你的那些徒弟们吧!"

少英也高兴地点点头说:"走!"

二

当宋少英和王尚青走上茶山的时候,姑娘们一拥而上,马上把他们围了起来,七嘴八舌地问道:

"你们是哪个村的?"

"怎么没有见过你们?"

宋少英和王尚青只是微笑着,没有立即回答。

王淑贞拨开人们,站到他们的面前,像对老熟人一般顽皮地说:"你们先不要作声,让我来猜。"

"你猜猜看。"宋少英一下子喜欢上这个大胆泼辣心直口快的姑娘了。

王淑贞故意地绕着宋少英转了两三个圈,上上下下打量了一番,忽然大声说:"你们不是别人,是从南屏山上来的红军! 对吧?"

王淑贞一句话,把采茶的妇女们吓了一跳,赶忙从宋少英身边离开,重新打量着这个健壮美丽的姑娘。她们想:"不会吧? 难道这么一个文静俊秀的姑娘会当兵?"她们希望自己的"歌先生"说出一个"不是"来。

有的年纪大些的妇女数落王淑贞说:"贞丫头,你可不要没轻没重地瞎胡猜,玩笑可不是这样开法。"接着又向宋少英抱歉地说,"歌先生,你可别见怪,贞丫头是个天不怕地不怕的姑娘,说话没准头。……"

宋少英并不注意其他人的歉意，依然笑着向王淑贞问道："你怎么知道我们是南屏山来的红军呢？"

"我一看你这身打扮，就不像庄稼人。你看，我们这里穿绣花鞋，可是你穿的却是布草鞋；我们这里不是留辫子就是梳髻髻，你却剪的是短发，就是包在花头巾里，我也看得出来；还有，你那走路向前大步跨的样子，……哈哈，你说，我猜得对不对？"

快嘴快舌的王淑贞，像热锅里爆豆子一般，噼里啪啦地说了一通。

"对，你猜对了。"宋少英坦然地承认说。接着她又指着王尚青说，"他也是红军！他还到你们四岭山来打过铁呢！"

"在兰田岗住过一夜。"王尚青在这么多妇女面前说话还是第一次，本想说得顽皮一些，却没有想到反而有些腼腆了。

"哟，怪不得这么面熟呢。"黄秋菊想起来了。

妇女们都惊愕地看着宋少英和王尚青，不知道和他们亲近好还是疏远好。

她们当着宋少英和王尚青的面，有意无意地交头接耳地议论起来：

"红军还会唱山歌？"

"红军也是和咱一样的人吗？"

"可不，周武还说红军是红头发绿眼睛呢，真是胡造谣言。"

宋少英对妇女们说："咱们来认识认识吧，我姓宋，叫宋少英，他姓王，叫王尚青。"然后又问妇女们说，"你们叫什么呢？都是兰田岗的吧？"

"我姓王，叫王淑贞。"这个心直口快的姑娘争先抢着回答，然后又指着梳一条粗辫子模样很俊俏的姑娘说，"她叫黄秋菊。"

黄秋菊腼腆地笑笑。

"她是朱二嫂，二哥叫周武逼死了，她现在还守寡。……"

29

"该死的丫头！"叫朱二嫂的妇女听到王淑贞说她守寡,噘起嘴来嗔怪着,"你真是个快嘴丫头,看你叨叨些什么！"

王淑贞不顾朱二嫂的责怪,仍然一个一个地大大方方地介绍着。

宋少英和她们一一认识后,就说:

"姐妹们,说话别误了采茶,我们是来帮你们采茶的！"

"红军也会采茶？"

妇女们奇怪地问着,并仔细地打量着少英和小王采茶的手,不断地暗暗称奇:"看,红军有多么灵巧的一双手啊！"

"我们也给地主采过茶。"王尚青说。

"淑贞！这茶山是谁家的啊？"宋少英向一直跟在她身边的王淑贞问。

"还不是周武家的！这白云山上的茶园,全叫周武霸占了,唉！"王淑贞叹了口气说,"多少人叫他逼得家破人亡啊！"

"淑贞！这话可别叫周武知道。"上年纪的妇女警告着淑贞。

"怕什么？周武再厉害也不能把人吃了。"王淑贞不服气地反驳了一句,便埋头采茶。

其他人也各自想着各自的心事,都默不作声。她们还对宋少英存着很大的戒心,连互相间的喊喳声也都没有了。她们把两个红军看成了神秘的人物,怀着好奇、敬畏、猜疑的心情在观察他们。

宋少英很快地打破了这种僵局,她说:"姐妹们,咱们不能采闷茶啊,你们既然拜我为歌先生,我就唱山歌给你们听吧。"

于是宋少英先领头唱起来:

> 山歌不唱不开怀,
> 磨子不推转不来;
> 人不吃酒心不醉,
> 花不逢春不乱开;

要吃樱桃上树摘，

要唱山歌跟我来。

王淑贞首先跟上来，连一向沉静的黄秋菊也跟着唱起来了。

山歌一唱，姑娘们的心就和宋少英靠近了，疑虑、隔阂已经大大地减少了。

宋少英唱着唱着，把山歌调子一转，有意地用山歌来向她们宣传革命道理，于是，她边唱边编新词：

山歌好唱难开头，

木匠难修转角楼，

画匠难画天花板，

石匠难打凤凰头；

唱歌要唱革命歌，

走路要跟红旗走！

"是该换个新的了，光唱老调都唱腻了。"王淑贞说，"就请歌先生教我们新的吧！"

"好吧，我来开头。"宋少英向王尚青点点头，示意他注意，王尚青会意地笑笑。

宋少英唱道：

哎哟唻……

白云山上筑歌台，

谁要盘歌上山来，

我喉咙里有棵山歌树，

歌像红花万朵开！

王尚青接唱：

哎哟唻……

唱歌就唱革命歌，

31

你唱山歌我来和，

唱得青山点头笑，

唱得红花开满坡。

宋少英接唱：

哎哟唻……

采茶就要唱茶山，

满山茶林嫩又鲜；

开山劈岭种茶树，

血汗换来茶满园。

王尚青接唱：

哎哟唻……

茶山本是茶农开，

茶树本是茶农栽；

片片茶叶滴滴汗，

地主霸山太不该！

宋少英接唱：

哎哟唻……

周武心黑霸茶山，

穷人血汗全榨干；

茶农用尽牛马力，

财主使尽血汗钱！

王尚青接唱：

哎哟唻……

大椒没有不辣人，

财主没有不黑心；

春天放债驴打滚,

秋天连人一口吞!

宋少英接唱:

哎哟唉……

共产党领导闹革命,

红旗一展换乾坤;

推翻吃人的旧社会,

不做牛马做主人!

……

三

朱二嫂被这山歌深深地感动了。因为她的丈夫朱老二,就是在周武霸茶山的时候被逼死的。

"你们唱的都是我们穷人心里的话,这茶山上滴满了我们茶农祖祖辈辈的血汗和泪水啊。"朱二嫂眼圈红红地说,"可是我们不敢唱,周武把刀架在穷人的脖子上,……唉,有冤没处申,有苦没处诉啊!"

"现在红军来了,"宋少英说,"就是要打倒周武,给穷人申冤报仇! 只要穷人齐了心,有红军撑腰,周武一定能打倒,茶山一定会夺回来!"

"能那样就好!"朱二嫂满怀期望,可是还不相信很快就能做到这一点,"周武能那么好惹吗? 他有民团啊!"

宋少英说:"不错,周武是有民团,可是,死心塌地替周武卖命的却不多,大多数团丁都是苦出身,都是被迫去干的。……"

宋少英这话首先说到王淑贞心里去了,她插断宋少英的话头说:"宋大姐的话真对! 我爸爸就是为了欠周武的租债,才被迫去当民团的！"

"所以红军对团丁和对周武不一样。"宋少英说，"就说昨天早晨打的那一仗吧，红军把团丁围起来，枪都是朝天上打的！只要团丁放下武器，红军就优待他们，不是立即就把他们都放了吗？"

"是啊，红军就是好啊！"有的团丁家属舒了口气，然而仍有些不放心，"打仗总是要伤人的啊，若是团丁还没有放下武器就叫打死了呢？就说昨天吧，为了夺马，山洼里就打死了一个！"

"那你们回去，就要对自己的亲戚、朋友、熟人、邻居宣传。凡是家里有当团丁的，都要他们知道，共产党是穷人的救星，红军是穷人的队伍，穷人不打穷人。要团丁们弃暗投明。"

"我明天就到沙河镇去！"王淑贞干脆地说，"叫我爸爸投红军，打周武这个狗东西。"

"红军也都是苦出身？"妇女们关切地问。

"是啊，就说党代表吧，他祖祖辈辈都是铁路工人；郝大队长从小就给地主放牛，后来又去打铁。就说小王吧，"宋少英指了指王尚青，"他是个孤儿，从小就讨饭。"

王尚青机灵地意识到以自己的苦引出群众的苦来，是和群众求得心贴心的好办法，他便接着说：

"我七岁就给地主放牛，后来家乡遭了灾，我们逃荒流落到外乡，一家四口，现在就剩下我一个人了。当了红军以后，党代表叫我把我一家的遭遇编成了山歌，我现在就唱给你们听听吧。"

王尚青沉思了一下，用沉痛的声调一字一泪地唱道：

> 家乡年年旱又涝，
> 地主举起杀人刀：
> 租子重，利息高，
> 捐税多得像牛毛。

携儿带女逃荒去，
野茫茫啊路迢迢；
父亲饿死山崖畔，
一堆黄土埋荒郊。

母亲病重行路难，
妹妹喊饿哭嚎啕；
破衣烂衫难挡寒，
雪如钢锥风如刀。

　　妇女们听着王尚青的悲愤的倾诉，都忍不住啜泣起来。王尚青继续唱着：

富人桌上鱼肉肥，
都是穷人血和泪；
财主张灯过佳节，
穷人有家也难归。

穷人有家归不得，
茅屋空空债累累；
土豪劣绅逼租债，
凶似豺狼恶如鬼！

　　采茶人从这如泣如诉的歌声里，看到了自己苦难生活的写照，听到了自己悲惨心声的倾诉，一边低头采茶一边用手背抹泪。
　　王尚青的歌声却忽然一转，变得高昂明快，犹如高山巨瀑奔腾直下：

道路不平要踩平，
千年锁链要砸碎；

跟着共产党干革命，
枪杆子打烂旧社会。

水流千转归大海，
红旗一展起风雷；
泥脚杆子要坐天下，
从此穷人不受罪！
……

王尚青发自肺腑的山歌，深深地打动了采茶妇女们的心，她们从来没有听过这样动情的山歌，也从来没有听到山歌中这些新鲜的道理。在她们的心目中，都已经把宋少英和王尚青当成姐妹和兄弟看待了。

黄秋菊是稳重而又聪明的，她比别人想得多也想得细，她一边听歌一边观察着这两个神秘的人物——从出世以来，她第一次见到这样的当兵的。她仿佛要通过宋少英和王尚青的言行去看透他们的内心，猜测着他们的来意。她越观察疑问就越多，越思考就越难理解——他们能说会道，能采茶会唱歌，还会打仗，他们是谁教的呢？世上能有这样的兵？……于是她大起胆子问道：

"宋大姐，你也打过仗吗？"

宋少英点点头说："打过，打过很多次呢！"

"响枪响炮的，又杀又砍的，你不害怕吗？当兵打仗总不是女人的事啊，就是男人不到万不得已的时候，也不去当兵啊。"黄秋菊想到了"好男不当兵，好铁不打钉"那句话，没有好意思说出来。

聪慧的宋少英早已看出了黄秋菊的心思，同时这也是许多妇女的心思，虽然她也一再说红军是穷人的队伍，可这毕竟是新鲜事情，不是一听就懂了的，她认为正好借题目做文章，把红军的宗旨解释给她们听。她笑笑说："秋菊，你这话里有两层意思，第一层是女人上战场,炮火连天,冲冲杀杀,这个女人一定很凶狠,很残忍,对吗?"

黄秋菊不好意思地点点头。

"第二层意思就是:'好男不当兵,好铁不打钉',女人抛头露面,东奔西闯,出来当兵就更不合适了,对吗?"

黄秋菊又点点头。她的脸不由得涨红起来,这个女红军完全看透了她的心思,并把她没有说出嘴的话全说出来了。

"咱们要说女人能不能当兵,先说说为什么要当兵吧。我们上战场是叫敌人逼的,你不杀他们,他们就来杀你,他们剥削我们,压迫我们,他们逼死我们多少人啊! 只要你一反抗,他们就要抓你去坐监牢。他们为什么能欺压我们穷人呢? 就是因为他们有官府、有军队,我们要不受他们欺压,就得和他们拼! 所以我们也要有枪,也要有自己的军队,也要有穷人自己的政府! 你们说这个道理对不对?"

"对!"王淑贞说。

黄秋菊和其他妇女也都点点头。

"现在我就再说说你那第二层意思。兵和兵可是不一样:替土豪劣绅卖命,帮助土豪劣绅打穷人,这样的兵就是国民党白匪军,就是地主的民团。他们专门欺压老百姓,奸淫烧杀抢掠,无恶不作,横行霸道,蛮不讲理,这种兵人人痛恨。可是世界上还有另一种兵,他们专打国民党白匪军,专打杀人放火的任中元,专打土豪劣绅;他们替穷人申冤报仇,专门为穷人办事;他们和老百姓一条心,是老百姓的子弟兵,这样的兵是共产党领导的……"

"红军!"王淑贞抢着说,"我要当兵啊,就要当宋大姐这样的兵。"

"是啊,淑贞说得对,红军就是这样的兵。男的能当兵,女的为什么不能当兵呢? 咱们妇女也是爹娘生的啊! 咱们妇女要解放!

37

要和男人一样平等,男人能做的事,咱们妇女也一定能做!你们看咱们的黄六嫂,有些男人都不如她。"

"对!妇女千年万载受欺压,今天红军来了,我们就要争争气!"王淑贞说,"当兵上战场有什么可怕的?胆小怕事什么也干不成,古时候,女兵女将多得很呢!"

王淑贞说得很有气势。

黄秋菊感慨地说:"宋大姐,照你这样一说,我心里也亮堂了,贞丫头讲得也挺有骨气。咱们老百姓见识少,心眼实,听见周武说得有鼻子有眼就信了,有的人还糊涂着呢!宋大姐,你快到处去指点指点吧,不然,真要上周武这些坏蛋的当了!"

"光靠我们去讲还不够。"宋少英说,"咱四岭山有成千上万的人家,宣传革命道理还要靠大家,这样就可以一传十、十传百、百传千地传开去,大家很快就会认识共产党,知道红军是什么队伍了,就知道打土豪分田地是怎么一回事了。"

在短短的半天时间里,宋少英和王尚青完全取得了妇女们的信任。她们向宋少英提出这样那样的问题,宋少英总会给她们十分明确的答复。宋少英在她们心目中,简直成了无所不能无所不知的人了。她们敬佩地看着宋少英,心想:"这个女红军真了不起啊,能打仗,会采茶,山歌唱得好,道理讲得明……"

她们不由得觉得自己的命运前程,同共产党、红军紧紧地连在一起了。共产党和红军的到来,会给她们的生活带来新的变化。看来时代是要变了,社会是要变了,她们的生活也要变了。

她们各自的心事,都想向这位女红军说,并且预想到能从她那里得到巨大的帮助。

这些妇女们心里渐渐地注满了希望和欢欣:她们相信,共产党和红军一定会把她们从水深火热中拯救出来。

傍晚时分，彩霞满天。妇女们和宋少英就要分手了，她们感觉到互相之间竟有些难舍难分。尤其是王淑贞，她简直把心也要交给这两个红军了。

王淑贞对红军这样好，是有它的历史原因的。在她没有接触到红军之前，她的心目中最佩服两个人，一个是田世杰，一个是黄六嫂。田世杰舍命救周威，带头闹暴动；黄六嫂铡刀口上救铁柱，手持剪刀刺周武，都使她深深敬佩。她感到田世杰和黄六嫂不只是心地好，为人正直无私，而且有骨气有胆量，所以她把他们当成英雄来崇敬。后来，她知道田世杰和黄六嫂都是共产党，是和红军一样的，因此对红军也产生了好感。本来，这种好感还是很模糊，很不明确的。但是，当郝大成挑着铁匠担子初探四岭山，救黄六嫂，以及今天看到宋少英和王尚青做的，听到宋少英和王尚青讲的之后，她对红军的好感就变得具体了，实在了，明确了。

这个热情的姑娘，一把拉住宋少英，一定要他们到她家去吃晚饭。她想让妈妈和爷爷亲眼看看红军是什么样子。

第二十七章　洪雷谷报警

一

在红军进驻白云山的时候,四岭山西部,伏虎岭洪雷谷口的战斗正处在胶着状态。连续五天的战斗给两方——周威的齐心会和任中元的保安团,带来了相当大的伤亡。

任中元凭着国民党发给他的优良的武器,并采用突然袭击的方法,曾一度占了上风——有将近一个连的兵力,冲破了洪雷谷口的守卫,登上了伏虎岭。

但是,周威的齐心会却凭借着地形的险要和对任中元的刻骨仇恨,弥补了武器低劣的缺陷。

战斗已进行了五天,还很难判定谁胜谁负。

开始,冲进洪雷谷的那股保安团,对伏虎岭的威胁是很大的。洪雷谷是伏虎岭的大门,洪雷谷失守,太平寨就很危险了。

当告急文书到了太平寨时,周威便连忙带着朱英二中队赶到了洪雷谷,经过拼死争夺,消灭了将近一个排的保安团,终于把洪雷谷夺回来了。

双方的损失大体相等,周威俘虏了保安团的排长王丹臣,齐心会的一中队长焦大海却让保安团抓去了。焦大海的被俘对周威的军事力量来说,算不了什么大的损失,但对周威的精神来说,却是一个很大的打击。因为焦大海、朱英和周威在义和团的时候,他们是生死之交,是换过兰谱的结义三兄弟。

周威一听焦大海被俘，心如刀绞。他怀着沉重而又焦虑的心情，立即给任中元写了一封信，建议交换俘虏，想用俘虏王丹臣把焦大海换回来。但是任中元却深知周威和焦大海的关系，并且想到这个关系还可以利用，便立即给周威写了一封半土半文半粗半细半笑半骂的信，给周威以极大的羞辱：

周威总指挥麾下：

来信知悉。很是抱歉，我不能使你满意。王丹臣是我的小小的排长，在我来说，不过是一根汗毛；焦大海是你的结义兄弟，对你来说，重如手足！

你提出来交换，无异于以羊换马，以铜换金，以石换玉，以汗毛换手足，真是异想天开，不明事理至极也。

如你真能以义气为重，拿自己脑袋来换，何所惜乎？你身为齐心会总指挥，如果有种，就把你的结义兄弟夺回去嘛！有深仇而不报，弟落难而不救，枉为人也！

你义弟在我的监牢中，虽受拷打但却活着！如你迟迟不来，那就很难说了。

砍伤你臂膀的那把战刀早已磨亮，恭候虎驾

光临

你的死对头 任中元谨启

这封信大大激怒了周威，如果不是朱英和周枫森拉着，他真要立即冲下山去同任中元拼个死活！他发誓同任中元死战到底，为了表示他的决心，把齐心会的兵力差不多全都拉到洪雷谷来了。他的指挥部就设在离洪雷谷口只有五里路的石门店。这是一个七十多户人家的山村。当周祖荫和拐子腿来到石门店的时候，周威正在他的指挥部里审问王丹臣。

周威坐在指挥部的太师椅里，虽然面有倦容，却仍不减当日的威严。

王丹臣站在周威面前,他神情沮丧,脸色苍黄,萎靡不振,但在沮丧中似乎又流露着一点倨傲,觉得自己是国民党的排长,就是做了俘虏,也比齐心会高出一等。

"你就是王丹臣吗?"周威看了俘虏一眼,声色俱厉地问。

俘虏看看周威穿着一身老百姓的农裳,觉得受一个庄稼佬的审问,是莫大的耻辱,便不耐烦地回答道:"我已经回答过好多遍了!"

"啊!你不愿意回答我的话吗?"

周威的眼里突然冒出了火光,他站起身来,摘下挂在墙上的龙泉宝剑,"嚓啦"一声抽了出来,剑锋寒光逼人,他说:"你要知道我周威的脾气,我是说到哪里做到哪里。任中元挖人心吃,我也能挖你的心,不过是丢给狗吃!"

在闪闪发光的剑锋下,王丹臣顿时失色,他战栗着,哀求地说:"总指挥,你问吧,我知道的,我都说。"

"先说说任中元的兵力部署。"

"任团长……不,任中元共计三个营,将近九百人,二、三两个营住在西屏镇,一营住在洪雷谷口外面的杨家寺。……"

周威仔细地听着王丹臣所讲的任中元情况,他忽然打断俘虏的话说:"我这个人为人处事,喜欢真诚,最恨虚伪。我也和你来个君子协定,你回答我的一切提问,都必须说实话。只要我感到满意,我可以放了你,若是你对我说谎,那就别怪我剑下无情!"

"请总指挥问吧!"俘虏被降伏了,由于他有了获生的希望,神情变得坦然起来。

"任中元为什么突然向我发动进攻?"

"这次进攻全是他的堂兄任洪元的主张,他想和谷敬文争夺四岭山,就派了他的副官冯自信来。这次洪雷谷的战斗,就是冯自信帮助任中元指挥的。"

"刘家寨和王家寨没有驻人吗？"

"没有，一营全部驻在杨家寺。"

"任中元的下一步打算是什么？"

"这……"俘虏为难地说，"我实在不知道。"

周威本想还问战斗之后的情形，但王丹臣被俘之后就什么也不知道了。于是他又问道："任中元现在还吃人心吗？"

"还吃！"

"当了保安团长以后，他还吃？"

"国民党并不禁止吃人心啊！"

"任中元当土匪吃人心，当了国民党还吃人心，这么说国民党和土匪是一个样啰！"周威说到这里，他突然想起郝大成和他讲的关于防什么匪保什么家的话来。他忽然想在这个国民党军官身上了解更多的东西，以便使自己进一步弄清国民党任洪元、保安团任中元、谷敬文、周武和红军之间的关系。郝大成曾说谷敬文要进四岭山区，任中元要进四岭山区，从这个俘虏嘴里得到了证实。红军也直言不讳地讲要进四岭山区。这些要进四岭山区的人，企图是不是一样？谁好谁坏？他想通过俘虏这个侧面对这些问题作一些探索。

"老实说，我也搞不明白。"俘虏显得有些惶恐，"任中元当了保安团长之后，是有些变了。过去他既抢穷人也抢富人，现在他不像过去那样明火执仗地抢劫了，但是他可以出名目要捐要税。过去财主们怕他，现在财主们靠他。他现在是一心要杀共产党。"

"唔，"周威点点头，对俘虏的回答表示满意，他的态度和缓下来，不像是审问俘虏，而像是和俘虏研究问题。

"你们说共产党杀人放火，任中元也杀人放火，那你们应该和共产党交朋友才对啊，为什么又成了死对头呢？"

"我也听说共产党杀人放火，"俘虏说，"到底是真是假我没见过。在上个月,我们保安团还抓了几个共产党,一个是篾匠,一个是长工,还有一个是打猎的。"

"他们做了什么坏事呢?抓人也得有罪证啊!"

"听说他们要造反,还偷偷地打死了一个保长呢!"

"为什么打死保长呢?"

"因为那保长糟践妇女,还逼死了好几条人命,老百姓见到他没有不恨得咬牙的!"

"这个保长应该杀!"周威肯定地说,"共产党做得对啊,为民除害嘛!"

周威把俘虏提供的情况和郝大成向他谈的话印证起来,做了如下推理:既然国民党做土匪任中元编成保安团,那么国民党肯定不是好东西;谷敬文是保安团,肯定也不是好东西;周武也要改编成保安团,就是不改编,民团也和保安团差不多。这么说任中元、谷敬文、周武都是一丘之貉了。他们都反对共产党,那就说明共产党是好的了。俘虏不是说了吗?那个保长因为太坏,共产党不是把他杀了吗?周威沉思着,好久没有再说话。

"总指挥,你累了吧?"周枫森关怀地说。他把周威的沉思当成了疲劳的表现,"休息一会儿再审问吧!"

"不,我不累,我是在想。"周威看看俘虏,俘虏正在等他发问。

"任中元既然不须明火执仗地抢劫了,那他为什么要进攻四岭山呢?进四岭山对他有什么好处?"

"这件事我可摸不透!只有任中元才清楚,可是我也听到一点议论,对不对就不保准了!"

"你说!"

"谷敬文当了三县剿共司令后,要到四岭山来当土皇帝。任洪元也不甘心,也叫任中元来当土皇帝,和谷敬文争这块地盘。……"

听到这里,周威激怒地把宝剑向桌子上一拍,猛然站起来大声叫道:"好啊,这些卑鄙无耻的家伙,都像饿狼一样向四岭山张开血口了。只要有我周威在,哼!……"

周威突然把话停住了,惊愕地瞪着门口。

满身汗湿的周祖荫,满脸血污的周拐子,突然出现在周威面前。

二

"出了什么事?"周威急急地问。

"红军,啊,红军!"周祖荫由于喘得太厉害,上气不接下气地说着,可是舌头发直,没法一下子说清楚。

周威吩咐把俘虏带下去,并给周祖荫端了一碗水,让他坐下慢慢说。

"红军占了白云山啦!"周祖荫喘息了一会儿,喝了几口水,终于说出了要说的话。

这个消息对于周威来说,真是太突然了,他以为是听错了:

"真的?"

"是啊!"

"民团呢? 南山口呢? 四岭山就这么容易进吗?"周威焦躁地在屋子里转着圈。

"红军杀进来,把民团打死了不少。这些共产党啊,见人就杀,见东西就抢,真是无恶不作啊。……贤侄啊,你快救救白云山吧!"周祖荫呼天抢地地说着,汗水泪水鼻涕水一齐往下流。

"总指挥,这都是我亲眼看见的啊!"周拐子帮腔说,"快回兵吧!"

"回兵?"周威悲痛地叫了一声,"任中元还在门口呢,伏虎岭就不要了吗?"

"现在是哪头紧急救哪头啊!"周祖荫说。

"我不能拆了东墙补西墙。"周威犹豫着,"我要好好地想一想。"

然而,周祖荫却不让周威仔细想,他立即拿出他的有力的法宝——把他的祖宗端了出来。他说:"威侄,你还记得,在我们周家的祠堂里,当着老祖宗们的在天之灵,发过什么誓吗?"

"记得!"

"你说一遍,"周祖荫摆出了家长的架势,"给我听听!"

"四岭山是周家的四岭山。"周威说出当时的誓言,"如有外侮,齐心会和民团要联合出兵,保护四岭山的安全!"

"对!"周祖荫已经缓过气来,不再张口喘气了,两眼直瞪着周威说,"威侄,现在是你实行誓言的时候了!……"

"这……"周威似乎要挣断这束缚着他的誓言的锁链,然而他没法挣脱。停了好一阵子,忽而又问道,"红军到底是怎样打进来的?"

周祖荫和周拐子分别叙述了他们各自知道的情形,但作了很多的虚构和捏造。

"唉,可怕极了,红军一进山就和任中元进山一个样!"周祖荫夸张地说,"到处是大火,到处是哭声,唉! 四岭山可真遭大难了!"

"民团呢?"周威皱了皱眉头,不相信真有这样的事情。

"民团哪里是红军的对手啊!"周祖荫哭腔哭调地说,"你再不回兵,眼看沙河镇不保,我们周家的产业不说,那周氏宗祠就会为共产党所毁,我们世世代代祖先怎能瞑目于九泉之下? 宗祠不保,我们这些后世不肖子孙,怎么还有脸活在世上啊!"

周祖荫噙着老泪,不断地向周威念着封建礼教的紧箍咒。周威眼前的龙泉宝剑虽然锋利,但他却砍不断旧社会给他套在头上的宗法思想的紧箍。

周威愁苦地在屋里走来走去，目前发生的一切似乎和他原来的推理不相符合。到底应该怎么办呢？他踌躇了足有十分钟，然后他好像下了决心似的说："好，我马上回太平寨去，把四岭山的老百姓，不分男女老少，全都串联起来，就像抵抗任中元一样抵抗他们！"

"联合老百姓恐怕太慢了。"周祖荫说，"起了大火的时候再挖井，哪能来得及？"

"那应该怎么办？"

"把你这五个中队的齐心会带到白云山去，咱们来个前后夹攻。"

"这洪雷谷呢？"

"丢了洪雷谷有什么关系？"拐子腿说，"宁愿让任中元进来，也不能让共产党站脚啊！"

"混蛋！"周威的脸色变得铁青，"可耻，你忘了四岭山和任中元势不两立吗？有不共戴天的血海深仇吗？"

周拐子自知失言，吓得缩起脖子，不再言语了。

"威侄，"周祖荫凄然地说，"拐子腿是好心不会好说，你应该宽恕他。回兵不回兵，威侄你自己定夺吧，只要对得住祖先在天之灵，只要对得住周家的宗祠，对得住自己的誓言就行！"

"这样吧，"周威为难地说，"我留两个中队在洪雷谷，带三个中队到白云山！"

"好！威侄这样决断，真是四岭山区有幸，救兵如救火，那就请快些动身吧！"周祖荫终于舒了一口气，他总算达到了目的！

三

周枫森一直在旁边听着四岭山发生的这场巨变，他认为周祖荫的话是不真实的,周拐子说的情况是不可靠的,他不相信红军会烧杀。他想走进去反驳这两个造谣中伤的家伙,但他缺少证据。他的心情虽说也很复杂,但总的来说,他是为红军进入四岭山而暗自高兴。他很想再见一见那位他所钦佩的红军代表。当他听到总指挥决定带三个中队回兵白云山的时候,他是很焦急的。趁周威从大厅里走出来的时候,他沉痛地说:

"总指挥!周拐子的话不能全信!不能上了他们的当!"

"是真是假现在还难说。"周威皱着眉头说。

"那就不应该回兵!"周枫森从来没有这样大胆地干预过总指挥的事情,"我觉得这里面有诈。"

"这不是你小孩子的事情。"周威认为周枫森管得太多了,"我自己会小心的!"由于心情不好,他不愿意和周枫森多说,径自走到一中队驻地去了。他要和朱英商量商量。

周枫森的提醒并没有白费。他虽然没有能阻止住周威回兵,但周威的决定却作了修改。周威决定留三个中队在洪雷谷口,只带两个中队去白云山。

周祖荫对这一改变内心里很不痛快,但他不敢过分表示不满,免得和周威弄僵。

傍晚时分,周威和两个中队提前吃了晚饭,匆匆整队向伏虎岭下进发,预计一夜行军,在第二天凌晨可以到达白云山。

他们走出石门店不远,就看见前面山路上扬起一片黄尘。不知发生了什么事情,周威立即命令两个中队在山路两边占领阵地,准备战斗。

渐渐地看得真切了,两匹白马旋风似的直冲他们卷来,由于速度太快,他们看不清骑者的面孔,直到来人在周威面前跳下马来,才看清是谁。

"田大伯!"

周枫森第一个先叫起来。接着又打量着一个穿着灰色军装的英俊的青年人。

"田大哥，你怎么来了？"周威诧异地说，又仔细打量着史少平，揣摩着出了什么事情。

田世杰的到来，受震动最大的要算周祖荫了。他预感到事情不妙，就像偷吃狗看见了木棍子，身上一阵发热。他猛然拔出了手枪，指着田世杰骂道："姓田的，红军就是你这个外乡人引进来的！你是四岭山的内奸！我要打死……"

"你少耍点威风吧！"眼明手快的史少平用枪一拨，周祖荫的手枪就飞到路边的树丛里去了。

周祖荫、周拐子看见史少平手提驳壳枪，那种令人望而生畏的凛然不可侵犯的神态，先自气馁了三分。

"总指挥，"田世杰说，"你这是带着队伍往哪里去呢？"

"去白云山！"周威冷冷地说，周祖荫在他心头煽起的怒火还在燃烧。但他在田世杰面前，却不好发泄出来。

史少平沉静地收起驳壳枪来，向周威敬了一个礼，和和平平地说："总指挥，郝大队长和党代表，这么紧急地派我们来，就是怕总指挥听信谣言，产生误会。我们给总指挥带了一封信来。"

史少平拿出信来，送给了周威。

在路边准备战斗的齐心会员们看着这一切，但他们还不清楚这里面的奥妙。只有周祖荫看着这一切，倍觉恐慌。他已经预感到失败在等待着他，他费了九牛二虎之力所得到的东西，马上就要失去了。但他不甘心失败，他要寻找一切时机，采用一切手段进行挣扎。

周威接信在手，但没有立即拆它，他现在的心情是复杂的，到底是忧是喜，他自己也难以分清。他急待着知道事情的真相，就问田世杰：

"听说红军进占了白云山,是真的吗?"

"是真的!"田世杰说,"红军大队部就住在梅林镇。"

"听说红军见屋就烧,见人就杀,这是为什么?"

田世杰向周祖荫蔑视地看了一眼,没有直接回答周威的话,却向周祖荫说:"你是周家的族长,可是你却是个骗子!我问你,红军烧了哪个村?又杀了哪个人?"

"……"周祖荫回答不上来。

周威看着周祖荫狼狈的样子,感到情况并不像他所说的那么严重。

"总指挥,天已经不早了,"周枫森趁机向周威说,"既然情况有了变化,还是先回石门店吧!"

"也好。"周威思忖了一下,下决心说,"先回石门店!"

"威侄!"周祖荫为了挽救即将出现的败局,发出了垂死挣扎的哀鸣,"你可不能听信外人的谣言,误了四岭山的大事啊!你若再回石门店,那可中了共产党的缓兵之计了!"

"胡造谣言的不是别人,"田世杰指着周祖荫说,"正是你们!欺骗总指挥的也正是你们!出卖四岭山的也正是你们!周祖荫,你说,你这次是奉谁的旨意来的?"

"是我自己要来的。"

"不,是坐镇沙河镇的谷敬文!"

"谷敬文住在沙河镇?"周威向周拐子厉声地问道,他听到谷敬文坐镇沙河镇,就起了本能的反感,同时他认为质问周拐子比问周祖荫更容易问出真情来。

"这……"周拐子用眼睛瞟着周祖荫,询问到底怎么说,他要看周祖荫的眼色。

可是,周祖荫的眼色里,却没有暗示他:说是还是说不是。他的眼色里只含着愤恨、焦急和责骂,用嘴说出来就是两个字——笨蛋！因为周拐子没有立刻回答,已经造成了不可挽回的错误,证实了谷敬文是在沙河镇。

"快说!"周威的眼里喷出怒火,向周拐子逼近了一步。

"这……"周拐子完全慌乱了。他深知周威的脾气,脸上立即渗出了汗珠,"这……我不……不知道!"

"什么?"周威火冒三丈,"嚓啦"一声,抽出了宝剑,剑锋在夕阳的照耀下闪闪发光,"你不知道! 我看你是不想活了! 快说!"

"谷敬文是在沙河镇。"老奸巨猾的周祖荫见周拐子搪塞不过去了,便争取主动地说,"可是,他也是为了四岭山好啊! 他是我们周家的亲戚嘛!"

周威当着田世杰和史少平,没有反驳周祖荫,但回石门店的决心却下定了。他吩咐朱英把齐心会带回石门店。周祖荫和周拐子仍然跟着周威到石门店,他争取周威回兵夹击红军的目的虽然没有达到,但他要探听出红军给周威的信的内容,和齐心会与红军的关系。

周威回到石门店的指挥部,田世杰、史少平、周祖荫、拐子腿,全都在大厅里落了座。

周威的心情是十分烦乱的,眼前的局面是这样复杂,几个方面的势力一齐摆到他的面前:第一方,周武的民团,原来他们是同宗同族,自以为是一家人,但是在许多事情上,比如对田世杰,对红军,对谷敬文,甚至对任中元的关系上,看法和做法都不一致。周武只顾白云山的安全,并不把伏虎岭放在心上,甚至背后还和谷敬文勾结起来暗算他。第二方,是谷敬文,这个野心勃勃的家伙,开头是以亲戚的名义和周武勾结,而后又以三县司令的地位,公开地明目张胆地把四岭山划成他的辖区,在沙河镇发号施令,俨然以四岭山的太上皇自居,妄想吞并齐心会。第三方,是任中元的保安团,这个敌人有变化,对四岭山进攻的目的有发展,在任中元是土匪的时候,他进攻四岭山的目的是烧杀抢掠,现在是保安团了,他进攻的目的,不仅是烧杀抢掠了,而是要进占四岭山。在这几个方面的势力之外,在周威面前,还出现了另一种力量,这就是红军。虽然他和郝大成见过面,谈了很久,但他仍不相信红军会那样好。即使红军是块金子,但自己还没有亲眼看到,是真是假很难分辨!

对这红军和另外三个方面的势力,应该如何认识?应该采取什么态度?应该用什么方法去对付?只有对任中元,周威是明确的,那就是打到底,进行你死我活势不两立的斗争,直到把任中元彻底消灭!

但是,对待红军和另外两个方面的势力就复杂得多了,不知应该如何对待才好。周威就是在这样的一种精神状态下,打开了史少平交给他的信。信不长,他仔细地读了两遍。

周总指挥勋鉴:

敬启者,欣闻齐心会反击任中元的袭击取得成功,特表示祝贺,并预祝对任中元作战取得更大胜利。

我军进入四岭山区,是为了四岭山区广大人民的利益,在上月郝大成同志以红军代表的名义,已经向总指挥阐明了红军的宗旨和立场。四岭山区是属于四岭山人民的,红军进入四岭山区,必将受到四岭山区人民的热烈欢迎。

在白云山战斗中,我军所俘虏之民团团丁,均已全部教育释放。

任中元是四岭山人民的仇敌,也是红军的仇敌,待我军稍事休整之后,当即派兵协助齐心会作战,以达共同消灭任中元匪帮之目的。

望总指挥明辨是非,以四岭山人民的利益为重,切勿听信谷敬文、周武的谣言,以免产生误会。

如有异议,均可通过协商解决,特请总指挥拨冗光临梅林镇一谈。

　　专致

勋安

　　　　　　　　　　红军大队长　郝大成

　　　　　　　　　　红军党代表　吴可征

　　　　　　　　　　×月×日

　　周威读完了信，沉思了很久，他认为有必要和周祖荫商议，便把信交给了周祖荫。

　　周祖荫皱着眉头反复地看了五遍。本来他想当着田世杰和史少平的面，把这封信批驳一番。但他仔细一想，就失去了这个勇气，因为搞阴谋诡计的人最怕争辩，真理越辩越明，到头来还是自己出丑。他看见田世杰和史少平都用愤恨的目光看着他，并准备和他争辩，十分胆怯。他把信折叠起来，故意大声说：

　　"这信里有文章，大有文章。"

　　"说说你的想法。"周威说。

　　"威侄！这封信事关重大！"周祖荫竟把信装进自己的马褂里，"我想……我想……"他用眼睛看着田世杰和史少平，"恐怕说起来不方便。"

　　周威会意地说："你不说也罢，你们都该休息了！田大哥和史先生还没有吃饭吧？这些恼人的事情把人都搅昏了，有失招待，请多原谅。"接着他向外喊道：

　　"枫森！看看饭做好了没有，请客人用饭。"然后他又抱歉地对田世杰和史少平说，"刚才我们已经吃过了，恕不奉陪。"

　　周威对田世杰的态度较前冷淡了不少，原因是田世杰和红军一道来，显然他和红军完全是在一起了，因此周威也以对待红军的态度对待他。

四

在田世杰和史少平被周枫森带去吃饭的时候,周威坐下重又向周祖荫说:"荫叔,你说说对这封信的看法吧!"

"威侄,这是红军缓兵之计!"

"何以见得?"周威探询地说,"他们不是说要派兵帮助我消灭任中元吗?"

"很明显,共军知道你正在和任中元作战,所以表示赞成。文章就出在派兵帮助你消灭任中元上! 这就是先给你一个定心丸吃,把你安抚住,免得你回兵,这是一种欺骗。"

"这也未免太多心了吧?"周威犹豫地说。

"不! 不是多心。如果他们要真心帮助你消灭任中元,就应该立即派兵。救兵如救火嘛,为什么还提出'稍事休整之后'呢? 这个'稍事休整'的含意是什么呢? 就是等他们生了根立了脚,那时候就会翻脸不认账了。"

"那我们应该怎么回复呢?"

周祖荫沉思了一会儿说:"常言说,'兵不厌诈'。我看我们来他个将计就计,就说我们同意和他谈判,在他们不防备的时候,我们就悄悄地回兵,把时间约定好,齐心会从西面,民团从东面,来一个东西合击,两面夹攻!"

周威皱了皱眉头,表示不赞成,他说:"如果红军是虚情假意,此法还可以商量,如果红军真是诚心实意帮助我们打任中元呢? ……这种不义之举,我不能干!"

"威侄,你好心未必能有好报。"周祖荫也感到要说服周威回兵已不可能,过分勉强,也许效果适得其反,同时他认为有必要和谷敬文、周武商议以后再作定夺,便叹了一口气说,"现在是四岭山多事之秋，威侄要多加小心为好，千万不要中了红军的奸计。红军的信我带回去和武侄商量商量，共同想个对策。"

周威见周祖荫不再催促他回兵了，也就宽慰他说："和红军打交道，我自会小心。荫叔不必过虑。我想给红军回一封信，敦促他们早日派兵进攻任中元。"

"这个主意甚好，一定要红军早日出兵。"周祖荫说到这里，心中产生了一条毒计，但他不便向周威公开，便说，"不知你的回信如何写法，红军信中尚有一句我们必须予以驳斥，只有这一句才是红军的本意。"

"哪一句？"

"你听，'四岭山区是属于四岭山人民的！'这种口气，真使人不能容忍，这是讹诈！"

周威并不觉得这句话难以容忍，也不认为这中间有什么讹诈，他平静地问道：

"这句话有什么不对呢？"

"红军的狡猾就在这里，这是一种手法。这句话的含意很清楚，四岭山应该属于谁呢？属于所有的人。四岭山的老百姓有多少个姓呢？张、王、李、赵全都有，谁占了算谁的，就是不是我们周家的！……"周祖荫说到这里，变得激愤起来，"姓郝的姓吴的算什么东西？他有什么权力规定四岭山的归属？四岭山归谁，应该由四岭山的人来讲话！四岭山是我们周家祖先开发的。我们周家的历代祖先都生在四岭山，葬在四岭山。四岭山归谁，难道要由这些外路人来规定吗？"

周祖荫这段激愤的话对周威很起作用，他说："对！四岭山是周家的，绝不是外来人的。荫叔，你就代我写封回信吧，措辞可以和气一些，可是这一点我们不让步。"

周祖荫写完回信，并和周威研究了措辞之后，便同周拐子上马，连夜赶回沙河镇研究对策去了。

第二十八章　梅林镇谈判

一

红军进入四岭山区的第二天,二、三中队划分成小组在吴可征带领下深入到各村寨发动群众。这时,田世杰和史少平带着周威的复信,回到了梅林镇。

郝大成见信后,立即派人去找吴可征,以便共同研究周威的来信。

周威的信是这样写的:

郝大队长
吴　代　表　大鉴:

　　来信尽悉。惊闻红军突然袭击白云山,强行进入四岭山区,师出无名,实属侵占。四岭山区乃周家之四岭山,不容外人染指。

　　贵军表示拟派兵协助齐心会消灭任中元,周某特表称赞与欢迎。希立即派兵来洪雷谷口,以救燃眉之急,方见贵军相助之真意也!三天之后,周某即赴梅林镇,协商红军派兵事宜。盼复。

　　专致

勋安

　　　　　　　　　　齐心会总指挥　周威顿首

　　　　　　　　　　　　　　　　×月×日

郝大成又听取了田世杰和史少平的详细介绍,等待吴可征来,进行研究。

傍晚,吴可征回到了大队部,他和郝大成研究了周威的来信。他们认为这封信既是周祖荫起草,不一定完全代表周威的观点。但有两点是很明显的:第一,周威对红军进入四岭山的态度和周武有一致的地方,那就是认为四岭山应是周家的四岭山。但他和周武也有不一致的地方,那就是周武要周威立即回兵夹击红军,周威却不愿意这样做,而是希望借助红军之力,消灭任中元。第二,如果红军不真心协助齐心会,那么周威在洪雷谷口解除任中元的威胁之后,有可能和周武联合起来夹击红军;如果红军真心实意帮助他消灭任中元,他对红军进驻四岭山的态度就可能改变。

郝大成和吴可征既看到了争取周威的可能,也看到了争取周威的困难。他们认为目前主要任务是发动群众,先在群众中扎根。只要有了群众,就能够站住脚,就能够战胜敌人,就能够克服困难。但在我们立足未稳之时,争取周威的工作也很重要,于是决定立即复信,同意三日之后,在梅林镇谈判。

二

谷敬文和周武的反革命活动,也在紧锣密鼓地进行。在周祖荫还没有返回沙河镇的时候,他们已经把白云寺的法慧和尚请了来,共谋对付红军的办法,谷月仙也在场。他们围桌而坐,就像家人一般。

"法慧师父,"谷敬文擎杯在手,和法慧碰了碰杯,说,"对付红军,单靠军力不行,这次还得靠你的神通!"

"阿弥陀佛,岂敢,岂敢,"法慧和尚客气地说,"现在正值天旱不雨,待小僧略施法术,那些善男信女必然痛恨共军,这个脚他是站不住的!"

57

"我们要利用几千年的老传统同共产党对抗。敬菩萨信鬼神,在山区里可是根深蒂固,共产党纵有天大的本领,也没有办法在几天之内把它铲除!"谷敬文点了一支烟,又像往常一样在大厅里踱起方步来,"我们把祈雨搞起来,只要共产党来一阻拦,这就好了,这样他们就会失去民心,我们再从中加以挑动,让红军和祈雨的泥脚杆子冲突起来……"

"还是大哥的主意高啊!"周武一边赞赏着,一边说,"祖荫叔为什么还不回来? 周威到底回不回兵,真是叫人发急。"

就在他们发急的时候,周祖荫和拐子腿带着郝大成、吴可征给周威的信来到了大厅,首先报告了周威回兵又返回的经过。

谷敬文深深地叹了口气说:"这个对手很不好对付。你看他们想得多周到啊!"

但是谷敬文反复地看了信件之后,又振奋起来,自以为这信中还是有空子可钻的。他幸灾乐祸地说:"郝大成一心想把周威安抚住,不得不提出派兵去打任中元,可是,他顾了前头顾不了后头,我们就乘机在他的背后下手,叫他再也回不来!"

"司令高见!"法慧突然插嘴说,"让红军和任中元拼去,阿弥陀佛!"

周武也领悟了这个意思,哈哈笑道:"郝大成你也有失算的时候啊! 那就想法叫共产党早出兵洪雷谷口,他在前面打任中元,我们就在后边抄他的后路,连窝给他端了。"

"智者千虑必有一失,红军也有自投罗网的时候。可是,这还要去说服周威,要他态度坚决一些。"谷敬文补充说。

"做到这一点不难,"周祖荫很有把握地说,"在别的事上,周威有些顽固不化,可是在保卫四岭山和消灭任中元这一点上,他是寸步不让的。"

接着周祖荫回述了代写回信的情形,他说:"周威那头就包在我身上了。"

谷敬文听了又说："荫叔说得很对,如果这次能把红军引到钩上,即使不能全部把他消灭,也要使他元气大伤。只是三天之后他们才举行谈判,对我们来说是晚了些,这是美中不足。因为在这三天中,他们会做很多的事情呢。不该给他们这个喘息的机会。"

"这只有在谈判的时候弥补了。"周祖荫说,"我一定让周威促使红军早日派兵。"

"祖荫叔一定要争取参加这次谈判。"周武说。

"周威会赞成的。"周祖荫充满信心地说,"就是因为等我回去,所以才把谈判定到三天之后的。"

"明天就请祖荫叔再去石门店辛苦一趟吧。"谷敬文说,"这次去可是任重而道远啊!"

"一定不辱使命!"周祖荫深知重任在身,颇有些踌躇满志,准备大显身手。

接着,他们就策划祈雨的事宜。

三

在红军进入四岭山的第五天的早晨,郝大成身穿整洁的半新的军装,和田世杰、史少平以及几十名一中队的红军战士,站在梅林镇外的一个坪场上,准备迎接前来谈判的周威。

不多时,就看见西北方向的山路上扬起一片黄尘,十匹马很快就来到梅林镇的坪场上。

第一匹马上端坐着周威,他的身后就是周祖荫、朱英,第四匹马是周枫森,后面的六匹马是周威的卫队。

周威看见郝大成,即翻身下马,把马缰递给周枫森,向郝大成大步走去。郝大成也跨着大步迎了上去。两个人像老朋友般地紧紧握手。

郝大成说:"总指挥大驾光临,欢迎欢迎!"

"岂敢,岂敢!"

郝大成说:"党代表吴可征同志本想前来迎接总指挥,无奈敝军刚到,军务繁杂,难以分身,让我在总指挥面前致意,并请总指挥原谅。"

"好说,好说。"周威说,"不过,今天不能见到党代表,总有些遗憾,我们还没有见过面呢。"

"来日方长,以后会见面的。"郝大成说着,又和周祖荫相见。

"周老先生,"郝大成冷冷地说,"你想不到我们这样快又是用这样的方式见面吧?"

"哪里,哪里!"周祖荫皮笑肉不笑地哼哼了几声,什么话也没有说出来。

郝大成在和朱英认识后,接着又和周枫森握手,这个握手是长时间的,充满着兄弟情谊:"枫森!"郝大成只是亲切地叫了一声。

这叫声,使枫森心中感到一阵温暖,他仿佛听到他哥哥枫林的叫声,一股热流涌向喉头,他的眼睛变得湿润了,感情冲动地说:"红军来了,我真高兴!"

在郝大成和周枫森相见的同时,田世杰、史少平也都和周威见了面。然后在郝大成的引领下,大家走向红军大队部。

郝大成和周威边走边说,其他人都跟在身后。

"总指挥,你还记得吗?"郝大成笑笑说,"我曾经说过,我们不久就会见面的。"

"记得! 可是我没有想到……"周威想说,"没有想到你们能进来。"可是他觉得不太合适,就又改口说,"进南山口是不容易的,红军善出奇兵,周某甚是钦佩,希望郝大队长在协助我们打任中元时,更能大显身手。"

"我们将竭诚相助。"

他们来到了大队部门前。周威忽然停步，看了看大门上的两条对联。这两条对联是红军进驻之后，宋少英新写的，将原来的"福如东海长流水；寿比南山不老松"盖了起来，这鲜红色的对联给大队部增添了一些喜庆欢乐的气氛。

> 打土豪，霹雳千钧，旧世界打它个落花流水；
> 分田地，东风万里，新社会建设得灿烂辉煌。

周威看后，不禁赞叹道："好大的气派！"

会谈的地点，就是一个坐北朝南的厅堂。其中，三张方桌排成了一个长方形的长台，两排太师椅子排列在长桌两边。桌上没有烟酒，只有清茶招待。

墙壁上贴着标语口号：

打倒土豪劣绅，开展土地革命！

推翻反动政府，建立红色政权！

双方代表在长桌两边分宾主落座。主方是郝大成、田世杰、史少平，客方是周威、周祖荫、朱英。

郝大成对谈判代表表示欢迎之后，说："红军到四岭山区的行动和意图，都在给总指挥的信中阐明了。我们互相之间，有什么要求和希望，就通过今天的会谈来协商解决。总指挥，你是客人，就请你先说吧！"

周威有礼貌地点点头说："今天到红军大队部来谈判，受到郝大队长的欢迎，很是荣幸。"他向周祖荫看了一眼说，"既然大队长叫我们先讲，荫叔，那你就先说说吧！"

周祖荫的小眼睛，像钻子一般在郝大成、田世杰和史少平身上钻了一遍，好像估量一下对手的力量，然后拖着长腔，像念书一般说出了他和谷敬文、周武在一起研究好的质问词：

"这次红军突然偷袭白云山,残杀我民团团丁,并且缴了他们的械,我们深表遗憾。四岭山一向是民团和齐心会的辖区,你们强行侵占,师出无名,行同盗匪。我们表示强烈抗议,因此我们提出如下要求:第一,我们要求你们立即发还民团的枪支……"

周威对周祖荫的激烈措辞和命令的口气,深感不满与不安,他预感到可能发生争吵。但他只是皱了皱眉头,没有作声。他观察着坐在对面的红军代表们的反应,看到田世杰和史少平激愤的脸色和轻蔑的微笑。

郝大成极其冷静地听着,淡淡地说:

"请周先生再说第二!"

"这第二嘛,就是红军要执行自己的诺言,立即派兵洪雷谷口消灭任中元! ……"

"第三呢?"

"希望红军早日退出四岭山!"

郝大成等了一下,见周祖荫没了下文,又问周威还有什么要讲。

周威说:"我没有什么说的了,萌叔所提要求,请郝大队长予以答复,言语如有冒昧不当之处,尚请谅解。"

郝大成平静地说:"刚才听了周先生所提要求以及对我军指责,使我感到今天的谈判是两方人员三方代表。有些说法,绝不会是代表齐心会的意思,而是谷敬文和周武的声音。所以周祖荫先生,名义上是齐心会的代表,实际上是替谷敬文和周武讲话!"

"这是大队长的误解!"周祖荫脸色一阵黄一阵白,心慌意乱地辩解着。

"很显然,你所提要求,代表的是谷敬文的利益!"

"愿听其详!"周祖荫镇定了自己,挑衅似的说。他认为他提的要求除第一条外,从表面上听来,都是符合齐心会的利益的。

"第一条,发还民团武器,我相信,这不是齐心会的要求,这只能是谷敬文、周武的要求。这些武器,我们是不能发还民团的,但我们要发给四岭山人民。"说到这里,郝大成指着墙上的一条标语说,"这就是我们的做法,你回去可以告诉谷敬文!"

周祖荫抬头一看,一条红色标语赫然在目:

"消灭地主武装!扩大红色武装!"

"那还有什么好谈的?"周祖荫激怒地说,"你们对谈判根本就没有诚意,完全是缓兵之计,完全是欺骗!"

"这里是谈判的地方,不是你下命令的地方!"田世杰恼怒地说。

"第二条呢?"周威急急地问,周祖荫的情绪也影响了他。

郝大成干脆地说:"我们准备派兵!"

"任中元驻兵洪雷谷口,击退任中元的进犯,是四岭山的当务之急,还请郝大队长早日出兵为好!"周威说。

郝大成说:"红军经过明天一天准备,后天即可到达洪雷谷口!"

这个回答是出乎周威更出乎周祖荫意料之外的。他们认为,红军可能极力拖延出兵时间。他们都想在谈判中竭力敦促红军早日出兵,当然动机是各不相同的。但是红军这样快地派兵是他们所没有想到的。试想:第一天谈判,第二天准备,第三天就出发,还有比这更快的吗?

郝大成和吴可征对这个问题曾慎重地研究过,预见到周威会要求红军早日派兵,这是周威来信中已经讲明了的;他们也预料到谷敬文和周武利用周威这种心理,竭力怂恿周威敦促红军早日出兵,并以此来试验红军是否真心帮助齐心会,同时谷敬文和周武一定认为红军提出派兵打任中元完全是缓兵之计,尤其是在立足未稳之时,根本不可能派兵,谷敬文和周武想借此扩大红军和齐心会的矛盾。

郝大成和吴可征针对谷敬文这一阴谋手段，不但主动提出这一援助，而且提出早日派兵，这就完全打破了谷敬文的阴谋。

郝大成和吴可征充分考虑到四岭山区群众深受任中元的残害，任中元进攻洪雷谷口，这是四岭山区迫在眉睫的大事，也是这次谈判成功的基础。通过协助齐心会打退任中元的进攻，才能最快地取得四岭山区人民的信任，取得齐心会的信任。这虽然不是发动群众的主要办法，但是，它对发动群众是有利的，对争取齐心会的群众是有利的，对红军在四岭山立足也是有利的。同时通过协助齐心会作战，红军就可以进入齐心会辖区，红军的影响必然在伏虎岭和黑蛇岭一带传播，从长远看，从整体看，对红军扩大宣传，并且迅速控制整个四岭山区都是有利的。

当然，郝大成和吴可征也充分考虑到不利条件，那就是我们扎根未稳，在我们派兵洪雷谷之时，谷敬文会从中捣乱，但是，只要保持高度警惕，采取正确的措施，是可以防止的。

"红军能如此迅速到达洪雷谷口，足见郝大队长的诚意，"周威满意地说，"周某表示感谢，并预祝郝大队长旗开得胜，马到成功！"

周威扭头看看周祖荫，周祖荫也微微点头，表示满意。然而，他们的内心却是很不一样：

周威自然认为红军出兵，会很快解除四岭山的危难，并且联想到消灭任中元的这个大喜大庆的日子已经不远，因而他由衷地高兴。

周祖荫却认为借刀杀人的时机已到，他们抄袭红军后方的阴谋有可能得逞。原来谷敬文和他都认为红军提出这一条只是空口说说，并不会真正去做，现在红军真正答应了，那就让他们和任中元先去拼杀一番，弄他个两败俱伤，以便"鹬蚌相争，渔人得利"，这就是此时周祖荫内心所想的。

　　郝大成用威严的目光盯视着周祖荫的不怀好意的干瘪多皱的脸。这两道目光，就像两把无形的利剑，一直刺进了他的心里。

　　周祖荫忍受不了郝大成的炯炯目光的逼视，他把多皱的眼皮耷拉下来，说："第三条呢？"

　　郝大成依然平静地说："至于第三条，要红军早日退出四岭山，我相信这不是周总指挥的本意。红军既然进来了，就没有打算再走。周先生说，四岭山是周家的四岭山，可是你并不反对谷敬文进来，甚至宁愿让任中元进来，……"

　　"这是诬蔑！"

　　周祖荫像被追赶得走投无路的老狼一般哀嚎了一声，但自知理屈，这一声叫得很没有力气。

　　"这一条可以从长计议，"周威和解地说，"我还是上次见面时那句话，如果红军真像郝大队长说的那样好，就是不来我也要请的。"

　　"红军绝不会叫总指挥失望。"郝大成说。

　　"红军有什么要求于齐心会的，如果周某能够办到，一定尽地主之谊。"

　　"红军对齐心会并无什么要求，只是要求总指挥提高警惕，切勿上谷敬文的当！"

　　"这倒不须郝大队长多嘱，周某不是三岁的孩子，谁好谁坏我还能看得出来！"

　　"那样就好，"郝大成说，"既然周先生代表谷敬文出席了这次谈判，我也向周先生提出两个要求。"

　　周祖荫忽然瞪起了眼睛，预感到这位红军大队长要开始向他进攻了，他心头升起一种惊慌的情绪，急急地问道："对我的要求，对我有什么要求？"

　　"第一，周先生对消灭任中元不是很关心吗？你为什么以前不动员周武派兵去洪雷谷口呢?为什么反而要周总指挥回兵白云山来夹击红军呢?你在要求齐心会回兵夹击红军的时候,向总指挥说红军到处烧杀抢掠,村村烟火,家家哭声,现在总指挥已经到达白云山了,你可以带总指挥去看看,哪个山村在着火,哪个家里有哭声!"

"这……这……"周祖荫狼狈不堪地擦着脸上的汗珠。

"第二,请周先生回到沙河镇,告诉谷敬文和周武,叫他们不要造谣诬蔑红军,也不要威胁恫吓老百姓,更不要诡计多端……"

"这是无中生有!"周祖荫声嘶力竭地叫道,"民团和四岭山老百姓是一家人!"

"这里却是铁证如山!"郝大成说着,从史少平手里接过了一卷纸,然后在周祖荫和周威面前铺开,"请总指挥看看,是谁在向四岭山人民头上开刀!"

这是一张周武出的传单,上面诬蔑红军杀人放火。另一张就是谷敬文签名的"十杀令"。这一连串的杀杀杀杀,把周祖荫"杀"了个落花流水,哑口无言。

郝大成笑笑说,"和红军接近者杀!和红军说话者杀!如果对所有人都适用的话,今天周先生和总指挥的头也难保了!"

"这'十杀令'应该撤销!"周威把桌子一拍说,"他谷敬文凭什么在四岭山发号施令?"

老奸巨猾的周祖荫看到谈判桌上的形势大为不妙,认为只有以退为守,方能保住周威对他的信任,便连忙说:

"我回沙河镇去,一定转达郝大队长和总指挥的意思……"

红军出兵洪雷谷的协议已经达成,谈判会议很快就结束了。

如何来估价这次谈判,为时尚早,但三方对谈判结果都表示满意,这种现象也是很微妙的:

红军在谈判中,完全达到了预期目标。争取了周威暂守中立,并为今后继续争取齐心会初步打下了基础，是一个良好的开端；在谈判中，还初步揭露了谷敬文和周武的阴谋和丑恶面目。

周威对谈判结果也是满意的，他完全达到了敦促红军早日出兵洪雷谷的目的。

周祖荫的无理要求虽然完全被驳倒了，而且被质问得哑口无言，在周威面前丢了面子，但他仍然是满意的。红军答应出兵洪雷谷，这就为实现谷敬文、周武策划的阴谋，提供了条件。他那本来就不值半文钱的面皮，和这样大的成果比较起来，根本是微不足道的。

这次谈判，是三方斗争的序幕。将来斗争的结果会怎样呢？

第二十九章　夜深人不静

一

　　红军的各个工作小组,在吴可征和宋少英的领导下,在田世杰、黄六嫂以及其他的党员和骨干分子的配合下,在各山村积极地展开了发动群众的工作。

　　在兰田岗的街头上,贴满了标语口号:

　　农友们,组织起来!

　　打土豪,分田地!

　　红军是共产党领导的队伍! 是为穷人打天下的!

　　打倒罪大恶极的大土豪周武!

　　打倒土豪劣绅!

　　打倒兰田岗的活阎王黄老八!

　　中国共产党万岁!

　　中国工农红军万岁!

　　就在周威到梅林镇谈判的这一天,整个兰田岗沸腾起来了。

　　小金铃拽着奶奶的手从柴门里跑出来,心急地催促着老人说:

　　"奶奶! 快去看红军的布告去! 人真多啊!"

　　"你还是先去吧,我走不了你那么快!"老人显然也是很高兴,嘴里虽然这么说,但还是急忙向前赶。

　　"布告在哪里?"有人听见街上嚷着,从门里探出头来问。

　　"在村东头,小茶馆的墙上,"小金铃兴奋地大声说着,"快去看吧，要分大土豪黄老八家的粮食啦！"

"哟！黄老八呢？"有人担心地问。

"早溜啦！"小金铃好像什么都知道似的，大声回答着，拉着奶奶的手向小茶馆跑着。

在小茶馆前面，果然围绕着一伙人，大家都仰着头抻着脖子，拥挤着向墙上看着，交头接耳地议论着。

小金铃眼尖，她先看见她爸爸站在人群里，就对奶奶嚷着说："奶奶，你看，爸爸也在那里！"

小金铃的爸爸叫黄志高，是一个三十多岁的壮年汉子，他正敞开对襟褂子的胸襟，听着小茶馆里的王昌平给大家念布告。

小金铃生怕耽误了听布告的内容，只好撒开奶奶的手，和另外几个小伙伴向前奔跑着。然后，从人们的腋下，钻到布告的前面。

"你们挤什么？"人们斥责道，"小孩子们，专爱凑热闹！"

这时，黄六嫂背着一支花机关枪（又名冲锋式）和一名红军战士从小茶馆里走出来，接着赵铁牛也跟了出来。

不少人又向她围过去。黄六嫂背上枪，这引起了所有人的好奇。

"你们看什么？不认识了？"黄六嫂对几个青年人半开玩笑地说。

"你这枪，……可真好！"几个青年人嘻嘻地笑着说。

"你们喜欢枪吗？"黄六嫂欢快地说，"我们快成立农民自卫队了，你们参加吧！"

"是不是打连发的？"有的青年人羡慕地问道。

"不打连发，算什么花机关？"有人颇有几分自豪地代替黄六嫂回答着。

"听说这是周武民团二中队长用的。"

"当然！"

人们叽叽咕咕地议论着。

黄六嫂大大方方地走到人们面前说:"乡亲们! 红军今天出了布告,这就是法令。现在再请茶馆的王昌平师傅给大家念一遍!"

王昌平是个四十多岁的中年人,他年轻时在抗租抗债的斗争中,被地主打伤了一条胳膊,从外地逃到四岭山来。因为他是个残废人,谋生是很困难的,所以在田世杰的帮助下,在兰田岗开了个小茶馆。在红军进入四岭山的前夕,他由黄六嫂、田世杰介绍,参加了共产党。他小时候念过几年书,后来又看了些所谓"闲书",在农村中就算有文化的了。

于是王昌平对着越聚越多的人群念道:

布　告

目前正值青黄不接之际,劳苦群众需粮甚急。从布告之日起,各村土豪粮仓一律查封,在农民协会成立之前,先由各村工作小组负责救济事宜。

救济粮发放原则:按缺粮户缺粮情况及人口多少,分为三等。一等缺粮户救济一百斤,二等缺粮户救济七十斤,三等缺粮户救济五十斤。俟调查就绪之后,立即开仓分粮。

切切此布

中国工农红军大队长　郝大成

党代表　吴可征

×月×日

这次分粮办法,是按照打汤三磙子时候的分配办法进行的。

布告刚读完,人们就议论纷纷了:

"红军真是好啊!"小金铃的奶奶感慨地说,"这可是红军的恩情啊!"

白发苍苍的老五爷爷接着说:"红军就是和穷苦人一条心嘛!"

"在这青黄不接的节骨眼上,开仓分粮正是时候啊!"

"咱也是个缺粮户,可就是不知道这粮吃得吃不得。"说话的是兰田岗的一个地痞,他叫二癞子,这家伙赤着胳膊,满身汗臭,一脸泥灰,癞痢头上招惹着一群苍蝇,他阴阳怪气地说着。

"不管吃得吃不得,也没有你二癞子的份!"黄志高愤愤地骂着,"你还是给黄老八舔屁股去吧。"

"呃? 你怎么骂人呢?"二癞子向黄志高瞪大了眼睛,想借机吵架,"我二癞子也不是好惹的!"

"你要耍无赖是吧?"黄志高紧握起拳头对着二癞子晃了晃说,"你再不夹起尾巴滚,看我敢不敢揍你。"

"好好!"二癞子做出好汉不吃眼前亏的样子说,"你拳头硬,你厉害,咱二癞子让了你!"说完就溜到人群后面去了。

平时,二癞子说句话,人们都当成一声狗臭屁,谁也不去理他,可是今天这句话却是很有分量:"不知道这个粮吃得还是吃不得。"

这句话引起人们很大的顾虑:大土豪黄老八并没有死,红军一来,他就带着三个保丁躲起来了。他的后台有周武,周武的后台是谷敬文,谷敬文的后台是国民党,能斗得过他们吗? 现在红军在这里还好办,万一红军走了怎么办?

人们一时沸腾起来的情绪,慢慢地又冷下来了。

黄六嫂看出了大家的顾虑,站在小茶馆的台阶上说:"乡亲们!黄老八的粮食该不该吃呢? 我说该吃!他的粮食是哪里来的? 还不都是咱们穷人种出来的吗? 这都是咱们穷人的血汗啊!刚才二癞子说,这粮食吃得吃不得呢? 我说吃得!别听他娘的二癞子吓唬人。黄老八有种就钻出来较量较量。不错,周武有民团,可是他缩在鳖窝子里不敢露头,有红军给我们撑腰,……"

"万一红军走了怎么办?"有人问道。

"红军是不会走的,乡亲们,我们还要成立农民协会!成立工农民主政府!红军不但不会走,而且还要发展壮大。"黄六嫂拍了

71

拍挂在肩头上的花机关,很有气魄地说,"我们泥脚杆子也要武装起来,成立农民自卫队。咱们手里有了枪杆子,就什么也不怕了。你们说,是咱们怕周武呢,还是周武怕咱们?"

"周武怕咱们!"黄志高大声说。

"对!"黄六嫂感到有些人还不大相信自己的力量,就又说,"是周武怕咱们! 总有一天,咱们把沙河镇那个狼窝子给他掏掉!"

"那就好了。"有人低声说。

"可是哪一天才能掏掉呢?"人们在暗自嘀咕着,"万一掏不掉怎么办?"

人们还是有疑虑的。这个疑虑单靠讲几段话也是不可能打破的。还要靠革命力量的发展,靠我们对敌斗争的胜利。

黄六嫂向大家宣布说:"工作组的地点就设在小茶馆,现在就开始登记缺粮户,大家可以先自己报。"

"那大家都说自己有困难怎么办?"有人提出疑问。

"自报以后还要公议。"赵铁牛解释说。

"怎么公议法?"

"选出几个公议的人来。"

"公议人就公平吗?"

"公议人要大家来选。公议后要写出来公布。"黄六嫂解释说,"如果有不公平的地方,还可以多退少补嘛。"

"这个办法好!"白发苍苍的老五爷爷说。

"那么,现在就选举公议人吧!"

"王昌平!"有人喊道。

"黄志高!"

"老五爷爷!"

"……"

五个公议人很快就选出来了。

接着就是赵铁牛代表红军工作小组讲话。他说："乡亲们！我叫赵铁牛，我从小就是捋锄头柄长大的，不会讲话，可是，我和大家一样，都是受苦人。我知道土豪劣绅催租逼债是什么滋味；我知道穷苦人在青黄不接的时候断粮断炊是什么滋味；我也知道卖儿卖女是什么滋味。我，就是为了反抗地主豪绅的压迫，使穷人不忍饥挨饿，不卖儿卖女，才出来干革命的。我们红军就是共产党领导的为穷苦人打天下的队伍。今后谁再敢压迫和剥削穷苦人，我们就打倒他！……"

"说的是在理啊！"

"我不是说嘛，天下穷人心连心，红军当然是向着穷苦人啦！"

人们议论着。

赵铁牛又说："穷苦人要翻身，要靠共产党领导，要靠红军给撑腰。可是，共产党和红军要取得胜利，也要依靠穷苦人啊。红军和穷苦人要互相依靠，是一家人啊！……"

赵铁牛讲完了，黄六嫂吩咐人从王昌平家里抬出一张方桌来，把公议人请到方桌旁边坐下。王昌平端出纸笔和墨盒来，开始自报公议。

开头，由于种种原因，有的不愿抢先，有的还有顾虑，没有人带头先报。

"大家不好意思自报，"黄志高说，"那就挨户叫吧！"

"也行。"王昌平说，"从东头开始挨户来，第一户，黄书耕。"

大家还没有开始议论，黄书耕就抢着说："我家是不用救济的。虽说日子也不好过，可是还没有断顿，吃到麦收是足够了。还是把粮食留给顶困难的户吧。"

公议人议论了几句，认为可以不救济，就又提第二户，"朱二嫂。"

朱二嫂在人群里震动了一下，但她什么也没有说。

公议人议论的结果是,她家困难虽大,不过只有两口人(有一个五十多岁的婆婆),按二等困难户救济,分七十斤。

在当众宣布的时候,朱二嫂低下了头,撩起衣角抹了抹眼泪,一股感激之情从心头泛滥起来。她,一个尝尽困苦艰难,受尽欺压凌辱的穷寡妇,第一次感到被人关怀的温暖。七十斤粮食并不是很大的数目,可是,在她听来,这不是粮食,这是共产党、红军对穷苦人的重于泰山的恩情啊!

朱二嫂的心,在一阵阵温暖的洪流中激动着。她想起了和宋少英、王尚青在茶山上第一次见面时的情景。她想:"果然,共产党、红军来了,世道是变了。今天,不就是改变的第一步吗,以后还要大变的!"至于如何变法,又变得怎么样,她是不很清楚的,就像在观看一座遮掩在薄雾中的崇峻的大山一般,只知道前面将有雄伟壮丽的奇景,但又看不真切,又想象不出来。她沉浸在对于未来的憧憬中,没有听清楚自报公议的进行。

自报公议在继续进行着,王昌平念道:"王心诚!"

"他是团丁家属,不能救济!"人群里有人喊道。

黄六嫂、赵铁牛和公议人研究着,认为就是团丁家属,只要有困难也要救济,但是要对群众做好说服工作。

"哼,我是团丁家属!"王心诚气哼哼地说,"给我,我也不要!野菜也能填饱肚子,哼!"这个倔老头子一扭头走了。

"王大伯,王大伯!"黄六嫂叫着,但王心诚已经走远了。

"我也要自报!你们为什么隔下我啊?"二癞子在人群后面叫嚷着。

"你自报什么?"黄志高向他瞪了一眼。

"红军不是为穷人吗?我就是地无一垄、钱无分文的穷光蛋啊。我是一等缺粮户。"二癞子吐着唾沫星子吵嚷着,"你们公议人不公平可不行!"他又猖狂地从人群后面挤到前边来。

"你是地痞流氓加坏蛋！你算什么缺粮户？"

"二癫子，你刚才不是说这粮食吃不得吗？"

"那我是怕红军待不长久啊！"二癫子又要借机散布他的谣言了，"我怕黄老八剥我的皮，怕周武抽我的筋，怕谷敬文杀我的头啊！"

"二癫子，"黄六嫂严厉地说，"我看你是有意来捣乱，你再不滚，我就把你抓起来！"

二癫子又夹起尾巴溜到人群后面去了，但他并不走，他耳朵听着，眼睛看着，心里记着。……

人群平静下来后，又继续评议。有的人家虽然很困难，但他们怕红军待不久，不敢要。

老五爷爷抖动着银须从公议席上站了起来，他用激动得颤抖的声音说："大家选我做公议人，刚才公议我是一等困难户。但是我家人口少，我只要按三等困难户救济五十斤。这个粮食我是要的。这是红军分给我的粮食，这不光是为了缺粮我才要，我是为了红军这片心啊！有人怕红军住不长久，不敢要。我说应该要！今天要这救济粮，不光是为了填饱肚子，这也是和地主豪绅的斗争啊。敢不敢要救济粮，也能看出我们有没有穷人的骨气！"

二

夜已经很深了。

山风吹动着树林，一阵阵的松涛声滚过山谷。

在兰田岗村头矮树丛中的一个小山坑里，有几星火光在闪动着。周武民团别动队的马义山，兰田岗的保长——大土豪黄老八和三个保丁，在闷头吸着烟。

"八爷，二癫子怎么还不回来？不会出什么事吧？"一个保丁焦躁不安地问。他不断地用手扑打着袭来的蚊虫。

"不会出什么事,二癞子还是可靠的。"黄老八挥动着折扇,然后向蹲在旁边的马义山说,"老马!这红军工作组往村里一住,弄得我们都不敢露面了。今天把布告往大街上一贴,这不就成了红军的天下了?"

"你这是什么意思?"马义山斜睨了黄老八一眼说,"怎么今天净说丧气话!一张布告就把你吓糊涂了?"

"我是说,谷司令应该派民团下乡来清剿,光靠我们这些干公差的能顶得住吗?"黄老八懊丧地说。

"谷司令有他的难处,沙河镇没有足够的兵力是守不住的。派民团下来,不就顾此失彼了吗?"

"不要说话了,有动静!"一个保丁警告说。

他们立即在地上摁熄了烟火,像出洞的老鼠听到响动一样,伏下不动了。

树丛里传来拨动树枝的沙啦声,接着传来一声猫头鹰叫。

"是二癞子回来了。"黄老八兴奋地说。

二癞子果然到了,他轻轻地喊了声:"保长!"

"快说!村里有什么情况?"

"黄小六的老婆背上花机关啦。"二癞子怯怯地说。

"一个女人有什么可怕的。他们什么时候分我的粮食?"黄老八恶狠狠地说。

"明天!红军这一手就是厉害,这一来,穷小子们就要跟着他们走啦!"二癞子说。

"哼!他们想得倒好,我那粮食就这么好吃吗?就是吃了,我也要倒提着他们的双脚,叫他们给我吐出来!"黄老八不由得摸了摸别在腰里的手枪,恶狠狠地说:"今晚上得杀他几个。"

"谷司令的话,要枪打出头鸟。"马义山说,"二癞子,你说今天分粮会上有哪几个出头的。"

"第一个就是黄志高，他娘的，这家伙好凶啊！"二癞子说，"专门对着我来，差点跟我动拳头。"

"还有谁？"黄老八问。

"黄小六的老婆，王昌平。"二癞子又补充说，"那个红军工作组也应该全干掉！"

"我们的牙还没有那么硬，啃不了那么多，先杀几个冒尖的。"马义山说，"你讲讲他们今天晚上的活动吧，我们好拣个地方下手。"

"他们都在小茶馆里开会。"

"多少人？ 开什么会？"

"这我就说不清了，"二癞子说，"小茶馆门外有站岗的，我靠不上去。"

"怕死鬼！"黄老八骂了一句说，"村里呢？ 有什么动静？"

"村里没有什么，只是村头上有红军的游动哨。"二癞子心有余悸地说，"我是仗着地形熟，爬出来的。"

"几个人？"

"两个！"

"那好对付。"马义山说。

"你说怎么动手吧，"黄老八说，"这动枪动刀的事，你有办法。"

"村里的情况虽说还摸不太清楚，"马义山说，并斜了二癞子一眼，意思是怪他侦察得不详细，"可是大体上有数了——村外有两个游动哨，小茶馆门口有一个站岗的，我估计他们还得有人守粮仓；他们的自卫队还没有成立起来，那么多地方，红军是照应不过来的，村子里四面八方都可以进……"

"矮树棵子那么多，进村出村保准没危险！"一个保丁插嘴说。

"我们不能贪多嚼不烂，"马义山思忖着说，"今天晚上我们只对付两个人,一个是黄六婆子,一个是黄志高。"

"红军也要干他几个!"黄老八恶狠狠地说,他觉得只干两个太不过瘾。

"红军不好对付。不要猫儿抓年糕,脱不了爪爪。"马义山说,"即使能杀他们几个,也不如杀几个当地人震动大。"

"你说怎么杀吧。"

"尽量用刀子。响了枪,惊动了红军,就怕我们也走不利索。"马义山说,"等他们开完会分散回家的时候,我们就在半路上干掉他们。咱们计算一下他们回家的路线。"

"黄六婆子家住村西头,她出了小茶馆要一直往西。黄志高出小茶馆往西走一段路就转弯向北。"黄老八说,"我们得分头对付他们。"

"就这样分吧,"马义山思索了一下,用权威的口吻做出了决定,"黄志高没有枪,黄保长你和二癞子去对付。我和三个保丁去对付黄六婆子,她有一支花机关。……"

"这事我可不干!"二癞子一听要他去杀黄志高,就胆怯起来,"我又不是保丁,通个风报个信的还能凑合,玩命的事我不干!"

"我看你是想喝酒了吧?"黄老八说,"给你,先用着。"

黄老八从腰里摸出了三块大洋,叮叮当当地放在二癞子手上。

"就这么一点?"

"成功了,谷司令会重赏你的。"马义山说。

"这可是玩命的事啊!"二癞子掂着手里的银元,好像在掂量着要钱好还是要命好。

"再拿着这个!"马义山说着,一把锋利的尖刀放在二癞子的手上。

二癞子不由得打了个寒战,嘟念着说:"弄不好,小命就丢了!"

"他妈的!净说不吉利的话。"马义山,这个暗杀行动的指挥者,命令道,"我们要赶快出发,在他们散会前赶到村里埋伏起来。"

……

几条黑影从树丛里钻出来,向兰田岗走去。

夜风怒卷,在群山中掀起一阵阵松涛声。

<h1 style="text-align:center">三</h1>

田世杰在梅林镇参加了和周威的谈判以后,又和郝大成、吴可征开了个会,研究了加紧发动群众的工作。当他急急地赶回兰田岗的小茶馆的时候,已经是点灯时分了。

工作组和评议会的救济工作已经评议完毕。王昌平正在一张大红纸上写着缺粮户等级和应分数字,准备明天一早就张贴出去。

老五爷爷想找王心诚去谈谈心。他们两个是同年,是一道受苦受难的穷兄弟,所以他一评议完后,就先走了。

田世杰了解了分粮的情况以后说:"在梅林镇,我和郝大队长、吴党代表开了个小会,研究了当前我们必须抓紧的几项工作。我和大家谈谈吧,你们心里好有个数。"

"那你们谈吧,我回去了。"黄志高站起来,有些为难地说。他不是共产党员,在这种情况下,他不知道走好还是留好。

"你也听一听吧!"田世杰说,"有些工作,也请你多多参加。"

黄志高又坐下了。他感谢共产党、红军对他的信任。

田世杰说:"眼下青黄不接,先分粮救急。可是,我们不单单是为了救急,要想得远一点,我们要在分粮的基础上,把群众发动起来,成立农民协会,建立工农民主政权,这就是印把子!……"

"从今天分粮的情况来看,"赵铁牛说,"群众还有顾虑。"

"这是必然的。敌人还很可能用各种手段来威胁群众。这一方面要我们做群众的思想工作,一方面还要加紧打击敌人,在没有消灭周武的民团以前,要先把他在各山村里的爪牙打掉!"田世杰说,"毛委员说,枪杆子里面出政权!所以我们要快些成立农民自卫队,这就是枪杆子。有了枪杆子才能保住印把子,才能完成打土豪分田地的任务。……"

"要成立农民自卫队,先算我一个!"黄志高说,"我们得真枪真刀地和坏蛋们斗啊!有了枪杆子,穷苦人腰杆就硬了。"

"分完了粮,我们就成立!"黄六嫂说。

"还有一件事,要多说几句。"田世杰说,"谷敬文和周武勾结白云寺的法慧和尚,借着天旱,正在发动一场祈雨。"

"我们不能让他们祈雨!"王昌平说。

"这件事党代表、郝大队长和我研究过了。在群众的迷信思想没有打破以前,硬去阻止,反而对我们不利。"

"如果群众是由于迷信祈雨,那倒可以暂时不管,可是这次明明是敌人搞阴谋,我们为什么不阻止?"工作组有的战士提出了疑问。

"正因为敌人搞阴谋,所以才要慎重对待,不阻止祈雨,并不等于不管不问。谷敬文是怎么想的?他想让我们去阻止祈雨,他在背后挑动,叫祈雨的群众和我们发生冲突,破坏红军和群众的关系,把群众拉到他们那一边去。……"

"我们不能上他的当。"赵铁牛想通了这个道理。

田世杰进一步解释说:"所以我们要派人去参加,看他们玩什么鬼花样。俗话说,'山鸡飞起来好打,兔子跑起来好打',捉奸要捉双,抓贼要抓赃,到时候我们把他们的阴谋一揭露,群众就会醒悟过来。这叫后发制人!"

"那好,我去参加。"黄志高说。

"我也去。"王昌平说,"看他们捣什么鬼!"

"这是一次严重的斗争,吴可征和郝大成同志还要找我们专门研究,今天是先和大家打个招呼。"田世杰又问道:"黄老八和几个保丁有什么动静吗?"

"逃到山里去了,"黄六嫂说,"估计不会很远,可能就躲在附近的山沟沟里,他怕我们抓他!"

"可是,这些家伙为什么不往沙河镇逃呢?"黄志高说。

"谷敬文不会让这些爪牙逃走的。"田世杰说,"他要利用这些爪牙和我们斗呢。所以说,群众还有顾虑,他们很可能要行凶的!"

"我们倒过手来,就把这些坏蛋打掉!"黄六嫂说,"今天二癞子也来要救济,该不是黄老八放的眼线吧?"

"很可能,他们是不会善罢甘休的。我们要提高警惕。"田世杰说,"尤其是今天晚上要特别注意,他们很可能要破坏我们分粮!"

大家对发动群众、组织农会、成立农民自卫队、参加祈雨和明天的分粮工作又研究了一番。夜已经很深了。

在散会的时候,田世杰关照黄志高说:"你要带个家伙去,夜里要当心些。"

王昌平给他找了一把向炉灶里添煤的铁铲子,对黄志高说:"你带上它吧!"

黄志高接过铁铲,提在手里,和田世杰、黄六嫂一道从小茶馆里走了出来。

街上十分冷静,风吹着树叶沙沙地响着,兰田岗似乎已经沉睡了,只有脚步声在石子路上发出啪嗒啪嗒的声响。

红军的游动哨在村头上来往巡逻。

这宁静的夜,却并不宁静。

四

老五爷爷从王心诚那里回到家,天已经很晚了,推开柴门,穿过小院进了自己的独间小屋,和衣躺在床上,想着这些天来,四岭山发生的惊天动地的变化,兴奋得不能入睡,他忽然听见了"咣咚,咣咚"的几声响动。

他的小院是临街的,在临街有一段五尺多高的矮墙,站在里面,只要一探头,就可以看到街上的一切。

"是谁跳进来了呢?"老人思忖着,"院子里有什么可偷的呢?"他想到了小猪崽子还在窗外的小猪圈里。可是,他从床上站起来,把耳朵凑到窗口上,听到小猪在哼哼着。又听听院子里,除了风吹树叶的飒飒声外,似乎也很安静。

老人又回到床上,心想:"人老了,容易听错,耳朵真的不管用了。"可是,他又转念一想,"不对!耳朵不管用,是应该有动静也听不清啊!我明明听到有响动。"老人为了证实自己的耳朵是不是出了毛病,又下了床,打开屋门,从屋子里走了出来,向矮垣墙走去。

老五爷爷走了几步就突然站住了。他看见有几个黑影伏在矮墙上。

"谁?"老人大声喊道。

一个黑影向他跑过来,伸手抓住了他的前襟,用枪指着他,低声威吓道,"你乱吵就打死你!"

老五爷爷认出这是一个保丁。

"你们这是干什么?"老人不顾保丁的威胁,仍然大声嚷着。

"不关你的事!滚回屋里去,你这个死老家伙!"

"哼!还不知谁死在前头呢!"老人气哼哼地说。

"我看你是不想活了!"保丁猛力向前一推。老人向后踉跄了几步,被门槛一绊,翻身跌进屋里。

保丁又伏到垣墙上去了。

老五爷爷缓慢地从地上坐了起来,纳闷地想:"这几个坏蛋在干什么呢?反正没有好事,他们是在等什么人吧?"

想到这里，老五爷爷心头猛然一震，就像被挠钩抓了一下，"他们要行凶！"他想到了小茶馆里开会的那些人。这些人是他最敬重最亲近的人啊！老五爷爷感到自己的亲人处在危险之中，他身上猛然增添了力量，急忙从地上站起来，急急地打了个转圈，"我该怎么救自己的亲人呢？"

老五爷爷耳蒙蒙地听到街上响起了敲门声，又响起了脚步声。

小茶馆里的会议散了，开会的人在分散回家。

老人仿佛听到有人沿着街筒子从东向西走过来了！

"怎么办？怎么办？"老人活了七十岁，好像从来没有这么着急过，没有这么心疼过！

老五爷爷冲出房门，想和坏蛋们去拼命。他那不灵便的脚正好碰到放在门口的盛猪食的泔水盆上，他情急智生，弯腰端了起来，也不知哪里来的那股力气，甩手向伏在墙上的黑影打了过去！并高声喊道：

"抓凶手啊！"

这泔水盆带着半盆子猪食有力地向墙上黑影的头上飞去，但打得稍高了一点，泔水盆子擦着马义山的头皮飞了过去，落到当街上，摔了个粉碎，发着酸臭味的猪食洒了马义山一身。

这泔水盆子咣啷啷跌碎的响声，这突如其来的"抓凶手啊！"的喊声，使墙内墙外的两方都感到十分吃惊。

马义山选择这个地形袭击黄六嫂，是因为这一段矮墙正对着当街，抵近射击，万无一失。矮墙是一段不折不扣的掩体，对方还击，可做掩护。即使在万分危急的时候，还可以从另一面跳墙逃跑。

马义山和三个保丁在紧张地等待着，他听到街道上有人走过来了，而且不只是一个人。有几个人呢？来人边走边讲话，他听不出来。不管是几个人，他都是要开枪的。正当他准备射击的时候，这意外的泔水盆从他的头上飞过去了。他没有防备来自后面的袭击,也不知从头上飞过去的是什么武器,就脱口喊了一声"不好",蹬翻了垫脚的一块石头,身体失去了平衡,枪口朝天开了一枪。

这枪声划破了深夜的寂静。

田世杰、黄六嫂和黄志高散会之后,他们一齐向东走了一段路。黄志高拐进了向北的巷子。田世杰和黄六嫂两人继续向前走。他们都把枪提在手里,保持着高度的戒备状态。

当他们快要走近矮墙的时候,这突然的喊声和盆子的响声使他们立即停住了脚步,接着他们又听到了枪声。

黄六嫂迅速地贴近了矮墙,和马义山正是墙里墙外,她举枪向墙里活动的黑影打了一个连发。田世杰闪到街对面的一家门洞里,也对着矮墙开了一枪,一个保丁被打倒在墙脚下。

马义山见势不妙,他退到矮墙另一面,翻身过墙,向村外跑去。一个保丁也跟着翻了过去。

另一个保丁刚翻身上墙,他的腿却被老五爷爷拉住了,这个保丁从墙上跌下来,和老五爷爷扭打在一起,两个人翻滚在地上。

老五爷爷毕竟是年老力衰了,他被保丁压在底下。但是,不管保丁如何挣扎,老五爷爷就是死死地抱住他不放。保丁就像被困住的野兽,拼命挣脱出一只手来,对着老人的太阳穴狠狠地打了下去,老人被打昏了。这个保丁从地上跳起来,对着老五爷爷的胸口踢了一脚,然后又第二次攀上了墙头。

黄六嫂迅即翻墙追了过来,向保丁开了一枪。这个保丁叫了一声,头向下脚朝上地跌到墙外去了。

这时村外也响起红军游动哨的喊声:"站住!不站住我开枪啦!"

接着就是几声枪响。子弹呼啸着从村子上空飞掠过去,这是敌人还击的枪声。

赵铁牛带着工作组的红军战士也都从小茶馆里跑了出来。他们左臂上都扎着白色毛巾,沿着街道和巷子开始了搜索,有的去追击逃跑的敌人。

就在发生以上情况的同时,黄志高正手持铁铲向家里走着。当他听到枪声后,立即躲进一家门洞,他想等情况弄清楚了再动作。

在黄志高躲身的门洞再往北过两个门口的墙角里,正蹲着两个人在等待着他,这就是黄老八和二癞子。他们听到枪响后,不知道是吉是凶,是马义山得手了? 还是出了漏子? 不管怎么样,他们感到事情并没有按着他们预想的那样进行。黄老八在心里嘀咕着:"事情有些不妙!"

"八爷!"二癞子战战兢兢地说,"我们还是跑吧!"

"跑? ……"黄老八紧张地思索着脱身之计,他用关切的腔调说,"是啊! 他们会来搜查的。二癞子,你赶快逃跑吧,现在还来得及。"

"八爷,你呢?"

"你不要管我,我走不了,就和他们拼。"黄老八不耐烦地催促道,"你快走吧,再磨蹭就晚了!"

二癞子从墙角里跑了出来,没有识透黄老八的金蝉脱壳之计。黄老八让他逃走,不过是拿他当作"投石问路"被扔出去的一块石头。

二癞子从墙角里闪出来,向前跑了几步,就猛然站住了。他前面的门洞里闪出一个人来,向他喊道:

"站住! 什么人?"

二癞子听出是黄志高的声音,也不回答,扭头就跑。黄志高从后面追了过去。

二癞子拼死地向前跑着,黄志高手提铁铲在后面追着,一边追

85

一边喊:"抓住他! 抓住他!"

这时迎着二癞子跑来一个人,她手里紧握着一根冲担,当街一横,大声喊道:"不许动!"这是一个女孩子的声音。

二癞子听出这是王淑贞的声音,是进还是退? 在这前堵后追的情况下,他认为女孩子总是好对付的,便抽出马义山给他的那把尖刀向王淑贞扑过去。

只听当啷啷一声,二癞子的尖刀被王淑贞的冲担格飞了,飞到了两丈开外的石墙上,又弹到了地上。

二癞子大叫一声扭头想跑,正好闯到黄志高的面前。

黄志高抡起铁铲向二癞子打了下去。

二癞子哼了一声,扭曲着身子,跌倒在当街上。

黄老八却趁机溜走了。

五

这一夜,兰田岗在震动着。家家户户,可以说没有一个睡觉的人了。

胆大一点的,手里都提着防身的家伙——柴刀、斧头、冲担、棍棒等,跑到大街上来打听消息。胆小的人,在自己的门缝里向外瞅着,听着街上来往奔跑的脚步声,在人们片断的问答中,得知一点儿情况,直到没有危险的时候,才走到大街上来。

夜里发生的一切,在第二天凌晨完全得到了澄清。

田世杰审问了还剩一口气的二癞子。这个狗腿子供完了马义山和黄老八的阴谋活动后,就伸直了腿。

夜里发生的战斗结果是:敌方被打死了两个保丁和二癞子;我方,就是老五爷爷受了重伤;黄老八、马义山还有一个保丁逃跑了。

朱二嫂、王淑贞和黄秋菊都来照顾重伤的老人。王淑贞被派去请彭医生，半路上迎到了从梅林镇赶来的吴可征和彭志超。

老五爷爷的小院子挤满了人，人们都熙来攘往地问讯着，议论着：

"坏人怎么死不绝啊！行凶杀人的，真怕人啊！"上了年岁的老婆婆在叨念着。

"分粮还能不闹乱子？过去不也闹过吃大户嘛，郑大年还不是叫周武给铡了。"有人低声议论着。

"那可不一样。"有人反驳说，"现在有红军了，你看，今天还不是把坏蛋打死了。"

"对嘛，"黄志高赞成地说，"以后咱们成立起农民自卫队，真刀真枪地和狗崽子们干，就是周武亲自来，咱们也不怕。"

"是啊！只要穷苦人心齐了，土豪地主再凶也不怕。你看，老五爷爷就是很有骨气的人。"

屋里，彭医生正在给老五爷爷诊脉，并用听诊器检查着老人的胸部。老人昏沉沉地躺着，痛苦地呼吸着。

"给五爷爷点水。"彭医生吩咐着。

朱二嫂捧着一碗刚烧好的热米粥，走到老人床前，吴可征坐在床头轻轻地把老人扶起来，黄秋菊拿着羹匙，轻轻地拨开老人紧咬的牙关，给老人喝下去。

彭医生给老人打了一针。

屋子里透进明亮的晨光。老人从昏迷中渐渐醒过来了，他微微地睁开眼睛，看见眼前晃动着一些人影，听到喊喊喳喳的说话声。

"老五爷爷醒过来了。"王淑贞轻声地叫着。

"老爷爷，你觉着哪里痛？"

"你是……"老五爷爷不认识这个青年人。

"我叫吴可征。"

　　王淑贞急忙补充道:"五爷爷,他是红军的党代表,还有彭医生也看你来了!"

　　满屋子的人在老五爷爷的眼里越来越清楚了:"为什么这么多人来看我? 我是病了呢还是在做梦?"老人的记忆力慢慢恢复了,他清楚地想起了昨晚上那场斗争。

　　"没有伤着……"老人咳嗽着,"没有伤着咱们的人吧?"

　　"没有,一个也没有!"王淑贞抢着回答。

　　"那……那凶手……"老人又连声咳嗽起来。

　　"打死了三个。"

　　老人微笑了。在昨天夜里,老人觉得尽了自己的力量,尽了自己的本分。自己的亲人没有受伤害,他觉得对得起共产党,对得起红军,对得起乡亲们。

　　他觉得自己的胸口像锥子扎一般疼痛,自己也知道伤得不轻,一个七十岁的人了,是经不住这样打击的。他觉得自己很快就要离开人世了,但很坦然。他无儿无女无家无业,还有什么牵挂的呢? 没有,他可以安然地和这个世界长辞了。

　　"医生!"老人看着彭志超说,"我伤得很重吧?"

　　"不重,"彭医生安慰病人说,"只是有一点点内伤。"

　　老人摇摇头,不相信地笑笑说:"你们的好心我知道,可是……"老人又连声咳嗽起来。

　　老五爷爷问自己的病情,并不是怕死。为了自己的乡亲们过好日子,他是不怕死的。如果黄老八今天再拿枪对着他,他会迎着枪口冲上去的。可是,今天他并不想死。他强烈地希望自己活着,他是多么渴望自己多活几年啊。

　　在旧社会,老五爷爷活了整整七十年,这七十年是充满血泪的七十年,是充满忧愁痛苦的七十年,是忍饥受寒的七十年。在这七十年里,他什么风雨没有经过? 他什么罪没有受过? 他什么苦没有吃过？七十年，他是在水深火热中熬煎过来的。

这七十年，做牛做马，旧社会没有给他留下半分地，也没有给他留下一分钱。给他留下的是穷苦，是灾难，是满身伤痕，是吐不尽的苦水，是说不完的冤仇和愤恨啊！他对旧社会，还有什么留恋的？没有！

可是共产党来了！红军来了！给他带来了新的生活，新的日月。他要过一过翻身解放的日子啊！老五爷爷不愿意死，他，一个当了七十年牛马的人，要过一过人的生活啊！他要当家做主人，要为革命出一把力啊！这样的日子多过一天也是幸福的。

"五爷爷，你会好起来的。"吴可征说，"你要相信彭医生的话。今天我们就要分粮了！……"

"党代表！"老人幸福地笑着，他忘记了自己的伤痛，伸出手来，拉着吴可征的手说，"我相信，我不亲眼看见黄老八死，不亲眼看见周武死，我是不会死的。我要过几天共产党和红军给我的好日子啊！……"

吴可征紧握住老人的手，在老人满是皱纹的脸上，他看到了人民群众的巨大的力量。在老人的胸膛里跳动着一颗热爱共产党、热爱红军、热爱革命、热爱新生活的心。

老五爷爷紧握住吴可征的手，看着他那亲切英俊的脸。五星帽徽在他眼前闪着红光，那红色领章像两面红旗，在他眼前飘扬起来，飘扬起来。他仿佛看到了革命红旗插遍四岭山的壮丽前景。老人的眼里放出了异样的光彩。

老人用颤抖的声音说："党代表，四岭山的老百姓离不开你们啊！"

吴可征也用同样激动的声音说："五爷爷，四岭山的人民就是红军的靠山，红军也离不开你们啊！"他不由得更紧地握住老人的手，就像握住了整个四岭山人民的手一样。

忽然有人在大街上高声嚷着：

"黄老八捉到了！"

"快看啊，抓到黄老八了。"

宋少英和另外几个红军战士，押着黄老八来到了兰田岗。

老五爷爷听说抓到黄老八了，他猛然从床上坐了起来，挣扎着说："我要去看看！"

"五爷爷，你不能动。"吴可征和彭医生都劝阻着。

宋少英进来了，田世杰和黄六嫂也都进来了。他们问候了老人的伤情后，宋少英简单地汇报了活捉黄老八的经过。

宋少英正带着一个红军工作组，在离兰田岗七八里路的小山村里，发动分粮斗争。他们听到枪声后，立即集合赶到兰田岗来支援。在半路上碰上了向沙河镇逃跑的黄老八。从他身上搜出了杀人的匕首和手枪。

吴可征听了之后，说："黄老八罪大恶极，应该开大会公审他。"

黄六嫂问田世杰和吴可征："到底先开大会公审黄老八呢，还是先分粮？"

"你们看呢？"吴可征用商量的口吻问田世杰和黄六嫂以及其他人。

"还是先开公审大会好。"田世杰说，"公审后立即分粮！"他又问躺在床上的老人，"你说呢，老五叔？"

"先公审！"老人斩钉截铁地说，"公审了黄老八，大伙吃起粮来也格外香啊！"

"那就这么办吧。"田世杰说，"志高，你去喊人吧！"

"光用嗓子喊怎么行？要找一面锣才行啊！"有人提议说。

"我去找！"有人喊了一声跑走了……

"锣找来了，找来了！"人们兴奋地嚷着。

黄志高提着锣,在大街上一边敲着一边喊道：

"全村男女老少听着,到南场上集合啊! 先开公审大会,枪毙黄老八,然后开仓分粮,快去啊! ……"

"咣! 咣! 咣!"

"全村男女老少听着,到南场上集合啊……"

"咣! 咣! 咣!"

这锣声喊声震撼着兰田岗,震撼着兰田岗男女老少的心。

人们挟着布袋,挎着篮子,拎着盆子,欢笑着,吵闹着,议论着,向南场走去。

这村南的打谷场,是郝大成挑着铁匠担子初进四岭山时安铁匠炉的地方,那棵板栗树现在正开满了花朵。打谷场上人坐满了,孩子们爬到板栗树上去。在这短短的时间里,四岭山起了多大的变化啊。

黄老八被押着来了。

会场上响起了暴风雨般的怒吼声：

"枪毙黄老八!"

"枪毙罪大恶极的黄老八!"

"枪毙黄老八! 为穷苦人报仇申冤!"

"拔掉周武的爪牙! 枪毙黄老八!"

在这怒吼声中,周武这棵毒蒺藜的藤蔓被铲除了。

在这怒吼声中,革命这棵青松正向肥沃的土壤深处伸展着须根!

第三十章　战　前

一

　　郝大成和吴可征认为谈判是成功的：首先是红军取得了周威的初步信任，避免了齐心会和红军的敌对状态，这给今后工作的开展，带来很大便利；其次是揭露了谷敬文、周武的阴谋，使他们处于被动地位。虽然派兵去洪雷谷，会给红军带来困难，但是吴可征在支部会议上耐心地陈述了自己的看法，他说：

　　"这次到洪雷谷去和任中元作战，主要是充分利用齐心会的力量，根据各方面的情况判断，齐心会在洪雷谷的力量不小，齐心会有五个中队，任中元却只是出动了一个营，而且洪雷谷有险可守，居高临下，胜败关键，很大程度上取决于作战指挥。如果指挥得当，即使红军不去参加，单靠齐心会的力量，抵抗任中元的进攻也是绰绰有余。我想，我们应该把主要力量放在白云山区，一方面积极开展群众工作，一方面准备谷敬文的突然袭击，以求先在白云山区把根扎牢。这是我们的后方，是我们的立足点，一定争取快些把白云山区从周武手里夺过来。"

　　郝大成接着补充说："派兵去洪雷谷这是着眼于大局的做法，但是谷敬文和周武绝不会袖手旁观，他很可能在我们背后捣鬼，所以我们应该把主要力量放在白云山区。"

　　吴可征又提醒郝大成说，"这次红军去洪雷谷，是面对着两方面的敌人作战，正面的任中元并不可怕，倒是谷敬文在我们背后捣鬼很值得注意。'明枪好躲,暗箭难防',务必要提高警惕。"

郝大成点点头说:"可征同志提醒的这一点是很重要的,我们要加倍警惕。"

吴可征继续说:"很显然,谷敬文是准备在我们派兵到洪雷谷去时偷袭我们。偷袭的方向可能有两个,一是梅林镇,二是洪雷谷。"

郝大成说:"所以我们一定要改变这个局面。"

罗雄问:"那怎么改变呢? 洪雷谷总是要去的。"

"去是要去,可是我们只带很少的人去,顶多去二十个人就足够了。这就避免了分兵,使谷敬文两个方向都不能偷袭我们!"

"为什么?"有些人不理解了,"即使不敢偷袭梅林镇,他总是敢袭击洪雷谷的,因为我们去的人少啊!"

"我打个比方说吧,"郝大成笑笑说,"这就好比大部队行军要派尖兵,你们说为什么要派尖兵?"

"是为了避免和敌人突然遭遇啊,同时也要探探前面有没有埋伏嘛!"罗雄解释说,"老蜗牛向前爬还要伸出触角探路呢。"

"对啊,这个比方很好,你说敌人的埋伏是打尖兵呢,还是把尖兵放过去打大部队呢?"

"当然是放过尖兵打大部队了。"

"为什么?"

"道理是很明显的,"姚光明插进来说,"如果先打尖兵,顶多消灭几个敌人,却暴露了自己,不但达不到伏击敌人的目的,而且有让敌人大部队消灭的危险。"

"对啊!"郝大成进一步启发大家,"你们再想一想,这和我们到洪雷谷,要带很少的人去有什么关系呢?"

罗雄恍然大悟地笑着说:"我明白了,我们去洪雷谷,去的人越少,就越像大部队派出的尖兵,敌人就越不敢动我们!"

"为什么?"郝大成追问道。

"因为我们的大部队在后边啊!"

郝大成看见罗雄和下级指挥员们的成长,是很高兴的。他进一步解释说:"谷敬文想不想袭击我们? 当然想! 但他必然考虑到去袭击我们洪雷谷的小部队,不仅军事上冒很大风险,而且还会激怒周威,使周威彻底和他决裂。一般来说,谷敬文是不愿走这一步的。这一点大家可以放心。但是,我们也绝不能麻痹,要时刻警惕这条恶狼向我们扑过来。"

二

在梅林镇谈判的这一天,洪雷谷又进行了一次激烈的战斗。这次战斗是任中元听到红军进入白云山,他认为齐心会有可能抽一部分力量去对付红军,趁洪雷谷齐心会力量薄弱的时候,进行了一次大规模的进攻。

这次进攻受到了齐心会的英勇阻击,任中元发觉齐心会力量并没有减少。而且得知红军答应派兵洪雷谷,协助齐心会作战。他立即和任洪元派来的副官冯自信商量。他们研究之后,把原来攻击洪雷谷的决定,改为引诱周威西出洪雷谷,使周威放弃有利地形,在丘陵地带消灭齐心会。

齐心会员们击退了任中元的攻击,又得知红军很快就来协助,更加强了胜利信心,趁机加强洪雷谷防御工事,一个个摩拳擦掌,等待着红军到来,和任中元展开另一次决战。

就在这时,郝大成按照谈判所规定的时间,带着罗雄一中队的二十名战士,到达了石门店。

……

郝大成带了二十个人来到洪雷谷,这是周威和周祖荫所没有想到的。

周威对郝大成的到来,表示了热烈的欢迎。他以为郝大成带来的二十名战士是打前站的先头部队,大部队还在后边,他已经给红军准备了二百余人的饭菜。

郝大成安排好部队,来到周威的指挥部。一阵寒暄之后,周祖荫忍不住问道:"这次郝大队长大驾亲征,不知带来多少人马?"

"二十名战士!"郝大成坦然地说着,喝干了一杯茶,周枫森立即给他又倒了一杯,他又喝干了,炎热的天气和长途奔波,使他十分焦渴。

"二十名?"周威以为郝大成说错了,"你是说二百名吧?"

"不,是二十名!"郝大成又喝了几口热茶,因为茶杯实在太小了,一向用军用水壶喝水的郝大成,实在不习惯。他看出周威流露出不满的神色,便又补充说,"总指挥,对付任中元那一营人,我认为连齐心会的五个中队都用不了,再加上洪雷谷这有利的地形,打垮任中元的进攻不是很难的!"

"可是任中元有整整的一个营啊! 足有四百人,况且他还正在调兵呢。"周威怏怏不乐地说。他开始怀疑红军是不是诚心诚意地来帮助他了。

"也许任中元一听到郝大队长的威名,就会退兵四十里呢!"周祖荫讽刺地说,"红军一进四岭山,就口口声声帮助齐心会消灭任中元,现在看来,不过是一句空话。这二十个人,能派什么用场呢?"

周祖荫在恶意中伤之余,一阵失望和苦恼隐隐地绞疼着他,他感到这一着棋,共产党又没有按照他预定的步子走。红军的大部队仍然驻扎在白云山,谷敬文仍然不敢在那里动手,到洪雷谷来动手吧,一来有后顾之忧,二来很可能和周威搞翻,为了这二十个人,未免因小失大。想到这里,他深感共产党不好对付,不禁有些毛骨悚然了。

"你胡说什么？派什么用场？"周祖荫的恶意中伤把罗雄激怒了，"一个红军能顶你二十个民团团丁！"

罗雄气呼呼地把茶杯往桌子上一放，茶杯"啪"的一声碎了，半杯茶水在光滑的桌面上流淌着。齐心会的指挥部里立即出现了几分紧张的气氛。

"罗中队长，你去安置一下队伍。"郝大成为了结束这一尴尬的场面，对罗雄说，"关照大家，注意休息。"

周枫森用抹布拭着桌子。

罗雄犹豫着，他不愿意离开他的大队长，他担心大队长的安全。当他看见王尚青站在门外时，他才悄悄放心地走出指挥所，向王尚青做了个手势，就回到他的分队去了。

罗雄走后，郝大成对周威说："总指挥不要介意，罗中队长是个烈性子人，不过，他说得也对，军队和军队不同，一个可以顶十个、二十个用的情况自古就有。常言说，'将在谋而不在勇，兵在精而不在多'，可以'一以当十'嘛！"

"既然这样，我愿意听听郝大队长的退兵之策。"周威不以为然地说。

"当然，当然，郝大队长定有成竹在胸，"周祖荫冷讽热嘲地说着，"周某不才，没有研究过兵书战策，愿闻郝大队长的高见！"

郝大成对周祖荫这尖酸刻薄的一套，憋了一肚子怒火，但他还是极力克制住。为了周威，他语气尽量放得和缓些，他说："我向来不会纸上谈兵，问我有什么退兵之策吗？现在我没有，我要经过侦察，根据各方面情况分析判断之后才有。退兵之策不是凭空想出来的。"

"一没有兵力，二没有计策，"周祖荫见郝大成说不出退兵之策来，似乎抓住理了，他挑衅似的说，"请问郝大队长，你用什么来实现你们帮助齐心会消灭任中元的诺言呢？"

"我实在不懂你的意思，"郝大成激动起来，"我觉得我已经说得很明白了，什么叫一无兵力二无计策呢？我的二十名红军战士不是兵力吗？在你看来，二十个人是个微不足道的数目，不堪一击。可是，你不明白，他们是共产党领导的红军！他们是有政治觉悟的也是战斗力最强的革命战士！"

郝大成扫了一眼屋里所有的人，然后又盯着周祖荫说："我不愿意夸耀红军的勇敢，可是我敢说，世上还没有什么军队能和红军相比！当任洪元的三十二旅和谷敬文的保安团数千人马对我们追剿堵截时，情况怎么样呢？就说你们南山口吧，你们不是说是天险吗？那时你们的民团比红军人多，可是情况怎么样呢？我们只轻伤两人，这就是进四岭山的代价！……"

郝大成看见周祖荫把头低下去了。他的声音缓和了一下，认为有必要在周威面前，揭穿周祖荫的险恶的用心。他用尖锐的言辞说：

"总指挥问我要退敌之策，这种心情我理解，我认为这是善意的。我答应经过侦察之后，再提出我的意见，总指挥是会充分谅解的。可是周先生却要我立刻拿出退敌之策，好像不立刻拿出退敌的计策，就是不诚心帮助齐心会，晚一刻也不行。这是故意刁难，同时也是恶意挑拨。请问周先生，你是读过兵书战策的人，你的退敌之计在哪里？你要红军在不了解敌情也不熟悉地形的情况下，糊里糊涂地像赶羊一样吆喝着部队去冲锋吗？"

"我并没有这个意思。"周祖荫争辩说，"红军是不是诚心帮助齐心会，我是有怀疑的。"

"我看周先生并不怀疑红军诚心帮助齐心会，你的心里想的什么，我看得很清楚。"郝大成不愿意像在谈判桌上那样克制感情了，也不想在周威面前给他留什么情面了。他用更加犀利更加激烈的

97

言辞喷吐出满腔的愤怒：

"周先生对如何消灭任中元并没有什么兴趣，可是，如何对付红军却是挖空了心思。你坐在周总指挥的大厅里，说的却是谷敬文要你说的话，办的也是谷敬文要你办的事。"郝大成看见周祖荫的脸色变得像纸一样的惨白，就像痛打落水狗一样，继续说下去，"你宁愿叫任中元进来烧杀，也不愿红军在白云山驻扎。告诉你，谷敬文派你来专和红军捣蛋，是不会有好下场的。"

"这是污蔑，这是污蔑……"周祖荫被打得只有招架之功，毫无还手之力，他不断地嘟囔着。但他的话不敢说响，他自己也感到郝大成一句句都打中了自己的要害。

在周威听来，这些毫不留情的话，未免太激烈了，但他不能不敬佩郝大成的义正词严，不能不承认郝大成说得有理。

"郝大队长，请息怒，祖荫叔言语有不当之处，请多多包涵。"周威不愿意让这种局面继续下去，抱歉地说，"从现在起，我们要同心协力对付任中元。"

"总指挥，我不是专门计较小事的人，但也希望总指挥明辨是非，不要上了谷敬文的当。"郝大成也不愿在这些事上再纠缠下去，就说，"请总指挥派一个熟悉地形的齐心会员给我，吃过午饭之后，我要到洪雷谷口去看看地形。"

郝大成边说边站起来，准备告辞。

"不，郝大队长，不必这样急，便饭马上就好，我们应该为了同心协力消灭任中元，畅饮几杯。"

周威恳切地说着，又把郝大成摁在座位上："今天大队长和部队就休息一天，明天去洪雷谷口看地形不晚，部队食宿自有朱英中队长负责安排，大队长不用费心。"

然后周威对着厢房叫道："枫森，看酒菜准备好了没有，去催一下。"

郝大成实在不愿意和周祖荫同桌吃饭,但为了周威的情面,他还是答应了。

在酒席间,周威向郝大成介绍了审问王丹臣的情形,并讲到焦大海被俘之后的沉重心情。

三

吃过午饭,周威把向导找来了。

郝大成在向导的引导下,带着二十人的红军队伍,来到了洪雷谷口。首先他在密林里选好了一块营地,吩咐部队设营,并挖好工事,以防谷敬文的暗算。然后带着罗雄和向导去洪雷谷口查看地形。

郝大成沿着崎岖难行的山路,攀上了洪雷谷口的北面峭壁,然后又攀上了伏虎岭的顶峰。

险要的地形使郝大成暗暗称奇,风景虽然不如白云山幽美,其雄伟险峻却蔚为壮观,比白云山更加奇特突兀。稀疏低矮的树丛,掩映着黑色的山石。曲折坎坷的山路是由若干断裂的岩石连接而成,行人必须从一块岩石跨到另一块岩石上,一不当心,就会跌进石缝里去。在靠近洪雷谷的地方,甚至有滚下深涧的危险。

郝大成站在顶峰的岩石上,向东望去,四岭山区山势起伏重叠,高低错落,层次分明,葱郁的山林,正如大海碧蓝的波涛。四岭山区的东墙——青龙山,在这里看不清楚,它被遮掩在虚无缥缈的云雾中;向东南方向看去,最高最远的一座大山,横断天际,那就是白云山了。在想象之中,郝大成好似看见南山口上飘扬着的红旗。他想象着红军战士们在那里的各种活动。

郝大成对着白云山看了很久,又向西望去,山势陡然变低,再向远处张望,就是西屏山了。这西屏山没有南屏山雄伟,也不甚高,那就是任中元的巢穴。在西屏山和这伏虎岭之间,有一个二十多里宽的丘陵地带,这个地带,村庄较多,物产也很丰富,是任中元的辖区。在伏虎岭上俯瞰下去,这些丘陵,只不过是一些低低的小土丘,树林不多,是一片绿色的田野,在这里,还隐约地看见杨家寺、刘家寨和王家寨的黄褐色的屋顶。

向东北方向望去,就是黑蛇岭了。在黑蛇岭之外,莽莽苍苍,云遮雾障,一望无际,那就是北荒山了。

郝大成望着这四周山势,思潮汹涌,热血沸腾。他想象着当红旗把四岭山插遍的时候,那将是何等壮丽的情景啊! 那将是多么振奋人心啊! 这一天已经不远。国民党白狗子们你就来吧,我们可以大大周旋一番。

罗雄的心也和他的大队长一样,气势磅礴的群山,激起了他的壮志豪情:"大队长! 等咱们站稳脚跟,革命力量大发展以后,你就叫我带一个中队来守伏虎岭吧,我喜欢这个地方!"

"喜欢这里什么?"

"这里真是太险要了。"罗雄又赞叹地向洪雷谷口看了一眼,"给我一挺机关枪,千儿八百的敌人,别想摸洪雷谷的石头。"

"有你守的时候。"郝大成比罗雄想得更远,"敌人不会放松四岭山的,我们要准备对付敌人的千军万马呢!"

郝大成又从伏虎岭的顶峰上走下来,扯拉着杂树棵子向洪雷谷走去。太阳已经偏西了,但很炎热,他们把军衣脱下来,拿在手里,并不断地用毛巾擦着汗水。他从王尚青手里接过水壶喝了几口,又递给了罗雄。

此时,映山红已是"绿肥红瘦",野玫瑰却正在盛开,沿着石壁、山路,伸展着它的多刺的藤条,乳白色,粉红色,鹅黄色的花朵,斑驳杂陈,散发着浓郁的香气。

这里大树已经很少,只是灌木丛生,很便于隐蔽。在洪雷谷口上面,还残存着一座古寨堡。在倒塌的墙垣上,还能找到寨堡的门楣。这是一块三尺宽两丈长的花岗石板。上面刻有"西门锁钥"四个大字。

古寨堡的墙根,直接垒在一段峭壁上,城墙般的石壁,光滑陡峭,并无台阶可登,亦无石棱杂树可攀。就在这平直的石壁上面,刻着七绝一首,但前两句已被风雨剥蚀,只有后两句隐约可辨:

> ……
>
> ……
>
> *横奔沧海千堆雪,*
>
> *倒泻银河万斛雷。*

这残缺不全的诗句,出自何朝何代何人之手,已无从考察,但它却是洪雷谷口的真实写照。

这洪雷谷,每逢大雨过后,山洪暴发,谷中水流异常急湍,溅在两壁,激起白色的浪花,高达数丈,正像千堆雪浪,大有"疑是银河落九天"之感;洪水翻涌,势如万马奔腾,冲得斗大的石头向下翻滚,发出隆隆的轰响,正像滚滚雷声。这些日子,由于天旱不雨,谷中流水潺湲,但两岸石壁上的高高的水线和洪水冲击的痕迹,仍能使人想象出山洪怒发时的壮观。

这里流传着许多神奇的传说,向导是一个能说会道的当地人,他以熟知往昔的传说,以本地山势的险峻而自豪。他不断地向郝大成、罗雄和王尚青讲述着这个山上历代发生的故事。但是郝大成全神贯注在对地形的观察和战术的思考上,考虑着如何进攻和防守,很少用心去听。

在这里,郝大成碰见了十几名齐心会员,他们完全穿着农民服装,有的拿着步枪,有的拿着鸟铳,有的拿着大刀和长矛。他们看见郝大成来了,就都向郝大成围拢过来。

郝大成向他们做了自我介绍,自己先坐了下来,然后叫他们坐在自己周围,亲切地问道:"你们都和任中元的保安团打过仗吧?"

"打过!"

"你们怕不怕打仗?"郝大成又问。

"不怕!"一个齐心会员说,"听说红军来帮我们打任中元,我们可高兴啦!"

"怕也得打啊!"有个齐心会员说,"任中元来烧我们,抢我们,杀我们,不打还行? 谁没有个家啊? 红军来帮我们就好了,消灭了任中元这个祸害就好了!"

"你们在家都是干什么的呢?"郝大成又问。

"我们都是种田的,当长工的,就是他,"一个齐心会员指着另一个说,"是个石匠。"

"是啊,你们都是穷苦人啊!"郝大成说,"你们听说红军的主张了吗?"

"听说了!"一个齐心会员兴高采烈地说,"我姑姑家就在白云山的兰田岗。他们说红军一心向穷人,打土豪分田地……"

另一个齐心会员插断他的话,抢着说:"还分救急粮呢。"

"是救济粮,不是救急粮。"另一个齐心会员纠正说。

"不管是救济还是救急,对穷人就是好。"

"若是红军到伏虎岭来打土豪分田地,还分救济粮,你们高兴不高兴?"郝大成说。

"当然高兴啦! 我们就盼着这一天呢。"

"就不知道怎么个分法。"

"红军来了,穷人就不再给地主豪绅当牛马了。我们穷人要坐天下当主人。"郝大成说。

"那可好了。"

"所以,咱们的枪口,不光对着烧我们杀我们抢我们的任中元,还要对着压迫我们剥削我们的土豪劣绅。"郝大成说,"任中元是用明刀子杀我们的人。可是那些土豪劣绅狗财主们,却是吃我们的肉喝我们的血啊,他们都是吃人的豺狼。"

齐心会员们静听着,深思着,这些道理他们还是第一次听到啊。

"等我们打败任中元之后,伏虎岭也要和白云山一样,打土豪,分田地。"

郝大成的话就像闪着光亮的一粒粒火种,撒播在齐心会员们的心中,点燃起革命的火焰。

在这短短的接触中,齐心会员们的心,和红军贴近了一层。

"红军什么时候来呢?"有的齐心会员急切地问。

"很快就会来的。"郝大成说,"你们回去要多向其他的齐心会员们宣传,多向伏虎岭的乡亲们宣传,红军为什么打土豪分田地呢?为什么分粮食呢?因为红军是穷苦人的队伍,是穷苦人的贴心人啊!"

齐心会员们都点着头,向郝大成靠拢得更近一些,这些话听起来是多么亲切多么新鲜多么贴心啊。

"中队长来了!"齐心会员们看见了朱英,都站了起来,他刚从洪雷谷口执行警戒任务回来。

郝大成也站起来,和朱英相见。

朱英在十六岁时参加了义和团,今年已经四十四岁了,看上去仍很年轻,体格健壮,精力充沛,是个红脸大汉。他走到郝大成面前向他敬礼。在梅林镇谈判时,他第一次和郝大成见面,但郝大成初探四岭山时的一切言行,他却从周威、周枫森和齐心会员的传说中都听说了。他对郝大成充满着敬佩。

郝大成和朱英亲切地握手,并问他:"敌人有什么动静吗?"

"没有,连在谷口外的一些零星部队也都抽回去了。"朱英答道。

"前几天,敌人是怎样冲进洪雷谷口的呢?"郝大成又问。

"那是在夜里,敌人偷偷地摸到谷口上来,砍倒了哨兵,就冲进来了。焦二哥没有准备,就让他们俘虏去了。"

郝大成看着险峻的山谷说:"这样的地势,敌人明攻是不容易攻上来的,所以要严防敌人的偷袭。"

"是的! 夜里我们派上双岗,"朱英说,"有一个中队就守在古寨堡上。"

"怎么没有看到他们?"罗雄问。

"是晚上守,白天只留一个分队警戒,他们回到村里休息去了。……"

郝大成又询问了任中元历次进攻洪雷谷的情形后,便和朱英告别了。

郝大成从种种迹象判断,近来敌情有了很大变化,认为有必要派人出去侦察。如果能抓到俘虏,从敌人口中得到真实情报,那就更好。

回到营地之后,郝大成立即派赵铁牛和王尚青下山,向他们交代任务说:

"你们傍晚出发,在黄昏时赶到山下,注意看清路线,深夜接近杨家寺,抓一个俘虏回来。"

"保证完成任务!"赵铁牛和王尚青同声回答着。

王尚青和赵铁牛出发后,郝大成又派了两名侦察人员,分别到刘家寨和王家寨去侦察情况。

四

当郝大成在洪雷谷口设置营地,考察地形,向敌方派出侦察人员的时候,谷敬文派周武带着周拐子的半个中队来到了石门店。

周威搞不清周武的真实来意,说是来对付红军吧,他只带来了半个中队,显然力量不够;说他是来协助消灭任中元吧,更是不像。在任中元冲进洪雷谷时,他一个兵也不派,现在红军在白云山,他更不可能抽兵来打任中元了。他估计很可能还是为红军而来。

"武弟,这样匆匆赶到石门店来,不知何意?"周威在周武坐定之后问道。

"我是为四岭山的安全而来,"周武边说,边和周祖荫交换着眼色,"我们四岭山的安危存亡只在此一举了。"

"我不明白你的意思。"

"是这样,我们……"周武不敢说这是谷敬文的主张,改口说,"我想机会难得,我们必须在这里把郝大成搞掉。"

"什么?"周威面有不悦之色,"大敌当前,我们应该同心协力对付任中元才对。"

"你要同心,恐怕别人并不协力。"周武恶意地说,"你看,谈判时郝大成说得多好听啊,'明天准备,后天派兵。'好,派了二十个人来,难道说这叫协力?"

这些话显然勾起周威对红军的不满,但周威默不作声。

"我看郝大成借口看地形,屯兵洪雷谷口,也是居心不良。"周祖荫说,"帮助是假,为他们进占伏虎岭是真。威侄,这次我们可不能再上共产党的当了!"

周威听到这里,心头不由一动,多疑的性格在这时突然占了上风。周威为人是耿直的真诚的,可是他上了多少次当啊。事物总是两方面的,容易轻信的人,也容易多疑,这种截然相反的性格是怎么形成的呢? 容易轻信,就必然容易上当受骗,多次的上当受骗,便促成他多猜多疑。本来他对红军的疑虑就多于信任,面对当前的种种迹象,在周祖荫和周武的谗言进攻下,他怎么能够清醒地明辨是非呢？

"害人之心不可有,防人之心不可无,"周威苦恼地说,"我小心就是了。现在看来,还是俗话说的'天上下雨地下滑,自己跌倒自己爬',对付任中元,我不能靠别人!"

周武装出一副通晓事理,又关切又提醒的样子说:

"大哥,对红军帮助消灭任中元没有诚心这一点,你应当早些看清楚。老实说,红军比任中元更危险。任中元是龇牙的狼,红军是笑脸虎。任中元在洪雷谷外,只不过是疥癣之疾;共产党乘虚而入,却是心腹大患。"

"诚哉,斯言也!"周祖荫文绉绉地感叹了一声,然后接着周武的话头说:"武侄的话是很有见地的,共产党的狡猾比任中元的残暴更可怕,软刀子杀人不见血,威侄应该慎之、慎之!"

周威听了他们的话,半信半疑,觉得似乎也有些道理。不是吗？郝大成如果诚心帮助齐心会,为什么不把红军全部或者大部开来呢？

周祖荫见周威心有所动,便进一步对他说:"你看,共产党是多么狡猾啊!他们刚进四岭山之时,如果你立刻回兵白云山,和民团一齐夹击他,这时,早就把他们消灭了;可是,他们忽然派你的救命恩人田世杰送来了一信,答应出兵消灭任中元,果然威侄中了他们的缓兵之计,结果叫他们在白云山站住了脚跟。在梅林镇谈判之时,他们那样痛快地答应立即派兵,比我们想要求的还要快。结果使我们在满心高兴的时候,忘了钉死他来多少人,这是我们的失策!……"

"是啊!我们本想趁他们大部兵力来洪雷谷口的时候,重新把南山口和梅林镇拿回来。现在这一着又落空了,唉!"周武长叹了一口气,沮丧地垂下了头,"现在只有想办法把郝大成弄到陷阱里去,这个机会是再也不能错过了。"

周武明知周威不同意搞掉郝大成，但他又不能不说，因为他要置郝大成于死地，在齐心会的辖区里，不通过周威是很难办到的。

周威听了周武的话，看到了周武隐藏的祸心。他一脸的不高兴。他觉得红军不诚心帮助齐心会固然不对，可是他又有几分谅解，心想："事情原来是这样啊，你周武为什么非要红军派兵洪雷谷呢？你并不是为了齐心会，只不过是为了趁机偷袭南山口和梅林镇。哼，你们说红军狡猾，可是，难道你们就不狡猾？郝大成不带大部队来，也许是为了防备你们在后面袭击他。如果我处在红军的地位，我也会这样做的！郝大成有郝大成的难处，红军是有远见的。"周威想到这里，对郝大成和红军不由得产生了敬佩之感。

此时，周威的心理状态是充满着矛盾的，这些疑惑犹豫摇摆，正反映了他的处境：他不可能完全相信红军，这时的周威还没有这样高的觉悟。他和红军接触还很少，受到的教育还很不够；在对红军还不够了解的情况下，加上周祖荫的挑拨，他对红军不能不抱有戒心。

但是，他也不可能和周武一道来反对红军，这除了他自身的条件和周武有根本的区别外，郝大成对他进行的思想工作，红军的一切言行，都给他以深刻的影响，他对红军又不能不深感敬佩。

周威此时正处在"墙头草，随风倒"的中间状态，是最容易摇摆的。双方的争夺，都对他产生作用。在谁胜过谁还没有解决的情况下，这种状况还要持续一段时间。他向何处转变，就要看敌我双方对他争取的结果了。

周威的心理是矛盾的，但反对暗害红军的态度却是十分坚决的。他对周武说：

"你们怎么样和红军斗法，我不管，可是要在我这里搞掉郝大成，让我背黑锅，陷我于不义，我不干。"

"我的意思是……"周武哭丧着脸说，"大哥，你再考虑考虑，千万不能坐失良机啊！我们应该在晚上偷袭他的营地！"

周威把眉头一皱,恼火地说:"我已经说过了,这样干法太卑鄙了！"

周祖荫看出周威在这一点上是不会变更的了,弄不好还会闹翻了脸,对自己更为不利,同时他也感到偷袭红军营地也是很危险的,郝大成绝不会那么好对付,便说:

"何必偷袭他的营地呢？他既然是来帮助我们打任中元的,让他去打头阵不更好吗？"

周武一下子明白了他的高级参谋的用意,对啊,借任中元的刀去杀他不更好吗？岂不更是干净利落？他脸上的沮丧的阴影消散了,像垂危的病人得到了救生符一样,立即换上了兴高采烈的神色,他认为周威一定会同意这样干。打任中元嘛,周威哪有不同意的？

"也不能这样干。"周威严肃地说,"这是不光彩的行为。眼下大敌当前,郝大成不能算是我们的敌人,我们不能暗算红军！"

"这不叫暗算,"周祖荫笑笑说,"让郝大成打头阵可以一举三得。"

"哪'三得'呢？"周威问道。

"第一,是任中元看见红军来协助我们,必然军心动摇。"

周威承认这"一得"说得有理。然后又问:

"第二呢？"

"这第二,就是看一看红军帮助我们是不是真心实意。"

"第三呢？"

"这第三,就是看一看红军是不是真有一以当十的战斗力。"

周祖荫和周武一唱一和地说完了这"三得"。这"三得"对周威来说,是很有吸引力的。周威并没有意识到他们说的这"三得"全是幌子,其目的则是借刀杀人。

周威说："这要和郝大成商量以后再定。人家是客人,他要愿意,当然很好,如果不愿意,也不能相强。"

周武看出周威已经同意了让郝大成打头阵的想法,他在极端兴奋中,居然想出了一个大胆进攻任中元的计划。他一仰脖子,咕咚咕咚喝了半杯茶水,急急地说：

"任中元的一营,正在杨家寺等候援兵,我们不能等他来了援兵之后攻打我们,应该趁他援兵未到的时候,主动去攻击他们。又加有红军协助,我们不能坐失战机。"

这个主动出击的计划,细想起来,绝无丝毫的军事价值,但是粗看起来却是很积极的,完全迎合了周威急于歼敌报仇雪恨的心理。

"好,我们应该趁他援兵未到之时,打他个措手不及,这叫出敌不意,攻敌不备。"周威马上赞成,"我们可以在夜间去偷袭他们。"

"自古以来,偷营劫寨,得胜居多。"周祖荫生怕周威改变主意,就竭力补充这一计划,"这是一个很好的计划。"

"我看可以这么定,"周威显然已经下定决心进行夜袭,他在思考着战斗方法和兵力部署,"至于要红军打头阵,这要和郝大成商量以后再说。"

"大哥!"周武用哀怨的颤抖的声音说,"你对别人好心,别人却对你是恶意,你早晚要上共产党的当的! 为什么不叫郝大成打头阵呢? 难道这不是他们自己的诺言吗? 他们是诚心还是假意,打头阵不正是一次很好的试验吗? 刚才祖荫叔说的那一举三得不是完全对吗?"

"红军一向善于夜战,"周祖荫又从侧面对周威展开了攻势,"我们为什么不用红军之长,去攻击任中元之短呢?"

"也好!"周威终于被老奸巨猾的周祖荫说服了,"我们一定竭力争取郝大成打头阵!"

"那就这么办。"周武连忙把话钉死，免得周威再有变化，"事不宜迟，我看明天晚上就得动手。"

"是不是太急了？"周威思忖着说，"能准备得及吗？"

"有什么来不及呢？兵贵神速，古今一理。"周祖荫说，"如今应该当机立断，免得夜长梦多，如果不立刻行动，等任中元援兵一到，我们全部计划就落空了。"

"就这样干吧！"周威把桌子用力一拍，下定了决心。他向大厅外喊道：

"枫森！通知各中队长来开会！"

五

金色的黎明，降临到洪雷谷口，阳光穿过树林，照耀着红军的营地。红军战士们在已经快要熄灭的篝火上，加上树枝，篝火又燃烧起来，架起行军锅很快就把早饭做好了。

红军的生活已经不像白马山峡谷突围出来之后那样艰苦了，他们煮的是喷香的白米饭。这白米就是从白云山土豪的粮仓里带来的。

齐心会的会员们，三三两两地走到红军营地里来，他们对红军的一切都感到很新奇。郝大成在古寨堡前和他们的讲话，已经在齐心会里传播开了，他们都来打听在白云山打土豪分田地的情况。

当人们刚刚端起饭碗来的时候，忽然有人叫道：

"铁牛他们回来了！"

"看，他们带来了一个人！"

"是什么人？是当官的还是当兵的？"

郝大成命令大家吃饭，保持安静，他独自向他们迎去。他看清了，是赵铁牛和王尚青带来一个俘虏。

　　显然，这个俘虏不是被打伤了，就是被吓慌了，全身发颤，没有帽子。赵铁牛和王尚青看见郝大成后，就带着俘虏，向大队长迎过来。

　　"报告大队长：我们捉了一个！"赵铁牛兴奋地抹了一把汗，但他抹下来的却是血，在兴奋和劳累中，他并不感到十分疼痛。

　　"怎么，给打伤啦？"郝大成看着赵铁牛满脸血迹，关切地问。

　　"不是，是跌跟斗摔到荆棘棵上了。他娘的，路真难走！"赵铁牛憨厚地笑了笑，掩饰不住完成任务后的喜悦，"我们还得了一支枪呢——汉阳造。"

　　"要不，早就回来啦，这家伙……"浑身水漉漉的王尚青指着吓得发抖的俘虏，气愤地说，"死也不走，还老想逃跑，我们只好把他绑起来，抬着他走。嘿，过河沟的时候，差一点没把他淹死！"

　　"给他解开绳子，你们先带他去吃饭。"郝大成说。

　　绳子解开了，俘虏战战兢兢地站着，满身满脸的水和泥，原来是一个十七八岁的孩子。看来，他是吓坏了。

　　郝大成拍了拍他的肩膀，给他一个安慰的眼色，说："不要害怕，我们优待俘虏，快跟他们吃饭去吧。"

　　俘虏惊愕地看着郝大成，张着嘴巴，好久没有说出话来。他看见郝大成和蔼的笑容，才稍微镇定了些，依然战战兢兢地问道："你们不会杀我的头吧？"

　　"没有的事，这是任中元骗你们！"郝大成看到俘虏还不太相信，就说，"我是红军的大队长，我说话是算数的，你放心吃饭去吧。"

　　"红军？"俘虏这才重又打量穿着灰色军装的郝大成，"你们不是齐心会？"

　　"不是，就是齐心会也不会杀你的，你放心好了。"

　　俘虏脸上掠过一丝天真的笑容。王尚青上来一把把他拉走了。在营地里,战士们纷纷围上来,像看"新娘子"般地看着这个天真的孩子般的俘虏,询问着夜间捕俘的经过。

太阳升高了,已经有些炙人。郝大成坐在一棵高大的橡树下,审问着心神不宁的俘虏。

这个俘虏满脸孩子气,两只大眼睛流露着惊慌不安的神情。

"你干吗要害怕呢? 他们给你饭吃了吗?"郝大成平静地问。

"给了,我吃不下……"

"为什么?"

"……你们真的不杀吗?"俘虏仍顾虑重重地说,"任团长亲口向我们说……"

"只要你说实话,我连一根头发也不会动你的。"郝大成和蔼地说。

"昨晚上,那两个抓我的兄弟还打我呢。"俘虏忧虑地说。

"噢? 他们会打你?"郝大成不以为然地问,"他们怎么打你了?"

"不是打,是拧了,"俘虏纠正地说,"拧我的胳膊,拧我的腿,然后又把我绑起来。"

"他们说你捣蛋,不想跟着走啊!"郝大成哈哈大笑起来。

"长官,听任团长说,齐心会抓到俘虏就杀头,我哪能不怕呢?"俘虏老实巴交地诉说着,"是我的腿发软,站不住。"

"噢,是腿软啊,"郝大成忍不住又笑笑说,"他们还当你是捣蛋呢,夜里嘛,又看不清,对吗? 你叫什么名字呢? 你是什么时候当兵的啊?"

"我叫王十九,是今年春节才当兵的。任团长,不,是任中元成立保安团,要扩兵,就硬把我抓了去,给扩上了。"

"王十九,"这个奇怪而又新鲜的名字,引起了郝大成的好奇心,为了使俘虏的精神从紧张的状态中完全松弛下来,他像和俘虏拉家常一样问道,"为什么叫十九呢? 该不是你兄弟姐妹多,排行十九吧?"

"不,"俘虏伤心地说,"我生下来才几天,我妈就叫任中元拉去做苦工。到我活到十九天的时候,我妈就病死了,是给任中元家干活累的。妈妈死了,爸爸把我养大了,就说,你就叫十九吧,记住你妈是生下你第十九天上死的!"王十九说到这里忍不住抹了一把泪水。

"任中元是你的大仇人啊! 我们红军就是穷人的队伍,将来会给你妈报仇的。"郝大成亲切地看着这个苦大仇深,但还有待提高阶级觉悟的孩子,问他说,"任中元现在在哪里? 在杨家寺吗?"

"前些日子,任中元带着第二营来到了杨家寺。"

"任中元到了杨家寺,为什么不来攻打洪雷谷呢?"

"不知道,"王十九摇摇头,"以后又到刘家寨和王家寨去了。本来一营营长和我们说,援兵一到,就要打洪雷谷,可是援兵来了反而没有动静了。任中元带着一个姓冯的副官,到处转,只是叫我们在墙上打枪眼,在街口上垒矮墙,好像要长久住下去的样子。"

郝大成很快明白了任中元的意图,他已经放弃了进攻洪雷谷的打算,而是用装作等待援兵的方法,引诱齐心会下山,妄图在丘陵地带消灭齐心会,而后再占领伏虎岭。

郝大成又仔细地盘问了保安团的人数、枪支和一些其他情况,但王十九知道的实在太少,于是他向着宿营地喊道:

"小王,小王!"

不一会儿王尚青就从树林里跑出来,站在大队长面前,他还诡秘地向王十九挤了挤眼。

"你把王十九带到队上去,告诉罗雄,好好地和王十九谈谈,叫他安排些事情给王十九做。"然后又对王十九说,"从现在起,你已经不算是俘虏了。你若是想回家,打完了仗就放你走,你若是愿意当红军,我们欢迎。你现在先不要忙着表示愿走还是愿留。你好好地看一看,细细地想一想,等想好了再来和我说。"

王十九感激地看着郝大成,想说几句话,可是又不知道该说什么好,只是憨厚地笑着。

王尚青亲亲热热地拍拍他的肩膀,拉起王十九的手说:"走吧,一家子,别怪我拧你的胳膊扭你的腿,不打不成交,以后你还会感谢我呢。"

王十九向王尚青报以亲切的微笑,他们一齐跑到树林里去了。

傍午时分,去刘家寨、王家寨的侦察人员回来了,他们证实了王十九提供的情况是真实的。

第三十一章　反败为胜

一

郝大成综合了各方面的情况,做出了应有的分析判断,弄清了任中元的企图,拟订了自己的作战方针和行动计划。

这个计划他也和罗雄商量了,罗雄极为赞成。但是,不管这个作战计划有多么完善,只有在得到周威同意的情况下才能实现,因为它需要齐心会的一致配合。

带着这样一个计划,郝大成和罗雄离开营地,到石门店去见周威。

"大队长,我担心周威不同意我们的计划。"罗雄缺乏信心地说。

"很难说,按道理讲,周威是应该同意的,可是周威仍然对我们不信任。周祖荫和周武按照谷敬文的指示,又在背后捣鬼,我们还要做很多工作才行。党代表说得对,这次我们来,是面对着两条战线作战,任中元不可怕,要慎重对付的是谷敬文。"

"我看周威叫周祖荫给弄糊涂了。"罗雄不满地说。

"是啊,要周威完全觉悟,那还需要很长时间,甚至还要通过血的教训,不然,他是不容易觉悟的。"

郝大成和罗雄向前走着,王尚青跟在他们后边。

快到石门店的时候,他们看见从石门店拥出一伙人来。这伙人走出石门店向郝大成迎面走来,这是齐心会。大刀、长矛、步枪在强烈的阳光下闪着亮光,在山路上黑压压一片,很难判断出有多少人来。显然,他们是要开赴洪雷谷口。

队伍前面走着三匹马,这就是周威、周祖荫和周枫森。当他们看见郝大成和罗雄的时候,都一齐翻身下马。齐心会的队伍,也在后面停了下来。

"我们正要到石门店去,没想到总指挥来了。"郝大成说。

"我也正要找大队长呢,"周威热切地说,"我们要和你商量一下作战计划。"

"你们已经拟订了作战计划?"郝大成不理解他们的作战计划是如何产生出来的。

"对,拟订了,"周威兴奋地说,"是一个很大胆很主动的计划。"

周祖荫兴冲冲地说:"是一个进攻的计划。"

"进攻的计划?"郝大成疑惑地说,"既然那样,就到我们营地去谈谈吧。"

这是怎么回事呢? 郝大成在想,"当我们还没有经过侦察,没有经过周密思考的时候,他们立逼我拿出退敌之策来。现在我们有了,他们却一声也不问了,并且自己一夜之间,不经过侦察,就忽然生出个作战计划来,而且还是大胆的,进攻的……"

"营地离这里很远吧?"周威问,他急不可耐地要向郝大成公布他的作战计划。

"并不很远,只是那里没有烟茶招待,甚至连座位都没有,只能蹲在草地里石头上。"

"我们到一中队的中队部去吧。"周威用马鞭指着掩藏在密林中的十几间茅屋说,"近一些!"

"好吧。"郝大成同意了。

周威立即吩咐把石门店开出来的两个中队,拉到洪雷谷口去,准备投入夜间的偷袭。他和郝大成等一行人马,向一中队队部走去。

这个掩藏在密林中的小山村，是齐心会一中队队部所在地，一中队队长焦大海，就是在这里被任中元俘去的。周威触景生情，向前默默地走着，思念着他那现在还在任中元拷打下的结义兄弟。

到达中队部后，他们比较随便地坐下来。

接着，周枫森叫一中队的齐心会员去烧茶。

刚刚坐定，周威就兴致勃勃地说："郝大队长，我想和你谈谈我们的作战计划。"

"请说吧。"

"我们想趁敌人援兵未到之前，在夜间偷袭杨家寺。"周威看出郝大成不以为然的神情，又补充说，"敌人在杨家寺只有一个营，其中有一个连还被我们打垮了。我们齐心会有五个中队，再加上红军，兵力要超过敌人一倍。自古偷营劫寨，取胜居多。……"

周祖荫紧接着补充说："这正是个绝妙时机，一旦敌人援兵到了，我们就晚了。"他准备在郝大成同意这个计划后，再提出要红军打头阵的要求。

郝大成问周祖荫说："你说这是个绝妙的机会，我问你，敌人援兵到了没有？"

"没有到！"周祖荫武断地说。

"凭什么说没有到？"

"他的援兵一到，就会进攻我们的。既然他们不进攻……"

"就说明他们援兵没有到，对吗？"郝大成忍不住打断周祖荫，并愤愤地说，"这种毫无根据的推理，不是在打仗，简直是胡闹。"

气氛开始紧张起来。周威、周祖荫都默不作声。

郝大成又问："你说刘家寨和王家寨有没有敌人？"

"不会有的！"周祖荫仍然肯定地说。

"为什么这么说？有什么根据？"

"为什么？他们在刘、王两寨布兵有什么用？"周祖荫摆出军事行家的样子说。

"为什么没有用？任中元是有他的意图的！"郝大成说。

"不管什么意图，"周祖荫坚持地说，"我们的作战计划已经定了。……"

郝大成有些激动了："这不是什么作战计划，这是坐在屋里想出来的，在没有弄清敌人的兵力部署和作战意图之前，还是慢一点下决心好！"

"为什么，假设敌人援兵已经到了呢？"周威面露不悦之色。

"不是假设，而是已经到了。"郝大成严肃地说，"你们了解的情况，还是梅林镇我们谈判之前的情况，这些日子有了多大的变化啊！"

"你从哪里知道的？"

"昨天夜里，我们抓到的俘虏给我们提供了最新的情况。"郝大成说，"任中元和任洪元的副官冯自信，带着第二营到了杨家寺，刘家寨和王家寨分别驻了一个连，杨家寺又加强了一个连。"

"那他为什么不进攻？"周威为郝大成了解情况的详细和确凿而感到震惊。

"俘虏的口供怎么可信呢？若是援兵到了，他就该进攻，不然，他还等什么呢？"周祖荫一连提出几个问号，企图否定郝大成的论据。

"我并不完全依靠俘虏的口供，我还派出了侦察人员，综合几个方面的情况加以判断，就能够得出比较正确的结论来。你们凭什么认为敌人援兵一到，就要对洪雷谷发动进攻呢？"

"这是任中元的一个排长的口供，他是以性命做担保的！"周威说。

"也许这个排长的口供是可信的，可这是六天以前的情况，你知道这些天来有什么新变化吗？任中元的想法难道不会变吗？"郝大成恳挚而郑重地说，"总指挥，周先生，希望你们听听我的意见，要知道，打糊涂仗，我是绝对不参加战斗的。"

郝大成说完，把笔挺的身板猛然向椅背上一靠，做出一个十分坚决的表示。

"好，你说吧！"周威望了望室外的天色，悻悻地说，"时间还早，还来得及仔细商量。"

周祖荫烦躁地撕扯着卷在脑后的猪尾巴辫子，唯恐要红军打头阵的计划落空。

"也许任中元原订计划是等援兵一到，就重新发起进攻，可是，他第一次吃了亏，第二次也没有讨到便宜，他学鬼了。还有三十二旅的副官冯自信，这家伙和任中元不一样。任中元是土豪，是土匪，不会打仗，可是姓冯的是受过军事训练的，我们绝不能把敌人都当成傻瓜。……

"其实，这个道理是很容易弄明白的，任中元强攻山头，我们居高临下地揍他们，这是敌人的一大不利；我们熟悉地形，敌人即使攻上来，我们也可以神出鬼没地打击他，他们人生地不熟，又缺少后援，到头来还是被我们消灭，这是敌人的两大不利。上次战斗，就充分说明了这一点。"

周威不禁点头称是。

"所以任中元改变了原来的计划，等待我们去攻他，想在丘陵地带消灭齐心会。"郝大成继续说："敌人的武器比齐心会好，火力强得多，在丘陵地带比在山林里容易发挥威力；我们去进攻他，他有工事做依托，而且以逸待劳，加上齐心会不熟悉丘陵地带的地形，大刀、长矛在不能靠近敌人的情况下，根本就用不上。这样敌人就变不利为有利，我们就变有利为不利。常言说，'虎落平阳被犬欺'，就是这个道理。……"

周威虽然十分热衷于自己的进攻计划,但他不能不承认郝大成讲得很有道理,不能不对自己的原订计划重新加以审查。

周祖荫却完全是以如何把红军推到任中元的枪口上去为出发点的,一心要执行谷敬文的意旨,根本不考虑郝大成讲的是否有理。他阴阳怪气地说:

"郝大队长这套大道理,听来倒也合乎情理,但是,任中元未必这样打算,也许是大队长的神机妙算,凭空猜测出来的吧?目前就下这样的结论,我看根据不足!"接着他又向周威说:

"你是总指挥,决心可不能轻易动摇啊!"

"周祖荫先生,这既不是神机妙算,更不是凭空猜测,而是一个军事指挥员根据各种情况,做出的应有的判断。"郝大成严厉地说。为了加强说服力,他在桌子上用茶杯摆了个"品"字形,指着中间那个茶杯说:"现在任中元摆出了这样一个架势:这中间是杨家寺,是一把剪刀的切口,"他又指着两边的两个茶杯说,"这是刘家寨和王家寨,是剪刀股。若是我们去进攻杨家寺,正好落进剪刀口里,刘、王两寨的敌人一合围,齐心会就会全被铰碎了。刚才周祖荫先生不是认为任中元把兵力放在刘、王两寨没有用吗?这就是它的用处。若是齐心会在丘陵地带被打败,那洪雷谷可就不攻自破了。"

"你说,这个仗应该怎么打?"周威沉思地问。

"我看这个仗不要急着打。我们匆匆赶来是为了打退任中元对洪雷谷的进攻,他既然不来了,我们何必急于去找他?我觉得这个仗有三种打法:

"第一种打法,就是用和敌人相反的办法来对付敌人。"郝大成继续解释说,"任中元不是引诱我们下山吗?我们就引诱他上山,我们可以散布这样的论调,既然任中元不进攻了,齐心会也就不需要集中在洪雷谷了,会员们要回家忙农活了,并且做出撤兵的样子,暗中却埋伏在洪雷谷口。任中元如来攻山,就放他一部分上来，卡断他的退路，关门打狗，消灭他一部分。这是上策。

"第二种打法，就是派少数人，在庄稼棵的掩护下，骚扰敌人，搞得他日夜不安，鸡犬不宁，日子一久，任中元就沉不住气了。他只有两条路好走：一条是恼羞成怒，前来攻山，一条是夹起尾巴逃回西屏镇。这两条路对我们都有利。这是中策。

"第三种打法，就是将计就计，任中元不是想引诱我们下山吗？我们就假装上了他的圈套，用少数兵力去佯攻杨家寺，而把主要兵力用在刘家寨或是王家寨，打他的侧翼。这样把齐心会全开下山去，总有点冒险。如果任中元识破了我们的计划，知道了我们的主攻方向，调主要兵力来对付我们的主攻部队，那危险性就更大。虽然不失为一种打法，但和上面两种办法比起来，是一个下策。

"那种不管敌情变化，不问敌人意图，贸然进攻的计划，"郝大成看了周祖荫一眼说，"那是下下之策，如果不是别有用心，是绝对不能采用的！周祖荫先生，你是读过兵书的，你应该明白。……"

周威被郝大成所讲的道理折服了。他准备放弃贸然进攻的打算，思考着郝大成提出的三种打法，一时很难说哪一种办法好。

周祖荫有些畏怯地看看对面凛然不可侵犯的郝大成，对他精细的分析判断以及对战斗的谨慎态度，不胜惊讶。自己深感不是郝大成的对手，他想："怪不得任洪元、谷敬文都不是他的对手。这确是个很厉害的家伙！哼，不管你多么精明，我也要尽力把你推到火坑里去！"于是他竭力表示反对：

"按照郝大队长的计划，只有坐失战机。"周祖荫感到和郝大成对阵不行，就转向周威，在周威最容易攻破的地方寻找可乘之隙，"我们整天说要向任中元报仇雪恨，可是任中元送到门口来了，我们却不敢去动他，有仇不报非君子！我们不能畏敌如虎，顾虑多端啊！"

周祖荫的话，是能触动周威的感情的，但周威还是看出郝大成的作战计划是具有远见的,是最稳妥的。他听了周祖荫的话后,摇摇头说:"我要好好地想一想,想一想!"

周祖荫一看周威如此态度,绝望地叹了口气说:"唉,守株待兔,必然坐失良机,威侄,不可误听……"他没有找到适当的措辞便住了口,但他的意思周威是完全明白的。

"荫叔不必多虑,让我仔细想一想。"周威已经准备接受郝大成的作战计划中的第二种打法。他认为第一种打法虽然稳妥,却没有第二种打法积极。他一刻也没有忘记任中元羞辱他的那封信,一刻也没有忘记他的结义兄弟还在任中元的监牢之中,急切的复仇之心使他无法冷静地考虑一切。

二

正在周威犹豫不决之时,守卫洪雷谷口的二中队长朱英来了,他是周威的三结义兄弟之一。他们三人周威居长,焦大海后二,朱英年纪最小,居三。朱英带来了任中元的一个信差。

这个信差是任中元有意精选出来的,他体格高大、粗壮威猛,态度傲慢,穿着保安团的全新的军服,神气活现地来到中队部里。他手中捧着一个油漆得闪闪发光的盒子,这个盒子不大,比一般砖块略大一点,用红丝带子捆扎着,不知其中盛的何物。

朱英说:"大哥,这是任中元派来的信差,口口声声说要见你,说是任中元有贵重的礼物贡献,我把他带来了。"

"礼物?任中元给我什么礼物?"由于事情出现得太突然,太奇特,周威迷惑地说着,并仔细地打量着这位信差。

信差认出周威,向前跨了一步,"啪",两脚并拢,打了个立正,双手捧着黑漆盒子向周威面前一伸,说:"任团长有贵重礼物相赠,请总指挥笑纳,并恭候总指挥的回音。"

周威怀着疑惑的心情，接过黑漆盒子，并吩咐把信差带到另外一间屋里去等候。

信差跟着周枫森走出去了。

周威把黑漆盒子就放在郝大成摆茶杯研究战斗计划的桌面上，慢慢地解着红丝带子。这个盒子原是地主盛地契用的那种文书盒子，盖不是掀开，而是抽开的。抽开盒盖之后，是一块红绸小包。

周威又把红绸小包打开一看，凄然大叫一声，昏晕在桌边。

"大哥，大哥！"朱英连忙把周威扶住，轻轻地摇着，焦急地喊着他。朱英还没有来得及看清红绸包着的是什么东西。

周祖荫已经看清了这是什么东西，在一阵愕然之后，他脸上流露出得意之色，举目望天，大有"天助我也"之慨。

郝大成和罗雄也都看清了，红绸子里面包着的是一只血淋淋的耳朵。这只耳朵下面有一块折叠得很整齐的白绫帕。

周祖荫已经把它打开，是一张周威、焦大海、朱英三结义的兰谱，用极其工整的隶书写着：

兰　谱

安危同当，甘苦共尝，
情同手足，终生不忘。

敬奉

焦大海如胞弟　惠存

谱兄　周威
×月×日

这时周威已经清醒，突然把血淋淋的耳朵捧在手上，泪水涌泉般地流下，滴落在耳朵上。

"大海贤弟！"周威碎心断肠揪肝扯肺地叫了一声，"你受苦了，周某如不报仇,誓不为人!"

"大海哥!"朱英看着兰谱,悲伤地哭着,"我们会给你报仇的!"

周威停止了哭声,猛然站了起来,眼睛里闪出两道火光。他抽出了宝剑,向着屋外喊道:"枫森! 把信差带来!"

这房屋在他的喊声中震颤着。郝大成和罗雄冷静地看着这一切。

这位信差并不知道匣子里盛的是什么东西,更不知道周威会用什么态度对待他,他仍然趾高气扬地走进来了,定睛一看,不由得一怔,似乎觉得屋里的气氛有些不对。

"任中元不是等我的回音吗?"周威手提宝剑,咬牙切齿地向信差说着,"这就是我的回音。"

宝剑在屋里划了一道弧形的白光,粗壮的信差惨叫一声,跌在地上!

"劈得好!"周祖荫赞许地说,并向外喊着,"来人! 把死尸抬出去!"

许多齐心会员挤进来,拖走了尸体,打扫了房子。

周威处在一种极度悲痛和恍惚的状态中,他的理智没法控制他的冲动的感情了。他仿佛看到他那同生死共患难的兄弟,躺在任中元的刑场上,被打得遍体鳞伤,倒在自己的血泊中。

他仿佛又看到他的结拜兄弟,从血泊中站了起来,怒视着不共戴天的仇敌,高声喊道:"任中元,你等着吧! 周威大哥会来替我报仇的! 会来向你讨还血债的!"

他又仿佛看到任中元在丧心病狂地扬扬得意地狞笑着说:"你说周威要来救你吗? 那你就等着吧! 我看周威没有这个胆量!"……

这时,朱英忍不住悲痛,猛扑到周威怀里,声泪俱下地说:"大哥! 大哥! 快出兵吧,我要打头阵,把焦二哥救出来!"

"是的！我们立即发兵！为了报仇雪恨，为了解救大海兄弟，就是血洒疆场，我周威也在所不辞。"

"威侄说得好，人生世上，义气为重，"周祖荫趁机火上加油地说，"这正是全体齐心会员们的心意，既然决心已下，那就按原来的计划行动。红军一向习于夜战，昨夜又派出过侦察，还抓来了俘虏，道路熟，情况明，我提议红军打头阵。郝大队长说红军一以当十，那就请红军在消灭任中元的战斗中，显显身手，做一个开路先锋吧！"

"好吧，那就这样定了！"周威感情冲动地说。

郝大成闷了好一会儿没有讲话，这时，他更体会到出发之前，吴可征那段话的重要。面对明枪暗箭，郝大成已经做了很大努力，并且取得了初步胜利，他揭露了周祖荫的阴谋，说服了周威改变了计划，挫败了敌人的暗算。但是面对焦大海这件事却使他十分为难。他知道周威被旧的道德、宗法思想的绳索束缚，一时难以挣脱。要使周威觉醒，需要时间，绝不能要求一个人在一个早上，就改变他的多年形成的观点和习惯。他知道周威把交情、义气看得比生命还重，要维持对周威的团结，在焦大海这件事情上要非常谨慎才行。面临着周威这个错误的决定，他左右为难了，要执行这个计划吧，明明是个败仗；反对这个计划吧，很可能触怒周威。

"不！"郝大成想，"原则问题绝不能让步。对于周威，只讲斗争不讲团结是不对的，可是，只讲团结不讲斗争也是不行的。拒绝这个计划，可能暂时引起周威不满，或引起严重的误会。但，这只能是暂时的，总有一天，在铁的事实面前，周威会醒悟过来。周祖荫的造谣中伤，也只能是暂时得逞，总有一天他们的阴谋会被揭穿。用什么方法，才能处理得更好一些？"郝大成思索着，又是一阵难耐的沉默。

"总指挥，你的心情我很理解，"郝大成恳切地说，"我也非常同情。对任中元的罪行,我们红军和齐心会一样,都是深恶痛绝的。任中元之所以来这一手,完全是一种激将法,这正好证明了我们刚才的判断。对于作战计划,我还是刚才那种看法,进攻杨家寺是一场冒险。如果总指挥一定要这样做,我建议先打刘家寨或是先打王家寨都行,投入兵力也应当尽量少一些,孤注一掷是不行的,任中元就是希望我们这样干!"郝大成竭力说得和缓婉转,他知道要推翻周威的决定已不可能,只是力争减少一些损失。

"打仗总是要冒险的。"周威说。

"但是不能蛮干。"郝大成说。

"那么郝大队长是不准备打头阵了?"周祖荫已感到要想把郝大成推到任中元的刀口上去是绝对不可能的了。他就决定造成周威对郝大成的误解,挑拨周威和郝大成的关系,便阴险地说,"这也难怪,郝大队长对任中元一无冤二无仇,何必冒险呢,何必蛮干呢!"

周祖荫的恶意中伤把郝大成激怒了,他毫不留情地说:"周祖荫先生,你的心思我全知道。你对打任中元根本就没有兴趣,你关心的就是如何把红军推到刀口上去。你竭力赞助这个冒险计划,我甚至怀疑这个计划就是在谷敬文和周武授意之下提出来的,真意并不是袭击任中元,而是借刀杀人,想让红军和任中元拼个两败俱伤。你想在红军上火线的时候,留在背后打黑枪。在陷害红军的同时,也把齐心会葬送掉。告诉你,我郝大成绝对不会上你的当的! 你一直在总指挥面前中伤红军,说什么'只来了二十几个人呀,拒绝打头阵,就是不诚心帮助齐心会呀……'你不要高兴得过早,你是'粉刷的乌鸦白不久',早晚要露真相的。我们是来打任中元的,不是来钻你的圈套的!"

郝大成一阵急风暴雨般的愤慨话语,就像一阵阵排炮倾泻在周祖荫面前。周祖荫面无人色,瞪着绝望的两眼,一句话也回不上来。

郝大成又对周威说："总指挥,我很尊重你的为人正直豪爽,但我还是向你进一言,不要上了那些别有用心的人的当! 我再说一句,攻打杨家寺是危险的!"

"你说谁是别有用心?"周祖荫声嘶力竭地反扑着。

"就是你!"郝大成气愤地说,"你是谷敬文的代言人!"

"这是挑拨!"周祖荫大叫着,"我和总指挥是一个祖先! 你是哪里来的? 只不过是个外路人!"

这些话对周威起了很大作用。他已经不能冷静地思考问题了,对郝大成说:"好吧,你参加战斗也罢,不参加也罢,你的二十名战士和你的'忠告'一齐留下吧。我的决心已下,绝不变更,战斗计划必须执行。"

郝大成面对着周威这种冲动的情绪和错误的决定,是气愤而又痛心的。他知道要改变周威的决定已经不可能了,但他极力克制住冲动的感情,仍然心平气和地说:

"总指挥,事实会证明谁是谁非的。我再劝你一句:为了四岭山的安全,为了齐心会的利益,你越早回心转意越好!"

周威痛苦地皱着双眉,低头不语。周祖荫那狡诈的脸上却颇有得意之色。

郝大成又对周祖荫说:

"周先生,你不要得意得太早,真的假不了,假的真不了,谎言能蒙蔽人一时,却不能欺骗人太久,很快你就会现原形的! ……"

郝大成说完,离开了座位,对罗雄和王尚青说道:

"走,我们回营地去!"

三

周祖荫虽然达到了挑拨的目的,却没有能把郝大成推到任中元的刀口上去,一种怅恨的情绪使他非常烦恼。

周威也是满腹的不痛快,他对郝大成产生了误解,因此苦恼着四岭山区的内忧外患,又惦记着在任中元残害下生死不明的结义兄弟,焦大海的血淋淋的耳朵,老在他眼前晃动着。在这种心绪中,周威是不可能冷静地重新审查他的计划是否可行的。

夕阳,从西屏山顶上滚落下去了,洪雷谷口,吹来一阵阵傍晚的凉风。周威和周祖荫站在洪雷谷口,看着齐心会员们一队接一队地开出洪雷谷口,消失在苍茫的暮色中。

几匹马从石门店飞奔而来,向着洪雷谷口跑着。这是周武和周拐子以及他的卫队。他们和周威拟订了进攻任中元的计划后,并没有回沙河镇,他们想看个究竟。他们是不敢在郝大成面前露面的,他们打听到郝大成已经离开洪雷谷口的营地,便放心大胆地来到洪雷谷口上。

当他们和周威、周祖荫见面后,才知道发生的一切,红军并没有参加战斗,这使周武大失所望。

夜,已经降临了,洪雷谷口更显得高深莫测。暗蓝色的天幕上,繁星灿烂,在星光里,隐约地看见巍峨的山影。

周威站在洪雷谷口,靠骑马的通信兵给他传递着消息和命令。

总攻杨家寺的时间,本来预定在拂晓,但是缺乏夜行军知识和锻炼的齐心会员们,由于白天没有侦察好道路,在丘陵地带打圈子,迷路的,失掉联络的,不知攻击出发地在什么地方的,等命令,找指挥员,全都乱了套。

骑兵不断地奔上洪雷谷口,又不断地回去。周威虽然没有亲临前线,通过他的想象,他觉得没有侦察地形,没有充分准备,是极大的疏忽。一种焦躁不安的情绪又攫住了他的心。

随着时间的推移,周威慢慢地冷静下来了,他暗自思忖:"现在改变计划还来得及。"他觉得郝大成讲得有理,决心开始动摇了。

"不,打仗就免不了冒险,应该果断,决心既定就不能动摇。"第二种想法又占了上风。然而第一种想法——改变计划的想法,并不就此消失,而是一次又一次地爬上周威的心头。在极端矛盾和犹豫的心情中,周威焦躁不安地瞪着杨家寺方向,说不出是一种什么滋味。

周祖荫和周武的心情,此时也是非常矛盾的,开头,他们竭力怂恿周威进攻任中元,真是"醉翁之意不在酒",无非是想陷害红军;当郝大成拒不上钩的时候,他们无非是挑拨周威和郝大成的关系,引起周威对红军的误解。现在齐心会开上去了,失败是明摆着的,洪雷谷有可能失守,任中元就会杀进四岭山来,这对周武来说,到底是福是祸?是利是害?是好是坏?都很难判断。为了把红军挤出四岭山,周武是宁肯让任中元进来,但是,红军挤不出去,任中元又进来了,那将怎么办?他们心中像扳倒五味瓶一般,酸、甜、苦、辣、咸全有。

"你们说改变计划可来得及?"周威心神不定地询问着呆立在暗影中的周祖荫和周武。

"也许能来得及。"周祖荫有气无力地说。他似乎忘了积极进攻的计划是他竭力赞助的。

"你说呢?"周威又问周武。

"不知道!"周武喃喃地说。

周威长长地叹了一口气,直到通信兵来向他报告齐心会四个中队已经全部到达杨家寺附近,他才放弃了改变计划的想法,听天由命,任其发展。但他记起了郝大成的警告,重新命令三、四两个中队,分别开赴刘、王两寨,以阻击敌人对齐心会的包剿。

严重的时刻终于来到了,黎明的曙光降临到伏虎岭上。在洪雷谷口古寨堡的废墟上,一堆篝火燃烧起来——这是向杨家寺发起攻击的信号。

随着篝火的升起，杨家寺方向，首先响起了枪声。开始比较稀疏，慢慢地稠密起来，半个小时以后，激烈的枪声就像滚了锅一样响成一团。很快刘家寨也响起了枪声。过了几分钟，王家寨也响起来了。

周威紧张地注视着杨家寺方向的烟尘，不吉的预感和胜利的希望同时在他的心中起伏。

骑兵不断地来往通信，报告着战斗进行的情况：

齐心会并没有攻进杨家寺，在村口上被预伏的敌人挡住了。

半小时后，敌人组织了一次反击，齐心会的两个中队全部被迫退到离杨家寺三里路的一条河堤上。

齐心会在河堤上拼死抵抗，伤亡很大，请示是否立即撤退。

刘家寨的敌人首先出击了；王家寨的敌人也出击了；出击的方向不是向杨家寺增援，而是像两只蟹螯一样，从两侧包剿进攻杨家寺的齐心会的侧后。

由于作战计划临时改动，派三中队阻击刘家寨敌人；四中队阻击王家寨敌人，两军都已相遇，正在激战，使敌人的包剿计划受阻。

……

以上就是展开攻击后一个小时左右，两军战斗的情况。

根据这些情况，周威心里开始明白了，除去撤退以外，别无办法。由于两个中队的阻击，才免于被全部包围，就是这样一点小小的主动权，也是由于郝大成的提醒而取得的。否则，如果按原计划全力袭击杨家寺，刘、王两寨敌人必然袭击齐心会背后，使四个中队全部陷进腹背受敌的绝境。

天亮之后，形势对齐心会更加不利了。任中元的保安团，用的都是步枪、手榴弹，杨家寺还有一挺机关枪。齐心会员们却只有很少的步枪，大多数是大刀长矛，即使有步枪的人，由于平时缺少基本训练,很难发挥应有的作用。很明显,天亮之后,步枪是很容易打中目标的。齐心会员们失去了密林和岩石的掩护,失去了夜色的掩护,处境很是危急。还没有等到撤退命令的到达,有些被打散的齐心会员,就纷纷向洪雷谷口撤退。没有经过严格训练的齐心会员们,是不可能组织有秩序的退却的。当他们接到撤退的命令后,立刻就变成了溃散,完全失去了指挥,丧失了战斗能力,"兵败如山倒",这时正是如此。

枪声离洪雷谷口越来越近。骑兵不断地向周威报告溃逃的情况,有两个中队长已经被打死了!

淡淡的晨雾很快就消散了。战场上的情景,不用通信兵报告,周威已经看得很清楚了。齐心会员们,在保安团的追击下,乱纷纷地向着洪雷谷溃退下来,这就是战前郝大成所预见到的情景。

周威十分后悔没有听从郝大成的话,他回头问周祖荫和周武说:

"若是任中元趁机攻上来怎么办?"

这时的周祖荫早已束手无策了,兵书他是看过的,他皱着眉头,想不出兵书上有在这种情形下如何御敌这一条。

周武早已张皇失措,他绝望地看了朱英一眼说:"这里只有一个中队,恐怕挡不住了。早知道这样,多留几个中队守谷口就好了。"

周威听了这些说了等于没说的丧气话,生气地斜睨了周武一眼,又极度紧张地注视着战场。

战场上,保安团在追击着,齐心会在溃退着。

"郝大成不是说,把保安团引到洪雷谷来,利用有利地形消灭他们吗?"周威考虑着下一步如何办。他忽然想到了郝大成原来的几个建议,同时又感觉到郝大成是何等的正确啊!

"也许是个办法。"朱英说。

"四个中队全都打垮了,拿什么消灭他们呢?"周祖荫喃喃地说。

周威也知道按郝大成原来提议的打法是不行了,因为郝大成的提议是以齐心会全在山上为前提的;现在齐心会被打垮了,当然那个办法也就不行了。可是用什么办法行? 如果郝大成在这里,他也许会临机应变,想出出奇制胜的办法来。可是郝大成现在在哪儿呢?

"郝大队长在这里,准会有办法。"周枫森惋惜地说,"我们不该不听他的话。"

"郝大成? 早跑了,还不是个吹牛大王?!"周祖荫恶意地说着,好像这一切过错全都是郝大成一手造成的。

"难道他不打一声招呼就逃走了?"周武添油加醋地说。

"少说几句废话吧。"周威愤怒地斥责道,"现在看来,郝大成是对的,我后悔没有听他的话。"然后喃喃地说,"我错怪他了! 他是不会原谅我的。"

战场的情形越来越紧迫,溃退的齐心会员有的已经离洪雷谷口不远了! 保安团疯狂地追击着,一边追击,一边打枪。枪声中,齐心会员不断地扑倒在地上。

"快退吧,不然就来不及了。"周祖荫已经考虑到自己的安危。

"大哥! 你在这里坚守住!"周武胆战心惊地说,"我回沙河镇去,带我的民团来协助你。"

"你逃吧!"周威愤恨地向周武大喝一声。他看出周武是想借机脱逃,"我不要你的什么协助,你给我滚!"

"威侄! 你要沉住气,"周祖荫见周武要走,也不敢久留,唯恐任中元把他抓去,挖了他的心,"我……我回沙河镇,带民团杀回来……"

"你也……"周威对周祖荫怒吼了一声,他本想说,"你也滚吧!"但他想到这是他的长辈,没有说出口。他不愿意再看这些即将逃离险境的"亲属们"了,他两眼冒着火光,注视着战场。

"朱英!"周威的眼睛仍然不离开战场,"快把队伍布置在谷口,誓死抵抗,没有我的命令不准后退一步! 快!"

朱英立即带着一中队下山了。

周威注视着战斗的发展,他看见数百名齐心会员,一窝蜂地涌过丘陵地带,向谷口溃退。接着,在光秃秃的丘陵上就出现了穿着灰黄色军服的保安团。

这些保安团追击着,疯狂地追击着,已经听到他们的喊声:

"杀啊!"

"冲啊!"

"抓活的啊!"

几个被射中的齐心会员倒在山丘的斜坡上。

周威的心被焦急的怒火燃烧着,被悔恨和沮丧的情绪绞疼着。他眼睁睁地看着他的仇敌——任中元的保安团,毫无阻碍地向洪雷谷口推进着。他的肺腑都要气炸了! 他的两眼血红,仿佛冒着火星,他猛然抽出了宝剑,大喝一声:"跟我来!"接着就向山下冲去!

这时一双有力的手拦腰抱住了他。

"总指挥,你不能下去!"周枫森用哭泣的声音要求着。

"放开我!"周威在挣扎着,"我绝不能看着狗杂种们爬上伏虎岭!"

"总指挥,你不能下去!"

"放开我!"

周枫森紧揪着周威的衣角不放。

周威挥剑对着衣角一划,刺啦一声衣角被斩断了。周枫森握着被割下来的布片,向后跟跄了几步,然后,又向周威扑过去:

"总指挥……你不能……"

但是,周威已经向山下狂奔而去。

周枫森知道要阻拦总指挥下山已不可能,便拔出驳壳枪跟在周威身后,奔下山去。

保安团的子弹,呼啸着从周威身边飞过,射进洪雷谷口,打得峭壁上石屑纷飞。

周威拼命地奔跑着,向溃退的齐心会员们喊着:

"站住,跟我杀回去!"

齐心会员们见总指挥下山了,不由得停了下来。可是,保安团的匪兵们却更加疯狂地喊道:

"冲啊!"

"活捉周威啊!"

……

一颗子弹打中了周威的左臂,鲜血染红了他的蓝布衣衫。

"总指挥! 你受伤了!"周枫森难过地叫着。

周威此时已经抱着必死的决心,他对自己的伤口看也没有看一眼,也不觉得疼痛,内心的痛苦,压过了他肉体上的痛苦,使他变得麻木了。他的眼睛变得血红,心如刀绞,胸中充满着无名的怒火和深沉的怨恨。他怨恨自己没有听郝大成的话,怨恨自己没有看透周祖荫和周武,怨恨自己没有知人之明。

周威虽然已经下定了拼死战场的决心,但是,他是死不瞑目的:他的血海深仇还没有报,他的结义兄弟还没有救出来,他觉得对不住红军,对不住郝大成,就这样死去,他是不甘心的。他仿佛看到他的不共戴天的仇敌——任中元在发出得胜的狂笑。

周威不顾一切地举起宝剑,迎着溃退的齐心会员们,迎着向洪雷谷口冲来的保安团的匪兵,挥舞着宝剑,冲了过去。

"与洪雷谷共存亡!"这就是周威此时唯一的信念。

就在这时，一个奇迹在山下出现了。在洪雷谷口外，在丘陵的间隙中，在矮树丛和即将收割的麦田里，突然响起了密集的枪声。一排灰黄色的保安团，立即被击倒在丘陵上。……

周枫森首先看到了这个情景，并狂喜地喊叫起来：

"红军！啊！郝大队长救了我们！"

周威也被这意外的情景惊呆了。他情不自禁地，轻轻地默念着："郝大队长，郝大队长！"一股感激和喜悦的热流注满了他的心田，又从心田里涌向喉头，他想说，说不出来，想喊，喊不出来。他忽然热泪盈眶……

四

在周威决定执行他的攻击任中元的作战计划后，郝大成、罗雄和王尚青怀着满腔激愤回到了营地。

"大队长！"罗雄愤愤地说，"周祖荫心怀不良，周威又好坏不分，依我看，让他们吃吃苦头也好。"

"确是叫人生气，我真想揪着那个糟老头的猪尾巴辫子，把他丢到粪坑里去。"王尚青说。

"生气是让人生气，"郝大成说，"可是我们要讲政策，讲原则，不能感情用事。齐心会员大多数是穷苦的农民，我们不能不管，四岭山也绝不能让任中元占领。我们要想办法挽救这个危局。"

"你想救他，可他偏要向火坑里跳，拉都拉不住。……唉，真没有办法。"罗雄无可奈何地说。

"办法是靠人想出来的，多多动脑筋才行。"

"都把我气昏了！"

"越是在这种时候，越是要冷静。这是关系四岭山区的大局，不是发一顿脾气就能解决问题的。这一仗关系到四岭山区局势的稳定;关系到红军在四岭山区人民心目中的威信;关系到我们对齐心会的争取。我们一定会想出办法来的。"

郝大成又对整个形势作了详细的分析和判断,预见到齐心会一定会在杨家寺受挫,又预想到齐心会受挫后,可能出现的溃退的局面。在这种情况下怎么办呢? 用这二十个人上去助战? ……郝大成在营地里苦思着,和战士交谈着。战士们议论纷纷,提出了各种策应的办法。

"给他个迎头痛击!"赵铁牛恨恨地说。

"迎头痛击? 怎么痛击法?"大家又议论起来。

"当然越突然越好。"

"怎么样才能突然呢?"

"能不能打埋伏呢?"

"怎么个埋伏法? 又不知道敌人从哪里来。"

"不知道从哪里来就没法埋伏了吗? 我看一样能埋伏。"

"你说说看。"

……

在战士们的议论中,在种种意见的启发下,郝大成的作战方案逐渐形成了。

在齐心会开出洪雷谷口的时候,夜幕已经笼罩了山林和谷地。郝大成带领着红军战士,在夜幕的掩护下,开出了洪雷谷口,神不知鬼不觉地在选择好的地形下,隐伏下来。

红军的夜行军和齐心会大大不同。齐心会没有经过夜行军的锻炼,联络不灵,着装不整,纪律不严,说话的,抽烟的,跌跤的,问口令的,枪刀的撞击,响成一片,在寂静的夜里,传得很远。而这一切,红军却都没有。臂上的白带子,代替了问询,既能识别是否是自己人,又便于互相联络,吸烟是被禁止的,要咳嗽的人赶紧咬上手巾,身上的枪刀弹药干粮袋,结成一体,就是跑步跳脚也不会发出响声。那沙沙的脚步声和松涛声、流水声融成一体。一个手势，一个动作，一声鸟叫，一声蛙鸣，代替了全部语言。

郝大成的部队预伏在洪雷谷口，不用说任中元不能发现，就是齐心会也没有发觉。郝大成把预伏行动搞得这样隐蔽，绝不是故弄玄虚，因为红军处境不同，既要防正面的敌人任中元，又要防背后的敌人周祖荫和周武。

当齐心会和任中元打响时，有的战士忍不住要投入战斗，被郝大成严令禁止了。

接下来，就是齐心会的溃退。

郝大成命令部队，严格保持隐蔽状态，把溃退的齐心会员放过去。

当保安团匪兵出现在郝大成面前时，郝大成喊了一声：

"打！"

接着一阵子弹的暴风雨，呼啸着向只顾追击的保安团匪兵们横扫过去。

虽然只有二十个红军战士，由于奇军突出，产生了异乎寻常的效果。他们从山丘后跳出来，像一群猛虎似的向保安团匪兵扑过去。

保安团的匪兵，做梦也想不到会遇到这样强烈的反击，他们被这意外的打击弄昏了，吓傻了。既忘了还击，也忘了躲避，直到刺刀戳到他们身上，砍刀劈到他们头上，才开始清醒过来。

郝大成、罗雄、王尚青，三支驳壳枪的子弹，旋风般地向敌人扫射着，手榴弹一个接一个地在保安团匪兵中间爆炸开了。

保安团匪兵们扭头向杨家寺败退下去。……

战斗局面的突然改变，使周威完全镇静下来。他对着溃退的齐心会员喊道：

"你们站住！跟着红军冲啊！听郝大队长指挥！"

周威一边喊一边和周枫森向山下奔跑,一边奔跑一边喊着:

"站住!跟着红军冲啊!"

溃退的齐心会员也看到了这种情景,开头不知道如何办好,听到周威的喊声后,便反身投入战斗!

齐心会员们在反身投入战斗中,互相重述着总指挥的命令:

"听郝大队长指挥!"

"冲啊!跟着红军冲啊!"

第三十二章 归 来

一

二十名红军战士的突然阻击,挽救了洪雷谷口的危局,大大激励了齐心会员们的士气,红军在近三百名重新投入战斗的齐心会员的配合下,一直把任中元的保安团追击到杨家寺附近。郝大成命令停止追击。

在这次转败为胜的战斗中,齐心会和保安团的损失,差不多是相等的,齐心会员伤亡了五十余人,大部分是在溃退时被打死打伤的;保安团死伤六十多名,仅在郝大成、罗雄、王尚青三支短枪的猝不及防的射击中,就死伤了二十多个。

经过清查,红军缴获了三十支步枪和两千发子弹,损失和缴获比较起来是微不足道的:两名战士受伤,尤四鼠失踪。此外,就是弹药的消耗。

正当人们对尤四鼠失踪做着种种猜测和判断的时候,他却满脸血迹,满身泥泞,扛着一挺机关枪出现在大家面前,真是出乎所有人的意料。

原来尤四鼠和其他红军战士一齐隐伏在丘陵下面,当大家跳出来向保安团匪兵迎头冲击的时候,他迟疑着。郝大成命令他跟上,他知道郝大成有意在考验他,不得不和战士们一齐冲锋。他表面上装得劲头很足,嘴里高喊着:"冲啊!杀啊!"活像是一个很勇敢的战士。当他冲上高丘的时候,正巧一颗子弹紧贴着他的耳梢飞过去。子弹带着尖厉的呼啸，扇起一股热风扑到他的脸上。

"好险!"尤四鼠恐惧地想着，"若是再偏上两指，我的小命就完蛋了!"他想找一个隐蔽的地点。但是，大家都在向前冲杀的时候，他是不能隐蔽不动的。子弹又不断地在他身边飞过。

"只有扑倒在地才能保险。"他这样想着，便装出负伤或是被绊倒的样子向前扑去，却没有想到用力过猛，脚下被碎石一绊，一头栽下了山丘，尖利的石棱碰破了他的脑袋，擦伤了他的脸颊。

他哼叫着，滚到一条小河沟旁，在草丛里静躺了一会儿，觉得近处已经没有危险了，就沿着小河沟往回爬。他抹了抹脸上发黏的血，疼得他扭歪着脸，但又庆幸地想："碰破头也不是坏事，好歹算是保住了性命，这也算是光荣的负伤啊。他妈的，干吗算负伤？我就说是真负伤，又有谁知道？对，就是这般主意，这是取得郝大成信任的好办法。哼，我尤四鼠成了光荣负伤的战士了!"

尤四鼠边想边爬，他碰上了一具敌人的尸体，心头忽然一亮："这家伙身上总有点钱财吧?"

他爬过去，准备搜死尸的腰包，他把敌尸用力一拽，不由得吃了一惊，在尸身下面压着一挺机关枪。

显然，这个任中元的机枪射手，在追击齐心会的时候，扛着机关枪爬上了山包，刚刚想把机枪架起来，但还没有来得及找好地形，就被突然出现的红军打中了。这个身受重伤的匪兵，便和他的机关枪一齐翻滚在小山沟里，在翻滚的时候，尸体正好压在机关枪上。虽然，机枪腿子还露在外面，但是，红军战士只顾向前追击敌人，并没有发现这个情况。

尤四鼠对机关枪并没有什么兴趣，他的兴趣首先是钱，其次是酒。

于是，他把机关枪一推，把敌尸翻转过来，掏着死尸的口袋，经过仔细搜查，他得到了两块大洋，十个铜板，一包纸烟。

"这挺机关枪怎么办呢?"尤四鼠一边把钱掖在腰包里,一边想道,"我把它带回部队去? 不,我带回去,他们也不会给我几百元大洋的赏钱,更不会给我吃喝玩乐的特权。郝大成早就宣布过,缴获的东西要归公,哼,归个屁。我还是带上它去投任中元去,他能不能给我个连长当当? 若是当不上连长怎么办? 在保安团里当兵吗? 不行,任中元是任洪元的兄弟,若是他知道我打死了一连的一排长,是没有我的好果子吃的。我还是把它扔到小河沟里去吧!"

他想到这里,便提起机关枪向小河沟里一甩,但是机关枪太重了,只滚出了五六步远,就做出了一个坚决不下河的姿势,又开两腿不动了。当尤四鼠又走上去想继续完成他的"心愿"时,他忽而一转念,"小河沟里水浅,早晚是会被人发现的。"

尤四鼠提着机枪犹豫着,忽然一阵恐惧攫住了他的心:"也许有人看见我在这里干这种勾当吧? 如果这件事叫郝大成查出来,他不把我的脑袋揪下来才怪呢,我干吗放过这个立功的机会找罪受? 我还是把它带回去,不给奖赏就不要。"尤四鼠想到这里,变得称心如意起来,"这是个好主意,我马上就要变成另一个人了,既勇敢负伤,又缴获了机关枪。嗬! 人们就要把我当成英雄来尊敬了。哼! 他妈的马贵、老杨头,你们算是什么东西? 在我尤四鼠面前,你们可要矮三分了。他妈的王求正,你有什么功劳? 你现在当了中队长,我姓尤的狗屁也不是。现在,这一下子,我们来比比高低吧! ……"

尤四鼠前前后后胡思乱想了一阵,最后,他决定把机关枪带回部队里去。

果然,他有一部分是想对了,他在队前,受到了罗雄的表扬。在部队解散之后,罗雄走到他面前,拍拍他的肩膀说:"尤四鼠,我以前还认为你只会吹牛呢,现在看来,你还倒也能打仗哩。你快和大家说一说,你是怎么得到这挺机关枪的? 机关枪,可真是不简单哟。"

尤四鼠并没有费多少脑筋,就编了一套夺机关枪的"惊心动魄"的故事。他指着脑袋上的伤,说这是敌人用石头给他砸的,脸上的伤是敌人给他抓的。他如何扑在敌人身上,如何死死地抱住敌人不放,敌人如何用牙咬他,他又如何卡住了敌人的脖子……最后,他终于把敌人卡死了,然后又如何抱住了机枪,如何不顾伤痛,又如何如何……他讲得很夸张,而且颠三倒四,不尽合理。但是战士们并没有向他提出疑问。有个别的战士,甚至还喜欢他的夸张和吹嘘,因为这样会增强惊险的效果和紧张的气氛,会给人带来一种兴奋的快感。

尤四鼠的"英雄"故事,并不是所有人都相信,王尚青、赵铁牛就不相信。他们不相信尤四鼠会勇敢战斗,可是,缴获了一挺机关枪却是事实,到底应该怎么来解释呢? 他们只是在心里骂道:

"真是个吹牛大王,路遥知马力,日久见人心,到下次战斗看吧!"

二

洪雷谷战斗,齐心会和保安团可以说是得失相当,只有郝大成获得了全胜。这个虽不很大,却可以称作辉煌的胜利,不仅是军事上的,而更主要的是政治上的。

周祖荫和周武费尽心机对红军的一切污蔑中伤,全都破了产。就像一个用刀砍人的凶手,一刀砍在过硬的花岗岩上,不仅砍锩了刀刃,而且刀口还弹了回来,反而伤了他自己。周武不仅没有达到目的,反而暴露了他们的险恶的用心。

红军在齐心会中享有不可估量的威望,同时也取得了周威的信任。试想,几百名齐心会员在任中元保安团的冲击下,溃不成军,落荒而逃,可是红军,只有二十个人的红军,却把保安团打得落花流水。周威这时,完全相信红军真是"一以当十",红军不仅救了齐心会员们的性命,而且也保住了洪雷谷口,保住了伏虎岭,保住了四岭山。齐心会员们,都把红军当成救命恩人看待。

在郝大成带着红军战士,带着缴获的战利品回到洪雷谷口的时候,周威奔跑着迎上前去,感情冲动地把他拥抱着,愧悔交加地说:

"郝大队长,我对不起你啊,也对不住红军!'一叶障目,不见泰山',只怪我周威昏聩不明,听了小人的谗言,皂白不分,忠奸不辨,唉,我真糊涂啊!"

郝大成也激动地说:"总指挥,这些事情都过去了。我们红军是不会计较这些的,只希望今后总指挥和齐心会,多多协助红军,为四岭山的劳苦大众多做些有益的事情。"

"红军这次协助齐心会打败任中元,真是功德无量。"周威仍然紧拉住郝大成的手不放,深情地说:"我要回到太平寨去,召集伏虎岭和黑蛇岭的乡亲们,开个祝捷大会。在这个大会上,我要当着全体乡亲们的面,颂扬红军的功绩,表示我的衷心的感激!"

郝大成十分恳切地说:"庆功大会你可以开,这可以鼓舞乡亲们的斗志,增强战胜任中元的信心。红军刚来四岭山,对四岭山人民做的事情还很少,就是做了一点事情,也是我们应尽的本分。红军本来就是人民自己的队伍,来自人民,为了人民,即使赴汤蹈火也在所不辞。"

"郝大队长,你说得真好。第一次咱们在太平寨见面的时候,我是只听见你说,今天我是看见你做了。我有生以来,没有见过这样的队伍。在我和你第一次见面的时候,我不相信世上有这样好的队伍,今天在事实面前我相信了!"周威被郝大成的大义凛然、正直无私的言辞深深地感动着,他恳切地说:"周威孤陋寡闻,今后请

143

郝大队长多多教诲。"

"我也很希望和总指挥推心置腹地谈谈。上次我已经和总指挥讲过,我从小就打猎,放牛,打铁,是个什么也不懂的山村孩子,是中国共产党给我擦亮了眼睛,是毛委员指引了我前进的道路。我学文化,学马克思列宁主义,学习毛委员写的文章,按着毛委员的教导,在战斗中,学习打仗。但是,我自己知道,我懂得还很少,挑起革命担子还很吃力,挑不好,只有依靠党和群众,才能完成党交给的任务。我们大队的党代表吴可征同志,是个很有学问的人,当过铁路工人,以后你可多和他谈谈!"

"好!好!我一定找党代表聆教!"

郝大成这些情不自禁的自我感想式的话,周威不是听得很明白的,因而感受也不可能是很深的。郝大成也感觉到了这一点,便转了个话题说:

"任中元这只狼,这次只是被我们打伤了,并没有被我们打死,有朝一日,他把伤养好,还会向我们扑过来的。希望总指挥把齐心会的训练搞好,我们再携起手来,把他消灭,以绝四岭山的后患。"

"你说得太对了!"周威感慨地说,"你想得真远,真周到。"

"还有,"郝大成说,"四岭山还有一个比任中元还要危险的敌人,他就是谷敬文。这家伙既是狐狸也是狼,要更好地提防他!"

"这次我就更明白了,谁是真心,谁是假意,谁是真朋友,谁是假朋友,我心里也有数了!你曾说过,同宗同族不同心,唉!不说了。"周威说到这里,他回忆起在他面临危难时,周祖荫和周武的表现,他有些伤心,不想再说下去了。他需要经过仔细的思考之后,才能得出一个比较明确的结论。他的思路又转向今后伏虎岭的安危上面去了。

"若是齐心会都像红军一样能打仗就好了。"周威无限感慨地望着聚集在洪雷谷的齐心会员们说,"今天的战斗,我的齐心会真是太不争气了。"

具有政治远见的郝大成，在这种时候，恰当地不失时机地提出了一个卓越的建议，他说："从这次战斗来看，齐心会作战还是很勇敢的，主要是缺乏严格的军事训练，也缺少正确的战斗指挥，应该想办法加强训练才行。"

"这要请郝大队长帮忙了！"周威以期待的神情，盯视着郝大成神采奕奕的脸。

"这完全可以做到！"郝大成满心喜悦地说，"我回去和党代表商量一下，立即派人到齐心会来组织训练！……"

三

郝大成和罗雄回到了梅林镇，部队召开了祝捷大会，祝贺郝大成等凯旋归来，其热烈情况是可以想象的。

在这个期间，群众工作也在吴可征和田世杰的领导下，逐步地开展起来。

祝捷大会后，郝大成和吴可征详细地研究着各方面的情况。

吴可征听取了郝大成洪雷谷之行的一切情况。当他听到郝大成答应派人帮助齐心会进行军事训练的时候，不禁连声说："好！好！这样大大有利于我们对齐心会员的争取，对我们进入齐心会辖区，开辟伏虎岭和黑蛇岭的工作也大有好处。我们可以通过帮助齐心会训练，对齐心会员进行政治宣传，扩大我军的政治影响。"

"派谁去帮助训练？是不是要成立一个新的中队去？如何帮助，什么时候去，我们可以找时间再仔细研究一下，"郝大成说，"这个期间白云山的情况怎么样？"

"这个期间情况也有不少的变化，"吴可征说，"群众工作开展得很快，田世杰和宋少英同志正忙于成立农会的准备工作；黄六嫂忙着搞自卫队的工作,已经组织起十几个人来了。"

"这个女同志,"郝大成笑笑说,"真行!"

"是啊!她干这个工作倒挺合适,"吴可征说,"她年纪轻,有魄力,不比男同志差!"

"谷敬文有什么动静?"

"周武的民团已经改编成谷敬文的保安第二团了,加委之后,谷敬文取道青龙山赶回谷家寨又搞什么阴谋去了。这个期间,沙河镇一直加固围墙,在墙外挖壕沟,架鹿寨,在要道口上放拒马。看来,在谷敬文回来之前,主要是取守势。各山村的残余封建势力活动得也很厉害,周武还派出了很多暗探,捕杀革命群众和农会的积极分子。"

"他们总是要和我们较量的。"郝大成说。

"是啊,这股势力还不是一天两天能够清除的。"吴可征说。

"谷敬文的祈雨搞得怎么样了?"郝大成问。

"正在紧锣密鼓地进行,白云寺的和尚也在四处活动。"吴可征说,"群众的迷信思想一时很难打破,在这一点上,他们还是有市场的。"

"白云寺的情况调查过了吧?"郝大成说,"一般的大寺院的和尚,都是大地主。"

"白云寺有四百多亩庙田。"吴可征说,"法慧和尚在这山区里也是个大地主,年年收租。有一百多户佃农种白云寺的地。"

"群众觉悟了,就会起来打掉他的!"郝大成把握紧的拳头在膝盖上擂了一下,"他和周武是一个窝子里的狼。"

"他们勾结得很紧,我们一定要揭穿他们的阴谋,一棍子打倒这两只狼!"吴可征说,"在你去洪雷谷期间,我和田世杰、黄六嫂又专门研究了祈雨这件事。谷敬文、周武挑拨周威反对红军的阴谋失败后,他们又策划祈雨这个新的阴谋,想利用几千年流传下来的封建迷信来和我们斗，把我们从四岭山区挤出去，这一手是很毒辣的。我们对付的办法是：依靠地方党组织，积极向群众展开宣传，说明'祈雨'是地主豪绅骗人的东西，不要因为'祈雨'反而耽误了抗旱；法慧和尚是一个披着袈裟的作恶多端的大地主，这次祈雨，就是谷敬文、周武和法慧和尚勾结起来搞的，是对着红军来的，不要上了他们的当；再就是派人参加祈雨，了解情况，揭穿敌人的阴谋诡计，给谷敬文、周武、法慧和尚来一个大反击！……"

"这样很好，"郝大成赞成说，"后发制人，往往更能击中敌人的要害。这次斗争是一场大斗争，是关系到四岭山根据地建立、巩固和发展的大斗争，我们一定要和四岭山的党组织密切配合，发动群众，依靠群众，打好这一仗！"

正在郝大成和吴可征娓娓交谈的时候，宋少英带着一个十七八岁的姑娘进来了。

这个粗眉大眼、梳着又黑又粗的辫子的姑娘，就是王淑贞。她一进门就首先认出了吴可征，看见宋少英要给她介绍，她连忙拉了拉宋少英的衣角说：

"少英姐，你不用说话，我认识！"

"你认识？"

郝大成惊奇地看着这个陌生的姑娘。

但是王淑贞却一点也不怯生，就像老熟人一样，对着郝大成笑笑说："你准是郝大队长，对吧？"

"是啊！"郝大成也笑着说，"你是谁啊？"

"你忘啦？你不是到我们兰田岗打过铁吗？"王淑贞顽皮地说，"我啊，我就是那个看打铁的！"接着就哈哈大笑起来。

"那可是老熟人了！"郝大成看着这个性格爽朗痛快的姑娘，也忍不住大笑起来，他指着旁边的凳子说，"快，快请坐！"

吴可征是认识王淑贞的，是在五爷爷受伤的那天认识的。但还不知道她的家庭情况和经历，只是微笑地看着她。

宋少英介绍了王淑贞是王心诚的孙女，是王大发的女儿。她是为她爸爸的事来找党代表和大队长的。

郝大成回想着初探四岭山，见到王大发和王心诚时的情景，心想："这个王淑贞的性情却完全和她爸爸爷爷不一样，爸爸老实、软弱，爷爷固执、迷信，这个女孩子却是泼辣、爽快。"

吴可征问道："淑贞，你是哪一天见到你爸爸的？"

"是兰田岗分粮以后的第二天！"王淑贞说，"自从少英姐上茶山帮我们采茶那一天起，我的心就服了红军啦。有些民团的家属，见了红军就害怕，说起来，我也是个民团的家属，可是我见了红军不光不害怕，还觉得亲！郝大队长挑着铁匠担子到兰田岗，说是红军打土豪分田地，我就觉得好。又听说半路上打死了三个团丁，救了黄六嫂，我就更佩服。少英姐能采茶，会讲道理，会唱山歌，我就迷上她了！在兰田岗分粮那一天，有人说我们是团丁的家属，我脸上觉得很不光彩，心里就是不服，我想：'我爸爸去当民团是被逼了去的，又不是自愿去的！我得把他叫回来。家里待不住，就来当红军，那我们就是红军的家属了。'第二天天还不亮，我就上了沙河镇……"王淑贞说起来，就像一股雨后的小山溪，叮叮琮琮一个劲地流。郝大成和吴可征笑眯眯地静听着，既没有发问，也没有打断她。

王淑贞接过宋少英递给她的一碗水，但她并没有喝，把碗往桌面上一搁，又不断气地往下说："我到了寨门上，可是守门的团丁就是不让进，一个劲地盘问我，把我当成了红军的探子。当时我心里想：可惜我不是，若是红军真叫我当探子啊，我还真干！保证能探出情况来！……"

郝大成、吴可征和宋少英都相视而笑。

"我和守门的说，我是来找我爸爸的，他们还不信，一直要我等了好半天，才把我爸爸找了来，我爸爸这才把我领进去了。找了个僻静的地方，爸爸悄悄地问我说：'你来做什么？红军怎么样？兵荒马乱的，你还到处跑！'我就把看到的红军的情形，全都向爸爸说了——从少英姐上茶山到兰田岗开大会枪毙黄老八，把开仓分粮的事也都说了。开头爸爸还不相信。我说：'不相信你就回家去看看，分给咱家的七十斤粮食还在门后头的缸里搁着呢。爷爷不要，还是黄六嫂亲自给咱送到家里的！'爸爸听说红军对民团家属很好，就舒口气说，'这我就放心了！'我说，'你光放心还不行，要弃暗投明才对！'爸爸为难地说，'这可很难，一来，民团现在管得很严，跑不了捉回来就要掉脑袋，二来，我跑过去，红军到底要不要？再说，红军若是待不长，咱们全家可就没有命了！'爸爸就是个黏黏糊糊的人，做什么事总是三心二意，前怕狼后怕虎的。我说，'你过去，红军保证收留，红军来到四岭山，保证就不走了！'爸爸不高兴了，他说，'你这个疯丫头，保证保证的，好像你是红军的大队长似的，你连一点也保证不了！'我一想，是啊，我说，'我回去问一问，就能保证了。'所以嘛，我就找到了少英姐，可是少英姐要我来见党代表和大队长，"王淑贞叽叽呱呱地说着，看了吴可征和郝大成一眼，说，"你说说，我保证得对不对？"

吴可征笑着和郝大成交换了一下眼色，说："你保证得很对，可是，你爸爸暂时不来当红军更好！"

"为什么？"王淑贞奇怪地说，"你说我保证得对，可又不叫我爸爸当红军。"她有点失望了。

吴可征并不叫王淑贞失望，他看看屋里只有郝大成和宋少英，就轻声地说："民团里应该有我们自己的人，淑贞，只要你爸爸心向红军，暂在民团里为革命做点工作，比他出来的用处还要大些！"

王淑贞点点头，她还不完全懂得在民团里怎么能做革命工作。

"你不是很想帮红军探听消息吗？"郝大成说，"就让你爸爸把他知道的民团的情况告诉你，你再来告诉我们，这就是很重要的革命工作。"

王淑贞又严肃地点点头，她开始明白了。

"如果我们有什么事要你爸爸办，"吴可征补充说，"我们就告诉你，你再告诉你爸爸。"

"我懂了！"王淑贞说，"我保证干得好！"

四

郝大成和吴可征把王淑贞送走之后，刚刚回到屋里坐定，就听见院子里有人大声和战士们打招呼。

这声音是这样熟悉，他们两人都不由得一愣，心中奇怪地想："这不是黄国信的声音吗？"

不错，是黄国信。他在王求正的陪同下，风尘仆仆地突然来到了郝大成和吴可征面前。这使所有人都感到意外。

王求正说："党代表，大队长，这是县委来的代表，我不认识。可是中队里有的老同志认识，说是原来县委的特派员，我就陪他来了！"

郝大成和吴可征连忙和黄国信打招呼，并吩咐王尚青去打洗脸水，安排住处，然后又对王求正说："你先别回去，等会儿谈谈南山口的情况。"

在郝、吴、黄谈话的时候，王求正到一中队去找罗雄去了。

黄国信简单地说明了到县委之后的经过，他说："我按着少平告诉我的联络暗号和路线，很顺利地找到了县委，汇报了我们的争论，唉，挨了宋洁泉同志一顿批评。我在县委学习了很多文件，自己做了几次思想检查，县委又派我回来，在实际工作中好好学习，改正错误。"黄国信一边说，一边扯着衣服的下摆，取出了折叠得很小的一张纸来，"这不，我立即来了。县委还写了一封信。"

黄国信说完，把信递给了吴可征。王尚青已经把洗脸水打来了，黄国信去洗脸。郝大成和吴可征看着县委的信。

可征
大成 同志：

　　你们进入四岭山后的工作情况报告及今后工作打算均悉。首先热烈祝贺你们取得的重大胜利。进入四岭山区，这个胜利是重大的，但也是初步的，往后的工作将更繁重更复杂更艰巨，望你们再接再厉把工作做得更好。

　　县委拟于×月×日召开一次各地区党组织的支部书记、各红军大队及游击队的党代表联席会议，学习井冈山建立农村革命根据地的经验，研究今后各地区的各项工作：如扩大和发展红军、红军游击队、农民自卫队的工作；打土豪分田地的各项政策；建立工农革命政权等。

　　黄国信同志在县委进行了一段时间的学习，对他的错误有了一定的认识，表示决心改正错误，愿意在今后的实际工作中接受新的考验。本着团结、教育同志的精神，仍派黄国信同志回红军大队工作，由于你们对黄国信同志比较了解，对他帮助将更为有力。但县委考虑黄国信同志错误性质比较严重，已不适宜担任特派员的工作，认为以联络员的身份参与红军大队的工作为宜。在吴可征同志来县委开会期间，红军大队的党代表的工作，暂由黄国信同志代理。

　　西屏山区，农民起义的工作正在酝酿，由于你们离得较近，联系比县委更为方便，你们应给予必要的人力物力的支援。去时，可找杨家寺张铁匠联系。

　　此致

敬礼

洪家山

×月×日

　　"洪家山"是县委的代号。郝大成和吴可征读完县委的信后，深感各地的革命正在蓬勃发展，他们的心情是十分振奋的。黄国信的到来，开头使他们感到突然，但是一个同志，认识了错误，幡然悔悟，表示愿意回到正确的路线上来，毕竟是一件好事，是值得欢迎的。

　　郝大成看完信后，对黄国信说："国信同志，我欢迎你回来一道工作，一个同志犯点错误是难免的，只要能改正就好！"

　　黄国信说："这次教训太大了，四岭山区的胜利开辟，证明了井冈山道路是中国革命唯一正确的道路，同时也证明了我的错误的严重性。我是犯了路线性质的错误，宋洁泉同志指出我的错误的根源是人生观问题，不是偶然的，……这次对我的教育真是太大了，在县委学习时间不长，可是收获很大。这次回来，是我主动要求的，我既然在这里跌了跟斗，有决心有信心在这里爬起来！宋洁泉同志见我改正错误的决心很大，又正赶上要吴可征同志去开会，所以就叫我赶来了。……"

　　吴可征说："巨大的决心，是改正错误的基础，可是一个人的世界观的改造，要经过长期的甚至是很痛苦的过程。正像《国际歌》里唱的，我们'要为真理而斗争'。今后还会有斗争的！"

　　"是啊！"黄国信也颇有感触地说，"这次回来，老实说，我是抱着学习的态度回来的。回想起过去所犯的错误，我是很痛心的。我建议支部近几天召开一个大会，我在支部大会上，不，就是在全体军人大会上也行，向大家做一个全面的深刻的检查，这样便于大家监督我。"

　　"这以后再研究吧，"吴可征说，"会议是要召开的，检讨不检讨倒在其次,改正错误主要是看行动而不在形式。国信同志,你谈谈县委和九里十八坪一带的情况吧!"

黄国信说:"我一直在县委学习,知道的具体情况不多。"接着他就谈了九里十八坪的一般情况。

郝大成聚精会神地听着,而后忽然问道:"国信同志,你回来的路上很难走吧? 路上走了五天吗? 怎会这么久? 听你说白色恐怖很厉害!"

黄国信平静地回答道:"是啊,本来我是应该前天就来到的,可是,谷敬文刚回谷家寨,就在九里十八坪大搜大抓了一阵子,要路口上都设上了很多暗卡。特别是从九里十八坪到四岭山的路上,谷敬文加强了封锁。我身上又带着县委的重要文件,也就不能不格外谨慎。所以我一下豹子山,不是照直向西北,而是向西南,绕了个大弯子,绕过了谷敬文的封锁线;同时,有些地方白天简直不能走,只能夜间从敌人碉堡旁边摸过去。……再说,在路上,我又不能走得快,还得像个教书先生斯斯文文地迈方步。……"

吴可征说:"照你说的这种走法,今天赶到,那就是再快不过的了。"

"是啊! 我是尽量急着向这里赶,怕耽误了你去开会。再说,我是十分想念部队了,过惯了战斗生活的人,实在有点蹲不住。"

"这里的工作是有的干的。"郝大成说,"这里的斗争是很复杂很艰巨的。今天你刚到,很累了,先休息休息。这里的情况咱们以后再谈吧。……"

"也好!"黄国信打了个呵欠说,"累是有些累了,可是人逢喜事精神爽,看到部队有了发展,并且也站稳了脚跟,我心里很高兴,所以也不觉累了。"

"你还是先休息吧!"吴可征说着,并向外面喊道:"小王,黄联络员的住处安排好了吧? 送联络员去休息!"

王尚青应了一声,就进来了。

因为大队部的房间都住满了,黄国信就住在大队部隔壁给伤病员留出来的空房间里。

黄国信跟随王尚青出去之后,郝大成和吴可征又谈了很久。这两个战友由于彼此深刻的了解和深厚的战斗友谊,谈话是不拘任何形式的。

"老吴,你马上就要走了,这里的工作还有什么要交代的,你得多和我谈谈。"

吴可征说:"没有更多的话说了,只是有一点,你可要特别注意;在这个期间,对敌斗争和军事行动,很可能占去你的大部分时间和精力,可是,内部的纯洁和路线斗争这可是个大事啊,大成同志,你的担子可真不轻啊!"

郝大成对吴可征的话沉思了很久,而后诚挚地说:"没有你在这里,我当然觉得很困难,可是,我们有群众,我们有党,困难是可以克服的,你的提醒非常重要,我会加倍注意的。你放心去开会吧!"

"我后天就得启程了,县委指示我们派人到西屏山杨家寺去联系,你看派谁去好?"

"我看还是派少平去吧,他比别人有经验。但他对那里的情况不熟,口音也不对,和到九里十八坪不一样,我想叫王十九和他一道去。"

"这样很好!"吴可征在离开部队之前,要仔细想一想,看还有些什么事情需要提醒他的战友。

"那你早些休息吧,"郝大成深情地说,"这次去,路上可要多加小心!"

第三十三章　祈雨之前

一

俗话说:"平原地区怕水淹,高山地区怕干旱。"自从郝大成挑着铁匠担子初探四岭山以来,这里没有下过一滴雨。高山不像平原,最容易受旱灾侵袭,加上旱灾不同水灾,无论高田洼地,都不能幸免。如果旱象不除,麦收和秋种都要受到严重影响。

四岭山的山民们,从早到晚,用哀怨和乞求的目光,望着蔚蓝色的天空,希望忽然乌云密布,落下一场透地的好雨。然而,天空总是万里无云,即使偶尔有几片云朵,也好像故意戏弄人们一般,停留一下,又随着旱风飘向天际,无影无踪了。

就在这个时候,周祖荫和周武仰望天空,欣慰地嘟哝着说:"此乃天助我也!"他们通过白云寺的和尚,通过保长、甲长、团丁,通过山村中那些家长族长……把凡是能利用的力量全都调动起来了。他们发动着一场大祈雨。

几千年来,迷信思想辈辈流传,尤其在这文化不发达的山区,更是严重,甚至根深蒂固。谷敬文深知这一传统势力的巨大,要借助这个势力来和红军进行第二个回合的斗争。用绳索捆绑农民的手脚,还是比较容易挣脱的,用迷信这条精神绳索,却可以捆绑农民的心,要挣断这条无形的精神绳索就比较困难了。

山民们并不知道这次祈雨和往年有什么不同,更不知道这中间还隐藏着什么阴谋,于是他们放下手头的活儿,丢开水桶水车,把一切希望寄托在神灵的慈悲上面。

在大祈雨的这一天,各村寨的祈雨的队伍都到白云寺汇齐。

铿铿锵锵的锣鼓声在干燥的空气里震荡着。沙河镇的街口上,迸发出一片喧闹声。光着脑袋,披着蓑衣的人群,从龙王庙里涌出来。四个粗壮的小伙子,用一顶绿呢轿子,抬着一块木制的神牌,上写"四海龙王之神位"。因为龙王老爷的泥塑镀金像,总有一丈多高,尽管祈雨人多么心诚,也没法抬得出来,只好用木牌代替。

轿子后面是两套锣鼓在拼命地敲打,各村祈雨的队伍都来到沙河镇外面的大场坪上汇集,兰田岗的祈雨的队伍也早早地到了,排到了祈雨行列的最前面。熙熙攘攘的人群形成一个巨大的漩涡,经过了一番整顿,漩涡化成了一股细流,在轿子的引领下,沿着崎岖的山径,向着白云寺走去。

跟在轿子后面的两个老年人,他们都是身披蓑衣,手提香篮,准备随时给龙王老爷的神位烧纸添香。

年纪最老的那个老人,就是王心诚,他的干瘦的肢体使人联想到枝干遒劲的老槐树。他全身青筋外露,皱纹成堆的脸像用胡桃壳雕成的一般,眼睛闪射着倔强执拗的光芒,干硬的肢体里,仍奔流着生命的活力。

在王心诚旁边走着的是黄书耕。他比王心诚年轻十几岁,中等身材,脸颊比较丰满,一个典型的农民式的脸,在纯朴里透露出几分自负的神气,两只挺有神采的眼里,流露出饱经世事的精明的光芒。

"这回祈雨,周团总可是大发善心啦!"王心诚颇有感慨地说,"光搭祈雨台就花了三百多大洋,还把太太的绿呢轿子借出来抬神位,真是不容易啊!"

黄书耕并不像王心诚那么感动,他说:"说到花费,那还不是羊毛出在羊身上?你看吧,过些日子少不了要交纳祈雨捐。我觉得奇怪的是，这回祈雨，周团总显得太热心了，就不知他肚子里打的什么算盘。"

"这是上天的感召啊！"王心诚说，"人总是要醒悟的，人心向善嘛。"

"听说红军是不信神的，所以周团总就鼓动大伙信神。"黄书耕闪动着聪明的眼睛，把声音放低了，悄悄地说，"我说心诚叔，信不信由你，准是有意和红军作难。"

"红军有红军的好处。"王心诚做出十分公正的样子说，"打土豪分田地，这我得看看再说，帮助齐心会打任中元，这可是好事。红军这些兵也和别的兵不一样，好像和咱老百姓挺贴心的。可红军也有红军的不好处，就是不信鬼神！"

王心诚说完摇摇头，红军不信鬼神，使他深为遗憾。

黄书耕听了之后，不置可否。因为还有一种现象他没法解释。那就是黄志高和王昌平也来祈雨了。他们显然是和红军很靠近的人。他们为什么来呢？他不相信王心诚所说的"是上天的感召"，可是他又想不出个所以然来。只是在心里纳闷，并没有说出口来。

黄书耕是一个面临破产的中农，凡事总是患得患失，每逢决定一件事情，先要把小算盘拨弄一番，看看有利还是有害，在利害权衡之后，再决定自己的态度。就在信神这件事情上，也是按照他的算盘来决定的。他认为神灵不可不信，也不可全信，如果把希望全寄托在几尊泥胎上面，未免太傻气了；若是完全不信，也许有危险，万一在冥冥之中真有一个神灵呢？于是他选择了一个折中的办法，中庸之道，这就是他的处世哲学。他对红军的不信鬼神采取了不褒不贬的态度。

漫长的祈雨的行列，一样认真严肃的脸色，却各有不同的心思，大致不外三种态度：全信、不信、半信半疑。但是，这里面还有一种不寻常的现象，那就是周武的保安团的许多团丁也掺杂在祈雨的行列中,黄书耕也注意到了。

王心诚跟着绿呢轿子,慢慢地走着。他不时地到轿子前看看,随时给龙王老爷添香,并不住地埋怨着轿子抬得不稳,要轿子慢一点走,免得颠簸得龙王老爷不舒服。但是抬轿子的人不理他,反而故意把轿杆一歪,龙王老爷的神位歪倒了。王心诚急忙探进身去扶起来,嘴里不住地叨念着:"罪过,罪过!"但面对着神灵,他不敢发作。然后气呼呼地回到了黄书耕身边,忍不住骂道:

"他娘的,这两个抬轿子的真不是玩意。"

"心诚叔,你何必那么当真呢?"黄书耕劝说道,"你不看今天抬轿子的是什么人吗?"

"我管他什么人,要抬就得好好抬,不能……"王心诚没有找到适当的话来表达自己的意思,就气哼哼地住了嘴。

"他们是民团的,不,现在听说改成保安团了,他们是保安团的人,一个叫马义山,一个叫周二游。这是两个地痞子。也不知为什么,平时这些连娘老子都不认的家伙,怎么今天也来祈雨了!"

"这是……"王心诚本想说"这是上天的感召",可是一想,上天感召了这种狗屎不如的臭东西,似乎有伤老天爷的体面,就没有说下去。

"站住!"

"乡亲们!站住!"

喊声从山上传下来!

接着,有十几名红军战士,从山上涌下来,挡住了祈雨队伍的道路。

祈雨的队伍停下了。

"这是怎么回事?"

"红军不叫祈雨!"

"为什么不叫祈雨?他能叫老天爷下雨,我就不祈雨!"

"走！去和他们讲理去！"

开头只是悄声议论，继而变成大声吵嚷，而后，人们越来越激动，越来越震怒，一窝蜂地向前涌去。

二

黄国信坐在大队部里，听着各个小组的汇报。吴可征到九里十八坪开会去了，他处理着党代表的日常工作。这次回来后，工作作风和过去大不相同了，他处处显得很"左"，时时表现出改正过去错误的决心。他要在代理党代表工作的短短的时间里，做出一番成绩来，在部队中重新建立威信，打一个漂亮的翻身仗。当他听到群众要举行一场大祈雨的时候，他对各个工作组提出了十分严厉的批评。

郝大成在去南山口查看地形、视察防务和准备组成一个新的中队工作的时候，对黄国信专门介绍了谷敬文和周武阴谋发动祈雨的情况，同时也介绍了吴可征、田世杰、黄六嫂已经研究和采取的相应措施。这个交代，并没有引起黄国信的重视，他只是当作一般情况，听听而已。

现在，谷敬文已经把祈雨发动起来了。黄国信顿时觉得情况严重起来，不能等闲视之。他对各村的工作小组大加指责，同时还暗示着吴可征、郝大成对制止祈雨工作不力。他感情冲动地说：

"老百姓在我们眼皮底下搞大祈雨，这种明目张胆的迷信活动，对我们是一个尖刻的讽刺，是封建迷信势力对我们的一次大示威！同时说明我们前一阶段的宣传群众的工作，做得还很不深入！我们一定要采取有力措施，制止这次祈雨。对群众的落后思想，我们绝对不能迁就！"

"我不同意这样的说法，也不同意这样的做法！"宋少英激动地说,"群众要祈雨,这是几千年遗留下来的传统习惯,怎么能要求我们在几天的工作中就要打破这种迷信思想呢?再说,这次祈雨是谷敬文、周武和法慧和尚勾结起来搞的阴谋,我们要慎重对待才行……"

黄国信对宋少英的发言,有着本能的反感,他冷笑了一声说:"少英啊!你怎么总是喜欢和我唱反调呢?你们工作组有缺点,就应该接受批评嘛,不虚心改正错误是不好的。你说我们对祈雨应该慎重对待,难道我对你们工作组的批评不正是慎重对待的表现吗?慎重对待绝不是右倾保守,更不能姑息迁就。你说这次祈雨,是谷敬文、周武、法慧和尚勾结起来搞的阴谋,这我同意。正因为是敌人的阴谋,我们才更要坚决地制止。只有这样,才能打击和粉碎敌人的阴谋!……"说到这里,黄国信做了个坚决的手势,提高了嗓门大声喊道:"我们绝不能叫敌人的阴谋得逞!"

"在这一方面,吴可征同志在去县委开会之前就和四岭山党组织研究过。田大伯和黄六嫂也对祈雨这件事有过专门的布置。郝大队长在去南山口之前,也和你交代过,如果要采取什么行动,要经过郝大队长和田大伯、黄六嫂的同意才行!"

"郝大队长在哪里呢?在南山口,他还要到劈云峰去看地形。田世杰在哪里?黄六嫂在哪里?"黄国信烦躁地说,"什么时候才能碰到一起?少英啊!如果什么事都要开会研究的话,我们还要个人负责干什么?我们不都成了官僚主义者了吗?"

"应该研究的还是要研究!"宋少英坚持着。

"可是敌人不等你,不给你研究的时间怎么办?"黄国信把面孔一板,表示出极大的不满说:"这样的一件小事我都不能决定吗?"

宋少英激动地反驳说:"这不是小事,是关系到军民关系和对敌斗争的大事!"

黄国信深表遗憾似的说:"少英啊,你一向看问题尖锐,做事情干脆，为什么在这件事情上拖泥带水的？"

"处理这种事情，我们都没有经验，如果等不及，就派人去向大队长报告一下。同时，也应该取得田大伯和黄六嫂的同意才行，这里边还有个军政关系。"

宋少英的话把黄国信激怒了，但他竭力说得平静些，他说："少英，我们派人去阻止，难道就不是慎重对待？大队长不在，难道我就不能做这个决定？我代理党代表的工作，这是县委给我的权力！至于和田世杰、黄六嫂取得联系，简直是多余！什么军政关系，我就是县委的代表！宋少英，我的水平再低，也用不到你来给我上课。"

这时，远处隐隐约约地传来锣鼓声，这锣鼓声宣告着祈雨的开始。

黄国信听到这锣鼓声，感情冲动地想道："现在是采取断然措施的时候了。"他把心一横，怒冲冲地向罗雄喊道："罗中队长！你去带上一个分队，跟我走！"

"带不带武器？"罗雄问，他认为命令是应该服从的。

"带！我估计这里面准有坏人捣蛋，不带武器压不住他们。"

"这样会出乱子的！"宋少英一半警告一半忧虑地说。

"出了乱子我负责！"黄国信说，"宋少英，你这是右倾思想！"

"我觉得这是对待群众的态度问题，要讲政策。"宋少英并不让步。

"我们的革命任务是什么？你说！"黄国信两眼瞪着宋少英。

"反对帝国主义，反对封建势力……"

"封建迷信，是不是封建势力？"黄国信借着宋少英的话来质问她。

"迷信当然是封建势力的一种表现，可是，我们应该怎么反法呢？我觉得阻拦不是办法，应该说服教育。"宋少英反驳着，由于自己面对这种情况,不知如何办更好,所以反驳得也不够有力。

"我觉得阻拦正是办法,是最有效的说服教育。"黄国信针锋相对地说。

"我去找郝大队长去!"宋少英生气地站了起来。

"你去找好啦!"黄国信怒气冲冲地说。宋少英的话大大地伤了他的自尊心,把过去斗争中耿耿于怀的情绪,今天全部发泄出来了:"你这是什么态度?你认为我不能担任这个工作,上告好啦!可是现在你得服从!我现在代理党代表的工作,我就有权决定这个行动。宋少英,你不能老眼光看人,不能意气用事。过去我们有过斗争,但今天应该不咎既往。过去是我错了,可今天是你错了,这就是事物的辩证法。"

黄国信越说越气,他气势汹汹地指着宋少英:"你说,郝大成、吴可征叫你干什么事情,或是决定干什么事情,你来找过我吗?我不要求你尊敬我,但是,你这种以成见待人的态度是极端错误的。"

"这是对待群众的大事,应该经过支部研究,你不能擅自做决定。"

"我也没有看成是小事,我认为我可以做决定。"黄国信冷笑几声道:"宋少英,你不是一个新党员,好像党的观念也挺强似的,可是,我们不是所有的行动都要经过支部研究的,更何况,在来不及研究的情况下,党代表是有权决定的。难道你还不知道党代表的职权吗?"

这时罗雄已经把一分队带来了。在罗雄看来,这场大祈雨是应该阻止的。他认为不一定要等郝大成回来,因为那样就晚了。同时,这是去做群众工作,并不是军事行动,黄国信既然代理党代表工作,这件事是可以决定的。至于这里面的政策,他考虑得不多。

黄国信一看部队到了,就对罗雄说:"事不宜迟,跟我走!"

黄国信把短枪往腰里一插，也不看宋少英一眼，带着部队就向白云寺方向赶去。

三

祈雨的队伍在黄国信的阻拦下，在去白云寺的山路上停下来了，大家都拥挤成一团，整个山坡上都站满了人。

换了便衣的保安团在人群里窜来窜去煽动着：

"连祈雨都不让，还要不要老百姓活啊！"

"人家都说共产党先甜后苦，我看这话不假，往后没有咱老百姓的好日子过。"

"红军不信鬼神，不敬父母，连任中元的保安团都不如。"

周武保安团团丁的这些谣言和诬蔑，在尚未觉悟的群众中发生了影响。

就在这时，山坡上响起了黄国信的声音："乡亲们！我是红军的代理党代表，迷信鬼神这是封建思想。我们要坚决打破迷信！你们都回家去吧！"

"红军自己不信神，难道也不叫老百姓信吗？"王心诚满心火气，声音颤抖着，两眼盯着黄国信的脸。

"世上根本没有鬼神，封建迷信全都是骗人的鬼话，只有愚昧无知的人才信鬼神！……"

"你说的才是鬼话呢！"马义山在队伍里吼叫了一声，接着又回头对着祈雨的队伍喊道：

"乡亲们！不管什么人都挡不住我们祈雨，走啊。"

人们又喧嚷起来，保安团团丁们也在人群中呐喊和煽动：

"走啊！谁敢阻拦，我们就要和他拼！"

"对！拼他娘的！红军本来就不和我们一条心嘛。"周二游叫喊着。

人群又形成了队伍,在喧嚷着,激动着,就像涨满了河床的洪水,大有决堤奔流之势。

罗雄感到事情有闹大的可能,便向黄国信说:"老黄啊,你看怎么办?我觉得要出大乱子。"

"出不了大乱子。"黄国信他向来是不相信群众的,总觉得群众落后、自私、愚昧、散漫,只要态度坚决,就能够把祈雨止住,他皱着眉头说,"老百姓总是胆小怕事的,别看他们瞎起哄,闹不起大事来。"接着他对一分队的战士们说:

"不准他们到白云寺去!"

"让开路!"马义山抬上轿子,对站在路口的战士们喊着。

"回去!"黄国信两手叉腰向马义山喊着。

马义山故意猛力把轿子一歪,轿子被摔在山路上。他故意煽动着:"乡亲们!红军把轿子给砸啦,真是伤天害理啊!"

祈雨的人们并不清楚真相,一听红军砸了轿子,变得激愤起来。

"打啊!打他娘的!"周二游在人群里叫着,先拾起一块大石头向罗雄扔了过去。

罗雄把头一偏,石头紧擦着他的耳朵梢子飞过去,打在一个战士的胸膛上。这个战士被打倒了。

"打啊!"

"不敬鬼神的红军,滚出四岭山去!"

"打啊!"

人们吵成一片,穿便衣的保安团全都涌到前边来,不断地向红军身上扔石头。

这时黄国信也感到真的要出大乱子了。他不知应该如何应付这个场面。一块石头飞过来,他把身子一歪,重重地打在他的胳膊

上,接着一股鲜血染红了他的袖子。光挨打不还手是不行的。他一手捂着疼痛难忍的受伤的胳膊,大声命令着:

"罗中队长！向分队下命令,看哪个再敢向前冲,就开枪!"

"老黄!"罗雄摇摇头说,"不能开枪!"

"开枪,先向天上开,镇一镇这些落后分子。"

"不,在群众面前,我们不能开枪!"罗雄仍然坚持着自己的态度。

"什么群众？哪有扔石头打红军的群众？简直是反革命!"黄国信咆哮如雷地吼道:"我命令向天开枪！若是再不退,就拣着领头的打。"

"不行,不能开枪!"

"罗雄,你应该听我的命令!"

"不!"罗雄坚决地说,"你这种命令我不听!"

几块石头又向罗雄和黄国信飞来,有几个战士被打伤了。

"老黄,撤退吧!"罗雄说,"宋少英说得对,我们不能这样对待群众,叫周武钻了空子。"

黄国信这时正处在骑虎难下的情况下,继续坚持吧,恐怕要出大乱子,撤退回去吧,这怎么交代？一想在宋少英面前低头认输,一想到自己竟对这些一向瞧不上眼的黑泥脚杆子毫无办法,他就受不了。"一不做二不休,扳倒葫芦撒了油",大不了死几条人命,我黄国信豁出来了。他猛然从腰里抽出枪来,向上一举,大声喊道:

"看哪个敢动,我要开枪啦。"

一阵石头,像冰雹般地向他们飞来,一块带棱的石片擦伤了黄国信的脸,血顺着腮帮子流下来。他气愤已极,向着人群的头顶上挥枪打去。

"住手!"随着喊声,一只有力的手,把黄国信持枪的手向上一挡,"啪啪啪",三发子弹向着天空飞去。

四

在祈雨的前一天下午,郝大成来到了南山口。自从他挑着铁匠担子进四岭山经过南山口之后,他还是第一次上南山口来,现在的南山口和他初来时已经大不相同了。南山口的工事在原有的基础上又增挖了许多掩体和堑壕。原来的哨棚也加大了,这都是四中队的战士们亲手修建的,山口上修了蓄水池和小粮仓,这都是遵照大队的指示设置的。

郝大成夜里就和四中队的战士们住在哨棚里,和他们一齐站岗放哨,向他们提出各种各样的问题,同王求正研究各方面的工作。第二天早晨,郝大成向四中队的全体介绍了山下的各方面工作的开展情况,介绍了这次洪雷谷口战斗的情况及这次战斗的重大意义。四中队的战士们受到很大的鼓舞。

接着郝大成就向战士们讲了守卫南山口的重大意义,他说:"南山口是四岭山的南大门,是四岭山的咽喉,又是四岭山内外的制高点和中心阵地。为什么这样说呢?"郝大成向大家解释着:"我们和九里十八坪或是和南屏山的红军游击队联系,出进都要通过南山口。我们有了南山口,就能进可以攻,退可以守。我们在这个制高点上,就可以控制周围地区,也可以支援周围地区。周武的保安团为什么死守沙河镇,不敢轻易向梅林镇进攻呢?就是怕我们从南山口上冲下去卡断他的后路!

"同志们日夜守卫在这里,当然是很辛苦的,可是意义是很重大的。再说比起我们以前来,那就算不了多大困难了。现在革命形势对我们大为有利,我们要积极开展工作,扩大我们的革命力量。这里的守卫任务虽然很重大,可是我还要抽调你们一部分同志去做别的工作。你们留下的同志担子就更重了，我相信你们能把这个担子挑起来的。"

"保证完成任务！"

"大队长放心，就是留下一个分队，我们也能完成任务。"

战士们信心十足地向郝大成表示着态度。

报告会议结束后，郝大成和王求正交谈着工作意见：

"求正同志，根据南山口的任务和这些日子执行任务的情况，你看南山口留多少人好呢？战士们说留一个分队就够了，你看行吗？"

"只是站岗放哨一个分队就够了，"王求正深思熟虑地说，"如果应付意外情况，比如对付周武的偷袭，一个分队就不够。"

"你考虑得很对，"郝大成用商量的口吻说："我们有这样一个任务，就是要抽调一部分同志，组成一个新的中队去帮助各村的自卫队进行军事训练，提高自卫队的战斗力。同时，我们也要到伏虎岭和黑蛇岭，去帮助齐心会进行军事训练，更重要的是去做齐心会员们的政治思想工作，对齐心会进行革命宣传，争取他们站到革命这一边来。同时配合当地的党组织，把伏虎岭和黑蛇岭的群众组织起来，扩大我们的革命根据地。……"

"这是个大事！"王求正兴奋地说，"我们应该尽量多抽人去。如果把伏虎岭和黑蛇岭控制在手里，除了青龙山这个荒山和沙河镇这个白点以外，四岭山区就全是我们的啦！"

"对，现在摊子一下子铺得很大还有困难，谷敬文一定还要搞新阴谋的。我们的方针是先在白云山把根扎牢，在这个基础上有计划地逐步地向外发展，不能消极保守，步子也不能跨得过大过快。你们第四中队现在是五十七个人。除了中队部三个人外，平均每个分队十八个人。你从每个分队里抽七个人给我，你们中队仍然是三个分队，只是人数少一些，等以后扩大红军时再补充。"

"好，"王求正说，"挑什么样的同志去呢？"

"要挑骨干去，有些起义的同志，只要苦大仇深，有阶级觉悟也可以去。就说你们中队的马贵吧，这个同志就不错，应该叫他去。这些起义和被解放的同志，以自己弃暗投明的亲身经历，对齐心会进行现身说法，会更好些。不过，也不能全把四中队的骨干抽走了，这个新的中队是以我们这里的二十一个同志作基础，再从一二三中队各抽五名骨干就可以了。……"

"什么时候去呢？"

"你先把名单开给我，什么时候组成，我再通知你。"

郝大成说完站了起来，满怀豪情地望着起伏的群山，他忽而又问王求正说："你到过劈云峰吗？"

"我们沿着山脊去过，"王求正面向白云山的主峰说，"太高太陡了，上不去。"

"今天不去了！"郝大成说，"过些日子我们去看看。"

这时山下传来"咚咚"的鼓声。

"祈雨？"王求正问道。

"是祈雨。"郝大成说，"这次祈雨是谷敬文、周武搞的。田大叔和黄六嫂已经有了布置了。现在就是要看看周武和白云寺里的和尚捣什么鬼。这些家伙总是自己挖坑自己往里跳。我们会反击他们的。在揭露他们的阴谋之后，就发动群众把白云寺打掉！"

"群众迷信思想这么浓厚，他们会打白云寺？"

"那就看我们的工作了，只要把这些家伙装神弄鬼的那一套一揭穿，群众就会醒悟过来。毒蛇出了洞好打，让这些家伙活动活动吧，不然，他老躲在窝里不出来，反而不好办。只要我们不丧失警惕，政策上不犯错误，没有什么了不起的。"

山下"咚咚"的鼓声不断地传来。

稠密的山林，使人望不见祈雨的队伍。

郝大成这时看见山下急急地上来一个人，很快就走近了。

"少英！"郝大成认出来了，嘴里轻轻地说着，"出了什么事吗？"他向宋少英迎了过去。

宋少英走到郝大成面前，喘吁吁地把黄国信带人阻止祈雨的事讲了一遍。

郝大成担心地想道："黄国信同志向来对待群众的态度不正确，这次很可能出大事。"他对宋少英说，"走，我们看看去！"

"我很担心要出事！"

"是啊，我们去阻拦祈雨，这正是周武求之不得的事，他正好要借机挑起事端。"

郝大成回头向哨口上喊道：

"小王，小王！"

正在哨棚子里向战友们介绍洪雷谷口战斗细节的王尚青闻声跑了出来。

"大队长，找我？"

"走，下山！"

郝大成、宋少英和王尚青三人迅速地向山下走去。

第三十四章　祈　雨

一

由于郝大成及时赶到,黄国信的三枪没有伤人,避免了一场不堪收拾的大冲突。

黄国信阻拦祈雨的这个错误行动,给参加祈雨的王昌平和黄志高出了难题,把他们推到了左右为难的地步。面对着这个出乎意料的情况,他们不知如何办才好。

黄志高低声问王昌平说:"红军这一阻拦,把事情给弄僵了,你看怎么办?"

"是啊!"王昌平皱着眉头说,"我怕闹出大乱子来。"

王昌平从来没有处理这种事情的经验,他在紧张地观察着事态的发展,焦急地思考着对策。他想:"站出来替红军阻拦祈雨说好话吗? 不行。把阻拦祈雨这个错误行动说成是对的,那会失去群众;那么怎么向群众解释呢? 说红军阻拦祈雨是不对的? 显然更不行;说阻拦祈雨不对,可是心意是好的,在这种情况下,谁会相信呢? 但是,无论如何也要向群众宣传,揭露敌人的阴谋。"于是,他对黄志高说:

"原来我们的任务只是侦察敌人的活动情况。现在,情况变了,我们要向群众宣传,不要让群众上了敌人的当。"

黄志高点点头说:"对,就这么办吧。"

他们两人怀着焦虑的心情观察着冲突的现场,他们很怕形势继续向不利于红军方面发展。

当他们看到郝大成和宋少英赶来之后，才稍稍松了一口气。

黄国信开枪，虽然没有伤人，却给换了便衣的团丁们提供了制造红军和群众纠纷的口实。

这些隐藏在群众中的敌人，在人群里来往煽动着，大声喊叫着反动口号：

"红军开枪杀人了！"

"红军不孝父母，不敬菩萨，欺神灭道！"

"杀人放火的红军，滚出四岭山去！"

"冲啊！把他们的枪夺过来！"

"……"

面对着这种局面，王昌平和黄志高急了，他们拦住向红军冲击的受蒙蔽的群众，大声喊道：

"乡亲们！不要上了坏人的当啊！"

"乡亲们！红军是咱们老百姓的队伍！……不能向……"

可是，不等王昌平说完就被一个穿便衣的保安团团丁打断了：

"红军口口声声说是老百姓的队伍，为什么他们向老百姓开枪？为什么不叫老百姓祈雨？"

黄志高喊道："开枪，并没有伤人啊！我早看出来了，你们是些换上便衣的团丁，是你们向红军扔石头。开枪，是你们挑起来的！"

这时立即有几个换了便衣的团丁把王昌平和黄志高围了起来，质问道："你们是什么人？为什么替外乡人说话？"

但是，又有好多人围了过来，大声地争辩着：

"为什么不能替红军说话？开仓分粮的不是红军吗！帮助我们打任中元的不是红军吗！"

祈雨的群众吵成一团。……

171

马义山感到争辩会对自己一方不利,就不让这种争辩局面继续下去。他看出红军是不会向群众真正开枪的,趁着一部分群众被黄国信的三枪激起的愤怒还没有消失,便抽出抬轿子的杠子向上一举,喊了一声:"乡亲们! 跟我冲啊!"

马义山带头向路口上的红军冲去,一些被煽动的群众也跟着向前冲。……

当乱纷纷的人群向前涌的时候,马义山狡猾地利用人群掩护自己躲在后面指挥着:"乡亲们! 包围他们,抓活的!"

人群向一分队围拢上来。……

"乡亲们! 不要上了周武的当啊!"王昌平和黄志高高声喊着,带着一部分群众阻拦在冲击红军的人群面前。但是,一部分群众在穿便衣的团丁煽动下,又把他们冲散了。

黄国信看着渐渐围拢来的群众,摸着钻心疼痛的伤口,两眼冒着怒火,胸中塞满了怨恨,不服气地对郝大成说:

"老郝! 不开枪是不行的,镇不住他们。"

"绝对不能开枪!"郝大成严厉地说,"这种被动局面,就是开枪引出来的。"

黄国信赌气往地上一蹲,气急败坏地很不服气地说:"好吧,我是错的。……"

黄国信把心里的话说出了一半,就把那一半咽回去了。他暗暗地想:"这局面,我倒要看看你用什么办法来收拾!"

郝大成命令罗雄把一分队迅速带上路边的陡坡,把路让开,他跟在队伍后面上了山坡。这时,杂乱的人群已经拥挤到山坡下面。

团丁们仍然向山坡上扔石头,但是,从下面往上扔,扔不远,打不到红军身上。马义山还在鼓动群众向陡坡上冲。就在这时传来郝大成洪钟般的声音,这声音震撼着山野,也震撼着人们的心。

郝大成巍然地站在陡坡上,居高临下,面对着陡坡下的人群,这地方似乎无形中成了一个大会的会场。他说：

"乡亲们！开枪阻拦祈雨是不对的！……"

人群中立即议论纷纷：

"看！红军认错了！"

"我说嘛，红军就是好！"

马义山却在挑拨着：

"什么认错？还不是缓兵之计，狠的还在后边呢！"

有人制止说：

"嚷什么，听红军怎么说。"

郝大成继续说：

"乡亲们都看到了，开枪并没有伤着群众。可是，我们却有十几个战士被打伤了！是什么人向红军扔石头的？我知道，扔石头的绝不是穷苦乡亲们，而是那些穿上便衣的保安团团丁们！他们奉了谷敬文和周武的命令，混在祈雨的群众里边，恶毒地挑拨红军和乡亲们的关系。乡亲们，你们祈雨是可以的，可是千万不要上了谷敬文和周武的当啊！……"

团丁们又在人群中鼓动："不要听他这一套，净是共产党的宣传！乡亲们，向山坡上冲啊！"

人群又骚动起来，但是，没有开头那么激烈了。

郝大成的声音变得严厉起来：

"在这里我要警告那些穿便衣的团丁们：现在红军已经把路让开了，你们还鼓动人们往山上冲，这是不能容忍的。对于乡亲们，红军是打不还手，骂不还口！可是对于你们这些家伙，我们是丝毫也不客气的！这笔账总是要清算的！乡亲们！你们把眼睛擦亮，看看鼓动你们向红军冲的是些什么人啊！……"

"对啊！红军说得对啊！"

"既然红军让了路，再向红军冲就不对了。"

人群里黄志高、王昌平在呼喊着。

祈雨的队伍不再向陡坡上冲了。团丁们看到再也挑动不起来了，也只好跟着人群沿着山路，向白云寺走去。祈雨斗争的第一个回合，敌人没有达到预期的目的，而把胜利的希望寄托在第二个回合上。

二

祈雨的队伍继续向白云寺走着。

为了迷惑群众，马义山、周二游装出一副虔诚的样子，把轿子抬得稳当了，队伍中间的锣鼓敲打得更响了。一路上只闹得尘土飞扬，烟雾腾腾。

黄志高和王昌平把这一切都看在眼里，他们在人群里观察着，谛听着，琢磨着，看看敌人到底搞些什么鬼名堂。

在白云寺的大院里，用杉杆苇席扎了一座三丈多高的祈雨台，分为上、中、下三层。

上层供西天如来，中层供四海龙王，下层则锁一个青脸红发巨齿獠牙的恶鬼，据说是旱魃，用铁链锁着，以示惩戒。

台上旗幡招展，花花绿绿，纸灰飘舞，香火氤氲，乌烟瘴气。

两旁的大台柱上，有朱砂写在黄表纸上的一副对联，从台顶垂挂下来：

上联：旗引坤门风伯至

下联：幡招坎第雨师来

横批：心诚则灵

这个祈雨台，搞得五颜六色，五花八门，可见周团总捐出的这三百元大洋没有白花。

祈雨的队伍，在大院里拥挤不开，晚来的都散坐在白云寺前的半山坡上。

公请周氏族长晚清秀才周祖荫做司祭。这个弯腰驼背，半死不活的老家伙是用二人抬的滑竿送上山来的。他虽说两颊深陷，骨瘦如柴，今天似乎还有些精神。头上戴一顶红疙瘩的瓜皮缎帽，身穿灰丝绸长袍，再戴上一副蚂蚱腿式的眼镜，他一言一行，竭力装出莫测高深的样子，显得异常滑稽。

他被人搀扶着，颤颤巍巍地登上台去。当一切都准备好了之后，他就从长袖子里伸出蓄着长指甲的鸡爪子般的手，向远处做了一个手势。

于是，"轰！轰！轰！"几杆鸟铳在树林里吼叫了几声，算作礼炮，以壮声色。

这时王心诚到周祖荫身边把一束燃着的香火递给他。

周祖荫接过香火，装模作样地向天空举了三举，以表示把西天如来佛请下来了，然后怪声怪气地向人群喊道："大——伙——跪——下——！"

随着他的声音，整批的人群拜倒下去，锣鼓声骤然停止了，喧嚣的白云寺变得鸦雀无声。

黄志高和王昌平并没有在西天如来面前跪倒。他们坐在山门的半尺高的门槛上，怀着警觉、好奇、愤怒、疑惑等混杂的心情，看着这一出滑稽戏的进行。

不知谁叫了一声："法慧和尚出来啦！"

"应该叫师父。"另一个声音教训道。

这时人们才悄悄抬起头来向祈雨台上望去。

法慧和尚，身披金线绣边的朱红色的袈裟，头戴唐僧帽，手执拂尘，项挂念珠，高高地站在祭坛之上，有六个和尚站在两旁。他口里连连嘟囔着："阿弥陀佛。"装腔作势，竭力给人们一种"神通广大""佛法无边"的印象。

周祖荫双手把香供上,法慧接过去,分插进三个香炉里,似乎是请西天如来落了座。

周祖荫这时提起全副精神,用吟诗一般的调子,抑扬顿挫地哼起《求雨疏》来:

"祝告佛祖,启奏神明,望赐大恩,拯救众生,风调雨顺,五谷丰登,万民欢庆,歌舞升平。……"

《求雨疏》一哼完,法慧和尚双手合掌,两目视天,轻声祷告:

"西天如来,四海龙王,速显威灵,赐福一方。"

周祖荫又向法慧和尚拜了一拜:"乞求佛祖赐签!"

法慧和尚从香案上拿起签筒,摇了几摇,抽出竹签一根,上卷黄纸一张,口中念念有词:

"近因妖人作乱,上天震怒,久旱不雨,速除妖人,即降甘霖。"

于是他把竹签向下一掷,正好落进周祖荫怀里。周祖荫手拿竹签,展开黄表纸,上写神谕一篇。人们屏住气息,静听周祖荫朗声宣读:"神谕:妖人进住,上天震怒;为示惩戒,久旱不雨;芸芸众生,善男信女;万众同心,妖人始除;……"

周祖荫念到这里停顿了一会儿,两只小眼睛瞅了一下人群,又继续念道:"奉劝人人,传此神谕;传十张者,一人免苦;传百张者,天佑全户;心不诚者,祸及家族;误入迷津,定遭天诛;替天杀妖,慈航普渡;何日有雨,应在三五;妖人为谁? 请解偈语。……"

周祖荫一念完,人群里就响起了喊喳声。

黄志高聚精会神地听着,想听出个所以然来,可是他听不懂,就问王昌平说:"周祖荫这个老东西,嘟囔了些什么?"

"我也听不大清楚,"王昌平皱着眉头说,"好像是说四岭山里出了妖人,所以天不下雨,是挑拨红军和群众的关系,叫群众恨红军!"

"哼!"黄志高愤愤地骂道:"鬼东西! 他们原来是拿这一套来

和我们斗啊。"

王昌平提醒说："你听。"

他们又听到周祖荫在台上喊道：

"大家不要乱吵嚷了，下面还有偈语两段：其一曰：何来魑魅口吞天，饮得流沙河水干；切莫无心惩凶恶，速除妖孽报仇冤！……"

周祖荫念到这里，吐了一口痰，又吭哧吭哧地擤了几下鼻涕，说："其一完了还有其二，这个其二曰：四岭山中郝生灾，诚心求得大雨来，不除妖人成祸患，除尽妖人始免灾！"

……

真是装神弄鬼，兴风作浪，祈雨大典，到此收场。

周祖荫在台上嘟囔了半天，累得满脸大汗。人们除了知道四岭山中出了妖人，所以上天降灾之外，别的一句也没有听懂。

有些人被这四岭山中出了妖人的神谕吓住了，生怕妖人难除，天不降雨，都在交头接耳地纷纷议论。祭仪是如何完毕的，大家都没有在意。

<h2 style="text-align:center">三</h2>

祈雨的人，怀着各种不同的心情，乱纷纷地向山下走着。

"这妖人是谁呢？"

"那隐语里不是说了吗？"

"听不懂啊！"

"这是天机，只有能人才能解得开。"

"也不知那能人在哪里？"

"这天到底下不下雨啊？"

"不是说有雨有雨，应在三五吗？"

"那么说,三五天之内就要有雨了!"

"那就好,这秧苗还会有救!"

"不是说妖人不除,天不下雨吗?"有人发现神谕的说法有了矛盾。

"那么妖人准得在三五天内除了?"有人猜测着。

"唉,听天由命吧!"

"有雨自然下,无雨求不来!"有人摇摇头,表示对祈雨的怀疑。

"这红军可是反对祈雨啊!回去还不知道怎样对待咱们这祈雨的人呢。"

"我看红军倒没有什么,他们叫石头打伤了好多人,可是人家并没有打伤老百姓,枪是对着天打的。"

"对着天?若不是叫郝大队长用手一挡,说不定就打到谁身上!"

"丢石头的全都是保安团的人。"

"今年祈雨和往年不一样,我看是要出事的。"

……

以上就是走在山路上的人群议论的大体内容。人们向回走的劲头没有来的时候足,有些人走累了,就三五成群地坐在路边的树荫下聊天。

王心诚和黄书耕也坐在树下闲谈:

"书耕,今天神灵总算显圣了,妖人一除,就能下雨了!"王心诚满怀希望地看着碧蓝的天空,似乎看见曾经降临到白云寺的西天如来佛,又飞回他的西天去了。这如来佛有请必到,可真够他忙的!

"等着看吧!"黄书耕并不抱什么希望。

"书耕,你是识字的人,你说这妖人指的是谁?"王心诚又问,他认为黄书耕是很精明的,很想听听他的见解。

黄书耕深思熟虑地说："这场祈雨不同往常，周武下令祈雨这还是头一回，他出钱搭祈雨台，连太太的轿子都借出来就更是少见，那些平时无恶不作的流氓地痞坏蛋，像马义山、周二游这些狗娘养的都来抬轿，更叫人奇怪。向红军扔石头的全是他们，在来的路上和红军大闹了一场，我看准得闹个乱子出来。……"

"我怕这些妖人……"王心诚悄悄凑到黄书耕耳边说，"我这是和你一个人说，我怕这些妖人指的就是红军。……"

黄书耕不由得心头一惊，他们两个人竟然想到一起去了，便反问道："为什么？"

"红军不信鬼神啊！你看今天就把轿子打翻了，你说老天不生气吗？"

"这轿子不是红军打翻的，"黄书耕纠正说，"我亲眼看见是马义山故意歪倒的。"

说到这里，黄书耕倒想得更深了一层，他想："红军信不信鬼神倒在其次，主要是红军要打土豪分田地，周武当然不肯善罢甘休。所以才把法慧请出来对付红军。可是，红军就这么好对付？黄志高、王昌平来祈雨，就不同寻常，是不是红军派他们来探情况的？这很难说。看红军和周武谁的神通更广大吧，看谁斗得过谁吧！"

这时周祖荫坐着两人抬的滑竿，从山上摇摇晃晃地下来了，白色的遮阴篷在热风里鼓动着。他轻摇着黑色折扇，颇有悠然自得不可一世的神气。他今天好像真和西天如来佛打过什么交道似的，认为自己已经成了个半人半神的东西了。

"啊！书耕，你在议论什么啊？"

周祖荫得意扬扬地屈尊降贵地向黄书耕打着招呼，并向坐在旁边的王心诚点了点头。

"哦，周先生！"黄书耕急忙站了起来，毕恭毕敬地说，"在议论今天祈雨的事呢。若是祈下雨来，可是你老先生的一大功德啊！"

"岂敢,岂敢。"

周祖荫假惺惺地说着,忽然吩咐落轿,然后,也踱到树下来,想和人们谈谈。这个自命不凡的老家伙主动地找泥脚杆子聊天,这还是开天辟地第一回。他说:"雨是要下的啰。法慧师父私下里和我说,就怕人心不齐,听那些邪门歪道的话,得罪了上天,这雨下不下就很难说了。"

黄书耕问道:"周先生,刚才你念的那道神谕,我听不懂,你给我们解一解,这妖人到底是谁呢?又怎么个除法呢?要不要再请张天师下凡啊?"

周祖荫故弄玄虚地说:"这可是天机哟,不是天上文曲星降世,谁能解得开呢!"

"哦?"王心诚吃惊地哦了一声,他很失望,这文曲星到哪儿找呢?

"不过,依我看也不难解。"周祖荫言下之意,他就是那位文曲星了。

"那你快说说!"王心诚这才舒了一口气。

"那第一篇偈语,用的是拆拼法。"

"什么叫拆拼法?"黄书耕恭恭敬敬地请教着。平时他并不服气这位酸溜溜的老古董,今天却不同了,能解偈语,毕竟是不简单!

"拆拼法嘛,就是把字拆开或是拼起来,从中得出真意。"

"你老先生,给咱拆拼拆拼看看。"黄书耕是个十分好奇的人,他对什么都想追根问底,溯本求源。

听说周秀才在解偈语,不少人也就围拢过来。

"何来魑魅口吞天,"周祖荫念出了第一句,他拆拼道,"这口吞天嘛,口天是吴,这个妖人准是姓吴的。"

他停顿了一会儿,让人们体会体会其中的奥妙,又继续说:"这第二句'饮得流沙河水干',河字无水是个'可'字。这第三句,'切

180

莫无心惩凶恶'，这惩字无心，是个'征'字；可见这个妖人叫吴可征了。"

"吴可征？"王心诚不禁惊叫了一声，"这不就是红军大队的党代表吗？这是怎么回事？"

黄书耕开头也吃了一惊，接着他就明白了，这回祈雨的目的，他已经完全猜透了——醉翁之意不在酒。

于是，在人们中间，响起了一片喊喳声。

周文曲星继续解释着他自己编的天书："这第二篇偈语嘛，用的是隐字法。"

"什么叫隐字法？"黄书耕又问。

"这就是把字隐到偈语里，把隐在里面的字找出来，就能得出真意。比如第一句吧，'四岭山中郝生灾'，其中六个字都不是姓，只有第五个'郝'字才是姓，这个妖人准是姓郝了。"

这时黄书耕不由得微微一笑，不用文曲星他已经全部猜出来了，但他没有抢先说出来。周祖荫，这个降世的文曲星在他眼里已经变得不值钱了。

周祖荫并没有注意到这些，他依然在故弄玄虚："这第二句'诚心求得大雨来'，这第五个字是'大'字，第三句，'不除妖人成祸患'，这第五个字是……"

不等周祖荫说完，王心诚又惊叫了一声："郝大成！"

"这不就是红军大队长吗？"

"带兵打任中元的就是他！"

于是人们的喊喊喳喳的议论声，越来越大了。

周祖荫又故意装糊涂地说："天意，天意，也不知这些妖人现在何方？"忽而又十分恳切地说，"记住神谕里的话，传十张一人免灾，传百张全家免灾，千万别和妖人接近，误入迷津，定遭天诛啊！"

在周祖荫故弄玄虚欺骗群众的时候，王昌平和黄志高把这一切全看在眼里。

王昌平等待周祖荫说完,问道:"你把天机泄露了,不怕天打雷轰吗?"

周祖荫把眼一瞪说:"你这是什么意思?"

王昌平笑笑说:"因为我把你的天机看透了,我也想向你泄露泄露天机。"

王昌平的挑战,把正在得意扬扬的周祖荫给惹火了。他把黑折扇向王昌平一指,嘴唇抖抖地说:"你……你胡说,……你……你有什么天机?"

王昌平也不相让,指着周祖荫的鼻子说:"你刚才说的那一套鬼话,依我看,全都是你自己编了自己念,现在又自己来解释。你们和法慧和尚勾结起来,祈雨是假,装神弄鬼,造谣惑众,欺骗群众,赶走红军是真,这就是你们的天机!"

"罪过,罪过!"周祖荫好像做贼被人家抓住了手腕子,又急又恼,满嘴喷着唾沫星子,喊道:"亵渎神明,罪该万死。"

他不想再和王昌平争论下去了,急急忙忙爬上他的滑竿,向山下飘然而去。他的"天机"虽然已经被王昌平识破了,并且当众揭穿了,但他仍不甘心失败,又找到一个适合的场合,停下他的滑竿,向人们泄露他那不可泄露的、被人识破了的"天机"。

王昌平对周祖荫的反击,在祈雨的人群中引起了很大反响。那些原来相信的人,听了之后,对神签上说的那一套,发生了怀疑;那些本来就半信半疑的人,就更加怀疑了。黄书耕就是这样,他听了王昌平的话心头不由一震,很多地方和他想到一起去了。这次祈雨,对黄书耕大有好处,他从反面受到了教育,使他明白在这神鬼后面隐藏着一种阴谋。他对一向认为神圣不可侵犯的那些神明,发生了动摇,从半信半疑降格下来,不相信那些骗人的鬼话了。

四

祈雨的队伍走过去了。由于郝大成的到来才避免了一场大的冲突。

一分队的战士们差不多都被石块打伤了,有的还很严重,黄国信的胳膊上、腮帮子上血迹还未干。他们跟在郝大成后面,从山坡上走下来。

黄国信做梦也没有想到阻止祈雨,会得到这样一个结果,心中一股无名的大火,不由得升腾起来,大有此仇不报,死不甘心之势。他怒冲冲地向郝大成说:

"老郝,你看应该怎么办吧。这些落后的群众,竟然打起红军来了。你在山坡上说的那句话很对,'这笔账总是要清算的!'……"

"老黄,我说的'算账',指的是玩弄阴谋的谷敬文、周武和法慧和尚,绝不是群众。"郝大成平心静气地说,"今天发生的事件,丝毫也不能怪群众。"

"当然,我不是说所有的群众。"黄国信也觉得自己太冲动了,"可是有些落后的群众,简直和保安团一样!"

"回大队部去仔细讲吧!"郝大成说,"这件事情我们应该好好总结一下,这是一个教训,是一个严重的教训!"

"大队长!这是一个大错误。"罗雄难过地说,"我应该检讨,黄国信同志更应该检讨!"

"罗雄!"黄国信恨恨地说,"这次错误全在你身上,都怪你。"

"为什么怪我?"罗雄惊愕地瞪着黄国信。

"因为你胆小怕事!如果按照我的命令早向天空开枪,就会把他们镇住,就不至于挨石头,他们的雨也就祈不成了!"

"那不成了镇压群众了吗?"宋少英说,"那要犯更大错误的。不要说你镇压不住,就是暂时镇压下去了,那后果是不堪设想的。你这是把群众向敌人那边推!"

"宋少英! 你说起话来总是帽子满天飞,什么叫镇压群众? 如果祈雨是革命行动,我去阻止,当然是不对的。可是祈雨是迷信活动,不坚决制止,就是右倾,就是向封建迷信投降。"黄国信声音越来越高,这些话看来是反驳宋少英的,实际上是说给郝大成听的,这是他以攻为守的一种手法。

"群众有迷信思想,我们应该教育说服。"宋少英反驳说。

"你这就是迁就姑息群众的落后面。"黄国信振振有词地说,"对待群众的落后行为,就应该坚决制止。"

郝大成一直在前面默默地走着。他考虑着这次事件可能产生的严重后果,对工作的开辟会带来哪些不利影响,敌人一定会趁机煽风点火,兴风作浪,我们应该怎样才能挽回这一影响? 同时,他还预感到对黄国信将要面临着一场斗争。

到了大队部之后,郝大成先叫他们去休息、治伤。

这个事件,在红军战士中反应也是很不一样的。有一部分战士,尤其是刚解放不久的一些战士,虽说不能完全站在黄国信一边,但同意去阻止这种迷信活动,甚至有的埋怨罗雄在这件事上太软弱。开头,对群众进行劝阻是对的,可是,既然向我们扔石头了,我们也不能客气! 向天空开几枪又有什么关系?

再就是有些同志认为:祈雨固然是迷信活动,可是这个活动年年都有,甚至大旱年,一年要祈几次,既然矛头又不是对着红军来的,为什么非要阻止不可? 祈雨让他们祈去好啦! 等经过教育,群众觉悟提高了,你请他们祈雨,他们也不会干了!

郝大成在大家休息过后,向罗雄和分队的同志们仔细了解了当时的详细情况,以及事情前后的详细经过,又听取了部队对这件事情的反映。

黄国信听了部队的反映,好像大多数是站在他这一边。他认为自己是做对了,这次将面临着和郝大成的一场斗争。他感到郝大成一定是会支持宋少英的,一定会对他黄国信展开斗争的。

但是,这场斗争同在南屏山的斗争形势和内容恰巧相反。黄国信一边听着部队的议论一边分析着形势:"那时,在力量上,我黄国信是占少数,这次,却大多数同意去阻止。在内容上,那时,我黄国信是有点右倾,对困难看得多了些;可是今天,你郝大成、宋少英却是右倾,在落后的群众面前,不敢坚持革命原则,迁就姑息落后思想。……"黄国信从郝大成不忙于表示态度,又不忙于召开支部会议展开斗争上,似乎看到了郝大成的"虚弱"。

白云寺的鼓声仍在隐隐地不断地传来。

晚上,田世杰、黄六嫂都来到了大队部。

郝大成立即召开了军政联席会,黄国信、宋少英、罗雄也都出席了会议。

田世杰和黄六嫂详细地介绍了王昌平、黄志高参加祈雨侦察到的情况,以及群众对红军阻拦祈雨的各种反映。

大家对阻止祈雨可能引起的后果谈了自己的看法。

郝大成说:"对阻止祈雨这件事,大家看法很不一致,各有各的看法,我也说一说我的看法。这件事情,在过去我们没有碰到过,没有经验,所以我想先和大家学一段文件。"

郝大成翻开了一本油印文件——《湖南农民运动考察报告》,这就是吴可征在峡谷突围后交给他的。郝大成说:"我给大家念一念,看毛委员是怎么教导我们的吧。

"'……至于家族主义、迷信观念和不正确的男女关系之破坏,

乃是政治斗争和经济斗争胜利以后自然而然的结果。若用过大的力量生硬地勉强地从事这些东西的破坏，那就必被土豪劣绅借为口实，提出"农民协会不孝祖宗""农民协会欺神灭道""农民协会主张共妻"等反革命宣传口号，来破坏农民运动。湖南的湘乡、湖北的阳新，最近都发生地主利用了农民反对打菩萨的事，就是明证。'"

"哎呀，这些话，好像就是对着我们说的。"罗雄醒悟地说，"早知道这个道理，我就不会去了。"

"你听，这里还有呢，"郝大成继续向下念道：

"'**菩萨是农民立起来的，到了一定时期农民会用他们自己的双手丢开这些菩萨，无须旁人过早地代庖丢菩萨。**'"

"事情很明显，"宋少英说，"这次去阻止祈雨是不对的！"

田世杰说："周武一定要利用这件事大做文章。"

"这是必然的。这次事件，正像毛委员文章里所指出的那样，给他们的反革命宣传提供了口实，就是被地主豪绅利用了的。"郝大成说。

"何以见得？"黄国信不服气地说，"不能只凭猜测和想象。"

"这既不是猜测也不是想象，这是事实。"郝大成从容不迫地说，"根据战士们提供的情况来看，向我们丢石头的只有少数几个人，他们在里面煽动起哄。显然谷敬文和周武估计到我们会去阻拦，这就正好进了他们的圈套。这些石头可以肯定是保安团团丁丢的，即使有个别是老百姓丢的，这也不能怪群众，他们是一时上了当。一旦把事实真相揭露出来，他们就会醒悟过来的。"

黄国信摇摇头苦笑了一声，说，"醒悟过来？谈何容易。"

郝大成并没有针对他这句话立即加以批驳，而是回忆着洪雷谷口的战斗说："在洪雷谷口的战斗前，谷敬文、周武、周祖荫，他们造谣中伤红军，一时蒙住了周威的眼睛，造成了误会。但是，当我们帮他把任中元打败之后,谷敬文的阴谋就破产了,不但消除了误会,而且取得了周威的信任! 他邀请我们红军去帮助他训练齐心会;他对周祖荫和周武的面目看得更清了,结果是促进了周威的转变,加强了齐心会和红军的关系……"郝大成继续引申着说,"阻止祈雨这件事是不好的! 让敌人钻了空子,给我们带来了不利,可是我们也可以经过各种努力把不利变为有利! ……"

在座的几乎所有同志都聚精会神地听着,他们是多么敬佩郝大成看得远想得深啊。

只有黄国信不赞成郝大成把阻止祈雨说成是"坏事",他认为这是革命行动。但他气哼哼地咬了咬嘴唇,却没有把不满说出来。他感到当时的气氛场合对他都不利,要是说出来一定会受到多数人的批评。他看到多数人又都站到郝大成那边去了,很不服气,时刻准备着在适当的时机加以反击。

郝大成注意到了黄国信的情绪,但还是按照自己的思路说下去:

"要把不利变成有利,那要经过许多艰苦的工作才能达到。第一,首先在我们红军内部要统一认识。现在各个工作小组不易集中起来,所以我们必须和各个小组讲清楚:向我们丢石头的绝不是群众,如果我们埋怨群众,不相信群众,认为群众落后,那我们就要犯大错误,那就正好上了敌人的当。敌人的目的就是挑起红军和群众的纠纷,制造红军和群众的不和,妄图把红军挤出四岭山去。我们必须揭露和粉碎敌人这个阴谋。

"第二,黄志高、王昌平等同志参加了祈雨,对敌人的阴谋活动已经有了详细的了解,可以通过党员和骨干分子,向群众说明真相,揭露敌人的阴谋诡计。对于阻拦祈雨发生的冲突,可以向群众解释,说明阻止祈雨是不对的,可是并没有什么坏意,只是想劝阻大家不要因为祈雨误了抗旱。因为坏人从中煽动,并且向红军扔石头,先把红军打伤了！红军并没有还手,可见红军绝没有伤害老百姓的意思。这一点群众是看得很清楚的,群众是会接受我们的解释的。罗雄同志在这一点上做得对,坚决不向群众开枪,没有使这个事件酿成大错。黄国信同志打了三枪,枪响了,影响当然很大,但没有伤人,这是不幸中的大幸,如果打伤了群众,那就会造成严重的后果。"

"这种说法我是不能接受的。"黄国信忍不住了,"我认为主要原因是我们太软……"

宋少英打断了黄国信的话,说:"还是请郝大成同志说完吧。"

黄国信虽然不断地为自己的行为辩解,但是,他感到了势弱力单,要在阻拦祈雨问题上同郝大成来一场决战的决心,是越来越小了。他怒视着宋少英,愤愤地说:"好,我不说了。"

郝大成看了黄国信一眼说:"有不同意见,我们还有时间来讨论。"接着就对大家说,"第三,我们把敌人的阴谋搞清楚之后,就给敌人来一个大反击,把敌人摁到他自己挖好的坟坑里！……"

罗雄听了郝大成这些话,心中是很感动的,自己狠劲地捶着自己伤处说:"这块石头打得好,我罗雄应该挨这块石头,这是敌人给我的惩罚,这是教训啊。往后,我罗雄就会多动脑筋了。"他又向自己受伤的胳膊上捣了一拳,"砸得再厉害些才好哩。"

宋少英看着罗雄的样子,忍不住笑了。黄六嫂和田世杰也都笑了。

五

夜已经很深了,郝大成和黄国信已经谈了很久。王尚青等早已入睡了。大队部里显得很静。这次争论和南屏山截然不同,两人都心平气和。

郝大成和黄国信在祈雨问题上的斗争，仍然是一场严重的路线斗争，是南屏山斗争的继续。但是，情况不同了，斗争的内容和形式也大不一样。祈雨事件是一个特殊的事件，敌我双方以及红军内部围绕着祈雨展开的斗争也是特殊的。但这次斗争却反映出一个带有规律性的东西：那就是内部的错误路线总是被敌人所利用，给敌人帮了忙。

郝大成和黄国信在这场斗争中，在如何对待群众的问题上，有着原则分歧。但斗争形式却不像南屏山那样激烈，原因有这样几点：

首先，黄国信的身份变了。在南屏山时，他是县委的特派员，是可以代表县委说话的，那时，他对郝大成和吴可征的压力很大；现在，黄国信是县委的联络员，他可以传达县委的指示，也可以把部队情况向县委汇报，对红军大队的工作可以提出建议，却没有做指示做决定的权力，即使是临时代理党代表的工作，那也是要服从党支部的决定，是党的普通一员，而不是上级党的代表。他的错误对红军大队的工作，已经不起决定性的影响。

其次，是形势不同了。在南屏山时，部队刚刚从白马山峡谷突围出来，是走井冈山的道路建立农村革命根据地呢，还是继续走流窜的道路？还没有最后解决，部队处在紧急关头，何去何从，走什么样的道路，关系到部队的生死存亡。那时黄国信的错误路线，在部队中还有欺骗作用，危害是很大的，斗争是激烈的。现在形势和南屏山大不相同了，黄国信的错误虽然能给革命造成损害，使工作陷入暂时的被动，但他想坚持他的错误，并继续推行他的错误路线，那已经是很困难甚至是不可能了。所以郝大成找他个别谈话，采用交谈的方式来提高黄国信对错误的认识。

第三，由于黄国信的错误立场观点并没有改变，他并不认为阻止祈雨是错误的。他自认为是犯过错误的干部，在部队中已经没有多大的号召力,所以他还是运用他那"以屈求伸"的处世哲学,暂时忍耐,伺机而动。……所以,他内心里虽然不服,却不愿意公开地硬顶。这就是这次交谈没有形成激烈交锋的原因。

"老黄同志,"郝大成向茶油灯里添着油说,"你还有什么想法你就说吧,真理越辩越明,道理越讲越清。"

"我没有什么好讲了,既然毛委员的文章上都说得明明白白了,我认为我没有必要坚持。至于这件事上的是非,我感到事情已经过去了,大错也罢,小错也罢,无错也罢,不去争了,争下去就没有意思了。自从在县委学习以来,我懂得为人要谦逊些,受点委屈也没有什么,我是个犯过错误的人,'破墙乱人推,破鼓乱人擂'嘛!"

"老黄,你的情绪很不对。"郝大成诚恳地说,"你虽然口头上承认了错误,但心里却不服。"

"是有些不服,"黄国信委屈地叹了口气说,"这真是叫好心没有好报啊!"

"我不同意你这种说法,也不满意你这种情绪。"郝大成严肃地说,"你认为阻止祈雨动机是好的,就不应该受批评了吗?不能这么说,不能说我动机不坏,不管出现了什么坏的结果,我都没有错,因为我是好心嘛!不能这么说。如果一个战斗指挥员,由于他既不知己也不知彼,又不调查研究,又不分析判断,该谨慎的时候他鲁莽,该小心的时候他大意,该大胆的时候他怯懦,结果他打了个大败仗,不能说他的动机就是想打败仗。在他的主观上他是很想消灭敌人的,由于他的种种缺点和错误,结果反而被打败了。主观愿望和结果完全相反,难道这个指挥员不应该很好地检查自己的错误?"

"你说的倒也是,这件事情,我是没有处理好。"

"这件事是没有处理好,"郝大成更进一步说,"但这里面不仅仅是个方式方法问题，而是个立场问题，你应该从对待群众的态度上好好地挖一挖！尤其是对待农民群众的态度。毛委员说：'**没有贫农，便没有革命。若否认他们，便是否认革命。若打击他们，便是打击革命。他们的革命大方向始终没有错。**'看起来，你这次错误和在南屏山的错误不同，但是从本质上说，还是一样的，就是不相信群众，特别是不相信农民。你一向是看不起农民瞧不起农村的，你虽然检讨了你的错误，但你并没有真正认识自己的错误，你始终不相信农村革命根据地会胜利，在骨子里还是你那个'城市中心论'在作怪。"

"未免说重了吧？"

"不，并不重。你看，在这件事情上，你和罗雄就截然不同。不错，他也带着分队去阻拦了，他反对迷信，但不知道应该怎么办好。如果他知道不去阻拦更好，他是不会去的。再说，他也是奉你的命令去的。但是在对待群众的态度上，你们就截然不同了。你命令他去阻拦，他去；可是你命令他向群众开枪，他就拒绝了。他在群众面前，打不还手，骂不还口，这对他那种一点就着的火暴性子的人来说，没有坚强的群众观念，是不容易做到的。"

"这我要好好想一想。"黄国信的思想是复杂的，他前前后后权衡了利弊之后说，"我思想通了！明天，我就在部队面前做出检查，我也要向群众去道歉，一定要挽回影响。"

第三十五章　祈雨之后

一

黄书耕虽也租种了周武的一石田,还借了几十元钱的债,但家境比王心诚好得多,他有一座三面有房一面有墙的小院落。

他家门前有一口小小的水塘,现在已经干涸了。门口有两棵桶口粗的栎树,对准大门的是正房的一个穿堂。靠墙正中还有一个祭台,这是家家都有的,供着"天地君亲师"的牌位。东间是黄书耕夫妇的住处,西间是他的女儿黄秋菊的卧室。正房前面是东西两个耳屋,原来是放草和放牛的,去年由于灾荒,黄书耕不得已而把牛卖了。

在卖牛的那天,黄书耕忍不住掉下了眼泪。一头牛对一个农民来说,甚至能算得上家里的一口人。他的难过,除了对牛的深厚感情之外,还感到卖牛是一个不幸的预兆,就像一座在风雨飘摇中的房屋,折断了一根重要的梁柱,预示着整个房屋有随时倾塌的危险。

黄书耕在年幼的时候,家道小康,是一个自给自足的自耕农。他的父亲黄兆丰曾给他灌输过"吃得苦中苦,方为人上人"的向上爬的思想,总想让他出人头地,而后光宗耀祖。黄兆丰早年去世,黄书耕不得不中途辍学,挑起家庭生活的重担,这个变故并没有使他失去信心。

黄大妈是一个既勤俭又能干的人,粗细活路都能拾得起放得下，有这样好的帮手，对黄书耕是一个很大的鼓舞。这一对夫妇，充满信心地想靠自己劳动的双手，来创建一份家业。

他们为了这个目标，拼死拼活地劳苦了半生。黄书耕虽然才五十出头的年纪，过分辛劳的痕迹，已经在他身上显露出来。他的背已经有些驼了，手脚也失去了年轻时的灵敏，开始变得迟钝，过去一布袋米，像搬个枕头一样抢到肩上就走，现在却要别人帮忙才能扛到肩上。

这一切都在告诉他——老了。

黄大妈也是如此，她原来是周围几十里找不出来的美人，现在刚过五十，已经是头发半白，皱纹满脸了。丰腴健壮而又颀长的身材，也早已失去了优美的线条，背也为生活的重担压得微微佝偻起来。她半生的全部精力都消耗在劳动上，结果也并没有把家业挣起来。

"书耕，我算认命了。"黄大妈经过几十年的挣扎，她泄了气，得出了这样的结论。

黄书耕何尝不泄气呢？但他并没有完全丧失信心，没有失去奋斗的勇气，他试图改变发家致富的方法，他努力寻找事与愿违的原因。

他想，就以风调雨顺的那几年说吧，从耕耘到播种到收割，风里来雨里去，起五更，睡半夜，不知受了多少累，担了多少心，才换来一个好收成。当黄澄澄的稻谷和小麦，堆在打谷场上的时候，他是多么兴高采烈啊。可是，忽然来了：田赋、团练费、护堤捐、公什费、壮丁税、鸡鸭税、人头税……一下就是十几张条子。开始计算一下，粜出三分之一的粮食也就够了。谁想到，谷麦上场，粮价就直线下跌，结果卖了三分之二的粮食，还是不够缴纳捐税，就只好把口粮也卖了；可是到了自己要籴粮食的时候，粮价就不断地往上涨。自己粜一石粮所得的钱，到青黄不接时只能籴五斗。这样翻来倒去,把粮食便倒弄光了。若是遇上什么意外,就非借债不可,一借债就像脖子钻进了上吊绳,到死也别想摆脱下来,那驴打滚的高利贷非把你缠死不可。黄书耕盘算来盘算去,只靠两只劳动的手,想发家致富比登天还难,就是连现状也很难维持。他已经从一个自给自足的自耕农的经济地位上降落下来,变成一个半自耕半租佃的半自耕农了。

他家的发展趋势正和他的愿望相反,不是日益上升,而是日趋下降,加上荒年的打击,不仅增加了破产的可能性,而且大大加速了破产的到来。

于是他又悟出了一个道理,"长袖善舞,多钱善贾"。金钱有着无限的威力。有人为什么能在麦收和秋收之后,粮价下跌时大量买粮?就是因为他有钱;他们把大量粮食买进囤积起来,到青黄不接时再卖,低价买进,高价卖出,结果就发了大财。要论才能和智慧,他黄书耕要比周武高出几分,可是周武为什么越来越富,他为什么越变越穷呢?不正是因为周武有钱吗?钱可以颠倒黑白,钱可以混淆是非。他明明不喜欢周武,可是又不能不去巴结他。难道不正是金钱的力量吗?

钱不是天上掉下来的,黄书耕改变了他用劳苦创家业的方法,想找一门有钱的亲戚,作为靠山。他自认这样未免有点没出息,但除此之外,还有什么办法呢?在采茶的时候,黄书耕的大女儿黄秋萍被周武看中了。周武叫她去做帮工,黄书耕答应了。

黄秋萍进了周家不到三个月,有一天她陪谷月仙到白云寺去进香,就突然失了踪。据说是"得道升仙"了,但是谁也没有见过,人们半信半疑,至今还是个哑谜。黄大妈也曾烧香拜佛,拆字,打卦,也请下神的巫婆问卜。结论是黄秋萍是玉皇大帝身边的玉女,玉皇大帝又把她要回去了。黄大妈也自认女儿进了"天堂",黄书耕也以此聊作自慰。

这次祈雨，他似乎窥见了佛家的一点秘密。周祖荫那"拆拼法"和"隐字法"使他看到了一种奥妙。那就是人们可以假借鬼神来进行欺骗，以达到自己的目的。不是吗？黄书耕暗自想道："我开头就认为这次祈雨不同往常，很可能是对准红军的，结果真是如此。周祖荫那种'拆拼法'和'隐字法'并没有什么高深的学问，不过是一种文字游戏，借以害人就是了。我也可以顺口胡编几句把你周祖荫拆拼进去或是隐进去，那你周祖荫不也就成了妖人了吗？"

黄书耕这样一推理，就把周祖荫给推倒了。周祖荫一倒，就连到了法慧。"那就是说，他们是事前先串通好了的。啊，法慧，你这个身穿袈裟道貌岸然的家伙，原来也是个骗子啊！我女儿黄秋萍升仙之事也大有疑问了?！我黄书耕是上了你们的当了？"想到这里，他不敢再想下去了。他的脚步蹒跚起来，他要把这个新的发现向他的老伴去讲。他要找一个比他还要聪明的人去解开这个哑谜，弄一个水落石出。

二

"大队长呢？"罗雄手里拿着一把烧香敬佛用的黄表纸，上面用各种字体写着周祖荫在祈雨台上念的那篇神谕和偈语，怒冲冲地走进了大队部，一看只有黄国信在，便问了一声，扭头就想走。

"什么事？"黄国信抬头问道。他的面前也有很多黄表纸写成的传单。

"真是祈雨祈出鬼来了！"罗雄把拎得皱皱巴巴的一把传单往黄国信面前一放，十分冲动地说，"周武这家伙以祈雨为名和咱们斗起来啦，你看，到处都是这些鬼东西，有的老百姓见了我们就关门。"

黄国信看了罗雄一眼,把反动传单拿在手里翻弄着,微微地冷笑了一声,意思是:这早就是我意料中的事情,阻止祈雨本来就是对的嘛,你们却当成错的来批判我。好,现在事实却证明我是正确的。

　　"这就是右倾的结果!"黄国信无可奈何地摇摇头说,"如果当时采取坚决的态度,把祈雨制止住,就不会闹出这些鬼名堂。唉,说这些干什么呢? 已经晚了,敌人用事实来教训我们了。"

　　"你这是什么话?"罗雄觉得黄国信的话不对味,很不满意地说,"阻止祈雨的事,你不是检讨了吗?"

　　"那你刚才发的什么火? 这些鬼传单还不是祈雨祈出来的?"黄国信向罗雄反攻道:"田世杰不是采取措施了吗? 不是派人去祈雨了吗? 可是并没起到丝毫的作用,还是让敌人的阴谋得逞了。谁对谁错,事实已经给我们做出结论来了。……"

　　"我们应当想办法和敌人斗嘛!"

　　"你说应该怎么斗?"黄国信酸溜溜地说,"可不要再跟着我'犯错误'了!"

　　"我说,他娘的,把白云寺这个狼窝子给他砸掉!"

　　"怎么? 又有一个想砸白云寺的?"随着声音,郝大成和王淑贞从门外走进来。

　　"大队长!"罗雄向郝大成看了一眼,说,"真把我气昏了。"

　　郝大成在黄国信对面落了座,也叫王淑贞坐下。然后对罗雄说:"你先不要急,咱们研究研究。"

　　罗雄也坐了下来。

　　"淑贞,你先说说吧。"郝大成把桌子上的传单向旁边推了一推,说。

　　"我爷爷从白云寺一回到家,就说四岭山出了妖人,口口声声不叫我出门,还说什么再和红军接近,就要打断我的腿,还向我妈说了白云寺祈雨，抽了什么神签，说大队长和党代表全是妖人。我看这全都是那个秃贼捣的鬼，瞅了个空子，就从后窗口里跳出来。我没有找到少英姐，就跑到这里来了。我还是那句话，把白云寺这个狗窝子放上一把火，烧了这些狗狼养的。"

"老黄，周武利用白云寺来和咱们斗，我看不妨先从白云寺开刀，你觉得怎么样？"

黄国信做出为难的样子说："我这个人容易犯错误，一会儿左，一会儿右，对白云寺，政策性很强，到底能不能打，我现在没有把握，假如事先我们不让周武把祈雨搞起来，我们就会主动得多，可是现在，"黄国信拍了拍堆在桌子上的传单说，"搞得我们多么被动啊！"

"不，我不这样看，什么叫主动？什么叫被动？敌我双方进行斗争，是要经过几个回合的。我们打敌人，敌人也打我们；不能说我们打敌人的时候就是主动，敌人反扑的时候我们就是被动。不还手的敌人是没有的。问题是如何摆脱被动，争取主动，如何变被动为主动。先进攻的人看来是主动的，但不一定就能取胜，因为他的主动很可能因为种种原因变成被动；后反击的人看来是被动，但不一定就失败，因为他可以利用种种因素变被动为主动。……

"我们不能指望周武不搞阴谋诡计，对谷敬文、周武，我们既不能等闲视之，但也不能认为他们有什么了不起，散发这些黄表纸就能救了他们的命吗？妄想！看来好像是向我们主动进攻，其实不过是垂死挣扎，就像在战场上，敌人阵地被我们突破了，敌人为了挽救他将被消灭的命运而向我们进行反扑，这种反扑以后还要有很多次。……"

罗雄显然被郝大成说动了，同意地点着头。

黄国信仍然不置可否。

王淑贞对这些主动被动，还听不大懂，她两眼瞅着桌上的传单愤愤地说:"这些鬼东西,竟然有人相信它,我爷爷就是这样,老脑筋,死落后!"

"问题就在这里,"郝大成说,"几千年传下来的封建迷信思想,这股势力是很大的。在群众还没有觉悟的时候,在红军还没有取得他们完全信任的时候,想在几天内就打破群众的迷信思想是不可能的。所以我们要做艰苦深入的工作嘛。"

"这白云寺到底打得打不得?"王淑贞心急地问。

"怎么打不得?白云寺的法慧和尚就是个大地主。我们是要把白云寺先打掉!"郝大成说。

"那好!"罗雄捋了一下袖子,插断郝大成的话说,"给我一个分队就行,保证打他个稀巴烂!"

"我同意打白云寺,可是我不同意你去打。"郝大成微笑着对罗雄说。

"为什么?难道我完不成任务?"罗雄直愣愣地问。

"我同意王淑贞去打!"郝大成说,"这个任务应该请她们去完成。"

"我?!"王淑贞惊愕地瞪起了大眼睛,"我怎么打?"

"你不敢打?"

"我怕我打不了,"王淑贞这个天不怕地不怕的姑娘这会儿有些为难了,怯生生地问,"我怎么个打法呢?"

"你听听,毛委员是怎么说的。"

"毛委员!"

"是啊!你看,他在《湖南农民运动考察报告》里,是这样教导我们的:'……**菩萨要农民自己去丢,烈女祠、节孝坊要农民自己去摧毁,别人代庖是不对的。**'……"郝大成读完之后看了罗雄一眼说,"懂了吧?我们要群众起来自己去打掉!"

"群众这么迷信,他们会去打?"罗雄说。

"看，你又不相信群众了！"郝大成笑笑指着王淑贞说，"难道她不是群众？她要打白云寺的劲头不见得比你罗雄差！"

"像淑贞这样的人有多少啊！"罗雄也笑起来。

"这就看我们的工作了，我相信群众会去打白云寺的。"郝大成说，"我们要时时处处想着群众，要向群众深入地宣传，提高群众的觉悟，把群众发动起来！"

"要打就早打。发动群众，那要等到什么时候啊！"王淑贞心急地说，"我看罗中队长说的也是一个办法，红军去上十几个人，就把他们收拾了，多省事啊。"王淑贞对为什么要群众自己起来打菩萨的道理，还不太懂。

"当然，红军去打菩萨，这很容易，可是这样一打，并不能打掉群众的迷信思想，也打不破周武的阴谋，反而会使我们更加被动。"

"我明白了，"罗雄说，"我们要到群众中去揭穿敌人的阴谋诡计，让群众看清敌人的真正面目，群众就会和我们一条心，我们就主动了！"

"对！敌人是狡猾的，但也是愚蠢的，他总想搬起石头打别人，却想不到石头落下来，正好砸在自己的脚上！敌人借用'祈雨'欺骗群众，煽动群众，妄图赶走红军；我们就发动群众，组织群众，让群众自己起来打掉菩萨，反击敌人，彻底揭穿敌人的阴谋。"郝大成从口袋里掏出怀表看了看说，"这件事我们要严肃对待，等一会儿，田大叔、黄六嫂他们就要来的，我们要很好地研究研究，这是我们同谷敬文、周武之间的一场重大斗争，也是一场扎根反扎根的斗争！"

黄国信一直默默地听着，他不相信农民自己会起来去打菩萨。但他不想把自己的想法说出来，而是带着讽刺的意味笑笑说："淑贞！若是你能动员你爷爷去打菩萨，那菩萨就会吓得不打自倒啦！"

"很难!"王淑贞忧虑地说。

"很难,"郝大成却鼓励她说,"但是一定能做得到。我相信淑贞她爷爷,有一天会把菩萨从它的宝座上拉下来的。"

"我也相信!"罗雄说。

"还不知等到哪一天呢。"黄国信苦笑一声。

"不会等很久的!"

郝大成说完,把桌子上的传单,揉成一团,像抹布一般,擦了擦桌子面上的灰尘。

院子里一阵喧嚷声,郝大成抬头一看,见田世杰、黄六嫂、黄志高、王昌平都来了,就笑着对王淑贞和罗雄说:"看,打白云寺的指挥员们到了!"

三

红军和地方两方负责人参加的军政联席会议,在大队部开始了。到会的人员有:郝大成、黄国信、宋少英、罗雄、田世杰、黄六嫂、王昌平、黄志高。

开会之前王淑贞回兰田岗去了。宋少英叫王淑贞邀黄秋菊在家里等她。开完会后,宋少英要和黄六嫂一齐回兰田岗去。

郝大成等大家坐定之后,说:

"今天这个会议,可以叫作反击敌人阴谋活动的会议,先请田大叔、黄六嫂谈谈情况,然后再研究怎么办。"

田世杰说:

"白云寺祈雨之后,谷敬文叫人到处撒反动传单,这是很恶毒的。他们开头造谣诬蔑红军杀人放火,现在群众都不相信了,所以他们又搬出鬼神来吓唬群众。有的群众被他们吓住了,不敢和红军接近,给我们的工作组造成了困难。我们成立农会的工作也受到了影响。……"

黄六嫂插话说：

"谷敬文对我们是双管齐下，他们除了散发反动传单，还派了很多暗探到各村去打听成立农会的消息，打听哪些人是积极分子。昨天晚上，田家冲的农会骨干田雨旺，就叫谷敬文派出的暗探抓到沙河镇去了。"

郝大成说：

"是啊，谷敬文通过祈雨挑拨红军和群众的关系，又通过抓人杀人破坏成立农会的工作，这两件事是连在一起的。我们一定要同谷敬文展开针锋相对的斗争。"

宋少英说：

"我们要立即向群众宣传，破除迷信，同时，先把秘密农会成立起来。"

罗雄说：

"为什么要成立秘密农会？公开成立不是更好吗？我就不信谷敬文敢从沙河镇里钻出来镇压群众。"

郝大成说：

"现在谷敬文虽然不敢出沙河镇，可是他们潜伏在各山村的爪牙还没有清除，过早地公开不一定好。是秘密还是公开，这个问题放在后面研究。现在先讨论对群众宣传，揭露敌人阴谋，打击敌人的问题。"

黄六嫂说：

"向群众宣传当然很重要，可是，宣传破除迷信光嘴说恐怕不行，即使行，也不是十天半月能说通的，我看还是先把农会成立起来，把自卫队成立起来。"

"可是，这两件事是连在一起的。"田世杰说，"如果迷信破除不了，成立农会就有困难。你想，祈雨之后，有些人连红军都不敢接近了,还敢参加农会吗?"

"可以先把积极分子组织起来嘛,"黄六嫂想了想说,"即使人数不多,也比等着强。"

田世杰点点头说:

"这也是个办法。"

宋少英对如何宣传破除迷信思索了很久,她说:

"对于破除迷信,说难也难,说不难也不难。为什么呢?白云寺的法慧和尚,本身就是个大地主,催租逼债他都干,群众对他有深仇大恨;特别是他还有很多罪行,秋菊向我说了她姐姐黄秋萍'升仙'的事,我就怀疑这是谷月仙和法慧和尚捣的鬼,如果我们把这件事情查清了,那就更能揭露法慧的真面目。只要真相一揭露,法慧一现原形,迷信就会打破,揭露了法慧,也就把谷敬文、周武全都暴露出来了。"

黄六嫂说:

"秋萍的事是会查清的,晚上我们到淑贞那里和秋菊一起聊聊,准能搞个水落石出。"

……

会议是采用漫谈的形式进行的,在交谈和议论中,把各种情况、想法、有利条件和不利条件全都提出来了。

郝大成见黄国信闷闷在旁边一直不说话,就问他说:

"老黄,你有什么意见?谈谈吧。"

"我……我没有什么意见。"黄国信扭动了一下身子说,"我同意大家的意见。"

黄国信由于阻拦祈雨这一锤子没有敲准,闯了祸,丧失了威信,也丧失了打个漂亮翻身仗的信心。对于目前这场斗争,他完全采取了消极观望的态度。他绝不相信那些愚昧无知、迷信落后的农民,会自己起来去打菩萨。但他对于打白云寺并不表示反对,他想:"何必呢? 一会儿说我这个错误,一会儿说我那个错误,我倒要看看你们怎么搞。"

黄国信想到这里,他心里突然冒出了一个连自己也不敢承认的念头:那就是希望郝大成在打白云寺这件事上出岔子,栽跟头。他感到只有郝大成犯了错误,才能显示出自己的"正确",才能使自己翻过身来,因此,他的这个卑鄙的"希望"越来越强烈了。

郝大成见大家没有什么意见了,就说:

"大家谈了各方面的情况,谈了敌人的动向和我们的对策,有利条件和困难也都摆出来了,知己知彼,百战百胜,这一仗我们一定要打好。目前谷敬文同我们斗争的焦点有两个:一个是挑拨红军和群众的关系;一个是破坏成立农民协会。我们呢,要同谷敬文展开针锋相对的斗争,一是发动群众把农会成立起来;一是把白云寺打掉,揭露和粉碎敌人的阴谋! 发动群众,打掉白云寺,这是目前最重要最关键的一个任务。白云寺,这里是谷敬文和周武的一个要害,又是谷敬文和周武的一个薄弱环节。我们这一拳一定要打在敌人的要害上!

"为什么这样说呢? 第一,白云寺本身就是个地主庄园;第二,法慧和尚是个大地主,他和谷敬文、周武勾结起来谣言惑众,为非作歹,无恶不作。打掉了白云寺,在经济上打击了地主,满足了群众的土地要求;在政治上打击了谷敬文和周武,揭露出他们的互相勾结、狼狈为奸、搞阴谋诡计、欺骗群众、反对红军的丑恶嘴脸;同时可以打倒神权,粉碎套在群众身上的精神枷锁。

"只有发动群众,才能打掉白云寺,同时,通过打白云寺,才能更广泛更深入地发动群众。所以,在打白云寺之前,我们还要做很多工作。

"这些工作,刚才大家都提到了:第一,就是宣传群众,破除迷信,查出白云寺法慧和尚的罪证,揭露他的罪行。第二,目前普遍建立农会还有困难,但是,可以先把群众基础好的村寨组织起来,像梅林镇、兰田岗这样的村寨就可以先成立农会。开头人数不一定多,先把骨干组织起来,然后再发展扩大。第三,打了白云寺,先分庙田,接着就公开成立农会,把打土豪分田地的运动轰轰烈烈地开展起来。……"

郝大成的发言,把一幅波澜壮阔的斗争图景,展现在大家面前。这是多么振奋人心的图景啊!大家准备立即以饱满的革命热情,投入这场伟大的斗争中去。

"群众去打白云寺,谷敬文出兵怎么办?"罗雄说,"我们得准备他这一手!"

郝大成赞成说:

"我们应该准备他来这一手。我们可以事先把部队埋伏在沙河镇通白云寺的要路上伏击他。不过,我估计谷敬文是不敢轻易出兵的。……"

会议很快就结束了,人们立即分头展开了紧张的工作。

四

在郝大成召开军、政联席会议的同时,谷敬文和周武正在他们的刑讯室里提审犯人。

被提审的犯人,是田家冲的田雨旺。他是这天拂晓,被暗探抓住的。他的两手被捆绑着,被打得遍体鳞伤。

田雨旺从降生那天起,就在长工棚里生活,他是在地主的牛背上长大的。从他爷爷那一辈起,就欠下了地主的租债,经过他爸爸,直到他这一辈,祖孙三代,当牛做马都没有还清这笔阎王债。田雨旺今年已三十一岁了,还没有娶上老婆。

红军进了四岭山,他听说要成立农民协会,要打土豪分田地,就找到了红军工作组,要求参加农民协会。田家冲,是一个只有七户人家的小山村,没有驻工作组,他经常到邻村的工作组那里去开会,回来进行革命宣传,做成立农民协会的准备。

谷敬文派出的暗探,不大敢到驻有工作组的村寨去。他们打听到田雨旺到邻村开会去了,就埋伏在半路上等他。当田雨旺开完会回田家冲的时候,两个暗探把他拦住,用枪指着他,命令他跟着走。

田雨旺同暗探展开了猛烈的搏斗,他毫不畏怯,不怕暗探向他开枪。他宁愿自己被打死,也不愿叫暗探抓去。他相信工作组听到枪声就会赶来,即使救不了他,也会把暗探抓住。

一个暗探被田雨旺打倒在地上,可是这个暗探并不向他开枪,而是紧紧地抱住他的腿不放。另一个暗探从背后把田雨旺扑倒了,被打倒的暗探从地上爬起来,死死地压在田雨旺身上,尽管田雨旺拼死抵抗,终于被两个暗探打昏了,被抓进了沙河镇。

谷敬文和周武亲自审问他,逼他供出各村的积极分子和活动情况,却没有想到田雨旺比石头还硬,除了破口大骂之外,什么也不说。

谷敬文命令继续用刑。他嘴里叼着香烟,在刑讯室里踱步。

"司令,"周拐子向他报告说,"又昏过去了!"

"给我用冷水浇!"谷敬文咬牙切齿地说,"我今天非要他供出来不可。我不相信共产党全都是钢浇的铁铸的!"

周武很不习惯刑讯室的气味,他不相信会逼出什么口供来,即使逼出一点来,也未必有多大用处,于是很不耐烦地说:

"司令,我看干脆把他枪毙算了,不值得在这个臭长工身上花力气。"

"何必那么急呢?今天审不出来明天审,明天审不出来还有后天,一定要把那些秘密农会分子挖出来。"谷敬文说到这里,改用教训的口吻说,"你是不知道农民协会的厉害,等他们组织起来,共产党的根就算扎牢了! 到那时再拔,就晚了。"

"我们祈雨这一手搞得好,老百姓怕鬼神,有的人不敢和红军照面了,我看他们的农会组织不起来了。"

"不能大意失荆州。这次祈雨,对共产党固然是一个重大的打击,可是他们是不会就此罢手的。"谷敬文说到这里,又点上了一支烟,猛吸了几口,显得有些忧虑。

谷敬文的情绪感染了周武,他带着几分遗憾地说:

"如果不是郝大成赶到,那些泥脚杆子就会和黄国信干起来了,只要姓黄的打死了人,我们就可以大做文章了。……"

"所以郝大成不像黄国信那么好对付……"谷敬文一提到黄国信,就突然停止了踱步;把说了半截的话收住了,他沉思了好久没有说话。

周武瞅着谷敬文一脸诡秘的神色,忍不住问道:

"司令,你在想什么?"

谷敬文并不直接回答,而是说:"走,我们回大厅去!"

"犯人呢? 还要不要审?"

"以后再说。"谷敬文说了一句,径自跨出刑讯室,匆匆地向大厅走去,周武莫名其妙地跟在后边。

谷敬文回到大厅里,接着又把周祖荫请了来,商量他那突然产生的念头。

谷敬文说:"刚才我在审问犯人的时候,想到一个念头:'像田雨旺这样一个臭长工,刚和共产党接近了几天,就变得像石头一样硬,难道共产党全都是钢浇铁铸的不成?'当时我不能回答,后来和武弟谈到了祈雨,谈到了郝大成和黄国信,我又想到,'黄国信也是共产党啊! 难道他也变得那么硬? 黄汉臣,是个放高利贷的暴发户,黄国信就是他的儿子。这个人的根底我是清楚的,我不相信他会变成真正的共产党!'这时我得到了回答,'共产党员并不都是一样的。'所以我很想和黄国信当面谈谈。……"

周武有些愕然地说:"和黄国信当面谈谈? 这怎么可能?"

谷敬文笑笑,十分有把握地说:"我既然能和田雨旺当面谈,为什么不能和黄国信当面谈? 在我谷敬文面前,没有不可能的事!"

周祖荫好像明白了谷敬文的意思,他试探地问:"你是说,用捕田雨旺的办法,……"

谷敬文点点头说:"当然,捕他比捕田雨旺要困难得多,我们得多花些本钱才行;我相信,我不仅能把黄国信抓来,而且会和他谈得很投机。在这方面,对付他又比对付田雨旺容易得多。……"

"怎么下手呢? 派什么人去呢?"周武问。

"可以派马义山去,这个人还是能办点事的,比周二游强得多。"谷敬文说,"当然光一个马义山是不行的。"接着,就派人去找马义山。

……

马义山奉命来到了。

谷敬文说:"马义山,这次祈雨,你是有功劳的,你领到赏钱了吗?"

"报告司令,我已经领过了。"马义山说,"大洋三十元!"

谷敬文说:"三十元? 少了些,你不能和周二游领一样多,再到账房那里,要他给你外加二十元!"

马义山受宠若惊地向谷敬文深深地鞠了一躬:

"谢谢司令的恩典。"

马义山以为谷敬文叫他,是专门为了嘉奖的,正要转身退出,谷敬文叫住了他:

"等一等,我还有个重要任务给你。"

马义山转过身来立正站住了：

"听司令吩咐。"

"你要立即到梅林镇、兰田岗一带，去打听共产党进行各种活动的消息，特别是兰田岗。这是共产党的老窝子。"谷敬文继续交代说，"你不是听梅林镇小酒店老板说，有个可以争取的对象。叫什么名字来？"

"报告司令，他叫尤四鼠。"马义山又补充说，"他是三十二旅的一个老兵。"

"这个人怎么样？"谷敬文问道，"不会是个废物吧？"

"报告司令，"马义山说，"这个人比狐狸还狡猾，又是个见钱不要命的家伙！"

"好！这种人对我们很有用。我们那些暗探都是他妈的饭桶，都是怕死鬼，什么有价值的情况也探不来，真正有用的情况，还得从共产党内部去搞。所以你先去把这个尤四鼠抓到手里，然后让他给我们提供红军活动的情况。……"谷敬文看看马义山脸上并没有现出畏难的神色，便又鼓励他，说："这次任务为什么交给你？是对你的器重！任务完成之后，我是不会亏待你的！"

马义山又向谷敬文深深地鞠了一躬，说："司令放心，我马义山为司令效劳，两肋插刀，在所不辞！"

谷敬文又交代说："把尤四鼠争取过来之后，除了要他提供红军各种活动的情报外，还要他多和黄国信接近，明白了吗？"

马义山眼珠子转了几转，说："司令，我明白了，我们是要钓一条大鱼！"

"对了！"谷敬文赞许地说，"越快越好！"

第三十六章　雷雨之夜

一

深山的夜,是这样的静寂而神秘。

在这万籁俱寂的夜晚,四岭山中,除了不懂事的婴儿之外,恐怕没有什么安静的人了。就像一江冰封的春水,在初次开冻的时候波浪已经在激溅翻腾了,各种矛盾冲突都在激烈地展开。

兰田岗,靠村西头的山坡上,就是王心诚的家。他家的房子正像一般的穷苦山民一样,是一连三间的茅草屋。中间是个小堂屋,两边就是两个小房间。东间是王心诚住,西间是淑贞和她妈妈住,如果王大发回来,淑贞就去找黄秋菊做伴。

王心诚的脾气很倔,要是认准了一条道,就是九牛二虎也拉不回头。村里人都怕这个倔老头,给他起了个外号叫"三股犟筋"!王大发夫妇对他更是敬畏,从来不敢回一句嘴。只有淑贞是个例外。老头子好多管闲事,如果遇到不顺眼的事,看到不顺眼的人,总是唠唠叨叨,尤其对青年人,他总是看不惯。每当他向那些青年人发脾气的时候,青年人总是说:"你还是回家管管你那淑贞去吧!"老头子没有话说了,只好气哼哼地走开。

淑贞和红军的接近他是知道的,宋少英也时常到她这里来,老头子并不反感,只是睁一眼闭一眼,装作不知道。可是自从祈雨回来之后,他改变了态度,下决心把淑贞拦在家里。谁想淑贞竟从后窗口走了,真把个老头气得发了昏,发狠等淑贞回来后,一定要把她锁在屋里,把窗口用胳膊粗的木棍子钉起来,首先饿她一顿,以示惩罚。

等到吃晚饭淑贞还不回来,老头子又心软了,自己也吃不下去了。

淑贞妈说:"爸爸,你先吃吧,淑贞这孩子不听话,叫她挨挨饿,也该!"

淑贞妈以为这样说,就可以让老头子满意了。谁知道恰恰没有说到老头子心里去,他正在担心孙女儿挨饿呢。听了淑贞妈的话,他只是气哼哼地把碗一推说:"我不饿!"

说完之后,就到他的东间屋睡觉去了。淑贞妈愣怔了半天,不知道老头子是生她的气,还是生孙女儿的气。

老头子刚刚进东间屋不久,淑贞就从门旁边蹑手蹑脚地走过来,探进半个身子给她妈妈打手势,问她爷爷在不在。

妈妈努了努嘴,指了指东间屋,表示爷爷在里边,并且火气很大。

淑贞悄悄地踅进来,低声地和她妈妈说话:"爷爷还生气吗?"

"气可大着哩,饭都没有吃,"淑贞妈说,"你快悄悄地吃吧。"

"我已经吃过了。"

"吃过了,在哪里?"

"在红军大队部。"

"我的老天爷,若是叫你爷爷听见,他不打扁你!"妈妈战战兢兢地说,"我看你是着魔了,你爷爷正要把你锁起来哪。"

"我不怕,"王淑贞毫不在意地笑笑,然后又对妈妈说:"一会儿黄六嫂和少英姐就到咱家里来。"

"哎呀!"淑贞妈胆战心惊地说,"老头子正在火头上!"

王淑贞坦然地说:"没有关系,妈妈,你放心好了,就是爷爷发火也不怕,我去把秋菊姐找来。"

淑贞一阵风般地走了。

淑贞和妈妈的对话，全叫辗转反侧不能入睡的老头子听了去了。他准备猛然跳起来把淑贞堵在家里，拿出最严厉的家法，降伏家里的这个"小恶魔"。可是他忽而又改变了主意。他想："今天晚上黄小六家的，还有那个女红军不是要来吗？到底她们来做什么呢？我要仔细听一听，神签里说红军是妖人，我要看看这个妖人是什么样子，她用什么办法迷惑人，我今晚上就要除妖！"

王心诚轻手轻脚地从床上爬起来，他趁淑贞妈收拾饭桌子的时候，悄悄地摸了一把镢头放在床边，又把枕头移到冲门这一头，微闭起两眼，支起耳朵，谛听着堂屋里的一切动静。

不一会儿，黄六嫂就和宋少英到了，她们和淑贞妈亲昵地打着招呼。淑贞妈一边应酬着，一边向东间屋努嘴，表示老头子在家里，请她们说话要留意，不要触犯了鬼神，引起老头子的火气。并请她们到西间屋里坐，离开老头子远一点总要好些。但黄六嫂却坚持要坐在堂屋里。

一会儿淑贞和黄秋菊也叽叽嘎嘎边说边笑地来到了。

她们四个人一齐坐在堂屋里，淑贞和黄六嫂都是大嗓门地说着话，似乎并不忌讳老头子，也不怕他听到。只有淑贞妈为她们捏着一把汗，她不住地张望着东间屋的门，生怕老头子吼叫着从屋里跳出来。

淑贞妈不知道她们这一伙要谈什么，也不知自己留好，还是去好。淑贞妈本来也是个通情达理的人，如果往常，几个年轻人在一起，她总是躲到一边，让年轻人随心意儿地去谈心。自己生怕年长不合时宜，在旁边引起青年人的厌烦，妨碍她们的促膝倾谈。

但是，这一次却大大不同了，祈雨回来后各种谣言传说很多，淑贞妈很想通过自己的眼睛和耳朵，看出个眉目、听出个究竟来。

她怀着三分惊惧七分好奇的心情,悄悄地坐在西间屋的门帘后面,一边做着针线,一边一字不漏地听着。

"淑贞,秋菊,"黄六嫂说,"我们决定发动群众去打白云寺了,这就需要揭发白云寺的罪恶,不然群众就不容易信服。我们来的时候,和郝大队长、田大伯研究过了,这次祈雨,谷敬文、周武玩的鬼花样已经搞清楚了,矛头就是对着红军来的。另外还有两个情况很重要,一个就是我家小六的死,一个就是黄秋萍的'升仙'。今天我们研究研究,这两件事肯定和法慧和尚有关。……"

淑贞妈一听要打白云寺,首先出了一身冷汗,又听要自己女儿和秋菊告白云寺的状,心里更是惶恐不安,心想:"你这个天不怕地不怕的贞丫头啊,总要闯个塌天大祸出来。"

王心诚一听要打白云寺,立即把镢头摸在手里,真想跳出去把这几个不敬鬼神的家伙砸个头破血流,但他却拿不定主意第一镢头向哪个打下去好。他犹豫着,最后还是决定先听个水落石出再说。

"你先把六哥的死说一说吧,"宋少英对黄六嫂说,"也许和秋萍的事有联系。"

"是啊,我那小六的死,就是死在秋萍'升仙'这件怪事上,"黄六嫂回忆着说,"这全都是周武和法慧勾结起来捣的鬼!"

二

六嫂回忆起了当时的情景:

那是大前年的秋后,黄小六在秋收秋种中累得吐了血。在家里躺了半个月,一没有医药,二没有补养,全凭着六嫂对他的耐心照料,凭着小六从小在饥寒交迫中熬出来的筋骨,总算从死亡的边缘上挣扎过来了。他刚能拄着拐杖到门外帮六嫂干活了。

这一天他到泉边汲水,正碰上周拐子来找他去上工。

"小六,你可真是小病大养啊,在家一住就是半个月,可真够排场的了。"

"前天我才刚起床,过两天我就去。"小六有气无力地说。

黄六嫂急忙赶上来对周拐子说:"你去告诉周团总,他的病还没有好,他去上工怎么能吃得消? 我知道,你们周家拿人当牛马使。"

"这个由不得我,"周拐子说,"老爷气得在家直跺脚呢。"

"他跺他的,"六嫂说,"让他扣工钱好啦!"

"你想得倒好,看这工钱怎么扣法。按照合同上写的,无故旷工一天,扣钱五串。若是再不去啊,这一年的工钱也不够扣的。"

"你说什么?"六嫂又气又急地说,"在你们周家干活,累得九死一生才抬回家来,不给养病,还说这是无故旷工,这明明是讹人嘛! 快到发工钱了,你们就玩鬼花样。你们还有良心没有?"

"这年月,良心能值几个钱? 去不去随你便,咱可是有言在先。"周拐子冷笑一声瘸着腿走了。

"狗东西,不去就不去,我看也犯不着死罪!"六嫂对着周拐子的背影怒骂着。

小六却慢吞吞地说:"嘴硬有什么用? 刀把在人家手里攥着呢。"

第二天,小六瞒着六嫂,拖着带病的身子,摇摇晃晃地到周武家去了。小六回到周武家去的第二天上午,他就和周二游抬着谷月仙到白云寺去进香。当天夜里,谷月仙又逼小六上山去挑木炭。在小六挑着一百五十多斤木炭下山的时候,跌下了十几丈深的山沟!

小六的死,像一声霹雳击毁了六嫂心灵上的希望,也击毁了她心灵上封建迷信的枷锁,从此她不再相信有什么神明了。她和黄小六祖祖辈辈都是给财主家当牛做马,从来是光吃亏不占便宜的。可是周武家和天下财主一样,哪个不做尽伤天害理的事啊!如果神明有眼,就应该打雷把那些为非作歹的财主们劈死。可是不然,灾难总是落在穷人身上。就是有神明,那也是和财主穿一条裤子,是见钱眼开的势利鬼。

黄六嫂擦干了眼泪,怀里揣了一把剪刀,怀着满腔的悲痛和仇恨,上了沙河镇。那时周武家里像没有发生任何事情一样,在花天酒地地吃他那丰盛的午餐。

黄六嫂像一阵愤怒的旋风一直卷到周武家的正厅里,她两眼喷火似的盯着周武说:"姓周的!我来找你有话说!"

这一从未有过的局面使周武全家深感震惊。周武从椅子上蹦起来,把象牙筷子往桌子上一拍,他没有理睬黄六嫂,只是对着外面恶声恶气地骂道:"真是些死人,怎么让这个疯婆子闯到堂上来了。"

"我问你,我家小六是怎么死的!"

"怎么死的?挑炭跌死的,这有什么奇怪,是他走路不当心,难道要我扶着他走吗?他摔跟头也要我周武担当吗?"

"是你们故意逼他去挑木炭,白天帮你们抬轿子,夜里还要去挑木炭,他的病本来就没有好。"

"你不要猪八戒倒打一耙,我还要找你算账呢!黄小六在我家就是个懒鬼……你打算怎么样?"周武双手叉腰,恨不能一口把黄六嫂吞了。

"小六一年的工钱呢?死了人也得给买棺材啊!"

"反啦!反啦!"周武的眼睛几乎要爆裂出来,"你这个疯婆子竟敢爬到我周武头上来了。来人啊!……"

"你不要发疯,今天你不给工钱,不给买棺材,我就和你们拼了。你们这些吃人不吐骨头的豺狼。"

周武有生以来还是第一次碰到这样的场面,一个穷婆子竟敢在他的家里破口大骂。这样的侮辱把他气蒙了,一时除了暴跳之外,不知怎么对付才好。这时谷月仙像只母老虎似的对着门外吼了一声:"你们还站着干什么? 还不快把这个疯婆子权出去。"

几个家丁立即冲进来。这时候黄六嫂猛然抽出剪刀,直向周武扑去。她浑身的热血涌上头顶,多少年积压在心头的仇恨和愤怒一齐涌向心头,火山似的爆发了。

吓得周武连忙向后倒退,碰倒了太师椅子,后背撞到了后墙上,才没有跌倒。

"救命啊!"

谷月仙狼嗥似的喊叫着,向卧房里逃。

黄六嫂一把掀翻了饭桌子。杯盘碗盏,鸡鱼肉蛋,米饭菜汤,玎玲咣啷撒了一地,飞溅了周武一身。

黄六嫂踏着满地杯盘碗盏的碎片,向前跨了两步,一伸手揪住了周武的领口,挥起剪刀,对准他的咽喉刺了下去。

正当黄六嫂的剪刀快要戳到周武的喉咙时,她却被周家家丁重重地打了一下,昏倒在地上了。

"我亲自来收拾这个婆娘!"周武这时摸到了他的手杖,恶狠狠地向已经昏倒在地上的黄六嫂打去。但他的胳膊被一只有力的手架住了。

"周团总,你不能这样。"

周武定睛一看,这人正是田世杰。他是来交租的,当他听到黄六嫂来找周武时,他就带着一伙交租的人冲了进来。周武看到他身后跟着一群拿着冲担的愤怒的人群,先自收敛了一些,但仍然声色俱厉地问:"你们要干什么?"

"要你赔礼、买棺材!"田世杰说,"打伤了人要养伤!"

周武一看田世杰身后跟着几十个佃户,深感众怒难犯,怕惹出大乱子来,所以咬了咬牙让了步。黄小六的工钱照付,买了一口棺材,还给了六嫂一石米养伤。但周武心中却恨恨不已,暗下决心,另图报复。

在一九二六年,四岭山有了共产党的活动后,黄六嫂和田世杰同时加入了中国共产党。

三

正当黄六嫂叙说小六遭害的经过的时候,传来隆隆的雷声。闪电抽搐着蓝色的火光照亮了窗口,一阵清凉潮湿的山风从窗口吹进来。宋少英高兴地说:"好啊,要下雨了!"

"这样,人们又会说祈雨灵验了。"王淑贞担心地说。

淑贞的话正好说中了两个人的心思,那就是东间屋里的王心诚,西间屋里的淑贞妈。他们两人都以为是祈雨的功劳——"看,上天说三五日内有雨,果然不出两天,雨就来了,真是上天有灵啊。"

可是,他们忽然听到宋少英说:"不!这正说明祈雨不灵。"

"为什么?"淑贞问。

"神谕上不是说吗?妖人不除,天不下雨。他们把红军污蔑成妖人,可是红军并没有走,天倒下起雨来了。按迷信的说法,是妖人来了四岭山才天旱,可是红军进四岭山之前就旱了,这怎么说?红军来了,天倒下雨了,这也可以说是红军进四岭山带来了喜雨!"

"对,神签上那些胡说八道全都失灵了。"黄六嫂说。

王心诚本想奔出来和宋少英争辩一番,可是他觉得宋少英说得也有道理,就又继续听下去。……

黄秋菊一直闷声不响地想着心思,她又想起姐姐黄秋萍来了。

几滴雨点打进了窗口,油灯被吹熄了。淑贞妈进来关窗点灯,忙了一阵,大家都为这阵喜雨而高兴。淑贞妈说:"若是下场透地的雨就好了。"

淑贞说:"妈,这场雨保险小不了!"仿佛为了证实她的预言,窗外风雨大作。

宋少英借着下雨,又把话题拉到白云寺上来,这对揭发周武的罪恶阴谋和发动群众,正是一个突破口。她把黄小六的死和谷月仙的进香、黄秋萍的失踪联系起来,她问黄秋菊说:"秋菊,你姐姐进香'升仙'是怎么回事? 是不是小六哥抬着谷月仙去进香的那一回'升仙'的?"

"是啊,就是那一回!"黄秋菊眼圈红红地说,"我那可怜的姐姐,至今生死不明。我姐姐给周武家采茶,叫周武看中了,要我姐姐到他家去做帮工,爸爸为了盖屋,借了周武的钱,就答应了。大前年秋天,姐姐陪谷月仙去进香,一去就没有回来。法慧和尚说她是天上的玉女下凡,为了有错被谪到人间受苦,期限已满,化成一团白云'升天'去了。"

"大家都相信?"宋少英问。

"有的信,有的不信,不相信也不敢说啊,谁敢得罪周武呢? 爸爸也没有办法,连一点证据也没有。老五爷爷主张和周武打官司,可是官府都是向着有钱的人,想想也就算了。……"

"这里面一定有鬼! 什么升仙不升仙,这全都是骗人的鬼话。地主豪绅压迫剥削穷人,什么法子都用。他们利用政权、神权、夫权、族权压制穷人的反抗,利用封建迷信愚弄人民,让你甘心给他当牛做马。他们宣扬'死生有命,富贵在天',穷人受罪是命里注定的,他们享福也是命里注定的。这全都是胡说! ……"

黄秋菊按照她爸爸常说的那一套道理说:"种了人家的地不交租还行吗? 借了人家的钱不生息还行吗? 我姐姐为什么到周武家去帮工? 还不是为了欠他家的债? 为什么财主钱多地多,越过越富？为什么穷人拼死拼活地做活，还是越过越穷？这不是命吗？"

"不！地主越过越富，是穷人的血汗养肥了他。"宋少英说，"就说土地吧，还不都是穷人开的吗！地主的地哪里来的？不是他自己开的，是他仗着势力从穷人手里霸占了去的！"

王心诚听着，觉得秋菊说得很在理，可都是些老理。宋少英说的好像也有理，但这些都是他第一次听到的新理。那些老理他还不能放弃，这些新理他还不能接受。但他还是想听下去，慢慢地把手边的镢头移开了，想出去和宋少英争论一番。

"那土地是他们祖上留下来的啊！"黄秋菊替王心诚说出了他的争辩词。

"他祖上的土地又是从哪里来的呢？还不是祖祖辈辈一代一代霸占来的。周祖鸣霸占过马贵家的茶山，周武也霸占过朱二嫂家的茶山。"

王心诚听到这里心里不由得一震，"这个女红军说得也有理啊！"他想起周祖鸣还有周祖鸣的老子，以及周祖鸣的老子的老子，全都有过霸占土地的事。他要和宋少英争辩的勇气减少了几分，又静听着宋少英说：

"这个道理按说是很容易懂的，可是地主怕人们懂了这个道理，就会联合起来反抗他。他们就办团练，拉武装，用枪杆子来镇压。他们觉得光用枪杆子来镇压还不够，压是压不服的，所以他就把鬼神搬出来了，就说他家富是命好，是上天安排的，这样一来谁还敢反抗他呢？……"

"难道真的没有神吗？好像有时也灵验呢！"黄秋菊疑惑不解地说。她听着屋外的雷雨声，这风、这雨、这雷、这闪，这一切生生死死变幻无穷的大自然，对她来说是太神秘了，"去年四岭山出了瘟疫，白云寺法慧和尚就施过神水，有的人吃了就好了，再说，一祈雨，这雨不是来了吗？"

黄秋菊问的也正是王心诚、淑贞妈要问的，黄六嫂、王淑贞虽然不信鬼神，可是黄秋菊问的这些，她们都不能回答。

王心诚从心里高兴黄秋菊问得好，不再躺着了，因为躺着会影响他的听觉。他偎坐在紧靠门边的床头上，支起耳朵静听着。他认为这一切不知道的东西，除了归之于神明之外，不可能再讲出另外的新道理来了。

宋少英从从容容地说："这四岭山区也和我们九里十八坪一样，因为封建迷信太深，医生又少，有了病就只好请神婆子看，是个'信巫不信医'的地方，不知让这些鬼婆子赚了多少钱，害了多少命。比方说吧，你的孩子生了病，她给你画符念咒烧香磕头，如果碰上好了，这就是巫婆的功劳，就是神明的灵验；如果死了，她也很有理由，第一说你不诚心，第二说你缺阴功，第三说你命里注定。如果你对她不好，她还借机骂你一顿，说你缺德，骂你命薄，责你不诚心。如果你对她好，她就给你个甜头吃，说你的孩子是玉皇大帝身旁的金童玉女，死了就是升天了，回到玉皇那里享福去了。你也信以为真，认为自己的孩子进了天堂，死了人还叫你高兴高兴。这就是活了有理，死了也有理，'应验'了有理，不'应验'也有理。到头来理都是她的，一切不是，全都推到你的身上！'谁叫你心不诚呢？谁叫你没积下阴功呢？谁叫你命不好呢？全怪你，全怪你！'这就是当巫婆的诀窍。"

淑贞妈、黄秋菊、王淑贞、黄六嫂都不住地点头，承认宋少英说得有道理，并暗自用过去请巫婆的事例来加以印证。

王心诚也暗自惊讶，心想："这个女红军怎么什么都知道呢？她不是鬼也是神，为什么她什么都能说出个道理来？唉，红军里也有能人啊！也许真能和法慧斗斗法哩。"

"就说祈雨吧，"宋少英说，"神签上说，'有雨有雨，应在三五'，就是周武、周祖荫、法慧和尚这些鬼东西骗人的办法。这些全都是他们事先弄好了的,不管出现什么结果,好像他们全都有理。你看那'有雨有雨,应在三五'这句话怎么说都对。……"

"这不是说三五天之内有雨吗?"黄秋菊认为神签上说得已经够明确了。

"若是三五天内有雨,菩萨是最灵验不过了。"宋少英说,"少不得又要烧香还愿,重修金身,是地主豪绅和尚尼姑搜刮钱财的好机会;若是三五天内不下雨,八天之内下雨,也不能说菩萨不灵。"

"为什么?"

"因为'应在三五'也可以解释成三加五,那不就是八吗!"

听的人都被这种新的见解说服了,不由得点头承认说得有理。

淑贞妈甚至还记起来,有一年祈雨,神签上就是这样说的。对宋少英的说法,打心眼里信服。

宋少英继续说道:"若是半个月内有雨,也不能说菩萨不灵。"

"为什么?"听的人都有些愕然了。

"三五,就是三乘五,三五一十五天啊!"

"哎呀呀,"淑贞不禁惊叫起来,"怎么一个口诀,左说右说都有理啊!"

王心诚一听,心头不由得怦怦乱跳起来,他也清楚地记起有一年祈雨,神签上说"应在三五",结果半个月都没有下,神婆子却说这是祈雨的人心不诚的结果,同时,他又想到祈雨回来的路上,周祖荫向他和黄书耕解偈语时的情况,王心诚对祈雨的灵验感似乎发生了一丝动摇。

屋外风雨在紧一阵慢一阵地继续着,一声声,一阵阵,全都洒落在王心诚的心上。……

"若是一个月之内有雨,那也很有理由,三五也可以说成是三十五天啊。再说,现在是农历四月,三月份下过雨,若是五月份有雨也行,六月份七月份下雨也行。……"

"那又是为什么?"黄秋菊被解释得目瞪口呆了。

"三五,他并没有说死是三五天,也可以说成是三月份或五月份,也可以说成是三个月或五个月啊!……"

"我的老天爷啊!"黄秋菊愤愤地说,"真是嘴是两扇皮,反正都使得。这些鬼东西真是害人不浅,若是三年不下雨,他们也有理啊!……"

接着宋少英又向她们介绍了一些自然常识:为什么有白天有黑夜,为什么有阴天有晴天,为什么冬天会下雪,为什么会刮风会下雨。然后说道:"这些道理并不难懂。我们很快就要办学校,孩子们要上列宁小学,上了年纪的人要上夜校,咱们还要办一个妇女识字班……"

四

黄秋菊兴奋地说:"少英姐,你真是个有学问的人,经你这一说,我全明白了。你快多给我们讲一讲,开导开导我们吧!"

淑贞妈也忍不住从西间屋里走出来,她怀着和年轻人同样浓厚的兴趣来听这些新道理。

宋少英说:"我再给你们讲个捉鬼的故事吧。那是今年春节,我们刚到了白马山的宋家岭。这里有一家大地主,外号叫宋大头,他从祖辈起,就装神弄鬼欺骗群众。他家门前有一棵大橡树,这棵橡树足有千把年了,五个人合围也抱不过来,树心都空了。橡树下有一口水井,在宋大头降生的第二天,井里忽然开了一朵莲花。……"

"井里怎么生了莲花?"王淑贞心急地问。

"是啊,井中忽然开了莲花,真是奇事,远近山村,男女老少都来看。这时有个云游老道,站在井边,口里念念有词:谁家井中莲花开,有福之人下凡来;谁人触犯有福人,苍天必然降大灾。

"老道把四句胡话念完,写在黄表纸上,然后向橡树上一贴,就扬长而去。这四句话一传十,十传百,四乡都传遍了,大人小孩都会念。我们到白马山区时,宋大头已经四十八九岁了,很多人都还记得这四句话。

"这样,宋大头就成了天生的有福之人,命好,长大了欺压乡里,没人敢惹他。如果碰上瘟疫和荒年,那就更是他敲诈勒索的好机会。说什么因为有人反对他,老天爷这才降了灾,千方百计把反对他的人除掉。这神话越传越玄,直到我们去的时候,还没有被戳穿。

"我们发动群众打土豪抓劣绅,分地分粮,群众说,'别家的粮好分,就是宋大头家的粮不好分,别人好抓,就是宋大头不好抓,都说他是神人下凡,惹不得。'……

"我们说这都是骗人的,莲花可以采来丢到井里,老道可以花钱收买,……这没有什么稀奇,可是人们不相信。……

"这天,我们正在开农会,研究如何打破群众的迷信思想,忽然听说,'宋大头家门前的大橡树出了神啦,大树还向人们说话呢!'吴代表一听,笑笑说,'橡树会说话,这真是少有的奇事。走,咱们都去看看去!'

"于是农会也不开了,一齐来到了橡树下,只见橡树上张灯结彩,树下摆着供桌,供桌上点着香炉,摆着鱼、肉、干果等很多祭品。宋大头全家都跪在桌前,见我们去了,就拼命磕头祷念:'橡树大仙,点化众生,救灾救难,快快显灵。'这时男女老少围了一大片。

"橡树果真说起话来了,神哭鬼嚎,嘶声赖气地喊道:'共党作乱,得罪上天,除尽共党,天下平安。'橡树会说话,真是把大家弄糊涂了,有人吓得要走。

"党代表心中早有数了。他对大伙说,大家不要动,你们听我和橡树大仙说几句话。他走到大橡树下，围着树转了一圈，敲了敲树身，橡树发出空洞的声响。他就对着空了心的橡树说：'你快钻出来吧，别蹲在里面装神弄鬼啦！你不出来，红军可是对你不客气啦！'

"橡树里连一点动静也没有了。

"'我看不请他是不出来的了，给他一颗手榴弹！'罗雄说。

"党代表怕手榴弹伤了群众，就指了指树下的有半个枕头大的一块石头。罗雄会意地笑笑，搬起来，从上面树洞里丢了下去。只听见里面惨叫了一声：'啊呀……我出去……别打啦！……'

"果然灵验，宋大头的大管家头破血流地从树洞里爬了出来，抱着脑袋在地上翻滚。

"……'大家快来看橡树大仙啊！''打死这个骗人的鬼东西！'大家嚷成一片，……这时宋大头想趁机溜走，罗雄上去一把抓住了他。

"党代表说，'宋大头，你快向大伙坦白坦白，你那井里的莲花是怎么一回事，不说实话，我们要枪毙你！'

"宋大头战战兢兢地说，'那是我爸爸见我生下来了，就采了一朵莲花丢到井里，莲花漂在水上，就像新生的一样；那天正好有个云游老道，路过投宿，我爸爸就用十元大洋，买他写了四句话。'……

"大伙听后，都气得火冒三丈，立刻打开了宋大头的粮仓，然后又把他的土地给分了。你们看，地主豪绅利用迷信把人们骗得多苦啊！"

淑贞说："这些狗财主们有多么歹毒啊！秋菊姐，我看秋萍姐不是什么'升仙'了，准是叫白云寺那秃贼给害了！"

宋少英说："刚才六嫂说小六哥抬轿子去的，我们一定要找到证据！当时给谷月仙抬轿子的还有谁？"

"抬轿子的有周二游,秋萍是跟着谷月仙的轿子上山的!"黄六嫂回忆着说。

"这就是说,知道情况的只有四个人,小六哥和秋萍姐都不在了,只有谷月仙和周二游知道了!"宋少英分析着,然后又问黄六嫂说:"抬轿回来,你没见到小六哥吗?"

"见到了,那时他生病刚好,我不放心,就跑到沙河镇去看他,听说他抬轿上白云寺去了,我就等他。直到快吃晚饭的时候他们才回来。谷月仙满面春风,可是小六却愁眉苦脸,我以为他是累的,问他哪里难受。可是他什么也不说,然后瞅了个空,见周家人不在面前,才没头没尾地说了几句:'连一个好东西都没有,白云寺里有鬼!'我刚想问个明白,谷月仙就连忙出来,把小六支走了。然后谷月仙向我说:'你放心回去吧,我不会叫小六干重活!'谁知道,当天晚上就叫他上山去挑木炭了。这些狼心狗肺的东西!现在想起来,他们准是为了灭口,把小六给害死了!"

"可能是杀人灭口!"宋少英说,"我们只要把周二游抓到,真相就可以大白了!"

"周二游这个家伙,轻易不出沙河镇,胆小得像老鼠。"黄六嫂说,"怎么抓他呢?最好有人把他引出沙河镇,那就好办了。"

"把他交给我吧,"淑贞说,"我能把他引出来!"

"只要能引出他来,抓他比抓鸡都容易。"黄六嫂说。

"这事要回去和郝大队长商量一下。"宋少英听了听外面的风雨,雨好像小些了,"等风雨小了,我们就走。"

"少英姐,你到我那里睡去吧。"黄秋菊说,"你顺便把姐姐的事和我爸爸说一说。"

"不,秋菊,我今天没有空,你可以把今天咱们谈的这一些,先向你爸爸说一说。等把周二游抓到,把证据搞确凿了,那时再和你爸爸细谈吧!"

这天晚上,王心诚的心情是最复杂的,宋少英那些新鲜的令人折服的道理,就像屋外的暴风雨一般倾注在他的心头,摇动着他那根深蒂固的迷信思想的根基。直到宋少英、黄六嫂和黄秋菊走了之后,他还木然地偎依在床头上,一动不动地想,想,想。

这天晚上,红军各个工作小组就像宋少英一样,向群众展开了破除迷信的大宣传,揭露谷敬文、周武和法慧互相勾结搞阴谋诡计的罪行。

第三十七章　真相的揭露

一

红军的积极宣传工作,和周武的谣言中伤,像一股清流和一股浊流,同时在人们的心田中流过。这是一场真理和谣言的斗争,是革命舆论和反革命舆论的决战。红军利用无产阶级的真理,利用革命的行动,宣传教育群众;而周武却利用了几千年因袭下来的旧思想、旧习惯势力来挣扎、抵抗、反扑。这些旧的习惯势力,在真理的阳光下面,正在冰化雪融,但由于世世代代的流传,它在人们心中,影响较深,也不可忽视。

一场喜雨挽救了干旱中的秧苗,也把"妖魔不除,天不降雨"的谣言制造者,淋得垂头丧气。周武的阴谋没有收到预期的效果。

周武的谣言原来说得太玄了,说红军是青面红发,巨齿獠牙,说红军杀人放火,共产共妻,……红军不来时尚可骗骗群众,红军一到,谣言不攻自破,反而暴露了造谣者自己。

红军和群众的接近,帮助群众劳动,秋毫无犯的严明纪律,帮助齐心会打任中元,分粮救济青黄不接的困难户等等,都使群众感到红军是自己的队伍,是自己的亲人。

群众是最讲求实际的,他们亲眼看到红军的所作所为,这比什么都具有说服力,任凭周武在谷敬文的指导下,玩弄多少阴谋诡计,到头来还是搬起石头打了自己的脚。

麦收在望,人们都关心着今年是不是和往年一样,七成以上的

金黄的小麦,还会流进地主的谷仓;人们关心着由地主豪绅霸去的
田地茶山能不能要回来;红军如何对待保安团及其家属;红军是在
四岭山区久住呢,还是不多时就要开走。此外当然还有更多的疑
虑:难道世上真有这样好的队伍? 难道世道真会改变? 打土豪分
田地,真能行得通? 红军是不是先甜后苦,会不会变心? 红军走了
怎么办?

尽管人们有多少顾虑和疑问,但大家都抱着热烈的希望和对
土地的强烈的渴求,有些人不相信会有这样的好运道,在徘徊观
望,有些人却确信世道要变。在白云山上很快就唱起了这样的
山歌:

农民苦啊农民苦,
没有地啊没有土;
地主豪绅喝血鬼,
逼得穷人没生路。

四岭山区本富足,
地主豪绅恶似虎;
苛捐杂税租谷重,
越是丰年越是苦。

白云山来了共产党,
红旗飘飘起风雨;
分田分粮闹革命,
打倒豪绅和地主!
……

这一天淑贞起得很早,她要到沙河镇去,完成郝大队长交给她
的任务。她看见爷爷也起来了,从床底下摸出了酒瓶,带上褡裢,

也像要出门的样子。

"爷爷,你到哪里去啊?"

"我到镇上去打斤酒来,顺便给你爸爸捎个信,叫他告几天假,咱们的麦子要割了,'芒种三日见麦茬',今天不就是芒种了吗?"

"打酒给谁喝啊?"

"傻丫头,这还用问吗?这是祖祖辈辈传下来的规矩啦,你听我给你念一段:

> 地主上庄,迎到堂上;
> 敬茶倒酒,鱼肉鸡汤;
> 酒足饭饱,佃户心慌;
> ……"

王心诚像逗小孩子玩似的念给淑贞听。这时淑贞妈给他们端上野菜饼子和稀米粥来。

淑贞向妈妈使了个眼色,意思是不叫她插嘴,又做出十分天真的样子逗引老头说:"佃户好酒好菜好心好意招待地主,为什么还要心慌呢?"

"你说好酒好菜那是不假,若说好心好意嘛,那可没有,把好心好意丢给狗吃,也不能对地主们好心好意啊。你说为什么心慌吗?我再给你念一段:

> 地主开口,要完租粮;
> 新租交清,再算旧账;
> 租子一交,吃粥喝汤;
> 如不顺从,全家遭殃!
> ……

"你说,能不心慌吗?"王心诚咬了一口野菜饼子,"你们年轻人啊,就不知道过日子的艰难。"

淑贞忍不住咯咯地笑起来。

"爷爷，你这是老皇历啦，不能用了，这些老规矩要改啦！"

"怎么改法？你又是听了宋少英那一套。我看改不了。"

"怎么改不了，一定能改得了。黄老八的粮还不是分了！黄老八还不是给镇压了！"

"周武不派保安团来抓你？"

"他敢！我们有红军给撑腰，我们的农民自卫队很快也要成立起来了，谁也不敢欺负我们。"

"怎么改法？"

"你没有听见到处唱的山歌吗？我唱给你听：

> 南风吹哟麦梢黄，
> 谁种田地谁收粮；
> 又分地哟又分房，
> 翻身的日月赛蜜糖；
> 共产党领导闹革命，
> 土豪劣绅不久长！
> ……"

"淑贞，这可是个造反的歌啊，说不定会惹出乱子来。前些年，那时候你才八岁，郑大年带头造反，还不是叫周武给铡了，你那郑万春爷爷现在也不知道流落在哪里？……"

"现在和那时候不一样啦，有共产党领导，有红军撑腰，保证能把土豪劣绅打倒！"

"周武有保安团，官府也向着他。"

"少英姐说啦，咱们也要有自己的官府，有自己的衙门，专门为穷人办事，替穷人报仇申冤，专门制裁土豪劣绅！保安团算得了什么，十个也不顶一个！"淑贞越说越起劲，"爷爷我问你，穷人和地主谁的拳头硬？"

"当然是地主的硬了,人家有钱,有势,有民团,有衙门,刀把子攥在他们手里呢。"

"咱们也有刀把子,爷爷你说地主有钱有势,咱们不给他们交租交税,他们钱从哪里来? 连个屁也吃不成,光喝西北风他能活? 你说他有势,可我问你到底地主人多,还是咱穷人人多?"

"当然穷人多了。"

"人多势众。过去斗不过他们是因为没有共产党领导,现在有共产党领导,有红军撑腰,哼,我们就天不怕地不怕了。只要咱穷人齐了心,他地主豪劣才有几个人? 就说我爸爸吧,若是咱和周武闹起来,你说他帮谁? 是帮周武,还是帮咱们?"

"当然帮咱们,你爸爸去当民团,是周武逼了去的! 打土豪分田地,这个主张好是好,就怕……"

王心诚说到这里停下了,他忽然发现他的小淑贞变成另外一个人了,不是只会撒娇的疯丫头了,说起道理来一套一套的。这些本领是哪里学来的? 当然是从红军那里学来的,不错,红军里真的有能人啊! 不是吗,那天晚上,宋少英讲破除迷信的道理,说得头头是道,句句在理,好像所有的不可知的"天机"她都知道。是啊,世道大概是要变了,老天派下能人来了。他不由得对红军产生了一种强烈的敬佩感。

"爷爷,今天你不要去了,酒我给你捎回来。"

"既然不请地主了,那还要酒干什么?"

"等咱们穷人大翻身的时候,咱们自己喝!"淑贞凑到王心诚耳边说:"田爷爷和我说了,明天晚上在村东头小茶馆里开会,也请你去!"

"我去? 开什么会?"

"开穷苦人的会,咱们这里要成立农会啦。你去听听吧,净是新道理。爷爷,你听了准开窍!"

"好，那你可要打点好酒来。"王心诚说，"要五粮液吧！"

王淑贞很高兴爷爷的转变，这个倔老头子能答应去小茶馆开会，可是个了不起的进步啊。

"保证差不了。"淑贞对爷爷笑着，把饭碗一推，拿起酒瓶子要走。

"淑贞，你去没有危险吧？"王心诚忽然想起，前天夜里，宋少英的话，她要淑贞把周二游引出来。

"没关系，爷爷放心好了。"王淑贞很老练地说着，推开了房门。

"见了你爸爸，就和他说，叫他多长几个心眼，把你说的这些道理也和他说一说。"

"爷爷，你真好。"淑贞又从门口转回头来，向老人亲昵地笑笑，扮了个鬼脸，跑出去了。

老人也天真地甜蜜地笑了，这是王心诚有生以来第一次最舒心的笑。

"开会的事你可别忘了。"淑贞到了门外，又回头叮嘱着。

"你快去吧，爷爷忘不了！"

老人站在门外，看着远去的孙女的背影，他觉得山变了，水变了，人变了，连他自己也变了。

二

兰田岗的小茶馆是坐北朝南的两个大通间。里边放了六张方桌，每张桌子四周有四条长凳。另一头，是一张大木床，床上撑着一顶破帐子。烧茶水的锅灶是在屋外一个棚子里。

在这个茶馆里吃茶的人都是泥脚杆子，稍微有钱的人怕失身份，是从来不到这里来的。经常来吃茶的人，大都是新发展的农会会员。在这里开第一个农会成立大会，算是一个比较合适的地方，因为周武的保安团和他的爪牙还没有清除，农民协会的活动还是半秘密状态。

在开会之前，茶馆里发生了这样一件事情，一个行商打扮的陌生人，在刚吃过晚饭的时候，突然出现在小茶馆里。

"老板娘，请拿茶来。"陌生人在桌子旁边一坐，点上了一支香烟。

"老乡，今晚这里不开张！"昌平嫂冷冷地下逐客令说。

"为什么？"

"不开张就是不开张，还问为什么。"昌平嫂不耐烦地催促着，"快到村西头大茶馆里去吧。"

"好吧，我吸完这支烟就走。"陌生人无可奈何地答应着，但他又点上了一支烟，两只贼眼四下里搜索着，像一只找食吃的狗。他就是周武保安团别动队的马义山。

昌平嫂听说他马上就走，心头轻松了。这时她想起炉灶里还没有撤火，就急忙抽身出去照看炉灶，等她把一切安顿好了之后，回到茶房里时，陌生人已经不见了。

"谢天谢地，这个鬼头鬼脑的家伙可走啦。呃，他怎么没有说一声呢？"昌平嫂自言自语地纳闷，"也许是生了气，赌气走了？……"

过了一会儿，田世杰来了，黄六嫂来了，黄志高来了，许多刚入会的会员们也都陆续来了，人们都兴奋地互相打着招呼，变得比平时亲近多了。

田世杰看见王心诚和王淑贞都一齐来了，王心诚坐在最后边的角角上。田世杰点了点人数，整整四十个人。一会儿，郝大成进来了，王尚青没有进屋，站在茶馆的门外边。

人们还不习惯鼓掌，也不知道用什么方式来表示对郝大成的热烈欢迎，见第一个人站了起来，其他人也都跟着站了起来，只是对着他憨笑。

郝大成请大家坐下。他看着这四十个人的小会场，心情是很激动的。人数虽然还不多，但这是组织起来的第一步，有了今天的四十，就有明天的四百，就有后天的四千！迈出这第一步，是何等的不易啊，为了这一步，田世杰、黄六嫂以及红军的全体指战员们，付出了多少心血和辛劳啊！

田世杰的激动，显然不下于郝大成。他首先说话了，他的声音很大。

"乡亲们，"田世杰两只炯炯有神的眼睛巡视着会场，"我们今天开这个会，叫作兰田岗农民协会成立大会，此外还有其他村寨的代表，回去也照这个样子去成立农会。从今天起，咱们种田人就跟着中国共产党干革命了，我们穷苦人也就团结成一家人了。咱们成立农会干什么呢？就是要打倒土豪劣绅，咱们自己当家做主。往后，我们再也不给财主家当牛做马了！再也不受土豪劣绅的欺压了！……"

田世杰的声音变得颤抖起来，他的眼睛也被激动的泪水湿润了。在这样一个小小的茶馆里，他仿佛看到了一个广阔的世界，他看着这四十个振奋激动的面孔，仿佛看到了波澜壮阔的人山人海。这是多么不平常的一天啊！为了这么一天，祖祖辈辈流血牺牲，艰苦奋斗了多少年啊！田世杰又想起了当年闹"红绫会"的情景。但是今天和过去又有多大的不同啊！今天，在党的领导下，他找到了真正的革命的道路。他在这个会场上，看见了伟大胜利的远景。

田世杰想到这里，他的心情是万分激动的。他继续说："……在过去，我们四岭山区也闹过几次暴动，吃过几次大户，可是，都没有成功，那是因为没有正确的领导，没有找到正确的道路啊！……今天，我们按照毛委员教给我们的办法，走毛委员开创的建立农村根据地的井冈山道路，在四岭山建立根据地。我们是一定会成功的,一定会胜利的!……"

郝大成带头鼓起掌来。会场上响起热烈的掌声。

田世杰等大家平静之后又继续说:"现在,我正式宣布:兰田岗农民协会成立了!"

会场上又响起一片热烈的掌声。

就在这样一个盛夏的夜晚,在这四岭山的小小的山村中,田世杰面对着受苦受难的穷兄弟们,宣告了第一个农民协会的成立,宣告了一个伟大革命斗争的开始,宣告了穷人翻身做主人的新时代就要来临了!

这是一个无限美好的夜晚。

"田大叔,什么时候和狗崽子们算账啊?"会场上有人喊叫起来。

"先朝哪个下手啊?"

"哪个? 哪个财主不是咱穷人的死对头啊!"

会场喧腾起来。

田世杰从这激愤的人群中,看到了移山倒海的力量。

他说:"乡亲们,先别嚷,以后怎么办,请郝大成同志和大伙说一说。"

人们立即安静下来,用期待和感激的眼睛热切地看着郝大成。

郝大成沉静地站了起来,他首先对兰田岗农民协会成立表示热烈的祝贺。然后他说:"今天是个大喜大庆的日子,今晚上到会的都是穷苦人。在过去,我们被官府财主土豪劣绅踩到脚底下,他们骑在我们头上。今天,我们就要把他们掀下来! 我问问大伙:那山上的土地是什么人开的? ……"

"是我们穷人!"

"对,财主们都是'四体不勤,五谷不分'的家伙。他们肩不能挑担,手不能提篮,还不知道镢头柄是硬的还是软的呢。你们说,粮食是谁种出来的？……”

“是我们种田人！”

“对！我再问，房子是什么人盖的？”

“是我们啊！”

“对，我再问，棉花是谁种的？ 布是谁织的？ 衣裳是谁做的？……”

“全是我们穷人！”

“郝大队长，你就不用问啦，”心直口快的王淑贞说，“那些狗财主们除了吃喝玩乐害穷人以外，什么事也不干，就是连走路还是我们用轿子抬的哩。……”

“大伙都明白了这个道理就好！地是我们开的，可是我们没有地；粮是我们种的，可是我们没饭吃；房是我们盖的，可是我们没房住；布是我们织的，可是我们没好衣；财主坐轿，穷人抬轿，这就叫不平等。所以我们要推翻这个不平等的吃人的旧社会，消灭那些吃我们血肉的寄生虫。……什么叫寄生虫啊？”

“少英姐早和我们说啦！”王淑贞抢着说，“就像人身上的虱子，光吃人血……”

“对，这个比方很好！我们就像掐虱子一样，把那些地主豪绅们消灭干净！可是，地主豪绅们有官府，有军队……要扳倒他们也不容易。所以我们要团结起来，把天下穷人都联合起来，一齐和他们斗！俗话说：‘一根单丝难成线，千根万根拧成绳。’如今我们农会，就是要把千千万万的单丝拧成一根力担千斤的粗绳。只要咱们四岭山的穷人全齐了心，咱就能移山填海啊！

“今天的会，我们要办三件事：第一件事，先选举农会的领导人，选五个委员，选一个委员长；第二件事，就是要通过一张我们农会出的布告，在这布告上就要盖上我们农会的鲜红的大印啊！我们也有了印把子啦！”

会场上喧腾起来,有人热烈地拍着巴掌。

郝大成等会场安静下来后,继续说:"第三件事,我们不光在经济上打击那些财主们,更重要的是要在政治上打击他们。什么叫政治上打击他们呢?就是要揭露他们的丑恶面目!把这些狼心狗肺的家伙们的罪恶全抖搂出来,让他们向农会低头认罪。过去不是说,'穷人比人低三等,比人矮三分,比人下三辈'吗?咱们就要翻过来……大伙说好不好啊?……"

"好!好!……"会场上掀起一片叫好声。

"大伙没有意见,我们就先办第一件,大家先提名,然后再举手通过。……"

"我提田世杰大叔!……"

"我提黄志高!"

"我提王昌平!"

"我提黄六嫂!"王淑贞大声说。

"女人还能当委员吗?"有人低声说。可是屋里人全都听到了。

"怎么?就你男人行?"王淑贞泼泼辣辣地说,"依我看,就要先革一革你这个脑袋瓜的命!看不起妇女啊,可是个'封建',就打倒你这个'封建主义'!……"

"我们主张男女平等,男女都能入农会,"郝大成说,"妇女也能当委员,我们农会里就要有妇女委员!"

"那我也同意!"那位男会员服输地说。

"我提王淑贞!"有人高声说。

"我?我可不行!"王淑贞的脸涨得通红,怯生生地说。

"我看行!"郝大成哈哈地笑着,用鼓励的目光看着王淑贞。

提王淑贞当农民协会的委员,受震动最大的要算王心诚了。他听到有人高喊出王淑贞的名字时,不由得全身抖动了一下,拿烟袋杆的手,差一点把烟袋丢在地上。他不知是喜是惧还是忧。"农会委员"这个新名词他第一次听到,他仿佛觉得这个"农会委员"是一个挺大的官。当然这和地主豪绅省县衙门里那些官不一样,这个"委员"是一个农民的官,不管是什么官,总是个能办国家大事的官。难道他那小孙女,在他面前撒娇的小淑贞,真的能当这个官吗? 不可能,不可能,万万不可能! 王心诚以为自己在做梦。他暗暗在自己腿上捏了一下,觉得很疼,这就是说不是做梦。如果在这个会场外面有人告诉他说:"你家里小淑贞当了官啦!"他准会破口大骂说:"你别拿着穷人开心啦,我们王家,九千六百辈子也没有做官的命。"再说,淑贞还是个女的呢。

王心诚继续想着,会场上出现的情况他完全不注意了。他想:"淑贞真能当这个委员? 嘻,我还想把她锁起来呢。这个疯丫头啊,你当了委员,还会受我管吗? 到底你听我的还是我听你的? 哼,当了官,也不会把你爷爷给忘了。你要当就得当好,给我王心诚丢脸我可不答应! ……"

就在王心诚前思后想的时候,选举已经进行完了。田世杰当选为农民协会的委员长,黄六嫂、王淑贞、黄志高、王昌平都当选为委员。

接着就是通过农民协会的第一号布告。

郝大成向着会场大声朗读:

布　告

四岭山区,土豪周武,横行乡里,为恶多端,

霸占土地,侵吞公款,重租重利,收税派捐,

杀人灭口,制造谣言,勾结法慧,狼狈为奸,

农民协会,决议在案:有仇报仇,有冤申冤,

租种土地,谁种谁收,周家租债,一律免还,

分配土地,法令待颁。切切此布,人人照办。

四岭山区兰田岗农民协会

×年×月×日

郝大成宣读之后,会场上鸦雀无声,仿佛在一声惊雷之后,出现的片刻寂静。

"大家有什么意见吗?"

"好啊!"

"好啊!没有意见!"

"盖大印吧!"

"通过!"郝大成说。

接着,田世杰把新刻的大印,在红色的印泥盒里蘸了蘸,在写着"农民协会"的地方郑重地有力地摁了下去。

三

会场平静下来之后,郝大成继续说:

"第三件事,就是要在政治上,把土豪劣绅的威信打下去!这次祈雨,我们已经完全调查清楚了,全是谷敬文、周武和法慧和尚串通好了捣的鬼。还有,黄小六的死和黄秋萍的所谓'升仙',我们全都查清楚了,也都是周武和法慧害死的,现在人证已经抓到了。所以咱们农会成立以后,第一刀向哪里砍呢?就是先打白云寺!"

"打白云寺?"

"和尚也是地主?"

郝大成说:"是的,这个法慧和尚有四百多亩地,雇了五个长工,还出租了三百多亩地。他年年向佃户催租逼债,在这土地很少的山区,他是个大地主!他和谷敬文、周武勾结在一起,奸污民女,谋害人命,制造谣言,破坏革命,他是一个披着袈裟的大地主,大恶霸,大坏蛋! 他和周武是一个窝子里的狼。打了白云寺,他们的原形就都会露出来! ……"

王心诚听后目瞪口呆地坐在那里,过了好久,才缓过气、定下神来。他不以为然地问道:"法慧和尚真的会奸污民女,谋害人命吗? 证据在哪里呢?"

"王大伯,你放心,你会看到证据的!"

郝大成不再仔细解释,只是吩咐守在门口的王尚青说:"把周二游带进来。"

周二游在会场上出现,大大出乎人们的意料,一时还弄不清带他到会场上来的用意和作用。大家都在纷纷议论着。……

昨天,王淑贞按照郝大成的指示,提上她爷爷的老酒瓶进了沙河镇,先到酒馆里看了一眼,周二游不在,她就又先去找她爸爸去了。王淑贞在她爸爸那里坐了一会儿,又提着酒瓶子出来,到酒馆一看,周二游还不在,心里未免有些发急了。

自从红军进了四岭山之后,马义山和周二游专门做侦探,到处探听红军和共产党的消息。在祈雨那天,他和马义山都立了一"功",马义山得奖五十元大洋,他周二游得奖三十元。

周二游只要有了钱,是不肯离开酒馆的。这一天,周武把他叫了去,给他一个新任务,叫他到兰田岗一带,去侦察农民协会的情况。如果得到重要情报,能侦察着田世杰和黄六嫂的行踪,暗杀他个把,赏格就更为可观了!

周二游从周武的保安团部走出来,嘴里哼着下流的小调,踱到酒馆里来,在街口上正好碰见王淑贞。

"二游,"王淑贞先向他打招呼说,"恭喜你发财了。"

"淑贞,你来干什么?"

"打酒啊!"

"走,一齐到酒馆去,"周二游油腔滑调地说,"我正有好些事要问你哩。"

周二游是个贪心大胆子小的家伙。自从马义山在兰田岗指挥暗杀不成,侥幸死里逃生之后,他就特别小心了。他见到王淑贞后,就想向她打听一点消息,这比亲身去兰田岗要安全得多。

"你先去吧,我去找我爸爸有点事,一会儿我就去。"

"你可要来啊。"

"不来,我的酒怎么打?"王淑贞骂道,"净你娘的说废话。"

周二游嬉皮笑脸地嘿嘿着,先到酒馆里去了。

王淑贞知道周二游进了酒馆,就不太急了,在沙河镇的街上东游西转,估计周二游喝得有七分醉了,才提着瓶子到酒馆来。

酒后话多。周二游见淑贞来了,就瞪着血红的眼睛说:"淑贞,来陪我二游喝一杯!"

"放你的狗屁!"淑贞破口骂道,"我不会喝酒!"

"不喝就不喝,"周二游宽宏大量地说,"不要骂人嘛,见到你爸爸了?"

"当然见到了,"王淑贞故意叹了口气说,"唉,真不巧。"

"什么不巧?"

"我爸爸肚子疼,把事给耽误了。"王淑贞做出说漏了嘴的样子,赶忙住了嘴。

"什么事?"

"我不和你说!"王淑贞装出天真的样子,"是个秘密事。"

"淑贞,"周二游一心想向淑贞打听消息,便继续问道,"你是回兰田岗吗?"

"不回兰田岗回哪里? 难道我还在这沙河镇逛一辈子大街吗?"王淑贞一边说着,一边支了酒钱,把瓶子一提就往酒馆外面走。

周二游一推酒杯跟了出来,在淑贞背后轻轻地叫着:"淑贞,淑贞,你慢点走嘛,我有事要问你……"

淑贞装作不耐烦地停了下来,说:"有话快说,有屁快放,我还要赶路呢。"

"你快说说什么秘密事。"周二游说,"说了对你有好处,咱周二游不是没有良心的人。"

"你的良心早叫狗吃啦。你说说你要给我什么好处?"王淑贞做出动了心的样子。

"这要看什么事了,"周二游引诱地说,"你说你那个秘密事是什么?"

"来的路上,我碰见一个跌伤了的人。"

"淑贞,你可真会打哈哈,"周二游泄了气,"这算什么秘密事呢?"

"你猜这个跌伤的是个什么人?"

"什么人?"

"是一个红军的侦察员!"

"啊! 真的?"周二游惊喜地问,"在哪里?"

王淑贞故意把声音放得很低说:

"在西寨门外,山坡上的造纸棚子里。"

"他一个人?"

"一个人!"

"你不是开玩笑吧?"周二游滑头地说。

"我有闲工夫去逗狗玩,也不愿意和你磨牙。"王淑贞装出一副生气的样子说,"你不相信就拉倒,别再缠着我问东问西的,快滚!"

"淑贞,你不要生气嘛,"周二游赔小心道,"说正经的,你是怎么看见的? 你怎么知道他是红军侦察员的呢?"

"我也摸不很准,他大概是到沙河镇来侦察情况的吧? 不小心

241

跌在山沟里,伤得很厉害。我躲在树林子里看着他,他爬到棚子里就没有出来。我想他是昏过去了。"

"你和你爸爸说了?"

"说了,爸爸也很急,可是他肚子疼得很厉害,躺在床上起不来。他叫我不要和别人说,等他好些了,就去抓他,爸爸说赏钱很大呢。"

这个造纸棚子周二游是知道的,很久就没人造纸了,是一个废弃了的造纸棚。

王淑贞提供的这个情况,对于周二游是有很大的吸引力的。捉一个红军侦察员,可不同寻常,那比侦察一点情况,不知重要多少倍。谷敬文是会重赏他的,这是个千载难逢的立功受奖的大好时机啊!他想带上几个人去,这样保险一些,但又不愿意和很多人分赏钱,如果这上百的大洋能独吞该有多好。

周二游毕竟是滑头的,他做出受了骗的样子说:"我不相信有这种事,你淑贞净和我打哈哈,耽误我喝酒了。"

周二游说完,一甩袖子又走进酒馆里去了。

王淑贞不由得有些失望和焦急——这家伙没有上钩。怎么办呢?她站在那里呆立了一会儿,觉得这样不好,忽然发现周二游并没有马上坐在桌子上,而是回头向她张望。王淑贞明白了,会心地一笑,心里骂道:"嗨,这个狗东西是和我耍花招啊。"

王淑贞转身走了。她的判断是对的。果然,周二游在王淑贞走后,就从酒馆里急匆匆地走出来,直向西门走去。在出西寨门时,他把手枪顶上了子弹。

周二游出了寨门,上了山坡,直奔造纸棚子。

一个打柴的青年小伙子从造纸棚子附近的树林里跳出来,突然出现在他身后,用驳壳枪向他腰里一顶说:"周二游!跟我走!"

"你是谁?"周二游把三角眼向青年人一瞪,脸色突然变得苍白了,额角上立即沁出了汗珠。他的酒随着汗水挥发了,头脑也清醒了,认出了史少平,他们在洪雷谷口见过面。他强自镇静地点头哈腰地说:"史中队长,你可好啊!"

"不要说话,"史少平严厉地说,"跟我走!"接着一伸手把周二游的短枪缴在手里。

"你要我到哪里去?"周二游哭咧咧地问着,两眼四下里瞅着,寻找逃跑的机会。

"郝大队长有请!"史少平警告他说,"你要老实一点,若是想什么歪点子,那你就别想活过今天!"

"我的妈吧!"周二游一听郝大成找他,两腿一软,竟蹲到地上站不起来了。

"别害怕,只要你说实话,就没有你的事!"史少平见他吓成那个样子,先镇静了他一番。周二游这才又战战兢兢地爬起来,跟着史少平走,到了梅林镇大队部的时候,天已经很黑了。

在明亮的烛光下,周二游看到郝大成那张威风凛凛的严厉的脸,就吓得簌簌颤抖起来,嘶声裂气地哀嚎着:"大队长啊,我可没有做什么坏事啊!"

"你做了什么,我们心里都有数!"

周二游一想到平时做的那些坏事,就想到红军很可能在他头上先开刀,一想到死,眼前就发黑了,觉得大地晃动起来。他扑通一声跪在地上,哭求道:"大队长啊,饶我这条狗命吧!"

"把他拉起来!"郝大成十分厌恶地说。

史少平像拎死狗一样,揪住他的后领口把他提了起来。周二游像全身被抽掉了筋似的,空咚一声,又翻跌到凳子后面去了。

史少平又用了很大的劲,把他提了起来。

郝大成用炯炯发光的眼睛紧盯着周二游那吓得扭歪了的脸,不想和他磨时间,就声色俱厉地说:"要死要活全靠你自己,不过,你可以立功赎罪!"

"我立功! 我赎罪!"周二游听到可以活命,马上又有了一点生气。他又要下跪,郝大成用手势制止了他。

"只要你说实话,我们就宽大你!"郝大成为了不使周二游吓得发昏,延长审问的时间,声调放得和缓了一些。

"我说实话,说实话,不说实话我不是人养的! 我是个狗!"周二游像捞到了可以救命的稻草,发誓赌咒地说,并做了个学狗爬的样子。

"你把去年秋天和谷月仙到白云寺去进香的情况说一说!"

"我说,我们一共去了四个人,黄秋萍陪周太太,我和小六抬的轿子。我记得回来以后,就吃晚饭了……"周二游为了证实他的坦白,尽量地说得详细些,同时也感到事态的严重性,但是他只能火烧眉毛顾眼前,小命要紧。

"秋萍为什么没有回来?"

"升仙了!"

"你亲眼看见的?"

"是法慧和尚说的。"

"你把详细情况说一说。"

"这……我怕……"周二游擦了一把冷汗,"周武知道了,会杀我的头的!"

"要活命你就快说!"郝大成厉声说道。

"说!"史少平把匣枪一摆,催促着,免得他再耍花招。

"我……我说,那时谷月仙叫我和黄小六等在山门外,还有个和尚出来陪我们看风景。周太太就和秋萍进去了,怎么进香我可就不知道了。有吃一顿饭的工夫,法慧和尚就送谷月仙出来,手捻着佛珠,口里不断叨念着'阿弥陀佛'……然后对谷月仙说,'回去给黄书耕道喜吧,他女儿得道升仙之后,他全家就有福了!'……

"接着谷月仙就说:'有劳法慧师父超度,算是黄书耕家三生有幸,我一定要他来感谢法慧师父的恩典!'

"当时我和黄小六都迷糊了,什么升仙得道,这种稀奇事从娘肚子生下来,还是第一回碰到。当时我也不敢问,我一看黄小六,他的脸色变得铁青,我当他的病又犯了。在我去和他顺轿子的时候,他嘴里嘟念着'有鬼,有鬼'。……

"别看黄小六老实,心眼可不少,我问他:'你说什么有鬼?'他恶狠狠地瞪了我一眼,没头没脑地说,'哼,没有一个好东西!'

"这话叫踅过来坐轿子的谷月仙听到了。……"

"当时谷月仙说什么?"

"她问黄小六说:'小六,你嘟念什么?'小六这家伙也不会撒个谎,只是'哼'了一声。

"谷月仙眼珠子一转悠,忽然变得笑嘻嘻地说:'今天秋萍升仙了,是个大喜的日子啊!你们也沾光,回去犒劳犒劳你们。'……"

"以后呢?"

"以后,回到家里,谷月仙欢天喜地地和周团总,不,周武,有说有笑,还赏给了小六半碗白酒。……"

"小六怎么死的?"

"晚上,他们叫小六上山挑木炭,过了一会儿马义山也上山去了。怎么摔死的,我就不知道了。……"

经过提审周二游,所有到会的人听说法慧和周武、谷月仙勾结起来,伤天害理地谋害了秋萍和黄小六,大家都气炸了肺。

黄志高喊道:"把白云寺打了,把法慧抓起来!"

"黄小六准是给害死的,杀人灭口!"

"把秋萍姐姐救出来!看看周武怎么说!"王淑贞说。

"秋萍准叫他们害了!"

"这菩萨真的能打吗?"王心诚忧心忡忡地说。

"怎么不能打？这些木骨麻筋草包肚子的泥胎,还不是人们用手捏的？砸烂了算事!"

"什么时候打呢？"

"我看这事越快越好!"郝大成说,"明天一天,我们要到各村去秘密宣传,把周二游今天晚上的口供向大家说清楚,更主要的是宣传革命道理和农民协会的主张。大家串联好了,后天就干!"

"保安团不让我们打怎么办？"

郝大成说:"我们要准备两手,一手是秘密地进行,不能把这事漏给地主们,更不能叫周武知道。再就是我们派部队把通白云寺的路口控制起来。这样保安团就上不了山,周武未必敢和我们硬打,就是硬打,我们也不怕他。明天晚上农会再开个会,凑凑情况,后天一早就上山……"

会议开到了半夜,可是人们都不愿散去。革命斗争的烈火在人们心中燃烧着,大家在兴奋地议论着。

田世杰征求郝大成的意见说:"天不早了,散会吧？"

郝大成说:"我们来喊几句口号,夜深了,大家压着嗓子喊就行了。我先喊一句,大家跟着喊一句:

"庆祝农民协会成立!"

大家举起拳头跟着喊道:"庆祝农民协会成立!"

人们虽然压低了声音,但是这气吞山河的吼声,仍然冲破了静夜,在四岭山的群峰中扩散开去,像一声春雷从天空滚过,宣告了四岭山人民革命斗争的开始!

"打倒土豪劣绅!"

"中国共产党万岁!"

农民协会的会员们,怀着激动和兴奋的心情,散会之后,小茶馆的王昌平夫妇收拾了一会儿东西,就把房门上了闩,然后就寝。

他们虽然一天劳累,但仍兴奋得睡不着,一直议论着打白云寺的事情。

随着夜的加深,他们慢慢地入睡了。

这时,在他们的床下,传来了像狗爬一样的响动,并带着喘息的声音。

昌平嫂首先听见了,她支起耳朵静听着,然后轻轻地推了一下丈夫:

"昌平,快醒醒,床底下有东西!"

"是老鼠吧?"王昌平在蒙眬中嘟念着。

响声停止了。

昌平嫂不放心地又静听了一会儿,再也听不到什么声音了。她骂了一声"该死的老鼠",打了声呵欠,就转身睡去。

待床上的人扬起微微的鼾声的时候,一个黑东西悄悄地从床下爬了出来。

黑影悄悄地爬到了窗口,慢慢地站了起来,然后扶着窗台,纵身攀上了敞着的窗口,又轻轻地落在窗口外面,消失在黑暗中!

第三十八章　偶像的倒塌

一

自从雷雨之夜,秋菊从王淑贞那里回家之后,早已淡薄了的秋萍"升仙"之事,重又提起来了。

提起黄秋萍"升仙"的事,黄书耕的心情是十分懊恼和沮丧的。这次祈雨回来,他对神签发生了怀疑,因此对秋萍"升仙"的事就更加怀疑了,有一种上了当受了骗的感觉升上心头,他变得烦躁起来。

秋菊想和爸爸讲一讲成立农会的事情和她听来的许多新道理。可是黄书耕却听不进去。他在家里是一家之长,又自恃聪明,习惯了指手画脚、发号施令、教训家人,听一个不懂事的女孩子来给他讲道理,他觉得很不舒服。

秋菊带有几分埋怨的口吻说:"爸爸,红军来了,人家讲的都是新道理,你那老脑筋也该开开窍了,不能再上周武的当了。"

"你说什么?"书耕把眼一瞪,"我活了大半辈子,过的桥比你走的路还多,我还不如你懂事吗?"

"有话慢慢对孩子说嘛,"老伴不满意地说,"像吃了二斤枪药似的!"

"还怪我发火,你总是惯着这个黄毛丫头。红军一来,她跟着淑贞学野啦,白天黑夜跟着女红军转。"

"我听了很多新道理!"秋菊申辩着,"学了很多……"

248

"你学了很多什么？学得没大没小的教训起老子来了！"

"你这是封建思想！"秋菊不服气地顶了一句，"你总是以为你的理对，可是，你那些道理都是些老理！"

"你……"黄书耕又要发火。

黄大妈赶忙插进来帮助女儿说话："秋菊，你快把听到的新理和你爸爸说一说。"

"哼，她能说出个什么道道来。"黄书耕的架子仍然放不下来，但他还是听着。

秋菊就把宋少英讲的那些破除迷信的道理讲了一遍，秋菊是很聪明的，她讲得很仔细很完整。

秋菊从宋少英那里听来的那些道理，对黄书耕来说，是十分新奇而具有说服力的。

黄书耕在幼年时，读过五年书，由于家庭的生活所迫，没有受十年寒窗之苦。但他总觉得自己已经很有学问了，可是秋菊讲的这些道理，他读的书上是没有的。他越听越有味道，越听越想听了。他似乎觉得女儿在一夜之间，变得比他聪明了，他能不动心吗？不由得敬佩地说：

"这个女红军，倒是个有学问的人。"

"照这么说，秋萍的事能查出来了。"黄大妈说。

"能，少英姐说准能查得出来！"黄秋菊激动地说。

"查出来又有什么用？"黄书耕伤心地说，"还不是咱黄家丢人？"

"是啊！"黄大妈有些心酸。

"查出来怎么没有用？一来要为姐姐申冤报仇，二来也好叫人们看清周武和法慧的面目。……"

"怎么去查？"

"少英姐说了，要打白云寺！"

"谁去打？"

"老百姓去打！"

"能有人去？"

"怎么没有人去？我就想去！"

"你敢！"黄书耕暴跳起来，"这叫什么？这叫造反。法慧和尚和谷敬文、周武有勾连，你能斗得过他们吗？"

"正因为他们有勾连，才更要打！"黄秋菊说得很强硬。

黄书耕万没有想到，软弱的女儿竟然有这样的举动，难道这天真要大变了？

"我不相信你们能打得了。"黄书耕警告说，"这会闯大乱子的！"

"我们有农民协会，有红军撑腰，就能打得了，怕闯乱子就闹不了革命。"秋菊激动地说，"我问过少英姐了，我们家是个半自耕农，可以加入农民协会。王心诚爷爷都入了，人家和淑贞姐都去开会了。"

"我们不入，"黄书耕说，"要等等看。"

"你不入我入，我也有权利！"秋菊说得虽然平静，但是却非常坚决。

"什么？"黄书耕惊愕地瞪着他的女儿，不理解他的女儿怎么会变得这样有主见，而且竟然反抗起老子来了。他既奇怪又气愤，"你……你这是犯上作乱！"

黄秋菊和黄大妈虽然没有读过孔老二的文章，不知道这"犯上作乱"的出处，却也懂得这四个字的意思。

"有话明天再说，"黄大妈生怕父女俩争吵起来，就从中调和说，"有啥争头？天不早了，……秋菊，你去睡吧！"

父女二人都闷声不响了。

秋菊心想："我是说不服你，明天我找少英姐去。"黄书耕在想：

"这是怎么回事？我女儿变成另一个人了！真的着了魔了？"

二

在农民协会开会的这天晚上，黄书耕全家仍然继续谈论着秋萍的事，同时也谈论着农民协会以及打土豪分田地的事。

黄书耕今天没有昨天那样烦躁了，对秋菊的态度也有了转变，不是那么居高临下地教训她了，而是耐心地听女儿说。他对女儿没有违背他的意愿，没有独自去参加农民协会，也表示满意。他向女儿打听着各个方面的消息，提出这样那样的问题。

黄秋菊是很精细的，她从红军那里听来的消息和学来的道理，都说得很有条理很完满。她这几天在这"家庭会议"上的发言，是带有"权威"性的。

本来，秋菊是已经报名参加农民协会了。但是少英对她说："你要参加农会，当然很好，我们都很欢迎。可是干革命要善于团结大多数人，要广泛深入地发动群众，最好你和你爸爸一齐参加。"

"他若是不参加呢？"秋菊说，"爸爸很封建。"

"这就要我们做工作了。你看王心诚大伯原来多么封建啊，他现在也有进步。今天晚上是农民协会的第一次会议，参加的人不多，开过会后，接着就要大发展，你就动员你爸爸一齐参加，影响就会更大些。"

宋少英的话，秋菊总是信服的。所以她这次回来，就是做她爸爸的思想工作的。直到农民协会散会的时候，他们都还没有睡。

"书耕！书耕！"接着传来咚咚的敲门声。

"是田大哥！"

黄书耕听出了是田世杰的声音，急忙站起来去开门。

"郝大队长来看你！"田世杰对开门的黄书耕说。

黄书耕也看到田世杰旁边站着一个高高的人，只是因为天黑，看不清面目。

"哦！郝大队长，请进，快请进！"

黄书耕做梦也没有想到郝大成会来找他。他吃惊而又激动，一时不知说什么好，一走进屋里，就连忙吩咐秋菊烧茶，又叫大妈拿烟，自己则抢着搬椅子。

在忙乱了一阵后，郝大成说："书耕叔，你就别忙了。我不喝茶，也不会吸烟，是来找你聊天的。"

"好好！秋菊这孩子回来，总讲很多新道理给我听。"黄书耕客气地说，"能听听郝大队长的指教，真是……"他想说"三生有幸"，自己又觉得这样未免太客套了，就没有把下文说出来。

对于黄书耕，郝大成和吴可征做过分析，认为他是一个半自耕农，是农村中的半无产阶级，正像毛委员在《中国社会各阶级的分析》一文中所指出的那样："……**绝大部分半自耕农和贫农是农村中一个数量极大的群众。所谓农民问题，主要就是他们的问题。**""**工业无产阶级是我们革命的领导力量。一切半无产阶级、小资产阶级，是我们最接近的朋友。**"黄书耕就是这个阶级中有代表性的人物，做好他的工作，将对其他半自耕农起很大的影响。本想由吴可征同志找他很好地谈一谈，由于吴可征同志去县委开会，也就耽搁下来了。……

散会之后，郝大成和田世杰走出小茶馆，一面商量着明天的各项工作，一面走着，他们看见黄书耕的窗口还亮着灯，就顺便来找他了。

田世杰因为还有别的事，和黄书耕说了几句话，就走了。

郝大成说："书耕大叔，我前几天就想来找你，结果叫别的事给耽搁了。"

"你们在这里说话吧，我给你们烧茶去。"黄大妈说着，站起来想走。她本来也是很想听听的,但黄书耕不断地示意叫她们走开,她只好找个借口和秋菊躲出去了。

"不！大婶、秋菊,你们都坐着,我们一起讲讲话,拉拉家常。我和书耕叔没有背人的话。"

大婶和秋菊又坐下了。

"郝大队长,早就听说你是个又能文又能武的人,往后还请你多多开导。"

黄书耕说的这些话并非完全出于客气。在他的心目中,郝大成确是个了不起的人物。自从郝大成挑着铁匠担子进四岭山救黄六嫂,和周威谈判,直到带着二十个红军战士大战洪雷谷口,打败任中元……这些事在四岭山区已经是家喻户晓,并在传说中加入了传奇的色彩。黄书耕面对着这样一个人物,怎能不肃然起敬呢?

郝大成恳挚地笑笑说:"大叔,以后再不要这么客气,咱们随便谈,有不一样的看法,咱们也可以争论。听说大叔小时候还念过几年书。"

"是啊,小时候念了几年诗云子曰,孔子说:'学而优则仕',我呢,是个'学不优不仕',到头来还不是敲了半辈子牛腿,挖了几十年山地。"黄书耕说完,苦笑了几下。

黄书耕原来是很自信的,自以为对世界上的事物,都看清楚了。在人生的道路上,他走着不偏不倚、不左不右、不前不后的中庸之道。就拿祈雨来说吧,他既不像有些人那样坚决反对,又不像王心诚那样虔诚笃信,他认为前一种有危险,而后一种又太愚蠢;在发家致富上,他认为走的路是对的,可是并没有富起来,好像双脚陷在泥潭里,越挣扎越陷得深,连原来的景况也保不住了。因此,他对自己所走的道路产生了怀疑:"我不会是聪明反被聪明误吧?我自以为自己有学问有心计,结果还是处处碰壁事事上当,这是怎么回事呢?……"他的自信心在几经挫折之后,开始动摇了。

秋菊回来,把宋少英讲的那些破除迷信的道理一讲,他觉得自己面前出现了一个新的境界,他不能不承认这些道理很新鲜,很有说服力,好像在迷雾中见到了一线光明。他对红军产生了一种强烈的崇敬感,很想听听郝大成的道理,在今后生活道路上给自己以指点。

郝大成向黄书耕介绍了红军的政治主张,解释了为什么兴办农民协会,讲了些阶级和阶级斗争的道理。

"郝大队长,古人说,'死生有命,富贵在天',这话对吗?"

"你相信这句话吗?"郝大成问。

"我有时信,有时也不信。开头我是不相信命的,我相信事在人为,可是我拼死拼活挣扎了大半辈子,我相信了。就拿我和周武相比吧,他有钱有势,日子越过越富,我起五更睡半夜,操劳一生,可是越来越穷,这不是命吗?"

"不,这不是命。你读了几年诗云子曰,念了几年所谓圣贤书,自以为长了学问,其实是中了几年毒,上了几年当,受了几年骗。孔老二这家伙是一个大骗子,历代的统治阶级都拿他来欺骗人民的。他剥削你,压迫你,打你骂你,你都不能反抗,因为这是天命,命该如此!让你心甘情愿地给他当牛做马,所谓'饿死不做贼,屈死不告状',就是让你认命。他们享福,就说是他祖上有阴德,命好,应该享福。你受罪,就说是你祖上缺德,造了孽,命不好,应该受罪。你要反抗吗?他就说你是大逆不道,是犯上作乱,是造反的暴徒……"郝大成指着案板上盖满着灰尘的《论语》笑笑说,"你上了孔老二的当了!"

黄书耕真是有点惊呆了!指责孔圣人,他还是第一次听说。刚才他还教训秋菊是"犯上作乱"哩!

"要说到命好命坏,毛委员讲得最清楚,"他拿出《湖南农民运动考察报告》,向黄书耕介绍了文章的基本内容之后,念道,"'信八字望走好运,信风水望坟山贯气。今年几个月光景,土豪劣绅贪官污吏一齐倒台了。难道这几个月以前土豪劣绅贪官污吏还大家走好运,大家坟山都贯气,这几个月忽然大家走坏运,坟山也一齐不贯气了么? ……巧得很! 乡下穷光蛋八字忽然都好了! 坟山也忽然都贯气了! 神明么? 那是很可敬的。但是不要农民会,只要关圣帝君、观音大士,能够打倒土豪劣绅么? 那些帝君、大士们也可怜,敬了几百年,一个土豪劣绅不曾替你们打倒! 现在你们想减租,我请问你们有什么法子,信神呀,还是信农民会?' ”

黄书耕一边听着一边点头。黄大妈也连声说:"说得在理,说得在理!"

"秋萍的事我们分析过,今天周二游也把当时的情形全供出来了。"郝大成说,"可以肯定是周武和法慧和尚捣的鬼!"接着,郝大成就把周二游的口供向黄书耕全家说了一遍。

黄书耕毕竟是聪明人,他听了以后痛心地说:"秋萍准是叫他们害了! 我真糊涂啊,我把这些畜生当成了好人。祈雨那天,周祖荫解释神签的时候,我就觉得里面有个圈套,今天我总算明白了。……哼,这些狼心狗肺的东西!"

"我们准备后天一早就要打白云寺,你去不去呢?"

"去! 我去找那些披着袈裟的坏蛋算账去!"

三

谷敬文自从到四岭山来,亲自坐镇指挥,连遭失败,感到红军确是厉害。加上谷中一不断来函告急,为了老巢的安全,在布置就绪之后,就溜回九里十八坪去筹划新的阴谋去了。谷敬文一走,周武失去了主心骨,变得六神无主,夜夜失眠。造谣污蔑失败了,组织暗杀也失败了,发动祈雨又失败了。现在,他除了拼死固守沙河镇外,一筹莫展,深感不是红军的对手。

这一天,周武在度过难熬的长夜之后,刚刚进入半睡眠状态,就听见马义山的呼叫声。他急忙翻身起来,坐在床上,听马义山给他讲侦探来的情况。

马义山把在小茶馆的床底下,听到农民协会开会的情况,向周武一五一十地报告了一通。

周武一听,真是庙台子上长草——慌(荒)了神。他赶忙把周祖荫从睡梦中叫起来商量对策。

周祖荫的猪尾巴小辫子也没有来得及扎,就像顶着一脑袋乱蓬蓬的黄枯草来到了大厅。

"出了什么事?"

"共产党把农民协会成立起来了!他们要打白云寺了!"周武语无伦次地把马义山报告的情况又复述了一遍,然后焦急地说,"正在这个节骨眼上,司令又回谷家寨去了,真叫人发急。"

"干吧!"周祖荫说,"趁他们打白云寺的时候,我们杀他个片甲不留。我看晚干不如早干,等共产党都把刁民发动起来,我们再动手就晚了!"

"我也不是不想干,就是怕中了郝大成的埋伏。"周武想起郝大成初进白云山的情景,心有余悸地说,"你没见洪雷谷口,他二十个人就把任中元打败了,可见这个郝大成是专门打埋伏的。"

"不是鱼死就是网破,我总觉得固守,是坐以待毙。他们会把我们困死的!"周祖荫说,"一棵大树,周围的根给刨了,土给挖了,就是不倒也会干死的啊!"

"可是谷司令命令我们固守,"周武沮丧地说,"现在还顾不了那么远。你看眼前这些事怎么对付吧!这个该死的周二游,把黄秋萍升仙的事也供出去了,真他娘的软骨头!"

"得把白云寺护起来,"谷月仙披头散发地从屋里走出来说,

"黄秋萍的事一露馅，不光法慧完蛋，咱们也全牵在里面。……这个该死的周二游啊！"她喊了几句，就回到卧室里梳洗去了。

"对，派两个中队去！谁上山就开枪。我谅那些泥脚杆子们没有这个胆量。……"周武恨恨地说。

"可是，你刚才还说要固守呢，难道你把红军忘了！再说，我们派兵守白云寺，正说明我们心里有鬼。至于向老百姓开枪，他们中间就有很多保安团的家属，那就更不好办了。……"

"都把我急昏了头了，那可怎么办好呢？"周武抓耳挠腮地说。

"依我之见，还是先让白云寺的和尚跑掉，销声匿迹，若是找不出证据，那共产党可就没法向刁民们交代了。"周祖荫毕竟是高级参谋，他的这个"万全之策"得到了周武的同意。

"叫法慧他们向哪里跑呢？"

"向九里十八坪的谷家寨跑，要法慧去找谷敬文，请谷敬文赶快带兵来四岭山！"

"这样一来，"周武叹了口气说，"咱这四岭山可就成了谷敬文的啦！还是不叫他派兵的好。"

"你不叫他派兵，他是不会满意的。"周祖荫摆出谙晓世故通达人情的架势说，"人和人都是利害关系，不是你利用我，就是我利用你。谷敬文为什么来帮助我们？就是因为他想到四岭山来为王。我们为什么要请谷敬文来帮助？就是因为我们正在难处。你想我的利钱，我想你的本钱！没有便宜赚，谁还做买卖？大鱼吃小鱼，小鱼吃虾米，这就是人世不变的法则。现在是火烧眉毛顾眼前，先对付红军要紧！"

"这不成了'趁火打劫'了吗？"周武愤愤地说。

"话虽不能这么讲，可说穿了也就是那么回子事。我们就把青龙山让给他吧！"

"那你就快写信吧，让法慧带给他。"周武无可奈何地说。接着他又向外喊道:"马义山!"

马义山急忙从外面跑进来,听候团长的吩咐。

"趁现在天还不亮,你赶快到白云寺去找法慧,叫他们快跑!叫他们去找谷司令!这里有一封信,叫他给谷司令带去!"

周祖荫已经把信写好了,折叠起来,交给马义山,又嘱咐说:"告诉法慧,快跑是要快跑,可是不要慌乱,把该烧的烧了,该藏的藏好,不要留一点把柄!要走得干净些!"

周武又补充说:"要法慧把所有的人都带走,尤其是那些忙饭的打杂的,都靠不住,要统统带走!"

"他们不走怎么办?"马义山说。

"派团丁去押送!"周武急急地说,"要快!"

马义山走后,周武和周祖荫默默地相对而坐,等待着形势的发展。

四

凌晨。

淡淡的薄雾,在山林间浮动着。各山村几乎同时响起了"咣……咣……咣"的锣声。

锣声响得急促而又洪亮,在披满晨光朝霞的山林中扩散开来,群山也为这锣声震撼了。

"快走啊!打白云寺去啊!"

锣声和人们的呼唤声交织在一起。晨雾一会儿就消散了,各村村头上都出现了喧腾的人群,他们扛着锄头,持着冲担,提着柴刀,像一股股山洪向大路上汇集,卷起一团团旋涡,然后形成了一条巨流,向着白云寺奔涌。这使人们联想起前些日子祈雨时的情形。

但是,这次和祈雨是多么不同啊,正好翻了个个儿,来了个一百八十度的大转弯:祈雨,是人们在旧政权的欺骗下,向神权的屈服拜倒;今天,人们却是在农民协会的发动组织下,向神权发出的首次冲击。这反映了四岭山区人民的巨大转变和新的觉醒!

人们在吵嚷着,谈笑着,议论着。

今天这支农民的队伍是不同寻常的:在队伍的前面有一面绣着犁耙的农民协会的红旗,田世杰高举着它,在前边领路。那红旗在朝霞的映照下,显得更加鲜艳夺目,这红旗是王淑贞、黄秋菊她们用灵巧的手和赤诚的心绣制的。晨风愉快地吹拂着它,红旗在早晨的晴空里飘动着,发出哗哗的笑声。那满山的松竹、茶林、麦浪、稻波,都在轻歌曼舞,向红旗,向欢腾激动的人群点头致意。

在红旗后面,是黄六嫂带领的农民自卫队,他们每人的左臂上都佩戴着农民自卫队的红袖章。他们的步伐虽然还不够整齐,却都是神采奕奕,容光焕发。他们的步枪、大刀、长矛,在晨光里闪耀着威严的寒光。后面便是长龙般的农民的队伍。

这队伍,预示着武装起来的人民群众,在共产党的领导下,跟着革命红旗,以雷霆万钧之势,开始了向旧世界的猛烈冲击!

王心诚和黄书耕还是和上次祈雨那样,两人一前一后地走着。他们的心境虽说和祈雨的时候大大不同了,但是,他们心里总有些忐忑不安,都在考虑可能出现怎样的后果,所以闷着头走了好一阵子,都没有讲话。

王心诚怕鬼神,黄书耕怕官衙。如果处在几天以前,要他们两人参加这样的行动是不可想象的。现在,他们却被卷进这革命的浪潮里来了。

黄书耕觉得自己在变,他想:"过去,我总以为什么事都看透了,现在,又觉得过去全不对头,向前看,好像明白,又好像不明白。"他想到这里忍不住对王心诚说:"心诚叔,看来,这世道是要变了,我们好像也在变!"

王心诚此时的心境也和黄书耕差不多,但他不像黄书耕那样有条理,只是回头问道:"你说说怎么变了?"

"像你这样笃信神灵的人,今天竟然扛起镢头去打菩萨,这不是大变了吗?"

"可是,我这心里正七上八下呢,我想去看看。"王心诚还不敢正视自己这种行为,他做梦也没有想到,他顶礼膜拜了一生的神灵,今天竟会亲手去把它打碎。他看了看自己手里的镢头,不由想起那雷雨之夜,躲在东间屋里,静听宋少英讲破除迷信的道理。开始,他正是要用这把镢头去打那不信鬼神的人的。今天,他却拿着这镢头来打鬼神了。这是怎么回事呢?他向黄书耕解释说,"这镢头嘛,因为规定一人拿一件家伙,我就带上了它。我也没有存心去打,也不知打得打不得!"

这话被走在后面的青年人听见了,就半开玩笑半认真地说:"心诚大伯,你这话可是不对啊,这叫对革命心不诚啊!"

"你对革命心诚,我倒要看看你怎么个打法!"老头子觉得青年人和他开玩笑,揭他的短,是对他不尊重,便气呼呼地反驳着。

"你当我不敢打?"青年人并不生气,故意用挑衅的口吻说,"王大伯,咱们打个赌吧!"

"打什么赌?"

"我把那些泥胎给砸了,你敢不敢抱回家当柴烧?"

"你敢砸,我就敢烧!"王心诚不服气地说。

"好,好!"青年人走到王心诚身边欢快地说,"王大伯,那咱就一言为定!"

怕为了秋萍的事,引起黄书耕的心疼和难堪,人们在他面前总是不提及这件事,只是半开玩笑地逗他说:"书耕叔,这回打白云寺,可是要得罪周团总啊,你不怕吗?"

"有红军给撑腰呢,怕什么?"

黄书耕在郝大成和他谈话之后,整整地想了一天两夜。他虽然有些瞻前顾后,患得患失,但是,他原来对周武的钦慕和尊敬却一变而为轻蔑和憎恨。他仿佛看到秋萍那双充满怨恨的眼睛,仿佛听到秋萍那悲痛的哭声:"爸爸,你快来救救我啊!"

听到这呼声,黄书耕的心就像被挠钩抓了似的疼痛:"啊!我的女儿是死了呢,还是活着?被这些贼秃们糟践成什么样子了?我要报仇!我要雪恨!秋萍,都怪你爸爸糊涂啊!我千不该万不该,不该让你到周武家里去啊!……"

一股怒火在黄书耕的胸中升腾起来:"我黄书耕聪明了大半辈子,却上了你周武的大当。周武!你这个狼心狗肺的东西,我给你当牛做马,还要感谢你租给我地种;你又把我女儿献给了你的同伙豺狼法慧,害得我女儿好苦啊。我要报仇!"

黄书耕想到这里,感到回答青年人的那句话还不够硬气,就又补充说:"只要把周武扳倒,坐牢砍头我都不怕!"

"书耕叔有志气!"青年们称赞着。

"快走啊,看,白云寺快要到了!"

"快走!"

青年们纷纷催促着,向前拥挤着。

五

农民协会的队伍到了白云寺。

今天的白云寺和往日大不相同,从昨天起,这里已经听不到晨钟暮鼓,也看不到袅袅炊烟了,一切就像断了气似的。庙前的几棵古老的银杏树上,传来几声乌鸦的聒噪,更衬出这座寺院的阴沉寂静。

"这是怎么回事?"

几乎所有人都发出这样的疑问。

庙门关着,像一个闭口无声的野兽在那里蹲伏着。庙外人声喧闹,庙里鸦雀无声,恰成了一个鲜明的对照。

在田世杰的指挥下,人群先把寺院围了起来,围了个风雨不透。

田世杰把农民协会的大旗插在庙门前的旗杆台子上。

黄六嫂手提着花机关去叫山门。她上去猛力一推,山门咣啷一声开了。原来山门并没有关,只是虚掩着。黄六嫂一抬腿跨过门槛,抬头一看,只见山门的影壁上贴着几行大字。

这时王心诚和黄书耕也都进来了。

田世杰指着影壁对黄书耕说:"你给念念,这是些什么鬼话。"

黄书耕先默默地看了一遍,才磕磕绊绊地念道:"共军妖人,谣言惑众,欲毁我寺,天地难容;吾神早知,上告天庭,亵渎神灵,电劈雷轰。"

……

黄书耕念完,莫名其妙地问:"这是怎么回事呢?"

田世杰听完沉思了一下,恨恨地说:"他娘的,法慧跑了!"

黄六嫂上去几把,把贴在影壁上的黄表纸撕了下来,骂道:"什么电劈雷轰?净他娘的吓唬人。你现在就打个霹雷给我看看!"

有几个青年人问道:"法慧跑了怎么办?"

有人答道:"跑了和尚跑不了寺,把这些泥胎给他砸了!"

"依我看,放把火,干脆!"

人们在纷纷议论起来。

有的人开始泄气了。

王心诚忧心忡忡地说:"也许菩萨真的有灵,不然他怎么早知道我们来打白云寺呢?"

"一定是走漏了风声！若是神真的有灵，他就不会跑了，可见他们心里有鬼！"田世杰说。

"那是什么时候走漏的风声呢？"

"准是周武的探子把打白云寺的事探听去了！"

"对啊！准是让暗探探了去了！"

"那么我们还打不打呢？法慧和和尚们跑了，怎么办？"黄书耕看到有些人泄气了，有些发急。

田世杰站在群众队伍前面，大声说："乡亲们！我们打白云寺的消息，叫周武侦察去了。法慧和尚跑了怎么办？我们照样打。怎么打法，我们等郝大队长来再商量商量。……郝大队长去布置警戒，很快就会来的。"

这时郝大成已经布置好警戒，带着一个分队的红军战士上山来了，人们不由得欢腾起来："郝大队长来了，快问问他！"

郝大成了解了发生的情况，和田世杰商量了一下，就站在山门旁的石墩子上，对拥挤在一起，不知如何办好的人群说：

"乡亲们，法慧跑了，还写了那一套鬼话吓唬人，他吓不倒我们！周武以为法慧一跑，就没有人证了。不，跑了和尚跑不了寺！白云寺的四百亩土地跑不了；法慧和尚催租逼债，压迫我们剥削我们的罪行跑不了；他和谷敬文、周武勾结，装神弄鬼，谣言惑众，破坏革命的罪行跑不了；他强奸民女，谋害人命的罪行也跑不了。抓不到人证我们可以找到物证！今天的白云寺还是照打！"

"好啊！打！"

青年们首先欢呼起来，一举冲担就要向里冲。

"大家先停一停！"郝大成一抬手，把几个往里冲的年轻人拦住了。他对着纷乱的人群大声说，"白云寺一定要打，可是怎么打法呢？咱们不能乱打，就像打仗一样，打乱仗是不行的。我们进庙以后，首先把庙里的粮食、油盐、布匹等一切资财，全都翻出来，没收归公,清查登记,以后再分配;把他们的地契、债券、账目保存好,以后也由农会来清理,该烧毁的烧毁,该保留的保留,以后我们还要和他们清算哪!这些账目对我们有用处。……

"再就是仔细查访法慧和尚的罪证,这个贼秃是身上披着袈裟,脖子上挂着念珠的豺狼,什么坏事都干。我们一定会找到他的罪证的!

"至于那些泥胎,我看可以砸。不过,要等上面那些事情办完之后再砸,不然一打就搞乱了。这庙,是咱们穷人用血汗盖起来的。我们不但不能烧,而且还要保护,将来我们要在这里办学校,好让穷人的孩子有书念!……"

"好啊,就按郝大队长说的办!"

接着田世杰把人组织了一下,哪些人专门清点粮、油、盐、布;哪些人专门清理地契债券,钱财账目;哪些人专门搜集法慧的罪证。……

大致分配完后,黄六嫂把枪一举说:"跟我来!"

人们流水似的跟着黄六嫂冲了进去。

六

白云寺是一个很大的寺院,院内有两棵上千年的银杏树,还有两排半死的古柏,它们都标志着这庙宇的历史是悠久的。走进山门,左右两边,是高大的偏殿,这里边是张牙舞爪、瞪眼咧嘴的四大金刚和十八罗汉。正面是大雄宝殿。释迦牟尼的两丈多高的镀金佛像,若无其事地盘腿打坐在莲花宝座上,眯着眼微笑着,似乎在悠然自得地俯瞰着"芸芸众生",未熄的灯火,还在香烟缭绕,迷迷蒙蒙。

寺院里挤满了人,搜查很快就结束了。

搜查的结果，只是查到了大量的粮食、油盐、布匹，并没有查到什么罪证，就连地契、债券、账目也没有查到。

田世杰、黄六嫂、王心诚、黄书耕等都集中在郝大成周围。

"怎么办？"黄书耕问。

"可见这些坏蛋们准备得很充分，"郝大成说，"很多罪证他们可能都销毁了，可是地契文书他们是不会烧毁的，一定是藏起来了。"

"是啊！我们得仔细找一找。"田世杰说。

"挖地三尺也要找出来！"黄六嫂说。

"走！到法慧和尚住的方丈里去，这里大家要严加搜查。"郝大成说。

人们跟随着郝大成来到了法慧住的卧室。

这卧室陈设更是简朴，粉刷的四壁，洁白如雪，一张板床，一床灰色的薄被，一张方桌，两把木椅，桌上有油灯一盏，笔墨纸砚俱全，还有一大堆佛经。此外，四壁空空，既无其他陈设，也无茶具，当然，更没有烟酒。……

这样少见的简朴，更使郝大成生疑。他想："不，法慧这个道貌岸然的家伙，有四百多亩庙田的收入，绝不会过这样简朴的生活。"他重又在这个方丈里寻视了一遍，并没有看出新的可疑之处。只是在右面的墙壁上，有一幅挂轴，很是精致，这个用黄绢镶边的挂轴中，是一个门扇般大的"佛"字，是由三卷大藏经，用蝇头小楷所组成，真是别出心裁！

"佛"！你欺骗了多少人啊，在郝大成眼里，这个"佛"字就像一只伸展着的魔爪，上面沾满了千千万万穷人的鲜血！

同时，郝大成注意到在挂轴下面铺地的方砖被踏得光溜溜的。心里更是奇怪："难道法慧会这么虔诚，每天站在挂轴前面读经吗？不，绝对不会！"郝大成眼瞪着"佛"字，不由怒火中烧，他一步跨上前去,伸手揪住挂轴的一边,猛力往下一扯——

"哗啦啦",挂轴被扯下来了。它凄然地呻吟似的叫了一声,就飘落在地上。

不扯则已,一扯惊人!

"门!"王心诚惊叫了一声,向前跨了几步,"佛"字被踏在他的穿草鞋的脚下。他推了一下,门上着锁。

这扇门刷着白漆,它几乎和墙壁一个颜色,但由于天天开关,门的轮廓却很显露。

"撞开!"田世杰说。

这时黄书耕挥起手中的镐头咣当当砸了一下,门上的白漆被打掉了!杉木门塌陷了一块,但并没有裂开。

"不要急!"郝大成说,"看看锁在哪里。"

这时有人才沿着门缝找,但找了一圈仍找不到锁。

"用木杠子撞开!"性急的人们呼叫着。

在这方丈外,人们簇拥着,都以惊讶好奇的心情等待着这个秘密的揭开。

"用柴刀撬!"郝大成说。

有人递过一把柴刀,田世杰插进门缝用力一撬,门向旁边滑动了一下,开了一条两指宽的门缝。这门是向旁边开的!人群里响起一片嘈杂声,你拥我挤比看戏还热闹,比看魔术还惊奇。

田世杰把手伸进门缝,向旁边一推,门下的滑轮滚动了,门轻轻地滑动到夹壁里去。

门里面好像是一条甬道,但黑漆漆的看不清楚。田世杰抬起腿刚要向里迈步,黄书耕伸手拉住了他:"小心,也许有机关!"

"拿火来!"郝大成说。

接着有人递进火来,王心诚把踏在脚下的挂轴卷成一个筒形,点了起来。在火光照耀下,看见了一排坡度很陡的台阶。田世杰在前,郝大成、黄书耕、王心诚等在后,慢慢地向下走去。

打开黄缎门帘,里面是一间金碧辉煌的密室,两个窗口都挂着灰色的窗帘。把窗帘拉开,立刻有两股强烈的阳光透过遮在窗外的藤萝照射进来,这窗口外正是一段难以攀登的陡壁悬崖。

这间密室里有一张金丝镶花的红木大床,床上是锦被罗帐,在床的对面是大立柜,柜门上一面四尺高一尺半宽的穿衣镜,一张梳妆台上是三折的镜屏,台面上摆满了珠宝玉器和各种脂粉,此外还有绢扇、小镜、象牙梳子……在另一面是一架红木衣橱,打开来,里面全都是妇女穿的花衣裳。

"看吧!"郝大成说,"这就是法慧的真面目!"

"啊,我要宰了这个贼秃驴!"黄书耕又气又恨,抢起镐头对着梳妆台砸去!但是王心诚急忙架住了他的镐头:"书耕,你不应该砸这些东西!"

"我不光砸,我还要烧啊!这些脖子上挂着念珠的豺狼把我的女儿给害啦!"黄书耕哽咽了,眼里噙着泪珠,"我的可怜的孩子啊!"他喊了一声,不禁双手捂面,呜呜地痛哭起来。

"走!"王心诚拉着黄书耕的手,坚定地说。

黄书耕不明白他是什么意思,抹了几把泪水,顺从地跟着王心诚从密室里挤了出来。

院子里人山人海,就像部队行军传口令一样,你传我,我传你,把密室的情况流水般地传出来。谁也没有注意到王心诚和黄书耕从里面挤出来,一直挤到大雄宝殿。

王心诚这才向人们招呼说:"谁带着绳子了?给拿根绳子来!"

人们拿来了几根准备捆和尚的细麻绳,王心诚说太细,要粗的攀山绳。黄书耕明白了王心诚的意思,想起在搜查法慧的罪证时,看到厨房里有一根杯口粗的大麻绳,就大步流星地跑去拖了来。

"梯子!"王心诚在绳头上打了个套扣。

但人们一时找不到梯子,有人想出了办法,用一根竹竿挑着绳扣,套到了佛像的头上去。

王心诚和黄书耕首先把麻绳抓在手中。后面的人已经像拔河一样,站成了一串。

"拉呀!"王心诚喊了一声。

"嗯——嗨!"

"嗯——嗨!"

稳坐在莲花座上的佛像动摇了,但它并不想轻易地离开它的宝座,死赖在上面不愿下来。王心诚在大声地叫着号子:

"用劲拉呀! 嗯——嗨!"

"用劲拉呀! 嗯——嗨!"

"咔! 咔!"佛像的底座上响起了断裂声,人们拉得更上劲了。这时人们又在长绳后接上了另一根长绳!

"拉呀! 嗯——嗨——!"

"咔喳喳!"释迦牟尼高叫一声离开了原位,倾斜在半空中,稍稍迟疑了一会儿,就"咚隆隆——"震天动地地倒塌下来了,那"慈航普渡"的大匾额,也和神像一齐倒塌下来。大雄宝殿摇撼着,殿里扬起了烟雾弥漫的灰尘。

随着飞扬的尘土,人群里响起了阵阵欢呼声。

七

在人们欢呼佛像的倒塌时,又有了一个惊人的发现——从摔碎的佛像的大肚子里,滚出了三个漆着黄色油漆的樟木箱子来。两个大的,一个小的,都用黄铜锁锁着。

人们大声呼叫着,从尘土飞扬的佛像的"尸骨"堆里抬了出来。

"哟,好重啊!"

"这个小的轻!"

"快砸开看看,里面是什么东西!"

"不要砸,快找钥匙!"

……

人们七嘴八舌地吵嚷着。越围人越多。比赶庙会看猴戏还要高兴,还要热闹。

"大家都先不要动!"负责清理工作的王昌平大声喊叫着,"要等郝大队长和田大叔来!"

人们稍稍安静些了。

……

郝大成和田世杰,听到人们的喧闹声,从法慧的密室里走了出来,听说是找到了三个箱子,便急忙来到了大殿前面。

人们给他们让开了一条路,他们站在箱子前边,仔细打量着。

郝大成说:"想法把它打开!"

"没有钥匙。"王昌平瞪着黄铜锁说。

王心诚等不及了,说:"还要什么钥匙!"说完他就从一个青年人的手里抓过一把镢头,"咣嘡"一声,把锁敲下来了,接着又敲下了另外两只箱子上的铜锁。

箱子被打开了。

两只大箱子里,盛的全是金条、元宝和银元。小箱子里则是地契、账册、债券和来往文书。

"乡亲们,看看吧,"郝大成说,"法慧是个什么东西大家都看清楚了,连那佛像也成了他的金银库了。"

"法慧这个狗娘养的,"王心诚瞪着满箱金银,愤恨地说,"真是个吃人肉喝人血的豺狼!"

"唉! 今天,我算全看透了,"黄书耕叹了口气说,"他欺骗了多少人坑害了多少人啊!"

在人们议论纷纷的时候,田世杰吩咐负责清理工作的王昌平把三个箱子查封,由农民协会清点分配。

……

秋萍仍然下落不明,但是,在法慧的密室和佛像中的金银财宝被发现以后,就是连最不相信的人也不再怀疑了,秋萍是被法慧给害了!

田世杰把人群组织好,一批接一批地轮流去参观法慧的密室。

人们肚子饿了,但大家都没有想到吃饭。

田世杰对郝大成说:"从前我干'红绫会'的时候,就吃过谷敬文他老子谷孟余的大户,那才热闹呢!"

"今天,我们就吃吃白云寺这个大户吧!"黄六嫂说。

"好啊! 吃饱了,喝足了,咱们就带着农民协会的队伍去游行,向谷敬文、周武示示威,对群众也是个宣传啊!"郝大成说。

"做饭的事就包在我们妇女身上了。"黄六嫂说着,就去张罗人来动手做饭。

于是,白云寺的厨房里热闹非凡。从库房里搬来了大米白面,搬来了油缸,切菜的烧火的忙成一团。大家欢天喜地,就是结亲过节也没有这么欢畅。

这才是四岭山人民真正的节日,他们的革命斗争,在今天迈出了重要的一步,并且取得了胜利。

寺院里摆满了桌子板凳,人们把那些木鱼、铜磬、小神像都搬来坐在屁股底下。吃饭了,一批一批又一批,直到日头偏西,才算吃完。

早吃过饭的人们,怀着对法慧和周武的痛恨,在寺院里,拣着可疑的地方挖掘着。……

在一棵古柏下面,他们挖到了两具女人的尸骨。在这两具尸骨中很难辨认出哪一具是黄秋萍,但是白云寺的罪证已经找到了。

在一个女尸头颅骨的旁边，人们发现了一个翡翠色的耳环。

黄六嫂跳进土坑捡了起来，对抱头痛哭的黄书耕说：

"大叔，你看，这是不是秋萍的耳环啊！"

黄书耕抹了几把泪水，把耳环捧在手里，集中着他的记忆。……终于，他想起来了，这是五年前，在黄秋萍的生日那天，他在沙河镇给她买的，这个耳环虽然是假翡翠的，但是很好看。他还记起了秋萍戴上这对耳环时满意的微笑和对爸爸的感激的目光。

黄书耕的心碎了。他把这只耳环紧紧地握在手里，只觉得头昏目眩，一头扑倒在树下，泣不成声地说："秋萍，秋萍，爸爸一定给你报仇！"

人声鼎沸，愤恨的怒骂声响成一片。

王心诚什么也不说，他跑到厨房，拖出一根燃着火苗的木柴，伸向大雄宝殿的红漆窗棂。但是，他的手却被郝大成拉住了。

"大伯，你不能烧！"

"郝大队长，"王心诚把火把往地上一丢，把脚一跺说，"这真是把我气疯了！"

"大伯，白云寺法慧和尚的罪恶，也就是周武的罪恶。我们要把他们这些罪恶，告诉四岭山的乡亲们，要大家起来，向白云寺，向周武，向土豪劣绅，向一切压迫残害老百姓的坏蛋们讨还血债。"

郝大成说完，就去找田世杰去了。

人们怀着仇恨，噙着眼泪，把那些尸骨重新埋好之后，就整队出发了。

队伍，在农民协会的大旗引领下，仍然按着来时那种顺序和队形，像一条矫健的长龙，从白云寺开出来。人们的情绪大大不同了，一个个欢欣鼓舞，兴高采烈，斗志昂扬。打白云寺的消息，像一股春风吹遍了大大小小的山村，队伍在不断地扩大着，许多老人小孩妇女都涌进了游行的行列。

群众队伍所到之处，都张贴了农民协会的布告。

当王心诚走到他租种的田头上的时候，他从队伍里跑出来，扑通一声，跪在地上，颤抖的手捧起了一捧泥土，放在嘴边亲了亲之后，就贴在自己的胸口，眼泪扑簌簌地滴落在泥土上……

啊，土地！这些浸透了穷人血汗的土地，今天开天辟地第一遭回到穷人手上了。"谁种谁收！"农民第一次享受到自己的劳动果实，不再受地主豪绅的剥削压迫了！这天翻地覆的变化，怎么能够不在王心诚心头掀起巨大感情的波涛呢！

农民协会的游行，直到深夜才结束，各山村的会员和群众都分别回到了家。这天夜里，兰田岗有两把火，映红了夜空，划破了长夜。

王心诚回到家，立即摘掉了他的神龛，把供在里面的神像几脚踩碎，丢进了灶膛。

黄书耕回到家里，从案板上，拿过了他那幼年读过的《论语》，扯了个粉碎，点上了一把火。

坐在白云寺大雄宝殿莲花座上的佛像倒塌了，坐在王心诚家中神龛里的神像化成了灰烬，黄书耕心头上的古圣贤也化成了黑烟。这些牛鬼蛇神倒塌了，千百年来，压在四岭山区人民心上的偶像倒塌了！这些牛鬼蛇神的倒塌，象征着神权的覆灭，象征着孔孟之道的破产。四岭山人民，在党的领导下，用自己的手，扭断了精神上的枷锁。

第三十九章　训　练

一

麦收之后，四岭山区的革命形势飞速地向前发展着。

发展党组织的工作，已经有了初步的基础。兰田岗的党支部已经建立健全起来了。黄志高、王淑贞、黄秋菊都已经入了党。

各村农民协会都已经相继成立，在"一切权力归农会"的口号下，农民协会已经取代了旧的乡村政权。

有些村庄的农民自卫队也先后成立起来，兰田岗的自卫队，建立得最早，政治教育和军事训练已经开始进行，成了四岭山区自卫队的一个先行单位。

在这个期间，史少平、王十九同西屏山地下党组织取得联系后，从杨家寺回到了梅林镇。

西屏山的党组织，正为组织农民起义，积极作准备。

……

为了进一步抓好农民自卫队的工作，郝大成召开了各工作组的联席会议，田世杰、黄六嫂以及各村自卫队队长也都参加了。

会议着重布置：在进一步发展党组织，建立农民协会的基础上，抓好自卫队的组织工作、政治教育和军事训练。

会议上由兰田岗自卫队队长黄志高介绍了自卫队的各项工作经验。

会议决定:除守卫南山口的四中队和作为机动兵力的一中队外,二、三中队和新编成的第五中队全力投入组织自卫队的工作。在自卫队工作告一段落后,再把第五中队抽出来,开到伏虎岭去,配合当地党组织,开展伏虎岭和黑蛇岭的群众工作。

"周威会同意我们进入他的辖区吗?"会议上有人提出了疑问。

"周威会同意的!"郝大成解释说,"自从洪雷谷口战斗以后,周威有了很大的转变,主动提出请红军去帮助齐心会进行军事训练;这正是我们去做齐心会员工作的好时机。……"

"还要帮助齐心会进行训练?"又有人提出了疑问。

"是的,我们已经答应过周威。"郝大成继续解释说,"帮助齐心会进行训练,首先是从政治上着眼的,是从开展伏虎岭、黑蛇岭的革命工作,扩大四岭山根据地着眼的。就帮助齐心会训练本身来说,也绝不是单纯的军事行动,而是通过训练去做齐心会员们的政治思想工作,提高他们的阶级觉悟,把他们逐步改造成一支革命力量。这一点,第五中队的同志们,必须特别注意。……"

会议结束之后,郝大成和黄六嫂一齐到各山村去检查自卫队的工作情况,现在正要到兰田岗去。

他们在山路上急匆匆地走着。沿途呈现着各种令人兴奋的革命情景:除了到处是飘扬的革命红旗,到处是欢乐的歌声,到处是劳动的人群之外,麦收后的田野上,有一种从未有过的动人的景象——在很多田头上,矗立着一块三尺高四指宽的分田牌子。这牌子是用毛竹片削成的,在青白色的竹黄上用红漆写着:

此田计×亩×分,分给×××耕种

还有一种不同往常的现象,那就是各山村不断有枪声传来。这枪声已经不引起人们的惊慌了,这是农民自卫队进行训练时,实弹射击的枪声。

郝大成和黄六嫂急匆匆地向前走着。他们看见一个青年农民,站在分田牌子前面,一会儿蹲下去瞅瞅分田牌子上的字,看看写得是不是清楚;一会儿又摇一摇牌子,试试揳得是不是坚牢;然后,又站起来,向后退几步,笑眯眯地端详着,欣赏着,那样的深情,那样的专注,那样的欢欣,就像看着自己刚娶到家的新娘子。

"这是你刚分的田吧?"郝大成走近了他,微笑着问道。

"是的。"

青年人回答着,回过头来,上上下下地打量着郝大成和黄六嫂,忽然欢快地说:"我认识你们!"青年人向着郝大成说,"你就是郝大队长吧?"又向黄六嫂说,"你就是黄六嫂,对吗?"

"噢,在哪里认识的?"郝大成回想着。

"就在打白云寺那一天,只是没有讲话。"

"你去打白云寺了?"黄六嫂问,"你是哪个村的?"

"田家冲的。"青年人指着一个小小的山村说。这个村只有七户人家。在大山区里,三户五户的小村庄是很多的。

"是农会会员吧?"郝大成问。

"当然是了!"青年人自豪地回答着。

"那好,我们今天算正式认识了,你叫什么名字呢?"

"我叫……"青年人指了指分田牌子上的名字说,"我叫田立春。"

"这名字不错,"黄六嫂说,"分到田以后,高兴吧?"

"当然高兴了,这田牌子是昨天刚插上去的,一夜都没有睡着。我家祖祖辈辈都给地主当长工,爷爷是长工,爸爸是长工,我也是个长工,忽然我不给地主当长工了,自己有了田地。你们说,我能不高兴吗? 睡梦里都想笑。"

说到这里,青年人的脸色忽然变得阴沉起来,他说:"我们田家冲兴农会的时候,第一个带头的就是田雨旺大哥,他和我一样都是祖祖辈辈给地主当长工。我们两个是一起在地主的皮鞭子下长大的。可惜,田大哥叫周武的暗探抓到沙河镇去了,至今生死不明。"

"是啊!"郝大成说,"这件事工作组向我们报告了。如果田雨旺同志还活着,在我们打开沙河镇的时候,会救出他来的;如果……"郝大成的声调变得沉重起来,"如果他牺牲了,我们会替他报仇的!"

"什么时候打沙河镇呢?"青年人追问道。

"这要看革命形势的发展,不过,这一天不会很远了。"

"能救出他来就好。"青年人舒了一口气,指着不远处的一块山地说,"那就是分给田雨旺大哥的地。如果他能看到自己有了土地,该多么高兴啊!"

"乡亲们分了田地,都很高兴吧?"黄六嫂问道。

"当然都高兴! 哪有不高兴的?"青年人回答说,"大伙这样欢天喜地,还是开天辟地第一回。"

"可是有人不高兴!"郝大成说。

"谁会不高兴呢?"

"土豪劣绅就不高兴,周武和谷敬文就不高兴。"

"那当然,他们不高兴他的,咱们高兴咱的。"青年人哈哈地笑着说,"随他去吧,要是他们气得一头碰死,那更好,咱一点也不可怜他们!"

"你当他们会碰死吗?"郝大成说,"不,他们是不会甘心的,他们还想从你手里把土地夺回去!"

"夺!"青年人把拳头一攥说,"没有那么容易,我要和他们拼了!"

"怎么个拼法?"黄六嫂问道。

"……"青年人一时回答不上来。

"你们村里还没有成立农民自卫队吧?"

"没有!"

"那你就参加农民自卫队吧,拿起枪杆子来和他们拼!"

"枪呢?"

"我们会发给你们的。"郝大成说,"枪不够,大刀、长矛也是武器!"

"我不会放枪。"青年人遗憾地说,并羡慕地看着黄六嫂背在身上的花机关。

"红军会教你们的。"郝大成说,"学会打枪并不难。"

这时从兰田岗方向,传来了几声枪响。

"你听,"黄六嫂对田立春说,"兰田岗的农民自卫队在打靶了。"

"可是,我们那个村子小,农民自卫队还没有成立呢!"

"那你就算田家冲农民自卫队的第一名吧!"郝大成说,"叫黄六嫂给你报上名,她是四岭山农民自卫队的总头啊!"

"好,那就说定了!"青年人兴奋地说,"给我上个名吧,和分田牌子上的一样,叫田立春。"

郝大成、黄六嫂同田立春分手后,来到了兰田岗,他们和黄志高研究了自卫队的训练,郝大成就找王心诚去了——他要向周武家的这个老长工,了解一下周家家族中的一些秘密。

二

郝大成和黄六嫂检查了自卫队的工作后,认为需要很好地抓一抓军事训练,以提高自卫队的战斗能力。他们选了兰田岗自卫队这个先行单位,以便取得经验,在各村自卫队推广。

这天郝大成带着第五中队,黄六嫂带着各村自卫队的骨干,来到了兰田岗。

在兰田岗外,郝大成选好了地形。

红军第五中队,各村自卫队训练的骨干,兰田岗的四十多名自卫队员,全都来到了训练场地。

黄六嫂先讲了话,她讲了成立农民自卫队的重大意义,介绍了各村自卫队的组织情况和训练情况,然后,请郝大成讲话。

郝大成再次强调了武装斗争的必要,说:"同志们,毛委员指出,枪杆子里面出政权,这是一个真理。四岭山革命根据地就是用枪杆子打出来的。刚才黄六嫂又讲了成立自卫队的重大意义,她讲得很好。今天大家手里都有了武器,我们就要用手中的武器,保卫我们的革命根据地!保卫我们的工农民主政权!保卫我们的土地!保卫我们的胜利果实!我们要时刻准备粉碎敌人的进攻。要战胜敌人,消灭敌人,就要苦练杀敌的本领。这就是我们训练的目的。"

郝大成向前走了几步,看着自卫队员们手中的大刀、长矛、步枪、手榴弹,接着又说:"我们练杀敌本领首先要学习使用手中的武器,使武器能发挥最大的作用;再就是要懂得战略战术,学会战术动作,怎么进攻,怎么防守,怎么样做工事,怎么样利用地形地物。不管做什么,都要讲求方法,打仗是一门很复杂的学问,要打胜仗,要战胜敌人,就要有一身真本领。这身本领就是靠学习得来的,靠苦练练出来的。……"

红军战士和自卫队员们都聚精会神地听着。

郝大成指着一百米开外的一块岩石,向一个蹲坐在地上怀中搂着步枪的自卫队员说:"你看见那块石头了吧?你试一试,看能不能打着它。"

郝大成指的这块岩石,足有半间房子大,像一只巨大的黑牛蹲伏在那里。

这个自卫队员,脸红红地站了起来,不太熟练地推上子弹,紧张地对着目标举起枪来。他的手臂抖动得很厉害，瞄了很久，打了一枪，在离岩石一丈多远的地方，冒起了一阵尘土——没有打中！

郝大成向王尚青说："小王，你到那块岩石上，去放上块小石头。"

王尚青跑步前去，到了岩石边，在岩石上面放了一块拳头大小的小石头，百米之外，看上去就像一颗小核桃。

郝大成对赵铁牛说："你试一试给大家看。"

赵铁牛坦然地说了一声"是！"便走出了队列。因为他带的是短枪，便从刚才打枪的那个自卫队员手里拿过枪来。

所有的眼睛都盯着那颗"小核桃"。

"叭！"

随着枪声，"小核桃"就像被风吹走一般，飞落在岩石下面。

"好啊！"

"打得真准啊！"

全体自卫队员，都忍不住喊叫起来。然后就是交头接耳的议论和啧啧的赞叹声。

赵铁牛把枪交还了自卫队员，又回到队列里。

"看！"郝大成对自卫队员们说，"这就是战斗力的一种表现。一枪打一个敌人，和十枪也打不着一个敌人，这个战斗力相差多远啊！"

"明白了！"

"这是很明显的道理，"黄六嫂说，"枪法不练好不行！"

"丢手榴弹，拼刺刀也是一样，你手榴弹丢不远，打不准，你就打不到敌人，刺刀拼不过敌人，你就会被敌人刺倒——这就叫杀敌本领。从明天起，我们就要练射击，练投弹，练刺杀！今天我们先练习一下战术动作。……"

郝大成又指着一百五十米左右的一丛乱石堆说："那里有谷敬

文保安团的一个排,我们现在就要去消灭他们。黄志高,现在你指挥你的自卫队去消灭这一伙敌人!"

黄志高站了起来。

郝大成继续对黄志高交代着情况和任务:"你要注意,你面前是一百多米的光秃秃的平坡,敌人不是在等着你去打他,而是利用乱石堆做掩护,不断地向你射击,你既要消灭敌人,又要减少伤亡。现在,你就组织进攻吧!"

黄志高站在郝大成和黄六嫂的面前,一会儿看看郝大成,一会儿看看黄六嫂,好一阵子为难,因为这样的训练法,他从来没有搞过。

当他看到郝大成亲切而又严肃的面容,看到黄六嫂对他寄予期望和鼓励的神情,看到自卫队员们跃跃欲试的姿态,他慢慢恢复了平静:

"兰田岗的自卫队,全体起立!"

四十多名自卫队员,不整齐地,但是精神抖擞地站了起来。

黄志高大声命令着:"跟我冲!"

黄志高把驳壳枪一摆,带头向着乱石堆冲去。兰田岗的自卫队员们,一窝蜂地跟了上去。他们不大懂得观察、隐蔽和利用地形地物。步枪虽然是端在手里,却是左摆右摇,拿大刀、长矛的,也都是一样,挺着腰杆冲锋。在平坡上扬起一片"冲啊! 杀啊!"的喊声。

不到两分钟的时间,他们冲到了指定的地点,占领了敌军阵地——那一丛乱石堆。

然后,黄志高又把他的自卫队带回来了。一个个全身都是汗水,喘着粗气,满脸兴奋,站在郝大成和黄六嫂面前。

黄六嫂说:"郝大队长! 你是训练场的指挥官,一切听你安排,现在就请你给我们讲讲吧。"

"好吧,那我就先说几句。"郝大成站起来,说,"我先讲讲我对这次冲锋的看法吧,不对的大家可以讨论。你们冲杀得很勇猛,这很好。冲锋就要有这么一股劲头,叫敌人一见就怕,这就是打胜仗的一个很好的条件。

"可是,这是在敌人火力下接近敌人的运动,光知道猛冲猛打还不行,要动脑子,要有勇有谋。你们这次冲锋最大的缺点就是缺乏敌情观念,没有防备敌人打你们。……"

"郝大队长说得很对,"黄志高有些惭愧地说,"刚开始还记得的,一冲起来就忘了。好像也不是忘了,就是记在心里也没有用,因为我不知道在冲锋的时候,应该怎样防备敌人打我们。"

"黄志高同志说得很对,就是不知道如何防备敌人打你们。过一会儿,我们再做给大家看,一看就会明白了。"

郝大成接着说:"我来给你们算个账。假设那里的敌人是二十个人吧,你们开始冲锋,敌人就开始向你们射击,若是瞄准了打你们,等你们冲到面前,每人最少可以打你们五枪,这样就可以打你们一百枪。就算五枪打一个吧,你们就有二十多人被打倒在平坡上。可是,你们那种冲锋法,向敌人打枪是打不准的,再说敌人是隐蔽在石堆后面,你们根本打不到敌人;还有,这种成堆成群的向前冲,冲在后边的人很可能打伤冲在前面的人,展不开火力;等你们冲到敌人面前,你们四十多个人就只剩下二十个人了! 兵力损伤了一半,这还是往少处说。"

自卫队员们和各村自卫队来训练的骨干们都信服地点着头,等待着郝大成继续往下说:"你们剩下的那一半兵力,等冲到敌人跟前,就已经累得张着嘴喘气,站不稳立不住了。可是敌人是以逸待劳,他们从石堆后面冲出来同你们拼杀……"

"这样当然是拼不过敌人了。"黄六嫂说。

"是这样。"黄志高心悦诚服地说。

"所以说,刚才那个打法一定会吃败仗的。"郝大成说着,并且观察着自卫队员们的神情,他看出大家都同意他的说法。

"那么应该怎么冲呢?"

自卫队员们不管嘴里说的,心里想的,全都是这样的问题。

"这样,"郝大成对站在他身边的黄志高说,"黄队长,你带二十个人,带着空枪到乱石堆那边去,就是假设的敌方。我带一个中队向你们冲锋。你们要像真的一样狠狠地'打'!……"

黄志高命令自卫队有步枪的队员站了出来,挑出二十个队员,把枪里子弹全退出来,进行了验枪之后,就带着他们向乱石堆出发了。练兵场上笼罩着既严肃又活泼的气氛,大家都极有兴趣地看着这场训练的进行。

郝大成正要带上红军第五中队出发,但他忽然又改变了主意,他对那些各村自卫队来训练的骨干们说:"你们知道第一次冲锋的缺点了吧?"

"知道了!"各村骨干们齐声回答。

"这次你们组成一个自卫队,再冲一次,要尽量克服上一次的缺点!"

于是这些各村骨干们,组织起来,在临时指派的队长率领之下,又开始了冲锋。

但是,这次冲锋和上次冲锋差不多,甚至比第一次冲锋还慢了半分钟。

郝大成命令他们不要回来,要他们站在离乱石堆十数米以外,看着红军如何冲锋。

三

军号声突然响了! 号声急促而又高昂,群山在号声中战栗着。

郝大成带着红军第五中队,在威严的军号声中开始冲锋。

"散开!"郝大成低声而急促地命令着。

本来十分严整的队形,呼啦一声就消失了,立即分成了三人一组的散兵线。这散兵线在人们眼里也只停了一瞬,就消失在岩石旁、洼地里、矮树丛中。没有岩石、树丛、洼地的地方,战士们就利用山洪冲出来的小小的水沟。他们都隐伏在那里,一动不动,等待着出击的命令。

一霎时,似乎风不刮了,水不流了,鸟不叫了,云不飞了,连空气也好像凝结了,一切都静止了,人们也都屏住了气息。

谁也看不出,在这光秃平缓的山坡上,隐伏着一支强有力的队伍。

"同志们,冲啊!"

郝大成的喊声像一声霹雳在平地炸裂了,在这雷声中,战士们像闪电般地从地上跃起来,向前冲去!

但是,战士们并不直接对准目标冲锋,而是向着两侧,弯曲着身子,低姿跳跃着向前。他们一会儿卧倒,一会儿匍匐前进,一会儿又突然跃起,像弦紧弓满射出的箭一般,冲向前去。有的在开阔地上刚冒了一下头,接着就扑到地上,翻了个滚,滚进水沟里不见了。

战士们一边向目标运动,一边向目标射击。

黄志高挑选出来的二十多个自卫队员,俯伏在乱石堆后面,他们变得眼花缭乱,没法捕捉到一个稍微固定的目标。

黄志高把步枪架在岩石上,瞄准了一个向前冲锋的战士,但是,还没有来得及击发,目标就移动了,消失了。于是,他又去寻找第二个目标,第二个目标刚刚找到,还没有来得及瞄准,目标就又消失了!

黄志高终于看见第三个目标,这个目标滚在小水沟里,他用两眼紧紧地盯着水沟,手在扳机上,等待着这个目标一出水沟就击发。

就在这时,郝大成已经带着十几个人出现在乱石堆的侧后。一声"缴枪不杀!"就扑到黄志高和自卫队员们的身边!

二十多个自卫队员被这喊声惊呆了。他们刚要掉转枪口,另一部分红军又从正面猛扑上来。

黄志高的二十多个人处在红军的前后夹击之下。……

连不大懂军事的普通的自卫队员也都看得出来,红军的战术动作是多么熟练,多么迅速勇猛,多么灵活机智。

黄六嫂兴奋地对身旁的自卫队员们说:"你看,红军就是行,照这样训练下去,打周武的保安团是把里攥着的!"

"是这样,"自卫队员们夸赞地说,"若是自卫队都训练得和红军这样啊,十个周武也不禁打!"

这时,郝大成带着所有参加训练的人回到了平坡上。然后,叫大家谈谈自己的想法和体会。

但是大家一时不知从哪里说起。

郝大成提示说:"黄志高同志,你们在乱石堆后面,开头是抵抗临时组织的各村自卫队骨干们的攻击,以后是抵抗红军五中队的攻击。你说一说,这两个攻击有什么不一样?"

"那我说说吧!"黄志高说,"第二次冲锋的时候,正像郝大队长说的那样,他们拥挤成一团,一个劲地照直向前冲。我瞄准他们开枪,从冲锋开始,到他们到达乱石堆,我打了七枪,这七枪都是瞄准了的,三枪打一个是保险的,甚至还能一枪打两个!"

黄志高稍稍停顿了一下,继续说:"红军冲锋可就大不一样了。军号一响,我就向站好的队形瞄准,刚举枪,一眨眼,队伍都散开了!我又去找目标,忽然又不见了!"

"红军向前进攻,忽东忽西。"另一个自卫队员说,"刚看见他藏在岩石后头,我瞪着两眼想等他出来,可是他忽然从树丛里蹦出来了! 刚瞄准他,他扑通一下又跳进水沟里去了!"

"我们光知道向前看,可是郝大队长他们早就绕到我们后面了。真机灵!"

"我们刚要转身顾后面,前面的又正好冲上来了!"

自卫队员们兴奋地谈论着各自的体会。……

郝大成综合了大家的体会,给这次训练做了总结,黄六嫂做了加强训练的动员。四岭山区自卫队的军事训练,就在这次训练经验交流会的推动下,轰轰烈烈地展开了。

第四十章　觉　醒

一

周威自从洪雷谷口反败为胜之后,留下两个中队守卫洪雷谷,自己带着三个中队回到了太平寨。

祝捷大会在伏虎岭的太平寨召开,周威亲自主持了大会。

这个大会没有产生周威预期的效果。第一,由于地处山区,居住分散,群众集中较为困难,参加大会的除了齐心会员外,主要是太平寨的群众,外地群众由于路途遥远,又值大旱时节,忙于担水抗旱,参加的并不多。又加先后数次战斗,伤亡了近百名齐心会员,这就大大地减弱了大会的欢乐气氛。第二,周威虽然得胜而归,严格说来,这个胜利并不是齐心会的,如果没有红军,他的齐心会就面临着被消灭的危险。他觉得自己的齐心会和红军比起来,简直算不上什么军队。自己经营了这么多年,齐心会的战斗力是如此之差,在大会上还要鼓吹自己的胜利,心中不免有些惭愧。第三,周威原来以为周武即使和他有种种不和,但不至于暗中伤害他,同时他认为周武固然不好,但周祖荫却是好的,认为周祖荫是他的叔叔,是站在他这一边的,现在他发现周祖荫也是谷敬文的亲信,他和他们合在一道来欺骗他,挑动他和红军的不和,为了借刀杀人,把他的齐心会推到火坑里也在所不惜。想到这里他心中升起一股悲愤之情和孤寂之感:我周威在四岭山之中,既然自己的叔叔和兄弟都不能依靠,还能依靠谁呢? 第四,在战斗中,他自己受了伤，虽说伤得不重，但一想到当时受伤的情景，心中总有些黯然。……

但是这个祝捷大会的召开，却使红军的声威远震，起到了意想不到的效果。这个大会，是洪雷谷口大战情况的大交流。

"啊，红军真了不起！"

"是啊，二十几个人，就把任中元打了个屁滚尿流，落花流水。"

"所以嘛，周武的民团，吓得躲在沙河镇里不敢出来。"

"这不奇怪，红军在南山口不伤一兵一卒，就把南山口打了下来，一个小小埋伏，就把民团二中队消灭了，周武早就吓破胆了。"

"周武算什么？ 任洪元、谷敬文都不是红军的对手！"

"这一回幸亏红军啊，不然齐心会还不知死伤多少人呢！"

"我们应当感谢红军的救命大恩啊！"

"若是红军能到咱伏虎岭来就好了！"

"准要来的。郝大队长亲口答应总指挥，说是要派红军来帮助齐心会搞军事训练！"

"那就好了，听说白云山正在打土豪分田地。"

"怎么个打法？"

"传说是先谁种谁收，田地在麦收后再分。"

"这可是个好章程。不知道能不能行得通？"

"红军来了就知道了！"

……

以上就是在祝捷大会的前前后后，群众所议论的主要内容。这些议论反映了伏虎岭齐心会员和人民群众的激动心情。

开完祝捷大会，周威怀着复杂的心情回到了他的大厅。晚饭他不想吃，只是坐在太师椅里，一杯一杯吃茶，两眼凝望着空空的墙壁在苦恼地沉思。

周威坐在大厅里,已经将近三个钟头了。他总是闷声不响,紧皱着眉头,怒视着桌面或是对面的墙壁,他的伤口还在隐隐作痛。

周枫森轻手轻脚地走进来,深情地看着周威那憔悴的脸,轻声地问:"总指挥,你还是吃点东西吧。"

"去去去!"周威不耐烦地挥了挥手。

周枫森摇摇头,叹了口气退了出去。

平时,周枫森的话,周威是很乐意听的。可是,现在周威的这种心境,周枫森是不太理解的。现在把任中元打败了,四岭山安全了,应该高兴才对啊!

过了一会儿,周枫森端上灯来,又轻声地说:"总指挥,身子要紧。若是不想吃,就早一点睡吧!"

周威坐在那里,仍然没有动,但他那沉郁的思绪,却被这孩子的话语所融解了。

"枫森,你坐下。"周威爱怜地望着周枫森那还带有几分稚气的脸,温和地指了指对面的椅子。

周枫森轻轻地在周威对面坐下来,用询问的目光看着他,等待着他开口。

"我心里闷得慌,你陪我坐一会儿,说说话。"周威说。

周枫森微微地点着头,望着周威变得瘦削了的脸,轻声地说:"总指挥,我们把任中元打败了,应该高兴啊!"

"不!不是我们把任中元打败了,是红军把任中元打败了。本来,是我们被任中元打败了!所以我很伤心。"

"不管是谁打败了任中元,我都高兴!"周枫森说,"红军把任中元打败了,我就更高兴。"

"为什么?"

"因为红军是好人啊!"

"你说给我听听,红军好在哪里?"

周威不断地向周枫森发问，但是，他并不想从这个孩子的回答中得到多少教益，而纯粹是为了舒舒自己心中的郁闷。就像一个母亲，怀有极大痛苦而无处倾诉，只好对着三岁的不懂事的孩子倾吐苦衷一般。

周枫森的生活阅历大大地局限了他，使他很难讲出什么大道理来，但他又有他自己观察实际生活的体验。他思忖了一会儿说："为什么说红军好呢？第一次，郝大队长挑着铁匠担子到四岭山来，然后又到我们太平寨来，我觉得他说的话句句在理。"

"话都是好话。"周威回忆起郝大成和他第一次见面时的争辩来。

"红军不光说得好，而且人家是真正按照说的做。不像周团总那样虚情假意。"

"说红军，不要说周团总。"周威不愿意听到周武的名字。

"人家是真心帮咱们打任中元。开头，我也以为郝大队长带来的人太少了，可是，往后我仔细听了听，又仔细想了想，就更佩服红军了。人家不光有真心，而且还会动智谋，红军就是高明啊！"周枫森觉得自己心里是明白了，可就是一下子没法说明白。

"真心在哪里？又高明在哪里？"周威就像大人考问小孩般地问着。

"因为红军一方面帮咱们打任中元，一方面还要提防着周武，他们居心不良，想趁红军来洪雷谷的时候，抄红军的后路。你看，这不是红军想真心帮助我们，周武却拉住了红军的后腿吗？红军来的人少，不能怪红军，应该怪周武！假若没有周武在背后捣蛋，我敢保证红军会把大部队开来！"

"唔……"周威听到这个孩子能讲出这番道理来，不胜惊讶，连不准谈周武的禁令也取消了，点点头说，"你说得有些道理。"

"人家红军就是高明，既帮咱打了任中元，又不上周武——"周枫森这才想到总指挥不准谈周武的禁令,就改口说,"又不上谷敬文的当!"

周威又点点头,表示同意。

"我看,人家红军没有私心,报公仇,不报私仇,谁坏就打谁。就说打任中元吧,任中元和四岭山人有仇!红军并不是四岭山人,也没有受过任中元的害。可是人家打起任中元来,那才叫真心实意,拼着性命往上冲杀,不像咱们四岭山里那些坏蛋,总想坑害齐心会。……"

周枫森觉得自己上了火,赶忙收住嘴,看看总指挥是不是生了气,但他看出周威并不生气,反而带着静听的神情,鼓励他说下去。

周枫森由于周威的鼓励而大胆起来,他说:"就说周团总和周……"周枫森在周威面前,不便把周祖荫的名字说出来,"他们勾结谷敬文,一心一意害红军,也害咱们齐心会。他们主张咱们攻打杨家寺,可是在洪雷谷最危险的时候,他们都像老鼠一样先溜了。只有红军,……"周枫森提到红军,不禁产生了一种自豪之感,感到自己哥哥也是红军,这就是自己最大的光荣,"我们冤枉人家,说人家不诚心,和人家发脾气,不听人家的计策,可是人家不计较,整夜地埋伏在谷口外面,帮咱们打任中元。这全都是为了四岭山好!"

周枫森这些话,既触到了周威的痛处,也触动了周威的感情。他深深地感到对不住红军。

周威盯着周枫森天真无邪的孩子气的脸,满怀内疚地说:"往下说!"

"总指挥!你为什么老听周祖荫的话?"

"他是周家的族长啊!难道不该听一家人的话吗?"周威在为自己辩解着。

"一家人,可就是不和咱们一条心!"周枫森生气地说。

"孩子,你说得对,我一生做错了许多事。"周威愧悔交加地说,

"都怪我是个瞎子，是个聋子，我看不清他们的毒蛇心肠，听信了他们的谗言。我真对不住共产党，对不住红军，对不住郝大队长啊！我这个总指挥真是太无能了！"周威深深地责备着自己。

"总指挥，"周枫森不知说什么好了，"天不早了，你睡吧！"

"你去睡吧，我再坐一会儿，"周威说，"不知道郝大队长能不能来。"

"能来，一定能来！"周枫森十分肯定地说，"郝大队长既然答应来，就一定会来！"

周枫森对红军的无限信任，使周威也深深地感动了："是啊！我也相信郝大队长他们是会来的！"

二

郝大成和红军第五中队，正当伏虎岭人民群众和齐心会员们殷切盼望，周威和周枫森望眼欲穿的时候，来到了太平寨。所受到的热烈欢迎和隆重接待是可以想见的。

太平寨的大街上贴满了红红绿绿的标语：

"热烈欢迎红军！"

"感谢红军帮助齐心会打任中元！"

"感谢红军帮助齐心会进行军事训练！"

人们敲锣打鼓迎接红军。

周威和齐心会员们站在人群前边。周威一见到郝大成，就猛向前跨了几步，和郝大成紧紧地握起手来，并激动地说：

"谢谢！谢谢！"

郝大成也很激动，他说："总指挥，你还记得吗？我第一次到太平寨来时，就曾说过，我们一定会有今天的！"

"是的，我记得，"周威说，"那时我说，'若是红军像你说的那样好,不来我也要去请的!'……这不,就把你请来啦!"

接着郝大成向周威介绍了第五中队长赵铁牛。

他们并肩向前走着,边走边和人群打招呼。

"郝大队长百忙之身,我没有想到你能亲自来。"周威说。

"事情是很多,可是我就是再忙也是要来的。"郝大成说。

"这次来,务必多住些日子,我们俩要好好地谈谈心!"

"好好地谈谈心,这是一定的,恐怕多住些日子不行……"

齐心会的第二中队长朱英来了,他和郝大成相见之后,就同赵铁牛带红军去住处休息,准备吃午饭。

郝大成和部队来到住处,这是原来齐心会住的地方,现在腾出来给红军住,齐心会搬到民房去住。这排房子打扫得十分清洁,一色的新帐子新铺盖,这是特意准备的。

郝大成先叫部队放下背包,洗脸之后,就去吃饭。

在周威的大厅里摆了十张方桌,每桌八人,七个碟子八个碗的酒席已经准备就绪。

受到这样的接待,对郝大成和红军战士们来说,可以说是生平第一次。

郝大成婉言谢绝说:"总指挥,你和齐心会员们的情意,红军是知道的,我们都心领了! 可是,我们是红军,我们只有为人民流血牺牲,为人民艰苦奋斗的义务,没有享受这样招待的权利,酒和菜都免了吧,越简单越好。不然,我们吃了,心里也是十分不安的。"

"郝大队长!"周威诚挚地说,"话虽然这么说,可是,这是伏虎岭老百姓的心意,是齐心会员们的心意。打败了任中元,大家心里都高兴,大家对红军的竭诚帮助,真是感恩戴德! 再说,刚刚麦收之后,……"

朱英也说:"郝大队长,如果红军不吃,那就使大伙扫兴了。这是齐心会和老百姓真心实意的表示。"

周枫森也劝说:"郝大队长! 如果红军不吃,连我也不满意!"

郝大成为难了,他说:"打任中元,这是红军应当做的事情,说到感谢,应该是红军感谢乡亲们的支援! 这样吧,因为我们下午就要进行训练,酒就免了吧! 菜也请尽量从简,红军一定要和劳苦大众同甘共苦,多一点享受也是不安的,这也是红军的心意啊!"

最后,还是周威让了步,按着郝大成的说法做了,心想:"世上恐怕没有比红军更好的军队了,红军真是和老百姓心贴着心哪!"

午饭后,郝大成带着红军第五中队,周威和朱英带着齐心会的一、二中队来到了太平寨外。

郝大成选好了地形,把队伍整理好后,就请周威讲话。

周威推托了一会儿,然后说:"郝大队长带着红军来帮助我们训练,我们是诚心诚意地感谢! 如果我们齐心会像红军那样能打仗,我们就不怕任中元了!"周威又讲了齐心会要尊敬红军、虚心求教、好好学习等各项要求,然后就请郝大成讲话。

郝大成说:"齐心会员们! 我没有进过什么军事学校,也没有学过兵书战策,红军打仗,是从实际战斗中学来的,吃一堑长一智,仗打多了,也就摸索出经验来了。……"

然后,齐心会员们,进行了射击、刺杀、投弹和战术练习。

郝大成诚挚而中肯地指出了齐心会员们这些训练中的优点和缺点,并让红军第五中队给他们做了示范。

齐心会员们把自己平时的训练,和红军的示范一对照,深深感到红军战术和技术的高超。

"学会这一些本领需要多长时间呢?"朱英问。

"只要勤学苦练,是用不了很长时间的。"

"是不是学会这一些就能打胜仗了?"周威问。他也觉得学会这些本领并不很难。

郝大成说:"学会军事技术对于打仗来说,当然也很重要,可这还不是主要的!"

"还不是主要的?"周威和朱英同时都惊愕了,周威说,"那么主要的是什么呢?"

"主要的是靠战士的政治觉悟。一个红军战士,他知道为谁当兵,为谁打仗,知道奋斗目标是什么,所以打起仗来就不怕苦不怕累,拖不垮,打不烂。他们不怕一切困难,甚至死也不怕,这就是制胜的法宝。……"

周威以及所有齐心会员们都觉得有点疑惑不解。郝大成就打比方给他们听,他说:"国民党的正规部队武器比我们好,也受过严格的军事训练,但是他们打不过我们。任洪元的那个旅和谷敬文的那个保安团追了我们将近半年,却消灭不了我们。我们人很少,武器又差,可是我们却打了很多胜仗。为什么?就因为我们的战士有高度的政治觉悟。我们红军里,有的战士就是解放过来和起义过来的士兵,他们慢慢地懂得了这个道理。……"

"这个道理是什么呢?"朱英感到这种说法很新奇。

郝大成说:"这个道理,我可以找一个同志给你们讲一讲,他叫马贵,是你们四岭山人。他是从任洪元的部队里解放过来的,如今成了一个很勇敢的红军战士。在洪雷谷口打任中元的保安团时,他用枪打死了三个敌人,还用刺刀拼死了两个敌人!现在就请他和大家说一说。"

"好,好!"齐心会员们大声呼喊着。

"马贵!快说吧!"齐心会员们有的认识马贵,就更加起劲地鼓励他说。

马贵虽说是有准备的,但是在这种场合讲话,还是第一次。开头他讲得很拘束,后来就慢慢放开了,他说:"我啊,从前是一个耳聋眼瞎的糊涂人,一心想报仇,当了国民党匪兵,我真是忘了本!"这段没头没尾的开场白,除了他自己,齐心会员们都没有弄清楚。

"红军救了我,我这才算找到了自己的家。同志们就像我的亲兄弟,共产党就像我的亲爹娘,不! 比爹娘还要亲啊!"马贵激动着,话语也变得流畅了,"党代表和郝大队长教育我,同志们帮助我,我慢慢地开了窍。我才知道了什么叫阶级,什么叫阶级压迫和剥削,那些土豪劣绅狗财主,喝我们的血,吃我们的肉,把我们踩在脚底下,拿我们不当人看待,我那爹妈就是叫周武逼死的啊!"马贵说到这里眼圈红了,"……我明白了穷人的仇人是谁,那就是帝国主义,那就是国民党,那就是谷敬文、任中元、周武和那些土豪劣绅! 他们是咱们穷人的死对头! ……"

"是啊! 他说的全是实在话。"齐心会员们议论着。

"所以红军才打土豪分田地嘛!"

"红军的主张就是好!"

"谷敬文、周武和任中元,他们全是一个窝子里的狼。他们为什么打红军呢,就是因为红军是咱们穷苦人自己的队伍!"马贵越说越激动,越说越流畅,"我当国民党匪兵的时候,是我糊涂,是我忘了本。现在我当了红军啦! 我找到了自己的家,我知道我现在打仗就是为了穷苦人不受压迫,不受剥削,打仗是为了穷人翻身过好日子,所以我到了战场上,心里那股子怒气就上来啦,一心想把那些吃人的豺狼杀个干净。我向前冲锋的时候,没有想到死,就是死我也不怕! 我开头还在问自己:周武是和我有仇,我打周武的时候是不怕死,可是,为什么我打任中元的时候也不怕死呢? 哦,任中元和我就没有仇吗? 我说:有! 为什么? 因为任中元和周武都是大土豪! 我说的这个仇,不是个人的仇,这是阶级的仇啊! 这个道理,开头我是不太懂的,党代表和郝大队长给我一讲,我就明白了。周武是迫害了一个马贵,可是任中元也迫害了个张贵王贵李贵! 周武是白云山的大土豪,任中元是西屏山的大土豪,谷敬文是九里十八坪的大土豪! 这真是天下的穷人都受苦,天下的土豪都吃人啊！……

"前些日子,在白云山打土豪分田地,我们村的穷兄弟们还分给我二亩六分好山田。我心里真是高兴,就像吞了个蜜罐子似的。过去,我们一家人流尽了血汗,在荒山上开出了巴掌大的一块小茶园,周武霸占了它,害得我家破人亡。现在,我有了自己的土地了,能不高兴吗?……

"可是,乡亲们分给我的土地,我不要!我说,'我要土地干什么?把留给我的地再分给乡亲们吧。我马贵要为穷苦人扛一辈子枪,为穷苦人打天下,为穷苦人保江山!'……"

马贵的讲话,不但教育了齐心会员们,也教育了周威。虽然周威没有像穷苦的齐心会员们感受得那样深刻和强烈,但他认为这个红军战士讲得很有道理。再把郝大成第一次向他讲的那些道理一印证,周威心里清楚了很多。他已经明白,在洪雷谷口,周祖荫极力挑拨他和红军的关系,到底是什么缘故了。他有一种要和郝大成一吐衷肠的强烈愿望。

马贵讲完之后,郝大成说:"马贵讲的全都是他自己的切身经历和体会。齐心会员们!红军为什么能打胜仗?就是因为有共产党的领导,就是因为红军有强大的政治思想工作,所以每个战士都知道当兵、打仗是为了什么,每个齐心会员也都应该想一想啊!"

三

夜。

在周威的厢房里,两张竹制躺椅,依然放在郝大成第一次来太平寨时坐的地方,其他摆设也没有变化,周威打石的锤头凿子依然挂在墙上。明亮的蜡烛,跳动着红色的光焰。

郝大成和周威各自半躺在竹躺椅上,谈话的方式仍像上次一样,但是内容却大大不同。

"郝大队长,自从洪雷谷口战斗以来,我明白了很多事情。"周威推心置腹地说。

"总指挥明白了哪些事情呢?"

"我明白了,郝大队长第一次和我讲的'四岭山有两种匪,四岭山也有两种家';也明白了'周家佃户种的周家地主的地,周家地主剥的周家佃户的皮';还明白了周武,我这个同族兄弟为什么喜欢谷敬文,喜欢任中元,可就是不喜欢红军……"

"同时他也并不喜欢你!"郝大成接着周威的话头说。

"是的!"周威点点头说,"今天马贵说得很好,为什么他们不喜欢我而喜欢任中元?因为他们是同一个窝子里的狼!"

郝大成说:"马贵是个觉悟很快的战士,他从国民党部队里解放过来还只有几个月呢。"

周威感叹地说:"马贵是个孩子,又当过国民党匪兵,今天能讲出这样深奥的道理来,很不易啊!这都是你教育得好啊!"

郝大成恳挚地说:"这一点我要说明一下,不是我对他教育得好,而是共产党对他教育得好。在我打铁的时候,我也是不懂这些道理的!"

周威领悟地说:"我明白了,所以说,红军是共产党领导的队伍嘛。"

"是的,总指挥明白了就好。"郝大成十分高兴地说,"今天晚上我倒想给你讲个故事听。"

"讲故事?"周威不解地问。他看看郝大成讲得十分认真,就说,"什么故事呢?"

"是一个石匠的故事。这个故事还是刚听说的,我讲给你听吧!"

"石匠的故事?"周威迷惑地瞪着郝大成,说,"我就是一个石匠啊!"

"我讲的这个石匠,也许你认识他!"

郝大成讲着下面的故事:"那是三十多年前的事了。在一个大山区里,有一家大土豪。他家里有三个儿子,那个大土豪在死之前,把家业分成了三份。因为老三在省城里念书,年龄小,还没有成家立业,他的那份财产,就由老大来统一经管。只有老二那份财产他独自经营。

"地主豪绅都是巧取豪夺贪得无厌的豺狼,这个老大时刻想把老二那份财产拿到手,处心积虑地暗算老二。在一个大年除夕的晚上,老大、老二、老三,一起祭了祖,然后就回到老大的大厅里来喝酒。老大亲自给老二斟酒,他们畅叙手足之情,享受天伦之乐。可是酒过数巡,老二忽然肚子疼痛难忍,老大显得万分焦急,派人把老二抬回自己的家。第二天,老二就死了。老大十分哀痛,为暴病而死的二兄弟举行了隆重的葬礼。

"这时老二只剩了一个妻子和十几岁的孩子,老大要为这孤儿寡妇安排今后的生活,就把他的二弟媳妇叫去了。老大叹着气,对那个还在为她丈夫突然死去而哀伤的寡妇说,'你们的地产今后是没法经营了,孩子年幼,你是个妇道,雇个外人来管家我不放心!'

"……'那怎么办呢?'这个寡妇哭泣着。

"老大说,'我替你们想了好久了,我看这样吧,你把地契文书全给我,由我来统一经管。本来嘛,我们不分家是一家,分了家也还是一家。每年我可以给你们娘俩五千元大洋,这就够你们吃不完用不尽花不光的了!'

"……'那我那孩子长大了怎么办? 总得有份家业啊!'这个寡妇忧虑地说,表示出几分对大伯的不信任。

"……'你真是个女流之辈,'老大以长者的身份申斥着,'先叫孩子上学,等他长大成人了,要经商我给他钱,要立业我给他地。

老二的孩子也就是我的孩子，都是周家的亲骨肉，你就放心好了。'……

"老大没费什么力气就把老二的地契文书拿到了手，寡妇还千恩万谢地感激她大伯对她孤儿寡妇的照应。事隔一年，在一个刮大风的夜里，二寡妇家突然失了大火。二寡妇和她的房产一起葬身火海，幸好她那孩子那天不在家，这才免了烧身之祸。……"

周威开头只是无所谓地听着，似乎这个与己无关的故事，并不能十分打动他的心。但是，当他听到二寡妇葬身火海时，他不由心头一震："这个故事说的是谁呢？我的母亲也是因为家中失火被烧死的啊！"但他忍耐着没有发问，只是在竹躺椅里扭动着身体，仿佛竹椅上突然钻出许多针刺，使他坐不安躺不宁了。这个故事，引起了周威对于早已淡漠了的童年遭遇的回忆。

郝大成继续说着这个家族的并不十分引人的故事："这个老二就这样家破人亡了，只留下一个十几岁的孩子！一个没有父母也没有家业的孩子是不能再上学了，他就跟着一个老石匠去当了学徒。后来……"

郝大成忍不住看了看挂在墙上的锤头和凿子，说："后来，这个石匠的故事，我不说你也会知道了。"

周威在躺椅上猛然挺身而起，脸上冒着汗珠，凄声地叫道："这个故事是没有的！"

郝大成平静地说："这不是故事，这是真事！"

"你说的这三兄弟有名有姓吗？"

"当然有，老大周祖鸣，老二周祖坤，老三周祖荫，那个孤儿……"

"那个孤儿就是我！"周威大叫了一声，似乎消失了一切力气，他颓然地跌坐在竹椅上，嘟囔着，"这不可能，不可能！"

郝大成静静地坐着，并不去看处在极度混乱中的周威。

"这是你听说的,还是你想出来的?"周威盯着郝大成问。

"这是一个周家的老雇农和我说的,那时他还年轻力壮,给周祖鸣家喂马。周家发生的这一切,都没有逃过他的眼睛和耳朵。"

"我认识这个人吗?"

"我想你应该还认识他,他现在住在兰田岗,名字叫王心诚。"

"我还认得他。"周威有气无力地说。然后,他和郝大成都沉默着。

忽然,周威暴跳起来:"那么说,这毒药是周祖鸣下的了,这火也是周祖鸣放的了! 狼心狗肺的东西!"

"这些地主豪绅,我相信他们什么坏事都干得出来的。"郝大成说,"你想想,他们对同宗同族同胞兄弟都能下此毒手,他们对穷苦的人民会发善心吗? 他们都是双手沾满了人民鲜血的刽子手啊!"

"我'感谢'周祖鸣给我安排的命运,他叫我破了产,叫我变成了一个靠劳动吃饭的石匠。不然,我不也是和他们一样,双手沾满人民的鲜血吗?"

"是的,你说得很对。"

"我现在好像懂得一点什么叫宗族,什么叫阶级了,我也懂得你说的'家族不亲阶级亲'那句话了。"

周威说着,怀着愤懑的心情,平静地打开了他的抽屉,拿出一个账本似的东西来。然而,这不是账本,这是一本周氏族谱。他猛力扯了一把,然后伸向烛火!

那周家的族谱在烛火里燃烧着。一会儿周祖鸣、周祖坤、周祖荫的名字……全都化成了灰烬。

族权在周威面前毁灭了!

周威默坐了好久,激动的心才慢慢平静下来。郝大成也不去打断他的沉静,只是考虑着怎样继续谈下去。

周威这时的心境是十分复杂的,在新旧思想的斗争中,在逐步觉醒的脱胎换骨的过程中,往往要经历一个痛苦的过程。

试想,当一个人忽然发现:他的"亲人"原来是他的仇人的时候;他所信任的人正是欺骗他的阴谋家的时候,他所怀疑的人,正是他的最好的朋友的时候,他的心能平静吗? 当他发现过去做的想的差不多全错了的时候,他的心会平静吗?

接连发生的事情,对周威来说,教训是太多了,他恨自己晦暗不明,他恨自己糊涂,上当受骗的事是太多了,他变得自卑起来,他不想原谅自己。

"郝大队长!"周威诚挚地说,"我想,我今后还是去当石匠去! ……"

郝大成听了,惊异地望着周威。周威凝视着前面,继续着他的思路:"只是有个心愿没有了,我那焦大海兄弟还在任中元那里受着折磨,任中元还没有消灭,我的大仇未报,真是寝食难安哪!"

"任中元早晚是会被我们消灭的!"郝大成安慰着周威,以为他的心绪不好,"你怎么想到要再去当石匠?"

"我想,我是指挥不了齐心会的,齐心会不应该由我这样的人来指挥,我无能又糊涂!"周威说到这里,竟感到有些心灰意冷了。

"总指挥! 发现自己的不足,这本身就是一个很大的进步。"

"我想把齐心会交给共产党来领导,交给红军来领导! 只要能把任中元消灭,能把焦大海救出来,我就心满意足了。"

郝大成没有想到周威的转变是这样地急转直下,但又感到周威确实是诚心诚意的,就说:"你这个建议很好,我回去和同志们商量一下,还要向上级党请示了以后才能定。总指挥,我代表红军大队谢谢你,谢谢你对共产党的信任,谢谢你对红军的支持。相信你在建立四岭山革命根据地的斗争中,会起更大的作用。"

"郝大队长! 在我周威还当齐心会总指挥的时候,你有什么要求,尽管提出来,周威无不从命,就是赴汤蹈火也在所不辞!"

"总指挥在我第一次来四岭山的时候,就说过这样的一句话,'若是红军像你说的那样好,不来我也要去请的!'……"

　　周威立即接过郝大成的话头说:"大队长也说过这样的一句话,'红军只能比我说的还要好!'……看,今天,我们说的这些话都已经实现啦!"

　　郝大成说:"这是共产党的胜利,也是四岭山人民的胜利啊!"

　　周威郑重地说:"今天我实现以前说过的诺言。我代表齐心会、代表伏虎岭的老百姓,正式邀请红军开进齐心会的辖区来!"

第四十一章　叛　变

一

　　当郝大成在太平寨和周威深谈的时候,谷敬文接到法慧和尚捎给他的信,急急忙忙从谷家寨赶回来了。他立即和周武、周祖荫策划新的阴谋。

　　在谷敬文离开四岭山这段时间里,周武接连摔了两个大跟头,使他跌入了绝望的泥潭。洪雷谷口,任中元虽然打了败仗,但真正失败的却是周武。因为他完全失去了周威的信任,周祖荫再也不敢到太平寨来露面了,老狐狸把尾巴露了出来,失去了欺骗作用,再到周威面前充"外婆"已经不可能了。

　　白云寺事件,这个跟头跌得更厉害,在祈雨之后,周武和周祖荫曾得意忘形,满以为这一下子可以置红军于死地了,却没有想到红军和群众有力地反击,反而更加暴露了自己丑恶的面目。

　　各村农会都已经普遍建立,农民自卫队也都组织起来了。周武他们深感到自己的根基已经全部动摇了,只有一个沙河镇还在他的统治之下。这沙河镇,就像一个孤岛。他们不能不预感到,这个小岛很快就会被越来越汹涌的波涛所淹没。

　　谷敬文的到来,使周武又从绝望的泥潭中挣扎出来,阴沉郁闷的脸上又出现了一线希望的色彩,就像快要淹死的人抓到了一块漂浮的木板一样,他希望这块木板能把他带上安全的海岸。

　　谷敬文从九里十八坪回来之后,给周武这摇摇欲倒的大厦带来了三根支柱。第一根就是他的特务连进驻了青龙山,使周武的保安团背后有了依靠,增强了四岭山的武装力量;第二根支柱,就是蒋、桂、冯、阎四派联合对张作霖作战,已占领了北平和天津,因此,任洪元的部队可望很快调回,那时再对四岭山区来个大围攻,这个支柱虽说目前还只是精神上的,而且还是瘸腿的,因为除了对付红军是一致的以外,内部的矛盾还很大,但它却坚定了周武对红军斗争的信心;第三根支柱,这就是谷敬文本人,周武深感自己不是郝大成、吴可征的对手,在他的心目中,足智多谋的谷敬文是可以和郝、吴较量一番的,谷敬文的到来,使他感到有了主心骨,有了依靠,睡起觉来也踏实了。

有这样三根支柱支撑着,周武认为他的大厦不会倒塌下来。……

但是,谷敬文正在准备他的第四根支柱,并且把主要希望寄托在这第四根支柱上。

这时谷敬文正在周武的大厅里踱步,等待着他要召见的人。

"报告!"

奉召来见的马义山出现在大厅的门口。

等马义山毕恭毕敬又笔挺地站在谷敬文面前时,谷敬文嘉奖地说:"马义山,听说你干得很不错!"

"哪里,哪里,"马义山点头哈腰地说,"我愿意舍命为司令效劳!"

"如果你干得好,我会重赏你的,也会提升你的。"

"多谢司令栽培。"

"我叫你钓的鱼怎么样啦?"

"已经拿到手里了。"

"噢,那好,你坐下,"谷敬文指着一个椅子说,"坐下仔细说一说,可靠吗?"

"可靠！"马义山还不敢在谷敬文面前落座，仍然站着说，"这是他画过押的字据！"马义山把一张纸呈到谷敬文面前。

"你说说他是怎么上钩的！"周武说。

"对！"谷敬文又指指对面的太师椅子客气地说，"坐下说。"

马义山诚惶诚恐地坐下来。这是他第一次在三县司令面前落座，可见他是何等地被器重了。他详细地叙述着他"钓鱼"的过程……

尤四鼠自从得了机关枪，头上"负伤"之后，自以为成了红军中的"有功之臣"。为了逃避红军紧张艰苦的生活，为了摆脱同志们对他的监督，他伪装头疼，虽然脸上的伤早已痊愈，但他还是叫喊着疼痛，无病呻吟躺在病床上睡懒觉。瞅着没人的时候，他就上小酒馆，因为他从一排长身上骗来的钱，和从保安团机枪射手的死尸上搜来的钱，只能到酒馆里去花。

这一天尤四鼠正在小酒馆里吃酒。他的桌子对面坐了一个三十来岁的人，头顶礼帽，身穿府绸长衫，戴一副墨晶眼镜，肩头搭着钱褡裢。看上去是一个很阔的茶商。其实，他就是兰田岗开农民协会成立大会时，钻在床下偷听的那个人，就是马义山。

"尤四鼠，"马义山把自己要的一瓶杏花村酒向对面一推，说，"烟酒不分家，你先喝我的。"

"你怎么知道我叫尤四鼠呢？"尤四鼠瞪着鼠眼狐疑地问。

"谁不知道你啊？得过机关枪的功臣嘛。"马义山又低声问道，"这一回奖给你很多钱吧？"

"奖个屁！"尤四鼠苦笑了一下，"就是来趟酒馆也得偷偷摸摸地来，叫人看见，少不了挨顿训！"

"那真是太不自由啦！"马义山同情地说，"会不会提升你当个中队长呢？"

"你想,人家会相信咱这样的人?"尤四鼠发牢骚说,"咱尤四鼠算个狗屁!我就是立下天大的功劳,也提升不着我。再说,红军这个官有什么当头?咱干不了,也不愿意干。"

"若是在保安团那边啊,像你这样的功劳少说也得奖你一百块大洋,提升个营连长当当,护兵马弁你都用上啦。那该多么威风啊!"

"老兄!"尤四鼠盯着马义山说,"我也用不着问你名和姓,我知道你是谷敬文派来的人,不然就算我尤四鼠没有长眼珠。"

"不,不!"马义山慌忙否认着,"我不过是一个茶商,这个玩笑开不得!"

"哈哈哈!"尤四鼠看着马义山要逃命的样子,不禁大笑起来,又低声说,"你不要慌,我不会出卖你的。我得了机关枪,连个屁也没有奖给我,我抓你这个保安团的探子,也不会奖赏我的。如果抓个探子能奖我一百块大洋的话,老兄,那就很难说了,哈哈哈!多一个朋友多一条路,多一个仇人多一堵墙,我才不做这种蚀本的买卖呢,你放心好了。"

马义山相信尤四鼠讲的是心里话,就放心大胆地说:"咱们打开窗子说亮话吧,锦绣前程就摆在你面前,不知你有没有胆量走!"

"你说。"

"眼前没有什么要你干的。"马义山从裤裆里摸出一个口袋说,"这里是一百块大洋,你先收下吧!"

尤四鼠瞪着钱袋,两眼发出贪婪喜悦的光来,可是一下子又暗淡了,遗憾地说:"不,这么多钱,我他妈的连个放的地方也没有!"

"哪,这里有好放的。"马义山又掏出了两个闪闪发光的金戒指来。

"好!"尤四鼠伸出爪子,一下抓了起来。

"这是收条,"马义山把一张纸条放在尤四鼠面前,"你签个字吧！"

"签字？"尤四鼠犹豫了。这时，马义山已经从酒店账房那里借来了毛笔。

尤四鼠迟疑了一会儿，心想："人为财死，鸟为食亡，我尤四鼠豁上了。"他终于在纸条上，歪歪扭扭地写上了自己的名字，真像是一只老鼠在上面爬的一般。

马义山把"收条"折叠起来，放进钱褡裢的夹层里，轻声地说："尤四鼠，从今以后，咱们就合伙干一个买卖了。"

"你要我干什么呢？"尤四鼠虽说是个老兵痞，干这种事情毕竟是第一次，他有些胆怯，"我怕干不了。"

"没有什么难事叫你干，"马义山安慰他说，"你把郝大成、吴可征、黄国信和红军的活动情况告诉我就行了。"

这时正是农忙季节，小酒店里很少有人来往。尤四鼠向柜台看了一眼，担心地说："酒店老板……"

马义山明白了尤四鼠的意思，低声地说："没关系，他是我们的人！"

"噢，我明白了，"尤四鼠醒悟地说，"是他告诉你，我叫尤四鼠的吧？"

"少废话！"马义山把手一摆制止他说，"快说正事！"

尤四鼠讨了个没趣，低下头，咂了一口酒，说："吴可征到县委去开会，还没有回来；郝大成带着第五中队到太平寨去了，是去帮助齐心会搞军事训练；黄国信在大队部里，因为阻拦祈雨的事，受了批评，情绪很不高，整天东游西转的没有什么事干。……有时候也带几个人下去，检查各个工作小组的工作。……"

"你多说一说黄国信。"马义山说，"这个人，谷司令很关心他，他经常到哪些地方去呢？"

"他的活动……"尤四鼠端起酒杯，咂了一口，说，"我没有在意,知道得不多……哎,我想起来了,前天,他也到小酒店来了,正碰上我在喝酒,把我吓慌了,我以为他会处罚我的。可是,真没有想到,他也是来喝酒的,还和我一起喝了几杯呢。"

马义山见尤四鼠对黄国信说不出更多的情况来了,就又问别的:"那个女红军怎么样?"

"你说的是宋少英啊,她带着工作小组到别的村寨去了,不是开会,她很少回大队部来。这里只有罗雄的第一中队。……"

"他们对你怎么样?"马义山关切地说,"没有人注意你吗?"

"他们现在忙得团团转,还顾不上我。"尤四鼠宽慰地说,"再说,我是个得机关枪的有功之臣,又是个好了外伤还有内伤的病号,他们不会注意我的。"

"也不知你怎么得的机关枪。"马义山不相信尤四鼠真能干出这样的事来,"真他妈的瞎猫碰上死老鼠了!"

"这可是个秘密事。"尤四鼠嘿嘿一笑说,"就和我的头疼病一样,除了我自己知道真情,谁也查不出来。"

"你真他妈的是个油老鼠。"马义山戏谑地骂了一句,见他提供不出更多的情况了,就又补充说:"你要多和黄国信接近,要向他讨好,今天就说到这里。以后我和你在这里接头,如有紧急情况,你可以告诉小酒店老板。成功之后,司令不会亏待你的!"

马义山背上钱褡裢走了。尤四鼠对着酒杯,呆呆地坐了好久。

……

谷敬文听完了马义山的详细报告,满意地点点头说:"你这次任务完成得很好。你先去休息吧,有事我再找你。"

马义山走后,谷敬文对周武和周祖荫说:"现在,郝大成和吴可征都不在梅林镇,正是我们抓牢黄国信的好时机。如果我们能把黄国信搞到手,咱们就可以给郝大成来个内外夹攻。我不信郝大成有天大的本领!"

"可是，我们怎样才能把黄国信抓到手呢?"周武没有谷敬文那么乐观。

"总会有办法的!"谷敬文说，"我已经想了好久了，我来说给你们听，三条锦囊妙计，哪条好，用哪条。一计不行再施一计。你们放心，黄国信不是吴可征和郝大成，好对付!"

二

黄国信吃过晚饭，在梅林镇转了几圈，天已经黑了，他回到了自己的住处，半躺在门板搭成的床铺上，一种惆怅的情绪占据着他的心头，无法排遣。他这次回到红军大队来，本想大展身手，重新得到已经失去的地位和权力。却没有想到在阻止祈雨这件事上又栽了大跟头，真是弄巧成拙，画虎不成反类犬了。目前四岭山革命形势虽然大好，黄国信并不感到振奋，因为这些成绩都不是他做出来的。面对着十分动人的革命景象和振奋人心的革命形势，他的心情是十分复杂的，他的心情中掺杂着两种邪味：一种是酸味，一种是苦味。在南屏山时，他曾断言红军进不了四岭山，即使进来也站不住脚。但是事实与他的判断恰恰相反，红军不但进了四岭山，而且很快扎下了根，红军力量大大发展壮大了。这个铁的事实证明他的到处流窜，所谓分散隐蔽、流动游击的主张是错误的。这种革命形势的发展，对他是一个打击，回想起他和吴可征、郝大成的争论，自然是酸不可耐，苦不堪言。

同时，黄国信仍然相信，目前这种兴旺景象毕竟是靠不住的，是暂时的。九里十八坪不是也曾红火过? 敌人重兵压境，到头来还不是又要流窜? 当然，他在县委承认了自己的错误，但自己内心并不真正服气，况且县委委员之间认识也不完全一致，他的观点还是有人支持的。想到这里，黄国信的苦味酸味之中，又掺进了一点甜味。

　　黄国信在县委时的检讨中,也"深挖"过自己犯错误的思想根源和社会根源,但那只是口头上的"深挖",他并没有从思想上真正挖掉犯错误的根源,他并不愿意真正改正自己的错误。他那些错误思想,在一定的时候隐伏,在一定的时候回潮,在一定的情况下,改变成另外一种形式出现。现在他一想到将来,就更悲观失望了。

　　黄国信虽然一向缺少自知之明,现在,却明确地认识到他在红军大队里是永远翻不了身了。他强烈地要求回来,本来是想和郝大成、吴可征比比上下,争一口气,另打锣鼓另开张,重新建立威信……既然达不到这个目的了,他也不愿意在这里久留了。他想:"吴可征不久就会回来,那时,我就可以回县委去。另投门路,另找靠山,何必在这里受气呢,联络员有什么干头?"

　　黄国信想到一旦回到县委,就要汇报工作情况,这个难题把他难住了。他又想:"汇报工作,什么是好的,什么是错的,总得讲出个道道来啊。到底郝大成、吴可征这一套对呢,还是我的那一套对呢? 比如阻拦祈雨这件事吧,我认为我是对的,而郝大成是错的。可是,关键是县委如何看待这个问题呢? 摸不着县委的态度,汇报就不得要领,就像贩私盐做生意一样,摸不清行情,不但赚不到钱,而且会输掉老本的啊! 如果能发现郝大成和吴可征工作中有什么大的错误,那就好了。一般错误还不行,要是抓住他们政策性的路线性的错误,那就好了。回到县委一汇报,即使捞不到更大的资本,总也可以交代过去了,也不枉四岭山一行,就是出口冤气也是好的。……可是,郝大成和吴可征的错误是什么呢? 表现在什么地方呢?"

　　黄国信在想,想,想……

　　黄国信前思后想,在床上辗转反侧,很久不能入眠,天已经晚了,他开始进入蒙眬状态。这时,他似乎觉得虚掩着的门被轻轻地推开了。他开头以为是幻觉,睁开眼睛一看,明亮的月光从半开的门缝中照射进来。迎着光亮,他看到了一个黑黑的人影。

"刺客!"黄国信的脑子里迸出这两个字后,就条件反射地坐了起来,惊恐地喊道:"谁?!"

"黄联络员,是我。"黑影轻声地说。

在慌乱里,黄国信没有听清来者的声音。不过他不再喊叫了,而是低声地问道:"你是谁?"

"尤四鼠。"黑影轻声答着,"有个人来找你。"

"找我?"黄国信莫名其妙地说着。这时他看见尤四鼠后边又跟进一个人来。

这个陌生人的相貌黄国信看不清,这个人的来意,他更无法判断出来。

尤四鼠和身后的黑影进了屋后,房门又轻轻地掩上了,屋内变得一团漆黑。

这两个不速之客的黄夜来访,使黄国信感到很不寻常。他不知道应该以什么态度来对待才好。他的心脏在咚咚地跳着,冷冷地问道:"你们要干什么?"

在黄国信心神未定的时候,尤四鼠划了根火柴把灯点上了。

马义山仍然以茶商的打扮出现在黄国信面前,他轻声地说:

"我是来告状的。"

"告状?"黄国信莫名其妙地瞪着这位不速之客,"告什么人的状?"

"告红军的状!"尤四鼠代替茶商回答说,"我是在小酒馆里碰上这位马先生的,他要找红军大队的管事的,我就把他领来了。"

"噢?"黄国信仍然摸不着头脑,一下子还转不过弯来,"告什么人?"

"是这样,""茶商"倾诉道,"我在兰田岗收了几担茶叶,可是,红军的工作组给扣住了,说我是土豪劣绅资本家,没收了茶叶还不算,连我的二百元大洋都没收了。"

"有这样的事?"黄国信不以为然地说,"红军是保护工商业的。你坐下慢慢和我说。"

"我也这样说了,""茶商"诉苦说,"可是,有个女红军,很厉害,我说不过她,只好来求党代表了。"

"这准是宋少英干的!"尤四鼠恶意地挑拨说,"这事可不大好办,郝大队长庇护她,党代表惯着她,她根本不把别人放在眼里。这事只有黄联络员能秉公处理。……可是,我怕……"

"你怕什么?"黄国信问。他正考虑着这件事应该如何处理。

"我怕,我怕联络员去碰一鼻子灰!"

尤四鼠一句话,把黄国信的虚荣心挑起来了。自从白马山峡谷突围以来,他们互相之间展开斗争所积累起来的一切怨恨,在黄国信的心头潮涌般地泛滥起来。

"好啊!你宋少英也有犯错误的时候,这样大的行动,也不来请示我,就敢独断独行了。尤四鼠说得对,这是郝大成和吴可征包庇怂恿的结果,是她骄傲自满的结果!郝大成、吴可征不在,还有我这个代理党代表在,你根本不把我放在眼里。……现在我明白了,你们互相包庇,结成宗派来打击我。这次,我要抓住你们,向县委告你们,是算账的时候了。我作为县委的联络员,有权力也有责任处理这种违法乱纪的事情。宋少英啊,你不服我管更好……"黄国信想到这里,气冲冲地向"茶商"和尤四鼠说:"走!我们到兰田岗去!"

如果黄国信不提马上要去,马义山和尤四鼠会想尽各种办法要求他去的。可是,当黄国信提出立刻要去的时候,他们怕他改变主意,采用了"欲擒故纵"的手法。

马义山慌忙起立,向黄国信深深地鞠了一躬说:"谢谢联络员,我终生不忘你的大恩。可是，耽误了联络员安歇，我心里实在不安。再说，天也不早了。……"

"是啊！"尤四鼠帮腔说，"天虽说还不太晚，可是这一趟是够辛苦的，联络员一定要去，还是带两个人去好，虽说他们工作组深更半夜都能来来往往，可是，联络员身份不同。唉，若不是我头疼，我就跟联络员去了。"

黄国信本来是不太愿意晚上活动的，既然在冲动的时候说出口来了，又有尤四鼠的提醒，所以他决心定了，从罗雄一中队要了两个战士就出发了。

三

月亮越升越高，也越来越亮，给大地洒下一片清辉，照耀着山间小路。

晚风吹过山野，树林飒飒地响着。清风明月，使夜色别具一番风味，显得特别安谧。

黄国信、马义山和两个战士从梅林镇走出来，翻过一个不高的山头，踏上了去兰田岗的小路。

他们走得很快，一会儿就翻过了一个小山包。快到十字路口了，在一个急转弯的地方，马义山突然"哎呀"地叫了一声，跌倒了——这是一个信号。

"怎么了？"黄国信停下来问。

"坏了，"马义山从地上爬起来，拐着腿说，"我的脚脖子扭了。"

"糟糕！"黄国信皱了一下眉头，对一个战士说："你扶着马先生走！"

战士站在马义山的身边。马义山一只胳膊搭在战士的肩上，搂着他的脖子。

这时,从路边的树林里突然跳出几个黑影来,猝不及防地扑到黄国信和另一个战士的身上。

马义山也就势把扶他的战士的脖子紧紧抱住,把他摔到地上。

拼死的搏斗继续了三分钟。两个战士,由于没有准备,而且寡不敌众,全都被绑起来了。

黄国信并没有认真地反抗,很容易地束手就擒了,他的嘴里被塞进了一团乱草。

"马呢?"马义山压低嗓门问。

"在树林子里。"

"快,牵过来!"

两匹带了嚼口、用布包了蹄子的灰马,被牵过来了。黄国信任凭马义山摆布着。他被扶上了马,像捆面布袋一样被捆在马鞍上。直到这时,他的脑子还没有转过弯来。

马义山上了另一匹马,他一边上马一边吩咐说:"你们在这里等我。"

然后,他带着黄国信向沙河镇疾驰而去。

四个保安团团丁,把两个被捆绑的战士拖进树林里去了。

……

"请坐,黄先生,"谷敬文在刑讯室旁边的房子里,对被带进来的黄国信客气地说,"我等候你很久了。他们没有委屈你吧?"

狼狈不堪的黄国信什么也没有说,他听天由命地坐下来,不断地喘着粗气。这时,刑讯室里传来拷打犯人的皮鞭声,但这皮鞭就像抽打在棉被上,他听不到犯人的呻吟和喊叫。

"黄先生,我本来想亲自登门拜访的,考虑到进梅林镇不大方便,所以就把你'请'来了。咱们不仅互相认识,而且你我也是心心相印。"谷敬文仍然像在他的大厅里一样踱着方步,吸着香烟,像和一个老熟人谈天似的说，"我很想和你开诚布公地谈谈，我相信，我们一定能谈得来。因为时间仓促，没有设酒宴恭候，尚祈谅解——"谷敬文说到这里被黄国信打断了。

"我既然落到你的手里，我自认倒霉，要杀就杀，要砍就砍，我没有什么好说的！"

黄国信说得很激愤，似乎也很硬气，谷敬文却听得出来，这些话说得虽然很硬，语气里却没有钢质。

"不，不，黄先生，我干吗要杀你呢？我是很重视你的。"

黄国信茫然而又激动地说："你这是什么意思！"

谷敬文微微一笑说："你会懂得的。这些事我们可以慢慢谈。你可以在这里看看，我继续审理我的案件，让你见识见识，和我作对顽抗会得到什么下场，我希望你从中得到一点教训。"接着谷敬文向刑讯室喊道："把人给我带上来！"

这时周拐子和另一个匪兵从刑讯室里架出一个人来，这个人被打得皮开肉绽，全身是血。他被周拐子猛力一掼，整个身体平摔在地上。

这个被折磨得临近死亡的人，却不愿意躺在地上。他以惊人的毅力，聚集起所有力气，抓住椅背，艰难地站了起来。他满脸血迹，炯炯有神的目光在这黑屋子里扫视了一下，眼里充满着憎恨和怒火。当他看见黄国信时，便流露出极端憎恶和鄙视的神情。

谷敬文用夹着香烟的手，指指黄国信和犯人说："你们两位大概还不认识吧！"

两个人都没有讲话。

谷敬文说："我来给你们介绍一下，这位是县委联络员黄国信，黄先生。"他又指着犯人对黄国信说，"这一位是田家冲的农民协会的骨干分子，叫田雨旺，我正在等待他的口供。黄国信先生，你应该劝劝他，他太执迷不悟了。"

黄国信看着被打得遍体鳞伤的田雨旺,悲痛地说:"同志,你受苦了!"

"住口!"田雨旺憎恨地怒视着黄国信说,"我不是你的同志!"

"田雨旺,"谷敬文突然换了一副凶狠的面孔说,"你还不交代吗?"

"你不要做梦!"

"哼! 不给你点厉害看看是不行的!"谷敬文怒不可遏地向匪兵们吼叫着:"把他的皮给我撕下来!"

周拐子向前跨了一步,扯住田雨旺沾满血迹的上衣前襟,猛力一扯,田雨旺满是鞭痕的上身全部裸露出来。

"真残忍啊!"黄国信的脸突然变得惨白,他把脸转了过去。

就在这时,田雨旺抖擞起全部力量向谷敬文扑过去。

谷敬文没有想到被打得九死一生的田雨旺还有力量扑击他,顿时他吓得惊慌失措。

这时,田雨旺已经抓住了谷敬文腰带上的手枪。

谷敬文一边挣扎一边喊道:

"打死他! 打死他!"

周拐子开始也被田雨旺的意想不到的动作吓愣了,这时他才清醒过来,从背后抓住了田雨旺的手。为了不伤到他的主子,他把枪口按在田雨旺的右肩上,向下打了一枪。田雨旺摇晃了一下,倒在地上!

黄国信被这悲壮的场面惊呆了,他全身软绵绵地平瘫在椅子里,嘴里连连嘟噜着:"残酷! 残酷!"

谷敬文被田雨旺的举动吓慌了,等匪兵们把田雨旺抬出去之后,他惊悸的心才慢慢平静下来。

"黄先生,"谷敬文说,"现在我们可以继续谈我们的了!"

"你太残忍了,真是行同禽兽!"黄国信说。

"不,你错了,残忍的不是我,而是他,而是你们! 我问你,我的二儿子谷福生是怎么死的? 还不是死在游击队手里吗? 汤三礮子是怎么死的? 黄老八是怎么死的? 还不是都叫你们枪毙了吗?……"

黄国信沉默着。

"啊,你没有话说了吧? 你说我残忍,可是我的残忍是叫共产党逼出来的! 你们打土豪分田地,如果当年我谷敬文跑慢了一步,不也是被你们杀害了吗? 我这眼不是叫郝永兴那个造反的余孽给打瞎的吗? 谷中一的腿还不是你给他打瘸的吗? 说真话,我是不同意进行流血斗争的! ……"谷敬文一边说,一边看着黄国信的神情。

本来,谷敬文这种混淆黑白颠倒是非的伎俩,是很容易反驳的。谷敬文这个手上沾满人民鲜血的刽子手,他家祖祖辈辈残害了多少人命啊! 在他制造的白色恐怖中,有多少人被他杀害,有多少人家被他搞得家破人亡啊! 他这种只准他们向人民动屠刀,而不准人民反抗的反动言论是丝毫也站不住脚的,是不值得一驳的!

然而,黄国信却沉默不语。

"我赞成自由、平等、博爱,我也赞成合法的斗争,让明智的人们来判断我们之间的是非吧,何必用武力来解决呢? 一切战争都是残酷的,难道我们不应该用和平的方法来解决吗?

"不错,过去我只不过多收了佃户几担租谷,如果嫌我收得太多,我也可以减少嘛,只要政府颁发一项法令,我就会不折不扣地照办。……"

黄国信仍然沉默不语。谷敬文看到他的论点已经起了作用,他继续向黄国信阐述他的人生哲学:

"黄国信先生,我要问你,假如你父亲没有为贩烟土而犯法,他的地位和处境又怎么样呢？当那些暴民打开你家的粮仓，并开大会公审你父亲的时候你怎样想呢？就算我过去做了些对不住乡亲们的事吧，难道就值得采用暴烈的行动吗？这次你可看到了，九里十八坪一带死了多少人！这都是革命的结果，这都是斗争的结果！本来这些人是可以好好地活下去的，都怪他们造反！当然，活着的日子是苦一些，可是过着苦日子，不也过了几千年吗？佃田交租，借债生息，这都是历代天经地义的事情，为什么不安分守己呢，饿死不做贼，屈死不告状，这不是我们祖先留下的格言吗？……"

谷敬文的这段话，就是一个刚懂事的孩子，也会把他驳倒的。他压迫人民有理？人民反抗无理？九里十八坪死的人多，本来是他屠杀的结果，他却说成这是革命的结果！人民之所以起来革命，这是被土豪劣绅逼出来的。

黄国信似乎不同意谷敬文的论点，但由于他的世界观没有改变，所以找不出有力驳斥的理由，他仍然沉默着。而谷敬文似乎也不急于让他表示态度，只是让他好好听着，仔细想着。

"孔子曰：'非礼勿视，非礼勿听，非礼勿言，非礼勿动。'这些道理，你是读书知理的人，你应该明白。为什么你要和那些黑泥脚杆子混在一起闹什么暴动，干什么革命呢？这不就是'犯上作乱'吗？难道你真的相信共产主义会实现吗？这完全是空想、妄想、做梦！"

"这不是空想，更不是做梦！这是现实，"黄国信似乎找到了一个反驳的机会，"就拿十月革命来说……"

"不，你先不要急于做出结论，你好好想一想再告诉我，不要感情用事，要头脑冷静地去想一想。现在你只有两条路好走，一条，就是田雨旺的路，毫无意义地死去。黄先生，你是个有作为的人，和一个不值半文钱的黑泥脚杆子一样死去，连我都替你惋惜。另一条就是改过自新，写一份自首书，表白一下，你仍然可以去当你的联络员。……"

"不，我绝不叛变！"黄国信有气无力地喊道，"我绝不写自首书！"

可是，谷敬文并不理会黄国信的喊叫，而是继续宣扬他的观点，他相信黄国信一定会被他征服："这里我还有一笔账，请你算一算。任洪元旅即将返回，我的保安团正在扩大，不久三个保安团将全部组成，我管辖下的民团不下数万人，任中元的保安团也要扩大。我们武器精良，弹药充足，训练有素。红军和游击队呢？不只人数少，而且武器差，都是一群没有经过训练的乌合之众，一切斗争和反抗，结果都将是自取灭亡。

"好，退一万步来说，就是你们再发展到九里十八坪暴动初期那样的势力吧，又有什么用？还是会在我的手里变成齑粉。不要以为郝大成、吴可征暂时在四岭山得势，这里很快就要变成九里十八坪第二的！"

这些论点，从谷敬文嘴里说出来，本来并不奇怪，可是黄国信听来却暗暗吃惊。因为这些论点和他对革命悲观失望的想法，产生了共鸣。

"……"黄国信张了张嘴，想要回答什么，但是谷敬文摇了摇手制止了他。

"凡事要三思而行。"谷敬文说，"你给我们干比给共产党干有利得多。你既会赌博又贩过私盐，懂得把赌注押在哪里更好！你也懂得做什么生意才能赚钱。……你写自首书也罢，不写自首书也罢，反正一个样，白布到了染缸里，洗一千遍也不会再变成白的了。你既然被抓来了，还是我给你指的那两条路……你好好想一想吧！"

黄国信垂着头，好像抽了骨头拔了筋似的软瘫在椅子里。他有气无力地说，"你们要我干什么？"

"黄先生，你是个明白人，从今天起，我们已经是坐在同一条船上的人了。我们好，你也好，我们失败了，你也跟着一块完蛋！"谷敬文的声调里,充满着威胁。

"你们要我怎么办呢?"黄国信像被浇了一盆水,冷汗涔涔地向下流着。

"你现在是县委的联络员,这个地位对我们来说是很重要的。我们并不想轻易地惊动你,希望你越爬越高,权力越来越大,这对我们很有好处。今天对你并没有什么要求,只是把吴可征、郝大成的一切行动计划,尤其是军事行动计划,告诉我就行了!"

黄国信这时已经开始平静下来了。惊骇的心情已经慢慢消失,豁出来的思想陡然抬头,心想:"也好! 反正红军在四岭山是站不住脚的,我黄国信在共产党里是没有前途的,与其到那时和红军同归于尽,倒不如现在就另奔前程。'塞翁失马,安知非福?'我这次被捕,也许并不是什么坏事,而是飞黄腾达的开始。好吧,我就干一番冒险的事业! 等待我的是高官厚禄也罢,是断头台也罢,管他娘的! 天有不测风云,人有旦夕祸福,人生就是碰运气啊!"

黄国信屈服了,想"通"了,他供出了他所知道的情况。……

"很好!"谷敬文表示满意,"县委指示郝大成出兵西屏山,配合农民暴动,这是特别重要的。我需要他们的详细的行动计划,你要想尽一切办法搞到这个计划,并及时告诉我。"

"我怕在传递情报的时候出漏子,一个'茶商'时常出入大队部不行,太显眼了。"黄国信说。

谷敬文说:"尤四鼠和小酒店的老板都是我们的人。今后的所有情报,可以由他们传递。至于你的奖金,先存在我这里,如果你需要,我叫小酒店老板转交给你。"

黄国信眼睁睁地看着一脸奸诈满面笑容的谷敬文,觉得从这一天起,他的命运已经和谷敬文、周武联系在一起了,他已经踏上了另一条船!

"我怎么回去呢?"

"不用担心,我已经给你安排好了。"谷敬文向等候在外面的马义山喊道:"马义山,送黄先生回去。"

马义山来到刑讯室里。谷敬文吩咐说:"按着我说的那样执行,不准露出一点破绽。"

"司令放心!"马义山向谷敬文敬礼后,对黄国信说:"黄先生,请外面上马!"

一会儿两匹马出了沙河镇向原路奔驰。

两个小时后,黄国信又回到了原来被捕的地方。

马义山和黄国信一齐翻身下马。

黄国信心怀鬼胎,不知谷敬文给他安排了一个什么下场。

马义山说:"黄联络员,你听我说,你是带着两个战士到各村去检查工作组的工作的,半路上遇到了保安团的袭击,两个战士牺牲了,你也光荣地受了伤。……"

"什么? 我受了伤?"黄国信愕然地问。

"是的,谷司令为了黄先生的安全,你只好受一点委屈了。"

马义山说完,扯起黄国信的胳膊,贴着皮肉,打了一枪,黄国信叫了一声跌在地上。

"快跑吧,躺在地上是不行的!"马义山对黄国信说。

接着,两个被俘的战士也被拉到路上来。一阵枪声,他们倒在血泊里了!

黄国信听到了马义山的话,立即爬了起来,向山林里跑去。在他的身后又响了几枪。

但是,这几枪并不是打他的,而是马义山为了把这场"袭击"演得像真的,故意开枪把一个保安团团丁打死在路边。

黄国信自己向梅林镇跑了一阵子,忽然想道:"不对! 我怎么好一个人脱逃呢?"于是他又跑回来,把一个已经牺牲的战士放在肩上,艰难地向梅林镇走去。……

第四十二章　阴　谋

一

马义山和保安团团丁们,伪装袭击红军工作组的枪声,传到了梅林镇。罗雄不了解响枪的原因,自己不便离开大队部,便派陈大雷带领一个分队去侦察情况。

陈大雷在通往出事地点的半路上,碰上了背着一个牺牲的战士的黄国信。陈大雷一边给黄国信裹伤,一边听他说明遭受袭击的情况。裹好伤口,满身血迹的黄国信一步一跟跄地带着一分队来到了被袭击的地点,找到了另一个牺牲的红军战士,此外,还发现了一个被打死的保安团团丁。情况和黄国信讲的基本相符。

……

郝大成听到了黄国信被袭击而受伤的报告后,立即安排了第五中队在伏虎岭的工作,告别了周威,回到了梅林镇。

郝大成仔细地询问了被袭击的经过,然后到现场去查看。但是,在他去现场之前,下了一场雷暴雨,却把袭击的现场弄模糊了——被踏倒的山草都又直立起来了,脚迹也很难辨认清楚,即使看清楚了,由于一分队夜间搜索了现场,也很难分析出当时袭击的实况。

黄国信伤得并不严重,只是胳膊肘上伤了一层皮。

袭击事件很快就过去了,并没有引起轩然大波。在两军对垒的大搏斗中,发生这么一个小小的袭击事件,也实在算不上什么。

322

郝大成指示各小组加倍提高警惕后，一切工作又恢复了常态。

袭击事件发生后的第五天，吴可征也开完了会议，从县委回到了四岭山。

红军大队立即召开了全体大会，由吴可征传达了会议精神，报告了井冈山革命根据地的斗争情况，他说：

"井冈山的斗争，不断取得新的胜利，不断粉碎湘、赣两省敌人的'进剿'，使红色区域一天一天扩大，土地革命一天一天深入，红军和赤卫队也一天一天壮大！井冈山斗争的伟大胜利，鼓舞了全国革命人民的斗争意志和胜利信心……"

接着他又介绍了各地区学习井冈山经验的情况，使全体指战员受到莫大的鼓舞。

夜里，吴可征召开了中队长以上的干部会议，传达县委给四岭山区红军大队的新任务，他说：

"四岭山区的革命形势发展得很快，县委在会议上表扬了我们。并且强调指出：'我们的一切胜利都是学习井冈山斗争经验的结果，是按照毛委员指出的正确方向前进的结果。今后，我们一定要更坚定地坚持走井冈山的道路，走建立农村根据地，以农村包围城市，最后夺取城市的道路！坚决同右的和"左"的机会主义做斗争！'……

"洪雷谷口的胜利和对白云寺的打击，对四岭山革命形势的发展起了关键性的作用；帮助齐心会训练，县委是很赞成的。对于要不要把齐心会改编成红军的报告，县委刚刚收到，就进行了研究。县委认为只要条件成熟，在伏虎岭、黑蛇岭建立了农民协会后就可以进行改编，把脱产的齐心会员改编成红军，把大部分不脱产的齐心会员改编成农民自卫队，由周威来担任农民自卫队的总指挥，黄六嫂担任党代表。"

"县委的这个指示很好，"郝大成无限深情地说，"我热烈拥护！

我们的一切胜利,都是毛委员开创的井冈山道路的胜利,我们要永远遵循毛委员指示的道路前进,这是我们取得胜利的根本保证!谁反对毛委员给我们指出的道路,我们就坚决和他斗争到底!"

吴可征接着说:"现在我谈一谈县委交给我们的新任务吧。西屏山地区农民起义已经准备就绪,县委指示我们要出兵支援,最好能借这次起义,把任中元的保安团消灭掉,这样四岭山区和西屏山区就连成一块了。……"

"县委这个指示我认为很及时。"郝大成说,"这次出兵,齐心会肯定会全力配合我们,再加上西屏山区暴动的革命群众的配合,消灭任中元是有把握的。"

吴可征继续说:"这次军事行动,它的政治意义非常重大,对打开西屏山区的革命局面,以及对四岭山本身的发展,都会发生巨大的影响。所以这次出兵时机的选择很重要。从军事观点上看,只要准备就绪了,就可以行动;但是这次出兵主要目的是配合西屏山区的农民起义,因此出兵的时间不能取决于我们,而主要取决于西屏山农民起义的准备的程度。我们出兵过早过迟都不利。"

"我们必须和西屏山区的党组织及时取得联系,"郝大成说,"史少平同志很快就要回来了。"

干部会议结束之后,吴可征和郝大成两个人又交谈了很久。

吴可征说:"黄国信同志在县委学习期间,表现似乎还不错,听起来他检讨得也很沉痛,改正的决心也很大,并且请求再回到大队来,用实际行动来改正他的错误,所以县委还是同意了他的请求。……"

郝大成说:"黄国信同志回来这段时期,表现是这样的:开头劲头很大,不久,就发生了阻拦'祈雨'的事件。……"

接着,郝大成详细地介绍了黄国信阻拦"祈雨"的经过,和以后对黄国信错误的斗争过程。

吴可征说："通过阻拦祈雨向群众开枪这件事，充分说明黄国信同志并没有从思想上认识过去的错误，阻止祈雨，虽然是以'左'的面目出现，实质上还是不相信群众，和在南屏山上的右倾悲观失望是一脉相承的。……"

"你这个分析很对，黄国信同志对这次阻拦祈雨事件，虽然也做了一点检讨，但思想上并没有认识错误。……相信不相信群众，依靠不依靠群众，这是个根本路线问题！"郝大成深情地说，"毛委员在农民运动讲习所里，就这样教导我们。……"

"是啊！"吴可征深沉地回忆说："毛委员是最相信群众的。"

"我们要永远牢记毛委员的这个教导，同各种错误路线做坚决斗争。……"郝大成坚毅地说。

吴可征说："错误路线，不管它是'左'的还是右的，有一个共同的特点，就是不相信群众，尤其是不相信农民群众。这不仅是个群众观念问题，还是一个世界观的问题。黄国信同志不解决这个问题，如果敌人重兵压境，他的悲观失望情绪还会出现的。"

郝大成接着说："阻拦祈雨事件过了不久，就又发生了一次事故，那时我正在太平寨帮助齐心会搞训练。宋少英在兰田岗一带搞群众工作，大队部就是黄国信同志一人留守，他带着两个战士到各村去检查工作，被保安团袭击了，两个战士牺牲了，黄国信同志也受了轻伤。在和敌人战斗中，打死了一个匪兵。……"

"这件事，从你们给县委的报告里，我也知道了一点。"吴可征说，"你认为这里面有什么问题吗？"

"是的，"郝大成说，"粗看起来，这个事故并没有什么，敌人袭击我们，这也是意料中的事。田家冲的田雨旺同志就是叫保安团的暗探捕了去的；兰田岗也发生过暗杀行动；黄国信同志是县委的联络员，带人下去检查工作，也没有什么不正常。……只是有两个疑点,仅仅是疑点,我还没有想清楚。"

"哪两个疑点呢?"

"第一个疑点,就是事情发生在晚上,他是九点钟左右出发的。"郝大成客观地说,"本来,我们最初那段工作,紧张得夜里不睡觉,半夜三更从东村到西村地工作,晚上出发,并没有什么值得奇怪的。……可就是……"

吴可征插断郝大成的话,把他即将出口的意思说了出来:"……可就是他有没有出发的必要性。有必要性,不用说九点,就是十点、十一点、下半夜出发也未尝不可。如果没有必要性……"

"问题就在这里。"郝大成接着说,"据黄国信同志谈,不过是一般的去检查工作,了解了解情况,何必夜晚出去呢? 自从阻拦祈雨受到批评之后,黄国信对工作是抱着消极的态度,这次,忽然夜晚出发,去了解工作,这种积极性是哪里来的呢?"

"是的,"吴可征说,"这是值得研究的一个疑点。"

"再一个疑点,就是被袭击的时间。为什么在梅林镇到兰田岗的路上遭受袭击,这是比较好解释的,是敌人想袭击我们大队部的人员。但是,袭击的时间是当晚十一点半钟左右,九点钟从梅林镇出发,九点半就可以到达被袭击的地点……"

"这中间相差两个小时。"吴可征说,"黄国信同志怎么说呢?"

"黄国信同志说,路上一个战士不小心摔了跟头,扭伤了脚,帮他治了一会儿,又扶着他走。……"

"勉强可以解释得通。"吴可征说。

"问题就在'勉强'上,"郝大成说,"解释得通,可是很'勉强'。……"

"这样,"吴可征说,"加上第一个疑点,夜晚出发的必要性不大,这就成了两个'勉强'。还有,和黄国信同志同时出发的两个同志都牺牲了,没法再提供其他疑点,当时的情况,只能靠黄国信同志一人来解释。虽然还构不成第三个疑点,却还存在着若干疑点一时尚难查清的可能性。"

郝大成说:"所以我想,这里面有没有谷敬文在捣鬼?"

"我也这样想,"吴可征说,"在没有完全弄清楚之前,我们是绝对不能丧失革命警惕性的。"

二

史少平完成了和西屏山地区地下党联络的任务,返回了梅林镇。他在西屏山地区和起义指挥部研究和交换了各种情况,带回了一封信,约定七月十五日为起义时间,以期红军准时配合,如果红军大队认为时间尚不适宜,可以另提适宜的时间,以便重作安排。

吴可征、郝大成和黄国信商量之后,认为可以按西屏山地区起义指挥部的要求出兵。同时认为这次出兵,须要取得周威齐心会的配合。

吴可征说:"现在离出兵尚有半个月的准备时间,对红军来说,那是绰绰有余的了,但是对于齐心会来说,恐怕就很紧张,我们应该早日通知周威。"

郝大成说:"我们可以早些告诉周威,请他用别的名义先准备起来。再就是我们这次出兵,需要大部分兵力投入,不像上次出兵洪雷谷口那样,只要二十几个人就够了,所以四岭山本身的安全,除留下一个中队外,主要是靠黄六嫂她们的农民自卫队。她们的担子是够重的了!"

"这次出兵,意义重大,"黄国信说,"如能倾全力把任中元消灭,西屏山区就会全部控制在我们手里。四岭山和西屏山就能连在一块,这是一个十分鼓舞人心的大好形势!"然后他又表示忧虑地说,"我看这次出兵主要靠我们红军,周威的齐心会是靠不住的。即使周威答应配合,他们齐心会的战斗力也是很有限的,仅仅是配合配合而已。"

"你的意思是……"吴可征奇怪地看了黄国信一眼,心想:"你以往那么重视对周威的争取,把齐心会看成是一支不可忽视的军事力量,甚至把争取周威当成我们能不能在四岭山生根立脚的关键,今天需要齐心会全力配合了,为什么又把齐心会看得这么无用呢?"

"我的意思是,我们不指望齐心会的配合,主要靠我们自己消灭任中元。我们除了南山口留半个中队外,可以全部开上去。"

"谷敬文和周武呢?"郝大成问黄国信,"我们不能不防备他们抄我们的后路。"

"我认为依靠农民自卫队就够了,当然依靠现有的自卫队,力量是小了些,我们可以在出兵之前,大量地发展农民自卫武装,把力量扩大一倍到两倍,那就完全可以对付谷敬文了。我们应该相信群众的力量!"黄国信言下之意,好像责备郝大成和吴可征对农民自卫队还缺乏信心。这种别有用心的说法,吴可征和郝大成都已经感觉到了,但没有直接把它揭露出来。

"农民自卫队当然要扩大,要加强,但是,在这短短的几天中就把力量扩大一倍到两倍,那是困难的。即使在数量上能够做得到,而在战斗力的提高上就很困难。"吴可征说。

郝大成接着说:"这次出兵,当然是以红军为主力,可是齐心会也是一个不可忽视的力量,尤其是这一个阶段,齐心会在红军第五中队的帮助下,政治觉悟和军事素质都有很大的提高。……"郝大成说到这里又一转念,说,"至于红军是大部分去,还是倾全力去,到时候再具体研究吧,看具体情况而定。现在还是研究立即着手的准备工作吧!"

"到太平寨去和周威商定出兵的事,我想还是我去吧,我们还没有见过面呢。"吴可征说,"我倒很想见见周威。"

"周威也很想见见你啊。周威这个人有正义感,近来进步也很大,你去和他谈谈吧!"郝大成说。

"周威的进步,和郝大队长的工作是分不开的。"黄国信说,"改造这样一个人真不容易啊!"

"我们对周威的帮助,是周威进步的重要原因之一,不过,他从反面也受到了教育。"郝大成回答了黄国信之后,又对吴可征说,"明后天,把工作安排就绪了,我陪你去太平寨吧!"

"不必了!"吴可征说,"大队里事情太多,够你忙的了。我就来一个毛遂自荐吧。"

"那么,出兵的时间是不是最后确定了?"黄国信问。

"我看可以这么定,一切准备工作都按十五日作准备。"郝大成以询问的目光看着吴可征,征求着他的意见。

"就这样定吧,这个时间应该是绝密的。"吴可征说。

"当然!"黄国信郑重其事地说,"我们这样一个大的行动要严格保守机密是很困难的。必须采取有效的措施才行!"

郝大成听出了黄国信这段话的用意,便淡淡地说:"无须过分紧张,保密问题,在部队方面问题不大,只要在我们的行动上严格注意就行了。"接着他陡转了话题对吴可征说:

"明天,我想派史少平去西屏山区进行军事侦察,路过太平寨,是不是要他和你一道去?"

"也好!"吴可征说,"史少平和周威是认识的,那就不用我毛遂自荐了。"

周威在他的大厅里,以极其热诚的态度接待了吴可征。史少平在介绍他们认识之后,就到西屏山去了。

"早就想见见党代表,今天得以相见,真是周某三生有幸。听郝大队长常讲起党代表是个有学问的人,这次来,请党代表多多指教。"因为初次见面,周威一时尚改不了旧社会留给他的客套。

"这次来主要是和总指挥认识认识,哪里能谈得上指教。"吴可征说,"另外还有一件大事要和总指挥相商。"

"请说吧,凡是我能办得到的,无不倾全力去办。"

"我们准备在最近就出兵西屏山,这次要把任中元彻底消灭。希望齐心会大力协助!"

"这是齐心会义不容辞的事情,"周威喜不自胜地说,"也是我多年的夙愿了。如果这次能把任中元彻底消灭,我死也瞑目了。"

"这次出兵时间比较紧迫,只有十几天的准备了,你看能来得及吗?"

"能!"周威想了一下说,"齐心会员们经过红军帮助训练,战斗力已经大大提高了。上次洪雷谷口,吃了亏,丢了脸,这次出兵,齐心会员们一心报仇雪恨,我敢说,没有一个不高兴的,保证人人争先,个个逞强。十几天的准备时间是足够了。"

"那就太好了!"吴可征说。

"上次我和郝大队长说过,如果把任中元消灭了,我的大仇报了,心愿已偿,我就急流勇退,不再指挥齐心会了。我把齐心会交给红军,我就去当我的石匠去!"周威有几分感慨地说着。

"不! 总指挥,你应该急流勇进!"吴可征见周威说话很直爽,也就开门见山地说,"你的想法,郝大队长已经报告了县委。关于这个想法我们也想和你商量,听听你的意见。"

"请说吧。"周威聚精会神地听着。

"等把任中元消灭之后,齐心会脱产的一、二两个中队和现在帮助训练的红军第五中队合编成红军;不脱产的齐心会员改成农民自卫队! 在不久的将来,四岭山区自卫队将普遍建立,白云山、青龙山、伏虎岭和黑蛇岭,这些地方的农民自卫队都要有一个统一的领导和指挥。"

"这很好,我赞成!"周威说。

"这个农民自卫队的总指挥你看谁来担任好呢?"

"这我可想不出来。"周威为难地笑笑说。

"我们和郝大队长研究过了,县委也作了指示,请你来当总指挥!"

"我?"周威吃惊地说。

"是啊,我们认为你很合适!"

周威激动得眼圈有些湿润了,他站起来,走到吴可征面前,吴可征也站了起来,周威用激动得发颤的手紧紧拉住吴可征的手说:

"谢谢,谢谢你和郝大队长对我的信任!"

"不,这是中国共产党对你的信任!"

"是的,我应当感谢共产党的信任!"

周威说着,几滴泪水落在吴可征的手上。……

夜深了。

吴可征在周威大厅旁边的厢房里,坐在郝大成曾坐过的竹制躺椅上,和周威做着推心置腹的谈话。

周威向吴可征叙述了他这一段时间里思想上的苦恼和变化。

吴可征说:"你说你对一些人的心摸不准,对社会上的一些怪现象想不明白。其实,你只要用阶级和阶级斗争的观点一看就很清楚了。周武为什么和谷敬文一条心而不和你一条心?周武为什么恨红军而不恨任中元? 现在周武和谷敬文勾结,将来也一定会和任中元勾结,为什么? 因为他们是同一个阶级,都是代表着地主豪绅的利益。虽然他们之间也有矛盾,那只不过是狗咬狗狼吃狼的斗争。他们就是红军要打倒的封建势力,所以他们都反对红军,他们之间的勾结是必然的。这些封建势力总是用宗族观念、迷信思想来抹杀阶级界限，说什么一笔写不出两个'周'字来。……"

吴可征说到这里，从挎包里拿出两份油印的文件，他说："总指挥，这是毛委员写的，你要好好学习，它会使你心明眼亮。"

周威十分敬重地把文件接到手里，他看了一下题目，是《中国社会各阶级的分析》和《湖南农民运动考察报告》。他诚挚而喜悦地说："我一定要好好地学！"

"等你学习后，我们再谈，那时你一定会有很多新的体会和心得。"吴可征说，"现在咱们还是谈谈出兵西屏山的准备工作吧！"

"好，"周威说，"要不要把这个事和齐心会员们说一说？他们会很高兴的。"

"应该和齐心会员们说明白，只是出兵的日期和计划是绝对秘密的。在军事行动前，任何人也不得泄露。"

"是的，现在夏收夏种早已过去，农活不算太忙。我想把齐心会员集中起来，抓紧时间训练训练，只训练一、二两个脱产的中队是不行的。"

"这个想法很好。"吴可征说，"那就通过训练，早些把齐心会员集中起来，这样，一旦出兵，说拉就可以拉上去。如果不早集中，等打仗时临时集中，不仅对战斗不利，也会暴露我们的战斗意图。"

"那就这样定了！"

三

出兵西屏山的日子在人们焦急的等待中、在紧张的战斗准备中一天一天临近了。

这一天在红军大队部里正举行着战前的军事会议，研究军事行动计划。

对于出兵西屏山，黄国信表现了异乎寻常的积极性。

出席会议的人员，除了郝大成、吴可征和黄国信之外，还有周威、田世杰、史少平和黄六嫂。大家都兴致勃勃，热情很高，预想着即将到来的胜利和革命局面的大发展，谁能不高兴呢？

郝大成说："我先谈一谈经过侦察的情况，然后再谈一谈我们出兵的打算，请大家讨论。……"

室外王尚青在站着岗，会议在十分秘密的情况下进行着。

"经过仔细侦察，"郝大成继续说，"在西屏镇任中元的老巢里，驻有保安团一、二两个营，约六百人；第三营驻守杨家寺，经上次洪雷谷被击败后，尚未补充新的兵力，只有二百五十人，士气不振。可是，还有个谷敬文在我们后面。

"我们出动的兵力：红军可以出四个中队；齐心会也可以出四个中队，我们斗志旺盛，这是打胜仗的根本条件；还有另一个有利的条件，就是西屏山农民起义的配合。如果没有当地起义群众的配合，我们要消灭任中元那也是很困难的。……"

"我们应该怎么打法呢？"黄国信关切地问。

"根据敌我情况，"郝大成说，"我们先打西屏镇是有困难的，因为西屏镇有比较坚固的围墙，和沙河镇差不多。如果我们攻坚，伤亡必然增大，很可能形成久攻不克的局面。……"

"我们应该把西屏镇农民起义的力量估计在内。"黄国信说，"可以来一个里应外合嘛！"

"起义的配合，当然很重要，可是要考虑到，敌人有两个营，用一个营守围墙足够了，而另一个营则会用来对付起义的群众，很可能围墙我们攻不克，里面的暴动被镇压，里应外合就成了里外受挫。……"

"那，这种估计是太悲观了。"黄国信摇摇头说。

"这完全不是悲观不悲观的问题，也不是什么估计，"吴可征反驳说，"这是一个指挥员应有的判断。"

"我的意见是这样。"郝大成拿起粉笔在桌面上画出了西屏镇和杨家寺的位置，说："我们拿一半兵力攻打杨家寺敌第三营，杨家寺没有围墙，工事比较薄弱，第三营被我打败过一次，士气不振，比较好打；拿一半兵力，埋伏在西屏镇通杨家寺的隘路口上，那里是半丘陵地带，非常适合打埋伏，等待任中元的援兵。如果他出镇增援，我们就在半路上消灭他。还有一种打法，那就是佯攻杨家寺，诱骗任中元出来增援，全力消灭掉他的援兵，然后再攻打杨家寺。还有第三种打法，那就是用少数兵力在隘路口阻击西屏镇来援之敌，只是阻击他，而不能消灭他；用绝大部分兵力，一举攻克杨家寺，先把第三营吃掉。这第三种办法虽然也能吃掉他第三营，但对全局来说，是个下策。"

"为什么？"黄国信问道。

"因为，如果我们在杨家寺打了胜仗，任中元在西屏镇的两个营就会固守，那我们就达不到全歼敌人的目的。西屏镇的起义也很难成功。这就是说，从战斗上来看是个胜利，从战略上来看却是个失败。"

"我们自卫队干些什么呢？"黄六嫂看到没有她的任务有些急了，"我们有五十多条枪呢！"

"留下你们看家，都走了谁来对付谷敬文和周武呢？"郝大成说："我们守家的力量有这么三个方面，一是南山口有大半个中队，如果谷敬文进攻南山口，他们就可以凭险固守，只要能守上三五天，我们就可以从西屏山返回来了。梅林镇留半个中队，如果谷敬文来袭击，就带着伤病员和主要军用物资转移到山上，和谷敬文打游击！二是齐心会留一个中队守洪雷谷……"

"守洪雷谷干什么？防谁？"黄国信瞪着眼问。

"当然不是防任中元了！我们不只准备着谷敬文打我们的南

山口和梅林镇,还要准备着他出兵洪雷谷,抄我们的后路。如果他派上一个中队把洪雷谷口一卡,我们是出去了,可就很难回来了,再进洪雷谷,比打南山口要难得多。"

黄国信听了,倒抽了一口冷气,心里恨恨地骂道:"这个打铁的家伙,真不能轻视,你看他想得多周到啊!"

"你还没有讲我们的任务呢!"黄六嫂听着,好像还没有自卫队的事。

"现在就说这三方面的力量,南山口、梅林镇、洪雷谷口都需要你们自卫队配合。"

"那我这五十多条枪怎么够?"黄六嫂觉得自己的任务繁重了。

"五十多条枪当然不够,若是农会会员们把大刀、长矛、柴刀、冲担全拿起来呢?"吴可征笑着说。

"那当然就够了,"黄六嫂哈哈地笑着说,"我看还用不完呢!"

正当大家热烈谈论的时候,王尚青从门外走进来,他凑到了吴可征面前说:"党代表,请你出来一趟。"

吴可征跟着王尚青走出来,原来是王淑贞来找他。

"党代表,我有个事要找你,是急事,不然你开着会我就不叫你了。"

"你说吧!"

"我刚从我爸爸那里回来,红军打西屏山的事,谷敬文和周武全知道了!"

"噢? 你爸爸怎么知道的?"

"保安团在准备呢。团丁们在背后也有议论。"

"好,我知道了。"

吴可征送走了王淑贞,回到屋里之后,他思索了好一阵子,对作战计划的讨论一直没有开口。

会议进行到中午,准备下午再继续讨论。

午饭后,吴可征邀郝大成走到梅林镇外,他们在一棵板栗树下坐下来。

"根据王淑贞提供的情况来看,我们的行动敌人是知道了,"吴可征说,"并且很可能谷敬文已经通知了任中元!这对我们的军事行动威胁很大。"

"是啊,这是个很严重的情况,"郝大成说,"如果我们这次作战方案让敌人搞了去,那对我们是很不利的。所以我想,我们的作战计划应该有两个,一个是公开的,另一个是绝密的。公开的计划,可以当众宣布,绝密的计划,只有我们两个知道,等到临战之前再宣布,这样我们就会变被动为主动。"

"这是个很好的办法。"吴可征赞成说,"这次敌人知道了我们出兵西屏山,使我对黄国信的怀疑又多了一个依据。"

"如果黄国信真是出了事的话,谷敬文这个老奸巨猾的家伙是会充分利用他的。"

"这正是最关键的时刻,"吴可征说,"我们一方面要防备他,一方面还要利用他!"

"应该这样,在黄国信强调严格保守秘密的时候,我就注意到了,他强调得未免有些过分,有些做作。"

"这就叫欲盖弥彰!"

"既然敌人已经知道了我们的作战计划,"郝大成说,"我们就来个将计就计吧!"

"我同意,"吴可征看看手表说,"我们回去吧,免得黄国信……"

"好!你先走吧,我到岗哨上去一会儿就来。"

吴可征和郝大成分头回到大队部。会议继续开始。

在讨论中大家又提了些问题,补充了一些细节,一个明确的作战计划就通过了。

作战计划的要点如下：

一、出兵时间，七月十五日黄昏之后，所有出击部队到达洪雷谷口；半夜进入出击阵地，拂晓开始进行攻击；

二、红军一、二中队和齐心会三、四中队埋伏于西屏镇和杨家寺中间的丘陵地带，准备迎击任中元援兵，由郝大成负责指挥；

三、红军三、五中队和齐心会一、二中队，拂晓对杨家寺发动进攻，由吴可征负责指挥；

四、史少平负责和起义指挥部的联络工作，周威负责洪雷谷口的防守，黄国信、宋少英留守梅林镇，黄六嫂负责自卫队的指挥，田世杰负责后方勤务工作……

吴可征在会议临结束时说："这个作战会议是绝对秘密的，这是关系到这次行动成败的大事！希望到会同志严格保守机密。……"

但是，这个"绝对秘密"的作战计划，在深夜，已经经过尤四鼠——小酒店老板——马乂山的手，摆到谷敬文和周武的桌面上了。

四

谷敬文、周武、周祖荫，在获得红军出兵西屏山的作战计划后，真是如获至宝，好像他们的命运全都系在这个作战计划上。他们怀着稳操胜券的喜悦心情，也在研究着他们的作战计划。

他们这个计划的制订，谷敬文认为这是他用兵以来的杰作，经过通宵的研究补充和修改已经形成。其内容大致如下：

一、红军七月十五日出兵，黄昏后到达洪雷谷口，周武保安团仅留一个连守卫沙河镇，四个连距离红军出发一小时左右，在夜间尾随开到洪雷谷口，由两个连队夺取洪雷谷，卡断红军的退路；

二、两个连尾随红军进入出击地点,在红军对任中元发起攻击时,从红军背后实行袭击,使红军腹背受敌;

三、驻青龙山的张彪特务连,在十五日夜化装成红军进入白云山地区,乘机袭击梅林镇;

四、将红军作战计划及周武保安团策应计划报告任中元,并向任中元提出几项建议:在七月十五日夜,在红军尚未到达设伏地区之前,先将第二营派往杨家寺,和第三营共同对付红军的重点进攻,再加周武保安团的背后策应,可以全歼进攻杨家寺之红军;在杨家寺和西屏镇之间设伏之红军,因不知保安团第二营已在设伏之前开出,必然空等,待杨家寺战斗结束后,可能开始醒悟,但已经晚了;这样杨家寺得胜之二、三营和周武的两个连可以全力袭击设伏的红军,而西屏镇的一营尚可以派两个连出来策应,再使设伏的红军处于腹背受敌的困境;即使不能全歼,也可歼其大部;待将红军打垮或消灭之后,再全力镇压已经起义或即将起义的乱民。……

"这个计划可以说是十全十美天衣无缝了!"周祖荫摇着芭蕉扇说。

"我估计任中元会完全接受这个计划的。"谷敬文得意地说,"这个计划,就是诸葛武侯再生,也很难想出比它更高明的了。"

"就是怕……"周武这时却回想起以往的教训,在极其得意的心情上,又飘过几片不安的乌云。

"怕什么?"谷敬文问道。

"就怕郝大成会临时变卦。"周武忧心忡忡地说,"以往的教训是够多了,这个郝大成可是不好对付啊!"

"当然,我们也得准备几手,"谷敬文认为周武的情绪未免有些悲观,但觉得他的提醒也很重要,"这就像下棋一样,对方走一步,我们再走一步,不能闷着头死走!"

"对啊!"周祖荫说,"我们这次要侦察好,郝大成队伍向洪雷谷口开,我们就尾随在后面跟着。我看这样,可保万无一失!"

"遇事总要随机应变。我不相信这次郝大成会变出什么花样来!"谷敬文说,"郝大成这个计划,按说是很完善的,是一个很精明的计划,我估计他不会轻易改变的,因为他并不知道他的计划已经暴露。……"

"如果他想到这一点呢?"周武又提出了一个使谷敬文大伤脑筋的问题,"黄国信是不是真的可靠呢? 他给我们的这个计划是假的怎么办?"

"对,对,"谷敬文停止了踱步,又点上了一支烟,"我们再好好想一想,好好想一想。"

他们闷着头,想了很久。

"我认为黄国信是可信的,这家伙我了解他,"谷敬文说,"他应该和我们走一条路。再说,他提供给我们的这个计划,的确是一个很精明的计划。"

"这就是说,郝大成这个计划不假!"周祖荫说。

"只有一个情况,郝大成很可能改变计划,"谷敬文说,"那就是当他知道他的作战计划已经暴露之后。"

"这要加强和黄国信的联络,他会将改变的作战计划告诉我们的!"周祖荫说。

"那就靠不住了,"谷敬文显得比周祖荫高明的样子说,"郝大成如果得知作战计划暴露,必然怀疑到黄国信,再改变计划他就不会让黄国信知道了。即使告诉他,也只能是个假情况,那对我们可就很不利了。"

"怎么能够知道郝大成现在是怎么想的呢? 他到底知道不知道计划已经暴露了呢?"周武焦虑地说。

"这就很难判断了,"谷敬文说,"这要靠我们严守这个秘密,就怕咱们保安团里有通红军的人。"

"这一点,司令可以放心,"周武说,"我是控制得很严的。"

"再严也会有漏风的墙! 就说周二游吧,他是怎么叫红军抓去的? 黄秋萍的事不全都坏在他身上?"谷敬文不以为然地说,"这要好好查一查。"

"这个事我查问过了,听守寨门的哨兵说,那天,他是跟着王大发的女儿出去的。"周武说,他也觉得这里面可能有文章。

"王大发的女儿经常来吗?"

"这倒没有在意。"周武说,"要不要把王大发抓起来,审一审他?"

"不行,无缘无故抓他,对别的团丁也有影响,等王大发的女儿再来时,要盯上她! 派人听听她和王大发说些什么。我们也可以利用嘛! 如果王大发真是红军的人,我们可以给他个假情况,让郝大成去上当,岂不很好?"

"那就这么办!"周武十分敬佩他的司令高明。

"应该立即派人到西屏山去,把我们的计划通知任中元。"谷敬文伸展了一下懒腰,深深地打了个哈欠,"要找最可靠的人去!"

"是的,我马上就派人去!"

"不要忘了对王大发的监视。"谷敬文叮嘱了一句,心情恬然地走出大厅。

挂在大厅门口的画眉,正唱着一曲美妙的晨歌。这只鸟笼是新的,画眉也是周祖荫新买来的,比被周武踩死的那一只唱得更嘹亮更婉转。

第四十三章　围　歼

一

向西屏山出兵的这一天,终于在人们的急切盼望中来到了,四岭山区显出了不同寻常的热烈的气氛。

沿途山村的居民们,都成群结队地站在村头上欢送自己的亲人出征。

战士们被战斗的热情激动着,被胜利的希望鼓舞着,一个个精神抖擞地大步前进着。

这天傍晚的彩霞显得特别美丽,像红色彩绸飘舞在碧蓝的天空,把群山染成一片火红。

郝大成和吴可征从梅林镇走出来,黄国信、宋少英和留守梅林镇的陈大雷分队,一齐到村头来给他们送行。

大家都欢天喜地,预祝着部队胜利凯旋。

宋少英很是高兴,满心欢喜,她相信红军一定会取得胜利。

黄国信也是高兴的,他也相信郝大成和吴可征一定会倒大霉。如果红军在这次战斗中被打垮(他不敢想红军会被消灭),他的功劳将是很大的,他就又可以飞黄腾达了。

黄国信和宋少英久久地站在村头,直到郝大成和吴可征的身影消失在山林中,他们才返回大队部。

"少英,你认为这次战斗的结果会怎么样?"黄国信喜笑颜开地说。在他的喜笑之中,颇有点幸灾乐祸的色彩。

"我认为会取得很大的胜利!"宋少英报以同样的微笑回答着黄国信。

"你以为会很顺利吗?"

"我相信会很顺利的。"宋少英说,"因为我相信党代表、郝大队长,我相信红军的广大指战员,也相信农民自卫队和齐心会员们,我相信他们会取得胜利的!"

"可是你知道谷敬文在怎么想吗?你知道任中元在怎么想吗?"黄国信说,"他们也在想着胜利呢!"

"他们不过都是梦想!"宋少英严正地说。

"今晚我们可要多加小心,要提防谷敬文的袭击。"黄国信郑重地提醒着,"你的胜利信心倒是很充足的,可是不能麻痹大意哟!"

"我想把部队和伤病员全都拉到山上去。"

"这是为什么?"黄国信不由一愣。

"防止谷敬文的突然袭击啊!"

"看,刚才是麻痹大意,现在又大惊小怪,拉到山上去干什么?我认为没有必要!"黄国信怒冲冲地说,"郝大队长并没有说现在就拉山上去,是说谷敬文来袭击,就往山上转移!在谷敬文没有来袭击的时候,向山上拉,这不是逃跑主义吗?……"

"什么叫逃跑主义?这是主动转移!"宋少英意味深长地笑笑说:"黄联络员打了这么多年仗,怎么连这点起码的军事常识都弄混了?"

"我不和你争论什么'常识',"黄国信愤然地说,"负责留守的是我,如何留守法,要由我来决定。"

"是我们两个共同负责留守!"宋少英毫不客气地纠正说,"我认为拉上山去好一些,不管谷敬文袭击也罢,不袭击也罢,都没有害处。"

"拉到山上就不受袭击啦?"

"梅林镇目标是固定的,可是我们拉到山上去,敌人知道我们在哪里？他知道我们在哪条山沟里？"宋少英说,"再说,我们摆这么个空城计,敌人不来袭击便罢,一来袭击必然扑空,我们还可以趁机打他们一下,这样,主动权就掌握在我们手里。"

"嗬,你倒像个军事家了!"黄国信讽刺地说。

"这是郝大队长的交代。"宋少英反唇相讥说,"你倒像个没打过仗的人了!"

"我看还是不要先拉上山好,如果敌人来袭,我们还可以和敌人展开巷战,有屋子做依托,就会减少伤亡。少英,你这次听我的,出了事我负责!"黄国信言辞激烈地说。

"这责任,不是你所能负得了的!"宋少英激烈地说,"我不明白,你也是个有军事常识的人,为什么反对上山,偏要等在梅林镇挨敌人的打？"宋少英的话里已经明显地含着这样的意思:"我看你是别有用心吧？"

黄国信怕过分引起怀疑,便不坚持了,只好说:"好,好,随你的便,一切后果由你负责。"

他们边走边争论,回到了大队部。

陈大雷问宋少英说:"什么时候向山上撤？"

宋少英说:"所有伤病员都一齐带上山去,交给农民自卫队负责保护,如果情况紧急,可以由他们负责转移。我们这个分队要专门对付敌人的袭击,村里要留下一两个人,发现敌人袭击,立即鸣枪报警,同时可以造成敌人的错觉,认为我们仍然留在村里。在敌人蒙头转向的时候,我们就可以打击他!"

"好,这样就不是敌人袭击我们,而是我们袭击敌人了!"陈大雷兴冲冲地说。

"大雷,你把王永祥同志找来……不,"宋少英忽然改变主意说,"我到分队里去找他吧!"

于是宋少英和陈大雷一起来到分队,宋少英把王永祥叫到一边说:"小王,郝大队长和吴代表临出发前,交给你一个重要任务。"

"重要任务?"

"是的,你要负责'保护'黄国信同志,一步也不要离开他,如果他有不正常的行动,对他不要客气! 但是最好不要让他看出来。"宋少英打量着王永祥说,"你明白了吗?"

"我明白了,"王永祥说,"我会把他盯牢的!"

王永祥说完,把手中的枪提在手里,做了个刺杀和射击的姿势,说:"少英同志,你放心好了。"

"可是,不要向别人说。"

宋少英交代好以后,来到了黄国信的住处。

黄国信并不是一个笨蛋,郝大成、吴可征对他有怀疑,这是他早有察觉的。自从郝大成问他为什么夜晚出去检查工作,又为什么到达出事地点的时间和遭受袭击的时间不对头时,他就有感觉了。他肯定郝大成对他有怀疑,但疑点毕竟只是疑点而已,并不是结论,所以作战会议并没有背着他去开,作战计划也是当着他的面制订的。……"这里面不会有什么圈套吧?"黄国信向自己提出了疑问,"如果真是个圈套呢? 这次分队要向山上撤似乎就是一个证明。"他想到这里不禁毛骨悚然了。他在思考着下一步的行动计划。

宋少英走进来了,她看见黄国信正坐在床板上低头沉思,便催促道:"老黄同志,你快准备吧,分队马上就要转移了!"

"好,我就准备。"黄国信急忙站起身,从沉思中挣脱出来,无可奈何地说着,就拿起随身可带的东西,然后跟着分队上了离梅林镇有三里路远的一个山坳。王永祥在身后寸步不离地跟着他。

这时月亮已经在东山上升起来了,给四岭山洒上了一片银辉。

这个山坳的选择是很有学问的,它中间有一块小小的林间空地,周围都是茂密的树林。敌人想四面包围是很困难的,居高临下有一段陡崖,可以阻击敌人来自山下的攻击。

宋少英、陈大雷已经把伤病员安排好,把分队带到这陡崖上来,等待着梅林镇的枪声。

黄国信也来到这陡崖上,王永祥紧紧地跟在他的身后。黄国信在陡崖上蹲坐下来,谛听着伏虎岭方面的动静,他的心境是十分复杂的。他想:"看看今晚上这一切,好像吴可征和郝大成已经发现我的秘密了。不,也许并没有发现,仅仅是怀疑?今晚上会有什么结果呢?成败都要在今晚见分晓了!"黄国信看着一望无际的迷迷蒙蒙的山影,猜测着他的命运。深夜,一股山风吹来,虽然是盛夏季节,仍使他感到一阵凉意。

二

周威、朱英带着齐心会的队伍,也在黄昏时分到达了洪雷谷口。

他们看见郝大成和吴可征已经在谷口等着他了。周威、朱英走上前去和他们紧紧地握手。

"郝大队长,党代表,我把四个中队全带来了。"周威说,"我把这几个中队交给你们,由你们统一指挥!"

"应该由我们来共同指挥,"吴可征说,"这次我们完全是同心协力,相信任务一定会顺利完成!"

"什么时候向山下开?"

郝大成低声对周威说:"总指挥,今晚敌情有变化,我们原订的作战计划已经被谷敬文和任中元搞去了。"

"哦!"周威惊愕地说,"那该怎么办?"

"我们拟订了第二个作战方案。"

"噢!"

"这个计划是这样的,"郝大成向周威介绍说,"敌人既然得到了我们的作战计划,我和吴可征同志仔细研究了敌人可能采取的行动:第一,任中元必然有了准备,加强杨家寺的兵力。第二,谷敬文必然倾全力从背后袭击我们。他可能把兵力分为两部分,一部分出击洪雷谷口,配合任中元前后对我进行夹击,留一部分兵力强占洪雷谷口,卡断我军的退路。这样他就可以把青龙山的特务连调到白云山,和他留在沙河镇的兵力配合,袭击梅林镇和南山口!"

"啊! 这形势实在严重。"周威忐忑不安地说,但他看到郝大成和吴可征那样泰然自若,自己也就定下心来。

"我们已经通知西屏山起义指挥部,把起义推迟一天,我们先把谷敬文的保安团解决了,"郝大成说,"这样就没有后顾之忧了。"

"很好!"周威赞成说,"齐心会的任务是什么?"

"齐心会的任务是这样:把两个中队摆在洪雷谷口,坚决阻击周武保安团向洪雷谷口开进。其他两个中队配合红军消灭保安团。红军的一、二中队已经在中途埋伏,卡住周武向沙河镇的退路,三、五中队已在山路两边埋伏,再加上齐心会两个中队从洪雷谷上压下去,这样周武的保安团就全部处在被包围之中了。"

"这是个很好的计划。"周威敬佩地说。但他仍然不太相信谷敬文会这样做。

周威把齐心会各中队长找来,郝大成仔细给他们分别安排了任务。

在月光下,齐心会的队伍按照指定的战斗位置悄悄地分散在密林之中了。这次齐心会的迅速、静寂、有条不紊的行动,和以往大不相同,它体现出红军帮助训练后的明显的效果。

探马几次飞进沙河镇，向谷敬文和周武报告着红军已经向洪雷谷口开进的消息。生怕消息不确，谷敬文勒令再探。结果几处证明郝大成、吴可征已经向洪雷谷进发。谷敬文这才下了决心，留周拐子中队在沙河镇守卫老巢，其余全部开出沙河镇来，准备毕其功于一役，来个孤注一掷。

保安团的部队在天黑定后，向伏虎岭进发。在出发之前，谷敬文一再向周祖荫交代，切切注意沙河镇的安全，并且注意洪雷谷口的动静，如有突变，要想法予以策应。

谷敬文在一切安排妥当之后，便带着二十多人的卫队和周武一起，跟在保安团后面谨慎小心地行进。

在黑影憧憧的山路上，谷敬文心中总觉得不太踏实，疑神疑鬼。

周武恰巧和他相反，认为郝大成既然已经出了洪雷谷口，那就是生米已经做成熟饭。郝大成纵有天大的本领，也已经没有办法挽回了。他周武把洪雷谷口一卡，郝大成还有什么办法回来呢？第二条泥鳅沟是不会再有了，你郝大成去和任中元较量去吧，再想重新回到四岭山来，那比登天还难。

"通知部队慢慢开进！"谷敬文突然下达了缓进的命令。

"这是为什么？"周武不解地问。

"我怕中了郝大成的诡计。"谷敬文说，"万一他没有出洪雷谷呢？"

"不至于吧？"周武认为司令过于小心了，"要不，就派人到前面侦察一下。"

"对！"谷敬文赞成说，"派几个人到洪雷谷口侦察一下，看红军是不是出了洪雷谷口。部队原地休息。"

侦察兵派出去了。谷敬文和周武在路边的岩石上坐了下来，等候着侦察的结果。

"司令,这样会不会耽误了战机?"周武由于得胜心切,他感到谷敬文和郝大成打仗,越来越没有魄力了,"我们还要赶到洪雷谷外。……"

"这次行动务要谨慎,万一中了郝大成的诡计,我们四岭山就全完了,四岭山不保,我那九里十八坪就更加孤立,这是生死攸关的时刻,绝不能草率从事!"

夜在慢慢加深,地转星移,树叶上已经挂上了露珠。

侦察兵回来了,向谷敬文报告了如下情况:

沿途均无声息;洪雷谷口由齐心会守卫……

"没有看见红军?"谷敬文问道。

"没有!"

"全体紧急跟进,以最快的速度抢占洪雷谷口!"谷敬文猛然从石头上蹦起来,向部队下了命令,他要把等待中失去的时间,用急行军的办法抢回来。

保安团马上出发了,山路上立即响起了沙沙的脚步声。

"齐心会是不顶打的,洪雷谷口只是对外险要,从背后进攻并不困难,"周武说,"一个冲锋就可以拿下来!"

"连一个红军也没有?"谷敬文并没有仔细听周武的高谈阔论,而是重新琢磨着侦察兵提供的情况,"沿途一点声息也没有? 这未免太安静了吧?"谷敬文突然觉得这种过分的安静有一种人为的成分。他后悔刚才下决心下得太仓促了。

"不!"谷敬文对周武说,"我们和卫队先慢一点走,等到洪雷谷口拿下来之后我们再前进。"

"为什么?"

"我觉得情况有些反常!"

"反常?"

"是啊,我觉得四岭山太安静了。"

348

三

郝大成、吴可征、黄六嫂、周威和红军一中队的战士们,都俯伏在通往洪雷谷口的山路边。

月到中天,分外明亮,山路上寂静无声,没有一声咳嗽,没有一星火光,也没有一个人走动,只有风吹树叶的声响和洪雷谷中流水的汩汩声。

"谷敬文真的会来吗?"周威在想着,但他并没有说出口来。

夏天的夜是短暂的,月亮在慢慢地向西移去。

"怎么回事? 难道我们判断错了?"郝大成也有些焦急了。

"谷敬文是很狡猾的,这只老狼在想什么呢?"吴可征也在想着。

他们三人有时互相看看,但谁也没有讲话。

一会儿,山路上响起了脚步声,这脚步声是急促的,在夜里听得很远。这脚步声听上去最多也只有三四个人,不像是大部队的行动,接着三个提短枪的黑影在山路上出现了。这不是敌人的尖兵,这是侦察。

郝大成立刻明白了谷敬文的心理,心想:"这只老狐狸也谨慎起来了。"

敌人的三个侦察兵向洪雷谷去了。

他们几个人交换了一下眼色。互相之间都明白了对方的意思:"敌人派侦察来了,我们就等着吧。战争中有时需要迅速果断雷厉风行,有时却需要耐心的等待。"

不一会儿,敌人的三个侦察兵从原路回来了,他们已经不像来时那么小心了,而是大摇大摆地快步向回走着。从敌人侦察兵的行动上看出了他们的心理,他们的心理又反映了他们侦察到的结果。

"敌人侦察兵一定认为红军已经开出洪雷谷了,不然他们不会这么大胆地走路的。"郝大成这样判断着。

又是一阵令人难耐的等待。月亮已经偏西了!

忽然传来大队人马的脚步声。

他们三个人全都把枪抓在手里。

周武的保安团持枪从他们面前跑过,向着洪雷谷口跑去。

郝大成约计着过去的人数,已经过去近二百人了!后面的保安团还在继续着。

"叭!叭!叭!"洪雷谷口传来几声枪响,划破了夜空,拉开了战斗的序幕。这枪声在这深夜里传得特别清脆辽远!

"叭!叭!叭!叭!叭!叭!"枪声骤然密集起来,开头就像炒豆子般噼里啪啦地响着,接着就变成不分点了,就像滚沸的粥锅一般,响声连成了一片。

保安团的部队仍向洪雷谷开进着,将近三百名保安团的匪兵开过去了,后尾已经没有人。

"是时候了!"郝大成默念了一句,把枪一举,打了一枪,发出了攻击的信号。

埋伏在路两边的红军、自卫队员和齐心会员们一齐开火。枪声像暴风雨般在洪雷谷上下震响着,喊杀声,口号声撼动着群山。

"冲啊!"

"杀啊!"

"团丁弟兄们!缴枪不杀!"

"不要替谷敬文、周武卖命了!"

"你们已经被包围了!"

"放下武器就是生路!"

突然的袭击,把行进中的保安团一下子打乱了,有些匪兵在第一阵枪声里就被打伤或击毙了。其余的全都卧倒在山路两旁，完全失去了指挥。

有的团丁已经放下了武器，有的团丁却借着树丛石缝和黎明前的黑暗进行顽抗。……

吴可征通知部队要加强政治攻势，向尚未放下武器的保安团丁宣传我军的主张。于是全线响起了口号声：

"红军是穷人的队伍！"

"保安团弟兄们，放下武器就会受到优待！"

枪声渐渐稀疏下来。黎明前的黑暗已经过去，在伏虎岭的山头上露出了银色的曙光。

当洪雷谷口第一阵枪响的时候，谷敬文就凭枪声判断着战斗的进展。这中间他虽两次派人到前面联络，但派去的人都没有回到他的身边。

洪雷谷口密集的枪声告诉谷敬文，保安团的进攻遇到了顽强的抵抗。突然他听到，他的近处响起了枪声，这是郝大成的枪声。

这一声枪响非同小可！谷敬文完全明白了，他的保安第二团已经进入了郝大成的伏击圈，已经完全无可挽回了。值得庆幸的是他的谨慎，没有和部队一齐进去，这就避免了被击毙或是被俘虏的命运。

"我们完了！"周武凄厉地哀嚎了一声。

"黄国信这个狗东西！"谷敬文恶狠狠地骂道，"他给了我们一个假情报！"

"我们怎么办呢？"

"怎么办？"谷敬文六神无主了，当时他脑子里出现的第一个念头就是脱逃。他现在还有二十多个卫士，是可以保证他的安全的。

"回沙河镇吧！"周武想起了他的老巢。

"不行了,只有一个中队,是守不住沙河镇的。"

"怎么办呢?"

"快! 在天亮之前,郝大成是不会结束战斗的,我们先回沙河镇,把周拐子中队带上,我估计我的特务连也该到梅林镇了,我们可以合到一块,向青龙山逃!"

"那沙河镇呢?"周武想到他的家,泪水哽在喉头,"不,我不能把沙河镇丢给红军,我不能啊!"

"你疯了吗? 现在是逃命要紧! 快上马!"谷敬文喊着。

但周武两腿颤抖得厉害,他上不去,他的脚没法放到马镫里去。

"把周团长扶上去!"谷敬文命令着卫士,自己策马先跑起来。

这时,在梅林镇方向也响起了枪声。……

四

宋少英、陈大雷、黄四楞、肖应良和一中队一分队的战士们俯伏在陡崖上。月亮的光辉照耀着梅林镇。

这时他们隐约地听见了洪雷谷口的枪声。

黄国信也坐在陡崖上,离开宋少英有五六步远的地方,王永祥紧紧地跟在他的身边。

战士们弄不清洪雷谷口枪声的含意。他们还不知道整个战斗计划的改变。

"这是谷敬文的保安团袭击洪雷谷口。"宋少英向战士们解释说。

黄国信的脸上正掠过一丝得意的微笑,心想:"郝大成、吴可征啊! 你们也有今天啊,你们今生别想再回到四岭山来了!"

"万一洪雷谷口叫谷敬文卡死,我们红军在山外怎么办?"黄四楞担心地说。

"你放心好了，"宋少英说，"谷敬文是卡不住洪雷谷的，郝大队长和党代表在出发前就有安排了！"

战士们是完全信任他们的指挥员的。他们不再提什么疑问了，只是谛听着伏虎岭那边越来越密集的枪声。

黄国信嘴角上的那一丝微笑，渐渐地消失了。

"黄国信同志，"宋少英说，"你听听这枪声是怎么回事呢？好像不只是在洪雷谷口。"

黄国信从这枪声里，从宋少英的语气里，已经判断出事情不妙，他故作镇静地说："这说明洪雷谷口对谷敬文的进攻进行了反击！"

他不由得看了看坐在身边的王永祥，寻找着脱逃的时机。他刚才那飞黄腾达的幻想，随着这枪声破灭了。

就在这时，梅林镇突然响了一枪，枪声划破了夜的寂静，接着又响了几枪。

枪声紧起来了。

宋少英说："陈大雷，趁敌人还弄不明白村里的情况，我们从后边袭击他一下。"

"好！"陈大雷向分队的战士命令道："同志们，跟我来！"

宋少英看了王永祥一眼，见他警惕地监视着黄国信。她便跟着一分队冲了下去。

黄国信一看，只有现在是脱逃的机会了，便站起来说："小王，我们也冲下去吧，不能光看着别人战斗啊！"

"请你不要动！"王永祥用枪指着黄国信，命令着说。

"你这是为什么？"黄国信愤恨地看了王永祥一眼，准备扑上去和他搏斗。这时，他却看见王永祥身后一个人在蠕动，虽然他还看不清这个爬的人是谁，但他感到这个人可能对他有利，不然他为什么要爬呢？他认为需要给这个人以配合。便怒声斥责王永祥说，"我是县委的代表！你凭什么这样对待我？这是谁给你的权力！……"黄国信一边抗议着，一边做出要反抗王永祥的姿势。

"你要老实……"王永祥的注意力完全被黄国信的举动吸引住了。黑影在他的身后突然跳起来，一块方砖般大的石头，向他头上打了下去！王永祥没有把话说完就扑倒在地上了。

"快跟我走！"黑影说。

"尤四鼠！"黄国信听出了黑影的声音，"往哪里去？"

"快到沙河镇！"

这时天已经微明了。

黄国信和尤四鼠急急忙忙向沙河镇奔跑。但他们突然停下了，他们的面前出现了谷敬文的马队，他们也正向沙河镇奔跑。谷敬文看到黄国信后，他立即勒住了马，拔出了手枪："黄先生，你提供的情报很有价值，我应该赏你一颗弹丸吃！"

"谷司令，"黄国信扑通一声跪在谷敬文的马前，"这不能怪我，郝大成是太狡猾了！谷司令不要杀我，我对谷司令是有用处的。我愿意为司令效劳出力啊！"

"有用处？"谷敬文思索了一下说，"好吧！我原谅了你，快跟我走！"

"感谢司令不杀之恩，愿为司令执鞭坠镫……"黄国信像条狗似的弓腰站在谷敬文面前。

不等他们到沙河镇的时候，周拐子、周祖荫带着他们的一中队和谷月仙，已经从沙河镇逃了出来。

"哎呀！我的老天爷啊！我们可往哪里去啊！"谷月仙见到谷敬文后，连哭带叫地诉说着：

"你们来得正好，快到青龙山！"谷敬文说。

"看！红军！"周拐子忽然惊叫起来。

果然,从梅林镇方向,跑来一股穿着红军军服的队伍。

"完了,我们完了!"周武悲泣地说,"郝大成怎么来得这么快啊!"

"不会!"谷敬文的头脑还算比较镇定,"郝大成这个时候正在打扫战场,他是来不到这里的……这准是我的特务连!"

"红军"越来越近了,果然是谷敬文的特务连,他们化装成红军在袭击梅林镇扑空后,被宋少英赶杀了一阵,他们就退到沙河镇来,想和谷敬文会合。

谷敬文向张彪说:"张连长,你带二十个人,和黄国信先生,和尤四鼠一齐到兰田岗去,那里是共产党的老窝,给我烧杀,把宋少英的注意力吸引到兰田岗去。掩护我们向青龙山撤退。然后你们也撤到青龙山来。动作要快,一定要在郝大成返回之前干完!"接着他又对黄国信说:"黄先生,到了兰田岗,你应该知道怎么说,不用我教你了吧!"

"我完全明白司令的意思!"

"那就好!"

然后谷敬文带着他的全部残余人马,沿着另一条山路向青龙山逃去……

第四十四章　毒　手

一

半夜里激烈的枪声,给四岭山人民群众带来了焦虑和不安。

"这是怎么回事呢?不是到西屏山去打任中元吗?为什么在伏虎岭打起来了呢?"

"是啊,是不是没有打好,任中元追进四岭山来了?"

"哪能呢?红军不会打败仗的!"

"是不是周武的保安团在捣鬼?"

"可不是,你们没有听见梅林镇也响了一阵子吗?"

兰田岗的村头上站满了人群。他们都担心着参加战斗的亲人的命运。大家不断地议论着,猜测着。

"红军!"

站在高坡处的人们叫了一声。

"是红军回来了?"

"怎么只有十几个人呢?"

"大队也许在后边哩!"

"快去问问!"

人们从山坡上,从街头上,向着走来的"红军"迎上去。

小金铃拉着奶奶的手,也随着人群向前跑。爸爸带着自卫队到前线打仗去了,她对前方的消息更加关切,一边跑一边催促着奶奶说:

"奶奶,快走,看我爸爸回来了没有!"

"好。"老人急急地向前奔着。

她们看见老五爷爷拄着拐杖在前面走着。

小金铃的奶奶说:"老五哥,你怎么也出来了? 身子还没有好。"

"我在床上待不住啊,"老五爷爷咳嗽着,"枪声响了一夜,也不知打得怎么样。这可是咱四岭山的大事啊!"

老人又连连咳嗽了一阵,径自向前赶着。

人们都向街头上拥着,不分男女老幼,都想早一点听到前方的消息。

果然,从蜿蜒的山路上来了一伙人,他们都穿着红军的服装。人们立即围上去,齐声询问着前方战斗的情景。

有的人认出了黄国信。

"黄同志,任中元抓到了没有啊?"

有的人认出了尤四鼠。

"尤四鼠! 你们怎么只回来这么几个人啊?"

"为什么在伏虎岭上打呢?"

"抓着俘虏了吗?"

人群越聚越多。有的人疑惑地说:"怎么有很多红军不认识?"

有人反驳说:"红军那么多,偏你都认识? 你看,那不就是县委派来的黄联络员吗?"

"大家不要乱吵吵了!"黄国信声色俱厉地说,"我来给你们讲一讲前方的情形!"

"好! 好! 欢迎黄同志给我们报告报告!"

有人鼓起掌来。

"乡亲们!"黄国信直着脖子喊道,"我们红军在前方打了个大胜仗,为你们报了仇,把任中元活捉了。"

"好啊,这个祸害总算除掉了!"

人群响起欢呼声。

"全亏了红军啊,红军真是我们的恩人哪!"有些老年人感叹着,"红军可真是辛苦了!"

"听红军讲话,不要乱吵!"有人出来制止着。喧嚣的人群立刻沉静下来。

"任中元是活捉了! 可是,这一仗打得很惨,红军的伤亡很大,党代表被打死了!"

"啊!"

像一个霹雷打在人群里,大家被震得目瞪口呆了。

"郝大队长也受了重伤!"黄国信继续喊着。

又一个霹雷打在人群里。

"各村自卫队的伤亡也很大!"

人群里响起了啜泣声。

"郝大队长命令各村村民,都把好吃的拿出来给红军吃,把好东西拿出来给红军用,把钱拿出来慰劳红军!"

"快,有什么好吃的,快去拿,应该感谢红军啊!"

人们怀着对红军的热爱,纷纷跑回家去,把给病人吃的鸡蛋,把给老年人吃的饼干……全都拿出来了;有的老头子拿出了多年舍不得喝的陈年老酒,小金铃的奶奶抱出了心爱的老母鸡,小金铃捧出了自己舍不得吃的糖果。

这些当兵的把好的全拣了出来,带在身上,把坏的全都摔在地上,并斥骂道:"红军为你们流血卖命,你们就拿这些脏东西来招待我们吗? 为什么不拿钱出来?"他们把一些面馍、糍粑扔在地上,再用脚去踩。

身体还没有完全复原的老五爷爷实在忍不住了,他气得白胡子乱抖,浑身打战,痛心地说:"我们老百姓都真心实意地把好东西拿给你们了,可是你们却胡乱糟蹋。这些东西都是从病人、老人、孩子嘴里抠出来的啊! ……你们哪里像红军!"

"你说什么? 你这个老东西还敢还嘴!"尤四鼠上去对准老人的胸口就是一拳。

老人哼了一声,跌倒在人群里。

"你们是什么人?"小金铃的奶奶气抖抖地站到尤四鼠面前,"我看你们像土匪!"

尤四鼠飞起一脚,踢到老奶奶身上,算是回答。老奶奶大叫一声,也跌倒在人群中。

小金铃抢上去扶起奶奶,带着哭声骂道:

"你们不是红军! 是坏蛋!"

尤四鼠又要上去踢小金铃,但是被愤怒的人群挡住了。

"你们是什么人?"

"你们是强盗!"

人群里发出怒吼声。

黄国信又讲话了:"你们不是说红军先甜后苦吗? 你们算是说对了! 打土豪分田地,你们尝到了甜头,现在该给你们一点苦头尝尝了! 你们不是说红军杀人放火吗? 也算你们说对了,现在我就杀给你们看,烧给你们看!"

接着黄国信指着兰田岗的街道说:"把这些狗窝子给烧掉,这是郝大队长的命令!"

那一队冒牌的假红军冲过人群,跑进了大街。

一阵烟雾笼罩了兰田岗。

人群惊慌地悲愤地叫着:

"起火了!"

"快救火啊!"

人群乱了,都扑向自己着了火的家,因为他们的老人孩子和财产全在里面。

惊叫声、怒骂声、号哭声响成一片。

这伙假红军向着散乱的人群开了几枪……

兰田岗真是翻了天。

纵火者,干完了他们的罪恶勾当就叫啸着,向青龙山方向跑走了。

二

宋少英和陈大雷,带领一分队袭击了张彪的特务连,然后又回到了陡崖上,却不见了黄国信。王永祥被石头打破了头,仍在昏迷不醒。伤病员中不见了尤四鼠。

宋少英和陈大雷正在计划着下一步的行动计划。

"黄国信逃了!"宋少英恨恨地说。

"我们去追!"陈大雷说。

"追不上了!"宋少英咬咬牙说,"早晚我们会抓到他的,可耻的叛徒!"

"少英,你看!"黄四楞在分队里叫道,"兰田岗起火了!"

分队的战士们都向兰田岗张望着,兰田岗上空升起了一股股浓烟。

"是炊烟吧?"有人猜测着。

"不像!"

一会儿就更不像了。一股股黑烟冲天而起。

"出了事了!"

"同志们,跟我走!"宋少英说,"我们看看去!"

"谁放火了?"陈大雷纳闷着。

接着又传来了几声枪响。

"八成是张彪的特务连干的！"宋少英说，"要快！"

一分队飞速地向兰田岗奔跑着。当他们赶到兰田岗的时候，大火已经吞没了全村。

呼救声、啼哭声、火焰的呼啸声、房顶的倒塌声响成了一片。

火势很大，救火的人却很少。因为年轻力壮的人都去支援战斗了。有人被打伤在街头，所剩下的老人、病人、孩子，面对着这场大火是无能为力的。

"救人，救火！"

宋少英向分队的战士们喊了一声，自己先把躺在血泊里的一位老人抱起来，抢救出火海。

陈大雷带着战士们向烈火扑去！

一个个病人，被战士们从燃烧的房屋中背了出来；

一床床被褥，从着火的窗口里抛了出来；

一袋袋粮食，从着火的门口里扛了出来；

一个个木箱、橱柜，喷着火苗子，被抬了出来。……

黄四楞的头发被烧焦了，眉毛被烧光了，全身像被刀割后撒上了辣椒粉似的疼痛。

"四楞！"战士们叫着，"快把军衣脱下来，着火了！"

黄四楞这时两眼直瞪着越烧越凶的大火，好像忘记了自己的存在。肖应良猛然向他扑过来，把他摔倒在地上，抱着他在地上翻滚。衣服上的火苗熄灭了，冒着一缕缕黑烟，发着焦煳的气味。这时黄四楞听见房子里传出微弱的呼救声。

"快！救人！"黄四楞从肖应良的怀里挣脱出来，满身冒着黑烟，向着被大火封住的房门口冲去。

一冲进门口，就被绊倒了。他的脚下有一位老奶奶横躺在那里，她已经快要窒息了。

黄四楞急忙把她抱起来，冲过火网，跑到屋外，把老人放在地上。

老人吞进了几口新鲜空气,忽然清醒了一下,一声也没有响,猛然挣扎起来,又向冒火的房子扑过去。

黄四楞急忙扶住她,急急地问:"老奶奶!屋里还有什么?"

"有!有!"老人指着屋里,却说不出话来。面对着越烧越猛的大火,老人那燎卷的白发,在黄四楞胸前抖动了一下,又昏过去了。

黄四楞急忙把她放在地上,又向大火扑过去。

房门,就像一条火龙喷火的大口,向外吐着长长的火舌!

"红军同志啊,你不能……"老人苏醒过来,向黄四楞呼唤着。

这呼唤声,寄托着多少人民对于子弟兵的信赖、期望、关怀和热爱啊!这呼唤声使黄四楞增添了无穷的力量和勇气,他深吸了一口气,一头钻进烈火浓烟中。

烈火浓烟在他四周滚动,他不能睁眼,也不能张口。屋里只有烈火燃烧着的梁木噼噼啪啪的炸裂声,他什么也看不见,什么也听不清。他头昏目眩,觉得天旋地转,耳朵在嗡嗡地鸣叫着。他知道自己坚持不了多久就会晕倒。

黄四楞摸到了床边,火光一闪,他看见床下躺着一个孩子,他不顾一切地把她抱在怀中,一个箭步,从门口里蹦跳出来。他认出了,这是那经常唱歌给他听的天真活泼的小金铃!

"小金铃!小金铃!"黄四楞摇动着小姑娘。

小姑娘的眼睛慢慢地睁开了,她一下就认出是谁来了:"四楞叔叔,小弟弟……"小金铃嘴上留下一个对于红军叔叔无限信任的表情,眼睛又闭起来了。

黄四楞想起了小金铃的两周岁的小弟弟,他记起了这个孩子叫"红军叔叔"时不太准确的声音,这声音里有一种说不出的甜蜜。

黄四楞看见其他同志都在大街上忙着救火。他把小金铃放在老奶奶身边,又钻进火海里去了!

"红军！"这是多么光辉的名字啊，这是多么光荣的称号啊！"我绝不能辜负人民的信任！"黄四楞这样想着，在火阵中冲撞着、摸索着。他摸到了床，床上有一卷东西在冒着浓烟。他不顾一切地抱在怀中，从门口里冲了出来，但他抱出来的并不是孩子，而是一卷烤煳了的棉被，在门外，清风一吹，冒烟的棉絮吸饱了氧气，噗的一声，燃起了火苗。

"哎呀！我真昏了头了！"黄四楞悔恨自己太粗心了。这在分秒必争的时刻，很可能要耽误大事情，他忘记了自己身上的火苗，忘记了自己的伤疼，又第四次冲进了炽烈的火海。

屋里几乎所有可以燃烧的东西都已经着了火，梁檩炸裂着，像无数条火蛇在屋里蹿射着，那张木板床也开始起火了，一股火苗迎面向他扑来。黄四楞一阵昏晕，跌倒在地。他昏迷了，他的力气都用尽了。在朦胧里，他仿佛看到郝大队长脚负重伤，而仍背着受伤的县委书记向外冲杀。这个场景是彭医生给吴可征开刀时，吴可征讲给他和彭医生听的，但他觉得就像亲眼看见的一般；在朦胧里，他仿佛看见了老奶奶的期待和信任的眼睛；在朦胧里，他仿佛听到了小金铃那深情的呼声，"四楞叔叔！"这短短的四个字中，饱含着多么丰富的内容和深厚的感情啊！

黄四楞的一切力气几乎已经用尽了，但坚强的革命意志和热爱人民的高贵品质，在这浓烟烈火中却放射出夺目的光彩。

"不，我不能躺在这里，我还没有完成任务！"

黄四楞默念着这句话，凭他革命的精神，凭他坚强的毅力，他翻了一个身。就在他翻动身体的时候，他摸到了孩子的一只手（因为在起火的时候，孩子哭嚷着向床下爬，他从床上跌下来，开头还挣扎喊叫，后来就窒息了。小金铃虽然也摸到了他，但她无力救她的弟弟，自己也昏倒在床下了）。黄四楞摸到孩子后，身上猛增了一股力量，头脑忽然变得清醒了，他把孩子抱在怀里，但他站不起来了。他只能聚集起最后的力量向门口爬行……

从床边到门口,只有五六步远,可是这五六步啊,比越过几座大山还要艰难!

再艰难也要前进。……

黄四楞终于爬到了门口。他把半截身子猛然探出冒火的门槛,把孩子猛力向外一推……

"四楞!"肖应良也是冒着满身火苗从街上向他飞跑过来。

"快救孩子!……"

黄四楞说完这最后一句话,他的半截冒火的身子搁在门槛上。

"呼啦啦!"一声,屋顶塌下来了,火苗子向上蹿去。

三

伏虎岭伏击周武保安团的战斗结束了。红军和齐心会员们在打扫着战场。

周武的保安团,除了周拐子的第一中队外,他的四个中队已经全部被歼。将近三百人做了俘虏。我军缴获枪支二百多条。

这个胜利是巨大的。除了青龙山之外,四岭山已经全部控制在我军手中。

打扫战场即将结束的时候,郝大成和吴可征接到了宋少英送来的报告:

一、黄国信和尤四鼠打伤王永祥后,已经逃跑,并带领谷敬文特务连的一部分匪兵,伪装红军,到处杀人放火。

二、谷敬文、周武、周祖荫已经丢弃沙河镇,向青龙山方向逃走。

三、黄四楞同志在大火中抢救群众,光荣牺牲。

……

报告中还请求对下一步工作作出指示。

黄四楞的牺牲，使郝大成和吴可征感到很沉痛，他们面对着宋少英的报告静默了好久。

在战斗中，悼念牺牲战友的痛苦，和获得胜利的喜悦，两种截然相反的心情，往往是同时并存的。

不管工作多么繁杂零乱和千头万绪，郝大成总是以他特有的战斗作风和工作作风，明确果断地进行部署，向来是从容不迫，有条不紊，忙而不乱，从不拖泥带水。

郝大成对吴可征笑笑说："老吴，我们今天可要大忙一番了！"

"再也没有比这种忙法更痛快的事了！"吴可征也笑着说，"我们当前的工作得通盘安排一下，事情的确够多的了！"

郝大成扳着指头说："我想当前主要有这么几个方面的工作，我们得分工去干！"

"你先说说吧！"

"第一，部队已经整夜没有休息了，需要立即撤离战场，进行整顿休息；第二，所有俘虏要很快甄别处理，不能牵扯我们过大精力；第三，清理缴获物资，统计我军消耗，做好作战物资的补充；第四，按照预定的方案，做好今夜出兵西屏山的一切准备！……"

"还有第五，"吴可征补充说，"沙河镇必须早去占领；把周武的资财和保安团的一切物资全部搜集起来，等西屏山战斗结束后再行处理；第六，责成宋少英带一分队取得黄六嫂农民自卫队的配合，迅速扑灭兰田岗的火灾，抢救群众。……"

"你看应该怎么分工呢？"郝大成问。

"你当然还是把主要精力放在出兵西屏山的准备工作上，这是目前各项工作中最当紧的。俘虏工作我来负责。控制沙河镇的工作，是不是请周威负责？"吴可征笑笑说，"这可是他的老家呀！"

"这样安排是很适当的,这事得和周威商量一下。"郝大成说。

这时正在指挥救护伤兵的彭医生,来请示如何安置保安团伤兵的问题,问要不要往太平寨送。

"一律抬到石门店去,因为那里比较近,对俘虏的伤兵,要好好治疗。不要忘了对他们做思想工作。"吴可征向彭医生交代完,便去找周威去了。

吴可征在路上碰到了田世杰,他正在指挥农民协会会员把伤员抬上担架。

"大叔!"吴可征问,"人手够吗? 有什么困难吗?"

"困难倒没有什么,只是大伙不愿抬保安团的伤号。"田世杰指了指担架旁边的一只破碎的大花碗和一摊泼掉的蛋花汤说,"刚才不是我拉得快,差点出了打俘虏的事。"

"噢! 这可要注意。"

"唉,说来也难怪乡亲们,"田世杰说,"来的都是白云山人,他们都认识周武保安团的匪兵。"接着他就简单地说了刚才发生的事情。

白云山的农会会员们在田世杰的带领下,抬着担架,挑着粮食和猪肉鸡蛋,来支援战斗。

战斗结束了,伤员运了下来,都停在林间空地上,由彭医生带着医务人员给伤员包扎。为了不使蚊虫叮咬,伤员身上都盖着被单子。

王淑贞、黄秋菊和朱二嫂也都来了,她们烧好了蛋花汤,一碗一碗送到伤员面前。不能喝的,她们就用羹匙向嘴里喂。可是我们的伤员并不太多,绝大多数是保安团的团丁。

朱二嫂端着第一碗蛋花汤,走到担架旁边,轻轻地揭开了盖在伤员脸上的被单,刚喊了一声"同志",脸色就突然变了。在她面前出现了一张带着黑痣的黄脸。这张黄脸对朱二嫂来说印象是太深刻了，她终生也不会忘记这张丑脸！就是他，奉周武之命和马义山一道绑走了她的丈夫，就是他使她变成了寡妇。那时，她跪在这个野兽面前替丈夫求情，求他把捆丈夫的绳子松一松，可是这个野兽当胸给了她一脚，把她踢得口吐鲜血，一病三个月不能起床！……

朱二嫂面对着这张脸，不由眉头拧成疙瘩，怒火中烧："我当是红军同志呢！呸！原来是这个狗东西。……"说着说着，举起手中盛着蛋花汤的大花碗，向匪兵头上砸去。

田世杰跑了几步赶过来，急忙用手一挡，碗摔在了地上。朱二嫂仍不解气，站起来又用脚去踢，又被田世杰拉住了。……

"要向乡亲们讲讲俘虏政策，"吴可征说，"放下武器的就要优待。"

这时他看见周威和周枫森正向他走过来。

"党代表，郝大队长呢？"周威兴冲冲地打着招呼，"我把齐心会的事安顿了一下就来找你们了，下一步怎么办？齐心会员的情绪可高啦！"

"我也正要找你。"吴可征向周威迎过去，"工作，刚才我和老郝研究了一下，正要找你商量。"

"你快说一说！"

"想请你去接管沙河镇，那是你的老家，你熟。"吴可征接着把各项工作安排向周威介绍了一遍。

"这个工作安排很好，可是，我不能去接管沙河镇，"周威急切地说，"我要到西屏山去！我的心情，党代表是会了解的！"

吴可征已经知道周威的要求了，如果他不亲自参加消灭任中元的战斗，那将是他终生的憾事。

"你的心情我理解，只是怕总指挥此去太辛苦，战斗也可能是很激烈的。"

"你们两位的心意我领情,但是这次战斗我得参加。"周威坚决地说,"就是血洒疆场我也心甘情愿!"

"那我们再和郝大队长商量一下。"

……

吴可征走后,郝大成叫王尚青通知各中队,立即吃饭、休息,睡足七个小时之后,再调换手中武器(把缴获的好武器换下手中较差的武器),补充弹药。吩咐完了之后,他独自走到小水沟边,用手捧起几捧清凉的山泉,洗了洗头和脸,驱散不断袭来的困倦。然后他坐在岩石上,顺手折了一条小树枝子,在地上画了起来。郝大成是那样地聚精会神,以致吴可征和周威走到他的身边,他才察觉,但他没有动身,只是眼睛瞪着地上所画的道道,说:

"你们来得正好,快坐,快坐,我们来替任中元想一想,他现在在干什么呢?他准备我们进攻,我们却没去,他会怎么想呢?当他听到伏虎岭的枪声,或是探听到谷敬文的保安第二团被消灭后,又怎么想呢?他会不会估计到我们今天去进攻他?"

"这要好好研究研究,"吴可征说着,先给周威找了块岩石,然后自己又找了一块,坐了下来,"不过先得研究一下谁去沙河镇,这件事要快才行。"

郝大成看了周威一眼,他明白了。

"看来这一仗,总指挥是非亲临前线不可了!"

周威点了点头。

"这我很赞成!"郝大成说,"那只有请老吴去了!这样也好,你就把俘虏带到沙河镇,一边接管沙河镇,一边处理俘虏……"

"也只好如此了,"吴可征想了想说,"那我要快些去办,作战计划我就不参加制订了。"

"你对这次出兵西屏山,有些什么想法?"郝大成问道,"还有什么要交代的吗?"

"要说的都说了,"吴可征想了想说,"这次打任中元,齐心会员们战斗热情空前高涨,这是好的,但有一种狭隘的复仇思想还不能一时克服掉,这次要注意俘虏政策!"

"任中元呢?"周威问,"如果他放下武器,我们也要优待他?"

"不,他和士兵不一样,我不相信他会放下武器。他是首恶,是罪魁,我们要开大会公审他,要依法惩办他!"

吴可征去集中俘虏去了。

郝大成和周威肩并肩地坐在野地里,共同研究实施作战计划的具体方案。

第四十五章　出兵西屏山

一

王尚青向各中队送完了通知,来到小泉边找郝大成。

"大队长,吃饭去吧!"

"吃饭?"郝大成从画在地上的作战图上抬起头来,"这么快就做好了?"

"不,部队刚生火,"王尚青故弄玄虚地说,"就叫乡亲们给撤了!"

"那么说是乡亲们给送饭来了。"郝大成笑笑说。

"大队长,你真会猜!"王尚青很遗憾他的故弄玄虚没有起到应有的效果。

"送来的什么饭呢?"

"新麦子做的白馍馍,还有一桶一桶的肥猪肉。"王尚青说,"部队要我来请示,收还是不收。"

"你说应该收还是不应该收?"郝大成问。

王尚青微笑着,抓了抓头皮:"我说应该收。看乡亲们那个真情实意劲,若是不收,可就把乡亲们得罪了!"

"算你说对了!"郝大成说,"告诉部队,收下乡亲们的饭菜,收下乡亲们的心意,也收下乡亲们的嘱托,要大家吃好睡好,好打任中元!"

"你们呢?"王尚青又看了看周威和周枫森,"在哪里吃啊?"

"就打到这里来吃吧，这里风凉些。"郝大成说。

王尚青拉了周枫森一把，他们跑去拿饭去了。

郝大成和周威继续研究着实施作战计划的具体方案：

"任中元知道我们原来的作战计划已有变更，这是没有疑问的了。"周威说，"他是不是知道我们消灭了周武的保安团呢？会不会认为谷敬文打败了我们呢？或者是打了个两败俱伤呢？"

"现在，任中元也许还不能最后肯定，但到了晚上，他是一定会判断清楚的。因为他知道，周武的保安团虽然名称改了，实力却仍然是民团原有的五个中队。他只能在任中元的配合下，才有可能和红军抗衡，不可能单独对我们作战，这是一。如果周武保安团得胜，就一定派人去通知他，现在他和谷敬文断绝了消息，当然知道事情不妙，这是二。这个情况即使不会判断，也会侦察了去的。"

"那么，他会认定我们在消灭周武保安团后，还要继续向西屏山进攻了？"周威问。

"他是肯定会这样想的。"郝大成说，"你想，在谷敬文的保安第二团还没有消灭时，我们尚且能够出兵，现在没有后顾之忧了，当然会出兵西屏山的。"

"是的。"周威赞成着，"可是，他摸不准我们什么时候出。"

"你说得很对，"郝大成说，"任中元知道我们出兵，但不知道是什么时候。"

"一般来说，他不会估计到我们今天就去。"周威说，"一天打一个大仗，那是太快了，他以为我们准备不及。"

"你说的这一点很重要。任中元并不知道红军有连续作战的特点，但是，他也会考虑到'有备无患'。所以我们得想办法加大他这种错觉，促使任中元犯错误。"

"用什么办法？"

"我们要找一部分可靠的红军和齐心会员，也找几个受轻伤的,穿上周武保安团的衣服,假托夜里被我打散而逃出去的,让他们向任中元报告我军的情况,就说红军伤亡很严重,我也受了伤,吴可征已经带着俘虏回了沙河镇,红军和齐心会都需要休整。……"

"任中元会不会认出我们派去的人?"

"我想不会。"郝大成说,"过去周武的民团和任中元的保安团,中间隔着伏虎岭,几乎没有来往,只是红军进了四岭山后才开始勾结。他们是不会认识的。"

接下来就是研究战斗部署:

"基于以上分析,我估计任中元兵力部署上不会有大的变动,等侦察人员回来了,就可以得到证实。按我们原来判断,任中元已经把第二营调往杨家寺,准备按谷敬文通知他的办法对付我们,这个部署,他不至于马上更动。所以他的西屏镇就只有一个营了。

"昨天我已经派史少平去和起义指挥部联络,把起义时间推迟到明天拂晓。起义的主要任务是夺取西屏镇南门和北门。如果再加上我们派去的伪装周武保安团的人员的配合,那就更有把握。

"红军四个中队,全部投入攻击西屏镇的战斗,南北两门,各配备两个中队。齐心会五个中队,留两个中队守卫洪雷谷口;三个中队参加西屏山战斗。用一个中队佯攻杨家寺,造成敌人错觉,以为我们主力仍在杨家寺;用一个中队埋伏在丘陵地带,阻击杨家寺增援西屏镇之敌。这个任务是很重的,因为敌人在杨家寺有两个营,当他们醒悟到我们的主攻方向不是杨家寺而是西屏镇时,他们要拼命回援的。……"

"佯攻的那个中队应该全放在丘陵地带,佯攻是虚,阻击是实,这样阻击力量就强了。"周威建议说。

"这也是个办法。"郝大成说,"那么让黄六嫂把自卫队拉出去,作为佯攻的部队,对他们也是个锻炼。"

"这样更好！"

"还有另外一个齐心会中队放在北门。虽然西屏镇南北两门一齐攻，重点还是放在北门。我们指挥部也设在北门。"

王尚青和周枫森这时把饭菜端来了。在这潺潺的溪水旁，弥漫着一股面馍和猪肉的香味。

郝大成和周威都大口大口地吃起来，他们实在是饿狠了。

"等消灭了任中元后，我们回来要好好庆贺一番！"周威兴致勃勃地说，"那时我们要喝个'一醉方休'。"

"一定奉陪！"郝大成笑着转向王尚青，"小王，你要记住，打下西屏镇以后，给总指挥找几瓶好酒，要任中元那酒橱子里的！"

二

任中元和任洪元虽不是一个父母所生，但长的样子，却有些相像。瘦削的脸上布满皱纹，薄薄的嘴唇上留着山羊胡子。在年轻的时候，他就听一个卖野药的郎中说，吃人心可以返老还童，他当了土匪头子之后，便杀人放火，常用人心下酒。但是此方好像在他身上并不见效，人心倒是吃了不少，但他还是一天比一天衰老。后来连他自己也不相信了，可是，已经吃上了瘾，在他当了保安团长之后，此习仍不改变。

自从在洪雷谷口吃了败仗之后，任中元对红军真是恨之入骨。他深知他的堂兄任洪元和谷敬文有矛盾，所以他也把谷敬文视为他的对手，想在争夺四岭山的斗争上，和谷敬文决一雌雄。

就在洪雷谷口遭到失败之后，任中元忽然接到谷敬文给他的一封信，邀他一起对付四岭山里的红军，向他发出互相策应、互相支援的呼吁。这时他才感到谷敬文既是他的对手，又是他的伙伴。

任中元接到谷敬文给他的红军进兵西屏山的情报后，他们之间的勾结就更密切了。他立即写信给谷敬文,表示完全同意他的计划,并保证竭全力把红军和齐心会消灭,以报洪雷谷口失败之仇,以泄素日对齐心会之恨。任中元立即按谷敬文的计划,把第二营派往杨家寺。

连任洪元给任中元派来的军事专家冯自信,也认为谷敬文的计划是挺高明的。如果按照谷敬文的计策一一实现,红军和齐心会必被消灭或击溃,西屏山的农民起义也会被扑灭。他们怀着激动不安的心情,紧张地等待着这个不寻常的时刻的到来。

他们在团部里通宵达旦地等待,这个时刻却没有到来。

"这到底是怎么回事呢?"任中元首先提出了疑问。

"也可能出现了意外情况。"冯自信思忖着说。

"我们到寨门上去看看吧!"

"好。"

他们从团部走出来,身后跟着十几名扈从。

月亮已经西移,从背后照着他们,在寨门上投下长长的身影。整个山区在柔和的月光中沉睡着。

"你听!"冯自信用臂肘轻轻地碰了碰任中元说,"洪雷谷口……"

冯自信还没有说完,任中元也听到了,洪雷谷口传来了隐隐的枪声。

"怎么在洪雷谷打起来了?"任中元猜测着,"谷敬文想吃独食,单独下手了?"

冯自信摇了摇头,不以为然地说:"谷敬文在四岭山只有周武一个保安团,在红军背后打偷锤搞投机是可以的,单独和红军干,恐怕没有那么大的力量。现在的郝大成已非昔比,已经不是白马山峡谷那时的郝大成了。"

"是啊,他的力量扩大了三四倍!"任中元说。

"还不只是在军事力量的扩大上，主要是他在四岭山站住了脚，扎下了根！"冯自信高谈阔论地说着。

这时洪雷谷口的枪声更密集了。

"我担心谷敬文不是郝大成的对手。"冯自信继续说，"你听这枪声，谁打谁是很难说的。"

"那我们派人去侦察一下吧！"任中元说。

"好主意，我看今夜西屏山是没有危险了。"

他们派出了侦察人员之后，就走下寨门回团部安歇去了，洪雷谷口的枪声也渐渐稀疏下来。……

任中元一直睡到日上三竿，侦察人员回来向他报告：

谷敬文、周武的保安团中了红军和齐心会的埋伏，被打垮了；谷敬文已经放弃了沙河镇，在白云山烧杀了一阵之后，退到青龙山去了；红军押着大批俘虏回白云山去，到底是去沙河镇还是去梅林镇不详；红军和齐心会伤亡也很大，正在进行休整。……

任中元听了之后，失魂落魄地坐在床沿上，呆了很久，接着就派人去叫冯自信。

冯自信睡眼惺忪地跑了来。这个消息使他很震惊。他仔细地询问了侦察人员，又仔细地琢磨了一阵，觉得这个情况基本属实。

"我们该怎么办呢？"任中元焦虑地说，"红军和齐心会来进攻我们，我们可是要孤军奋斗了！"

"红军要进攻我们，这是肯定的。在周武的保安团没有被消灭之前，他们是有后顾之忧的，现在这个后顾之忧没有了，"冯自信分析得头头是道，"他们是会倾全力来干我们的。"

"什么时候来呢？"

"至少最近几天不会。"

"为什么？"

"因为郝大成需要休整,需要重新研究作战计划。"冯自信颇为自信地说。

"这倒也是。就怕万一,"任中元说,"常言说,有备无患,不管他什么时候来,我们总得准备好。"

这时有人进来报告,从伏虎岭来了十多个周武保安团的团丁,他们是被打散之后逃出来的。

"快,要他们来见我。"任中元说,"问问到底是怎么回事。"

穿着保安团服装的十几名士兵被带进来了。他们的衣服都已经破烂不堪,全都是钻山林、攀石壁扯烂的,有的身上还带着血迹。

"你们是保安团的吗?"任中元问。

"是! 是保安第二团的。"为首的那个士兵回答说,他是马贵。

"你们被打散了?"冯自信问,"到底是怎么回事?"

"我们也弄不明白。"马贵回答说,"本来,周团长要我们开出洪雷谷,来配合任团长抄红军的后路,可是,不知怎么搞的,刚开到洪雷谷,就叫红军包围了。"

"你们怎么样跑出来的?"

"我们一看被包围了,就钻进了树棵子里,枪也不敢要了。"

"他们没有搜着你们?"

"差一点叫他们搜着,"马贵做出心有余悸的样子说,"幸好茅草深,树棵子密,红军从我们身边走过去,说话声都听得清清楚楚。"

"他们说了些什么?"

"说什么优待俘虏,缴枪不杀! ……"

"还说什么?"

"再也没有说什么了,"马贵并没有叫任中元和冯自信失望,他似乎想起来了,"还有,后来,听到有人喊停止搜山,说什么要开回白云山去休整。我还听到他们悄悄地议论,说郝大成受了伤。"

"什么?"任中元认为这是一个很重要的情况，"是重伤还是轻伤？伤在哪里？"

马贵摇摇头说，"这我就不知道了。"

任中元感到再也问不出什么来了，好像也没有什么需要问了，便向这些败兵们挥了挥手，说：

"好了，你们滚吧！"

"任团长，"马贵说，"我们还没有吃饭哩！"

"好好！"任中元不耐烦地对他的护兵们说，"带他们去吃饭！"

马贵一行十几个人被带走了。

"他们说的情况和侦察的情况基本上一致，"冯自信说，"证明我们的判断是对的。"

"就不知郝大成伤得多重。"任中元遗憾地说。

"不管他伤得轻还是重，三五天内，是没有出兵的可能了。"冯自信十分自信地说。

"这样，我们要赶在郝大成来进攻我们之前，把造反的乱民彻底铲除掉！"

"从哪里下手呢？"冯自信问。

"今天夜里就要把有嫌疑的分子统统抓起来！"任中元变得猖狂起来，"冯副官，你可以到杨家寺去，今晚上我们来一个齐头并进，双管齐下！"

三

就在任中元要开始大搜捕的这一夜，西屏镇农民起义指挥部里正在举行着紧急会议，会议已经接近尾声了。

会场就在小酒馆的小阁楼上，下面保安团的匪兵们正在饮酒行令。指挥部的会议参加者只有三个人，有一个中年人，他是起义的总指挥,另一个是个二十六七岁的青年人,他是西屏镇小学校的教师,地下党的负责人,另一个就是史少平了,他穿着任中元保安团的服装。

"既然夺取北门和南门的困难不太大,那就这样定了。"史少平说,"今晚要特别注意,任中元有可能进行大搜捕。"

"这一点,我们已经有准备了,任中元认为红军今夜不可能进攻,所以他把大部分兵力用来进行搜捕。"中年人说。

"会议该早一点散了,今天晚上有可能戒严。"青年人说。

"如果能搞到敌人的口令就方便多了。"史少平说,"我们散吧!有了口令,我会告诉你们。"

史少平从阁楼上走下来,引起了小酒馆里匪兵们的注意。史少平从容地走下来,回头对着跟在身后的两位客人说:"这笔生意就算成交啦!如果任团长满意,他会出大价钱的。"

"请你见到任团长的时候,务必美言几句。"

"你们早点歇着吧!今晚上戒严,轻易不要上街!"

"谢谢长官的关照!"

中年人和青年人一齐向史少平道谢之后,在匪兵们众目睽睽下,走了出去。

史少平却没有走,他找了个空位子坐下来,向老板要了一瓶酒,一碟菜,自斟自饮起来。他在想着如何搞到今夜的口令。

坐在史少平对面的匪兵把史少平打量了一番,然后问道:"长官,你贵姓?"

"姓史!"史少平爱理不理地回答着。

"你好像不是西屏山人。"

"你说对了,"史少平冷冷地说,"我是九里十八坪人!"

"我怎么不认识你?你不常到酒馆来吧?"

"这是第二回了!"

史少平冷冷地回答着，猜测着对方的身份。这家伙并不像个普通的匪兵，但也不像个军官，因为其他匪兵都躲着这个家伙，好像有些恨他也有些怕他，于是史少平明白了，这是任中元保安团里的别动队，是周武保安团里的马义山那种角色。

刚才史少平那段关于任团长的话，对普通匪兵来说，是可以起到威吓作用的，把他看作是任团长的亲信，谁也不敢轻易惹他。可是对于这个特务来说，对这段话却大有怀疑，因为他可以直接来往于团部之间，直接向任中元报告情况和请示工作，别人是不敢过问的。他从来没有见到任团长身边出现过这个九里十八坪人。

史少平意识到碰到危险的敌人了，要想摆脱他是困难的。

"看来你和任团长好像很熟啊！"这个狡猾的别动队员讽刺地说，"刚才，你好像替团长办了什么交易。"

"我说老兄，"史少平有几分生气地说，"你好像管的事太多了一点，这和你有什么关系？"

"你是外乡人，我自然要关心你了！"匪兵不怀好意地微笑着，"我是个热心人，是很愿意帮人忙的。"说到这里，他不由得拍了拍腰里的勃朗宁手枪。

"好啊，那咱们就交个朋友吧！"史少平这时已经确定了他的对策，"请喝我一杯！"

史少平拿起酒瓶给匪兵斟满了一杯，然后问："真是摇了半天橹，缆还不曾解，我倒忘了问你贵姓？"

"在下姓任！"

"那么，你是和任团长一家子了。"

"在下是任团长的侄子！"

"用什么办法摆脱这个特务呢？"史少平考虑着，只有一个办法，那就是把他干掉。但是，酒馆里还有十几名匪兵，公开动手是不行的。

史少平正盘算着如何激怒对方,用打酒架的方式把任中元的侄子干掉。就在这时外面拥进十几个人来,史少平一眼认出了马贵和其他人,看见他们穿着周武保安团的服装,心里就明白了七分。他向马贵大声问道:"你们是哪里来的? 乱吵什么?"

马贵这时也认出了史少平,眼睛突然一亮,心中溢满了欢喜,在这种情形下见到自己人,是何等使人振奋啊! 真想上去和史少平拥抱起来亲热一番,但他忍住了,故作气愤地说:"长官! 我们是周武保安团的,跑到这里来,投奔任团长,可是,连个住的地方也不给安排,……"

"你们可要注意,今晚上是要戒严的,"史少平向马贵使着眼色说,"在这酒馆里,什么人也不准出去。"

"对!"马贵领会了史少平的意图,回答说,"我们一个人也不准出去!"一边说一边用眼睛询问着:"是这个意思吗?"

史少平回答以肯定的目光,"你们知道了就好,坐下,吃酒,现在正是兵荒马乱之时,一时对你们照顾不周,你们还是包涵一点儿吧!"

任中元的侄子瞪着眼睛迷惑不解地看着这一切,他认为史少平刚才和马贵的谈话是不应有的,是多余的,也就是说是不正常的。他想:"这里边不会有什么暗语吧?"他恶意地向史少平说:"史先生,你刚才说我管事管得太多了,可是我认为你更爱管闲事!你……"

"你什么?"史少平忽然装作喝醉了酒,发着酒疯骂咧咧地说,"你他娘的少管老子的事!"史少平一手握着酒瓶的细脖儿站了起来。

"你说什么?"任中元的侄子两眼血红,也从椅子上站了起来,要掏手枪。

但是史少平举手用力一抡,把酒瓶重重地劈在他的天灵盖上,打得他脑浆四溅,只见他两手一扬,扑通一声蹾在椅子上,向旁边一歪,连椅子带人一齐跌倒在地。史少平飞速地拔出他的勃朗宁手枪,站在酒馆门口。

就在这同时,马贵等人立即跳了起来,把正在吃酒的匪兵的武器抢在手里。匪兵们都被这个场景吓呆了,竟不知发生了什么事情,既无人叫喊也无人敢动。

史少平手持短枪,低声命令说:"大家安心吃酒,哪个敢动就敲掉哪个! 马贵,你把门守好,放进不放出!"

"是!"马贵和另外几个人持枪守在酒馆门边。

酒馆被占领了。街上开始了戒严。小酒馆里也进行了清理,任中元的侄子的尸体被拖到后面去了。

过了一会儿,两个负责巡逻的匪兵路过酒馆门口,想进来喝上几杯,刚走进门口,就被两把刺刀逼住了:"把枪放下!"

巡逻兵乖乖地交出手中武器。

"请坐下喝酒!"史少平提着手枪命令着。

"不! 不!"巡逻兵惊慌地说着,嘴唇在打战。

"坐下喝! 不许讲话!"史少平重复命令着,然后他把一个巡逻兵叫到一旁轻声问道,"今晚上口令是什么?"

匪兵答道:"搜捕!"

史少平怕不真实,又把另一个匪兵叫到一旁审问,证明"搜捕"是对的。这时墙上的挂钟当当地响了,时间已是夜里十一点。

史少平命令把所有匪兵全都绑好,关在酒馆的小阁楼上。他们拿上匪兵的武器,穿上匪兵的衣裳,带着匪兵的口令,分成两队,史少平带一队,马贵带一队,到街上巡逻。他们准备配合起义的群众夺取北门和南门。

就在这时,大搜捕开始了,许多群众被拉到街上来。西屏镇像翻了天一般,到处是砸门声和叫骂声。

史少平带着六个人，向北门巡逻着，等待着红军攻击的信号。

四

拂晓时分。

西屏镇北门外的山坡上，响了三下枪声。

在西屏镇中，随着这三声枪响，升起了几处大火，这是暴动的信号。

接着南门和北门响起了密集的枪声。

整个西屏镇，人声沸腾，枪声杂乱，火光熊熊，西屏镇燃烧起来了。在这同时，杨家寺的枪声也响了。

如果不是身处战场，真会以为这是新春佳节的万户灯火和爆竹声。

郝大成、周威、罗雄、姚光明、朱英，他们把部队带在北门外，观察着西屏镇里的动静。

这时，北寨门上响起了枪声。一阵枪声过后，寨门上升起了一堆篝火，火光在暗夜里跳动着，欢舞着，宣布北门已在暴动者的控制之下。

史少平带着一个小组，冲到了寨门旁边，几声枪响，解决了守卫寨门的匪兵，立即打开了寨门。

罗雄带着一中队，首先冲了进来，姚光明带着三中队冲进来，朱英带着齐心会员也冲进来了。郝大成和周威跟在部队后面，进了西屏镇。

南门枪声激烈。

史少平见到了郝大成，向他报告着情况。

"南门怎么样？"郝大成问。

"马贵带人去了！"

"有步枪吗?"郝大成问,"只靠起义的大刀恐怕有困难。"

"有六支步枪,"史少平回答,"是马贵带去的。"

"那就好些。"周威放心地说,"马贵是很机灵的。"

这时南门上也升起了篝火。

"通知南门的部队向西门发展!"郝大成对王尚青说。

王尚青向南门跑去。

"罗雄,向东门发展!"郝大成命令着。

西屏镇到处是枪声和火光。

四个寨门很快就全部落进了红军和齐心会员们的手中。西屏镇的巷战在起义者的配合下,很快就结束了。只剩下两处在进行着激烈的战斗。一处是保安团一营的营房,除一个连分守在四个寨门外,这里还驻着两个连;一处是任中元的老巢,这是一个灰色的大院,只有三十几个人的特务排防守。

这两处被起义的人群包围着。保安团的匪兵们从墙壁上的枪眼里向外射击,起义者因为用的都是大刀、长矛、冲担,没法靠近,大伙气得两眼冒火,急得直跺脚,仍然没有用处。

郝大成和周威分别指挥:郝大成指挥部队攻击保安团一营营房,周威指挥攻击任中元老巢。

郝大成见到起义者围攻营房伤亡很大,并且妨碍着红军的行动,便命令起义者全部后撤。郝大成并不急于发动进攻,他从起义者手里,找到了两门土炮,命令用土炮向着营房的围墙轰击,围墙被轰塌了一个一丈多长的口子。

姚光明带头冲进了缺口⋯⋯

但是敌人集中了一个排的兵力向外反扑,姚光明的一个分队和敌人展开了肉搏战,因为进去的人太少了,被敌人反击出来。

郝大成命令部队暂停攻击,再用土炮扩大缺口。

敌人企图堵塞缺口,许多匪兵在一营长的督战下,扛着桌椅,抬着床铺向缺口堆积着。

"轰隆隆!"土炮又响了。炮口喷着火光,杂着铁砂子的黑火药像一把火扫帚向缺口扫去。砖石乱迸,打得敌人血肉横飞。缺口又扩大了。

"冲啊!"姚光明把枪一举,带着部队第二次冲进了缺口,沿着缺口向两边扩大战果。缺口守住了,后继部队陆续地从缺口里冲了进去。

任中元在一夜的大搜捕中,是非常得意的,因为他相信这一夜红军不会来进攻他,而他,却事先把酝酿中的起义给扑灭了,这一点他肯定是自己占了先手。经过昨天一天一夜的紧张活动,已经很累了,在接近拂晓的时候他已经进入了梦乡。

他仿佛梦见任洪元回来了,他们按照谷敬文制订的夹击红军的作战计划,打进了四岭山。他又梦见自己从四岭山抢劫了很多金银财宝回到了西屏山,他的留守西屏镇的匪兵们沿街列队欢迎他胜利归来。他听见在鼎沸的人声中,有噼噼啪啪的爆竹声。但是这爆竹声似乎太响了,好像有人故意开他的玩笑,把一个燃着引信的爆竹向他的耳边一丢——强烈的爆炸声把他震醒了。他猛然坐起来,听见北门和南门的枪声。

"任团长! 坏了,红军打进来了! 老百姓都造反了!"一个卫士一头撞进任中元的卧室,慌乱地喊叫着。

"什么? 打进来了?"任中元不相信有这种事情。

"打进来了!"

"快! 快调一连过来守院子!"任中元想到了自己的安全。

卫士飞也似的跑出去了。

任中元从室内撞了出来,大声命令着已经集合在院子里的特务排:"快! 全部上房,给我死守!"

这时院子里飞进起义者的一颗土造的炸弹，"轰"的一声响，石灰和碎铁片四处横飞，任中元立即连滚带爬地回到屋里。

奉任中元命令，去通知一营一连来守卫大院的卫士，并没有完成任务，这时大院和一营营房间，已经完全被红军、齐心会员和起义的群众隔断了。

周威看看任中元的院子墙高难攻，他和罗雄、朱英商量了一下，便命令部队帮助起义群众接了二十多个竹梯，在统一号令下，从四面同时竖起，一齐爬墙，这样只有三十个人的任匪特务排不得不分头抵挡。

罗雄一手扶竹梯，一手持短枪，第一个先登上了墙头。这时一把刺刀向他直刺过来，但他的子弹先到，这把刺刀只是在他胸前晃了一下，就急剧地缩回去了，随着匪兵翻落到院子里。

罗雄俯伏在墙头上，居高临下地扫射着墙里的匪兵，然后，他把枪往腰里一插，两手攀着墙头，先把身子垂下，轻轻一跳，就落进院子里。这时从任中元的窗口里向他射来一排子弹。但是子弹打高了，被打落的墙砖碎片，纷纷落到他的身上。

周威手持宝剑脚蹬竹梯上了墙头。许多红军战士、齐心会员和起义的群众，也都攀着竹梯，拉着绳索登上院墙，跳进院子。

包着铁皮的大门被打开了，战士们从门口冲进来，院子里的任中元的特务排匪兵全部被肃清了。

黎明降临到西屏镇。

任中元的房门紧闭着。周威命令部队停止射击，他要活捉任中元，把任中元带回四岭山，召开群众大会，公审这个不共戴天的仇敌。

罗雄带领战士抬进了一根水桶粗的梁木，"哐隆"一声，门被撞开了。朱英第一个冲进屋里，任中元向他打了一枪，子弹没有打中要害,伤了朱英的胳膊,朱英不顾疼痛,猛力向任中元扑过去。

任中元被扑在地上。他丢掉了已经没有子弹的手枪,和朱英在地上翻滚搏斗。

罗雄冲进来,一把把任中元的胳膊拧在背后,这个杀人不眨眼的惯匪就擒了,但他仍然凶狠地挣扎着。

周威站到任中元的面前说:"任团长,想不到你也有今天!"接着就命令齐心会员,"把他绑好!"

真是仇人相见分外眼红,任中元一见周威,不由得一边挣扎一边咆哮起来:"周总指挥,你见到你那结义兄弟的耳朵了吧? 告诉你,你那结义兄弟对我太不恭敬了,我把他给宰了! 我恨当初那一刀没有砍准,不然,你狗崽子就不会在这里乱叫唤了!"

任中元这个惯匪自知活不成了,他想要无赖激怒周威和他拼一死活。

任中元的挑衅和焦大海的噩耗,把周威气昏了:"啊! 你这个强盗! 当时你不过是像偷吃狗一样钻了个空子! 你若是个汉子,就应该和我公开较量,可是你没有这个胆量!"

"哈,哈,哈!"任中元有意把周威激怒,便破口骂道:"你这个婊子养的,我现在落到你的手里了,你才敢说这样的大话,你真敢和我个顶个地较量吗?"

任中元的目的达到了,周威气得像一头发怒的狮子:"朱英,把他放开!"周威命令着,接着又对周枫森说:"去! 把这个狗崽子的刀拿来!"

周枫森看出周威要干什么,激烈地反对着:"总指挥! 你不能……"

但周威向他怒喝道:"去! 把刀给他拿来!"

朱英把任中元的手松开了,周枫森跑到任中元的卧室,取出一把闪亮的七星刀来,这就是当年砍伤周威的那把刀,他拿给了周威。

周威接刀在手，当啷一声掷在任中元脚前，自己顺手拔出了龙泉宝剑，对着任中元说："来吧！"

任中元持刀在手，狡猾地向周围看了一眼，说："仗着人多不算好汉！"

"你放心好了！"周威鄙视地对任中元说，"他们是不会动手的。"

任中元狡猾地用刀向周威身后一指说："你看，他们不是准备打我的黑枪吗？"

"哪里？"周威扭头看了一眼。

任中元趁周威没有准备的时候，猛然一刀劈了过去。这一刀是这样突然，周威来不及用宝剑招架，只好向后急退。刀尖几乎紧贴着周威的鼻尖落了下来，像一道闪电在周威面前闪了一下。

"卑鄙无耻的家伙！"周威骂道，"你如今也不过还是一条偷吃的狗！"接着挥剑向任中元砍去。

任中元举刀架开了，两锋相碰，发出铿锵的声响，飞迸着点点火星。

周枫森担心着总指挥的安全，手提顶着子弹的驳壳枪，真想向任中元扫射过去，但他怕激怒周威。

刀光剑影。

两个势不两立不共戴天的仇敌，在越来越亮的晨光中拼杀着。

围歼敌人一营营房的战斗已经接近尾声，西屏镇上空已经飘扬起红旗，这红旗和刚刚升起的明丽的彩霞一齐飞舞，西屏镇一片欢腾。只有匪首任中元的院落里，除了铿铿锵锵的刀剑声外，就再也听不见别的声音了。所有的人都屏住气息，看着这一场带着古代色彩的白刃格斗，似乎给西屏镇壮丽的战斗的景象之上，增添了一种奇异的色彩。

这场格斗,并没有延续很久,任中元在越战越勇的周威面前,越来越气馁了,他的刀法乱了。周威向他头顶虚晃了一剑,任中元正要抵挡,周威却翻手对着他的胸口猛刺!

周威充满仇恨的手是有力的,任中元只来得及哼了一声,便扑倒在地上,手脚痉挛地抖动了一阵,就不动了。

西屏镇的战斗结束了,郝大成在指挥着部队清查俘虏,打扫战场,并派史少平去了解杨家寺的战斗情况。

五

黄六嫂带着二十名农民自卫队,埋伏在杨家寺的东面和南面(西面和北面由齐心会的一个中队负责),担任佯攻任务。这是农民自卫队第一次参加这样大的战斗,大家的心情是振奋而又紧张的。

在西屏镇发起攻击的时候,黄六嫂带领的农民自卫队也发起了向杨家寺的攻击。

黄六嫂执行的佯攻任务,主要是迷惑敌人和牵制敌人。迷惑敌人,就是造成敌人的错觉,使敌人以为我们的主攻方向是杨家寺,在听到西屏镇打响后,不敢出兵增援;牵制敌人,就是当敌人一旦醒悟,出兵支援西屏镇的时候,阻击、侧击或尾追敌人,迟滞敌人的行动,以保障西屏镇战斗的胜利。

黄六嫂带领的农民自卫队,分布在杨家寺东、南两个方向。指挥位置设在东门。

农民自卫队员们,伏在田埂下、土丘旁和大树后,一排枪一排枪地向杨家寺射击着。

保安团用更密集的枪声回击着。

黄志高移动了一下身子,向蹲在田埂下的黄六嫂说:"咱们农民自卫队这是第二次打仗了,大家有经验了,劲头也很大。这样,光放枪,不见面,太不过瘾,不如冲进杨家寺去,打个痛快!"

黄志高的话正好说出了黄六嫂此时的心情。她何尝不想马上下命令,向杨家寺进行一次猛烈的冲击呢?自从红军从泥鳅沟进了四岭山,消灭周武民团一个中队,她向郝大成要枪的那个时候开始,就盼望着这一天了。四岭山的男女老幼对任中元早已恨入骨髓,他们也早就盼望消灭任中元的这一天了。所有的农民自卫队员,谁不想在消灭任中元的战斗中出一把力呢?

黄六嫂此时的心情,正是农民自卫队员们的心情和四岭山区全体人民的心情,她把自己的花机关紧紧地握在手中,真想第一个跳起来,冲进杨家寺的街头。如果此时,是郝大成在这里指挥,她一定是第一个提出要冲锋的人。可是,她现在是这里的指挥员,地位不同,责任不同,她不能凭自己的感情办事,不能凭一时的冲动办事,她要对整个的战斗负责。她想了一想之后,对黄志高说:

"我也很想打个痛快,可是我们的任务是佯攻,敌人有工事,硬往里冲是会吃亏的,等他们出来再打。"

"他不出来怎么办?"一个自卫队员说了一句,对着黑洞洞的杨家寺打了一枪。

在夜色朦胧中,黄六嫂认出了这个自卫队员就是田家冲的田立春。

"不要急,等郝大队长他们把西屏镇打下来之后,就会回过头来对付杨家寺,那时,我们自卫队就请求一个打头阵的任务。"

黄志高说:"郝大队长不一定会答应。"

黄六嫂说:"我们可以争嘛!"

这时西屏镇的枪声越来越激烈了。

每个自卫队员都不紧不慢地和敌人对射着,观察着敌人的动静,判断着西屏镇战斗的进程,等待着发起攻击的命令。

田立春卧伏在田埂上,紧握着枪杆,瞅着黑洞洞的杨家寺,想着心事,忘记了开枪。

黄六嫂走到田立春旁边蹲下来,问他说:

"立春,你怎么不开枪呢?"

"我在想……"田立春由于黄六嫂的提醒,向着杨家寺开了一枪。

"你在想什么?"

"我想到了雨旺哥,想到了我分的那块地,想到了那天,你和郝大队长给我讲的那些话。今天,我拿起了枪,就是为雨旺哥报仇,就是保卫我们分得的田地啊!……"

"第一次打这么大的仗你害怕吧?"

"不!"田立春摇摇头说,"我是个老自卫队员了,又不是第一回打仗。昨天,消灭周武的保安团时,我不是参加了吗?可惜……"

"可惜什么呢?"

"可惜我没有打上,那些保安团不禁打,三下五除二地就完了,本想这次大大地干他一家伙,可又是佯攻,净费弹药。……我还想亲手抓个俘虏,缴一支枪呢。"

黄六嫂笑笑说:"好,有志气。仗是有的打的。"

这时,杨家寺的南门那里突然响起了激烈的枪声。这枪声响得很突然,很猛烈。敌人的两个营像一股开了闸的河水一样冲了出来。

……

冯自信奉任中元的命令来到杨家寺,执行搜捕起义群众的任务。他命令新调来的第二营接替原来驻守在杨家寺的第三营的防务,把对杨家寺比较熟悉的第三营换下来,执行搜捕任务。第三营对于农民起义的组织,并没有真正的了解,只是以搜捕为名,进行抢劫而已。盲目的乱抓乱捕和抢劫,搞得杨家寺鸡犬不宁。

当西屏镇枪响之后，冯自信曾想抽出一个营增援西屏镇，命令还没有下达，杨家寺的枪声响了。他一时搞不清红军的主攻方向在哪里，不知道应该增援西屏镇好，还是请求西屏镇增援杨家寺好。在这种心理状态支配下，他唯一的决断，就是固守杨家寺，然后把两个营长叫来研究对策。

冯自信根据各方面情况，他判断出红军主力是在西屏镇。基于这样的判断，对于是否应该增援西屏镇，他一时拿不定主意，想听听两个营长的意见。

新调到杨家寺来的第二营营长，由于他的家属、财产都在西屏镇，他积极主张回援；但是，第三营营长却坚决反对，他认为不了解情况，贸然增援西屏镇是危险的。

冯自信考虑到西屏镇红军主力和齐心会全在那里，又加起义农民的配合，力量是很大的，同时他更怕中了郝大成的埋伏。想来想去，还是固守杨家寺比较稳妥。

战斗在进行着。冯自信带着两个营长上了杨家寺的制高点——建筑在高台上的天王寺。

这时，西屏镇的枪声渐渐稀疏下来，他们站在庙台上，看到镇中升起了几处火光，冯自信皱着眉头对两个营长说："西屏镇不久就要……"他不愿说出"陷落"两个字。

第二营营长忧虑地说："不是不久，也许已经完了。"

第三营营长慌了："那我们怎么办呢？西屏镇一完蛋，我们杨家寺可就成了一个无险可守四面受敌的孤立据点了。"

冯自信自言自语地说："是啊！郝大成在解决了西屏镇之后，必然回头解决杨家寺。……"

"我们不能坐以待毙！"第二营营长说，"冯副官，你还是赶快下决心吧！"

冯自信沉思了一会儿说："我的决心已经下定了，我们出南门，绕道去九里十八坪,投奔任旅长去!外面都是没有打过仗的农民自卫队,挡不住我们!"

天色已经微明。

黄六嫂和黄志高看到敌人从南门出水了。

黄志高急了,说:"我们怎么办?"

出现这种情况,黄六嫂也没有估计到。她知道,敌人两个营向外冲,迎头阻拦,是拦不住的。这时她想起郝大成给她们讲的毛委员教导的"敌进我退,敌驻我扰,敌疲我打,敌退我追"的军事原则。于是,她命令自卫队从敌人的两侧打击敌人。

敌人冲开了缺口,只顾夺路逃命,并不向两侧还击,丢下了死尸和伤号,向南狂奔。

"冲上去吧!"黄志高建议说。

"还早一点。"黄六嫂一边用花机关射击着一边说,"贪多嚼不烂,我们还吃不下那么多。"

"总是有点可惜。"黄志高说。

黄六嫂说:"如果现在从当腰冲上去,后面敌人一个营正好赶上来,敌人前面过去的那个营只要一回头,就把咱们包在中间了。……咱们只能揪着他的尾巴打!"

这时,敌人的第二营已经冲出去了,第三营紧跟着向外冲。

太阳已经升起来了,整个战场已经清晰可见。自卫队的两侧射击,越来越准确,敌人的伤亡在增加着。

当敌人只剩一个殿后的后卫连时,黄六嫂从田坎后跳起来,把花机关一端,喊了一声:"冲啊!"接着就向敌人冲了过去。

"冲啊!"

"杀啊!"

自卫队员们从两侧向敌人猛扑过去。

敌人纷乱了,有的就地卧倒抵抗,有的四散奔逃。

敌人前面的部队已经走远了,不敢回援,只好扔掉这个被截断的尾巴逃走。

自卫队员们士气大振,在和敌人短兵相接中,大刀、长矛、冲担,发挥了很好的作用。

"缴枪不杀!"

"优待俘虏!"

自卫队员们学着红军的样子,一边战斗一边展开了政治攻势。

敌人的一个后卫连,全部完蛋了——五十多人做了俘虏,四十多人溃散了,二十多人被打死。

黄六嫂命令一部分自卫队去追歼溃散的敌人,一部分打扫战场。

田立春兴冲冲地向黄六嫂奔跑过来,身上背着三支步枪,手里还提着一支花机关。他笑哈哈地喊着:

"黄六嫂! 黄六嫂! 你看,"田立春把手里的枪一举,"我也得了一支花机关,和你那支一模一样!"

黄六嫂兴奋地说:"立春! 这支花机关就归你用吧! 用它来好好地保卫咱们的根据地,保卫咱们的胜利果实,保卫分到手的土地!"

可是田立春却回答说:"黄六嫂,我有一个新想法。"

"新想法?"

"我想把分到的土地交出去!"

"交出去?! 你……"黄六嫂一下子不明白田立春的意思。

"我想要求当红军去! 替天下受苦的人去打天下,保江山,扛一辈子枪!"

"好,好!"黄六嫂热烈地连连称赞说,"这个想法好!"

田立春说:"光你说好还不行,还不知道郝大队长要不要我呢。"

　　黄六嫂说："这你放心,他准要。这个保票我打了!"

　　"你能打保票?"

　　"怎么不能?"黄六嫂微笑着说,"在这次战斗前,党代表和郝大队长和我研究过了,准备战斗结束后就动员一部分自卫队员参加红军。看,你这不是倒过来动员我了? 还怕我不能打保票!"

　　黄六嫂和田立春都呵呵地笑了。

第四十六章　布　局

一

谷敬文带着他的残兵败将，落荒而逃，途经青龙山，回到了谷家寨。

一连串的失败，使谷敬文心情恶劣，暴怒异常。

自从白马山峡谷对郝大成的围攻到洪雷谷口保安第二团的被歼，中间大大小小经过了多少次斗争啊！谷敬文处心积虑精心策划的阴谋，一个连一个地全都失败了。他曾经做过多少美梦啊！这些美梦都被一声声惊雷粉碎了。

谷敬文深感自己心力交瘁，心灰意冷。他没有心情再在大厅里昂首阔步地踱步了，颓然地坐在椅子里闭目静思，回想着他和郝大成的一次一次的斗争。他费尽了所有的心机，调动了所有的力量，仍然没有能阻止住红军进入四岭山。

红军进入四岭山后，他亲临沙河镇坐镇指挥，争夺周威，造谣中伤，祈雨求神，绑架暗杀，收买叛徒，和任中元勾结，内外夹攻……一切的一切，凡是能用的力量全都用了，凡是能使的办法全都使了。可以说把他的锦囊妙计全用了。到头来，还是落了个丢盔弃甲，东奔西窜，溃逃青龙山。

"这些共产党啊，真是不好对付！"谷中一看见谷敬文如此沮丧，不由得感叹了一声。

"什么不好对付？"谷敬文歇斯底里地咆哮着，发誓似的说，"我一定要把四岭山拿回来！一定拿回来！"

谷敬文猛然站了起来，阴沉沮丧的脸上又显出傲慢、狠毒的神情。他把烟蒂狠狠地往地上一摔，仿佛向什么人示威似的，表示他有决心有力量来实现他的誓言。

"幸好青龙山还控制在我们手里，这是我们重占四岭山的有利条件。"谷中一顺从着他的主子的心情说，"青龙山是四岭山的东大门啊！"

"要确保青龙山，光张彪的特务连是不够的，我们要想法把周武的保安第二团恢复起来！"

谷中一忧心忡忡地说，"如果再从九里十八坪向青龙山抽兵，恐怕不太妥当。"

谷敬文虽然已经明白了谷中一的顾虑所在，但他仍然问道："为什么？"

"现在九里十八坪，看来好像很平静，我就担心在这沉闷的后面有一场雷暴雨，我们应该想一条万全之计。"

"你先说一说，有什么好办法。"

"现在蒋、桂、冯、阎联合对张作霖作战已告结束，我们要趁此机会，向上峰陈情，说明四岭山地区的严重情况，请上峰速派部队围攻四岭山。"

谷敬文点点头说："这当然是一个好办法，我也早有此意。但有两点必须考虑在内：第一，建议上峰举兵进攻四岭山，只怕当局不会立即有此决策；第二嘛，我怕四岭山误落他人之手。……"

"司令所虑很对，"谷中一说，"现在四岭山局势已非昔比，东南有九里十八坪，西南有南屏山，西北有西屏山。这些都已经为红军占有。他们已初步形成掎角之势，互相依靠，互相配合，互相支援，如不及早扑灭，此势必将更加蔓延，我想当局定会同意出兵。至于四岭山是否误落他人之手，我也想过：如果派其他正规部队围攻，战后必然他调，未必想留驻四岭山，因此四岭山必然归还我手。……"

谷敬文插断他的参谋长的话头，说："就是任洪元这只老狗难办，他很可能在占领四岭山后，要求当局把四岭山划为他的辖区。"

"司令不必过虑，"谷中一说，"任洪元这个北洋军阀的余孽，并非蒋总司令嫡系，不难对付。任中元已死，没人替他看守基业，他照样是可以他调的。"

"嗯。"谷敬文点点头，同意谷中一的说法。

谷中一又说："只要司令写一封信给陈特派专员，我可以亲自到省城去一趟，向当局痛陈利害，凭我这三寸不烂之舌，定能使司令的愿望得以实现！"

谷敬文听完参谋长的侃侃之谈，不免喜形于色，连连点头说："中一不愧为智囊，我们不妨先考虑一个具体的围攻方案，一齐提供给当局，那也许更好些。"

"这一点我倒没有想到。"

"应该想到。如果当局答应出兵，问我们有什么要求，我们应该有我们的意见。"谷敬文用教训的口吻说，"要争取当局按着我们的计划办。"

"司令可有什么想法？"

"现在很详细的计划还没有，只是有几点要记住：建议正规部队攻占白云山南山口和伏虎岭洪雷谷两个方向；我们可担任青龙山方向的攻击任务；这样对四岭山采取三面包围之势。等发起总攻时，我们驻守青龙山的部队切勿急于进兵，要做出固守的姿态；这样郝大成必然把兵力集中在白云山和伏虎岭两个方向，让他们去互相拼杀，我们则坐在青龙山上观虎斗。待郝大成精疲力竭之时，我们就可趁机直取太平寨、沙河镇和梅林镇……"

"这当然是好主意！"谷中一说，"当局也会同意的。就怕郝大成不一定把兵力放在白云山和伏虎岭,若是来进攻我们青龙山怎么办?"

"这是不可能的!"谷敬文十分自信地说,"四岭山中只有白云山南山口和伏虎岭洪雷谷口有险可守,放弃险要地形不守,而来攻我们青龙山这座荒山,恐怕只有傻瓜才会这样干。再说,郝大成在重兵压境的情况下,未必还有力量和气魄来进攻我们。……"

谷中一同意了谷敬文的分析,第二天,便带着信函和计划启程了。

二

几个月过去了,四岭山已是满眼秋色:稻田铺金,松柏凝翠,丹枫初红,真是五彩缤纷。

四岭山区的革命形势一日千里,日新月异地迅猛发展着:

吴可征兼任四岭山区区委书记。工农民主政府已经建立,田世杰任工农民主政府主席。同时,周威任农民自卫队的总指挥,黄六嫂任农民自卫队的党代表。

红军进行了扩编,齐心会一部分编入红军,一部分吸收为农民自卫队。红军仍编为五个中队,但中队下设分队和小队,人员增多了,武器增强了。第一中队队长仍由罗雄担任,第二中队队长史少平调至大队部任参谋工作,中队长由赵铁牛接任,第三中队队长仍由姚光明担任,第四中队队长仍由王求正担任,第五中队队长由原齐心会中队长朱英担任。此外,陈大雷、肖应良、马贵等都担任了分队长。

农民夜校、列宁小学都在各山村相继成立。……

整个四岭山区到处都洋溢着新生活的欢乐的气氛,到处都呈现着热烈的战斗激情和兴旺的革命景象。

欢乐动人的山歌，嘹亮、高昂、明快。再也听不到那哀婉、沉痛、忧郁、凄怆的充满泪水的悲歌。这幸福的歌声在山野田间缭绕荡漾：

清清的流水青青的山，
风展红旗映蓝天，
翻身的日月千般好，
四岭山人民好喜欢。

打土豪，分田地，
武装割据建政权，
毛委员点燃燎原火，
驱散了黑夜照亮了天。

工农挥戈打天下，
红了一山又一山，
沿着井冈山道路走，
千山万山都红遍！……

四岭山区人民，开天辟地以来，第一次用自己的耕牛，在自己的田地上耕作，第一次成为四岭山的主人。他们在田头上架着步枪和长矛，随时准备着对付敌人发动的进攻。他们都知道为什么去战斗。

就在这个时候，传来了国民党反动派调集军队围攻四岭山区的消息。

深夜。桌上的闹钟时针正指在两点上。

郝大成一脚蹬在椅子上，一手握着铅笔，面对着一张铺在桌子上的地图，苦苦地思索着。茶油灯的光焰，在微风中摇曳着，照耀着郝大成的凝神专注的脸。

桌上的那张地图是很简单的,用标尺量起来,它也许是不准确的,但它却是郝大成翻山越岭,实地勘察,亲手绘制的一幅四岭山的地形图。这张平面图,完全活在郝大成心里,它是四岭山的缩影,有了它,郝大成便对四岭山的地形了如指掌。

会议刚刚结束。与会的人们,按照党政军民的分工,各自做着战前的准备。

在会议上,吴可征同志讲述了敌我双方的形势,具体地分析了我们的有利条件和不利条件,做了生动有力的动员。到会的有工农民主政府主席田世杰、自卫队总指挥周威、自卫队党代表黄六嫂,还有红军中队长以上的干部。

大家有决心有信心粉碎敌人这次大规模的围攻,但是只有决心和信心还是远远不够的,要有正确的战略指导,要有正确的反围攻的作战计划,要做许多艰苦细致的工作以保证这个计划的实现,这才有可能取得胜利。

在会议上,各种建议、设想、议论都是很吸引人的,但没有一个完整的方案。

会议上,有人主张以攻为守;有人却主张以守为攻;有人主张集中兵力;有人主张分兵把口;……甚至发生了激烈的争论。主张以攻为守的人,强调了战斗中的灵活性,要主动去寻找战机打击敌人,反对防守;主张以守为攻的人,却强调了四岭山的有利地形,要利用险要地形大量消耗敌人,同样达到消灭敌人的目的。

当研究到具体问题的时候,分歧就更大了:到底要坚守哪些地方? 要放弃哪些地方? 坚守到什么时候? 什么时候放弃? 集中哪一些力量? 把力量集中在哪里? 向哪里出击? 什么时候出击? 这一切要取决于当时敌我双方的情况。

在对敌情的分析判断上,又产生了分歧:敌人的战略意图是什么? 他们的主攻方向在哪里? 他们的作战计划是什么? 哪里是他们最薄弱的地方？至于对敌军指挥官的战斗作风、指挥特点、擅长与缺陷，以及敌军的实力和他们之间的矛盾的分析……不同意见就更多了。

在这些争论之后，又要研究我方的各项工作：战前的思想动员，坚壁清野，群众的支前工作，主力和自卫队的配合，救护人员的组织，后方勤务，等等。

会议上，所有问题都提出来了，但要得出一个系统完整而又正确的方案来，那可不容易，需要有一个深思熟虑的过程。

会议上，分析了形势，区分了任务：

吴可征除负责全面工作的领导外，主要负责战前的动员工作；郝大成要集中精力制订作战方案；田世杰和周威组织群众坚壁清野和战时后方勤务；黄六嫂组织农民自卫队，做参战的准备；宋少英协助彭医生组织妇女会会员们担任战场救护和伤员护理。……

三

会后，郝大成面对着地图，足足苦思了三个小时。他已经想好了几个方案，但哪一个最好，哪一个最切合实际，这不仅要集思广益地去讨论研究，而且还要在战斗的实践中去检验。

郝大成制订作战计划，靠的是毛委员的军事原则和高度的路线觉悟和阶级觉悟。由于他对革命事业的无限忠心和高度的政治责任感，他具有勇于实践、勤于学习、长于观察、善于集中群众智慧等各种优秀品质，制订的计划是完全切实可行的。

……

吴可征到各中队去了解战士们的思想情况，回来已经是天亮时分。他看见郝大成屋里还亮着灯，便走了进去。

"老郝，怎么还没有睡？"

"和这些狗崽子们打了半宿仗！"郝大成仍然精力充沛、神采奕奕地说。

"敌人还没有进攻，你就先干上了，"吴可征说着，在郝大成的斜对面坐了下来，"胜败如何？"

"还没打出个眉目来，"郝大成指着地图说，"你来看。"

吴可征把身子俯到地图上。

郝大成继续说："这次敌人的围攻，前敌总指挥是任洪元，主要进攻力量，是他原有的三个团，外加一个新编第四团——那是任中元的两个营作为老底子扩编的，以加强他的攻击力量；谷敬文从九里十八坪抽不出很多兵力，只有一个保安团参加。敌人的兵力部署和战略意图是这样的，"郝大成用铅笔指着地图说：

"任洪元的指挥部设在南屏山下崖头沟，他的特务营保护他的旅部；他的刘玉龙团和张守志团进攻南山口，企图占领白云山；他的第三团和新编第四团在洪雷谷口，企图占领伏虎岭；这是敌人的两个主攻方向；当然第一主攻方向是南山口。……"

"这里，"郝大成又指着青龙山说，"谷敬文目前在这里，只有张彪的特务连和周拐子的一中队。我估计，到进攻前夕，谷敬文还要继续增兵，但他没有更多的兵力抽调，充其量可以达到一个团。显然，在战斗初期谷敬文不想投入过大兵力，他想吃现成饭，对我们是采取守势。……"

"可是这家伙对我们是一个威胁，"吴可征说，"因为青龙山这一边，我们无险可守，地形对谷敬文有利。"

"问题就在这里。"郝大成说，"谷敬文占着进可攻退可守的有利地形，对我们确是一个威胁。他很可能在我们把注意力集中在南山口和洪雷谷的时候，从背后袭击我们。这就是敌人目前的基本态势。……"

吴可征听完郝大成的分析后，全神贯注地看着地图，很久没有讲话。

"我们要守呢，必然造成分兵把口的局面，并且在青龙山一带要配备很大的兵力——因为这里无险可守。"郝大成说。

"这是我们必须竭力避免的一种状况，"吴可征说，"我们不能那样干，我们要运用毛委员制订的军事原则去战胜敌人。"

"是的，毛委员的军事思想是制胜的法宝，我们一定要好好学习和运用。所以我想，我们应该把敌人放进来。但是，把敌人放进来，也有这样的困难：第一，我们就不能充分利用有利地形大量消耗敌人；第二，四岭山区周围环山，就像自然的围墙，敌人进来后，势必造成我们在围墙墙内和敌人周旋，这就大大限制了我军的机动性，险要的地势反而成了绊脚的障碍。……"

"应该找到两全其美的办法。"吴可征说，"我们有利的地形一定要利用，可是又不要分兵把口。"

"是的，我们既要利用险要地势大量消耗敌人，但又不死守；在坚守某些要点的同时，要集中优势兵力，找敌人最薄弱的环节来打！"

"具体的作战计划还可以反复研究几次，但是有一个观点，我们在和敌人屡次作战中，是已经摸准了的：敌人总是仗着人多势众，武器精良，不把我们放在眼里，敌人的阶级本性决定他总是过高地估计了自己的力量，看不起革命的力量，当然更看不起群众的力量。他们必然骄傲轻敌，在战斗中，骄傲轻敌的具体表现就是麻痹大意。这就是他们最大的弱点之一，我们可以促使敌人在这方面犯错误，用一些假象迷惑敌人，助长他们的麻痹思想，造成我们袭击他们的机会。如果我们在要害上，狠狠地捶他一下，这样敌人第二个弱点就暴露了，那就是惊慌失措。一惊慌失措，敌人的战略部署就会混乱，我们打击他的机会就会更多。"吴可征说。

"你说的这一点很重要。我想了个初步的作战方案，就是：坚守洪雷谷,利用险要地形大量消耗敌人,钳制敌人;放弃南山口,造成败退的假象,促使敌人骄兵;奇袭青龙山,集中优势兵力,消灭谷敬文的保安团,从青龙山打出去,直捣谷敬文老巢谷家寨。……"郝大成一边说一边在地图上做了几个记号,"简单地说就是:坚守洪雷谷,放弃南山口,奇袭青龙山!"

"这样很好。"吴可征感到,面对着这样错综复杂的局面,能制订出这样一个作战方案,并且用经过提炼的简单明确的语言来说明这个作战方案,是很不容易的,"你具体说一说我们兵力的布置吧!"

郝大成说:"坚守洪雷谷,只要罗雄一个中队就行了,其他都由农民自卫队担负,战斗可能打得很苦,但是固守两三天是没有问题的。那里的地形,由于和任中元干了几次,部队都搞熟了。虽然那里敌人有两个团的兵力,但一个团属任洪元,一个团是临时组成加强给他的,战斗绝不会协调一致。那里地形险要,敌人虽然人多,却不容易展开,利于我们坚守。南山口虽然也很险要,但是不如洪雷谷好守,同时,把任洪元首先放进来,可以促使他骄傲轻敌,在指挥上犯错误。……"

吴可征说:"这样,我们就有四个中队可以集中使用。四个中队是可以攥成一个铁拳头的。"

郝大成说:"我们还可以派人和史太昌、纪松田、西屏山的农民自卫队取得联系,请他们全力配合我们粉碎这次围攻。"

"我们打头他们打尾,叫敌人首尾顾不得。"吴可征笑笑说,"这么说我们的作战方案基本上已经有了。"

"如果这个作战方案能够成立,我想我们两个人要分一下工,你在内线坚持,我到外线作战。"郝大成笑笑说,"给敌人一个内外夹攻!"

"这我同意。"吴可征说,"你准备带几个中队出去?"

"我想带三个中队就够了。除罗雄的第一中队外，再把朱英的第五中队给你留下。"

"留两个中队干什么？只要留罗雄一个中队就行了，"吴可征说，"要保证重点！"

"我怕罗雄中队完成阻击任务后，"郝大成心情有些沉重地说，"就剩不下多少人了，伤亡必然是很大的。"

"不！你把四个中队全带上，这四岭山有近万名自卫队员，再加上广大的革命群众，我们能顶得住！"

四

夕阳照耀着大战之前的四岭山群峰，嫣红的晚霞，映衬着山村中的缕缕炊烟，人们在山野里劳动着，这一切构成了一幅优美的图画。谁会想到在不几天之后，这里会烽火满山硝烟遍地呢？

宋少英在沙河镇给妇女会员们开了一个会，然后就急急忙忙向兰田岗走去，她要向兰田岗的妇女会员们宣布战争即将来临的消息。

在村头上，她碰到了一群列宁小学的学生。他们肩上扛着红缨枪，腰里挎着木制的砍刀，步伐整齐地走着，学着红军和自卫队员们操练的样子，喊着"一二一，一二一"的口令。如果以为这是儿戏，那就大错特错了，在这群小学生的幼小心灵里，燃烧着热爱新的生活，热爱工农革命政权的火焰。他们绝不以为保卫四岭山区革命根据地仅仅是大人们的事，甚至他们认为自己的责任更加重大，在共产党的教育下，他们已经懂得未来是属于他们的。

"少英姑姑，你到哪里去啊？"

小学生们停了下来，围绕到宋少英身边来。小金铃欢快亲切地叫着，拉着宋少英的手："少英姑姑，你再给我们讲个战斗故事吧！"

"对！对！"其他孩子们拍手，请求地说，"再给我们讲讲白马山峡谷突围记！"

"不，不，要讲新的！"有的孩子提出新的要求。

"好好！"宋少英笑着说，"我一定要给你们讲新的，当然也再讲白马山峡谷突围记……"

"快讲！快讲！"孩子们高兴得一齐拍着手。

"可是现在不能讲。"宋少英说，"姑姑还有急事。"

孩子们有些失望了。多么吸引人的革命斗争故事啊！真好听，可是忽然又听不成了。就像一块香甜的糖果放在嘴边上，马上就要吮到甜味了，可是忽然又被人拿走了，真是遗憾。

"我今天先考一考你们，"宋少英逗着孩子们，让他们高兴起来，"你们说，若是国民党白狗子来进攻我们四岭山根据地，你们儿童团怎么办？"

"我们就消灭他们！"孩子们争相回答着。

"怎么消灭法？"宋少英问。

"我们要站岗放哨！"

"我们要上火线！"

"我们要给红军叔叔送茶送饭送子弹！"

"还要侦察敌人的情况！"

"好好！"宋少英称赞着说，"你们回答得都很好，你们都很愿意听战斗故事吧？"

"是的！"

"愿意听战斗的故事，更愿意听革命英雄故事！"

"对，这些战斗故事和革命英雄的故事，是哪里来的呢？"宋少英启发诱导他们说，"不是人讲出来的，是先辈们、先烈们用血和汗创造出来的。所以我希望你们，希望你们儿童团员们，也要创造出自己的战斗故事来,创造出自己的革命小英雄故事来!……"

"怎么个创造法?"小金铃瞪着大眼睛问,显然,宋少英的这种说法对他们具有极大的吸引力。

"怎么创造嘛,"宋少英说,"比如你们已经知道的,郝大队长和王尚青挑着铁匠担子到四岭山来,路上碰见四个团丁押着黄六嫂,他们两个人打死了三个带枪的团丁,把黄六嫂救了出来。你说他们英雄不英雄? 勇敢不勇敢?"

"当然勇敢!"

"再说,黄四楞叔叔,为了扑灭火灾,为了救小金铃的弟弟,"宋少英看见小金铃在抹眼泪,"光荣牺牲了,你们说这是不是英雄?"

"是!"

"我一辈子也不会忘,"小金铃伤心地说,"永远不会忘!"

"还有,我以前给你们讲的,周枫林叔叔在白马山峡谷打阻击的故事,史少平叔叔大闹谷敬文'庆功'宴的故事,还有黄六嫂在铡刀底下救小铁柱的故事,……这些故事不是编出来的,都是他们每个人自己做出来的。因为他们是英雄,他们创造了自己的英雄故事!……"

"我明白了。"小金铃抹干了眼泪庄严地说,"我们儿童团也要创造我们儿童团的英雄故事!"

"你说得很对!"宋少英把小金铃拉在怀里爱抚地说,"儿童团就应该有这个志气,创造自己的英雄故事! 现在我和你们说定了,以后我要听你们儿童团自己的故事,听你们站岗放哨抓坏人的故事,听你们侦察敌情的故事,听你们支援红军、支援自卫队叔叔打敌人的故事……"

"那国民党白狗子不来怎么办?"孩子们担心他们英雄无用武之地。

"敌人绝不会甘心我们过幸福的日子,敌人会来向我们进攻的。"宋少英说，"大家要时刻准备着投入战斗！"

"我们一定准备着。"孩子们齐声回答。

"好，那就再见吧！"宋少英向孩子们告别。

"少英姑姑，再见！"孩子们目送着宋少英走进村里去。

宋少英离开孩子们，在兰田岗当街，兜头碰上了王淑贞。

但是王淑贞猛然把脖子一扭，装作不认识，还是照直向前走。

"贞丫头！"宋少英一看王淑贞的样子，忍不住笑着说，"淘什么气？看你这个鬼样子！"

"哟，你还记得我这个贞丫头啊？"王淑贞紧绷着脸说，"我以为你早把我们忘到九霄云外去了呢！"

"你说什么鬼话！"宋少英上去一把揪住王淑贞的耳朵说，"我什么地方得罪了你？三天没到你村来，就翻脸啦！……看我不把你耳朵揪下来！"

"你揪吧，看你心疼不心疼！"王淑贞调皮地说。

"你当我会心疼你？"宋少英笑笑说，"你再调皮，看我不砸扁了你！"但她把淑贞的耳朵放开了。

"看，你光嘴硬！"王淑贞忍不住大笑着说，"你知道我们多么想你吗？你这三天不露面……"王淑贞说着就抱着宋少英的脖子打坠。

"我说贞丫头，今天我没空和你胡搅蛮缠，你快去通知妇女会到小茶馆里集合，我等一会儿就去给你们开会。现在我去找黄六嫂，有点事儿，办完我就来。"

"你晚饭在哪里吃？"王淑贞关切地问。

"这你就不用管了。你想，到了兰田岗，哪个门里我不能吃饭？我会饿肚子？你快去通知大伙，就说我一会儿就到。"

"少英姐，有什么急事吗？"王淑贞问。

"是急事！等开会的时候我再讲,免得你到处瞎咋呼。"宋少英不轻不重地在淑贞背上拍了一巴掌,说:"快去吧!"

五

兰田岗的妇女识字班,就设在成立农会时的那个小茶馆里。晚饭后,妇女们全都来了,她们把六张方桌拼成一个长条,"学生"们都坐在周围,只空出一个头来给老师。

宋少英还没有到,妇女们都七嘴八舌地乱扯起来。俗话说"三个妇女一台戏",那个热闹劲就不用提了。

"淑贞,你知道今天晚上开什么会?"秋菊问。

"你问我,我问谁?"王淑贞说,"你心眼多,你猜一猜吧!"

"会不会考考咱们妇女识字班的成绩?"朱二嫂猜测着说。

黄秋菊说:"她又不是教师,考什么成绩?"

王淑贞转着眼珠子说:"我告诉你们一个秘密吧!"

"快说!"

"今晚上,少英姐是来杀猪宰羊的。"

"什么? 你这个疯丫头,胡说些什么?"

妇女们惊奇地迷惑地指着王淑贞,笑骂着。

但是王淑贞一本正经地绷着脸,不笑也不怒,像真事似的数着扎辫子的姑娘说,"杀几头猪呢? 一、二、三、四……"王淑贞数完了说,"杀六头猪!"

接着又数着绾髻的妇女们,嘴里嘟念着:"宰几头羊呢? 一、二、三、四……宰五头羊!"

"你胡叨叨些什么?"黄秋菊说,"简直像神婆子念咒!"

"什么念咒?"王淑贞揪着秋菊的又黑又粗又长的大辫子说,"今晚上就是先剪你这条猪尾巴!"

接着人们哈哈大笑起来,黄秋菊站起来,在王淑贞身上乱捶着。王淑贞一边招架着,一边笑着指着朱二嫂的发髻说:"……那羊……尾巴……"

"替我狠捶她!"朱二嫂吵嚷着说。

"对!捶她捶她!"妇女们都吵嚷起来了。

王淑贞树"敌"太多了,留"猪尾巴"和"羊尾巴"的人毕竟不少啊。

王淑贞只好求饶说:"……我的脊梁骨都叫你们捶断啦,快饶了我吧,我认错还不行吗?"

"认错,光嘴说不行!"朱二嫂说,"当着大伙的面,给磕三个响头,那就饶了你!"

"你真是个老封建!"王淑贞反击道,"总忘不了孔老二那一套,下跪磕头的。"

"不下跪也行。"黄秋菊揪着王淑贞的两个又短又粗的辫子说,"我问你,这到底是猪还是羊?"

王淑贞只是挣扎不说话。

"快说!"有几个妇女扯着王淑贞的胳膊,"不说就捶啦!"并扬起拳头威胁着。

"我这是赶猪赶羊的两条鞭子!"王淑贞明知自己要挨捶,但她宁愿皮肉吃苦,不愿嘴巴吃亏。

一顿皮锤落到她的背上。有的妇女简直笑得岔了气,直俯在凳子上打滚,有的在揉肚子。

"说,你这是兔子尾巴!"

"不说,再捶!"妇女们呼喊着。

"好!我说,"王淑贞撑不住了,"就算是兔子尾巴!"

大家这才大笑着住了手。

"怎么少英还不来?"秋菊说,"是不是贞丫头乱下命令啊?"

"你怎么这么说?"王淑贞喘着气一本正经地说,"这还能开玩笑吗? 我想,朱二嫂猜对了,准是来考咱们的学习成绩的。"

"那咱得准备准备,可不要叫她给考倒。"朱二嫂紧张地说。

"怎么准备法? 临上轿才扎耳朵眼,哪能来得及?"有人发急地说。

"平时咱们学得都不错,"黄秋菊平静地说,"我不信就叫她考倒,再说考倒了也不是坏事,说明咱学得还不到家,努力赶上不就结了!"

"依我说,我们来一个以攻为守,咱就不会先考考她?"王淑贞的眼睛转动着,"我说个办法,不知你们赞成不赞成?"

"快说吧,就你鬼点子多!"朱二嫂说。

"咱们过去不是有个叫'十字歌'的山歌吗? 那全是旧词了,咱们今天要临时编新词,……"

不等王淑贞说完,黄秋菊就打断她说:"算啦,保险是鲁班门前抢斧头,你哪能比得过她呢? 我还以为你有什么好主意呢。"

"咱有窍门啊,"王淑贞说,"咱们先对起来,把那难对的留给她,让她立刻就对上,先给她个下马威!"

"这样也好,"朱二嫂说,"倒不是为了给少英个下马威,是让她把难对的给对上,咱也长点学问。也好让她知道这些日子的学习,并没有白费了灯油。"

"我赞成!"秋菊说,"我看什么也不为,就是为了热闹热闹。少英姐还不知道什么时候来,坐在这里干等,多闷人哪!"

"那就对起来吧!"

"谁先开头?"

"我先开头,"王淑贞自告奋勇地说,"我来先对'一'。"然后她想了一下,说:

　　"一"字放在十字下,

411

"土"地革命开红花；

枪擦好来刀磨亮，

时刻准备把敌杀！……

"呃，是有点意思，"朱二嫂说，"快，谁对'二'字？"

"还有谁？淑贞下边就是你，快对吧，挨个排着来。"

朱二嫂想了一阵子，觉着这个"二"字挺难对，就发急地说，"贞丫头真滑头，'一'字多好对啊，加上一竖是个'十'字，加上'人'字是个'大'字，谁也对得出，她先把好对的抢了去了。"

"对，罚她！"有人赞成说！

"你们净耍赖！"王淑贞说，"叫你们先对你们不干，人家先对好了，你们又说人家抢了好对的了！"

"你说不是抢好对的，你能把'二'字对出来吗？"黄秋菊用上了激将法，"你对上了，算你有能耐！"

"这有什么难？"王淑贞想了一会儿又对道：

"二"字中间竖根柱，

"工"农翻身得幸福；

泥脚杆子坐天下，

气死土豪劣绅狗财主！

"好！贞丫头是有两下子！"朱二嫂称赞着。

"那你就快对'三'吧！"王淑贞催促道。

这"三"字，可又把朱二嫂给难住了，不禁鼻尖上冒出了汗珠子，她说："这'三'字怎么比'二'字还难对？我看还是自己选一个来对吧！"

"不行！"王淑贞不让步地说，"叫你对'二'你要赖，这回罪是你自己找的。"

还是黄秋菊心眼多，她说："我倒赞成自己选，刚才不是说了吗？要把最难对的给少英姐留着。"

"赞成,赞成!"

黄秋菊的意见得到了多数人的支持。王淑贞也只好噘着嘴让了步。

朱二嫂说:"那我就对个'四'吧!"

"四"字骑马跑得快,

"骂"声周武心太坏;

早日打下青龙山,

揪下他那秃脑袋。

"好! 好!"王淑贞不再噘嘴了,带头先鼓起掌来,"朱二嫂对得有气魄!"

黄秋菊考虑了一下"五"字不好对。就说:"我来对'六'字!"

"六"字底下加个一,

"立"场站稳要积极;

防止地主来捣乱,

小心白匪来袭击!

"我来对个'八'字!"由于采用了挑选的办法,每个人都生怕别人把容易对的抢了去,便争先恐后地各显其能,并且在暗暗地评判着谁对得多,谁对得好,教室里活跃非常。

"八"字腰挎一把刀,

"分"的土地产量高,

粮食送给红军吃,

不给地主把租交!

"我对'九'字!"王淑贞争强好胜地说,不等别人允许,她就争先对上了:

"九"字旁边单立人,

　　"仇"人就是蒋鳖孙；

　　谁要捉鳖下大海，

　　谁要革命当红军！……

　　正当姑娘们乱吵乱嚷，兴高采烈的时候，宋少英推门进来了，她说："我说怎么兰田岗在摇晃，还当是地震呢！原来是你们在这里嚷的啊！"

　　"可把你等来啦！"

　　"快上考场吧！"

　　"什么考场啊？"宋少英莫名其妙地说着，不知是怎么回事。

　　姑娘们都拥到少英身边，七嘴八舌地问东问西，并且把王淑贞出的"坏"主意告诉了她。

　　宋少英看大家十分高兴，不忍心破坏这个欢乐的气氛，也兴致勃勃地说，"你们要考我什么？不会把我烤焦了吧！"

　　"烤不焦，也得烤你个口干舌燥冒青烟，"王淑贞说，"先让你对个'三'！"

　　"是个什么规矩呢？"宋少英问。

　　黄秋菊把刚才对"十字歌"的情况介绍了一遍。

　　宋少英说："这有什么难？好，你们听，我来对'三'！"

　　"三"字一竖在当中，

　　"王"家出了个王淑贞；

　　肚子里净出"坏"主意，

　　七分傻气三分疯！

　　"哈哈哈哈！"全场都哗然大笑起来。

　　王淑贞立即扑到少英身上，连拧带打地说："还说别人坏呢，你才更坏呢！不算！不算！"王淑贞一边吵着一边向黄秋菊使眼色。

　　王淑贞果然取得了黄秋菊的支持，她说："少英姐，你对的这个'三'字，没有革命的意思，不算！"

"不算就不算，"才思敏捷的宋少英说，"我给你们对个有革命意思的！"

> "三"字中间用钩连，
> "手"持武器上前线；
> 保卫革命根据地，
> 冲锋陷阵永向前！

"好！好！"大家鼓着掌，啧啧地称赞着。

"少英姐真是了不起！"黄秋菊说。

"再对'五'！"王淑贞毫不放松地说，"还有'七'！"

宋少英却换了一副十分严肃的表情，对大家说："同志们，大家都坐好，今天有要紧的消息向大家宣布，还有很多事要和大家商量！"

大家都安静地坐了下来，怀着不安的心情，预感到发生了不寻常的事情。

六

等大家坐稳以后，宋少英用平静的声调说："同志们，这里都是农会的积极分子，都是妇女会的会员。现在，我向大家宣布一个严重的消息，国民党白匪军要围攻咱们四岭山革命根据地啦！这次敌人来得比较多，咱们要认真对付他们。"

大家都屏住气息，凝然不动地听着。

虽然大家也经常讲着备战，但是，当到了真要打仗的时候，总是感到有些突然。宋少英观察着大家的表情，面对着这些没有经过战火锻炼的妇女们，认为很有必要详细交代一下，以打消一些不必要的顾虑。

宋少英以冷静的沉着的声调继续说："党代表和郝大队长昨天

在会上对敌情做了分析,我来说给大家听听。"宋少英简明地叙述了敌人的兵力部署和企图后,接着说,"别看他们兵多,他们各有各的打算,整天狗咬狗,你想赚我的利钱,我想挖你的老本。打起仗来,你不管我,我不管你,各人自扫门前雪,根本拧不成一股绳。

"看看咱们的情况吧!那可就大不同了。咱们红军比以前发展壮大了三倍以上,哪一个不顶十个打?咱们要把自卫队算上,那就更了不起了。我来的时候,碰上了列宁小学的学生们,他们都想上前线为革命立功当英雄!如果我们四岭山男女老少全都动员起来同敌人拼,那力量就更大了。这是一。

"第二,我们四岭山地势好,山高林密,敌人进来以后,我们就上山和他们打游击,用毛委员制订的游击战争的基本原则和他们干,打得他们晕头转向,打得他们六神无主七窍出血,打得他们睡不着觉吃不好饭,叫他们有来无回。

"第三,咱们还有兄弟地区的大力支援。自从我们消灭了任中元之后,西屏山地区也成立了红军和自卫队,他们可以拖住进攻洪雷谷口的敌人的后腿;南屏山地区也有了工农武装,他们可以打击任洪元的后方;特别是在九里十八坪一带,红军游击队一天比一天壮大,他们可以揪住谷敬文的尾巴。你们看,四面八方都有我们革命的武装力量,敌人来了,我们就给他个瓮中捉鳖!黄六嫂说得好,咱们要用国民党白匪军送来的枪炮,把咱们的自卫队员好好地装备起来……"

宋少英激昂慷慨而又风趣的讲话,把大家都说笑了,她鼓舞了大家的战斗热情,使大家增强了战胜敌人的信心。王淑贞和一些心急的姑娘们已经摩拳擦掌跃跃欲试了。

"少英姐,快说我们怎么办吧!"王淑贞心急火燎地说,"别说狗杂种们来那么一点,就是蒋鳖孙亲自来,咱也要砸碎他的乌龟壳。依我说,姐妹们家里无牵无挂的,全都当红军去!我先报个第一名……”

王淑贞一说完，就目光炯炯地巡视着会场，看看大家对她的意见是不是支持。她刚刚住嘴，姑娘们就纷纷议论起来：

“我们不会打枪怎么办？”

“你想得倒好，就是会打枪也没有枪给你啊！”

“为什么非要枪不可？”王淑贞泼泼辣辣地说，“咱们拿起柴刀、冲担、拨火棍拼他娘的！”

“还是听少英姐说吧！”一向稳重精细的黄秋菊说，“她吩咐咱们干什么就干什么，干革命也不能自己想上哪就上哪。”

大家果然安静下来了。

宋少英继续说：“要打仗，就会有伤员，彭医生向我们要三十名护理人员。今晚上大家先报报名，明天彭医生派人来挑选，选不上的别不高兴，可以跟着自卫队上山打游击去，愿意的请举手吧！”

有人立即举起手来，有人慢慢地举起手来，只有王淑贞没举手。

“淑贞！你为什么不去啊？”几个声音同时诧异地问道。人们总以为她会第一个先举手。

“护理伤员嘛，我又不是没有干过！”王淑贞噘着嘴说，“送送茶，送送饭，若是碰上个白狗子伤兵啊，还不把人气死？要打他就违犯政策，要照顾他，哼！我可没长着伺候坏蛋的手！”

“你要干什么呢？”

“我要当红军，上前线，去打仗！”

“照顾伤员就不是打仗的一部分？”宋少英问。

“我要扛枪！”王淑贞固执地说。

宋少英不愿意挫伤王淑贞的积极性，就说：“好了，明天看彭医生挑选的结果，然后再确定谁去谁不去。淑贞要去上火线打敌人的精神是好的，可是不能全依着自己的脾气爱干什么就干什么，要听从分配,要服从指挥,不能挑挑拣拣,要看革命的需要。"

"我就不服这个理!"王淑贞执拗着说,"要看革命需要当然是对的,依我说,打起仗来扛枪杆子最需要!"

"当红军啊,第一条就得服从命令听指挥,我看你这一条就欠缺。"朱二嫂批评王淑贞说。

可是王淑贞仍然不服气,她说:"我当了红军,就一定会服从命令听指挥,叫我冲我就冲,叫我杀我就杀,绝不当怕死鬼!"

"刚才少英姐不是说了吗? 护理伤员也很需要。"黄秋菊劝说道,"贞丫头,咱们一块去吧,别无组织无纪律了。"

"什么叫无组织无纪律?"黄秋菊的最后一句话把王淑贞激火了,她大声叫了起来,"难道要求上火线打敌人不应该吗? 刚才少英姐不是说了? 连列宁小学的小学生都要上前线争取立功当英雄呢。我看,要求上前线这种'无组织无纪律'还是多犯一点好,比当怕死鬼强!"

王淑贞最后这句话可是伤众了,大家吵嚷起来说:"淑贞,你把话说清楚一点,你是不是说我们报名当护理人员都是怕死鬼? 再说,护理人员就不上火线吗?"

王淑贞自知说漏了嘴,闷着头不讲话了。

宋少英听着大家的争论,思考着说服王淑贞的方法,她说:"淑贞,我问你,一个人身上有手有脚有眼有嘴。……你说说,哪一件是最最重要的呢?"

王淑贞把眼珠子一转悠说:"我说手最重要,有手就能干活,有手就能拿枪打敌人!"

"敌人若是跑了呢? 你能打到他?"

"那就追啊!"

"没有脚怎么追法?"宋少英笑着问,"好像你认为脚是不重要的。"

"……"王淑贞瞪着眼没有话说了。

"咱不说脚了,再说眼吧,如果没有眼,你什么也看不见,有腿没处追,有手没法打,看你怎么办!……"

"总有个重要和不重要啊!"王淑贞辩驳说,"比如那嘴……"

"那嘴就不重要啊?"宋少英忍不住大笑着,"你以为嘴巴是光吃不干的吧?"

"就是这个意思!"王淑贞似乎有了理了。

"没有嘴啊,不用说你还要打敌人,就是连命也活不成,不信,咱先饿你半个月试试。"

会场上全都放声大笑起来,连王淑贞也忍不住大笑了。

"你若真的当了红军啊,也要让你干炊事员,你不是最瞧不起嘴巴吗? 就偏叫你为嘴巴服务!"宋少英大笑着说。

会场上又大笑了一阵。

宋少英收住笑声,严肃认真地说:"假如大家都要上火线,丢下伤员谁去管?"

"好啦,我说不过你,"王淑贞服输地说,"我现在举双手还不行吗?"

"你是真举手还是假举手?"宋少英笑着问。

"少英姐,你放心吧,"王淑贞顽皮地笑着说,"贞丫头不通就是不通,一通就能通到底,就是挑选不上我,我也要争着去!"

"看,真拿你没办法。"宋少英说,"你不是通到底,是通透了底!"

会议在大笑声中结束了。

这笑声一直传到屋外,在夜空里震响着。如果任洪元和谷敬文听见这笑声,他们是会战栗的!

第四十七章　古寨堡前

一

洪雷谷口,一阵枪声,揭开了围攻和反围攻的战斗序幕。

郝大成骑着一匹青花马,奔驰在去伏虎岭的山路上。王尚青骑着一匹小黄马在后面紧跟着他。马蹄声震撼着山野。他们身后,扬起一缕尘烟。

在路过兰田岗的时候,他看见黄六嫂和王心诚在村头上,一个弯着腰,一个蹲在地上,按住一块树桩般的东西忙碌着。黄六嫂手里拿着一把剪刀在上面剜着,并不住地用臂肘抹着脸上的汗水。王心诚则光着上身,瘦骨嶙峋的青铜色的背膀,像涂了一层油般地汗津津的,他用一把破损的镰刀,在树桩上刮着。

郝大成走近了才看出这不是树桩子,而是一尊锈痕斑驳的土炮。他跳下马来和他们打招呼说:"心诚叔、六嫂,你们这是忙什么呀?"

"大队长,快来看,"王心诚说,"这家伙锈得太厉害了,不知还能用不能用。"

黄六嫂说:"郝大队长,你给看看吧!"

"我看看!"郝大成蹲到土炮前面。仔细端详抚摸了一阵子。这尊土炮足有七尺长,炮口可以伸进一个大拳头,四下不着边。"好! 能用,比松木炮强多了! 这是哪一年代的土炮?"

"这是太平天国年间的。"王心诚说,"我年轻的时候,还记得上面有字呢，现在都锈了。听老人们说，洪秀全就在这里点过兵，这家伙就叫'二将军'，是那个时候留下的。"

"咱们就叫白狗子尝尝'二将军'的厉害吧！"黄六嫂用剪刀股使劲地剜着引信洞里的浸着铁锈的黄色泥土。

"有火药吗？"郝大成问。

"有！用鸟铳使的黑药就行。"王心诚说。

"弹片呢？"

"那好办，"王心诚说，"破铜烂铁都可以，书耕回村找去了。"

正在说着，王尚青看见黄书耕把一口黑色大生铁锅举在头上，向村头上走来，好像顶着个奇大无比的大钢盔。

"怎么？书耕大伯把锅搬来了？"

郝大成也看见了，急忙迎了前去："书耕叔，你这是做什么？"

"找的弹片呢？"黄六嫂问。

"这不就是弹片吗？"黄书耕把顶在头上的锅向地上一放说，"砸了它！"

"哎呀，这口锅还是半新的呢。"郝大成说，"还是找些废铁吧！"

"这个现成。"黄书耕指着土炮说，"这家伙肚子大，一顿就吃半畚箕，往哪里找那么多碎铁喂它去！"

"那你怎么烧饭呢？"黄六嫂说，"你和大婶商量了吗？"

"这就是你大婶的主意呢！"黄书耕两手搓弄着手上的烟灰，满脸自豪的神情说，"我回去东找西找，只找了半块犁铧，你大婶说把大饭锅砸了吧，咱们还有口小锅先用着。……在打白狗子这件事上，我不能落在你大婶后边，把它从锅台上一揭就扛来啦……"

郝大成看着黄书耕那张生动自豪的脸，很是感动。他想起了刚进四岭山时的黄书耕，想起祈雨之前的黄书耕，现在他的变化有多大啊！他深深感到党的伟大，党的政治思想工作和政策的巨大威力，感到我们党在改造旧世界的同时，也在改造着人的思想，改造着人们的精神面貌。把旧社会改造成新社会,把旧人改造成革命的新人,这是多么伟大的事业啊!

"书耕大叔,"郝大成激动地说,"如果让任洪元和谷敬文看到你的决心,他们会吓得打颤颤的。"

"总要叫这些狗崽子们尝尝咱四岭山的厉害!"

"这门炮安到哪里好呢?"黄六嫂问。

"安到洪雷谷去吧!"郝大成说。

"我得找人抬。"黄书耕说。

"不用找人了,村里人不多了。"郝大成说,"就用这马驮去吧!"

"那怎么行?"黄六嫂说,"会耽误你的事的。"

"怎么会耽误我的事呢?"郝大成指指大炮说,"这不就是我的事吗?"

"不,你事情忙!"黄书耕说,"我有办法了,村里没有马,可有牛,我们用牛拉上去。"

"通啦!"黄六嫂舒了一口气说,从地上站起来,跺了跺蹲麻了的腿脚。

"那就打一炮试试吧!"黄书耕说,"免得驮上去了不好使。"

"这是个好主意,先试一炮,看看它的劲头。"王心诚说,"我去拿黑药去。"

"你还是刮你的铁锈吧,我腿脚比你快。"黄书耕说,"我去顺便拿把榔头来,好砸碎铁。"

郝大成叫王尚青跟黄书耕一起去,自己蹲下帮助王心诚刮铁锈。

王心诚的两腿蹲得太久了,他站起来活动活动发麻的两腿,伸了伸酸疼的两臂,用臂肘抹了抹脸上的汗珠子,兴致勃勃地说:

"咱们把这位'二将军'打扮得漂亮点。将来把国民党打败了,全国都解放了,咱们就把这门炮抬到革命历史纪念馆里去。"

"大叔想得可真远。"黄六嫂说。

"革命嘛,就是要想得远一点。"郝大成接过话头说,"那时候也许我们都已经老了,我们满头白发,领着自己的孙子孙女,站在这尊大炮前,他们会问我们说,'爷爷!你放过这种炮吗?'我就可以捋着胡子笑着说,'我倒没有放,可是你们这位六奶奶放过!'……"郝大成向黄六嫂笑着说,"你猜他们怎么说?"

"郝大队长,你可真会开玩笑。"黄六嫂也笑着说。

"怎么开玩笑呢? 他们就一定会瞪起惊奇的眼睛看着你这位六奶奶,不相信地摇摇头说,'爷爷,你可真会开玩笑!'他们不相信怎么办呢? 我就指着一位一百多岁的老爷爷说,'不相信吗? 你们可以问问这位老爷爷!'这位老爷爷说,'孩子们哪,怎么能不信呢? 那炮上的铁锈还是我刮的呢!'……"

王心诚和黄六嫂都忍不住哈哈大笑起来。

王尚青扛着榔头,黄书耕提着药袋子走来了。

铁锅被砸成碎铁片,这些各种形状的带着锋利的尖和刃的碎铁,被装进了炮膛。

他们把炮架在一块土坡上,用石头垫了起来,然后插上引信。

炮口对准着一条山沟的斜坡。

"这第一炮由谁来放?"黄书耕问。

"我来!"王尚青抢着说。

"心诚大叔已经说啦,"黄六嫂笑嘻嘻地说,"这门炮要送纪念馆,解说词已经写上啦,你小王可抢不去了!"

黄书耕和王尚青莫名其妙地互相看着。郝大成和王心诚也在嘻嘻地笑着,并不向他们解释。

"给打个火!"黄六嫂对王心诚说。

王心诚拿出烟袋,取出火镰,在燧石上敲了几下,火篾子被打着了。

"躲远一些!"黄六嫂叫着。

人们都闪到两边去。

黄六嫂跨了几步,伸手把引信点上了,半尺长的药捻子刺刺地冒着火花……

人们都屏住了气息,一秒、二秒、三秒。

"轰——隆隆!"一声惊天动地的巨响。

"二将军"猛然向后一蹦。一阵烟火卷着一片弹雨带着骇人的呼啸,掀起一股热风,向着山沟横扫过去。

只见乱石飞迸,尘土飞扬,被打断的树枝子树叶子漫天飞舞。在山沟里的杂树丛中,扫出了一条通道。

"好啊!"郝大成忍不住大声叫好。

"好厉害啊!"王尚青高兴得跳了起来。

人们听到响声,一齐拥到村口上来,欣赏"二将军"的威仪和威力。

"大叔,大伯,六嫂!"郝大成临上马的时候说,"你们的'二将军'很好,就请它到洪雷谷来吧!"

"你快走吧,'二将军'马上就到!"

二

在郝大成赶到洪雷谷口的时候,罗雄的一中队已经和敌人发生了第一次接触。敌人的第一次进攻被打退了。战斗的结果是:敌人伤亡二十余名,我军轻伤三人。

这时,正是个战斗的间歇。罗雄把袖子捋到臂肘以上,满脸汗水和尘土,对部队进行着动员:

"同志们! 敌人退下去了,真他娘的不禁打! 全都是属兔子的,跑得倒挺快! 敌人仗着他们武器好,我们仗着革命的坚决性,我们要死守到底，宁死不退，与阵地共存亡，只要革命需要，我们绝不怕流血牺牲！……是英雄是好汉，就要在这战斗里看！"

郝大成听着罗雄的战斗动员，感到了罗雄的成长。过去罗雄在战斗中除了猛冲猛杀以外，就很少说别的了。现在他知道做思想工作了，这无疑是一个很大的进步。

但是，知道做思想工作，和如何把思想工作做得更好，那就不是一回事了。

罗雄讲得很激昂很有力。但是仅仅靠这些现成的大家天天讲熟了的句子和口号，能不能对部队产生深刻的影响和有力的鼓舞作用呢？不能。如果战士的高昂的士气和战斗热情仅是来自这些口号的话，那做一个政治工作者，就太简单，太容易了。单靠这样简单的鼓动，一个普通的人是不会变成勇敢无畏的战士的。郝大成想到这里，他对罗雄的思想动员又感到很不满足。

罗雄看到大队长来了，就赶忙结束了他的战场鼓动工作，向郝大成报告了战斗情况。显然，罗雄对第一次反击比较满意。

郝大成指示罗雄放好警戒，密切注意敌人的动静。然后叫大家坐下。

战士们纷纷坐在郝大成的周围，在这紧张战斗的时刻，大队长的到来，使他们非常高兴。

郝大成问战士们："刚才你们中队长做了战斗动员，要大家顽强地战斗，坚守到底。可是，你们说说，为什么要坚守到底呢？"

"不让敌人侵占咱们的根据地！"战士们齐声回答着。

"那么你们现在想的是什么呢？"郝大成又问。

"我们抱着必胜的决心，与阵地共存亡！"陈大雷说。

"为什么要想到死呢？"

"为了革命，我们不怕死！"

罗雄站在旁边不住地点着头，他对战士们的回答感到很满意。

郝大成又继续问道:"假如命令你们从这里撤退呢? 你们思想通不通啊?"

　　这个问题可就复杂了,立即就有几种回答:

　　"我们又不是打了败仗,干吗要从这儿撤退呢? 我思想不通!"

　　"是命令嘛,总得服从!"

　　"上级决定撤退,自然有撤退的道理,也说不上什么不通。以前在南屏山整顿纪律的时候,我早就表过决心了:上级叫攻就攻,叫退就退,坚决服从命令听指挥!"

　　"同志们!"郝大成说,"我不能完全满意你们的回答。一个革命战士,不能糊里糊涂地守,也不能糊里糊涂地撤,更不能糊里糊涂地去牺牲。服从命令是完全必要的,但也不是盲目地去服从,我们是革命战士,要有头脑! 如果不懂得坚守阵地的巨大意义,守就不会坚决;如果不知道撤退的必要,撤也不会痛快。……"

　　郝大成观察着战士们的表情,他看出大家对他的谈话产生了强烈的兴趣,但并没有听懂他的意思,于是他换了一种方式说:"就说两个人打架吧,你必须用一只手扭住对方,而用另一只手握成拳头去打敌人的要害,这就是说有一只手在守,有一只手在攻,要攻守结合。双手招架或是双手打敌人,不是好拳师……"

　　"这我本来是明白的,"罗雄有几分惭愧地说,"你在作战会议上早就讲过,我们这个中队就是揪住敌人的那只手,让其他中队握成拳头去狠揍敌人的要害!"

　　"是啊,本来是明白的,可是一打起来可就忘了,若是打红了眼啊,除冲杀以外,就不大想到别的了。同志们啊,每一个革命战士胸中都要有个全局! 你站在洪雷谷,要看到整个四岭山! 还有,为了向前跳得更远,往往须要后退几步,为了拳头打出去更加有劲,就要先收回来再打出去! 有时候,撤退是为了更有力地进攻,绝不能说,'我们又不是打了败仗,干吗要撤退呢? 我思想不通!'……"

说这个话的战士,红着脸笑笑说:"照你这样一说,我思想就通了!"

"我还要问你们,若是有一群饿狼把你的同志、亲人、乡亲们包围了,你怎么想呢?"

"就是要把狼打死呗!"

"那你也想到死吗?"

"哪里会想到自己,要千方百计地去打狼啊!"

"对! 为革命我们不怕死,可是一打仗总不能先想到死啊死的,要想到革命的任务。如果命令你们守住洪雷谷,那就要千方百计地想法守住,只是不怕死是远远不够的。要像打狼一样,千方百计地去多杀敌人。我们不怕牺牲,但我们要尽量避免伤亡;更不能去做无谓的牺牲,这不是勇敢,这是对革命不负责任! 挺着胸膛冲锋的人,不是勇敢,而是鲁莽,虽然他也不怕死,可是,并不是英雄。在敌人火力面前,要懂得伪装,要匍匐前进,要善于利用地形地物,最后达到消灭敌人的目的,这才是勇敢机智。……"

洪雷谷口传来密集的枪声。

"大队长,敌人又发动进攻了!"罗雄说。

"你指挥吧!"郝大成说,他走向古寨堡的残垣,观察着敌人,也注意着罗雄的指挥。

罗雄虽是个中队长,以前的战斗差不多都是在郝大成的直接指挥下进行的,单独指挥一个中队独当一面,这还是第一次。

战士们在罗雄的命令下,旋风般地进入了阵地,开始了射击。

三

郝大成首先发现了敌人指挥官犯了一个严重的错误,在洪雷谷口这样的地形上,敌人大约有两个连的兵力都挤在一条陡峭的山路上,一边是悬崖峭壁,一边是洪水汹涌如万马奔腾的深谷。在这险峻狭窄地带展开战斗,最多只能容纳三四个人。敌人的射击很密集,但却不能伤害有工事和岩石掩护的我军战士。这样,在先头上来的少数敌人是很容易打退的。当后面的向上冲锋时,前面的向后一退,马上拥挤成一团。然后,在我军密集的排枪射击下,敌人便纷纷溃退。他们你推我挤,失足落涧的匪兵就有五六个。

这次又像第一次一样,敌人丢下十几具尸体,向下溃退。罗雄从工事里跳出来,把驳壳枪一举,刚喊了一声:"冲啊!"

"停止!"郝大成说,"我们来研究研究。"

罗雄和战士们都向郝大成聚拢过来,他们还不明白郝大成的意思。

郝大成等战士们坐定以后问道:"你们知道为什么不叫你们冲锋吗?"

"不知道!"

"第一次敌人进攻时,你们三个同志是怎样受伤的呢?"

"是向山下反冲锋的时候受伤的。"罗雄回答说。

"道理就在这里。"郝大成说:"在一般情况下,敌人溃退时,我们应当追击,以扩大我们的战果。可是在特殊情况下,就不应该这样。第一次你们三个人受伤,这本来是可以避免的,因为敌人溃退,我们不去追击而在工事里继续射击,同样可以达到消灭敌人的目的;你去追击,固然对溃退的敌人是一个更大的打击,但是,这样就使山下敌人的支援火力发挥了作用。在一定的情况下是以攻为守,在另一种情况下又是以守为攻,在另一种情况下又是攻守结合。不能机械,不能呆板……"

罗雄和战士们都聚精会神地听着,敬佩地注视着大队长的炯炯有神的眼睛,有的点着头,有的微笑着说:"是!"罗雄也高兴地说:"我明白了!"

"你们还有什么困难吗?"郝大成问。

"没有什么困难。"罗雄带头回答着,"有困难我们也不怕!"

"我们不怕困难!"战士们齐声回答着。

这些气壮山河的回答,郝大成是满意的,他看到了战士们高昂的战斗情绪和坚定的胜利信心,但他又感到不满足,于是他循循善诱地说:

"不怕困难的精神是好的。革命嘛,是翻天覆地的大事,困难何止千千万万,克服了困难就是胜利。但仅仅不怕困难是不行的。我们要承认有困难,正视这些困难,再想出办法来克服困难!那种不研究分析就说是没有困难,是一种盲目的乐观。到时候真正困难来了,没有精神准备、组织准备和物质准备,那就非抓瞎不可!"

郝大成为了使战士们更加明了他这一段话的意思,又继续问道:"照你们这种打法,你们的弹药还能够反击敌人的几次冲锋?"

"一次反冲锋每人打五发⋯⋯"罗雄在计算着。

"这两次已经去了十发,每人五十发子弹,坚持不了两天就全光了。"郝大成说。

"子弹光了,我们用石头砸!"罗雄充满信心地说,"用刺刀拼!"

"用石头砸!"郝大成立即抓住了这四个字,想起古代战争中的滚木礌石来,很高兴地肯定说,"这很好! 这是个好办法。"

郝大成高兴的不只是罗雄想出了个好办法,而主要的是看到了罗雄的成长,他已经不是只会冲冲杀杀的罗雄了,而是已经能够独立指挥作战的一个比较会动脑筋的指挥员了。当然,一个人的成长,总是逐步提高的,对一个人的要求也是逐步提高的。郝大成又进一步补充说:

"居高临下用石头砸,一定是很厉害的,可是我们不能等子弹打光了再用石头砸,那就被动了! 就洪雷谷口这样的地势来说,七十五度的陡坡,一块石头滚下去,绝不会只砸倒一个敌人,威力比子弹要大上十倍百倍！同志们，用子弹打敌人，一枪顶多打一个，可是动脑筋打敌人啊，一打就是一百！……"

"是啊，这一点我倒没有想到。"刚提升为分队长的陈大雷感叹地说，"当好一个指挥员可真是不容易啊！"

"应该想到！"郝大成说，"同志们，在作战方面大家都是有很大的进步的，但是，这个进步，离革命发展的需要，离党对我们的要求，差得还很远。我们不能原谅自己，不能放松自己，要时时刻刻严格要求自己才对。"

"我总想跟着大队长打仗，只要听大队长指挥就行了。"有的战士为难地说，"我就是不大爱动脑筋。"

"我们应该看到自己的进步，但也更应该看到自己的不足。"郝大成语重心长地说，"同志们，你们还记得吴可征同志送你们到洪雷谷口来时说的话吗？他说，'我们红军扩大了，我们的革命事业发展了，我们每一个同志，尤其是指挥员的担子就更重了！今后各中队指挥员要学会独立作战，要有独当一面的指挥能力和工作能力才行。我们革命部队，绝不是单纯的军事行动，既要懂得战略战术，也要会做政治思想工作，会做群众工作，还要会做瓦解敌军的工作……'这就要求我们不断地学习才行。"

罗雄静听着郝大队长的话，又回想起吴可征对他们的嘱咐。他清楚地记起吴可征还这样说过："……今后，郝大队长的担子更重了，绝不能再像过去那样，老是亲自带着你们冲锋陷阵，你们只是跟着他冲冲打打就行了。不，革命不允许这样，我们党也不允许这样。你们应当替郝大成同志分担责任，党对你们提出更高的要求了：你们要锻炼得能独立指挥战斗才行。"

罗雄回想着这些话，心里很是惭愧。心想："郝大成和吴可征同志为了把我们培养成一个军事指挥员，花了多少心血啊！"

郝大成继续说："一个指挥员只能冲冲打打，不善于动脑筋，那叫有勇无谋。粗看起来，好像不用脑筋，不过是个缺点，是个个性，是作风简单化，是脑子懒……不，实质上是一个革命责任心问题，是一个党性问题，如果做一个指挥员，而又不好好动脑筋，那就是对革命不负责了。我这些话并不是专对哪个同志说的，而是提出来请大家多多注意，在打仗的时候，都要智勇双全。"

罗雄默默地听着，深深地思索着。

郝大成继续说："为什么说是党性问题呢？一次战斗，本来可以胜利，因为指挥员不动脑筋，犯了指挥上的错误，很可能就遭到失败；一次战斗本来可以避免伤亡或少受伤亡，因为指挥员的错误，可能造成巨大伤亡。同志们啊，一个指挥员的错误，常常是以同志们的鲜血和生命为代价的啊！如果这个指挥员政治责任心强，对革命战士，对我们亲爱的阶级兄弟，有深厚的阶级感情，如果他感到多牺牲一个阶级兄弟，多给革命造成一点损失，就对不住党，对不住革命，对不住人民，他就会多动脑筋，就会想出办法来。……"

"郝大队长，你说得对！"罗雄的声音有些颤抖，反映出他内心的激动和决心。

四

"用石头砸！"这是个十分吸引人的想法，郝大成发动大家想办法，怎么样才能砸得更有效，更突然，更有威力。

真是"多想出智慧"。几经讨论，同志们想出了一个比用人向下抛石头和掀石头更好的办法。

在罗雄的指挥下，战士们很快砍来了很多葛藤。这些葛藤有的像杯口那样粗，有的像指头那样细，柔软而坚韧，有的长达数丈。他们很快就编成了一个网兜，一头用藤蔓捆在路左边的岩石上，一

431

头用绳索挂在路右边的树墩上,在网兜里装上了足有几吨重的碎石块,大的像枕头,小的像拳头。从下面看起来,很像在路口上新垒起来的路障。

这次敌人的冲锋久久没有开始,显然敌人吃了两次苦头,变得乖巧些了。

"嘤! ——"一声尖啸,"轰隆隆",一颗炮弹在古寨堡旁边炸开了。火光一闪,碎石弹片飞溅起来,一团烟雾在古寨堡上空扩散开来。接着又响了一声,又响了一声。敌人的炮击开始了!

不太密集的炮火对着以古寨堡为核心阵地的洪雷谷口,轰击了大约有十分钟。在炮火的掩护下,敌人开始了第三次冲锋。

敌人冲到山半腰,竟然没有遇到阻击。他们深信这次炮击发生了作用,便放心大胆地向上猛冲。

郝大成命令部队,没有他的命令不准开枪,只派一个战士手执柴斧埋伏在挂石兜的路旁。

没有受到任何阻击的敌人疯狂地嚎叫着蜂拥上来。当他们离"路障"还有三十公尺的时候,郝大成高喊了一声:"砍!"

随着这霹雳般的一声怒吼,一阵石头的暴风雨,突然以雷霆万钧之势降临在敌人的头上。

石头的雷雨翻滚着,蹦跳着,扬起了烟尘,发出了隆隆的响声,撞击着敌人,撞击着岩石! 以逐渐加快的速度,组成石头夹杂着敌尸的洪流向山下冲击。这股洪流越冲越急,越滚越大,声震峡谷,犹如地裂山崩,向着敌人的后续部队,劈头盖脸地砸了下去! 以致敌人晕头转向地不知发生了什么事,就在这股不可抗拒的洪流冲击下,连人也汇集到这股洪流中去了,一齐向山下翻滚下去。

在山下的敌人以为发生了地震,鬼哭狼嚎地四散奔窜,好像整个伏虎岭就要倾倒到他们头上来了。

"好啊!"

"砸得好啊!"

战士们看着狼狈逃窜的敌人,忍不住跳出工事,拍手大笑起来。石雨! 起到这样的效果,是出乎所有人的意料的。

罗雄看着这不同寻常的情景,没有笑也没有喊。他的脑海里翻腾着浪花,掀起了巨波狂澜。同样的战斗,两种指挥方法,产生了多么不同的结果啊! 他想:"这几次反冲锋如果让我来指挥,它的结果会怎样呢? 第一次伤了三个同志,按老一套的方法,这三次反冲锋少说也得伤亡十几个人,每个人损耗二十发子弹。可是这一次'石雨'给敌人造成了上十倍的伤亡,我们却不伤一人不费一弹。今天我才知道距离一个真正的指挥员多远! 离党的要求还差得多远啊!"他痛心,他惭愧,由于自己作为指挥员的缺点,不仅会给战斗带来损失,而且带不好战士,这将是一个多么大的损失啊! 可是他也高兴,就在这几个小时之内,他学到了很多东西,他觉得自己充实了很多,觉得长高了一截。

"罗雄! 你在想些什么?"郝大成看到低头沉思的罗雄,问道。

"说不清……我……我觉得今天的这一仗打得很痛快,也打得很开窍。我更进一步懂得了打仗不仅要同敌人斗勇,而且还要同敌人斗智。……"罗雄整理着自己的思路说。

"你的体会很好,要在战争中学会打仗! ……"这时郝大成指着又在编第二个葛藤网兜的战士们问:"你说说,敌人还会这样冲锋吗?"

罗雄说:"依我看,敌人准不敢来了。"

"对! 编第二个网兜准备着,这是对的。以为敌人还让你再来那么一下,就错了。我们不能把敌人当成傻瓜,把敌人当成傻瓜,只能使自己吃亏。敌人也会总结他们失败的经验的,也会改变他们的战术的。他们见洪雷谷这里难啃,很可能改变进攻方向,从别处下口,或者几处同时下口。你要做好各种准备,把兵力重新调配,以便应付各种可能发生的情况,要多准备几手。……"

这时在他们的身后传来了喊声:"喂,喂!快下来人抬'二将军'啊!"

"来得好快啊!"郝大成说,"罗雄,快派人下去抬炮!"

"抬炮?哪儿来的炮?"

"是黄六嫂她们送来的,是太平天国留下的。刚才我们给敌人一顿'石雨',这位'二将军'一上山,我们就能给敌人淋一阵'铁雨'了!"

几个战士跑下山去抬炮了。

郝大成问罗雄说:"你准备把大炮安在什么地方?"

"就安在寨堡上吧!"罗雄不假思索地说着,忽而觉着不对,又改口说:"不,让我想一想。"

罗雄思索了一阵说:"大土炮是前膛装药,不能俯射,只能平射仰射,可是我们在山上,可怎么用法呢?"他搔着头发,皱着眉头,苦思力索,"必要的时候,也把敌人放上来,用土炮扫他们!"

"这就对了! 只要我们准备好了,也可以把敌人放上山来,然后掐断他的退路,打他个小小的歼灭战。那就不是拼消耗了,那就有枪支子弹可以缴获,也可以抓俘虏了。勇敢战斗,猛打猛冲是老虎,可是再加上智谋,那老虎可就添上翅膀啦! 刚才,我不是不叫你们反冲击吗? 那是在洪雷谷口敌人有火力支援的这种特定的条件下采用的办法。如果换了一种情况,那就完全可以冲击了。"

"对!"罗雄瞅着山下,心领神会地说,"我想派几个人到半山腰去!"

"这也是个好主意,"郝大成说,"你说说怎么打法吧。"

"我想,等敌人向上冲击时,从侧面打击他们!"罗雄还有点犹豫地说,"不知行不行?"

"这个主意很好,看来你这仗是越打越精了,这样山上和山下互相配合,对敌人的打击更有力! 但是,要注意隐蔽。"

郝大成就要离开古寨堡了。罗雄站在郝大成身边,在这激战的时刻,他胸中涌起一股难舍难离的感情,深情地说:

"大队长,你多给我们作些指示吧。"

郝大成说:"我说的已经够多的了,你们不要光听我的,其实,今天的战斗,我也向你们学习了很多东西,有事要多和战士们商量,俗话说,'稻多打出米来,人多讲出理来',战士们有战斗经验,有主意有办法,有了困难和大家商量,总是可以解决的。今天还是几次小战斗,敌人是试探性的,激烈的战斗还在后边。……"

"我们要坚守到什么时候呢?"

"要做长期坚守的准备,什么时候完成阻击任务,党代表会给你们命令的。"

这时大炮已经抬上来了……

第四十八章　自设罗网自己投

一

郝大成从洪雷谷口回到太平寨的时候,已是傍晚时分。

由于我军主动放弃南山口,白云山便落到任洪元的手中。伏虎岭的太平寨成了红军和自卫队的指挥部所在地。

王求正的第四中队,在南山口对敌刘玉龙团进行了激烈的抵抗之后,奉命撤出战斗,到伏虎岭太平寨来集结。

深夜,除罗雄第一中队外,红军的四个中队,已全部集中在伏虎岭东麓的一个峡谷中,隐蔽待命。就像一个握紧了的拳头,准备对准敌人的薄弱部分打出去,给敌人以致命的一击。

第二天中午,各处侦察人员不断来报告敌情:

在洪雷谷方面,展开了激战。正如郝大成所料,敌人吃了几次亏之后,改变了进攻方式和方向,以他众多的人力和火力,对伏虎岭展开了全线进攻。凡是可登的山头,凡是可走的隘路口,都同时进行攻击,把进攻的点扩大为面,以使防守者顾此失彼。农民自卫队在防守中起了重大的作用。战斗打得非常艰苦。

在白云山方面,敌刘玉龙团已进驻梅林镇,敌张守志团占据南山口和沙河镇,正在拟订进攻伏虎岭的作战计划,等休整后即可发动进攻;任洪元为了防止红军潜出四岭山,已命令把泥鳅沟堵塞。

在青龙山方面,谷敬文把周武、张彪一伙人扩大成一个新的保安第二团,随时伺机进占太平寨。……

根据以上情况,吴可征、郝大成、田世杰、周威、黄六嫂、史少平、宋少英等研究了一个方案:准备在必要的时候放弃太平寨,由吴可征、周威、黄六嫂、宋少英带领自卫队员上山打游击,如果很难坚持,可以从黑蛇岭进入北荒山;郝大成带领四个红军中队,东出青龙山,先把周武的新编保安第二团吃掉,然后进入九里十八坪,把任洪元从四岭山拖回去。

但是,由于出现了一个新的情况,他们改变了原来的作战计划。

赵铁牛和两个红军战士,把一个国民党三十二旅的军官带到了指挥部外边。这家伙横眉竖目,虽然被绑着,却仍然十分傲慢,并且口口声声喊着:"我要见郝大成。"

赵铁牛来到指挥部,把这个白匪军官闯到太平寨来的情形报告了吴可征和郝大成。他们交换了一下眼色,说:"看这家伙到底是想来干什么?"

"他说是来送信的,"赵铁牛说,"可是又不把信拿出来,我看他是来刺探我们军情的。"

"铁牛说得有道理,"郝大成说,"我们应该给他一点'军情'!"

吴可征对郝大成说:"你不要露面,我先来摸摸他的底。"

"好的。"郝大成点点头,并透过窗棂看着这个白匪军官,听着吴可征和他的谈话。

吴可征跟着赵铁牛走到了被五花大绑的白匪军官面前,问道:"你是来干什么的?"

"你是什么人?"被绑的白匪军官毫无礼貌地反问道。

"我是红军大队的党代表吴可征!"

被绑者的气焰稍微消减了些,但仍然十分傲慢地说:"我是三十二旅任旅长的随从副官,冯自信! 我首先向你抗议,你们的士兵竟然敢把我绑起来,这是对我人格的极大侮辱!"

赵铁牛和两个红军战士,看见冯自信这样不自量,忍不住发笑。

吴可征仍然平静地问:"冯副官,你到这里来干什么呢?"

"我带来了任旅长给你们的信!"

"信在哪里?"

"快给我解绑,我给你拿!"冯自信晃动着脖子生气地说。

"不!"吴可征仍然平静地说,"解不解绑,等我看了你的信再说。如果你不想叫人把你身上翻遍的话,那就请你说出来吧,信放在哪里?"

冯自信从吴可征的平静的外表感到有一股强硬力量。他开始有点泄气了,说:"在左边的口袋里。"

"把他的信拿来!"吴可征向赵铁牛命令着,"然后把他押到隔壁去,叫这位冯副官消消气,他的头脑有些发昏!"

吴可征说完就走回了大厅。

"这家伙大概以胜利者自居呢,看他那个得意的样子!"郝大成笑笑说。

"是啊!"吴可征没有再说下去。赵铁牛把任洪元的信送到他的手里。他一边拆信,一边对郝大成和周威说,"看看信上写的什么吧!"他首先浏览了一眼,然后用气愤的口吻说,"我念给你们听!"

书示共军大队长郝大成

党代表吴可征:

我军以雷霆万钧之势,奉命征讨国民之叛逆,微试锋芒,号称天险的白云山已入我手,伏虎岭亦指日可下。

尔等四面受围,孤立无援,毫无生望,如再负隅顽抗,不智至极也。常言说,"识时务者为俊杰",切勿以卵击石,自取灭亡。

倘尔等执迷不悟,恃强斗狠,杯水车薪,于事何补?

任某素以宽大为怀,仁慈为念,不计前嫌,不念旧恶。劝尔等立即放下武器,以免生灵涂炭。任某当念尔等有悔悟之心,必不加罪,且力保尔等前程。何去何从,望速抉择。否则我军所到之处,必将玉石俱焚矣!

一切投降事宜,可同冯自信副官面商。

……

"有意思,"郝大成哂笑着说,"这些家伙们好狂啊,好像他们已经打了胜仗似的。"

"这是吓唬人的,"赵铁牛说,"应该杀杀这些家伙的威风!"

"我们可以利用他这种'威风'。"郝大成说。

吴可征说:"应该这样! 在以往的历次战斗中,敌人有两种情绪可以为我们利用,一种是骄傲轻敌,一种是张皇失措,这两种情况往往是紧紧连在一起的。骄傲轻敌必然麻痹,在遇到突然打击后,就张皇失措,一张皇失措必然溃散,这是敌人阶级本性所决定的。我们应该力争自己不犯错误,但要促使敌人犯错误。……"

"是啊,"周威说,"兵不厌诈嘛!"

"通过这封信,我看到了比青龙山更加薄弱的环节。"郝大成兴奋地说,"任洪元现在脑袋正在发涨呢!"

"他当然要发涨啦。你们看,洪雷谷口激战两日,伤亡惨重,寸土未得。青龙山谷敬文固守荒山、寸步未进。只有他任洪元自以为得逞,南山口'一举而下',又占领了梅林镇和沙河镇。……"吴可征说。

"这家伙正急于向上峰报功,所以写来了这么封'劝降信'。我们不妨给他个假象,让他带回去。叫任洪元做个好梦。我们就趁他睡梦未醒的时候,掏他的老窝!"郝大成说。

"这是个好主意!"周威赞成着。

"看来,我们得演场戏给这位副官看看。"吴可征说,"然后,再重新研究我们的作战计划。"

"是啊!我们先研究一下任洪元写这封信的心理状态,好给他对症下药。"郝大成说,"刚才老吴谈到了任洪元头脑发涨的几个原因,我赞成,我还补充几点:第一,任洪元虽然攻下了南山口,但他也吃了很大的苦头,损失了一个连的兵力,所以他不想再这样干了;第二,他还怕我们进入北荒山和他长期纠缠,最终把他这个旅拖垮,所以他想早日拔腿;第三,他未必相信我们真会投降,只不过是借送信为名派他的'军事专家'来侦探我们的虚实。……这个狡猾的老狐狸是想来个一举三得啊!"

吴可征、周威都点着头,等待他继续说下去。

郝大成说:"这场戏一定要给冯自信造成两种印象:第一,我们的主力全在洪雷谷口。第二,实在坚持不住,就撤退到北荒山,使他根本想不到我们还有可能去袭击他。……"

"这场戏并不难做。这位副官,自信是一个'军事专家',其实不过是一个盗书的蒋干。"吴可征笑笑说,"我还得给他解绑去。"

二

吴可征来到了大厅隔壁的一间屋子里,看见冯自信双手反剪在背后,垂头丧气地坐在一条板凳上,活像一个撒了气的皮球。冯自信预感到此行有些不妙,并不像他想象的那个样子,他有点丧失了"自信"。

"冯副官,很遗憾!"吴可征故作歉意地说,"我们看了任旅长的来函,才知道冯副官负有重大使命,真是失敬了!"

冯自信抬起头来,看见吴可征态度的变化,感到任洪元的劝降信发生了作用,慢慢地又恢复了他的"自信"。

"给冯副官解绑!"吴可征吩咐着看守的战士。

捆得过紧的绳子被解开了,冯自信皱着眉头,按摩着被捆得红肿麻木的双手,不满地说:"两国交战,不斩来使,你们是不该这样对待我的!"

"他们并不知道你是任洪元的特使,把你当成探子了。"吴可征笑笑说,"冯副官还没有吃饭吧?"

"没有!"

"好,咱们一块来吃饭吧! 周总指挥是个好客的人,他为冯副官准备了一桌便饭,我们边吃边谈。"

然后,吴可征吩咐红军战士带冯自信去洗脸。

洗过脸后,冯自信迈着颇为"自信"的步伐,在红军战士的带领下来到了大厅。

在大厅门口,周威向冯自信拱了拱手说:"欢迎欢迎! 我是周威,久闻冯副官大名。"

"岂敢岂敢。"冯自信打量着魁梧的周威,客气地点了点头。

"请坐!"吴可征指着客座说。

在大厅正中,摆了一桌并不丰盛的酒席。从几个非常普通的菜来看,便知这桌酒席,是临时赶做出来的。菜虽不多,酒却不少,整整摆了五大瓶。

坐定之后,周威以主人的身份说:"今天冯副官光临,周某很是高兴,酒菜不多,深表歉意,望冯副官原谅。"说完,给冯自信斟上了一杯。

"你们打算什么时候和任旅长谈判?"冯自信问吴可征道。

"谈什么呢?"吴可征说。

"投降条件啊!"冯自信有点得意忘形。

"投降?"吴可征冷笑道,"红军的字典里没有这两个字!"

冯自信不由一怔,这个回答是他料想不到的。以致他不知道如何说好。

"喝酒,喝酒!"周威端起杯来向冯自信劝酒。

冯自信端起酒来,喝了下去,掩盖了他的窘态。

"冯副官,还是你刚才那句话,'两国交战,不斩来使',既然你是送信来的,我们以礼相待,我能保证你安全回到你们旅部,你就算完成你送信的使命了。"吴可征十分严峻地说。

"可是,我的使命并不只是送信!"冯自信以为吴可征小看了他,有些生气,特意声明说,"我是任旅长的特使,并不是信差!"

"你还有什么使命?"

"我是任旅长的全权代表!"冯自信提醒说,"信上写得很清楚!"

"真可惜,我没有仔细看,"吴可征以此来表示对任洪元来信的轻蔑,"冯副官,你这个使命恐怕很难完成。"

"为什么?"冯自信把酒杯往桌子上一放。

"因为郝大队长不在,我一个人做不了主。"

"那就赶快通知他!"

"这是不可能的。冯副官你是军人,应该知道,正当炮火连天的时候,郝大队长是不能离开战场的。"吴可征稍稍停顿了一下,又补充说,"我认为也没有通知他的必要。"

"他在哪里?"冯自信借机问道。他并不十分注意吴可征补充的那一句话。

"这是军事秘密。"吴可征严肃地说,"冯副官,你这种问法,不但使我为难,而且使我怀疑你负有另外的使命了。"

冯自信皱着眉头,脸红得像块猪肝,做贼心虚地辩解道,"我并不想刺探军情。"

"喝酒,喝酒,"周威又给冯自信斟满了酒杯,"今天席上不谈军事,不谈军事!"

就在这个时候,满头大汗的王尚青喘吁吁地跑进来,他好像并没有看见冯自信,冒冒失失地几步跨到吴可征面前大声说道:"报告党代表! 这是郝大队长给你的信,洪雷谷的情况……"

王尚青说了半截话,就咽回去了。吴可征很明显地向王尚青做了个制止他说下去的动作,厉声斥责道:"你不看这里有客人吗?有什么情况以后再谈,把大队长的信给我。你跑累了,先去休息吧!"

"是!"王尚青把信交给了吴可征,带着一脸后悔自己冒失的神情退了出去。

冯自信嘴角上掠过一丝神秘的笑意,心想:"什么军事秘密!郝大成不就在洪雷谷口吗? 怪不得洪雷谷那两个团损失惨重,原来是郝大成在那里硬干啊!"

冯自信自信他的判断是正确的,这时他又观察着吴可征读信的表情,他从吴可征紧皱眉头的焦急中,看出了洪雷谷口的情况的危急。他暗自揣摩着:"大概郝大成来信是请派援兵吧?"

"周总指挥!"吴可征把信折叠起来,向周威递了个眼色,"你来一下。"然后又对冯自信说:

"对不起,请你先自己坐一会儿,我们有点急事,失陪了!"

吴可征和周威走进了大厅旁边的卧室。

冯自信看着吴可征和周威走进卧室的门口,但房门掩上了,他没法听到里面谈话的内容。他猜测着郝大成的来信,给吴可征和周威带来了很严重的情况,不能不使他们离席去研究。

不一会儿,吴可征就从卧室里出来喊王尚青。王尚青又是冒冒失失地跑进了卧室。接着他又冒冒失失地跑出来喊赵铁牛。赵铁牛也紧张地进了卧室。不一会儿他们都出来了,王尚青手里拿着一封信,这一回他不冒失了,低低地向吴可征说:"我马上就走!"

赵铁牛也对吴可征说:"我马上就集合部队!"

吴可征点了点头,赵铁牛走出去了。周威和吴可征一脸严肃地回到酒席上来。

这一切都看在冯自信的眼里,这时他听见外面,有集合队伍的哨子声。冯自信肯定了自己的想法,便忘乎所以地说:"我说党代表,你应当尽快通知郝大成,拼死坚守,徒劳无益,把武器放下,前途无量!"

"冯副官,我看你是有些醉了。"吴可征讽刺地说,"醉后狂言,我不怪你。可是我不能不奉告你几句,你们不能高兴得太早了!"

"你们除了投降之外,还有什么路走?不费吹灰之力,白云山已落我手,就连你们这太平寨还不是指日可下?"

吴可征看着冯自信神气十足的样子,觉得十分滑稽可笑。

"不那么容易吧!"周威愤愤地说。

"如果你们的红军在,郝大成也在,这太平寨也许还能守个一天半日的。可是现在……太平寨这个空城,连司马懿也吓不住啊!哈,哈,哈!"冯自信哈哈地笑着。

"你别忘了,"吴可征故作激愤地说,"我们还有北荒山呢!"

冯自信不由心头一震,心想:"任旅长判断得真对!如果红军不能坚守四岭山,有可能退入北荒山。刚才吴可征在气愤之下,已顺嘴说出了这个意思。这一定是他们下一步的打算,我这次来,即使不能完成劝降的使命,也要想法阻止红军进入北荒山,设法在四岭山中把郝大成一网打尽。"他想到这里,语气变得和缓了:"你们不能叫我两手空空回去见旅长啊!"

"不会叫你空手的。"吴可征说,"你既然带了一封信来,我也要派人送一封信去。有来有往,既不失礼,也不欠账!"

"喝酒,喝酒!"周威不断地给冯自信斟着酒。

冯自信仍然关心着自己这次使命的成败,又进一步追问道:

"党代表，你准备怎样答复任旅长呢？"

吴可征微笑着说："你就放心吃你的酒吧。我们的答复，保证使任旅长满意。"

冯自信只好又低头喝起酒来，对于吴可征的这个微笑的含意，他始终没有判断出来。

"上饭吧！天不早了，"冯自信看着手表，已是下午两点钟，"我要早一点赶回旅部，也请党代表早点把信写好！"他已经比较满意地完成了他的使命，并且有了不少意外的收获——得知了红军的情况、意图和太平寨的虚实，而且还有一封回信。

"不！冯副官还是明天一早走吧，旅途劳顿，需要好好休息。"吴可征说。

"是啊！冯副官来到敝寨，我周威理应尽地主之谊，何必来去匆匆？太平寨乃昔日名胜，饭后，周某当奉陪冯副官去看看山景！"

冯自信此时已有七分醉了，正喝得晕晕乎乎，哪里还想动身？他想："反正今天也回不到崖头沟了，何不在太平寨逗留半天？看风景倒在其次，我可以趁机多侦察一些情况，何乐而不为呢？"于是他答应了，放量喝起酒来。

吃过饭后，吴可征把冯自信留给周威去招待，自己便告辞了。

冯自信稍事休息之后，便随着周威来到了太平寨的大街上，然后又爬到太平寨外的几个陡峭的山峰上去，浏览了伏虎岭"千峰竞秀，万壑争流"的风光。

这天下午，冯自信认为自己的收获是重大的：第一，观察了太平寨和伏虎岭的地形；第二，除看见一些装备不整的自卫队员外，并没有发现红军主力的踪迹；第三，听见了洪雷谷口激战的枪炮声。

三

在周威陪同冯自信游览太平寨的那天下午,郝大成和吴可征紧张地研究着如何奇兵突袭任洪元旅部的作战方案。

同时,他们考虑到袭击任洪元旅部之后,部队的去向和第二步的行动。

郝大成说:"根据侦察,崖头沟敌人只有一个特务营,以我们红军四个中队的兵力,再在当地游击队和自卫队的配合下,用突然袭击的方式,吃掉他们是完全有把握的。当我们把任洪元的旅部消灭后,部队的去向是个很大的问题。"

"是啊,"吴可征说,"战斗打响之后,白云山的敌人很可能回兵援助,如果不能很快脱离战场,那就很被动了。"

"关于这一点,我已经想好了一个计划,不知行不行。"郝大成说,"袭击任洪元旅部,速战速决,枪响后最多半个钟头就要解决战斗。把俘虏和多余的枪支交给纪松田的游击队去处理。我马上带领部队连夜兼程赶往谷家寨。估计当夜谷敬文还得不到任洪元旅部被袭击的消息,我们就突然出现在他的面前了,这比东出青龙山更加具有突然性,而且不容易走漏消息。"

"这真是个大胆绝妙的计划!"吴可征赞赏并补充说,"可以事先派人找史太昌取得密切配合,也把谷敬文的老巢给他敲掉。谷敬文两眼只瞪着四岭山,谷家寨比较空虚,正是个好机会!"

"这就更好了!"郝大成深感吴可征提议的重要,"如果事先早告知史太昌同志,得到他们的配合,胜利就更加有把握了。只是派谁去呢?"

"按说,少平同志去最合适了,那一带的情况他最熟。既已派他陪同冯自信到崖头沟去,那就另派人吧!"吴可征思考着说。

"怎么办呢？从这里到九里十八坪去也是相当困难的,险路口全都叫敌人堵塞了。"想到这里,郝大成的脑海里突然浮出了一个新的念头,他说,"我从崖头沟派出吧,现在在四岭山外,是畅行无阻的,如果穿上敌人的服装,骑上战马,以任洪元急使的身份那就……"

"好!"吴可征忍不住赞叹着,"现在剩下的最大困难就是部队如何出四岭山了?"

"这确是个大困难,泥鳅沟是根本不用想了,即使任洪元不堵起来,这四个中队从那里通过,要严守秘密是不可能的,更何况那里住着敌人两个团。东出青龙山然后再绕到崖头沟也是不可能的,这不仅路途遥远失去突然性,也会失去秘密,青龙山不打是很难出去的。我想来想去只有一条路,不过那不是路,而是通过白云山的主峰——劈云峰!看地形的时候,我到过那里,是不折不扣的天险!……"

"就是整天笼罩在云彩里的那座主峰吗?"吴可征问。

"是的!那真是一座天梯!可是我相信世上没有红军通不过的天险,没有红军克服不了的困难!"

"几个人过去,也许还有办法,可是,你是四个中队啊,并且还要全副武装!"

"更大的困难是要晚上通过!白天也许能蹬着石棱,攀着石缝上去,晚上就更困难了。上面是笔陡的岩石,连棵草楂也没有,而且那些岩石都风化了,看起来稳固,一踩就塌……"

多么完美的作战计划啊!多么吸引人的奇袭啊!多么令人向往的胜利啊!难道不能实现吗?郝大成在山林间焦躁地走动着,他从来没有这样不安过。他的眼前不断地出现劈云峰的情景。

……

那是他刚进四岭山不久,他带着一个分队视察地形来到了劈云峰下,正好碰到一个采药老农。他指着耸入云霄的山峰对那位老药农说:"老伯伯,这个山峰你上去过吗?"

采药老人摇摇头笑笑说:"自古以来,恐怕没有人上去过。这个劈云峰也叫登天峰,你听听这个歌谣就知道了。"老人在郝大成和战士们面前,仰望着云雾漫漫的山峰,轻声地唱起了有关劈云峰的歌谣:

> 劈云峰哟有多高?
> 白云缠在半山腰。
> 劈云峰哟有多险?
> 峭壁悬崖如斧砍!
> 苍鹰要飞飞不过,
> 猿猴想攀也难攀。
> 自古上天本无路,
> 踩着此峰可登天!

老人唱完了歌谣笑笑说:"要过劈云峰啊,比登天还难噢!"

当时郝大成站在山峰下,张望了很久,然后又问采药老人说:"老伯伯,真的没有人上去过?"

"没有!"

"连要上的人也没有?"

"那倒是有!"老人回想着说,"有一年,周武他老子周祖鸣还没有死,他听人说,劈云峰上有千年以上的灵芝草,就逼着很多药农给他上去采。有一个年轻力壮的药农被逼不过,就豁出命来上去了,可是没有登到顶,大概离山顶还有一两丈高,突然从半空里飞来了一个兀鹰,它'呀呀'地叫着,张着翅膀像一团黑风向小伙子扑了过去!它把翅膀向悬崖上一扇,小伙子就滚下来跌死了!从此再也没有人敢上了。有的说那个老鹰是看守灵芝草的'神鸟';有的说那个老鹰是看守劈云峰的山神。……"

　　郝大成听着这些关于"神鹰"的传说，只是微笑，等老人说完后，他又问："如果那个山鹰不出来，那个小伙子能不能上到顶呢？"

　　老人想了一会儿说："那就很难说了，也许能吧！"

　　……

　　郝大成从回想中又回到现实中来，接着刚才的话头说："我相信这些困难是有办法克服的。我们一定会想出办法来！"

　　"我们找战士们来一起商量商量吧！"吴可征说，"战士们都是生在山区长在山区，不是打柴就是采药，大山大岭不知爬过多少，总会想出办法来的。"

　　"对，凡是能爬山能采药的人多找几个来，"郝大成说，"人多主意多，办法也多。不过，"郝大成改变着主意说，"时间来不及了，还是我到部队里去找他们吧。"

第四十九章　飞越劈云峰

一

在伏虎岭东麓的一个山坳里，四周环绕着树林的一块空地上，四个中队的红军战士，都集中在这里，每个人的心都像紧绷着的弓弦，焦急地等待着出击的命令。

洪雷谷口的枪声炮声不断地传来，战士们的心就像火燎着一般。

九月的秋阳，正直射在林间空地上，虽然不像炎夏那样烧烤人，却仍然使人感到满身燥热。许多战士不时地跑到山泉边，用手巾蘸着清凉的泉水拭着汗津津的身体。有的则在忙碌着擦枪、擦子弹、修整着装备，有的在低声谈论着，有的在地上画着什么，有的在倾心地谛听着远处的枪炮声。虽然各人表现不同，但却有一点是共同的，那就是焦急地等待着命令的下达，渴望着投入新的战斗。

"你听，人家一中队打得多过瘾！"王十九说。

"是啊！咱们在这里干着急，有劲使不上。也不知等到什么候才有任务！"肖应良附和着。

"你们急有什么用？打仗要按计划，我看，郝大队长把咱们放到这里，绝不是叫咱们躺在草窝里睡大觉！"

"赵中队长到指挥部去了，回来也许有点消息。"

"你们说哨兵抓到的那个国民党军官是干什么的？"

"谁知道呢！要说是个探子吧，不像。哪有穿着军官服装来当探子的？"

"我看，准是任洪元派来的。也不知道捣什么鬼！"

"看！你们不用瞎猜了，赵中队长回来了！"

果然赵铁牛带着押送冯自信的两个战士回到中队来了，战士们都纷纷围上去，打听有什么新的消息。但是赵铁牛并没有带回什么新消息来，只是告诉大家，形势很可能有大的变化，要大家准备打大仗打恶仗。

王十九凑到赵铁牛面前说："中队长，以后若是有摸哨的任务，千万不要忘了我。"

赵铁牛奇怪地看着王十九。王十九满脸孩子气地腼腆地笑着。

"你怎么想干这个？觉得很好玩吧？"

"不光是觉得好玩。"王十九慢吞吞地脸红红地说，"这是我的一个心愿。早就有这个心愿了，没有好意思提。"

王十九，这个十七岁的战士，自从参加红军以来，已经参加了三次大的战斗，第一次就是洪雷谷口对任中元的伏击战；第二次是对谷敬文保安第二团的围歼战；第三次就是对任中元的歼灭战。这三次战斗，使他受到了很大的锻炼，成了一个很勇敢的战士。他时常回想起他被赵铁牛和王尚青俘虏的那个夜晚，他觉得他们干得是那么隐秘那么神速，那么干净利落。因此他就产生了一个幼稚而又强烈的念头——他也想在那样一个漆黑的夜晚去抓个敌人的哨兵，试试自己的身手。

"为什么有这样的心愿呢？"赵铁牛仍然不理解这个小战士的心理。

王十九提醒赵铁牛说："你还记得吧？在那天晚上，你和王尚青同志是怎样把我从杨家寺抓来的吗！"

"噢,我明白了!"赵铁牛大笑着说,"你是想也来那么一手,对吧?"

"是的!"王十九承认着。

"那你准能干得好,"其他战士也都逗笑着说,"有经验了嘛!"

"那你放心好了,有这样的任务,我第一个就分配你去。"赵铁牛说。

这时炊事班的老杨头把饭给大家送来了。

郝大成带着王尚青来到了部队营地。首先召开了分队长以上的干部会议,向干部们介绍了作战计划的改变,然后说道:"这个计划能不能顺利实现,关键问题是能不能越过劈云峰!"接着郝大成又把劈云峰的情况向大家介绍了一番。

"一定会想出办法来,"赵铁牛说,"我不信活人会被尿憋死!"

"所以我想开个会,你们去把有登山经验的同志找来,让大家出出主意看。"郝大成看看向东北偏去的树影说,"要快!"

部队就在旁边,一会儿十几个采过药的打过柴的战士都来到郝大成身边。郝大成说明了通过劈云峰的重大意义之后说:"我知道大家都有决心完成这个任务,但是光有决心还不行,要有好的办法才行。这个办法现在还没有,所以要大家来一起出主意。"

战士们马上就热烈地讨论起来:

"如果上面有葛藤就好了。"赵铁牛说,他记起三年前,那个大荒年,为了挖葛根,扯着藤蔓攀上崖顶的情形。

"上面连根草毛也没有,哪里有葛藤?"这个战士和郝大成一起到过劈云峰下,"我看,踩着石棱准能上去。"

"有的地方没有石棱。"

"带上镐头挖个坑也行。"

"那是石头,不是土,怎么挖法?再说,背着那么多东西,那么多人,一个一个地往上攀,那要攀到哪一年才能过去?"

"没有葛藤,用绳索吊上去嘛!"

郝大成听了这个意见,心头一动。

"吊上去? 那当然好。可是怎样才能把绳索挂上去呢?"

"先上去一个人把绳子挂上不行吗! 上一个人比人人都上总是容易吧?"

郝大成在默默地听着,从战士们的小声议论中,大声的争执中,许多新的主意想出来了,由于这些新主意还不完善,又被新的困难给否定了。新的困难又被解决了,又产生出新的主意,问题越来越明显,越来越集中了。

郝大成集中着大家的智慧,逐渐形成着自己的想法,并且引导着战士们沿着问题的症结所在去思考,他说:"刚才大家的争论很有好处,现在有一点是可以肯定了,先有一个人登上去,吊下一条绳索来,同志们可以扯着绳索往上攀。有些问题是比较好办的,比如说人多怎么办? 只要有一根绳索吊下来,就有办法把几根或是十几根绳索拉上去! 沿着十几根绳索往上攀那不就快了吗? 只要有了绳索,另一个难处也可以解决,如果同志们带着武器装备不好攀,也可以把人和装备分开吊上去。现在还有几个难点,大家要攻一攻。"

"哪几个难点呢?"战士们都等着郝大成说出来。

郝大成说:"第一个难点,就是第一个登顶峰的同志怎样把绳子挂上去。因为第一个上去的同志上面没有绳索可以利用,全靠两手两脚向上攀,困难已经很大了,如果带上杯口粗的大麻绳,少说也有几十斤,那上去就更难了。第二个难点,就是夜里,看不见摸不着,又不能点火照明……"

"是啊,这倒是个难题啊!"有的战士思忖着说。

"净废话! 不难还叫你动脑筋干什么?"

"晚上难上,不会白天先上吗?"

"我当是什么好主意呢,净是些'吃饱了不饿,穿暖了不冷'的大实话!白天怎么能隐蔽目标呢?"

"人多会暴露目标,可是人少呢?……"

"只过去几个人能行吗?"有的人反驳着。

"我说能行!"郝大成从这些争辩中看到了智慧的火花,"带绳索的同志可以白天上,只要把绳索挂下来就行了,部队可以扯着绳索夜里上。"

第二个难题首先解决了。

接着就谈论如何把绳索带上去的难题。有人说抛上去,有人说用长竿子顶上去,此外还有一些办法,结果都被否定了。

"是啊,可惜绳子是太重了,若是轻一点就好带了。"赵铁牛惋惜地说。

"细绳子倒轻,就是拉不上人去!"

"好一个细绳子倒轻!"郝大成猛然拍了一下膝盖高兴地说,"全解决了!"

"全解决了?"战士们疑惑地看着他们的大队长,虽然还不知道如何解决,但是他们也确实相信已经解决了。

"细绳是拉不上人去,可是能拉上粗绳去!"

郝大成在战士们的赞叹声中,立即布置了任务,他说:"现在我们立即分头准备起来:第一,赵铁牛同志,你负责选十个登山有经验的同志,立即跟我出发,如果手头上找不到粗绳子,可把细绳带上,再分配几个同志去找粗绳,傍晚送到劈云峰下;第二,姚光明、王求正、朱英同志,你们三个中队要做好一切战斗准备,吃饱喝足,黄昏后出发,注意隐蔽,以最快的速度到达劈云峰下;第三,铁牛同志,你再派两个同志到太平寨去见少平,明天陪少平和那个冯自信一道去崖头沟!……"

说到这里,赵铁牛向王十九微微一笑,他把马贵和王十九派去了。

十个攀登悬崖的战士很快选出来了。郝大成决定亲自去开辟这条通向胜利的关键道路。……

二

郝大成向几个中队长又仔细交代了行动时间，和各项注意事项之后，就带着赵铁牛等十几个人出发了。他们不走山路，穿山林直奔劈云峰而去。当他们满身汗水，到达劈云峰下时，太阳已经含山了。

劈云峰像一个顶天立地的巨人，夕阳的余晖给它披上了金灿灿的铠甲，在迎接着红军战士的到来。

战士们仰首望去，只见山峰像一把横卧的钢刀，利刃向天，把白云劈开，冲天陡立，横断天际，像一排矗立云霄的屏风。真是又高又陡，不禁倒吸了一口冷气，脱口喊道："咦！好险！"

这时正有一只苍鹰在崖畔盘旋飞翔。它好像生怕被悬崖撞断矫健的翅膀，而不敢飞过，只是注视着峰脚下的十几个登山英雄。

战士们走近峰脚抬头仰望，山风转烈，白云飘卷，山崖好像也在晃动，笔陡的崖壁似乎要崩塌下来一般。

"大队长，我先上去！"一个战士报告说。

"报告！我家祖祖辈辈都是采药人，我先上去！"

"我力气大，我先上去！"

"大队长，让我上去吧！"赵铁牛说。

郝大成估量着山峰，也估量着勇敢的战士们，他深知这第一次攀登是很危险的，因为要第一个去摸透悬崖的脾气，给后继者开辟道路，如果第一次失败了，就会给战士带来不利的影响。但这次攀崖，不仅是靠力气，也不仅是靠勇敢，而且还要靠智慧，靠经验，靠沉着机敏。有的战士很大胆很有力,就是太不要命了,郝大成不能让他们先上去。

"铁牛同志,你做开路先锋吧!"郝大成考虑的结果,认为做事一向稳妥细心的铁牛较为合适。他向铁牛叮嘱了一番,又安排好了防险工作,就命令铁牛开始攀登。他命令崖下留下三个人保险,其他人都退到远处去,以免滚下石头来砸着人。但他自己却没有离开。

铁牛身上斜挎着一圈细绳,腰里别一把柴斧,从容地大步走到崖下,手扳岩棱,脚踩崖壁,开始了攀登。

当铁牛攀到二十五米高的时候,他的右脚踏上了一块凸出的岩棱,他按照"三点固定,一点移动"的登崖要领,将左脚提起来去探寻可以立脚的地方,这时所有的重量几乎全落在右脚上,风化的岩石吃不住这大的压力,突然崩塌下来。

"快闪开!"铁牛大叫一声,随着向下翻滚的岩石,向崖下滑了下来,越滑越快,这时崩塌的石块哗啦啦地带着碎片叭叭地砸在崖底的乱石堆上,摔得粉碎。

郝大成冒着这石雨扑到崖下,伸出有力的双臂,托住了铁牛,把他抱离峭壁。

"没有擦伤吧?"

铁牛连一点也不觉得疼痛,只是感到心中难受,惭愧地说:"大队长!我没有完成任务,再让我攀吧!"

"不!你伤了,你休息吧。"郝大成这才看到铁牛的两臂、两手和胸脯上全都是被岩棱划破的伤痕,从伤痕里渗出血来。

"不!我一点也不觉疼!"铁牛像一团火在燃烧着,燃烧着他的身体,燃烧着他的意志,燃烧着他的心,"擦破点皮算得了什么,我再攀!"说着他又向高崖走去。

"中队长!让我们上吧!"

"大队长！让我上！"

战士们上去拦住了铁牛，并急切地要求着。这时太阳已经从西山顶滚落下去了。

"已经没有多少时间了！再也不能有第二次失败了！"郝大成看了一眼天边的太阳的余晖，焦虑地想道："如果再有一个战士攀不上去，那天就要黑下来了，那将给攀崖造成更大的困难。必须尽快攀上去！只准成功，不准失败，这个任务只有自己去完成了。"

郝大成想到这里，他用平静的但是不可反驳的口吻对铁牛说："不要争了，把绳子给我。"

大家愣愣地看着郝大成，一时还搞不清他的决断是什么。当看见他把绳子向自己身上一挂，迈开稳健而决断的步伐，向崖下走去的时候，所有的战士都围住了他。

"大队长！你……你不能！你……你没有权利自己去冒险！"铁牛急得面红耳赤，说话都结巴了。

"大队长！你要信任我们！"战士们真是急狠了，眼睛被泪水湿润着。

"大队长，我们能爬上去！"战士们纷纷争着。

"同志们，"郝大成的声音也激动得发抖了，"我们已经没有时间试验了！……"他看着围在身边的战士恳切地坚决地不让他攀登！战士们的要求是正确的，郝大成为战士们对他的热爱深深地激动，心中很不平静。但是，这是关系到整个战斗胜败的关键时刻，丝毫犹豫迟缓都是不允许的。时间啊时间！在特定的情况下，时间就是主动权，就是胜利啊！作为一个大队的指挥员，一个整个战斗计划的执行者和指挥者，他有没有权利自己去冒险?! 铁牛在急切中恳挚地喊出的话语震响在郝大成的耳边，这是所有战士的声音。

"一个指挥员，应该在最困难最危险最关键的时刻和地方出现！正因为我是指挥员，我有这样的责任！这不是冒险！这是向革命前进道路上的障碍去冲击！"郝大成想到这里，他以命令的口吻说："同志们，听命令，退到离崖十五米以外去！"

郝大成冲开人围，走到崖下。战士们都愣在那里，眼睛里转动着泪花，看着他们心爱的大队长。这时，仿佛一切都不存在了，风不刮了，云不飘了，心不动了！在战士们眼里只看见他们的大队长，只看见大队长的高大的身影遮过了山崖。

郝大成稳重而矫捷地开始了攀登，他的动作可以用稳、准、狠三个字来概括和形容。他深知在这关键的时刻，他肩负起"开路先锋"的责任，他必须用他的全部膂力、意志、勇气和智慧去战胜前进路上暗伏着的危险。

战士们看着大队长，早已忘记了他那不准靠近悬崖的命令，一齐拥到崖下，准备一旦发生险情，就用他们的身体和生命去保护自己的指挥员。他们恨不能以自己的全部意志、身体和赤心，化成一股无形的力量，帮助大队长向上攀登。

郝大成的每一个动作、每一次呼吸都联结着战士们的心。他们一会儿紧张，绷紧了心弦，满身都沁出担心的汗水，他们一会儿振奋，全身热血像江河般地汹涌翻滚，"小心啊大队长！注意啊大队长！"这都是每个战士内心的呼声。

"好啊！已经上了一大半！"战士们不由得喊出声来。

就在这时意外的情况发生了，"呼啦啦"一声响动，从岩缝的鹰巢里飞出一只兀鹰！

郝大成几乎被它的翅膀扇起的风掀下悬崖。在深深的岩缝中，他看见了一个箩筐般大的鹰巢。这只猛禽开头吃了一惊，它"嘎嘎"地尖叫着冲上云霄，然后又陡转翅膀飞转回来，像一团愤怒的乌云盘旋在郝大成的上空。它忽然领悟到悬崖峭壁上的不速之客要危及它的雏鹰和老巢，它发出凶恶的怪叫，伸出铁钩般的利爪,先升上崖顶,然后像一股黑色旋风般地向郝大成扑击下来。它瞪着毒蛇般的尖锐的眼睛,伸出挠钩般的利爪,为了捍卫它的窠巢,为了保护它的雏鹰,它的攻击将是多么有力和迅疾!

山崖下的战士们这时都几乎停止了呼吸,几个战士同时持枪在手,"咔啦啦"推上了子弹,准备射击。

对这只兀鹰的出现,郝大成是有精神准备的。因为在他第一次来劈云峰视察地形时,就听老药农说起过兀鹰把登峰采药的青年扫落悬崖的故事。他绝不相信那是什么守灵芝草的神鸟,更不相信那是守劈云峰的山神。但是,他知道,兀鹰的窠巢总是垒在悬崖峭壁的隙缝中。接近鹰巢,犹如接近虎穴,那是很危险的。

郝大成在崖上听到了扳动枪机的声响,立即喊道:"不准开枪!"这枪声会给这次秘密行动带来不可估量的损失。同时他也感到了处境的危险。这个突然出现的顽敌是很难对付的。笔直的峭壁,使他几乎失去了所有的抵抗和防卫的能力。他既不能前进,也不能后退,身贴着崖壁,手攀着崖壁,脚踩着崖壁,全身都不能转动,他唯一能动的是一只左手。

兀鹰似乎也发现了对手的弱点,它尖叫一声,尖嘴利爪并用,像黑色闪电射向郝大成,直向他的面部攻击。郝大成想用左手去抽出别在腰间的柴斧已经来不及了。但是沉着、镇静、果敢、机敏的特质,挽救了他。当兀鹰扑向他的面部的时候,他立即用左手攫住了兀鹰的脖项。兀鹰的利爪,在这同时,像两把五齿钢钩深深地抓进了郝大成的左胸侧部和臂膀。

兀鹰并没有很快窒息,它拼死地挣扎着,两只有力的铁翅扇动着、扑击着……直打得崖壁上的碎石尘沙纷纷扬扬。

"唉!该死的兀鹰!啊,大队长!啊!啊!"战士们在崖下看着这一场惊心动魄的搏斗,心都要崩裂了。尽管急得跺脚,可是一点力气也用不上。

随着兀鹰的翅膀的扇动,几点鲜血洒落下来,洒落在崖下的乱石堆上。

战士们的心就像被鹰爪抓住了!但他们看见兀鹰的翅膀越扇动越慢了,越扇动越没有力量了。最后,终于停止了扇动。这场搏斗,持续了只有几分钟,可是战士们却好像过了几年!郝大成把这个沉重的兀鹰向崖下一甩。这只凶禽两爪带着他的血肉翻滚着飘落下来,摔在乱石堆上。

郝大成这才觉得他的手脚有些发软,全身都在颤抖着,吁吁地喘着粗气,满头满脸的汗水向下滚落着,流进了他的眼眶,但他不能去擦,全手都是泥沙,汗水流进了伤口,像盐水一样杀得创处火辣辣地疼痛,他觉得有点晕眩。

"大队长!大队长!"

"你可要多加小心啊!"

崖下传来战士们发自肺腑的喊声。这喊声寄托着多么大的关心和爱戴啊!像一股股热流从郝大成的心头涌起,传遍了他的全身,化成了一股无形的力量。

郝大成扭身望了望拥挤在崖底的战士们,回答他们一个从容的微笑,让他的战友们放心。向上仰望,还有二十多公尺就可以到达峰顶了。这时落日的余晖已经很淡了,一抹轻纱般的晚霞染红了悬崖。

这一段悬崖不仅陡峭,而且风化得更加厉害了。郝大成的征程更加艰难,每前进一步都付出了全部的精神和力量。他前进得更加小心,他深知越是接近胜利越是要加倍努力,稍一疏忽就会前功尽弃。他每抓到一块岩棱,总要试一试它能不能承受住全身的重量;他每踩上一块凹部,总是试试它是不是牢固。就是这样,仍免不了出现意想不到的险情。有一次他抓到一块岩棱,扳了扳倒还牢固,可是他倾全力向上纵身的时候,"哗啦"一声,棱角被扳掉了。

这一声虽然不大，战士们听来却比当空里打下一个霹雳还使他们心惊，都倒吸了一口冷气，拥在崖下伸出了两臂。郝大成的身子猛力一晃，全身像壁虎一样紧贴着崖壁，向下滑了一公尺，但他沉着地又攀住了一块牢固的岩石。

这位久经战阵的红军大队长，凭着他勇敢顽强的意志，凭着他沉着镇静的性格，凭着他忠于党忠于人民的红心，终于攀上了顶峰。

郝大成站在劈云峰上举目四望，茫茫群山躺在他的脚下，在万道霞光的照耀下，显得分外灿烂辉煌，"啊！劈云峰，我终于把你踏到了脚下！"

"啊！上去了！好啊！"

"我们胜利了！"

山下的战士们爆发出发自肺腑的热烈的欢呼声。千山万壑都齐声响起了回声：

"好啊！我们胜利了！"

战士们仰望着脚踩峰顶的郝大成，看着霞云从他的脚下飘过，心中不禁产生了一种自豪骄傲的感情：这座直插云霄可以扪星摘斗的险峰，自古以来，有哪一个人敢凭着自己的四肢、自身的力量攀登上去过呢？没有！从来就没有！可是对于我们共产党人，对于我们共产党领导下的红军来说，就没有攀登不上的险峰，没有闯不过的难关，没有克服不了的困难！

战士们在崖下欢呼着，跳跃着。

只听"哗啦啦"一声响，从崖顶上垂下一条坠着石块的绳索。

这时战士们才从兴奋的心情中清醒过来，纷纷跑过去，把绳索接在手中。

赵铁牛急忙把粗绳和细绳接起来。

"大队长,拉呀!"战士们叫着。

一条杯口粗的麻绳,被提上了峰顶。

郝大成把麻绳固定在磨盘大的岩石上。绳索在晚风里像游丝一般轻轻地飘荡着。流云好奇似的抚摸着它,一会儿把它搂抱在怀中,一会儿又把它抛开去,在这神话般的劈云峰上,有了一条登天索。

夜幕渐渐降临了。劈云峰兀立在天空,周围是灿烂的星海。劈云峰更显得高耸、神秘、巍峨!

夜渐渐深了。红军的四个中队按照指定的时间到达了崖下。

他们带来的十几条绳索,一条接一条地被拉上峰顶。部队稍稍休息了一会儿,就开始了攀登……

就在这北坡攀登的同时,在劈云峰的南坡,也同样垂下了绳索。北坡一批接一批地登,南坡一批接一批地下。黎明之前,郝大成已经把他的四个中队隐伏在白云山外的密林中。

他们吃着带在身上的干粮,喝着山涧清清的泉水,大家睡在密林中茅草上,养精蓄锐,以迎接即将到来的战斗。

三

就在郝大成带领四个中队的红军,越过劈云峰的这天凌晨,换了便衣的史少平、马贵和王十九,带着给任洪元的信,陪同冯自信向崖头沟走去。

沿途他们受到了农民自卫队和儿童团的严格盘查,由于大家都认识史少平,便比较容易地通过了。中午,他们就到了国民党匪兵占领了的南山口。在南山口,他们吃了午饭,由于冯自信带着旅部的通行证,没有受到什么留难。他们一路无阻,傍晚时分,赶到了三十二旅旅部所在地——崖头沟。

崖头沟对史少平来说并不陌生，他们在南屏山时，就来袭击过宋三的十一连。

"冯副官，我给任旅长的信，是我亲交呢，还是你带给他？"史少平站在旅部门口问。

"把信给我吧！"冯自信说，"今天晚上我当面交给任旅长！"

"我们怎么办呢？"史少平问。

"你们先找个地方住下，什么时候旅长召见，我就通知你们。"

"我们都是些当兵的，不过是个信差，"史少平说，"不像你冯副官，我想旅长是不会召见我们的！"

"当然！"冯自信似乎看出史少平还有什么话说，就问："你们还有什么要求呢？"

"冯副官！"史少平说，"我们都是崖头沟一带的人，如果今天晚上没有事，我们想回家去看看！"

"随你们的便吧，"冯自信安全地凯旋而归，心里充满着喜悦，对人对事都变得十分宽容，"明天一早到旅部来找我，等候消息。"

崖头沟大街小巷来来往往都是匪兵。敌人的巡逻队不断地走来走去。

"冯副官，你看天都快黑了，我们走路有点不大方便，还是请副官帮帮忙吧！"

冯自信正急于回到旅部去吃饭，他四下里看着，正想找一个解决的办法，这时有一个军官正向他走过来，并向他敬礼。

"来，过来！"冯自信向正要走开的军官招招手说："特务长！你过来，"然后又用手指了指史少平等人说："这几个人是跟我来给任旅长送信的，他们想回家去看看，你想个办法叫他们走，不要叫哨兵为难他们。"

"可是，……副官，……我正有事……"特务长踌躇着，有些为难地说。

"我不管你有事没有事,你去想办法吧!"冯自信说完,便径自走进旅部的大门,把史少平、马贵、王十九三人丢在大街上。

"倒血霉!"特务长冲着冯自信的背影吐了口唾沫,怒骂着。然后回头对史少平说:"你们这伙该死的东西,要我怎么样送你们呢?"

"我们并不想叫特务长费心劳神,"史少平说,"只是怕夜里戒严,我们不好走。"

"难道戒严令是我下的吗? 我有什么办法?"特务长凶狠而又烦躁地说。

"如果特务长没有办法,我们还是找冯副官去吧!"史少平对马贵和王十九说,"走,咱们上旅部去!"

这可把特务长吓毛了,他踌躇了一会儿从口袋里掏出几张通行证,交给史少平说:"嘿,你们赶快滚吧!"

特务长打发走了史少平他们,便哼着下流的小调趄进小酒馆里去了。

史少平等三人,带着"见证放行"的通行证,来到了围子外,找到了郑万春的家,见房里还亮着灯,便轻轻地敲着门。

"谁?"郑万春轻声地问着。

"郑大伯,是我们!"史少平轻声地说。

"你们是来打猎的吗?"郑万春问。这是郝大成进入四岭山后,和南屏山地下党联络用的暗号。

"不是,我们是来打铁的。"史少平回答着。

门轻轻地打开了。郑万春和小铁柱马上认出了史少平,那是他们在打了汤三礤子后认识的。史少平大闹谷敬文的"庆功"宴的故事,也在这一带盛传着。

"史叔叔!"小铁柱偎依在史少平怀里说,"我可想你们啦! 你们是来打任洪元的吧?"

史少平点点头。

"你们还没有吃饭吧？"郑万春关切地说，"听说任洪元占了白云山，乡亲们可挂心啦！"说着，就要生火。

"大伯，先不要忙吃饭的事，我们一点也不饿。白云山是我们主动放弃的，我们不能死守。"史少平说，"纪松田同志在吗？"

"自从任洪元来了之后，他带着游击队上了南屏山，在这一带打游击。"郑万春说。

"是这样，"史少平说，"我们今天晚上就要收拾任洪元的旅部。"

"就你们三个人？"郑万春疑惑地问。

"不！郝大队长带着红军，今晚上就到，我是来先和你们接头的：第一，了解清楚敌人的情况。第二，要求自卫队先把敌人岗哨摸掉，这样红军就可以悄悄地进村，给敌人一个突然的猛烈的袭击。第三，如果能得到红军游击队的配合就更好。"

"噢！这得好好想一想，"郑万春说，"时间又这么紧。"

"你说说敌人的情况吧！"史少平说。

"任洪元的旅部你们是知道了，那就是你们在南屏山时，十一连连长宋三住的那个院子。院子旁边：左边门里住的是警卫排；右边门里住的是骑兵排；特务营营部，就住在原来三排住的那院子里……他们总以为红军游击队不敢动他们，所以很大意。……"

"这里我熟，"马贵想起他在这里驻防的情景，说，"闭起眼来也能摸得到。"

"摸敌人的岗哨有困难吧！"史少平问郑万春。

"困难是会有的。村里留了一部分农民自卫队，你们不认识，小铁柱可以去通知他们。"

"他们两个也可以参加。"史少平指着马贵和王十九，说，"有了自卫队配合就更有把握了。"

"要紧的是摸岗哨的时机。"马贵说,"摸早了摸晚了都不行。只要搞好联络,我们两个人就行了,反正我们有敌人的通行证。"

"我给你们联络!"小铁柱自告奋勇地说,"我会猫叫!"接着他就咪唔咪唔地叫了几声。

"好好,"史少平感到这是一个办法,就抚摸着小铁柱的乱蓬蓬的头发,对马贵说,"你们听到猫叫的时候就动手!"

"还是摸北门的哨兵吗?"马贵问。他想起自己和老杨头在北门站岗时,被史少平摸掉的情景,心中暗自好笑。

"对! 还是北门。"史少平说。接着他又问郑万春说:"纪松田同志好联系吗?"

"好找! 他们每天晚上派人到我这里来了解敌人的情况。"

"那好,我们就这样分工吧!"史少平说:"小马、小王你们两个负责摸哨;郑大伯负责去和纪松田联系,配合红军袭击任洪元旅部;我和小铁柱负责跟郝大队长联络。如果没有意见,我们就立刻行动吧!"

在分别行动的时候,史少平又嘱咐马贵说:"摸哨时千万不能响枪,要用柴刀劈,用斧头砍!"

第五十章　恶战伏虎岭

一

在郝大成带着四个中队越过劈云峰的第二天,吴可征、周威、田世杰、宋少英和太平寨的自卫队一齐撤到了伏虎岭东山沟的密林里。

吴可征立即写信,命令罗雄当天下午撤出战斗,放弃洪雷谷口,和太平寨农民自卫队会合,一起行动,准备袭击进入四岭山的敌人,并寻找有利时机,打击敌人的薄弱部分。

就在吴可征撤出太平寨的这一天的夜里,谷敬文立即命令他的新编的保安第二团,进占了太平寨。

吴可征给罗雄的命令,因为送信人受了重伤,并没有按时送到。伏虎岭仍处在激烈的战斗中。

黎明,又在隆隆的炮声中降临了,洪雷谷口开始了防守的第三天。

两天来,由于罗雄运用了郝大成告诉他的作战方法,敌人付出了三百五十人的伤亡,耗费了上万发的子弹,仍然不能攻占洪雷谷。

正如郝大成所料,吃尽了苦头的敌人,改变了方法。他们放弃了对洪雷谷口的重点攻击,重新选择了一个突破口。这个突破口在洪雷谷口以东三里处,这个隘口只有五十多名自卫队员和一个红军小队在防守。为了使红军和自卫队不能互相支援,敌人仗着优势的兵力,两个团同时展开了全线进攻。南北长约五十里的伏虎岭,处在一片战火中。

匪兵们在军官们的手枪逼迫下,攀着树丛,扯着青藤,扳着岩棱,漫山遍野地爬了上来。

原来的防守方法都不适用了,罗雄沿着伏虎岭的山脊奔跑着,指挥着。土炮的弹药早已全部用完了,他命令红军战士和自卫队员们,要节省子弹,要多用刺刀手榴弹和石头对付敌人。这种短兵相接的战斗异常的激烈,敌人成批成堆地倒下去,但防守者伤亡也很大。

战士们散卧在山脊上,在一阵阵猛烈的炮击中,有的同志受了伤。有些树木被打得着了火,噼噼剥剥地燃烧着。炮声刚刚停下,白匪们就像灰黄色的爬虫,从浓烟里涌出来,并发出狼一般的嗥叫,不断地向山上冲击。

罗雄的腿被炮弹片擦伤了,血染红了他的裤管。炮声突然沉寂了,敌人接近了山头。罗雄发现古寨堡上的机枪不响了。他不顾一切地向古寨堡跑去。射手牺牲了,身子伏在机枪上。罗雄扑上去把牺牲的同志抱开,自己翻身扑在机枪上。

"嗒——嗒——嗒——"机枪又响了,喷射着愤怒的火焰,白匪们像镰刀下的谷草一样,纷纷地扑倒在山坡上,敌人的冲锋又被打退了。"今天少说也打死他一百多!"罗雄兴奋地想着,抹了一把汗水,又摸摸机枪枪管,他的手被火红的枪管烫起了燎泡,"来吧,白狗子们! 看你们的尸首能不能把洪雷谷填满!"

"啊——啊——! 帮帮忙啊! ——"

罗雄听见有人叫唤,丢下机枪跑过去,看见一个战士被倒塌的墙垣压在下面,两只手伸在外面拼命地乱抓,他像被几颗大钉钉在地上,一切努力都是白费,所以这个战士才喊叫起来。

"陈大雷,是你啊!"罗雄猛力掀掉压在他身上的石块。

"中队长! 我的腿呢?"陈大雷仍不能转动自己的身体,"我的腿呢?"

罗雄把他扶起来,但是他站立不住,罗雄手一松,他又瘫倒下去,昏过去了。两条腿已经渗出血来,看来,是被沉重的石头砸坏了。

"来人,把大雷背下去。"罗雄喊道。

接着跑过来两个战士,"中队长,我来背!"

这时传来了一个女孩子的声音:"把他交给我,你们打仗!"

罗雄看见跑过来一个扎着两条短辫子的姑娘,他没有立即看清她是谁。

姑娘腰挎着一个药包,她背了背陈大雷,背不动。于是她决定马上给他包扎,但她看着陈大雷被砸坏的两腿不知如何下手好。

"肖应良! 快把大雷背下去!"罗雄吩咐着,然后他火急火燎地对着满脸汗水和灰尘的姑娘说,"快下去! 这里是火线!"

罗雄粗暴地斥责着,没对姑娘看一眼,就又扑到机枪上去了。敌人又开始了进攻。

"你……你说什么?"姑娘感到受了莫大的污辱,气得跺了跺脚,一颗炮弹在她附近炸开,她被带着硝烟味的气浪冲倒了。但她立即挣扎起来,背着一个受伤的战士,离开了火线,向包扎所跑去。

二

敌人的全线进攻的方针,终于收了效,在几处隘口上突破了伏虎岭的防线。他们并没有贸然深入,而是巩固伏虎岭上的阵地,并派了一个营的兵力绕到洪雷谷口的背后,把古寨堡包围起来。很显然,敌人企图拔掉这个钉子之后,再驱兵直入四岭山腹地。

469

　　九月的秋阳,像往日一样照耀着伏虎岭上的古寨堡。战士们从昨天中午起就没有吃一口饭喝一口水了。罗雄清查了一下人数,连轻伤员在内还有三十多人。

　　古寨堡成了伏虎岭唯一的强固的据点。

　　"固守呢,还是突围呢?"罗雄希望等待着吴可征的命令,但他派出去的联络人员没有回来。他们通往太平寨的道路已被敌人切断了。

　　罗雄和战士们一致认为,没有接到突围命令前,坚决固守。

　　罗雄激动地说:"同志们,把多余的枪支摔碎,把子弹清查一下,每人留五发,多余的全交给机枪射手,只要我们还有一个人活着,古寨堡就是我们的,只要我们还有一口气,战斗就不会停止!……"

　　敌人包围了古寨堡后,便开始了攻击。他们攻击得非常小心,每碰到掩蔽物,就弯下腰去或俯伏下来,射击一阵,再寻找第二个跃进点。看样子敌人还不急于把古寨堡拿下来,他们认为古寨堡已是他们囊中之物,伸手可得,所以不必着急。

　　罗雄观察着四周敌人的动静,并对着爬得最近的几个敌人瞄准着,射击着。忽然他看见一个人在草丛中向前蠕动,腿和背偶尔暴露在外面。罗雄想等他一抬头,一枪就送他回老家。

　　果然,这个人把头抬起来了。罗雄的手突然停在扳机上,因为他看见这个人是梳着两条短辫子的,"又是她!"罗雄不耐烦地嘟囔着,"净来添麻烦!"

　　"同志们,别打枪啊!"姑娘已经接近古寨堡了,她迅猛地跳起来向着罗雄跑来。但是,就在她离工事只有几步的地方,敌人从背后打了她一枪,她尖叫了一声,扑到工事上。罗雄以迅雷不及掩耳的动作,一把把她拉到工事后面去了。

　　罗雄烦躁地说:"哎呀,我不是和你说过了吗,这里是火线。"然后又对一个战士喊道："肖应良,快把她带到后边去!"接着他又对着爬近了的敌人开始准确的射击。

姑娘的脸色变得灰白,胸脯上的鲜血透过她淡蓝色的衣衫向外淌着,她身上已经没有了药包,脚上只有一只鞋子了。肖应良定睛一看认出了这位姑娘,他忙喊道："王淑贞! 是你!"

这时罗雄也跑了过来。他虽大声地斥责这个姑娘不该到火线上来,他却非常关心这个姑娘的伤情。

王淑贞看了罗雄一眼,急急地说:"……有信……有信……"于是她伸手到衣袋里去摸,创伤的疼痛妨碍了她,摸了很久,才拿出一张带血的纸条来。

"你……你是送信来的。"罗雄急忙把纸条抓在手里,向王淑贞抱歉地看了一眼,然后看那张被血迹涂得看不清的字条。这不是信,这是吴可征给他的命令,字写得很工整,但却极其简单:

罗雄同志:

　　你们的阻击任务已经完成,见信后立即撤出战斗,向伏虎岭东山坳转移,和指挥部取得联系。

　　此致

敬礼

吴可征
×月×日晨二时

"啊! 淑贞,为什么现在才送来!"罗雄紧皱着眉头,无可奈何地说,"晚了,太晚了!"

战斗在进行着,罗雄在思考着,射击着。如果这命令是凌晨送到,敌人还没有形成包围,那时撤退是很容易的。现在这命令迟到了四个小时,撤退就成了突围,而在白天突围,是困难的,甚至是不可能的。

王淑贞强打起精神说:"送信人被打死了,……不,是受了重伤,他在树林子里爬,我碰到他的时候,他就人事不省了!伤得可厉害啊,是炮弹打伤的,我给他包伤,……他叫了一声就苏醒过来了。可是他伸手卡着我的脖子,差一点没把我卡死,他把我当成白狗子了,等他认出我来,就松开了手,说:'快,给罗中队长送信去!'他指了指口袋,头一歪,就牺牲了。……以后我从他口袋里拿出了这张纸条,就来了,唉!"王淑贞懊悔地说,"看我多慌啊,把药包忘到他身边了,没法给受伤的同志上药了……"

罗雄听了,鼻子不由得一酸,两眼升起一阵湿雾,他后悔不该责难这个勇敢的姑娘啊!

敌人的进攻又被打下去了,罗雄扯碎了衬衫给王淑贞包扎。

王淑贞说:"罗中队长!不用给我包了,你给同志们包吧!"

"你怎么……"罗雄这个笨手笨脚的莽汉,不知道用什么话来安慰这位由于流血过多,而变得异常虚弱的姑娘,更不知用什么话来表示他对王淑贞的尊重和歉意。

"我回到包扎所里的时候,碰见了彭医生,我说'我到古寨堡去,叫一个黑大汉把我训了一顿'。彭医生笑笑说,'那准是罗雄,他是个莽张飞,以后你对他厉害一点,他就不敢训人了。'……"王淑贞虽然被伤疼折磨着,但她仍不失她那乐观和顽皮的性格。

罗雄把王淑贞安置在断墙下,并挡上几块石条板,以防她第二次负伤。

"罗中队长!"王淑贞郑重地要求道,"你能给我一颗手榴弹吗?"

罗雄从自己腰里抽出了唯一的一颗手榴弹交给了她,然后他又跑到前沿,指挥战斗,并考虑着突围。

三

因为命令的迟到,撤退就变成了突围。但在大白天,在数量上占绝对优势的敌人的火力下，突围是极端不利的，再加上许多重伤员没法带走，如果带着伤员突围，那困难就更大了。罗雄决定坚守到夜间再说。

但是敌人不准备让他们坚守到天黑，他们调集了大量的炮兵，集中对古寨堡进行猛烈的轰击，只打得山石乱崩，断草横飞，整个古寨堡都笼罩在浓烟烈火里，空气热辣辣的烤人、呛人，熏眼睛、刺鼻子，使人感到窒息、恶心、要呕吐。敌人真是花上老本了，炮击持续了将近半小时。

炮声一停，敌人就从三面（一面是悬崖峭壁）向古寨堡发起了攻击，这次攻击是猛烈而又疯狂的，他们冲上了已经变成碎石堆的古寨堡。混战开始了。

"杀啊！同志们！"罗雄像愤怒的猛虎一般怒吼着，冲向围上来的敌人，他右手里提着匣枪，左手里执着一把砍刀。机枪已经没有了子弹，即便有子弹也用不上了。短兵相接，呐喊声，钢铁的撞击声，敌人的惨叫声，手榴弹的爆炸声，混杂在一起。

在这激烈的拼杀中，在各自为战的情况下，每一个红军战士就是一个战斗的中心，他们只有一个想法——绝不能让敌人活捉；他们只有一个希望——为保卫根据地人民的利益向敌人索取最高的代价；他们只有一个决心——只要有一口气，就不停止战斗，就要和敌人拼杀！

殊死的苦战进行了半个小时，敌人不断地投入新的兵力，红军的数量显然是减少了，还有二十几个人在拼杀，如果想找一个不带伤的恐怕是不可能的了，但战斗仍旧在沸腾着。

陈大雷背靠在断壁上，他的枪已经没有子弹了，他的腿丝毫也不能转动，但他仍和扑向他的敌人搏斗着，他的面前躺着三个白狗子的尸体，又一个敌人向他扑过来了。他大喝一声"来吧！"整个身体向前猛力一扑，他不是用腿、脚，而是用仇恨，用意志，也是用他聚集起来的全部生命的力量,扑了过去。刺钝了的刺刀,带着一个红军战士的全部力量和仇恨,插进了这个敌军官的胸膛,一直插到刀柄,刀尖从背后穿出去。

陈大雷倒下去了,他的钢铁般的手,仍紧握着他那战斗的武器。他半卧在那里,仍然圆睁着他那充满怒火的眼,他那英勇的气概,他那魁梧的身躯,使白匪们惊恐,谁也不敢走近他。

罗雄身上涂满了敌人的鲜血,他的匣枪子弹打完了,他把枪摔向了一个敌人,把敌人打倒在地,他手中只剩下了一把砍刀,这砍刀呼啸着雄风,在敌群里闪动着。他的力量好像永远不会衰竭似的,他的刀是那样的准确有力。他跳跃着,向敌人扑击着,来不及躲闪的匪兵,在他的刀下不是被劈开脑袋,就是被砍断臂膀,当他砍中一个敌人的时候,总是喊一声:"回你的老家去!"

还有十几个战士跟在他身边拼杀。这时,他仿佛在远处听到了枪声,这是来接应他们的枪声,他想起了党代表给他的突围的命令,在这混战中,正是一个突围的机会,于是他向身边的一个战士命令着:

"小李,你快去把王淑贞背上,准备突围。"

"同志们,跟我冲啊!"他一把刀在前面杀开了一条血路,十几个战士跟着他向山下冲去!

但是,小李和王淑贞并没有突出来。当小李背着王淑贞突围的时候,敌人的一颗手榴弹在他身旁爆炸了,他随着爆炸声,扑倒在王淑贞前面的一堆碎石上。……

战斗终于结束了。任洪元的第三团团长来到了硝烟弥漫的古寨堡。

"抓到活的了吗?"这个白匪团长喘吁吁地问他的搜索战场的匪兵们。

"没有，"匪兵们回答，"连一支完好的枪也没有，全都摔碎了。"

"那是我们炸的！"匪团长自信地说着，有点得意扬扬，但他看到古寨堡的悲惨的情景，不禁全身战栗了：满地躺的都是他的士兵的尸体，他付出了一百二十多人的代价，夺下了这一堆废墟，可是连一个俘虏也没有抓到。

"给我仔细检查，只要有一口气的就行，一定给我找一个活的！"匪团长向他周围的人命令着，他盘算着如何向旅长报功，一个活的俘虏是绝对不可缺少的。

"啊！这里有一个受伤的！"古寨堡的角落传来一个匪兵的呼叫声，"还是个女的呢！"

匪团长一听是何等的高兴啊，率领他的随从们立即赶了过去，匪兵们也都围了过来。这真是个奇迹，是个受了伤但是还活着的，而且是个女的。

姑娘半靠在石壁上，她脸色苍白，安详而静静地躺在那里，好像是干活累了，靠在那里休息一般，她胸膛上血在流着，看来她身上不止受了一处伤。

"你是什么人？"匪团长大声地问道。

"我……四岭山人！"这时姑娘的嘴角上掠过了一个神秘而又恬静的微笑。

"你到这里来干什么？"匪团长感到这个姑娘不会给他带来什么危险，慢慢地走近了她。

"我嘛，我是来送你们上西天的啊！"

"不要开玩笑！"匪团长感到这个姑娘的回答有损他的尊严，便板起面孔，阴沉地说，"我是在审问你！"

"谁和你开玩笑？我这里还有送你们上西天的路条哩！"姑娘立刻拉下了脸来，怒火把她的眼睛烧红了！她突然高举起了罗雄给她的那颗手榴弹，"刺啦"一声拉出了弹弦，弹柄里嗞嗞啦啦地冒着烟。

"啊！妈呀！"团长惊呼起来，"散……"匪团长的"散开"没有来得及说完，"轰！"一声爆炸。……

硝烟笼罩着古寨堡。

第五十一章　内　讧

一

周武带着他的新编保安第二团开到伏虎岭，占领了太平寨，比任洪元的第三团抢先了一步。任洪元的第三团在攻占了洪雷谷后，占领了石门店。

白云寺的法慧和尚，也跟随周武的保安第二团来到了太平寨。这个秃贼感到穿着袈裟随军不太方便，也穿上了保安团的服装，准备在周武返回白云山的时候，他再回他的白云寺，为那些被打碎的泥胎去重修金身。

周祖荫自从溃逃青龙山后，得了重病，他和谷月仙全留在青龙山。他们幻想等到全部占领四岭山后，再重返家园。

周武进到太平寨，心情是又喜又惊。喜的是自己像丧家犬一样，在青龙山流落了数月之久，现在又回来了。惊的是现在的四岭山并不是往日的四岭山，这里还是红军和自卫队的天下，如果不是国民党重兵压境，自知太平寨是坐不牢的，就是现在，太平寨是不是太平呢？也很难说。一到夜间，他更是心惊肉跳，寝食难安。使他不安的还有他的保安团自身，自从一开始编成，他就预感到可能分裂或是被吞掉。

周武身兼第一营营长，这个营大都是白云山人，是以原来民团一中队扩编而成，是他的保安团被歼灭之后所剩下的老底。

马义山由于搞暗探活动有功，被任命为一营一连连长。

第二营由周拐子任营长,这个营是以青龙山的民团为基础,加以扩编而成,他们对占领太平寨毫无兴趣,都不愿意离开青龙山。

第三营,就是张彪特务连的原班人马,全都是九里十八坪一带的人,他们武器好,战斗力也比一、二营强得多,根本不把一、二营放在眼里。

到了太平寨后,这三个营如何驻防呢?周武思谋了很久,又和周拐子商量了一番,才决定下来:一、二营驻在太平寨,把张彪第三营派到伏虎岭的老虎尾巴上去驻扎,扼守住山下通往太平寨的要道口,以防红军和农民自卫队的袭击。

按说,这个主意想得倒挺不错,就是不知道能不能行得通。

周武派通信兵把这个"如意算盘"去告诉张彪,这是他当新编保安团第二团团长之后,对第三营下的第一道命令。

张彪一听,立刻火冒三丈,他提着匣枪,来到了团部,这就是周威原来的大厅。他把枪往桌子上一拍,冲着周武吼道:"你姓周的想把我派到共产党的枪口上去啊!我不干!你们一、二营倒好,住在太平寨上吃喝嫖赌睡大觉,叫我到老虎尾巴上去给你们站岗放哨挨揍哇!我姓张的不是属面团的,随你们怎么捏就怎么捏。我不干!他娘的,你想怎么办就怎么办,办不到!"

张彪对着新任团长,恶狠狠地骂了一通,吐了吐肚子里的怒火。当他听到谷敬文的委任令时,心里就很不舒服,心想:"叫我听这个肉头财主去指挥啊,那不成了猪猡管豹子吗?我不受那个窝囊气!"想到这里,特务连连长升营长的兴头就去了一半,同时又听到周拐子也成了营长,还是第二营,和他平起平坐,一、二、三营排下来,他还在周拐子之下,就觉得这个营长还没有特务连连长值钱。所以连剩下的一半兴头也消失了,只剩下满肚子的愤怒。

送委任状的蔡九只好悄悄地劝他说:"谁是团长谁是营长,这还不是暂时的!要扩充实力,谷司令不得不这样干,等你把队伍抓在手里的时候，还不是谁有实力谁称王？还不是拳头硬的是大哥？"

张彪听了，仍然气呼呼地说："谁若是亏待我张彪，老子可不听那一套，待我好，我就跟着他干；若是待我不好，老子一样用枪敲他！"

周武见张彪凶煞神般的样子，心里很是胆怯，本想说几句好听的和缓一下紧张的气氛，但一转念，觉得有失团长的身份，再说，一开头，不对张彪来个下马威，以后就更不好管辖了。周武想到这里，便色厉内荏地用拳头擂了一下桌子，大声训斥道："三营长，你是个军人，就应该懂得服从。国有国法，家有家规，军有军纪，你这次初犯，我原谅你，下次再这般无礼，定要按军法严处！……"

"嘿……嘿……嘿……"张彪连连冷笑了几声，"什么国法军纪？老子不听你狗叫唤！"他也用拳头擂起桌子来，擂得又响又重，只震得酒杯茶碗叮当乱响，他指着周武的额头骂道："堂堂的三县剿共司令谷敬文都要让我三分，你他妈的是个什么东西？你是个死肉头！你是个王八蛋！……你想吓唬老子。哼，老子不怕你！来，来，来！我来和你比三枪，若是你赢了，我张彪服气你！若是你输了，你这个婊子养的，以后就得听我的！蔡九说得对，拳头硬的是大哥！来……"

张彪说着骂着，一伸手抓住了周武。

周武真是六神无主了，又气又怕。本想对下属耍耍威风，没有想到老虎头上拍苍蝇——惹来了一场大麻烦！

"张营长！消消气！"二营长周拐子急忙打圆场说，"团长是看三营战斗力强，所以才派……"

法慧和尚也急忙赶过来救驾，他连嚷了几声"阿弥陀佛"之后说："张营长，看在我佛面上……"

可是张彪不等他说完,就对他骂道:"你念你妈的阿弥陀佛去吧,老子不听你装神弄鬼的那一套,你这条丧家狗,滚到一边去!"

法慧见到张彪凶煞神般样子,他知道神通广大的"我佛"不能为他护驾,只好缩起秃脑袋,溜到一边去了。

张彪气呼呼地把浑身打战的周武猛力推了一把,周武向后踉跄了几步,跌在周拐子怀里。

"原来是你们害怕共产党啊! 我可不愿意替那些胆小的耗子去站岗!"

张彪说完,也不管周武和周拐子有什么反应,就一阵风似的走出去了。

张彪走出了大厅,来到了太平寨的大街上,他觉得太平寨确是雄伟险要,伏虎岭风景又好。便十分自得地说:"这个地方还不错!不像青龙山那样荒山野岭的,怪不得谷敬文眼红,老子在这里住下了!"

他不管三七二十一,就把他的三营安排在原来周威的齐心会住的地方。

周武被张彪弄得又气又急又怕,好久闷在太师椅里说不出话来。张彪走了之后,他总算松了一口气,可是,他担心张彪会弄出什么乱子来。

不一会儿,他就听见大厅周围乱纷纷的声音,周拐子来向他报告说,张彪的第三营已经把齐心会的房子全占了。

周武不听则已,一听把肺都气炸了,连声喊着:"反了! 反了!"

"真是欺人太甚!"周拐子不平地说。

"他娘的! 调一、二营来,把他们赶走!"周武咬牙切齿地发狠说。

但是周拐子却怕和张彪干仗,就息事宁人地劝周武说:"团长,我看就算了吧,惹不起他,就让他这一回吧!"

"这口气我咽不下去！"

"祖荫叔不是常说吗？'小不忍则乱大谋'，我看，还是忍了吧！"周拐子说。

"那我们也得搬家了。"周武气愤而又委屈地说。因为大厅就坐落在齐心会的房子当中，现在张彪把周威的大院全控制在手里了，周武就是吃了熊心豹子胆，也不敢住在大厅里了。

周拐子摇了摇头，他知道这个保安团不能长此下去，说不定哪天会在太平寨闹出个大乱子来，自己想离开这个是非窝，就说："团长，不要发愁，你带一营住在太平寨好了！我带二营住到老虎尾巴上去，"他把声音放得很低，凑到周武耳朵上说："万一出个什么乱子，我在那里也好有个照应。"

"很好！"周武高兴地说，"还是你能为我分忧啊！"

周拐子带着二营往伏虎岭的老虎尾巴上去了。周武也把一营安置在太平寨的大街上的民房里。张彪占用了原来周威的大厅。他坐在太师椅子里，跷着二郎腿，悠然自得地想："我现在是坐镇太平寨的山大王了！"

夜，降临在伏虎岭上。

二

夜风，呼啸着。

伏虎岭东山坳的稠密的松杉林，卷起海潮般的涛声。

在这密密的树林里，有许多杉树皮和竹木搭成的棚子。这就是红军游击队和自卫队的营地。

在这营地附近，有一座小屋，这是一位老猎人住的小屋。吴可征、周威的指挥部就设在这里。摇颤的松明火，照耀着他们风尘仆仆的变苍老了的脸。

罗雄带着十五名突围出来的红军战士,在密林里转了一天一夜,然后碰上了太平寨的自卫队,这才在农民自卫队的帮助下,找到了指挥部。

罗雄给指挥部带来的消息是令人沉痛的,在洪雷谷口的战斗中,几十名同志光荣牺牲了。

吴可征、周威都默默地低下了头,心情沉痛地轻轻地说:"都是些比钢铁还要坚强的战士啊! 他们为开辟根据地、保卫根据地的革命事业献出了生命! 人民是永远也不会忘记他们的……"

吴可征问道:"我派彭医生带着救护人员去找你们,你们没有碰到?"

罗雄摇摇头说:"我们绕道来的,没有碰到。"

过了一会儿,吴可征又问道:"你是亲眼看到陈大雷同志牺牲的?"

"是啊!"罗雄低声地说,"他的两条腿被砸坏了! 不能动,……他和敌人拼到了最后一口气!"

"王淑贞呢?"

"她受了重伤! 以后她跟我要了一颗手榴弹……在突围的时候,我叫小李背着她突围的。后来,我们就被敌人冲散了!"罗雄回忆着恶战的情形,"我们十几个人都是分散突围出来的! 当我们突出来之后,古寨堡上的枪声就没有了。我们在附近的树林子里等着他们,大约有吃一顿饭的工夫,不见他们下来,却听见古寨堡上响起了手榴弹的爆炸声,我想,是王淑贞和敌人……"罗雄哽咽着,"我……我不该向她发火……"

罗雄觉得对不起这个勇敢的姑娘,再也没有机会当面向她道歉了,他将后悔一辈子。

"以后,"罗雄有些哽咽地说,"我留下肖应良和田立春在那附近的树林里隐蔽着,等敌人撤离古寨堡以后,再去找她,去掩埋牺牲的同志。……"

"很对!"吴可征一边说一边难过地想道:"她可能牺牲了。"

"王大发同志听到了会很难过的,"周威说,"还是先不要告诉他!"

"今天晚上,宋师傅来时,再说吧。"吴可征说,"还有王心诚大伯,不过,我相信他们会战胜悲痛的。他们会为有这样的孩子而感到自豪的。淑贞这姑娘是个好样的啊,再说,还不一定就是牺牲了。"

草屋外面有哨兵低声问口令的声音。

一会儿柴门推开了,太平寨小酒馆里的宋师傅走进来。这是一个四十多岁的人,中等身材,圆胖的脸面。郝大成初探四岭山到太平寨和周威谈判时,就是住在他的小酒馆里。他的小酒馆是我们党的地下联络站。

"宋师傅来了。"人们和他打过招呼请他坐下。

"你谈谈情况吧!"吴可征说,"你见到王大发同志了?"

"见到了。"宋师傅说,"他现在编在周武的一营一连三排八班。"

"周武本来就怀疑他,现在为什么没有动他? 你要告诉他切实注意。免得周武对他下毒手。"吴可征关切地说。

"你这个意思我和他说了,他还是很细心的。他估计周武眼下不会动他,一来,周武没有抓住真凭实据,只是猜疑;二来,现在周武也顾不上。"

"大发同志谈了些什么情况?"周威问。

"是这样,"宋师傅顺手拿了根柴棒在地上画了个太平寨的大轮廓,指点着说,"这里是太平寨北头,张彪的第三营住着;这里,是东西街,在街南面,是周武的第一营住着;周拐子的第二营住在老虎尾巴上。……"

"周武的团部呢?"周威忍不住问道,"没有设在我的大厅里?"

"开头周武是想设在那里,可是张彪把房子硬占了去,周武不得不搬家。"接着宋师傅就把周武、张彪闹矛盾的大致情况,讲了一遍。因为这些情况是王大发告诉他的,由于王大发只知道大概,所以他也讲得很简略。

就是根据这样简略的情况,吴可征做出了准确的分析判断。他说:"现在整个情况是这样的:白云山、伏虎岭和黑蛇岭暂时都被敌人占领了,从现象上看,好像对我们压力很大,其实形势对我们是很有利的。别看敌人占了这么多地方,只是暂时的,他们占的地方多,兵力就分散,兵力分散,薄弱的地方就显露出来了。我们就按照'敌进我退,敌驻我扰,敌疲我打,敌退我追'的游击战争的基本原则和敌人干,集中力量专找他们薄弱的地方打!

"郝大队长带着红军主力,去袭击任洪元的旅部,现在还没有消息,我想这个胜利消息很快就会传来。如果按照原来计划,郝大队长在消灭任洪元的旅部之后,就立即赶往九里十八坪,在史太昌同志的配合下把谷家寨拿下来,敌人必然受到极大的震动,这对四岭山的斗争是一个巨大的支援,四岭山区的斗争形势必然起很大的变化。我们必须积极开展斗争,对郝大队长,对九里十八坪的战斗也是有力的配合。

"现在四岭山区的敌人,最薄弱的就是谷敬文的新编保安第二团。根据王大发同志提供的情况来看,周武的三个营三条心。这三个营哪一个营是最弱的? 是周拐子的第二营。……"

周威接着吴可征的话头说:"我们应该先把这个营吃掉! 他们住在老虎尾巴上,还是比较好打的。"

"吃掉第二营之后,回过头来再围攻太平寨。"黄六嫂说。

"是要解决他们!"周威愤愤地说,"这些狼心狗肺的东西,竟然坐到我的大厅里去了!"

"我们应该快一点打下太平寨来！"周枫森插进来说，"白狗子们在太平寨多住一天，我心里就难受一天。"

"我们解决了二营以后，把老虎尾巴一堵，农民自卫队先化装进太平寨，来一个里应外合！"周威说。

"我看围攻不一定好，"罗雄思考着说，"把他引到太平寨外面来打会好打些。"

宋少英说："罗雄同志的意见我觉得有道理，我看不一定急着去打太平寨，现在敌人有两个营在太平寨驻扎，必须要解决粮食问题。我们进行了坚壁清野，粮食大部分都运到山林里来了。我们把老虎尾巴的二营打掉，就掐断了敌人下山的通道。只要我们把敌人的粮食来源断了，他们必然被迫出寨找粮食，那时我们再消灭他们，比硬打好得多。"

周威和黄六嫂听了宋少英的意见后，也都表示同意。

吴可征在大家充分发表了意见之后说："大家的想法都很好，有很多可取之处，根据目前的条件，我们围攻太平寨也不能说完全不可以，但是，这样做要付出很大的代价。对周武这个保安团我们可以用三种办法来解决他。第一，对老虎尾巴的第二营，我们用袭击的办法，因为他比较孤立，战斗力最差，又没有寨子可守，比较容易袭击。第二种办法就是少英说的，敌人没有粮食吃的时候，必然出寨找粮食，我们就趁这个机会消灭他，甚至我们想法引诱敌人下山抢粮，引到我们伏击圈里消灭他。第三种办法就是利用周武和张彪之间的矛盾，刚才宋师傅谈的那种情况，我们不仅可以利用，而且应该努力促成他们的矛盾激化，这需要宋师傅和王大发同志从中多做工作，散布传言，加深他们之间的裂痕，使他们互不信任。

"据我估计，周武和张彪的矛盾一定会激化，发展趋势不外两种可能：第一种可能是两个营互相火并，不是你吃掉我，就是我吃掉你，结果打个两败俱伤，这对我们很有好处；第二种可能是周武惧怕张彪，最后只带他的一营回他的老窝沙河镇，避开张彪。这样对我们也很有利，我们可以分别消灭他们。……"

"如果周武真的要回沙河镇，"宋少英说，"我们可以在沿途消灭他，省得他进了沙河镇的围子之后，攻起来费手脚。就是不知道他什么时候行动。"

宋少英的建议，启发了周威，他说："在路上伏击他当然很好，如果我们早在沙河镇里埋伏下人等他岂不更好！这样不管他什么时候动身，都不会误事的。"

吴可征说："很好，路上伏击和沙河镇里埋伏，两种办法并用，我们要想办法叫周武早些离开太平寨，我们牵着敌人的鼻子，让他们跟着我们的缰绳走。消灭了周武，张彪就好对付了，这家伙虽然像野兽一样凶残，可是，也像野兽一样愚蠢！……"

大家又计议了一会儿，考虑了各方面的细节，然后分头去作准备，在大家离开之后，吴可征又专门和宋师傅交谈了激化周武和张彪之间矛盾的各种办法。

三

周武坐在他的临时安排的团部里，一天的疲惫和烦恼使他躺在床上不想动，却没法入眠，又气又怕又烦，不知心里是什么滋味，他已经完全失去了"胜利归来"的快感。他在床上辗转反侧了一阵，又坐起来，点上蜡烛，对着墙壁吸烟，并且侧耳谛听着外面的动静。

太平寨在一阵纷乱之后，算是慢慢安静下来了，周武把蜡烛吹熄了，又往床上一躺，刚伸了伸疲倦的四肢，就又猛然坐了起来——他听见了老虎尾巴上传来第一阵枪声。

在这漆黑的夜里，这枪声说明了什么呢？现在二营是什么状况呢？显然是二营受到了袭击,可是这个袭击会造成什么结果呢？袭击者是红军还是农民自卫队？袭击的目的是什么？周武无从判断。在这里等候消息呢,还是派兵去援助？他拿不定主意。想来想去,还是派人去打探情况,然后等情况弄明白之后再做决定。

侦察人员派出去了,枪声仍紧一阵慢一阵地响着。

周武心焦火燎地对着孤灯,一支烟接一支烟地吸着。他仔细听着夜风传来的枪声。枪声似乎稀疏些了,也零乱些了。

"袭击总算被打退了。"周武这样判断着,"我的二营在追击袭击者呢!"

果然,枪声越来越远,越来越散,终于消失了,然而派出去的侦察人员还没有回来。

周武不能睡眠,瞪着两眼等待着未可预卜的消息。他听见门外哨兵问口令的声音。

"拐子回来了?"周武听出了他的二营营长的声音,"到底是怎么回事?"周武的脑子还没有转过弯来,周拐子已经出现在他面前。

周武从拐子腿的枯黄的丧气的脸色上,看出事情不妙,"你怎么回来了？你的二营呢？"

"二营!"拐子腿两手把脸一捂,大哭着失声地说:"完了!"

"你说什么?"周武吓得从床上跳下来,赤脚站在地上,蜡烛被他碰倒了,滚到地上,熄灭了!

"我们受到了袭击! 刚一响枪,三个连长,他妈的,拉着队伍就跑!"

"往哪里跑?"

"还不是往青龙山! 跑的跑,死的死,一下子就垮了。"

"你……你应该镇住他们,都怪你平时管束不严!"

"开头谁不想镇住他们呢? 我说你们谁要走,我枪毙谁! 可是我的话还没有落音,他们就给了我两枪,幸好没有打着我!"说到这里,周拐子痛哭失声地说:"团长啊! 这个营长我不想干了,干不了!"

"废话!"周武呵斥道,"你要干也干不成了,我们还是商量商量怎么办吧!"

卫兵进来,重又点上了蜡烛。

法慧和尚听到了二营垮掉的消息,也从隔壁急匆匆地赶了过来。他穿着保安团的服装,却没有顾得上戴帽子,秃脑袋在灯下闪着光,显得非常滑稽。

周武长吁短叹了一阵,便和周拐子、法慧商议说:"我们的二营垮了,三营又不听指挥,你们看怎么办呢? 俗话说,'天上下雨地下滑,自己跌倒自己爬',现在只有靠咱们自己了,……我们要不要回到沙河镇老家去? ……对,我们回沙河镇去吧!"

"若是谷司令怪罪下来怎么办? 没有他的命令,我们能放弃太平寨吗? ……"周拐子顾虑重重地说。

法慧和尚早想离开这是非之地了,他虽然也是个无恶不作的家伙,但对于动枪动刀总有些胆怯。他竭力说服周武快些回到沙河镇去,便说:"我想谷司令是不会怪罪我们的,我们放弃太平寨,也是不得已啊,再说,我们也并没有放弃,张彪不是还在这里占着吗? 我们快些走吧,阿弥陀佛。……"

法慧的意见启发了周武,他说:"是啊,我们得先告张彪一状,这一切过错全是他弄出来的!"

"我们这一走太平寨就叫张彪这小子独占了!"周拐子心犹不甘地说。

"我也是不甘心啊!"周武恨恨地说,"没有办法,共产党轻饶不了他!"

周武和周拐子、法慧商量之后,便派人去沙河镇侦察情况,以作回老家的准备。

太平寨上不太平。

在保安团进驻太平寨的第二天，三营的九连连长向张彪报告说："张营长，我听说周武因为你不听他的命令，要解除我们的武装！"

张彪把眼一瞪问："你听谁说的？"

"在小酒店里听一营的兵说的。"

"你为什么不抓他来见我？"

"是连里的弟兄们听到的，没有营长的命令，他们不敢！"

"怕什么？打死他们也不用你们偿命！告诉连里的弟兄们，以后碰到一营的那些四岭山佬，不要客气！"张彪怂恿地说。

"是！"九连连长说，"对他们绝不讲客气！"

九连连长退出去了。张彪越想越火，用拳头擂了一下桌子骂道："哼！想下老子的枪，没有那么容易，你他妈的周武也不看看老子是干什么吃的，竟敢太岁头上来动土，老虎嘴里掏肉吃，看，到底谁下谁的枪！"

......

就在第二天，太平寨的大街上发生了一次小小的战斗，事情是这样的：一营的几个匪兵到太平寨去逛大街，被三营的匪兵拦住了，"你们要到哪里去？"三营的匪兵蛮横地问。

"老子要到哪里你管得着？"一营的匪兵也不示弱，"要横，到你们九里十八坪横去！"

"退回去！再向前走一步，老子就不客气！"

"老子就要向前走！看你敢动老子一根汗毛！"

受了张彪怂恿的三营匪兵立刻用枪口对准了周武一营的匪兵，并威吓道："再向前迈一步就崩了你！"

"就是你有枪？"一营的匪兵也从肩上取下枪来。

枪口对着枪口,刺刀对着刺刀,愤怒的眼睛对着愤怒的眼睛。只要哪一方先动一下,就会立刻爆发一场格斗。他们这样相持了半分钟之久,最后周武的匪兵有点吃不住劲了。他们看出张彪三营的武器好,而且人数也多,恐怕惹出大乱子来,就有人打退堂鼓说:"今天先饶过你们,以后再找你们算账。"几个人便把手里的枪重又背在肩上。但他们没有想到这一举动正好助长了张彪匪兵的气焰,张彪匪兵趁着周武匪兵收起武器的当儿,向为首的捅了一刺刀,这个匪兵就大叫一声躺在街心。周武的匪兵急红了眼,慌乱地开了几枪就向后退去,张彪的匪兵也被打伤了一个。

张彪正在小酒店里喝酒,听到枪声跑了出来,问道:"哪里打枪?"

"一营的人把我们的人打伤了!"

被打伤的匪兵哀嚎着:"张营长!给我报仇啊!"

"他们跑到哪里去了?"张彪已经抽出了他的匣枪。

"看!那就是。"匪兵们指着大街的另一头说。

"好啊!我叫你们认识认识你张大爷!"于是他抡起匣枪一阵猛扫,把躲藏不及的几个一营匪兵全撂倒在当街上。

这次事件宣告了两个营分裂的开始,形成了暂时的"井水不犯河水"的局面。太平寨也就分成了两半。北部和大街中心成了张彪的大本营,南部便是周武的驻地。

开始第一天,他们互不来往,像休战时期的两个敌对营垒,但这种现状并没有维持多久,第三天上又发生了一次更大的冲突。

因为这两个营的粮食已经全部吃光了,太平寨群众的粮食早已经坚壁清野,埋藏到深山老林里去了。周武毕竟是本地人,他在他的驻地挖到了一个小粮窖。

张彪便带着一个连来抢粮,粮食是抢到手了,可是周武的一营包围了他们,勒令他们把粮食放下。张彪见粮食不能带走,便在粮窖里放了一把火。结果谁也没有吃成。

自从烧粮事件之后，周武和张彪完全闹翻了脸。要周武向张彪赔罪？办不到。要张彪向周武低头？更不可能。他们谁都明白，"井水不犯河水"的关系已经不存在了，今后的关系是：不是你吃了我，就是我吃了你！

第五十二章　光荣的称号

一

秋天的阳光,照耀着激战后的伏虎岭。

枪声早已经沉寂了。空气里还带着浓烈的硝烟气味,那些被炮火打着的树木和山草,还冒着缕缕的轻烟。

守卫伏虎岭的红军和农民自卫队员们,都已经按着指挥部的命令撤退了,他们穿过密林向伏虎岭东麓集中。

王淑贞斜靠着古寨堡的石壁,安详地睡在那里,鲜血染红了她的天蓝色的衣衫。

青春的生命力是顽强的,王淑贞在一阵昏迷之后,渐渐地醒过来了。她睁开眼睛看看,山野的苍郁的青松和红艳艳的枫林映入她的眼帘。战地秋色,似乎变得更加壮丽。

"这是怎么了?"王淑贞愕然地想道,"我这是在哪里?"许多往事像云霞一般,一团一团地从她眼前飘过。她的眼睛落在一具敌人的尸体上。她完全清醒过来了,想起了她带着吴可征的命令,穿过敌人的包围,来到古寨堡——这块激战的阵地上;她想起了把拉了弦的手榴弹丢进了敌群中。……"罗中队长他们是不是突围出去了?"……王淑贞断断续续地想着,"我是受了伤了,看来,伤很重,恐怕是不能和同志们一道战斗了。"通过她的想象,郝大成、吴可征、宋少英、田世杰、黄六嫂、周威,还有黄秋菊、朱二嫂,她爷爷、妈妈、爸爸……那一切贴心的人,全都出现在她的面前,"他们在哪里呢,又都在干什么呢?"

王淑贞又想道:"我可能再也见不到他们了,要永远和他们分别了。"

王淑贞面对着这些生她养她教导她的亲人,她的心是平静的:她觉得在这人生的短短的路途上,她所想的和做的是问心无愧的,是对得住自己的亲人,对得住自己的同志,对得住自己的家乡,也对得住党的!

面对着死,她毫无畏惧,也毫不悲伤。死,不过是劳动或战斗后的一次长眠。但是,她不愿意离开她的亲人,更不愿意离开战斗,她还有多少事情要去做啊!……

随着思想的逐渐清醒,她的肉体的感觉也逐渐敏锐起来,她感到了自己的伤疼,全身都像被火烧燎着一般,在哪里痛她分不清楚。她想坐正自己的身体,但是四肢已经不听从她的意志的支配了。过了一会儿,她仿佛觉得眼睛变得模糊了,神志也恍惚起来。一团云雾在她脑海里浮动着,王淑贞又昏迷了。

……

肖应良和田立春,奉罗雄的命令,隐蔽在离洪雷谷口不远的草丛中。当占领了伏虎岭的敌人,搜索了战场,向石门店开去的时候,他们两人披着树枝做成的伪装,来到了古寨堡。他们准备白天把战友的遗体,先集中隐藏起来,然后回指挥部或是找到当地群众,在夜间进行认真的收殓和安葬。

他们选择了离古寨堡有半里路的一个山洞,作为集中点,然后把牺牲的战友搬进山洞里。在牺牲的战友中,他们找到了陈大雷,找到了奉命救护王淑贞的小李,也找到了王淑贞。

"全都牺牲了,"田立春看着王淑贞的宁静的苍白的脸和满身的血迹,沉痛地说,"她是个勇敢的姑娘啊!"

肖应良满怀崇敬地在王淑贞面前,致哀般地站了许久,然后沉重地叹了口气说：

"我们把她抬走吧！"

"我来背她，我力气大。"

田立春说着，就粗手重脚地去拉王淑贞无力的垂着的胳膊，他用力过大。疼痛使昏迷中的王淑贞哼叫了一声。

肖应良和田立春同时惊喜地喊了一声：

"活着！"

田立春猛然把王淑贞的胳膊放开了，缺乏战场救护经验的他，不知道如何办好了。

"快，先把她背到树荫下去。"肖应良说，"我们把牺牲的同志安排好，就抬着她一起走！"

他们隐藏了战友们的遗体后，就背着王淑贞走下古寨堡。肖应良发现王淑贞的伤口仍在流血。她的伤口虽然经过罗雄的包扎，但是包扎得太匆忙了。如果背着王淑贞满山遍野地去找部队，那是万万不行的，王淑贞需要紧急救护。

"我们想法抬着她走吧，那样她可以平躺着，会好一些。"肖应良实在想不出更好的办法了，"背着她，伤口老出血不行！"他把王淑贞轻轻地放到草地上。

"哪儿去找担架？"

"我们绑一个！"

"绑一个？"田立春没有学过战场救护，不知这个担架在没有材料的情况下如何绑法。

"你在这里看着淑贞，等我。"

肖应良也不向田立春多作解释，抽出挎在腰上的刺刀，向着一片竹林走去。……

不一会儿，肖应良扛着三根胳膊一般粗的大毛竹和一捆藤条，气喘吁吁地跑回来了。他把毛竹和藤条向地上一丢，对田立春说：

"来，把上衣脱下来。"

"上衣？"田立春不明白肖应良的意思。

肖应良点点头"嗯"了一声，自己先把上衣脱下来了。田立春也脱下来了。

肖应良把两个上衣的纽子扣好，把两根截好了的竹杠从衣襟里穿到两个袖筒里去，两个上衣下摆对着下摆，领口向着两头，然后两头用横竿一撑，用藤条一绑，一副简单而又轻巧的担架就制成了。

……

肖应良和田立春抬着王淑贞翻山越岭向伏虎岭东麓走着。他们已经一天没有吃一口东西了，但他们忘记了饥饿和劳累，一心想快些找到指挥部，把垂危的王淑贞救活。

一直到傍晚时分，他们在山林里正好碰上了彭志超医生和两个护理人员。

肖应良当看到彭志超的时候，他把担架往地上一放，狂喜地叫了一声"这可好了！"就两腿一软，哐咚一下跌在地上，一头扎在草窝里。

"怎么了？怎么了？"田立春看看肖应良倒下去了，惊慌地叫着，但他也忽然觉得头昏目眩，一屁股蹲了下去……

他们两个又饿又累，全都昏睡过去了。

两个护理人员慌了，急忙赶过去扶他们。

彭志超清楚他们两人突然跌倒的原因，所以并不过分慌张。他吩咐护理人员，先不要去动他们，让他们休息一会儿，赶快支起两个小铁筒，一个做饭，一个烧水，自己便打开药包给王淑贞敷药，包扎伤口。

在彭志超的救护下，王淑贞又苏醒过来了，她困难地呼吸着，蒙眬的眼睛逐渐清晰起来。她认出了彭医生，嘴唇动了几动没有说出话来。

"淑贞，"彭志超喉咙喑哑地安慰她说，"你的伤并不重，很快就会好的！"

王淑贞嘴角上出现了一抹歉意的微笑，声音微弱地说："彭医生，我的药包丢了，还能找回来吗？我要给受伤的同志们去换药，我不该把……"

彭志超眼里猛然涌满了泪水。这个救治过数以百计的轻重伤员的医生，在病人面前一向是像岩石一样严峻的，今天在这个勇敢完成任务而仍在自责的姑娘面前，他却控制不住感情了。但是，一个医生是不能在病人面前流泪的，他猛然扭过头去，一串泪珠洒落在青草上。

"……在识字班上开会的时候，……"王淑贞两眼望着天空洁白的流云，她回想起在识字班对"十字歌"时的情景，没有注意彭志超的表情，仍然断断续续地说着，"少英姐动员我做救护工作，……我那时候还不想干哩，……我今天才知道，是不对的，救护工作也很重要，……很重要……我要去把药包找回来……"王淑贞身体扭动了一下，真的就要挣扎起来去找药包。

"好，好，一定去找回来。"彭志超连忙答应着。

王淑贞脸上出现了一个欣慰的笑容，眼睛却闭起来了。

铁筒里的水开了，另一个铁筒里也散发出米饭的香味。

彭志超抽泣了一声，擦了擦眼中的泪水，吩咐护理员把烧开的热水拿过来。自己用羹匙给王淑贞喂水，让两个护理员摇醒肖应良和田立春，叫他们吃饭。

二

夜里，彭志超一行五人，轮流抬着担架，在山林里看不清路径，

496

走得很慢，直到第二天凌晨，才到达了指挥部所在地。

彭志超把王淑贞连担架，暂时停放在指挥部——猎人的独间小屋里。

一中队的战士们和自卫队员们，听说王淑贞活着回来了，全都拥到指挥部来，在猎人的独间小屋外面探听王淑贞的伤情。

当彭志超从小屋里走出来的时候，战士们一齐围了上去，齐声问道：

"彭医生，怎么样？没有危险吧？"

"她能说话了吧？"

"她可吃东西了？"

"我们能看看她吗？"

"不行！"彭志超严峻地说，"病人需要安静！"

"彭医生，"战士们并不在乎彭志超的态度，焦急地祈求说，"你可要想法救活她啊！你可要尽心啊……"

"你们这是什么话？'想法救活她'……"彭志超以一个医生特有的严厉，打断了这个战士的话头，生气地说，"我比你们哪一个不更着急啊，大家快回去吧，围在这里乱吵吵，对病人没有好处。"

彭志超说完，挥了挥手，让大家散开。但他并不管大家听不听他的，就急匆匆地从人群中间走过去，给王淑贞安排住处去了。

……

在没有正式安排好病房之前，王淑贞的担架暂时停放在指挥部里。吴可征、周威、黄六嫂和罗雄全都守护在她身边。

王淑贞又苏醒过来了，她听到人们轻声的说话声，这些声音，都是她熟悉的，这里边有党代表和总指挥的声音，有黄六嫂和罗雄的声音。她睁开眼睛，像隔着一层迷雾，透过这层"迷雾"，她看到了这些亲切的面孔。她被伤痛折磨得苍白而瘦削的脸上露出了淡淡的微笑。这微笑带着她平时那种顽皮泼辣的神采，带着几分稚气和任性,如同严冬里斗雪傲霜的一枝蜡梅,显得特别秀丽清新和生意盎然。

"党代表,总指挥……"王淑贞深情地叫了一声,"我当见不到你们了,我是准备去和阎王老儿干架的,我怎么能离开你们呢?看,阎王老儿又放我回来了……"

"淑贞,你不要多说话。"吴可征看见王淑贞说话很困难,关切地说,"彭医生要你好好休息。"

"我不要紧,你们都放心吧,"王淑贞反而在安慰别人,"我现在知道了,阎王老儿不敢收留我,怕我抽他的筋,剥他的皮,砸他的阎罗殿。"她轻松地笑了笑,然后又严肃而歉疚地说,"总指挥,我的任务完成得不好,……我从牺牲的同志身上一拿到给罗中队长的命令,又急又慌,把药包给忘了,……一个护理员,丢了药包,就像一个战士丢了武器。……"

王淑贞的形象,在周威的心目中,陡然高大起来,闪着灿烂的光辉。周威对她深深地敬佩着。王淑贞—— 一个普通的农民自卫队员;他——农民自卫队的总指挥。他自豪,因为他的自卫队员是好样的;他惭愧,因为他觉得自己不如王淑贞。

"不! 不!"周威半蹲在王淑贞的担架前,眼里滚动着泪珠,冲动地说,"你是一个好队员,你完成了额外的重要任务,你是好样的!"

王淑贞说:"什么叫额外的……"

"你是护理人员,可是,你却穿过敌人的包围送命令,并且受了伤……"

王淑贞摇摇头不赞成地说:"不,我是一个共产党员,只要是革命工作,全是我的任务,没有一个任务是额外的。……我要对得住'共产党员'这个光荣的称号。……"

"淑贞,你说得好啊!"周威听了王淑贞的话,激动地说着。然后又冲动地转过身去，紧拉着吴可征的手，说："共产党教育出了多少好人啊！"

……

彭志超已经把王淑贞的住处收拾好了，她被安排在一个临时搭起来的小竹棚里。

黄六嫂跟王淑贞的担架一起去了。

吴可征和周威送出小屋以外，又回到指挥部里，继续着他们的谈话。

"淑贞同志说得对，"吴可征说，"在生活中，有各种不同的称号，比如说：有大队长，有党代表，有分队长，有战士，有自卫队员，有医生，有护理人员，有教师，有石匠，有木匠……各人都有自己的职责。如果一个医生，只记得自己是医生，那你就会只关心治病；如果一个教师，只记得自己是教师，他就会只关心教学。如果一个人，时刻记住自己是一个共产党员，是一个革命者，他想得就宽了，看得就远了——他在课堂上就是教师，在田野里就是农民，在战场上就是战士，……凡是革命工作，他都关怀，凡是革命需要的，他都努力去做，为革命流血牺牲，为革命战斗到最后一息。……所以，共产党员这个称号是一个光荣的称号。"

"你讲得太好了。"周威感慨地说，"我知道，我现在离一个共产党员还差得很远，可是，我信服你说的这些道理，我拥护共产党的主张，我崇敬共产党员的高尚的品德。"

"总指挥，你的进步还是很快的。"吴可征真挚地说，"我希望你继续努力，争取做一个共产党员！"

"我感谢你的信任和鼓励。"周威说，"你看，我身上还有哪些错误的东西呢？希望你毫不客气地给我指出来！"

"总指挥，你的优点还是很多的，郝大队长经常向我讲起你的长处。"吴可征说，"的确，你也有自己的缺点。在社会上各种旧势力的包围中,受到一些沾染,这毫不奇怪。……"

这时出外侦察的人员回来了,有很多紧急情况要报告。吴可征和周威中断了谈话,听取侦察员汇报情况,研究措施,而后又分头到部队和自卫队去布置任务。

吴可征和周威约好,他们的谈话到晚上再继续进行。

三

夜晚。

松涛的飒飒声和流泉的淙淙声,无休无止地响着,像永远奏不完的乐曲。

指挥部的墙壁上,时明时暗的松明火在微风里颤动着。吴可征和周威促膝继续着白天中断了的谈话:

"我这个人也不知怎么搞的,"周威说,"诚心诚意地想办好事,结果往往上当受骗,我也是一心一意想干革命的,为什么我没有王淑贞进步得快呢? 就她的年龄来说,还是一个只懂得撒娇撒痴的孩子呢,可是,她说出了多么深奥的话啊,说出了人生应走的道路,这真是金玉良言啊!"

"一个人秉性耿直,有正义感,这当然很好,但是,仅仅靠这一点去处事为人是远远不够的。"吴可征说,"你刚才提的问题很好,你说,你也是诚心诚意地要办好事,为什么老上当呢? 为什么进步没有王淑贞快呢? 毛委员在《中国社会各阶级的分析》和《湖南农民运动考察报告》里讲得很清楚,人在社会上是分阶级的,经济地位不同,对革命的态度也不一样。地主豪绅认为好的,贫苦农民一定认为很坏;贫苦农民说好的,地主豪绅一准说很糟。俗话说,'坐轿子的和抬轿子的绝不会想到一起。'如果不用阶级的观点去看事情,就没有是非标准。你认为是做对了的,不一定对,很可能是错了。……"

"你打个比方吧。"周威说。

"地主认为佃户应当交租,而且越重越好,佃户却认为这是剥削,要起来反抗。如果你是站在地主一边,你就会帮助地主催租逼债,如果你是站在佃户一边,你就会帮助佃户抗租抗债,把剥削压迫穷人的地主豪绅打倒,这就叫'阶级立场'。衡量一个人是不是革命,不是看他是不是'好心',而是看他站在哪个阶级的立场上看问题办事情。"

"这个道理,郝大队长一进山的时候就和我说过。"周威说。

"听说是一回事,接受是一回事,完全想通弄懂又是一回事。"吴可征说,"这些道理,在王淑贞来说,一听就懂;可是,因为你和她的经历不同,经济地位政治地位也不一样,社会上的旧东西沾染得比她多,所以接受起这些新鲜事物来就比她慢。……"

"可是,我并不站在地主豪绅一边!"周威稍带为自己辩护的口吻说,"我并不主张地主压迫农民。我举办齐心会打任中元,不也是革命吗? 任中元就是个土豪劣绅大恶霸啊!"

吴可征说,"你打任中元和红军打任中元不一样。你有一个很大的弱点,就是个人恩仇。谁对你有恩,你就感激谁,愿意为他去赴汤蹈火;谁对你有仇,你就恨谁,就和他势不两立,不共戴天,非拼个你死我活不可。……"

周威两手托腮聚精会神地听着。

吴可征继续说:"为什么说你恨任中元和红军恨任中元不一样呢? 红军恨任中元,是因为他是土豪劣绅,是国民党,是镇压人民的刽子手,是剥削人民的吸血鬼。这是阶级的仇。你恨任中元,却是个人的仇! 你不报那一刀之仇,死不瞑目。……"

"好像有点不一样,"周威思忖着说,"可是也差不多。"

"不是差不多,而是差得很多,"吴可征说,"这是有原则差别的。在红军来说,恨任中元和恨周武是一样的,因为他们都是一个窝子里的狼,这就是用阶级观点来看的;而你为什么当时不派兵打周武,还要回兵帮助周武守四岭山? 就是你认为他是你的兄弟,和你没有仇,所以你不能像恨任中元那样恨周武! 这就是用个人恩仇的观点来看的。……"

"现在可不同了。"周威说,"我现在恨周武了,我不是一直在和他作战吗?"

"不错,这说明你有了很大的进步,但是,还没有从根子上彻底弄清楚,你恨他,是因为你识破了他的阴谋诡计,你对他有了仇恨。这个仇恨,在很大程度上还是从个人恩仇出发的,还没有明确地上升到阶级的仇恨。"吴可征说。

"过去,我是有些糊涂。"周威说,"可是那个时候,我不是也救过田世杰吗? 那时,周武就说他是共产党,我为了田大哥,和周武差一点闹翻了!"

"对的,那时你救田世杰,当然是好的,但是,仍然是出于个人的恩仇,你救田世杰,是因为他救过你,你要报恩,并不是因为他是共产党。"吴可征说,"红军刚进四岭山时,农会的骨干分子田雨旺被周武抓了去,还抓去很多农民,你为什么不像救田世杰那样去救他们呢? 那是因为他们对你并没有个人的恩情。……你当时,是以是否对你有恩仇来划分好坏的。"

"是的,过去总是认为'有恩不报非君子,有仇不报是小人'。"周威信服地说,"现在我知道是错了。"

"毛委员说,'**谁是我们的敌人? 谁是我们的朋友? 这个问题是革命的首要问题。**'谁是敌人,谁是朋友,要用阶级的标准来划分,绝不能用个人恩仇来划分。"吴可征又进一步说,"所以,你现在参加革命了,革命的目标多远多大呢? 以前你曾说过,'消灭了任中元就死也瞑目了'——那就是说,个人的仇报了,目标达到了,革命也到头了。不行，我们的革命目标，不是消灭了任中元，消灭了周武、谷敬文就算完了，我们要消灭一切反动派，要解放被压迫被剥削的阶级，解放全中国，解放全人类。"

"这些道理，郝大队长也和我说过，"周威说，"可是我没有想透。"

"是的，这些道理不是一天半日就能想通的，要经过长期的革命斗争的锻炼才能逐步解决。"吴可征又说，"还有，你的第二个弱点，就是个人英雄主义。"

"个人英雄主义？"周威第一次听到这个新名词，"什么叫个人英雄主义啊？"

"比方说吧，"吴可征说，"在打开西屏镇时，你和任中元的白刃决斗，就是典型的个人英雄主义。"

"什么？"周威不同意了，他一直认为和任中元决斗是光彩的行为，是可以引为自豪的英雄行为，现在吴可征竟说他是不对的，他有点受不了，带有几分冲动地说，"难道听任他污辱我不成？ 如果我拒绝他的挑战，我还算什么人呢？ 我不能做胆小鬼、软骨头！"

"任中元是已经抓到手的豺狼了，他向你挑战，你就为了争那一口气去和他拼杀。如果拼死了呢？"吴可征说。

"英雄可杀不可辱，如果我被他杀了，怪我的本领不行，死而无怨；如果我不应战，那比战场上的逃兵还耻辱，我还有什么脸面见四岭山的乡亲们？"周威说得有些激动。

"所以这叫个人英雄主义，你为什么去和他拼命？ 并不是为了革命的需要，而是为了争口气，为了个人的面子而去做无谓的、完全不必要的冒险。有个人英雄主义的人，就很容易被人利用，因为他不是从革命需要和革命利益出发，而是从个人义气出发，从个人面子出发！"

吴可征这些一针见血的话语，使自尊心很强的周威感到很大

的委屈,他反问道:

"那么,你处在我的地位,你会怎么办呢?"

"我会这样说:'任中元,你今天是我的俘虏,是我的阶下囚,你没有资格向我挑战,我要开大会公审你,我不会和你拼杀的。你的刀法再高明,也并不是你的光荣,因为你是屠杀人民的刽子手;我不和你决斗,并不是我的耻辱,因为我是为保卫四岭山人民的利益而战,我要公审后再杀你,给人民除害。'一个人的光荣和耻辱,是看他的行为是不是正义的革命的,而不是看他的本领高低。一个土豪劣绅,绝不能因为他欺压人的本领高强而光荣。一个受欺压的穷苦人,也绝不会因为他被欺压而耻辱。……"

"这个道理我也同意,"周威说,"可是,任中元如果指着你的鼻子骂你怕死,你能受得了吗?"

"他骂我怕死,我就怕死了吗? 我会这样说,'我向你的院子里冲杀的时候我怕死了吗? 你不是躲在床底下被我抓出来的吗? 怕死的是你而不是我!'其实,根本就不要理他这一套,干脆命令把他拉下去算了,和一个被俘了的惯匪,一个临近死亡的坏蛋去拼杀,是不值得的。不客气地说,这是愚蠢的!"吴可征说。

"那么,红军是反对英雄主义了?"

"不,红军也要英雄主义,红军的英雄主义是革命的英雄主义,是集体英雄主义,不是个人英雄主义。"吴可征循循善诱地说,"就拿陈大雷、黄四楞、王淑贞来说吧,他们是不是很勇敢?"

"很勇敢!"

"是不是英雄?"

"是英雄!"

"但是,他们英勇战斗不怕牺牲,并不是为了个人的义气,不是为了个人的恩怨,不是为了争强好胜,更不是为了个人的面子,而是为了革命,为了人民,为了人民的解放。"吴可征说到这里,内心里不禁充满着自豪感，"这些同志不管在战场上、刑场上，都是视死如归，宁死不屈，保持着高尚的革命气节，不让共产党员、红军这些光辉的称号有半点玷污。他们把个人的一切，全部融化在革命的集体中，生为革命而生，死为革命而死，从不考虑个人得失。"

……

周威两手托腮，目光盯视着脚下，凝神沉思，很久没有说话，但是他的内心里却说了千言万语。在沉思中，他把郝大成、吴可征、史少平、宋少英、田世杰、黄六嫂、陈大雷、王淑贞、黄四楞……这些人的行为和他自己的行为进行了对照，又把这些人的行为一一地和吴可征所讲的进行了印证，他逐渐地信服了。

"党代表，你说得太好了。"周威诚挚地说，"我要很好地去学，尽力地去做！绝不辜负你的教诲。"

"总指挥，我相信你在革命的斗争中，在党的教育下，会逐步成为一个真正的革命者，也会成为一个共产党员的！"

"谢谢党对我的信任！"

周威听了吴可征的话语，就像一缕阳光，拨开了心头的迷雾，温暖了他的心，在他眼前展现出一片绚丽的光彩，浑身陡然增添了无穷的力量。……

四

在太平寨小粮仓被烧毁那天，周武接到了谷敬文的一封信，写道：

周团长勋鉴：

欣闻你团攻占伏虎岭，驻军太平寨，甚慰。近来九里十八坪一带形势日紧，暴动烽火大有越扑越旺之势，望汝竭力扩充实力,积极活动,牵制共军,以作我之后援。……

谷敬文亲笔

"去你妈的吧!"周武没有把信看完,就揉成一团扔在地上,踏了一脚。

黄昏时分,侦察人员向周武报告:沙河镇一带没有发现红军和农民自卫队的活动。任洪元的一团已经撤走。周武和二营营长周拐子商量了一番,决定当夜回沙河镇。

"要不要搞一部分枪走?"周拐子提议说。

"向哪里搞枪?"周武已经猜透了几分。

"张彪有一个排单独住在一个小院里,很容易搞。"

"算啦,别再老虎嘴上拔毛啦,再一搞,连我们走也走不利落。"周武苦恼地摇摇头说。

"那太便宜他了!"周拐子恨恨地说。

"算啦,我们便宜了他,共产党便宜不了他,快去准备动身吧。要防着张彪这只狼,不要叫他从背后扑上来咬我们一口。"

午夜时分,周武已经准备就绪,带着他的一营共一百五十余人悄悄地开下了伏虎岭。

"可别碰上农民自卫队啊!"周拐子祷告似的说。他望着黑魆魆的山影,听着飒飒的松涛,他有些草木皆兵了,一种不祥的预感老是袭击着他。

"不会碰上的,红军和农民自卫队不会想到我们在夜里活动。"周武在安慰着周拐子,也是在安慰着自己。

他们走了一个多小时,下了老虎尾,一切都很顺利。周武心里不禁暗自庆幸:"啊,我就要见到我的茶山我的土地了!我要重建我的家园……"想到得意处,他和周拐子说,"谁说我们夜里不敢活动? 难道我们不是在夜里自由自在地活动吗? 你看,四岭山的夜晚,依然是咱们的天下,哈……哈……哈!"

一阵枪声打断了周武的狂笑。

队伍顿时混乱了,乒乒乓乓地打了半个小时,周武才从石头缝里钻出来,心慌意乱地把队伍整理好,清点了一下人数,死伤近二十名。

"这是什么地方?"周武问,这个四岭山的地头蛇,给吓糊涂了。

"在兰田岗附近。"周拐子说。

"记住,这里有农民自卫队,待过几天清剿时,把兰田岗统统烧光!"周武咬牙切齿地发狠说。

队伍丢掉了死伤人员,又默默地出发了。他们不再大摇大摆了,都把枪持在手里,走得很是小心,一边搜索一边试探一边走,又走了五里路。

周武的紧张心情慢慢松弛了,他和拐子腿说:"这些农民自卫队,只能像小孩子一样打偷拳,一到白天,就吓得像兔子一样钻草窝了。"但他没有哈哈大笑,他没有刚下山时那么乐观了。

周拐子没有吭声。

又走了一程,周武问:"这是什么地方?"

"是梅林镇附近。"

"梅林镇!"周武不由一愣,"这里是郝大成的大队部。现在郝大成在哪里呢?郝大成啊郝大成!四岭山你算是再无立足之地了!"

"再翻过五个山头就到家了,"周拐子长长地舒了口气说,"总算顺当!"

"到了家,"周武把这个"家"说得特别真切而又亲热,"先让部队好好休息几天,然后就下乡清剿……"到了家门口了,周武的心情又慢慢恢复了原有的平静。

"咣!咣!咣!"十几颗手榴弹从山崖上对准敌人的脑袋摔下来,落在保安团的队伍中爆炸了。

又是一阵混乱，一直打到拂晓，枪声才慢慢停止。红军和农民自卫队早已无踪无影不知去向了。周武清点了一下人数，站队的还不到一百人。一块手榴弹片打进了法慧和尚的秃脑袋，他还没有看到他的白云寺的塔顶，就上了西天。

晨雾蒙蒙……

周武来到了沙河镇附近，一路上由于遭到了两次伏击，他不敢在浓雾里贸然进入自己的家，也后悔不该在夜里行军，可见"夜里是红军和农民自卫队的天下"的说法并非谬传。他命令部队原地休息，等待晨雾的消散。

越走近自己的家，周武就越发心怀鬼胎，原有的狂想和乐观情绪已经消逝了。他心慌意乱黯然神伤地想道："我的家成了什么样子了呢？"

上午九时，晨雾散尽。周武凄然地回到了沙河镇——他的老家。

周武的房子依然健在，但却变得面目全非了。这是三十二旅匪兵居住的结果。他们前天刚刚撤走。墙壁上挖了很多枪眼，院子里布满了人屎马粪，家具全都东倒西歪缺腿少胳膊地散乱在地上，整个院子就像盗尸贼挖烂的坟坑一样，零乱、肮脏而又阴惨。

周武木然地站在院子里，心里充满悲哀和仇恨。虽然他从枪眼和马粪上看出是三十二旅匪兵光临过他的贵府，但他仍把仇恨全部倾注到红军和群众身上："我要把失去的一切全夺回来！"他恶狠狠地想道，"我要恢复得比原来还好！"

他站在自家门槛上，打起精神，向周拐子吩咐道："立即把寨门关闭，我要在沙河镇来一次大搜捕。"但他又想到自己的家实在没法落脚，又补充说，"派二十个人来给我打扫房子，把沙河镇所有的好家具全给我搬来！"

五

周拐子按照周武的命令，分配四十个人到四个寨门去担任警卫，又派二十个人去给周武打扫房子，还剩下三十余人由他带领，以搜罗周武家的家具为名，在沙河镇开始了抢劫，全镇上立即鸡飞狗跳，大人哭孩子叫地乱成一片。

马义山带着十个人来到了南门，远远看见门洞里坐着一伙老乡，有的在安闲地吸烟，有的在兴高采烈指手画脚地闲聊说笑。

"滚开！"马义山呵斥道，"什么地方不好蹲？"

这伙农民慢腾腾地站起来，从容地说："别发火啊，老总，"但他们猛然从怀里抽出武器大声喝道，"举起手来！"

马义山见势不好，转身跑了几步，拱进寨门附近的一间小屋里，刚一抬头，就看见一个妇女手持柴刀，对他劈了下来。他把脑袋一偏，柴刀削掉了他一只耳朵，砍中了他的肩膀。他大叫了一声，又从门里翻倒在街上。这位妇女立即赶出来，去拾他摔在地上的短枪。

马义山认出了这位妇女是谁，就哀求道："朱二嫂，饶我这条狗命吧，害死朱二哥是周武逼我干的！"他一边哭着一边在地上翻了个滚，摸起手枪向朱二嫂射击，但二嫂的柴刀早到了半秒钟，他的手还没有来得及把扳机勾动，就被二嫂当头劈了一刀，这个作恶多端的坏蛋哼叫了一声就躺在自己的血泊里了。

南门的敌人很快被解决了。其他三个寨门也都落了同一个下场，全被埋伏在寨门附近的农民自卫队解除了武装。

周武亲自指挥着二十名匪兵打扫房子，担水的担水，扫地的扫地，弄得满院子尘土飞扬。

忽然大街上响起了枪声。

周武正在发愣,这时在寨子里替周武抢劫桌椅橱柜的周拐子,满头大汗地跑进来说:"不好了,农民自卫队全都藏到镇上来了!快跑啊!"

周武的头上就像猛然响了一声霹雳,昏头昏脑地问:"农民自卫队?藏在哪里?是不是郝大成来了?……"

"不,是周威和宋少英,我看见他们了……"

"快,我的马呢,你干吗不早来说呢?快!"周武急得直跺脚。

马弁牵过两匹马来,周武已经吓得浑身打战,脚伸不到马镫里去,卫兵们好不容易才把他扶上了马。

"跟我跑!"周武慌乱地发着命令,但他并没有看看卫士们是否跟在身后,就策马向南门跑去,周拐子骑着马紧紧跟随着他。

"站住!"

"打啊!"

他们身后响起了喊声,接着枪声响了。

王大发对着周拐子打了一枪。被打中的周拐子嚎叫了一声,从奔跑的马上滚落下来,倒撞到大街上。周拐子的马惊啸了一声,从周武的马旁边飞跑过去,歪斜到一旁的马鞍正撞在周武的腿上,周武也从马上跌了下来。

周武在地上翻了几个滚,稳住自己的身体抬头一看,周威手持雪亮的宝剑站在他的面前,用愤怒的眼睛直瞪着他。

"大哥!我错了!"周武半跪在地上凄声地哀求道,"看在祖先的分上……"

"住嘴!你不是人,"周威怒不可遏地说,"你是个败类!"

"看在兄弟的情分上,饶我这条狗命吧!"周武一把鼻涕一把泪地继续哀求着。

"我不是你大哥,你也不是我的兄弟,我们是势不两立的仇敌!"

"大哥,你要把我怎么样呢?"

"我要把你交给四岭山的人民来审判!"

"大哥！你真的不讲情义吗?"周武收住了他的眼泪,两眼闪出毒蛇似的冷光,"我有一件东西留给你吧!"他从怀里猛然拔出了手枪,对准周威的胸口打了一枪。

"畜生!"就在枪响的同时,周威骂了一声,把他的宝剑刺进了周武的胸膛。

"周武把总指挥打伤了!"农民自卫队员们跑了过来。

"替总指挥报仇啊!"农民自卫队员们纷纷喊叫起来。

周枫森含着泪水,向周武连连打了三枪,然后把周威抱在怀里,哽咽着说道:"总指挥,怪我来晚了一步!"

"孩子,别难过,我现在死也瞑目了。任中元死了,今天我又亲手杀死了这个坏蛋,总算解了心头之恨了。孩子,死在敌人的枪弹之下,是没有什么可抱怨的,……宋少英同志呢? ……我有话和她说,……"周威的声音变得微弱了。

宋少英正在指挥农民自卫队员们解决大街上的匪兵,听到总指挥受伤的消息,便急忙赶了来,并吩咐立即准备担架。

"总指挥,你醒醒。"宋少英沉痛地蹲俯在已经昏迷过去的周威的身边,急切地呼唤着他。

周威的脸色变得灰白,他醒转来了:"少英同志,真遗憾,我可能见不到党代表了。……"

"总指挥,你伤得不重,你会好的!"少英在竭力地安慰着垂危的周威,"我已经派人去找党代表去了。……"

"不要派人去了,他和黄六嫂在沿路伏击敌人很辛苦,不要叫他赶着往这里跑了,只是有一句话你要转告他,……"

"总指挥,你说吧!"少英难过地说,她知道这位可敬的老人的生命,已经延续不了多久了。

这时响起了吴可征的焦急的声音:"总指挥呢?"

吴可征在农民自卫队员们的指引下,奔跑了过来,黄六嫂也奔跑了过来。

周威已经听到了吴可征的声音,他如释重负地说:"党代表来了吗?"

"我来啦!"吴可征俯在周威的脸上,关切地问:"你觉得怎么样? 安心休息吧,你会好的!"

"党代表,……你的手呢? ……"

吴可征把手伸给周威,并紧紧地握着他那已经变得有些僵冷的手。

"党代表、黄六嫂,……我叫毒蛇咬了,……世上最毒的蛇。"周威激动起来。

"你不要多想了,身体要紧!"吴可征一面安慰周威,一面对宋少英说,"快准备担架。"

"已经准备了。"宋少英说。

这时临时用门板做成的担架,已经由农民自卫队员们抬着飞奔过来。

"不,不用了!"周威微笑着,做了个坚决的手势,"我要说完心里的话,恐怕没有多少时间,就要和你们长辞了。我真悔恨,直到现在,我的眼睛才算亮了,……开头,我把他当成亲兄弟,把他当成自己人;而后我才慢慢看出他们心怀奸诈,是坏人;后来我就看得更清楚些了,他们是恶人,是禽兽;直到今天,他临死还咬了我一口,啊,这条毒蛇……我总算把他砍断了! ……"

周威喘吁吁地说着,声音渐渐微弱下去,但他把吴可征的手握得更紧了。吴可征知道任何安慰的话都是不需要的,只是揪心地望着周威已经开始混浊了的眼,听他把心里话说完。

"党代表,你替我向郝大队长告罪吧,我曾经误解过他,这是我终生所遗憾的,……可惜我不能当面向他致歉了。……"

吴可征本想劝阻周威,叫他不要为这些事情激动,但他知道这是办不到的,只好静静地听着这位总指挥的永诀前的留言,临终时的遗嘱。

"……党代表,临死前,我能和一个中国共产党党员握手告别,这是我三生有幸啊!……你对我讲的那些话,我都铭记在心头,一句也没有忘啊。……"周威的混浊的眼睛陡然闪出期待和希望的神情,"党代表,可惜我看不到谷敬文和任洪元的下场了,可是,我相信,他们一定会被我们消灭的;我也看不到我们四岭山根据地的遍地红旗了,可是,我相信,毛委员开创的井冈山道路是一定会胜利的……"

周威缓了一口气,又继续说:"……本来,我还有一个没有说出口的心愿,现在,我不能不说了。我知道我离一个共产党员的条件,还差得很远,可是我向往'共产党员'这个光辉的称号;还有,我想去看一看井冈山,见一见给我们指路的毛委员。……我相信,我们唱的那支山歌——沿着毛委员指引的道路走,千山万山都红遍!……"

周威聚集起最后的生命力,继续说,"我想看一看革命的……红……红旗!"他的声音好像从遥远的地方传来的,又在远处轻轻地消逝了。

"把红旗拿来!"黄六嫂向农民自卫队员们喊着。

"我死之后,"周威的声音更加微弱了,"把我埋在高山之巅,好让我看到四岭山满山遍野的红旗啊!"

"总指挥!你不能死!"周枫森声泪俱下地喊了一声,扑到周威的身上。

"好孩子!"周威的手微微动了一下,他想去抚摸周枫森,但他已经不能动了,"你在共产党的教育下,会成为一个共产党员的!我放心了……"

红旗拿来了,它在灿烂的阳光照耀下,在周威的眼前飘展着。周威的眼里顿时充满了泪水,他想伸手去抚摸这战斗的旗帜,但他已经无力举起他的手了。他还想说什么,但他的喉咙已经发不出声音来了。他所能做到的是眼里闪出一阵火花似的光辉——这是红旗所映照出来的,嘴角上绽出一丝笑容。他眼睛里的光辉很快暗淡下去了,笑容却长久地凝定在他的嘴角上。

黄六嫂眼里噙着泪水,把总指挥的宝剑放在他的手边。

六

张彪独霸太平寨之后,开头很是自得。但是,他把周武丢下的小粮仓中没有烧完的粮食吃光以后,烦恼的事情便接踵而来。开头几天,张彪命令部队以一个班为单位,分头下山抢粮。但是粮食很难抢得到,匪兵却损失了不少,有的被农民自卫队干掉了,有的开了小差。张彪像一只被逼得走投无路的疯狗,整天酗酒,打骂士兵,到各山村烧杀抢掠,进行报复。

吴可征、罗雄和黄六嫂共同商议:认为消灭张彪必须调虎离山,只可智取,避免力敌。方针既定,吴可征就选择了一个便于伏击敌人的峡谷,以便把张彪引进峡谷予以歼灭,同时派一部分红军埋伏在太平寨附近,等张彪一下山,便把太平寨占领,使张彪无处可退,处于四面受围的境地。……

这一天张彪在小酒店里听到一个消息,说是在伏虎岭下,南北岗之间的一块凹地上,有农民自卫队坚壁的一个大粮仓,只是有农民自卫队守卫着,人去少了恐怕不行。张彪不信,便派了一个排去,结果被打死了十几个人,便退回来了。

抢粮的匪兵们为了推卸责任，便说粮食很多，抢了粮后只顾背粮，妨碍了战斗，所以才打了败仗。如果不赶快去抢，农民自卫队把粮仓转移了，那就没处找了。

张彪立刻决定全营出动，只留下少数人守寨，一举把粮食抢运上山。匪兵们凌晨出发，十点钟左右，张彪就进入了凹地，他们全都落进吴可征预设的伏击圈内。当匪徒们挤成一团乱纷纷地挖掘粮食的时候，战斗猝然爆发了。

我军的土炮、猎枪、步枪、手榴弹一齐向聚集在洼地上的匪兵轰击。有些匪兵丢掉锹镐，还没有来得及举起步枪就被打倒了。

"冲啊！"吴可征、黄六嫂和农民自卫队员们一齐向山下冲去，张彪的队伍失去了指挥，纷纷地四下乱突。农民自卫队员犹如暴雨后的山洪，高喊着"缴枪不杀！"的口号，向洼地上奔腾，大有地裂山崩之势。

大部分匪兵看看已经陷入绝境，没有生逃的希望，便缴枪投降了。只有张彪带着二十多个人，冲开一条血路向伏虎岭奔逃。

在伏虎岭的老虎尾上，张彪碰上了一个从太平寨跑出来的匪兵，向他报告说："张营长，你带着队伍下山以后，太平寨就叫红军占了。……"

"胡说！哪里来的红军？"张彪不相信会有这种事，"我怎么没有听到枪响呢？"

"弟兄们没有防备，来不及开枪，就……"

"他妈的，"张彪一个耳光打过去，"都是饭桶！"然后他对跟在身后的二十几个匪兵大声喊道："走！跟我去把太平寨夺回来！"

张彪像受了伤的野兽一样，又暴躁又凶狠，他带着队伍沿着老虎尾向上冲，没跑多远，就迎面射来了一排子弹，他的帽子也被打飞了，这一下使他吃惊不小，他高喊了一声："退！"

刚转回头去往老虎尾下跑，迎面又响起了枪声，原来在洼地上的农民自卫队,解决了残余的匪兵后又追上来了。张彪落入了腹背受敌的困境。

"困兽犹斗",张彪挥舞着他的匣枪左冲右突,已经受了几处轻伤。当他知道没有冲出去的希望时,便负隅顽抗。张彪蹲在一个乱石坑里,向着自卫队员和红军战士射击,有三个战士被他打伤了。

罗雄便命令部队注意隐蔽,停止攻击,仔细地观察着张彪的隐身处,沉着地等待着。"要有勇有谋","不能光知道冲冲杀杀!"郝大成的声音在罗雄的耳畔震响着。罗雄运用起智谋来了,他向着张彪隐伏的乱石堆打了一枪,告诉张彪这边有人,接着就用短枪举着自己的军帽在岩石上一晃。

"叭!"从张彪隐蔽处打来一枪,帽子被打飞了。

罗雄用这种火力侦察的方法,发现了张彪的隐身处,是在乱石堆的左边些。他紧紧地盯视着,等待着。

张彪沉不住气了,提着匣枪猛然从石头缝里跳起来,准备向外冲。他还没有跨出第一步,罗雄就对他打了一枪。这个凶狠残暴的野兽嚎叫了一声,就狗吃屎地扑倒在乱石堆上了。

第五十三章 突 袭

一

郝大成所带的四个红军中队,在密林里隐伏了一天。黄昏时分,便从白云山南麓出发,翻山越岭,向崖头沟疾进。二更时分,部队到达了南屏山下。

郝大成命令部队休息,并做好战斗准备。自己便带着王尚青从密林里走了出来,到约定地点,和史少平取得联络。

这个联络地点,就是郝大成第一次下南屏山时,碰见小铁柱的那个岔路口。

史少平和小铁柱已经等在这里。

小铁柱像只小猫一般,蹲伏在史少平身边,焦急地等待着,然后忍不住轻声嘀咕说:"怎么还不来? 天都快亮了!"

"别乱说,连半夜还不到呢,看把你急得真像只小猫!"史少平抚摸着小铁柱的乱蓬蓬的头发。

"能来吗?"小铁柱不放心地问。

"怎么不能来? 郝大队长说来,就一定能来。"

"我真想郝大队长!"小铁柱好像有一肚子话要说。

"不要讲话了。你听!"史少平轻声地制止着。

近处传来了脚步声。

"来了!"小铁柱顽皮地说,"你不要说我在这里。"接着就蹲到草丛里去了。

史少平在树后拍了三声巴掌。

来人也拍了三声巴掌。

史少平从树后走出来,星光下,他认出了王尚青的身影,轻声地唤道:"小王!"

"少平!"王尚青轻声说,"大队长来了!"

接着郝大成从树林里走出来。少平迎上去,然后又和郝大成走进路边的树丛里。

这时郝大成才问:"和纪松田同志联系好了?"

"找到了郑大伯。"史少平向郝大成简略地报告了到崖头沟以后的情况。

"摸掉北门的岗哨不会有什么问题吧?"

"马贵和王十九他们有敌人的通行证,再说,是从寨门里面向外摸,把握就更大些,敌人总是只注意寨门外边的。"

"敌人情况怎么样?"

"麻痹得很,我们几个人在街里走来走去,敌人并不注意我们。"史少平说,"他们认为游击队不敢动他们。"

"是啊,占领了白云山后,任洪元的头脑有些发昏了! 写那封劝降信就是他心理的最好说明。"郝大成说到这里又问道:"联络信号怎么规定的?"

"是三声猫叫。"

"猫叫?"

"咪唔! 咪唔!"郝大成身后响起了猫叫声。

郝大成一回头,一个孩子猛然扑到他的怀里。

"郝叔叔! 我可想你啦,我爷爷天天盼望你们来呢!"

"是铁柱呀!"郝大成亲昵地拍拍小铁柱说,"好个小猫儿,叫得还怪像呢! 你爷爷好吗?"

"可壮实啦! 爷爷总是说,'闹革命啦! 我也变年轻啦!'郝叔叔,这回来了还走吗?"

"还要走。"

"还要走?"小铁柱有些失望了,"还走到哪里去?"

"哪里有白狗子,咱们就到哪里去啊!"

"我跟你当红军去好吗?"

"你为什么当红军呢?"

"干革命啊!"

"你现在不是已经干革命了吗? 自从咱们一道去打汤三磙子,你不就参加了革命了吗?"

"这算什么革命呢?"小铁柱不屑地说,"学学猫叫,咪唔,咪唔,就算革命吗? 我要和你们一样,真刀真枪地和白狗子干,那才叫够劲呢!"

"真刀真枪地干! 好,小铁柱有志气!"郝大成微笑着称赞说。

"小铁柱,"王尚青羞他说,"你还想当红军呢! 你不看大队长有急事吗?"

"唔!"小铁柱从郝大成的怀里脱出来,他不再缠着大队长了。

郝大成又问史少平说:"敌人的兵力部署全搞清了?"

"搞清了。"史少平又把敌人的兵力分布和位置说了一遍。

"这样,"郝大成果断地指示史少平说,"战斗一开始,你就带一个分队,袭击旅部的骑兵排,搞到敌人五匹马,然后,换上敌人的服装,别的事情你都不要管了,立即到豹子山去,越快越好!"

"去找我爸爸?!"史少平已经猜出了郝大成的意图,十分振奋。

"对! 见到你爸爸后,就说我们袭击了任洪元的旅部之后,马上赶往谷家寨,请游击队做好配合我们作战的准备,给谷敬文来一个突袭之后的突袭! 如果县委离你爸爸不远,最好向县委报告请示一下,取得县委指示,如果来不及,就只好以后再报告了。"

"我懂了。"史少平说,"我一定完成任务!"

"小王!"郝大成吩咐道,"去通知各中队,立即把部队带到这里来,准备战斗!"

然后,郝大成又把小铁柱拉到怀里说:"等会就看你的了,看你叫得像不像。"

小铁柱也学着史少平的口吻说:"我也一定完成任务!"

这时路上又响起击掌声,史少平说:"大概是郑大伯来了。"

果然,郑万春和纪松田一齐到了。

二

浓重的夜色笼罩着崖头沟,戒严后的大街上异常寂静,没有灯火,没有犬吠,没有人声,有几队匪兵在来往巡逻着,偶尔响起问答口令的喊声。这低沉的口令声,更增加了夜的阴森气氛。

在这静寂的夜里,崖头沟只有两处最为喧嚣,一处是崖头沟西头的小酒店,一处是任洪元的旅部。

在酒店里聚集着特务营的一些副官、连长和特务长们,他们既不站岗也不放哨,也不受戒严令的限制,所以他们可以酗酒、打牌、赌博,一直到天亮。这里充满着烟酒的气味、粗俗的吵骂和下流的哼唱。

在任洪元的指挥部里却是大张酒宴,洋溢着另一种气氛。

在任洪元的宴席上,有旅的参谋长、参谋、副官、处长和一、二团团长。

冯自信出使太平寨,因为见到了吴可征和周威,引起大家的兴趣,他成了宴席上的显要人物了。

在宴席一开始的时候,任洪元就用他戴着钻石戒指的瘦骨嶙峋的手,给冯自信斟了一杯酒,以表示对他这次出使归来的赞赏。这不能不引起席上的参谋长、参谋、副官、处长、团长们的羡慕和嫉妒。

继任洪元之后,那些幕僚们都轮番给冯自信敬酒,他们脸上露着甜蜜的笑容,心中却含着一股说不出的酸味。当他们的酒杯"当啷"一声和冯自信的酒杯相碰时,不禁心中骂道:"你这个混小子,真他妈的走运！可是你不过是个绣花枕头,能干出什么大事来呢?"但是,都没有骂出嘴来,相反地却恭维地说:"冯副官,这次出使,马到成功,佩服佩服！"

"岂敢,岂敢！"冯自信满脸春风客气地说,"这次成功,全赖任旅长之声威！"

"自信,"任洪元也心满意足地说,"你把吴可征的信念给大家听听。"

"好的！"冯自信慢慢地把吴可征的信展开,因为这是他出使太平寨的重大成果之一,他念得很郑重:

三十二旅旅长任洪元阁下:

来函知悉。一俟郝大队长回太平寨后,即行研究。根据来信之内容,我们一定会做出相应的措施和行动的。届时即行奉告。

专致

勋安

红军大队党代表　吴可征谨启

×月×日

"这是什么意思呢?"一团团长刘玉龙首先对冯自信的重大成就表示了怀疑,"一定会做出相应的措施和行动,不可理解！"

"有什么不可理解的呢?"冯自信激动起来,解释说,"显然是来谈判投降嘛！"

"不过,据冯副官所谈,似乎是容易了些。"二团团长张守志把酒喝干之后,半吞半吐地说,"郝大成、吴可征并非无能之辈。……"

这又是一个大煞风景的疑问,冯自信脸色一沉,很不高兴地说:"团长先生,你这种想法不知根据何来!"

"怎么没有根据?"张守志听出冯自信对他的讥讽,他也有些火了,"我们和郝大成、吴可征并不是打了一次交道,那时郝大成羽翼未丰,立足未定,尚且不能奈何他;任中元、周武全都不是他的对手,谷敬文虽然野心勃勃,却畏郝、吴如虎。现在郝大成不仅军事力量已经壮大,而且在四岭山有了深厚的根基,绝非昔日可比。只凭一纸书信和冯副官的辩才,红军就会降服,我实在不敢轻信。"

张守志的见解,引起在座的军官们的同感。

"张团长说得是有道理的。"有个参谋附和说,"共军一向狡猾无比,多谋善变,我想,这封信,倒有点像是缓兵之计。"

冯自信听了之后,屁股在座位上扭动了几下,觉得很不舒服。

"南山口之战,虽不算激烈,却也看出红军的顽强,几个小时之内,我们就伤亡了一个连。我军在攻占南山口的时候,"刘玉龙回想着当时的情景说,"我们十几个人围攻一个受重伤的红军,尚且不能活捉,最后他扑到我们士兵身上,用牙咬,用手卡,和要活捉他的人同归于尽。可见郝大成绝不会轻易来降,在红军投降未成事实之前,绝不能抱过大希望!"

张守志和刘玉龙对冯自信的"重大成就"表示了怀疑。这种看法,在席间渐渐占了上风。作战处长,用力地吸了几口烟,用食指弹了弹烟灰说:"吴可征的这封信,若说是一个缓兵之计,似乎有些牵强,我看倒有点像巧布疑阵,想把我们引入迷途。"

有几个人点头,表示赞成这个意见。

冯自信已经怒不可遏,他认为对他的叙述、渲染、估计的怀疑,就是对他人格的污辱,就是嫉妒他出使的功劳。他猛然把酒杯往前一推,跳起来说:"我只是说吴可征准备和我们谈判,并没有说就是投降……今天诸位多方挑剔,我实在不能理解……"

冯自信还想继续说下去,但任洪元却及时地制止了他,并用深思熟虑的声调说:"各位所言皆是,这次冯副官未能见到郝大成,是一件莫大的憾事。其实,我对红军的投降并不抱什么希望,只不过是以劝降为名,去侦察和试探他们的虚实,这才是我们的真正目的。这个目的是已经达到了,冯副官提供的军事情况就可以说明这一点。至于吴可征这封来信的真意何在,我们是要推敲。到底是同意谈判,是缓兵之计,还是布的疑阵呢? 似乎也可以这样理解,也可以那样理解,诸位还可以各抒己见!"

冯自信一边听着顶头上司的高论,一边搜寻着有说服力的理由,准备为他的判断辩护,这时却有一位军官替他讲话了:

"郝大成四面被围,不能不感到穷途末路。他虽然英勇善战,也难免顾此失彼。他在洪雷谷坚守,白云山则丢失,这就是证明。郝大成虽然僵硬,却很听信吴可征的话,既然吴可征表示愿意商谈,事情就有八分可靠。太平寨现在十分空虚,我军矛头所向,唾手可得,红军有意投降,毫不足怪! ……"这位军官有意阿谀奉承,便借题发挥,"过去,谷敬文参战,虽使郝大成屡陷绝境,但只是一味追剿,迫使郝大成铤而走险,死不投降。如今旅长软硬兼施,刚柔并济,以攻心为上,一面给予军事压力,一面伸出宽大之手,网开一面,蝼蚁尚且贪生,何况人乎? ……"

这位军官的发挥,指出了任洪元本来模糊的思想,提到了原来没有达到的高度,任洪元不禁微微点头,冯自信更是喜形于色。

但是刘玉龙并不服气,他说:"白云山之战,我军虽然旗开得胜,但红军并未受到重创,最多不过有十几个人的伤亡。洪雷谷虽然连日激战,共军凭险顽抗,损伤并不严重,最多也不过四五十人,并且可以从农民自卫队里得到补充。现在郝大成手里最少有四个红军中队,他在哪里,真是天晓得! 更加有农民自卫队的配合,轻视不得！……"

"唔，刘团长只知其一，不知其二。"任洪元说，"郝大成虽有四个中队在手，可是机动的兵力没有，处于顾此失彼被动应付的局面，分散兵力，一向为兵家所忌，若是郝大成把主力集中在一起，也许是一块硬骨头——不大好啃。现在他四处防守，就不足为虑了！……"

"凭什么说郝大成是四处防守呢？白云山的撤退，不正是他集中兵力的表现吗？"张守志十分不恭地反驳了任洪元的意见。但是任洪元已有八分醉意，张守志的语调他并没有辨别出来。

"哈哈！你把郝大成白云山的溃败说成主动撤退了！"任洪元大不以为然地说，"你太看重郝大成了。他能算什么军事家？他能懂得什么叫战略战术呢？你请他来，叫他写写'战略战术'看看！哈……哈……"任洪元停止了他的哂笑，一脸庄重地说，"说实在的，当局调集五团之众，来对付区区的四岭山区的五个中队的红军，我总认为未免小题大做，来和这些没有经过军事学校和任何训练的造反的泥脚杆子打仗，简直有伤我们军人的体面！"

几杯醇酒下肚，任洪元变得忘乎所以了。

"红军一向善于声东击西，神出鬼没，我们不能不防。"

有的军官并不像他们的旅长那样乐观。

"谨慎固然需要，但过分谨慎却是一种怯懦的表现。"任洪元说，"当一只兔子被狼追赶的时候，狼是不需要顾虑兔子会翻转身来咬它一口的。"

"现在，郝大成还没有到无路可走的境地，"参谋长仍不能完全放心，他回想起了白马山峡谷突围以来，郝大成的历次军事行动，"他是善于在我们意想不到的地方出现的。"

"参谋长！你说的这一些我都考虑过，我甚至想到郝大成会给我们一个假象，使我们麻痹大意，然后，他出奇兵来袭击我们。"

"旅长所虑甚是。我就是怕郝大成来这么一手。"

"可是，你只是想到了一，并没有想到二。"任洪元扬扬自得地说，"你想，他能袭击我们什么地方呢？两个团兵力都很集中，显然他不会去碰，那么就是来袭击我们旅部了。可是他从哪里出山呢？从南山口？不可能；从泥鳅沟？我早给他堵了。他出山只有一条路，从青龙山；青龙山离我们这里有两天的路程，况且谷敬文还有一个团守在青龙山，青龙山就那么好过？要说袭击嘛，他倒有可能袭击青龙山！……"

参谋长被任洪元的这一套道理折服了，喃喃地说："郝大成的作战意图是什么呢？即使逃跑吧，他的去向是哪里？这在我们来说，还是个未知数。我们应该摸准才好。"

"他的逃跑方向我已经摸准了。"任洪元大言不惭地说，"只有北荒山是他唯一逃跑的方向。说实话，我就是怕他钻进北荒山里去，那就很难办了，如果派部队去清剿就像大海里捞针，豹子山就是个样子。豹子山比北荒山小得多，可是史太昌的游击队照样活动。所以我写这封信的用意，就是避免郝大成走这条路！"

"旅座高明！"冯自信说，"吴可征就透露过这个意思，在必要的时候，他要到北荒山去和我们周旋。"

"依我看，郝大成只有在万不得已的情况下，才会钻到北荒山去，现在还不到那个地步。就怕他找我们最薄弱的地方下手。"作战处长担心地说。

"这是神经衰弱的人的想法，"冯自信哈哈大笑了一阵说，"有些人好像得了恐郝症！郝大成可能在任何地方出现，却绝不会在我们这里出现。"冯自信自己斟满了酒杯，以军事专家的神态扫视了席间所有的人，然后说道：

"如果诸位冷静看一下当前的局势，就不会产生这些顾虑了。你们看，"冯自信离席走到了墙边，指着墙上的挂图说，"白云山已经完全在我控制之下,所有隘路口均有重兵把守,旅座高明,把四岭山的秘密通道泥鳅沟给他堵了,可见郝大成南窜已不可能;这里,"冯自信用教鞭指着伏虎岭,"洪雷谷口正在告急,郝大成派人送信给吴可征和周威,请求援兵——这是我亲眼所见,绝不是臆测,可见西去也不可能;有可能东进青龙山,让他教训教训谷敬文这只老狗也好。可是谷敬文保安团在那里坚守,虽是条路,但危险仍然很大;可见郝大成只有两条路可以选择,一是投降,二是北逃,进入北荒山……"

"郝大成投降也罢,北逃也罢,反正是我们杯中酒盘中菜了,要吃要喝全在我们了!"

任洪元的话算是给席间争论做了总结,于是大家埋头大吃大喝起来,盘子中的山珍海味又成了谈话资料。

"若是郝大成真的投降了,我们应该好好地庆贺……"一位军官吃得津津有味,兴致勃勃地说,但忽而一根鱼刺卡住了他的喉头,他说不下去了。

"那时酒宴就不在这里摆了,我们要摆到太平寨去,"冯自信得意扬扬地说,"那里的景致着实不错!"

"旅座,依卑职之见,"刘玉龙向任洪元说,"趁郝大成不在太平寨,不如连夜派一个营先把太平寨占领,免得以后难攻。这样对我们的谈判也更有利。"

"那会把郝大成逼跑了的。"任洪元摇摇头说,"身为将校,不懂得恩威并用是不行的。我们先等等看郝大成回到太平寨后有什么表示吧!如果仍然顽抗到底,那时我们进兵太平寨不迟!"

争论又停止了。响起了划拳行令碰杯声。

"口令!"门外传来哨兵急促的呼喝声。

"围攻!"有人轻声地回答了口令,稍稍寂静了一下,又有一声响动,仿佛是哨兵失足跌倒了。

但沉浸在饮酒作乐中的匪军首脑们，谁也没注意到院内响起的杂沓纷乱的脚步声。

旅参谋长在宴席上的几次发言，都被认为是胆怯的表现，后来他干脆不讲话了，只是闷闷不乐地喝酒，其他人都在大声地划拳行令，只有他一个人注意到了外面的响动。起初他也曾产生了怀疑，但他怕表示出来，任洪元更嗤笑他胆怯。他想不作声也好，免得为救全体，反误了自己。杂沓声越来越乱，他更加肯定了他的怀疑，便端起酒杯，装作嫌房子里闷热的样子，离开杯盘狼藉的餐桌，走近了窗口，只听见卫兵室里桌子板凳乱响，院子里人影闪动，偶尔有手电筒的闪光。他感到大事不好。

这时任洪元及其下属正在划拳行令，开怀狂饮，大有一醉方休之势：

"六来顺啊！……"

"五魁首啊！……"

"九九归一！……"

"四季发财！……"

"七巧！……八仙！……"

"全到啦！"

"喝！该你喝！"

"啊啊！不要不仗义！……"

宴席上的吵闹声压倒了院子里的一切声响。

参谋长看着这些死到临头尚且不知的酒鬼们，不禁苦笑了一声。他准备跳窗逃跑，但他一想："不行，院子肯定已经被包围了，之所以还没有惊动狂饮中的席上客，是因为须要等待解决了警卫人员之后再动手。"他急得在屋里打转，发现屋角里放着一个花盆架子，旁边还放着一个茶几，他便蹲到茶几旁边装作闻花香的样子，准备随时向茶几下躲藏，他一刻也没有忘记谛听外面的动静。

宴席上酒意正浓,谁也不注意参谋长离开了宴席。突然,街上响起了枪声。这枪声在寂静的夜里,是这样突然,是这样清晰,这样急促。接着几处一齐响了起来。

枪声是最好的醒酒剂。

"什么事?"任洪元首先喊了一声,回答他的却是:

"别动! 举起手来!"

从门口里敏捷地跳进几个人来,立即分布在桌子四周,就在这时参谋长毫不失时机地拱在茶几后面,活像一头睡熟了的肥猪。任洪元手里的酒杯"当啷"一声,掉在方砖地上,摔了个粉碎。

三

崖头沟的夜,一片枪声。

郝大成自带二中队的两个分队,解决任洪元的警卫排和旅部。

纪松田的游击队解决特务营营部。

三、四、五中队,分别解决特务营的一、二、三连。

史少平带二中队的一个分队解决旅部的骑兵排。

郝大成在解决了任洪元的警卫排之后,首先发出了总攻击的信号——三声枪响。接着就冲进了任洪元正在举行宴会的大厅,没有受到多少抵抗就解决了。

就在郝大成发出总攻信号后的半分钟内,所有地方都打响了,枪声和手榴弹的爆炸声响成一片。

在崖头沟,任洪元的旅部有一个三百多人的特务营,此外还有旅部本身的警卫排和负责通讯的骑兵排,力量还是很大的。红军四个中队,再加上纪松田的游击队,就数量来说,几乎是相等的;就武器装备来说,红军在消灭了周武和任中元之后,得到了很大改善,也和任洪元的特务营不相上下。

在一般情况下,相等的军力,一方要消灭另一方是很困难的,甚至是不可能的。但是,红军在这次突袭中,取得胜利,主要靠着三个有利条件:第一,高度的政治觉悟和旺盛的士气,红军战士的勇敢善战,具有一以当十的战斗力,这是敌人所不可能有的条件。第二,就是突然袭击,"出其不意,攻其不备",趁敌人在昏睡的时候,猛然扑到他的身上,一拳把他打倒,根本不给他还手的机会。第三,就是首先打击敌人的要害——指挥部,当敌人的旅部、营部和连队同时被袭的时候,匪兵们就失去了指挥,不可能进行有组织的抵抗,其结果必然是混乱和崩溃。

但是,在战斗中也往往会出现许多意外的情况。

……

史少平带着一个分队潜进了骑兵排的大院。

匪兵们已经睡了,只有一个马夫提着马灯从马棚里走了出来,他看见在宿舍门外、窗下伏着黑黑的人影,不由得惊骇地叫了一声:"谁?"

由于总攻信号还没有发出,史少平不能开枪,他怕这个马夫大叫起来,便从门边站起来轻声地说:"你瞎咋呼什么? 解手!"

"怎么这么多……"

史少平不等马夫说完,突然扑上去,用驳壳枪管猛力地打在他的脑壳上。马夫哐咚一声跌在地上。马灯摔到地上,翻滚了几下,熄灭了。

这个响动是太大了。睡在屋里的骑兵排长惊醒过来,对着外面喊道:

"谁在外面? 你们干什么?!"

匪兵惊醒了,这是多么严重的时刻啊!

史少平装做匪兵,又气又恼地大声骂道:"谁他妈的这么缺德,净往院子里倒水,叫老子夜里解手跌一身泥!"

匪兵们听了,幸灾乐祸地一笑,但又听不出这个声音是谁。又都暗暗地想道:"这个倒霉鬼是谁呢!"

"叭!叭!叭!"

总攻的枪声响了。清脆的枪声打破了宁静的夜空,向远方扩散开去。

"不好!"骑兵排长首先从床上坐了起来。

一排手榴弹从窗口和门口同时飞进屋里。火光硝烟,弹片和匪兵的血肉一齐在屋里横飞。

几个没有炸死的敌人从门口冒冒失失地撞了出来,立即被打倒了。

史少平不等战斗结束,留下七个战士解决屋里残存的敌人,带着早已选好的五个骑手,到马棚里拉出了六匹战马,鞴上马鞍,牵出大门,在街口飞身上马,冒着纷飞的战火,向着九里十八坪方向疾驰而去……

就在史少平解决骑兵排的同时,任洪元的旅部,特务营营部和第三、第五中队所负责的敌一、三连,已经全部解决或是基本解决。只有王求正的第四中队遇上了特殊情况,正在激战中。

敌特务第二连,是住在一个地主家的两进的院子里。这天夜里,正是二连执行巡逻任务,巡逻组不断从二连驻处出进。所以第四中队不能隐蔽在二连的附近,当然,潜入二连的院子就更困难了。

当总攻的信号发出后,王求正的四中队从隐蔽处冲出来,以极其迅猛的动作,攻占了敌二连的第一进大院,并消灭了驻在第一进大院的一个排。但是第二进大院的两个排的敌人却有了准备,他们把大门关了,进行垂死的挣扎。

对第二进大院的敌人，由于失去了进攻的突然性，战斗处在胶着状态。

王求正一向处事稳重，他想这时，由于指挥员的焦躁，强令攻击，除了造成不应有的伤亡外，不会有多大的效果，但是，他的内心是万分焦急的。他知道这个战斗必须速战速决，才不致影响下一个战斗任务。

这时各处的枪声已经渐渐稀疏下来，战士们都焦急起来，纷纷要求着：

"中队长，快下命令吧！"

"我们不能拖住大队的腿啊！"

"就是死，也要把它硬啃下来！"

"快下命令吧！"

然而，王求正并不急于下命令。硬向第二进大院冲击，无疑是往敌人枪口上碰。郝大成的沉着、冷静、临危不乱的战斗风格，给他以巨大的影响。于是他命令说：

"一分队用全部火力射击第二进大院的大门，用手榴弹轰击大门，并向第二进院子里投掷，做出向大门冲击的姿态，吸引住敌人的注意力，但并不真正攻击，二分队组织火力压制隐伏在墙头上的敌人；三分队寻找梯子登上第一进大院的房屋，从高处向第二进大院的敌人进攻！"

"中队长！只有一架竹梯，不够用！"

"用人梯！"王求正果断地命令说。

王求正的战术果然奏效了。三分队在二分队的火力掩护下，很快上了房顶，第二分队也跟了上去。

第一进和第二进大院厢房的房顶是连在一起的，两个分队很快肃清了房上的敌人，居高临下地向敌人射击，手榴弹接连在敌群里爆炸着。

把注意力放在二进大院大门的敌人,等到醒悟过来时已经晚了。他们纷纷向屋里退,王求正带领一分队,从炸开的二进的大门里冲进了院子。并带头高喊着:

"缴枪不杀!"

"投降吧! 你们全完啦!"

"红军优待俘虏!"

"你们的旅部被我们消灭啦!"

"放下武器就是生路!"

躲进屋里的匪兵们知道抵抗已经没有意义了,把枪从门口和窗口里丢了出来。

整个崖头沟的枪声停止了。……

第五十四章　突袭后的突袭

一

郝大成袭击了任洪元的旅部和特务营之后，把俘虏和多余的武器交给了纪松田，只带着冯自信，率领部队连夜向九里十八坪急进。

部队的行动严守着机密。一部分红军士兵，换上了三十二旅匪兵的服装作为前导，竭力避免和敌人遭遇或冲突，以强行军的速度在极端隐蔽的情况下，在当天傍晚到达了史太昌游击队所在地——豹子山。

这时史太昌正分配十八个战斗小组到九里十八坪各村寨去。在各小组出发之后，史太昌便到山口去迎接红军部队。

郝大成和史太昌的相见，其激动和欢乐的情绪是难以用笔墨来形容的，他们紧紧地拥抱在一起，好像被喜悦激荡得喘不上气来一般，好久说不出话来，千千万万的话语一齐拥塞在喉头，反而不知道说哪一句好了。他们两人的眼里都含着激动的泪花。

"太昌叔，你见老了！"郝大成盯着史太昌的风尘仆仆满是皱纹的脸，声音颤抖着说。

"有十个月没有见面啦！"史太昌也以同样的心情回答着，"你脸上也有皱纹了！"

他们这短短的两句问答，单从字面上看，似乎是太一般了，似乎是什么也没有说明，似乎是两个熟人在街上相遇时随便打个招呼。不！没有经历过战争的人，是很难理解这两句问答中所包含着的深厚的感情和丰富的内容的。在战火中度过的岁月是多么不平常啊！

"有十个月没有见面啦！"这十个月的时间，在人生道路上是很短暂的，在历史的长河中更是短短的一瞬。可是，这十个月，是多么不平常的十个月啊！

这是充满着生死搏斗的十个月！

这是充满着失败的痛苦和胜利的欢乐的十个月！

在这十个月里，他们走过了多少崎岖的道路？

在这十个月里，他们穿过了多少枪林弹雨？

在这十个月里，他们经历了多少艰难险阻？

在这十个月里，他们进行了多少惊心动魄的斗争啊！

在这十个月里，有多少同志，为了革命事业的胜利而壮烈牺牲了！

在这十个月里，又有多少战士在战斗的烈火中成长起来！

如果把一个人的平常的一生所经历的波折、危险、艰难、困苦全部集中起来，也许还没有在这战争时期一个月经历得多。

"少平他们什么时候赶到的？"郝大成问。

"天刚放亮他们就赶到了，他们把马向死里赶，全都累垮了。"史太昌指着不远处的一个小山村说，"走，到指挥部去吧！"

"大妈他们都好吧？"郝大成边向指挥部走着边问。

"都好，"史太昌接着说，"你们的情况，少平都和我说了，可征同志在上次到县委开会时，我也见到他了，他的担子很重啊！九里十八坪的乡亲们都很想你们哪，整天整夜絮叨着，眼都盼穿了！……"

"同志们也都想念乡亲们啊！"郝大成接着又问了赵星海的情况，还有黄希才的情况。

"黄希才同志很坚强！"史太昌说，"他还被关在谷敬文的监狱里。"

"现在黄国信在哪里？"郝大成问，"应该把他铲除掉！"

"前一段时间，一直躲在谷家寨不出来，他成了谷敬文的高级谋士啦！这一阵子，国民党一进攻四岭山，他们又活动起来了，整天带着保安团的几十个团丁到各个寨子上去扩兵，谷敬文想再成立一个新的保安第四团。"

"他是在做梦！"郝大成说。

他们来到了史太昌的临时指挥部。

"这样吧，你和部队全休息。我已经叫少平到县委去了。等些时候，宋洁泉同志就会来的。"史太昌说，"同志们休息的地方，全都准备好了，饭也快好了。"

郝大成命令姚光明等几个中队长把部队带去吃饭，吃过饭后立即休息。他自己却没有丝毫睡意，他说："我一点儿也不困，我们还是先到宋洁泉同志那里去吧。"

郝大成充满着对于老战友老上级的怀念。又补充说："自从九里十八坪突围之后，我们就没有见过面。"

"他一会儿就来的，让你休息，就是他给你留下的命令！"

"你还是谈谈九里十八坪的情况吧。"郝大成风趣地说，"打完了谷家寨我再加倍地休息吧！"

"那个时候啊，你就睡不成了！"史太昌笑笑说，"那就先谈谈情况吧，不然你也睡不着。"

史太昌点上了一袋烟，稍微思索了一会儿说："今天早晨，少平报告了你们袭击任洪元的情况，县委作了分析，估计任洪元旅部被消灭的消息，谷敬文明天就会知道，他有可能判断出你们会到九里十八坪来。"

"谷敬文是会想到这一点的。"郝大成说，"即使他想不到，黄国信这个叛徒也会帮他想的。"

"不过,他们不会想到你来得这么快。"史太昌说。

郝大成点了点头。

"经过分析,县委认为谷敬文听到任洪元旅部被消灭的消息后,会立即采取三个措施:第一,他要把派到青龙山去的新编第三团马上调回九里十八坪米,保护他的老窝。……"

"谷敬文又编了第三团?"郝大成问,"团长是谁?"

"你们撤出太平寨后,谷敬文就命令周武的保安第二团进驻了太平寨;就立即以他的保安第一团的第二营为底子,又征集了一些保丁团丁,凑了个新编第三团,由蔡九当团长,进驻青龙山;第二个措施,他可能把各村寨的民团集中到谷家寨,固守老巢以待外援;第三,因为任洪元旅部已垮,任洪元被俘,他会建议上司把三十二旅的三个团归他指挥。……"

"他会这样做的。"郝大成说,"我认为县委这个分析判断是很对的。可是,如果我们干得快一些,谷敬文连一个措施也来不及实行!"

"对,问题就是我们要干得快。"史太昌对于郝大成有这样的判断力和魄力,感到由衷地高兴。他充满信心地说,"我们一定会抢在谷敬文的前面!"

"县委研究的具体措施是什么?"郝大成问。

史太昌说:"根据县委的指示,我们把游击队编成了十八个战斗小组,每小组少者五人,多者十人,是按照各村民团的力量大小来分配的。游击小组今天晚上都要配合村里的地下组织,发动基本群众,举行一次暴动,九里十八坪除谷家寨以外,其他十七个村寨一齐动手,先把各村民团打掉,夺取武器,然后围困谷家寨,等谷敬文发觉后调青龙山的二团回来也好,建议三十二旅回来也好,都需要两到三天的时间才能完成。所以我们一定要争取在明天晚上把谷家寨拿下来。"

"现在，谷家寨还有多少兵力？"郝大成一边问一边思索着。

"只有保安第一团，其实就是原来的一营，团长就是一营营长杜松。谷敬文见四岭山有机可乘，红了眼，想把青龙山和伏虎岭拿到手，这家伙野心太大，力量太小，他只好唱空城计了。"

"刚才你说游击队分了十八个小组，"郝大成说，"是不是有一个小组也分到谷家寨去了？"

"是的，是化装成卖柴卖菜的人进去的，因为寨门检查得很严，没法带武器进去。"史太昌又补充说，"可是，我们寨里有人，朱惠芳她们工作得很有成绩，她们可以搞到一部分武器。"

"这样很好，"郝大成又问道，"今夜各村寨的暴动什么时候开始？"

"半夜！"

"半夜？"郝大成深深地思索着。在这短短的时间里，一切得失利害他都考虑到了。他深知这是关键性的一仗，成败与否，关系着能不能彻底粉碎敌人围攻的大局，关系着根据地能否巩固和发展的大局。绝不能掉以轻心。他说，"根据打西屏镇的经验，攻打寨子，必须里应外合，硬攻是要付出很大代价和很多时间的。里应外合的办法，莫过于协助夺取寨门。如果我们派一个有武装的战斗组进去，把寨门从里面夺取，这样攻打谷家寨就会容易得多。"

"我们想法再派人进去！"史太昌思索着说，"化装进去会容易一些。"

"化装是个好办法，"史太昌的提议启发了郝大成，他用一向果决的口吻说，"这样吧，少平他们不是骑来了五匹马吗？让冯自信当作三十二旅的送信人，叫开寨门，把我们的人带进去。"

"这就更好了。"史太昌说。

这时，郝大成听见了史少平和宋洁泉的声音，连忙站起来说：

"他们来了!"便和史太昌迎了出去。

二

谷敬文接到他的新编保安第二团已经占领了太平寨的报告之后,立即给周武去了一信。然后和他的参谋长估计着四岭山形势的发展。

谷敬文的估计,和任洪元不一样。他首先估计到郝大成有可能东出青龙山,到九里十八坪来袭击他的老窝,所以他在命令第二团进占太平寨后,马上把他的一团第二营扩编为第三团,任命他的副官蔡九为团长,开赴青龙山,一面阻止郝大成,一面做第二团的后盾,为进一步向四岭山扩展地盘做好准备。

第三团派出去之后,谷家寨就剩下保安第一团的两个营了。谷中一首先向谷敬文说出了自己的担心,他说:"司令,我感到谷家寨的力量太少了。三十二旅的力量也都进入了四岭山,九里十八坪空虚了,我总觉得有点不稳。"

"我也是这样想,四岭山的地盘我们要占,九里十八坪的根基又要稳,什么才是既能顾此又不失彼的万全之策呢?"谷敬文一如往常,在大厅里踱着方步。

"我们能不能再成立一个新编第四团呢?"谷中一说。

"可是哪里来的人和枪呢?"

"还得到这十八个村寨里去征集,一个村寨,大的抽二十,小的抽十五,就可以凑出二百多人来,先把保安第四团的旗号打起来,不管战斗力如何,壮壮声势总是好的。"

"那就这么办,在这件事上,要黄国信出一把力。"谷敬文派人去叫黄国信。

黄国信应召来到谷敬文的大厅里,在这短短的时间里,好酒好菜已经使他变得又白又胖了,他向谷敬文和谷中一鞠了一躬,说:"听候谷司令的吩咐!"

谷敬文指着一个空椅子让他坐下,说:"黄先生,你知道四岭山的情况吗?"

"我都听说了。"

"说说你的感想吧!"

"这是我意料中的事,自从白马山峡谷突围之后,我就和吴可征、郝大成有争论,那时候我就说:'谁是谁非历史会给我们作结论的。'今天证明了我是对的。"黄国信自得地说。

"这个结论,是我帮助你作的。"谷敬文哈哈地大笑着。

"可惜,我们还没有把吴可征、郝大成抓住!"黄国信恨恨地说。

"会有这一天的!"谷中一说,"不过也可能很遗憾,十有八九抓不到活的。"

"那倒真有点遗憾!"黄国信真正有些遗憾地说着,好像事情真会像他说的那样似的。

"离这一步不远了,"谷敬文说,"黄先生,你的立功的机会也到了!"

"怎么立功?"

"刚才我和中一谈过了,我们既要占领四岭山,又要保证九里十八坪的安全,所以扩大兵力成了当务之急。我们想再从这九里十八坪的十八个村寨中征集一部分兵员,成立一个新编保安第四团。……"

"我能做什么呢?"黄国信问。

"你很会讲话,你又是弃暗投明的共产党的特派员,说话的效力就更大!"谷敬文带几分幽默的腔调说,"我也委你当我的特派员,把你特派到十八个村寨去巡回演说,向所有人讲明四岭山的情况,讲明共产党必然失败的道理,号召他们来参加我的保安团。如果你愿意带兵,我可以委你任第四团团长,如果你不愿意带兵,你就永远当我的特派员也行。"

谷敬文说完,看着黄国信的犹豫不决的脸色问:"怎么？有什么难处吗？"

"别的困难倒没有,就怕史太昌的游击队,"黄国信说,"他们正千方百计地找我呢。"

"我给你派上一个班的卫队,"谷敬文说,"可以保证你的安全。"

黄国信对这个新的任务并不感兴趣,他认为这是大材小用,但他还是答应了。

谷敬文并不注意黄国信的情绪,只是关心着眼前的大局,对当前的形势和采取的对策,他虽然有了自己的看法,但他还是想听一听这个高级谋士的意见。他说:"黄先生,刚才咱们对于当前的大局看法是完全一致的,不过,我们不能光从好处想,以往这方面的教训够多了,'大意失荆州'的事,我们不能再干了。你对我今后的行动方针,还有什么话要说吗？……"

黄国信以权威的姿态和声调说:"郝大成的为人处事我是了解的,他在用兵上诡计多端,多谋善变。奇兵突袭是他惯用的手法。在我们重兵压境的情况下,他是不会在四岭山里面和我们的大部队纠缠的,一定会寻找我们薄弱的地方打的。"

谷敬文赞成说:"英雄所见略同,我和中一也想到这一点了。依你看,我们薄弱的地方在哪里？"

黄国信思忖了一会儿说:"有两个地方,第一,是任洪元的旅部;第二,就是谷家寨。这都是他突袭的主要目标。"

"为什么?"谷敬文追问道,"说说你的理由!"他感到黄国信和他想到一起去了。

"很明显,"黄国信以行家的口吻说,"就防卫力量来说,这两处最空虚,同时又是作战指挥的要害。'射人先射马,擒贼先擒王',郝大成是很懂得这个道理的。"

谷敬文虽然被黄国信的"擒贼先擒王"的比喻刺了一下,但他却没有计较,而是继续和他的高级谋士探讨。他说:"我也认为郝大成是想这样干的,可是,他想的是一回事,能不能做到又是一回事。他从哪里出四岭山呢? 就是他有上天入地的本领,总不会越过重重封锁飞出来吧?"

"郝大成如何飞出来我不知道。"黄国信说,"可是,我担心他能出来。试想,白马山峡谷那是四面受围的绝境,他不是出来了吗? 现在的四岭山绝对没有白马山峡谷封锁得严密,再说,进了四岭山后,郝大成四处勘察地形,绝不会是白费的。……"

谷敬文点点头说:"我们要防着他这一手! 所以我们赶快把第四团成立起来,那我们就不怕郝大成的什么奇兵突袭了。"

……

黄国信向谷敬文献计后,带着以尤四鼠为班长的一个班的卫队,到十八个村寨去巡回演说。每到一个村寨,通过保甲长和民团,把全村男女老幼全集中在打谷场上,他登上一张方桌,直着嗓子喊叫一通。

在郝大成带部队来到九里十八坪的这一天的傍晚,黄国信来到了黄家湾。这黄家湾是郝大成的老家。这里的黄老四和二古董全都得到了他们应得的惩罚,被红军游击队干掉了。黄国信在这里特别小心。

黄家湾的群众全都集中到场坪上来了。黄国信深知黄家湾的厉害,不敢登上放在场坪中央的方桌,因为他怕太突出了,成了游击队员的射击目标,所以他站在方桌旁边,开始了他的演讲:

"诸位乡亲们! 我是黄国信! ……"

"坏蛋!"

黄国信怒视着人群,想找出这个骂他的人来,但是他看到的全是愤怒的眼睛,在这些喷着怒火的眼睛面前,他战栗了。

"四岭山区,已经全被国军占领了!郝大成、吴可征和红军全都被消灭了,他们永远不会回来了!"

人群里有了啜泣声。小芬一头扑到赵星海的怀抱里,泪水像断线的珍珠般流了下来。

"狗屁!"

"别相信他的!这是骗我们!"赵星海低声说。

"不许哭!哭也没有用!"黄国信吼叫着,继续讲着他的演说词:"在国军荡平四岭山之后,就回师九里十八坪来,把豹子山踏平!常言说,'识时务者为俊杰',你们还是把自己亲人叫回来吧,叫他们来投靠谷司令吧,高官厚禄在等着你们!你看,我原来是共产党的县委委员,现在,我成了谷司令的特派员了!睡软的,穿好的,吃香的,喝辣的,比在山上钻草窝美上几千倍!劝他们快来投降吧,我就是个样子!……"

"人怎么能学狗的样子呢?"人群里响起一声叫喊。

黄国信看准了,喊叫的是一个四十多岁的壮年人。他立即指着这个人,向尤四鼠下命令说:"快,给我把他抓起来!"

尤四鼠带着几个匪兵,拨开人群要过去抓人。

"不许抓人!"赵星海怒吼了一声。

"不许抓人!"小芬也叫了一声。

"不许抓人!"会场上有人站了起来。

"不许抓人!"又有人站了起来。

"不许抓人!"会场上全站了起来。几百个喉咙同声怒吼着。

保安团的匪兵们,向后退缩着,扳动着枪栓,但不知道抓哪一个是好。

"反了,反了!"黄国信胆怯了。本来他的演说词还很长,现在才刚刚开篇,他还要讲谷敬文为什么要扩兵,希望大家积极参加保安团等等,这才是他讲演的主题。可是他不愿再讲下去了,也不敢再讲下去了。他要很快地结束他的演说:"乡亲们! 大家要安静! 散会!"

人群轰的一声就解散了,扬起了一片咒骂声:

"你这个狗崽子,你怎么还不死啊!"

"你这个老东西! 你骂谁?"尤四鼠抓到了赵星海的手腕子。

赵星海指着夹在人群里的一只狗说:"我骂它! 你没听到我是骂狗崽子吗?"

尤四鼠用力把赵星海一推,说:"哼,看我不砸碎你这身老骨头!"

"我这身老骨头啊,"赵星海气哼哼地说,"硬着呢!"

黄昏降临了。

黄国信呆愣愣地站在场坪上,等到人群散了之后,他才定下心来。尤四鼠问他说:"黄特派员,我们到哪里去呢?"

黄国信感到黄昏之后再赶夜路回谷家寨,危险性是很大的,他怕在路边的树丛里有人向他打冷枪。卫兵再多也是救不了他的命的,夜间还是不动为妙。便向站在他身边的伪保长说:"走,到据点里吃饭去。给我多拿几瓶好酒来!"

三

黄国信到黄家湾来讲演的这天,几乎家家都无心吃晚饭。赵星海佝偻着枯瘦的脊背,在摇颤的昏黄的菜油灯下编草鞋。

小芬坐在一个茅草辫编成的小墩子上,用两只挖野菜时染得黑黑的小手托着下巴,两眼直盯着如豆的灯火,凝神沉思。

"爷爷,我爸爸和大成叔现在在哪儿呢? 还有少平叔叔,一去也不回来了,他们知道我们在想他们吗?"

"知道,咱们想什么,红军全都知道。"老人漫不经心地说着,想着自己的心事。

四岭山根据地怎么样了? 黄国信的话是不可信的,可是任洪元打进了四岭山是真的啊! 谷敬文不也是派了两个保安团进了四岭山吗? 吴可征、郝大成怎么样了? 也应该给乡亲们来个信啊! 小芬的思念,更增加了老人的悬念和焦虑。

小芬按照自己的思路往下想,又进一步问:"爷爷,你说咱们想什么红军都知道,可是,为什么还不回来? 景元哥哥好久也不来了,我真想他们啊!"

"他们就要回来的,"老人安慰着孩子说,"也许他们正往咱这里走着呢!"

"什么时候才能走到咱们这里?"小芬瞪着期待的眼睛,等着爷爷给她一个满意的答复。

"快啦。小芬,睡觉吧,我也有些困啦!"老人打了个哈欠,用枯瘦的手擦了擦昏花的老眼。

"爷爷,我想红军,想爸爸,想大成叔! 我还记得人贩子把我领走的时候,是大成叔把我救回来的。"小芬深情地回忆着,"爷爷,你说他们快回来了,我就更想他们了。"

小芬纠缠着老人。赵星海心情沉重地收拾着活计,没有理她。

小芬又说:"爷爷,我唱个歌行吗?"

"轻轻唱,不要高声。"

小芬望着窗外的高远的夜空,唱起了她心灵上的歌。每个字都仿佛是从她的心头上滴出来的:

星星满天照窗台,

白茫茫的银河天上开,

　　　月亮婆婆驾小船，
　　　摇摇摆摆过河来。

　　　过河来哟过河来，
　　　红军叔叔快回来，
　　　回来打开谷家寨，
　　　给我们申冤报仇来。

　　　夺回我们的地和房，
　　　夺回我们的牛和羊；
　　　活捉谷敬文讨血债，
　　　害人的白匪活不长，
　　　活不长！……

　　"爷爷，有人敲窗子！"小芬停住了歌声，惊骇地侧耳谛听着窗外的动静。

　　老人立即从床边摸起了一把柴刀。

　　"我是景元，快开门！"

　　"哥哥回来了！"小芬听出是林景元的声音，高兴地大叫了一声，跑去开门。她真以为是她的歌把林景元唱回来的！

　　"轻些！"老人叮嘱着。

　　进来的是林景元和另外七八个游击队员，把狭窄的小屋都坐满了。

　　"外公，郝大队长回来啦！"林景元见到老人，第一句就向他报告了这个振奋人心的大喜讯。

　　"真的？ 你见到他了？"

　　"没有，我见到史少平了！ 是他骑着马来报的信！"

　　"骑着马报的信？"老人一时弄不清原委。

"是的,我们红军把任洪元的旅部消灭啦！任洪元也被我们俘虏啦！"林景元也来不及从头讲起。

"好,好！"老人把门掩起来,让他们在床边坐下,"大成什么时候来？"

"快到了！"

"你舅舅能回来吗？"

"不知道！"林景元遗憾地说,"见到史少平的时候光顾了高兴了,也顾不上问。"

"吴可征来不来呢？"

"他留在四岭山了！"

"少英姑姑呢？"小芬插嘴问道。

"也许来了吧？也许没有来。"林景元说,"哎呀,事那么多,怎么顾得上问那么仔细。"

"大成回来不走了吧？是不是来打谷家寨的？"

"是来打谷家寨的！走不走我就不知道了。"

"好,好！"小芬拍着巴掌跳着脚说,"就和我心里想的、歌里唱的一样,'回来打开谷家寨,给我们申冤报仇来！……活捉谷敬文讨血债,害人的白匪活不长。'……"

"乡亲们都知道了吧？"赵星海高兴得不知道做什么好,也不知说什么好了,他真想立即叫开九里十八坪的所有门户,大声地对他们说:"乡亲们哪！郝大成带着红军回来啦！快起来和谷敬文干啊！"

"外公,我们要在你这里开个会,乡亲们马上就会知道了！你和小芬帮我们去通知人吧,这样目标会小些,不容易引起民团的注意。"然后告诫小芬说,"可不要高兴得到处瞎咋呼,要保守秘密啊！"

"我懂得！"小芬把头骄傲地一扭,有些不高兴了,意思是:还用你像嘱咐小孩子那样嘱咐我吗？我早就知道！

"通知哪些人呢？"赵星海问。

游击队员们把要通知的革命群众的骨干分子告诉了老人和小芬。

老人和小芬来到黑洞洞的大街上，轻轻地叫开了骨干分子家的门。

四

郝大成带领红军回到九里十八坪的消息，给人们的振奋和鼓舞是不可估量的。在赵星海家里开完了骨干分子的秘密会议，散会之后就变成了公开的行动了：这个振奋人心的消息，使地下党员们，使群众的骨干分子们都脱出了常规，失去了平日特有的谨慎。

"郝大成带领红军大队回到九里十八坪来了！"

"任洪元被俘虏了！"

"要打谷家寨活捉谷敬文了！"

这些简短的消息，像春雷般震响了山村，叩开了家家紧闭的大门，飞进了每个人的心坎！

这些简短的消息像烈火般燃烧起大家的战斗热情；战鼓般鼓舞起大家的斗争勇气！

在这寂静的夜里，人们奔走相告，于是：

被折磨得驼了背的人们又直起了腰杆！

被敌人打得满身伤痕的人们又摸起了冲担！

埋在地下的砍刀、红缨枪又挖出来了！

藏在夹墙中的红旗又飘展起来了！

在白色恐怖中，人们的悲苦的心，又为战斗的热情所激动，冲锋的号角又在人们心中响起来了，革命的战鼓已经隆隆地擂响，积压在胸中的仇恨,像火山一样猝然爆发了。

人们手提着柴刀、斧头、棍棒、镢头……乱哄哄地闹嚷嚷地拥到大街上来。

"大叔!你们这是干什么?"

不知道消息的人,听到街上不寻常的响动,从门缝里探出头来惊愕地问着。

"你还不知道啊!"黑影里的人大声回答,"快,郝大成到黄家湾来了。快拿上你那猎枪,轰他娘的民团去!"

"郝大成到黄家湾来了?"有人不大相信。

"错不了,刚才还在赵星海家里开会呢!"

"啊,这可好了!当心,千万不要叫黄国信跑掉!这回非要扒这只狗崽子的皮不可!"

"别贪说话耽误了大事!乡亲们,走啊!……"街上有人吵叫着。

街上拥满了老人、小孩、妇女和手执武器的青壮年们。

"你们出来干什么?"一个青年人冲着挡着他去路的老头子说,"白天走路都拄拐杖,夜里出来净碍事,快回家待着去吧!"

"你说什么?你这个小兔崽子!碍事?你当我这手里的拐杖就不能打那些坏种们?"老头子蹾着拐杖气哼哼地说。

其实那些青年人并没有注意听他的,早跑到前面去了。

"还等什么?把那些民团狗子们收拾了吧!"

"对啊!先把那个乌龟壳(民团碉堡)掀掉!"

人们沿着街道像长河的洪波一样向民团碉堡拥去,并高声喊着:"黄国信!看你这回向哪里跑!"

"烧啊,烧了这个乌龟壳!"

沿街打更的民团看到这种情景,真是吓得屁滚尿流,把梆子铜锣往地上一丢,舍命地向碉堡跑去,边跑边嚎叫着:"啊!不好啦，……暴动啦！"

黄国信正在碉堡上和保长吃酒、打牌，听到喊声，慌忙把麻将牌一推，战战兢兢地说："快，快把门关好，上楼！"

十几个团丁加上黄国信带来的尤四鼠一个班的匪兵，提着枪上了碉堡的第二层。这时整个小院已经被群众围了个水泄不通。

"冲啊！活捉黄国信这个狗崽子啊！"

"打！打！"黄国信在碉堡上命令着。

"砰！砰！砰！"碉堡里向外打了几枪，有两个群众被打伤了。人们才稍稍向后退了一些，但激起了人们更大的愤恨，怒不可遏地喊叫着、怒骂着：

"架火烧啊！狗杂种们还敢打枪！"

"报仇啊，全都杀死他们！"

这个情况的出现，是出乎林景元的预料的，这时他才充分地感受到郝大成带领红军回到九里十八坪，给人们带来了多大的欢欣、鼓舞和勇气！他怕群众受到意外的损失，便跑到前面，请群众向后退一退。同时他向碉堡上打了几枪作为警告。

这时群众已经被民团的反抗和罪行所激怒，冒着被打死的危险，在碉堡下堆满了柴草，泼上了煤油，点起火来。烈火浓烟吞噬着碉堡。

民团团丁们一看人山人海的激怒的人群，吓破了狗胆，有人喊着："别烧啦，我们投降！"

接着从碉堡上丢下了几支枪来。

"打！打！谁投降我枪毙他！"黄国信威胁着团丁们，并向带头丢枪的团丁打了一枪。这个团丁立刻惨叫一声捂着肚子缩了下去，他向另一个团丁说："老二，替你大哥报仇啊！"

这个老二看见哥哥倒下去了，他猛然抡起枪托向黄国信打了下去。但是,黄国信向旁边一闪,躲开了。

那个叫老二的团丁又抡起枪托照着尤四鼠打了下去。尤四鼠来不及躲闪,被打中了,他嚎叫一声,倒在黄国信的身边。

于是,保卫黄国信的卫兵和团丁们起了内讧,在碉堡内动了刀枪,灯也被打灭了,漆黑一片,乱成一团。……

黄国信见事不好,生怕在混战中被打死,就趁机从碉堡第二层的小小的窗口里钻了出来,用手扳着窗口的砖棱,向下一滑,正好跌在火堆里,他的腿也跌伤了,嚎叫着,从火堆里向外爬。

熊熊的火光照亮了黄国信的扁平的脸。这张脸,对黄家湾的群众来说是太熟悉了。

"黄国信!"忽然有人喊了一声。

"打死这条狗!"赵星海喊道。

"饶命吧,乡亲们!"黄国信哀嚎着。身上带着火苗爬出了火堆。

"不要听他狗叫唤,打!"人们喊着。

接着有人举起镢头,向着黄国信打了下去。

黄国信被打倒在地上,人们把他架起来,丢到火堆里去了。

团丁们在碉堡上高叫着:"我们投降!我们投降!"十七八条枪全从碉堡上丢了下来。他们敞开冒着火苗的门,从火堆里冲了出来。没有来得及冲出来的团丁就和碉堡一起化为灰烬。

大火映红了夜空,撕裂了黑暗,温暖着大家的心。忽然有人喊道:"看啊!东沟寨起火了!"

人们一齐拥到小山头上,兴奋地吵着嚷着,蹦着跳着。

"看啊!史家坪也起火了!"

"好大的火啊!"

"怎么没有看见郝大成呢?"忽然有人问。

"郝大成准到谷家寨去了,这回非活捉谷敬文不可!"

人们都把视线转向谷家寨,但这时的谷家寨却一团漆黑,沉寂无声。

在谷家寨周围的十七个村庄都烧起了冲天大火,使谷家寨显得更加阴森黑暗。

"为什么谷家寨还没有起火?"

这时响起了林景元的声音:"乡亲们! 郝大成带领红军在谷家寨等我们了! 走啊,打谷家寨去啊!"

"走啊!"赵星海高喊着。

"走啊!"赵小芬也高喊着。

人们从山头上拥下来,燃起了火把,向谷家寨冲去。

第五十五章　烈火熊熊

一

　　郝大成简明地向宋洁泉同志汇报了四岭山区的情况，崖头沟消灭任洪元旅部的情况，以及赶到九里十八坪来的战斗计划。

　　宋洁泉满意地说："在革命工作中，你们这种主动精神是十分可贵的。你们的到来，对九里十八坪地区的革命斗争是一个很大的支援，也是一个很大的促进，对县委的工作也是一个很大的推动。特别是在远离领导、交通又不便的情况下，这种主动精神尤其重要。"

　　"我们做得还很不够，就是做出一点成绩也都是党的领导，是广大群众的支援，是指战员们出主意出力量而取得的。我不过是执行了党制订的计划就是了。"郝大成恳切地说。

　　"能够正确地贯彻执行党的决议，善于集中群众的智慧，这就是很可贵的优点，是一个领导者必须具备的品质。我们就是要相信群众依靠群众嘛。一个革命者，不是个人英雄主义，而是集体英雄主义，这才是革命的英雄主义嘛！我们无产阶级要有自己的英雄，但是这个英雄并不是站在群众之上，而是站在群众之中。他是在革命斗争的烈火中锻炼出来的，他是普通的群众成员之一，却又是集中了群众所有优秀品质的代表。……"宋洁泉说到这里，又把话题一转说，"不管是九里十八坪也好，还是四岭山也好，不管是西屏山和南屏山也好，还是其他地区也好，革命形势的发展，全都是

552

因为有了毛委员给我们指出的井冈山道路。如果没有这个正确的方向，我们的一切奋斗也将是徒劳的。……"

"干革命，如果没有正确的道路，那是一定要失败的。"郝大成感慨地说，"在吴可征同志没有去井冈山之前，我们还不是到处瞎闯？由于有了井冈山道路，才挽救了革命，挽救了红军！"

宋洁泉看看时间已经很晚了，就说："你们的行动计划我都同意，赶快行动吧！打完了仗我们再细谈。"

郝大成看了看怀表——这是战斗中缴获的火车头牌铁壳表，时间是八点十分。

"可以行动了！"郝大成说，"王尚青，你去把冯自信带来！"

过了一会儿，冯自信被带进来了，他已经和出使太平寨时完全变了样子了，低着脑袋，弓着腰，垂着两肩，挂着双臂，沮丧而惶恐地站在郝大成面前。

"冯副官！"郝大成严峻地看了俘虏一眼。

"有！"冯自信条件反射地立正了。

"现在你有一个立功赎罪的机会，你愿意立功赎罪吗？"

"愿意！"

"那好，你听着，你现在仍然是任洪元的副官！"

"不！我是俘虏！"冯自信慌乱地说。

"你没有明白我的意思，"郝大成严肃地说，"你现在要到谷家寨去执行一个任务，以冯副官的身份，带着十名随从人员，去叫开谷家寨的北门，就说任旅长有重要军务，要见谷敬文司令，明白了吧？"

"明白了！"冯自信全身发抖地说，"可是……"

"明白了就好。我没有时间和你'可是'，我要提醒你，一不要耍什么花招；二要打起精神来，不要像死了娘老子似的！"郝大成挥了一下手，王尚青把冯自信带走了。

"大队长，"史少平说，"这个任务交给我去完成吧！"

"不，"郝大成说，"你太累了。今晚你的任务就是休息！"然后又对史太昌说：

"太昌叔，你从游击队里挑选十个熟悉谷家寨情况的同志去执行这个任务吧！"

"不，大队长！"史少平焦急地说，"我不累！谷家寨的地形我熟，在打谷敬文的'庆功'宴时，我就是从北门出来的。"

郝大成犹豫了，他何尝不知道史少平去执行这个任务最合适？但他考虑到他太辛苦了，少平自从太平寨和冯自信去崖头沟起，到这时没有闭一闭眼，没有歇一口气，他两次来豹子山，还没有见过妈妈一面……

"还是让少平去吧！"史太昌说，"他执行这个任务还是比较合适的。你让他休息，恐怕他更难受。"

郝大成看看史少平的热切期望执行这次任务的神情，下决心说："好吧，那就由少平去吧！"

接着郝大成向史少平具体交代了任务，又要王尚青去通知四个中队长到指挥部来开会。

史少平根据郝大成的指示，去做准备了。

这时四个中队长姚光明、王求正、赵铁牛、朱英来到了指挥所。郝大成给宋洁泉和史太昌做了介绍，然后向他们布置任务。

"根据宋洁泉同志的指示，在今夜要争取攻下谷家寨。"郝大成向四个中队长说，"半夜时分各村寨的群众，在地下党和红军游击队的领导下，把各村民团打掉，然后向谷家寨进军，这样在天亮之前，谷家寨一定会被革命群众包围得风雨不透。我们四个中队必须克服一切困难和疲劳，做好伪装，十一时在北寨门外潜伏，等少平他们将寨门占领之后，放火为号，姚光明和王求正两个中队首先进入，向寨门东西两面扩大战果，巩固突破口，另外两个中队，随我相机跟进，直接攻击谷敬文的司令部。太昌叔，带领游击队和自卫队配合革命群众占领东西南门，协助各红军中队进行战斗。……"

郝大成布置完战斗任务后，请宋洁泉和史太昌同志作指示。

二

谷敬文在酒足饭饱之后，品着浓茶，吸着香烟，在大厅里来往踱步。他志得意满，不由得仰头看了一下悬在大厅正中的中堂之上的黑漆金字匾额"吉星高照"。他自信自己的命运正是如此。近来的许多事情似乎都按照他的意愿发展：任洪元占领了白云山和洪雷谷口；他占据了青龙山和太平寨，深入了四岭山腹地；他的兵力已经扩大为三个团，第四团正在筹建中，虽说人员武器尚不充足，还称不上兵多将广，却也算得上有一股很大的势力。任洪元虽有久占四岭山之心，但他是国民党正规部队，说不定什么时候就会他调。原来任洪元是指望他的堂弟任中元为他占据一方地盘，以作他退守田园之计，但任中元早已完了，任洪元就成了水上浮萍，任风吹荡了。不言而喻，四岭山将完全是他谷敬文的地盘。

谷敬文迈着方步，内心里不止一遍地拨弄着如意算盘。但是，他在得意之余，似乎又有些担心：在所有侦察来的消息中，却没有郝大成的确切的消息。

"他的部队被消灭了没有？"谷敬文向自己提出了这个问题，然后自己再来解答："白云山之战，红军不过伤亡了十几个人；就是激战三天两夜的洪雷谷口，红军充其量伤亡了四十多个人，另外还有几十名农民自卫队员；况且在战斗中，他们还得到了大量的补充。"因此，谷敬文得出了明确的答案："红军部队还有相当大的战斗力。"

那么，郝大成在哪里呢？ 他的部队在哪里呢？

谷敬文是一个饱经世故老奸巨猾的恶狼。他和郝大成打了近十个月的交道,深深懂得红军作战神出鬼没的厉害,黄国信对他的提醒,是很重要的。

谷敬文认为,有必要进一步和参谋长研究一下郝大成的动向和形势的发展趋势,并做出相应的措施。

谷中一应召来到,他给谷敬文带来的第一个消息,就是周武二团二营已经溃散的消息,周武和张彪又严重不和。这使谷敬文甚为不安,充满忧虑地说:"周武无能,张彪鲁莽,他们是斗不过郝大成和吴可征的。"

"我也担心他们斗不过郝大成。还有,我老是捉摸不定,郝大成的主力部队在什么地方呢? 在洪雷谷,打得那么激烈,充其量有一、两个中队,其他三四个中队在哪里?"谷中一和谷敬文思考到一条道上去了。

"他们是善于在我们意想不到的地方出现的。"谷敬文忧心忡忡地说。

"他们真的会像黄国信说的那样,到九里十八坪来?"谷中一猜测着说。

"很有可能!"谷敬文说,"说不定四岭山还真有第二条泥鳅沟存在。"

谷敬文想起了红军进四岭山时的情景,心情顿时凄然。

"红军是善于声东击西的。"谷中一说。

"不管他来不来,我们都要严加提防!"

"谷家寨兵力单薄,我想把各村寨民团抽调几百人进来,充实防守力量,黄国信的扩兵宣传收效太小。"

"这可要顾此失彼了! 各村里那些地下游击小组就更无法无天了。"

经过这么一研究,一种不吉的预感悄悄地爬上谷敬文的心头:

事情的发展并不像他想的那么顺利。

那黑漆匾额上的"吉星高照"四个大字，似乎变得模糊起来，罩上了"凶多吉少"四个字的影子。

一个霹雳似的消息证实了他的预感，三十二旅的参谋长派骑兵给他送来了一封信，报告了三十二旅旅部被袭、任洪元被俘的消息。这个参谋长在旅部被袭击之夜，趁混乱之际，逃了出来，当即电告当局。当局也被红军屡出奇兵吓怕了，变得小心起来，指令他们原地待命，并责成他们火速送信给谷敬文，以防郝大成的突然袭击。郝大成的去向不明，更使他们担心。

兔死狐悲，谷敬文尽管和任洪元不睦，但任洪元的下场却使他震惊很大，黯然神伤。他从任洪元的遭遇中，预想到自己的下场。

"如果郝大成到九里十八坪来的话，明天就可以到达这里。"

"也许更快些，"谷中一说，"郝大成的行动一向是神速的。"

"难道他不吃饭不睡觉也不休息吗？"谷敬文不以为然地说，"他是大队步行，不像少数骑兵。"

"郝大成是善于出奇兵的，他的行动往往超出常规，看来做不到的事，他做到了，就像任洪元吧……"

"啊！"谷敬文打断了谷中一的讲话，"不能长他人的志气，灭自己的威风，我不相信郝大成就成了神！"

尽管谷敬文嘴里是这么说，心里却认为参谋长的话很有道理。他不止一次地吃过郝大成"奇兵"的苦头，不能不防。他决定马上调刚刚开赴青龙山的新编保安第三团，立即返回谷家寨。他说："常言说，'有备无患'，青龙山离这里三十里，如果骑马去，命令九点钟就可以到达。"谷敬文扭头看了看桌上的座钟说，"他们最迟在拂晓前就可以赶回来，就是郝大成长上翅膀，也不见得赶到我的前面！"

"司令高明，这是万全之策。"谷中一谄媚地说，"我这就去派人传达司令的命令。"

谷中一退出之后,谷敬文深觉自己这种当机立断的行动颇有大将之风,满意地伸展了一下四肢,轻松地舒了一口气,有些累了,他这才安心地走进卧室就寝。

三

晴朗的秋夜,天高气爽。

史少平的十匹马从豹子山的丛林中走了出来,踏上了去谷家寨的大路。冯自信跟在他的后面,枪套里插着没有子弹的手枪,在十名"护从"的跟随下,向谷家寨北门蹀行,这条路是唯一可以骑马行走的大路。这条路在离谷家寨五里处,有一条向北偏西的岔路,直通青龙山。

史少平准备在这里下马,免得马的咴咴的叫声传到谷家寨去。他们从这里步行走到谷家寨,万一谷敬文得知任洪元被歼,步行就是冯自信所以来迟的原因。

就在这当儿,远处传来"嗒……嗒……"的马蹄声,在静夜里,显得特别真切和清晰。

"注意,没有我的命令不准开枪。"史少平迅速地判断说,"这肯定是敌人的通信兵,听马蹄声最多不超过三人,要捉活的!三个人对付一个,听我的信号,把他们拉下马来,也不准马匹跑掉!"

马蹄声渐近。

"哪一部分的?"史少平站在路口首先发问。

"你们是哪一部分的?"三个骑马者勒住了马。

"三十二旅的!"史少平回答。

"啊!自己人,我们是司令部的!你们到哪里去?"

"到谷家寨,见谷司令。你们到哪去?"

"到青龙山去!"骑马者收起了他们手中的武器。

"还是白天走吧,夜里到处是游击队和自卫队,骑马走目标很大,人少了更危险。"史少平装做关切地说。

"不行,我们是送紧急命令的。"送信者为难地说。

"下马吧,咳!"史少平咳嗽了一声,这是行动的信号,他立即扯住匪兵的一条腿,猛力向下一拉。

"唉! 你……们……"匪兵叫出了三个字,就倒撞下马来。马惊骇地"咴咴"嘶鸣着,举起前蹄,但它未能挣脱拉紧的缰绳,蹦跳了几下就被制服了。其他两匹马和它的骑者都落了个同等的命运。

冯自信站在旁边看着这一切,他佩服红军战士竟干得这样大胆机智和干净利落。他曾在这混战的一刹那,起过趁机逃跑的念头,但他发现仍有一个红军战士用警惕的眼睛紧盯着他,不禁惊骇地想:"他们做事,安排得真周密啊!"

三个通信兵被俘了。史少平从俘虏身上搜出了谷敬文给蔡九的命令,在手电光下,史少平看了命令的全文:

蔡团长:

　　接令后立即率全团返回谷家寨,务于凌晨四时半以前到达。勿误。

谷敬文
×月×日晚九时十分

"啊,情况有变化,"史少平自言自语地说,"要立刻报告郝大队长才行。"于是他让其余人带上俘虏,全都隐蔽在路旁的树丛中等候。自己带着一个战士,立即去见郝大成。

他们在去豹子山的半路上,正好和郝大成、史太昌相遇。

郝大成看了谷敬文给蔡九的命令后,沉思了好一阵子,然后对史太昌说:"大叔,情况有了变化,从这个命令上看,谷敬文不但知

559

道了任洪元的旅部被袭击,而且也知道我们到九里十八坪来了。"

"你的判断很对。不然谷敬文是不会采取这样紧急的措施的。"史太昌看了谷敬文的命令以后说,"这将给我们增加了攻打谷家寨的困难,看来,冯自信我们是用不上了。"

"是的,我们应该考虑到这一点,我们不能低估了敌人,……"郝大成和史太昌在半路上停下来,陷入深深的沉思。

显然,谷敬文有了准备,当他知道任洪元旅部被全歼之后,再用任洪元的副官去叫开寨门是不可能的了,那只能给自己带来不利。如果对谷家寨不能形成突然袭击,那就只有强攻了?强攻,这将会造成极大的被动,因为谷家寨围墙高而且坚固,没有充分的攻坚准备是不行的。部队缺乏攻坚的经验,并且异常疲劳,强攻,不仅会造成巨大伤亡,而且绝非一天两天可以攻下。如果形成久攻不克的局面,敌人援兵一到,必然使我们自己腹背受敌。谷敬文如果不见青龙山蔡团回音,必然另派人员多路去催,蔡团在我们攻寨前进入谷家寨,增加了防卫能力,将使我们攻寨更加困难,如果在我们攻寨时,他从青龙山开来,出现在我军背后,那对我军就更加不利。

情况变得复杂起来了。

"怎么办呢?"他们在路边坐了下来。

史太昌的思绪像穿梭般地来往交织着,他要编织出一张搜捕敌人的罗网,制订出一个新的周密的战胜敌人的计划。他说:"谷敬文是把希望寄托在青龙山蔡团的支援上,蔡团回谷家寨,的确会给我们造成困难。可是,我们抓到了他的信差,蔡团是没法得到这个命令的,我们应该充分地利用这个有利条件。"

郝大成说:"我们可以切断谷敬文和蔡团的联系,等解决了谷家寨以后,再返回来对付蔡团!"

"那就要想法使谷敬文相信蔡团已经得到了他的命令。"坐在一边的史少平说。

"这一点很重要，"郝大成说，"少平，你有什么主意吗？"

"我有这样一个想法，不知行不行，"史少平说，"谷敬文通信兵的三匹马还在我们手里，我们可以打一阵枪，把马放回去，这样谷敬文就会以为通信兵被游击队打死了，马跑回去了！"

"这个办法可以，"史太昌说，"但是要注意，离谷家寨不能太远，也不能太近，让谷家寨听清枪声就行了。要放回两匹去，打伤其中一匹，特别要注意的是时间，要让谷敬文知道通信兵是把命令送到之后，在回谷家寨时被打死的。只有这样，谷敬文才会等待蔡团到达而不再继续派人去催。"

"结果，谷敬文是狗咬尿泡空欢喜。"史少平对这一计划感到很满意，"他还以为蔡团正向他开来呢！"

"他还以为蔡团正向他开来呢"，史太昌默念了一遍史少平的这句话。他的右拳猛然打在左手手心里，喊了一声，"有了！……"

郝大成和史少平在等待他说下去。

史太昌继续说："少平刚才讲的'谷敬文还以为蔡团正向他开来呢'，这正是谷敬文的心理，我们就促成他这种心理，利用他这种心理。……"

"大叔说得太好了，"郝大成兴奋地说，"我们就利用谷敬文这种等待蔡团回援谷家寨的心理，制订新的作战计划。我们把四个中队全集中在北门外，在拂晓四时前，展开对谷家寨北门的佯攻，可以攻得激烈一些。然后，在我们的后面响起枪声，使谷敬文误认为他的蔡团开来了，正在背后攻击我们。我们就假装从北门后撤，把两个中队埋伏在北门两侧，在我们后撤的时候，谷敬文以为我们回兵全力对付他的蔡团，他为了支援他的蔡团，使我们陷入腹背受敌的境地，必然大开寨门从我们背后杀出来。我们二、三两个中队就抓紧时机趁敌人开出寨门的时候，猛然冲进去，把寨门控制住。"

郝大成缓了一口气继续说，"向后撤的四五两个中队再反身杀回，把冲出寨门的敌人打垮后，一齐冲进谷家寨去，扩大战果。……"

"这真是个既大胆又巧妙的计划！"史少平赞叹道。

"还有什么不周到的地方吧？"

"我认为已经很周到了，"史太昌说，"只是再补充一点，那就是游击队和自卫队的配合，其他南、东、西门都由游击队和自卫队来负责，也做些配合性的攻击，但一定让谷敬文知道我们的主攻方向是北门。"

"在实际战斗过程中，还很可能出现新的情况，"郝大成说，"我得及时和你保持联系才行。"

"你就全力指挥北门的战斗吧，我的指挥位置是在东门。我会主动和你联系的。我把朱惠松留在你这里，有事派他去找我好了。这里的情况他很熟。"

四

几声枪响，惊醒了刚刚睡熟的谷敬文，谷中一来向他报告，去青龙山送命令的通信兵被游击队袭击，有两匹马跑回来，其中一匹受了轻伤。

"命令没有送到？"谷敬文睡眼惺忪地吃惊地问。他还没有完全清醒过来。

"通信兵是九时二十分派出的，如果去时被袭，枪响应该在九时二十分多一点，"谷中一看了一下手表说，"现在是十一时半，显然是回来路上被袭击的，撤回蔡团的命令，肯定已经是送到了。"

"送到就好，真是多事之秋啊！"谷敬文似乎仍是惴惴不安，他已经毫无睡意了，一边穿着军装一边说，"走，跟我到围墙上去看看，今夜要特别小心才是。"

夜色沉沉。

当谷敬文在卫士的扶持下登上围墙的时候,从黄家湾方向传来了枪声,"又出了什么事?"他有点心惊肉跳了,仿佛证实他的不吉的预感,接着就升起了火光。

"黄家湾起火了!"谷中一低声说。

"东沟寨也起火了!"跟在谷中一旁边的保安一团的团长杜松说。

"史家坪!"卫士们惊呼起来。

"看,又有好几处起火了!"

到处是一片火光。

谷敬文望着这遍地火光,脸上显露出从未有过的恐怖的表情。愁苦、焦虑、失望像三把挠钩突然抓住了他的心,他呆若木鸡地站在围墙的垛口间,足足待了三分钟。在这三分钟里,他想了很多很多:"果然不出我的所料,是郝大成回到九里十八坪来了,难道郝大成真的比我谷敬文有力量? 他的力量在哪里? 我呕尽了心血,费尽了心机,为什么就制服不了他? 他为什么来得这样快? 他为什么不先来攻打我的谷家寨? 啊……这说明他的力量不够! 可是他先把我的民团搞掉,这一手也很毒辣啊! 出树先挖根,周围的树根被挖掉之后,大树总要倒下去的。可怕! 如果他把那些游击队、自卫队和穷小子们全发动起来,会把我的寨墙压塌的。但是我并不绝望,我的保安第三团就要从青龙山赶回来了,郝大成啊郝大成,我还可以和你较量一番!"

"火!"一个卫士又惊呼了一声。

谷家寨也起了火。

"这是哪里?"谷敬文问。

"这是骑兵排的马厩!"杜松回答。

"快,纠集人救火!"谷敬文歇斯底里地喊叫着。接着他又看到了另一处火光,在保安团的营房里升起来了。这把火比所有大火集中起来,还要使他吃惊。

"加强各寨门的警戒,防止共军里应外合!"谷中一急急地吩咐着,然后宽慰他的司令说,"司令还是回司令部休息吧,这是那些地下活动的游击队的扰乱行为,没有什么了不起!"

谷敬文回到他的司令部后,惴惴不安地软瘫在椅子里。他很疲倦,但没有丝毫睡意。他假寐着,怀着"吉凶未卜"的心情,摆出一副"垂死挣扎"的架势,等待着局势的发展。桌上的座钟"滴答,滴答"地有节奏地响着,一声声敲击着谷敬文的心。在座钟当当当当敲出四下清脆的声音的时候,北寨门外响起了激烈的枪声。接着四门和周围也都响起了密集的枪声。

谷敬文猛然从虎皮椅子上跳起来,惊骇地嘟囔着说:"郝大成终于来了,终于来了! 他竟赶到我蔡团的前面。"他有些沮丧地想着,"难道我就这样完了吗? 我,曾经不可一世的谷敬文,绝不能这样就完了,不! 不! 我要和他们拼到底,死灰尚且复燃,我还有在国民党里当团长的大儿子谷福春……"

"司令,红军攻打北门甚急!"谷中一见司令没睡,一步跨进正厅向他报告。

"命令杜松给我坚决守住!"谷敬文声嘶力竭地说,"这个该死的蔡九,他耽误了大事!"谷敬文暴怒起来。

"我们是命令他四点半到达的!"谷中一怯生生地说。

"可是郝大成赶到了他的前头了!"谷敬文恶狠狠地说。好像那个命令不是他发出的。

"……'塞翁失马,焉知非福',也许晚到比早到更好些。"

"为什么?"

"早到他和我们同时被围……"

"对!"谷敬文的脑子也转过弯来了,"晚到可以内外夹击!"

"就怕蔡九无此谋略!"谷中一在兴奋之余,又添了忧虑。

"这一点你放心吧,蔡九比杜松、周武都强得多!"谷敬文好像落水的人抓到了一块木板,顿时精神抖擞起来,"走,我们到北门看看去。"

谷敬文第二次亲临北门,对北门的喽啰们鼓舞不小,红军的两次攻寨都被反击下去了。谷敬文不禁喜形于色,对跟在身边的谷中一和杜松说:"郝大成钻山沟也许还有点名堂,可是叫他来攻坚啊,就没有本领了。哼,让这个狂妄的家伙吃点苦头吧,不碰得头破血流,他还不知道钉子是铁打的!"

第三次冲击又开始了。寨外响起一片呐喊声,子弹打在寨墙的雉堞上,打得砖片乱飞。

"司令,到门楼里躲一躲吧!"谷中一劝说着。

"不,我要看一看郝大成有多大本领!"谷敬文蹲伏在雉堞后面动也不动。谷中一只好在他旁边陪伴着,杜松也不敢离开他。

这时四架绑接起来的云梯竖上了寨墙,两挺机枪压住围墙上的火力,红军战士们冒着弹雨向上攀登。

"把梯子掀下去!"谷敬文命令着,"立功者官升一级,赏大洋五十!"

果然有几个匪兵从雉堞后伸出脑袋探出身子,用步枪把梯子推倒了!红军的第三次冲锋又被打退了。

"哼,郝大成也不过如此!"谷敬文轻蔑地说,"徒有其名的家伙!想起任旅长竟然败在他的手下,可谓悲矣!"

"也许还有几手厉害的没有拿出来吧!"谷中一半开玩笑地说。

"我倒想见识见识!"谷敬文自觉有些得意忘形,稍稍收敛了下,看了一下手表,差五分四点半钟,心中忐忑不安地想道:"蔡九那个团怎么还不见动静?"

仿佛有意给他安慰一般,在北门外的两里处,也就是郝大成的后方,突然响起了枪声,开头还比较稀疏,然后就越来越密集了。

"蔡团到了!"谷敬文不由得大叫一声,"杜团长,打开寨门带部队出击!"

"司令,"谷中一疑虑地说,"是不是再等一会儿看看,这'兵不厌诈',我们也吃够了郝大成诡计多端的苦头!"

"所以你的胆子也就越来越小了。"谷敬文一向是尊重他的参谋长的,"好吧,我是赞成谨慎从事的,那就等等看吧。"

"红军撤退了!"杜松首先看见了,寨门外的部队向后移动。

情况证明谷中一的疑虑是多余的。

"出击!"谷敬文坚决地命令说,"不能失掉战机!"

谷中一也深深懂得这是出击的最好时机:红军背后受到攻击后,必然撤退,集中全力以对付背后的敌人。这时保安团从寨里冲出去,正好形成前后夹击的局面。

"难道郝大成就会这么傻吗?"谷中一又一转念,他对谷敬文说:"司令,是不是再等一等呢? 也许这里边有诈!"

"可是你要知道,"谷敬文说,"如果失掉了战机,郝大成回头把我们的第三团打垮,再出击可就晚了。"

"这倒也是。"谷中一同意了谷敬文的见解。如果不及时夹击红军,就会使红军先把第三团打垮,然后再来攻寨,那就全完了。

谷中一同意了谷敬文的见解,谷敬文也因谷中一的提醒而增加了不安。但是时间不容他再作考虑了,况且,连杜松这个头脑简单的庸才,也看出正是出击的大好机会,已经跑下寨墙,执行谷敬文的命令去了。

守卫北门的一个加强连队,真是倾巢而出,高喊着:"冲啊! 杀啊!"像流水一样卷出了寨门。

寨门两边突然响起一阵急骤的枪声,匪兵们刚喊出半个"杀"

字，就在寨门外扑倒了！这当头一棒，可把只顾向前冲的匪兵打蒙了，乱哄哄地挤成一团，就像急流碰到了石崖上卷起的漩涡一般。第二阵枪声刚过，埋伏在寨门两边的红军就跳起来，猛虎扑羊般地冲进敌群。张皇失措的敌人失去了抵抗的能力，只有四散奔逃一法。

"退！"杜松在队伍后边还没有冲出寨门，就凄厉地叫了一声，自己先扭头跑了进去，一些跟在队伍后尾的匪兵，很快明白了发生的事情，也扭回头向街里奔跑，但红军的追击比他们跑得还快，立即跟着撤退的匪兵冲进了寨门。

"冲啊！"赵铁牛和姚光明并肩冲了进来，两人带领着部队分头向东、西两翼扩大战果，并派一个分队登上围墙，占领了门楼。

谷家寨的巷战开始了。

五.

保安团的匪兵们，在寨门外受到突然袭击，在寨门楼上的谷敬文和谷中一是看得清清楚楚的了。

"啊，我们上了郝大成的当了！"谷敬文那只右眼突然变得血红，他半疯狂地揪着自己的头发，忽而又哀鸣似的说："中一，我们怎么办呢？"

"司令，快回司令部吧！"

"对，这里危险！"他的卫士们说，不等谷敬文回答，就把谷敬文架起来下了寨墙。

谷中一跟在他的后边，一边寻找着杜松，一边向溃逃的匪兵们喊着，"要坚持住！要守住街口！要拼命地……"一阵弹雨从他身边扫射过来，三颗子弹同时打中了他的胸脯和脑袋。谷中一没有发完他的最后命令，就扑倒在街口上。几个奔逃的匪兵，毫不客气地从他们的参谋长身上踏了过去。

谷敬文在弹雨的追击下,九死一生地回到了他的司令部,把自己肥胖的身体重重地摔在虎皮椅子里,嘴里不断地嘟念着:"郝大成他终于来了,郝大成终于来了,他是比我有力量,天啊!……拿酒来!"

一个丫头战战兢兢地端上酒来:"老爷,酒来了。"

"去你妈的!"谷敬文骂了一声,一巴掌把酒壶酒杯托盘打在地上。丫头惊叫了一声像碰上了毒蛇猛兽似的向外逃去,正和前来晋见的杜松碰了个满怀。

"司令病了?"杜松见到谷敬文惨白得像死人般的面孔吃惊地问。

"是有些病了!"谷敬文有气无力地说,他的两颊塌陷,满脸恐怖和愁容,他一下子老了十年。

"外面情况怎么样?"

"街口上的工事管了大事,红军攻不动了!"

"我们的援军就会到来的!"谷敬文祈祷般地说。

"寨门外的枪声早就不响了!"

"你说什么?"谷敬文猛然从椅子上跳起来,"你是说蔡九没有来?"

"也许是被打垮了!"

"不可能,不可能!你们这些饭桶,全是些没有用的脓包!"谷敬文举着两个拳头,在头顶上摇晃着,咬牙切齿地喊着,好像要向什么人扑过去,把他咬碎嚼烂。杜松看着谷敬文疯狂的样子,全身颤抖着,向后倒退了好几步,在他看来,这是不祥之兆。

谷敬文的疯狂并没有维持多久,就像泄了气的皮球,软瘫在椅子里了。外面又响起了激烈的枪声,杜松找到了离开的借口。

"司令,我去指挥战斗吧!"

"好，你去指挥吧，我现在就指靠你了！"

谷敬文就像一个快要断气的病人那样，喘息着，……忽然他又想起了什么，立即喊住了刚要跨出门槛的团长，"我还有话说，你从现在起，已经不是团长了，我提升你当我的参谋长！"

"感谢司令。"杜松苦笑了一下，竟忘了向司令敬礼谢恩。

谷敬文歇斯底里地喊叫着："你要坚决守住，要守住，万一守不住，就让谷家寨变成一片火海，叫郝大成一草一木也得不到！"

"要是这样，"在半分钟前新升任的参谋长说，"司令还是早些离开谷家寨吧！"他与其说是出于关怀，毋宁说是做一次试探。

"你说什么？ 不要脸的东西！"谷敬文又疯狂起来，这个平时伪装得道貌岸然的家伙，一旦死到临头的时候，他就露出了凶残、软弱、奸诈、虚伪的面目，"不，我不会离开谷家寨的！ 不会的，不成功便成仁！ 你快给我滚！ 不忠不义的东西，竟然劝我逃跑！ 不要脸的东西！ ……"

但是他的新任参谋长并没有听完他的咒骂，早就滚出去了。谷敬文喊来了他的卫士，声音微弱地说："去，到用人们那里，给我拿几身便衣来！ ……"

外面的巷战仍在激烈地进行着。

第五十六章　匪巢的覆灭

一

激烈的巷战在进行中。

郝大成命令第二、第三两个中队分别到东门和西门方向发展，以策应寨外两个方向攻寨门的自卫队；命令史少平带一个分队向保安团的特务连驻地发展，因为谷敬文的监狱在那里，他的主要任务是尽快救出被捕的游击队员和革命群众，免遭敌人杀害；他自己则带着王求正的第四中队直插谷敬文的司令部。

谷敬文为了迟滞红军的进攻，命令匪兵们把民房点上了火。

大火在燃烧着，大街小巷被照得通明。

红军战士，一边战斗，一边帮助群众救火。

史少平带的一个分队，在一个巷口上受到了猛烈的抵抗。敌人在街垒后面阻击他们。有三个战士在战斗中受了伤，仍然拿不下这个街垒。

"硬攻是不行的，是不是从另一条街迂回过去？"分队长向史少平提出了建议。

"时间恐怕来不及了！"史少平想到监狱里急待解救的革命群众，心里像被火烧烤着一般，早解救出他们一分钟也是好的啊！史少平瞪着街垒，大声地命令说：

"同志们，准备手榴弹，把它炸掉！"

街垒上的射击，仍十分密集，子弹呼啸着，在他们身边乱飞。

战士们都把手榴弹握在手里，等待着命令。

"同志们！匍匐前进，跟我来！"

史少平刚刚下完了命令，就喊了一声："停止！"

因为他听见从街口的另一边响起了枪声，接着，他看见一个姑娘和几个穿着老百姓服装的人向敌人冲了过来。

守街垒的敌人受到了侧背的攻击，立即放弃了街垒，向特务连驻地退却。

史少平毫不失时机地纵身一跃，登上了街垒，向退却的匪兵射击。

在弥漫的硝烟里，在火光的照耀下，那个姑娘猛然叫了一声："史少平！"

史少平这时也认出来了，叫了一声：

"朱惠芳！"

自从他们在大闹谷敬文的"庆功"宴时见面之后，就再也没有见过面。但是，在这紧张的战斗中，他们不仅来不及讲什么，就是连想什么也来不及啊！

"惠芳，"少平从街垒上跳下来，连握手都来不及，匆忙地说，"快带我们去谷敬文的监狱！"

"好！就在特务连驻地。"朱惠芳一挥右臂说，"跟我来吧！"

"惠芳，"史少平说，"你跟在我们后边，给我们指路就行了。"

朱惠芳知道史少平的意思，她说："你还是跟着我们走吧！特务连驻地已经没有人了，全部调去保护谷敬文的司令部去啦！"

果然，当他们冲到特务连驻地时，只有几个守监狱的狱卒。他们没有抵抗就交械投降了。

史少平命令狱卒打开了牢门。

几十名带着满身伤痕的革命群众，欢呼着从牢房里拥出来，含着欢乐的泪水，扑到红军战士的怀中。

此时，朝阳已经升起来了，谷家寨的枪声渐渐停止了。

......

"史少平!"一个褴褛的衣衫上沾满血迹的"犯人"一边喊叫着，一边伸着两只手，踉跄地向史少平跑过来。

史少平定睛看了一会儿，猛然迎上去，把他抱在怀中，颤声地叫道：

"黄希才同志，你受苦了!"

黄希才眼里含着泪水说："我总算盼到这一天了，我是天天都在盼你们哪。自从被捕那一天起，我就相信这一天一定会到来的。有一天我做梦梦到你们来了，抓到了谷敬文，打开了牢狱，就像现在一样。"黄希才抹了一把泪水，笑了。他又问：

"郝大队长、党代表、宋少英他们都来了吧?"

"郝大队长来了，"史少平说，"党代表和宋少英他们留在四岭山，坚持斗争。"

"快，快带我去见郝大队长!"

"他正在指挥攻打谷敬文的司令部。"史少平说，"我来搀你走。"

史少平搀扶着黄希才，满怀着胜利的喜悦，向谷敬文的司令部走着，沿街碰上了很多打扫战场、帮助群众救火的战士，黄希才却不认识他们，他兴奋地说：

"这么多新同志啊，我怎么都不认识?"

"是啊，"史少平说，"我们的队伍发展壮大了嘛，比你在南屏山时，扩大了四五倍呢!"

二

巷战没有持续很久，四个寨门在内外配合下全都被红军和游击队、农民自卫队夺取了。游击队和农民自卫队像愤怒的潮水般涌进谷家寨。保安团在失去指挥的情况下，全部被歼灭了。街上的大火也慢慢扑灭了。郝大成带领王求正中队冲进了谷敬文的司令部。拂晓时分，战斗已经结束，却找不见谷敬文的踪影。

"也许自杀了吧?"有人猜测说。

"我看他没有这点勇气，"王求正说，"自杀也该有尸首啊!"

"再继续搜查!"郝大成向王求正命令着，"不能叫这个老狼漏网!"然后对跟在身后的王尚青说，"你去报告史太昌同志，说谷敬文还没有抓到，请游击队和农民自卫队一齐协助搜查。"

"该不会早就潜逃了吧? 这个老奸巨猾的东西!"郝大成暗自思忖着，在谷敬文的住宅里四下搜寻着。他忽然看见谷敬文的后院里升起一团烟来，他急忙跑过去一看，只见几个农民自卫队员正举着火把准备点火，他大声喊道:"喂，你们这是干什么?"

"放火，烧掉这个虎狼窝!"一个小伙子回答着，并把火把举上了房檐。

"住手! 你们发疯啦?"郝大成用命令的口吻，制止着这个青年人。

这时青年人认出了是郝大成，便顺从地放下了火把，但他并不把火把熄掉，而是向郝大成申辩说:"郝大队长，留着这个狼窝子干什么? 我们这些人都在这里挨过皮鞭，坐过水牢，我那爸爸就是死在这里的啊! 我看到这个大灰院我就恨得咬牙，我恨不能化成一个霹雳把它打掉，恨不能化成一团火把它烧掉。郝大队长! 不把它烧掉，难解我的心头恨啊!"青年人眼含着泪花。

"把火把放下吧!"郝大成温和地说着，走向青年人拍拍他的肩膀说，"同志，谷敬文坏，可是这房子并不坏啊! 难道这房子不是咱们穷人的血汗盖起来的吗? 今天这房子已经是我们的了，我们是房子的主人!"

"我们是房子的主人?"青年人惊诧地环视着一排排宽敞高大

的瓦房说，"我们能住这样的房子吗？"

"怎么不能！"

"那可真叫翻身了！"一个小伙子顿时高兴地笑着说。

"我们就是为了翻天覆地才革命的啊！我们要叫世界翻个个儿，叫那些剥削我们压迫我们、喝我们血吃我们肉的那些老爷们下地狱吧！我们要把他们统统扫光，就像扫那些苍蝇、蚊子、臭虫、粪蛆一样，把他们扫进茅厕坑里去！"

"我干吗要住这样宽大的楼房呢？我又不是地主。"小伙子看着那高大华丽的大厅和闪闪放光的红木紫檀家具，有些茫然了。

"我们可以把工农民主政府安在这里，这里就不再是祸害穷人的阎王殿了，这里就是替我们穷人办事的机关，是我们自己的衙门，专门整治和镇压那些土豪劣绅和反革命！也许我们把列宁小学安在这里，叫咱们这些祖祖辈辈没有摸过笔杆子的孩子们都来念书。……不错，这里面还有谷敬文设下的牢狱！难道我们就不需要牢狱吗？要！我们也要叫那些两手沾满穷人鲜血的老爷们坐牢！同志，可是你要把它烧掉！"

小伙子踏灭了还在地上燃烧的火把，不好意思地笑笑说，"我没有想到这些……"

"应该想到，"郝大成说着，从腰里抽出他的枪来，"你看，这支二十响，就是我从谷敬文手里夺来的，这枪在谷敬文手里时，曾经杀害过我们很多革命的同志，可是到了我的手里，我并没有因为它是谷敬文的东西就把它摔碎，而是用它来杀敌人，……懂了吗？"

"懂了，"青年人领悟地说，"我是一时只想到自己的仇恨，气的！"

"仇恨，"郝大成望了一眼谷敬文的大厅，他看见了那张虎皮椅子，他爸爸被打死的情景又出现在眼前。他说："我们穷人哪家没有血泪仇啊！可是我们不能只记住自己的仇恨，我们要记住整个阶级的仇恨,要记住世界所有被压迫被剥削的劳苦人民的仇恨,我们就能站得高,看得远,想得宽,我们的革命的担子重得很啊!"郝大成重又拍拍青年人宽阔有力的肩膀,语意深长地说,"我们革命的路还很长很长啊!"

三

　　杜松从谷敬文司令部里出来,并没有去指挥战斗,他带着自己的卫士带上平时搜刮来的民脂民膏,包了一个包袱,然后闯到老百姓家里抢了两身便衣,趁农民自卫队拥进寨门的时候,他们混出了谷家寨。这时候谷家寨外,仍然人山人海,他们只好在密林中钻来钻去,很快就迷失了方向。在卫士建议下,他们坐下来休息。辛劳了一天一夜的杜松,背靠着橘树打起瞌睡来,但他并没有睡死,他听见树丛拨动的声响,睁开惺忪的眼睛一看,他的卫士正提着他那盛满金银细软的包袱向山林里走去。这时已是凌晨时分,一切都显得很明朗了。

　　"你到哪里去?"杜松大声喊道,他暂时忘记了他的处境。

　　"解手!"

　　"解手为什么提着包袱? 把包袱放下!"杜松命令着。

　　"告诉你,姓杜的! 这里没有什么参谋长了,留着你那命令吓唬野兔子去吧,老子不怕你!"卫士停下来用鄙视的目光看着杜松。

　　"放下!"杜松蹦起来,向卫士扑了过去。

　　但卫士并没有逃跑,也没有向他开枪,只是迎头向杜松扔来了一块拳头大的石头,杜松"啊呀!"叫了一声,就跌倒在草丛中了。

　　卫士轻蔑地吐了口唾沫,拎着包袱,向树林里一钻,扬长而去。

　　杜松的额头上挨了一下,头被打破了,流了一些血,昏晕了半个小时,但没有死去。他又慢慢爬起来,撅了一根树枝当作手杖,在树林子里蹒跚着。没有饿惯的肚子现在咕咕地叫着,强迫他去寻找一餐早饭。很幸运,他竟摸到山路上来了,远远地看见一个老头,手里也拄着拐杖,一步一摇地向前走着。

"这个老家伙也许能给我凑合顿早餐!"杜松这样想着,便加快了脚步,这时他又想起腰里还插着一把手枪。有了枪就不愁没有饭吃没有衣穿啊! 对于抢劫,杜松也算是老手了。

杜松加快脚步,离前面那个老头越来越近了。他发现这个老头穿着并不像老百姓,从背影看来,身体还很健壮,但是从他走路那步履维艰的样子,却又像久病初愈的人。杜松离老头越近,就越觉得背影有些熟悉。前面的老头好像发现背后有人,便加快了脚步。

杜松再也不想追赶了,因为他头疼得厉害,便高声喊道:"老乡! 老乡! 等一等!"

老头开始愣怔了一下,脚步迟疑了几秒钟,但又立即加快了脚步。

"聋子?"杜松想道,为了一顿早餐,他便忍着头疼继续追赶,在山路转弯的地方,他追上了这个老头,厉声喊道:"站住! 老家伙,你想装聋作哑,当心我对你不客气!"

老头似乎听出了杜松的话音,猛然回过头来,双方都愣住了:"是……你!"

"啊……是……你!"

这个老头不是别人,正是威名显赫一时的三县"剿共"司令谷敬文,今天竟落到了这步田地。他连自己的墨晶眼镜都不敢戴了,以致跟随他多年的部下都不敢立即相认。

这个司令是怎么走出谷家寨的呢? 这里不能不简单交代几句:谷敬文喝令劝他离开谷家寨的新任参谋长滚走之后,回到了他的卧室,带上卫士给他拿来的便衣,掀开床下的盖板,下了地道,这条地道直通寨外他谷家的坟地。

这条地道还是谷敬文他老子谷半县在世的时候修的，那时谷敬文还只有十七岁，他不懂修这条地道有什么用处，他的老子谷孟余告诉他说："人无远虑，必有近忧，要居安思危哟，红绫会是被扑灭了，可是那些泥脚杆子还是要造反的！明朝的京城不也曾被李自成攻占过？崇祯皇帝落了个自缢于煤山的下场。何况我们这个小小的谷家寨呢？……"今天谷敬文应该感谢他老子的远见和祖宗的荫庇了。他终于爬进了地道，带着满身烂泥又从他祖坟里钻了出来，换上便衣，落荒而逃。……

"我的命令你没有执行吗？"谷敬文看着他下属的脸上血迹斑斑的狼狈相，有些生气。他很奇怪，他的参谋长竟敢不执行他的命令而私自潜逃，更不能容忍的是，杜松竟和他逃在一条路上，并且喊他"老家伙"。

"我是赶来给谷司令报告战况的啊！"杜松嘲笑着，他看着谷敬文还在他面前摆司令的架子，觉得十分滑稽，便放声笑了起来。

"你是什么时候逃出来的？你的兵呢？"谷敬文听出了杜松嘲笑的意味，但他按住了火气，"可耻啊！"

"滚你妈的蛋吧！"杜松想起了他提议让谷敬文离寨，而谷敬文辱骂他，叫他滚的情景，一股冤气浮上心头："我逃跑？我可耻？你是什么东西？我头上的伤是战伤，是荣耀，可是你呢？你倒比我先爬出了谷家寨，你这个伪君子，你是耗子，你是狐狸，你是吹牛大王，总之一句话，你是个混账王八蛋！……"杜松的咒骂像一桶污水兜头向谷敬文泼去，他还悔恨骂得太轻。

谷敬文向他的胆大妄为的部下抡起了拐杖，怒不可遏地骂道："你这个忘恩负义的癞皮狗，你倒反咬起你的主人来了，我砸死……"但谷敬文的手杖停止在空中了，好像有一只无形的手托住了他的胳膊肘子。

杜松抽出腰里的手枪,正对着谷敬文的胸口。

谷敬文手腕子软了,拐杖慢慢地落了下来,无力地蹲到脚边的一块岩石上,和解地说:"杜老弟,莫开玩笑了,我们现在应该'有难同当,同舟共济'啊,还是谈谈咱们的处境吧!"

"这不就结了!"杜松也坐了下来,他两手捧着脑袋呻吟着,肚子又咕咕噜噜地叫起饿来,他向他的"有难同当"的伙伴说,"给我点东西吃吧。"

"我连个狗屁也没有!"

"挨饿真不是个滋味,"杜松叹了一口气,"我都快直不起腰来了。"

谷敬文打了个哈欠,又强打起精神来说:"你打算到哪里去?"

"鬼知道,说不定要进棺材!"

"不要泄气嘛,我们会东山再起,卷土重来的!"谷敬文自觉这话没有力气,但须要提一提精神,便屈尊降贵地说:"杜老弟,有烟吗?"

"烟! 对不起,叫他妈的卫士给带走了!"

"你还带着卫士? 他在哪里?"谷敬文好奇地问。

"你少问几句好不好?"杜松想起了不愉快的事情,没好气地说。

谷敬文讨了个没趣,他仔细观察着杜松的表情,忽然醒悟地大笑起来,"哈哈,原来你这脑袋上不是战伤啊,是你那卫士给你打扮的吧? 你大概带了很多钱财吧?"

杜松痛苦地"唔"了一声。

"以后不要这样傻,人和人都是狼和狼的关系,当你没有权力的时候,你就不会有卫士了,那卫士是给团长、参谋长干的,不是给杜松干的。就像你我一样,在两个小时之前,你见了我还像儿子见了老子那样,现在你却用手枪对准我。唉! 权力啊,权力!"

"领教，领教！"杜松辛辣地说，"请问'司令'卷土重来之策。"

"我还有在国民党里当团长的大儿子谷福春，总有一天，我还叫九里十八坪血流成河……"谷敬文的脸色突然变得铁青，他胸膛里仇恨的狂涛又汹涌起来，他激怒得失去了常态，他从岩石上蹦了起来，抖动着两个紧握的拳头，仿佛要向什么人扑去，他声嘶力竭，歇斯底里地喊道："天啊！我绝不饶恕他们！我要剥他们的皮，抽他们的筋！我的九里十八坪，我的四岭山，我的谷家寨，我的土地，我的财产，我的一切，我绝不会放弃，我就是死了，也要把它们带到坟墓里去！"

杜松以为谷敬文是疯了，他苦笑着说："老兄，安静些吧，这一切都是带不走的！"

"难道我会丢给那些造反的穷小子们？"谷敬文瞪着一只眼睛，直勾勾地盯着杜松，仿佛要和他争辩个明白。

"这有什么办法？"

"不！我不甘心，绝不甘心！老天爷啊！我谷家的产业绝不能葬送在我谷敬文手里，我要……天塌下来吧！"谷敬文疯子似的叫喊着。

"嚇！有人来了！"

"啊，哪里？"谷敬文抬头一看，山路上果然走来了一群人，"快，快！"他惊慌地叫了两声，首先钻进树丛里去了。

杜松也跟了进去，路上的人群越来越近了。

四

打开谷家寨的消息像风一样传遍了谷家寨周围的大小山村，到处立刻出现了一片欢腾的景象。男女老少都奔走相告，并做好了各种饭菜，拿出最心爱的最好吃的东西，挑着箩筐提着竹篮担着篇桶,欢笑着,高唱着,打趣着,沿着山路一齐向谷家寨拥去,去慰劳自己的亲人——红军。一路上吵吵嚷嚷,嘻嘻哈哈,这一年来人们没有痛快地说过,也没有纵情地笑过,他们仿佛要在这一天早晨用十倍百倍的欢声笑语来加以补偿。

赵星海一手提着小竹篮,这里面有糍粑,有花生,有板栗,这都是准备给小芬过年吃的,一手搀着小芬,在人群里走着。

小芬问:"爷爷,这一回我能见到郝大成叔叔吗?"

"能见到!"老人肯定地说,回答得不像昨天晚上那样迟疑了。

"能见到我爸爸吗?"

"也能!"

"太好啦! 真是太好啦!"小芬蹦跳着高兴地唱着,忽然她挣脱了爷爷的手,高声说,"爷爷,你看,崖上的映山红又开啦! 开得比春天的还要好看!"

"是啊!"老人望着山崖上红白相间的云霞般的映山红说,"这种花在清明开,到重阳节还要再开一次……"

"我去采一把,送给郝大成叔叔!"

"可别耽误了赶路啊!"赵星海嘟念着说:"眼看要去晚了!"

"耽误不了!"小芬已经往山崖上跑去了,然后回过头来对老人说:"爷爷,你快走吧,我保准能赶上你!"

"看这孩子,野得像个男孩子!"赵星海望望敏捷地向山崖上攀爬的孙女,赞许地笑笑,径自往前走了。

这重开的映山红不像清明节初开的那么娇嫩,它经过秋霜之后,依然生意盎然,繁茂旺盛,颜色白红相间,犹如明丽的朝霞,白的洁白如雪,白得特别明净;红的殷红如火,红得格外凝重。

小芬采了一抱鲜花,高兴地唱着山歌向山下走着:

> 九月初九重阳节,
> 映山红重开满山坡;

秋色更比春光好，

白如雪团红如火。

小芬的歌声突然停了，她从山坡高处看到了有两个人在灌木丛里躲藏着。

"喂！你们是什么人啊？"小芬向那两个人喊着。

这两个人只注意着山路上行走的人群，却没有防着背后山坡上有人会看见他们。

"快跑！"谷敬文惊慌地说。

"是个小孩子，把她干掉！"杜松说。

"不行！你不看到处都是人吗？"

他们迅速地向更加浓密的树丛里钻去。小芬却居高临下看得清清楚楚，他们这一跑，证明他们是坏人无疑了。小芬一面向他们追着，一面高喊着："有坏人啊！在树棵子里藏着，快抓坏人啊！"

"小芬！在哪里啊？"山路上的人群立即停了下来，抽出了冲担，没有武器的人也拾起了石头。

"在那条山沟里，向西跑啦！"

"追啊！"人们呼喊着向山沟里追了过去。

杜松见追来的全是老人妇女，他认为只有吓唬住他们才有可能脱逃，于是他抽出枪来，向追近的人群开了一枪，但没有打中，又打了一枪，还是没有打中……他心慌了，没有想到他的枪声不但没有把人们吓住，大伙反而追得更猛了！杜松在树丛里拼命地奔跑，他碰到一棵树上，一根坚硬的树枝猛然刺进他额头上的伤口，他大叫一声疼昏过去了。人们立即扑上去，拾起他甩在身边的手枪，把他捆绑起来。

谷敬文像被猎人追急了的狼一般，在树丛里东钻西闯，想夺路而逃。他由绝望变成了凶狠，仿佛要吃人咬人。他的衣服全被树丛扯碎了，光着膀子像着了魔似的冲出人群上了山岙，正要翻过山岭的当儿,兜头碰上了赵星海。

"躲开!"

谷敬文像狼嗥一般,凄厉地嚎叫着,向赵星海扑过去。这时赵星海也认出了这只独眼狼。

"跪下!"

赵星海挡在谷敬文的面前,像一座岩石的雕像,他白发白须在晨风里飘动着,虽然黑瘦却充满活力的身躯像紫檀木般,在朝阳的照耀下,闪着黑黝黝的光。他的目光是威严的,那"跪下"两个字,就像他吐出的两颗炸雷,充满着震撼山岳的威力!和谷敬文那"躲开"的绝望的嘶喊,形成截然相反的对比!

谷敬文瞪着吃人似的独眼扑到赵星海的面前,好像要把他撕碎一般。

赵星海巍然不动地站在那里。

仿佛两个阶级,在较量着精神、意志和力量!一个残暴凶狠,色厉内荏;一个巍然如山,凛然不可侵犯。一个眼里闪射着兽性的疯狂的冷光;一个眼里喷射着阶级仇恨的愤怒的火焰。……就这样眼睛对着眼睛,仇恨对着仇恨,紧握的双拳对着紧握的双拳,相持了将近半分钟。

吃人喝血的剥削阶级的代表人物谷敬文,终于坚持不住了,露出了他那凶残的外表掩盖下的虚弱的原形,他的腿颤抖着,膝盖弯曲了一下,在赵星海面前跪了下来,发出绝望的哀鸣:"饶命吧!"

五

艳丽温暖的秋阳照耀着五彩缤纷的群山,蔚蓝的天空飘荡着几朵白云,天空显得明净而又高远。

谷家寨虽然被烧得断壁颓垣,硝烟还没有散尽;成群的俘虏还在大街上蹲着,等待着处理;红军战士和农民自卫队员们还在瓦砾和废墟堆中扒着和搬运着战利品;谷家寨的居民们正在忙碌地清理着在战斗中被匪兵破坏的家园。……但是到处却呈现着一派欢腾的节日的景象。

在市集中间的广阔的打谷场上,谷敬文曾在这里搭起两座戏台为他升任三县"剿共"司令庆功。那高达五尺的台基还在,今天庆祝胜利大会的会场就设在这里,现在正在布置当中。五彩缤纷的旗帜和鲜艳夺目的彩色标语已经插满和贴满会场的四周。咚咚锵锵的锣鼓声和笛子唢呐喇叭声合奏着《得胜令》。

四乡的男女老少都涌到谷家寨来了,比平时赶集的人多了五倍,整个会场周围人山人海,波涛汹涌,一片熙熙攘攘的嗡嗡声,比市集的喧嚣要嘈杂十倍。

突然人群一齐向南寨门拥去,跟随着跑去的人都不知出了什么事情,一连串地询问着:"出了什么事?"

"不知道。"

"为什么都向南门跑?"

"大家都跑,我也跟着跑!"

人群像洪水决了堤似的向南门跑着,不一会儿人们又倒流回来,这些随着倒流的人群,传来了振奋人心的消息:

"谷敬文被抓住了!"

"谷敬文被抓住了!"

"砸烂他!"

"打死他!"

人们叫喊着,压倒了一切别的声音。……二十几个游击队员和自卫队员分开愤怒的人群,把谷敬文押解到会场上来:"乡亲们!老乡们! 大家不要挤!"游击队员们推着人群,他们的声音都喊哑了,"我们要公审他,有仇的报仇,有冤的申冤!"

"打死他!"

"砸烂他!"

人们呼喊着。

一块块砖石,穿过自卫队员和游击队员的空隙,打到谷敬文身上。

游击队员们不断地喊着:"乡亲们! 不要拥挤,交给我们的工农民主政府去处理他!"

"到会场去吧! 快要开会了!"有人招呼着。

郝大成在大街上走着,交代着各项工作和注意事项,了解着各种情况,缴获的武器、俘虏的处理等等,并经常被熟悉的人拉住讲话,被人群包围着。

小芬抱着那束映山红花,拉着爷爷在人群中挤来挤去,一边不断地打听:"你们可见到郝叔叔了?"

人群来来往往,有人停下来逗引似的问这个扎着两条辫子的小姑娘说:"你找哪一个郝叔叔啊!"

"找郝大成叔叔,还有我爸爸!"

"你爸爸是谁啊!"

"是红军!"小芬骄傲地说着。

"没看见!"过往的人摇摇头,抱憾地向她笑笑。

"爷爷! 你快领我去找!"小芬急起来了,撒娇任性地缠着赵星海。

"傻孩子,他很忙,怎么好去麻烦他?"赵星海半哄半斥责地说。

"不嘛,我要找嘛!"小芬噘起小嘴巴,好像要哭出来了。

"真拿你没有办法。"赵星海无可奈何地说,"等一会儿开大会的时候你就会见到他了!"

小芬不听他的,仍拉着他在人群里穿来穿去。他们两人东挤西攮,并没有引起人们的多大注意,因为大家都在询问着议论着各自关心的问题:活捉了多少匪兵啦,缴获了多少武器啦,什么时候成立工农民主政府啦,什么时候分配土地啦,谷敬文现在吓成什么样子啦! ……

"郝大成!"突然有人喊了一声。

"在哪里?"人们向着喊叫的人扭过头去问着。

"那不是嘛!"有人用手指着。

小芬和赵星海同时看到了郝大成。他虽然已经几夜没有睡眠了,但他精力充沛,容光焕发,神采飞扬,大步地向会场走来,很多人簇拥着他。

"郝叔叔!"小芬欢乐地叫了一声扑上前去。

"你叫我吗?"郝大成低下头看着这个活蹦乱跳的小姑娘,他没有立即认出是小芬。

"小芬! 不知好歹的孩子,不要麻烦郝叔叔!"赵星海从后面追过来,责备着小芬,并歉意地看着郝大成。

"赵大伯!"郝大成认出了老人,激动地赶过来,"你可好啊,身子骨可壮实吧? 我正要找你啊!"忽然他又想起了小姑娘,又转身对小芬说:"你就是小芬啊! 长这么高了,我都不敢认你了!"

"郝叔叔! 给你这些花,开得多好看啊!"

"好,好!"郝大成接过花束,问:"小芬,看到你爸爸了吧?"

"没有! 我听说爸爸来了!"小芬说。

"走! 咱们找你爸爸去!"郝大成说。

"别缠着你郝叔叔,"赵星海高兴地责怪着小芬说,"你不知你叔叔忙吗?"

"没关系,走吧!"郝大成一手拿着映山红,一手搀着小芬说,"咱们一块走,到会场上就见到你爸爸了!"

小芬得意地看了爷爷一眼,意思是说:"你看,郝叔叔才不嫌我缠着他呢!"接着高兴地一走一跳地跟着郝大成向会场走去。

六

会场的布置是极其简单的。在高台的两角上,埋着两根杉杆子,当作台柱,上挂一条红布横幅,写着"庆祝胜利大会!"六个金色大字。

两根台柱上挂一副对联:

庆胜利,打倒土豪劣绅,展开土地革命;
祝大捷,推翻国民政府,建立红色政权。

八面红旗分插在主席台两边。会场周围的墙壁上,贴着各种各样的标语:"中国共产党万岁!""中国工农红军万岁!"

台下,东面是红军、游击队和农民自卫队,西边是男女老少群众。当宋洁泉、史太昌、郝大成和小芬出现在主席台上的时候,会场上突然爆发出雷鸣般的掌声。

宋洁泉举起一只手来,掌声渐渐静了下来。

宋洁泉说:"同志们,各位乡亲们,父老们,兄弟姐妹们!我们胜利了!今天我们开这个大会来庆祝胜利!"

会场上又响起暴风雨般的掌声和口号声,在欢呼声静下来以后,宋洁泉继续说:"我首先代表县委宣布,九里十八坪区工农民主政府正式成立!由史太昌同志兼任主席!"

会场上又响起暴风雨般的掌声和欢呼声!

宋洁泉继续说:"我们的革命根据地也扩大了,九里十八坪地区,四岭山地区,南屏山地区,西屏山地区,都要连成一片了!井冈山,毛委员创建的中国第一块农村革命根据地,给我们做出了榜样,给我们指明了方向!我们的胜利,是在伟大的井冈山道路的指引下取得的,我们要学习井冈山的经验。"接着他详细地介绍了井冈山地区的斗争经验,然后请史太昌讲话。

史太昌具体地讲了工农民主政权的职能和任务；讲了土地革命问题；讲了扩大工农武装问题；讲了发展党的组织和共青团、少共团的问题；以及对待土豪、劣绅、地主、民团的政策问题。……然后是请郝大成讲话。

郝大成一站起来，会场上就响起了经久不息的暴风雨般的掌声和口号声。待掌声稍稍平静之后，郝大成以他特有的高亢洪亮的声音说：

"同志们，刚才宋洁泉同志和史太昌同志给我们大会作了很重要的指示，我们表示热烈的欢迎和拥护！"

会场上响起热烈的掌声。

"宋洁泉同志说，'毛委员创建的中国第一块农村革命根据地——井冈山，给我们做出了榜样，给我们指明了方向，我们的胜利是在伟大的井冈山道路的指引下取得的。'……这是千真万确的真理！井冈山的斗争经验，是我们胜利的根本保证！"会场上又响起热烈的掌声。

"同志们！刚才接到四岭山区吴可征同志写来的一封信，介绍了四岭山的斗争情况，我现在念给大家听：'……敌人侵占洪雷谷后，屡遭我游击队和农民自卫队袭击，在进行残酷的烧杀抢掠之后，已退出洪雷谷口，三十二旅旅部及特务营被歼后，敌人惊恐万状，敌人现已奉命退出白云山到南屏山集结待命；谷敬文的新编保安第二团，周拐子的第二营早已溃散，周武的第一营和张彪的第三营已被我全部歼灭，周武、张彪也被打死了，谷敬文的保安第二团已经不存在了。但是，在这胜利的日子里，告诉你们一个沉痛的消息——周威同志在袭击沙河镇的时候光荣地牺牲了'……"郝大成读到这里停顿了一下，克制住沉痛的心情，然后又继续读下去，"……'伏虎岭太平寨已全部收复，现尚有蔡九的新编保安第三团盘踞在青龙山，我们不日即对其发起攻击，想你们攻打谷家寨的战斗也会按照预定计划胜利完成,何时能挥戈北上,共同夹击青龙山之敌,盼速来信!'……

"同志们,今天上午开过大会,下午我们就要出发。敌人是'树倒猢狲散',蔡九这个保安第三团已经成了走投无路的丧家狗了,是不难消灭的。……

"根据县委决定:我们大队下辖五个中队:史少平同志任大队副大队长。第一中队长,由罗雄同志担任;第二中队长,由姚光明同志担任;第三中队长,由朱英同志担任;第四中队长,由王求正同志担任;第五中队长,由赵铁牛同志担任。……"

会场上响起热烈的掌声。

郝大成说:"我们的革命根据地扩大了,我们的革命武装力量发展了,我们取得了胜利,可是这只是个初步的胜利。革命的道路还很曲折,还很长很长。在今天的大会上,我们要审判罪大恶极的谷敬文!"

会场上响起热烈的掌声和呼叫声:

"枪毙谷敬文!"

"为革命的人民报仇雪恨!"

"枪毙谷敬文!"

郝大成待会场稍稍安静之后,继续说:

"九里十八坪的谷敬文被消灭了,可是全山区还有很多个谷敬文没有消灭,全中国还有更多的谷敬文没有消灭,那全世界就更多了!

"你们听听谷敬文怎么说吧,他说,'我谷敬文死了,还有我的儿子谷福春,还要和你们斗下去!'这就是阶级敌人给我们的回答!所以,我们要一直奋斗下去,直到把世界上的一切吃人肉喝人血的豺狼统统消灭掉,直到全世界劳动人民都得到解放,就像那《国际歌》里所唱的:'一旦把敌人消灭干净,鲜红的太阳照遍全球!'不到那时候,我们是绝不能放下手中战斗的武器的。要到那一天,我们还要经过千千万万的困难艰险,还要进行千千万万次的浴血战斗!

"今天,这位小姑娘,"郝大成扭头看了一下小芬,"她采了一把映山红花献给我们这次祝捷大会,"郝大成拿起放在桌子上的鲜花向人群晃动着,"这把花就像咱们革命的红旗一样红,这是由于我们革命烈士们的鲜血点染,才变得这样鲜艳壮丽啊!功劳和光荣应当归于那些为革命事业献出鲜血和生命的同志们!黄四楞同志的妈妈黄大妈说得好,'没有耕耘和播种,就没有收成!'是啊,没有流血牺牲就没有今天的胜利啊!我们一个人倒下去,千百人站起来,我们一个人留下枪,有千百人来接班!先烈们所没有完成的革命事业,由我们来担承。乡亲们,青年们!参加到红军队伍里来吧!接过先烈留给我们的武器,在中国共产党的领导下,在革命红旗的指引下,穿过枪林弹雨,穿过炮火硝烟,向吃人的旧世界冲锋吧!我们要用革命的枪杆子把旧世界掀翻,砸烂!"　.

"中国共产党万岁!"

"中国工农红军万岁!"

"中国革命胜利万岁!"

"井冈山道路胜利万岁!"

"拿起枪杆打烂旧世界!参加红军最光荣!"

会场上,人群像怒风卷过的海洋,波涛翻滚汹涌,人人都挥舞着粉碎旧世界的铁拳,爆发出天崩地裂的吼声,以万马奔腾之势,以雷霆万钧之力,向旧世界进行猛烈轰击!

第五十七章　征程万里

郝大成带着红军部队,沿着崎岖的山路向青龙山进发,去参加合击蔡九的新编保安第三团的战斗。

宋洁泉、史太昌和游击队员们,赵星海、小芬和拥挤在路边的群众,一起给红军送行。

锣鼓声,口号声,欢呼声,谆谆的嘱咐和恳切的叮咛声,响成一片。

郝大成留在队伍后边,向宋洁泉和史太昌、向游击队员和乡亲们告别。

小芬扑到郝大成身边恳切地说:"郝叔叔,带我走吧,我也要当红军去! 和少英姑姑一样。"她天真地瞪着两只水汪汪的大眼睛,期待着郝大成给她一个满意的回答。

"小芬,你还小呢!"郝大成爱怜地抚摸着她满头柔密的头发说,"等你长大了,我就派人来接你!"

"等我长大了?"小芬不同意了,"那时候,坏蛋们都消灭光了,我还当红军干什么?"

"不,不会那么快的! 我们准备和敌人打十年,打二十年,甚至还要和敌人打更长的时间,打三十年、五十年,打一辈子! ……"

"郝叔叔,再过一年我就长大了吧?"小芬郑重地说,"那时你可别忘了来接我啊,我也要和坏蛋们打一辈子!"

"好! 小芬有志气,我一定会来接你的!"

"嗯!"小芬信任地答应着,但她不舍得放开郝大成。

队伍已经走远了。郝大成轻轻地拍了拍小芬的还显得十分幼嫩的肩头说，"快些长大吧，我会来接你的！"然后，他翻身上马向着密林深处跑去。

郝大成追上了队伍，勒住了战马，回头相望，看到乡亲们还久久地站在路边，向他招手致意。又向队伍行进的方向望去，看见威武雄壮的队伍前面是崎岖的征途。这征途上，是起伏连绵的群山。

郝大成在这回头相望的一瞬间，他仿佛看到了他走过来的清晰可辨的每一个脚印，这些脚印一步一步接连成他所走过的艰难的路程：一个从十岁起就跟着爸爸上山打猎的穷孩子，成为红军大队的大队长，这不是一段平凡的路程，不是很容易走过来的一段路程啊！他给黄老四家放过牛，他到谷敬文后院卖过柴，他挑着铁匠担子四方奔走，他历尽千辛万苦，想为穷人找一条不受欺压的道路。……是共产党把他引上了革命的道路，是共产党给他擦亮了眼睛。他站在党的红旗下，高举着紧握拳头的右手，庄严地宣誓，要为共产主义事业奋斗一生！在广州农民运动讲习所里，他聆听着毛委员的亲切的教导，使他懂得了：什么是阶级，什么是阶级压迫和阶级斗争。于是，他高举着起义的火把，打开了谷敬文的粮仓；他紧握着枪杆，去为受苦的人浴血战斗……

郝大成在这回头相望的一瞬间，他仿佛看见了起义之后，他们到处流动的那一段极端艰苦的战斗历程：仗越打越苦，路越走越难，人越打越少，迷茫无路的苦恼曾像石头一般沉重地压在他的心上；自从吴可征同志去井冈山，带回了井冈山的道路，他的眼前才亮起了指路的明灯！这盏明灯，拨开了前进道路上的重重浓雾，照亮了万里征程。他又看到了和黄国信的激烈的斗争……

郝大成在这回头相望的一瞬间，他仿佛看到了往日的战火纷飞的战场。在白马山峡谷，他还记得和杨继五、周枫林握手时，他们那视死如归的誓言，和那闪烁着战斗火花的眼睛；他还仿佛看到了黄四楞是怎样的一次再一次地扑进熊熊的烈火,为了救活一个孩子,坦然地献出了自己的生命,他还仿佛看到陈大雷和敌人战斗到最后一口气;他还仿佛看到王淑贞这个生性活泼的姑娘,怎样背负着伤员爬过一道道火网,又怎样在身受重伤的情况下,视死如归,拉响了手榴弹把敌人炸得粉身碎骨,血肉横飞;他仿佛看见王淑贞同志已经养好了创伤,又挎上她的药包,奔向炮火连天的战场;他仿佛看到,在党的教育下,觉醒了的周威,怎样用锋利的宝剑刺穿了周武的胸膛;他仿佛还看见田雨旺在谷敬文的刑场上宁死不屈,扑到谷敬文身上去和这只恶狼厮拼!……"活着,就要为革命去战斗,牺牲,也要为革命而献身!"这就是那些英雄们用自己的鲜血和生命写下的庄严的誓言……

郝大成在回头一望的瞬间,他仿佛看见了谷敬文、任洪元、任中元、周武、谷中一……这群反动透顶恶贯满盈的家伙的毁灭;他仿佛看到了叛徒内奸黄国信的可耻的下场!

郝大成在这回头一望的瞬间,他仿佛看见了乡亲们千万双饱含着感激、信任和期望的眼睛,郝大成感到肩上的担子更重了。……

郝大成向前眺望的这瞬间,他看到了眼前如海涛起伏的千山万岭。在跨越这千山万岭的征途上,道路崎岖,陡壁悬崖!在跨越这千山万岭的征途上,将是连天的炮火烽烟,将是风雨霜雪,将是电闪雷鸣!在跨越这千山万岭的征途上,将充满着对敌人、对大自然、对内部的错误路线和错误思想的斗争!……

郝大成向前眺望的这瞬间,他仿佛看到了霞光万道!看到了井冈山的红旗在万里晴空飘展!他看见了毛委员为中国革命开辟了一条金光闪闪的通向胜利的大道!他看见了浩浩荡荡的革命大军沿着毛委员指引的方向高歌猛进!他仿佛又听到了那激动人心的歌声:

井冈山红日映山川，

毛委员到了湘赣边；

打土豪，分田地，

武装割据建政权；

工农兵挥戈打天下，

红了一山又一山；

红旗燃起革命火，

驱散了黑暗照亮了天；

沿着毛委员指引的道路走，

千山万山都红遍！

……

郝大成深深懂得，要贯彻执行毛委员的正确路线是不容易的，必然受到各种错误路线的干扰和破坏。但是，他也坚信，经过反复的较量，经过复杂的斗争，毛委员的正确路线一定会克服错误路线，取得最后胜利。

道路是曲折的，前途是光明的！

他心潮澎湃，热血沸腾！前面充满斗争的漫漫征程，更激起他无限的战斗豪情。犹如搏击长空的苍鹰，滚滚风云更激起他的凌云壮志；犹如横跨海洋的水手，惊涛骇浪，更使他增添斩风劈浪的勇气和力量！

郝大成向前眺望的这瞬间，他看见小金铃在唱着盼红军的山歌，他看见小铁柱、赵小芬要求跟他当红军，要和敌人打一辈子仗！这样一代接一代地传下去，岂怕革命征途的漫长，岂怕革命征途的艰险！

这一切，过去的，现在的，将来的，都在郝大成面前闪过去了。他望着前进着的浩荡的红军队伍，扬鞭催马，飞驰向前，向前！

宋洁泉、史太昌、赵星海、小芬和乡亲们，翘首望着郝大成催马远去的魁梧矫健的身影,消失在万山丛中。只见郝大成的身后,那陡峭的山崖上,一丛丛的映山红,像一片霞云,一片火焰!

这时,灿烂的阳光普照着起伏的群山,青翠的松杉向天挺立,欣欣向荣,生意盎然。山风劲吹,松涛滚滚,山呼海啸,震响着"井冈山红日映山川"的高昂的旋律,传向无边的远方,萦回在革命人民的心头……

1976 年 2 月初稿于北京

1976 年 12 月定稿于北京

"新中国70年70部长篇小说典藏"书目

书 名	作 者		书 名	作 者
风云初记	孙 犁		白鹿原	陈忠实
铁道游击队	知 侠		长恨歌	王安忆
保卫延安	杜鹏程		马桥词典	韩少功
三里湾	赵树理		抉 择	张 平
红 日	吴 强		草房子	曹文轩
红旗谱	梁 斌		中国制造	周梅森
我们播种爱情	徐怀中		尘埃落定	阿 来
山乡巨变	周立波		突出重围	柳建伟
林海雪原	曲 波		李自成	姚雪垠
青春之歌	杨 沫		历史的天空	徐贵祥
苦菜花	冯德英		亮 剑	都 梁
野火春风斗古城	李英儒		茶人三部曲	王旭烽
上海的早晨	周而复		东藏记	宗 璞
三家巷	欧阳山		雍正皇帝	二月河
创业史	柳 青		日出东方	黄亚洲
红 岩	罗广斌 杨益言		省委书记	陆天明
艳阳天	浩 然		水乳大地	范 稳
大刀记	郭澄清		狼图腾	姜 戎
万山红遍	黎汝清		秦 腔	贾平凹
东 方	魏 巍		额尔古纳河右岸	迟子建
青春万岁	王 蒙		藏 獒	杨志军
许茂和他的女儿们	周克芹		暗 算	麦 家
冬天里的春天	李国文		笨 花	铁 凝
沉重的翅膀	张 洁		我的丁一之旅	史铁生
黄河东流去	李 準		我是我的神	邓一光
蹉跎岁月	叶 辛		三 体	刘慈欣
新 星	柯云路		推 拿	毕飞宇
钟鼓楼	刘心武		湖光山色	周大新
平凡的世界	路 遥		大江东去	阿 耐
第二个太阳	刘白羽		天行者	刘醒龙
红高粱家族	莫 言		焦裕禄	何香久
雪 城	梁晓声		生命册	李佩甫
浴血罗霄	萧 克		繁 花	金宇澄
穆斯林的葬礼	霍 达		黄雀记	苏 童
九月寓言	张 炜		装 台	陈 彦